BASTEI LÜBBE Von Peter Berling sind bei Bastei-Lübbe lieferbar:

11956 Franziskus oder Das zweite Memorandum
12060 Die Kinder des Gral
12368 Das Blut der Könige
12478 Die Nacht von Jesi
12634 Die Krone der Welt

PETER BERLING

Der Schwarze Kelch

BASTEI-LÜBBE-TASCHENBUCH
Band 14262

Erste Auflage: Dezember 1999

© Copyright 1997 by Peter Berling und
Gustav Lübbe Verlag GmbH, Bergisch Gladbach
Lizenzausgabe:
Bastei-Verlag Gustav H. Lübbe GmbH & Co.,
Bergisch Gladbach

Für die freundlich Abdruckgenehmigung der Zitate aus
»Der Sohar. Das heilige Buch der Kabbala«,
herausgegeben von Ernst Müller, danken wir dem
Eugen Diedrichs Verlag, München.
Enki Bilal, Paris, danken wir für seine Portraitstudien zu Yeza.

Einbandgestaltung:
Andreas Henk und Josef Schaefer, Düsseldorf
Illustrationen: agentur spezial, Ilsede
Satz: Kremerdruck GmbH, Lindlar
Druck und Verarbeitung: Elsnerdruck, Berlin
Printed in Germany
ISBN 3-404-14262-4

Sie finden uns im Internet unter
http://www.luebbe.de

Der Preis dieses Bandes versteht sich einschließlich
der gesetzlichen Mehrwertsteuer.

TANT MIEUX JE GRIFFE, TANT PIS!

Meinen
Geschwistern
und meinen Freunden
gewidmet

NEC SPE NEC METU

INHALTSVERZEICHNIS

DRAMATIS PERSONAE 9

LIBER I
*
Prolog 17
Luzifer in Rhedae 33
Im Schatten des Tempels 70
Hofintrigen 89
Die Nacht vom Montségur 131
Carnevale und Autodafé 169
Ein fröhlich' Stechen 251
Das Vermächtnis des Präzeptors 332

LIBER II
*
Prolog 379
Que Diaus vos bensigna! 388
Die Schatzsucher 437
Vor Griechen wird gewarnt 486
Von fernen Inseln 530
Ein Geschenk für König Manfred 575
Ein köstlich' Fraß 629
Zu neuen Ufern 679

LIBER III

*

Prolog 737
Die Höhle der Atalanta 752
Der gefangene König 796
Amors und andere Pfeile 860
Das Böse auf Maugriffe 920
Die Spur des Kelches 986
Die Henker von Askalon 1028
Pax Hierosolymitana 1105
Armageddon 1175

ANHANG

*

Anmerkungen 1215
Dank für Mitarbeit und Quellen 1275

DRAMATIS PERSONAE

DAS KÖNIGLICHE PAAR

Roger-Ramon-Bertrand Trencavel du Haut-Ségur,
gen. ›Roç‹
Isabelle-Constance-Ramona Esclarmunde du Mont y Sion,
gen. ›Yeza‹

SEINE GEFÄHRTEN, HÜTER UND HELFER

Willem von Roebruk, gen. ›William‹, *Franziskanermönch*
Jordi Marvel, *katalanischer Troubadour*
Philipp, *Knappe und Page*
Sigbert von Öxfeld, *Deutschritter, Komtur von Starkenberg*
Konstanz von Selinunt, gen. ›der Rote Falke‹, *Ritter des Kaisers*
Taxiarchos, gen. ›der Penikrat‹, *Seefahrer*
Gosset, *Priester, ehemaliger Gesandter des Königs von Frankreich*
Potkaxl, *Toltekenprinzessin*
Kefir Alhakim, *Quacksalber und Flickschneider aus Ustica*
Kadr ibn Kefir Benedictus, gen. ›Beni der Kater‹, *sein Sohn*
Sutor, *Hirte aus dem Appennino*
Dietrich von Röpkenstein, *Ritter des Reiches*
Rinat Le Pulcin, *Maler und Agent*
Arslan, *mongolischer Schamane aus dem Altai*

AUS OKZITANIEN

Jourdain de Levis, *Graf von Mirepoix*
Pons de Levis, *sein Sohn*
Melisende, *seine älteste Tochter, Ehefrau des Comminges*
Mafalda de Levis, *jüngste Tochter des Grafen Jourdain*
Gers d'Alion, *Verlobter Mafaldas*

Simon de Cadet, *Neffe des Grafen Jourdain*
Burt de Comminges, *Schwiegersohn des Grafen Jourdain*
Gaston de Lautrec, *Schwager des Jourdain*
Esterel de Levis, *Ehefrau des Grafen de Lautrec*
Mas de Morency, *Adoptivsohn des Grafen de Lautrec*
Raoul de Belgrave, *Ritter*
Xacbert de Barbera, *gen. ›Lion de Combat‹,*
Heerführer im Dienste Aragons
Wolf von Foix, *verfemter Adeliger*
Mauri En Raimon, *Priester der Katharer*
Na India, *katharisches Kräuterweib*
Geraude, *ihre Tochter*

MITGLIEDER DES TEMPLERORDENS ODER DER PRIEURÉ

Thomas Bérard, *Großmeister des Templerordens*
Gavin Montbard de Béthune, *Präzeptor von Rhedae*
Marie de Saint-Clair,
gen. ›La Grande Maîtresse‹, Großmeisterin der Prieuré
Guillem de Gisors, *gen. ›das Engelsgesicht‹, ihr Stiefsohn*
Guy de la Roche, *Tempelritter*
Botho de Saint-Omer, *Tempelritter*
Lorenz von Orta, *Franziskaner*
Georges Morosin, *gen. ›der Doge‹, Komtur zu Askalon*
Jakov Ben Mordechai, *jüdischer Gelehrter*
Ezer Melchsedek, *Kabbalist aus Alexandria*

PATRIMONIUM PETRI

Alexander IV., *Papst*
Oktavian degli Ubaldini,
gen. ›der Graue Kardinal‹, Leiter der Geheimen Dienste
Arlotus, *päpstlicher Notar*

Rostand Masson, *päpstlicher Nuntius*
Brancaleone degli Andalò, *römischer Senator*
Bezù de la Trinité, gen. ›*die dicke Trini*‹, *Inquisitor im Languedoc*
Bartholomäus von Cremona, *Franziskaner, Agent der Kurie*

IM DIENSTE FRANKREICHS

Ludwig IX., *König von Frankreich*
Yves der Bretone, *sein Leibwächter*
Gilles Le Brun, *Konnetabel Frankreichs*
Oliver von Termes, *okzitanischer Renegat*
Pier de Voisins, *Seneschall von Carcassonne*
Fernand Le Tris, *Hauptmann des Seneschalls*
Charles d'Anjou, *jüngster Bruders des Königs*
Robert Graf von Les Beaux,
Lehnsmann des Charles d'Anjou

ZWISCHEN SIZILIEN UND GRIECHENLAND

Manfred, *König von Sizilien*
Konstanze, *seine Tochter*
Elena von Epiros, *Braut König Manfreds*
Galvano Lancia, *Fürst von Salern*
Johannes von Procida, *Arzt, Kanzler des Königs von Sizilien*
Maletta, *Kämmerer des Königs von Sizilien*
König Enzio, *Bastardsohn des Kaisers Friedrich II*
Oberto Pallavicini, *Vikar des deutschen Imperiums*
Hamo L'Estrange, *Graf von Otranto*
Shirat Bunduktari, *seine Ehefrau*
Alena Elaia, *Tochter von Hamo und Shirat*
Nikephoros Alyattes, *Gesandter des Kaisers von Nikäa*
Ugo d'Arcady, *Herr auf Castel Maugriffe*
Zaprota, *Podestà auf Korfu*
Demetrios, *griechischer Mönch*

AUS DER WELT DES ISLAM

An-Nasir, *Ayubitenherrscher, Sultan von Damaskus*
Clarion von Salentin, *seine Vertraute*
El-Aziz, *Sohn des An-Nasir*
Turanshah, *Malik von Aleppo, Onkel des An-Nasir*
Rukn ed-Din Baibars Bunduktari,
  gen. ›der Bogenschütze‹, *Mamelukenemir*
Mahmoud, gen. ›der Feuerteufel‹, *sein Sohn*
Fassr ed-Din Octay, gen. ›der Rote Falke‹, *Mamelukenemir*
Madulain, *seine Ehefrau, Prinzessin der Saratz*
Nur ed-Din Ali, *Sohn des ermordeten Mamelukensultans Aibek*
Saif ed-Din Qutuz, *Nachfolger des Aibek in Kairo*
Naiman, *sein Agent*
Abdal der Hafside, *Sklavenhändler*
El-Ashraf, *Emir von Homs*
Abu Bassiht, *Sufi*

IM KÖNIGREICH JERUSALEM

Rabbi Jizchak, *Vorsteher der jüdischen Gemeinde Jerusalems*
Miriam, *seine Tochter*
Jakob Pantaleon, *Patriarch von Jerusalem*
Plaisance, *Königin von Zypern und Jerusalem*
Gottfried von Sargines, *Bailli des Königreiches*
Philipp de Montfort, *Herr von Tyros*
Julian von Sidon, *Raubritter auf Beaufort*
Hanno von Sangershausen, *Großmeister des Deutschen Ritterordens*
Jean de Ronay, *Marschall der Johanniter*

LIBER I
PROLOG

Das harte Gegenlicht der untergehenden Sonne blendete den Maler, verzerrte die Konturen, ließ die Farben grell aufleuchten und die weißen Blüten des Rosenhags tanzen, während das, was er eigentlich zu sehen begehrte, die Schrift, die unverständlichen Zeichen und Linien auf dem Stein, in dunklen Schatten versank. Das schwarze Epitaph – war es Marmor? – bot sich fleckenlos und ohne Adern dar, fremd, wie aus einer anderen Welt. Daran änderte weder der Sockel aus gleichfarbigem Granit etwas noch die kunstvoll geschliffene Abdeckung, in der kristallen die weiße Maserung mit karneolrötlichen Einsprengseln wechselte und die von der Wertschätzung zeugte, die dem so geschützten schlanken Quader entgegengebracht wurde.

Der sich mit den widrigen Umständen quälende Meister war überaus elegant gekleidet, wie es einem höfischen Maler wohl zukam. Rinat Le Pulcin hatte es eigentlich nicht nötig, in wilder Natur, zwischen Dornen und Insekten und unter den sengenden Strahlen der Sonne seiner Kunst nachzugehen. Er war beliebt in den Palästen ob seiner schmeichelhaften Porträts und ließ sich gern dafür verwöhnen. Auch diesmal hatte der Auftrag – gut bezahlt, doch anonym erteilt – nicht viel anders geklungen: Bei einer Burg, deren Name nichts zur Sache tue, werde er einen jungen Ritter und seine *Damna* treffen, die er so zu konterfeien habe, wie er sie vorfände. Daß er seine Arbeit nicht wie gewohnt im Atelier verrichten sollte, sondern unter freiem Himmel, empfand er als eine Herausforderung an seine Kunst. Rinat war dennoch ein leichter Schauer den Rücken hinuntergelaufen, denn bei einer ähnlichen Umschreibung hatte er schon einmal vor Leichen von Liebenden gestanden, die noch warm waren. Doch als ihm nach mehrstündigem scharfem Ritt die Binde von den Augen genommen wurde, fand er die zu Konterfeienden erstaunt, aber durchaus lebendig vor.

Man hatte Maître Rinat eingeschärft, keinerlei Fragen zu stellen, weder an die Personen noch zu der Umgebung, die ihn erwartete. Die Burg, eigentlich ein alleinstehender, mächtiger Donjon, wirkte unbehaust, wenn auch nichts auf Zerstörung hindeutete. Das Tor stand weit offen, und soweit er einen schnellen Blick ins Innere hatte werfen können, schien zumindest die Halle verödet und leer. Kein Gesicht zeigte sich in dem hohen Fenster des Söllers, noch blitzten Spieße von Wachen oben hinter des Turmes Zinnen.

Sein Begleiter, ein hagerer Priester, wie am Gewand zu erkennen, ließ ihm keine Zeit, seine Neugier zu befriedigen, sondern führte ihn am Arm den Hang hinab zu einem dichten Hag weißer Heckenrosen. Der energische Griff des Mannes, der sich knapp mit »Gosset« vorgestellt und dem noch, ohne mit seiner buschigen Augenbraue zu zucken, trocken ein »*clericus maledictus*« angefügt hatte, lockerte sich erst, als sie schon um den Rosenbusch gebogen waren.

Das Bild, das sich Rinat bot, entsprach dem, was von ihm als Miniatur verlangt wurde. Ein akkurat gearbeitetes Gestell für die Holztafel stand für ihn bereit und gab ihm Position und Bildausschnitt vor. Rinat hatte eine solche Konstruktion noch nie gesehen, obgleich sie ihm sofort einleuchtete, ließ sie ihm doch beide Hände zur Arbeit frei. Zum Sichwundern wurde ihm weder Zeit noch Raum gelassen. Zur Rechten öffnete sich der Rosenhag, die dornigen Zweige waren rüde abgehackt worden, davon zeugten die frischen Blüten am Boden. Die künstliche Grotte gab den Blick auf das schwarze Epitaph frei, das die üppige Pracht zuvor zärtlich umhüllt und vor den Augen Nichtwissender verborgen hatte. Davor stand in Gedanken versunken der junge Ritter. Er hatte seine Rüstung nicht abgelegt, lediglich seine Handschuhe lagen auf dem Marmorgesims des steinernen Mals, und den Helm hielt er unter dem Arm.

Der prüfende Blick des Malers fiel auf die Farben des Brustpanzers. Sie zeigten geflammte rotgelbe Streifen, die ihn zunächst an das Wappen der Trencavel, das ruhmreiche Geschlecht der Vicomtes von Carcassonne, erinnerten, doch bei genauerem Hinsehen erkannte er ineinander verwobene Geparden und drachenähnliches Fabelgetier, das sich kunstvoll gegenläufig bewegte. Dererlei verspieltes Zeugs wurde in Paris angefertigt, seitdem die strenge Schule von Byzanz sich unter den Franken der Ornamentik des Orients geöffnet hatte. Der junge Ritter hatte den Meister weder gegrüßt noch aufgeschaut. Rinat imponierte dennoch die kühne Stirn über den weichen Zügen, umrahmt von verschwitzter dunkler Lockenpracht. Der Maler hätte gern die Augen gesehen, doch der Ritter hielt sie gesenkt hinter samtenen Lidern. Rinat Le Pulcin schluckte mit hörbarem Räuspern seine gekränkte Eitelkeit hinunter und packte Tiegel, zu Pulver zerstoßenen, gefärbten Kreidestein und Phiolen mit dickflüssigen Farben aus seinem Bündel. Er rührte die Töne an, die er in etwa brauchen würde, zum Aufhellen reichte die Zugabe von weißem Gipsmehl, zum Dunkeln zerstampfte Holzkohle. Die junge Dame hatte sich anfangs recht interessiert an den Vorbereitungen gezeigt, als verstünde sie etwas von Malerei, doch dann erging sie sich am Hang und ließ sich durch den lagernden Knappen in der Haltung vertreten, die sie dann wohl einzunehmen gedachte. Der Bursche flätzte zu Füßen des Ritters im Gras, den Kopf keck aufgestützt, die Pferde seiner Herrschaft lässig am Halfter, was ihn aber nicht hinderte, fest zu schlafen. Eines der Tiere schob seinen Kopf ins Bild und knabberte an seinem Ohr, der Knappe schlug die Augen auf und musterte Rinat kurz. Er dachte nicht daran, sein Maul zum Gruß zu öffnen, sondern schob nur die störende Pferdenase beiseite, bevor er wieder in seinen faulen Schlummer fiel.

Das Pferd würde also die linke Kante des Bildes begrenzen, oben erhob sich die Burg, doch was den Künstler störte, war die Position des Ritters. Er hätte ihn gern hinter den schwarzen Stein plaziert, um den schwarzen Quader in die Mitte des Bildes zu rücken. Soviel Freiheit zur Gestaltung müßte ihm ja wohl eingeräumt werden, wenn man ihn schon sonst nicht achtete. Er rief nach Gosset, der sich zur Dame am Hang gesellt und hinterlassen hatte, daß der Maler sich an ihn halten sollte, wenn er Fragen hätte.

»*Cher clerc maudit*«, diese Anrede nahm sich Rinat verärgert heraus, »verrückt den Stein oder die Burg, wenn sich sonst niemand bewegen mag.«

Da schaute ihn der junge Ritter freundlich an und befahl seinem Knappen: »Philipp, hack die Rückseite frei! Ich möchte hinter den steingewordenen Mittag treten, aber so, daß ich meiner Damna ins Auge schauen kann und auf mein Haupt kein Schatten fällt.«

Rinat bedankte sich mit einem Lächeln, das diesmal Erwiderung fand, während der Philipp geheißene Bursche sich erhob und der Satteltasche einen Krummsäbel, einen kostbaren Scimitar, entnahm.

»Damaszener Wertarbeit!« stellte der Künstler anerkennend fest, während der junge Herr zur Seite trat und der Knappe auf das dornige Gestrüpp einhieb.

Inzwischen war Gosset, der Priester, herbeigekommen. Rinat zog es vor, jedem Vorwurf gleich die Spitze zu nehmen.

»Ich habe keine Frage gestellt«, begann er mutig ob der gerunzelten Augenbraue, doch der *chevalier* kam ihm zur Hilfe.

»Ich habe die Anweisung erteilt.«

Gosset fügte sich achselzuckend in die veränderte Lage. Glücklich schien er nicht. Unten, vom nicht einsehbaren Fuß des Burgbergs her, ertönten Gelächter und Gesang. Eine fröhliche Runde schien dort zu feiern. Gosset hob den Kopf und lauschte; sein Gesicht verfinsterte sich.

> »*E cels de Carcassona se son aparelhetz.*
> *Lo jorn i ac mans colps e feritz e donetz*
> *e, d'una part e d'autra, mortz e essanglentetz.*
> *Motz crozatz I ac mortz e motz esglazietz.*«

Die Augen des Priesters suchten die seines Schutzbefohlenen, doch der junge Ritter interessierte sich nur noch für die Rückseite des schwarzen Epitaphs, das die Hiebe des Knappen jetzt freilegten.

> »*Peireiras e calabres an contral mur dressetz,*
> *quel feron noit e jorn, e de lonc e de letz.*
> *Lo vescoms, cant lo vi, contra lui es corrut*
> *e tuit sei cavalier, que n'an gran gaug agut.*«

Die Taverne war in ihrem hinteren Teil in den Berghang getrieben, ein fensterloses Kellergewölbe, in das eine steile Treppe hinabführte. Der vordere Bereich diente als Stall für die Tiere, in den halbhohe Türen zumindest etwas Tageslicht fallen ließen. Die Luft war zum Schneiden, wenn auch die meisten der Zecher nicht mit Schwertern, sondern mit Bechern herumfuchtelten.

»Barò de Quéribus,
Xacbert de Barbera,
Leon de Combat!«

Sie grölten laut den Refrain des Liedes, das von dem okzitanischen Freiheitshelden Xacbert de Barbera handelte, der, von den Franzosen aus der Heimat vertrieben, in der Fremde dem König Jaime von Aragon dienen mußte. Die Begeisterung für den *Lion de Combat* geriet so lautstark, daß nur Wortfetzen zu verstehen waren. Es ging um Quéribus, seine uneinnehmbare Burg, die nur durch Verrat des Renegaten Oliver von Termes in die Hände des Seneschalls von Carcassonne gefallen war und somit in den Besitz der französischen Krone. Daran könne auch sein Freund Jaime, der Expugnador, nichts ändern. Doch eines schönen Tages würde er mit Xacbert über die Berge zurückkommen und die Okkupanten verjagen.

Der lautenschlagende Troubadour, der mit solch starken Worten die Leute dazu brachte, mit ihren Krügen den Takt mitzuklopfen, besaß weiß Gott nicht die Statur eines furchterregenden Rebellen. Jordi Marvel war eher ein Zwerg, ein Wicht mit dünnem Ziegenbart und dünnen Beinen, doch seinem verwachsenen Brustkorb entströmten die Töne machtvoll im Bariton, schwollen an zu schönster Melodik, die den rauhen Männern Tränen in die Augen trieb. Die Stimme des Sängers entfachte Trotz und Wut und steigerte sich zum Donnerhall. Schon sprangen etliche der Zecher auf die Tische und feierten tanzend den Triumph über die *Francos*, bis dem Siegesdurst der Durst nach dem Sieg folgte. Der Wirt schenkte nach.

In die eingetretene Stille der Erschöpfung rief eine Stimme:
»Und jetzt, Jordi, sing uns von Roç und Yeza, dem Königlichen Paar!«
Und gleich fielen andere ein: »*E viven los infantes del Grial!*«
Der Troubadour schien nicht sonderlich entzückt von dem Vorschlag. Statt in die Saiten zu greifen, schob er erst einmal dem Wirt seinen leeren Becher hin.
»Ich bin Katalane«, murmelte er, »und preise gern Helden von Fleisch und Blut. Diese *reyes de paz*, diese Friedenskönige, sind eine

Legende, törichtes Traumgespinst, von Faidits gesponnen! Ein sinnloses Gerücht wie der Gral!«

Der Wirt zog ihm mit einem Ruck den schon gefüllten Becher wieder weg.

»Sagt das nicht noch einmal!« fauchte er, und seine Pranke schnellte vor, griff dem Zwerg ins Brustwams und drehte ihm wie ein Schraubstock die Luft ab. »Der Gral ist die Hoffnung dieses Landes!«

»Nichts für ungut«, keuchte eingeschüchtert der schmächtige Troubadour, »doch an diese Könige ohne Königreich mag ich nicht glauben!«

Der Wirt lockerte den Griff und schob Jordi mit der anderen Hand den Becher wieder unter die Nase.

»Trink, Katalane, und sing«, der Wirt hob seine Stimme, »das Lied von Roç und Yeza, den Königen des Gral!«

Da ließ der Troubadour seine Laute erklingen.

»Grazal dos tenguatz sel infants
greu partenir si fa d'amor
camjatz aquest nox Montsalvatz.
Grass vida tarras cavalliers
coms Roç et belha Yezabel,
oltracudar infants Grazal,
rassa boratz bratz sporosonde,
Roç Trencavel et Esclarmonde.«

Am Hang unterhalb der verlassenen Burg herrschte schläfrige Stille, so daß der Text des Liedes fast Wort für Wort zu vernehmen war.

»Papa di Roma fortz morants
peiz vida los Sion pastor
magieur vencutz mara sobratz.
Byzanz mas branca rocioniers
coms Roç et belha Yezabel,
oltracudar infants Grazal,
rassa boratz ains sporosonde,
Roç Trencavel et Esclarmonde.«

Die junge Dame, die mit dem Knappen getauscht, lauschte den Zeilen voller Belustigung. Sie hatte den schönen Kopf aufgestützt, wie es der Maler schmeichlerisch erbeten hatte, *la belle dormeuse*. Doch so unterhalten, fiel sie nicht in Schlummer, sondern ihre grüngrauen Augen wachten hinter dunklen Wimpern über alles, was rundherum geschah, und ihre hohe Stirn runzelte sich. In der Ferne erhob sich eine Staubwolke auf der Straße, die zu ihnen heraufführte. Kein anderer nahm das rasche Näherkommen eines Trupps Berittener wahr. Ihr jugendlicher Gespons stand hinter dem Stein, völlig in Gedanken versunken, über etwas rätselnd, das sie nicht sah.

Rinat Le Pulcin hatte auf der Leinwand mit Kohlestrichen die Gruppierung festgehalten, wobei auffällig war, daß er dem schwarzen Stein zentrale Bedeutung beimaß. Er hatte ihn schräger angeordnet, als es der Wirklichkeit entsprach, und war eifrig bemüht – er verrenkte sich fast den Hals –, die Zeichen und Linien zu entziffern, die von leichter Hand, doch sauber in die dunkle Fläche eingeritzt waren. Die Hände, von denen die unverständlichen Hieroglyphen stammten, mußten Diamanten benutzt haben oder mit einem Feuerstrahl von so unerhörter Hitze, wie ihn nur gebündeltes Sonnenlicht zu geben vermag, die runenhaften Symbole in das schwarze Epitaph gebrannt haben. Wie gesintert wirkten die Bilder – doch der Maler konnte sie nicht erkennen. Schräg fiel das Licht der Nachmittagssonne auf die spiegelglatte Fläche, blendete den Vorwitzigen, als wolle sie ihn mit dem Verlust seines Auges strafen.

Gosset, der verdammte Priester, stand hinter ihm, um nicht störend im Bilde zu sein, in Wahrheit kontrollierte er auf diese Weise jeden Spachtelauftrag, mit dem jetzt der Künstler seine Farben setzte, um sie dann mit Pinselstrichen zur gewünschten Wirkung hin zu verfeinern. Philipp, der Knappe – oder war er der Page der Schönen? –, lag schon wieder bei den Pferden und schlief. Finken fielen aufgeregt zwitschernd in den Rosenhag ein; ärgerliches Bienengesumm beantwortete die Störung beim Abernten der dotterfarbigen Blütenstempel; eine Spinne wob ihr Netz; und aus der Taverne am Fuß des Burghügels drang klar die Stimme des Troubadours:

»Grazal los venatz mui brocants
desertas tataros furor,
vielhs montanhiers monstrar roncatz,
mons veneris corona sobenier,
coms Roç et belha Yezabel,
oltracudar infants Grazal,
rassa boratz mons sporosonde,
Roç Trencavel et Esclarmonde.«

Der junge Ritter war so in die Betrachtung des Steins versunken, von einem starken Zauber in den Bann geschlagen, daß er selbst wie versteinert wirkte. Die Rückwand des Epitaphs wies neben magischen Zeichen in der Mitte eine Vertiefung auf. Sie glich in ihren Umrissen einem Pokal, als hätte die Hand eines Zauberers den Kelch aus dem schwarzen Stein geschnitten, wie man ein Herz aus der Brust schneidet. Das Gefäß – wenn es denn ein solches war – mußte zur guten Hälfte im Stein gesteckt haben und von außen nur als Relief sichtbar gewesen sein. Doch es war nicht die Höhlung noch der entrückte Kelch, dessen Geheimnis den Betrachter fesselte, sondern der Quell. Ein nadelfeiner Wasserstrahl trat oben in der Höhlung aus dem Stein. Genau in der Mitte fiel er, ohne zu zittern oder sich tröpfelnd zu unterbrechen, senkrecht nach unten und verschwand ohne Spritzer im Fuß des imaginären Pokals. Die silbrige Wassersäule stand so ebenmäßig, daß sie genausogut von unten nach oben hätte fließen können. Des Menschen Auge vermochte es nicht wahrzunehmen, nur die trübe Macht der Gewohnheit ließ den Ritter annehmen, daß der silbrige Quell den Naturgesetzen folgte. Der junge Mann wollte sichergehen, keinem Spuk aufzusitzen, seine Augen vergewisserten sich unmerklich, daß keiner sein Tun beobachten konnte. Vorsichtig hob er die Hand, um mit der Fingerspitze den Strahl zu unterbrechen. Doch kaum näherte er sich der Höhlung, bog eine unsichtbare Kraft ihm den Finger zur Seite. Seine Hand begann zu zittern, als er es um ein anderes Mal versuchte. Sein Blick fiel auf den eisernen Ring, den er um den Finger trug. Das Liebespfand war aus Magnetstein, das wußte er. Entschlossen streifte er es ab und streckte erneut den Finger vor. Diesmal war es ihm, als hätte er einen schmerzhaften

Schlag erhalten, so ungestüm flog seine Hand zurück, ohne auf irgendeinen beschreibbaren festen Widerstand gestoßen zu sein. Im gleichen Augenblick fielen ringsum die Blütenblätter zu Boden, was den Frevler noch weit mehr entsetzte. Erschrocken schaute er hinüber zu seiner Damna, doch ihr Blick schweifte gerade ins Tal, statt zärtlich den seinen zu suchen.

Auch der Meister schien nichts von alledem bemerkt zu haben. Die junge Schöne nahm wenig damenhaft einen Kiesel und warf ihn gezielt dem Knappen an den Kopf, daß der auffuhr.

»Philipp!« Sie schüttelte ihre blonde Mähne. »*Dormire in lucem!*« schalt sie ihn. »Hol mir den Priester!«

Der Maler hielt irritiert inne. Philipp, der gescholtene Tagschläfer, erhob sich und sah sich verwirrt nach Gosset um, der doch keine zwei Schritt von seiner Herrin entfernt stand, aber der Priester begriff schneller, begab sich zum Lager der kriegerischen Amazone und beugte sich zu ihr herab.

»Schaut jetzt nicht hin«, flüsterte sie, »da unten kommen Franken, Mannen des Seneschalls von Carcassonne, und das kann für die Sänger in der Taverne nichts Gutes bedeuten. Eilt hinab, und warnt die braven Leute!«

Gosset winkte Philipp mit zwei Pferden zu sich und ritt mit ihm talwärts. Aus der Taverne tönte lauter denn je das Lied von Roç und Yeza, die das Land vom Joch der Capetinger befreien würden.

»*Ni sangre reis renhatz glorants*
ni dompna valor tratz honor,
amor regisme fortz portatz
uma lotz esperansa mier,
coms Roç et belha Yezabel,
oltracudar infants Grazal,
guit glavi ora ricrotonde,
Roç Trencavel et Esclarmonde.«

Der Ritter hinter dem schwarzen Stein zeigte sich unbeteiligt. Er starrte auf die Höhlung des Kelches, in dem die zarte Wassersäule vor seinen Augen stieg oder fiel, als wolle sie seiner spotten.

Das unordentlich mit Schilf und Zweigen gedeckte Dach der Taverne ging in den Hang über, daß der offene Giebelspitz gerade noch die Karren durchließ, mit denen Heu und Stroh von oben unters Gebälk eingebracht werden konnten. Durch eine Futterluke werden so gemeinhin die Tiere in den vorne gelegenen Ställen versorgt, überlegte sich Gosset, als er der Öffnung ansichtig wurde. Er übergab die Zügel seines Pferdes Philipp und setzte den Weg allein zu Fuß fort. Wenn er zur Straße herabstieg, um von dort aus die Taverne zu betreten, lief er Gefahr, von den anrückenden Soldaten gesehen zu werden oder zuviel Zeit zu verlieren. Bis jetzt sah er allerdings weder Helm noch Speer zwischen den Bäumen blitzen, doch daß die Prinzessin sich getäuscht hatte, war kaum anzunehmen. Im Kriegerhandwerk stand die junge Dame ihren Mann. Der Priester verließ die Deckung des spärlichen Burgwaldes und schlich zum Giebel, in dem eine verrottete Holztür schief in den Angeln hing.

Der Refrain des letzten Liedes wurde unter Gelächter und Beifallsgetöse noch und noch wiederholt und drang gedämpft, doch deutlich vernehmbar zu ihm hinauf.

»*E tant cant lo mons dura, n'a cavalher milhor,
ni pus pros, ni pus larg, pus cortes ni gensor ...*«

»... noch strahlt der Gral in finstrer Höhlennacht, noch reckt sich der Pog ins lichte Himmelsblau, Percevals Blut in unseren Adern rinnt, und den welschen Pfaffen zeigen wir den nackten Arsch, pfaffen wir den welschen Arsch –«

Gosset ärgerte sich über das leichtsinnige Gegröle, er vernahm das Knacken hinter sich nicht, noch sah er die Bewegung in den Büschen am Waldesrand.

Da sprangen drei, vier Soldaten hinter der Tür aus dem Giebel hervor, und auch von der Seite bedrohten den Priester plötzlich gereckte Spieße. Ein kleiner, dicker Hauptmann befreite sich stolz von den grünen Zweigen, die als erfolgreiche Tarnung seinen Helm wie Hörner zierten, und baute sich vor Gosset auf.

»Wohin des Weges, Priester?« Er gab sich leutselig. »Hört Ihr nicht, welch' Willkommen man Euch bereiten will?«

Gosset war um eine Antwort nicht verlegen.

»Einem Diener des Herrn steht es nicht an, sich von großsprecherischen Worten in die Flucht schlagen zu lassen. Überdies sind nackte Ärsche kein Argument, sie klatschen nur besser!«

»Seht nur zu, daß es nicht der Eure ist«, unterbrach ihn eine unangenehme Stimme. Aus dem Giebel trat ein Dominikaner, ebenso kurz gewachsen wie der Hauptmann, nur fetter. »Ich bin Bezù de la Trinité«, setzte er im Falsett hinzu.

Das klang wie Dünnpfiff, schoß es Gosset durch den Kopf. Er hatte von dem biestigen Inquisitor schon gehört, ihn sich aber furchteinflößender vorgestellt. Da ihn niemand – wohl auf Grund seines klerikalen Habits – nach Namen und Begehr gefragt hatte, beschloß er, seinen zweifelhaften, zumindest verjährten Status als königlicher Gesandter erst einmal nicht aus dem Sack zu lassen.

Doch die fehlende Respektsbezeugung ärgerte den gewichtigen Inquisitor: Er zeigte die Instrumente.

»Wenn es Euch gelüstet, dort hinunterzusteigen, gesellt Ihr Euch für mich zu dieser Ketzerbrut.«

»Landesverräterisches Gesindel!« schnaubte der Hauptmann, doch Bezù de la Trinité hieß ihn mit einem Knuff verstummen.

»Mengt Ihr Euch in dieses katharische Natterngezücht«, setzte der Inquisitor geifernd hinzu, »liefere ich Euch – ohne Ansehen Eures Rocks, ohne Anhörung Eures Arsches Ahnungslosigkeit – dem weltlichen Arm aus, hier vertreten durch meinen glorreichen kleinen Bruder.«

»Fernand Le Tris!« Der Hauptmann plusterte sich auf, was ihm einen Tritt einbrachte, so daß sein hinzugefügtes »Hauptmann des Seneschalls von Car –« sich verkürzte und Bezù inquisitorisch fortfahren konnte.

»Ihr habt mit eigenen Ohren gehört, was für garstig Lied sie gesungen?« Ihm fiel auf, daß in der Taverne jetzt Ruhe eingetreten war, jedenfalls hatte das Gegröle sich erschöpft und dem üblichen Kneipenlärm Platz gemacht.

»Was soll ich gehört haben?« fragte Gosset mit gespielter Treuherzigkeit. »Wurde unser Herr gelästert?« Seine Stimme wechselte in laute Empörung. »Sein treuer Diener ist gewarnt!«

Aus den Augenwinkeln sah er, daß Philipp verstanden hatte und sich mit den Pferden unter die Bäume zurückzog.

»Dies ist das Tor zur Hölle! Schreit nicht so!« schimpfte der Inquisitor.

»Die Verdammten möchten sonst dem Feuer entgehen, das sie erwartet.«

»Ihr wollt sie verbrennen?« Gosset gab sich begeistert und hoffte, jemand würde seine Stimme vernehmen.

»Wer den reinigenden Flammen entrinnt –«, bestätigte Fernand Le Tris zufrieden, »den knüpfen wir an den Bäumen auf.«

»Wundervoll!« schrie Gosset im verzweifelten Bemühen, sich bis unten in die Taverne Gehör zu verschaffen. »So hat jeder dieser Faidits die Wahl, als Fackel für den rechten Glauben oder als Fähnlein im Winde für die Farben Frankreichs zu zeugen!«

Er hatte dabei seine Stimme in den Diskant erhoben, sie tönte schrill – doch sie erreichte keinen der Zecher, nur den empfindlichen Nerv des Inquisitors.

»Verschwindet, Mann Gottes«, fauchte der ihn an, »oder ich vergesse, daß Eurer Kehle auch das Lob Gottes entspringt –« und hatte plötzlich ein Messer gezogen. »Schweigt, oder –«

Gosset war entsetzt verstummt, zumal zwei Soldaten ihn am Arm gepackt hatten, so daß Bezù seine Drohung leicht hätte wahrmachen können. Der Priester fiel auf die Knie, was den Griff seiner Bewacher erst einmal lockerte.

»Vergeht Euch nicht«, stammelte er sichtbar eingeschüchtert, »laßt mich laufen!«

Bezù begnügte sich damit, ihm einen Tritt in den Hintern zu geben, kaum daß er sich erhoben hatte.

Gosset torkelte den Hang hinauf auf die schützenden Bäume zu. Zurückblickend sah er, daß der Wald von Bewaffneten nur so wimmelte. Und rund um das Gehöft waren Bogenschützen aufgezogen. Sie hatten Brandpfeile aufgelegt. Nur die Straße vor der Taverne schien völlig einsam und leer, einladend zu trügerischem Entkommen.

Ausgerechnet jetzt setzten die Wahnwitzigen wieder mit ihrem Lied vom Montségur ein.

»*Mas cò qu' es a venir no pòt hòm trespassar ...*
E morit en après la nuèit, a l 'avesprar ...«

›Flamme der Freiheit!‹ Diese Narren! Gleich würden sie selber brennen, als Fackeln ihrer Unvernunft!

Das Gemälde auf der Staffelei war so weit fortgeschritten, daß Rinat Le Pulcin, der Maler, schon damit begonnen hatte, einzelne Rosenblüten als weiße Tupfer um den schwarzen Stein zu verteilen. Die junge Dame räkelte sich voller Ungeduld, ihr angewinkelter Arm war eingeschlafen. Sie verspürte keine Lust mehr, mit der aufgestützten Hand ihr Gesicht von der blonden Lockenpracht freizuhalten, ihre kühne Stirn, ihre strahlenden Augen, selbst die herbe, gerade Normannennase verschwanden immer häufiger unter herabfallenden Strähnen. Sie lauschte ins Tal hinab.

»Den Trovère möcht' ich um mich haben«, wandte sie sich fordernd an ihren ritterlichen Gefährten, von dem sie nur das gesenkte Haupt hinter dem Epitaph sehen konnte. »Seine Stimme ist zwar laut wie die Glocken eines Kirchturms, doch voller Wohlklang«, schob sie aufmunternd nach, und als ihr Begehr auch diesmal keine Antwort bewirkte, setzte sie aufreizend leise hinzu: »Sicher ein schöner Mann!«

Der junge Ritter verweigerte ihr den Gefallen, nicht aus Trotz noch aus Eifersucht, sondern weil er den Wunsch gar nicht vernommen hatte, so versunken war er in das, was dem Stein fehlte. Er träumte von dem schwarzen Kelch, der so klar seine Spur hinterlassen, wie der Quell, der ihn beweinte – oder sich über ihn lustig machte. Er hörte die Bienen summen und sah die Spinne weben. Dann merkte er, daß sie in den Stein gemeißelt waren, so lebensecht, daß er sich hatte täuschen lassen. Voller Wut streifte er den eisernen Kampfhandschuh über die bisher stets zurückgewiesene tastende Hand. Dieser lächerliche Strahl des verborgenen Quells sollte ihn nicht länger zum Narren halten. Er ballte die Faust, und ohne auszuholen, als müsse er den Zauberstein überlisten, rammte er sie in die Öffnung, den nadelfeinen Wasserstab rüde zerbrechend. Es war die schlagartig eintretende Stille, die ihn erschreckte. Die Vögel hatten aufgehört zu singen, die Bienen ihr Summen eingestellt, und das Netz der Spinne war zerrissen. Er starrte auf die behandschuhte Eisenfaust – Blut, rotes Blut, lief an ihr herunter. Er zog sie langsam zurück.

Seine Damna war aufgesprungen, doch sie schaute nicht zu ihm, sondern zu Philipp, der ohne Gosset zurückkam und wild gestikulierte.

Rinat Le Pulcin hatte all das nicht bemerkt. Zufrieden warf er einen letzten prüfenden Blick auf sein Gemälde und verglich es mit der Wirklichkeit. Da entdeckte er, daß der Rosenhag sämtliche Blüten abgeworfen hatte. Ein schneeweißer Teppich bedeckte den Boden. Und dann sah auch er das Blut, das in den Schnee tropfte, auch wenn der Ritter sich mühte, seine Hand zu verbergen.

»*Ladoncs viratz lo pòble en auta votz cridar ...*«

Trotziges Wutgeheul brüllte den Angreifern entgegen. Die Taverne war im hinteren Teil mit beißendem Rauch gefüllt, während vorne brennendes Stroh von oben zwischen Menschen und Tiere fiel. Die Faidits hatten sofort begriffen, daß sie in der Falle saßen und diese tödlich sein würde, wenn sie nicht schnell und gemeinsam handelten. Sie hatten sich gegen die Flammen Kübel und Fässer übergestülpt, gegen die Pfeile Tische und Bänke ergriffen und als Schutzschilde vorangetragen, die angesengten Pferde hinausgejagt und waren ihnen als dichtgedrängter Haufen gefolgt. Das zwang den Hauptmann unter dem Gezeter seines geistlichen Bruders, seine Leute aus den Verstecken beidseitig der Straße herauszuobordern und den Faidits entgegenzuwerfen, ehe diese sich ins Freie gekämpft hatten. Doch die verzweifelte Wucht der Eingeschlossenen war stärker als die zögerliche Aufstellung der Soldaten. Fernand Le Tris konnte seine Bogenschützen nicht einsetzen, denn schon waren Freund und Feind im dichten Qualm so ineinander verbissen, daß er auch seine eigenen Männer getroffen hätte.

»Schießt, schießt!« kreischte Bezù, der Inquisitor. »Wir haben Reserven, die Hunde dagegen sind gezählt!«

Doch die Schützen dachten nicht daran, ihre eigenen Gefährten umzubringen, nur weil der Dicke eine Taverne mit Faidits ausräuchern wollte.

»Fall ihnen in den Rücken!« schrie befehlend der Herr de la Trinité seinen Bruder an, den strategisch durchaus sinnvollen Einsatz der unwilligen Bogenschützen fordernd. Doch die kamen dem Feldherrn zuvor. Sie warfen Pfeil und Bogen weg, zogen ihre Dolche und warfen sich in das Getümmel, das zwischen dem verräucherten Ausgang und den brennenden Stallungen wogte.

Der Gesang war verstummt. Erbittert tobte der Kampf Mann gegen Mann. Der Wirt trug von hinten aus dem Gewölbe Zuber mit Wasser und näßte seine Gäste, hieb auch mal einem Soldaten ein leeres Holzfaß auf den Helm, wenn es sich ergab, denn auch er hatte keine Gnade zu erwarten.

Mitgefangen, mitgehangen, dachte er grimmig und grinste über den schmächtigen Troubadour, der unter einem der Weinfässer hockte und mit beiden Armen seine Laute vor herabfallendem brennendem Stroh schützte. »Mach den Hahn auf!« rief er ihm zu. »Den Wein wird keiner mehr –«

Weiter kam er nicht, denn ein Balken war ihm geradewegs auf den Kopf gefallen.

Jordi Marvel sprang entsetzt aus seinem Versteck, um den Balken von dem Wirt zu wälzen. Da stolperte ein verirrter Soldat über beide und hob seinen Dolch. Jordi schlug ihm die Laute ins erstaunte Gesicht, und der Angreifer fiel hintüber gegen den Spund des Weinfasses, das sich sofort mit dickem rotem Schwall zu entleeren begann. Der Franzose lachte dem Trovère aufmunternd zu und hielt seinen Helm unter das köstliche Naß. Das erboste den Wirt so, daß ihm die Kraft erwuchs, sich von dem Balken zu befreien. Er rammte das Holz gegen den Zecher und quetschte ihn mit voller Wucht gegen das Faß. Doch andere Franken eilten ihrem Freund zu Hilfe. Sie zerhackten den Wirt und wandten sich Jordi zu, der nichts als seine zerbrochene Laute zur Wehr besaß.

»Jetzt wirst du für uns singen!« riefen sie und machten sich einen Spaß daraus, den Kleinen umherzuschubsen.

Da sprang über ihnen krachend die Luke im Deckengewölbe auf, und ein Ritter sprengte hoch zu Roß die steinerne Treppe hinunter.

Er hatte sein Visier geschlossen, und furchtbar blitzte das breite Schwert in seiner Faust. Dem Pferd gelang es, die steile Stiege zu überwinden, ohne den Reiter abzuwerfen.

Das entsetzte die Franken derart, daß sie auf ihre Übermacht pfiffen und sofort von dem wehrlosen Sänger abließen. Der Ritter mit den rotgelben Barren auf Schild und Brustpanzer griff im Sprung herab und riß den schmächtigen Troubadour zu sich hinauf, dann gab er dem Tier die Sporen und setzte über Bänke und Tische, über Freund und Feind hinweg und erreichte unangefochten den Ausgang. Vor ihm wichen auch die auf der Straße Kämpfenden zurück, als sei der Satan unter sie gefahren. Der Ritter zügelte sein Roß vor dem Hauptmann, der ergeben herbeitrat. Ein Schlag mit der flachen Klinge auf sein behelmtes Haupt war alles, was er empfing. Fernand Le Tris ging in die Knie, bevor er wie ein Sack vornüber fiel. Der Ritter wendete sein Tier und stob mit ihm hangaufwärts, was alle, die dort standen, zur Seite springen ließ. Dazu gehörte auch der Inquisitor, der allerdings »Halt, ich befehle: halt!« hinter ihm herrief. Bald war der geheimnisvolle Fremde mit dem kleinen Troubadour vor sich im Sattel zwischen den Bäumen des Burgwaldes verschwunden.

Die Faidits hatten durch die unerwartete Erscheinung Mut gefaßt, noch einmal zu Tischen und Bänken gegriffen und waren in geschlossener Phalanx aus der Taverne gestürmt, über die Straße hinweg, den Hang ins Tal hinab. Die wenigen Franken, die ihnen folgten, wurden nie wieder gesehen.

LUZIFER IN RHEDAE

Die alte gotische Königsstadt Rhedae, zum Sitz des Grafschaftgerichts des Razès verkommen, war als Hochburg des Katharismus noch einmal zu Ruhm gelangt. Sie leistete sich sogar einen Ketzerbischof, dessen Anhänger lange zähen Widerstand leisteten, so daß die fränkischen Eroberer schließlich nicht nur die trutzigen Wälle schleiften, sondern auch die Häuser der Stadt in Schutt und Asche legten. Nur die ehemalige Zitadelle ließen sie stehen als Kern eines verwunschenen Dorfes, das sie Rennes-le-Château nannten. Der eigentliche Grund für die Zerstörungswut war jedoch, daß sie den Schatz des Salomon suchten, den die Römer aus Jerusalem geraubt und die Vandalen angeblich aus dem Capitol hierher verschleppt hatten, bevor sie über die Pyrenäen weiterzogen. Dann schwappten die maurischen Eroberer ins Land, und als die Könige von Aragon diese Fluten schließlich vertrieben hatten, konnte sich kein Mensch mehr erinnern, wo die Schätze vergraben worden waren.

So lag ein geheimnisvoller Schleier über den Mauern, düstere Geschichten nisteten in den Nischen und Winkeln. Es wurde gemunkelt, der Teufel habe Besitz von diesem Ort genommen, der zum größten Teil von der unsichtbaren Vergangenheit lebte. Ein Ort der Illegalität. Selbst die Templerburg war dort kaum aus strategischen Gründen errichtet worden, denn es befanden sich genügend Komtureien des Ordens in allernächster Nähe.

Die Feste war das Werk eines einzelnen Mannes. Der Präzeptor des Ritterordens, Gavin Montbard de Béthune, war eine außerordentliche Persönlichkeit. Schon zu Lebzeiten geheimnisumwittert und mit Sicherheit zu den höchsten Führungsrängen zählend, galt er als Sonderling. Er konnte sich Freiheiten herausnehmen, die mit seiner vielseitigen Tätigkeit als Gesandter allein nicht zu erklären waren. Seine Burg in der ehemaligen Zitadelle, die Gavin wie besessen fortwährend ausbaute, beherrschte längst Rennes-le-Château. Es ging das Gerücht, die Anlage habe sich unterirdisch weiter ausgedehnt als die alte Stadt und sei zum zukünftigen Sitz des Großmeisters von Okzitanien bestimmt.

»Rhedae als Keimzelle des neuen Ordensstaates der Templer?«

Es war Yeza, die in ironischem Ton diese Frage stellte. Sie ritt an der Seite von Gosset dem kleinen Trupp voran. Ihr »Hofmaler«, dazu hatte sie Rinat Le Pulcin kurzerhand ernannt, folgte ihr ebenso wie Jordi Marvel. Der so vereinnahmte Künstler besaß ein eigenes Packpferd, eine müde Mähre, die das Gestell zum Befestigen der hölzernen Bildtafel schleppte, als sei es die Last eines zerlegten Katapultes. Ihr frisch erkämpfter Troubadour hingegen war so geringen Gewichtes, daß sie ihn zusätzlich auf eines der Saumtiere gesetzt hatten, die Philipp mit dem Zelt und sonstigem Hab und Gut beladen hatte. Roç und der Diener bildeten den Abschluß.

»Das ist zweifellos die verblasene Idee, die Euer Freund, der Präzeptor, insgeheim hegt.«

»Ein souveränes Templarium, mit dem Herrn Montbard de Béthune als Despotikos?« Yeza lachte hellauf bei der Vorstellung. »Der sauertöpfische Gavin als der neue König Artus – und was sagen die Templer dazu?«

»Klugerweise erst mal nichts«, antwortete Gosset, »denn es bedarf schließlich der Zustimmung Frankreichs.«

»Sie könnten das Terrain kaufen.« Yeza wiegte ihren schlauen Kopf. »Bei den Schulden, die der König beim Orden angehäuft –«

»– wird Paris dennoch kaum das Land hergeben, das es gerade mit soviel Mühen und Blut erworben«, unterbrach sie der Priester.

»Mit Lug und Trug!« eiferte sich die knabenhafte Reiterin und warf ihre Blondmähne zurück. »Und wider jedes Recht!«

»Es zählt der Erfolg, meine Königin. Nicht einmal Aragon streitet Ludwig noch den ordentlichen Besitz ab.«

»Aber ich!« sagte Yeza.

»Nun gut«, wiegelte Gosset grinsend ab, »einen Anfang habt Ihr ja mit Quéribus gemacht.«

Sie waren die kahle Anhöhe in Serpentinen hinaufgeritten, die sich zwischen Gesteinstrümmern, geborstenen Mauern, eingefallenen Torbögen emporschlängelten, und näherten sich der Festung, die auf dem höchsten Punkt von Rhedae aufgetürmt war.

Eine wehrhafte Kirche ragte aus der Mauer empor wie ein vorspringendes Bollwerk. Ihr Dach war von gestaffelten Zinnen umkränzt und in die umlaufende Brustwehr der Burgmauer einbezogen. Eine steile Freitreppe führte zu der einzigen Pforte hinauf, die so klein und niedrig war, daß keine zwei Männer sie nebeneinander hätten passieren können und schon gar nicht zu Pferde. Die Ankömmlinge ließen ihre Tiere dennoch die Stufen hinaufsteigen und erreichten den mit Steinplatten belegten Vorplatz. Philipp wurde bei den Tieren zurückgelassen, Roç wollte stante pede die restlichen Stufen hinaufeilen, doch Gosset versuchte ihn zurückzuhalten.

»Dies kann nicht der offizielle Eingang sein«, gab er zu bedenken, doch Roç begeisterte sich an der Vorstellung, daß natürlich ein geheimer Zugang aus der Kirche in die Burg führen müßte.

»Das ist immer so«, behauptete er, »und ich werde ihn zu finden wissen.«

»Ich gehe mit«, erklärte Yeza.

»So bleibt mir nur, den Herrn Präzeptor darauf vorzubereiten«, sagte Gosset, »daß seine Gäste durch den Kamin oder eine Schranktür kommen werden, um ihm die Aufwartung zu machen.«

Das hörten die beiden schon nicht mehr, denn um die Wette stürmten sie bereits die Steintreppe empor, bedächtig gefolgt von Jordi und Rinat. Die Tür war unverschlossen, ein eingemauerter Totenschädel grüßte grinsend vom Tympanon herab, darunter die Schrift »*Terribilis est locus iste*«. Roç drückte die schwere Bohlenpforte auf, und das Licht fiel auf eine Teufelsfratze. Roç schreckte zurück, aber Yeza war nicht so leicht einzuschüchtern.

»Sieht dir irgendwie ähnlich«, wandte sie sich an den zwergwüchsigen Troubadour, der sie eingeholt hatte. Tatsächlich hockte der Gehörnte gleich neben dem Eingang und hielt seine Hand auf, als wolle er um Almosen betteln. Rinat entwand dem Katalanen die Laute und drückte sie der Gestalt geschickt so in die Hand, daß sie das Instrument zu spielen schien.

»Jetzt fehlt ihm nur noch deine Stimme, Rinat.«

Der Spott blieb Roç im Halse stecken, denn jetzt erscholl, das Gewölbe füllend, ein mächtiges Organ:

»Ein Ende hat Er gesetzt der Finsternis, und alle Vernichtung
begrenzt Er durch den Stein von Dunkel und Todesschatten.«

»Was war das?« fragte Roç beklommen, kaum war der letzte Ton verrauscht.

»*Hic domus Dei est.*« Den Text murmelnd, zeigte Jordi erschauernd auf eine weitere Inschrift, die vor ihnen im Boden eingelassen war. »Das war Gott!« flüsterte er. »Du sollst Seinen Namen –«

Rinat entwand der Teufelsfigur die Laute und gab sie ihrem Besitzer zurück.

»Den rechten Weg hat Er gezeigt, denn wer ›nach der
linken Seite wandelt und seine Wege unrein macht,
der zieht alle schändenden Geister auf sich,
denn nur einem solchen Menschen können sie anhaften.‹«

Die Stimme ertönte ein zweites Mal. Sie wiederholte die Worte, doch sosehr sie sich im Halbdunkel der Kirche umschauten, sie entdeckten niemanden, und auch die Richtung, aus welcher der Sprechgesang gekommen war, ließ sich nicht bestimmen. Der tiefe Baß wehte durch das Kirchenschiff, schwoll an und ab, bis er wie ein Orgelton verklang. Eingeschüchtert drangen sie vor in den Innenraum, dessen Fensterlöcher hoch oben lagen, so daß das Licht nur auf bestimmte Stellen fiel. Es beleuchtete Nischen in der Wand, in denen Figuren standen, die alle auf die kleine Gruppe herabzustarren schienen. Ein drittes Mal erhob sich die Stimme:

»Besser ein Kind, das arm ist und weise, als ein König,
ein alter und törichter, der sich nicht mehr in acht zu
nehmen weiß.«

Ihr Hall füllte den Raum, wurde von den Wänden zurückgeworfen, so daß sie wieder die Quelle nicht ausmachen konnten.

»Der Weise hat seine Augen im Kopf, doch der Tor wandelt
in Finsternis.«

Die Eindringlinge waren vor den Altar getreten. Dahinter erhob sich ein überlebensgroßes Golgatha. Ein natürlich anmutender Hügel türmte sich auf, mit den Kreuzen der Schächer rechts und links, und füllte die gesamte Apsis. Das Kreuz Christi schwebte noch halb über dem Boden. Henkersknechte machten Anstalten, es mittels Seilen aufzurichten, während ein Mann noch den letzten Nagel durch die Fußwurzel trieb. Ein Geräusch hinter Roç, Yeza und Jordi ließ sie herumfahren. Aus einer der Nischen, sie war mit »Joseph« beschriftet, war eine Gestalt herabgestiegen und verließ, in ein wallendes Gewand gehüllt, die Kapuze tief ins Gesicht gezogen, gemessenen Schritts die Kirche. Währenddessen sagte eine tiefe Stimme deutlich: »Shalom.«

Der Priester Gosset saß auf einem Hocker und hatte reichlich Gelegenheit, sein Gegenüber im hohen Lehnsessel jenseits des Eichenschreibtischs zu betrachten, denn der Präzeptor von Rhedae schaute versonnenen Blickes durch das offene Fenster hinaus auf das Land. Gavin Montbard de Béthune mit dem markanten, wie von Bildhauern gemeißeltem Cäsarenkopf, das Haar kurz und eisgrau, war eine äußerst eindrucksvolle Erscheinung. Seine straffe Gestalt war statt in makelloses Weiß in eine völlig unübliche schwarze Clamys gehüllt, die das blutrote Tatzenkreuz des Ordens auf der rechten Brust trug.

Das Protopoma eines Templers, kam es Gosset in den Sinn, wenn da nicht die falsche Farbe gewesen wäre – und dann diese Augen, die unter schweren Lidern ein merkwürdiges Glitzern zeigten, und dieser weiche Mund zwischen der harten, bartlosen Kinnpartie und einer zerbrechlich wirkenden, feinen Nase.

Als Gosset das getäfelte Arbeitszimmer des Präzeptors betreten hatte, hielt der gerade drei jungen Männern, ihre Tracht wies sie als Novizen des Ordens aus, eine Standpauke. Denn sie ließen die Ohren hängen und hielten die Blicke gesenkt.

»Wenn Ihr die erste Regel nicht gelernt habt, nämlich Euch als hundsgemeine Soldaten des Ordens zu begreifen, gehorsam zu dienen, ohne zu fragen, dann schlagt Euch eine Aufnahme aus Euren edlen Köpfen!« hatte er sie kalt gemaßregelt. »Ritterlicher Stand ist

Vorbedingung, höfische Art entspricht jedoch mitnichten dem Stil der Lebensführung eines Templers.«

Der Ordensobere ließ seinen Blick höhnisch auf den Burschen ruhen.

»Euer Auftrag für Quéribus war, innerhalb der Wachmannschaft nicht aufzufallen. Jetzt hat Euch der Seneschall höhnisch an mich zurückexpediert, als ›hochnäsige Hunde, die im Rudel stören, weil sie zu laut bellen und zu nachlässig wachen‹. Damit habt Ihr mir ans Bein gepinkelt – und jetzt raus!«

Wie begossene Rüden waren die drei aus dem Saal geschlichen.

»Es sind nachgeborene Söhne der Eroberer, die kein Erbe zu erwarten haben und keine Lust zum Priesterberuf verspüren. Ehe sie als Raubritter enden –«

»wollt Ihr sie dem Orden zuführen«, beschloß Gosset den Satz. »Denn Ihr seid auf gefügigen Nachwuchs aus, der dem Flecken Erde hier seit ein, zwei Generationen verhaftet ist, ohne vom okzitanischen Rebellenbazillus befallen zu sein, und der auch nicht der katharischen Irrlehre anhängt.«

»Das seht Ihr erstaunlich richtig für einen Priester, der Ihr jedoch nicht seid«, bestätigte Gavin, ohne die Spur eines Lächelns. »Ich brauche jeden Mann!«

Gosset nahm den Faden auf. »Ihr stellt Euch das zu einfach vor. Der Deutsche Ritterorden hat im ostpreußischen Ordensland einen Staat etablieren können, weil er rechtlose Heiden unterjochte und sich ihr Territorium angeeignet hat.«

Der Präzeptor wandte Gosset nachdenklich seinen unsteten Blick zu.

»Hier, Gosset, ist ähnliches geschehen. Rom und Paris in trauter Gemeinsamkeit haben die Ketzer verfolgt, vertilgt und den eingesessenen Adel Okzitaniens vertrieben.«

»Das ergibt zwar keine sonderlich appetitliche Rechtsgrundlage«, unterbrach ihn der Priester ruhig, »aber die Tat hat Fakten geschaffen und wurde nicht von Euch begangen – leider.«

»Wir nehmen Frankreich die Sorge um eine aufsässige Provinz ab und der Kirche den Ärger mit den Ketzern. Das ist – zusammen mit einem Kaufpreis, wie ihn die Welt noch nie gesehen hat, einschließlich großzügigem Schuldenerlaß – doch ein recht annehmbares Angebot?«

»Ihr Templer denkt wie Kaufleute. Dynastische Vorstellungen sind Euch eben fremd.« Gosset ließ sich den Ärger darüber nicht anmerken. »Ihr vergeßt die *gesta Dei per francos*, dieses mystische Gewaber von gottgewolltem, gesalbtem Königtum, die Glorie Frankreichs, Vorstellungen von Blut und Boden, die sich mischen und längst heilig gesprochen sind. Ihr vergeßt den französischen Adel, dessen Väter als Belohnung für ihre Teilnahme an dem Raubzug im Namen der Krone hier mit Lehen bedacht wurden. Ihr vergeßt die Würdenträger der *Ecclesia catolica,* für die sich im Languedoc und Roussillon fette Pfründe aufgetan haben. Die alle macht Ihr Euch zu Feinden! Selbst der Papst kann über solche Pläne nicht glücklich sein, und *noch* hängt Ihr von ihm ab.«

Gavin schaute belustigt auf den Priester hinab.

»Für die Christenheit wäre der Verlust des Papsttums ein Gewinn, und ein Großmeister des Tempels wäre allemal der bessere Papst!«

»Sicher«, sagte Gosset und lächelte. »Das gleiche Schicksal darf der König von Frankreich erwarten. Seine Majestät ist vor Freude schon außer sich!«

»Neue Lösungen bedürfen der Kühnheit des Gedankens«, entgegnete Gavin laut und erhob sich. »Die Durchführung ist eine Frage vorsichtiger Schritte und strengster Disziplin.«

Es klopfte an der Tür, dreimal.

»Mein Kabbalist«, verkündete der Präzeptor mit gedämpfter Stimme, »Jakov Ben Mordochai Gerunde, also aus Gerona, ist mein Gast, weil ihn seine eigenen Talmud-Juden steinigen würden, so sie ihn erwischten.«

Gosset wollte etwas erwidern, aber Gavin hatte mit seinem Abakus viermal vernehmlich auf die Tischplatte geschlagen, und die junge Templerwache ließ den Gelehrten eintreten.

Aus der Kapuze lugte ein bäuerlich derbes Gesicht voller Gutmütigkeit. Jakov blieb in der Tür stehen.

»Was haben die jungen Herren Pons de Levis, Mas de Morency und Raoul de Belgrave nun schon wieder angestellt, daß sie sich –

bei entblößtem Torso – gegenseitig mit Weidenruten auspeitschen bis aufs Blut?«

»Sie sollten lieber ihre hohlen Schädel aneinander dreschen«, raunzte Gavin ungehalten. »Sie haben sich so dämlich angestellt, daß selbst Pier de Voisins gemerkt hat, woher der Wind weht. Ihre Aufnahme in den Orden haben sie verspielt – fürs erste.«

»Gebt ihnen noch mal Gelegenheit, sich zu bewähren.« Der Gelehrte beugte demütig sein Haupt.

»Das Ansehen der Templer fordert, sich von Versagern zu befreien. Sie haben uns bereits Schaden zugefügt, weil sie sich als Agenten der niedrigsten Stufe haben entlarven lassen. Der Seneschall hat sie nicht einmal gestraft, sondern sie mir unversehrt zurückerstattet, eine freundliche Geste, die puren Hohn darstellt. Ich kann nur hoffen, daß jetzt nicht auch die übrige Mannschaft, die ich zum Schutz von Roç und Yeza auf Quéribus habe einsickern lassen, entdeckt und ausgeschaltet wird.«

»Laßt mich dafür Sorge tragen«, bot sich Gosset an. Doch Gavin wollte davon nichts wissen.

»Ihr seid als Beichtvater des Königlichen Paares bei unseren Gegnern akkreditiert. Seid froh, wenn Euch dieser Status erhalten bleibt.« Der Präzeptor schritt um den Tisch. »Was treibt die Kinder des Gral in unsere entlegene Mark?«

»Roç und Yeza sind schon längst keine Kinder mehr. Das hat das Königliche Paar schon den Mongolen bewiesen, denen sie nach der brutalen Vernichtung von Alamut den Rücken kehrten.«

»So gingen die Erben Dschingis-Khans der Hoffnungsträger verlustig. Und die Versöhnung zwischen Ost und West hat noch immer nicht stattgefunden.«

»Sie kehrten ins Abendland zurück, besuchten König Ludwig in Paris, und jetzt stehen sie Euch ins Haus.«

»Ihr Entdeckungseifer wurde durch meinen Abgang möglicherweise gestört«, entschuldigte sich Jakob. »Aber ich mußte mein Nischmat-Gebet verrichten!«

»Ich weiß«, knurrte der Präzeptor. »Ihr Juden preist Jahwe selbst noch auf dem brennenden Scheiterhaufen, wenn der Talmud es so vorschreibt.«

»Ich muß mich um Roç und Yeza kümmern«, drängte der Priester und wollte sich verabschieden.

»Ihr könntet von hier aus sehen, was und wie sie es anstellen, hinter die Geheimnisse des *locus terribilis* zu kommen. Ich bin neugierig.«

Gavin trat an die Wand, schob ein Paneel zur Seite und winkte seinen Gästen zu. Durch geöffnete Sehschlitze fielen ihre Blicke ungehindert in den Kirchenraum.

»Ich sage dir«, flüsterte Roç deutlich vernehmbar Yeza zu, »in dieser Kirche liegt irgendwo der Schlüssel zum Schatz des Salomon, wenn nicht der Schatz selbst.«

Sie schaute ihn von der Seite an.

»Hier ist alles zu offensichtlich«, murmelte sie. »Schau dir die beiden Engel an oder wen diese weißgekleideten Jünglinge sonst darstellen sollen, die da vorne den Felsklotz bewachen. Natürlich ist der beweglich, aber dahinter wirst du nichts finden.«

»Den Leichnam.« Roç schauderte es. »Denn das ist das Grab.«

»Nicht einmal einen Sarg!« beschied ihn Yeza und schenkte dem tonnenschweren Menhir keinen weiteren Blick.

»Ich werde ihn untersuchen.« Roç war beharrlich. »Wenn ich Spuren von Rollen ...«

Yeza hörte nicht mehr hin, denn sie inspizierte mit Jordi die Nischen, nachdem Joseph einfach davongeschritten war. Der kleine Sänger war eifrig dort hinaufgeklettert, wo noch eine Trittleiter stand. Er hatte den Platz des Zimmermanns eingenommen, ohne ihn auszufüllen, aber dabei etwas entdeckt.

»Die heilige Germaine da nebenan in der Nische«, rief der Zwerg aufgeregt, »sie hält etwas Blitzendes versteckt in der Hinterhand!«

Roç und Rinat waren als erste bei der Figur, die eine Hand kokett vor sich hielt, als würde ihr knielang herabfallendes Blondhaar nicht reichen, ihre Scham zu bedecken. Doch wenn man es genau besah, formten Daumenspitze und Zeigefinger geradezu aufreizend, einladend obszön einen Ring. Die andere Hand war zurückgebogen, als habe sie einen Dolch im Rücken verborgen, den Zudringlichen zu strafen. Es war aber ein Spiegel. Roç legte mehr tastend als rüttelnd

Hand an den Sockel, da spürte er bereits, daß der sich drehen ließ. Das Hinterteil der frommen Germaine wurde sichtbar. Es war nackt. Das war zu erwarten gewesen, doch nicht, daß sie mit der polierten Silberscheibe in der hohlen Hand ihren Hintern bespiegelte, als wolle sie ihre Pofalte erforschen.

»Meine edlen Herren!« monierte die hinzugetretene Yeza scharf. »Soll ich Euch leuchten?«

»Vielleicht bestand das Martyrium der Heiligen darin, daß sie unter Hämorrhoiden litt?« witzelte Rinat Le Pulcin, ärztliche Bildung verratend.

Da niemand darauf einging, blieben den anderen Erklärungen erspart.

»Ein Lichtstrahl müßte –« Roç sann laut über die Entdeckung nach. Sein Blick wanderte hinauf zum Spitzbogengewölbe des Kirchenschiffs. Dort fiel zwar ein Sonnenstrahl durch ein Loch in der Decke, er traf auch die Nische, nicht aber den Spiegel.

»Die Kehrseite der Keuschheit«, schnaufte der Troubadour, als keiner Anstalten machte, ihn heraufzuheben. Er war eilends aus der Josephsnische gestiegen, um den Einblick nicht zu versäumen. Enttäuscht ließen sie von der haarigen Schönen ab.

»Wir sollten auch die Künste der anderen Damen in Augenschein nehmen«, regte Rinat an, und der kleine Jordi eilte voran.

Flink kletterte er zur Mutter Gottes hinauf, die ihr Kind im Arm hielt, das sich im Wuchs durchaus mit ihm messen konnte. Dessen Platz einzunehmen mußte wohl der frevlerische Wunsch des Zwerges sein, denn er reckte sich und machte Anstalten, Maria von ihrem Kind zu lösen. Und siehe da, es ließ sich von ihrer Brust wegklappen! Zum Vorschein kam ein Teufelchen, das aus der Rückseite des Jesuskindes geformt war, aber so, daß sein Kopf wie bei einer Fledermaus nach unten hing und eine lange, leckende Zunge sichtbar wurde, während der unschuldige Hinterkopf des Heilands des Teufels nackten Hintern bildete, der sich der zärtlichen Mutter entgegenreckte. Doch was die Schatzsucher viel mehr interessierte: Zwischen den hochgeschnürten Brüsten Mariens stak auch ein Spiegel als Medaillon – und diesmal fiel ein Lichtstrahl direkt auf das glänzende Metall!

»So«, sagte Roç, sich selbst bestätigend, »nun müssen wir nur noch den Weg finden, den der Stern von Bethlehem uns weist!«

Doch der Widerschein fiel auf den glänzenden Hintern des Teufels.

»Du machst die Rechnung ohne die sich verändernde Zeit«, sagte Yeza schlau, »den Lauf der Jahreszeiten!«

Da sprang Rinat auf.

»Der Zodiakos Kyklos!« rief er und starrte auf die Wölbung der Nische hinter Mutter und Kind. Die Wand war mit allegorischen Fresken geschmückt.

»Seht da oben den Wasserträger und den Kentauren –« Er deutete aufgeregt auf das Bild, »und unten die Dioskuren und den Löwen! Das sind die himmlischen Nachbarn des Solstiz!«

»Ah«, sagte Yeza und wies in die Höhe, »nicht gezeigt wird der sommerliche Wechsel von den Zwillingen zum Cancer sowie –«

Rinat fuhrwerkte mit seinem Zeigefinger in der Luft herum und kam ihr zuvor:

»– vom Jäger Chiron zum Capricornus!«

Aber Yeza zeigte sich überlegen:

»Es handelt sich zwar bei dem Schützen um Nessos, doch der Grundgedanke ist richtig. Nur fehlen Frühling und Herbst.«

»Ich hab' sie gefunden!« jubelte Roç. »Hinter der Germaine!«

Sie eilten zur Nische der Heiligen zurück. »Seht ihr das Meer, von Zeus, als Stier verkleidet, übersprungen, der Europa entführt?«

Rinat war Feuer und Flamme und diesmal Yeza voraus.

»Das soll nur ablenken von den Fischen im Wasser und dem verborgenen Gehörnten, der Äquinox des Widders zur Linken. Und rechts steht die Virgo. Sie hält sogar die Waage in der Hand! Die Tag- und Nachtgleiche findet zwischen ihnen statt, auch wenn oben der Adler seine Kreise zieht.«

Yeza ließ dem Maler seinen Stolz und fügte nur hinzu:

»Das heißt, einschließlich des Skorpions werden wir hier bedient –«

»Aber wie?« fragte Roç kleinmütig, den es schon wurmte, nicht wie gewohnt als der große Entdecker geglänzt zu haben.

»Denk nach!« forderte ihn seine Damna auf. »Entweder muß das

Licht dem Spiegel folgen, ihn also das ganze Jahr über erreichen – oder der Spiegel folgt dem Licht.«

»Helft mir da mal hoch«, bat Jordi.

»Du willst bloß der Blonden von hinten in die –«

»Schttt!« verwarnte Roç den Maler. »Wir sind hier unter Damen.« Und er hob den Zwerg schon zur Nische hinauf.

»Der geile Wichtel!« schimpfte Rinat, denn der Troubadour steckte seine Nase sogleich zwischen die Pobacken, um dann, vor Wonne prustend, mit hochrotem Kopf wieder zu erscheinen.

Er trippelte um die Figur herum und griff ihr schamlos, das schützende Haar zur Seite schiebend, zwischen die Schenkel. Zum Vorschein kam ein Rohr, das wohl bewußt an einen Penis gemahnte. Es paßte genau in die gekrümmte Hand der guten Germaine. Er bewegte den hinteren Arm mit dem Spiegel, und die Bewegung übertrug sich auf den vorderen.

»In welcher Dekade der Jungfrau befinden wir uns?« fragte Rinat mit vor Aufregung heiserer Stimme und gab sich gleich selbst die Antwort: »In der zweiten!«

Jordi drehte Germaine den Arm hinter den Rücken, als wolle er ihn verrenken, bis sich die Hand der Dame in der Höhe der entsprechenden Darstellung auf dem Fresko befand. Ein Lichtstrahl fiel gleißend in den Spiegel und wurde von dort durch das mitgeschwenkte Rohr vom Anus durch die Vulva geschickt. Er erschien als deutlicher Fleck an der gegenüberliegenden Kirchenwand. Darüber ragte ein Kerzenleuchter aus der Wand, der aus einem Fischleib geformt war.

»Opposition als Kontrolle!« jubelte Yeza. »Die Klinke zur Tür!«

Sie schritten bedächtig durch das düstere Kirchenschiff.

»Nur keine falsche Bewegung«, flüsterte Roç.

Sie passierten den Golgathahügel, der sich vor ihnen aufbaute.

»Soll das alles nur Herrn Gavin zur Belustigung dienen?« murmelte Yeza und schaute mehr sehnsüchtig als ehrfürchtig zu den aufragenden Kreuzen hinauf, mit den angelehnten Henkersleitern, den Seilen und Haltetauen, den eifrigen Knechten und den würfelnden römischen Legionären. Sie alle waren, wenn auch übergroß, lebensecht aus einem weichen Material, wohl Pappelholz, geschnitzt und so dick in mehreren Schichten farbig übermalt, daß es sich tönern anhörte, wenn man daran klopfte. Die Kreuze hingegen waren aus edlerem Holz gefertigt.

»Unser alter Freund, der Präzeptor, will uns prüfen. Ich spüre, daß seine Augen auf uns gerichtet sind.«

Roç wirkte weniger eingeschüchtert.

»Das mag schon sein, aber ich fühle, er benutzt uns und unsere ihm wohlbekannte Erfahrung als Schatzsucher, um sich zu vergewissern, ob seine Sicherungen funktionieren. Ich möchte wetten, daß wir noch nicht am Ziel sind. Er hätte sonst längst eingegriffen. Laßt mich allein zu dem Fisch«, wandte er sich an seine Begleiter, »und achtet genau darauf, was geschieht.«

Yeza, Rinat und der kleine Troubadour blieben inmitten des Raumes stehen. Roç trat an die Wand, der Lichtfleck leuchtete klar über ihm wie ein Stern. Er reckte sich, umklammerte den Kerzenfisch mit beiden Händen und zog ihn zu sich herunter, den Blick fest auf den Menhir gerichtet, von dem er wohl erwartete, daß er sich jetzt in Bewegung setzte und den Weg freigab. Ein Knacken ertönte an ganz anderer Stelle der Kirche, doch Yeza hatte es genau gesehen, daß ein Zittern durch die kniende Gestalt der Magdalena ging. Der Felsblock hatte sich nicht gerührt, aber den hatte Roç ja eigentlich als Tor zur Schatzkammer von vornherein ausgeschlossen. Er nickte zufrieden. Inzwischen hatten sich alle vor der Sünderin versammelt.

»Das hätte ich mir ja gleich denken können«, empörte sich Yeza. »Mit Maria von Magdala, zur Hure erklärt, treibt die Kirche ihr ärgstes Spiel. Mich sollte nicht wundern –«

»Immerhin hat Herr Gavin, so er denn für alles hier verantwortlich zeichnet, ihr die Ehre eines eigenen Altares erwiesen. Sie scheint die Hauptgottheit dieses blasphemischen Arrangements darzustellen«, verteidigte Roç entschieden mehr die Frau als den Templer. »Voyeure sind diese Kriegermönche allemal!«

Er hoffte, er würde von dem Präzeptor gehört, und setzte hinzu:

»Laßt uns nachschauen, was die Liebende unterm Rock verbirgt!«

»Nicht übel!« ertönte da eine Stimme. Sie schien von oben aus dem Gewölbe zu kommen. Roç und Yeza erkannten Gavin schon am sarkastischen Tonfall. »Ich darf jetzt bitten, daß Eure Begleiter den *locus terribilis* verlassen und draußen warten. Den letzten Weg geht das Königliche Paar allein.«

Das klang ziemlich sinister. Dennoch straffte sich Roç und schickte den schmollenden Rinat hinaus, vor Jordi Marvel, der froh war, dem Ort zu entkommen. Die Nische der Sünderin war fast ebenerdig in die Wand eingelassen. Sie war auch nicht mit Fresken geschmückt, sondern mit einem prächtigen rubinroten Samtvorhang ausgekleidet. Vor der Knienden war ein Marmorfuß in den Boden eingelassen, wohl um das Bild der dienenden Büßerin zu vervollständigen, daneben stand ein Napf mit wohlriechenden Essenzen, in den ihre Hand sich senkte, um die Salbung vorzunehmen. Roç fiel zwar auf, daß er eigentlich wie ein schwarzer Kelch wirkte, aber der Gedanke, es könne der gesuchte sein, kam ihm nicht.

»Yezabel Esclarmunde du Mont y Sion dreht sich jetzt um und wendet ihren Blick nicht von Golgatha«, tönte der Unsichtbare, der – wie der berechtigte Nachsatz bestätigte – doch alles sah, »ohne sich umzuschauen!«

»Denk' daran, wie es Lot's Weib erging!« zischte Roç ihr zu, stolz, der Erwählte zu sein, dem jeder Anblick zugemutet werden konnte. Dann aber wurde ihm doch flau im Magen, und er hätte liebend gern mit Yeza getauscht. Die wandte sich ab, schritt aber zur heiligen Germaine, stieg auf die Trittleiter, die dort noch lehnte, kniete vor der Märtyrin nieder und betete, ihre verborgene Hand umklammernd. Dann küßte sie die dargebotene vor dem Blondhaar, stieg wieder hinab und begab sich gesenkten Hauptes zum Altar vor dem Hügel Golgatha. Roç hatte dem Treiben zugleich belustigt und besorgt zugeschaut, bevor er sich der Magdalena zuwandte. Die Anweisung ließ nicht auf sich warten.

»Tritt dem Fuß auf die Zehen, umfasse das Haupt Magdalenens mit beiden Armen, und ziehe es zu dir herab, bis du selbst kniest.«

Roç tat wie ihm geheißen, wieder fiel sein Blick auf das Gefäß. Es war aus schwarzem Stein, doch war er so versessen auf die Entdeckung der Mechanik, daß ihm der augenfällige Rückschluß auf den schwarzen Stein versagt blieb. Er zog das Haupt der Sünderin zu sich herab. Der Marmorfuß gab nach, und ohne große Mühe konnte er die Kniende nach vorne kippen, sie immer fest umarmend, bis er selbst das Knie beugen mußte wie sie. Schwer war die Figur nicht, denn sie war rückwärtig hohl wie ein Baumstamm, in den der Blitz geschlagen war. Dann sah er, was die Höhlung barg oder in sie eingedrungen war, als er den Kerzenfisch herabgebogen hatte: ein riesenhaftes, gekrümmtes Glied wie das des Priapos war aus dem Vorhang getreten und hatte Magdalena sodomisiert. Es ragte jetzt frei aus dem Boden der Nische.

»Ergreif' den Schlüssel nun, er wird dir öffnen«, befahl Gavin, »doch hüte dich, hinter den Vorhang zu schauen!«

Roç dachte gar nicht daran, sich dem auszusetzen. Er hatte oft genug von dem Haupt des Baphomet gehört, das angeblich von den Templern lästerlicherweise verehrt werde. Hinter dem rubinroten Tuch stand wohl die ganze Figur dieses teuflischen Wesens und bot ihr gräßliches Antlitz dar. Ihm genügte dieser Riesenphallus, den in die Hand zu nehmen schon genug Überwindung kostete. Roç drückte ihn herunter. Ein ungeheures Krachen und Scheppern ertönte, als würde es blitzen und donnern. Ein rundes Loch tat sich in der Kirchendecke auf, aber Sonnenlicht fiel nicht herein. Glutrot wie die Hölle verfärbte sich Golgatha. Dämpfe stiegen aus dem Boden auf, und – Roç hatte den Menhir, die riesige Felsplatte, nicht aus den Augen gelassen – der Stein spaltete sich mittendurch. Trotz des Spektakels fuchste es Roç gewaltig, den Schlitz nicht entdeckt zu haben, aber seine Ränder verliefen so zackig, daß die Trennaht vermutlich nicht wahrnehmbar war. Jedenfalls klafften beide Flügel nach hinten auf. Sie gaben den Blick auf einen dunklen Raum frei.

Auf der Schwelle dieser Pforte aus Granit erschien die hohe Gestalt Gavins. Der Präzeptor trug eine schwarze Clamys, und rot leuchtete das Tatzenkreuz auf seiner Brust.

»Willkommen, meine kleinen Könige«, sprach er mit freundlicher Stimme. »Tretet ein!«

Yeza hatte bis zum Erscheinen Gavins die Grabplatte nur mit einem Auge beobachtet, mit dem anderen hatte sie den Spiegel der Germaine als Spion benutzt für das, was hinter ihrem Rücken vor sich ging.

»Ich hab' alles gesehen«, flüsterte sie Roç triumphierend zu, der hastig an ihr vorbeistrebte. »Doch jetzt muß ich dringend pinkeln«, fügte sie hinzu, als er grinsend kundtat, daß er ihren Handspiegelraub bemerkt hatte. »Geh schon vor, ich komme gleich nach.«

»Hinter der Mutter Gottes ist eine Schranktür in der Wand«, ließ sich Gavin da vernehmen. »Sie führt an einen stillen Ort.«

Yeza schwieg betroffen, als sie begriff, daß der Präzeptor wohl alles, auch das geringste Wispern, hörte. Sie begab sich gemessenen Schritts durch die leere Kirche zu der angewiesenen Stelle. Roç folgte der Aufforderung des Templers und durchschritt das steinerne Tor.

Die drei Burschen, die Gavin so rüde abgekanzelt und hinausgeworfen hatte, hockten auf einer Mauer und haderten mit ihrem ungerechten Schicksal. Sie warfen sich keineswegs gegenseitig die Schuld für das Scheitern ihrer Geheimmission vor, sondern waren stolz darauf, daß sie sich in Quéribus nicht wie gewöhnliche Garnisonssoldaten aufgeführt hatten. Sich vor Vergnügen auf die Schenkel schlagend, trumpften sie jetzt noch auf, weil sie dem Kommandanten, einem wohlbeleibten Hauptmann, auf der Nase herumgetanzt waren.

»Dicker«, äffte Pons de Levis, der selbst zur Leibesfülle neigte, seinen Kumpanen Mas de Morency nach, »mir ist ein Sou zu Boden gefallen!«

Sie prusteten vor Vergnügen in Erinnerung der Szene, weil der Hauptmann sich schneller gebückt hatte, als zu realisieren, wer ihn da so frech beleidigte, zumal der pfiffige Morency ihm großzügig das Geldstück schenkte, wie man einen Diener von oben herab belohnt.

»Herr Fernand Le Tris«, mischte sich Raoul de Belgrave ein, der größte und wohl auch bestaussehendste unter ihnen, »hätte dir vor Wut sein Schwert durch die Brust gerammt, wenn ich nicht gebrüllt hätte: ›Der Hundsfott gehört vor meine Klinge, das Schwein hat meine Damna –‹«

Das reichte Pons als Stichwort:

»›Damna!?‹ Bei dem Ruf warf ich mich zwischen die Hähne. ›Elender Schuft! Seit wann ist Madame Le Tris deine Buhle?‹ Und ich zückte meinen Dolch gegen dich, Raoul –«

»Das hat mir gereicht –«, der fuchsgesichtige Mas grinste genüßlich –, »um vor deiner gefürchteten Klinge Reißaus zu nehmen. Du ranntest hinter mir her, verfolgt von unserem Pons, der mit seinem Dolch herumfuchtelte und furchtbar schnaufte.«

»Und der Dicke blieb wie angewurzelt zurück, mit offenem Maul. Er drehte die Münze in der Hand und steckte sie schließlich kopfschüttelnd ein, bevor er sich in Bewegung setzte –«

»– um auf der Stelle sein Weib zu verprügeln, das –«

»– um der Wahrheit die Ehre zu geben, sich mit keinem von uns dreien je eingelassen hatte!«

Yeza hatte die Schranktür geöffnet und sofort erkannt, daß die hintere Wand sich verschieben ließ. Sie stand in einem niedrigen Gang, der sich wohl im Innern der Mauern um die Kirche schlängelte, denn immer wieder konnte sie durch fugendünne Schlitze hinausblinzeln. In den Abständen der Außenstreben führten auch Auslässe steil nach unten, durch die im Verteidigungsfall sicher siedendes Pech oder Öl herabgeschüttet wurde. Sie war schon geneigt, mit ihrer Notdurft ähnlich zu verfahren, als sie durch einen Spalt draußen grünes Gras und schützendes Blattwerk sah. Das verleitete sie, noch an sich zu halten, denn sie empfand eine natürliche Umgebung als angemessener. Sie rutschte den nächsten Schacht hinab und stieg, eng an die Wand gepreßt wie eine Eidechse, die abfallende Mauer hinunter, ohne sich umzusehen. Ein Stein bröckelte, sie verlor den Halt, plumpste nicht sehr tief und fand sich in einem Friedhofsgärtchen neben der Kirche wieder. Unter den schattigen Bäumen zwischen verwitterten Kreuzen und uralten, bemoosten Grabsteinen standen die Pferde. Philipp lag im Gras und schlief. Aus ihrer eigenen Satteltasche ragte, gut sichtbar und griffbereit, der mongolische Bogen samt dem Futteral für die gefiederten Pfeile, die ihr der Il-Khan geschenkt hatte. Ihr Fehlen würde den faulen Knappen recht erschrecken und ihm zur Lehre gereichen. Yeza schlich an ihm vorbei und nahm die Waffe an sich.

Der Friedhof war seitlich von niedrigem Gemäuer begrenzt, brombeerüberwucherten Fundamenten und Resten früherer Bauten. Yeza stieg bedächtig eine schartige Treppe hinab, deren zerbrochene

Marmorstufen wenig Halt gaben. An ihrem Fuß wuchs aus dem Stein ein ausladender Feigenbaum, dessen Schatten ihr bestens für ihr Geschäft geeignet erschien. Yeza streifte ihre Hose herunter, hob ihr Hemd und hockte sich nieder, froh, dem lästigen Druck nachgeben zu können. Das befreiende Plätschern war noch nicht verklungen, da fiel ein Stein vor ihr von der Mauer über dem Baum, und sie vernahm ein unterdrücktes Lachen. Yeza blickte auf und sah durch das Blattwerk des Feigenbaums oben hinter der Mauerbrüstung den Kopf eines fremden Burschen verschwinden. Sie wollte sich gerade erheben, da tauchte ein anderes Gesicht über dem Sims auf und betrachtete völlig ungeniert ihre mißliche Lage. Es war ein wölfisches Gesicht mit kalten grausamen Augen, das sie anstarrte wie eine wehrlose Beute.

Ich muß sofort zurück in meine Hosen kommen, fuhr ihr durch den Kopf, denn jetzt sprang ein dritter, ein baumlanger, nicht einmal übel aussehender Kerl auf die Mauer über ihr und lachte schallend.

»Wartet nur, Jungfer, und verschließt Euer Gärtlein nicht!«

Das Gelächter verdoppelte sich. Das Mondgesicht erschien jetzt zwischen den Stiefeln des breitbeinig Stehenden und kündigte an:

»Gleich kommt der Mas und wird es Euch bestellen!«

Yeza war so wütend, daß sie hochfuhr wie von einem Skorpion gestochen. Da sich ein Augenblick der Blöße nun einmal nicht vermeiden ließ, drehte sie sich blitzschnell und zeigte den Burschen mit gerecktem Hinterteil, was sie von ihnen hielt, bevor sie es bedeckte. Das hätte sie vielleicht nicht tun sollen, denn Yezas kleine, harte Pobacken wirkten durchaus aufreizend. Der dumpfe Plumps hinter ihr zeigte an, daß der erste sein Heil versuchen wollte.

Sie fuhr herum und hatte den Pfeil schon auf den Bogen gelegt. Der Wolf stand keine zehn Schritt vor ihr unter einem alten Kirschbaum, dessen Äste er wohl zum raschen Abstieg benutzt hatte.

»Die Zeit der Kirschen ist vorüber«, sagte sie in dem Versuch, die Spannung zu lockern, denn wichtig war nur, daß sie nicht mit allen dreien – oder wie viele es sein mochten – auf einmal zu tun bekam.

»Ich weiß, wo ich die Früchte hole, holde Maid, die ich ernten will!« Er tat einen Schritt vorwärts. »Denkt nicht, daß mich Euer

Spielzeug davon abhalten kann – wenn Ihr überhaupt damit umgehen könnt!«

Er nestelte an seinem Hosenlatz.

»Zeigt mir die Stelle im Stamm, die ich treffen soll«, bot Yeza mit unbefangener Stimme an, und Mas de Morency triumphierte innerlich.

Hat die Kleine ihren Pfeil erst verschossen, bin ich schneller über ihr, als sie einen neuen ergreifen kann, dachte er und wandte sich zurück zum Kirschbaum. Er legte die flache Hand oberhalb seines Kopfes an den Stamm. Da war der Pfeil schon von der Sehne geschnellt und heftete sie mitten durch den Handteller an das Holz. Yeza hatte aus der Hüfte geschossen. Es war ihre einzige Chance.

Mas stieß einen tierischen Wutschrei aus, der in ein langgezogenes Jaulen überging, als er an dem Pfeil zerrte, der tief eingedrungen war, und so die Schmerzen nur vergrößerte. Yeza hatte sich rückwärts über die brüchige Treppe auf die mannshohe Plattform zurückgezogen. Der große Kerl sprang, ohne die Zweige des Kirschbaums zur Hilfe zu nehmen, von der Mauer und landete geschickt auf beiden Füßen. Er war mit einem Schwert bewaffnet und machte Anstalten, seinen Kumpanen von dem Pfeil zu lösen, mit dem Mas erhobenen Armes an den Stamm genagelt war.

»Laß das«, schrie Yeza ihn an, »wenn du ihm nicht Gesellschaft leisten willst!«

»Raoul de Belgrave«, rief der zurück, und das Lachen war aus seinem Raubtiergebiß verschwunden, »hat noch nie einen Freund im Stich gelassen – schon gar nicht um einer kleinen Hexe willen!«

Yeza trat an den Rand der Plattform und hob den Bogen, gewillt, den Burschen ein für allemal daran zu hindern, ihren Pfeil zu kappen. Da rauschte es in den Blättern des Feigenbaums. Das Mondgesicht sprang ihr genau vor die Nase, entriß ihr den Bogen, jedenfalls entglitt er ihren verkrampfen Händen, bevor der rundliche Bursche auf dem Bauch unterhalb der Plattform landete.

Yeza verlor keinen Augenblick die Nerven. Blitzschnell schnellte ihre Hand zurück über ihre Schulter zum Nacken, und schon hatte sie ihren Dolch aus der Mähne gezogen. Mit dem Schwung des zurückfedernden Armes ließ sie das Wurfmesser fliegen. Raoul hatte gerade ohne jede Hast sein Schwert erhoben und zum gezielten Schlag zwischen Pfeil und Hand angesetzt, als die blitzende Klinge heranwirbelte, seinen Unterarm durchschlug und ihn – wie angekündigt – einträchtig neben der durchbohrten Hand an den Stamm heftete. Er ließ das Schwert fallen.

Pons, das Mondgesicht, hatte sich aufgerappelt und war wie erstarrt, als er sah, was seinen Freunden widerfahren war.

»Nimm das Eisen!« schrie Mas de Morency schrill und stieß das herabgefallene Schwert mit dem Fuß in seine Richtung. »Stoß es der Teufelin in den Leib, schlitz' sie –« Seine Stimme überschlug sich, doch Pons de Levis stieß einen dumpfen Laut aus und rannte mit gesenktem Kopf die Stufen hinauf.

»Mit meinen Händen will ich dich erwürgen!« brüllte er und stürzte sich auf Yeza, mit beiden Händen nach ihrem Hals grabschend. Sie schien ihm entgegen zu tänzeln, hob spielerisch die eine Hand, ergriff zustoßend von oben sein Handgelenk, beugte wie beim Hofknicks das Knie und ließ den Angreifer über sich hinwegfliegen. Nur das Handgelenk hielt sie fest, es knackte häßlich, als es brach, kaum daß er, mit dem Gesicht zuerst, zu Boden krachte. Sie sprang von der Plattform und brachte ihren Bogen wieder an sich, was Raouls Hand endgültig sinken ließ, der gerade mit verzweifelter Kraftanstrengung den Dolch mit einem Ruck aus dem Baum gezogen hatte.

»Laß ihn fallen«, sagte Yeza heiser, »oder ich schieß dir in den Hals.«

In dem Moment betraten Philipp, Rinat und Jordi den Friedhof.

»Nehmt sie in Verwahrung«, befahl Yeza, »und versorgt ihre Wunden, bis ich Hilfe geschickt habe.«

Vor dem Portal der Kirche traf Yeza auf zwei Templer, die, von Gavin gesandt, nach ihr Ausschau zu halten.

»In Eurem Klostergarten habe ich drei Kirschdiebe gestellt«, sagte sie leichthin. »Nehmt sie in Gewahrsam!«

Der eine Templer ging kopfschüttelnd, der andere eskortierte Yeza die von Fackeln erleuchtete Wendeltreppe hinab, die wohl in die Krypta der Kirche führte. Vor einer Schleuse aus zwei eisernen

Fallgittern, die gerade eine Person aufnahm, ließ der Templer sie allein. Yeza zuckte schreckhaft zusammen, als die Eisenspitzen hinter ihr herabsausten, und brach in Tränen aus, als das Gegentor nicht sogleich emporgezogen wurde.

Sie betrat einen Raum, in den von oben durch ein kreisrundes Loch Licht fiel, wohl die Zisterne. In ein steinernes Becken ergoß sich klares Wasser wie aus einem Quell, und sie wusch sich verärgert das Gesicht sowie die Augen. Dann stieg sie auf der anderen Seite eine steile Treppe hinauf.

Vor ihr tat sich ein Anblick auf, mit dem sie nicht gerechnet hatte und der ihr ungewollt Schauer der Ehrfurcht bereitete. Yeza spürte, daß sie eine Schwelle überschritt. Sollte sie endlich des großen Geheimnisses teilhaftig, des Grals ansichtig werden? Oder hatte die Hemmung, die sie beschlich, mit ihr selbst zu tun? Sie mochte sich nicht als junge Frau fühlen und schon gar nicht als Königin. Aber ihren Mann würde sie jederzeit stehen, als Ritter wie Roç. Dessen wollte sie sich auch nicht schämen.

Ihre Waffen umklammernd, schritt sie vorwärts. Yeza sah in einen runden Saal hinab, der tief in die Erde reichen mußte, denn unzählige Säulenkreise umringten die hochragende Kuppel im Zentrum. Die künstliche Grotte hatte eine Ausdehnung, deren Größe Yeza nur an den Fackeln und Öllämpchen an den Pfeilern abschätzen konnte. Ihre Lichter verloren sich im hinteren Halbrund wie ein Reigen ferner Glühwürmchen. Das war der ›Takt‹! Er mußte es sein, der Weiheraum, in dem die geheimen Riten der Templer stattfanden, von denen soviel gemunkelt wurde. In der Mitte der Rotonda befand sich im steinernen Boden eine rechteckige Vertiefung, die mit schwarz glänzenden, teils gläsernen, teils undurchsichtigen geometrischen Körpern aufgefüllt war. Einige von ihnen glühten, als lägen sie in einem magischen Kohlebecken. Blaue Flämmchen züngelten um sie, tauchten sie bald in fahles Licht, bald in den Widerschein leuchtender Glut. Doch mehr als die Rollen und Pyramiden, Kegel und Würfel aus Kristall und Marmor fesselte sie die riesige Kugel, die auf diesem Bett ruhte, ja schwebte. Sie glänzte matt metallisch und war mit einem Netzwerk aus Gold- und Silberdrähten umspannt, die sie wie eine Zitrusfrucht in keilförmige Segmente von oben nach unten zerlegten und in Scheiben schnitten, Ringe, die zur angenommenen Mitte hin immer größer wurden.

Um die Kugel herum standen Roç und Gavin, der Yeza sehr verändert erschien, aber nicht etwa, weil er alt geworden war. Seltsamerweise wirkte der grauhaarige Präzeptor in seiner schwarzen Clamys wie eine Winterkrähe. Bei ihnen befand sich noch eine Gestalt, deren bäuerliche Gesichtszüge Yeza fremd waren. Doch der alttestamentarische Gebetsmantel kam ihr bekannt vor: Sankt Joseph, der Nischensänger des Nischmat-Gebetes!

Yeza beobachtete, wie Roç die große Kugel andächtig drehte. Es waren bizarre Landmassen und fremde Meere eingraviert, die aufschienen und wieder im Dunkel versanken. Gavin hatte die schmale Gestalt oben an der Freitreppe entdeckt und winkte ihr zu.

»Willkommen, Esclarmunde!« rief er mit krächzender Stimme. »Niemand ist mehr berufen als Ihr, die Welt zu erleuchten!«

Yeza zögerte. Ihr schoß der Verdacht in den Kopf, daß der gestrenge Präzeptor ihr die Burschen zur Strafe auf den Hals gehetzt hatte, weil sie seinem Gebot in der Kirche nicht gehorcht hatte und im Spiegel gesehen hatte, wie der phallische Hebel die arme Magdalena von hinten pfählte. Warum Männer soviel des Aufhebens machten, wenn es um den kleinen Unterschied ging, auch wenn er in diesem Fall groß ausfiel! Ein aufgeplusterter Hahnenkamm! Sie, Yeza, war von dem Anblick weiß Gott nicht erblindet und verspürte keine Lust, jetzt auch noch die Welt, diese Kugel der Männer, zu erleuchten.

Yeza setzte sich betont langsam in Bewegung und nahm sich Zeit, den Raum zu betrachten. Knapp mannshohe Stellwände aus Holz, angeordnet wie ein Labyrinth, umgaben das harte Lager der Gea. Nur von hier oben war die Anlage zu überblicken. Die Wände waren mit Landkarten bedeckt, die Ozeane, Eismeere und Inseln zeigten, von denen Yeza noch nie gehört hatte. Sie konnte sich nicht vorstellen, wo sie lagen, so es sie überhaupt gab. Da waren sandfarbene Wüsten zu sehen – *hic sunt leones* – und gänzlich weiße Flecken, die schneebedeckte Berge oder *terra incognita* bedeuten konnten. Grün waren ausgedehnte Wälder und Moore. Doch was die Betrachterin fesselte, waren die gekrümmten Linien, die sich überall wie Wurmspuren hindurchzogen; es waren Wege, die sich die Menschen erschaffen hatten, durch unendliche Einöden und über aufgetürmte felsige Hindernisse hinweg. Und die schnurgeraden Striche auf den Wassern, die sollten wohl den Schiffen als Pfade durch Stürme und Untiefen dienen. Die riesigen Wandbilder mußten der regen Phantasie Gavins entsprungen sein, kam es Yeza in den Sinn, denn so groß war die Erde ja nicht. Roç und sie kannten die Enden genau, denn sie waren bis zu den Mongolen gekommen – und der Präzeptor nicht!

»Der Orden der Templer hält sich doch höchstselbst für die Leuchte der Welt«, begrüßte sie schnippisch den Hausherrn. »Was bedarf es da noch meiner geringen Person, eines unbedarften Weibes?«

Sie trat zu Roç und funkelte ihn streitsüchtig an. Ihr Ritter und Beschützer war nicht zur Stelle gewesen, als sie seines Armes bedurft hatte. Der Held war vollauf mit den metallenen Geräten beschäftigt, die neben der drehbaren Kugel lagen.

»Schau«, rief er begeistert, »ein Sextant – und hier ein Astrolabium! Kunstwerke von solcher Präzision habe ich bisher nur bei den Assassinen, im Observatorium von Alamut, gesehen!«

»Ich weiß«, entgegnete Yeza spitz, »bei deiner himmlischen Buhle Kasda, der Sternenguckerin!«

Roç schwieg. Er ärgerte sich, daß er ihr überhaupt von Kasda erzählt hatte.

Gavin zog eine Augenbraue hoch und lenkte ihre Aufmerksamkeit auf den bäuerlichen Mann im Gebetsmantel.

»Dies ist Jakov, mein Kabbalist«, sagte er ernst. »Der Rabbi Jakov Ben Mordechai weiß auf alles eine Antwort. Nur nicht auf die Frage, warum ihn – außer mir – alle Welt haßt, seine Talmud-Juden eingeschlossen.«

Yeza sah dem Mann ungeniert ins Gesicht. Es war offen und verriet eine Herzensgüte, die sie bei dem Templer lange hätte suchen können.

»Wenn Ihr, guter Mann, den Präzeptor nicht mehr ausstehen könnt«, sagte sie leise, doch deutlich vernehmbar, »ich nehme Euch gern in meine Dienste.«

Der Rabbi lächelte. »Ich würde Euch nur zur Last fallen, denn mein Wissen taugt nicht für Eure Pläne, Königin, und mein Können reicht bei weitem nicht, Euch eine Stütze zu sein. Ich bin selbst ein Wanderer zwischen den Welten, doch wann immer sich unsere Wege kreuzen werden, will ich Euch dienen ohne Lohn.«

»Da nimm dir ein Beispiel!« wandte sich Yeza an Roç. »Von solcher Gesinnung möchte ich umgeben sein.«

»Wie du schon hörtest, edle Dame mein, ist dies nur sporadisch denkbar. Weise Männer haben noch einiges anderes zu tun auf dieser Welt.« Damit drehte er die Kugel, vertiefte sich in die Zeichnungen auf ihrer Oberfläche und verglich sie mit den Karten an der Wand.

»Ihr wollt also sagen« – Roç hielt sich an Gavin –, »es gibt jenseits des Djebl al-Tarik nicht nur den Ozean des Atlas, sondern noch Land und Meer weit dahinter – und man kann –«

»Bewahre es in deinem kühnen Herzen«, sagte der Templer feierlich. »Es ist kein Wissen für jedermann, es ist die Zukunft, die noch verborgen liegt.«

»Und sie zu kennen bedeutet große Macht?« stellte Roç schnell fragend fest.

»Selbsterkenntnis!« gab statt des Präzeptors der Rabbi die Antwort. »Sonst ist Wissen eitler Tand«, setzte er murmelnd hinzu.

Da erscholl Gossets Stimme durch den Raum, sie drang aus einem Kupferrohr, das von der Decke herabhing.

»Präzeptor, der erwartete Gast ist eingetroffen – mit großem Gefolge und vielen Kisten. Auch Sklaven –«

Gavin war dicht an das Rohr herangetreten, das unten so gekrümmt war, daß man sowohl Ohr wie Mund dicht heranbringen konnte. Er hatte durch dreimaliges Klopfen seines Abakus an die Röhre den Gesprächsfluß gebieterisch unterbrochen.

»Allein der Taxiarchos soll vorgelassen werden!« kommandierte er mit nervöser Unmut in den dröhnenden Tubus. »Sonst niemand! Habt Ihr mich verstanden, Priester?!«

»*Beauséant alla riscossa!*« ertönte der Schlachtruf der Templer als Bestätigung. Dann trat Stille ein. Sie warteten. Roç schaute sich um, ob der kreisrunde Raum noch andere Eingänge haben könnte, doch er vermochte keinen zu entdecken. Ihn hatte der Templer durch die

Wasserschleuse geführt, und der junge Mann hatte sofort begriffen, daß der Saal mit der Erdkugel, die Gavin »Globus des Atlas« nannte, für jemanden, der nicht tauchen konnte, nicht erreichbar sein würde, sollte diese unterirdische Kammer geflutet werden. Ersticken mußte man deshalb noch lange nicht, denn in der Decke waren etliche Löcher, durch die fahles Licht einfiel. Roç hatte sich ausgerechnet, daß es von den Pfeilern der darüber stehenden Kirche herrühren mußte. Sie waren wohl hohl und ließen Luft und Licht vom Dach der Kirche einströmen. Wo soviel Überlegung in die Gestaltung der übereinanderliegenden Bauwerke gesteckt worden war, durfte man auch annehmen, daß es zumindest einen Fluchtweg gab. Doch der angekündigte Besuch erschien wie er und Yeza auf der die Zisterne abschließenden Mauer.

In Gossets Begleitung befand sich der Mann, der als »Taxiarchos« angekündigt war, und Roç entsann sich der abenteuerlichen Berichte Williams, der stundenlang von diesem Taxiarchos, dem »Penikraten«, erzählen konnte. Der stattliche, braungebrannte Bettlerkönig von Konstantinopel schien ein Mann von kühner Gesinnung. Heldenmut, ja Wildheit sprühten ihm aus den Augen. Er gefiel Roç sofort.

»Mein alter Freund, der Taxiarchos!« verkündete Gosset stolz. Es war ihnen anzusehen, daß sie sich beide sehr über das Wiedersehen freuten.

»Wir kennen uns«, sagte Gavin mit milder Ironie. »Wir sandten den Penikraten als Befehlshaber eines unserer besten Schiffe gen Abend.«

Inzwischen waren die beiden Freunde herangekommen. »Was habt Ihr uns von der Reise mitgebracht?« Es war auffällig, daß Gavins Stimme vor Aufregung zitterte. »Berichten könnt Ihr uns später.«

Die fragenden Augen des Präzeptors tasteten den Ankömmling ab. Doch der Taxiarchos ließ ihn zappeln.

»Zunächst erstatte ich Euch die Bussel zurück.« Er griff in die Tasche seines goldbestickten, achmardigrünen Umhangs und zog ein rundes Döschen hervor, das mit kostbaren Steinen besetzt war.

»Die eifrige Zitternadel hat uns exzellente Dienste geleistet –«

»Erzählt mir das später«, drängte Gavin, der seine Ungeduld kaum noch zu zügeln wußte.

So kannte Roç ihn nicht.

Der Taxiarchos klatschte in die Hände. Aller Blicke richteten sich auf die Treppe. Dort erschien eine kindliche Fee aus Tausendundeiner Nacht, über und über in Gold gehüllt, das ihre Schultern überhöhte, sich auf ihrem Kopf türmte und sie zu einer beinah starren, aufrechten Haltung zwang.

»Ist das eine Tochter der Götter?« Verstohlen zupfte Roç den Priester am Ärmel.

»Eher eine Tempeljungfrau!« beantwortete der die leise gestellte Frage mit vernehmlicher Anzüglichkeit, daß Yeza aufmerksam wurde. »Diesen *status animae* konnte sie zumindest behaupten, bevor sie dem Taxiarchos in den Schoß fiel.«

So kannte Roç den Monsignore bisher noch nicht, und er beeilte sich, von Mann zu Mann lachend, gleichzuziehen.

»Tempel trifft also zu!«

Yeza warf den beiden Mannsbildern einen strafenden Blick zu.

Die erfahrene Kleine bewegte sich gemessen Schritt für Schritt, die schlanken Hände vorgestreckt, in denen sie ein Kästchen hielt, auf dem ein goldener Löffel und ein zisliertes Röhrchen lagen. Da Gavin den Blick nicht von ihr wandte, konnte Roç heimlich die Bussel an sich ziehen, die der Präzeptor achtlos neben der Kugel abgelegt hatte. Die kleine Dose ließ sich nicht öffnen, doch eine geschliffene Quarzscheibe gab den Blick in ihr Inneres frei. Ein unscheinbares Stück Eisenblechs, wie eine Pfeilspitze geformt, balancierte auf einer Nadelspitze und wanderte zitternd immer in die gleiche Richtung. Roç sah, daß die vier Winde mit Kürzeln am Rand vermerkt waren. In einer plötzlichen Eingebung hielt er seinen Ring aus Magnetstein von außen an die Dose, und schon zeigte der Pfeil auf ihn. Schnell stellte er die Bussel wieder an ihren Platz. Die blutjunge Kindfrau – sie war von fremdartigem Reiz, nur die gewaltig gekrümmte Adlernase störte Roç – kniete mittlerweile vor Gavin, der weder ihrem Goldschmuck noch ihrer bronzefarbenen Haut darunter Beachtung schenkte. Der Präzeptor riß ihr vielmehr fahrig das Kästchen aus der Hand und öffnete es begierig. Roç reckte sich, um zu sehen, was darin war, doch schon hatte Gavin einen Löffel voll weißlichem Pulvers in den offenen Deckel gestreut. Er griff zum Röhrchen, steckte es in sein Nasenloch, beugte sich über den Deckel und sog das weiße Pulver durch das Röhrchen und die Nase in sich hinein. Seine Augen bekamen einen merkwürdigen Glanz. Er klatschte in die Hände und rief in völlig ungewohnter Heiterkeit:

»Ein Fest, ein Fest! Freunde, laßt uns ein Festmahl begehen!« Er wandte sich an den Taxiarchos. »Dabei werdet Ihr mir von allem berichten, mich alles sehen lassen, was Ihr erwerben, erobern, ergaunern konntet! Weist mir die Beute, ich will Euch fürstlich entlohnen!«

Er nahm Yeza an die Hand, um damit den Aufbruch anzudeuten. Doch die interessierte sich für das fremde Mädchen.

»Woher kommt der güldene Paradiesvogel?« begehrte sie zu wissen.

»Potkaxl ist eine Toltekenprinzessin«, antwortete der Taxiarchos. »Ich habe sie von der Plattform aus dem Tempel des Sonnengotts gerettet. Sie stand dort oben, und der hohe Priester hielt sein Skalpell schon empor –«

»– um ihr lebend das zuckende Herz –« Yeza grinste den Taxiarchos an. Der Mann gefiel ihr. Ihr kam jäh der eigene Status in den Sinn. »Warum sollte sie geopfert werden, wenn sie doch eine Prinzessin ist?«

»Potkaxl ist eine der letzten Nachfahren der Tolteken. Das reichte, um die Jungfrau dem Gott als Braut zuzuführen.« Der Taxiarchos musterte seine interessierte Zuhörerin. »Das alte Herrschergeschlecht wurde von der neuen Dynastie der Maya blutig aus der Macht der Priesterkönige gedrängt.«

Gavin hatte Yeza nicht von der Hand gelassen. Jetzt zog er sie energisch von dem Penikraten weg.

»Denkt nicht, liebe Yeza –«, sagte er aufgekratzt, wie sie den gestrengen Präzeptor noch nie erlebt hatte, »– daß unser Taxiarchos die güldene Maid aus purer Selbstlosigkeit vor solchem Schicksal bewahrte! Er ist ein Abenteurer der schlimmsten Sorte.« Das sollte wie eine Warnung klingen. Gavin hatte eigens den Zeigefinger erhoben, doch sein Grinsen vereitelte die gewünschte Wirkung. »Die kleine Tempeljungfer versprach doppelten Lustgewinn.« Er kicherte. Yeza war es fast peinlich. »Einmal das Gewand, es war aus reinem Gold. Und dann noch das, was darunter war: nackte Haut!«

Yeza sah sich befremdet nach Roç um. Doch der ging mit Jakov, offensichtlich in ein Gespräch vertieft.

»Wenn eine Nadel immer in die gleiche Richtung zeigt«, fragte Roç ihn scheinheilig, »und man weiß nicht, in welche?«

Der Rabbi lachte.

»Die Bussel kann nur nach Norden weisen. Dort muß unter dem Eis ein gewaltiger Magnetberg liegen. Sie weiß das genau, wir nicht!«

»Aber damit wissen wir auch in der Nacht, wo *meridies, oriens, occidens* sind, auch auf dem Meer, und wer sich mit den Sternen auskennt –«

Roç fand das sehr befriedigend. Doch wenn er sich erhofft hatte, der Präzeptor würde jetzt einen anderen Weg aus dem runden Raum nehmen, sah er sich getäuscht. Sie durchquerten die Zisterne, durch die sie auch gekommen waren. Yeza ging neben der Toltekenprinzessin und versuchte, sie in ein Gespräch zu verwickeln, doch das Geschöpf aus dem wundersamen Land der goldenen Tempel, von denen Yeza noch nie vernommen hatte, sprach nur wenige Brocken griechisch, die ihr der Taxiarchos während der Überfahrt beigebracht hatte.

»Ich bin deine glückliche Hetäre«, radebrechte sie, »und dir stets zu Willen.«

Das amüsierte Yeza außerordentlich.

Den Abschluß des Zuges bildeten die alten Kumpane Gosset und der Penikrat.

»Potkaxl geht immer noch davon aus, daß sie anschließend geschlachtet wird, jedesmal.«

»Dein griechisch-orthodoxer Opfergang zweimal die Woche«, feixte Gosset, »muß ihr jedesmal wie ein Vorspiel auf die wahren Freuden der Götter erschienen sein, die sie im Leben nach dem Tode erwarteten!«

Der Kapitelsaal der Templerburg von Rhedae fiel nicht durch seine Größe auf, sondern durch die erlesene Ausstattung. Er war rundum mit dunklem Edelholz verkleidet, aus dem auch die Tafel und das Gestühl gefertigt waren. Der Raum hatte etwas Düsteres, denn der einzige Schmuck bestand aus dem Beauséant, der am Ende des langen Tisches vom Bannerträger an einer Lanze emporgehalten wurde. Nur die Stirnseite des Saals zeigte, aus Korallen als feines Mosaik in schwarzen Marmor eingelassen, blutrot das Tatzenkreuz, das Wappen des Ordens. Quer darunter stand auf einer dreistufigen Empore die Tafel, an der Gavin seine Gäste bewirtete.

Die Tempelritter erhoben sich schweigend, als ihr Präzeptor Einzug hielt. Gavin Montbard de Béthune trug ausnahmsweise die vorgeschriebene weiße Clamys, mit der kleinen Extravaganz, daß sein rotes Tatzenkreuz nicht die gesamte Brust einnahm, sondern in Herzhöhe handtellergroß aufgestickt war. Mit strengem Blick überflog er seine Mannen, bat Roç und Yeza an seine Rechte und wies dem so sichtbar geehrten Taxiarchos den Platz zu seiner Linken. Ihm folgten Gosset, der Priester, und Jakov, der Rabbiner, während die Toltekenprinzessin zwischen ihn und den Penikraten plaziert wurde, um ihnen als Vorlegerin zu dienen.

Das schlanke Mädchen hatte seinen Goldschmuck mit einem perlenbestickten türkisfarbenen Gewand vertauscht. Auf dem Haupte trug es einen spitzen Turm aus Silbergeflecht, an dem kleine Glöckchen bei jeder Bewegung klingelten. Gavin registrierte es mißbilligend, aber da der Taxiarchos ihn entwaffnend anlachte, unterdrückte er eine sarkastische Bemerkung. Doch wer ihn kannte, wußte, daß der Präzeptor die störende Anwesenheit des blutjungen Geschöpfes nicht auf sich beruhen lassen würde.

In der Tat hatte die Erscheinung der Potkaxl ein Raunen im Saal ausgelöst, ein bei der strengen Disziplin des Ordens unerhörtes Vorkommnis. Und selbst jetzt noch ging ein Wispern durch den Raum, wenn auch alle Ritter steif hinter ihren Bänken standen, als hätte ein jeder die Lanze des Bauséant verschluckt.

Neben dem Königlichen Paar, denen Philipp als Page zu Diensten war, hatte Rinat Le Pulcin, der Maler, Platz genommen, während Jordi Marvel, der Troubadour, sich seitlich zu Füßen auf die Treppe setzte und sein Instrument stimmte. Roç und Yeza hatten, von Rinat beraten, für das Festmahl eine schlichte, doch kostbar gearbeitete mongolische Tracht gewählt, die ihnen gut zu Gesicht stand. Besonders Yeza liebte diese Gewänder, weil jene der mongolischen Frauen sich nicht sonderlich von denen der Männer unterschieden, schon wegen der Hosen und wattierten Schultern.

»*Chanterai por mon corage
que je vueil reconforter.*«

Der Präzeptor hatte dreimal mit seinem Abakus auf die Tafel geklopft, die Ritter nahmen Platz, und Jordi spielte auf, während Diener und Sergeanten die ersten Platten herantrugen.

»*Qu' avecques mon grant domage
ne quier morir ne foler,
quant de la terre sauvage
ne voi mes nul retorner
ou cil est qui rassoage
mes maus quant j'en oi parler.*«

In den Refrain fielen die Ritter ein. Ihre rauhen Stimmen klangen schwermütig.

»*Dex, quant crieront ›Outree‹,
Sire, aidiés au pelerin
par cui sui espaventee,
car felon sont Sarazin.*«

Die Vorspeisen bestanden aus einer Auswahl geräucherter Würste, in Öl eingelegt, mit Wacholderbeeren und Pilzen; aus luftgetrockneten Schinken vom Wildschwein und Bär. Dazu wurden rote Moosbeeren und gedünstete Zwiebeln gereicht. Es gab auch mit Speckstreifen gespickte, gesottene Wachteln und Schnepfen in Apfelgelee. Ihre Eier waren in einer Salzlake hart gekocht und zusammen mit Oliven und würzigen Kräutern in irdene Näpfe gehäuft. Es wurden geröstetes Fladenbrot und ein herber Weißer aus dem Razès aufgetischt.

»Soufrerai en tel estage
tant quel voie rapasser.
Il est en pelerinage;
molt atent son retorner,
car outre de mon lignage
ne quier achoison trover
d'autrui face mariage:
Folz est qui j'en oi parler.«

Von den Mannen des Penikraten – wie ihr Herr in grünes Tuch gehüllt, mit einer verwegenen roten Binde um die Stirn – wurden zahlreiche Truhen und Körbe herbeigeschleppt. Goldene Ringe und Armreifen klirrten, als sie die Kisten vor dem Tisch des Präzeptors niedersetzten.

»Dex, quant crieront ›Outree‹ ...«

Er ließ sie nicht öffnen, was die Neugierigen im Saal empfindlich traf, doch alle Tempelritter saßen dennoch kerzengerade, wie angewurzelt, und schauten nicht einmal hin. Sie wußten, daß Gavin nur auf ein Zeichen mangelnder Beherrschtheit lauerte. Es folgten große Schalen voller kostbarer geschnitzter Figuren; geschmiedeter Kultgegenstände aus nie gesehenen Steinen, mit Goldintarsien und glitzernden Juwelen verziert; Körbe mit vielfältig gefärbten Lederarbeiten und riesige Muscheln, deren Perlmuttglanz in allen Farben schimmerte; federgeschmückte Kopfhauben und seltsame bizarre Masken, die Grimassen zu schneiden schienen, aber meist zu bedrohlichen Fratzen verzerrt waren, geeignet, Schrecken und Furcht zu verbreiten. All das wurde von bronzehäutigen Sklaven getragen, fast noch Kinder, wie es sich herausstellte, als sie vor Gavin ihre Hauben abnahmen und sich schüchtern verneigten.

»Xolua!« Dieser Aufschrei war der Toltekenprinzessin entschlüpft, die aber sofort mit gesenktem Haupt dem Taxiarchos nachschenkte. Yezas waches »Potkaxl, was ist?« ließ sie wagen, leise hinzuzufügen: »Xolua, mein kleiner Bruder!« Worauf Yeza, nach einem schnellen Blick des Einverständnisses von Roç, laut sagte:

»Hol ihn her!«

Ehe sich das Mädchen in Bewegung setzen konnte, ertönte ein barsches »Halt!« von einem der Sergeanten, die während des Mahls als Leibwache hinter ihrem Präzeptor standen.

»Wie steht es«, wandte sich Yeza herausfordernd an Gavin, »wenn ich die beiden, Bruder und Schwester, zum Geschenk von Euch erbitte?«

Der Angesprochene starrte flackernden Blicks an ihr vorbei auf die Toltekenprinzessin, deren Glöckchengeklimper ihn fuchste. Seine düstere Miene hellte sich zu ungewohnter Herzlichkeit auf.

»Den Knaben verehr' ich Euch gern, meine Königin«, sagte er mit sanfter Stimme, »doch die Lippen des Mädchens könnten von dem fernen Goldland plaudern, wenn sie nicht versiegelt werden. Ihre Augen haben den Weg über den Oceanus Atlanticus gesehen, und ihr wacher Verstand könnte ihn nachvollziehen. Ich kann ihr weder Freiheit noch Leben schenken.«

Der harsche Urteilsspruch löste tödliche Stille aus, dann sprang Roç so heftig auf, daß er den Wein verschüttete, der vor ihm stand.

»Die Prinzessin Poktaxel steht unter dem Schutz des Königlichen Paares, samt ihrem Bruder Xuloa«, schrie er aufgebracht den Präzeptor an, »niemand soll wagen, Hand an sie zu legen!«

Yeza hatte vorsorglich schützend einen Arm um die Kleine gelegt, während Roç über den Tisch sprang und eine Hand des Knaben ergriff.

Gavins Miene hatte sich wieder verfinstert, und eine Zornesader schwoll ihm. Dann lachte er dröhnend.

»Wer steht hier unter wessen Schutz?! Muß ich mir im eigenen Hause –« Er spürte einen eisernen Griff um seinen Arm, der ihn nicht nur niederhielt, sondern auch vor Schmerz zum Schweigen brachte. Sein Ehrengast Taxiarchos bleckte ihn mit seinem Raubtiergebiß an.

»Mein hochverehrter Herr«, sagte er leise und ungeheuer freundlich, »Potkaxl hat nur die Wellen des Meeres gesehen, sie weiß nichts von dem geheimen Fluß unter den Wassern, noch kennt sie den Weg des verborgenen Stromes, dem ohne Bussel niemand zu folgen vermag.«

»Ihr Anblick genügt, um Neider neugierig zu machen«, schnaubte Gavin, doch jetzt mischte sich auch Gosset ein.

»Ihr vergeßt, in wessen Dienst sie tritt!« rief er laut, bevor er in schneidendem Ton flüsterte: »Wollt Ihr, will die Prieuré wegen einer Heidin, eines ungetauften Kindes gar, sich die Gunst des Königlichen Paares verscherzen?«

Der Präzeptor gab sich grollend geschlagen. Da ertönte vom Eingang des Saales eine helle Stimme.

»Gavin Montbard de Béthune, Ihr tatet Unrecht daran, Euch Sklaven mitbringen zu lassen, deren Herkunft der Tempel nicht preisgeben kann.«

Herein trat Guillem de Gisors, der im Orden keinen hohen Rang bekleidete. Doch jeder wußte, daß er der zukünftige Großmeister der geheimen Gesellschaft sein sollte, die hinter dem Orden der Templer stand, der Prieuré de Sion. Und alle im Kapitel, vor allem die Ritter, die schweigend verharrten, waren gespannt, ob der Präzeptor die Maßregelung hinnehmen würde.

Gavin erhob sich und schlug dreimal hart mit seinem Befehlsstab auf den Tisch.

»Willkommen, Guillem de Gisors. Eure Verspätung soll eine milde Strafe finden. Ihr übernehmt den Beauséant, ein stehendes Amt.« Er lachte laut. »Somit ist es Euch verwehrt, an der Tafel teilzuhaben.«

Er wartete, bis Guillem zum Ende des langen Tisches geschritten war und das Banner übernommen hatte. Dann ließ er sich wieder auf seinen Sitz fallen und wandte sich seinen Gästen zu. Doch kaum hielt der Gisors das Banner umfaßt, setzte er zur Gegenrede an:

»Das Tragen des Beauséant ist mir eine Ehre, doch will ich nicht um meine Pflicht gebracht werden, mit Euch zu reden.« Damit schulterte er die Lanze und marschierte durch den Saal, bis er auf der Empore hinter Gavin stand. Der drehte sich nicht nach ihm um, sondern verkündete:

»Es hat keine Schenkung von Sklaven an mich oder den Orden stattgefunden. Diese Knaben hier waren lediglich Träger der Waren, die unser Freund Taxiarchos uns als sichtbares Zeugnis seiner erfolgreichen Mission mitgebracht hat. Diese Heidenkinder sind und bleiben sein Eigentum, er wird sie wieder mit sich nehmen.«

Gavin griff zu seinem Pokal. Der Penikrat erhob sich und lächelte Yeza und Roç zu.

»Ich erlaube mir, dem Königlichen Paar die Kinder Potkaxl und Xolua aus dem Volk der Tolteken zum Geschenk zu machen. Sie sind von fürstlichem Geschlecht, und ich hoffe, sie werden ihren neuen Herren mit Leib und Seele freudig dienen.«

»*Chevalier, mult estes guariz,*
quant Deu a vus fait sa clamur.«

Diesen Moment nutzte Jordi Marvel, in die Saiten seiner Laute zu greifen.

»*Des Turs e des Amoraviz,*
ki li unt fait tels deshenors.
Cher a tort unt ses fieuz saisiz;
bien en devums aveir dolur,
cher la fud Deu primes servi
e reconuu pur segnuur.«

Die Hauptgerichte wurden aufgetragen, Platten mit Wild, am Spieß geröstet, auch gebratene Wildenten im Sud von Kastanien, Pomeranzen und Sinapel, Waldtauben, in Teig gebacken, mit Kaneel bestreut und mit Mandelschrot in Honigmelasse, dazu Mus von Rüben und Bohnen.

Doch alle Köstlichkeit der Speisen konnte nicht verhindern, daß noch immer verstohlen Blicke zu den fremdländischen Kindern wanderten, zu dem Mädchen wie dem Knaben, die sich zu Füßen des Königlichen Paares gekauert hatten.

»Ich werde sie malen«, eröffnete Rinat ungerührt dem Priester, »bevor der Tempel sie heimlich zu Englein macht.«

»Das fehlt gerade noch«, beschied ihm Gosset entsetzt. »Damit fordert ihr den Meuchelmord geradezu heraus.«

»Ich bin ein Künstler, Monsignore«, verteidigte der Maler sein

Vorhaben. »Stellt Euch die Welt vor, aus der diese Geschöpfe kommen, ihre Tempel, ihre Städte! Alles aus purem Gold! Diese Potkaxl muß mir –«

»Ich verbiete Euch, sie auch nur anzusprechen!« fauchte Gosset. »Oder ich zerbrech Euch erst die Pinsel, dann die Knochen.«

»*Alum conquer Moïsès,*
ki gist el munt de Sinaï;
a Saragins nel laisum mais,
ne la verge dunt il partid
la Roge mer tut ad un fais,
quant le grant pople le seguit.«

Die Krüge waren jetzt mit einem hellen Roten gefüllt, der von jenseits der Pyrenäen kam, aus dem maurischen Andaluz, eine Aufmerksamkeit des Wesirs von Murcia.

»*E Pharaon revint après:*
El e li suon furent perit.«

Kaum war vorgelegt, ließen es sich alle schmecken. Die Zungen der Ritter lösten sich. Die Toltekenprinzessin, dem blutrünstigen Ritual im letzten Augenblick entrissen, war in aller Munde. Zu welchem Gott beteten diese Heiden? Wem opferten die Priester? War ihre Macht der von Königen gleich. ihr geheimes Wissen dem vom Morgenland und Abendland so überlegen, daß sie nicht einmal Gesandte schickten? Das bewegte die Ritter des Tempels Salomonis ungeheuer.

Da stieß Guillem de Gisors gegen jedes Protokoll dreimal seinen Bannerstab auf den Boden und rief:

»Man bringe die Herren Mas de Morency, Pons de Levis, Raoul de Belgrave!«

Diesmal drehte sich Gavin doch langsam zu dem hinter ihm Stehenden um.

»Ihr spielt Euch zu oft als Richter auf!« zischte er ihm leise zu, aber dieser Tadel blieb unbeantwortet.

Unten im Saal wurden die Aufgerufenen von Sergeanten hereingeführt, in Ketten, obgleich alle drei den linken Arm in einer Schlinge trugen. Roç warf Yeza einen fragenden Blick zu. Sie schüttelte energisch den Kopf und wandte ihr Auge nicht von den unglücklichen Böcken, deren jugendliche Brunft sie in diese böse Lage gebracht hatte. Der stämmige kleine Pons war völlig geknickt. Morency, das Wolfsgesicht, starrte haßerfüllt zu Boden. Nur der seine Kumpanen um Haupteslänge überragende Raoul de Belgrave lächelte ihr zu. Yeza dachte an die Gräfin gleichen Namens, all den Schutz, den sie von ihr erfahren, und es reute sie, die Burschen der Jurisdiktion des Ordens ausgeliefert zu haben.

Der Gisors erhob seine Stimme.

»Ihr habt das Leben verwirkt. Ich will Eurem Opfer ersparen zu schildern, wessen ihr euch schuldig gemacht.«

Er legte eine kurze Pause ein, die keine Entschuldigung zuließ.

»Profoß!« wies er den in der Tür stehenden Scharfrichter an. »Führt sie ab, und waltet Eures Amtes!«

»Halt!« rief Yeza laut. »Ich bin kein Opfer und –« Sie zitterte am ganzen Leibe. Roç schob sie sanft zur Seite.

»Ihre Tat verdient den Tod«, sagte er bedächtig. »Doch wurde ihr junges Leben nicht erhalten, damit Ihr es ihnen jetzt nehmt. Denn wir verzeihen den Übeltätern.«

Gisors schwieg, doch Gavin plusterte sich auf.

»Der Orden, dem ich zu Rhedae vorstehe, nimmt jeden Sünder auf.«

»Mitnichten!« schnitt ihm der Gisors die Eloge ab. »Der Orden ist kein Asyl für Strolche!«

»Sie werden harte Buße tun, niedrigste Arbeiten verrichten«, legte Gavin nach, doch ohne Erfolg.

»Die Gemeinschaft der Templer bedarf keiner Schwächlinge, die sich nicht in der Gewalt haben. Mildtätigkeit ist die Sache der Samariter.«

»Barmherzigkeit!« rief Yeza empört.

Gisors musterte sie ungerührt, wie sie da flammenden Hauptes stand, und wandte sich an die Verurteilten.

»Das Königliche Paar hat von seinem Gnadenrecht Gebrauch gemacht. Verdient habt Ihr es nicht«, setzte er trocken hinzu. »Ihr werdet dem Penikraten leibeigen als Galeerensklaven übergeben. Er mag Strafmaß und Bewährung nach eigenem Gutdünken bemessen.«

Bevor die drei abgeführt wurden, verneigten sie sich. Raoul de Belgrave ergriff das Wort:

»Wir danken dem Königlichen Paar für die erwiesene Gunst –«
Er kniete jetzt nieder, und seine Gefährten beeilten sich, es ihm gleichzutun. Pons fiel seinem Freund ins Wort.

»Gott gebe, Herrin«, sagte er unbeholfen, »daß wir sie Euch eines Tages dienend vergelten dürfen.«

Dann wurden sie aus dem Saal geführt, und schnell schlug Jordi einige Akkorde, bevor er seine Stimme wieder erschallen ließ.

»De ce sui molt deceüe
quant ne fui au convoier,
sa chemise qu'ot vestue
m'envoia por enbracier.«

Der Nachtisch wurde aufgefahren. Zu süßem Madeira reichten die Diener Käse und aufgeschnittene *naranjas de Tarok*, blutrote Zitrusfrüchte, die in Olivenöl schwammen und mit Salz und Pfeffer gewürzt waren.

»La nuit, quant s' amor m' argüe,
la met avec moi couchier
molt estroit a ma chair nue,
por mes maus assoagier «

Jordi wußte die Ritter zu nehmen. Mächtig erscholl der Refrain.

»Dex, quant crieront ›Outree‹ …«

IM SCHATTEN DES TEMPELS

Die Kathedrale im Norden von Paris war ursprünglich die Kirche des alten Klosters Saint-Denis, war eigentlich eine alte Klosterkirche gewesen, und sie hatte diesen schlichten Habit auch nicht abgelegt, als sie mit neuer, reichverzierter Fassade zur Krönungs- und Begräbnisstätte der Könige von Frankreich erhoben wurde.

> *»Concurrunt universi*
> *gaudentes populi*
> *divites et egeni*
> *grandes et parvuli.«*

Ludwig IX. aus dem Hause Capet hätte seinen Beinamen »Der Heilige« nicht schon zu Lebzeiten wie eine härene Mönchskutte verdientermaßen getragen, wäre er nicht stets bußfertig hierhin geeilt, sooft es ihm seine Regierungsgeschäfte erlaubten.

> *»Princepes et magnates*
> *ex stirpe regia*
> *saeculi potestates*
> *obtenta venia.«*

Der Aufenthalt in seiner weltlichen Hauptstadt mit der freigeistigen Universität, dem ausschweifenden Hofleben – der Louvre deuchte ihm ein Sündenbabel – und den eitlen Intrigen war Ludwig im Grunde seines arg schlichten Gemüts zuwider. Er wollte ein frommer Mann sein, doch er war ein engstirniger, bigotter Monarch, ein intoleranter Herrscher und ein bis zur Grausamkeit ungerechter oberster Richter.

> *»Peccaminium proclamant*
> *tundentes pectora*
> *poplite flexo clamant*
> *hic: Ave Maria.«*

Der König mit seinem Gefolge verließ wie immer als letzter das Haus Gottes, weil er nach der Messe, die ihm der päpstliche Nuntius Kardinal Rostand Masson gehalten hatte, noch zu beten pflegte. Außerdem hatte der Purpurträger um ein Gespräch unter vier Augen nachgesucht.

Königin Margarethe blieb wartend mit ihrem Hofstaat vor der Kathedrale auf der Freitreppe stehen, weil sie nicht gewillt war, ihren Mann allein den Einflüsterungen Roms auszusetzen, zumal sie den Grund der kirchlichen Demarche ahnte. Sie hatte den Konnetabel gebeten, dafür Sorge zu tragen, daß die Intervention des Kardinals auf die Freitreppe verschleppt würde. Gilles Le Brun, der Heerführer des Königreiches, war zwar kein Mann der Königin, aber stets alarmiert, wenn der Gesandte des Papstes sich in die Politik Frankreichs einzumischen drohte. So beschlagnahmte er seinen Herrn, kaum daß der sich von seiner Gebetsbank erhoben hatte, und eskortierte ihn mit allerlei Klatsch und Tratsch durch das Kirchenschiff Richtung Hauptportal. Der ansonsten wortkarge Kriegsmann redete wie ein Wasserfall auf seinen Souverän ein, zumal er sah, daß Rostand Masson sich nicht hatte abhängen lassen und nur darauf wartete, daß der Konnetabel einmal den Mund hielt.

»Quéribus ist eine eminent wichtige, was sage ich, die Schlüsselbastion für unseren ungehinderten Zugang zum Roussillon, der Standort unserer stärksten Garnison –«, dröhnte er. Und als er keine Antwort bekam, schob er schnell nach: »Es hat uns viel Mühe gekostet, die Festung in unseren Besitz –«

Hier unterbrach ihn der König harsch und rückte den Tatbestand zurecht. »List und Tücke brachte sie in unseren Besitz.«

»Und Ihr wollt sie diesen erklärten Nachkommen des Trencavel anvertrauen, Sire«, empörte sich wider die Etikette der Konnetabel. »Diese Vagabunden ohne Königreich werden die Fahne des Aufruhrs auf Eurer Zitadelle hissen.« Damit hatte er dem päpstlichen Nuntius ungewollt das Stichwort zum Eingreifen geliefert.

»Die Faidits des Languedoc warten nur auf diesen Lümmel Roç und diese aufsässige Prinzessin Yeza!«

Rostand Masson hatte sich – obwohl beleidigt – nicht abdrängen lassen.

»Der Konnetabel hat recht, Majestät, Ihr fördert die Feinde unserer heiligen *Ecclesia catolica*. Diese Ketzerbrut ist eine Ausgeburt der Hölle.«

»In Quéribus liegt, wie Ihr selber sagt, Konnetabel, und wie mir der Seneschall von Carcassonne bestätigte, eine starke Garnison, die wohl in der Lage sein sollte, uns diesen Besitz zu erhalten, auch wenn ich zwei heimatlose junge Menschen dort als Gäste einquartiere, die mir ans Herz gewachsen sind und deren Zukunft ich in die rechte Bahn lenken will!«

Der Kardinal fühlte sich von der Rüge nicht betroffen. Die Gruppe hatte inzwischen das Portal erreicht, und er sah die Königin auf sie zukommen.

»Schützt Eure Seele vor Umgarnungen des Bösen, dieser Roç und diese Yezabel, die sich unverfroren Esclarmunde nennt, sind nur deshalb Waisenkinder, weil ihre Eltern als Katharer den reinigenden Flammen überantwortet wurden. Wenn sie nicht sogar staufisches Schlangenblut in ihren Adern haben und judaïsches dazu, sie sind –«

»Haltet an Euch, der Stauferkaiser Friedrich war mir Freund, ich dulde nicht –«

Dem König schwoll die Zornesader ob der Indulgenz des päpstlichen Gesandten, so daß sich sein vertrauter Berater, der Graf von Joinville, genötigt sah, rasch einzugreifen. Mit »*De mortibus nihil nisi bene*« schob er den Kardinal aus der Nähe eines aufziehenden königlichen Gewitters, und zum Konnetabel gewandt, fügte er freundlich hinzu:

»Seid froh, Herr Gilles, daß unser weiser König sehr wohl zwischen gutem Herzen und kluger Staatsraison zu unterscheiden wußte, als er den Bittstellern *nicht* das gewährte, was sie erheischten: den Montségur!«

»Roç und Yeza auf der Ketzerburg, das wäre ja noch schöner!« brach es bitter aus dem Kardinal, und auch der Konnetabel mochte nicht klein beigeben.

»Ihre freche Forderung wurde dennoch belohnt. Sie wurden wie verdiente Ritter der Krone mit der Burg Quéribus belehnt!«

»Wollt Ihr mich tadeln, Gilles Le Brun?« fragte der König gefährlich leise.

Die Königin rettete ihn.

»Ich habe diese Entscheidung auf mich genommen. Nicht aus plötzlich erwachter Zuneigung zu diesen fremden Geschöpfen«, fügte sie mit Blick auf ihren Gatten spitz hinzu, bevor sie den Kardinal anging, »sondern weil sie der Krone als brauchbare Störenfriede dienen werden gegen gewisse Bestrebungen, die Eures Papstes christlicher Orden der Templer hegt.«

»Leider unterstehen sie nicht dem Souverän Frankreichs«, setzte Joinville trocken hinzu, »auf dessen Grund und Boden sie sich breit —«

»Sehr breitmachen, während sie —«, Margarethens spitzer Finger fuhr gegen die Brust des Nuntius, »allein von Eurem Herrn Papst zur Verantwortung gezogen werden können.«

Daß Frau Margarethe mit diesem Schachzug auch ihrem ungeliebten Schwager, dem ehrgeizigen Charles d'Anjou, eins auswischen wollte, sagt sie nicht, dachte sich fein lächelnd der Graf von Joinville. Charles war mit ihrer Schwester verheiratet, und die sollte sich nicht auch noch den kostbaren Stein Okzitanien in ihr Diadem einfügen können. So mochten also Roç und Yeza für die Krone gegen die Feinde des Königreichs ausgespielt werden, wie man einen Kiesel in das Getriebe einer Mühle wirft. Die gute Frau — eine böse Hexe — würde sich dennoch verrechnen. Einmal weil Roç und Yeza, wie er sie kannte, sich schwerlich benutzen ließen, was er aufrichtig schätzte. Zweitens weil hinter ihnen eine Macht stand, die, bisher im verborgenen und oft nicht nachvollziehbar, stets eine schützende Hand über die Kinder gehalten hatte. Und drittens, weil der Edelstein vielleicht von ganz anderer Natur war, als alle hier Anwesenden sich das vorstellten.

Der Kardinal verspurte keine Lust, die Templerfrage zu erörtern, und sann auf einen Rückzug erhobenen Hauptes.

»Ich sehe, Majestät«, mühte er sich, seinen Spott zu verbergen, »Ihr betrachtet das Wohlergehen dieser armen Kreaturen unter den Maßgaben des löblicherweise von Euch eingeführten Armenregisters. Sollen sie auf dieser Burg hocken, solange sie nur daran gehindert werden, im gerade von der Inquisition gesäuberten Lande unseres Heilands Jesus Christus ihre ketzerischen —«

»Sie sind mitnichten Gefangene«, unterbrach ihn ärgerlich der Graf von Joinville. »Sie können kommen und gehen, wie es ihnen beliebt. Das Languedoc ist ihre Heimat, und was den rechten Glauben anbelangt, so hat unser weiser König ihre Erziehung in die Hände von Pater Gosset gelegt, einem welterfahrenen Priester der *Ecclesia catolica*.«

Auch Joinville war darauf bedacht, zu einem annehmbaren Abschluß zu gelangen, denn sein König hatte sich, gelangweilt von dem Gezeter, schon von der Gruppe gelöst.

»Vielleicht sollten wir sie fernhalten von diesen Templern?« sagte die Königin.

»Im Gegenteil, hohe Frau«, entgegnete der Graf, der sich des Vertrauens des Königs sicher sein konnte. »Läßt sich der Orden darauf ein, Roç und Yeza mit weltlicher Macht auszustatten und gar als Fürsten des Landes anzuerkennen, haben wir gewonnenes Spiel. Roç und Yeza können uns den Lehnseid schwören, der Großmeister darf es nicht, selbst wenn er dazu willens wäre!«

»Ich schätze Euch als *spiritus rector*, lieber Graf«, schmeichelte der Kardinal. »Lassen wir die Dinge auf uns zukommen, zumal der König offensichtlich bemüht ist, das Unrecht an den Merowingern an ihren Nachfahren wiedergutzumachen.«

»Selbst Heilige verspüren gelegentlich ohne Not ein schlechtes Gewissen«, versuchte der brave Joinville der neuerlichen Attacke des Kirchenmanns die Spitze abzubrechen, aber der Stoß war gegen Frau Margarethe gerichtet.

»Ihr habt sicher auch veranlaßt, daß die Grabdenkmäler Eurer unfreiwillig abgetretenen Vorgänger in Saint-Denis aufs teuerste renoviert werden?«

Die Königin funkelte den Kardinal an und zeigte lächelnd Zähne.

»Gewiß doch, Exzellenz, für die guten Steinmetzen bin ich Euch persönlich zu Dank verpflichtet. Es sind die, die Ihr aus Rom für die Bildhauerarbeiten an Notre-Dame mitgebracht habt. Paris kann warten, war es doch König Dagobert, dem die Kirche den Bau dieses Gotteshauses und Frankreich seine Ehrenstätte verdankt.«

Der Kardinal wollte sich nicht geschlagen geben, den Disput aber zu Ende bringen.

»Ihr lest zuviel im ›Frauenbuch‹, Frau Margarethe!«

Doch selbst diese Patriarchengeste kehrte sich gegen ihn, denn die Königin kniete keck nieder.

»Es ist die Ritterlichkeit, Herr Rostand, deren Verfall darin zu Recht beklaget wird.«

Sie küßte ihm den Ring und erhob sich, ohne ihm einen weiteren Blick zu schenken. Der König entließ sein Gefolge, nur Joinville durfte ihn begleiten.

»Bestellt bei meinem früheren Hofkaplan Robert Sorbon ein Gutachten über die Tunlichkeit unseres Schritts, ›Die Kinder des Gral‹, wie Ihr sie nennt, in die Zukunft Frankreichs einzubinden. Entweder lassen sie sich – gewinnbringend, wohlgemerkt – integrieren, oder sie sind auszuscheiden.«

»Kuß oder Kot!« stieß Joinville bitter hervor. Der Maître Robert de Sorbon hatte neben der Universität eine Theologenschule eröffnet, die in knapp drei Jahren schon so florierte, daß die Studiosi sie respektlos »la Sorbonne« benannten.

»Sorgt dafür, daß der Nuntius von diesem schiedsrichterlichen Auftrag erfährt. Ich will nicht, daß er sich als Geschlagener fühlt, wenn er schon das Feld räumt.«

»Elefanten wie Rostand«, entfuhr es Jean de Joinville, »haben ein dickes Fell, sie ziehen ihres Weges, aber sie vergessen nicht.«

Das war ihm gerade noch eingefallen, als Abwandlung des arabischen Sprichwortes: »Es bellen die Hunde, die Karawane zieht weiter.« Das Bild wäre – bei aller Vertrautheit – im Augenblick kaum tunlich gewesen. Er atmete erleichtert auf, als Ludwig ihn jetzt brüsk verabschiedete, indem er seinen Leibwächter aufrücken ließ, der wie sein Schatten stets zwei Schritt hinter ihm ging. Joinville deutete ein Verneigen an und wartete, daß der König sich entfernte.

Der Kardinal hatte den Konnetabel zu sich gewinkt.

»Ihr seid kein Freund der Templer?« stellte der Kirchenmann eher fest, als daß er fragte. »Ist es die Idee eines Gottesstaates, die Euch widerstrebt?«

Gilles Le Brun war kein Mann, der mit seiner Meinung hinter dem Berg hielt. »Ich will der heiligen Mutter Kirche die Frage zurückreichen: Ist dem Papst nie die Idee gekommen, daß ein solcher Gottesstaat auf französischem Boden ihn und Rom überflüssig machen könnte?«

Er ging nicht auf die hastige Geste des Nuntius ein, der erschreckt das Kreuz schlug. »Mir ist ein Gottesstaat zuwider, dessen Herren durch Geldverleih, Sklavenhandel und abgepreßte Monopole zur uneingeschränkten Macht gelangt sind, so daß selbst Könige bei ihnen in der Schuld stehen, Zins und Zinseszins zahlen müssen, für deren Aufbringung das Volk blutet, wenn nicht die Eintreibung der Steuern auch schon an diesen christlichen Orden der *militiae templi Salomonis* verpachtet wurde. Ich würde mich eher in mein Schwert stürzen, als dieses arrogante Pack auch nur um einen Sou Kredit anzugehen!«

Gilles Le Brun hatte sich in Rage geredet.

Der Nuntius hielt ihm den Ring zum Kuß hin.

»Ich vergebe dir deine harten Worte, mein Sohn, doch ich werde sie in meinem Herzen bewegen.«

Der König sah, daß die Königin noch bei ihren Frauen stand und sichtlich auf ihn wartete, und blieb stehen. Er musterte seinen Leibwächter mit zweifelndem Blick.

»Ist es richtig, den Teufel mit dem Beelzebub auszutreiben?« fragte er den Mann, dem er sein Leben anvertraut hatte.

»Nein«, sagte Yves der Bretone in seiner dickschädeligen Bestimmtheit. »Doch sind Roç und Yeza nicht Beelzebub, eher schon die Templer. Sie werden nicht zusammenkommen.«

»Wie Wasser und Feuer?«

»Es sei denn, sie finden den Stein der Weisen.«

»Den Gral?«

Der Bretone schwieg verbissen.

»Den Gral?« fragte König Ludwig nach. »Den gibt es nicht!« fügte er schnell, fast beschwörend hinzu. »Hat es nie gegeben!«

Yves lächelte unmerklich.

»Dann haben Majestät ja auch nichts zu befürchten.«

Der ›Tempel von Paris‹ war keineswegs ein von korinthischen Säulen umstandener Sakralbau, sondern ein ganzes Quartier, ein mauernbewehrtes Stadtviertel, das sich an das Marais anschloß. Sein Herzstück war der ominöse Turm, schon deshalb Gegenstand vielerlei Gerüchte, weil in ihm die Gelder des Ordens aufbewahrt wurden, ja vielleicht auch der geheimnisvolle »Schatz«. Einem normannischen Donjon gleich, stand er breit und mächtig für sich inmitten der Lagerhallen, Werkstätten, Schlafräume und Refektorien. Die Audienzräume lagen ebenso wie die Verwaltung in der Nähe des Haupttores im Obergeschoß. Der Blick aus ihren hohen Fenstern verschaffte Achtung, ohne allzuviel Einblick zu gewähren. Gilles Le Brun, dem Konnetabel Frankreichs, war es peinlich, beim Warten im Vorzimmer auf Oliver von Termes zu treffen. Er murmelte eine Begründung, die er dem anderen nicht schuldig war, sprach von Klärung der Mannschaftsstärke der festen Besatzung von Quéribus und Kostenübernahme.

»Ach«, sagte Oliver spitz, »hat der Orden Euch angeboten, diese zu übernehmen, solange Roç und Yeza unter dem Dach der Burg weilen?«

»Nicht nur das«, berichtete Gilles Le Brun stolz, »sie sind auch bereit, auf eigene Kosten die Eskorte zu stellen, die unser König für das Wohl seiner beiden Augäpfel verlangt.«

Oliver überdachte, ob der gezeigte Spott genügend Unwillen barg, um mit dem Konnetabel offen zu sprechen.

»Das besagt, mein lieber Herr Gilles, ich habe völlig umsonst meine alte Freundschaft mit Xacbert aufs Spiel gesetzt, ja ruiniert, indem ich den Löwen aus seiner Höhle lockte und geradewegs in die Käfigfalle des Seneschalls von Carcassonne rennen ließ. Ich tat es für Frankreich! Und Ihr wißt nichts Besseres zu tun, als Quéribus seinen Feinden auszuliefern! Weiß der König das?« schloß er emphatisch.

Oliver, der ehemalige katharische Feudalherr, der sich in den Schoß der Kirche und unter die *oriflamma*, das Kriegsbanner Frankreichs, geflüchtet hatte, ergab sich seinem patriotischen Eifer.

Wie alle Renegaten, dachte Gilles Le Brun, sind und bleiben sie Verräter, wenn der Wind sich nur etwas dreht.

Der Konnetabel sah sich gegen seine Überzeugung veranlaßt, die andere Seite zu verteidigen, nur um sich nicht solchen Leuten wie Oliver gemein zu machen. Er tat es als *Advocatus Diaboli*.

»Man hat Euch für den geglückten Fang belohnt«, begann er voller Häme. Tatsächlich hatte König Ludwig Oliver das väterliche Termes zurückgegeben. »Auch mögt Ihr die Macht von zwei kaum mündigen Waisenkindern ohne Anhang, ohne Mittel, ohne Heer nicht überbewerten. Und was die Beweggründe unserer lieben Freunde vom Tempel hier betrifft, würde ich an Eurer Stelle meine Zunge besser hüten, als den Rittern Eigennutz oder gar Feindseligkeit zu unterstellen.«

Oliver hatte einen hochroten Kopf bekommen und betete, der dämliche Konnetabel möge doch wenigstens seine Sergeantenröhre dämpfen. Auf der anderen Seite juckte es ihn, dem Kerl noch einen Hieb zu versetzen.

»Daß Xacbert de Barbera damals ohne Strafe, nur mit dem Verlust von Quéribus davonkam, war Schuld des neuernannten Seneschalls von Carcassonne, Pier de Voisins. Der ließ den erklärten Gegner aller Franken nach Aragon entkommen. Ich habe dafür gesorgt, daß er seines Amtes nach zehn Tagen wieder enthoben und durch einen Zuverlässigen ersetzt wurde!« fügte er triumphierend hinzu. Der Konnetabel jedoch lachte lauthals.

»Wißt Ihr noch nicht, Herr Oliver, wer gerade vom König seine Bestallung für Carcassonne erhalten hat? Der Euch heiß und innig liebende Voisins!« Er mochte sich ausschütten vor Vergnügen. »Liegt nicht auch Termes in seinem Amtsbereich?«

Oliver steckte den Schlag weg, war aber so weit gezeichnet, daß er jetzt alle Vorsicht vergaß, sowohl, was sein Gegenüber anbetraf, den obersten Kriegsmann der Krone, als auch den Boden, auf dem er stand, den Tempel.

»Wie recht Ihr habt, werter Herr Gilles. Jeder meiner Einwände für sich mag nichtig sein, aber« – er senkte seine Stimme zum Flüstern – »soll das Große Werk gelingen –« Er beendete den Satz nicht, sondern weidete sich an der schnell aufkommenden Verstörtheit des anderen, bevor er leichthin fortfuhr: »Die Präsenz des Steines vorausgesetzt, können Wasser und Feuer sich mächtig verbinden. Soviel werdet Ihr ja wohl von der Alchemie verstehen? Was geschieht, wenn das Königliche Paar chymische Hochzeit mit dem Templerorden feiert, wenn Roç und Yeza sich mit den Hütern des Gral zu eins in einem finden?« Er wartete schweigend und näherte seine Hände dem Gesicht des verdatterten Konnetabels. Mit »Plouff!« klatschte er sie zusammen. »Quéribus ist die Phiole, unter der die blaue Flamme züngelt, das Elexier im Glase brodelt, giftige Dämpfe steigen auf, es siedet, es kocht – und Ihr, Gilles Le Brun, was tut Ihr? Schaut doch mal in einen Spiegel!«

Der Konnetabel kam nicht mehr dazu zu überlegen, ob er dem frechen Renegaten einfach eine aufs Maul hauen oder ihn die kühle Spitze seines Dolches unterm Kinn fühlen lassen sollte, denn draußen unter den Fenstern, die zur Straße hinausgingen, erscholl jetzt Lärm. Es klang wie Aufruhr. Es war seine Pflicht, sich darum zu kümmern. Zu sehen war nichts, außer daß viele Leute ins Marais rannten, Händler ihre Karren stehen ließen, Handwerker von ihren Bänken sprangen. Ein junger Templer stürzte in das Vorzimmer.

»Ist der König beim Großmeister?« fragte er, aufgeregt auf die schwere Tür weisend.

»Nein«, beschied ihn der Konnetabel, »Thomas de Bérard wird von seiner Majestät im Louvre empfangen!«

Der Novize wollte wieder loslaufen, doch Gilles hielt ihn am Ärmel zurück.

»Was rührt das Volk da unten auf?« fragte er und wies auf die Dächer des Marais, wo an einer Stelle Rauch aufstieg.

»Ein Priester hetzt die Leute auf, sie sollen unsere Papiermühle verbrennen und den *librarius multiplex* zerstören, den uns der Meister Villard de Honnecourt konstruiert. Er kopiert sich *eo ipso*«, begeisterte sich der junge Templer, »in stets gleichbleibender Güte, mag die Schrift auch noch so fein sein!«

»Und warum erregt das die Gemüter so sehr?« fragte Gilles Le Brun noch nach, hatte aber sein Schwert schon gegürtet.

»Weil dieser Inquisitor, ein Tölpel aus der Provinz, den Leuten einredet, *imprimendum mecanicum* sei Teufelswerk.«

»Wie heißt der Kerl?« schnarrte der Konnetabel noch im Hinausmarschieren, dabei schwante ihm schon, wer sich da in Szene setzte.

»Ein Fettsack von der Heiligen Dreifaltigkeit!«

Der dicke Trini! Der hatte ihm gerade noch gefehlt in Paris! Der Staatsgewaltige trampelte geräuschvoll die Steintreppe hinunter, froh mit jedem Schritt, seine Seele nicht verkauft zu haben. Der Herr hatte ihn davor bewahrt, sich von denen Geld zu leihen, die sicher mit dem Bösen im Bunde waren. Seine Spielschulden konnten bleiben, was sie waren: Ehrenschulden! Vor dem Tempel pfiff er seine Eskorte herbei und strebte an ihrer Spitze dem Ort des Geschehens zu.

Die Gassen des Marais waren eng und verwinkelt. Der schmutzige Bach, der das Quartier durchfloß, diente den Abdeckern und Färbern dazu, ihre stinkenden Laugen heimlich hineinzukippen, so daß selbst Ratten das trübe Gewässer mieden. Früher hatte es noch zahlreiche Mühlräder angetrieben, doch dann behaupteten die Leute, das Brot stinke, und sie waren stillgelegt worden. Daß die Templer die besterhaltenste Anlage wieder in Betrieb genommen hatten, beunruhigte die Nachbarn, besonders als sich herumsprach, daß dort Stoffetzen, Knochenmehl, Hanffasern und allerlei Pulverkram sackweise vermanscht wurden. Künstliches Pergament sei es, was die Herren dort fabrizierten, erklärten einige Schlaue hinter vorgehaltener Hand, doch es genügte, um die Gerber in Aufruhr zu versetzen, die um den Wertverfall ihrer feinen Häute von ungeborenen Lämmlein fürchteten.

So hatte selbst ein plumper Agitator wie der Dominikaner Bezù de la Trinité leichtes Spiel, doch die Papiermühle wollte nicht brennen, alles war glitschig naß und verweigerte sich den Flammen. Enttäuscht hatte sich die aufgebrachte Menge damit begnügt, Stapel von Platten, die aussahen wie getrocknete weißliche Kuhscheiße, auf die Straße zu zerren und dort unter Gegröle anzuzünden. Doch dann wurden Stimmen laut, das eigentliche Teufelswerk sei eine grausliche Maschine, die aussehe wie die Kreuzung zwischen einem Webstuhl und einer Olivenpresse. Sie würde das Templerpapyros verschlingen und, mit Schrift bedeckt, schön wie eine Bibelseite wieder ausspucken. Eine solche Vorstellung erregte auch den Inquisitor, und er zog an der Spitze des immer stärker anschwellenden Haufens in die Nebenstraße, wo der Librarius in einem Kellergewölbe stehen sollte. Um seine Heerschar in die rechte Stimmung zu versetzen, stimmte der Dominikaner die alte Kreuzfahrerhymne »*Veni creator spiritus*« an, unter deren Absingen ganze Städte im Languedoc in Schutt und Asche gesunken waren. Der dickleibige Agitator traf dort gleichzeitig mit dem Konnetabel ein, der seine Leute sofort vor der schweren Eichentür aufziehen ließ, die Schwerter blank. Das war vielleicht nicht nötig, denn das Tor war verriegelt und die Fenster lagen hoch wie bei einer Festung. Zwei Templersergeanten standen gleichmütig davor, die Spieße gekreuzt.

»Was geht hier vor?« Gilles Le Brun spielte sich auf. »Im Namen des Königs –«

»Im Namen des Königs«, unterbrach ihn der ältere, »sorgt dafür, daß die Menge sich zerstreut! Dieses Gebäude steht unter dem Schutz der Krone.«

Der Konnetabel besann sich noch, da zeterte Bezù los: »Nicht der Krone, nicht dem Tempel steht es zu, Gottes Wort zu verbreiten.« Er schnaufte heftig, weil er kaum Luft schnappte aus Angst, es könnte ihn jemand unterbrechen.

»Einzig der alleinseligmachenden Kirche, ihren Mönchsorden und Konventen ist es vorbehalten, die Bibel –« Er mußte nun doch um Atem ringen. »Das widerrechtliche Kopieren heiliger Schriften und das noch durch ein Instrument des Teufels, nicht einmal durch die Hand gesegneter Skribenden, ist niemandem gestattet, auch nicht, schon gar nicht einem Ritterorden, der sich dem Schutz der Kirche widmen sollte, nicht der Aushöhlung ihrer heiligen Privilegien.«

Er mußte jetzt eine Pause einlegen, zumal er sich vergaloppiert hatte, denn das Volk konnte ihm nicht folgen und fiel in dumpfes Murren. Einige warfen ihre Brandfackeln weg, warteten aber auf den Ausgang des Disputs. Der Konnetabel stand insgeheim zwar auf der Seite des Dicken, weil er die Templer haßte, aber die Sigle des Königs auf der Tür war nicht zu übersehen, und dessen Sache hatte er nun einmal zu vertreten.

»Trini«, sagte er streng, »so weit mir geläufig, seid Ihr von Eurem Orden und der Kirche zur Ketzerbekämpfung in Okzitanien bestellt. Ihr habt kein Recht, in Paris öffentlich und schon gar nicht als Inquisitor aufzutreten.«

»Wollt Ihr mir verbieten, Gottes Willen –?« Er kam nicht weiter, zwei Mannen des Konnetabels hatten ihn rechts und links unter dem Arm gegriffen, und Gilles Le Brun sagte drohend:

»Noch ein Wort Gottes oder des Widerspruchs gegen den König, und ich lass' Euch einsperren.«

Der dicke Mönch zitterte vor Wut, biß sich aber auf die Lippen und faltete die Hände zum Gebet.

»Sondern erlöse uns von dem Übel«, murmelte er, während er seinem Widersacher einen haßerfüllten Blick zuwarf. »Herr, vergib ihnen, denn sie wissen nicht, was sie tun.«

Wenn er gehofft hatte, mit seinem Martyrium das Volk noch einmal in Aufruhr zu versetzen, sah er sich jämmerlich getäuscht. Die Leute zerstreuten sich so rasch, wie sie zusammengeströmt waren, zumal am Ende der Straße jetzt eine Templerpatrouille hoch zu Roß erschien. Das machte selbst den letzten Beinen, die, noch verstockt, mit versteckten Zwischenrufen den Helden spielen wollten.

»Bezù de la Trinité«, verkündete der Konnetabel laut, »vom Orden des heiligen Dominikus, Euch wird auferlegt, bis auf Widerruf die Bannmeile des Tempels zu meiden.« Er gab seinen Mannen Wink, ihn loszulassen. »Geht heim, Ketzer verbrennen, in Eurem Languedoc!« fügte er noch gutmütig hinzu.

Der Dicke schob ab, ohne ihn eines Blickes zu würdigen. Der Konnetabel grüßte aufs knappste die Templerwache und verließ den Schauplatz. Gar zu gern hätte er diese Maschine gesehen, von der man sich solche Wunderdinge erzählte. Die Schreibkraft von einem Dutzend Klöstern sollte sie ersetzen! Und jedes beschriebene Blatt ordentlich und kunstvoll, alle gleich, wie ein Ei dem anderen! Man müßte dem ahnungslosen Herrn Ludwig klaren Wein einschenken, daß seine Sigle ein gefährliches Instrumentarium der Templer barg und schützte.

Der päpstliche Nuntius Kardinal Rostand de Masson wandte seinen Blick von den krummen Dächern des Marais, wo die Rauchsäule, die vorher zum Himmel gestiegen war, sich gelegt hatte, zumindest nicht mehr zu unterscheiden war von dem Qualm, der aus Hunderten von Kaminen waberte und verwehte. Sein Gesprächspartner hielt ihm die Tür des Audienzsaales auf. Mit dem jungen Guillem de

Gisors hatte ihm kein hochrangiges Führungsmitglied des Ordens zur Verfügung gestanden – das war kein Versehen gewesen, doch der Kardinal wußte, daß dessen Stiefmutter Marie Saint-Clair war, von spitzen Zungen mit dem zweideutigen Beinamen »La Grande Maîtresse« bedacht, was aber nichts daran änderte, daß sie dem weltweit verzweigten geheimen Orden der Prieuré de Sion vorstand, wohl der ärgste Feind der Kirche. Und der Komtur Guillem de Gisors galt als ihr designierter Nachfolger, auch wenn er nur diesen bescheidenen Titel führte.

»Der Heilige Vater«, sagte der Kardinal leise, weil er sicher war, daß die Wände Ohren hatten, »ist besorgt.« Er ließ die Worte erst einmal stehen, um die Reaktion des Guillem de Gisors abzuwarten, doch der zog nur ironisch die Augenbraue hoch, als wolle er sagen: »Und dies zu Recht.« Aber er überließ es seinem Gast, das offen zuzugeben. »Nach dem Zerschlagen der imperialen Staufermacht«, fuhr der Kardinal bekümmert fort, »ist auch das vertraute Gleichgewicht auf dem Kontinent aus der Balance geraten. Frankreich ist vom außenstehenden Schiedsrichter zum Alleininhaber des Feldes geworden.«

»Wer hat denn den Kreuzzug gegen Okzitanien beschworen? Wer will sich den Anjou nach Sizilien holen, als würde es nicht schon genügen, daß in Konstantinopel ein fränkischer Kaiser herrscht, im Heiligen Land ein König von Herrn Ludwigs Gnaden?«

Der Komtur zeigte keinerlei Empörung, eher Spott. Und Rostand de Masson senkte seine Stimme:

»Rom erlebt wie jede Herrschaft eine lange Reihe von Trägern der Tiara, aber auch von Trägern menschlicher Leidenschaften, Vorlieben, Ängsten und Sehnsüchten – Päpste, die aufeinander folgen –, und die Summe ihrer Schwächen hat zu der Situation geführt, die es nunmehr zu bereinigen gilt.«

»Ah«, sagte der Komtur, »nachdem der Heilige Stuhl bei jeder Kerze, die nicht von ihm geweiht oder entzündet ›Feuer!‹ schrie und sie mit einem Eimer Wasser, will sagen, Blut zum Erlöschen brachte, watet er jetzt knöcheltief –«

»Erspart Euch das Bild«, rügte ihn der Kardinal, »ich sprach von Reinigung!«

»Ich spreche von Abfluß, um im Bild zu bleiben, das Euch nicht behagt. Dazu bedarf es einer Gegenmacht, denn aus sich heraus wird Rom sich nicht –«

»Ich spreche von Frankreich«, sagte der Kardinal fest. »Die *Ecclesia romana* ist nicht das Problem Frankreichs, sondern die Allgegenwart Frankreichs könnte für Rom unerträglich werden. Wir haben uns nicht über Jahrhunderte der deutschen Hegemonie erwehrt, um jetzt auf okzitanischem Boden eine Gegenkirche zu erdulden.« Er hob beschwörend die Hände. »Und das noch als Staat im Staate. Das wäre auch ein glatter Affront gegen die Krone!«

»Seit wann ist das Eure Sorge?« entgegnete Guillem de Gisors. »Das Königliche Paar hat nicht nur Herrn Ludwig, sondern auch Alphonse de Poitiers, dem Herren von Toulouse, eigens den Lehnseid geschworen.«

Der Kardinal schaute erstaunt auf.

»Ich meinte nicht diesen Springer Roç und die so wenig damenhafte Yeza, Schachfiguren in Euren Händen, sondern den Orden der Templer. Er betreibt eine Politik der Einschnürung, daß es mich nicht wundern sollte, wenn die bedrängte Krone den Knoten eines Tages durchhaut!«

»*Gesta Dei per Francos!*« Der Komtur griente. »Wir könnten Euch daran beteiligen«, schlug er vor, »ohne zu erkennen zu geben, wer. Der Papst ist oberster Befehlshaber der Templer, soll er den Orden doch zur Mäßigung rufen. Ihr schweigt?«

»Daß ich nicht lache!« Dabei war dem Nuntius gar wenig danach. »Ihr – sprechen wir es doch aus –, die Prieuré hat Rom dieses Kuckucksei ins Nest gelegt, und jetzt verlangt Ihr, der Papst möge väterliche Autorität beweisen!«

Der Komtur lächelte.

»Der Heilige Vater könnte dem Tempel auch ein weniger heikles Terrain zuweisen. Wie wäre es mit Sizilien?«

»Ihr seid des Teufels! Der Orden als Nachbar des Patrimonium Petri? Lieber die Staufer im Nacken als die Templer im Schuh!«

»Man kann nicht alles haben.« Guillem lachte, doch der Kardinal wurde ernst.

»Rom ist bereit, Eure Schützlinge in Okzitanien zu akzeptieren, solange sie nicht auf dem Montségur wieder den Gralskult einrichten – und solange sie nicht vom Templerorden für dessen Zwecke –«

»Ihr wißt, daß wir andere Pläne mit dem Königlichen Paar hegen.«

»Warum setzt Ihr sie nicht in die Tat um?«

»Ah«, entfuhr es dem Komtur, »Roç und Yeza sollen dem Papst Luft verschaffen, indem sie sich stante pede nach Jerusalem begeben und die Ritter als Schutztruppe mit sich ziehen.«

»So ist es«, sagte der Nuntius, »dort gehören beide hin.«

Der Gasthof ›De Leeve van Flanderen‹ lag vor der Porte d' Aubrevilliers, also im Norden der Stadt. Er war stets überfüllt. Aber die vier Männer in der Ecke, die weder wie reisende Händler noch wie Bauern aus der Umgebung aussahen – Edelleute verkehrten hier gemeinhin kaum –, fielen dennoch auf. Keiner kannte sie hier. Sie stellten eine höchst sonderliche Mischung dar und blieben von den anderen Gästen abgesondert, denn der Wirt ließ niemanden an ihren Tisch, weder neugierig sich Heranwanzende noch torkelnd Betrunkene. An diesem unverfänglichen Ort hatten sich getroffen: Oliver von Termes, windiger Edelmann mit fahrigen Gesten und schlaffen Gesichtszügen; der neu bestallte Seneschall von Carcassonne Pier de Voisins, ein gemütvoller Haudegen mit melancholisch herabhängendem Schnurrbart und wässrigen Augen; der Inquisitor Bezù de la Trinité, hier incognito als gemeiner, wenn auch fettwanstiger Dominikaner; und etwas abseits von allen Yves der Bretone im blauen Wams, mit güldenen Lilien bestickt. Das hatte den Wirt am meisten beeindruckt. Denn wann verirrte sich schon mal ein Mann des Königs in seine Löwengrube? Doch Yves hatte allen neugierigen Fragen finsteres Schweigen entgegengesetzt.

Das Wort führte Oliver.

»Das Rechtsgutachten des Maître Sorbon ist geradeso ausgefallen, wie die Krone es sich erhofft, weich wie die Eier des geistlichen Herrn, ›sowohl als auch‹, wie es den Professores behagt.«

»Immerhin«, raunzte der Seneschall, »ein klares Verdikt gegen jeglichen Wohnsitz auf dem Montségur und eine klare Unterstellung der Mannschaft von Quéribus unter meine Befehlsgewalt!«

»Ha!« Der Dicke lachte schnaufend. »Ich wette, daß Eure Mannen dort längst gegen verkleidete Templersergeanten ausgewechselt sind.«

»Nie und nimmer!« grollte der Seneschall. »Sie haben strikten Befehl nur –«

»Da kennt Ihr Gavin Montbard de Béthune aber schlecht«, höhnte der Dominikaner. »Der Präzeptor ist mit dem Teufel im Bunde, der zieht Euch die Hosen aus, ohne daß Ihr es merkt, und brennt Euch noch ein Tatzenkreuz auf den nackten Hintern.«

»Nicht jeder hat einen solch unempfindlichen Fettarsch wie Ihr, Trini!« Oliver verbuchte die Lacher auf seiner Seite. Selbst der Bretone grinste, und bevor der Inquisitor sich so recht empören konnte – er war schließlich Spott gewöhnt –, gab ihm Oliver Honig zu schlecken. »Doch Euer zartes Schlabberhirn ist zu Recht argwöhnisch. Den Templern ist nicht zu trauen.«

»Also tauschen wir sie wieder zurück«, entschied der Seneschall. Er war für einfache Lösungen.

»Laßt mich das machen«, erbot sich Oliver, »ich kenn' mich aus mit Quéribus.«

Diesmal lachten die anderen auf seine Kosten.

»Viel wichtiger ist«, schnaubte der Dicke, »daß – begünstigt von der Präsenz dieser beiden Ketzerkinder – im Lande wieder die katharische Häresie um sich greift, daß vertriebene ›Gutmänner‹ mit ihren wallenden weißen Bärten sich wieder über die Pyrenäen schleppen oder gar aus den Grotten krauchen, in die wir sie eingemauert haben, und wider die heilige Kirche predigen.«

»Auch darf man nicht außer acht lassen, daß jenseits der Berge Aragon lauert. Der gute Xacbert de Barbera wartet nur auf seine Chance. Und Quéribus in der Hand dieses Pärchens, das von unserem gutgläubigen Herrn Ludwig so pfleglich behandelt, ja gefördert wird, ist ein Anreiz, dem der alte Löwe kaum wird widerstehen können«, steuerte der Seneschall aufgeregt bei.

»Um so besser!« rief Oliver spöttisch. »Doch stellt Euch nicht so täppisch an wie unser Trini, der einen singenden Wichtel wie Jordi Marvel fangen wollte und sich dabei den gefährlichsten Agenten Venedigs durch die Lappen gehen ließ.«

»Was hab' ich mit der Serenissima am Hut?« wehrte sich der Dominikaner. »Außerdem hab ich keinen gesehen, der so aussah!«

»Das ist es ja eben!« Oliver lachte ihn aus. »Rinat Le Pulcin weilte als Maler verkleidet am Ort Eurer Heldentat.«

»Da war nur ein Priester namens Gosset.«

»Der zwei junge Herrschaften begleitete, einen Ritter – wie Ihr Euch erinnern mögt – mit seiner Damna.«

»Ungern«, räumte Trini maulig ein. »Der Kerl hat mir alles verdorben.«

»Der tollkühne Reiter! Das war Roç Trencavel du Haut-Ségur!« trumpfte Oliver auf. »Oder aber auch die wilde Damna Yezabel Esclarmunde du Mont y Sion! Dessen kann man nie sicher sein!«

»Sie reiten beide wie der Teufel und fürchten nichts auf der Welt!« ließ sich Yves der Bretone jetzt vernehmen. Alle schauten betroffen.

»Und die habt Ihr laufen lassen?« schnaufte der Seneschall. »Alle unsere Probleme wären gelöst, wenn –«

Der dicke Inquisitor senkte den Kopf, aber nur um geduckt zu zischeln: »Und wenn sie auch im Pakt mit der Hölle – ich werde –«

»Überlaßt das dem weltlichen Arm«, unterbrach ihn der Seneschall und wandte sich an Oliver. »Ihr kennt doch die geheimen Schlupflöcher von Quéribus.«

Das war keine Frage, sondern eine Verpflichtung des treulosen Renegaten.

»Eure Aufgabe wird nur darin bestehen, dem Mann den Weg zu weisen, der ihn ungesehen ins Innere –«

»Wieso ich?« muckte Oliver auf. »Ich halte mich da gewißlich raus.«

»Ihr steckt drin bis zur Halskrause«, mahnte Pier väterlich. »Aber auch ohne Euer Zutun wird der Mann seinen Weg finden, der eine solche Aufgabe zuverlässig erledigt.« Aller Augen folgten dem Blick des Seneschalls, der sich jetzt auffordernd an Yves den Bretonen richtete. Doch der schaute zu Boden.

»Mord ist meine Sache nie gewesen«, sagte er, ohne aufzublicken. »Für meinen König und das Recht habe ich viele Leben ausgelöscht. Nun ist Frieden in meine Seele eingezogen. Nichts auf der Welt soll ihn mir wieder nehmen.« Er sah den Anwesenden ins Gesicht mit seinem stechenden Blick. »Ich will nichts von alledem gehört haben!«

Da saßen sie schweigend und tranken, bis einer nach dem anderen fortging. Yves der Bretone als letzter.

HOFINTRIGEN

Der Reisende atmet erleichtert auf, wenn das Tal sich im Grau de Maury endlich weitet und er die Küste des Roussillon mit ihren Salzlagunen nur noch einen Tagesritt entfernt weiß. Er hat in den abgelegenen Bergdörfern am Fuß der Pyrenäen gute Geschäfte gemacht und wähnt sich nun auf baumloser Straße zwischen Feldern und Rebstöcken außer Gefahr, von Räubern, die das Gebirge unsicher machen, überfallen zu werden. Die Burg von Quéribus gleicht einem Fels zwischen Felsen. Erst, wenn der tüchtige Händler unmittelbar unter ihr steht, erhebt sich der mächtigste Donjon des Landes plötzlich breit und gewaltig über ihm, schiebt die Felsspitzen mit brachialer Gewalt zur Seite, ragt bis in die tiefhängenden Wolken, ja über sie hinaus, daß ihm schwindelt. Kein normaler Sterblicher, ein Riese muß sich diesen Klotz erbaut haben, Brocken auf Brocken gefügt, jede Dimension auch der gewagtesten Trutzburgen sprengend. Wer auch immer hier als Burgherr gilt, braucht sich nicht als Raubritter zu betätigen. Erschrocken greift der Kaufmann zu seinem Beutel, um aus freien Stücken der mürrischen Torwache das Wegegeld zu entrichten, dankbar, daß sich die Gesteinsmassen nicht auf ihn stürzen, ihn erschlagen. Doch dann treibt er sein Pferd an und entflieht diesem Ort, ohne sich noch einmal umzuschauen.

Ritter Roç Trencavel du Haut-Ségur stand breitbeinig auf dem Bergfried und malte sich genüßlich aus, wie er auf diese einfache Weise sich und die Seinen standesgemäß unterhalten könnte. Er würde Turniere veranstalten, das fände sicher auch Yezas Gefallen, die sich unter Quéribus einen Minnehof voll lautenschlagender Trovères, reigentanzender Maiden und galanter Chevaliers vorgestellt hatte, die ihr und ihren Damen den Hof machten. So hatten sie auf ihrer Reise durch Frankreich das Leben am Hof von Poitiers kennengelernt, der immer noch vom Ruhm der außergewöhnlichen Eleonore von Aquitanien zehrte, der beinah legendären Frauengestalt, die nacheinander Königin von Frankreich und von England wurde und Richard Löwenherz gebar.

Das hatte Yeza tief beeindruckt, ungeachtet der Tatsache, daß

Richard von Frauen nichts wissen wollte, ein miserabler König und als Held töricht und grausam war. Aber wie seine schöne Mutter verherrlichten Dichter und Sänger ihn mit solcher Inbrunst, daß schließlich ein Strahlenkranz ihn verklärte und zum Idol der gesamten Ritterschaft erhob. So wünschte sich die Dame auch ihren Trencavel, nur ohne Richards Schwäche für Matrosenärsche, die Yeza als böswilliges Gerücht abtat. Sich selbst sah sie zwar nicht als die lebenslustige Aquitanierin. Dazu war Yeza zu ernsthaft; auch hatte sie ihre geistigen Interessen höher gesteckt. Aber ihre Ansprüche an den Ritter an ihrer Seite und die vielen anderen Männer in ihrem Gefolge konnten sich durchaus mit denen der Königin messen. Ein Hofstaat mußte her, darauf bestand die Dame.

Ein bescheidener Anfang war ja mit der Potkaxl gemacht, auch wenn die Kleine mit der Adlernase nur toltekisch verstand, wenn sie Yeza mal zur Hand gehen sollte. Wenigstens verbreitete sie gute Laune und wirkte erfrischend in ihrer Unbekümmertheit. Des weiteren verfügte Yeza über Jordi Marvel, den Wichtel, der mehr trank als sang, und sie beanspruchte auch Rinat Le Pulcin, der angeblich von »höfischer Art« war, wie er sich gern brüstete, aber sich selten einspannen ließ. Roç seufzte. Ihm blieb nur Philipp, sein Diener und Knappe, den Yeza ihm gar zu gern als Pagen abspenstig gemacht hätte, und der Priester. Gosset ist wenigstens ein brauchbarer Gesprächspartner, tröstete sich Roç. Ihm war klar, daß etwas mit dem Hofleben auf Quéribus geschehen mußte, oder ihres Bleibens war auf längere Sicht die Grundlage entzogen. Doch das Traurige war, keine Menschseele verirrte sich über Grau de Maury hinaus ins Gebirge, geschweige denn ein reicher Geldsack, den man hätte ausrauben können. Und unten im Tal patrouillierten Berittene des Seneschalls von Carcassonne, die schon von Amts wegen Wegelagerei betrieben; und hier in der Burg hatte er eine Garnison von mürrischen Templersergeanten, die auch keinerlei Verständnis für solcherart Behebung seiner Nöte zeigen würden. Warum hatte er sich diesen Steinhaufen auch nur aufdrängen lassen? Das mächtigste Castel von ganz Okzitanien! Sie hätten doch lieber auf dem Montségur bestehen sollen, obwohl der eine Ruine war! Und er vermißte William von Roebruk, ihren lustigen Minoriten. Und Yeza erging es sicher ebenso. Der Franziskaner besaß eine Hand, das Leben schöner zu machen. Sicher nicht immer die glücklichste – denn William ließ kein Fettnäpfchen aus, in das er stolpern konnte. Doch in der Hatz, solche Fehltritte zu kaschieren – wobei er stets neue Torheiten beging –, entstanden wilde Abenteuer.

Roç und Yeza waren ihm in der letzten Nacht vom Montségur vor die zwei linken Füße gefallen. Die Kirche und Frankreich, traut Hand in Hand, erstürmten die Ketzerburg, als in letzter Minute zwei Bündel abgeseilt wurden: die Kinder des Gral. Mit ihnen war der rundliche Minorit übers Meer geflohen. Zusammen hatten sie den Schergen des Papstes getrotzt und waren schließlich in Otranto gelandet. Immer wieder war William aufgetaucht, hatte stets einen neuen Faden aus dem verworrenen Knäuel ihres Schicksals gezupft, das unsichtbare Mächte im Großen Plan entworfen hatten, was ihr Leben nie einfacher, aber aufregender machte. Auch wenn weder er noch sie damals den Großkhan zu Gesicht bekommen hatten, waren sie glorreich von ihrer vorgegebenen Reise ins Reich der Mongolen zurückgekehrt. Sie hatten das gesamte Abendland in Verwirrung gestürzt, als sie in Konstantinopel triumphal behauptet hatten, dort gewesen zu sein. Solche Dreistigkeiten gingen nur mit William, diesem rothaarigen flämischen Schlitzohr. Der hätte längst aller Welt vorgegaukelt, daß Roç und Yeza, das Königliche Paar, die Herrschaft Okzitaniens, wenn nicht des gesamten Mittelmeeres übernommen hätten. Im Triumph hätte William sie auf dem Montségur inthronisiert! Von Byzanz bis zu den Mauren jenseits der Pyrenäen, von den Häuptlingen der Friesen bis zum Emir von Tunis wären Gesandtschaften eingetroffen, wenn auch nicht, um zu huldigen, aber doch mit köstlichen Gaben, seltsamen Tieren. Und viele hätten ihre Söhne und Töchter geschickt und damit zugleich das leidige Problem eines ansehnlichen Hofstaates gelöst!

Der Wind pfiff kalt, Wolkenfetzen wehten durch die Felsen. Roç beschloß, sich wieder ins Innere des Gemäuers zurückzuziehen. Dort gab es wenigstens einen rauchigen Kamin, und vielleicht könnte er Gosset zu einer Partie Schach überreden. Der junge Burgherr stieg die steile Wendeltreppe hinab, als er in der Rundung der Wand eine sorgsam eingepaßte Holztür entdeckte, die er bisher übersehen hatte. Sie war unverschlossen. Roçs Neugier war allemal stärker als seine Sehnsucht nach Wärme, zumal sie sich auf sein angeborenes Gespür für Geheimgänge stützen konnte.

Über eine enge Stiege gelangte er in ein Zwischenstockwerk, das er noch nie betreten und dessen Existenz er nicht einmal erahnt hatte. Es wies sogar schmale Lichteinlässe auf. Doch wer machte sich schon die Mühe, von außen jede Schießscharte des riesigen Turms ihrem Bedienungsraum zuzuordnen? Es war eine verschachtelte Konstruktion, wohl dazu bestimmt, die Verteidiger selbst bei einem von Erfolg gekrönten Handstreich noch dem Zugriff der Eroberer zu entziehen, obgleich es eigentlich unvorstellbar war, daß Quéribus durch Sturmangriff oder Belagerung in die Hände der Angreifer fallen könnte. Das machte seinen Ruhm aus. Der letzte Schloßherr, der berühmt-berüchtigte Xacbert de Barbera, war durch eine List, den feigen Verrat des Oliver von Termes, aus seinem Gehäuse gelockt worden.

Roç achtete sorgfältig auf Falltüren und andere ihm geläufigen Hindernisse und befand sich unversehens in einem Zimmer, das förmlich nach einem Bewohner roch. Auch zeigte es frische Spuren, und für Roç wiesen sie ohne den geringsten Zweifel nur auf einen: auf Rinat Le Pulcin, den Hofmaler. Getrocknete blaßfarbene Kügelchen bedeckten den Holzboden wie Schafsköttel, und auf dem Arbeitstisch, einer ausgehängten Brettertür auf zwei Böcken, standen Tiegel und Näpfe. In etlichen ungereinigten Mörsern fanden sich reichlich staubige Reste von zerstoßenem Kalk, Tonerde und Schiefer. Doch von den Werken des Meisters war nichts zu sehen. Roç mußte nicht lange suchen. Die in den Türrahmen eingefügte Schrankwand drehte sich ächzend, und er stand in einem niedrigen Gewölbe, das einst als Bibliothek gedient haben mußte, denn es enthielt wurmstichige Regale mit schlecht schließenden, zum Teil offenstehenden Schubladen. Nichts weist untrüglicher auf geheime Fächer und falsche Böden. Roç witterte mit verläßlichem Instinkt solche Verstecke. Seine Finger glitten prüfend über die Kanten, gaben Druck und verstärkten ihn mit leichtem Rütteln, und schon fand sich der Spalt. Der Rest war ein Kinderspiel. Roç stieß das Geheimfach auf und griff tastend in die schmale Öffnung. Handtellergroße, oval geschliffene Brettchen aus hellem Holz fielen ihm als erstes in die Hände. Es waren samt und sonders Porträts seiner Herzliebsten!

Es gab ihm einen Stich ins Herz, als habe der Maler ihm seine Damna abspenstig gemacht, doch ihre trefflich eingefangene Schönheit erfüllte ihn auch mit einer gewissen Rührung und mit Stolz. Yeza, wie sie lachte; Yeza, wie sie träumte; Yeza mit der steilen Falte auf der hohen Stirn, in Gedanken versunken; die kühne Yeza blitzenden Auges; die wilde Yeza mit der Blondmähne, die sich nicht bändigen ließ; Yeza mit umflorten Blick, voller Wehmut, Sehnsucht und Trauer; Yeza, wie er sie liebte. Ja, er liebte sie wie sonst nichts auf der Welt!

Zögernd legte Roç die Miniaturen zurück, doch dann erwachte sein Argwohn. Zu leicht war diese Bildergalerie zu entdecken. Unter der vorzüglichen Ablenkung hatte die Lade einen doppelten Boden. Roç hob ihn leicht an und zog etliche glattgepreßte Pergamentblätter heraus. Sie mußten aus einem kostbaren Brevier stammen, denn auf jeder Seite waren die Initiale mit farbigen Miniaturen geschmückt und oft mit Blattgold hinterlegt. Doch Roç interessierten die Rückseiten. Sie waren frevelhafterweise als teurer Grund für höchst genaue, doch auch höchst weltliche Skizzen mißbraucht worden. Die Risse und Schnitte waren teils in schwarzer Tusche ausgeführt, die nur für teures Geld aus dem Land der aufgehenden Sonne zu beziehen war, teils mit schlichtem Rötel gezeichnet. Er erkannte die Architektur und die abgebildeten Gegenstände sofort. Es war der ›Takt‹, die geheime unterirdische Kommandozentrale der Templer von Rhedae, die Gavin unterstand, wenn sie nicht gar vom Präzeptor eingerichtet worden war. Roç hatte ihre genauen Ausmaße und Formen nicht so beachtet, denn anderes hatte in der Rotonda sein Interesse stärker geweckt. Aber Rinat war ein kühler Beobachter gewesen und offensichtlich geübt im schnellen, präzisen Erfassen. Jetzt erst erkannte Roç die Lage des Raums unter dem Schiff der Kirche, das sich in der rechteckigen Vertiefung verkleinert wiederholte, aber die seltsam gravierte Kugel trug, die Erde und Meere darstellte und auf einem Lager von geometrischen Körpern ruhte. Gerade diese hatten es dem Zeichner besonders angetan, denn immer wieder fand Roç, teils unvollendet, Pyramiden entworfen, korrigiert, verworfen. Daneben schien sich Rinat nur noch mit einer kreisrunden Steinplatte befaßt zu haben. Oder war es eine Säule oder gar ein umgedrehter Kegel? Jedenfalls tauchte immer wieder diese Scheibe auf, in der ein Rechteck ausgespart war.

Roç dachte erst an das Bett der Kugel, dann aber an den schwarzen Stein im Rosenhag. Natürlich! Dort hatten er und Yeza diesen Rinat Le Pulcin zum ersten Mal getroffen! Das mit unverständlichen Schriftzeichen und Symbolen bedeckte Epitaph gehörte zum Enigma des ›Takt‹; es symbolisierte etwas, das lag – gelegen hatte? Wer aber stand hinter dem Tempel, was verbarg er, mußte er verbergen? Roç schwirrte der Kopf – dann stieß er auf ein Bildnis Gavins. Es war unverkennbar der Schädel des Präzeptors. Roç war betroffen von der Kälte der Darstellung, denn am Hinterkopf hatte der Maler blutrot, wie eine tödliche Wunde, das Tatzenkreuz der Templer angebracht, genau im Genick.

Ein Knarzen des Bretterbodens ließ Roç herumfahren. Hinter ihm stand Rinat Le Pulcin, den Dolch in der Hand. Doch er lächelte verlegen und steckte ihn weg.

»Ihr seid des Schlosses Herr, Roç«, sagte er beherrscht, »nur vermutete ich Euch nicht an diesem Ort.«

»An dem Ihr Eure geheimen Machenschaften versteckt?«

»Ich habe vor Euch«, er betonte es deutlich, »nichts zu verbergen. Ich wählte dies Refugium um seiner Ruhe willen.«

Roç wedelte mit dem makabren Porträt des Präzeptors.

»Um ungestört –« Er legte es zu den anderen Pergamenten und besann sich. »Ihr werdet mir kaum verraten wollen, für wen Ihr arbeitet mit soviel Fleiß und Talent?«

»Ich diene denen, die mich lohnen«, sagte Rinat und begann Ordnung in die Blätter zu bringen, die Roç auf der Tischplatte ausgebreitet hatte. »Ich kann Euch nur versichern, mein Herr und Gebieter, es sind die gleichen, denen Euer Glück und Wohlergehen am Herzen liegt.«

Roç sah den Maler an. Er war wie immer elegant gekleidet und genauso glatt wie seine Zunge. Wenn Rinat falschspielte, so war es nicht auszumachen, denn er trug keine Maske. Das Höfische war seine Natur. Er ist ein Fälscher! schoß es Roç durch den Kopf. Das unterscheidet ihn von anderen Malern, wenn er auch seine Kunst meisterhaft beherrscht.

»Ihr könnt Gavin nicht leiden?« fragte er rundheraus.

Rinat schüttelte den Kopf.

»Ich leide nicht unter ihm«, antwortete er bedächtig, »wohl aber andere.«

»Wem steht er im Weg?« Roç wies auf das Bild, das sich wie eine Anklage von allen anderen Zeichnungen abhob.

»Er hat einen Weg eingeschlagen, der –« Rinat nahm das Pergament an sich. »Es ist sein Weg«, sagte er nur und schwieg.

»Sein ganzes Leben war und ist Dienst am Orden.« Roç beschloß, den Templer zu verteidigen, der, soweit seine Erinnerung reichte, immer wieder ihm und Yeza fürsorglich den Weg geebnet und bei Gefahr eingegriffen hatte. Ihnen war nie Böses durch ihn widerfahren. Weil Rinat sich ausschwieg, fuhr Roç fort: »Sicher hat er dabei auch den Orden geprägt«, sinnierte er laut, »vielleicht sogar für die Durchsetzung seiner Ziele benutzt?«

»Ihr seid auf der richtigen Fährte«, bequemte sich Rinat einzugestehen. »Ich bin nicht sein Richter, das müßt Ihr mir glauben, doch denke ich, daß – dank oder undank – solch starker Persönlichkeiten wie der des Präzeptors, den ich zu bewundern nicht umhin kann, der gesamte Orden eine Richtung eingeschlagen hat, die nicht vorgesehen war.«

»Ihr meint, die Templer sind vom rechten Weg abgekommen?« empörte sich Roç. »Keine Gemeinschaft von Rittern hat vergleichbare Strapazen auf sich genommen, hat im Kampf gegen die Ungläubigen in so gewaltigem Maß Blutzoll entrichtet, Opfertode. Alle Märtyrer zusammen können da nicht mithalten, die Templer sind Helden!«

»Ihr sprecht von den Mönchsrittern der Vergangenheit, doch heute ist der Orden eine Wirtschaftsmacht, vor der Handelsrepubliken zittern und bei der Könige tief verschuldet sind. Die Templer können tun und lassen, was sie wollen, und in ihrem Hochmut verhalten sie sich auch so!«

»Also hat sich der Orden Feinde gemacht«, stellte Roç fest. »Und Ihr gehört dazu?«

»Zuviel der Ehr'.« Rinat lachte. »Ich bin nicht der Papst!« Dann wurde er ernst. »Ich will es Euch so sagen: Der größte und einzige Feind der Templer sind die Templer! Mehr fragt mich bitte nicht.«

Nachdenklich stieg Roç hinter dem Maler die Stiegen im Turm hinab, bis sie die Steintreppe wieder erreichten, die sie zum Haupthaus zurückbrachte.

Yeza erwartete ihn.

»Wißt Ihr, mein Liebster«, empfing sie ihn, mit einer Binde um die Augen bedächtig Pfeil um Pfeil in einen gepolsterten Bastkorb an der gegenüberliegenden Wand verschießend, der bereits wie ein Stachelschwein gespickt war, »daß ich mich entschlossen habe, den Montségur zu erobern?« Sie nahm die Binde ab und strahlte ihren Ritter an. Diesem Blick hatte er noch nie widerstehen können. Meist war er das letzte, was Roç sah, bevor sie sich in die Arme fielen, ja übereinander herfielen, ganz gleich, wo sie sich gerade befanden. Doch jetzt bemerkte er noch rechtzeitig, daß der Priester sich am Kaminfeuer wärmte.

»Ganz gleich, was Herr Ludwig und seine Berater dagegen einzuwenden haben!« beendete Yeza ihren Satz mit Nachdruck, auch wenn ihr der Sinn nach ganz anderem stand.

»Ich werde Euch folgen, meine Damna, und Eure Farben auf der höchsten Zinne aufpflanzen.«

»Sonst ist da auch nichts!« mischte sich Gosset ein. »Ich werde es hier am warmen Feuer abwarten, bis Euch die Nachtkühle zwischen den nackten Mauern wieder heim treibt.«

»Ich will den Pog wiedersehen!« rief Yeza trotzig, und Roç stimmte ihr zu.

»Das schulden wir schon unserer seligen Mutter«, sagte er leise, »und auch uns selbst. Sind wir nicht die Kinder des Gral?« Das war keine Frage, und er setzte auch gleich hinzu: »Dort muß er gegenwärtiger sein als im ›Takt‹ unseres Tempelherrn von Rennes-le-Château.«

»Wo nur viel Schale ist und wenig Nuß«, stimmte ihm Yeza zu, doch Roç hakte ein:

»Auch die gilt es noch zu knacken. Denn was Gavin dort treibt, kann der Orden schlecht billigen, also wird er es auch nicht finanzieren. Ergo bestreitet der Präzeptor seine nicht unerheblichen Ausgaben aus eigener Tasche, und diese füllt sich aus einem sprudelnden Quell. Gavin hat einen Schatz gefunden!«

»Und?« fragte Yeza spitz. »Was geht uns das an? Mit welchem Recht wollt Ihr, Roç Trencavel, sein Gold an Euch bringen?«

»So unrecht hat mein Herr nicht«, kam ihm Gosset zur Hilfe. »Wenn der Herr Gavin Montbard de Béthune seine Worte wahr machen will, Euch als Königliches Paar in Okzitanien einzusetzen – sei es in einem Templerstaat oder auf französischem Lehen –, dann hat er auch für Eure standesgemäße Hofhaltung Sorge zu tragen.«

»Wenn ich König werde«, erklärte Roç, »dann nicht im, sondern über ein Land.«

»Ich finde es müßig, sich wegen Gavins Grillen den Kopf zu zerbrechen. Frankreich denkt nicht daran, einen Fußbreit okzitanischen Bodens herzugeben«, verwies Yeza die Männer streng, »und der Orden wird nie ein Herrschergeschlecht über, in oder neben sich dulden. Und als Galionsfigur ist sich das Königliche Paar zu schade!« Doch Roç gab nicht so schnell auf.

»Der Schatz, wenn es denn einen gibt, gehört dem, der ihn findet.«

Doch jetzt ließ auch Gosset ihn im Stich.

»Wenn der Präzeptor ihn gefunden hat, wird er ihn nicht hergeben, so wie ich den Herrn kennengelernt habe – nur über seine Leiche. Wollt Ihr das?«

»Nein!« sagte Yeza schneller als Roç, der gerade zu einem trotzigen »Aber« ansetzte. Yeza schnitt es ihm lachend ab. »Wißt Ihr, mein Liebster«, gurrte sie und senkte ihren Sternenblick auf seine Hose, »was meine kindliche Zofe vorhin von sich gab? ›Als Gott den Mann erschuf, irrte sie sich.‹«

»Grammatikalisch nicht ganz korrekt«, sagte der Priester schmunzelnd. Und Roç fügte hinzu:

»Potkaxl macht Fortschritte, seit Herr Gosset sie unter seine Fittiche genommen hat.«

»Wißt Ihr eigentlich, wie alt das Kind ist?« fragte Yeza. »Höchstens dreizehn!«

»Dafür zeigt die Prinzessin der Tolteken allerdings erstaunliche Reife«, bemerkte der Priester, »besonders, was den Umgang mit Männern angeht, so wie Gott sie schuf –«

»Ach«, erwiderte Yeza schnippisch, »weil sie ihr Brüderchen nackt badet? Es soll Männer geben, gerade im Priesterstand, die sich ihren Zipfel nie waschen!« Mit diesen Worten stürmte sie ärgerlich hinaus.

»Ein Brief von William!« Philipp schwenkte ein versiegeltes Paket. Ein Templerbote hatte es nach Quéribus gebracht. Yeza überließ es erst Roç, die Schnüre zu entknoten, doch dann zog sie entschlossen ihren Dolch und trennte die Hülle auf. Sie lasen gemeinsam.

William von Roebruk, O. F. M.
an das Königliche Paar
Roç Trencavel du Haut-Ségur
und Yezabel Esclarmunde du Mont y Sion

Vor Bagdad, im Oktober A. D. 1257

Meine liebsten kleinen Freunde, so erlaube ich mir Euch immer noch zu nennen, wenn auch längst keine Kinder mehr, als die ich Euch in den Armen halten durfte. Doch seid Ihr dem dicken William, Zierde seines Ordens und Günstling des Großkhans, seitdem ans Herz gewachsen, und so fehlt Ihr mir ebenso wie die Worte, es auszudrücken, wie sehr ich Euch täglich vermisse. Zumal ich immer noch im Gefolge des Il-Khans reite, nicht aus Zuneigung, sondern weil mir diese Aufgabe vom erhabenen Khagan Möngke zugewiesen wurde. Jetzt liegt endlich Bagdad vor uns, auf dessen Patriarchat ich mir berechtigte Hoffnungen machen darf. Wenn ich es gut bedenke, besteige ich diesen Märchenthron viel lieber als den transportablen Faltstuhl in der Jurte, die auf einem Ochsenkarren rastlos durch die Steppe gezerrt wird. Vor allem nach Euren Schilderungen vom Luxus und Wohlleben der Stadt Babylon zwischen Euphrat und Tigris, die wir dem Kalifen aus den schlaffen Händen nehmen werden. Dann ist Euer William Herrscher aller gläubigen oder ungläubigen nestorianischen Christen, die nach dem Wunsch der Dokuz-Khatun das wohl unvermeidbare Massaker überleben sollen. Ich lasse mir schon von den Damen im Gefolge der frommen Frau die notwendigen Prunkgewänder nähen.

Ihr Mann, der Il-Khan Hulagu, ist zwar längst nicht so zuversichtlich wie sie, denn seine Astrologen drücken sich vor der Zusicherung eines strahlenden Sieges. Er befürchtet Treulosigkeit in den eigenen Reihen und besonders Ränke der Goldenen Horde, die ihm den Gewinn der reichen Metropole neiden könnte. Wie Ihr vielleicht noch wißt, ist Sartaq, der Sohn und Nachfolger Batus', gestorben, und dessen Bruder Berke hat die Führung der Horde übernommen. Sein Hofstaat ist christlich, aber er selbst sympathisiert eindeutig mit dem Islam. Auch beunruhigt Hulagu, der sowieso nicht der mutigste ist, der Alptraum, Ägypten und Syrien könnten dem Kalifen zu Hilfe kommen, was ihn aber nicht etwa zur Eile treibt. Er zieht es vor, die Mameluken in Kairo durch Gefälligkeiten und besänftigende Gerüchte ruhig zu halten, während er dem letzten Ayubitenherrscher An-Nasir zu Damaskus offen droht. Für diese Art von Diplomatie dient ihm mit seinem Kämmerer Ata el-Mulk Dschuveni grad der richtige Mann. Wie Ihr Euch erinnern mögt, ist der geborene Intrigant ja Moslem, einer von dieser eifernden Sorte – im Dienste Roms wäre er bestimmt Inquisitor geworden. Das einzig Gute an seinen geheimen Missionen ist, daß ich ihn nur selten sehe, beziehungsweise daß er meinen Anblick nicht so oft ertragen muß. Er liebt mich nicht.

Der gute alte General Kitbogha hält sich leider meistens bei den verschiedenen Heerlagern auf, in denen die Truppen gesammelt werden. Euer väterlicher Freund hat leider – verständlicherweise – den Verlust seines Sohnes Kito nicht überwunden. Es schmerzt mich jedesmal, wenn ich seiner gebeugten Gestalt begegne. Der Gram hat sein Gesicht gezeichnet, doch fragt er jedesmal nach Euch. Ihr wart die Gefährten seines Sohnes, all die Zeit, die Ihr bei den Mongolen weiltet, und er hat Euch in sein Herz geschlossen. Sie alle haben Euch nicht vergessen. Auch die Dokuz-Khatun erkundigt sich immer wieder nach ihrer ungebärdigen Ziehtochter Prinzessin Yeza, und ich glaube, sie schließt Euch bei jedem Kirchgang in ihre Gebete mit ein. Und selbst der Il-Khan bedauert oft, wenn Dschuveni es nicht hören kann, daß der kleine König ihn verlassen hat, und beteuert, wieviel wohler er sich fühlen würde, ritte das junge Herrscherpaar an seiner Seite in den bevorstehenden Feldzug.

Im mongolischen Heerlager zu Hamadan,
im Oktober A. D. 1257

Seit einer Woche befinde ich mich jetzt im Hauptquartier der zusammengezogenen Armeen, weil die Dokuz-Khatun nach mir verlangte und ich es mir mit der hohen Dame nicht verscherzen will. Denn alles, was Fragen des Christentums anbetrifft, also der zukünftigen nestorianischen Kirche von Bagdad und ihres Oberhauptes, überläßt der Il-Khan seiner Frau. Sie wollte als erstes nur, daß ich mit ihr bete – die Gute! Sie ist arg schlichten Gemüts und will mich wohl prüfen, wie es um meine Frömmigkeit bestellt ist.

Wißt Ihr, wer plötzlich als Gesandter Manfreds von Sizilien vor mir stand? Der Rote Falke! Ich fand es reichlich tollkühn von dem Mamelukenemir, sich als christlicher Ritter Konstanz von Selinunt in die Höhle des Löwen zu begeben, um sich mit eigenen Augen von dessen Stärke zu überzeugen, denn nach meinem Ermessen gibt es zu viele, die ihn auch als Sohn des berühmten Großwesirs von Kairo kennen. Doch auf seine Identität als Fassr ed-Din Octay war er nicht anzusprechen, so perfekt war er in die Rolle des Prinzen aus dem Abendland hineingewachsen, der vom großen Kaiser Friedrich persönlich geadelt worden war. Selbst als ich ihn nach Madulain fragte, erfuhr ich nur, daß seine Ehe mit der Prinzessin der Saratz bisher kinderlos geblieben sei. Über alle anderen Vorfälle am Hof von Kairo, von denen selbst hier gemunkelt wird, schwieg er sich beharrlich aus, als hätte er nichts damit zu tun.

Dafür wußte er aus Palermo zu berichten, daß sein Herr Manfred nun auch die Krönung als König von Sizilien anstrebe, denn der legitime Erbe, des Kaisers Enkel, der kleine Konradin, sei im zarten Alter von fünf Jahren in Bayern verschieden, was er, Konstanz von Selinunt, nur für ein dem Bastard genehmes Gerücht halte. Dafür spräche allerdings, daß der englische König Heinrich III., dem ansonsten manche den Sinn für Realitäten absprächen, schlagartig die Zahlungen an Rom eingestellt habe, die er leistete, um von Alexander IV. für seinen Sohn Edmund Sizilien als Lehen zu erhalten. Ein Vorhaben, das der Rote Falke für ein Hirngespinst hielt, denn einmal habe England nicht genug Gold und die Barone würden für ein weiteres Abenteuer fern ihrer Insel nicht mehr bewilligen, nachdem sich schon Richard von Cornwall vergeblich als Gegenkönig gegen den reichen Alfonso von Kastilien um die deutsche Krone bewerbe und auch der Krieg in Frankreich laufend Unsummen verschlinge. Außerdem wäre es heller Wahnsinn, den Knaben Edmund gegen den machthungrigen, abgefeimten Charles d'Anjou zu stellen, der seine Ambition auf das Staufererbe im Süden Italiens noch längst nicht begraben habe. Wenn die Geheimen Dienste der Mongolen unser Gespräch belauscht haben sollten, dann dürften sie spätestens jetzt von den profunden diplomatischen Kenntnissen des Herrn Gesandten überzeugt worden sein. Wir verabredeten nur ein weiteres Treffen, an dem ich ihm diesen Brief an Euch mitgeben will.

Hamadan, im November A. D. 1257

Unser Aufbruch steht kurz bevor, deshalb will ich Euch noch schnell berichten, wie es um Bagdad steht, da Ihr ja einst das Vergnügen hattet, vom Kalifen el-Mustasim empfangen zu werden. Er regiert immer noch, immer müder. Die Macht liegt in den Händen des Großwesirs Muwayad ed-Din und des Kämmerers Aybagh, des dicken Dawatdars, die Ihr ja beide kennengelernt habt. Der erste ist Schiit und auf Frieden bedacht, der zweite hängt der sunnitischen Glaubensrichtung an, ist also mit dem Wesir aufs bitterste verfeindet und will es auf eine kriegerische Auseinandersetzung ankommen lassen.

Bagdad ist stark befestigt, sein Heer gewaltig. Allein seine Reitertruppen zählen 120 000 Mann. Doch was bedeutet das schon im Vergleich mit den Mongolen? Der Kalif kann sich nicht – wie jeder bessere mongolische Heerführer – auf uneingeschränkte Kommandogewalt verlassen. Er ist abhängig von der Bereitschaft seiner Lehnsleute, seine Entscheidungen mitzutragen, was bei den Mongolen undenkbar ist! Zudem ist die Kriegsmaschine Bagdads seit dem Zusammenbruch des Choresmier-Reiches nicht mehr nennenswert gefordert worden und inzwischen schwerfällig und unzuverlässig. Das hat der Wesir nun richtig erkannt und dem Kalifen geraten, das Heer abzuspecken und auf Trab zu bringen. Das eingesparte Geld verwendet el-Mustasim zum Teil für erhöhte Ausgaben seiner aufwendigen Hofhaltung, denn er hängt der irrigen Meinung an, daß solches Schaugepränge irgend jemanden beeindrucken könnte. Die Mongolen sicherlich nicht! Unter uns gesagt: Die werden nur noch begieriger auf die zu erwartende Beute! Den Rest schickte der Kalif aus freien Stücken dem Il-Khan als Tributzahlung in der Hoffnung, daß der den Feldzug deshalb abblasen würde. Auch das erwies sich als völlig falsch! Denn nun verlangte Hulagu, als Oberlehnsherr anerkannt zu werden, also Unterwerfung. Das aber ruinierte die Stellung des friedliebenden Wesirs schlagartig, und der dicke Dawatdar, der Oberkämmerer Aybagh, konnte sich als Kanzler des Reiches ausrufen lassen und sich als rettender Kriegsadler aufspielen. Gegen den Willen des kampfeslüsternen Dawatdar bat der Wesir Damaskus und Kairo um Hilfe. Doch die geschickte Politik Hulagus zwischen Einschläferung und Drohung trägt jetzt Früchte. Weder Ägypten noch Syrien bemühen sich um Bagdads Rettung.

Das Heer des Il-Khans hingegen erhielt in den letzten Tagen beträchtliche Verstärkung durch Truppen der Goldenen Horde. Gestern erreichte uns auch ein Regiment christlicher Reiterei aus Georgien, das sich schon vor geraumer Zeit den Mongolen tributpflichtig unterworfen hat. Jetzt können seine Ritter dabeisein, wenn es gilt, den altehrwürdigen Sitz des Herrschers aller Ungläubigen zu berennen. Mich wundert eigentlich, mit welchem Gleichmut letztlich die Welt des Islam dem tödlichen Schlag gegen die Stadt der Nachfolger des Propheten entgegensieht. Auch der berühmte Heerführer Baitschu, der das Abendland schon vor zehn Jahren in den Randgebieten in Angst und Schrecken versetzt hatte, ist im Anmarsch. Er hatte sein Heer seither an den Grenzen Kleinasiens bereitgehalten, um ein weiteres Mal gegen die verängstigten Grenzvölker loszuschlagen. Deshalb haben die Griechen und die Seldschuken auch längst Frieden mit dem Großkhan geschlossen. Das

Zeichen zum Beginn des großangelegten Angriffs kann jeden Tag gegeben werden.

Der Rote Falke hat nach einer Abschiedsaudienz beim Il-Khan um eine Eskorte in das befreundete Armenien gebeten, wo er ein Schiff nach Sizilien nehmen will. Das ist unverfänglich. Ich vertraue dem Herrn Gesandten dieses Schreiben an.

Ihr wißt nun, wie sehr Ihr allen hier fehlt, aber keiner kann sich mit mir messen, Eurem Hüter und ältesten Freund, der Euch mehr liebt als alles auf dieser Erde. Meine kleinen Könige, seid umarmt von

Eurem William

P.S.: Ihr wollt sicher wissen, was aus meiner »Frau« Xenia geworden ist. Sie versuchte tatsächlich, mich – stellt Euch das nur vor! – zur Ehe zu drängen, so daß ich sie nach Antioch verfrachten mußte, obgleich mir die Trennung von meiner Ziehtochter Amàl schwerfiel, die mir altem Schwerenöter, Eurem flämischen Schlitzohr, an den Hals gewachsen ist. Der kleine Shams sieht – Gott sei Dank! – seiner Mutter Kasda und nicht seinem Kalb von Vater immer ähnlicher. Ich nehme an, daß die Assassinen von Masyaf ihn eines Tages als ihren neuen Imam mit Freude und Stolz empfangen werden. Aber das hat Zeit. *Allahu akbar!*

WvR

Im marmornen Hamam des Sultanspalastes von Damaskus schwitzten die Meister des Bades weitaus mehr als der Fleischberg, den sie bearbeiteten. Und das wollte etwas heißen, denn von der rosigen, grobporigen Haut des An-Nasir Yusuf lief das Wasser in kleinen Bächen auf den warmen Mosaikboden. Doch sein Schweiß entsprang der nackten Angst, denn nun kam, nach kalten und heißen Güssen, der Augenblick, vor dem er zitterte, obwohl es ihn doch nach nichts so sehr verlangte als nach einer ruhigen, starken Hand. Einer Hand? Vierzig Hände! Sultan An-Nasir war ein Hüne von Mann und wog soviel wie ein ausgewachsener Ochse, ein Bulle natürlich. Und so gewalttätig konnte er auch werden. Es nahte der kritische Moment des Aufrichtens. Einmal geschah es, daß der Herrscher den Meistern des Bades – sie waren nur zu fünft – dabei aus den Händen gerutscht und hingeschlagen war, daß es klatschte. Er hatte sich nichts getan, die hinzugesprungene Leibwache half ihm auf und mußte ihn an den Händen halten. Die unglücklichen Bademeister lagen schon flach auf dem Bauch, und An-Nasir sprang so lange mit seinem Gewicht auf ihren Körpern herum, bis sie kein Zeichen des Lebens mehr gaben. Eingedenk dieser Erfahrung wurde die Prozedur nunmehr von zwanzig Männern geleistet, und auf ein leises Kommando des Oberbademeisters – der das Massaker nur überlebt hatte, weil er schon voraus in den Ruheraum geeilt war, die Polster zu richten, hinter denen er sich dann versteckte, bis der Zorn seines Herrn verraucht war – zogen je fünf Meister auf jeder Seite festgewebte Leinentücher unter den Kniekehlen, Schenkeln und Gesäß, unter Rücken und Schultern sowie unter Nacken und Hinterkopf hindurch. Sie hoben das Lebendgewicht eines Büffels – so kam es ihnen jedenfalls vor – auf ein zweites Kommando, während zweimal fünf ausgesuchte Lastenträger mit je einem Schiffsmast auf den starken Schultern hinzutraten. Die Meister des Bades wanden die Enden der Tücher um die baumdicken Stangen, rückten die kostbare Last zu rhythmischem Singsang in eine dem Herrn bequeme Lage und verknoteten den Stoff zu einer gewaltigen Hängematte. Damit war ihnen die Verantwortung von den Schultern genommen, und sie eilten voraus, um im Ruheraum rechts und links der gepolsterten Liege abwartend Aufstellung zu beziehen, während sich die Lastsklaven in trippelndem Gleichschritt mit dem Stier von Ayub langsam näherten. Mehrere Türen vom Hamam bis zu ihrem Ziel hatten erweitert werden müssen, um diesen Zug in seiner vollen Breite hindurchzulassen.

An-Nasir Yusuf gefiel dieser Abschluß seiner Badefreuden, denn es umtanzten ihn bereits nach der ersten Tür die Mädchen seines Harems, denen die Ehre zuteil war, ihn nach Erreichen des Lagers mit duftenden Seidentüchern trockenreiben zu dürfen. Gelang es ihnen dabei, sein mächtiges Glied aufzurichten, war die Freude besonders groß. Doch heute blieb das Gekröse schlaffes Gehänge, die Stirn des Herrschers umwölkt. Er scheuchte, kaum daß er in die Polster gesunken war, die Meister des Bades samt Trägern und auch die

Mädchen davon und verlangte vom Obereunuchen, des Kaisers Tochter herbeizuholen. Der war erstaunt, denn es war schon lange her, daß An-Nasir sich seiner früheren Favoritin Clarion erinnert hatte.

»Nackt?« fragte er ungläubig nach und erhielt einen Fußtritt.

»Ich muß mit ihr reden!« schnaubte der Sultan. »Es genügt, wenn mein Wanst durch ein Laken abgedeckt wird.«

»Vom Nabel abwärts!«

So gab der Obereunuch den Auftrag an den Obersten Meister des Bades weiter und eilte, die Gewünschte herbeizuschaffen. Das war nicht immer eine leicht zu lösende Aufgabe, denn Clarion von Salentin, nachweislich die – wenn auch natürliche – Tochter des großen Staufers, hatte aus ihrer Zeit als Favoritin die üble Angewohnheit beibehalten, sich gelegentlich zu verweigern. Dies dem An-Nasir zu überbringen war eine höchst schmerzhafte Aufgabe, denn der Sultan – wie alle ayubitischen Herrscher – verehrte den Kaiser zutiefst. So erhielt der erfolglose Bote die Peitsche und nicht die aufsässige Sklavin. Doch seit Clarion mehr sich als ihrem Herrn eine Tochter geboren hatte, war sein fleischliches Verlangen nach der aufregenden Geliebten erloschen, und er suchte ihre Gesellschaft nur, wenn Gesandtschaften aus dem Abendland ins Haus standen oder es Ärger mit den Baronen des »Königreichs von Jerusalem« gab, wie die Feudalherren der Kreuzfahrerstaaten ihre handtuchgroßen, in der Wüste versprengten Besitztümer, die ohne jegliche strategische Bedeutung waren, noch immer großspurig nannten.

Clarion hatte diplomatisches Gespür bewiesen, als sie eines Tages verlangte, nach Akkon zu reisen, um alte Freunde wiederzusehen. Er hatte sie ziehen lassen, in der festen Annahme, nie wieder ihr oft schrilles Organ hören zu müssen, zumal sie – entgegen Geheiß – ihre Tochter mitgenommen hatte. Er war sehr erstaunt und fast gerührt, als Clarion nach einigen Wochen wie selbstverständlich wieder erschienen war und ein Waffenstillstandsangebot mitgebracht hatte, dessen Damaskus dringend bedurfte. Seither hatte sie den Status einer Gesandten, und er überließ ihr, was sie unternahm. Sie besaß sein volles Vertrauen, das er sonst niemandem schenkte; und er fühlte, daß er in dieser Frau nicht die Wilde von einst, die den Stier wollte, sondern die Freundin und Ratgeberin liebte, die sie ihm geworden war. Daß Clarion ihn liebte, verstand er nicht, aber es war wohl so. Wer versteht schon die Frauen, dachte er gerade, als sie eintrat.

Die Niederkunft hatte ihrer mediterranen Schönheit nichts anhaben können. In einem Anflug von Zärtlichkeit merkte An-Nasir, daß ihr weiches Fleisch keineswegs erschlafft war, und sehnte sich nach ihrer Umarmung, nach dem Duft ihrer vollen Brüste. Doch dann verwarf der Sultan derartige Gedanken.

»Ich habe Euch hergebeten, teure Freundin, weil mir zu Ohren gekommen –«

Schon hier unterbrach sie ihn.

»Ihr solltet als erstes nach dem Wohlbefinden Eurer Tochter fragen«, wies sie ihn zurecht. »Aber Salomé gedeiht auch ohne Eure väterliche Sorge«, gab sie gleich die Antwort. Sie küßte ihn auf die Stirn und zog das verrutschte Laken hoch, bevor sie leichthin fortfuhr: »Baibars ist in der Stadt.« Sie nahm seine Hand. »Ihr solltet gut überlegen, ob Ihr ihn ignorieren wollt oder in allen Ehren als Euren Gast in den Palast bitten solltet.«

»Darüber habe ich auch schon nachgesonnen«, sagte An-Nasir und lächelte, weil sie so gut informiert war. »Schließlich gilt der Emir Rukn ed-Din Baibars Bunduktari noch immer als der fähigste aller Mamelukenoffiziere Ägyptens. ›Der Bogenschütze‹ ist und bleibt auch im Exil der starke Mann Kairos«, fuhr er nicht ohne Respekt fort. »Ich sehe in Baibars den zukünftigen Herrscher. Somit stellt er, selbst als politischer Flüchtling, den gefährlichsten Gegner meines Sultanats dar, denn alle Mameluken sind geschworene Feinde des rechtmäßigen Hauses der Ayubiten.«

»Das ist sehr milde ausgedrückt, mein Herr und Gebieter«, erwiderte Clarion. »Baibars hat mit eigener Hand den letzten Ayubiten ermordet, Euren Neffen, Sultan Turanshah!«

An-Nasir verschränkte die Arme unter dem Nacken und schaute zur Decke empor.

»Er würde auch mich umbringen, wenn –«

»Wenn nicht gerade die Mongolen vor der Tür stünden –«

»Der Fall Bagdads steht unmittelbar bevor, so nicht ein Wunder geschieht, das ich dem großen Feldherrn Dawatdar Aybagh nicht zutrauen mag.«

Ihn schien das nicht sonderlich zu berühren, eher fand er es belustigend.

»Nach Bagdad wird es Aleppo treffen«, folgerte Clarion trocken. »Anschließend bietet sich Damaskus an?« Sie ließ die Frage offen im Raum stehen, in der schwachen Hoffnung, er würde einen Ausweg weisen. Doch An-Nasir überging diese Möglichkeit – oder er resignierte. »Das muß nicht sein – wenn Syrien und Ägypten sich aufraffen, ihre traditionellen Fehden hintanstellen und gemeinsam gegen –«

Sie ließ auch diesen Satz unvollendet, der Gedanke an eine Einheit des Islam schien ihr wohl unvorstellbar, selbst im Angesicht der größten Gefahr. Clarion sprach noch aus, was dem Kalifen im Hinterkopf umging:

»Siegen die Muslime, wird es der Sieg der Mameluken sein. Damaskus wird entweder geopfert oder so geschwächt aus der Auseinandersetzung hervorgehen –«

»Und doch«, sagte der Sultan trotzig, »will ich mit Baibars sprechen, wenigstens habe ich ihm dann ins Auge geschaut und weiß, was ich von ihm –«

»Was Ihr von Baibars zu erwarten habt, wißt Ihr genau.« Clarion erhob sich und baute sich in ihrer ganzen Fülle vor der Ruhestatt auf. »Heute habt Ihr ihn in der Hand, das wird Euch vom Schicksal nur einmal geboten. Ihr solltet den Bogenschützen töten.«

»Das kann ich immer noch!«

»Nicht, wenn Ihr ihm Gastfreundschaft gewährt.« Clarion wurde ärgerlich, doch An-Nasir ließ sich davon nicht beirren. »Ich will ihn sehen!« beschied er. »Mein Wort gilt.«

»Dann habe ich Euch nichts mehr zu sagen«, entgegnete sie ruhig. »Erlaubt, daß ich mich zurückziehe.«

Er schloß die Augen und wedelte mit der Hand in Clarions Richtung. Sie hatte ihm bereits den Rücken zugewandt.

An-Nasir fühlte sich zu dem unbekannten Gegner hingezogen. Er wußte auch nicht genau, warum. Ihm imponierte dessen Kühnheit, ausgerechnet in Damaskus Unterschlupf zu suchen, als er sich mit seinem Sultan Aibek überworfen hatte. Die Spione des Kalifen hatten ihrem Herrscher auch hinterbracht, daß Baibars von seinem Sohn Mahmoud begleitet wurde. Das rührte das Vaterherz des Sultans, und er dachte an das Mädchen Shirat. Davon konnte er aber zu Clarion nicht sprechen. An-Nasir räkelte sich, rollte seine Fleischmassen zur Seite und überließ sich dem Schlummer und angenehmen Träumen.

Der Rote Falke war kaum in Damaskus angekommen, da saß er schon Sigbert von Öxfeld gegenüber, dem inzwischen ergrauten Komtur der Deutschritter von Starkenberg. Dieses Treffen fand nicht irgendwo statt, sondern im Handelskontor der Serenissima. Die Venezianer hatten in allen wichtigen Städten und Häfen Niederlassungen, oft ganze Quartiere – ganz gleich, ob diese nun in Freundes- oder Feindeslager lagen. Da ihre guten Beziehungen zu Ägypten bekannt und auch nach der Machtübernahme durch die Mameluken nicht abgerissen waren, legten sie besonderen Wert auf den Erhalt alter Freundschaftsbande mit den Ayubiten. Und die Kaufleute von Damaskus fühlten sich geehrt, ihnen ein stattliches, befestigtes Anwesen zur Verfügung stellen zu dürfen. Dort trafen sich neben den Händlern aus aller Welt vor allem die Christen aus den angrenzenden Kreuzfahrerstaaten von Akkon bis Antioch, wenn sie in Damaskus Waffen einkauften oder Gefangene als Sklaven auf den Markt warfen. Der langgediente Komtur, er mußte, so rüstig er sich auch gab, mittlerweile die Sechzig bei weitem überschritten haben, weilte gern in der Stadt, schon um der Einöde von Starkenberg zu entfliehen. Hier konnte ein alter Bär wie er, selbst wenn er sich in der Höhle des ayubitischen Löwen befand, in Ruhe an der Nargila schmauchen und Tee aus Indien schlürfen, der mit frischer Minze und Honig versehen war.

Der Rote Falke tat gut daran, in Damaskus als Prinz Konstanz von Selinunt aufzutreten, denn bei den Ayubiten war ein christlicher Ritter willkommener als der Mamelukenemir Fassr ed-Din Octay. Die Freundschaft der beiden Männer hatte vor vielen Jahren begonnen, als beiden die ehrenvolle wie gefährliche Aufgabe zufiel, aus der Gralsburg Montségur zwei Kinder zu bergen. Der Rote Falke und

Sigbert hatten Roç und Yeza durch das feindliche Frankreich und über das Meer in Sicherheit gebracht, sie waren des Paares Hüter der ersten Stunde gewesen.

»Und William von Roebruk?« Sigbert ließ das Mundstück der Wasserpfeife sinken. »Wie geht's dem Schlitzohr?«

»Wie der Made im Speck!« Der Rote Falke lachte. »Der allerdings bei den Mongolen ziemlich mager ausfällt. Doch unser Minorit bereitet sich darauf vor, Patriarch von Bagdad zu werden.«

»Den gibt's doch schon.« Sigbert wunderte sich. »Ich glaube, der heißt Makika.«

»Weilt Baibars noch in Damaskus? Ich weiß, daß er hier, getarnt als armenischer Pferdehändler, ein bescheidenes Quartier bezogen hat.«

»Hatte«, gab Sigbert zur Antwort. »Er lebte hier mit seinem Sohn Mahmoud, einem blitzdonnergescheiten Bürschlein von wohl fünfzehn Jahren, den die Venezianer gern für sich behalten hätten, denn er ist ein Genie im Mischen von Pulvern, Ölen und allerlei Ingredienzien zu hübschen Krachern, seien sie fest oder flüssig. Selbst unter Wasser läßt er es knallen, in allen Farben, mit und ohne Rauch, ganz wie bestellt. Ein Feuerwerker von Luzifers Gnaden!«

»Er hätte im Abendland ein reicher Mann werden können!« sann der Rote Falke der einzigartigen Begabung nach.

»Ich hätte ihn auch gern angeworben«, seufzte der Komtur, »doch als folgsamer Sohn kehrte er mit seinem Vater nach Ägypten zurück. Gestern sind sie von Tripolis auf einer Templergaleere in See gestochen.«

Der Sommerpalast des Großwesirs lag weit außerhalb der hektischen Stadt am Nil. Eine gepflasterte Straße führte von Kairo zu der Ortschaft Gizeh, wo im Angesicht der Tempel und Pyramiden die Villen der Reichen und Mächtigen in eine Palmenoase gebettet waren. Der Rote Falke, der das Anwesen von seinem Vater geerbt hatte, war ausgeflogen. Sein Verhältnis zum regierenden Sultan Aibek, einem vormaligen General der Mameluken, hatte sich wesentlich verbessert, als Baibars, sein alter Gegenspieler, nach zunehmenden Querelen mit Aibek das Feld geräumt hatte, denn der hatte keine Gelegenheit ausgelassen, Fassr ed-Din Octay wegen seiner exzellenten Beziehungen zu den Staufern als unzuverlässigen Verfechter der Sache des Islams hinzustellen. Dazu kam, daß auch die Frau, die der Rote Falke heimgeführt hatte, zwar eine *muslima* war, aber unglaublicherweise aus dem Herzen des Abendlandes, den Rhaetischen Alpen, stammte.

Madulain war eine Prinzessin der Saratz, eines versprengten Stammes maurischer Abenteurer, die vor vierhundert Jahren auf ihren Beutezügen den Po aufwärts gesegelt und in die ihnen völlig fremde Bergwelt eingedrungen waren. Wie im Süden Italiens hatten sich die seßhaft gewordenen Sarazenen bald als die treuesten Stützen der deutschen Kaiser erwiesen, die sie unter ihren Schutz stellten. Madulain war ein stattliches Weib. Allein führte sie den Haushalt des Sommerpalastes, was mehr auf Gutsverwaltung als auf Hofhalten hinauslief. Sie hatte auf Bitte des Sultans seinen Sohn Ali aus früherer Ehe bei sich aufgenommen. Eine Bitte, die sie nicht hatte abschlagen können, wollte sie doch ihren Mann endlich als Großwesir sehen. Um seine Macht zu festigen, hatte Sultan Aibek die verwitwete Sultana Schadschar ad-Durr geheiratet, die darauf bestanden hatte, daß einer ihrer Enkel, Musa el-Ashraf, ein Kind noch, aber ayubitischen Blutes, zum Mitsultan ernannt wurde. Schon aus diesem Grund war in der Nähe des Throns kein Platz für Ali, zumindest kein sicherer. Nur ed-Din Ali war knapp fünfzehn, ein scheuer, hübscher Knabe, der seine Mutter früh verloren hatte und der sehr unter der Trennung von seinem Vater litt. Die Ehe des ehemaligen Mamelukengenerals mit der herrschsüchtigen und nicht mehr ganz taufrischen Schadschar, einer Armenierin, wurde durch die erpreßte Titelteilung nicht besser. Auch belastete die doppelte Hofführung die Staatskasse, denn Schadschar blähte den Hofstaat des kleinen Musa für eigene Zwecke auf. Sie liebte kostspieliges Gepränge, und ihre Günstlinge wetteiferten darin, ihr diesen Wunsch zu erfüllen. Doch vor allem benutzte sie die Situation zum Aufbau einer Gegenregierung, um die Macht im Staate an sich zu reißen.

Aibek, als Militär sparsames Wirtschaften gewohnt, geriet immer häufiger mit der Sultana aneinander, deren nutzlose Prachtentfaltung ihm die notwendigen Mittel beschnitt. Es fielen harte Worte im Palast. Schadschar ad-Durr war nicht gesonnen, sich von einem Emporkömmling beleidigen zu lassen. Als Aibek am Abend des gleichen Tages erschöpft ein Bad nahm, ließ sie ihn von seinen Eunuchen ermorden.

Die Nachricht vom Tode des Sultans führte noch in der Nacht zum Volksaufstand in der Hauptstadt. Das Heer war gespalten. Die Anhänger Baibars, bekanntermaßen ein Gegner Aibeks, schlugen sich auf die Seite der Sultana, was Baibars, der Bogenschütze, niemals zugelassen hätte. Aber der weilte ja im Exil. Die übrigen Mameluken, auf die der Rote Falke Einfluß hatte, versuchten, den Palast zu stürmen. Das Kommando über sie hatte ein Emir namens Saif ed-Din Qutuz an sich gerissen. Ein Bürgerkrieg stand kurz vor dem Ausbruch, als unerwartet heftige Regenfälle die streitsüchtigen Militärs und vor allem das aufgeputschte Volk von den Straßen vertrieb. Qutuz nahm die Gelegenheit wahr, sich im Eilritt mit zahlreicher Eskorte nach Gizeh zu begeben, denn er sah die einzige Möglichkeit, doch noch die Oberhand zu behalten, nunmehr darin, Ali, den Sohn des Ermordeten, am frühen Morgen dem Volk als einzig rechtmäßigen Nachfolger zu präsentieren. Mit reizvollem Hintergedanken jedoch trachtete er danach, die Gunst der Stunde zu nutzen und endlich der Frau des Roten Falken gegenüberzutreten, die er nur einmal gesehen hatte und zu der er in heftiger Leidenschaft entbrannt war. Er wußte, sie war allein.

Doch die böse Nachricht von den Ereignissen in der Stadt hatte bereits Gizeh erreicht. Die erschütterte Madulain wußte, daß sie jetzt, in Abwesenheit ihres Mannes, klaren Kopf behalten mußte. Sie nahm es auf sich, den Knaben noch in der Nacht zu wecken, und ließ ihn ankleiden. Sie erlegte den Dienern auf, nichts verlauten zu lassen und Ali in den Audienzsaal des Wesirpalastes zu geleiten.

Der schlaftrunkene Junge wußte nicht, worum es ging, da er aber seine Gastgeberin heimlich verehrte, ja, verliebt in sie war, tat er alles, was sie wünschte.

Madulain empfing ihn zu seiner Freude allein. Sie nahm den hübschen Knaben fest in die Arme und sagte: »Ali, Ihr seid jetzt ein Mann.« Sie bemerkte das Aufleuchten in seinen dunklen Augen, und es tat ihr weh, gerade jetzt hinzusetzen zu müssen: »Euer Vater ist heute nacht von uns gegangen.«

Sie ließ ihn stehend sich an ihrer Brust ausweinen, streichelte seinen Kopf und erzählte ihm nach und nach, was geschehen war.

Als der forsche Qutuz eintraf und trotz seines stürmischen Begehrs erst einmal vom Obereunuchen in den Vorzimmern mit den vorwurfsvollen Worten »Dies ist ein Haus der Trauer!« festgehalten wurde, ließ Madulain ein Becken mit Rosenwasser bringen und wusch dem immer noch von Schluchzern geschüttelten Knaben eigenhändig das Gesicht. Er drängte sie jedoch fast heftig beiseite, spülte die Augen selbst aus und duldete auch nicht, daß sie ihn abtrocknete.

»Empfangen wir den Emir Qutuz«, erklärte Ali mit fester Stimme und fügte hinzu: »Es ist derjenige, der sich insgeheim schon lange Hoffnungen auf den Thron meines Vaters gemacht hat. Er braucht mich nur als Steigbügelhalter!«

Madulain lächelte. Ali war tatsächlich über Nacht ein Mann geworden. Umgeben von ihren Dienerinnen und den herbeigeeilten Wachen, empfing sie den inzwischen verärgerten Emir Qutuz. Allerdings nur ihn, ohne sein waffenstarrendes Gefolge. Um keine weitere Zeit zu verlieren und in der törichten Annahme, auch sie sei allein, ließ er sich darauf ein. Madulain hatte Ali gebeten, noch einen Augenblick im Nebenzimmer zu warten. Als der Emir hereinstürmte, ließ sie ihn gar nicht erst zu Wort kommen.

»Ich nehme an, Emir Qutuz«, empfing sie ihn kühl, »Ihr habt für die Bestrafung der Mörderin Sorge getragen, bevor Ihr Eurem neuen Herrn huldigen wollt?«

Qutuz war verwirrt.

»Der Palast ist noch in der Hand der Anhänger Baibars«, entschuldigte er sich. In diesem Moment trat Ali ein und blieb auffordernd stehen. Qutuz begriff seine Lage. Wenn er jetzt keinen Treueid ablegte, lagen seine eigenen Ambitionen auf der Hand. Angesichts der dem Hause des Wesirs treuergebenen Wachen, die ihm auch schon den Rückzug abgeschnitten hatten, weil sie hinter ihm die Tür des Saales besetzten, blieb ihm nichts anderes übrig, als sein Knie zu beugen und sich mit belegter Stimme zur Huldigung zu bequemen. Stockend sprach er den *halafan al jamin*, küßte Ali die dargebotene Hand und rief laut:

»*Fal yahya as-sultan Nur ed-Din Ali!*«

Daraufhin beugte sich der Knabe zu ihm herab, hob ihn auf und sprach:

»Ich danke Euch, Emir Qutuz. Seid mein Freund, noch mehr, als Ihr es meinem verehrten Vater wart. Ich brauche Euren Rat und Eure Hilfe –«

Er hielt inne, so daß der Emir ihm das Gewünschte zusichern konnte. »Befehlt Eurem Diener!« mußte er freudig antworten, und so geschah es.

»Eine Tat des Takts erwarte ich noch heute von Euch«, erwiderte Ali trocken. »Ehrt das Andenken meines Vaters, und erspart Eurem neuen Sultan, seinen Thron zu besteigen, solange die Frau, deren Namen ich hiermit vergessen will, noch unter den Lebenden weilt. Ich werde in Kairo einziehen, wenn der Palast gesäubert ist.«

Bevor sich Qutuz zu einem Widerspruch aufraffte, schaltete sich Madulain ein.

»Das Volk, mein Herr und Gebieter«, sagte sie mit unterwürfiger Stimme, beugte auch das Knie und vermied es, Ali anzusehen, »will von dem neuen Sultan nicht nur hören, sondern ihn spüren, ihn mit eigenen Augen erfassen. Dann trägt es ihn auf Händen zum Palast. Dieses Sturmes bedarf es, um die verwirrten Gefolgsleute Baibars zur Vernunft zu bringen. Es darf keinen Kampf geben und kein Vergießen von Blut – bis auf das dieser von Allah Verfluchten. Werft sie dem Volk vor!« wandte sie sich an Qutuz, der ihren flammenden Appell mit Staunen vernommen hatte. Auch das Glänzen in den Augen des Knaben, der jetzt Sultan sein sollte, war ihm nicht verborgen geblieben.

»So soll es geschehen!« erklärte er mit Feldherrengehabe. »Ich werde Vertrauensleute in den Palast einsickern lassen, und Euch, mein Herr, werde ich mit allen Ehren prunkvoll hier von Eures Vaters Mameluken abholen lassen und in die Stadt geleiten.«

Er grüßte knapp und stürmte aus dem Saal. Kurz darauf sah man ihn mit seiner Eskorte die steingepflasterte Straße gen Kairo davongaloppieren.

Ali trat auf Madulain zu, nahm sie fest in den Arm und küßte sie auf den Mund. Ehe sie sich von ihm lösen konnte, ließ er von ihr ab.

»Bleibt meine Freundin, darum bittet Euch nicht der Sultan, sondern der Mann, der diese Bürde auf sich nehmen muß.«

Madulain befahl ihren Dienern, den Sultan in die teuersten Gewänder zu kleiden, die in den Kammern des Wesirs zu finden wären.

In Kairo versammelten sich bereits in den frühen Morgenstunden die Menschen auf den öffentlichen Plätzen. Immer mehr rotteten sich zusammen und zogen in Gruppen erregt zum Sultanspalast. Bald wogte ein unübersehbares Meer von Köpfen vor der breiten Freitreppe und der verstärkten Torwache, und wie Wellen in der Brandung brachen sich die wütenden Sprechchöre an den hohen Mauern. Doch bald ertönten nur noch vereinzelte Ausbrüche von Haß und Zorn, und schließlich schwieg die Menge. Obwohl Tausende von Menschen vor dem Palast standen, herrschte eine drückende Stille. Sie drückte gegen das Tor, bis es krachend aufflog und von den Eunuchen der Körper einer alten Frau herausgeschleift und auf die Steintreppe geworfen wurde. Das Volk stieß einen einzigen Schrei aus, der mit dem Vorwärtsdrängen in ein schrilles Geheul überging. Da waren die Wellen über der Unglücklichen schon zusammengeschlagen. Als gegen Mittag der neue Sultan seinen bejubelten Einzug hielt, waren alle Spuren des Geschehens beseitigt.

Im fernen Mesopotamien hatte sich die mongolische Heereswalze in Bewegung gesetzt. Zurück blieben nur die Frauen des Hofstaates. Auf besonderes Geheiß der Hauptfrau des Il-Khans, Dokuz-Khatun, durfte auch William von Roebruk nicht mit den Truppen ziehen, sondern war gehalten, den christlichen Damen geistlichen Beistand zu leisten und ihnen täglich die Messe zu lesen, in die er eifrig Fürbitten für das gute Gelingen des Kriegszuges einfließen ließ.

Der erprobte Feldherr Baitschu setzte mit seinen Truppen bei Mossul über den Tigris und marschierte das Westufer des Flusses hinab. Der alte Haudegen Kitbogha befehligte den linken Flügel und drang, Bagdad westlich liegenlassend, in die Ebene des Zweistromlandes ein.

Hulagu selbst hatte die Mitte übernommen und stieß über Kermanshah vor.

Die Hauptstreitmacht des Kalifen war daraufhin aus Bagdad ausgezogen, um dem Il-Khan entgegenzutreten und eine schnelle Entscheidung in offener Feldschlacht zu suchen. Das Oberkommando hatte der Sekretär Aybagh inne. Als der dicke Dawatdar jedoch vernahm, daß Baitschu den Tigris bereits überschritten hatte, fürchtete er, von Bagdad und vom Nachschub abgeschnitten zu werden. Aybagh setzte also schnellstens wieder über den Fluß zurück, gerade noch rechtzeitig, bevor der Feind ihm in den Rücken fiel. Bei Anbar, etwa dreißig Meilen von Bagdad entfernt, stieß er mit den Mongolen zusammen. Der erfahrene Baitschu täuschte einen erschreckten Rückzug vor und lockte die Araber auf diese Weise in sumpfiges Gelände. Über Nacht schickte er Pioniere aus, die das Lager Aybaghs umgingen und hinter ihm die Deiche des Euphrat durchstachen. Am nächsten Morgen begann die eigentliche Schlacht. Die berühmte Reiterei des Kalifen blieb in den Sümpfen stecken und wurde eine leichte Beute für die mongolischen Bogenschützen. Die Fußsoldaten wurden zurück in die überschwemmten Felder getrieben. Der größte Teil der arabischen Angreifer blieb erschlagen auf dem Schlachtfeld, viele ertranken, die Überlebenden flohen in die Wüste und kamen dort um. Der dicke Dawatdar selbst schaffte es, sich mit Hilfe seiner Leibwache durch Sumpf und Wasser nach Bagdad zu retten.

Die Hafenstadt Askalon im Süden Palästinas zählte schon lange nicht mehr zum Territorialbesitz des christlichen Königreiches von Jerusalem. Dennoch bewegten sich Pisaner und Genuesen dort, als seien sie noch immer die Herren der Stadt. Auch die Serenissima besaß ein reiches Quartier direkt am Hafen, und selbst die Ritterorden unterhielten Vertretungen, denen ägyptische Behörden eine Art Gesandtschaftsstatus zugebilligt hatten. Askalon lag unmittelbar an der oft umkämpften Grenze zum Reich der Mameluken und wurde von beiden Seiten zum Austausch von Gefangenen, vor allem aber zum regen Handel mit Waffen und Kriegsgerät benutzt.

Angrenzend an das Quartier der Venezianer residierte Abdal der Hafside. Der Palast des bekannten Sklavenhändlers, ein riesiges Gebäude, überragte die niedrigen Gebäude der Altstadt wie eine Zitadelle. Es war die ehemalige Komturei der Templer. Der Orden hatte, die wechselhaften Zeitläufe in Betracht ziehend, auf eine Rückerstattung des Besitzes verzichtet, zumal der Hafside ein verläßlicher und guter Geschäftspartner war, und hatte nur einen älteren Ritter dorthin versetzt. Auch wenn es genaugenommen eine Abschiebung gewesen war, zeigte sich Abdal großzügig und überließ dem Templer anstandslos den mächtigen Donjon der befestigten Anlage.

Georges Morosin war ein im Lateinischen Kaiserreich geborener Venezianer, der mit der Familie derer von la Roche, Despoten von Athen, verschwägert war. Das hatte ihm im Orden der Templer einen raschen Aufstieg ermöglicht. Der eigenwillige, leicht aufbrausende, ja herrschsüchtige Morosin war keine Zier des Ordens, aber von Nutzen, vor allem hier in Askalon. Er hatte sich auch sofort den Titel eines Komturs zugelegt, war er doch endlich fern aller Aufsicht durch Großmeister und Marschall und somit sein eigener Herr. Mit Abdal verstand er sich sofort prächtig, da der die kleinen Schwächen des Herrn Komtur sofort erkannte und ihn geschickt zu seinem Vertreter in allen Geschäften ernannte – was bei häufiger Abwesenheit des Hausherrn zur Dauereinrichtung wurde. Der Hafside wußte genau, daß Morosin hinter seinem Rücken von ihm wie von einem Angestellten sprach, aber das nahm er gern in Kauf. Kaum im Besitz des Donjons, hatte sich der Templer seiner venezianischen Herkunft besonnen und sich die Kolonie der in Askalon ansässigen Kaufleute der Serenissima durch Einladungen, Geschenke und sonstige Ehrungen erst gefügig, dann aber untertan gemacht. Und schon nannten sie ihn den »Dogen«.

Der Rote Falke wurde mit allen Ehren vom ägyptischen Hafenkommandanten empfangen, als er – nun wieder als der Mamelukenemir Fassr ed-Din Octay, Sohn des unvergessenen Großwesirs Fakhr ed-Din – den Boden seiner Heimat betrat, wenn auch nur den des äußersten Grenzpostens gen Osten, vom Mamelukenreich de facto abgeschnitten durch die Dünen von Gaza, hinter denen die Wüste Sinai begann. Nachrichten aus Kairo wehten an Askalon meist vorbei. Damaskus und Akkon erreichten sie schneller oder schlugen sich zumindest als Gerüchte nieder.

Der Emir sah in den konfusen Berichten des Hafenkommandanten keinen Grund zur Besorgnis. Es wurde ihm allerdings klar, warum Baibars Hals über Kopf aus seinem Exil abgereist war: nicht aus Sorge vor einem Zugriff An-Nasirs, sondern weil der Sultansthron winkte. Der Muezzin rief zur *salat adh-dhuhur*.

Der Rote Falke besann sich, daß es Zeit war, wieder in die Welt des islamischen Glaubens einzutauchen, in dem er erzogen worden war, wiewohl seine Mutter Christin war. In Ermangelung eines Gebetsteppichs kniete er auf einer Matte nieder, die ihm ein alter Mann auf der staubigen Straße ausrollte.

»Assalamu aleikum ua rahmatullah,
assalamu aleikum ua rahmatullah!«

Der Rote Falke schritt nachdenklich über den Hof der Karawanserei auf den Donjon zu und ließ sich von zwei mit Krummsäbeln bewaffneten Turbanträgern beim Dogen melden. Meine Ernennung zum Wesir kann ich mir aus dem Kopf schlagen. Der Emir überdachte die Situation in der Hauptstadt. Im Gegenteil, sitzt Baibars erst als Sultan im Sattel, muß ich auf der Hut sein, obgleich es dem Bogenschützen zuzutrauen ist, daß er, am Ziel seiner Wünsche, die alte Feindschaft großzügig begräbt. Nein, besser, ich sehe mich schon jetzt nach einem geeigneten Exil um.

Ein prächtig gekleideter Majordomus erschien, wohl ein Eunuch, und bat gespreizt, ihm zu folgen.

Der Doge umarmte den Emir überfreundlich, und sie ließen sich in dem Turmzimmer nieder, das die ganze Breite des Donjon einnahm und dem Templer wohl als Kontor diente, denn es hingen Karten von aller Herren Länder und Meere an den mit Seidenteppichen ausgeschlagenen Wänden.

Ein erhöhtes Stehpult beherrschte den Raum, der oben von einer Balustrade abgeschlossen wurde. Sie saßen auf weichen Lederkissen, und ein Mohrenknabe, wohl aus dem Sudan, servierte gekühltes Pomeranzenwasser, Kokosmilch und heißen Tee mit Mandelgebäck und kandierten Datteln.

»Herr Georges«, sprach der den Vorgang überwachende Majordomus, »präferiert Euer hoher Gast fette Milch, *shai* oder lieber einige Tröpfchen *citrus medicatus*?«

»Laßt uns allein!« befahl der Doge und wandte sich dem Roten Falken zu. »Ihr habt Euch einen Eindruck verschafft, was von den mongolischen Horden zu erwarten ist?« begann er das Gespräch. »Ist Bagdad schon gefallen?«

»Das kann nur eine Frage der Zeit sein«, antwortete der Emir. »Keine Frage dagegen ist, welche Ziele die Mongolen unverändert verfolgen.«

»Besteht die Möglichkeit, ihnen Einhalt zu gebieten?«

»Durchaus, aber dazu bedarf es eines gemeinsamen Vorgehens.«

»Baibars ist auf dem Wege nach Kairo«, warf der Doge ein.

Der Rote Falke spann seinen Faden fort:

»Ein gemeinsames Vorgehen der Kreuzfahrerstaaten und der Ayubiten, denn auf ihrem Territorium wird, wenn überhaupt, die Entscheidung fallen. Die Mameluken müssen sich dieses Aufmarschgebietes sicher sein. Den Großteil des Heeres stellen sie ohnehin, und der Emir Baibars ist sicher der bestgeeignete Anführer eines solchen Unternehmens.«

»Unterfangens«, schränkte der Doge ein. »Ist es überhaupt in unserem Interesse?«

»*Unserem?*« fragte der Rote Falke ironisch. »Mir als Ägypter liegt viel daran. Aber Euch als Vertreter des christlichen Königreiches? – Vielleicht – vielleicht auch nicht, es sei denn, Ihr wollt als mongolischer Vasallenstaat enden mit einem Verwandten des Großkhans als Gouverneur und einem nestorianischen Patriarchen.«

»Damit ginge endlich der Traum eines beleibten Franziskaners in Erfüllung, den Ihr ja auch kennt.«

»Des William von Roebruk«, bestätigte der Rote Falke. »Und wen seht Ihr als Vizekönig?«

»Der Orden der Templer wird sich wohl für die Kinder des Gral stark machen, weil die Macht, die dahintersteht, es so will.«

»Das klingt nicht so, als wäret Ihr der gleichen Meinung?«

»Das kann man wohl sagen!« polterte der Doge. »Ich teile in vielem nicht die Ansicht der werten Prieuré – ich weiß, Emir, auch Ihr gehört zu dieser elitären, aber allmählich völlig weltfremden

Gesellschaft zur Wiedereinsetzung der Merowinger. Lachhaft geradezu!«

Aber er lachte nicht, sondern schlug mit der flachen Hand auf das Taburett, daß die Gläser klirrten und die fette Sahne umfiel. Der Majordomus stürzte herbei.

»H... Georges –?«

»Raus. Du sollst nicht an der Tür lauschen!«

Der Doge grinste sein Gegenüber an.

»Allen Ernstes«, sagte er und beruhigte sich, »ganz gleich, ob die Mongolen oder die Mameluken siegen, für den Orden der Templer ist in seiner bisherigen Struktur kein Platz mehr, insbesondere nicht mit eigenem Territorium, wie es meinem völlig irren Tempelbruder, dem Herrn Gavin Montbard de Béthune, vorschwebt, der in dem Wahn lebt, er könne aus seinem Loch zu Rhedae die Hauptstadt eines souveränen Ordensstaates schlüpfen lassen wie den Schmetterling aus der Larve. Ich sage Euch, es ist ein Wurm, der aus dem Käse kriecht, einem Käse aus Francia wohlgemerkt!«

»Dort sollen doch Roç und Yeza als das Königliche Paar –?«

»Vergeßt doch die armen Waisen, der Templerorden braucht sie nicht, sie belasten ihn nur.« Morosin verbarg seine Verärgerung nur mühsam, zumal der Emir jetzt berichtigend einwarf:

»Ein Orden, wie Ihr ihn Euch vorstellt –«

Der Doge zwang sich zur Beherrschung seines aufbrausenden Temperaments. Er goß dem Gast nach, wobei er zur fetten Sahne fahrig noch von der Zitrusfrucht in die Tasse träufelte.

»Der Orden der Templer ist heute weniger eine Kriegsmaschine zur Sicherung eroberter Felswüsten als eine beachtliche Handelsgesellschaft mit eigener Flotte. Außerdem und vor allem ist er aber eine gewaltige, wenn nicht die größte Finanzmacht.« Er wartete, bis der Emir genickt hatte. »Ich frage Euch« – er fragte natürlich nicht –, »was brauchen die Templer ein eigenes Land? Das stört doch nur, man muß es verteidigen, man muß für die Einwohner sorgen, für Ordnung, Frieden und Gerechtigkeit.«

»Das muß wohl jeder Souverän«, warf der Rote Falke ein. Das war auch keine Frage. Die Bemerkung erregte den Dogen so sehr, daß er wieder laut wurde:

»Was brauchen die Templer das?! Ihr Reich –«

»– ist nicht von dieser Welt?« Der Rote Falke machte sich jetzt den Spaß, sein christliches Gegenüber zu verhöhnen, doch der sprang keineswegs darauf an.

»Ganz richtig! Ihr seid doch schlauer, als ich Euch anfangs einschätzte! Was die Templer benötigen, ist ein gut funktionierendes Netz von Niederlassungen, Kontoren, Vertretungen in aller Welt und die besten, schnellsten und sichersten Verbindungswege. Und sonst gar nichts!«

»Die habt Ihr doch schon«, entgegnete der Emir.

»Allerdings haben wir die und gefährden sie ständig, weil wir uns in Auseinandersetzungen verwickeln lassen wie in diese sinnlosen sogenannten ›Kreuzzüge‹ und die noch aberwitzigeren Querelen um einen Thron für Roç und Yeza, wie – ach, Ihr wißt doch um alle Fragen des rechten Glaubens, des Unglaubens, der Ketzerei! Alles kein Geschäft!« schloß er wütend.

Der Emir sah ihn lange an. Der Doge mochte um die Fünfzig sein, ein massiger Mann, sicher schlagflußgefährdet. Wenn er sich weniger erregen würde, könnte er sein Ziel noch bei Lebzeiten verwirklicht sehen.

»Doch ist der Orden des Tempels von Jerusalem nicht gegründet worden zum Schutz des heiligen Grabes Eures Propheten, zur Sicherung der Pilgerwege und schließlich zum Kampf gegen uns Heiden?«

Der Doge war um eine Antwort nicht verlegen.

»Das ist wie mit den Merowingern. Irgendwann gehört jede spirituelle Idee der Vergangenheit an. Oder sie mumifiziert, fällt zur Last, schafft Ärger oder endet mit Unheil, Mord und Totschlag. Fragt Ihr heute einen christlichen Baron des Königreiches oder einen benachbarten muslimischen Emir, warum sie sich die Köpfe einschlagen, werdet Ihr als Antwort hören, weil er Tribut von mir gefordert hat, weil er meine Karawane überfallen oder mein Vieh gestohlen hat. Geld regiert die Welt!«

Der Rote Falke sah sich in die Rolle des *Advocatus Diaboli* genötigt.

»Ist es da nicht gerade Aufgabe eines christlichen Ritterordens, dessen Mitglieder bei der Aufnahme allem irdischen Besitz und der persönlichen Bereicherung abschwören müssen, dieser Verweltlichung entgegenzusteuern?«

»Sollen wir eine fanatische Sekte von Meuchelmördern werden, die bis in alle Ewigkeit mit dem Schwert in der Hand Muslime abschlachtet, wenn sie den christlichen Glauben, und zwar nur den der *Ecclesia catolica* nicht annehmen wollen? Auch die Assassinen morden längst nicht mehr um der ismaelitischen Lehre willen, sondern auf Bestellung, bezahlte Bestellung! Nein, wir müssen die Zeichen der Zeit erkennen. Weder der Islam noch das Christentum können durch Waffengewalt siegen. Sie müssen also nebeneinander leben, bis sich eine der Lehren in den Köpfen der Menschen als die bessere durchgesetzt hat und die andere mangels Anhängern eingeht. Das ist der Lauf der Welt. Und die Rolle des Templerordens in dieser Welt kann nur eine andere sein als bisher, oder er hat seine Zeit bald überlebt und wird verschwinden. So wie er sich jetzt darbietet, mit festem, unbeweglichem Besitz an Burgen und gar Land, ist er äußerst verwundbar, weil er gar nicht genug Ritter aufbieten kann, diese Mausefallen aus Stein zu verteidigen, weder gegen mongolische Horden noch gegen Euch Mameluken.«

Der Rote Falke zog lächelnd eine Augenbraue hoch.

»Ihr klagt uns der Angriffsgelüste auf die Templer an und sitzt fett wie die Maus, nicht in der Falle, sondern im Speck der ägyptischen Stadt Askalon?«

»Weil ich hier nicht eine Ägypten bedrohende Burg unterhalte, sondern ein Handelskontor ohne jeden Besitzanspruch betreibe, und mehr braucht der Orden auch nicht. Niederlassungen, Warenlager, Transportmittel, die können erkauft werden und stellen keine Bedrohung der jeweiligen Herrscher dar. Das ist für jeden Landesherren weitaus angenehmer als Lehnsverhältnisse, die über kurz oder lang zu feudalem Streit führen. Wir sind jedermanns Freund und bezahlen noch dafür!«

»Und wozu das Ganze?« Der Rote Falke war in seinem überkommenen Weltbild jetzt doch irritiert.

»Wozu breiten die Mongolen ihre Macht aus? Was sollen sie sonst tun?« hatte der Doge die Antwort gleich selbst parat. »Wenn sie es nicht täten, würde der Stillstand ihr Reich erst lähmen, dann verfaulen lassen, und sie würden Beute einer anderen Macht, die es sich zum Ziel macht, die Mongolen zu unterwerfen.«

»Also strebt Ihr doch Herrschaft an?«

»Weltherrschaft!« verkündete der Doge stolz. »Wir werden die Welt mit unserem Geld beherrschen.«

Er war aufgestanden, und das war wohl das Zeichen, daß der Gast sich zu verabschieden hatte. Dem Roten Falken war das nicht unrecht, denn er hatte nun doch den Eindruck gewonnen, daß dieser Templer nicht ganz richtig im Kopf war. Sein Blick fiel auf die Karten an der Wand. Er sah Tausende von Truhen und Kisten vor sich, auf Kamelrücken in der Wüste und auf schwankenden Planken der Galeeren im stürmischen Meer. Kein räuberischer Beduinenstamm zeigte sich in den Dünen, kein Segel eines Piratenschiffes tauchte am Horizont auf. Er sah Könige begehrlich auf die offenen Schatztruhen starren, doch keiner griff zu, obgleich nirgendwo ein bewaffneter Ritter in der weißen Clamys mit dem roten Tatzenkreuz zu sehen war – der Orden der Templer war längst ausgestorben, aber sein Gold reiste, von Geisterhänden bewegt, über Ozeane, Gebirge, Wüsten und Wälder, von Niederlassung zu Niederlassung. Dann verblaßten auch die Bilder, und die Kisten rollten, rutschten, schwammen von allein durch sumpfige Lagunen und reißende Flüsse, über steinige Pfade und von schneeverwehten Pässen. Nun sah er auch die Kisten und Truhen nicht mehr, nur noch das Geld – es schob sich die Berge hinab wie eine Geröllawine, es drängte wie Packeis auf den breiten Strömen zum Meer – dann endlich verschwand es.

Der Rote Falke atmete erleichtert auf. Der Doge hatte ihm freundschaftlich auf die Schulter geklopft und ihn so aus seinen Tagträumen gerissen.

»Wenn Euer Wort etwas gilt in der Prieuré«, sagte Morosin ohne den Unterton einer Beleidigung, »dann macht Euren Einfluß geltend, daß Prinz Roç Trencavel du Haut-Ségur und Yezabel Esclarmunde du Mont y Sion, dort bleiben, wo sie sind und wo sie hingehören, wie ihre selbstgewählten Namen bezeugen.«

Seine Stimme bekam schon wieder diesen missionarischen Ton, fand der Rote Falke.

»Ihre Bestimmung erfüllt sich eher auf dem Montségur als in Jerusalem. Hier erwartet sie nur Unheil.«

»Ich weiß«, entgegnete der Rote Falke knapp. »Ihr, Georges Morosin, Komtur von Askalon im Dienste Venedigs, Ihr wollt sie hier nicht haben, Ihr traut Euch wohl nicht, ihnen in die Augen zu schauen. Ihr wollt sie nicht einmal kennenlernen.«

»So ist es, mein Herr. Grüßt mir den Bogenschützen. Baibars wird eines Tages einen tüchtigen Sultan abgeben, aber nicht jetzt. Gib Gott, daß ich diesen Tag nicht erleben muß!« Damit schob er den Emir zur Tür.

Der aufmerksame Majordomus war sogleich zur Stelle, den Gast hinaus zu geleiten.

»Eure Freunde unter den Mameluken«, wisperte er ihm zu, »haben Aibeks Sohn Ali zum Sultan ausgerufen.«

»Noch was?« rief der Rote Falke verärgert über die Schulter, statt sich höflich durch einen *bakshish* zu bedanken.

»Ja«, zischte der Eunuch, »Eure Frau betrügt Euch.«

Vielleicht hatte der Emir Fassr ed-Din Octay es nicht mehr gehört, denn er schritt zielstrebig über den Hof zurück zum Hafen.

Auf der Burg Quéribus saßen sich im Rittersaal Roç und der Priester Gosset beim Schachspiel gegenüber. Die Diener hatten das nackte Mauerwerk mit dicken Teppichen und allerlei Decken abgehängt, die sie irgendwo entbehrlich fanden, denn auch die Bettlager waren klamm. Doch die feuchte Herbstkühle blieb innerhalb der steinernen Mauern des Kastells besonders unangenehm spürbar, sie kroch durch Boden und Wände, so daß auch Yeza darauf bestand, daß das Feuer aus den klobigen Scheiten alter Kastanienbäume Tag und Nacht brannte.

Sie stand, in einen ihr viel zu großen Pelzumhang aus Bärenfell gehüllt, an einem der offenen Fenster und ließ sich geduldig von Rinat porträtieren. Der Maler ritzte ihr Halbprofil mit einem dolchähnlichen Stahl in weiches Birkenholz, nur handtellergroß. Er erhitzte das Eisen immer wieder an einer Flamme, so daß die Konturen ihres kühnen Antlitzes sich, zart und fein, dunkel in das Holz brannten. Jordi Marvel, der kleinwüchsige Troubadour, hockte zusammengekrümmt auf einem Schemel ihr zu Füßen. Er verschwand fast völlig unter der samtenen Decke, in die er sich gehüllt hatte. Dennoch schlug er tapfer seine Laute mit steifen Fingern und sang mit krächzender Stimme:

> »Amors me tienent jolis,
> car adés me font penser
> a la douce debonaire
> que je ne puis oblier:
> Le cors a gent et polis.
> Les euz vairs et le vis cler.«

Gosset und Roç hatten die Partie abgebrochen und benutzten die Figuren, um die Position von Freund und Feind, insbesondere aber die der gönnerhaften Helfer und wenig hilfreichen Gönner zu klären.

»Erklärte Gegner wie der Papst«, sagte der Priester und wies auf den Haufen um die schwarze Dame, »sind mir lieber als diese unzuverlässigen Bundesgenossen in ihren weißen Mänteln.«

»Ihr meint die Templer?« Roç hatte verstanden und überließ die Fortführung des Gedankens dem »Berater«, der ihm geschickt worden war, ohne daß er wußte, von wem. Im Zweifelsfall immer von der Prieuré.

»Es gibt inzwischen drei Strömungen innerhalb des Ordens. Für die eine steht hier unser Freund Gavin.« Er hob den weißen Springer und setzte ihn wieder ab. »Der Präzeptor unternimmt es, auf eigene Faust oder ich weiß nicht von wem ermutigt, im Herzen des Abendlandes, ausgerechnet in Okzitanien, einen Ordensstaat zu planen.«

»Wo sonst?!« warf Roç ein. »Wenn nicht an dem Ort, an dem alles begonnen hat, in diesem Land, aus dem wir entstammen, wo der Gral –«

»Wartet bitte ab«, unterbrach Gosset die zu erwartende Eloge. »Es ist längst nicht gesagt, daß alle Befürworter dieses Unternehmens Euch, das Königliche Paar, in ihre Pläne einbeziehen wollen. Gavin selbst – vielleicht?«

»Er hat es uns versprochen!« begehrte Roç auf.

»Kann er das?« fragte der Priester mit ironischem Unterton, um dann sachlich fortzufahren: »Das wäre jedenfalls die Partei derer, die Vorsorge treffen wollen für den Tag, an dem für den Orden im Heiligen Land keine Bleibe mehr ist, aber auf ein templereigenes Territorium nicht verzichten wollen.«

»Andere Sorgen haben die nicht?« Jetzt war es Roç, der sich lustig machte.

»Die Frage nach der Berechtigung ihres weiteren Bestehens nach einer solchen Fahnenflucht stellen sich diese Ritter nicht«, entgegnete Gosset trocken. »Für sie kann der Beauséant aufgepflanzt werden, wo immer der Boden es zuläßt, das Ordensbanner einzurammen. Die zweite Gruppe denkt, was Selbstverständnis und Selbstzweck der ritterlichen Gemeinschaft anbelangt, ähnlich, doch viel abstrakter und auch wohl zukunftsbezogener. Für diese Händler und Geldverleiher – Ritter mag ich sie gar nicht mehr nennen! – steht der Doge, nicht umsonst ein Venezianer!«

»Ich denke, nur die Juden dürfen wuchern?«

»Der einzelne gilt als Halsabschneider.« Gosset lachte. »Doch schließen sich mehrere zusammen, spricht man von berechtigten Zinsen einer *banca*!« Der Priester fuhr fort: »Heißt sie, wie Ihr wollt: Königsmacher, Ausbeuter, Nothelfer oder Blutsauger! Auf jeden Fall schwebt dem Dogen vor, den Orden von jedem territorialen Ballast zu befreien. Nur die Flotte will er behalten, um damit, wie die Serenissima, die dahintersteckt, überall präsent zu sein, wo er Beute wittert. Dazu genügt ein Kontor, ein Schreibpult, ein Abakus und ein Foliant, in dem Schuldner und Fälligkeiten eingetragen werden.«

»Wozu bedarf es da noch bewaffneter Ritter?«

»Zur Sicherung der Transporte, der Warenlager und zum Eintreiben von Forderungen!«

»Welch edle Aufgabe für Herren von Geblüt!« spottete Roç. »Ich würde als Templer lieber einen ehrenvollen Tod vorziehen!«

»Damit kommen wir zu der dritten Richtung, die ich für *cardinale* halte, denn hinter ihr steht die Macht, die den Orden einst ins Leben rief und die – so meine ich – sich auch das Recht nehmen wird, ihn von seinen Leiden, dem Dahinsiechen ohne spirituelle Ausrichtung, zu erlösen. Wahrscheinlich haben die Templer schon vor langer Zeit ihren hehren Gründungsauftrag erfüllt. Doch so wie Jerusalem für immer verloren ist oder als leere Hülse blieb, so blieben auch sie, weil sie sich als Hüter fühlten.«

Gosset brach hier ab und hüllte sich in Schweigen.

»Ihr sprecht jetzt vom Gral?« fragte Roç, obwohl er sicher war. »Haben ihn die Templer?«

»Wenn sie ihn je hatten«, antwortete der Priester, »hat er sich ihnen sicherlich wieder entzogen, verflüchtigt – denn er ist Geist!«

»Den Gral muß ein Ritter stets neu gewinnen?«

Roç war jetzt voller Eifer bei der Sache, er hing förmlich an den Lippen des Mannes, der alle Dinge so klarsah und so einfach auszudrücken wußte. Ein richtiger Priester der *Ecclesia catolica* konnte er nicht sein.

»Den Gral muß ein Ritter vor allem suchen, und zwar nicht als Schatz unter der Erde noch als kostbaren Kelch in einer Höhle, sondern in sich selbst. Wer da meint, er habe ihn gefunden, er besäße ihn, der hat ihn schon verloren.«

»Er ist seiner nicht würdig?«

»Er greift ins Leere, er ist blind, taub, ein lebender Toter.«

»Das sind also die Templer«, stellte Roç fest, »und die sollen Yeza und mich als Königliches Paar auf den versprochenen Thron heben?«

Gosset tat der junge Mann leid, für den eine Welt zusammenstürzte.

»Ich sagte schon, – es gibt eine dritte Kraft –«

»Die Prieuré?« Sie war für Roç ein Hoffnungsschimmer, den Gosset ihm nicht nehmen wollte.

»Die dafür sorgen wird, daß ihr Geschöpf sich vom Krankenbett erhebt und sich wandelt; die nicht dulden wird, daß ihr eigener verlängerter Arm, der Schwertarm, weiter verdorrt, verfault wie von der Lepra befallen, sondern ihn drängen wird, wieder das Schwert zu ergreifen.«

»*Beauséant alla riscossa!*« rief Roç begeistert. »Und das Heilige Jerusalem?«

»Vergeßt den Ort«, sprach Gosset. »Es geht um den Gral! Entweder werden die Templer wieder seine Ritter oder –«

»Oder?« fragte Roç bang.

Gosset blieb hart.

»Oder die Mutter wird die Zähne zusammenbeißen und den unheilbar verrotteten Arm in die Glut eines ihn verzehrenden, reinigenden Feuers stoßen, sich von ihm trennen, bevor sie selbst von der Verwesung ergriffen wird.«

»Hmm«, sagte Roç mit rauher Stimme, »schöne Aussichten.« Er erhob sich. »So handelt also die Grande Maîtresse?« formulierte er seine Anklage. »Jene nette alte Dame, die zu uns sagte: ›Ich werde bei Euch sein bis an das Ende aller Tage.‹ Es klang ziemlich verzweifelt.«

»Das Wort gilt immer noch«, erklärte Gosset im Aufstehen und lächelte Roç aufmunternd zu.

»Je ne puis, ni si voeil,
departir de ma tres doce amie;
si m' en duel,
quant amer ne me veult mie.«

Roç sah Rinat Le Pulcin über die Schulter und warf ein trauriges Lächeln zu Yeza, die mit ihrem Blondschopf, umrahmt vom Fell des Bären, so hübsch ausschaute. Sie hat die schönsten Augen der Welt, dachte er und stellte sich Yeza warm und nackt unter dem Pelz vor. Er wäre jetzt gern bei ihr gewesen. Er besah sich die Miniatur, die unter den Händen des Künstlers entstand. Rinat hatte den Bären natürlich weggelassen, ihr Haar mit Blattgold verschiedener Tönungen versehen und es mit einem gelben Puder bestäubt, der an ein wogendes Kornfeld erinnerte, voller Blumen, rotem Mohn und Veilchen, Rittersporn, Feuerlilien und Königskerzen. Ihr Gesicht war immer noch leicht gebräunt, als würde der Sommer bei Yeza gern länger verweilen, sie mit seinem Tau am Morgen erfrischen, mit seinen Strahlen zu Mittag wärmen und mit seinem silbernen Mond zärtlich streicheln in der Nacht. Mit geschickten Schattierungen über das energische Kinn und die Grübchen, auslaufend im unvergleichlichen Ansatz ihres Halses, hatte der Maler diesen Ton durch eine Mischung aus Pfirsich und Zimt genau getroffen, und ihre Augen waren Smaragde und ihre Lippen Rubin.

»Ne mes maus guerredonner.
Las! Si n' en puis sans lui durer,
trop chier me fet comparer
l' amour qu' ai en li.
Hé, las! Bien me doit peser
quant onques la vi,
car ne puis endurer
les maus que sent pour li.«

Roç wollte sich gerade losreißen von diesem Bild, da öffneten sich die Rubine, und zwischen den Perlen ihrer weißen Zähne erschien Yezas rosarote Zunge. Sie leckte ihre Lippen zu neuem Glanz und sagte:

»Wißt Ihr eigentlich, mein Herr und Gebieter, daß Euer Diener Philipp sich unziemlich meiner Zofe genähert hat?«

Roç lachte hell auf.

»Deine Potkaxl hat ihm schamlos, aber gekonnt zwischen die Beine gegriffen, und ehe der arme Kerl sich's versah, hatte sie seine Lendenzier schon in der Hand!«

»Schlaff war sie sicher nicht!« spottete Yeza. »Seit Tagen lief er herum, als habe er einen Besenstiel im Hosenlatz versteckt!«

Roç versuchte seinen Knappen zu verteidigen.

»Er hatte wenigstens noch eine Hose am Leib, deine Toltekenprinzessin aber nichts unter dem Rock!«

»So hat er das Kind gefegt?« Yezas Stimme wurde ganz klein vor Erregung.

»Davon kann keine Rede sein. Potkaxl hatte ja den Besen in der Hand, und sie führte ihn ohne ein Wort der Entschuldigung oder des Bedauerns.«

»Also ohne Pardon!« Yeza lachte und ließ ein weiteres Mal ihre flinke Zunge kreisen, die Schlange!

»Potkaxl, die Ihr, *ma damna*, noch ein Kind zu nennen beliebt, zwang meinen Knappen zu niedriger Putzarbeit. Er mußte fegen, fegen, fegen.«

»Hört auf!« juchzte Yeza stöhnend. »Begebt Euch gefälligst in Euer Bett und schämt Euch – bis ich komme!«

Diesmal streckte sie ihm die Zunge raus, doch Rinat ermannte sich zu sagen: »Ich bedarf der Damna noch eine Viertelstunde im Bärenfell, wenn nicht alle Mühe umsonst gewesen sein soll.« Er wandte sich grinsend an Roç. »Ich flehe Euch an, mein Herr, bringt der Kunst dieses Opfer, dafür mach' ich Eures Herzens Liebste unsterblich!«

Roç nickte benommen.

»Das verkündet Ihr ein jedes Mal! Wie oft wollt Ihr mir meine Damna noch rauben?« Doch er lenkte schnell ein. »Zugegeben, Maestro, Euch scheint ihr Konterfei diesmal besonders gut zu gelingen.«

»Es ist das Los des Künstlers«, Rinat verneigte sich, »sich nie mit dem Erreichten zufriedenzugeben«, sagte er artig. »Ihr habt recht, mein Herr, vor diesem immer noch unzulänglichen Versuch, den Liebreiz Eurer Damna einzufangen, verblassen alle vorangegangenen.« Rinat blickte nicht ohne Stolz auf sein Werk. »Doch stillt es meinen Ehrgeiz noch immer nicht.«

Roç gab sich leutselig.

»Macht nur weiter!« Er warf Yeza einen Kuß zu, den sie mit ihren Lippen auffing wie eine Kirsche, und lief aus dem Raum.

»Com' antt' as pedras bon rubi
sodes antre quantas eu vi;
e Deus vus fez por ben de mi,
que ten comigo gran amor!«

Roç wußte gar nicht, wohin er gegangen war. Er fand sich plötzlich im Turm wieder, auf der Wendeltreppe, vor jener Tür. Er bedachte das Gespräch mit Gosset. Es gab eigentlich nur zwei Sorten von Templern: solche, die das Königliche Paar auf dem Thron sehen wollten und dafür auch Opfer bringen wollten, selbst das ihres Lebens, und die, denen er und Yeza gleichgültig waren. Und vielleicht mußte er sogar mit einer Gruppe rechnen, die auch bereit war, Opfer zu fordern, und zwar das des Lebens von Yeza und das seine, die also nicht davor zurückschrecken würde zu morden.

Gut, oder besser, schlecht! sagte sich Roç. Dann zog da noch die Prieuré ihre Fäden, die große Puppenspielerin. Sie trieb ein gefährliches Spiel mit dem Königlichen Paar, das sie zu protegieren vorgab. Denn die schützende Hand neigte dazu, in Yeza und ihm immer weniger lebende Menschen aus Fleisch und Blut zu sehen, sondern nur noch Marionetten. Mit denen spielte sie, nicht um ein handfestes Ergebnis zu erreichen, den ausgelobten Thron etwa, nein! Der Weg ist das Ziel! Doch wenn die geheime Macht, die sich hinter allen verbarg, recht hatte, das Wissen um den Großen Plan besaß, und nur sie den Weg kannte, der zum Gral führte?

»Hab' Vertrauen, Roç!« hatte ihm der alte Turnbull als letztes Vermächtnis anvertraut, bevor er freiwillig in den Tod ging. »Vertrau der Kraft der Liebe!« Immerhin galt Turnbull als der Verfasser des Großen Plans, und der mußte es schließlich wissen. Roç erinnerte sich mit Wehmut an seinen geistigen Mentor und raffte sich auf. War der Gral die Liebe?

Zielstrebig drang Roç in die Kammer des Malers vor und betrat durch die Schranktür das verborgene Gewölbezimmer. Er öffnete das Geheimfach in dem verstaubten Regal. Yezas Porträts hatten sich beachtlich vermehrt. Wollte Rinat einen Handel damit aufmachen? Roç hob den doppelten Boden an und zog die dort immer noch liegenden Pergamentblätter hervor. Er sah sie hastig durch, zweimal, dreimal. Das Doppelporträt des Präzeptors Gavin Montbard de Béthune, das er so unangenehm in Erinnerung hatte, war nicht mehr dabei. Roç durchsuchte das Möbel gründlich von oben bis unten, den gesamten Raum und alle Winkel der angrenzenden Kammer. Das Bild blieb verschwunden.

DIE NACHT VOM MONTSÉGUR

Der Winter war eingezogen im Roussillon, die Gipfel der Pyrenäen leuchteten schon längst im hellen Weiß, dann fiel über Nacht auch Schnee auf den umliegenden Bergen des Grau de Maury. Bis zur Burg Quéribus reichte er nicht ganz hinab, sondern schlug als kalte Regenschauer nieder, die den Hof, wo er nicht gepflastert war, in einen Sumpf verwandelten. Einzig die Schweine hatten an dem Schlamm ihre Freude, das Borstenvieh wälzte sich quiekend in den lehmigen Pfützen. Nur ein kleines Schwein hielt sich abseits, das war Rosamunde, denn Rosamunde war verliebt. Ihre nicht etwa zurückgehaltene Leidenschaft galt auch nicht ihresgleichen, sondern der Potkaxl. Die Toltekenprinzessin hatte seit einiger Zeit begonnen, die Schweine zu füttern, wozu sie von ihrer Herrschaft keineswegs genötigt wurde, sondern sie selbst hatte diesen Liebesdienst erwählt, um auf diese Weise mehrfach am Tag dem Hofleben im Turm zu entfliehen und sich mit ihrem Philipp ungestört im Heu zu treffen. Das entsprang keiner falschen Scham, davon konnte bei dem drallen Kind mit der befremdlichen Adlernase keine Rede sein, doch vollzog sie die Inbesitznahme des Knappen stets splitternackt und mit solch spitzen Quiekern und wollüstigem Gegrunze, daß Yeza ihr nahegelegt hatte, ihr Kopulationsbedürfnis in den Wohnräumen der Burg einzuschränken, wenn es ihr nicht gelänge, den »Begleitgesang« ihrer Vögelei zu mäßigen.

Yeza konnte sich sehr klar ausdrücken, und die Tochter der Tolteken verstand mittlerweile den Sinn der meisten Worte. So begann sie, die Schweine zu verwöhnen, und Rosamunde entwickelte eine stille, gefräßige Zuneigung für Potkaxl. Erst lief sie ihrer Wohltäterin entgegen, dann trottete sie ihr nach, gierig und nimmersatt. Es geschah, was geschehen mußte. Der umtriebigen Potkaxl nachstellend, geriet Rosamunde ins Heu und hörte dort zum ersten Mal die dem Schwein vertrauten Töne der Brunft. Anstatt sich diskret abzuwenden, rammte sie lustvoll grunzend ihren rosafarbenen Rüssel zwischen die Leiber, schubste Philipp zur Seite und wälzte sich glückselig quiekend über die Prinzessin, fuhr ihr zwischen die

Beine, hob sie schmatzend hoch, tollte und rollte fordernd mit ihr im Heu, sich durch keine Drohung vertreiben lassend. Nur mit Mühe und unter Aufgabe des Liebesaktes konnten Zofe und Knappe der heißblütigen Rosamunde entfliehen. Von da an blieb ihnen nur noch, sich hinter verschlossener Schobertür zu treffen, mit dem Schwein davor, das scharrend und schnaubend vor Eifersucht nach der Potkaxl verlangte und sie so zum offenen Gespött des Gesindes machte. Oder Rosamunde mußte vorher im Stall eingesperrt werden, was aber auch jedesmal einen wilden Aufstand der von Amors Bolzen getroffenen Kreatur verursachte. Erschien die Zofe nicht im Hof, konnte es vorkommen, daß man Rosamunde auf der Treppe zum Donjon antraf oder sonstwo, wo sie gerade schnuppernd die Witterung ihrer schweinischen Liebe aufgenommen hatte. Richtig beliebt wurde die Sau, die sich wie ein Eber aufführte, sorgte sie doch für Heiterkeit und Kurzweil in der winterlichen Einöde, daß der Vorschlag des genervten Philipp, sie zu schlachten, von allen Bewohnern der Burg mit Empörung zurückgewiesen wurde.

Weit weniger spaßig empfanden Yeza und Roç den unangemeldeten Besuch eines griesgrämig den Burgberg emporstapfenden Mönches. Nach der Kutte zu urteilen, handelte es sich um einen Franziskaner. Im ersten Moment hofften die neugierig zum Tor hinabspähenden Herren von Quéribus, es wäre der abgemagerte William. Aber dann kam Gosset ziemlich aufgeregt in den Turm und verkündete, Bartholomäus von Cremona sei eingetroffen.

Roç war sofort alarmiert. Hatte ihm nicht William von diesem perfiden Minoriten erzählt, der ihm den Großen Plan gestohlen hatte, der im Dienste des Grauen Kardinals, also für Rom, hinter dem Königlichen Paar hergehechelt war?

»Wie – der Grottenmolch?!« Yeza schien die Gefahr auf die leichte Schulter zu nehmen.

»Was will der hier«, murrte der Burgherr, »wenn nicht uns ans Leder?«

»Barth nimmt keinen Dolch in die Hand«, tröstete ihn Gosset. »Er versteht sich auf Gifte.«

»Vielleicht hat er sich verirrt«, beruhigte Yeza ihren Helden. »Will nur eine warme Suppe in unserer Küche?«

»Dann verzichte ich heute auf jede weitere Mahlzeit!« sagte Gosset lachend. »Die Küche ist der letzte Ort, wohin wir ihn lassen sollten, denn nicht der Zufall hat ihn hergeführt. Ich habe gesehen, wie er aus dem Reisekarren des Inquisitors stieg.«

»Herr, erbarme dich meiner Seel'! Der dicke Trini und Barth, der Grottenmolch!« jubelte Yeza. »Welch Gespann!«

Doch wer vor Schreck unter den Tisch kroch, das war Jordi.

»Der kommt mich holen!« jammerte er.

»Kaum!« gab Rinat seine Meinung kund. »Bartholomäus von Cremona ist kein Büttel, sondern ein Beamter der Kurie, nicht einmal ein Spion, das wäre er nur zu gern!«

Roç raffte sich auf.

»Empfangen wir den Herrn!«

Der Troubadour griff hastig seine Laute und verschwand in einer Wandnische hinter dem Teppich, auch Rinat verließ den Raum, bevor Philipp den Minoriten eintreten ließ.

Barth überzeugte sich mit schnellem Blick, mit wem er es zu tun hatte, bevor er mit honigsüßer Stimme begann:

»Seine Heiligkeit Papst Alexander IV. und der König von Frankreich entbieten dem Königlichen Paar ihre von Herzen kommenden Grüße und wünschen Euch ein langes Leben.«

Das war reiner Hohn! Yeza mußte sich kneifen, um nicht laut herauszuprusten. Roç kochte, doch er ließ den Besucher fortfahren.

»Sie haben mich entsandt, damit ich Euch als schlichter Diener des Herrn sein Wort verkünde und mit Euch für das Heil Eurer Seelen Fürbitte erfleh'.«

Der Grottenmolch kniete nieder.

»Lasset uns beten«, sagte er sanft, doch Gosset kürzte das Verfahren ab, indem er in die peinliche Stille hinein »Amen« sagte. Yeza hatte so getan, als hätte sie die Aufforderung nicht vernommen, und schaute auch jetzt noch versonnen zum Fenster hinaus.

Roç nahm in seinem thronähnlichen Sessel Platz, was er sonst nie tat, und flüsterte Gosset zu:

»Was hieltet Ihr davon, mein Priester, wenn sich dieser fromme Mann erst einmal vorstellen würde und uns sein Beglaubigungsschreiben von solch hochstehenden Persönlichkeiten übergäbe?«

Immer noch kniend, nestelte der Betroffene mit hochrotem Kopf an seiner härenen Kutte.

»Ich bin Bartholomäus von Cremona«, stieß er stockend hervor, »und niemand soll meine Worte in Zweifel ziehen.«

Er wurstelte zwei versiegelte Pergamentrollen aus seinem Gewand. Gosset nahm sie ihm aus der Hand, brach auf ein Nicken Roçs die Sigle des Königs, entrollte die Botschaft und überflog die Zeilen murmelnd.

»Ihm sind für das Lehen Quéribus samt Land, Tier und Menschen, Gesinde wie Herrschaft, die geistlichen Rechte übertragen, wie es mit dem zuständigen Bistum von Carcassonne abgestimmt wurde ... Ihm allein steht es zu, in dem kirchlichen Sprengel Grau de Maury den Zehnten zu erheben und für die christliche Unterweisung Sorge zu tragen –«

»Wir haben doch schon einen Priester«, unterbrach Roç ärgerlich den Vortrag und wandte sich an Barth, der sich jetzt erhoben hatte.

»Dem König ist wohl entfallen, daß er, er selbst in eigener, in höchster Person, uns Hochwürden Gosset mitgegeben hat?«

Der Grottenmolch wiegte den Kopf.

»Ich habe eingangs vergessen zu sagen: Der König bedarf dringend des Monseigneurs für eine streng geheime Mission. Das war der Grund, daß ich einspringen mußte, um es Euch nicht an spirituellem Beistand mangeln zu lassen.«

»Kommt gar nicht in Frage«, empörte sich Roç, »das will ich schriftlich sehen!«

Bartholomäus zeigte mit schlecht verborgenem Triumph auf die zweite Rolle.

»Eine Anweisung des päpstlichen Nuntius Kardinal Rostand Masson an den Pater Gosset, sich unmittelbar nach Erhalt dieses Schreibens auf den Weg nach Carcassonne zu begeben, um beim Bischof weitere Instruktionen entgegenzunehmen.« Der Molch hatte sich aufgeblasen wie ein Frosch. »Ich nehme nicht an, daß ein treuer Diener der Kirche und verdienter Gesandter des Königs sich dem Befehl verweigern wird?«

Das war an Gosset gerichtet, doch Yeza griff ein.

»Wir danken dem König und dem Heiligen Vater für soviel fürsorgliche Mühewaltung von ganzem Herzen.« Sie lächelte dem Grottenmolch freundlich zu und winkte den Knappen zu sich.

»Philipp, zeig unserem lieben Gast und geistlichen Beistand den Raum gleich neben der Kammer von Rosamunde, wo Monseigneur Gosset hauste.« Sie verstärkte ihr Lächeln. »Ihr müßt wissen, daß wir Euch auf Quéribus wenig Komfort bieten können.«

»Ach«, gab sich Barth bescheiden, wie es einem Bruder des Franz von Assisi zukommt, »wir armen Brüder sind schon mit einem Stall zufrieden und dem, was von den Tischen der Reichen –«

»Soviel Bedürfnislosigkeit ehrt Euch und beschämt uns.«

»Ihr werdet wie ich«, fügte Gosset ergeben hinzu, »von der Küche Euer täglich Brot erhalten und es segnen. Laßt uns jetzt beten!«

Und der Priester zwang den Minoriten ums andere Mal in die Knie, während Roç und Yeza sich zugrinsten, die Hände brav gefaltet. Dann führte Philipp den Molch hinaus. Kaum war die Tür hinter ihnen ins Schloß gefallen, vermochte keiner mehr sein Lachen zu halten. Jordi kroch aus seinem Versteck, ihm war nicht nach Heiterkeit zumute.

»Ihr lacht«, erregte sich der Wichtel, »aber der wird uns alle umbringen!«

»Der muß sich erst mal Rosamundes erwehren«, erklärte Yeza, »denn der Koben, den er nun bezieht, diente der Potkaxl als Liebesnest, ihr brünftiger Duft hängt noch im Heu!«

»Ich habe in der Küche unter dem Siegel der Verschwiegenheit verlauten lassen«, ließ sich Rinat vernehmen, der von allen unbemerkt zurückgekehrt war, »der Mönch sei von einer ansteckenden Krankheit befallen. Was er berühre, trüge fortan den Keim eines schleichenden, furchtbaren Todes in sich.« Rinat erzählte das so todernst, daß Jordi sogleich zu jammern begann, doch der Maler fuhr fort: »Ich habe Anweisung gegeben, dem Minoriten strikt den Zugang zu allen Wirtschaftsräumen zu verweigern. Des Tags sollen sie die Küche von innen verbarrikadieren, des Nachts den Mönch in seinem Kämmerlein einschließen.«

»Dann kann Rosamunde ihn doch nicht –«, gab Yeza zu bedenken.

Die Vorstellung von Rosamunde und dem Grottenmolch belustigte sie herzlich.

»Die Sau wird den Weg zum Barth schon finden, so wie der nach drei Tagen stinken wird!« erwiderte Gosset. »Doch bei allem Vergnügen, bei allem Schabernack, den Ihr noch mit den beiden anstellen mögt, werdet nicht leichtsinnig, denn dieser Minorit wirkt zwar blöd und auch närrisch, aber er ist zäh und einfallsreich, was die Durchsetzung seines Auftrages anbelangt. Das beweisen schon die beiden Briefe, die er sich besorgt hat. Es waren keine Fälschungen!«

»Ich werde ihn im Auge behalten«, sagte Rinat. »Reist unbesorgt ab. Auf mich könnt Ihr Euch verlassen.« Das galt Yeza und Roç.

Da bin ich mir nicht so sicher! dachte sich letzterer, doch Yeza antwortete:

»Wie Ihr seht, sind wir, wenn schon nicht in guten, so doch in geschickten Händen.« Sie schaute Rinat Le Pulcin dabei nicht an. »Außerdem wußte das Königliche Paar sich noch immer seiner Haut zu wehren.«

»Und dann bin ich noch da!« rief Jordi. »Mit meinem Leib werd' ich Euch schützen.«

Da mußten wieder alle lachen, auch wenn das Lächeln des Malers gequält ausfiel. Der Troubadour ließ es sich nicht verdrießen, er schlug die Saiten.

»Dòmna, pòs vos ai chausida,
fatz me bèl semblant,
qu' ieu sui a tota ma vida
a vòstre comand.«

Inzwischen lag auch Schnee auf Quéribus. Wer nicht zum dringenden Geschäft in den Hof mußte, blieb in seinem warmen Pfuhl. Bartholomäus verließ seinen Koben nur, um mit der Besatzung in der Wachstube seine karge Mahlzeit einzunehmen, allerdings saß er allein am Ende des Tisches. Die Männer mieden ihn, schon weil er – milde ausgedrückt – äußerst streng roch. Auch sein Bemühen um die christliche Einweisung des ketzerischen Paares in die Glaubensregeln der Kirche, deren Befolgung in Demut und Gehorsam, hatte der Minorit bald aufgegeben. Er fand den Zugang zum Donjon sowie den Wohntrakt samt Rittersaal meist verschlossen vor, und wenn es ihm gelang, durch das Tor zu schlüpfen, nachdem er frierend im Hof auf der Lauer gelegen, so wurde er spätestens auf der Treppe von den aufmerksamen Wachen aufgegriffen mit der Begründung, in irgendeinem verschneiten Kotten, einer entlegenen Hütte im Gebirge, bedürfe eine Sterbende dringend seines Beistandes oder ein Neugeborenes der christlichen Taufe. Hatte er die Strapazen auf sich genommen, fand er die des Sterbesakraments so Bedürftige ohne Ausnahme schon tot vor, offensichtlich rechtzeitig vom katharischen Consolamentum getröstet, und die Schwangeren waren noch weit von ihrer Niederkunft entfernt oder entpuppten sich als Alte, die nicht mehr gebären konnten. Oft stand an der angegebenen Stelle nicht einmal ein Haus. Wenn es ihm aber einmal gelang, die Wachen mit ihrem Ansinnen abzuwimmeln und bis zum Königlichen Paar vorzudringen, bereiteten ihm der perfide Rinat und Jordi Marvel, dieser krächzende Wicht, nichts als fürchterliche Pein. Sie verlangten ein jedes Mal, die Beichte ablegen zu dürfen. Was sie dann seinen Ohren anvertrauten, ließ die herkömmlichen Todsünden verblassen, Abgründe taten sich auf, und er war es, der von Teufeln im Höllenfeuer gezwackt und geschunden wurde. Bald beteiligten sich auch der lose Knappe samt der Zofe daran, eine Heidin aus einem gottverlassenen Land, von dem Bartholomäus nicht glauben konnte, daß es tatsächlich existierte, noch dazu mit Tempeln und gräßlichen Riten. Mit Philipp und der Potkaxl kam auch Rosamunde mit ihren unerhörten Sauereien ins Spiel. Auf das Schwein war er schlecht zu sprechen, und er fürchtete nichts so sehr, als daß dessen nächtliche Besuche in seinem Koben an das Licht des Tages kämen. Anspielungen infamster Art mußte er sich vor allem von dem Maler gefallen lassen, und das Königliche Paar schien sich über alles aufs prächtigste zu amüsieren. Unnötig zu erwähnen, daß weder Roç noch Yeza sich zur Beichte bequemten oder nach der geweihten Hostie verlangten. Sie fertigten ihn jedesmal mit der blasphemischen Auskunft ab, das Königliche Paar habe per se hohepriesterlichen Rang und bedürfe seiner Mittlerdienste nicht, sie hätten ihr eigenes unmittelbares Verhältnis zu Gott. Wenn der Minorit dennoch in sie drang, ihre Seelen zu retten, dann hieß es stets: »Laßt uns beten!« Einer Aufforderung, der sich der Mönch nicht entziehen konnte. So sprach er das lateinische Vaterunser, und sie leierten es ungehörigerweise in der Sprache des Volkes daher, in die Petrus Valdesius es unerlaubterweise hatte übersetzen lassen. Wenn Barth dann immer noch aufbegehren wollte, wurde das Gebet eben bis zur Erschöpfung wiederholt, bis er aufgab und den Rückzug antrat. Kaum hatten die Wachen die Tür hinter ihm geschlossen, prusteten alle los.

»Wir müssen dem Herrn Papst danken«, sagte Yeza, »daß er uns soviel Kurzweil beschert!«

»Wenn der Molch nur nicht so entsetzlich stinken würde!« meinte Roç, »Aber dann müßte man ihm ja verraten, wo der Badezuber steht!«

»In die Küche lassen ihn weder Koch noch Mägde«, vermeldete Rinat. »Sie haben das mit dem ansteckenden Siechtum längst vergessen, aber inzwischen riechen sie den Minoriten drei Meilen gegen den Wind.«

»Ihr meint«, sagte Yeza, »daß es uns gelungen ist, den Giftzahn des Grottenmolchs zu ziehen, so daß wir nunmehr daran denken können, meinen Traum in die Tat umzusetzen?«

»Wie?« fragte Roç entgeistert. »Meine Damna will jetzt, mitten im Winter –?«

»Die Nacht der Sonnenwende werden wir, Ihr, mein Geliebter, und ich, Eure Geliebte, auf dem Montségur erleben«, verkündete Yeza mit einem Nachdruck, der jeden Widerstand als zwecklos hinstellte.

Roç war sofort einverstanden. Rinat nicht.

»Dem giftigen Biß habt Ihr Euch bisher entziehen können, doch denkt nicht, Euer verhinderter Beichtvater und Wächter Eurer Tugend ließe Euch auch nur einen Schritt ziehen, ohne Euch die nächstliegendste Garnison der Franken nachzuhetzen! Das ist der vornehmliche Auftrag des Spitzels. Ausgerechnet Montségur!« stöhnte der Maler gespielt. »Ein rotes Tuch für Kirche und Besatzer!«

»Es wird Eure Aufgabe sein, Rinat Le Pulcin«, erklärte Roç fest, der sich mit dem Wunsch seiner Herrin abgefunden, ja sogar angefreundet hatte, »unser Verschwinden vor unserem Aufpasser so lange und so geschickt zu verheimlichen, bis wir längst über alle Berge sind.«

Der Maler vergaß den empfindsamen Künstler und bewies sich um ein anderes Mal als das, was er wohl war, ein durchtriebener Agent. Er besann sich erstaunlich kurz.

»Dazu brauch' ich Euren Knappen Philipp und Eure Zofe.« Rinat erläuterte auch sofort seinen Plan, zumal die beiden Geforderten nicht anwesend waren. »Von Euch, dem Königlichen Paar, verlange ich nur, daß Ihr Eure Kemenate zur Verfügung stellt.«

»Was?« empörte sich Roç. »Ihre nackten, verklebten Leiber sollen in unserem Bett ihrer Lust frönen?«

»Genau«, bestätigte Rinat ungerührt. »Nicht nur das, sie sollen sich in der Fortsetzung so aufführen, wie man es sich von Euch erwartet, nachdem Ihr schon den ganzen Abend Eurer Damna trunken und erregt nachgestiegen seid und sich diese auch nicht lange, dafür aber laut und vernehmlich geziert.«

»Der Grottenmolch soll demnach denken, ich quietsche, stöhne, grunze und schreie wie die rollige Potkaxl?« faßte Yeza zusammen.

»Oder wie Rosamunde!« spottete Roç lachend, doch das sollte er schnell bereuen, denn dafür bekam er von seiner Liebsten eine Schelle, knapp und trocken.

»Dazu gehören immer noch zwei, mein Liebster, einer, der dich vor Wonne singen macht, und –«

»Wir haben uns verstanden«, entgegnete Roç schnell. »Wenn ich meine Liebste wonnegeil über die Schwelle trage, wechselt der Diener mit mir und meine Damna mit der Zofe. Sie übernehmen den Part des Königlichen Paares, laut und deutlich, wir hingegen verschwinden aus der Burg, leise und klammheimlich.«

»Ich werde Euch mit Pferden, Proviant und Pelzdecken am Rande des Grau de Maury –«

»Nein«, sagte Roç. »Ihr werdet hier ausharren. Zumindest die weltliche Kommandogewalt soll nicht in die Hände des Mönches fallen. Die einzige Respektsperson, die bleibt, seid Ihr, denn Jordi Marvel nehmen wir mit.«

Ob das den Kleinen freute, blieb dahingestellt. Er strahlte nicht gerade, als er, ergeben in sein Schicksal, in die Saiten griff.

> *»A vòstre comand serai*
> *a tots los jorns de ma via,*
> *e ja de vos no'm partrai*
> *per deguna autra que sia.«*

Der kleine Trupp zog auf dem verborgenen Saumpfad gen Westen auf die Pyrenäen zu, den die Leute noch heute den »Weg der Katharer« nennen. Er führte abseits von großen Heerstraßen durch die Wildnis der schwarzen Wälder, folgte schwer begehbaren Bergkämmen, wenn die Schluchten mit ihren reißenden Wassern zu tief eingeschnitten waren. Jordi, den Roç und Yeza eigentlich zu ihrer Erbauung und als Ersatz für Philipp mitgenommen hatten, erwies sich als sicherer, des Landes kundiger Führer. Der Kleine ritt auf einem der Packpferde voran und blühte richtig auf, je weiter sie sich von Quéribus samt Grottenmolch entfernten.

Sie kamen in dem tiefen Schnee nur langsam voran. Yeza fiel – das unwirkliche einlullende Weiß der Landschaft trug seinen Teil dazu bei – sehenden Auges ins Träumen. Die Nacht des Montségur, von ihr gern verdrängt, schob sich in schmerzhaft grellen Bildern aus den Tiefen ihres Unterbewußtseins. Das bläuliche Licht der letzten Stunde damals oben auf der Burg, das verblassende Gesicht, gewann heitere Konturen. Yeza spürte die entsagende Umarmung ihrer Mutter und wünschte, sie könnte diese Zärtlichkeit je erwidern, denn damals war sie in ein Bündel eingeschnürt, das ihr nicht erlaubte, ihre Ärmchen um den Hals der schönen Esclarmunde zu schlingen. Als Kokons waren Roç und sie über die nächtlichen Felsklippen abgeseilt worden. Sie ängstigte sich um das Brüderchen. Geharnischte Männerfäuste hatten sie aufgefangen; eine rauchige Hütte; im Feuerschein zum erstenmal das rosig lächelnde, erstaunte Gesicht Williams, von rotgoldenen Löckchen umrahmt. Von da an war der Franziskaner an die Stelle der Mutter getreten, hatte ihnen zu essen gegeben, sie gebadet und ihnen den Hintern abgewischt, hatte zwischen ihnen geschlafen, mit ihnen gelacht, getrunken und gepinkelt.

Yeza fuhr auf, sie war beinahe vom Träumen in einen Schlummer geglitten und wäre fast vom Pferd gefallen. Eigentlich müßte William nun, da sie nach so vielen Jahren zum Montségur zurückkehrten, wieder bei ihnen sein. Yeza hätte sich nicht gewundert, wenn er hinter der nächsten Tanne hervorgetreten wäre. Sie vermißte den Franziskaner und wußte, daß es Roç nicht anders erging.

Sie überschritten unter Umgehung der Stadt Quillan mit ihrer starken Garnison die Aude bei der Klamm von Lys. Hier erwartete sie – davon hatte Jordi kein Wort verlauten lassen – ein weißhaariger Greis mit langem Bart, auch sein Gewand war hell, aus ungefärbtem Linnen.

»Ist das ein Druide?« flüsterte Roç aufgeregt, als die hagere Gestalt zwischen den schneebedeckten Tannen auf dem anderen Ufer des Flusses hervortrat, von denen sie sich kaum abhob.

»Das ist Mauri En Raimon«, erklärte der Troubadour mit ebenso leiser Stimme. »Ein ›Gutmann‹, einer der letzten katharischen Priester, die der Inquisition noch entkommen sind. Sie leben mit den Tieren in den Wäldern.« Es war herauszuhören, daß er stolz darauf war, einen solchen Mann zu kennen.

»Aber sie wissen alles, was im Lande geschieht, denn des Nachts gehen sie in die Dörfer, wo heimliche Anhänger der reinen Lehre sie fürsorglich aufnehmen.«

Die weißgekleidete Gestalt hatte schweigend auf die in den Fels geschlagenen Stufen gewiesen und sie zur schmalsten Stelle geführt, wo ein über die Klamm gefallener Stamm den Abgrund querte.

»Willkommen, Ihr Boten des Gral«, begrüßte er sie mit heiserer Stimme, kaum daß sie die Pferde über das vereiste Hindernis geführt hatten. »*Que Diaus vos bensigna!*« Roç und Yeza waren zu müde, um zu antworten oder gar mit dem Parfait ins Gespräch zu kommen, wenngleich beide Neugier verspürten, endlich aus dem Mund eines Eingeweihten Antworten auf das zu hören, was sie schon lange bewegte: ihre Herkunft und ihre Bestimmung. Der Reine mußte wissen, was es mit dem Gral auf sich hatte. Aber sie verneigten sich nur, bevor sie wieder ihre Pferde bestiegen und hintereinander in den dunklen Tann einritten. Der Katharer schritt rüstig zu Fuß vorweg, man konnte ohnehin nicht schneller vorankommen, denn der Schnee bedeckte Stock und Stein, so daß die Tiere nur vorsichtig Huf vor Huf setzten.

Yeza war nahe daran, im Sattel einzuschlafen. Roç griff einen der ausladenden Äste und ließ ihn mit seiner Schneelast zurückschnellen, so daß seiner Damna eine weiße Wolke ins Gesicht stäubte. Sie schüttelte sich unwirsch und zog die Kapuze tiefer in die Stirn. Jordi mit den Packpferden ritt vorweg, er war guter Dinge und hätte gern auf der Laute gespielt, wenn Roç es ihm nicht untersagt hätte. Ein Seitenpfad mündete in den ihren.

Der alte Mauri En Raimon hielt plötzlich inne und ließ Roç aufschließen.

»Hier sind Reiter vor nicht allzu langer Zeit geritten«, krächzte er leise, »und das in größter Hast!« Er zeigte auf die Hufspuren im Schnee.

»Sicher Bewaffnete!« ergänzte der Alte. »Wir müssen uns jetzt besonders vorsehen.«

Roç beorderte Jordi in die Nachhut. Yeza war jetzt wieder hellwach, was sie damit bewies, daß sie Roç einen Ball aus lose gepreßtem Schnee gezielt auf den Mund warf, daß er spucken mußte, bevor er sich an die Spitze des Zuges neben den Katharer setzte. Sie folgten der Spur, doch dann – Roç sah sie zuerst – erschienen kleine rote Punkte im Schnee: Blut! Die Blutspur war von Hufen zertrampelt. Und da bemerkten sie auch den Abdruck eines nackten Fußes.

»Eine Frau«, sagte Mauri En Raimon. »Wenn es ihr nicht gelungen ist, ihre Verfolger noch hier im Walde von Camelier abzuschütteln, ist sie verloren. Denn danach schließt eine offene Hochebene an, das Plateau de Sault, das kein Versteck mehr bietet und Berittene bevorteilt!«

Sie trabten vorsichtig weiter durch das Dickicht, die Nasen gesenkt, um die Spur nicht zu verlieren. Doch plötzlich blieben die Blutstropfen aus, und auch kein Fußabdruck war mehr zu finden.

»Sie ist ihnen weggesprungen!« sagte Roç und zügelte sein Pferd. »Seht her, wir überqueren eine Schlucht, ein ausgetrocknetes Bachbett – das muß sie gewußt haben.«

Er saß ab und beugte sich über den unter Schnee begrabenen Holzsteg. Deutlich konnte er den Abdruck nackter Sohlen erkennen, und auch die Blutspritzer waren wieder zur Stelle, sie mehrten sich.

»Die Frau ist in Not!« rief Roç. »Wir müssen sie finden.«

»Ich glaube«, murmelte der Alte, »ich weiß –« Er schaute sich prüfend um. »Folgt mir!« sagte er und setzte den Weg fort, bevor er genau zur gegenüberliegenden Seite in einen versteckten Hohlweg bog.

»Aber sie ist zur anderen Seite geflohen!« protestierte Roç. Der Alte schaute ihn ruhig an, unter seinen buschigen weißen Brauen hatte er Augen, so klar wie Quellwasser.

»Habt Ihr nicht gesehen, daß die Spur im Nichts endete?!« Er lachte. »Na India, die alte Hexe!« brummte er anerkennend, fast liebevoll. »Sie ist in ihrer eigenen Spur zurückgekrochen, unter der Brücke durch und nach Hause gelaufen!« Der Alte schritt jetzt rüstig aus. Kurz darauf tauchten Fußspur und Blutstropfen auch wieder in dem Hohlweg auf, den sie genommen hatten, und dann sahen sie zwischen den hohen Bäumen die Hütte am Hang.

»Sie verdeckt den Eingang zu einer Grotte mit einem weitverzweigten Höhlensystem«, erklärte Jordi, der zu ihnen aufgeschlossen hatte. Er führte Yezas Pferd am Zügel, denn die war schon wieder mit dem Kopf auf der Brust eingeschlummert. »Haben Mutter und Tochter ihr Refugium mal erreicht, kann keine Armee sie mehr einfangen, sie würde in den Grotten Mann für Mann zugrunde gehen. Sich verirren, abstürzen, ertrinken und verhungern.«

»Sie müßten uns längst gesehen haben!« Der Alte hielt Ausschau. Da öffnete sich auch schon die Tür der Hütte, und ein bleiches Mädchen mit blondem Haar, das ihr über Brust und Schultern fiel, trat hinaus und winkte ihnen aufgeregt.

»En Raimon, kommt schnell, Mutter bedarf Eurer Hilfe!«

Den Alten an der Spitze, hasteten sie den baumlosen Hang empor, dann die in Serpentinen angelegten, in den Fels gehauenen Stufen.

»Das ist Geraude«, stellte der Alte die junge Frau vor, die kaum viel älter als Yeza sein konnte.

Der hat noch kein Kerl das Gärtchen umgepflügt! dachte Roç. Er stellte sich ihre milchigweißen Brüste vor, blaugeädert und von überreifer Schwere. Was ihm aber am meisten auffiel, waren die wässrigen Augen. Sie ähnelten denen des Mauri En Raimon! Unsinn! verwies Roç sich selbst den Gedanken und schaute Gerauden so frech ins Gesicht, daß sie errötend die Wimpern niederschlug. Eine dumme Kuh, war seine abschließende Meinung, bevor er sich eng an ihr vorbei durch die Tür der Hütte drückte.

Auf einem Lager aus Stroh lag die Verletzte. Ein bösartiger Hieb mit der flachen Klinge hatte ihre Schulter aufplatzen lassen, das Blut sickerte in das Laken. Yeza hatte sich sofort zu der Frau ans Bett gesetzt und kühlte ihr bereits mit einem nassen Lappen die fiebernde Stirn. Auf der Feuerstelle brodelte im irdenen Topf ein dickflüssiger Kräutersud, den der alte Mauri umrührte, abschmeckte und weiter rührte.

Roç stand hilflos in dem niedrigen dunklen Raum, der nur vom flackernden Schein des Herdfeuers erhellt wurde. Erst jetzt entdeckte er den Esel neben der Lagerstatt, der ungerührt das Heu vom Bett fraß, das er mit langen, vorstehenden Zähnen unwillig unter dem störenden Körper hervorzupfte. Roç starrte wie gebannt auf das Gesicht der Frau. Ihr graues Haar war struppig und zum Teil mit Blut verklebt, das Yeza abzuwischen suchte. Zwei behaarte Warzen verunzierten die eingefallenen Wangen, und spitze Eckzähne ragten gelb aus ihrem ansonsten zahnlosen Mund. Sie war die häßlichste Frau, die Roç je gesehen hatte, wären da nicht diese hellen, wundervollen Augen gewesen. Sie leuchteten wie Chrysopras, wie zwei Kristalle eines unterirdischen Bergsees, der sein Licht durch unzugängliche Kamine erhält wie ein Geschenk des fernen Gottes, der sich nimmermehr in die Grotte begibt, hatte er sie doch Luzifer, seinem gefallenen Lieblingsengel, zugewiesen. Roç war verwirrt ob des Widerstreits von abgrundtiefer Schönheit und scheußlicher Mißgestalt, die dort stöhnend und elend Schmerzen erlitt.

»Laßt es gut sein, Mauri«, wisperten die trockenen Lippen. »Packt mir jetzt den Brei auf die läppische Scharte, die mir der blöde Fernand Le Tris schlug, der Hauptmann von Carcassonne!«

Sie lachte schmerzverzerrt, und Roç begriff, warum der weißhaarige Priester sie eine Hexe genannt hatte. Geraude, die milchige Tochter, griff ihrer Mutter unter den Kopf und richtete sie langsam auf, so daß der Alte den Kräuterbrei auf ein Tuch streichen konnte, das Yeza bereithielt und unter Nacken und Schulter ausbreitete. Er steckte den Finger prüfend in die dunkelgrüne Masse, die Roç an frische Kuhfladen erinnerte, und nickte Gerauden zu, auf daß sie die Verwundete darauf bettete.

»Efeu stillt den Schmerz, Eichenrinde nimmt das Gift, Scharfgarbe schließt die Wunden«, murmelte En Raimon. Na India wimmerte leise, doch der Wehlaut ging sogleich in grimmige Heiterkeit über.

»Der dicke Tölpel versucht seit Jahren, mich zu fangen«, keuchte sie lachend, »um mich seinem Bruderherz, dem Inquisitor, auszuliefern. Der Trini ist noch fetter als er, leider nicht gar so strohdumm. Er hat mich zu einer Kranken locken lassen, die meiner bedürfe. Hätte er uns zusammen erwischt, würden wir jetzt wohl beide im Feuerchen auf dem Marktplatz stehen, an dem er sich wärmen wollte. Ha! Ich war schneller, hab' die Sieche von ihrem Leiden geheilt, ehe er sich's versehen. Nur auf dem Heimweg, da vergaß ich, daß selbst ein Blinder mit Krückstock meiner Spur im Schnee folgen kann – da hat er mich fast erwischt!«

»Ruh dich jetzt aus, Mutter!« mahnte die sanfte Geraude. »Der gute En Raimon wird uns nun verlassen, nachdem er mit uns gebetet hat.«

»Ja, zieht nur weiter, Mauri«, erklärte auch die Frau mit fester Stimme, und ihre Augen leuchteten. »Zum Consolamentum reicht die Schramme nicht.«

»So leichtfüßig und schnell kommt eine wie Ihr, Na India, nicht ins Paradies«, entgegnete der Alte freundlich und schloß die Augen, ohne die Hände zu falten. Er betete. Alle waren still geworden, nur das Herdfeuer ließ das Harz in den Tannenzweigen knacken.

Yeza küßte die Frau auf die Stirn, und die sah zu dem Mädchen auf.

»*Diaus vos bensigna*«, flüsterte sie.

Roç drängte als erster ins Freie, wo Jordi mit den Pferden wartete. Der Abend dämmerte bereits, als sie aus dem Wald traten. Vor ihnen lag die weite Hochebene.

»Die Sterne werden uns leuchten«, verkündete der Weißhaarige zuversichtlich.

Diesmal verlangte Roç, daß der Alte auf einem der Packpferde weiterritt.

»Ich will dieses Plateau de Sault so schnell wie möglich überqueren, selbst bei Sternenlicht sieht man uns wie Erbsen auf einem weißen Teller. Und wir haben Vollmond!«

Sie ritten durch die Nacht, und nach einem weiteren Tag zogen sie unter den Klippen des langgestreckten Bac d'en Filla entlang, ein baumloses Felsmassiv, das wie eine riesige nackte Schnecke für Meilen keinen Durchlaß, keinen Spalt, keine Klamm im glatten Stein aufweist. Hier bot der Weg der Katharer den Häschern leichten Zugriff, was sie auf sich nahmen, denn danach öffnete sich die Sicht zwischen dem Wald von Corret zur Rechten und dem hohen Kegel und gab zum ersten Mal den Blick frei auf das Ziel ihrer Pilgerreise: Vor ihnen erhob sich im Licht der Abendsonne der Montségur. Was galten da noch die Gefährdungen der irdischen Welt, die eifernden Diener des Bösen in den schwarzen Kutten der Dominikaner, die dumpfen Knechte weltlicher Macht im Lilienwams, die Büttel der Inquisition, die Schergen des Königs? Wie eine goldene Krone in einsamer, schwindelnder Höhe erhob sich die Gralsburg auf dem Pog, mehr dem blauen Himmel zugehörig als dem Stein, auf dem sie aufragte. Die letzten Strahlen einer untergehenden Sonne, die Christen, Ketzer und Heiden gleichermaßen wärmte, verklärten die Mauern, ließen vergessen, daß sie nur noch eine leere Hülse darstellten, aus der das beschützte Gut entwichen war, bevor bluttriefende Hände, haßerfüllte Geister sich seiner bemächtigen konnten. Das alles ging Roç und Yeza durch den Kopf, je mehr sie sich dem Munsalvätsch, dem Rettenden Berge, näherten. Der weißbärtige Mauri En Raimon blieb stehen und richtete seinen Blick hinauf zu der lichten Höhe.

»Seht vor Euch Eure Krone, Königliches Paar«, wandte er sich an Roç und Yeza, ohne seine Augen von dem Anblick zu lösen. »Das kostbare Gefäß der eigenen Göttlichkeit. Ich wäre glücklich, wenn ich mit diesem Bild im Herzen die Welt verlassen könnte«, murmelte er mehr für sich. »Dafür würde ich freudig durch alle Feuer der Hölle gehen!« Er richtete jetzt seine klaren Augen auf die beiden, und es klang völlig unbeschwert, als er hinzufügte: »Die Erde ist ein Ort der Verdammnis, das gleißende Reich des Bösen, der es versteht, die Hölle vor unseren Augen zu verbergen, und uns glauben macht, wir seien frei. Damit hält er unsere Seelen fest, gaukelt uns die Möglichkeit eines irdischen ›Friedensreiches‹ vor.«

»Wie?« unterbrach ihn Roç. »Kann es das nicht geben, wenn man fest danach strebt?«

Der Alte sah ihn lange an.

»Nein«, entgegnete er dann leise, »nicht in dieser Welt. Doch seid nicht traurig«, setzte er hinzu, als er die Fassungslosigkeit bemerkte, die sein hartes Nein angerichtet hatte. »Dafür ist uns der Paraklet erschienen, von Gott gegeben, damit wir den Gral suchen, erkennen und uns seiner würdig erweisen.«

»Den Gral?« fragte Roç. »Erzählt mir mehr darüber. Ist es ein Schatz?«

Der Weißhaarige lächelte.

»Ein Lichtgefäß, der Kelch ewigen Lebens! Wenn du aus ihm trinkst, erfährst du deine eigene Göttlichkeit, das Göttliche in dir – und du löst dich von der Schöpfung des Demiurgen, dieser Welt des Bösen.«

Er schwieg und betete.

»Ich werde Euch jetzt verlassen«, sagte er dann. »Jordi Marvel wird Euch den sicheren Weg hinaufführen zum Pog. Der Berg wird Euch nicht feindlich gesonnen sein, weiß er doch, daß Eure Leiblichkeit hier zur Erden kam und Eure Seelen immer hierhin zurückkehren werden, bis sie befreit sich dereinst in die Lüfte schwingen und des himmlischen Paradieses teilhaftig werden. Diaus vos bensigna!«

Sie schauten ihm so lange nach, bis seine weiße Gestalt zwischen Felsen verschwunden war.

Yeza und Roç warfen lange Schatten, als sie den Camp des Cremats am Fuß des Pog überquerten, den sanft abfallenden Hang, auf dem einst der Scheiterhaufen brannte, den ihre Mutter sich als Weg in eine bessere Welt erwählt hatte. Vierzehn Jahre waren seitdem vergangen. In einer blutroten Scheibe ging die Sonne unter, als sie den Aufstieg durch das Gehölz begannen. Jordi kletterte vorweg. Noch im Schutz der letzten Bäume versorgten sie ihre Pferde und nahmen nur das Tier mit, das sich im Geröll am besten bewährt hatte. Sie beluden es mit wärmenden Fellen und kargem Proviant für die Nacht, wobei ihnen die ledernen Beutel mit Trinkwasser am wichtigsten erschienen. Zu Fuß erklommen sie den Steilhang, dessen schroffe Klippen jetzt nur noch der Mond erleuchtete.

»Ich habe nicht bedacht«, entschuldigte sich Jordi, »wie früh es dunkel wird.«

»Heute war der kürzeste Tag des Jahres, mein Herr!« belehrte Yeza ihn spöttisch. »Diese Nacht währet am längsten. Sie gehört den Feen und Trollen, den Magiern und Hexen. Auf nichts sind sie mehr aus als auf brave Wichtel, die nicht größer sind als fünf Fuß, sie messen jeden mit ihrem Besen. Bist du zu kurz geraten, gehörst du ihnen.«

»Sie zerren den Irdischen in die Lüfte«, keuchte Roç, denn der Aufstieg machte ihm zu schaffen. »Und wenn du ihnen zu Willen warst, dann lassen sie dich zurück zur Erde stürzen und –«

»Dagegen hilft schmeichelnder Gesang und liebliches Instrumentenspiel«, erwiderte der kleine Troubadour. »Versöhnt sie, versetzt sie in Entzücken, und sie tanzen die ganze Nacht. Wenn sie aber Sterbliche riechen, die nicht singen und musizieren, denen hingegen die Fleischeslust aus allen Poren dringt wie der Duft der Knoblauchzehe, dann fallen sie über sie her, zwicken und zwacken sie, bis der Liebe Brunft aus ihnen gewichen.«

»Aus dir spricht der blanke Neid, Jordi Marvel«, rügte ihn Yeza, »aber das Königliche Paar ist ja nicht hier, sondern treibt es gerade wüst auf Quéribus.«

»Und der Grottenmolch hat sich vor die Tür der Kemenate geschlichen und preßt sein Ohr daran. Er hat schon ganz heiße rote Muscheln!« Jordi freute sich bei der Vorstellung und setzte vertraulich flüsternd hinzu: »Und nun schiebt er sich verstohlen wieder davon, watschelt leise die Treppe hinunter, schlurft heimlich im Schatten der Mauern über den Hof und kriecht in seinen Stall. Er wirft sich stöhnend in das Heu –«

»Bis er das vertraute knörzende Grunzen vernimmt«, fügte Roç spöttelnd hinzu.

»Pfui!« rief Yeza mit gekonnt gespielter Empörung. »Was seid ihr

Männer doch Schweine! Einen Mann der Kirche der Sodomie zu verdächtigen!«

»Still!« zischte da der Zwerg. »Ich höre Stimmen.«

»Das sind die Teufel, die den Verleumder holen«, witzelte Yeza, doch dann sahen sie die Lichter unter sich im Wald und glaubten weißgekleidete Gestalten in der Wand zu sehen.

»Wer kann das sein?« fragte Jordi ängstlich.

Roç lachte.

»Hast du geglaubt, nur meine liebe Damna hätte die glorreiche Idee gehabt, die *nox solstitii* an diesem magischen Ort zu begehen? Die Geister der Verstorbenen.«

»Laßt uns umkehren!« flüsterte Jordi bang. Er zitterte vor Furcht. »Noch ist es Zeit, unsere Seelen –«

»Zu spät!« Roç hatte seine Hände schalenförmig vor den Mund gehalten, damit es recht schaurig klang. »Siehst du nicht, Jordi Marvel, dort unten im Wald ... Jordi Marvel! Wir finden dich!«

»Laß den Unsinn!« mahnte Yeza. »Laßt uns lieber eilen, sonst finden wir kein freies Plätzchen mehr.«

Sie hatten die letzten Felsschrunden hinter sich gebracht. Gnädig ersparte ihnen die Nacht den Blick in die steile Tiefe, die sie überwunden hatten. Zwei weißgekleidete Männer, die Kapuzen tief ins Gesicht gezogen, traten aus dem Schatten einer Spalte und stiegen vor ihnen zum Burgtor hinauf, dessen Höhlung den Ankömmlingen düster entgegengähnte. Sie beleuchteten mit ihren Fackeln freundlich die letzten Schritte über Stufen, die in den Stein geschlagen waren. Eingeschüchtert betraten Roç und Yeza den leeren Burghof und staunten über die Höhe der gut erhaltenen Mauern, die sie umgaben. Doch keiner eilte herbei, sie zu begrüßen, sie – wenn schon nicht als Königliches Paar – als einen der ihren zu bitten, an der Feier teilzunehmen. Die fremden Gestalten verschwanden in dem Teil des Gemäuers, wo sich noch ein überdachter Raum befand – ein Ort der geistigen Sammlung, aber auch des Widerstandes gegen die Okkupanten.

»Sie wissen nicht, wer wir sind«, stellte Yeza ernüchtert fest. Jordi bot sich sofort an, hinüber zum Versammlungssaal zu gehen und die frohe Botschaft zu verkünden.

»Nein«, erwiderte Roç, »wir lassen es dabei, diese Nacht unerkannt hier zu verbringen.«

»Ich schlage vor, die östliche Bastion dort oben zu besetzen«, sagte Jordi. »Von da sieht man alles, was unten geschieht, und hat einen Blick ins Land.«

»Und auf das Sternenzelt!« rief Yeza schwärmerisch. »Dort sind wir allemal besser aufgehoben als in einem kalten, von eifernden Katharern und geifernden Faidits überfüllten Saal! Die einen wollen ihre Lichtseelen fliegen lassen, die anderen die Franken, und zwar aus dem Land!«

Yeza hielt von beiden nicht viel.

»Es sind unsere Anhänger!« rügte Roç ihre Einstellung. »Unsere zukünftigen Untertanen.«

»Weder dann noch jetzt muß ich mich mit ihnen gemein machen«, gab Yeza zurück, während Jordi längst enteilt war, ihnen auf der Plattform ein Lager aus den Fellen zu richten. »Wenn das eine Bedingung zur Erlangung unseres Thrones sein sollte, dann will ich lieber Gärtnerin in Otranto werden oder in Antioch bei unserem Freunde Fürst Bohemund!«

»Und wer bestellt dein Gärtchen?« fragte Roç belustigt.

»Du kommst mit!« beschied ihn Yeza und griff ihm herzhaft an die Hose, unter der sich sein Gemächte wölbte. Dann wurde sie ernst. »Damit du es gleich weißt, dies ist eine heilige Nacht, und du wirst sie mir nicht entweihen!« Als sie Roçs ungläubiges Grinsen sah, fuhr sie erklärend fort: »Nur frei von den fleischlichen Versuchungen des Demiurgen können wir den Geist dieses Ortes empfangen. Ich habe mich nicht auf den Weg zum Montségur gemacht, mein Liebster, um hier zu vögeln!«

Roç war das Feixen vergangen. Wenn seine Damna es so sah, dann konnte ihm auch der schönste Speer zwischen den Lenden wachsen. Es half nicht.

Jordi kam zurück, und sie stiegen die steile Steintreppe bis zur Plattform empor, die hoch über den Mauerkronen ins Land ragte. Roç mußte unwillkürlich an die schwindelerregende Feste Alamut denken, an die Nacht, die er mit Kasda im Observatorium verbracht hatte. Auch damals waren die Sterne so zum Greifen nah gewesen.

Jordi wickelte seine Herrschaft in die bereitgelegten Felle und deckte sie mit Pelzdecken zu.

»Gute Nacht und schöne Träume«, grummelte er und stieg vorsichtig die schmale Stiege wieder hinunter. Der Troubadour hockte sich auf die unterste Stufe, jedermann den Zutritt verwehrend. Das brave Pferd legte sich zu seinen Füßen auf das Stroh, das er fürsorglich ausgestreut hatte. Jordi Marvel nahm – eingedenk der Geister – seine Laute zur Hand und gab sich hörbar Mühe, seiner Stimme einen weichen Klang zu verleihen.

»Nâch den kom diu künegîn.
Ir antlütze gap den schîn,
si wânden alle ez wolde tagen.
Man sach die maget an ir tragen
pfellel von Arâbî.
Ûf einem grüenen achmardî
truoc si den wunsch von pardîs,
bêde wurzeln unde rîs.
Daz was ein dinc, das hiez der grâl,
erden wunsches überwal.«

Als Jordi, der übermannt vom Respekt – mehr vor der Dichtung des Wolfram von Eschenbach als vor dem Gehalt der mystischen Worte –, verstummte, flüsterte Roç wenig beeindruckt:

»Für mich ist der Gral alles andere als ein ›Ding‹, eher –«

»Ein geheimes Wissen?« schlug Yeza zaghaft vor, und ihr Liebster gab ihr recht. »Und ein sehr, sehr altes.«

Mehr wußte er ihr nicht zu sagen.

Roç und Yeza lagen eng aneinandergepreßt, um sich gegenseitig Wärme zu geben, auf dem Bauch und lugten, die Köpfe in den Händen aufgestützt, unter den Fellen hervor über die Mauerbrüstung nach unten in den dunklen Hof. Immer noch huschten Gestalten in langen Umhängen durch den offenen Steinbogen des Burgtores und eilten zu der Treppe, die in das Innere der Anlage führte. Ihre Fackeln löschten sie vor dem Betreten, die schwarzen Schatten wurden eins mit den dunklen Mauern, als seien sie durch sie hindurchgeschritten. Dann rührte sich nichts mehr im Hof. Auch Jordi hatte der fordernden Stille des geweihten Ortes nachgegeben und aufgehört zu singen. Sosehr Roç und Yeza auch lauschten, in dem Gemäuer, das ihnen gegenüberlag und in dem eine Treppe zum großen Saal in die Tiefe führte, war ebenfalls Ruhe eingekehrt.

»Ob sie beten?« fragte Roç flüsternd. Yeza antwortete leise, die Augen nicht von dem Herz der Festung wendend.

»Sie verehren ihn –«

»Den Gral?«

Yeza nickte nur und zwang ihren Liebsten, schweigend das Bild in sich aufzunehmen, das sich ihren Augen darbot. Ein bläuliches Licht, ein Strahlen wie aus dem Innern der Erde drang aus den wenigen Öffnungen im Mauerwerk, es flackerte nicht, doch es gewann an Intensität. Da war es ihnen auch, als könnten sie einen feinen sirrenden Ton vernehmen, von außerirdischer Art, einer Harfe ähnlich, doch er schwoll an und verebbte dann wieder. Mit ihm verschwand das Leuchten.

Enttäuscht wandte sich Roc an seine Gefährtin.

»Ist er ihnen nun erschienen oder nicht?«

Yeza überlegte lange.

»Das hängt wohl von jedem einzelnen ab«, meinte sie dann. »Wer sich seiner würdig erweist, dem wird er gezeigt.«

»Du hast ihn auch noch nie zu Gesicht bekommen.« Roç wollte ihre Hingabe an das mystische Geschehen unterbinden.

»Nein«, gab Yeza zu, »doch ich bin seiner gewiß.« Sie tat Roç den Gefallen und wandte sich ihm zu, daß er ihr in die Augen blicken konnte, sie anschauen mußte. »Warum hast du der Na India so gar kein Mitgefühl bewiesen? Sie litt Schmerzen, und du hast nicht ein einziges Wort des Mitleidens an sie gerichtet.«

Roç war erst verblüfft ob dieser Anklage, dann verärgert. Doch gab er die Antwort, als hätte sie ihn belustigt.

»Bist du Herzeloide, bin ich Perceval?«

»Sicher«, sagte Yeza, »du hast dir den Namen erwählt, mein Trencavel, es ist dein Blut, das du nicht verleugnen kannst.«

»Komm mir jetzt nicht mit den Blutstropfen im Schnee«, spottete

Roç leise. »Außerdem, wenn du schon den Mythos bemühen willst, die Alte war Kundry! Hast du ihren Esel nicht bemerkt?«

»Du irrst, und du weißt es!« sagte Yeza fest, um sinnend hinzuzufügen. »Es war Amfortas!«

Der Gedanke ließ Roç verstummen. Er starrte über Yeza hinweg. Sie hatte sich auf den Rücken gerollt und die Augen geschlossen. Er wußte aber, daß sie ihm zuhörte. Seinen Blick gebannt auf den Donjon und den unterirdischen Saal gerichtet, flüsterte Roç:

»Das Licht geht von dem schwarzen Stein aus, es wird jetzt wieder stärker, sein Blau entsteht aus hellem Grün, gleich einem Bergsee unter der Erde, in einer Felsgrotte. Sein Strahlen erreicht die Klarheit eines Archmardi, die Leuchtkraft hat zugenommen, läßt es dunkler erscheinen, vom Azul zum satten Sammet des Himmelszelts. Es ist wundersam zu erblicken.« Roç stöhnte leise, und Yeza murmelte:

»Erzähl weiter!«

»Das Auge will sich abwenden, weil es die Macht solchen Scheines nicht erträgt, doch es fühlt sich hingezogen, aufgesogen vom Quell des Lichts, es kann nicht genug davon kosten. Jetzt erscheint eine Jungfrau, sie trägt den Kelch vor sich her und gibt jedem daraus zu trinken.«

Roç verschwieg, daß er Geraude in der Jungfrau erkannte. Er sah ihr langes goldblondes Haar, und milchmilde lächelte sie ihn an, als sie ihm den Kelch darbot.

»Was ist?« fragte Yeza ob seines Schweigens.

»Ich trinke«, sagte Roç und konnte es nicht lassen hinzuzusetzen. »Aus der Schale göttlichen Mitgefühls, allumfassender Liebe.« Er dachte an die weißen Brüste Geraudens, ihren weichen Bauch, auf den er seine Lippen pressen und die warme Haut hinabgleiten wollte, bis das blonde Fellchen sich zum goldenen Vlies verdichtete.

»So öffnet sich das Herz der letzten Wahrheit« – stammelte Roç mehr verlegen als erregt –, »erfährt die kosmische Liebe der Schöpfung zu sich selbst.« Roç war zu erschöpft, um fortzufahren, er schämte sich auch vor Yeza, die ihn fragte:

»Sei ehrlich! Hast du aus dem Kelch getrunken?«

Er mußte schweigen.

Yeza rollte unruhig zu Roç hin, sie mußte ihn im Auge behalten.

»Und wenn der Fischer recht hat?« Ihre Stimme klang nachdenklich.

»Fischer? Welcher Fischer?« Roç war verwirrt.

»Hast du nicht begriffen: Mauri En Raimon war der Fischer am See, und seine Botschaft lehrt uns, daß wir daraus trinken müssen, um das Leid der Welt auf uns zu nehmen.«

»Auf uns?« Dem mußte Roç heftig widersprechen. »Hat das nicht schon Jesus von Nazareth getan? Und was hat der erreicht?« Roç gab die Antwort gleich selbst. »Die Welt ist schlechter denn je!«

»Der Prophet Jesus hat uns die Hoffnung gebracht«, hielt Yeza unbeirrt dagegen, »daß die allumfassende Liebe Unheil, Schrecken und Tod überwinden kann. Das ist der Kelch!«

»Er ist an uns bisher vorübergegangen«, sagte Roç ohne Bedauern.

»Mit Recht!« befand Yeza. »Wir haben ihn nicht gesucht noch nach ihm verlangt.«

Roç sah ein, daß er hier als Gralsritter gefordert war, wenn er vor den Augen seiner Damna bestehen wollte.

»Ich werde ihn suchen, ich will am Mysterium des Gral teilhaben.«

Damit wollte er sich erheben, doch es war ihm, als drücke eine Faust ihn zu Boden, seine Glieder waren wie Blei.

Yeza hatte davon nichts bemerkt. So war Roç froh, daß sie gar nicht von ihm erwartet hatte, daß er sich sofort auf die Suche machte. Er konnte auch schlecht einfach hinunter in den Hof der Burg steigen und ungeladen Zutritt zu der geheimnisvollen Runde derer heischen, die sich dort versammelt hatten. Sie würden ihn wegjagen oder ihn gar verlachen.

»Wer weiß, ob sie ihn überhaupt haben«, murmelte er abschätzig.

»Was auch immer ihnen offenbart worden ist«, sagte Yeza und schloß die Augen. »Der Kelch liegt vor uns, doch ohne daß wir ihn greifen können, weil wir nicht bereit sind, der Welt zu entsagen.«

»Sollen wir uns für sie opfern?« Roç war dazu nicht bereit. Um den Bruch zu vermeiden, lenkte Yeza ein.

»Das weiß ich nicht«, gab sie zu, »aber ich sehe jetzt deutlich Menschen, die sich für uns geopfert haben. Dem blauen Licht entschweben sie schwerelos, ihre Körper sind durchsichtig wie Libellenflügel.«

»Wen siehst du?« fragte Roç heiser vor Erregung, doch er stieß sie nicht an, um ihre Vision nicht zu stören.

»Den alten Turnbull«, sagte sie. »Sehr mager, doch völlig heiter, ganz so wie du ihn mir beschrieben hast, als er auf Masyaf den Vitus mit der Aussicht auf das Paradies in die verdiente Hölle springen ließ.«

»Der Flug des Adlers!« flüsterte Roc zustimmend. »Wen siehst du noch?«

»Crean!« sagte Yeza. »Er gleicht dem heiligen Sebastian, von Pfeilen durchbohrt.«

»Weiter!« forderte Roç.

»Die anderen kenn' ich nur aus Williams Erzählungen. Das muß Loba, die Wölfin, sein, erwürgt von ihrem eigenen Sohn Vitus, weil sie unseretwegen schwieg. Unsere Amme, die den Inquisitor mit in den Tod riß. Und jetzt seh ich auch all die, deren Geister hier umherflattern, weil dies der Ort ist, an dem sie aus dem Leben geschieden sind. Die Verteidiger des Montségur, es sind Hunderte, sie wirbeln wie ein Mückenschwarm aus dem blauen Licht, das zur gleißenden weißen Sonne – ich kann nicht mehr hinsehen!« stöhnte Yeza auf. »Es blendet mich!« Sie preßte die Hände auf ihre geschlossenen Lider und warf den Kopf wild hin und her.

Roç riß sie erschrocken in seine Arme und bedeckte ihr Gesicht mit verzweifelten Küssen.

»Wach auf, Yeza!« rief er entsetzt, als sie die Augen nicht öffnete noch zu atmen schien. Roç griff unter die Decke und tastete hastig nach ihrem Gärtlein. Es war klitschnaß.

Da biß sie ihm ins Ohr, und erschöpft lächelten ihn ihre Sterne an.

»Huh«, sagte sie und holte tief Luft, »fast wäre ich mit ihnen ins Paradies geflogen, ich fühlte mich schon so leicht.«

»Denk nicht mehr daran«, mahnte Roç besorgt und strich die Felldecke glatt. Er bedauerte, daß er sie nicht nach ihrer Mutter gefragt hatte, die mit vielen anderen aus der Burg hinabgestiegen war, um auf dem Camp des Cremats in einem der Scheiterhaufen zu verbrennen. Er hätte zu gerne erfahren, ob Esclarmunde auch seine Mutter war.

Yeza war sofort eingeschlafen. Roç rückte dicht neben sie, so daß er ihr Herz schlagen hörte. Er blickte hinauf zum Himmel in das Sternenzelt. Er sah Myriaden von Lichtern, sie winkten und blinkten. Irgendwo zogen auch Yeza und er dort oben ihre Bahn, das Königliche Paar, ein leuchtendes Doppelgestirn, dessen Ekliptik nur Gott kannte. Unaufhaltsam würden Yeza und er der Erfüllung ihres Sternenschicksals entgegentreiben. Bald war auch Roç eingeschlummert.

Yeza wachte mitten in der Nacht auf. Sie lauschte seinem ruhigen Atmen. Unten im Saal der Burg verlosch das Licht, die ersten Teilnehmer verließen über die Treppe den Donjon. Vereinzelt wurden die Fackeln wieder entzündet.

Wie klein ist doch der Schritt vom magischen Mysterium zum geheimnisvollen Abenteuer, dachte Yeza, als sie Gavin erblickte. Es war tatsächlich der Templer! Weiß schimmerte seine Clamys im Dunklen, und Yeza hätte schwören können, daß das Tatzenkreuz blutrot aufleuchtete. Sie wollte ihn rufen, doch ihre Stimme versagte den Dienst. Sie starrte auf die Erscheinung des Präzeptors, der nicht wie die anderen zum Tor schritt, sondern zur Wand und sich in nichts auflöste, als wäre er durch die dicke Steinmauer hindurchgegangen. Yeza rüttelte Roç wach.

»Ich habe Gavin gesehen!«

»Warum nicht?« seufzte der Gefährte schlaftrunken. Yeza beschloß, es dabei zu belassen, und rollte sich wieder in die Decke ein. Roçs Wärme drang angenehm zu ihr hinüber. Ihre Hand suchte zärtlich sein Geschlecht und legte sich darauf. So schlief Yeza gerne ein.

> »Der grâl was von sölher art:
> wol muose ir kiusche sîn bewart,
> diu sîn ze rehte solde pflegen:
> diu muose valsches sich bewegen.«

Fahl kündigte sich der Morgen an. Erwacht waren die Schläfer von den Klängen des Hymnus auf die Gralsburg, den Jordi angestimmt hatte.

> »Mit zühten neic diu künegîn
> und al diu juncvrouwelîn
> die dâ truogen balsemvaz.
> Die künegîn valscheite laz
> sazte vür den wirt den grâl.
> Daz maere giht daz Parzivâl
> dick an si sach un dâhte,
> diu den grâl dâ brâhte:
> er hete ouch ir mantel an.«

Er sang gegen die Kälte an, das Pferd wieherte und erhob sich von seinem kargen Strohlager, wobei seine Eisen Funken aus den Buckelsteinen schlugen, mit denen der Hof gepflastert war. Im Osten ging wie ein Feuerball die Sonne über den Wäldern auf. Da sahen sie die Lichter auf den Mauern! Zwei orangefarbene Flammenzeichen erschienen genau in den Fensternischen der Wand. Die Sonnenstrahlen fielen durch die beiden gegenüberliegenden Schießscharten und wanderten langsam über den Stein, Unruhe verheißend, wenn nicht Schlimmeres! Doch konnte jemand, der sich seiner sicher war oder sich in Gottes Hand fühlte, sie auch als klaren Hinweis auf ein großes Geheimnis lesen, als einen Fingerzeig, der nur Eingeweihten in Glut geschrieben erschien, nur hier und jetzt, in der Stunde des Solstitiums, dem einmaligen Ereignis der Wintersonnenwende.

»Das sind wir!« entfuhr es Yeza.

Doch Roç interessierte etwas ganz anderes.

»Merk dir den Winkel!« rief er und richtete sich auf, um nichts von dem überwältigenden Schauspiel zu versäumen. »Das ist eine geometrische Botschaft!« rief er zufrieden, als die Lichter jetzt in die leeren Fensterhöhlen traten und schlagartig erloschen. Yeza hätte es nie so gesehen, aber Roç mochte recht haben. Sie erhoben sich und riefen nach Jordi, der auch sogleich die steile Stiege hinaufgestiefelt kam. »Ein ruhiger Platz«, sagte er, »nur etwas kühl.«

Während er die Decken und Felle zusammenpackte, geleitete Roç seine Damna ritterlich an der Hand die vereisten Stufen hinunter. Sie sahen sich noch einmal in dem Trapez der hohen Umfassungsmauern um.

»Wollen wir den Saal dort unten nicht in Augenschein nehmen?« schlug Roç vor, schon wieder in Entdeckerlaune. »Vielleicht finden wir –«

»– den Schatz!« ergänzte Yeza lachend. »Nein«, beschied sie ihm, »wir sollten das Nachtreich denen überlassen, die es bevölkern. Uns gehört der Tag.«

Damit trat sie vor das offene Tor und schaute über das weite Land zu den fernen Gipfeln der Pyrenäen. Roç war ihr gefolgt und legte seinen Arm um sie.

»Zu schön ist diese Welt«, sagte er leise, »um sie zu verlassen.«

Yeza schwieg. Ihr wissendes Lächeln glich dem der Sphinx.

Von Jordi und dem bergkundigen Packpferd geführt, stiegen Roç und Yeza durch Gehölz und Geröll den Pog hinab. Sie fanden ihre Reittiere wohlauf zwischen den Bäumen oberhalb des Camp des Cremats. Bei Tage wies der weich abfallende Hang, beängstigend wie schwarze Pestflecken, die Gevierte vor, über denen sich einst die Scheiterhaufen erhoben hatten. Selbst in der Schneedecke zeichneten sich die häßlichen Brandmale deutlich ab. In Roçs immer noch wirrem Kopf mischten sich Empörung und Trotz.

»Wenn der Frühling hier wieder Grün und Blumen sprießen läßt, dann sollten die gleichen, die sich heute nacht im Schutz der Dunkelheit hergeschlichen, sich mit offenem Visier hier einstellen.«

Yeza merkte auf.

»Am Montségur sollte ein Turnier stattfinden, zu dem alle –«

Hier unterbrach ihn Yeza schroff.

»Aber wohl nicht auf dieser Wiese, die mit der Asche derer gedüngt ist, die für ihren Glauben in die Flammen gingen!«

»Doch, gerade auf diesem Boden des waffenlosen Widerstandes, des willig erlittenen Leides, will ich jeden in die Schranken weisen.«

Yeza sah ihn besorgt an.

»Ist das der Geist der allumfassenden kosmischen Liebe, der letzte Nacht über Euch gekommen ist, mein Herr?«

Roç schwieg, nur kurz betroffen.

»Ein ritterliches Turnier schwebt mir vor«, verteidigte er seine Idee. »Ist der minnigliche Sinn meiner Damna, um deren Huld die Edlen in den Sattel steigen, über Nacht abhanden gekommen? Haben Euch die Geister den kühnen Mut entführt, dem Ihr sonst freudig Gunst bezeugt?«

»Ich meine es ernst mit der Hinwendung zu einer anderen Liebe«, erwiderte Yeza, ohne ihren Gefährten anzuschauen. »Ich will mich in Entsagung üben.«

»Wollt Ihr mit mir beginnen?«

Yeza richtete ihren Blick jetzt doch auf ihren Gefährten.

»Wir sollten ein Kind –« Sie sprach nicht weiter, denn auf der Straße unterhalb des Pog erschien ein Trupp Reiter im forschen Galopp, ihre Wämser trugen die Farben des Seneschalls, und über ihnen flatterten die Fähnlein Frankreichs von den Lanzen.

»Der Dicke an der Spitze«, rief Roç gedämpft, »den erkenn' ich wieder, das ist Herr Fernand Le Tris!«

»Der Ketzerjäger!« schalt jetzt auch Yeza, als sie die Hunde bemerkte, die dahinstoben, vor den Reitern hechelnd an Leinen zerrend. Sosehr Yeza die Jagd liebte, haßte sie die Hatz mit Hunden auf Menschen. »War er es nicht, der Na India die Wunde schlug?«

»Er ist des Inquisitors Bruder«, stieß Roç hervor. »Solche Helden möcht' ich gern vor die Lanze bekommen!«

»Das wird nicht nötig sein«, sagte Yeza und zeigte zum gegenüberliegenden Ende der Straße. Drei, vier, sechs Ritter trabten locker den Franken entgegen. Sie hatten nicht einmal die Lanzen eingelegt noch die Schilde hochgenommen. »Ich erkenne das Wappen des Grafen von Mirepoix, drei schwarze Sparren!« fügte sie leuchtenden Auges hinzu. »Sie machen nicht den Eindruck, als würden sie die Straße freigeben!«

Roç warf ihr einen schnellen Blick zu, das war die Yeza, die er kannte und liebte. Da mußten nur zur rechten Zeit die Waffen klirren, und vergessen waren Entsagung, Kindsbett und andere Flausen! Er lachte.

»Das gefällt mir!«

Die Franken hatten begriffen, daß es um die Ehre ging, denn die Straße war so schmal, daß gerade zwei Reiter einander passieren konnten, doch die Ritter blieben nebeneinander, als hätten sie die Entgegenkommenden gar nicht wahrgenommen. Also ließ auch Fernand Le Tris seine Leute nicht in eine langgezogene Reihe fallen. Unwohl fühlte der Hauptmann sich allerdings dabei, denn er bildete mit der Meute die Speerspitze seines Trupps, und die anderen legten jetzt genüßlich die Lanzen an, ohne aus dem gemütlichen Trab in den Galopp zu fallen. Die Franken ihrerseits konnten ihre Gangart nicht aufgeben, ohne das Gesicht zu verlieren. So donnerten sie, den Dicken an ihrer Spitze so gut wie schon aufgespießt, dem unvermeidlichen Zusammenprall entgegen. Die Hunde jaulten. Noch bis zuletzt hoffte der Hauptmann inständig, die zahlenmäßige Übermacht seines geballten Haufens würde die eitlen Ritter im letzten Augenblick zur Vernunft bringen und zur Seite schaffen. Aber nichts da, die Lanzen schoben sich immer näher.

»Im Namen des Königs!« schrie Fernand Le Tris, sich zu seinen Leuten umwendend. »Der Fuchs ist los!« Und er riß sein Pferd herum und sprengte von der Straße hinunter, die Böschung hinab, umgeben von sich überschlagenden Hunden und stürzenden Reitern seines Trupps, die auf eine solche Wendung nicht vorbereitet gewesen waren. Die anderen setzten schon behend über Stock und Stein und riefen sich aufmunternd zu: »Der Fuchs! Der Fuchs!«

Oben auf der Straße trabten die okzitanischen Ritter vorbei, ohne denen unterhalb des Wegesrandes einen Blick zu schenken.

Als Roç und Yeza den Camp des Cremats überquert hatten, hielten die Ritter dort, wo der Pilgerweg in die Straße mündet. Der älteste von ihnen, sichtbar der Anführer, ein nicht einmal hochgewachsener Herr mit mächtigem Schnauzbart, stieg ab und trat Roç und Yeza entgegen, die achtungsvoll ihre Pferde zügelten.

»Ich bin Jourdain de Levis, Graf von Mirepoix und« – er wies hinauf zum Pog mit seiner Ruine – »Hausherr auf Montségur.«

Daraufhin ließ sich auch Roç von seinem Pferd gleiten.

»Wir hatten nicht im Sinn, Eure Rechte zu schmälern, mein Herr«, sagte er freundlich, »als wir ohne Eure Erlaubnis –«

»Kein Wort mehr!« polterte der Graf. »Ich bin gekommen, um dem Königlichen Paar meine Huldigung darzubringen, und wenn eine Entschuldigung auszusprechen ist, so steht dies nur meiner Person zu, dem beschämten Vater eines mißratenen Sohnes.«

Jetzt fiel Yeza der Name des stämmigen Burschen ein, den sie auf Quéribus mit gebrochenem Arm aufs Kreuz gelegt hatte: Pons de Levis!

»Verzeiht, daß ich ihm so übel mitgespielt«, sagte sie. »Es sollte als Strafe reichen.«

»Ich bitte Euch, Ihr habt ihm zweimal das Leben geschenkt«, erwiderte der Herr Jourdain und betrachtete die junge Kriegerin mit gebührendem Respekt. »Einmal, als Ihr ihn lebend aus der Zauberkraft Eurer Hände entkommen ließt, das zweite Mal, als Ihr vor dem Hochgericht der Templer seinen törichten Kopf gerettet habt. Ich bin Euch zu tiefstem Dank verpflichtet.«

Er machte Anstalten niederzuknien. Roç konnte gerade noch hinzuspringen und es fürs erste verhindern.

»Mein Herr, Ihr schuldet uns nichts!« rief er verlegen. »Wir wollten nur einmal den Montségur –«

Und schon unterbrach ihn der Graf.

»Nehmt ihn als Geschenk! Wie froh wird mir ums Herz, den Pog in Euren Händen zu wissen!«

»Das können wir nicht annehmen«, sagte Yeza. »König Ludwig würde vor Schreck die Krone vom Kopf fallen und den Herrn Papst der Schlagfluß treffen.«

Ihr Lachen steckte auch den Grafen an.

»Das wäre die Probe aufs Exempel wert!«

»Aber gestattet mir doch, hier – nicht gerade auf dem Camp des Cremats – ein ritterlich Stechen, ein festlich Turnier abzuhalten.«

Der Graf wandte seinen Blick von Yeza zu Roç.

»Ein großartiger Gedanke!« rief Jourdain de Levis laut. »Eurer würdig, mein Königliches Paar! Hört, kommt näher, Ihr Herren!« brüllte er seinen Rittern zu. »Wir veranstalten ein Turnier unter der Schirmherrschaft dieser« – er warf Yeza schnell einen fragenden Blick zu, und sie nickte huldvoll –, »dieser kühnen minniglichen jungen Damna!«

»Zu Äquinox im März!« bestimmte Yeza, während die herangekommenen Ritter absprangen und eilten, ihr die Hand zu küssen.

Der Graf stellte die Männer vor: »Wolf von Foix; meine Neffen Peire d'Alion und Simon de Cadet; Burt de Comminges, mein Schwiegersohn; Gaston de Lautrec, mein Schwager!«

Sie alle verneigten sich auch vor Roç, der etwas verwirrt war von den erlauchten Namen, ihm samt und sonders verwandt, wenn er denn der letzte Trencavel war. Doch schon trat der Graf zu ihm, umarmte und küßte ihn.

»Wenn Ihr schon nicht unser Lehnsherr werden wollt«, rief er lachend, »dann heiße ich Euch willkommen im Namen des gleichen Blutes, das in unseren Adern fließt.«

Da gaben alle Roç den Bruderkuß auf beide Wangen und nannten ihn »*mon cher cousin*«. Er erwiderte ihre Herzlichkeit.

»Wir sehen uns wieder zur Tagundnachtgleiche, wenn der Frühling eingezogen!« rief Roç zum Abschied, sein Pferd besteigend.

»Ihr seid unser Frühling!« rief der Graf und schaute dabei nicht von ungefähr auf Yeza, wie die meisten seiner Herren.

»Ich erwarte auch den Flor Eurer Damen«, erwiderte Yeza die Huldigung. »Ich möchte nicht allein dem Stechen solch edler Farben vorsitzen, bringt mir also die Schönen des Landes, damit ich ihnen Freundin werde!«

Da hoben alle ihre Lanzen und riefen: »Lang lebe das Königliche Paar!«

Als Roç und Yeza samt dem hinterdreintrödelnden Jordi mit den Packpferden sich der Burg Quéribus näherten, kam sie ihnen recht fremd vor. Das bewirkten schon die Wachsoldaten, die unten am Tor lungerten und es nicht einmal für nötig hielten, sie zu begrüßen. Zwischen den Templersoldaten und dem Königlichen Paar waren stets, bei aller Distanz, ein paar höfliche Wort hin und her geflogen, zumindest die freundliche Nachfrage gefallen, ob man gut gereist sei. Heute geschah nichts dergleichen. Roç und Yeza ritten hintereinander in den buckelsteingepflasterten Torweg ein, der Hufschlag schallte ungewohnt laut, war er doch die gesamte Reise über durch den Schnee gedämpft gewesen.

»Hast du diese Galgenvögel gesehen?« wandte sich Yeza zurück an ihren Gefährten. »Sie wirken wie ausgewechselt!«

»Da mögt Ihr recht haben, *ma damna*«, argwöhnte nun auch der Schloßherr. »Ich kannte keine dieser Visagen. Sollte der Grottenmolch die Garnison nach Hause geschickt und uns Frankenstrolche untergejubelt haben? Zuzutrauen wär's ihm!«

»Stellt den falschen Minoriten zur Rede, Ihr seid Herr des Hauses!« verlangte Yeza streng, von ihrem Pferd gleitend. »*Principiis obsta!*«

»Was soll das heißen?« schimpfte Roç, und Yeza wollte die Rüge empört zurückweisen. Doch dann fiel auch ihr Blick auf den Küchentrakt. Dort hing, bereits getrennt in zwei Hälften, den Kopf nach unten, ein Schwein. Der Metzger machte sich mit seinem langen Messer daran, ihm die Vorderhaxen abzusäbeln.

»Halt!« schrie Roç. »Ist das etwa Rosamunde?«

Der Metzger griente verlegen nickend, aber da kam auch schon Philipp angestürzt, aus dem Heu, denn reichlich getrocknete Gräser hingen in seinem zerzausten Haar. Eine sich keiner Schuld bewußte Potkaxl folgte ihm, brach aber unvermittelt in Tränen aus, als sie der Herrschaft ansichtig wurde.

»Mord!« schluchzte sie. Philipp schob sie zur Seite. »Rosamunde wurde feige gemeuchelt«, bestätigte er, sich mit den Fingern verlegen durchs Haar fahrend.

»Von wem?« forschte Yeza.

»Also«, begann Philipp stockend, »wir haben getan, was Herr Rinat uns befohlen, wir sind in Eurem Bett gelegen und haben –«

»Schon recht«, raunzte Roç ihn ungeduldig an, »ich brauch' keine Erläuterung, wie ihr's treibt.«

»Wie immer«, gab Philipp zu, »oder wohl etwas lauter, weil es, mit Verlaub, mehr Freude macht in Eurem Bett als im Heu.«

»So sollte es ja auch wirken«, sagte Yeza einverständig. »Aber was hat das mit Rosamunde zu tun? O Gott, das heißt doch nicht etwa, daß das Schwein in unserem Bett –!?«

»Plötzlich war es da.« Es war dem Knappen peinlich. »Wir haben sie nicht kommen gehört, noch ist mir klar, wie Rosamunde die Tür öffnen konnte.«

»Sie quiekte vor Freude«, schaltete sich jetzt Potkaxl ein, »ist ins Bett gehüpft, auf uns drauf, dann gleich wie eine Wilde unter die Decke. Hat mehr gebockt, geschaukelt als wir beide zusammen und dabei einen Grunzkrach gemacht, daß ich fürchtete, jetzt läuft die ganze Burg zusammen. So hat sie gekreischt, gedröhnt, da konnt' einem ganz anders werden.«

Die Schilderung der Potkaxl drohte selbstverliebt sich ins eigene Ringelschwänzchen zu beißen, so daß Philipp den Hergang wieder an sich zog.

»Es war nicht auszuhalten, wir kamen zu nichts, außerdem pufft so eine Sau ganz schön. Und wo sie hintritt, bleiben blaue Flecken.«

»Und beißen vor Wonne tat sie auch«, pflichtete die Zofe bei und brach wieder in Tränen aus. »Die arme Rosamunde –«

»So stahlen wir uns aus den Federn, warfen alle Decken über das tobende Schwein und krochen unter das Bett in der Hoffnung, daß es da nicht hinkommt. Doch die Sau muß uns wohl unter sich gespürt, gerochen haben, denn jetzt sprang sie erst recht wie ein Wildesel, der seinen Bereiter abzuwerfen versucht, in den Laken herum und stieß in die Polster. Da erschienen plötzlich Stiefel vor Eurer Lagerstatt. Dort unten war es duster und eng, doch es waren Männerbeine. Das konnte ich sehen im Licht der Kerze, die auf dem kleinen Tisch noch brannte. Aber schon erlosch sie, und dann begann Rosamunde – es war schrecklich anzuhören –, klagend zu stöhnen. Sie quiekte noch einmal leise und wurde ganz still. Ich hatte gleich der Potkaxl den Mund zugehalten. Wir hielten uns ruhig wie Mucksmäuschen und preßten uns aneinander vor Angst, bis sich die Stiefel so leise entfernten, wie sie gekommen. Und dann tropfte es auf uns – klebrig und rot!«

»Sofort bin ich unter dem Bett hervorgekrochen und riß die Decken weg«, unterbrach ihn seine Gespielin, aufgeregt von der Erinnerung. »Da lag Rosamunde in ihrem Blut!«

»Achtundzwanzig Einstiche hab' ich gezählt«, seufzte Philipp. »Laken und Decken waren zerstochen. Ich habe Potkaxl daran gehindert zu schreien; sie mich daran zu würgen, denn ich dachte, ich müßte mich übergeben.«

»Und das in unserem Bett!« entfuhr es Roç trocken.

Doch die Zofe vermeldete sogleich:

»Ihr werdet keine Spur Blut mehr finden, nur duftende frische Wäsche!«

»Und dann?« Yeza hielt sich an den Knappen.

»Dann haben wir Herrn Rinat geweckt, und der hat den Mönch —«

»Der lag angezogen unter seiner Decke!« rief die Potkaxl.

»Dacht' ich's mir!« sagte Roç.

»Herr Rinat ordnete an, zusammen mit dem Mönch, daß alles bis zum Morgen so bleibt wie vorgefunden«, beendete der Knappe seinen Bericht.

»Und was geschah dann?«

»Der Herr Bartholomäus war furchtbar aufgebracht, daß Ihr, mein Herr und Eure Damna, die Burg in der Nacht verlassen habt, ohne ihn zu benachrichtigen. Er beschuldigte Herrn Rinat, mit Euch unter einer Decke zu stecken.«

»Ich bin grad froh, nicht unter der Decke gesteckt zu haben!«

»Dem Molch könnt' einfallen«, rief Yeza, »nach verfehltem Anschlag auf unser Leben uns noch bei der Inquisition des Ritualmordes an einem Schwein zu bezichtigen!«

»Wir haben alle Glück gehabt«, sagte Roç, »bis auf Rosamunde. Sie hat Euch das Leben gerettet.«

»Soll sie von ihren Mördern auch noch gefressen werden?« sinnierte Yeza. »Halt!« befahl sie dem Metzger, der sich die ganze Zeit nicht getraut hatte, weiter seiner Arbeit nachzugehen. »Rosamunde wird in allen Ehren begraben. Legt sie in eine schöne Kiste, und daß mir kein Stück fehlt!«

»Herr Bartholomäus hatte es mir so befohlen«, entschuldigte sich der Metzger und wischte sein langes Messer an der Schürze ab.

»Wo steckt der Kerl?« raunzte Roç. Der Mann zeigte hinüber zum Schweinekoben. »Der Arme läßt sich kaum noch blicken«, erwiderte er und grinste anzüglich, ganz im Gegensatz zu seiner teilnahmsvollen Bemerkung.

»Das ist auch besser so!« grollte Roç und wandte sich zur Treppe, die zu den Wohngemächern hinaufführte.

»Und Rinat?« wollte Yeza von ihrer Zofe wissen. »Wir hatten ihn mit der Kommandogewalt über die Burg betraut. Schlecht hat er uns vertreten.«

Potkaxl zog es vor zu schweigen und geleitete ihre Herrin zu der Tür der Kammer. Sie war angelehnt. Rinat Le Pulcin lag auf einem Strohlager, in Laken gewickelt. Sein Gesicht war weiß wie die durchgeschwitzten Tücher. Er lächelte matt, als er Yezas ansichtig wurde.

»Das Schwein hat versucht, mich zu vergiften!« flüsterte er heiser. »Der Molch!« stellte er richtig, als er merkte, daß Yeza ihn mißverstehen könnte. »Er wollte das Corpus delicti gleich schlachten, braten und von allen verzehren lassen, um die Spuren zu beseitigen. Eure Laken und Decken ließ er verbrennen, wegen ›Seuchengefahr‹.«

»Dafür wird er bezahlen!« ließ sich Roç vernehmen, der hinter den Frauen eingetreten war. »Lassen wir Rinat Ruhe zur Genesung«, schlug er vor. »Aufregung und Anstrengung schaden ihm sicher, und Philipp hat mir schon alles erzählt.«

»Mir geht's schon besser, macht Euch um mich keine Sorgen«, hauchte Rinat, der ein Bild des Jammers bot, bevor er ermattet die Augen schloß. Roç zog Yeza aus der stickigen Kammer.

»Der Maler war so leichtsinnig gewesen, den Mönch des Mordkomplotts zu bezichtigen und der Usurpation von Quéribus. Denn in jener Nacht, wohl gleich, nachdem wir die Burg verlassen, wurden die Templer durch einen dringenden Befehl des Präzeptors Gavin Montbard de Béthune, abberufen. Das Pergament war gefälscht, behauptete Rinat, doch der Molch warf es hohnlachend in die Flammen, in denen später die blutigen Beweisstücke der Nacht aufgingen. Am anderen Morgen jedenfalls war die Garnison durch gedungene Franken ersetzt. Ich denke, dies üble Gesindel war schon vorher eingetroffen. Es hat den Anschlag verübt!« endete Roç.

»Wie angenehm, mein edler Ritter und Beschützer, mit solch braven Leuten unter einem Dach zu schlafen.«

»Sie werden es nicht ein zweites Mal versuchen«, beruhigte Roç seine Freundin. »Von nun an lassen wir den Molch im Gewahrsam unseres Turmes hausen, in ständiger Reichweite.«

»Selbst als Pfand für unserer Leiber Unversehrtheit, mein Herr, riecht er mir zu streng! Wollt Ihr, daß ich, von seinem Gestank vergiftet, sterbe? Nein!« sagte Yeza. »Wir müssen nur zeigen, daß wir sie alle nicht fürchten.«

»Wie Ihr wünscht, meine kühne Damna, bin ich doch immer bereit, an Eurer Seite zu sterben, nur möcht' ich vorher noch einmal –«

»Nichts da!« rügte ihn Yeza. »Dies ist ein Haus der Trauer. Erst wird Rosamunde zur letzten Ruhe gebettet. Ich denke an den Rosenhag.«

»Ein christliches Begräbnis?« fragte Roç lachend, doch Yeza blieb würdevoll. »Das hängt von dem Segen unseres lieben Bruders Bartholomäus ab. Ich bin nicht gewillt, ihm die Teilnahme zu ersparen.«

Im Schein der letzten Strahlen einer glutroten Abendsonne wurde die Kiste mit Rosamundes Resten von dem Küchenpersonal feierlich auf den Schultern in den kleinen Garten getragen, wo unter einem Rosenbusch eine frische Grube ausgehoben war. Yeza hatte den Mönch von zwei Wachsoldaten aus seinem Koben holen lassen, den er partout nicht verlassen wollte.

»Wie soll ich die Seele der armen Kreatur vor der Verdammnis retten – wo sie doch keine hat!« fauchte er, sich mit Händen und Füßen sträubend. Erst als Yeza ihm androhte, ihn in Ketten legen zu lassen, schüttelte der Molch seine Eskorte ab und folgte dem Zug mit der Kiste. Am Grab fragte Yeza ihn mit vernehmlicher Stimme, ob er nicht ein paar Worte sprechen wolle, »denn« – so ging sie ihn an – »wenn Ihr auch sonst jeglicher Kreatur die Seele absprechen mögt, so hat Euch Rosamunde doch wenigstens bewiesen, daß sie ein großes Herz hatte«.

Yeza wartete auf eine Reaktion des Minoriten, der hinter alle anderen zurückgetreten war. Dann sah sie, daß ihm Tränen über die Wangen liefen. Der Molch weinte bitterlich. Roç warf den ersten Brocken Erde auf die herabgesenkte Kiste, und die Potkaxl trat an den Rand der Grube und sagte laut:

»In deinem nächsten Leben wirst du ein wunderschöner Prinz sein und alle Liebe empfangen, die du gegeben hast, du Sau!«

Da klatschten Küchenpersonal und Dienerschaft in die Hände.
Jordi Marvel griff in die Saiten und sang:

»Fete fu pour a tous pleire;
chascuns la devroit amer.
Onques plus tost ne la vi,
que sorpris me vi de li:
Si n' em puis mon cuer oster.«

CARNEVALE UND AUTODAFÉ

Da die gesamte Gotenstadt Carcassonne mit ihrem doppelten Ring an Wällen und Türmen eine einzige Festung darstellte, war ihre Zitadelle nicht sonderlich erhöht, sondern lag mitten darin, nur durch eine Umfassungsmauer getrennt. Früher regierten von dieser Burg aus die Vizegrafen von Carcassonne, jetzt saß hier als Statthalter Frankreichs ein Seneschall.

Pier de Voisins hätte es weiß Gott lieber gesehen, wenn sein Sitz doppelt und dreifach befestigt gewesen wäre. Ihm war nicht wohl in seiner Haut, er fühlte sich als Gefangener der Stadt Percevals. Unvergessen war dieser berühmteste Sohn aus dem Geschlecht der Trencavel, und es nagte noch immer an den stolzen Bürgern, daß er und mit ihm das uneinnehmbare Carcassonne nur durch heimtückischen Verrat in die Hände des verhaßten Feindes gefallen war.

Pier de Voisins war ein alter Mann und bekleidete das Amt schon zum zweiten Mal, diesmal auf Bewährung. Das stimmte ihn jedoch weder zuversichtlich noch angriffslustig, wie es sein beleibtes Gegenüber voller Eifer, ja Geifer einforderte. Bezù de la Trinité, der Inquisitor Okzitaniens, war höchst ungehalten ob der mangelnden Härte des Seneschalls. Der Dominikaner plusterte sich auf.

»Wenn Ihr nicht mithaltet, Pier de Voisins, werde ich es eben allein durchstehen. Aber das wird mir zu denken geben. Vergeßt nicht: ›Heut' noch Seneschall, stolz auf Macht und Thron, morgen schon ein Fall für die Inquisition!‹«

»An Euch ist ein Dichter verlorengegangen, dessen Abgang keiner beweinen wird«, entgegnete der Betroffene, bekümmert seinen lang herabhängenden Schnurrbart zwirbelnd, der ihn recht melancholisch wirken ließ. »Oder versteckt sich hinter Eurem fetten Wanst gar ein Troubadour, einer von denen, die heimlich das Volk aufwiegeln gegen den König? Überlegt Euch gut, was Ihr zu gestehen habt, zeigt man Euch erst die Instrumente.«

»Versucht nur, mich an Boshaftigkeit zu übertreffen!« fauchte der Dicke zurück. »Doch bedenkt, nach Bezù de la Trinité, dem Dominikaner, kommt nur noch und sogleich der Teufel! Solltet Ihr Euer

Seel' ihm verschrieben haben, seid Ihr mein Fall und werdet auch ohne Prozeß brennen wie diese alte Vettel Na India.«

Der Seneschall schaute den schwergewichtigen Dominikaner lange aus wäßrigen Augen an. Hängen sollte er ihn, doch er sagte nur:

»Ohne Prozeß werdet Ihr in dieser Stadt nicht zündeln!«

Ächzend vor Wut, stemmte sich der Inquisitor aus seinem Stuhl.

»Ihr werdet von mir hören, Seneschall!«

»Besser nicht!« murmelte der, ohne sich zu erheben, aber da war der Dicke schon in der Tür, wo er fast mit Oliver von Termes zusammengestoßen wäre. Oliver schaute dem Inquisitor lachend nach.

»Na, was hatte Gottes Kienspan auf dem verfetteten Herzen?«

»Das Übliche!« Auch die Miene des Seneschalls heiterte sich auf. »Wäre er schlank und rank wie die meisten *canes Domini*, dann würde das Bild eines verblödeten Jagdhundes auf ihn zutreffen, der seinem Herrn alles apportiert, was ihm zwischen die Lefzen gerät: alte Hühner, Blindschleichen, tote Maulwürfe oder einen Wurf blinder Mäuse, jedoch nie einen Löwen, keinen Adler und erst recht keinen Drachen!«

»Ihr verlangt zuviel, mein alter Freund! ›Der dicke Trini‹, so rufen ihn alle, die ihn nicht ausstehen können«, erläuterte Oliver, »wer seine Neigungen besser kennt, ihn gar ›Die dicke Trini‹ nennt!«

»Fangt Ihr jetzt nicht auch noch an zu reimen«, unterbrach ihn der Seneschall mit gespielter Verzweiflung. »Der dichtende Dominikaner schleppt mir jeden weißhaarigen Rauschebart, jedes verhutzelte Kräuterweib in Ketten daher, um sie in Carcassonne *coram publico* als Ketzer zu verbrennen. Und jedesmal gibt's einen Volksaufstand!«

»Die Stadt brodelt schon wieder wie ein Topf voll von Pech und Schwefel«, bestätigte ihm der Herr von Termes. »Ein Funke genügt, und Ihr habt das schönste Griechische Feuer am Hals!«

»Am Arsch!« bestätigte ihm der Seneschall resigniert. »Das Königliche Paar, dieser Roç Trencavel, wie er sich jetzt nennt, und seine Damna Yeza –«

»Esclarmunde. Ausgerechnet! Von Mont y Sion«, fügte Oliver hinzu. »Ich kenne diese beiden Geschöpfe der Prieuré!«

»Sie haben jedenfalls das gefährliche Gerücht in die Welt gesetzt, im März ein Turnier abhalten zu wollen. Und wißt Ihr auch, wo? Ihr werdet es nicht glauben: am Fuße des Pog!«

»Zur Äquinox am Montségur?« Oliver dachte laut. »Präzis gewählt der Zeitpunkt, *constellatio maxima*! Die allen Katharern heilige Stunde, die der Übergabe der Burg vorausging, genial!«

»Genial schon deswegen, weil ich es nicht verbieten kann!«

»Denn das Gebiet um den Pog fällt unter die Gerichtsbarkeit der Grafen von Levis?« folgerte Oliver schnell und richtig, ohne jedoch die Empörung des Seneschalls zu teilen – so sie echt war.

»Wißt Ihr«, erzählte Pier de Voisins dann auch wenig bekümmert, »mein Vorgänger, der tüchtige Seneschall Hugues des Arcis, der die Belagerung leitete, hat das Geschehen um den Montségur pure Alchimie genannt: unten wie oben, oben wie unten. Die Angreifer waren mit den Verteidigern aufs engste verbandelt. Sie stammten aus denselben Familien. Der Kommandant der Verteidiger war Pierre-Roger, der Vizegraf von Mirepoix, und in den Reihen der Angreifer kämpfte der, dem die Burg versprochen: Guy de Levis, sein leiblicher Neffe, dem er auch den Grafentitel vererbte.«

»Und jetzt schart dessen Erbe Jourdain die Söhne all derer um sich, deren Väter noch erklärte Katharer waren, Wolf von Foix an der Spitze, ein Sproß aus morganatischer Ehe des letzten Trencavel.«

»Der Knabe Roç behauptet, der letzte Nachkomme des Trencavel zu sein«, schränkte Oliver säuerlich ein. »Er soll die Frucht des Sohnes sein, der 1241 noch einmal den verzweifelten Versuch unternahm, Carcassonne Eurem Vorgänger zu entreißen, und dabei fiel.«

»Scheinheiliger!« rügte der Seneschall. »Gebt Euch nicht so unbeteiligt, Oliver von Termes! Schließlich sah man Euch damals an der Seite des Trencavel.«

»Doch danach trat ich unter das Lilienbanner Frankreichs!«

»Schon gut!« beschwichtigte ihn der Seneschall, um gleich weiter zu bohren. »Und mütterlicherseits?«

Oliver gefiel es, mit der geheimnisvollen Herkunft stückweise herauszurücken.

»Während üblicherweise die Vaterschaft Zweifeln zu unterliegen pflegt, hält sich in Roçs Fall die Mutter verborgen. Im gleichen Jahr soll eine Nonne den Montségur aufgesucht haben. Sie wurde mit allen Ehren dort empfangen und gepflegt. Die Tochter des Kastellans, Esclarmunde von Perelha, stellte sich in den Dienst der Fremden, denn die hohe Dame war schwanger.«

»Wer war sie?« Pier de Voisins liebte solche Geschichten.

Oliver ließ sich Zeit.

»Sie wurde Blanche genannt. Und das Kloster, aus dem sie kam, breitete einen Mantel eisigen Schweigens über ihre Herkunft.«

»Schade«, bedauerte der Seneschall enttäuscht.

»Dennoch fand man heraus, daß der arme Konvent der Klarissen seit dem Eintritt von Blanche erhebliche Zuwendungen erhalten hatte; sie kamen aus Sizilien über Aragon. Der Mann, der mit der Zahlung betraut war, gab sich Mühe, die Spuren gut zu verwischen.«

»Macht es nicht so hochpolitisch!« bettelte der neugierige Pier de Voisins. Seine Bartspitzen zitterten vor Erregung.

»Den Namen des Bevollmächtigten sollte sich Frankreich merken.« Oliver dehnte lächelnd die Spannung. »Johannes von Procida war der Leibarzt des Kaisers Friedrich, und aus der Privatschatulle des großen Staufers stammten die Zahlungen.«

»Ah«, entfuhr es dem Seneschall. »Jetzt wird mir klar, warum von diesem Roç soviel Aufhebens gemacht wird – eine Vermengung königlichen Blutes!«

»Das war auch der Grund, aus dem die Verteidiger des Montségur drei Jahre später bis zuletzt felsenfest daran glaubten, der Kaiser werde ihnen zu Hilfe eilen!«

»Tat er aber nicht!«

»Die Hüter des Grals hatten vergessen, daß Friedrich sein Leben lang nichts für Ketzer übrig hatte und sie in den eigenen Landen streng verfolgte. Der Montségur erhielt keinen Sou, geschweige denn Entsatz durch deutsche Söldner. Im Gegenteil, die kämpften auf französischer Seite!

Blanche war nach der Niederkunft auch gleich wieder von der Burg verschwunden. Ihr Kind, ein Knabe, wurde von Esclarmunde wie ein eigenes genährt, denn sie war selbst guter Hoffnung und kam bald darauf mit einem Mädchen nieder, mit dieser Yeza Esclarmunde eben.«

»Und aus welchem Geschlecht stammt sie väterlicherseits?«

»Dieses Geheimnis nahm ihre Mutter mit in die Flammen. Sie bestieg nach dem Fall des Montségur den Scheiterhaufen, der auf alle Katharer wartete, die ihrem Glauben nicht abschwören wollten.«

»Da gibt es heute noch viele Verstockte, die es ihr gleichtun würden.«

»Wenn man sie faßt!« Oliver lachte. »Die heimlichen Anhänger der alten Lehre stellen nur dann eine Bedrohung dar, wenn sie Euch Besatzer hassen.«

»So wie Ihr, Oliver von Termes«, entgegnete der Seneschall trocken. »Warum solltet Ihr Frankreich lieben? Es erschlug Euch den Vater, nahm Euch Termes!«

»Der Alte war ein Dickschädel«, erwiderte der Renegat kalt, »und Termes hab' ich wieder. Mir war es gleich, aus wessen Händen ich es als Lehen holte.«

»So denken nicht alle.« Pier de Voisins blieb argwöhnisch, zumal Oliver jetzt auch noch Öl ins Feuer goß.

»Seit Bekanntgabe des Turniers tauchen hier, in Eurer Stadt –«

»In meiner ›Arrestzelle‹ solltet Ihr sagen!«

Oliver ging nicht darauf ein, sondern fuhr fort:

»– alle jene Ritter auf, die bis vor kurzem noch als Faidits gejagt wurden. Jetzt heben sie frech das Haupt und stolzieren waffentragend durch die Straßen: der Alion, der Cadet, der von Comminges und der Lautrec! Alles Verbannte!«

Der Seneschall wiegte bekümmert sein Haupt, die wäßrig blauen Augen blickten besorgt hinaus auf die Dächer der Stadt.

»Sorgen bereiten mir nicht jene, die ihr Gesicht zeigen und die gelbroten Streifen als sichtbares Zeichen ihrer Gegnerschaft im Banner führen, sondern das fehlende Gegengewicht, meine eigene Ritterschaft, der Frankreich großzügig Besitz und Pfründe im eroberten Land geschenkt. Ihre Väter hatten noch dafür gekämpft, ihr Blut gegeben, doch die nachkommende Generation, und vor allem die der Enkel, die fühlt längst nicht mehr als Franken, sondern gebärdet sich wie Einheimische. Schlimmer noch, bar jeder Rivalität wenden sie sich aus purer Kurzweil gegen Recht und Gesetz, das ich hier für die Krone zu vertreten habe. Ja, sie machen mit den Faidits, längst mit ihnen verschwägert und versippt, gemeinsame Sache gegen die Obrigkeit!«

»Es riecht nach Aufruhr«, bestätigte Oliver, was dem Seneschall aber kein Trost war.

»Es heißt, die Sänfte der Grande Maîtresse sei des Nachts in den Straßen gesehen worden, es werden heimlich Versammlungen abgehalten, Waffen ausgegeben, auch fremde Ritter strömen in die Stadt und finden bei den Besagten in den Stadtpalästen Aufnahme.«

»Noch habt Ihr das Heer unter Kontrolle. Und wer sollte es Euch abspenstig machen? Eure Soldaten sind Franken und ihrem König treu ergeben.«

»Ich will keine Straßenschlachten«, grummelte der Seneschall. »Deswegen werde ich auch alles vermeiden, was Unruhe stiften könnte. Auch das schwachsinnige Verlangen des Inquisitors nach einem Autodafé – gerade jetzt und mitten in der Stadt, auf dem Platz vor der Kathedrale!«

»Verbannt die dicke Trini!« schlug Oliver vor. »Lockt sie mit der Aushebung eines Ketzernests hinaus aufs Land, dem Köder kann sie nicht widerstehen!«

»Verbannen kann den nur der Bischof, und das Lockmittel zieht auch nicht. Der fette Hund hat schon genügend Ketzer zwischen den Zähnen herangeschleppt, und die will er erst mal brennen sehen!«

»Beseitigen könnt Ihr den Mann Roms auch nicht, weil das die Christen auf den Plan rufen würde. Alle Kirchenglocken würden läuten, und der Sturm bräche los.«

»Aufruhr unter den Bürgern!« Pier de Voisins erschauerte. »Das wäre die Hölle!«

»Ich lasse Euch schmoren«, verabschiedete sich der Herr von Termes, »und schau' mir das Treiben in den Straßen aus der Nähe an. Es ist närrisch Fastennacht, Carnevale!«

In den Straßen von Carcassonne wogte das Maskentreiben. Aus Holz geschnitzte, aus Rinde der Korkeiche geformte, aus Stroh geflochtene, klobige Gebilde waren über die Köpfe der Leute gestülpt. Keinen Unterschied gab es zwischen Hirten und Köhlern, die aus den Bergen in die Stadt strömten, und den Städtern, die sich längst so maskierten wie die Leute vom Land. Kein Mensch wußte zu sagen, wie alt der Brauch des Carnevale war, den Winter zu vergraulen, den Frühling zu beschwören. Wahrscheinlich keltischen Ursprungs, hatte es diese Tage der Zügellosigkeit, in denen es aufreizend und mitunter gewaltsam zuging, zumindest schon zur Römerzeit gegeben. Sie nahmen ihren Anfang, wenn aus den Wäldern die Tiermasken in den Straßen auftauchten, erst nur einsame Wölfe, dann rudelweise wilde Säue und ihre Keiler, brünftige Hirschkühe, um ihre Zwölfender geschart. Sie huschten bei Anbruch der Nacht durch die Tore, schlichen durch die Gassen, erschreckten die Bürger mit Gerassel, mit dem Blöken von Schalmeien und den spitzen Tönen von Flöten. Dann begann es allerorts zu trommeln, und nun traten auch aus den Häusern Fuchs, Bär, Biber und Luchs und mischten sich unter die Meute, fiedelnd und zirpend, kreischend und krächzend. Eule und Maus, Reiher und Fisch, sie röhrten und fiepten, klapperten und schmatzten, und keiner wußte, war es ein Weib, das dort stieß wie ein Bock, oder ein Kerl, der schnell die Röcke lüftete. Der Heimische genoß es, sich unerkannt dem Treiben hinzugeben, die Fremden nutzten die gelockerten Sitten, sich Griffe herauszunehmen, die ihnen sonst verwehrt, ob nun beherzt zwischen die Beine gefaßt oder an den Busen gegrapscht. Kein Aufschrei der Empörung noch Zeichen menschlicher Lust verrieten Ärger oder Gefallen; jede Regung blieb im Tierischen, äußerte sich im Spiel der Kreatur, die ein jeder sich erwählt. Das galt als einzige Regel in dem schrankenlosen Treiben, und wer dagegen verstieß oder gar ein Kruzifix oder ein Marienamulett um den Hals trug – oder sonst einen Heiligen der Kirche –, der konnte nicht auf Beistand hoffen. Zierte er sich gar zu sehr, wurde ihm die Maske, oft auch die Kleidung abgerissen. Der zum Freiwild erklärte Mensch wurde durch die Straßen gehetzt, geschlagen bis aufs Blut, gar zu Tode getrampelt, wenn es ihm nicht gelang, eine geöffnete Kirche zu erreichen. Doch die Türen der Gotteshäuser blieben in den Nächten des Carnevale meist verschlossen.

Die ehernen Flügel der hohen Kathedralpforte standen in jener Nacht dennoch weit auf, als würden sie zum Betreten einladen. Doch das war ärgerlich hingenommenes Gesetz, denn im Innern hatte das Inquisitionstribunal zu tagen begonnen, und seine Sitzungen hatten öffentlich zu sein in Carcassonne.

Im Chorgestühl saßen mit versteinerten Gesichtern die Glieder der römischen Kurie, angeführt von ihrem Bischof und verstärkt durch Äbte und Prioren der umliegenden Klöster und Konvente. Die Anklage vertrat Bezù de la Trinité. Der Dicke schwitzte im flackernden Licht der großen Wachskerzen, nicht weil sie etwa Hitze ausstrahlten – es war ziemlich kalt in der Kathedrale –, sondern weil ihm heiß war ob der weit geöffneten Kirchentür, durch die immer mehr tierisches Volk hereindrängte, schnaufend, wispernd und bedrohlich. Die Angeklagten hatte er vorsorglich noch nicht hereinführen lassen, sondern sie in der Sakristei versteckt, gut bewacht. Denn das war ihm klar, diese Viecher würden sich kaum auf die Seite des von ihm vertretenen kirchlichen Rechts schlagen, wenn er das Verhör dann beginnen mußte und schließlich die längst feststehenden Urteile des Gerichts zu verkünden waren. Deshalb beschränkte sich der Inquisitor darauf, die Anschuldigungen *reus absente* von einem Mitbruder verlesen zu lassen, eine Litanei, die sich endlos hinzog, ohne daß die grauslichen Vergehen bei den Zuhörern Abscheu oder wenigstens Entrüstung hervorriefen. Im Gegenteil, Trini konnte deutlich hören, daß die Herandrängenden respektlos grunzten und pfiffen, wenn von der Heiligkeit der Kirche, ihrer Glieder und Sakramente die Rede war, daß sie murrten oder gar lachten, kaum daß die Schandtaten der Ketzer zur Sprache kamen. Der Heiligen Jungfrau Maria sei Dank, daß sein Bruder, der Hauptmann, von den Soldaten des Seneschalls eine spießbewehrte Barriere quer durch die Kirche hatte ziehen lassen. Gegen die traute sich das Viehzeug nicht anzurennen. Doch der Druck mochte sich verstärken, denn immer mehr Maskierte strömten durch das Portal, und dem dicken Inquisitor dämmerte, daß seine Situation sich nicht verbessern würde. Dem Schwitzenden lief es eiskalt den Rücken hinunter.

Sollte er das Tribunal nach Verlesung der Anklage vertagen auf unbestimmte Zeit, zumindest bis nach dem Verstreichen dieser heidnischen Tage?

Der Inquisitor kam nicht mehr dazu, eine Entscheidung zu fällen. Draußen, vor der Kathedrale, war ein Tumult entstanden. Eine

Gasse hatte sich gebildet. Vom Stadttor her nahm ein Zug seinen Weg, der die Aufmerksamkeit aller auf sich zog, denen das Geschehen im Gotteshaus bisher ziemlich gleichgültig gewesen war. Die eingetroffenen Fremden waren etwas Besseres, das sah man gleich an der Kleidung, die sie unter den übergestülpten Tierhäuptern trugen: feinste Wämser, samtenes Beinkleid, Pelzwerk lugten samt ledernen Stiefeln hervor, während jedermann sonst sich mit grober Kutte oder Sackfetzen begnügte. Und dann lief auch schon das Gerücht auf schnellen Füßen durch die Straßen: »Das Königliche Paar ist gekommen nach Carcassonne!« Und die eben noch bockten und sich besprangen, soffen und prügelten, sich beschmatzten und verschlangen, die eilten herbei aus den Gassen und schlossen sich dem Zug an.

Roç und Yeza trugen beide den Kopf eines edlen Pferdes, was ihre Vornehmheit noch unterstrich. Die Zofe Potkaxl, von Kopf bis Fuß in eine smaragdene Eidechse verwandelt, sprang um sie herum, während Philipp einen Feuersalamander abgab. Doch vorneweg watschelte Jordi, der Maulwurf. Er führte an eiserner Kette eine vor Scham gekrümmte Gestalt mit einem Schweinskopf. Es war Barth, der liebend gern als Molch gegangen wäre, aber die Soldaten der Garnison hatten ihn mit Gewalt und Hohn so hergerichtet und ihn dem kleinen Troubadour anvertraut. Auf dem Weg in die Stadt waren immer mehr Maskierte zu ihnen gestoßen. Das waren keine Einödbauern, sondern junge Damen und Herren von umliegenden Burgen. Keiner hatte sich zu erkennen gegeben, aber von vielen konnten Roç und Yeza Namen und Stand am gewählten Tierkopf erraten. Der alte Karpfen mit dem schnappenden Maul war natürlich der Graf Jourdain de Levis von Mirepoix, und auch der Wolf von Foix konnte seinen Träger schlecht verhehlen. Und wer kein Tier im Wappen führte, der war in seinen Helm geschlüpft und hatte diesen so hergerichtet, wie es seiner Phantasie entsprach. Da gab es Drachen und Einhorn, die Vögel Greif und Phönix, aber auch Hexen und Gehenkte, den Zauberer Merlin, Kobolde, Gnome, Elfen und Schrate, Wassernixen und Feenköniginnen. Sie alle bildeten einen Zug, der Aufsehen erregte, als er unter Beifallsgejaule, Stampfen und Klatschen den Platz vor der Kathedrale erreichte. Der ihn anführende

Jordi zerrte an der Eisenkette, um das Schwein in die Kirche zu ziehen. Bis dahin war Barth ergeben hinter seinem Hirten hergezockelt, doch angesichts des hohen Tribunals im Chorgestühl riß er sich plötzlich los, sprang seitlich in die Menge, die seine Flucht herzhaft meckernd belachte, und entschwand, die Kette hinter sich her schleifend, ohne daß jemand danach griff. Jordi blieb auch keine Gelegenheit, sich gegen den Verlust zu stemmen, denn die Nachdrängenden schoben ihn durch das Portal in die Menge, die bereits das Kirchenschiff füllte.

Der Troubadour besann sich seiner Dienstbarkeit und begann, zusammen mit dem Feuersalamander Philipp und der Potkaxl, wühlend den Gang zu graben, durch den seine Herrschaft zum Altar schreiten konnte. Die Umstehenden begriffen, daß etwas in ihrem Sinne geschehen sollte, und machten bereitwillig Platz.

Seitlich erhöht befand sich die Empore, die einst dem Herrscherhaus als Sitz gedient, wenn sich denn einer der Trencavel in die Kirche verirrte, galten sie doch als Katharer. Seit dem Tode des letzten Sprosses standen die Betstühle leer. Das Volk achtete das verödete Geviert, hielt es doch die Erinnerung wach an seinen Helden, den Perceval. Und selbst der französische Seneschall, Nachfolger in der Autorität des Vicomte, respektierte es und ließ sich stets im kargen Gestühl für die Allgemeinheit nieder.

Wie selbstverständlich führte die freigehaltene Gasse zwischen den dichtgedrängten Tiermenschen Roç und Yeza dort hinauf. Von der Empore aus war der Chorraum über die Köpfe der Soldaten hinweg ungehindert einzusehen. Die versteinerten Greise des Klerus blickten verwirrt auf, als jemand oben, im Dunkel, auf den Stühlen der Herrschaft Platz nahm. Unruhe machte sich breit, denn durch das Licht der vielen Kerzen waren ihre Augen geblendet. Der Bischof war so verwirrt, daß er dem Inquisitor ins Wort fiel und kurzerhand befahl, die Angeklagten vorzuführen. Damit war Trini der Entscheidung enthoben.

»Die Dinge nehmen ihren Lauf«, murmelte er gottergeben, derenthalben nicht weniger schwitzend.

Eine Gruppe schwarzgekleideter Mönche stimmte düster einen Choral an, der angesichts des Jüngsten Gerichts Buße einforderte.

»Vila cadaver eris,
cur non peccare vereris?
Cur intumescere quaeris?
Ut quid peccuniam quaeris?
Quid vestes pomposas geris?
Ut quid honores quaeris?
Cur non paenitens confiteris?
Contraproximum non laeteris?«

In langer Reihe aneinandergekettet, wurden die zu Verurteilenden in die Mitte des Chores geleitet: Alte und Junge, hauptsächlich Frauen. Na India erspähte der erschrockene Roç sofort, sie war mit Abstand die häßlichste von allen. Er war zu erschüttert, um Empörung zu empfinden. Seine Augen suchten die milchige Kuh Geraude, aber das blonde Mädchen war nicht darunter. Doch eingedenk der Ermahnung Yezas, auch der häßlichsten Kreatur Gottes wenn schon nicht Liebe, so doch wenigstens Mitgefühl, ja Mitleid entgegenzubringen, winkte er Philipp zu sich.

»Daß wir uns hier zu erkennen geben«, flüsterte Roç seiner Gefährtin zu, »wird die Qual der Armen nicht lindern.« Er überlegte krampfhaft. »Das beste wird sein, ich hole Hilfe herbei.«

»Selbst ist der Mann!« spöttelte Yeza. Sie war keineswegs überrascht, das Kräuterweib aus dem Walde hier angeklagt zu sehen, sie war nur wütend ob ihrer Ohnmacht.

»Wen wollt Ihr um Beistand angehen, edler Ritter? Hier ist des Volkes geballte Kraft genug. Da werden die Spieße der Soldaten brechen wie trockene Halme im Sturm.«

»Ein guter Rat, *ma Damna*, von jemandem, der nicht in erster und zweiter Reihe von den Eisen aufgespießt wird wie ein Käfer!«

»Wer Feuersbrunst entfachen will, sollte am Zunder nicht sparen«, erwiderte Yeza unwillig. »Doch geht nur, ich werde schützend meine Hand über die Unglückliche halten, wenn es mir nicht gelingt, sie den Klauen dieser Geier mit ihren purpurroten Greisenhälsen zu entreißen!«

Roç, gefolgt von Philipp, stürzte durch die Menge nach draußen.

Die Kapuzen tief in die Gesichter gezogen, sangen die Mönche:

»Quam felices fuerint
qui cum Christo regnabunt
facie ad faciem
sic eum spectabunt.
Sanctus, sanctus Dominus
Sabaoth conclamabut,
Sabaoth conclamabunt.«

Auf dem Vorplatz der Kathedrale prallte Roç gegen den Mann mit dem Karpfen auf dem Haupt.

»Miralpeix!« keuchte er. »Dort drinnen verdammen die Priester Eure Untertanen, und Ihr steht tatenlos hier herum!« Roç ging den Älteren flammend an, ohne des Brauchs zu achten, der seinem Pferdekopf nur Wiehern und Schnauben gestattete.

Der Karpfen fuhr ihm über den Mund und brachte sein Fischmaul dicht an das Ohr des jungen Hengstes.

»Wir sammeln uns«, entschuldigte er sich wispernd, »doch will ich Euch gern zum Seneschall begleiten, der als einziger diesem bösen Treiben ein Ende zu bereiten vermag!«

»Warum schreitet Ihr nicht ein, mit der Macht der blanken Schwerter? Das Volk steht auf –«

»Weil keiner ein Schwert mit sich führt, wie es der Brauch bestimmt«, entgegnete de Levis besonnen, schon um Roç nicht weiter zu reizen. »Auf den Aufstand der Massen solltet Ihr Euch nicht verlassen, denkt an das Schicksal unseres Herrn Jesus Christus in Jerusalem: Palmzweige und heiße Luft.« Er lachte grimmig. »Also, wollt Ihr mein Angebot annehmen?«

Die letzten Worte hörte Roç schon nicht mehr, denn er hatte sich bitter enttäuscht bereits wieder in die Menge geworfen. Eine Gans schnappte nach ihm und ließ ihre festen kleinen Brüste vor seinem Gesicht tanzen.

»Kommt, mein Hengst!« flüsterte es aus dem weißen Gefieder zwischen lautem Schnattern. »Ich leg Euch ein Ei, und Euer Stößel stampft mir das Nest entzwei!« Sie griff ihm behend ans Beinkleid.

Roç hob wiehernd beide Arme, als wolle er sie an sich ziehen, doch er wirbelte sie nur herum und drückte sie dem nächsten in die

Arme. Er hastete weiter, ohne recht zu wissen, wohin er sich wandte. Ein riesiger Bär schlang seine Pranken um ihn, und während er noch rätselte, ob das Gebrumm einen Mann oder ein stattlich Weib verriet, fuhr ihm schon eine Hand von hinten zwischen die Arschbacken. Diesmal trat Roç aus, gezielt zwischen die behaarten Schenkel, wo auch ein Bär Schmerz empfindet. Das lockerte den Griff, und Roç sprang zwischen die Läufe tanzender Hasen und kroch auf allen Vieren fort von den Tatzen, die ihn unter wütendem Gebrüll zu fassen versuchten. Er traf einen Fuchs, der einem Schaf von unten die Wolle leckte, und als er sich aufrichtete, stand er vor dem Wolf von Foix, der grimmig eine Eselin ritt.

»Meister Lobo«, knirschte Roç mit zusammengebissenen Zähnen. »Wo geht's zum Loch des Seneschalls?« Da streckte ihm die gebückte Eselin die rosarote Zunge heraus und wies ihm die Richtung.

> »*Et quam tristes fuerint*
> *qui eterne peribunt*
> *pene non deficient*
> *nec propter has obibunt.*
> *Heu heu miseri*
> *numquam inde exibunt*
> *numquam inde exibunt.*«

In der Kathedrale nahm der Prozeß gegen die Ketzer seinen Fortgang, weil die Städter sich nicht über das Los der ihnen unbekannten Häretiker vom Lande zu erregen vermochten. Und die Katharer, die aus den Wäldern maskiert in die Stadt gekommen waren, hüteten sich angesichts der Soldaten und der unsichtbar in der Kirche verteilten Häscher des Inquisitors, durch Protest aufzufallen. Das Kirchenschiff leerte sich zusehends. Noch war Na India nicht an der Reihe, und Yeza folgte gespannt, wenn auch angewidert, dem Verhör eines Bauern, dem der dicke Trini ein brauchbares Geständnis zu entlocken suchte.

»Glaubt Ihr an den einen Gott, den Vater, den Sohn und den Heiligen Geist?«

»Ja!« rief der Bauer schnell.

Das hatte der Inquisitor auch nicht anders erwartet und legte nach.

»Glaubt Ihr an Jesus Christus, geboren aus der Jungfrau Maria, gestorben für uns am Kreuze, auferstanden und aufgefahren gen Himmel?«

Sehr zum Verdruß der dicken Trini antwortete der Bauer freudig: »Gewiß doch!«

»Glaubt Ihr, daß in einer Messe, die ein Priester zelebriert, Brot und Wein durch göttliche Kraft in Leib und Blut Jesu Christi verwandelt werden?«

Diesmal war die Stimme des Inquisitors gefährlich leise geworden, und der Angeklagte wand sich.

»Soll ich das nicht glauben?«

»Ich habe Euch nicht gefragt, ob Ihr das glauben sollt, sondern ob Ihr es glaubt!«

»Ich glaube es, so wie Ihr es glaubt!«

»Ihr wollt mich also glauben machen, daß Ihr gläubig seid!« Trini fixierte sein Opfer überlegen. »Ich will es aber wissen! Also sprecht: ›Ich glaube es‹!«

Der Bauer stellte sich unverständig, doch guten Willens, was den Inquisitor zur Weißglut brachte. So lautete die Antwort diesmal:

»Und Ihr, Herr, glaubt Ihr das nicht?«

»Ich glaube es durchaus und von ganzem Herzen!« rief der bedrängte Inquisitor, und der Bauer entgegnete:

»Das glaube ich auch!«

Dem Trini platzte jetzt der Kragen am feisten Hals.

»Ihr glaubt, daß ich es glaube. Aber danach habe ich Euch nicht gefragt. Meine Frage war vielmehr, ob Ihr es glaubt.«

Der Bauer war verzweifelt. Oder tat er nur so?

»Ihr verdreht mir die Worte im Munde, ich bin ein einfacher Mann!«

»Gut«, sagte sein Peiniger. »Wollt Ihr also schwören?«

Da erbleichte der Bauer.

»Wenn ich schwören muß, so will ich es tun.«

»Nein!« schrie Trini. »Ich befehle Euch nicht, zu schwören, sondern ich will wissen, ob Ihr schwören wollt!«

»Soll ich nun schwören oder nicht?«

»Ich denke nicht daran, Euch zum Schwure zu zwingen. Ihr Ketzer haltet den Eid für eine Sünde, von dem Ihr Euch gegenseitig lösen könnt, wenn er erzwungen war. Und die Sünde schiebt Ihr dann mir in die Schuhe, der Euch zwang. Ich kenne Euch!«

»Weshalb soll ich also schwören, wenn Ihr es nicht wollt?«

»Um den Verdacht zu mindern, daß Ihr ein ganz verstockter Ketzer seid!«

Da hob der Bauer die Schwurhand und rief:

»Gott helfe mir, daß ich kein Ketzer bin!«

»Gott wird Euch nicht helfen, weil Ihr lügt!«

Da strahlte der Bauer.

»Ich bin kein Ketzer, denn ich schlafe bei meiner Frau, ich habe Kinder und esse Fleisch, ich lüge, ich schwöre, ich bin ein gläubiger Christ, so wahr mir Gott helfe!«

Auf ein Zeichen des Bischofs setzte der Chor der schwarzen Mönche wieder ein:

>*»Ni conversus fueris*
et sicut puer factus
et vitam mutaveris
in meliores actus
intrare non poteris
regnum Dei beatus
regnum Dei beatus.«

Der Bischof ließ ein Wachstäfelchen herumgehen, und die Beisitzer im hohen Gestühl kritzelten ihr Verdikt darauf.

»Jeder setzt seine Duftnote«, spöttelte Jordi, bemüht, Yeza das Verfahren unterhaltsam zu erklären. »Jedes Strafmaß hat seine Hieroglyphe«, flüsterte er seiner Herrin zu. »In der Hierarchie ganz oben – weil dem Himmel oder der Hölle zunächst – regieren der Feuertod auf dem Scheiterhaufen oder, noch schlimmer, die Einmauerung bei lebendigem Leibe.«

Yeza warf dem beredten Troubadour einen strafenden Blick zu, was den aber nicht störte.

»Dann folgt das Brandmarken mit dem gelben Kreuz, das den Verfemten weithin kenntlich macht. Recht lästig, das hab' ich am eigenen Rücken erfahren.« Er wartete, ob Yeza wenigstens davon Notiz nahm, was sie aber nicht tat. So fuhr er fort:

»Die nächste Stufe nach unten ist die Geißelung; das öffentliche Auspeitschen ist schon erträglicher, weil die damit beauftragten Priester nicht wissen, wie man es richtig macht.«

»Dazu sollte man *dich* verurteilen«, flüsterte die Potkaxl, »weil du dein Maul nicht halten kannst!«

Jordi grinste nur.

»Die schönste Strafe ist die Pilgerfahrt, weil man als Büßer von guten Frauen stets freundlich aufgenommen und verwöhnt wird.«

»Zunge abschneiden gibt es nicht?« neckte die Zofe, was Jordi geflissentlich überhörte.

»Geldbußen sind mit allen Urteilen verbunden, schon um die Vollstreckung zu bezahlen, etwa das Feuerholz«, beendete der Troubadour genüßlich den Vortrag.

Yeza hatte kaum zugehört. Sie beobachtete, wie das Täfelchen wanderte, jeder der Geier seinen gerupften Hals beugte und mit der Kralle sein Urteil ritzte. Dann wurde es dem Bischof zurückgereicht. Ein der Algebra mächtiger Schreiber rechnete das Ergebnis aus, und der Diener der Kirche verkündete unbeteiligt:

»Geißelung bis zum Tag der Himmelfahrt, alsdann Santiago de Compostela *per pedes*.«

Der verschmitzte Bauer fiel auf die Knie und dankte dem Tribunal für die erwiesene Güte. Die Soldaten schleppten ihn zurück in die Sakristei.

Bezù de la Trinité kochte. Solche Milde sollte ihm nicht noch einmal vorkommen! Die alte Vettel geht ins Feuer! Schon brüllte er:

»Na India, Ihr seid für Eure Zauberei mächtig wohlbekannt, versucht also nicht zu leugnen!«

Da stand Yeza auf, nahm den lästigen Pferdekopf ab, und ihr blondes Haar fiel ihr über die Schultern.

»Beweise, Trini!?« rief sie laut, und wer noch in der Kirche verblieben war, lachte. Selbst aus der Barriere der Soldaten gluckste es verdächtig. Die Geier tuschelten, der Inquisitor war zusammengezuckt wie unter einem Peitschenschlag, aber er blickte nicht zu der Ruferin, denn er wußte, die Stimme war von der Empore gekommen. Und wer dort Platz zu nehmen wagte, dem sollte er aus dem Weg gehen, auch wenn es nur ein junges Weib war, das da so respektlos auftrat.

Der Dicke tat seine Pflicht.

»Na India«, versuchte der Dominikaner es nun mit hörbarer Milde, »ein Geständnis erleichtert die Seele, gibt dem hohen Gericht die Möglichkeit zur Barmherzigkeit und erleichtert mir die Arbeit.«

Er war, breit lächelnd wie ein ausgehöhlter Kürbis, der Alten immer näher gekommen. Sie zog vernehmbar hoch, funkelte ihn aus Wolfsaugen an und spie ihm mitten ins Gesicht.

»Hexe!« kreischte Trini. »Das wirst du mir büßen! Zeigt ihr die Instrumente!« schrie der Inquisitor mit sich überschlagender Stimme.

»Die Folter könnt Ihr Euch sparen, Bezù«, rief Na India für alle vernehmlich. »Euer Bruderherz hat mich schon übel genug zugerichtet.«

Die Geier wackelten aufgeregt mit den Hälsen, denn solcher Vorgriff auf die Tortur war nicht vorgesehen.

»Ich bin zum Geständnis bereit«, schloß die Angeklagte zur Überraschung aller Anwesenden.

Yeza begriff, daß sie hier nichts mehr erreichen konnte. Sie stülpte sich den Pferdekopf energisch wieder über das Haupt und war im Begriff, die Kathedrale zu verlassen, als ein aufgeregtes Huhn mit verweinten Augen sich gackernd an sie heranmachte.

»Helft, edle Prinzessin!« jammerte Geraude.

»Er will ihre Seele von den Flammen gereinigt aus dem Feuer flattern sehen, damit der Teufel sie endlich holen kann«, kommentierte Jordi rüde.

»Das hat der Inquisitor sich schon lange geschworen«, schluchzte Geraude.

Yeza hatte das kuhäugige Mädchen unwillig betrachtet.

»Hör auf zu flennen!« entfuhr es ihr. Doch dann spürte sie die Verzweiflung des Kindes, und sie schämte sich ihrer harten Worte. »Na India ist bereit, durch die Pforte des Feuers ins Paradies einzutreten«, sagte Yeza fest und streichelte zärtlich Geraudens ausgestreckte Hand. »Darin läßt sie sich weder von Bezù noch sonst einem Teufel beirren.«

Die grobknochige Maid mit dem milchweißen Gesicht begann noch stärker zu weinen.

»Ich hab' sonst niemanden auf der Welt! Sie kann mich doch nicht allein lassen!« Die Tränen schossen in Sturzbächen aus ihren wasserblauen Augen.

Yeza fühlte sich in die Mutterrolle gedrängt.

»Schau, Kind, so wie Na India sich verhält, hat sie das Consolamentum erhalten. Sie ist getröstet, stell' dich ihr nicht in den Weg, denn er ist hart genug.«

»Nein! Sie darf nicht sterben!« Geraude warf sich vor Yeza auf die Knie. Die Leute in der Kirche hatten längst einen Kreis um sie gebildet.

»Helft ihr, oder ich will mit ihr verbrennen!«

Yeza war soviel Unvernunft peinlich.

»Ich nehme dich in meine Dienste«, sagte sie, um dem Auftritt ein Ende zu machen. Doch Geraude in ihrer störrischen Art eines Kalbes drängte und flehte. Yeza wandte sich an Jordi und Potkaxl.

»Schafft sie von hier fort«, sagte sie trocken. »Ihr haftet mir dafür, daß sie keine Torheit begeht. Ich werde bei den Templern vorsprechen.«

»Danke, edle Prinzessin«, stammelte das Mädchen, von Schluchzern geschüttelt. »Ihr werdet sie retten, dessen bin ich gewiß!« Sie bedeckte Yezas Hand mit tränennassen Küssen, bis diese sich losriß und eilends aus der Kathedrale schritt.

Ihre schlanke Gestalt mit dem auffälligen Pferdekopf war eine überaus anziehende Erscheinung. Und sogleich machte sich ein ganzes Rudel Hirsche an Yeza heran. Doch da stellten sich, wie aus dem Boden gewachsen, der Wolf von Foix und der alte Karpfen Jourdain de Levis den Geweihträgern entgegen, die auch sofort verharrten und die Köpfe zusammensteckten. Von den beiden respektheischenden Rittern flankiert, konnte Yeza ungehindert ihren Weg fortsetzen.

In der Zitadelle stand Roç vor dem Seneschall Pier de Voisins. Seinen Pferdekopf hatte er vor Betreten des Gouverneurspalastes abgenommen und in Philipps Obhut zurückgelassen. Dennoch war der alte Haudegen befremdet ob des Begehrs seines jungen Gegenübers, dessen überraschend selbstsicheres Auftreten ihn spontan hatte aufspringen lassen. Dabei stand der gemütvolle Pier de Voisins äußerst ungern. Auch war er wütend, weil der Inquisitor seine klare Anordnungen mißachtet hatte.

»Bezü de la Trinité hat eigenmächtig gehandelt«, versicherte er Roç, verlegen seine Bartspitzen zwirbelnd. »Ich hatte ihm ausdrücklich befohlen – Wollen wir uns nicht setzen?«

»Ich stehe gut«, entgegnete Roç, »ganz im Gegensatz zu der Frau, die Euer Büttel in Ketten geschlagen hat – in Zuwiderhandlung Eures Befehls, wie Ihr behauptet. Laßt Ihr das durchgehen, macht Ihr Euch zum Komplizen!«

»Mein werter junger Herr, der Mönch ist nicht mein Büttel und untersteht auch nicht meiner Jurisdiktion.«

»Ich meine nicht den dicken Trini, sondern Tris, seinen Bruder, und der ist, wenn ich nicht irre, Euer Hauptmann!«

»Ich werde ihn sofort zur Ordnung rufen«, versicherte der Seneschall.

»Das dreht das Rad nicht rückwärts. In der Zwischenzeit hat der Dominikaner schon erreicht, worum es ihm ging. Na India steht vor dem Inquisitionsgericht, das sie foltern und aufgrund des erpreßten Geständnisses verurteilen wird. Das wißt Ihr so gut wie ich! Nach dem Schuldspruch wird sie dem weltlichen Arm übergeben, denn die Kirche macht sich die Hände nicht schmutzig. Dann seid Ihr sogar gezwungen, die Exekution anzusetzen, denn so lautet der Pakt zwischen der Krone und Rom. Er macht Euch zum Büttel, Seneschall!«

»Ihr habt gut rechten, Roç Trencavel. Ihr habt sogar recht, aber wie soll sich ein Diener Frankreichs dagegen stemmen, mein König würde mich des Ungehorsams zeihen!«

»Wehret den Anfängen!« entgegnete Roç mit aller Schärfe. »Nur weil Ihr zu lässig verfahrt, wird es so kommen. Löst das Tribunal auf, die Macht habt Ihr!«

»Mit welcher Begründung bitte, Herr Advocatus?« Pier de Voisins schwankte zwischen Belustigung und Verärgerung. Am liebsten würde er das ganze Verfahren ignorieren und sich später vor den *fait accompli* stellen lassen und wie Pontius Pilatus seine Hände in Unschuld waschen. Bei dem Gedanken an das große Vorbild bedauerte er sich.

Roç hatte nachgedacht. Es ging nicht darum, den resignierten Beamten zu düpieren, sondern das angestrebte Resultat zu erreichen, und das schnell.

»Die öffentliche Ordnung könnte der Grund sein! Während des Carnevale könnte ein Autodafé Aufruhr bringen!«

Der Seneschall hörte auf, seine Bartspitzen zu bearbeiten, und betrachtete seinen Widerpart aus zusammengekniffenen Augen. Trotz oder gerade wegen dessen Jugend konnte er ihm eine gewisse Hochachtung nicht versagen.

»Nehmt doch bitte Platz«, knurrte er versöhnlich. »Ich will sehen, was ich tun kann.«

Roç sah ein, daß das Stehen ihm keinen besseren Stand einbrachte, und ließ sich in den angebotenen Sessel fallen.

»Ich habe gehört, mein Herr«, begann Pier de Voisins bedächtig, »das Königliche Paar sei willens, das Patronat für ein Frühjahrsturnier am Montségur zu übernehmen?«

»Ihr habt richtig gehört«, erwiderte Roç ungehalten, denn ihm schwante nichts Gutes. »Meine Damna Yezabel Esclarmunde du Mont y Sion wird dem Minnehof vorsitzen, ich selbst will, anderen Rittern gleich, mich im Stechen um den Preis ihrer Huld bewerben.«

»Das ehrt Euch sehr, doch stellt ein solches Treffen kaum weniger ein Ereignis dar, das geeignet ist, den Frieden zu stören und zur Rebellion aufzurufen, als das Verbrennen von ein paar Ketzern und Eurer alten Giftmischerin.«

»Widerwärtig!« Roç war aufgesprungen. »Unehrenhaft ist Euer Ansinnen, von schändlicher Gesinnung zeugt der Handel, den Ihr vorschlagen wollt!«

Der Seneschall war so überrascht von dem Ausbruch Roçs, daß er sitzen blieb und ihn nur entgeistert anstarrte.

»Spart Euch jedes weitere Wort hundsföttischer Erpressung! Wie konnte ich mich so in einem Ritter täuschen! Aber Ihr seid eben einer aus Francia!«

Das schien Roç der Gipfel an Abscheulichem, die schlimmste Beleidigung, die ihm in seiner Erregung einfiel.

»Franzose!« fauchte er voller Wut und Verachtung, während er zur Tür sprang, sie aufriß und aus dem Amtssitz des Seneschalls hastete. Er rannte die Treppe hinunter, bog um die Ecke zur Torwache, wo er Philipp wußte, als ein Schlag auf den Hinterkopf ihm die Sinne raubte.

»Saubere Arbeit!« zischte Barth, der Grottenmolch, dem Soldaten zu, der den Knüppel geschwungen hatte, und warf ihm eine Münze zu.

»Schafft ihn hinunter ins Verlies!« befahl mit gedämpfter Stimme der Hauptmann, der die Aktion geleitet hatte, seinen jetzt von beiden Seiten hinter den Säulen hervortretenden Mannen. »Beeilt Euch, Ihr Strolche des Königs, bevor Herr Pier de Voisins gewahr wird, was mit seinem Gast geschehen!«

Der beleibte Hauptmann spähte eher frech als ängstlich hinauf zu der offenen Tür des Arbeitszimmers, während zwei kräftige Soldaten Roç unter den Achseln und an den Füßen faßten und die Kellertreppe hinabstiegen.

»Kümmer' du dich«, wies Fernand Le Tris hastig den Bartholomäus an, »daß er im hintersten Kerker verwahrt wird, wo der andere Kerl schon im Eisen liegt. Da kann er brüllen, was er will, keiner wird ihn hören!«

»Hoffentlich haben wir ihm nicht den Schädel eingeschlagen«, murmelte der Grottenmolch.

»Das hast du ja nicht gewollt!« erwiderte der Hauptmann. »Mir wäre es gleich gewesen. Da unten verfault er, ob tot oder lebendig!«

»Danke, Tris«, flüsterte der Grottenmolch. »*Electio supplicii comes.*«

»Sicher verwahrt ist dein Prinz dort bis zum Jüngsten Tag. Du kannst dir ja noch überlegen, ob du ihn nicht doch lieber vergiften willst. Ich muß jetzt zurück in die Kathedrale, sonst exkommuniziert mich mein Bruderherz!«

Fernand Le Tris lachte leise und begab sich forschen Schritts zum

Tor, während der Grottenmolch die Kellertreppe hinter den Trägern her watschelte. Oben wurde die Tür zum Arbeitszimmer mit vernehmlichem Knall geschlossen.

Die Burg der Templer von Carcassonne war ein schmuckloses, langgestrecktes Gebäude, das zwischen zwei dicken Rundtürmen an der Rückseite der Stadtmauer klebte. Wie weit sich der Besitz des Ordens von da aus erstreckte, vermochte niemand genau zu sagen. Man munkelte von Polypenarmen, die zumindest unterirdisch bis fast zur Zitadelle reichten und auch mehrere Kirchen unsichtbar umklammert hielten. Das war der kargen Anlage keineswegs anzusehen, wenn man eines ihrer Tore passierte.

Ihre Eskorte, den Fisch und den Wolf, konnte Yeza beim Betreten dieser Stadt in der Stadt beruhigt verabschieden, denn die Torwachen ließen das karnevaleske Treiben im Innern des Handelshofes nicht zu. Der Pferdekopf hätte auch ihr beinahe den Zutritt vereitelt, doch Gott sei Dank erkannte eine der Wachen die junge Frau, die nach niemand Geringerem als nach dem Komtur verlangte. Sie mußte einwilligen, daß ihr die Augen mit einer Schärpe aus schwarzem Samt verbunden wurden, was Yeza, ihre blonden Locken schüttelnd, selbst in die Hand nahm, um sicherzugehen, daß die Sergeanten ihr im Schopf verstecktes Wurfmesser nicht entdeckten.

»Wollt Ihr mich zum Schafott führen«, scherzte sie, »daß ich nicht sehenden Auges dem Scharfrichter gegenübertreten soll?«

Der Soldat, der ihr zur Begleitung zugeteilt wurde, lachte.

»Schöne Frauen werden bei uns mit einer Seidenschnur erdrosselt, um häßliche Flecken auf der Garderobe zu vermeiden.«

Yeza ging auf den makabren Scherz ein.

»Handelt der Tempel jetzt schon mit Kleidern aus zweiter Hand?«

Sie ergriff tastend den Stab, an dem der Mann sie zu führen hatte, denn es war ihm nicht erlaubt, eine weibliche Hand in die seine zu nehmen.

Mit der Keuschheit kann man es auch übertreiben, dachte Yeza, während sie treppauf, treppab hinter ihm her trippelte, auf seine Zurufe achtend, wenn eine Schwelle kam oder sie den Kopf einziehen mußte, weil der Türrahmen recht niedrig ausgefallen war. Dann klopfte ihr Blindenführer an schweres Holz, es klang nach massiver Eiche, ein eiserner Riegel wurde geräuschvoll zur Seite gestoßen, das Portal quietschte in den Angeln, Yeza hörte Flüstern, und ihr Stab wechselte wohl in eine andere Hand, denn jetzt wurde sie recht energisch gezogen. Sie gingen nicht mehr über Steinboden, sondern über Teppiche, und eine ihr bekannte Stimme sagte plötzlich mit belustigtem Unterton:

»Ihr dürft die Binde jetzt abnehmen, meine Königin, aber laßt Euren Dolch stecken!«

Sie folgte der Aufforderung. Vor ihr stand Guillem de Gisors, der engelsgleiche Sohn der Grande Maîtresse. Sie befanden sich in einem runden Raum, dessen Fenster aber nur schmale Schießscharten waren. Und hinter ihm, an der Wand, stand die schwarze Sänfte seiner Mutter Marie de Saint-Clair. Die Vorhänge waren zugezogen, was aber nicht besagte, daß die betagte Großmeisterin der Prieuré de Sion sich in ihrem Gehäuse aufhielt. Allerdings hatte Yeza sie nie anders erlebt – und gesehen hatte sie die Grande Maîtresse von Angesicht nur ein einziges Mal, nämlich in Konstantinopel. Zehn Jahre war das schon her!

»Darf ich Euch fragen, was das Königliche Paar in die Stadt geführt hat?«

Der Gisors hatte eine himmlisch weiche Stimme, ganz so, als wenn auch sein Geschlecht das von Engeln wär. Doch Yeza war nicht gewillt, sich von den gewinnenden Äußerlichkeiten fesseln zu lassen wie eine Mücke im Spinnennetz.

»Das tut nichts zur Sache, mein Herr!« entgegnete sie brüsk, besann sich dann doch zur milden Ironie. »Verbrachtet Ihr je einen Winter auf Quéribus?«

»Der Gedanke ist mir noch nicht gekommen.« Das Lächeln des Templers gefror. »Ich stehe dort, wo die Erfüllung meiner Aufgabe es erfordert, und das gleiche erwarten wir von Euch!« Er schnitt Yeza die Erwiderung ab. »Hier sorgt Euer Erscheinen für unliebsames Aufsehen, abgesehen davon, daß sich das Königliche Paar Gefahren aussetzt, deren Abwendung uns dann –«

»Gefährden und Retten ist doch Euer bevorzugtes Spiel.« Diesmal hatte Yeza den Komtur nicht ausreden lassen.

»Und mit unserer Sicherheit auf Quéribus ist es auch nicht weit her! Doch ich bin nicht gekommen, um mir von Euch sagen zu lassen, wohin wir unsere Schritte lenken dürfen, sondern –«

»Ich weiß«, unterbrach Gisors sie ungerührt. »Ihr wollt, daß der Tempel Partei ergreift zugunsten eines unansehnlichen Kräuterweibes, der die Inquisition Zauberei und Häresie vorwirft!«

»Na India ist weder eine Hexe noch –« Yeza empörte sich, sprach das Wort »Ketzerin« aber dann doch nicht aus, denn daß sie eine Katharin war, wußte der Templer so gut wie sie. »Gerade weil sie unserem Glauben anhängt, müßt Ihr sie retten!«

»Müssen wir?« höhnte der Komtur. »Ihr meint doch nicht, daß der christliche Ritterorden der Templer von Jerusalem, offiziell dem Papst unterstellt, sich wegen einer solch armseligen Kreatur gegen die Inquisition stellt, eine offiziöse Einrichtung der *Ecclesia catolica*? – Das schlagt Euch aus Eurem schönen Kopf!«

Solcherart konnte Yeza sich den Engel mit dem Flammenschwert vorstellen, die Vertreibung aus dem Paradies von brüderlicher Liebe und Barmherzigkeit! Ihr war schlecht vor ohnmächtigem Zorn.

»Die Templer«, stieß Yeza hervor, »sind zu feige, das Gebot Christi in die Tat umzusetzen?«

»Wer tut das schon«, spottete der Gisors.

»Die Katharer!« hielt sie ihm wutbebend entgegen. »Und sie gehen dafür ins Feuer!«

»Durch das Feuer geradewegs ins Paradies!« sagte er in belustigtem Ton. »Für den Tempel gilt dieses Gebot nicht.«

»Noch nicht!« sagte Yeza und wandte sich zum Gehen, als es an die schwere Eisentür pochte und Philipp mit verbundenen Augen in den Raum geschoben wurde.

»Roç!« schrie er völlig außer Atem und riß sich die Binde ab. »Sie haben Roç. Nein, nein!« verbesserte er sich hastig, als er Yezas stummes Erbleichen sah. »Sie haben ihm nur mit einer Keule auf den Kopf geschlagen und ihn in den Keller geschleppt!«

»Wer und wo?« fuhr ihn der Komtur scharf an.

»Soldaten, der Grottenmolch und –«

»Wer?« hakte Gisors ungläubig nach.

»Der Mönch Bartholomäus von Cremona, genannt der Grottenmolch!« erläuterte Yeza aufgebracht. »Dem Ihr schon mehrfach gestattet habt, Anschläge auf unser Leben zu verüben!«

»Der und der Hauptmann Tris, Fernand Le Tris!« fügte Philipp atemlos hinzu. »Sie haben meinem Herrn aufgelauert, als er vom Seneschall kam.«

»Sie haben ihn in ein unterirdisches Verlies geworfen, aber der Seneschall weiß nichts davon!« trug Philipp noch bei. »Ich hab' alles gesehen und gehört, der Molch hat den Tris angestiftet.«

»Was wollte er denn bei dem?« fragte der Gisors und gab sich selbst die Antwort. »Sagt nur, Roç hat sich allein in die Zitadelle begeben, um diese dämliche Hexe –«

»Bist du sicher, daß er noch lebt?« Yezas Stimme war jetzt ganz klein vor Verzagtheit. »Sag mir, schwör mir, daß Roç lebt!«

»Der hat einen harten Schädel, und wenn sie ihn hätten morden wollen, hätten sie eine Stichwaffe benutzt«, befand der Gisors versöhnlich. »Roç wird nur eine dicke Beule und Kopfschmerzen davongetragen haben!«

»Wir müssen ihn sofort befreien und die Täter strafen!« drängte Yeza.

»Eines nach dem anderen!« beschied der Komtur und rief nach der Wache vor der Tür. »Wenn Pier de Voisins ahnungslos ist, wird er unserem Begehr kaum Widerstand entgegensetzen. Zehn Berittene, einen Stander«, befahl er dem diensthabenden Sergeanten, »und zwei Pferde für meine Freunde hier!«

Er ist doch ein Engel, dachte Yeza und schenkte ihm ein Lächeln. Arme Na India! Ich werde sie nicht vergessen.

Yeza schwor sich, wenn Roç erst gerettet war, einen Weg zu finden, die Alte vor dem Scheiterhaufen zu bewahren. Aber zuvorderst war Roç an der Reihe, ihr Liebster, ihr Herr und König! Sie hätte nicht zulassen sollen, daß er allein loszog, um Hilfe zu suchen!

Mittlerweile war es dunkel geworden in den Straßen von Carcassonne, die letzte Nacht des Carnevale brach an. Das Maskentreiben würde nicht bis in den frühen Morgen dauern, wie all die Tage zuvor, sondern zur Mitternacht ein plötzliches Ende finden. Wer danach noch vermummt angetroffen wurde, hatte Übles zu vergegenwärtigen. Von Glück konnten die noch herumgeisternden Kreaturen reden, die von den Soldaten des Seneschalls eingefangen und zur Ausnüchterung in die Kerker der Zitadelle verbracht wurden. Doch es waren andere, die jetzt auf den Plan traten, düstere Gestalten in langen schwarzen Mänteln, die Gesichter mit gleichem Tuch verhängt, das nur zwei schmale Schlitze für die Augen frei ließ. Auf den Köpfen trugen sie hohe, spitze Mützen, auf der Brust weiße Kreuze. Das waren die Anhänger der *Ecclesia catolica*. Sie traten in Gruppen auf und trugen gemessenen, feierlichen Schritts schwere Marienstatuen auf ihren Schultern. Sie zogen mit brennenden Kerzen von allen Seiten zur Kathedrale, und die Tiere, die ihren Weg kreuzten, fand man am Morgen meist erstochen in einem Winkel. Stumm verrichteten die Christen ihr mitleidloses Werk. So flüchteten die Leute aus den Bergen und Wäldern beim Einsetzen der Dämmerung furchtsam aus Carcassonne, und das Stadtvolk, das sich von ihnen zu den heidnischen Riten des Carnevale hatte anstiften lassen, verbarg seine Tiermasken und schloß sich in den Häusern ein.

Doch an diesem Abend, so meldeten seine Spitzel dem Seneschall, konnten die Schwarzen nicht wie üblich die Macht übernehmen, denn die Tiere hatten sich in Rudeln zusammengerottet und weigerten sich zu weichen. Wo die Schwarzen auftauchten, mußten sie Spießrutenlaufen durch Gassen, die sich aus trotzenden Bestien bildeten, und Haß schlug ihnen entgegen.

Pier de Voisins schickte seinem Hauptmann Fernand Le Tris, den er in der Kathedrale wußte, die Order, noch nicht mit dem Einfangen der Tiere zu beginnen, denn er wolle auf jeden Fall Aufruhr vermeiden. Außerdem, so schärfte er dem Meldegänger ein, erwarte er umgehend Bericht, zu welchem Verdikt das Inquisitionstribunal sich durchgerungen habe. Auf keinen Fall dürfe heute eine öffentliche Exekution stattfinden, schon gar kein Feuer! Das hätte gerade noch gefehlt!

Pier de Voisins schaute aus dem Bogenfenster, das auf die Stadt hinausging. Es war nichts Besonderes zu bemerken, außer daß die Kuhhörner und Schalmeien der Percevalisten, wie er die Maskierten nannte, noch immer dumpf dröhnend, quäkend und fiepend zu seiner Zwingburg heraufdrangen.

Nichts von diesen aufmüpfigen Tönen war in den unterirdischen Gewölben der Zitadelle zu hören. Die Kerker lagen unter dem Kellergeschoß, doch gewisse Verliese sollten sich noch weit unterhalb des Grundwasserspiegels erstrecken. Es hieß, es gäbe eine Treppe, die bis dorthin reiche, aber keiner kannte sie. Die dunklen Löcher wurden meist von oben durch Gitterluken gefüllt. Man warf die Verurteilten hinein, und das Problem, sie wieder herauszuholen, stellte sich eigentlich selten. Dafür hatten ihre Bewohner meist freien Auslauf.

So kroch Roç, der mit einem schmerzenden Schädel aufgewacht war, der ihm völlig fremd vorkam, als erstes zu einer Mauerstelle, an der das Wasser kalt herunterlief, und preßte den Kopf vorsichtig gegen den kühlen Stein. Langsam gewöhnten sich seine Augen an die Finsternis, und er richtete sich auf. Damit kehrten seine Lebensgeister zurück, auch der des geborenen Forschers. Auf der Suche nach einem Fluchtweg stieß er auf Gerippe, die in eisernen Schellen an den Wänden hingen. Die Ratten hatten sie längst säuberlich abgenagt. Ihre Anwesenheit in quiekenden Rudeln und zunehmender Gestank warnten ihn auch davor, über leblose Bündel am Boden zu stolpern, an denen sie ihre Arbeit noch nicht vollendet hatten. Doch dann gelangte er in einen Raum, der durch ein Loch in der Decke in fahles Licht getaucht war und in dem das menschliche Bündel sich der Nager noch erwehrte. Bei Roçs Erscheinen huschten die Tiere davon.

Der Mann, der sein Gesicht zwischen den Armen geborgen, die Ärmel schützend über die Hände gezogen, auf den Boden gepreßt hatte, hob den Kopf. Es war Gosset, abgemagert bis auf die Knochen, ein Gespenst mit verwildertem Bart. Aber der Priester hatte trotz der Schwäche seinen bissigen Humor noch nicht ganz verloren.

»Mein König«, flüsterte er kaum vernehmbar, »ich wußte, Ihr würdet meine Dienste missen.« Nach den wenigen Worten röchelte er ermattet: »Durst!«

Und Roç hastete zurück zu einer Stelle, an der das Wasser als Quell aus dem Stein sprang. Er konnte nicht mehr als die Schale füllen, die er mit seinen Händen formte, und mußte den Weg mehrmals machen, bis Gossets Verlangen erst einmal gestillt war. Jedesmal, wenn Roç fortging, bedrängten die Ratten den Priester erneut, und jedesmal waren sie ärgerlicher ob der Störung, wenn er zurückkehrte, und sprangen Roç an. Doch Gosset hatte einen Stock, den zu führen er zu schwach geworden war. Aber in den Händen von Roç wurde er den aufdringlichsten Nagern zum Verhängnis.

»Ich eigne mich schlecht zum Grottenmolch!« sagte Gosset. »Laßt uns jetzt von hier fortgehen, mein König!«

Roç bedurfte einiger Überzeugungskraft, dem Priester klarzumachen, daß er bedauerlicherweise sein Schicksal teile, doch selbst dieser schwache Trost richtete Gosset auf.

»Solange ich meinen Verstand hier nicht verloren habe und Ihr Eurer Glieder Behendigkeit, sind wir der Freiheit gewiß.«

»Daß ich eine Beule davongetragen habe, werter Monseigneur, sollte Euch nicht dazu verleiten, meinem Hirn nichts mehr zuzutrauen.«

»Sorgt Ihr nur für meines Leibes Unversehrtheit vor den ungeduldigen Totengräbern im grauen Pelz, dann will ich Euch den Schädel wieder in die alte Form bringen, denn ich habe hier unten Kräuter wachsen sehen, die Euch rasch Linderung verschaffen werden: aufrechtes Glaskraut, bittersüßen Nachtschatten und Schachtelhalm. Dort führt der Weg wohl in die römische Kloake und somit ins Freie. Nur ein Gitter steht dem entgegen.«

»Wenn's mehr nicht ist!« Roç machte auch sich selber Mut.

»Auf keinen Fall bin ich gewillt, das Schicksal meines vermutlichen Großvaters zu erleiden, der in diesen Verliesen schmählich vergiftet wurde.«

»*Miserabiliter infectus*«. Damit bestätigte Gosset das tragische Geschehen. »So drückte sich der Papst in seinem Beileidsschreiben zum Ableben Percevals aus. Nur, daß es eine ganze Woche zu früh datiert war.«

Auf dem Platz vor der Kathedrale wurde der Scheiterhaufen errichtet; zuunterst trockene Holzscheite, dazwischen reichlich Stroh, damit schnell die Glut erreicht wurde, die zum Verbrennen der Leiber notwendig war. Der Hauptmann ließ auch reichlich nasses Moos und frisch geschlagenes Gestrüpp auf den Stoß packen, denn Qualm und Rauch nahmen den Verurteilten den Atem und hinderten sie am

Schreien, bevor die Flammen ihnen die Luft gänzlich wegfraßen und sie gnädig erstickten. Das betrachtete der Herr Inquisitor zwar als garstigen Eingriff des weltlichen Arms, der ihm eigentlich eine recht ausgiebige Qual seiner Opfer gewährleisten sollte. Doch der Hauptmann wollte sowenig Aufhebens wie möglich, denn schließlich mußte er seine Eigenmächtigkeit mit »aufrührerischer Stimmung« und »Vermeidung von Unruhen« entschuldigen. Natürlich wäre es das vernünftigste gewesen, das Autodafé für die fünf unbedeutenden Ketzer auf einen anderen Tag zu verschieben, aber der Inquisitor hatte geschäumt und gedroht, das Interdiktum über die Stadt zu verhängen, so daß der Bischof schließlich zugestimmt hatte. In Wahrheit wollte Trini nichts anderes, als die Hexe brennen sehen, die anderen vier waren nur Beigabe, denn für eine allein wäre das Holz zu teuer gewesen, zumal er die Unkosten nicht von ihrer Familie eintreiben konnte.

Fernand Le Tris hatte seine Soldaten, soweit er sie von der Zitadelle abziehen konnte, im Karree um den Holzstoß Aufstellung nehmen lassen, mit den Spießen gekreuzt nach außen, denn er mußte gewärtig sein, daß dieses tierische Volk, alles insgeheim Anhänger dieser unausrottbaren katharischen Irrlehre, gegen das Verbrennen anginge. Gottlob hatte ihm der Seneschall durch Aufhebung des Ausgehverbots für die Städter unbeabsichtigt weitere Soldaten freigestellt. So konnte der Hauptmann den Scheiterhaufen dichter abriegeln. Dazu kam, daß die Schwarzen, die sonst in der Nacht ihre Femejustiz zu üben pflegten, heute die dunklen Gassen mieden und sich allesamt hier vor der Kathedrale eingefunden hatten. Diese Klans, die sich nur an der Form der weißen Kreuze unterschieden, die sie auf der Brust trugen, ließen sich willig und diszipliniert als Verstärkung der menschlichen Mauer einsetzen. So war der Platz mit dem Scheiterhaufen in der Mitte bestens umfriedet, und alles war bereit. Alle harrten der zwölf Schläge vom Turm, denn vor Mitternacht – und nach dem morgendlichen Sechsuhrläuten – durfte in Carcassonne niemand verbrannt werden. Am ungeduldigsten wartete aber nicht der beleibte Hauptmann Fernand Le Tris vor der Kathedrale, sondern sein noch dickerer Bruder in ihrem Innern. Der Inquisitor Bezù de la Trinité trat vor der Sakristei von einem Fuß auf den anderen. Da drinnen wußte er das Weib, deren Leib er in den Flammen sehen wollte, deren Seele sich der Teufel holen mochte.

> »Vita brevis breviter
> in brevi finietur
> mors venit velociter
> quae neminem veretur.
> Omnia mors perimit
> et nulli miseretur
> et nulli miseretur.«

Dem Seneschall Pier de Voisins kamen nicht die geringsten Zweifel daran, daß sein Befehl die Kathedrale erreicht und daß sein Hauptmann ihn prompt und gewissenhaft ausgeführt hatte, wie er auch nicht im entferntesten auf den Gedanken kommen konnte, daß der ziemlich unverschämte Möchtegern-Trencavel, den er hatte laufenlassen, statt ihn für seine üblen Beleidigungen in den Kerker zu werfen, gegen seinen Willen nun doch dort gelandet war. Daß Gosset ebenfalls dies Schicksal ereilt hatte, konnte er schon deswegen nicht wissen, weil er den Priester gar nicht zu Gesicht bekommen hatte. Erst als jetzt, zu reichlich später Stunde – er wollte gerade schlafen gehen –, der schlecht beleumundete Bartholomäus von Cremona unangemeldet in seinem Arbeitszimmer erschien, dämmerte dem Seneschall, daß seine eigenen Leute im Schulterschluß mit der Kirche ihm auf der Nase herumtanzten. Denn auf die Frage an den nach Schweinestall riechenden Minoriten, wie er denn so einfach sich hätte Zutritt verschaffen können, hatte der erstaunt geantwortet:

»Außer der Torwache – und die schläft – sind doch alle zur Kathedrale abgezogen worden. Sollte das Eurer Aufmerksamkeit entgangen sein?«

»Was soll denn das?!« plusterte sich der Seneschall auf, daß seine Bartspitzen zitterten. »Wer gab den Befehl?!«

»Sicher Euer Hauptmann, denn er braucht dort jeden Mann, um –« Barth biß sich auf die Zunge, ihm fiel ein, daß das angesetzte Autodafé vielleicht nicht abgesprochen war oder zumindest keine Billigung des Seneschalls finden könnte.

»Um was?« forschte dieser auch schon streng.

»Um, um für Ordnung zu sorgen!« entgegnete der Minorit rasch. »Das Königliche Paar wiegelt das Volk auf; die Ketzerviecher weigern sich, die Stadt zu verlassen; es wimmelt von Faidits, und die Schwarzen haben sich in die Kathedrale geflüchtet.«

»Warum erfahre ich nichts von alledem?«

»Herr Fernand Le Tris hat die Lage voll im Griff. Er bittet Euch durch mich« – man mußte dem Molch zugestehen, daß er die Gabe besaß, äußerst rasch im Erfinden und Kombinieren zu sein –, »daß Ihr ihm Arrestbefehl für diesen Roç Trencavel und seine Damna Yeza ausstellt. Sie ist die weitaus Gefährlichere von beiden!«

Im Hof der Zitadelle erscholl lautes Pferdegetrappel. Beide Herren stürzten ans Fenster. Von der Torwache keine Spur! Im Fackelschein war eine Schwadron Tempelritter in voller Montur zu sehen, die gerade vor dem Tor gemächlich vom Pferd stieg. Das Licht fiel auf das Blondhaar von Yeza, die als erste abgesessen war.

»Ihr könnt die Dame gleich verhaften«, wandte sich der Seneschall spottend an den Franziskaner. Doch der war verschwunden, wie vom Erdboden verschluckt.

Pier de Voisins beeilte sich, den späten Besuch zu begrüßen, denn er hatte wohl bemerkt, daß kein Geringerer als der Komtur Guillem de Gisors persönlich von den Ordensrittern begleitet wurde. Der Seneschall warf sich einen Mantel über und fuhr in seine Nachtschuhe, denn der Stiefel hatte er sich bereits entledigt. Er gab sich Mühe, lässig die Treppe hinunterzusteigen, was mit dem locker sitzenden Schuhwerk gar nicht so einfach war. Er erreichte das Treppenhaus gleichzeitig mit den hereinströmenden Rittern, doch vorweg stürmte diese junge Damna, die ihn gleich anschrie:

»Wo geht's hier in den Keller, zu Euren Verliesen?«

Pier de Voisins gewann Gewöhnung, vom Königlichen Paar unhöflich behandelt zu werden. Er überhörte die rüde Frage und hielt sich an den Komtur.

»Was verschafft dem Diener des Königs die Ehre?«

Doch auch der Gisors hatte nichts als den Keller im Sinn.

»Macht keine Schwierigkeiten, Voisins, schließt den Kerker auf!«

CARNEVALE UND AUTODAFÉ

Der Seneschall war so verdattert, daß er sich nicht etwa Ansinnen und Ton verbat, sondern stammelte:

»Ich, ich habe doch die Schlüssel nicht!«

Gottlob erschienen in diesem Moment die verschlafenen Torwächter, die er andonnern konnte.

»Wo verwahrt ihr die Schlüssel?«

»Unterm dritten Stein links.«

Das puterrote Gesicht seines Vorgesetzten ließ die Soldaten zur Kellertreppe hasten und die dritte Stufenplatte anheben. Dann rasselte einer stolz mit dem Schlüsselbund. Der Seneschall riß es ihm aus der Hand.

»Wer soll denn dort eigentlich –?«

»Ihr habt Roç!« fauchte Yeza, und der Komtur ließ sich endlich zu einer Erklärung herbei.

»Euer Hauptmann, dem Klerus hörig wie ein tumber Novize vom Lande, hat sich von einem Minoriten anstiften lassen, Roç Trencavel nach seinem Besuch bei Euch, Pier de Voisins, heimtückisch niederzuschlagen und in das Verlies dieser Zitadelle zu werfen.«

»Da holen wir ihn jetzt raus!« setzte Yeza unmißverständlich hinzu und stieg als erste die Treppe hinab. Der Seneschall beeilte sich, er verlor einen Schuh dabei, ihr zu folgen und das erste Gitter aufzuschließen. Dann brüllte er nach der Wache und seinem Schuh, denn die Steinstufen waren eiskalt. »Schließt den Herren alle Türen auf!« befahl er ungnädig. »Zeigt ihnen jeden Winkel, und erstattet mir dann Meldung, ob der Gesuchte gefunden wurde.«

Einen der Soldaten hielt er zurück. »Hol' mir meine Stiefel und den Pelz! Und dann erzähl' mir, was hier eigentlich gespielt wird!«

Der Mann rannte die Treppe hinauf, während die Ritter sich mit ihren Fackeln bereits als flackernde Lichtpunkte in der Tiefe verloren.

Pier de Voisins setzte sich schnaufend auf die Stufe, unter der die Schlüssel zu allen Verliesen so sicher verwahrt wurden, daß es ihm ein Wunder deuchte, seinen Häftlingen noch nicht auf der Straße begegnet zu sein. Der Hauptmann hatte sich mindestens dreißig Hiebe verdient! Pier de Voisins rieb sich den nackten Fuß. Wo steckte eigentlich dieser stinkende Minorit, der offensichtlich an allem schuld war? Bartholomäus von Cremona mußte sich in der Zitadelle gut auskennen, so schnell wie er verschwunden war! Vielleicht lebte er schon lange mit ihm unter einem Dach, ohne es zu wissen? Er, der Seneschall, erfuhr wohl als letzter – oder gar nicht –, wer hier alles zwischen Turm und Keller umherflatterte wie die Fledermäuse!

Der Soldat erschien mit den Stiefeln und zog sie seinem Herrn an. Pier de Voisins warf sich den Pelz über.

»Wer wacht jetzt eigentlich am Tor?« fragte er mit plötzlichem Argwohn.

»Ich! – Ich?« stotterte der Soldat. »Niemand.«

»Der Herr ist mit uns!« sagte der Seneschall gottergeben. »Oder besser: *Gesta Dei per Francos!*«

»Wie bitte, Sire?« fragte der Mann schüchtern. »Ich soll –?«

»Mich in den Keller begleiten! Nimm die Fackel, und leuchte mir! Ich bin schon lange nicht mehr im Reich der Toten gewesen.«

Die Templer umstanden Roç und Gosset in einem Raum, der größer und luftiger war als die niedrigen Gänge und die engen Zellen. Eine steinerne Balustrade lief rundum in halber Höhe des Gewölbes; es war aber nicht ersichtlich, von wo aus sie begehbar war. In der Mitte der Decke öffnete sich ein Schacht, der nach oben führte, ganz oben konnte man ein Eisengitter wahrnehmen, durch das auch das spärliche Licht einsickerte, das den quadratischen Raum schummrig erhellte. Es handelte sich um eine aufgelassene Zisterne. Eine Rinne, in der modriges Wasser stand und merkwürdigerweise Pflanzen wuchsen, durchzog den sorgfältig gepflasterten Steinboden und verschwand hinter einem ebenfalls vergitterten Loch in der Mauer.

»Dort geht es zur *cloaca maxima*«, erklärte Roç gerade den Rittern, als oben hinter den niedrigen Säulen der Balustrade eine Gestalt davonhuschte.

»Der Grottenmolch!« rief Gosset aufgeregt. »Das ist der Schuldige! Barth, Bartholomäus von Cremona, im Geheimen Dienst der Kurie!« setzte er erklärend hinzu.

»Der Molch will fliehen!« schrie Roç aufgebracht.

Tatsächlich wieselte die geduckte Gestalt dort oben hin und her wie eine Ratte, die ihr Schlupfloch nicht findet.

Da ertönte die Stimme des Seneschalls:

»Laßt nur, der kommt gleich!«

Und schon knackte es, eine Falltür öffnete sich polternd, Barth versuchte noch, sich festzuklammern, rutschte aber, ohne Halt zu finden, dem Ende der Klappe entgegen und stürzte herab wie ein nasser Sack. Gosset war als erstes bei dem menschlichen Bündel, das sich kaum merklich regte.

»Barth, du Schwein!« fauchte der Priester unbeherrscht. »Ich könnte dich –«

»Mein Bein, mein Bein!« wimmerte der Mönch. Der Komtur trat hinzu und wälzte ihn mit der Stiefelspitze in die Seitenlage. Das rechte Bein sah schlimm aus.

»Macht Euch nicht die Hände schmutzig!« sagte er, als Gosset Anstalten machte, helfend niederzuknien.

»An Brüche soll man nicht rühren«, verkündete der Seneschall sein medizinisches Wissen. »Entweder heilen die Knochen wieder zusammen, oder der Wundbrand erlöst die leidende Kreatur.«

»Man könnte das Bein doch schienen«, hielt Yeza sachlich dagegen, »den Knochen mit einem Ruck einrichten und dann zwischen zwei Stöcken bandagieren.«

Der Komtur schaute erstaunt auf Roç, der bereits Gossets Stock in Händen hielt und ihn über dem Knie in zwei gleich lange Hälften brach.

»Verdient hat der verräterische Hund es nicht!« murrte der Seneschall. »Seine Rekonvaleszenz soll er hier unten verbringen!«

Damit verließen alle den wimmernden Barth und stiegen wieder hinauf zur Zitadelle. Auf der letzten Stufe brach Gosset zusammen. Roç konnte ihn gerade noch stützen.

»Es ist nur ein Anfall von Schwäche«, murmelte der Priester. »Sorgt Euch nicht.«

Aber der Seneschall bestand darauf, daß Gosset sofort zu Bett gebracht werde.

»Es ist wohl besser«, mischte sich der Komtur ein, »wenn unser Medicus ihn zur Ader läßt. Er hat in Salern studiert. Schröpfen und Blutegel bewirken oft Wunder!«

»Ich hoffe, Gosset hat den Unsinn nicht gehört«, flüsterte Roç seiner Gefährtin zu und zeigte ihr seine Beule, die schon ziemlich abgeschwollen war.

»Die richtigen Heilpflanzen wie Beinwell und Ringelblume als Aufguß oder Brei«, dozierte er stolz, »und unsere Kräuterhexe hätte –«

»Mein Gott«, rief Yeza erschrocken, »Na India!«

> »*Tuba cum sonuerit*
> *dies erit extrema.*
> *Et iudex advenerit*
> *vocabit sempiterna:*
> *electos in patria,*
> *prescitos ad inferna,*
> *prescitos ad inferna.*«

Vor der Hauptfassade der Kathedrale ragte der Holzstoß in den Nachthimmel. Die Turmuhr begann zu schlagen. Der erzene Klöppel ließ die Glocke erklingen, jedesmal so viel Atem holend, daß die schweigend unten Ausharrenden Hoffnung schöpfen konnten, der nächste Schlag bliebe aus. Doch der Klöppel ruhte nicht. Der Ton schwebte noch zitternd in der Luft, da folgte schon der nächste, fraß unerbittlich den Nachhall und zerschmetterte die sich dehnende kleine Ewigkeit der Pause. Zwölfmal tönte es, und sosehr auch alle lauschten, die Glocke schwieg. So waren die Gemüter der Wartenden wie in einem Mörser mürbe gestampft, ihre Ohren empfänglich gedröhnt für den Gruftgesang der Mönche, der bereits aus der Tiefe der Kathedrale drang.

Schon schritten die maskierten Schwarzen mit ihren spitzen Hüten herbei, feierlich gewaltige Kerzen vor sich her tragend. Sie umrundeten gemessenen Schrittes den hölzernen Altar, auf dem sie zuckende Leiber zu opfern gedachten, um Seelen zu reinigen, dem Höchsten zur Ehre. Die Schwarzen nahmen Aufstellung vor der Fassade und rückten bis auf die Seiten vor, so daß die Soldaten den Platz nur noch zur Stadt hin abschirmen mußten. Das vollzog sich ohne Kommandos, in völligem Schweigen. Wer sollte diesen Gestalten, magischen Hohepriestern und strengen Richtern, auch befehlen?

Jeder von ihnen war unfehlbar wie ihr Tun, wie die heilige *Ecclesia catolica*, die sie repräsentierten.

Dann erschien der Klerus, der Bischof unter einem Baldachin, umgeben von seinen Priestern und Prioren, die in ihre Breviere vertieft waren, obwohl weihrauchkesselschwingende Chorknaben sie umwuselten. Hinter ihnen kamen die Soldaten, angeführt von ihrem Hauptmann mit stolz geschwelltem Bauch. Ferdinand Le Tris schien alle Bedenken abgestreift zu haben, die seinem Gemüt vorher noch zugesetzt hatten. *Alea iacta est.* Mit der Schwelle der Kathedrale überschritt er seinen Rubikon. Er hielt sein blitzendes Schwert wie eine Kerze, er war der weltliche Arm des fernen Roms, der furchterregende Cäsar von Okzitanien. Nicht der Inquisitor, sondern er, Fernand Le Tris, würde das Zeichen geben, auf das alle so lange gewartet hatten: Auf das Senken seines Schwertes würden die Flammen emporlodern. Für einen Bruchteil vergänglicher Zeit war er, nur er, Herr über Leben oder Tod.

Seine Soldaten führten die fünf Verurteilten, vier alte Männer und eine Frau, die Hexe Na India. Sie schleppten so schwer an ihren Ketten, daß sie die Last ihrer Körper gar nicht mehr zu empfinden schienen. Die Männer hielten die Köpfe gesenkt, sicher nicht aus Scham, sondern um sich zu sammeln und sich nicht von der gaffenden Menge vereinnahmen zu lassen. Doch Na India schritt hocherhobenen Hauptes, ihr Blick glitt suchend über die Leute hinter der Barriere. Sie fand, was sie suchte, und ihre goldgrünen Augen leuchteten vor Freude.

Mauri En Raimon hatte einen Mauersockel bestiegen, sein schlohweißes Haar hob ihn gefährlich heraus aus der Menge. Doch für heute hatte der Moloch seine Opfer ausgewählt, keiner dachte an die Jagd auf weitere Ketzer, so sehr sie sich anbot. Mauri hob beide Handflächen zur unsichtbaren Sonne empor und grüßte Na India.

Es folgten die singenden Mönche, sie waren viel jünger, als nach den tiefen Stimmen ihres Chores zu erwarten war, meist bartlose, rosige Bubengesichter von Novizen, die mit erschrecktem Erstaunen wohl zum ersten Mal in ihrem Leben einem Autodafé beizuwohnen hatten. Sie senkten die Nasen und klammerten sich an ihren Gesangestext, als sie den Scheiterhaufen sahen.

Als letzter, mit gebührendem Abstand, denn er war schlicht wie ein Mönch gekleidet, schritt Bezù de la Trinité, der Inquisitor. Seine Augen musterten kritisch den Holzstoß, und mit Genugtuung stellte er fest, daß vier Pfähle im Quadrat standen und einer erhöht in der Mitte, für die Hexe. Die vier alten Männer waren auch schon über Leitern hinaufbefördert worden, man nahm ihnen gerade die Ketten ab, um sie mit Stricken an die Pfähle zu binden. Trini mußte immer wieder hinaufblinzeln, bis endlich auch die Frau oben angelangt war.

Sein kleiner Bruder Tris umrundete den Scheiterhaufen von allen Seiten und mahnte die Soldaten, die Fesseln ordentlich festzuzurren. Denn es war schon passiert, daß die Stricke verglüht waren, während in den Leibern noch so viel Lebenskraft steckte, daß die Verurteilten sich aus dem Feuer herabstürzten, das schon solche Hitze verbreitete, daß keiner sie mehr zurücktreiben mochte. Man mußte ihnen einen nassen Strick um den Hals werfen und versuchen, sie zurück ins Feuer zu zerren. Meist erstickten sie dabei, bevor der Scheiterhaufen sie wiederhatte, und das war nicht im Sinne seines Schöpfers.

Der Inquisitor trat zu seinem Bruder, dem Hauptmann, als hinter ihrem Rücken Unruhe entstand. Damit hatten beide gerechnet, nicht aber damit, daß die Soldaten zur Seite wichen und eine Gasse öffneten, durch die jetzt Pier de Voisins, der Seneschall, schritt, gefolgt von Roç und Yeza.

»Fernand Le Tris!« brüllte der Seneschall seinen Hauptmann an, »befolgt Ihr so meine Befehle?«

»Ich dachte, es wäre besser –«, stammelte der Hauptmann, »– wäre in Eurem Sinne – die öffentliche Ordnung –«

»Durch ein öffentliches Feuerchen!« unterbrach ihn sein Vorgesetzter und wandte sich auch gleich an den Brandstifter: »Ich habe gesagt, es wird nicht gezündet!« fauchte er den Inquisitor an. »Los! Bindet die Verurteilten los! Holt sie runter, und löst diese ungesetzliche Versammlung unverzüglich auf!«

Der Hauptmann hatte sich gefangen, durch einen aufmunternden, wenn auch wütenden Blick seines Bruders ermutigt, der sich schwerhörig stellte. Nachdem der Inquisitor den Knechten oben »Beeilt Euch, bindet sie fest!« zugezischt hatte, begann der Hauptmann zu widersprechen.

CARNEVALE UND AUTODAFÉ

»Ihr riskiert Aufruhr in der Bürgerschaft!« ging er den Seneschall an und wies auf die Schwarzen, die jedoch erstarrt dastanden wie die Salzsäulen, was gleichwohl bedrohlich wirkte.

Da trat der Seneschall einen Schritt vor und schlug dem Hauptmann ins Gesicht, mit der flachen Hand, daß es recht knallte.

»Disziplin laßt nur Ihr missen, Fernand Le Tris! Noch ein Wort der Gegenrede, und ich betrachte Euch als einen hundsgemeinen Meuterer, denn Eures Postens als Hauptmann seid Ihr schon jetzt enthoben!«

Es gab genug Soldaten, die sich längst um den Seneschall geschart hatten, die Waffen blank gezogen. Das war auch der Grund, aus dem Fernand Le Tris sein Schwert nicht hob.

»Befreit die Verurteilten!« befahl er mit erstickter Stimme den Soldaten, die noch zu ihm hielten. »Folgt dem Befehl des Seneschalls!« Er bellte vor Verzweiflung wie ein geprügelter Hund.

Da baute sich der Inquisitor zwischen den Streitenden auf.

»Ich exkommuniziere euch, einen jeden von euch, wenn Gottes Gesetz nicht auf der Stelle vollzogen wird!« Er drehte sich um und wandte sich an alle Soldaten: »Wer das Autodafé behindert, verfällt der Verdammnis der Hölle. Wer mir aber folgt, dem werden alle Sünden vergeben!«

»Laßt die Ketzer doch brennen«, muckte der Hauptmann in fast jämmerlichem Ton noch einmal auf, »dann haben wir Frieden und ihre Seelen Ruh!«

»Nein!« brüllte der Seneschall. »Es wird nicht angezündet!«

Die Soldaten waren inzwischen so verwirrt, daß sie ihre Aufstellung aufgaben und im ungeordneten Haufen ihre Vorgesetzten umstanden. Die ersten begannen bereits, Holz aus dem Stoß zu zerren, obgleich die Verurteilten an ihren Pfählen mehr hingen als standen. Das versetzte den Inquisitor in Weißglut, er versuchte sich durchzudrängen durch die Ungehorsamen, die ihn von der Vollendung seines Werkes trennten.

»Laßt die dicke Trini nicht durch!« hetzte der Seneschall seine Untergebenen auf, und der wandte sich kreischend an die Schwarzen, als er sah, daß er auf die Befehlsgewalt seines Bruders nicht mehr zählen konnte.

»Steht mir bei, ihr Christen, gegen Satan und seine Gehilfen!«

Die Vermummten rückten enger zusammen. Ihr düsteres Auftreten schüchterte die Soldaten ein, die mit der Zerstörung des Stoßes begonnen hatten.

In diesem Moment erschienen die Templer. Sie sprengten zu Pferd mitten zwischen die Parteien. Roç, der heimlich auf den Holzstoß geklettert war, um mit Yezas Hilfe und dem Dolch, den sie ihm willig geliehen, Na India loszuschneiden, fühlte sich von zwei kräftigen Armen gepackt und rücklings wieder heruntergehoben. Als er sich, eingekeilt zwischen Pferdeleibern, neben der um sich schlagenden Yeza wiederfand, ertönte die spöttische Stimme des Gisors:

»Ein Ende in den Flammen der Inquisition ist für das Königliche Paar nicht vorgesehen.«

Messerscharf schloß Yeza aus diesen Worten, daß den Templern nichts daran lag, das Brennen der Verurteilten zu verhindern.

»Ihr dürft Euch nicht zu Knechten einer rachsüchtigen Kirche machen!« schrie sie gegen die Reiter an, und die lachten roh.

»Was sind wir wohl sonst!« polterte ein bärtiger Templer, der Roç im Auge behalten hatte, als dieser sich zwischen den Beinen der Pferde davonstehlen wollte.

»Wir sind gezwungen, Euch in Schutzhaft zu nehmen.«

Das war die kalte Stimme des Komturs. Die Templer führten ihre Tiere gekonnt so eng zusammen, daß Roç und Yeza zwischen ihnen wie in einer Kerkerzelle steckten, und drängten die Eingezwängten vom Scheiterhaufen fort.

Inzwischen hatte sich auch der Graf Jourdain de Levis mit seinem Gefolge eingefunden und überraschenderweise die Partei des Seneschalls unterstützt, der gerade den Komtur heftig anging.

»Noch ist dies eine Stadt des Königs von Frankreich! Dieser elende Reisighaufen vor der Kathedrale ist eine Schande für Carcassonne, und selbst wenn er gebrannt hätte, wäre –«

Doch das Wort blieb ihm jäh im Munde stecken, denn Trini hatte den Streit kühn genutzt, einem Schwarzen die Kerze aus der willigen Hand gerissen und das Stroh an mehreren Stellen eigenhändig in Brand gesetzt. Im Nu stand der ganze Haufen in hellen, prasselnden Flammen, daß alle ob der Hitze zurückwichen. Die Kleider und

Haare der sich windenden Gestalten an den Pfählen wurden sofort vom Feuer weggefressen, nur die nassen Stricke hielten die nackten Leiber noch. Ihre Haut platzte auf, und dann verhüllte dicker Qualm gnädig das Schauspiel der Vernichtung. Doch der Gestank verbrannten Fleisches ließ sich nicht mildern, selbst dann nicht, wenn man sich Tücher vor die Nase hielt.

Der bärtige Tempelritter hatte Roç angeboten, ihn auf sein Pferd zu heben, damit er das Autodafé verfolgen könne. Da der Prinz nicht geantwortet hatte, hob der Templer Yeza vor sich in den Sattel, die das steif wie eine Puppe geschehen ließ. Sie erahnte Na Indias lodernde Gestalt hinter den Rauchwolken und sah sich um nach Mauri En Raimon.

Der Alte stand immer noch auf seinem erhöhten Platz und starrte, die Handflächen über seinem Kopf aneinandergepreßt, zu der Frau hinüber, die den Kampf jetzt ausgestanden hatte. Denn als die Schwaden für einen Augenblick verwehten, war der Pfahl leer. Na India war ins Paradies eingegangen.

Yeza ließ sich ohne Dank wieder zur Erde gleiten und winkte Roç zu. Die Templer öffneten ihr Gewahrsam und ließen sie ziehen. Yeza hatte gehofft, Mauri En Raimon noch anzutreffen. Sie hätte den gütigen Mann mit den schönen Augen gebeten, sie zu begleiten, aber er war schon gegangen. Sie fanden nur Yezas Zofe Potkaxl und Roçs Knappen Philipp, die beide die schluchzende Geraude zu trösten versuchten. Yeza fühlte sich nicht wohl, als sie zu ihnen trat. Das Mädchen hatte all seine Hoffnung in sie gesetzt, und sie hatte es enttäuscht.

Roç mußte Yezas Gedanken gelesen haben. Er legte seinen Arm um seine geknickte Damna.

»Auch wenn die milchige Tränenkuh nicht Eurem Geschmack entspricht, müßt Ihr zu Eurem Wort stehen und sie in den Reigen Eurer Zofen aufnehmen. Wir haben versagt«, sagte er matt.

»Wir haben uns in denen getäuscht, die wir bisher für unsere Freunde hielten«, erwiderte Yeza. »Laßt uns zurückgehen nach Quéribus.«

Am nächsten Morgen hing der Geruch von kalter Asche und verbrannten Knochen über der Stadt. Noch war das friedliche Bürgerleben nicht zurückgekehrt. Noch immer irrten Fuchs, Hase, Wolf und Igel durch die engen Gassen, weder Hoffnung, Lust noch Furcht hielten sie in Carcassonne. Sie blieben einfach, weil sie kein Ende fanden, an dem sie neu hätten beginnen können, indem sie heimzogen in die Wälder. In den Straßen hielten die Schwarzen Prozessionen ab, die allenthalben durch Bittgottesdienste ihre Unterbrechung fanden. Bei jedem Wegekreuz, bei jedem Marienbild verharrten sie lange, daß man hätte meinen können, sie wollten um alles in der Welt ihren schlurfenden, vorgezeichneten Gang zur Kathedrale nicht wiederaufnehmen.

Im Innern der halbleeren Kirche las Bezù de la Trinité dem Bischof die Messe. Der Inquisitor dankte Gott und dem Hauptmann Fernand Le Tris für den Erfolg des christlichen Werkes. Trini hatte seinem Bruder die Unentschlossenheit der vergangenen Nacht vergeben. Er schloß auch die Ritter vom Tempel samt ihrem aufrechten Komtur in seine Fürbitten ein, was schon deshalb angebracht war, weil seitlich im Chorraum die schwarze Sänfte stand, die von einer schweigenden Abordnung des Ordens umgeben war. Nach Beendigung des Hochamtes wurde das Gehäuse von kräftigen Sergeanten angehoben und fortgetragen.

Der Hauptmann wartete, bis auch der letzte der Männer die Kathedrale verlassen hatte. Dann betrat er den Beichtstuhl, in den Trini sich zurückgezogen hatte, und kniete nieder.

»Wo steckt unser Bruder in Christo, Bartholomäus von Cremona?« fragte der Beichtvater voller Unruhe. »Ich habe ihn heute nacht nicht gesehen.«

»Ich auch nicht«, murmelte Tris, »seit ich ihn in der Zitadelle verlassen habe, um Euch hier beizustehen.«

»Sollte er dem verfluchten Seneschall in die Hände gefallen sein?«

»Das steht zu befürchten, da dieser Roç, den wir in den tiefsten Kerker geworfen hatten, sich gestern am Scheiterhaufen herumtrieb. Er hat Pier de Voisins auf uns gehetzt!«

»Wir müssen Barth den Klauen des Antichristen entreißen!«

schnaubte der Inquisitor. »Ihr, Tris, habt zur Vergebung Eurer Sünden noch Buße zu leisten. Findet also den Barth, befreit ihn, und bringt ihn mir! Wir treffen uns hier wieder um Mitternacht.«

Tris erhob sich und verließ den Beichtstuhl und kurz darauf auch die Kirche.

Eine merkwürdige Delegation traf in Carcassonne ein. Es war ein berittener Zug kleinwüchsiger, stämmiger Männer auf ebenso gedrungenen Pferden. Sie trugen dick wattierte farbige Jacken mit Pelzbesatz, plumpe Hosen und sehr schön gearbeitete Stiefel. Ihre bestickten Gewänder waren mit allerlei Zeugs behängt, dem man nicht ansehen konnte, ob es sich um wertlosen Tand oder um kostbaren Schmuck handelte. Ihre Köpfe waren bedeckt von gefütterten Ledermützen mit Klappen, die hinabreichten bis zu den Ohren, als würden die ihnen leicht abfrieren, dort, wo sie herkamen. Doch das seltsamste waren die runden Gesichter, die zwischen den stark gepolsterten Schultern, den Pelzkragen und den Pelzhauben hervorschauten. Sie waren von leicht gelblicher Tönung. Der Bartwuchs der Männer war spärlich und erinnerte an den von Ziegenböcken, und ihre brauenlosen Augen glichen schmalen Mandeln. Daraus schauten sie gleichmütig staunend wie Kinder vom Lande, die noch nie eine Stadt gesehen hatten, in der die Leute mit Esels- und Ochsenköpfen oder als Bär und Hirsch verkleidet umherliefen. Sie blickten kichernd ohne jede Furcht auf die Schwarzen mit den verhängten Gesichtern und Hüten wie Tüten, die mit strammen kleinen Schritten an ihnen vorüberzogen, und auf die Templer, die in ihrer weißen Clamys mit rotem Tatzenkreuz hoch erhobenen Hauptes vorüberritten, ohne ihnen Beachtung zu schenken. Sie sprachen eine Sprache, die keiner der sich neugierig an sie heranschiebenden Bürger je gehört hatte. Es waren Mongolen.

Woher sie kamen, was sie nach Carcassonne verschlagen, wohin sie wollten, das hätten sie selbst dann nicht beantworten können, wenn einer sie verstanden hätte. Sie wußten es nicht.

All ihr Wissen war in einer Person vereinigt, die sich in Aussehen und Auftreten völlig von ihnen abhob: in Arslan, ihrem Schamanen. Der hagere weißhaarige Mann sprach alle Sprachen und ähnelte in seinem langen schwarzen Mantel, der über und über mit silbernen Metallspiegeln besetzt war und auf den Schultern Vogelschwingen zeigte, einem Fischreiher.

Er schritt ihnen zu Fuß voran, daß sie kaum zu Pferde folgen konnten. Nur mit einem kaum wahrnehmbaren Heben der Hand hielt der barhäuptige Arslan eine Templerpatrouille auf, die auch sofort respektvoll ihre gepanzerten Streitrösser zügelte. Arslan fragte nach Roç und Yeza, dem »Königlichen Paar«.

Die Ritter, mißtrauisch geworden, boten an, den seltsamen Fremden zu ihrem Komtur zu führen, und nahmen ihn in die Mitte. So bewegte sich der Zug zur Burg der Templer.

Seine Begleiter, die mongolische Streitschar, schickte der Schamane zur Zitadelle, wo sie dem Seneschall ihre Aufwartung machen sollten. Damit sie sich nicht verliefen, rief er den jungen Anführer zu sich und malte ihm mit dem befeuchteten Zeigefinger den Weg auf die Stirn.

Die Leute auf den Straßen rätselten noch lange, was es mit den kleinen Männern auf sich haben könnte, denn mit dem Carnevale hatte ihr Besuch wohl nicht zu tun, es sei denn, der Ruf des Maskentreibens von Carcassonne hätte inzwischen auch entlegene Länder erreicht.

Im Hof der Templer angelangt, sollte sich der Schamane der üblichen Vorsichtsmaßnahme des Augenverbindens unterziehen. Er ließ es willig mit sich geschehen, verlangte aber dann, vorauszugehen zu dürfen. Zum Befremden der Templer ließ er den weißen Stab, mit denen sie ihre »Blinden« zu führen pflegten, voraustanzen, ohne daß er ihn berührte. Er folgte, ohne auch nur ein einziges Mal zu zögern, dem Klopfen, das der Holzstock auf dem steinernen Boden verursachte, bis sie vor dem eichenen Portal standen. Dort ließ Arslan den Stab das vereinbarte Zeichen klopfen, auf das hin es sich quietschend öffnete.

Die erschreckten Templer flüsterten, und der Schamane schritt über den Teppich zielstrebig auf Guillem de Gisors zu. Doch er reichte dem Komtur erst die Hand, nachdem er eine Verneigung zur Sänfte hin angedeutet hatte. Dann nahm sich der Mongole die Binde ab.

CARNEVALE UND AUTODAFÉ

»Der erhabene Möngke, der Großkhan aller Mongolen, läßt der verehrungswürdigen Großmeisterin der Prieuré de Sion und ihrem Sohn und Nachfolger Guillem de Gisors seinen Gruß entbieten, durch mich, der ich Arslan bin.«

Dem Komtur mißfiel diese selbstsichere Art, und er gab sich knapp, was hochfahrend wirkte.

»Wir erwidern den Gruß und fragen nach des Großkhans Begehr.«

»Als wir in der Stadt Perpignan an Land gingen, trafen wir einen griechischen Kapitän, dessen Aura mir sogleich signalisierte, daß er mit dem Schatz, den ich suchte, in Berührung gekommen war. Dieser Taxiarchos gab mir die Auskunft, daß ich hier in dieser Stadt das köstliche Ziel meiner Reise erreichen könnte –«

»Wenn Ihr den Schatz der Templer im Auge habt, guter Mann, dann muß ich Euch enttäuschen«, spottete der Gisors, den Weißhaarigen wie einen Geisteskranken musternd.

Doch der Schamane hielt seinem mitleidigen Blick stand.

»Das, mein Herr, habe ich auch sofort verspürt, als ich Carcassonne betrat. Diese Stadt beherbergt sie nicht mehr in ihren Mauern.«

»Wovon redet Ihr eigentlich, Herr Arslan?« Der Komtur wußte die Form noch zu wahren, aber lieber hätte er den Alten gefragt, wovon er denn so umständlich quatsche. Seine Ungeduld jedoch mochte er nicht länger zügeln. »Hier gibt es nichts, was Euch oder den Großkhan interessieren könnte!«

»Ich sehe«, sagte der Schamane sinnend, »das Königliche Paar hat Euch im Zorn verlassen.«

»Ach!« Gisors fing sich beachtlich schnell. »Roç und Yeza haben ihre Launen, man kann diesen nachgeben, oder« – er lächelte Einverständnis heischend –, »man wartet, bis sie sich wieder beruhigt haben.«

Der Alte schenkte jetzt dem Komtur einen ähnlichen Blick, wie dieser zuvor sich erlaubt hatte, nur daß sein Bedauern ob der Einstellung des anderen echt war.

»Das Königliche Paar verfügte bisher über ein gutes Urteilsvermögen, und beide, Roç wie Yeza, haben ein Herz.«

Das mochte der Komtur sich nicht sagen lassen.

»Wollt Ihr mich lehren, wie –«

»Dafür ist es zu spät«, unterbrach ihn eine strenge Frauenstimme. »Guillem, ich wünsche mit Arslan, dem berühmten Schamanen, allein gelassen zu werden!«

Die Stimme kam aus der schwarzen Sänfte und duldete keinen Widerspruch. Der Komtur verneigte sich mit zusammengebissenen Zähnen in ihre Richtung und schritt aus dem Raum.

In der Zitadelle standen der Seneschall und sein ehemaliger Hauptmann am Fenster und schauten über die Stadt. Doch ihre Blicke blieben an der Mauer der Templerburg hängen, die zwar unscheinbar zwischen den beiden Türmen der doppelreihigen Bastion klebte, der man aber nachsagte, daß ihr unterirdisches Areal das der Zitadelle bei weitem übertraf.

»Hättet Ihr gestern, Tris, Eier in der Hose bewiesen«, murrte Pier de Voisins, »dann wäre das schändliche Eingreifen der Templer zu spät gekommen. Der Holzstoß wäre abgeräumt gewesen, es hätte nichts mehr zu zünden gegeben –«

»Wäret Ihr später gekommen, mon Seigneur, hätte ich mir –«

»In die Hosen habt Ihr Euch geschissen!« grollte der Seneschall. »Und das ermöglichte Eurem Bruder –«

»Werft mir nicht jedesmal diese Familienbande vor«, wehrte Fernand Le Tris ab. »Wie oft kam es Euch schon zupasse, daß er der große Inquisitor ist!«

»Wenn Ihr mein Hauptmann bleiben wollt, Tris, dann muß die fette Trini sich eine andere Weide suchen.« Der Seneschall ließ seinem Unmut freien Lauf. »Solche Insubordination kann und will ich nicht länger dulden! Ich habe in Paris beim päpstlichen Nuntius Rostand Masson veranlaßt, daß Bezù de la Trinité zum Generaldiakon befördert und in die Terra Sancta versetzt wird. Dort kann er seinen allerchristlichsten Verfolgerwahn austoben. Millionen von verstockten Heiden warten nur auf ihn!«

»Ungläubige, aber keine abtrünnigen Ketzer!«

»Wenn er nicht verschwindet, mein lieber Tris, muß ich Euch entlassen.« Der Seneschall wurde jetzt sehr ernst. »Ihr werdet dann nicht nur Eures Postens enthoben, sondern habt auch ein Verfahren zu gewärtigen. Euer gestriges Verhalten ist bereits nach Paris vermeldet worden, nicht von mir. Es sollte mich nicht wundern, wenn der Konnetabel von Frankreich, der gestrenge Herr Gilles Le Brun, demnächst hier auftaucht, um nach dem Rechten zu sehen. Wenn dann Bezù noch als Zeuge vernommen werden kann, ist Euch Halsweh gewiß. Das möchte ich Euch ersparen.«

Fernand Le Tris war nicht nur das Gehörte unangenehm.

»Warum seid Ihr so gut zu mir?« stammelte er und schaute hinüber zur Kathedrale, die sich am anderen Ende der Stadt erhob.

»Weil ich Eure Willfährigkeit schätze«, sagte der Seneschall und legte seinen Arm um ihn. »Ich liebe Euren weibischen Charakter und will mir Euren Wankelmut erhalten, weil ich mich in Eurem Beisein als Mann fühle, als Euer starker und entschlossener Herr und Gebieter!«

Er zog den Kopf des Hauptmanns zu sich und küßte ihn auf den Mund, doch nur kurz ließ er den Verwirrten die Zunge zwischen den Lippen spüren, bevor er ihm ins Ohr flüsterte:

»Es gibt noch einen weiteren Zeugen für Eure Untaten. Er hat Euch angestiftet, ich weiß, ich weiß, aber Ihr solltet sichergehen, daß er dem Konnetabel nicht lebend in die Hände fällt! Ein Beinbruch kann zum Wundbrand führen und auch zum schnellen Tod.«

Pier de Voisins stieß seinen Hauptmann rüde zur Seite, weil die Wache an die Tür des Arbeitszimmers geklopft hatte.

»Botschafter des Großkhans der Mongolen!« lautete die Meldung, die den Seneschall hell zum Lachen brachte, in das Fernand Le Tris nicht einstimmen konnte. Denn auf das belustigte »Herein!« öffnete sich bereits die Tür, und eine seltsam kostümierte Schar zu kurz geratener Männer drängte in den Raum. Sie trugen einheitlich unförmige Jacken aus Filz und pelzverbrämte, spitze Hüte, von einer Bommel gekrönt.

Der Seneschall ließ sich in seinen Arbeitssessel fallen.

»Willkommen!« rief er leutselig. »Ich wußte, daß mein Freund, der Großkhan, sich meiner erinnert. Wie geht es ihm?«

Der Anführer der Mongolen, durch den heiteren Empfang etwas verwirrt, trat vor, um sich Achtung zu verschaffen.

»Ich bin Niketa Burdu, der Neffe des großen Generals Kitbogha!«

»Den kenn' ich nicht!« Der Seneschall lachte. »Aber es freut mich, von ihm zu hören!«

Da vergaß der junge Mann alles, was er sich an pompöser Einführung und Einschüchterung vorgenommen hatte, und seine Forderung geriet zu einer hilflosen Nachfrage.

»Könnten wir die Kinder, ich meine Roç und Yeza, das Königliche Paar, zu uns holen?«

»Wie gern würde ich sie Euch in die Hand drücken«, sprach der Seneschall launig, zumal es der Wahrheit entsprach, denn damit würden auch seine Sorgen über das leidige Turnier am Montségur hinfällig. »Doch leider sind die hohen Herrschaften schon wieder abgereist –«

»Wie?« rief der Wortführer entgeistert. »Ihr habt sie nicht? Was soll ich denn meinem Onkel –?«

»Ich sag Euch gern den Ort, an dem Ihr sie antreffen könnt«, kam ihm der Seneschall freundlich entgegen. »Auf der Burg von Quéribus!« Und er zeigte zum Fenster in südlicher Richtung.

»Und wir«, fragte Niketa Burdu kleinlaut, »wie sollen wir dahin finden? Dieses Land ist uns fremd mit seinen Menschen, die sich wie Tiere geben.«

»Das ist es mir gleichermaßen!« tröstete ihn lachend der Seneschall. »Ich kann Euch versichern, die Menschen hier sind schlimmer als Tiere.«

»Und warum hat Euer König der Franken sie nicht unterworfen und befriedet?« Die Mongolen waren jetzt ganz Ohr, und der Seneschall ganz still.

»Weil wir schwache Menschen sind«, sagte er dann nachdenklich.

»Dann sollte man Euch köpfen«, lautete der trockene Bescheid des Niketa Burdu. »Wenn der König der Ordnung und dem Gesetz Geltung verschaffen will, muß er bei den Gouverneuren beginnen.«

Pier de Voisins schaute sein Gegenüber aus traurigen Hundeaugen lange an, dann zwirbelte er seinen Schnurrbart und erwiderte:

»Ich gebe Euch meinen Hauptmann mit, er wird Euch den Weg

nach Quéribus weisen. Morgen früh brecht Ihr in seiner Begleitung auf.«

Die Mongolen hatten verstanden, daß die Unterredung damit beendet war, und drängten schnatternd zur Tür. Ihr Anführer drehte sich jedoch noch einmal um.

»Unser Quartier ist das Hospiz der barmherzigen Brüder des armen Lazarus«, erklärte er. »Ich werde meinen Onkel von Euch grüßen.«

»Und ich werde unserem König vorschlagen, Euch hier als Gouverneur einzusetzen«, rief ihm der Seneschall nach, was der Mongole mit freundlichem Kopfnicken erwiderte, bevor er, rückwärts gehend und sich mehrfach verneigend, den Raum verließ.

Pier de Voisins schüttelte sich.

»Ein barbarisches Volk!«

»Warum habt Ihr verraten, wo sich das Königliche Paar aufhält?«

»Damit ich das Pack schnellstmöglich loswerde, ich meine diese Horde und das hochverehrte Königliche Paar. Deswegen vertrau' ich ja auch Euch diese wichtige Mission an. So seid Ihr entschuldigt und wohlbegründet fern dieser verdammten Stadt, wenn Gilles Le Brun eintrifft. Also verschlaft morgen früh nicht, Ihr habt ja gehört, die Mongolen machen kurzen Prozeß!«

Die Abenddämmerung legte sich über Plätze und Gassen, in denen immer noch Auseinandersetzungen zwischen den Anhängern der »reinen« Lehre, wie sich die Katharer gern selbst nannten, und den Vertretern des starren Dogmas der Kirche Roms schwelten.

Gosset war so weit wieder zu Kräften gelangt, daß er im obersten Turmzimmer der Zitadelle mit vielen Kissen im Rücken aufrecht im Bett sitzen und sich der Lektüre von alten Pergamenten hingeben konnte. Einige der Dokumente und Urkunden hatte er in seiner Kammer vorgefunden, andere hatte ihm sein Gastgeber bereitwillig angeschleppt.

Pier de Voisins kümmerte sich rührend um seinen Pflegling, so empfand Gosset es jedenfalls, fast wie eine Mutter oder vielleicht wie ein treusorgendes Eheweib, was er nicht so recht beurteilen konnte, denn eine Gemahlin hatte ihm seine Vokation zum Diener

Gottes erspart. Der Seneschall schaute mehrfach am Tag nach dem Priester, und sie hatten zu einer Männerfreundschaft gefunden, die Gosset etwas wehmütig an die glücklichen Tage mit dem Penikraten Taxiarchos im Bordell von Konstantinopel denken ließ. Eine liebe Hur wär ihm jetzt auch nicht unrecht oder so eine geneigte Zofe wie die Toltekenprinzessin Potkaxl, die der Freund von seiner weiten Seereise mitgebracht hatte. Vielleicht war das frühreife Kind etwas zu töricht, was man ja schon daran ersehen konnte, daß es sich den Diener Philipp als Spielgefährten im Heu erkoren hatte.

Gosset seufzte und dachte, daß er in seinem Alter lieber lesen sollte. Vorgenommen hatte er sich ein Thema, das ihn schon lange fesselte: den Gral. Er hatte sich in die Dichtung des Chrétien de Troyes vertieft und wünschte sich, jemand könne ihm das Werk dieses deutschen Dichters, des Herrn Wolfram von Eschenbach, besorgen, das er gern im Original studiert hätte.

> »Uf einem grüenen achmardi
> truoc si den wunsch von pardis:
> Daz was ein dinc, das hiez der gral.«

Lotharingische Studiosi in Paris hatten ihm die Verse begeistert vorgetragen, und er, Gosset, hatte sie nicht nur aufgeschrieben, sondern auch auswendig gelernt. Es war aber auch der Ort, der es Gosset angetan hatte. Hier in diesem Turm hatte der letzte Vicomte von Carcassonne aus dem Geschlecht der Trencavel geschmachtet, in den Verliesen seiner eigenen Burg wurde Perceval gemordet, vergiftet dort unten, wo jetzt der Grottenmolch mit gebrochenem Bein lag und für seine Vergehen büßte.

> »Dies war, du heizes Parzival,
> der name ist reht mitten durch.«

Gosset mußte an Roç denken, der ja dessen Enkel war, wenn Gavin recht hatte. Nach Briefen und Schriftstücken von der Hand des berühmten Gralshüters Trencavel suchte der Priester und wühlte sich durch verblichene Abschriften und verstaubte Folianten des

Archivs, das ihm Pier de Voisins zur Verfügung gestellt hatte. Denn nichts interessierte den Seneschall mehr als die Gestalt Parsifals. Ihm, Gosset, erging es nicht anders. Auch er war ein Sohn Frankreichs und hatte König Ludwig als Gesandter gedient – na ja, auf eigene Weise!

Gosset mußte lächeln. Seit sein Weg den des Königlichen Paares gekreuzt hatte, fühlte er sich weitaus mehr dem Geheimnis des Gral verbunden als dem Dienst im Zeichen der königlichen Lilie. Darüber hatte er offen mit Pier de Voisins gesprochen. Und der hatte ihn gebeten, doch, sobald er sich kräftig genug fühlte, aus seiner Sicht die Dinge in Okzitanien darzustellen, mit denen er, der ungeliebte, einsame Seneschall, sich tagtäglich herumschlagen müsse.

Pier de Voisins litt an seinem Amt, war aber bei aller Resignation fast süchtig danach, tiefer in die Mysterien dieses Landes einzudringen. Gosset hatte ihm seine Auffassung erst schriftlich geben wollen, doch als er sein Elaborat noch einmal durchlas, warnte ihn sein Instinkt davor, die eigene Meinung zu so heiklen Fragen beweiskräftig zu dokumentieren. Er vertraute dem Seneschall, nicht aber der Zitadelle. Leicht konnte so ein Papier in falsche Hände gelangen und dazu benutzt werden, ihm, Gosset, einen Strick daraus zu drehen. Deshalb hatte der Priester seine Gedanken nur verschlüsselt zu Papier gebracht, um sie in einem ruhigen Augenblick dem Freund mündlich vorzutragen.

Die Diener hatten ihm mit dem frühen Abendessen eine kräftigende Suppe mit Ei und etwas Obst, auch ein Talglicht gebracht und angezündet, so daß er in der schnell hereinbrechenden Dunkelheit alles noch einmal durchgehen konnte. Mit halblauter Stimme las Gosset sich selbst das Elaborat vor:

»Toleranz kannten beide Seiten schon lange nicht mehr.« Das war ein starker Anfang. Gosset liebte seinen Stil. »Aber es gärte auch die politische Frage der nationalen Selbstbestimmung! Über Hunderte von Jahren war Okzitanien ein recht freies Land gewesen, eine Grafschaft nur dem Namen nach. Eine von den Goten überkommene Tradition, die keinen höheren Titel kannten als den des ›Conde‹, doch de facto hatte Tolosa den Status eines unabhängigen Königreichs besessen, und die Herren von Carcassonne, Foix und Razès nannten sich folglich stolz ›Vicomtes‹. Daß Souveränitätsansprüche teils von Aragon, teils von Paris geltend gemacht wurden, mußte die Bewohner des Languedoc wenig kratzen. Aragon lag jenseits der Pyrenäen, und Paris war weit. Doch seit dem unheiligen Kreuzzug gegen den Gral, den sogenannten ›Albigenserkriegen‹, geführt und gewonnen von der Allianz eines auf Territorialgewinn bedachten Königs von Frankreich und der um ihren christlichen Alleinvertretungsanspruch fürchtenden Kirche Roms, hatten sich alle Gewichte verschoben. Kein Nonnen schändender Heide, kein Missionare schlachtender Ungläubiger des Halbmonds, ja nicht einmal der ewige Jude stellte für die Päpste ein ähnliches Schreckgespenst dar, wie die Häretiker, was dazu führte, daß insbesondere die Katharer, die sich großen Zulaufes erfreut hatten, rachsüchtig als Ketzer verfolgt und durch die eigens eingeführte Inquisition auf Scheiterhaufen in den Tod getrieben wurden. Außer daß sie die Oberhoheit des Pontifex Maximus nicht anerkannten, bestand ihre Schuld vor allem darin, daß sie frevlerisch vorgaben, einen eigenen Weg zu Gott zu finden. Jetzt lastete auf dem heiteren Land der Minne und der Troubadoure der doppelte Druck der nordfranzösischen Besatzer und der ›Schwarzen‹, des sich *catolicus* heißenden und weltlich eingestellten römischen Klerus.

Nun war es aber keineswegs so, daß jeder, der die Franzosen zum Teufel wünschte, der Kirche den Rücken gedreht hatte. Und es gab auch geheime Anhänger der katharischen Lehre, die sich gleichzeitig ein großes und starkes Frankreich wünschten. Doch viele der ›Eroberer‹, vor bald fünfzig Jahren in das blühende Land verpflanzt, fühlten sich längst als Okzitanier und haßten es, von Paris gegängelt zu werden. Alteingesessene Kaufleute hingegen, die der Haresie abgeschworen hatten oder auch nicht, sahen sich als gute Untertanen und zahlten König Ludwig willig Steuern, ertrugen es aber nur mit Wut, daß die Kirche sie bespitzelte und als unzuverlässige Christen behandelte, als Gemeindemitglieder zweiter Wahl. Und dann waren da noch die unversöhnlichen Eiferer. Auf der einen Seite die ›Faidits‹, auf der anderen die mustergültigen Franken, die sich sogar weigerten, die Sprache des Landes, die Langue d'oc, zu sprechen oder wenigstens zu verstehen. Und natürlich, wie gesagt, mein werter Freund und Seneschall, die ›Schwarzen‹. Damit meine ich alle, die uns das Leben zur Hölle machen: Papst Alexander in Rom, wie seine Vorgänger besessen von der Staufervertilgung; die Legaten, die immer noch und immer wieder zu Kreuzzügen hetzen, längst nicht mehr gegen die ›Ungläubigen‹, was ja schon kein sonderlich christliches Werk darstellte, sondern gegen jeden, der sich nicht der alleinseligmachenden Kirche Roms unterwirft, sei es das griechisch-orthodoxe Byzanz oder die nestorianischen Mongolenkhanate; und auch die widerliche, Euch mit Recht empörende Ketzerverfolgung eines Trini. Außerdem als unterste Stufe die verabscheuungswürdigen Untaten eines gemeinen Spitzels wie des Grottenmolchs.

Über alldem schwebt dann noch der dunkle Schatten eines Templerstaats, eine Vision, die vielleicht den Herren Ordensrittern, aber sonst mit Sicherheit niemandem Vergnügen bereitet. Ganz bestimmt nicht den Bürgern von Carcassonne, die ja schon Kostproben von der Anmaßung dieser erlesenen Truppe genießen durften. Es bleibt die – zugegebenermaßen schwache – Hoffnung auf ein Friedenskönigreich, dem Roç und Yeza vorstehen könnten. Aber dagegen stehen die handfesten Interessen aller anderen: Frankreichs, der Kirche, der Templer ebenso wie die der fernen Mongolen. Für das Königliche Paar ist hier kein Platz, kein Bedarf, ja nicht einmal des Bleibens mehr. Ich hoffe, Roç und Yeza haben das eingesehen. Gezeigt haben es die jüngsten Ereignisse zu Carcassonne jedenfalls!

Wie ich sie kenne, werden sie aus Trotz sich noch eine Weile an die Illusion klammern, Okzitanien sei das gelobte Land des Grals! So wie Ihr, mein Seneschall, hier ausharren werdet in der vergeblichen Hoffnung, das Languedoc könne ein Teil Frankreichs werden, an dem die Krone Freude hat. Das werdet Ihr nicht erleben.«

Gosset hatte geendet, als er bemerkte, daß der Seneschall leise den Raum betreten hatte.

Der Hauptmann Fernand Le Tris hatte sich im Dunkeln die Kellertreppe hinuntergeschlichen. Er zündete die Fackel erst an, als er die Gittertür hinter sich wieder verschlossen hatte und er sicher sein konnte, daß ihr Licht in der Tiefe der Kellerräume von oben nicht mehr zu sehen war. Er wußte, wo er den Molch zu finden hatte, war sich aber nicht einmal jetzt, kurz vor dem Ziel, darüber klar, was er tun würde, wenn er Bartholomäus von Cremona gegenüberstünde. Sollte er ihn befreien, wie Trini es verlangt hatte? Wegen des gebrochenen Beines des Eingekerkerten würde das nicht einfach sein, aber vielleicht konnte Barth dennoch humpeln. Der kaltschnäuzige Rat des Seneschalls ließ den Dolch unter Le Tris' Wams brennen wie glühende Kohlen. Er hob die Fackel und schloß die letzte Tür auf, eine dicke Bohlenpforte, hinter der eine Wendeltreppe hinabführte zu dem breiten Gang, an dem die Einzelzellen lagen, vergitterte Löcher, ohne Licht. In einer der letzten mußte der Molch mit den gebrochenen Knochen liegen, ganz ruhig, wie ihm der Templermedicus dringend geraten hatte. Fernand Le Tris steckte die Fackel in einen der Ringe an der Wand, bevor er den breiten Gang betrat, der ihm auch im Dunklen vertraut war. Der Molch sollte ihm nicht ins Gesicht schauen. Der Hauptmann nestelte den Schlüssel aus der Tasche, den er auf des Seneschalls Schreibtisch gefunden hatte. Da war ihm, als habe er hinter sich ein Geräusch vernommen, und zu seinem Entsetzen sah er seine Fackel flackern. Der Lichtschein fiel auf die Treppe, wurde heller und erleuchtete nun bereits das Ende des breiten Ganges. Fünf Männer waren hinabgetreten, einer hielt die Fackel so, daß der Hauptmann sie sehen mußte. Sie trugen die langen Mäntel und spitzen Hüte der Schwarzen, ihre Gesichter waren bis auf zwei Schlitze maskiert. Auf ihrer Brust leuchtete das weiße Kreuz in der Form von vier geschlossenen Lilienblüten.

Der Hauptmann wollte ihnen trotzig »Was wollt Ihr von mir?« entgegenrufen. Doch ihm versagte die Stimme. Einer der Männer hielt eine Henkersaxt in Händen, ein anderer einen zur Schlaufe geknoteten Strick. Der dritte trug eine Zange, mit der man die Nägel aus Händen und Füßen des Gekreuzigten zu ziehen pflegte. Der vierte hatte ein Kreuz hoch erhoben, als sei ein böser Dämon zu exorzieren, nur der fünfte hielt nichts als das Licht. Sie standen schweigend nebeneinander, nächst zur Treppe, so daß dem Hauptmann der einzige Fluchtweg abgeschnitten war. Sie rührten sich nicht, nur die Fackel blaffte. Dann rief einer:

»Fernand Le Tris, tretet näher!«

Der Hauptmann gehorchte mit zitternden Beinen. Er war noch nicht bei ihnen, als dieselbe Stimme befahl:

»Kniet nieder, Fernand Le Tris!«

Der zitterte wie ein Schilf im Winde und wankte, bevor er auf die Knie sank. Die Schwarzen kamen ihm keinen Schritt entgegen. Der mit der Fackel, der bisher als einziger gesprochen hatte, sagte jetzt mit der gleichen unbeteiligten Stimme:

»Vernehmt die Anklage, Fernand Le Tris!«

Der Hauptmann begann zu schluchzen. Er konnte die Tränen nicht halten, sie liefen ihm über die Wangen, und er barg vor Angst sein Gesicht in den Händen.

»Ihr habt Euch als Soldat der Armee Frankreichs der Befehlsverweigerung schuldig gemacht.«

»Mein Herr, der Seneschall, hat mir die Umstände nachgesehen«, wehrte sich der Hauptmann. »Er hat mir verziehen.«

»Wir nicht!« entgegnete trocken die Stimme des Sprechers. »Ihr habt fahrlässig die Zitadelle von den Wachen entblößt. Das ist Hochverrat. Ihr habt die öffentliche Ordnung mutwillig gefährdet, indem Ihr ein verbotenes Autodafé mit Soldaten unter Eurem Kommando unterstützt habt. Das ist tätliche Beihilfe zum Landfriedensbruch. Ihr habt heimtückisch und aus niedrigen Beweggründen einen Anschlag auf das Leben und die Freiheit einer Person durchgeführt, der Euer Vorgesetzter sichtbar freien Abzug aus der Zitadelle gewährt hatte. Das ist zumindest versuchter Totschlag, schwere Freiheitsberaubung und eine gravierende Verletzung –«

Der mit der Fackel trat jetzt einen Schritt vor, und wie auf ein Zeichen hin sprachen alle im düsteren Chor:

»– der Ehre Frankreichs!«

Der Sprecher stieß die Fackel zu Boden, als wollte er sie effektvoll zum Verlöschen bringen, sie sprühte aber nur Funken und blakte weiter.

»Fernand Le Tris«, fuhr er ungerührt fort, »Ihr wißt, welches Urteil Euch erwartet.« Das war die Ankündigung der Vollstreckung.

»Mein Bruder, der Inquisitor, hat mich gezwungen, den Scheiterhaufen zu errichten«, stammelte der Hauptmann. »Angezündet hat er ihn selber!« setzte er aufgebracht hinzu. »Ich war nur sein Arm.«

»Der weltliche Arm der Kirche ist der Staat«, belehrte der Sprecher ihn. »Ihr, Fernand Le Tris, seid nicht Frankreich!«

Der Hauptmann heulte jetzt laut vor Wut und Verzweiflung »Ich habe niemanden ermorden wollen, es war nur ein leichter Schlag auf den Hinterkopf, und angestiftet hat mich der da drin.« Er zeigte auf die Zellentür des Mönchs.

»Ihr solltet jetzt beten, Fernand Le Tris«, mahnte nun eine jüngere Stimme. Sie klang gemütvoller, und der Hauptmann schöpfte Hoffnung. »Euch bleibt soviel Zeit, wie wir benötigen, nach den gebrochenen Knochen zu schauen. Es wäre ungerecht, wenn sie allzu gerade wieder zusammenwüchsen. Selbst als Hinkebein kann Bartholomäus von Cremona der Kirche noch dienen.«

Die Männer mit der Fackel und der Zange sowie der Exorzist bahnten sich an dem Hauptmann vorbei, der immer noch angstvoll kniete, den Weg zur Zelle. Fernand Le Tris starrte auf den Schwarzen mit dem Beil und den mit dem Henkersstrick, die vor ihn traten. Mitleidslos wirkten ihre Augen hinter den Sehschlitzen. Er betete leise und lauschte auf die Geräusche aus der Zelle. Er vernahm ein Knacken wie von brechendem Holz, und sogleich ertönte ein markerschütternder Schrei des Grottenmolchs, und ein zweiter, noch gräßlicher als der erste. Das Heulen ging langsam in ein Wimmern über, aber das vernahm Fernand Le Tris schon nicht mehr. Er starrte so gebannt auf die Henker, die so bedrohlich vor ihm standen, daß er nicht bemerkte, daß einer der Maskierten hinter ihn getreten war. Von dem schweren Holzkreuz im Nacken getroffen, fiel er vornüber wie ein nasser Sack.

Der Seneschall hatte noch spät in der Nacht Besuch. Als die Wache meldete, der edle Herr Jourdain de Levis, Graf von Mirepoix, wünsche ihn zu sprechen, wunderte sich Pier de Voisins, daß ausgerechnet der alte Hagestolz ihn, den Vertreter Frankreichs, aufsuchte, und das zu solch ungewohnter Stunde. Denn die Levis hatten zwar an der Seite seines Vorgängers Hugues des Arcis, des ersten Seneschalls im eroberten Carcassonne, bei der Belagerung des Montségur mitgeholfen, aber wohl auch das nur, weil ihnen die Burg versprochen war. Schon bald hatten sie vergessen, wem sie Lehen und Titel verdankten. Und als frischgebackene Grafen von Mirepoix entsannen sie sich schnellstens ihrer bestehenden Familienbande im Languedoc und verhielten sich bald widerspenstiger als die schlimmsten Feinde Frankreichs. Dem Seneschall Pier de Voisins hatte der Graf noch nie seine Aufwartung gemacht. Auch jetzt war der alte Herr wohl nur auf Streit aus.

Er fiel gleich mit der Tür ins Haus. Er sei wegen des Turniers am Montségur im März gekommen, eröffnete er brüsk anstelle einer Begrüßung oder gar Entschuldigung wegen der späten Störung.

»Ja, ich weiß«, erwiderte Pier de Voisins süffisant. »Ihr wollt es exakt zur Äquinox veranstalten, am höchsten Festtag der Ketzer. Die Kirche wird sich freuen!«

»Es ist ein Turnier und keine Wallfahrt!« knurrte der Graf zurück. »Es betrifft eher die Ehre Frankreichs. Ich erwarte von Euch, daß Ihr Eure besten Ritter schickt, sonst droht der Krone herber Gesichtsverlust!«

»Zu meiner und Frankreichs Schande muß ich gestehen, daß ich nicht über Ritter verfüge, nur über gemeine Soldaten.« Pier de Voisins kostete die Situation aus. »Wollt Ihr Euch die antun?«

»Wenn keiner von Adel und Stand bereit ist, die Farben Frankreichs zu vertreten, dann erscheint lieber gar nicht zu diesem ritterlichen Treffen!«

»Ich bin wohl zu alt und steif, um selbst noch in den Sattel zu steigen«, entschuldigte sich der Seneschall. »Aber Ihr, Jourdain de Levis, seid doch bekannt als rüstiger Stecher. Und ein Lehnsmann Frankreichs seid Ihr immer noch!«

Damit war das Gespräch schlagartig beendet. Der Alte hatte aus dem Fenster geschaut und plötzlich behauptet, er habe noch eine galante Verabredung, die er fast vergessen habe. Mit dieser fadenscheinigen Entschuldigung, die seinen unhöflichen Abgang nur knapp bemäntelte, stapfte er wieder aus der Zitadelle.

Pier de Voisins fand es an der Zeit, ins Bett zu steigen. Es war kurz vor Mitternacht.

Ein kleiner Zug der schwarzen Langmäntel bewegte sich gemessenen Schritts durch die Stadt. Vier Männer trugen einen in Laken gewickelten Körper, eine kostbare Reliquie oder einen lieben Verstorbenen. Ein fünfter schritt mit brennender Kerze voraus. Eine solche Prozession war in diesen Tagen nichts Ungewöhnliches, auch wenn gemeinhin die Teilnehmer zahlreicher waren und meist auch die Geistlichkeit dazugehörte. Einige sich noch herumtreibende Kinder und sonstiges Gesindel schlossen sich zeitweilig an. Doch weil nicht gesungen wurde und die fünf Männer gar zu sinister wirkten, ließen sie bald wieder von der Begleitung ab. Der Zug hielt auf die Kathedrale zu.

Der alte Fuchs Jourdain de Levis schaute sich nach allen Seiten sichernd um, bevor er das Glöcklein am verschlossenen Portal des Hospizes der Barmherzigen Brüder des Armen Lazarus betätigte. Der Bruder Pförtner erkannte den Grafen und ließ ihn ein. Jourdain de Levis folgte ihm zum Schlafsaal der Mongolen und wartete geduldig, bis der alte Mann geweckt war und er zu ihm gebracht wurde.

Arslan wirkte keineswegs verschlafen und auch nicht überrascht, als Jourdain de Levis ihm mitteilte, der Hauptmann sei verhindert und er werde sie in eigener Person nach Quéribus führen, zu seinen jungen Freunden Yeza und Roç. Das erfreute den Schamanen sichtlich, und es minderte seine Freude nicht, daß der Graf hinzufügte, sie müßten allerdings sogleich aufbrechen. Er wolle die verbleibende Nachtzeit schon zur Reise nutzen. Arslan weckte seine Gefährten.

Kurz vor Mitternacht riß die Wache der Zitadelle den Seneschall aus dem kaum begonnenen Schlaf der Gerechten. Der Konnetabel von Frankreich sei eingetroffen.

»Gebt ihm das beste Zimmer!« raunzte Pier de Voisins ungnädig, aber da stand Gilles Le Brun schon an seinem Bett.

»Ihr dürft gleich süß weiterträumen, mein Lieber«, säuselte er mit ungewohnter Freundlichkeit, »doch will ich Euch lieber jetzt schon mitteilen, eh' Ihr gegenteilig handelt: Paris hat beschlossen, das Turnier am Montségur stattfinden zu lassen und es als großes Ereignis – insgeheim selbstredend, alter Freund! – zu propagieren. Auch Frankreichs Ritter werden sich dieser Herausforderung mutig stellen. Wer im Sattel sitzen kann, wird in die Schranken reiten, auch wenn er gleich darauf auf den Hintern fliegt! Denn wir wollen, daß sich die Gegenseite, der okzitanische Widerstand, so vollständig wie nur möglich an den Ort ihrer Schmach begibt, an dem sie uns in ersehnter Revanche eins auswischen möchte. Sie wird hoffen, die Farben Frankreichs in den Staub zu treten. Während die Faidits und sonstige Aufrührer damit beschäftigt sind, werden wir, das heißt Ihr, mein werter Seneschall, und Euer tüchtiger Hauptmann, der ja jüngst seine rechte Gesinnung so mannhaft bewiesen, den Turnierplatz am Pog weiträumig umstellen und danach diejenigen verhaften, die gegen Frankreichs Ehre verstoßen oder sich sonstwie abfällig über Paris, den König und seinen Vertreter geäußert haben oder seit eh und je nicht zu unseren Freunden zählen. Einige werden mit reichlich Bußgeld davonkommen; einige Lehen werden eingezogen werden zugunsten der Krone, versteht sich; und, geb's Gott, einige Köpfe werden rollen!«

Pier de Voisins war jetzt zu seinem Ärger hellwach.

»Und wer soll dieses gigantische Netz lückenloser Überwachung organisieren? Ich habe nur einen tumben Haufen schlechtbezahlter Soldaten.«

»Auch daran ist gedacht. Der Herr Nuntius wird den großen Inquisitor Bezù de la Trinité anweisen, seinen gesamten Apparat zu unserer Verfügung zu stellen. Seine Leute werden als Knechte und Knappen, Schenke und Sänger allgegenwärtig sein, die Augen offen für Subversion, die Ohren gespitzt für mangelnde Loyalität gegenüber dem Souverän, Mißachtung der Krone! Wie gefällt Euch das?«

»Es raubt mir den Schlaf für den Rest der Nacht!« erwiderte der Seneschall so treuherzig, daß Gilles Le Brun darauf reinfiel. »Ich sehe schon die dicke Trini, als singende Hofdame verkleidet, auf dem Schoß von Xacbert de Barbera sitzen, ihm Sottisen über König Ludwig aus der Nase ziehend.«

»Daß der Kerl uns an diesem Frühlingsfest endlich ins Netz geht, ist mir Herzenswunsch!«

»Ihr braucht bloß dafür zu sorgen, daß als Lockvogel Oliver von Termes für Frankreich reitet, dann könnt Ihr sicher sein, daß der Herr von Quéribus ihn nicht verfehlen wird!«

»Man muß Opfer bringen können.« Der Konnetabel gähnte. »Nun schlaft bitte weiter, auch ich bin müde.«

Der Mongolentrupp unter Niketa Burdu verließ das Hospiz der Barmherzigen Brüder, angeführt vom berittenen Grafen von Mirepoix. Neben ihm ging rüstigen Schritts Arslan, der Schamane. Als sie am Stadttor anlangten, wartete dort schon das Gefolge von Jourdain de Levis. Die fünf Ritter zeigten kein Zeichen der Ungeduld, sondern nickten ihm nur zu, was ein grimmiges Lächeln der Befriedigung über die Züge des alten Haudegens huschen ließ. Schweigend schlossen sie sich dem Trupp an, dessen Hufgeklapper von den Buckelsteinen des Torwegs in dem Gewölbe der Wehranlage laut widerhallte und die zwölf Schläge der Uhrenglocke übertönte, die von der Kathedrale herüberdrangen. Dann dämpfte der weiche Schnee das Getrappel. Rasselnd fiel hinter ihnen das schwere Gitter, mit dem das Tor des Nachts gesichert war, wieder zurück in sein steinernes Lager.

Kaum war der letzte Glockenschlag verklungen, schob sich die dunkle Gestalt des Dominikaners aus einer der Gassen, die auf den Vorplatz der Kathedrale mündeten. Der Inquisitor war von einigen frierenden Soldaten begleitet, denn er hielt es nicht für tunlich, des Nachts allein auszugehen, zumal er an dem Ort vorübereilte, an dem ein großer schwarzer Fleck im schmutzigen Schnee an sein Werk erinnerte. Bezù schlug heimlich ein Kreuz, denn die Seelen der Verbrannten mochten immer noch dort herumgeistern. Er hieß mit eindringlichem Befehl seine mit Hellebarden bewaffnete Eskorte vor der Kirche warten und schlüpfte durch den kleinen Seiteneinlaß.

Das hohe Mittelschiff lag im Dunkel, nur von den Seitenaltären drang flackernd der schwache Schein der vielen Öllichter, mit denen die Gläubigen ihre Fürbitten verschiedensten Heiligen empfahlen oder deren Knochen in den Reliquienschreinen wärmten.

Trini schlich sich daran vorbei, sein eigener Schatten, der an den Pfeilern auftauchte, machte ihn nervös. Seine Augen versuchten den düsteren Chorraum zu durchdringen, in dem er den Hauptmann und Bartholomäus vermutete. Vielleicht hatten sie sich versteckt, um ihn zu erschrecken, ein unangebrachter Scherz. Bei den Beichtstühlen rührte sich nichts, und Bezù de la Trinité blieb verärgert stehen. Wahrscheinlich hatten die beiden sich verspätet. Auf dem Altar brannte nur eine hohe Kerze, was den Sinn des Inquisitors für Symmetrie störte. Er sah auf zu dem Kreuz, das harmonisch in der Achse des Raumes von der Decke herabhing, und sein Atem stockte. Dann setzte auch sein Herzschlag aus, um sogleich wild pochend wiedereinzusetzen. Über ihm hing an den Beinen ein menschlicher Körper an der Kette, die sich oben im Gewölbe verlor. Der Inquisitor starrte in das Gesicht seines Bruders und brach in die Knie. Er wagte nicht, die Augen noch einmal zu heben, doch das Bild hatte sich bereits eingebrannt und ließ ihn nicht mehr los. Sein Atem rasselte jetzt, und das Herz klopfte ihm bis zum Halse. Tris hing da, unförmig wie ein Sack, und seine Augen glotzten glasig auf ihn herab; schlaff hingen die Arme herunter. Der beleibte Inquisitor sprang auf und floh, wie von Furien gehetzt, aus der düsteren Kathedrale.

Der Morgen brach in den tiefverschneiten Wäldern nur allmählich herein. Die Männer waren die ganze Nacht geritten, schweigend, denn viel zu sagen hatten sie sich nicht. Der Trupp hatte sich in die Länge gezogen, die Wege waren schmal, und der Schamane hatte sich an das Ende des Zuges begeben. Dort war die Spur schon ausgetreten, und kein Pferd konnte ihn treffen, wenn es erschreckt ausschlug, nur weil ein Tannenast unvermutet die Schneelast abwarf.

Niketa Burdu nutzte die Gelegenheit, sich zum vorausreitenden Grafen vorzuschieben, schließlich gebührte ihm, dem Neffen des berühmten Generals Kitbogha, die Anführerschaft der mongolischen Delegation. Er versuchte den alten de Levis in ein Gespräch zu verwickeln, das die Wichtigkeit seiner Person unterstreichen sollte.

»Mein erhabener Herrscher, Herr über alle Reiche der Welt, der gewaltige Möngke«, begann der Burdu ausgiebig in den Ehrentiteln des Großkhans zu schwelgen, »hat mich durch seinen Diener, den General Kitbogha, dazu bestimmt, in Euer Land der untergehenden Sonne zu reisen, um hier zwei königliche Kinder aufzusuchen, auf denen das Auge meines Khagan mit Wohlgefallen ruhte und die sich aus der Sonne seiner Gunst hinwegbegeben haben, um ihnen das

Vergebliche ihres Tuns vor die unwissenden Augen und die sowenig dankbaren Herzen zu führen.«

»Ah«, machte der Graf und zügelte sein Pferd, wodurch der ganze Zug ins Stocken geriet. »Ihr wollt das Königliche Paar überreden, Okzitanien zu verlassen und in die Steppe der Mongolen zurückzukehren?«

»Ich hoffe«, sagte Niketa Burdu, »daß der durch mich übermittelte Wunsch des Allerhöchsten ihnen noch immer Befehl ist.«

Er warf sich in Positur, schon um die Wirkung seiner Worte an Jourdain de Levis zu erproben. Doch der blinzelte nur gegen die aufgehende Sonne, die den Schnee glitzernd blenden ließ, und erwiderte nichts, so daß sich Niketa Burdu veranlaßt sah, die Bedeutung seiner Mission, der Mongolen und seiner hervorragenden Person weiter zu unterstreichen.

»Auch erwartet sie nicht die Steppe der Mongolen, die Euer Auge, werter Graf, noch nicht gesehen haben kann, sondern der Rest der Welt, alle Länder westlich von Persien, die wir uns gerade unterwerfen. Dort sollen die Kinder – so will es der unabänderliche Ratschluß des Großkhans – zu Herrschern erhoben werden.«

»Das können Roç und Yeza hier auch haben.« Der Graf beschloß, sich von dem Emissär nicht beeindrucken zu lassen. »Die Landschaft Okzitaniens ist unvergleichlich lieblicher, es ist nicht zu heiß, Herr Niketa Burdu, und es gibt hier keine Mongolen. Ich will sagen, Ihr seid noch nicht bis hierher vorgestoßen und könnt daher das Languedoc mit seinen Reizen noch nicht kennen.«

»Das muß ich auch nicht«, entgegnete der Mongole unwillig. »Der erste Eindruck reicht mir! Denn mein Auftrag lautet nicht, hier zu verweilen, sondern Roç und Yeza zu bewegen, mit uns zurückzukehren, wie es dem Wunsch des Großkhans entspricht.«

»Ihr wollt das Königliche Paar also gleich mit Euch nehmen?« fragte der alte Fuchs noch einmal lauernd.

Niketa Burdu schaute ihn leicht erstaunt an. »Ich biete dem Königlichen Paar – großzügig alle Ungemach vergebend –, daß sie sich sofort wieder in die Huld des ozeangleichen Herrschers begeben können, über dem sich nur noch Tengri, der ewig blaue Himmel, erstreckt. Er ist bereit, sie in seiner unermeßlichen Gnade bei sich aufzunehmen, als sei nichts geschehen. Denn für den Khagan ist keine Entfernung weiter als ein Bogenschuß und keine Zeit der Trennung länger als ein Lidschlag seiner Augen.«

»Das ist wunderbar!« rief der Graf und wendete sein Pferd. »Das Königliche Paar ist glücklich zu schätzen«, sprach er den jungen Mongolen an. »Wenn Ihr aus diesem Wald herauskommt, grüßt Euch vom gegenüberliegenden Hang die Burg Quéribus, wo Ihr sicherlich schon sehnlichst erwartet werdet. Meine Empfehlung an Yeza und Roç, denn hier trennen sich unsere Wege.«

Der junge Mongolenfürst wirkte beleidigt, doch er schien nicht um weiteres Geleit bitten zu wollen, zumal jetzt Arslan hinzugetreten war.

»Von hier aus finden wir die Burg allein«, erwiderte Niketa Burdu trotzig, wiederholte aber für den Schamanen noch einmal die Wegbeschreibung. »Wenn wir den Wald verlassen haben, liegt Quéribus schon vor uns auf dem nächsten Berge?«

»So ist es«, bestätigte der Graf und wandte sich entschuldigend an Arslan. »Für mich und meine müden Männer wäre es ein weiterer Umweg. Es war mir ein Vergnügen, so fernen Freunden unserer Freunde nützlich gewesen zu sein! A Diaus!«

Und die kleine Ritterschar stob durch den verschneiten Wald davon.

Nach Tagen traf der den ›Weg der Katharer‹ heimwärts strebende Mauri En Raimon mitten in der verschneiten Wildnis der ›Schwarzen Wälder‹ eine verirrte Schar von Mongolenkriegern. Wäre nicht Arslan gewesen, der immer wieder einen Quell, Kräuter, Wurzeln und Knollen unter der Schneedecke fand und mit sicherem Gespür auch geschützte Orte wie Felshöhlen entdeckte, und hätten sich nicht einige von ihnen als erfolgreiche Jäger erwiesen, sie wären verdurstet, verhungert und erfroren. So weit wollte der Schamane jedoch nicht gehen. Er hatte sie nur so lange im Kreis geführt, bis ihnen die Lust vergangen war, Roç und Yeza aus Quéribus zu holen. Als er spürte, daß er seinem Ziel nahe war, hatte er den Katharer erscheinen lassen.

»Ihr seid in der Tat nicht weit von Quéribus«, sprach der Weißbärtige. »Ich werde Euch dorthin bringen!« Und er wies in die Richtung, die einzuschlagen war.

»Nein!« schrie da Niketa Burdu ganz außer sich. »Wir wollen zurück zum Meer, Perpignan hieß der Hafen! Ich glaube niemandem mehr ein einziges Wort!«

»Ihr habt es nur unterlassen zu fragen, wann wir diesen Wald verlassen werden, denn die Richtung stimmte«, wies Arslan den jungen Heerführer zurecht. »Der Herr Graf hat Euch keineswegs belogen.«

»Das ist mir gleich, Arslan«, zeterte der Angesprochene, nicht nur am Ende seiner Kräfte, sondern auch seiner Geduld. »Gebt diesem guten Mann den Brief, damit er ihn auf der Burg abliefert, und führt Ihr uns ans Meer.«

»Unser Auftrag war nicht, ein Schreiben des William von Roebruk zu überbringen, sondern das Königliche Paar zu bewegen, mit uns zurückzukehren. Das ist unsere Pflicht.«

»Das könnt Ihr allein besser«, lenkte Niketa Burdu kleinlaut ein, wie es dem Wunsch des Schamanen entsprach. »Wir werden auf Euch und das Königliche Paar in Perpignan warten. Ich bin diesen Schneewald leid.«

»Dann nehmt das freundliche Angebot dieses guten Mannes an, und bedankt Euch, daß er es auf sich nimmt, Euch als Führer zum Hafen zu begleiten.«

Niketa Burdu war unwillig. »Er soll uns nur aus diesem Wald herausführen, bis zu der nächsten großen Straße, die uns an Meer bringt. Keine Schleichwege mehr!«

Mauri lächelte Arslan einverständig zu, und sie setzten sich in Bewegung. Alsbald lichteten sich die Bäume, und die Straße zur Küste erschien unter ihnen im Tal. Niketa Burdu sah die gegenüberliegende Burg zwischen den aufragenden Felsen nicht. Er verzichtete hochfahrend auf En Mauri als Führer, so daß nach seinem hastigen Abmarsch die beiden Alten bald unter den Mauern von Quéribus standen. Die Torwache machte Schwierigkeiten. Rinat wurde herbeigeholt, der die merkwürdigen Boten in den Burghof ließ, ihnen aber den Brief abnehmen wollte.

Arslan verstand sich mittlerweile auch ohne Worte so gut mit Mauri, daß sie sich wie zwei verkalkte Trottel gegenseitig vorwarfen, der andere habe wohl vergessen, daß er das Schreiben bei sich trüge. Wie zwei ausgebuffte Gauner wühlten sie in ihren Taschen, klopften sich gegenseitig ab und beschuldigten sich lauthals der altersbedingten Verblödung, bis die halbe Burg zusammengelaufen war und schließlich auch Roç und Yeza erschienen. Arslan hatte erreicht, was er wollte, und Fuchs Rinat zog den Schwanz ein, als er sah, mit welcher Ehrfurcht der alte Mann in seinem Lumpenmantel von Roç empfangen wurde und wieviel Herzlichkeit ihm die glückstrahlende Yeza entgegenbrachte. Aber auch Mauri war ihnen hoch willkommen, und Yeza fragte gleich:

»Habt Ihr Euch nun doch durchgerungen, bei uns zu bleiben?«

Mauri schüttelte unmerklich den Kopf. »Noch sind unsere Wege nicht dieselben.«

»Seid dennoch unser Gast«, sagte Roç und wies die beiden Zofen Potkaxl und Geraude an, die Herren zu beköstigen und ihnen ein Lager zu bereiten. Geraudens Kuhaugen füllten sich sogleich mit Tränen, als sie des väterlichen Freundes ansichtig wurde.

»Ach«, bettelte sie leise, »bleibt doch bei uns.«

Yeza verwies es ihr.

»Dringt nicht in Mauri En Raimon, er wird wissen, welchen Weg er zu gehen hat.«

Da weinte die milchige Geraude noch mehr, während Potkaxl den Schamanen an der Hand nehmen wollte.

»Ich bring' Euch jetzt zu Bett, mein Herr!«

Doch Arslan wischte mit der Hand sanft über die Stirn der Toltekenprinzessin, und sie schritt ohne ihn davon, mit verklärtem Gesichtsausdruck. Die leise Schluchzende folgte ihr.

Roç grinste, und Yeza ließ sich davon anstecken.

»Können wir nicht tauschen: deinen Philipp gegen meine beiden Zofen?«

»Was in deinem Hofstaat noch fehlt, werte Herrin, ist eine richtige Dame!«

Der Schamane war ans Fenster getreten und schaute hinaus. Es hatte wieder zu schneien begonnen, immer dichter wirbelten die Flocken. Arslan zupfte Mauri am Ärmel und wies hinaus in das weiße Gestöber.

»Seht Ihr da drüben, jenseits des Tals im Walde –?«

Roç und Yeza waren hinzugetreten und starrten auf einen dichten Vorhang aus wild tanzenden und ermattet herabsinkenden Kristallen. Nicht eine Handbreit konnte man hindurchsehen, geschweige denn bis ins Tal hinab.

»Ja«, sagte Mauri, »ich sehe zwischen den Tannen einen schwarzen Stein. Er steht im Schnee, doch keine Flocke bleibt auf ihm liegen. Ein Quell, der nicht friert, entspringt in seiner Mitte. Klar und köstlich, rinnt er ...«

Roç trat aufgeregt von einem Fuß auf den andern und reckte den Hals, doch seine Augen durchdrangen den Vorhang nicht, da war nichts als ein Wirbel weißer Flocken, die auf ihn zu tanzten, bevor sie ins Nichts stürzten. Er wollte den Mund zur Frage öffnen, doch Yeza versuchte ihn davon abzuhalten. Sie ahnte, daß dann die Übertragung der Vision des Schamanen auf den begnadeten Parfait En Raimon ein Ende haben würde. Aber Roç ließ sich nicht von der mystischen Sicht der Dinge leiten; es verlangte ihn danach, dem Geheimnis auf die Spur zu kommen und seine Neugier zu befriedigen.

»Entspricht die Höhle des Quells einem Gefäß?« drang er in den weißhaarigen Katharer. »Einem Kelch?«

Da verlor Mauris Blick den Glanz.

»Ich weiß nicht«, murmelte er unsicher, »ich kann nichts mehr sehen, alles ist weiß, der Stein ist verschwunden.«

»Der schwarze Stein«, sagte der Schamane zu Yeza, »wird sich Euch zeigen, wenn Ihr glaubt, am Ende des Weges angelangt zu sein. Laßt Euch nicht von seiner Erscheinung beirren, sondern setzt Euren Weg fort, denn *er* ist das Ziel – nicht der schwarze Stein noch sein fehlender Kelch.«

»Spiegel Eurer Seele«, fügte En Raimon hinzu, »doch auch und immer noch Blendwerk des Demiurgen, des Schöpfergottes dieser Welt!«

En Raimon lächelte beiden aufmunternd zu, und Arslan wandte sich heiter an den Katharer.

»Laßt uns jetzt ruhen. Wir sind zwar alte Männer, die mit wenig Schlaf auskommen, doch noch fordert die von dem Blender beherrschte Natur ihr Recht. Und wir müssen morgen früh scheiden.«

Er umarmte erst Roç und dann Yeza, und sie spürten beide, wie seine Kraft von ihm ausstrahlte und auf sie überging. En Raimon ging vor, und sie verließen das Zimmer so lautlos, als wäre ihre Körperlichkeit schon aufgehoben. Draußen hatte es aufgehört zu schneien. Yeza und Roç schauten sich an. Sie war die erste, die den Bann brach. Sie holte Roç mit einem sanften Rippenstoß aus seiner Grübelei zurück.

»Laß uns jetzt endlich den Brief von William lesen!« rief Yeza und riß ihm das Schreiben aus der Hand. Lachend lief sie zum Turm, und Roç rannte hinter ihr her.

William von Roebruk, O. F. M.
an das Königliche Paar
Roç Trencavel du Haut-Ségur
und Yezabel Esclarmunde du Mont y Sion

Bagdad, Ende Januar A. D. 1258

Hochverehrtes Königliches Paar – so soll ich Euch nennen, wie mich Bulgai, der Herr der Geheimen Dienste, wissen ließ –, meine lieben Freunde, die Ihr mir seid und bleibt, auch wenn ich seit langem ohne Lebenszeichen von Euch bin. Ich weiß noch nicht, wie ich Euch diesen Brief übermittle. Auf Umwegen gewiß, aber möglichst ohne vorher von denen gelesen, die sich darum bemühen, keine Nachrichten von dem, was hier geschehen, unzensiert in den Rest der Welt hinauszulassen, und sie wissen, warum. Aber das soll mich jetzt nicht kümmern, und später werden wir sehen. Ich fürchte mich nicht, denn ich weiß mein Schicksal in Gottes Hand und mit dem Euren so eng verbunden, daß mir schon nichts geschehen wird, weil es mir ja bestimmt ist, Euch wieder in meine Arme zu schließen.

Vor einer Woche erschien der Il-Khan Hulagu vor der Stadt. Ich hatte Bagdad ja noch nie zu Gesicht bekommen, im Unterschied zu Euch Weitgereisten, und ich war überwältigt. Nicht einmal von der Größe oder gar von der Stärke seiner Mauern und Türme, der Zahl der Lager beidseitig des Tigris. Nein, es war dieser blaue Dunst, der über der Stadt lag, der mich an alle Erzählungen von Tausendundeiner Nacht denken ließ, es war der rosarote Schein, mit dem die untergehende Sonne Kuppeln und Dächer, Zinnen und Minarette verklärte und den Fluß zum Funkeln brachte wie Geschmeide auf dem Bauch einer Tänzerin. Und als die Dämmerung hereinbrach, leuchteten die Lichterketten Hunderter Moscheen und Paläste, und wir hätten das Rufen der Muezzins hören können, wenn nicht unsere Kriegsmaschine einen so gewaltigen Krach erzeugt hätte. Das Stampfen und Schnauben von Tausenden und Abertausenden von Pferdeleibern und Hufen, das Klirren des Geschirrs und das Scheppern der Waffen. Knarrend und ächzend rollten die Steinschleudern, die Wurfmaschinen für die Töpfe mit dem Griechischen Feuer, die Rammböcke und die Belagerungstürme voran. Der Marschtritt der Schützen erscholl, die Befehle der Hunderschaftführer gellten. Wir waren gekommen, um Scheherazade zu zermalmen, zu schänden, zu erwürgen. Nichts würde sie retten können.

In wenigen Tagen waren unterhalb und oberhalb der Stadt Schiffsbrücken über den Tigris geschlagen, die Heeresflügel unter den Generälen Baitschu und Kitbogha setzten über, und der Belagerungsring war geschlossen. Der Il-Khan selbst blieb vor dem Ostteil der Stadt stehen, denn hier lagen die Regierungspaläste und auch die Kasernen. Da seine Gemahlin, die Dokuz-Khatun, darauf bestanden hatte, mich als wortgewaltigen Prediger im Lager zu behalten, mußte ich hier bleiben. Dabei wäre ich viel lieber mit unserem alten Freund Kitbogha gezogen. Die Tafel in seinem Zelt ist weiß Gott reichlicher gedeckt als bei Hulagu, der täglich ein eintöniges Fastenmahl auftragen läßt, weil er auf sein Magenleiden Rücksicht nehmen muß. Ihr müßt nicht glauben, meine Lieben, Euer William sei vom Fleisch gefallen – das gibt es nämlich nicht, nur salzlos gekochtes Gemüse und Reis. Der Durst wird mit Wasser gestillt. Deshalb kommen die Damen auch regelmäßig zu meinen Gottesdiensten, in denen ich ihnen reichlich Abendmahlswein ausschenke. Doch den Gürtel, also den Strick meiner Kutte, mußte ich schon enger schnallen, und wenn ich in den Spiegel schau, blickt mich das eingefallene Gesicht eines Franziskaners an, dessen rotgüldener Haarkranz schütter geworden ist. Doch die sich ausbreitende Glatze macht das Scheren der Tonsur völlig unnötig. Es ist ein Elend, aber ich muß dem Bild eines vorbildlichen Minoriten entsprechen, denn die hohe Frau, die Dokuz-Khatun, hat eine feste Vorstellung davon, wie ich auszusehen habe. Und ich will ja gern alles tun, um nach der Einnahme der Stadt wenigstens zum christlichen Patriarchen von Bagdad ernannt zu werden.

Inzwischen hatte das Bombardement unserer Maschinen eingesetzt. Tag und Nacht donnerten die Schläge gegen den vorderen Mauerring, flogen die Geschosse weit über den zweiten hinaus in die Stadt. Damit begannen wohl die Hoffnungen des Kalifen zu schwinden, wenn auch noch keine Bresche erzielt worden war. Denn er sandte den Wesir in unser Lager. Muwayad ed-Din, der Schiit, war ja bekanntlich seit langem für einen Frieden mit den Mongolen eingetreten und hatte sich nur nicht gegen den Dawatdar, den sunnitischen Oberhofsekretär und Kanzler, durchsetzen können – ein unbelehrbarer Kriegstreiber! Für mich allerdings zeitigte diese Mission des Großwesirs einen herben Schlag, sozusagen in die Magengrube. Um gut Wetter bei der Dokuz-Khatun zu erreichen, hatte er nämlich ein dürres Männlein mitgebracht, der Makika heißt und sich zu meinem Schrecken als der nestorianische Patriarch Bagdads entpuppte. Ich hatte gar nicht gewußt, daß es in der Stadt des Propheten eine christliche Gemeinde gibt. Die Dokuz-Khatun auch nicht. Sie war darüber so erfreut, daß sie Makika mit Geschenken überhäufte und offensichtlich Wohlgefallen an seiner klapperdürren Gestalt fand. Ihre Fürsprache bei ihrem Gatten zugunsten der Delegation brachte indessen nichts. Hulagu weigerte sich, mit den Gesandten zu verhandeln, er empfing sie nicht einmal. Dem schiitischen Wesir wurde durch seinen Kämmerer Ata el-Mulk Dschuveni, der selbst Moslem ist und ein Anhänger der Sunna dazu, genüßlich eröffnet, sie sollten sich gefälligst in die Stadt zurückbegeben. Nun wußte ich ja nicht nur vom Hörensagen, sondern aus leidvoller Erfahrung, wie die Mongolen mit Besiegten umspringen. Im Falle des Makika machte mir das nichts aus, im Gegenteil. Es weckte in mir die Hoffnung, daß der Kerl den ersten Blutrausch bei der Einnahme nicht überleben werde. Aber für Muwayad ed-Din hatte ich Sympathie empfunden, schon aus Euren Erzählungen. Ich machte mich also an ihn heran und stellte mich als der Beichtvater des Königlichen Paares vor. Er erinnerte sich sofort an Euch, selbst Eure Namen waren ihm im Gedächtnis geblieben. Ich sagte hastig, wenn er zurückgekehrt sei, solle er sich zum Sterben niederlegen, denn das sei sowieso sein Los. Er solle sich ein Gift beschaffen, das den Scheintod erzeuge, und sich in seiner Familiengruft bestatten lassen. Was er an Juwelen mit ins Grab nähme, sei seine Sache, denn er müsse in der Grabkammer ausharren, bis der Sturm vorüber sei und ich die Möglichkeit hätte, ihn zu befreien. Er solle möglichst wenige Menschen in die Sache einweihen, schon gar nicht seine Frauen, zumal auch nicht sicher sei, ob irgend jemand von seiner Familie überleben werde. Verwandtschaftsbande und die Treue von Sklaven seien im Angesicht eines drohenden Todes wenig verläßlich. Der Großwesir fragte nicht, warum ich dies für ihn täte, sondern vernünftigerweise nur, wie er mir danken könne. Ich sagte schnell, das werde sich finden.

Und schon wurde er genötigt, unser Lager wieder zu verlassen.

Ihr werdet mich jetzt fragen, was in mich gefahren ist. Euer William als heimtückischer Grabräuber oder Erpresser? Nichts da! Ich wollte mir nur einen Zipfel von der Gelegenheit erhalten, doch noch zu Amt und Würden aufzusteigen. Und dafür ist ein so bedeutender Mann in der Gruft eine Garantie, zwar keine todsichere, denn Muwayad konnte des Hungers sterben, bevor ich ihn fand, Plünderer konnten mir zuvorkommen oder sonst eine von vielen vorstellbaren Widrigkeiten mir einen Strich durch die Rechnung machen. Es war wie eine Wette, eine Wette hundert gegen eins, ein Abenteuer mit völlig ungewissem Ausgang, aber eines, das, wenn es gutging, mich in die Lage versetzen würde, dem öden Alltag im Hofstaat der Dokuz-Khatun zu entfliehen, zumal mit diesem Makika als Patriarchen! Dann hätte ich die Mittel, wieder in die Welt des Abendlandes einzutauchen, und zwar nicht als völlig verarmter Bettelmönch. Um es ganz ehrlich zu sagen, Euer William langweilt sich, und Ihr fehlt mir sehr! Kommt der Berg nicht zum Propheten, muß halt Euer William zum Berge kommen, zumal wenn der Montségur heißt, von dem ich Euch als Kinder fortführte in ein wildes Leben, das ich an Eurer Seite genießen durfte. Ich habe Sehnsucht nach Euch!

Bagdad, Anfang Februar A. D. 1258

Nach einer weiteren Woche zeigte die fürchterliche Beschießung die ersten Früchte: Die vordere Ostmauer begann einzustürzen. Während die Breschen noch mühsam von den Verteidigern gehalten wurden, begab sich der Kalif el-Mustasim zusammen mit allen seinen Heerführern und den wichtigsten Staatsbeamten in das Feldlager des Il-Khans. Ich war erleichtert, nein, seltsam beglückt, als ich sah, daß der Großwesir nicht darunter war. Sie wurden aufgefordert, ihre Waffen abzulegen und ein Zelt zu betreten. Sie dachten, es sei das des Hulagu, aber im Innern wurden sie von den Schergen des Dschuveni erwartet, die sie allesamt umbrachten. Einige versuchten dem Gemetzel zu entkommen, doch sie liefen in die Spieße derer, die den Hinrichtungsort abriegelten. Nur der Kalif war vorher hinweggeführt worden. Ich hörte allerdings, daß sich Dschuveni, der Kämmerer des Il-Khans, bitter bei ihm darüber beschwerte, daß sich weder der Oberhofsekretär Aybagh noch der Großwesir in seinem Gefolge befunden hätten. Genau da wurde der dicke Dawatdar von den Wachen angeschleppt. Er hatte sich vor dem Lager hinter eine Sanddüne fallen lassen und sich tot gestellt. Daß er die Pluderhosen voll hatte, konnte sogar ich riechen. Dschuveni hielt sich die Nase zu und befahl, ihn in die Stadt zurückzuschicken mit dem Auftrag, dafür zu sorgen, daß die Verteidiger die Waffen niederlegten.

Ich hatte das Gefühl, er hatte mit dem Oberhofsekretär noch etwas vor, zumal jeder wußte, welche Reichtümer der korrupte Dawatdar zusammengerafft hatte. Den Großwesir, schimpflichen Anhänger der Schia, hätte er nicht so glimpflich behandelt. Aber ein Aufschub ist noch lange kein Akt der Gnade. Das deutete sich an, als die mongolischen Truppen in die Stadt eindrangen. Ich war nicht dabei, weil Hulagu und sein Hofstaat sich Zeit ließen mit ihrem Einzug. Doch die grauenhaften Gerüchte über das, was sich innerhalb der Mauern abspielte, übertrafen – wie immer bei den Mongolen – alles je Gehörte. Ob die Einwohner der Stadt nun mit der Waffe in der Hand angetroffen wurden oder sich ergaben, ob Frauen oder Kinder, sie wurden ausnahmslos abgeschlachtet. Das Massaker währte drei Wochen lang. Schon in diesem Zeitraum verloren achtzigtausend Bürger ihr Leben. Die georgischen Truppen, die dem Dawatdar auf dem Fuß folgend durch die Breschen strömten, gebärdeten sich in ihrem Haß auf die Muslime am wildesten. Sie schlugen allen, die sie antrafen, die Köpfe ab und errichteten damit auf dem Platz vor der Nizamiya, der ältesten Madrasa Bagdads, eine Pyramide. Sie wurde im Laufe der nächsten Tage zwanzig Meter hoch. Die einzigen Überlebenden sollen einige besonders hübsche Knaben und Mädchen gewesen sein, die im Hof der ehrwürdigen Mustamsiriya, der berühmten Koranschule, zusammengetrieben wurden, um als Sklaven an die Heerführer verteilt zu werden; und fast alle Mitglieder der christlichen Gemeinde, die in die Kirchen geflüchtet waren. Das hatte sich die Dokuz-Khatun ausbedungen.

Aus einer dieser Kirchen zogen die Georgier auch den dicken Dawatdar heraus, der sich als Priester verkleidet hatte. Sie brachten den Dschuveni um das Vergnügen, aus ihm herauszufoltern, wo er seine Schätze vergraben hatte, denn sie hackten ihn noch vor dem Portal in Stücke. Das erfuhr ich aus dem Munde Makikas, der in das Zelt der Dokuz-Khatun gekommen war, um sich für den gewährten Schutz seiner Gemeinde zu bedanken. *A Diaus,* Patriarchenthron! Ich schüttelte dem mickrigen Männlein die Hände und beglückwünschte ihn.

Bagdad, Mitte Februar A. D. 1258

Dann durften auch wir zusammen mit dem Il-Khan in die Stadt einziehen. Wir nahmen Wohnung im Palast des Kalifen. Den hatte Hulagu mitgebracht. Gleich am ersten Tag ließ er sich von ihm alles zeigen, vor allem die Schatzkammern, doch damit nicht genug. Nun wurde er dem Dschuveni übergeben. Der fragte ihn nach den versteckten Schätzen. Der alte el-Mustasim, siebenunddreißigster in der ehrwürdigen Folge der Abbasidenkalifen, schüttelte nur sein Greisenhaupt. Eine Seidenschnur wurde ihm um den mageren Hals gelegt und daran gezogen, daß sein Adamsapfel vorsprang. Er röchelte und zeigte auf die Wand. Die Mongolen schlugen den Putz ab und ihm den Zeigefinger. Er blutete und stöhnte. Hinter den Steinen öffnete sich eine Kammer. Sie enthielt zwanzig Truhen, alle bis zum Rand mit Goldmünzen gefüllt. Der Kämmerer hatte Blut geleckt, zwar nicht das des Kalifen, dem ließ er jetzt wieder die Luft abschnüren, daß ihm die Augen fast aus dem Kopf quollen. Er wies nun mit dem kleinen Finger auf die Kellertreppe. An dem seidenen Halsband wurde el-Mustasim hinabgeführt. Schon nach wenigen Stufen zeigte er den Mongolen, wie der Mechanismus bewirkte, daß ein weiterer Gang sich auftat. Aus dem Dunkel glitzerten uns Schüsseln und Pokale, Zierrüstungen und Amphoren, Schatullen und Leuchter, Saumzeug und gar ein Thron entgegen. Alles nicht nur aus Gold und Silber, sondern auch reich bestückt mit kostbaren Edelsteinen. Die Hand wurde dem armen Kalifen auf die steinerne Stufe gedrückt und sein kleiner Finger abgeschnitten. Ich folgte ihnen nicht mehr in die Tiefen des Kellers, aus dem das Würgen des Kalifen zu mir heraufdrang. Ich hörte später, daß er in seinem Bett gestorben sei, nachdem er seinen Peinigern offenbart habe, daß der gesamte Unterbau seiner breiten wie hohen Lagerstatt einschließlich der Säulen, die den Baldachin trugen, aus massivem Gold bestehe. Zu diesem Zeitpunkt hatte er an beiden Händen nur noch wenige Finger, so daß er mit Sicherheit verblutet wäre, aber der Dschuveni ließ ihn erdrosseln.

Ich schlich mich aus dem Palast des unglücklichen Kalifen und fragte mich durch nach der Residenz des Großwesirs. Der Palast war bereits mehrfach geplündert worden. Überall zerbrochenes Mobiliar, zerschlagenes Geschirr und aufgeschlitzte Polster, was zusammen mit Schmutz und noch nicht einmal trockenem Blut so abstoßend wirkte, daß nur noch Ratten und Schmeißfliegen sich in die Nähe der verstümmelten Leichen trauten.

Ich stieg mutig hinab in die Wirtschaftsräume und von da aus in die Vorratskammern. Im finstersten Keller fand ich, versteckt hinter einem Berg von bereits in Verwesung übergegangenen Kadavern, die verängstigten Kinder des Obersten Haushofmeisters, einen Koch und zwei Eunuchen. Nachdem ich den Koch überredet hatte, nicht mit dem Messer herumzufuchteln – ich war vor Angst dem Tode näher als er –, erfuhr ich, daß ihr Herr, der Großwesir, kurz vor der Eroberung den Freitod gewählt habe. Er habe sich in die Gruft seiner ehrwürdigen Vorfahren zurückgezogen und sich einmauern lassen. Er habe sich das gleiche Gift reichen lassen, mit dem auch die Frauen des Harems unter der Aufsicht und nachhelfenden Hand der Eunuchen ihrem Leben ein Ende gesetzt hätten.

Ich ließ mir den Weg zur Gruft beschreiben, weil ich Andacht halten wolle am Grabe des alten Freundes, hieß sie aber in ihrem Versteck zu bleiben, bis die Verfolgung vorbei sei.

Die Ruhestätte lag im hinteren Teil des Parks. Ich lief nicht etwa schnurstracks diesem *ma'abad al miyet* zu, sondern schlenderte zwischen den kunstvoll angelegten Zierfischbassins, in denen Fische mit den Bäuchen nach oben auf dem Wasser schwammen, und den Vogelvolieren dahin, deren gefiederte Bewohner tot am Boden lagen, bis ich vor dem Kuppelbau stand. Ich sicherte wie ein scheues Reh nach allen Seiten, bevor ich näher trat. Vorsichtig umkreiste ich die weißgekalkten Mauern. Keine Spur verriet eine frisch vermörtelte Öffnung. Ich klopfte und lauschte. Ich klopfte dreimal mit einer langen und zwei kurzen Pausen und preßte dann mein Ohr an die getünchte Wand. Die Stimme des Wesirs flüsterte mir so deutlich ins Ohr, als stünde er vor mir.

»Willkommen, mein Freund«, sagte er, als sei unser Stelldichein das selbstverständlichste auf der Welt. »Ist alles vorbei?«

»Ja«, antwortete ich. »Der Kalif ist tot und der Dawatdar auch.«

»*Al hamdu ua shukru lillah!* Dann kann ich ja herauskommen.«

»Wartet noch«, entgegnete ich schnell. »Ich will erst sichergehen, daß Euch nicht das gleiche Schicksal ereilt. Morgen um die gleiche Zeit komme ich wieder und hoffe Euch sagen zu können, ob die Mongolen Euch noch nach dem Leben trachten.«

»Das ist mir gleich!« rief Muwayad ed-Din aufgebracht. »Ich will nicht den Rest meiner Tage als lebender Toter verbringen!«

»Ich bitte Euch, bleibt vernünftig!« flehte ich den Stein an. »Sonst war alles vergebens! Wartet wenigstens noch bis morgen.«

Der Großwesir würdigte mich keiner Antwort, und ich eilte aus dem Garten. Auf dem Weg in mein Quartier marterte ich mir das Hirn, um eine Lösung zu finden, die einen Toten auferstehen ließ, ohne daß er gleich wieder zu Tode gebracht würde. Zu meiner Freude war der Bulgai beim Il-Khan eingetroffen, um den Wert aller gefundenen Schätze zu ermessen und den Anteil festzulegen, der dem Großkhan Möngke zustand. Der Bulgai war als Oberster Richter des Mongolenreiches und uneingeschränkter Herr der Geheimen Dienste ein Mann, den alle fürchteten. Er war von großer Klugheit und unbestechlicher Sachlichkeit. Das machte ihn für mich weit weniger gefährlich als beispielsweise den Dschuveni, der sich von Zuneigung und Haß treiben ließ. Mit dem Bulgai konnte ich reden.

Ich fand ihn in der aufgebrochenen Schatzkammer über Listen gebeugt, seine Leute wogen die Kisten, denn das Zählen hätte zu lange gedauert.

»Mein bescheidener Gruß nimmt sich gering aus, hochverehrter Bulgai, im Vergleich zu der reichen Beute, die diese Stadt Euch verdientermaßen in den Schoß fallen läßt«, sagte ich.

»Ja« – er blickte kaum auf –, »eine rechtzeitige Unterwerfung wäre sie billiger gekommen. Diese Araber können nicht rechnen, auch wenn wir ihnen die Erfindung der Algebra verdanken.«

Er sah mich nun doch an, seine dunklen Augen durchbohrten mich, spießten mich auf wie eine Fliege, mit der man angeln will.

»Was habt Ihr Euch an Vorteil ausgerechnet, daß Ihr mich so gezielt aufsucht?«

»Den hohen Tribut mal abgezogen«, antwortete ich, »bleibt Bagdad immer noch eine große Stadt und als solche ein Wert, der zu Buche schlagen kann, auch mit einer um gut die Hälfte dezimierten Bevölkerung, wenn meine Berechnungen stimmen.«

»Ihr geht nicht ganz fehl, William.« Seine gebeugte Glatze signalisierte mir fortzufahren.

»Eine solche Stadt bedarf einer Verwaltung, die Steuern eintreibt, und eines Gouverneurs, der Euch loyal vertritt.«

»Ha!« Er lachte mich unverhofft an. »Strebt Ihr nun ein weltliches Amt an? Kein schlechter Gedanke, William von Roebruk!« Er musterte mich wohlwollend, und Gottlob fiel ich ihm nicht widersprechend ins Wort. »Ich hatte eigentlich vor, den Großwesir Muwayad ed-Din hier einzusetzen, doch der Herr besaß nicht genügend Vertrauen in die Großherzigkeit unseres verehrten Il-Khans und hat sich, höre ich, mit eigener Hand um seine Zukunft gebracht!«

Jetzt war mein armer Schädel gefordert. Oder sollte ich lieber schweigen? Ich verließ mich auf meine spontane Erfindungskraft.

»Ungern, hochverehrter Bulgai«, sagte ich keck, »übertreffe ich Eure Geheimen Dienste. Doch ich habe vom Obersten Aufseher seines Harems, der in meinen Armen starb, in Erfahrung gebracht, daß der tückische Dawatdar seinen Konkurrenten, den Großwesir, irgendwo lebendig einmauern ließ, bevor er selbst sich mit dem Kalifen zu Verhandlungen in das Lager des Il-Khans begab. Denn der Oberhofsekretär machte sich Hoffnung auf den Posten eines Gouverneurs in Euren Diensten.«

»Wir haben, soweit ich informiert bin, jeden Keller in dieser Stadt aufgebrochen und jeden Fußbreit Boden umgegraben. Sollte uns ein geheimes Verlies entgangen sein?«

»Ich bin gern bereit, für Euch diesem Gerücht nachzugehen«, erbot ich mich eifrig.

»Ihr tut gut daran, William von Roebruk«, sagte er, und sein Blick schnitt wie seines Henkers scharfe Klinge meinen Hals, daß mir die Sprache abhanden kam. »Denn es seid ja Ihr gewesen, der dieses Gerücht in die Welt gesetzt hat, nachdem der einzige Augenzeuge, dieser Beschnittene, in Euren barmherzigen Armen verschieden ist. Die Geheimen Dienste lieben es nicht, übertroffen zu werden, und schon gar nicht lassen sie sich betrügen!«

Seine Glatze senkte sich, womit ich mich verabschiedet fühlen konnte. Es kam mir vor, als sei ich schon aus diesem Leben geschieden, lebendig begraben wie mein freiwilliger Gefangener, den ich jetzt erlösen mußte. Ich schritt rückwärts aus der Kammer.

»Ihr tut gut daran, Muwayad ed-Din zu finden«, mahnte seine Stimme noch einmal, »tot oder lebendig!«

Ich war nicht so töricht, sofort zur Residenz des Großwesirs zurückzukehren, denn es war klar, daß der Bulgai jetzt jeden meiner Schritte beschatten ließ. Ich traute mich auch am nächsten Tag nicht in den Park. Am Abend ließ mich der Bulgai in den Audienzsaal des Kalifenpalastes rufen.

Dort stand Muwayad ed-Din, etwas verlumpt, mit ungepflegtem Bart und wild wucherndem Haupthaar. Die Geheimen Dienste hatten ihn aus seinem Gefängnis befreit. Ich gab mir Mühe, so selbstsicher wie möglich zu wirken, und grinste den Bulgai an. Der wiegte den Kopf, was ich als Zeichen des Einverständnisses ansah, daß ich die Aufgabe zu seiner Zufriedenheit gelöst hatte. Er wandte sich kopfschüttelnd von mir ab und dem Wesir zu.

»Wie kommt es, Muwayad ed-Din, daß Euch der Dawatdar Aybagh nicht einfach umgebracht hat?«

Der Großwesir antwortete ohne jegliches Zögern:

»Weil der Mönch da mich gewarnt hatte!«

»Sprecht die Wahrheit!« drang der Bulgai in seinen Wunschkandidaten.

Mir wurde heiß und kalt, ich dachte, nun redet der sich um sein und mein Leben. Doch der Großwesir bewies seine Eignung für den Posten eines Gouverneurs.

»Als ich von der Gefahr hörte, habe ich mich vorsichtshalber aus dem Leben verabschiedet und meinen sterblichen Leib einmauern lassen«, berichtete er in aller Gemütsruhe. »Ich gab im wahrsten Sinn des Wortes mein Leben in Allahs Hand.«

»Und der wiederum war so klug, sich des William von Roebruk zu bedienen«, schloß der Bulgai das prüfende Gespräch. »Wißt Ihr, daß der Mönch im gesamten Rest der Welt ›das geschlitzte Ohr von Flandern‹ genannt wird?«

»Er hörte die Stimme Allahs«, erwiderte der zukünftige Gouverneur, »und dafür sollten wir ihm dankbar sein.«

Da lächelte der Bulgai.

Ich durfte gehen.

Bagdad, im März A. D. 1258

Obgleich man alle Straßen und Höfe längst von den Kadavern gereinigt hatte – sie wurden am Ufer des Tigris in riesigen Haufen verbrannt –, waren immer noch so viele Leichen unter den eingestürzten Häusern nicht gefunden worden, daß ein Geruch der Verwesung süßlich-dumpf als Dunstwolke über der Stadt waberte. Aus berechtigter Furcht vor Seuchen, denn aufgedunsene Körper fanden sich in den Brunnen und Zisternen, verlegte Hulagu sein Lager aus dem Kalifenpalast auf das Land, nach Hamadan. Mir wurde gestattet, in Bagdad zu bleiben, wofür sich der Patriarch Makika und der neue Statthalter Muwayad ed-Din eingesetzt hatten.

Ich war froh, dem Weiberhaufen um Dokuz-Khatun entronnen zu sein, und nahm auf das freundliche Angebot meines Freundes Muwayad hin in dessen Residenz Quartier. Er selbst bezog den geräumten Palast des Kalifen, der zum Sitz des Gouverneurs wurde. Seine Macht war beschränkt, denn erst wurde er von Hulagus Kämmerer Dschuveni mit unerbittlicher Strenge in das rigide Verwaltungssystem der Mongolen eingewiesen, und als der dann seinem Herrn auf das Land folgen mußte, umgab den Statthalter bereits ein Ring von mongolischen Staatsbeamten und Finanzkontrolleuren, so daß ihm nur noch zu siegeln blieb, was die schon mit ihren Kringeln abgezeichnet hatten.

»Ich fühle mich wie ein Ledergürtel, der sich selbst immer enger schnallt«, vertraute mir Herr Muwayad eines Tages an. »Und auch meine mir unterstellten Aufpasser sind aus Leder, auf dem ich täglich herumkauen muß, ohne Geschmack daran zu finden. Eine Schuhsohle hat mehr Würze. Ich versteh' nicht, daß Ihr es so lange bei den Mongolen ausgehalten habt.«

»Kocht sie, oder legt sie unter den Sattel und reitet sie weich«, riet ich ihm, doch er winkte ab.

»Die bleiben zäh, selbst wenn man sie in kleine Streifen schnitte.«

Muwayads anfängliche Hinwendung zu den Söhnen der Steppe nahm sichtlich ab. Als sei ich daran schuld, daß ihm dieses Schicksal – und nichts Schlimmeres! – widerfahren sei, schien er meine Gesellschaft nicht mehr sonderlich zu schätzen. Von lebenslangem Dank oder gar Zuwendungen von Wert war keine Rede mehr.

Mittlerweile hatte der Il-Khan auch begonnen, seine Truppen aus der Stadt abzuziehen. Viele seiner Heerführer bedauerten das, denn sie hatten sich in den verlassenen Häusern bis zuletzt als Schatzgräber betätigt. Ihr dürft nicht vergessen, daß Bagdad auf einen Schlag weit über die Hälfte seiner Bewohner verloren hatte und natürlich viele der Unglücklichen angesichts der zu erwartenden Plünderung ihre Wertsachen vergraben oder eingemauert hatten. Das Wissen um die Verstecke hatten sie mit in den jähen Tod genommen. Auch Hulagu, so war zu hören, mußte sich Gedanken machen, was er mit den unermeßlichen Schätzen anfing, die von den Abbasidenkalifen in fünf Jahrhunderten angehäuft und ihm nun – zum Großteil, denke ich – in die Hände gefallen waren. Schon aus dem Anteil, den er seinem Bruder Möngke, dem Großkhan, pflichtschuldigst und klugerweise übersandte – das hatte ich noch mit eigenen Augen beobachtet –, konnte man ermessen, wie riesig die Beute ausgefallen war. Zwanzig schwerbeladene Ochsengespanne ächzten unter der Last, als sie die Truhen aus Bagdad abtransportierten, umgeben von einem Heeresaufgebot an Eskorte. Für den ihm verbleibenden bescheidenen Rest ließ Hulagu in Schaha, am Ufer des Urmiah-Sees, eine gewaltige fensterlose Burg bauen, die eine Goldschmelze und voneinander abgeschottete Kammern für jede Art von Edelsteinen umfaßte. In der Mitte soll sich ein Kuppelsaal befinden, in dem der Il-Kahn zur eigenen Verlustierung oder Erbauung all die Gegenstände und Juwelen ausgestellt hat, die er von der künstlerischen Arbeit her als zu kostbar erachtet, als daß man sie einschmelzen oder aus ihren Fassungen brechen sollte.

Der Il-Khan hat vor, sich ganz in der Nähe, in Azerbeidschan, niederzulassen. Seine Gemahlin hat dafür gesorgt, daß auch der Patriarch Makika nicht leer ausging. Sie machte ihm reichliche Zuwendungen, stattete mehrere in Kirchen umgewandelte Moscheen mit prunkvollem Gerät aus und schenkte ihm den alten Kalifenpalast auf dem Westufer des Tigris als Residenz. Die verbliebenen Mongolen haben sich, unter Mitnahme des Gouverneurs, gänzlich auf die Ostseite zurückgezogen. Dort haben sie die erst jüngst errichteten Bauten zu ihrer Verfügung und vor allem reichlich Pferdeställe.

Ich verbringe meine Tage in der mir praktisch überlassenen ehemaligen Residenz des Großwesirs, wenn ich nicht Wanderungen durch die weitgehend verödete Stadt unternehme. Ganze Straßenzüge lang findet man keinen geöffneten Laden, die Werkstätten sind verwüstet oder leer, und auch Menschen treffe ich nur selten, und wenn, dann sind sie mißtrauisch, verhärmt und verängstigt. Meine Residenz teile ich mit den beiden Eunuchen, die sich um die verwaisten Kinder des früheren Majordomus kümmern, und mit dem Koch, der lustlos für mein leibliches Wohl sorgt, sofern ich ihm die völlig überhöhten Preise zahle, die angeblich der Markt von ihm verlangt, und sofern die schlecht erzogenen Kinder mir nicht alles aus den Taschen gestohlen haben. Manchmal fressen sie mir auch das Mahl weg, das auf den Tisch kommt.

In der Stadt ist eine Missionsgruppe von Franziskanerbrüdern eingetroffen, die höchst erstaunt oder, besser gesagt, befremdet sind, den berühmten William von Roebruk hier anzutreffen, und das bei bester Gesundheit. Denn sie hatten gehört, ich weilte schon längst nicht mehr unter den Lebenden. Vom Abendland wußten sie mir fast nichts zu berichten, denn sie kamen aus der *Terra Sancta* und konnten mir nur erzählen, daß dort der Bürgerkrieg, der in St. Sabas zu Akkon begonnen hatte, noch immer tobe und zu den widersprüchlichsten Allianzen führe, die aber alle nicht lange anhielten. Zuletzt hätten gar Genua und die Johanniter, einstmals erbitterte Gegner des Kaisers, die Sache der Hohenstaufen eifrig verfochten. Jedenfalls habe der Papst gerad zu ihrer Abreise Vertreter aller drei Seerepubliken an seinen Hof zu Viterbo bestellt – aus Rom habe ihn der Brancaleone vertrieben – und angeordnet, daß zwei venezianische und zwei pisanische Gesandte auf einem genuesischen Schiff und zwei Genuesen auf einem Schiff der Serenissima sich ins Heilige Land begeben sollten, um dort an Ort und Stelle für Waffenruhe und Beendigung der Zwietracht unter den Christen zu sorgen. Ein Unternehmen, an das meine Brüder nicht glauben wollten.

Als Gegenleistung versuchte ich meinen Brüdern begreiflich zu machen, daß die Nestorianer nicht nur Christen seien und daher nicht bekehrt werden wollten, sondern sich auch der Gunst der mongolischen Obrigkeit erfreuten. Doch das ging nicht in ihre Dickschädel. Es war mir ausgesprochen peinlich, ließ sich aber nicht vermeiden, sie zum Patriarchen Makika zu begleiten, wo sie sich törichter aufführten, als ich mir in meinen schlimmsten Erwartungen ausgemalt hatte. Ich verdrückte mich, bevor sie an die Luft gesetzt wurden.

Als mir bewußt wurde, daß ich von dem Herrn Muwayad keinen handgreiflichen Dank zu erwarten hatte, richtete ich auf meinen Erkundungsgängen durch die Stadt mein Augenmerk auf mögliche, wenn auch unwahrscheinliche Geldverstecke, die naheliegenden waren längst von anderen ausgeräumt. Ich hatte jetzt stets ein abgebrochenes Messer – abgebrochen habe ich es selber, gleich bei meinem ersten Versuch – und ein Schäufelchen dabei. Ich war zum Schatzsucher geworden. Doch das Glück war mir wenig hold. Meine einzige Ausbeute waren ein paar wertlose Ohrringe für kleine Mädchen und ein Rubinreif, der sich als falsch herausstellte. Doch was lag eigentlich näher, als im eigenen Park, ich meine, in dem des Großwesirs, meine – so denk' ich doch! – berechtigte Forderung einzutreiben.

So fand ich mich eines Tages – die Zierfische schwammen wieder, und in der Voliere flatterten Buntfinken – erneut auf dem Weg zur Grabstätte. Ich ging entschlossen zur Rückseite, dort, wo wir damals miteinander geflüstert hatten, waren einige Steine herausgebrochen, ein Loch, groß genug, um einem Mann die Freiheit zu schenken. Ich steckte meinen Kopf durch die Öffnung. Vertrocknete Essensreste auf dem Boden und ein strenger Geruch. An der Wand ein geöffneter Sarkophag und dahinter einige verschlossene Truhen. Sollte der Herr Großwesir keine Zeit gefunden haben, seine Schätze wieder an sich zu nehmen? Schon hatte ich ein Bein in die Mauerlücke gebracht, um meinen nicht gerade schlanken Leib hindurchzuzwängen, als ich hinter mir ein unterdrücktes Kinderlachen hörte. Die Brut des Majordomus! Ich quetschte also meinen Torso zurück, stieß dabei mit dem Kopf an die bröckelnden Steine und saß rittlings wie ein ertappter Einbrecher als dicker Pfropf in dem Loch. Vor mir stand die Kinderschar, flankiert von den beiden Eunuchen und dem Koch, der unnötigerweise mit einem großen Küchenmesser bewaffnet war, was mich zum Lachen brachte. Aber nur mich. Die Kinder sahen mich belustigt, die Eunuchen traurig, der Koch strafend an.

An diesem Abend bekam ich nichts zu essen. Am Morgen brachte ein Bote der Kanzlei des Gouverneurs ein knapp gehaltenes Beglaubigungsschreiben, in dem mir mitgeteilt wurde, daß man meinem Antrag entsprochen habe, mich mit der Bagdad verlassenden Delegation meines Ordens O. F. M., Ordo Fratrum Minorum, ausreisen zu lassen.

Ich begab mich zu Makika, der die Höflichkeit besaß, mich wenigstens persönlich zu verabschieden. Er schüttelte mir die Hände und wünschte mir viel Glück. Bei der Gelegenheit erfuhr ich, daß die Abreise meiner lieben Brüder noch heute stattfindet. Ich muß also schließen.

Das einzig Gute ist, daß mich diese Ereignisse Euch näher bringen, denn wir werden schnurgerade nach Westen wandern, zu Fuß. Spätestens in Damaskus werde ich mich von meinen Begleitern trennen. Diesen Brief aber vertraue ich Makika an, dem der mongolische Kurierdienst zur Verfügung steht. Wenn er das Siegel nicht aufbricht und ihn unterschlägt, wird er Euch erreichen, bevor ich an der Küste des Mittelmeeres angelangt bin. Meine Sehnsucht, Euch, meine lieben Freunde, endlich wieder in die Arme zu schließen, wird meine armen Füße beflügeln und die Blasen und den Sand in den Sandalen in tausend Küsse verwandeln. Vor mir liegen mehr Meilen durch die Wüste als die Alpen von Otranto trennen. Ich träume von einem Kamel, das mich von Oase zu Oase fliegen läßt, in denen glutäugige Huris mich unter Palmen erfrischen und des Nachts zärtlich erwärmen. Solcherart sind meine Gedanken an Euch, die mir vorauseilen sollen an den Ort, an dem Ihr, meine kleinen Könige, Euch gerade aufhaltet. Vergeßt mich nicht.

In Liebe und in Eile, Euer William

Yeza und Roç schauten sich an. Sie hatten, die Köpfe eng zusammengesteckt, auf ihrem Bett gelegen und den Brief Williams »in einem Rutsch«, wie Yeza zu sagen pflegte, durchgelesen. Sie richteten sich auf, und Roç schlang die Arme um Yeza.

Konnte sie früher nicht genug kriegen – wie oft hatte sie sich festgebissen, daß es ihn schmerzte –, geschah es jetzt öfter, daß Yeza aus einer kaum begonnenen Zärtlichkeit ausbrach, weil ihr plötzlich der Sinn nach anderen, »wichtigeren« Dingen stand. Sie genoß zwar die immer noch und immer wieder aufflackernde Leidenschaft im Zusammenspiel ihrer Körper, doch zunehmend empfand sie es als »Tändelei«, vergeudete Zeit, die von der Beschäftigung mit Dingen des Geistes abhielt. Roç war so furchtbar sensibel! Oder lag es an ihr, dieser Verlust von Zärtlichkeit?

»Unsere Liebe ist unser teuerstes Gut, ist unser heimliches Königreich«, sagte sie laut, schon um jeden Zweifel, auch den eigenen, zu übertönen. »Nie wollen wir von unserer Liebe lassen!«

»Das schulden wir William«, meinte er verlegen, und sie lachte.

»Das schulden wir uns! Aber Williams Bericht verdanken wir, daß er uns endgültig die Augen über die Mongolen geöffnet hat!«

»Ja«, erklärte Roç und erhob sich. »Wir werden Arslan mitteilen, daß eine Rückkehr des Königlichen Paares zu den Mongolen zur Zeit nicht in Betracht kommt.«

»Mit der Nachricht kann er vor Kitbogha treten oder wer auch immer ihn geschickt hat«, sagte Yeza. »Ich möchte ihm nicht weh tun.«

»Uns aber bitte auch nicht!« Roç lachte, und seine Stimme bekam einen trotzigen Klang. »Ich bin es leid, von allen benutzt zu werden.«

»Wer ist denn da noch?« spottete Yeza. »Keiner hindert uns, zu denken und danach zu handeln.«

»Du hast recht«, entgegnete Roç nachdenklich. »Eigentlich haben wir jetzt niemanden mehr auf der Welt!«

»Doch!« erwiderte Yeza ernst. »Uns!«

EIN FRÖHLICH' STECHEN

Der Frühling war ins Land gezogen, das Languedoc und das Roussillon standen im zarten Grün, die Kirschbäume in voller Blüte. Darüber wölbte sich der azurblaue, wolkenlose Himmel. Die fernen Spitzen der Pyrenäen waren noch schneegekrönt, die näheren Berge ragten schroff in grauem Granit aus den dunklen Wäldern, doch der Pog, der schönste von allen, trug, einem Kleinod gleich, auf der ausgestreckten Hand die Mauern des Montségur. Wie eine geöffnete Frauenhand, zur Sonne anbetend erhoben, mochte er allen erscheinen, denen er Freund und Tröster war, wie eine geballte Faust jenen, die zu seinen erbitterten Gegnern zählten.

Die drei Ritter, die ihre Rüstungen abgelegt hatten, sahen ihr Ziel schon von weitem. Die am Sattelknauf hängenden Schilde und die aufgeschnallten Helme samt Zimier wiesen sie als Söhne jenes Adels aus, der nicht seit alters her in Okzitanien beheimatet war, sondern den es als Eroberer aus dem Norden Frankreichs hierher verschlagen hatte. Und doch fühlten die jungen Burschen sich zu Hause, wieder zu Hause, denn sie kehrten nach Verbüßung ihrer Strafe auf einer Templergaleere heim.

Angeführt wurden sie von Raoul de Belgrave, einem blonden Recken, der sich seiner einnehmenden Wirkung, auch auf Frauen, gewiß war. Er stammte aus altem Normannengeschlecht und führte den Geißbock als Helmzier, und der *chevron* wiederholte sich samt drei Silberrauten als Hermelinsparren auf rotem Grund im Wappen.

Mas de Morency, der zweite im Bunde, war schon früh ein Waisenknabe, eine bittere Erfahrung, die sich sichtbar in wölfischen Zügen, stets lauernder Haltung und mißtrauischer Verschlossenheit niedergeschlagen hatte.

Der dritte war Pons de Levis, der dickliche Sohn des regierenden Grafen von Mirepoix, ein stämmiger, ungeschlachter Kerl, halb anhänglicher Tolpatsch, halb grausamer Blödel.

Das Jahr als Ruderklaven unter der strengen Fuchtel des Taxiarchos hatte sie alle drei nicht zu besseren Menschen gemacht, nur verschlagener.

»Ich seh' dich noch als Wikinger auf Grünland, Mas!« Wenn Raoul lachte, zeigte er sein weißes Raubtiergebiß. »Wie der Eisbär dich jagte und die Robbenmutter dich rettete, als du von der Eisscholle ins Wasser fielst.«

»Das war ein eifersüchtiges Walroß«, gab der Morency heraus, »und dich schleppten diese Eismongolen in ihren Iglu, damit du ihre in Tran gewälzten Ehefrauen beglücktest, was du ja auch mit Eifer betrieben hast wie ein Schlittenhund!«

»Mit Recht!« verteidigte Pons seinen Anführer. »Danach gab's nicht einmal mehr eine Elchkuh, bis wir endlich in der Biskaya wieder Land unter die Füße, aber noch längst keine Möse unter den Schlegel bekamen. Doch am Montségur, auf dem Turnier, da werden endlich richtige Weiber sein; für dich, Raoul, sicher jede Menge!« Ein Sehnsuchtsseufzer entrang sich der Brust des kleinen Pons, der als letzter ritt und sich auch gleich wieder der Hackordnung fügte. Der erste und beste Bissen gebührte dem bewunderten Belgrave, dem stärksten und schönsten von ihnen, dem alles einfach nur so zufiel.

»Diesmal wird dir die Herrin des Stechens nicht ihr schönes Gesäß weisen, Pons. Es ist die ehrbare Dame, aus deren Hand du die Siegeskrone empfangen wirst«, stichelte Mas de Morency, »falls du nicht beim ersten Stoß aus dem Sattel auf den Hintern fällst!«

»Hauptsache, sie bricht mir nicht wieder den Arm!« maulte der Gehänselte.

Raoul kam ihm zu Hilfe.

»Wenn ich Mas wäre, würde ich meine Hand verstecken, wenn wir Ihr vorgestellt werden.«

»Und sollten uns unsere Helme vom Herold des Königlichen Paares nicht schon vor Betreten des Turnierplatzes wieder vor die Füße geworfen werden«, dämpfte Mas de Morency die Zuversicht des Anführers, »dann wird die Dame Yeza – so sie uns wiedererkennt – uns sicher nicht gegen ihren Ritter Roç antreten lassen, schon aus Angst, wie könnten ihm den Stößel stauchen oder das Blech verbeulen!«

»Wenn ein junges Weib drei Burschen wie uns abhängt wie gestochene Ferkel an die Haken, dann kannst du davon ausgehen, daß ihr Herr sehr wohl weiß, wie man Hieb und Stich austeilt. Der Penikrat hat mir von ganz anderen Taten dieses Roç Trencavel berichtet: Allein und nur zu seiner Freude ist er stets gegen eine Zehnerschaft mongolischer Krieger angetreten, nur mit einer Bambusstange bewaffnet.«

»Na und?« Mas hörte das nicht gern.

»Er sprang über sie hinweg und trat sie in den Hintern.«

»Und dann?« Pons war neugierig.

»Als sie sich umdrehten, saß er längst im nächsten Baum. Sie schossen mit Pfeilen auf ihn, aber keiner traf.«

»Die konnten wohl nicht so gut zielen wie die kleine Hexe, die dich nagelte«, nörgelte Mas.

»O doch!« Raoul lachte. »Aber ich verrat' dir nicht, wie dieser Roç es fertigbringt, dein Schwert zu zerbrechen, als sei es aus Holz. Und er schlägt dir mit der bloßen Hand auf deinen behelmten, aber törichten Schädel, daß dir die Tränen in die Augen schießen!«

»Mir? Nie!«

»Gut oder schlecht, wenn du nicht weinen kannst, dann ist der Schmerz noch heftiger, Mas«, entgegnete Pons.

»Das werden wir sehen!« kläffte Mas, lustlos, den Streit fortzuführen.

»Statt uns zu hacken«, forderte Raoul, »sollten wir lieber überlegen, wie wir vorgehen, wenn wir nicht wie begossene Rüden mit eingezogenem Schwanz fortgeschickt werden wollen. Ich will in die Schranken reiten, das ist meine Lust!«

»Der edle Ritter!« höhnte Mas. »Hast ja auch dem Taxiarchos dein Ehrenwort gegeben, daß wir nach diesem Abstecher –«

»Ein Turnier ist kein Abstecher, sondern ein ehrenvolles Eintreten –«

»Ich meine, du hast versprochen, daß wir uns ›nach diesem Umweg‹ brav und folgsam wie die Novizen bei den Templern in Rhedae einfinden und uns gnädigst von unseren Sünden lossprechen lassen.«

»Ja«, sagte Raoul ganz ruhig. »Paßt dir das nicht, Mas?«

»Ich denke doch nicht daran!« bellte der. »Bei Präzeptor Gavin zu Kreuze kriechen –«

Er kam nicht weiter, denn Raoul langte zu ihm hinüber, griff mit der einen Hand an Mas' Eier, packte ihn mit der anderen am Kragen, hob ihn hoch und setzte ihn neben sein Pferd. Er hatte ihn einfach fallen lassen.

»Wenn ich mein Wort gebe«, sagte er laut, »dann wird das von uns dreien gehalten, nicht wahr, Pons? Oder wir sind nur noch zu zweit!«

Der Angesprochene nickte heftig, während Mas sich die Erde von den Hosen klopfte.

»Ist schon recht, Raoul!« erklärte er vernehmlich, worauf Pons ihm die Zügel seines Tieres zuwarf, damit er wieder aufsteigen konnte.

»Also«, fuhr Raoul fort, »wir wollen doch nicht umsonst unsere Rüstungen geputzt, die Pferde und die Schabracken hergerichtet und diesen weiten Ritt gemacht haben. Als wir vor dem Gericht der Templer standen, hat das Königliche Paar uns verziehen.«

»Seiner Gnade verdanken wir, daß wir noch unsere Köpfe auf den Schultern haben!« rief Pons und wandte sich gegen Mas. »Auch du den deinen!«

»Streitet jetzt nicht!« mahnte Raoul. »Und du, Pons, hast damals versprochen, solche ›Gunst‹ eines Tages ›dienend zu erstatten‹. Dem wurde nicht widersprochen. Also kommen wir nun und treten in den Dienst! Wie findest du das, Mas?«

»Grandios!« rief statt seiner Pons. »Raoul, du bist der Größte!«

»Und Pons ist ein Herkules an Weitsicht! Ich bin von Genies umgeben! So knie ich also nieder vor dem Ritter Roç und der Dame Yeza und sage: ›Nehmt mich, armes Waisenkind, Mas de Morency, Pflegesohn des ehrenwerten Grafen Lautrec und seiner anmutigen wie feinsinnigen und zarten, lieben, edlen Frau Esterel, als Euren untertänigsten Diener!‹?«

»So ist es richtig«, erwiderte Raoul, »nur verkneif dir den Schwanz an Brunftgeschrei aus Zuneigung zu deiner Ziehmutter!«

»Zuneigung?« fauchte Mas. »Ich verzehre mich in ihrer Anbetung, ich wichse mit ihrem Bild vor den Augen, ich brenne vor Leidenschaft!«

»Gewiß, aber du stellst sie bloß, wenn du dich zu solchem Lob ihrer Tugenden hinreißen läßt.«

»Du hast ja recht, immer hast du recht, Raoul!« sagte Mas de Morency gepreßt. »Ich tröst' mich mit Huren!«

»Die werden wir am Montségur kaum finden«, sagte Pons traurig. »Ich hätt' viel lieber einen knackigen Weiberarsch zwischen den Schenkeln, als mit diesem Roß auf lange Lanzen zu galoppieren –«

»Bei dir währt's eh nur kurz«, tröstete ihn Mas. »Und dann hast du tagelang kein Verlangen mehr nach Mösenstoßen –«

»Ich kann es kaum erwarten!« rief Raoul. »Laßt uns schneller reiten, sonst kommen wir noch zu spät!« Er preschte los, daß seine Gefährten Mühe hatten zu folgen.

Auf der grünen Wiese, in die der Camp des Crémats flach auslief, war eine hölzerne, in der Mitte überdachte Tribüne aufgeschlagen, mit der Rückseite zum Montségur. Yeza hatte die Burg zwar im Auge behalten wollen, aber in Anbetracht der Familien, denen der Scheiteracker noch wie ein Pfahl im katharischen Gemüte stak, hatte sie mit Feingefühl darauf verzichtet.

»Die Damen sollen ja auch nicht vom Stechen abgelenkt werden«, hatte Rinat ihr die Sache schmackhaft gemacht. »Und wer von den Rittern zu Euch herübergrüßt, dem wird ein unvergleichliches Bild geboten: Der ungekrönten Herrin des Pog schwebt die Gralsburg als Krone über dem edlen Haupt!«

»So will ich dann von Euch gemalt werden!« rief Yeza. »Im Vordergrund bitte noch zwei aufeinander zusprengende Ritter, die Lanzen eingelegt, die Schilde aller edlen Teilnehmer am Bildrand, Jordi mit Laute zu meinen Füßen, und von oben stößt eine Taube herab mit einem Zweiglein im Schnabel.«

»Nein, vor Euch kniet Herr Roç Trencavel und empfängt aus Eurer Hand den blumengewirkten Siegerkranz.«

Rinat verneigte sich. Er war mit der Ausgestaltung der Festwiese und der Damentribüne beauftragt worden und hatte alle Hände voll zu tun.

Rechts und links in einigem Abstand seitlich versetzt, waren jeweils die Fahnenständer aufgebaut, wo die Herren ihr Banner, so sie eines hatten, je nach Zugehörigkeit zu einer der beiden sich befehdenden Parteien einstecken konnten. Zur Rechten flatterten bereits die rotgelben Streifen, einmal drei, einmal vier für die Grafschaften Foix und Roussillon, sowie das Schlüsselkreuz der Tolosaner, gelb auf rotem Grund. Der einzige, der seine Fahne schon dazugegeben hatte, war Roç. Um sein Wappen hatte es einigen Streit beim Königlichen Paar gegeben. Roç bestand auf den Farben der Trencavel, aber Yeza wies darauf hin, daß diese längst vom französischen Seneschall für Carcassonne vereinnahmt waren. Yeza schlug ihm das tolosanische Kreuz vor, verbunden mit der Lilie der Prieuré von Sion, so wie sie es beide in ihren Ringen trugen. Aber Roç wollte nach den schlimmen Erfahrungen mit den Einrichtungen der Kirche Roms, mit der Inquisition und auch den Templern, auf keinen Fall im Zeichen eines Kreuzes antreten.

»Und bei der Lilie, da denkt jeder an Frankreich!«

Yeza bot ihm in Erinnerung an seine Mutter, die er nicht gekannt hatte, die drei Geparden der Staufer an, schließlich sogar den schwarzen Reichsadler des Kaisers. Aber all das machte ihren Trencavel nicht glücklich.

Schließlich schlug Jordi vor, auch das Problem der Heraldik dem Rinat aufzubürden. Der hatte dann den Bordrand rot umfaßt und in gleicher Breite diagonal geteilt, *bande de gueules,* wie er es nannte, und auf dem »goldenen« Grund – er war schlicht gelb! – hatte er oben den schwarzen Adler und unten die Geparden plaziert. *En terrasse* brachte er auch noch die katalanischen roten Streifen, die *pals,* unter. Das Ensemble wirkte sehr gewichtig, und Roç war es zufrieden.

Zur linken Hand sollten die Franken sich einfinden, aber noch war kein Vertreter Frankreichs erschienen. Und niemand hatte daran gedacht, wenigstens eine einladende Oriflamma zu besorgen. Der Kübel gähnte leer, so daß der Graf von Mirepoix zähneknirschend einen Knappen losschickte und die *Trois chevronnels*, seinen fast fernöstlich anmutenden Stander, aufpflanzen ließ.

Jourdain de Levis war mit großem Familienaufgebot erschienen. Das Turnier bot dem alten Grafen Gelegenheit, seine Schwester und seine älteste Tochter Melisende wiederzusehen. Sein Eidam Burt de Comminges war schon von weitem erkennbar an dem roten Tatzenkreuz auf weißem Grund, das in der Form dem der Deutschen ähnelte. Das wuchtige Emblem entsprach Burts Charakter, der keiner Schlägerei aus dem Wege ging und lieber zu Kampfspielen wie diesem unterwegs war, als daß er sich um sein scheues Weib auf der Stammburg kümmerte. Melisende schien dort wie eine weiße Lilie einsam dahinzuwelken. Dafür war der Graf von Comminges dem Mirepoix ein verläßlicher Gesell. Die jüngste Schwester, Esterel de Levis, war mit Gaston de Lautrec verheiratet, ein stiller Mann, der dem derben Ritterleben zwischen Fehden, Hatz und Stechen wenig abgewinnen mochte. Es hieß, er lese und könne auch schreiben. Die ruhige Ehe der beiden war kinderlos geblieben. Deshalb hatte Gaston den verwaisten Mas de Morency aufgenommen und sich auf das Unterfangen eingelassen, dem Knaben eine Erziehung angedeihen zu lassen. Der Versuch war gründlich fehlgeschlagen, er verstand sich mit dem aufsässigen Mas überhaupt nicht. Nur bei seiner Frau Esterel, einer reifen Schönheit voll von Vitalität und sprühendem Witz, schmolz die bockige Feindseligkeit des verschlagenen Mas wie Butter, und er wurde sanft wie ein Lamm, was sie gar nicht verlangte.

»Er bewundert dich so sehr, meine Teure«, hatte ihr Gaston erklärt, »daß es ihm nicht nur die Boshaftigkeit austreibt, sondern auch die vulgäre Sprache verschlägt.«

»Das traurige ist, Mas kann nicht lachen«, vertraute ihm seine Frau an, »sosehr ich auch mit ihm scherze!«

Ihre Nichte Mafalda, des Jourdain jüngste und völlig verzogene Tochter, hatte dies Gespräch zwischen den Eheleuten gehört.

»Sie sollte einfach mal mit ihm schlafen!« gab sie ihre Überzeugung an ihre Schwester Melisende weiter, die darob einen roten Kopf bekam, was Mafalda auch bezweckt hatte.

Mafalda war Gers d'Alion versprochen, einem dunkellockigen Knaben, der ihr ungestümes Begehren erstaunlicherweise zu befriedigen verstand. Das war nicht eben wenig, denn Mafalda war ebenso stattlich wie sinnlich. Doch Gers gelang es, sie wahnsinnig zu machen, unersättlich in ihrem Verlangen nach seinem Körper, nur seinem allein. Ihr stellten viele Männer nach, aber sie ließ sie stolz und satt abblitzen. Sie hielt das für Liebe.

Vielleicht war es die tiefe Gleichgültigkeit des Gers d'Alion gegenüber dem weiblichen Geschlecht, die ihn so anziehend machte.

Seine Zuneigung galt ganz klar seinem Vetter Simon de Cadet. Gers war ein trefflicher Ritter, sicher in Hieb und Stich, doch auch das nur, weil Kriegsspiel und Kampf dem Simon so sehr gefielen. Beide waren sie Neffen des Levis, der sie gern um sich hatte. Da der Graf keine weitere Tochter hatte, die er dem Simon hätte geben können, riet er ihm, auch in Anbetracht seiner Neigungen, zu den Templern zu gehen. Jourdain de Levis betrachtete die Männerfreundschaft seiner Neffen als eine stete Bedrohung der zukünftigen Ehe Mafaldas. Das Mädchen war sein Augapfel, und er ließ der frühreifen Wildkatze auch durchgehen – gefragt hatte sie ihren Vater eh nicht –, ihrer Leidenschaft für Gers d'Alion vorehelich und hemmungslos zu frönen. Doch Mafalda und Simon waren einander zugetan, schon in ihrer Liebe zu Gers. Er bewunderte ihre strotzende Weiblichkeit, ohne ihren Körper zu begehren, und Mafalda nahm ihn als angenehmen Bewunderer und stillen Verehrer, auf den ihr Gers nicht einmal eifersüchtig war. So sah der bedächtige Simon keinerlei Grund, das stimulierende Dreiecksverhältnis zu verlassen und sich den muffigen Templern anzuschließen.

Yeza empfing auf der Tribüne die Damen. Die heitere Esterel hatte sie sofort in ihr Herz geschlossen und an ihren Busen gedrückt. Melisende hielt sich scheu zurück. Vielleicht neidete sie der jüngeren Yeza Elan und Umsicht, war eingeschüchtert von ihrer Schlagfertigkeit, verschreckt ob des kämpferischen Naturells, alles Eigenschaften, mit denen sie nicht ausgestattet war. Dafür hielt sie sich für fraulicher.

»Darf ich Euch meine ältere Schwester Melisende vorstellen? Ein Ausbund von Tugend!« Damit schob Mafalda die Zögernde vor. Das gab ihr die Möglichkeit, die nahezu gleichaltrige Yeza in Augenschein zu nehmen. Die Dame Yeza lebte bekanntermaßen in morganatischer Ehe mit ihrem Roç, und das seit Jahren. Doch machte sie davon kein Aufhebens, weder turtelte sie mit ihrem Galan herum, noch gab es Szenen der Eifersucht und wilde Versöhnung, all die Kräche, ohne die sich Mafalda die wahre Liebe nicht vorstellen konnte. Alles, was diese Gralsprinzessin tat, schien einfach und selbstverständlich, und ihr Verhältnis zu ihrem Herrn Roç schien von so viel sichtbarem Vertrauen und stillem Einverständnis und dazu von einer ganz starken Liebe geprägt, daß Mafalda ganz neidisch wurde. Dazu kam die unbefangene Art, mit der Yeza auch mit anderen, älteren oder jüngeren, Männern umging. Die konnte denken wie ein Mann. Und Mafalda spürte, daß Yeza sie als *pez de fica* ansah, ansehen mußte, weil sie, Mafalda, ja wirklich nichts anderes war als Arsch, Titten und dazwischen ein nasses Loch. Mafalda haßte Yeza wegen ihres Kopfes. Die hatte eben nicht nur schönes blondes Haar, sondern darunter noch Hirn und wußte damit umzugehen, und zwar mit einer so leichten Würde, daß keinem Mann der Respekt, den er ihr unwillkürlich zollen mußte, als Last erschien.

Mafalda hatte kastanienrotes Haar, dunkle, feurige Augen und war im Gegensatz zu Yeza mit einem üppigen Busen ausgestattet, und die dürre Prinzessin hatte grad mal einen Ansatz dazu. Das mußte als Trost herhalten, Gers d'Alion würde auf die nicht fliegen! Doch gerade jetzt mußte sie sehen, wie ihr Liebster und auch Simon, der Verräter, völlig unbefangen mit Yeza lachten und scherzten und selbst deren Zofe mit einbezogen! Eine Prinzessin der Tolteken sollte die sein, der Name war unaussprechlich. Die Kleine hatte eine Nase, mit der ein Streiter als Axt ins Feld hätte ziehen können. Doch die Kakpotzl schämte sich dieses Adlerschnabels keineswegs, sondern plapperte fröhlich mit den Kerlen, und ihre Herrin verbot ihr nicht einmal den Mund.

Rinat hatte die Schranken inspiziert, eine doppelte Bande aus geschälten Stämmen in Höhe der Kruppe, die den Reitenden als Richtschnur und Barriere diente. Wenn man geschickt war, konnte man den Gegner darin so abdrängen, daß sein Spielraum eingeschränkt und er dem Stoß nicht mehr auszuweichen vermochte. Ebenso war dieser Zaun auf der einen Seite als Sicherheitsabstand zur Tribüne gedacht, damit kein Kämpfer in voller Rüstung zwischen die Frauen krachte, wenn er vom Pferd flog.

In der Mitte des Turnierfeldes, genau gegenüber der überdachten Ehrenloge, hatte der Zeremonienmeister ein Podest aufgestellt. Hier wurden die Lanzen in einer Reihe in Haltern senkrecht aufgestellt. Wenn die Parteien feststanden, dann ritten die Gegner rechts und links um die Schranken herum dorthin, trafen ihre Wahl, griffen sich die Lanzen oder ließen sie sich von Pagen reichen und begaben sich zu ihrem Fahnenstand, dem Ausgangspunkt ihres Ritts. Soweit war alles fertig und bereit, nur der Gegner fehlte. Jourdain de Levis konnte schließlich schlecht allein für Frankreich reiten.

Wolf von Foix, der alte Freund des Mirepoix und der einzige, dessen Sippe keineswegs als Eroberer ins Land gekommen war, hatte deshalb vorgeschlagen, auch Gaston und Burt sollten ruhig unter die Oriflamma treten; er wolle es wohl »für ein freies Okzitanien!« mit allen aufnehmen.

Wolf von Foix hatte gut reden. Er lebte als Faidit ständig auf der Flucht und schlug sich täglich mit seinen Verfolgern. Er war bereits Legende geworden, und daß er noch in Fleisch und Blut hier auftreten konnte, verdankte er seiner unerschöpflichen Kampfkraft, seiner Schnelligkeit und nicht zuletzt seinem Freund Jourdain, der ihn schützte, wo er nur konnte.

Die Grafen von Foix waren sowohl mit denen von Toulouse versippt als auch mit den Trencavels von Carcassonne. Die Vicomtes von Mirepoix waren einst ihre Vasallen gewesen, aber das alles spielte keine Rolle mehr. Wolf von Foix weilte seit Jahren als Gast auf der Burg von Mirepoix, wenn er nicht ruhelos das Land durchstreifte, das einst seinen Vorvätern gehört hatte.

»Nein«, entschied Jourdain, »das Vergnügen bereiten wir Euch nicht: Der einsame Wolf reißt drei, vier, fünf fränkische Lämmer – das würde Euch endgültig zum Mythos erheben wie den Perceval!«

»Also, Lämmer ist auch übertrieben.« Der Foix lachte. »Ich will nicht sagen Hammel, aber Widder, ordentlich gehörnte, die könnt' ich unter Euch schon finden!«

»Er will uns nur herausfordern.« Burt grinste. »Ich will lieber als Hammel geschlachtet werden denn als Gehörnter!«

»Wer die Sittsamkeit zum Weibe hat, der kann sich leicht den Aries zum Zeichen wählen, steht ihm doch Mars im Stechen zur Seite«, sagte Gaston bedächtig. »Ich bin schon ein alter Steinbock, mir würde ein Stoß unseres Freundes alle Rippen brechen!«

»Na gut«, knurrte der Wolf und lachte. »Dann warten wir eben auf die echten Franken, die der Seneschall uns schicken wird!«

Und sie gingen wieder zu den Frauen, um ihnen die Zeit zu vertreiben.

Die Girlanden auf der Tribüne, die einsamen Fähnlein in den Flaggenständen, die farbigen Bänder, mit denen die Schranken festlich umwickelt waren, die blütengleichen Seidentücher der edlen Damen unter dem Dach und die bunten Kleider der Frauen aus der Umgebung, die auf den Bänken unter freiem Himmel saßen, alles flatterte erwartungsvoll in der Frühlingsbrise, die vom Pog herabstrich.

Die Sonne stieg höher, mit ihren warmen Strahlen spielte der Wind, der noch kühl von den schneebedeckten Gipfeln der Pyrenäen herabwehte, die Blüten zauste und um die Gesichter der Männer strich, die seit dem frühen Morgen warteten. Es waren Soldaten, die Gilles Le Brun, der Konnetabel von Frankreich, herbeigeordert hatte, weil er dem alten Seneschall von Carcassonne und dessen Mannen nicht traute.

Pier de Voisins war schlicht überfordert mit der Aufgabe, das Turnier vom Montségur als große Falle für herbeiströmende Faidits anzulegen. So hatte Gilles es übernommen, um den Pog einen stählernen Ring zu legen, damit ein jeder kampfeslustig hinein – und keiner unangefochten wieder hinaustraben konnte. Doch wie schon einst die Belagerer des Montségur mit einem weitaus größeren Heer daran verzweifelten, diesen verfluchten Berg abzuriegeln, sah sich auch der Konnetabel schnell zum Scheitern verurteilt. Zu wild geklüftet war die bewaldete Umgebung mit ihren felsigen Schluchten und reißenden Bächen in tiefer Klamm. So beschränkten sich die beiden ungleichen Befehlshaber darauf, nur an den ihnen bekannten Zugängen und erkennbaren Wegen Straßensperren vorzubereiten, in aller Heimlichkeit, denn niemand sollte gleich wieder umdrehen oder Mittel und Pfade finden, sich dem Zugriff zu entziehen.

Der Anreiz, zum Gelingen des Unternehmens beizutragen, war bei beiden Männern äußerst ungleich. Gilles Le Brun vertrat die Krone Frankreichs an allen Fronten, im ständigen Krieg mit England, von Bordeaux bis Cherbourg, bei Aufständen der Bretonen oder Flamen bis hin zu den lästigen Reibereien mit dem mächtigen

Nachbarn im Osten und im Süden, wo dem Deutschen Reich seit langem die starke Hand eines Kaisers fehlte. So war das Languedoc für ihn völlig unbedeutend und zudem ein Kriegsschauplatz, der eigentlich keiner sein durfte, hatte Frankreich doch das eroberte Ketzerland dem königlichen Bruder Alphonse von Poitou übergeben. Der hatte sogar Johanna, die letzte Erbin von Toulouse, geehelicht, doch befriedet hatte er die Region nicht. Er saß im fernen Poitiers, und ein Erbe war ihm versagt geblieben. Gilles Le Brun kannte sich mit den okzitanischen Verhältnissen nicht aus und hatte auch nicht vor, das zu ändern. Sein Untergebener, der Seneschall von Carcassonne, hingegen war schon zum zweiten Mal hierhergeschickt worden, obwohl er sich schon in seiner ersten Amtszeit zu schnell angepaßt hatte, was der Konnetabel, der für hartes Durchgreifen war, als falsche Rücksicht und Laschheit zieh. Damit hatte er wohl recht, doch ob seine Methoden hier Erfolge zeitigen würden, mußte Herr Gilles erst einmal beweisen. Danach konnte er auf Ablösung des zu nachgiebigen Pier de Voisins drängen.

Bei den Herren stand Oliver von Termes, den der Konnetabel im Grunde seines rauhen Herzens verachtete, denn Oliver war und blieb für ihn ein Überläufer, dem er grundsätzlich nicht traute. Doch war der wiedereingesetzte Herr von Termes bis jetzt der einzige, der sich hier eingefunden hatte, um für die Farben Frankreichs in die Schranken zu reiten. Gilles Le Brun sah mit Zorn, wie der schon die heilige Oriflamma, »sein« Kriegsbanner, zur Hand genommen hatte, um es auf den Turnierplatz zu pflanzen. Da wäre er schon lieber selbst dort erschienen, um die Ehre der Krone zu verteidigen, doch das war nicht seine Aufgabe.

»Wo bleiben denn Eure Ritter?« ging er schlecht gelaunt seinen Seneschall an. »Verkriechen sich die edlen Herren, wenn es gilt, für den König einzutreten, aus dessen Hand sie ihr Lehen empfingen?«

»Es sind die Herren, von deren Einstellung ich Euch schon berichtet«, entgegnete resigniert Pier de Voisins und zwirbelte seinen traurigen Seehundsbart. »Ihr wolltet es ja nicht glauben, aber sie pfeifen auf Paris.«

»Das will ich ihnen austreiben!« Der Konnetabel stampfte auf.

»Dazu müßten sie Euch zuvor die Reverenz erweisen«, spottete

Oliver, der den eingebildeten Nordfranken auch nicht leiden konnte. »Wenn sie überhaupt hier zum Stechen erscheinen, dann nicht über den Weg, an dem Ihr Euch aufgestellt habt. Vielleicht sind sie längst auf der Wiese?«

Das ärgerte den Konnetabel noch mehr.

»Wenigstens wird einer aus Paris kommen«, trumpfte er auf, »der sie alle *mores* lehren wird.« Er schwieg, weil er schon zuviel gesagt hatte.

Aber Oliver war neugierig und vor allem ungläubig. »Wer soll das schon sein?!« reizte er den obersten Kriegsherrn Frankreichs, und das mit Erfolg.

»Der Schwarze Ritter!« Der Seneschall sah sich veranlaßt, den Schleier des Geheimnisses ein wenig zu lüften. »Paris hat sein Kommen angekündigt. Wir wissen auch nicht« – er warf dem Konnetabel mißtrauisch einen fragenden Blick zu, dem dieser aber auswich –, »wer es sein wird.«

Pier Le Voisins war gerade der berechtigte Verdacht gekommen, daß Gilles sehr wohl wissen könnte, wer dahintersteckte, wenn er es nicht sogar selbst war, der eine solche Inszenierung bestellt hatte.

»›Der Schwarze Ritter‹?« spöttelte Oliver, als hätte er das gleiche gedacht. »Das klingt nicht nach einem Helden auf der Suche nach Abenteuer, sondern riecht eher nach finsterem Komplott.«

»Wer auch immer es sein mag, mein lieber Oliver«, antwortete Pier de Voisins, weil sich der Konnetabel immer noch in abweisendes Schweigen hüllte, »wir sind angehalten, weder nach seinem Begehr zu fragen noch seine Identität zu lüften und vor allem, ihm keinen Stein in den Weg zu legen.«

»Die Anordnung lautet«, fuhr ihm Gilles Le Brun dazwischen, »alles zu unternehmen, was die Aufgabe des Unbekannten erleichtert!« Er blickte streng zu Oliver. »Ich erwarte auch von Euch, daß Ihr seinen wie auch immer gearteten Wünschen ohne Widerrede nachkommt!«

»Wird der seltsame Herr denn mit mir sprechen?« fragte Oliver erstaunt. »Ich könnte ihn doch an seiner Stimme erkennen!«

»Sorgt Euch lieber, daß Euch ein anderer nicht erkennt«, zahlte es ihm jetzt der Konnetabel heim. »Wir haben gehört, daß Euer alter

Freund Xacbert de Barbera dies Turnier nicht meiden will, obgleich wir auf ihn warten, nur weil er noch eine offene Rechnung mit Euch hat, Herr Oliver.«

Das brachte den Herrn von Termes allerdings zum Schweigen. Das Herz rutschte ihm hörbar in die Hose.

»Es ist nicht gewiß«, versuchte der mitfühlende Pier de Voisins den Schreck zu mildern, doch der Konnetabel drehte genüßlich das Schwert in der Wunde; in die Eingeweide hatte er den Renegaten getroffen.

»Ich wünsch' mir, daß der alte Herr von Quéribus hier aufkreuzt, damit ich ihn endlich baumeln seh', dann hätt' ich meine Zeit hier nicht vertrödelt.«

Er unterbrach sich und winkte wie ein Jäger, der sein Wild wittert, die beiden hinter sich ins Gebüsch, denn es war Pferdetrappeln auf dem Weg zu hören, der sich unter ihnen vorbeischlängelte. Die im Wald versteckten Soldaten gingen in Deckung. Auf dem engen Pfad tauchten drei Reiter auf, zu jung, als daß der Gesuchte darunter wäre. Auch verbargen sie ihre Gesichter nicht, ihre Helme baumelten am Sattel, ebenso ihre Schilde.

»Den ersten kenn' ich nicht«, flüsterte Pier de Voisins seinem Vorgesetzten zu. »Der zweite scheint ein Lautrec zu sein, altes Tolosaner Geschlecht, und der letzte muß ein Sohn des Grafen von Mirepoix sein, der junge Levis!«

Als auch der vorübergeritten war, ertönte ein Pfiff. Die Soldaten sprangen herab und versperrten mit gefällten Tannen den dreien Weg und Rückzug. Der Seneschall stieg umständlich zu den Arretierten herab, die keinerlei Anstalten gemacht hatten, nach ihren Schwertern zu greifen. Eher amüsiert betrachteten sie den waffenstarrenden Trupp, so daß Pier de Voisins sie auch ganz freundlich anging:

»Wohin des Weges, meine Herren?«

Sie lachten.

»Das ist der Herr Seneschall von Carcassonne!« rief Oliver, der seinem Freund nachgeklettert war und jetzt die Böschung hinabsprang, dabei aber fiel. Da lachten die drei noch mehr.

»Raoul de Belgrave«, erstattete der Anführer der Burschen Meldung. »Mas de Morency und Pons de Levis auf dem Weg zum Pog«, fügte er noch hinzu. »Ist es etwa nicht recht, am Turnier teilzunehmen?«

Raoul hatte in dem einen Jahr auf der Templergaleere gelernt, Ärger zu vermeiden. Inzwischen war auch Gilles Le Brun erschienen und hatte sich den von Oliver schmählich vergessenen Stander des Konnetabels von Frankreich hinterdreintragen lassen. Daraufhin saßen die drei Reiter auf der Stelle ab.

»Zu Euren Diensten!« brüllte Raoul, daß es weithin hallte.

»Leise, mein Freund«, befahl Gilles, ohne zu lächeln. »Ihr seid jetzt in geheimer Mission.«

»Wir wollen aber zum Stechen!« maulte Mas.

»Das sollt Ihr auch«, erläuterte ihm der Seneschall, »aber für die Farben Frankreichs.«

»Ich ernenne Euch zu Rittern der güldenen Lilie«, fügte der Konnetabel feierlich hinzu. »Tragt die heilige Oriflamma ins Feld, und legt Eure Ehre drein, sie mir als stolze Sieger zurückzuerstatten!«

Raoul de Belgrave hatte gerade den Satz, mit dem er sie höflich, doch entschieden zurückzuweisen gedachte, mit einem lächelnden »Solcher Auszeichnung sind wir nicht würdig« begonnen, als Pons schon nach dem Schaft griff und das Banner stolz emporhielt. Deshalb setzte Raoul nur hinzu: »Doch wir wollen unser Bestes geben, Euch nicht zu enttäuschen!« Damit gab er seinem Pferd die Sporen, und seine beiden Gefährten trabten hinter ihm her. Kaum waren sie außer Sicht der Straßensperre, zügelte Mas wütend sein Tier.

»Dir kann man auch einen Lappen Scheiße hinhalten«, fauchte er den strahlenden Fahnenträger an, »und du grapschst danach! Ich denke nicht daran, am Montségur für Frankreich aufzutreten!« wandte er sich trotzig dem Anführer zu.

Raoul de Belgrave maßregelte ihn diesmal keineswegs.

»Auch ich bin hier geboren und mir widerstrebt es, für eine Sache zu reiten, die sicher nicht die meine ist.«

»Aber du hast doch versprochen –«, begehrte der bitter enttäuschte Pons auf.

»›Unser Bestes zu geben!‹« belehrte ihn Mas. »Aber was heißt das schon! Wenn der Konnetabel uns für –«

Mas unterbrach seine Rede. Hinter ihnen war Oliver gehetzt auf dem Weg erschienen, offenbar bemüht, sie einzuholen, denn er fiel nun in den Schritt.

»Gib ihm die blöde Fahne!« raunzte Mas mit unterdrückter Stimme den dicklichen Pons an, und Raoul rief:

»Wir haben auf Euch gewartet, Oliver von Termes, denn Euch gebührt die Ehre, den Stander ins Feld zu führen.« Und er wand Pons die Stange aus der Hand.

Oliver ergriff die Oriflamma hoch erfreut. Ihm ging es vor allem darum, sich nicht ohne Begleitung dem Turnierplatz zu nähern, wo vielleicht im Walde der furchtbare Xacbert auf ihn lauerte. Doch kaum hatte er die Fahne geschultert, da galoppierten die drei grußlos davon und ließen ihn einfach stehen.

»Sagt, daß Ihr mich liebt!« Mafalda flüsterte ihr Begehren nicht, denn alle sollten es hören. Alle, das war das Königliche Paar mit seiner Entourage, zwei Zofen und einem Diener, der abwechselnd als Knappe seines Herrn und als Page der Dame Yeza auftrat und als Gehilfe des Zeremonienmeisters Rinat Le Pulcin Girlanden gewunden und Fähnchen gesteckt hatte.

Nun hoffte Philipp, endlich verschwinden zu dürfen. Die Potkaxl verdrehte schon die Augen und wies auf die Holztreppe, die zum Hinterausgang führte. Doch Roç orderte nun schneegekühlten Rosastro aus dem Roussillon für alle, schon um das Warten »auf den Feind« leichter zu machen.

Jordi nahm seine Laute zur Hand, um die Damen zu erfreuen:

»Novel' amor que tant m' agreia
me fai lo cor de joi chantier,
per que la moia penseia
me fai mon chan renovelier.«

Mafalda trat unter der Bank ihrem Geliebten auf den Fuß.

»Gesteht, daß Ihr mich heiß begehrt?«

Gers d'Alion schaute sie erstaunt an, wie aus Träumen gerissen.

»Wißt Ihr das nicht?«

»Ich mag es hören von Euren Lippen«, schmachtete Mafalda, »legt Euer Herz hinein!«

»Mein Herz hab' ich mir längst herausgerissen, *ma damna*, als ich Euch das erste Mal sah.« Der Schöne lächelte, er lächelte durch sie hindurch zu Simon de Cadet, der Mafaldas Hand hielt. »Dann warf ich meine Augen hinterher und riß mein Haar aus, zerschnitt mir Wangen, Hals und Haut, und so ging es fort, bis alles Euer war, verzehrt von der Feuersbrunst Eurer Liebe. Mich gibt es gar nicht mehr!«

»Mein Gott, mein Gers, wie herrlich Ihr solch' Worte sprecht!« Mafalda atmete heftig, es nahm ihr beinah die Stimme. »Rasend könnt ich werden vor Lust, Euch auffressen könnt' ich auf der Stelle!«

»Das nenn' ich Liebe!« dröhnte Burt de Comminges, der nicht etwa bei seiner Frau Melisende hockte, sondern bei den Männern stand und der vorbeistrebenden Geraude schnell an den Hintern griff, was beide erröten ließ, Geraude und Melisende, die es gesehen hatte.

»M' amor, ge no l' en quier ostier.
Ja non falsoia
m'amia moia,
si de bon cor me vol amier.«

Der einzige, der wohl gern bei seinem Weib saß, war Gaston de Lautrec. Doch Frau Esterel hielt es nicht länger als einen Wimpernschlag auf ihrem Sitzkissen. Mal herzte sie Yeza, mal munterte sie ihre Nichten auf. Sie wärmte die einsame Melisende und dämpfte die Glut der Mafalda, auf daß sie nicht vor dem Königlichen Paar dem Alion an die Hose ging, der Mafalda umfaßte, während eine Hand auf Simons Schulter ruhte.

Jourdain de Levis stand bei seinem Freund Wolf von Foix, und sie schauten unruhig auf das leere Feld. Die Sonne stieg höher.

»Keine Wolke am Himmel, das ideale Turnierwetter«, sagte der Graf gerade mit einem Anflug von Enttäuschung, da tauchten gegenüber drei Reiter auf. Im letzten erkannte er seinen Sohn. Eigentlich kein Grund zur Freude, doch jetzt war ihm selbst der Bengel herzlich willkommen. Ganz ähnlich dachte Gaston de Lautrec, als er seinen Ziehsohn Mas erblickte. Seine Frau Esterel stieß dagegen einen Freudenschrei aus.

»Da kommt unser Mas!« rief sie und sprang auf.

»Wie glücklich wird er sein, uns hier zu sehen, der Arme, nach allem, was er durchgemacht!« Sie hätte sicher noch weiter darauflosgeplappert, hätte ihr Mann sie nicht freundlich in die Rippen geknufft und ihren Blick auf Yeza gelenkt, die blaß geworden war. Aber Roç sah sie fest an, und Yeza fing sich wieder.

Noch eine war erst kalkweiß, dann puterrot geworden, Melisende. Sie schaute schnell nach ihrem Mann, bevor sie sich traute, dem vordersten der Ankömmlinge entgegenzusehen. Sie schloß die Augen. Es war zuviel.

Gers d'Alion und Simon de Cadet schätzten die drei Reiter, Raoul, Mas und Pons, als mögliche Gegner ab. Burt empfand nichts, weil die Burschen ihm auf den ersten Blick allesamt schlagbar vorkamen. »Kroppzeug!« murmelte er zum Foix hin, und der schaute nur kurz hin, um zu wissen, daß für ihn kein ebenbürtiger Gegner auf dem Turnier zu finden war. Den Comminges, der sich für einen gewaltigen Stecher hielt, hatte er schon dreimal hinter sein Pferd gesetzt.

Die drei saßen vor der Tribüne ab. Während Pons seinem Vater zugriente, was den irgendwie rührte, und Mas seiner Stiefmutter winkte und wirklich glücklich schien, trat Raoul de Belgrave vor das Königliche Paar. Er kniete vor Yeza nieder, beugte kurz sein Haupt und sprach dann zu Roç.

»Wir sind gekommen, Euch zu dienen, wie Ihr uns dies als Gunst gewährt habt.«

Roç konnte sich daran zwar keineswegs erinnern, fand aber die Unverfrorenheit beachtlich.

»Von Gunst kann nicht die Rede sein, doch Bewährung sei Euch vergönnt. Auf die Huld meiner Damna müßt Ihr diesmal noch verzichten.«

»Wir danken Euch«, sagte Raoul mit trockener Stimme. Das wäre überstanden, und später sehen wir weiter! Er stand auf und begrüßte Jourdain de Levis, den Wolf von Foix, den er noch nie gesehen, dessen legendäre Taten aber seine Bewunderung fanden. Raoul fühlte sich jetzt doppelt froh, weil er unter den Augen dieses Helden in die Schranken reiten durfte. Er ließ sich auch von Frau Esterel umarmen, weil er ein Freund von Mas war, verneigte sich knapp vor Melisende, ohne ihr in die Augen zu schauen, sondern grinste statt dessen frech in ihren Ausschnitt.

Mittlerweile war Pons zu seinem Vater getreten, und auch Mas hatte sich von seiner Ziehmutter Esterel losgerissen, in deren Armen er gern geblieben wäre.

»Wir reiten für Okzitanien, Vater!« erklärte Pons ungefragt. Der alte Graf schaute ihn mißbilligend an.

»Wir tragen hier keinen Buhurt aus«, rügte er, »sondern ein freundschaftliches Treffen, Mann gegen Mann. Und wer für wen antritt, das werden wir sehen.«

»Wir wollen aber die Fahne Francias nicht über uns oder hinter uns wissen!« giftete Mas de Morency, so daß Jourdain de Levis, als sein Schwager Gaston de Lautrec hilflos die Schultern hob, seinen aufkommenden Ärger schluckte und sich lieber an Raoul, den Anführer, hielt.

»Eure Väter haben wie ich alle der Krone Frankreichs den Treueid geschworen. Wir kommen also nicht umhin, ihr auch die gebührende Ehre zu erweisen.«

»Warum reitet Ihr mit Euren Freunden dann nicht für sie?« drängte sich Pons schon wieder vorlaut dazwischen. »Die alten Herren –« Weiter kam er nicht, weil sein Vater ihm mit dem Handschuh übers lose Maul schlug.

»Leg auf der Stelle den Schild der Levis de Mirepoix ab!« brüllte er seinen Sprößling an. »Du wirst überhaupt nicht –«

»Seht Pons seine jugendliche Torheit nach!« Der Lautrec schob sich begütigend zwischen Vater und Sohn, doch sein Ziehkind Mas, das den Pons weggezerrt hatte, hieb in die gleiche Kerbe.

»Wir pfeifen auf –«

Raoul drängte beide Gefährten so heftig zur Seite, daß sie ins Stolpern gerieten.

»Verschwindet!« befahl er drohend, wobei er sie schon fast die

Hintertreppe heruntergeworfen hätte. Dann wandte er sich an den Grafen: »Am besten ist, Ihr laßt das Los entscheiden, wer für –«

Ausgerechnet jetzt setzte sich Mafalda in Szene. Mit »Mein Gers wird die Farben tragen, die ich ihm erwählt!« trotzte sie ihrem Vater. Der drehte sich um und sprach zu seinem Freund Wolf:

»Ihr habt keine Familienbande am Hals, ich sag' nichts mehr.«

»Ihr habt bisher noch gar nichts gesagt, nur Eure Brut reißt den Schnabel auf!« Der Foix lachte.

»Entscheidet Ihr, Wolf von Foix«, rief Raoul voller Bewunderung, »und alle werden sich fügen.«

»Gut«, erklärte der.

»Silentium!« brüllte Burt de Comminges, den das Ganze allmählich anwiderte.

»Also«, begann der Foix bedächtig, »Jourdain de Levis, Burt de Comminges und Gaston de Lautrec dienen der Lilie, dazu tritt auch Oliver von Termes, den ich soeben antraben seh'. Er hat die Oriflamma gleich mitgebracht, so weiß er, wohin er gehört, der Renegat!«

Das letzte hatte er nur gemurmelt hinzugefügt »Roç Trencavel kann schlecht unter diesem Zeichen antreten, genau wie meine Wenigkeit, und wenn Mafalda ihr schönes Köpfchen durchsetzen will, dann reitet auch Gers d'Alion für Okzitanien, allerdings muß dafür Simon de Cadet ins Lager der Franken.«

Die beiden Freunde sahen sich an, und Simon nickte. Mit einem Jubelschrei umarmte ihn Mafalda, bevor sie ihren Gers abküßte.

»Und wir?« maulte Mas de Morency.

»Alle drei im Dienst des Roç Trencavel!«

»Seid bedankt, Wolf von Foix«, sagte Raoul mit belegter Stimme. »Ihr seid der Mann, den dieses Land braucht.«

Der lachte bitter.

»Vergeßt einen räudigen Faidit wie mich. Roç Trencavel, das wäre die Zukunft – wenn es überhaupt noch eine gibt.« Und er wies auf Roç, der das nicht gehört hatte, weil Oliver gerade dem Königlichen Paar seine Aufwartung machte.

»Mein Verbot für die Farben der Levis bleibt bestehen, mein Sohn und Erbe kann sich –«

»Dafür steht eine Lösung schon bereit«, beruhigte ihn Raoul und zeigte zur Treppe, wo jetzt Pons mit einem alten, verbeulten Schild auftauchte. Er zeigte im blauen Schildhaupt drei fünfzackige Sterne und unter dem Balken auf rotem Grund einen goldenen Fisch.

»Jesus Maria!« entfuhr es dem Comminges. »Wo habt Ihr den denn aufgetan?«

»Auf dem Speicher unserer Burg Mirepoix«, mußte Pons zugeben.

»Das geht erst recht nicht«, erklärte bewegt der Vater. »Das muß der Schild meines Vorgängers sein, des Belissensohns Pierre-Roger de Mirepoix. Er war der letzte Kommandant, der Verteidiger des Montségur.« Jourdain de Levis übermannte die Rührung. »Er starb im Kerker zu Carcassonne. Sei's drum!« rief er mit plötzlichem Entschluß und umarmte den erstaunten Pons. »Trag ihn in Ehren!« Und zum Foix gewandt, setzte er hinzu: »Ihr seid nun arg in der Überzahl, doch steht ja noch zu hoffen, daß endlich ein richtiger Franke sich traut, hier aufzutreten. Derweilen laßt uns beginnen. Der erste Tjost steht unserem Gastgeber zu.«

»E lo vescoms estec pels murs e pels ambans
e esgarda la ost, don es meravilhans.
A cosselh apelec cavaliers e sirjans,
sels qui so bo per armas ni milhors combatans:
›Anatz, baro‹, ditz el, ›montatz els alferans‹.«

Oliver hatte das Lilienbanner an den linken Stand gesteckt, so daß es jetzt herausfordernd dem rotgelb gestreiften gegenüber zur Rechten flatterte. Die Damen nahmen die Plätze in der vordersten Reihe der Tribüne ein. Yeza gebührte als Herrin des Turniers die Mitte, doch mochte sie Mafalda nicht allein den Part Okzitaniens überlassen. So rückte sie leicht, doch unübersehbar samt Hofstaat nach rechts. Viel lieber hätte sie die lustige Esterel mit in ihrer Partei gehabt, doch die vertrat jetzt zu ihrer Linken zusammen mit der stillen Melisende die Farben Frankreichs.

Rinat und Jordi halfen Roç beim Anlegen der Rüstung. Er hatte sie in der Waffenkammer des Turms von Quéribus gefunden. Die meisten Harnische waren ihm viel zu groß – Xacbert de Barbera mußte ein mächtiger Geselle sein –, doch dann war er auf einen schmaleren, nie benutzten gestoßen, und der saß wie angegossen. Den Helm hatte Rinat hergerichtet. Er hatte ihn weder mit dem Reichsadler noch mit einem Waiblinger Geparden bestückt, sondern mit einer blank erhobenen Damaszenerklinge als Zimier: »Schneid mittendurch!« Und um dessen Bedeutung noch zu unterstreichen, hatte er rechts und links je zwei halbierte Ballen in Rot und Gelb wie Flügel herabsinken lassen. Roç nahm den Helm ab, als er jetzt vor seine Damna trat. Yeza war stolz auf ihren Ritter, doch sie verbarg es wohl.

»Flieg' mir nicht davon!« scherzte sie, auf die Schwingen weisend, und Jordi sagte wohlwollend:

»Das vermag einen Schlag auf den Helm schon zu dämpfen, von dem einem sonst die Ohren klingen!«

»Wer wird Euer Gegner sein?« fragte Yeza. »Außer dem Comminges habt Ihr keinen zu fürchten, und auch der scheint mir nicht gerade gewitzt.«

»Er vertraut zu sehr auf seine Muskelkraft«, beruhigte Roç sie, »ich seh' hier nur einen, gegen den ich nicht bestünd', doch der Foix streitet in unseren Reihen.«

Er küßte Yeza auf Stirn, Augen und Mund, blitzschnell fuhren ihre Zungen ineinander; das war Versprechen und Ritual. Sie steckte ihm ein Tüchlein zu aus feinem Batist. Er kannte es, sie hatte es ihm damals in Ägypten als Liebespfand überlassen, als sie getrennt wurden und Yeza als Geisel bei dem gefürchteten Baibars zurückbleiben mußte. Er hatte es ihr treu – na ja – zurückerstattet, als sie sich bei den Assassinen wiedersahen.

Rinat und Jordi hoben Roç aufs Pferd. Jordi trug jetzt den rotgelben Tappert des Herolds und hatte seine Laute mit einer Drommete vertauscht. Er begleitete Roç, denn er würde sich draußen beim Lanzenstand aufstellen, grad gegenüber der Tribüne und immer das Signal blasen, wenn er sah, daß die Herren bei den Fahnen bereit waren.

Roç ritt außen an den Schranken entlang nach rechts zum rotgelben Banner. Das war bereits die Herausforderung. Er drehte sich nicht um. Solch' Neugier zu zeigen war nicht die feine Art. Wenn er, oben angekommen, sein Pferd wenden würde, dann sollte sein Gegner sich schon auf den Weg gemacht haben, denn den Herausforderer lange warten zu lassen galt als feige oder tückisch.

Es war Simon de Cadet, der die Forderung annahm. Er war so schnell vorgeprescht, daß er Mas und Raoul zuvorkam, die beide darauf aus waren, Roç hinter sein Pferd zu setzen, und sich um den Vortritt noch stritten. Da die Kontrahenten gleichzeitig ihre Fahnen erreichten, ritten sie gleich weiter zu den Lanzen. Jeder wählte eine der langen Stangen, die sich verjüngten und auf der abgesägten Spitze ein Krönlein trugen. Das verhinderte ein Abrutschen des Gegners, war jedoch hart genug, um den Stoß schmerzhaft spüren zu lassen, wenn man ihn nicht mit dem Schild abfing. Brach es ab, mußte die Lanze gegen eine neue ausgetauscht werden, denn ohne das Krönlein konnte die zugespitzte Stange leicht zur tödlichen Waffe werden.

Roç sah, mit welcher Ruhe Simon seine Wahl traf. Der Cadet hatte bestimmt schon manchen Tjost geritten, für ihn, Roç, war es dagegen das erste Mal. Gut, er war sicher der bessere Reiter, doch mit einem solchen Baum unter dem Arm war es dann doch wohl anders. Roç überflog in Gedanken alles, was er bei den Mongolen gelernt hatte, während er langsam zurück zu seiner Fahne ritt. Gleich beim ersten Ritt wollte er die Entscheidung herbeiführen. Roç wendete sein Pferd. Er klemmte die Lanze nicht fest unter den Arm, sondern bereitete sich darauf vor, sie im Anritt locker in die Hand zu bekommen. Seinen Schild brachte er vor sich.

Das war für Jordi das Zeichen, daß er bereit war. Da auch Simon jetzt das Visier seines Helmes schloß, was Roç fast vergessen hätte, setzte Jordi die Drommete an und blies das Signal.

Die Tribüne antwortete mit begeistertem Schreien, endlich ging es los! Schrill war die Stimme Mafaldas herauszuhören. Roç dachte an Yeza, als er seinem Pferd die Sporen gab und rasselnd losritt. Er ließ das Tier zunächst selbst das Tempo bestimmen. Durch das Gitter seines Kübelhelms sah er den Gegner herankommen. Von den Bänken erschollen die Anfeuerungsrufe des Volkes.

Simon de Cadet ritt wohl so, wie es sich gehörte, in tadelloser Haltung, sein Roß zu immer schnellerer Gangart antreibend, bis es in den Galopp fiel. Er hielt auf Roç zu, ohne jeden Arg, auch ohne jede List. Roç wich nicht aus, was den anderen irritierte, denn er zog nun zur Seite. Roç ließ die Lanze aus der Armbeuge in die tief hängende Hand fallen. Das Gebrüll auf der Tribüne steigerte sich, die spitzen Schreie der Frauen gellten den Reitern in den Ohren. Jetzt war Simon heran, Roç warf sich geschickt zur Seite und brachte dadurch die Lanze ziemlich quer. Da der Stoß des Kontrahenten ins Leere gegangen und dessen Körper dem unvorbereitet gefolgt war, kostete es Roç keine Mühe, ihn vom Sattel zu wischen wie eine Feder. Er riß sein Pferd herum und ritt schnell zu dem Gestürzten. Simon war jede Art von Kampfspiel gewöhnt, aber es überraschte ihn, ohne spürbaren Stoß aus dem Sattel zu fliegen.

»Habt Ihr Euch verletzt?« fragte Roç teilnahmsvoll.

»Wie denn?« fragte Simon zornig zurück. »Ihr habt mich ja nirgendwo getroffen!«

»Und warum liegt Ihr dann hier?« fragte Roç spöttisch grinsend.

»Laßt uns noch mal –«, forderte Simon, sprang auf und griff zuversichtlich nach den Zügeln seines Tieres, das bei ihm stehengeblieben war.

»Heute nicht«, beschied ihn Roç freundlich. »Wir haben spät begonnen, und die anderen wollen auch noch ihre Kräfte messen. Und außerdem« – er ritt auf Simon zu und gab ihm die Hand –, »es würde Euch wieder so ergehen.«

Damit ließ er ihn stehen und ritt zurück zu seiner Damna, um ihr das Tüchlein zurückzuerstatten.

»Ganz sauber war Euer Mongolenschubs grad nicht, mein Ritter!« Yeza lachte.

»Aber dafür hab' ich ihm nicht den Arm gebrochen, meine Damna«, gab es ihr Roç ebenso grinsend zurück und ließ sich vom Pferd helfen.

Währenddessen war schon Herr Jourdain losgeritten, dessen knallgelbes Schild drei schwarze Sparren trug. Sein Sohn Pons wollte ihm folgen und winkte ihm mit dem zerbeulten Schild mit dem Fisch der Miralpeix schon hinterdrein. Doch da ging sein Freund Mas dazwischen, er drängte Pons hart an den Rand der Tribüne.

»Das machst du nicht!« fauchte er ihn an. »Den Tort hat dein Vater nicht verdient!« Und er gab seinem Pferd die Sporen und ritt an der rotgelben Fahne vorbei zum Stangenstand. »Es ist mir eine Ehre, Graf Jourdain«, keuchte er und riß eine Lanze aus dem Ständer, »gegen Euch bestehen zu dürfen.«

Der Alte musterte ihn freundlich.

»Keine Hast, Mas de Morency, einen Tjost gewinnt man frohen Mutes, kühlen Kopfs und nicht mit verkrampften Muskeln!«

»Ihr solltet mich nicht belehren«, schnaufte der Junge verärgert, »sondern lieber fest im Sattel sitzen!«

»Die Lehre ist schnell erteilt!« rief der Graf im Wegreiten.

Die beiden nahmen ihre Plätze ein, die Drommete ertönte. Mas preschte los, die Lanze weit vor sich gestreckt, den Schild fahrig vor die Brust haltend bis unters Kinn, wo er ihm gegen den Kiefer schlug. Während er ihn noch zur Seite brachte, wütend über den Schmerz, denn er hatte sich auf die Zunge gebissen, war der alte Jourdain schon gemächlich herangetrabt, fast erstaunt, seinen jungen Gegner in derartiger Verfassung vorzufinden. Er nahm sich Zeit, ihn maßgerecht aus dem Sattel zu heben. Mas' Lanze ließ er leicht am Schild abgleiten, und dann setzte er ihn hinter die Kruppe des Tieres in die Wiese. Da saß der Mas und schrie.

»Gebt mir sofort Revanche, wenn Ihr ein Mann von –«

Den Rest verschluckte er dann, weil er Blut spucken mußte. Der Graf nickte einverständig. Mas hob seine Lanze auf, rannte hinter seinem Pferd her und saß mit Jordis Hilfe wieder auf. Da beider Krönlein bei der Kontrolle unversehrt und noch fest, kehrten die Reiter in ihre Ausgangspositionen zurück. Sie schlossen die Visiere, legten mit der Panzerhand die Lanzen ein, die Drommete rief, und sie ritten wieder los. Froher Mut wollte sich bei Mas nicht einstellen, auch kein kühler Kopf, aber wenigstens beherzigte er, die Muskeln nicht zu verkrampfen, und hielt den Schild jetzt so, wie es sich gehörte. Diesmal war der alte Jourdain rasch wie ein Wirbelsturm über ihm. Mas richtete die Lanze fest auf die Brust des anderen, nicht gewillt, sie noch einmal vom Schild abweisen zu lassen. Aber er war der erste, der auf Widerstand traf, und seine Lanze splitterte am Schild des anderen, der sich bis zu den Sehschlitzen dahinter verbarg. Das Treffen seiner Stange hatte Mas mit Genugtuung vermerkt, das Brechen hatte ihn verwirrt, und da er alle Kraft in den Stoß gesetzt hatte, flog er vornüber. Er suchte in der Mähne seines Pferdes Halt, rutschte ab und fiel diesmal auf die Nase.

»Was hab' ich gesagt?« Jourdain de Levis saß mit aufrecht gestellter, unbenutzter Stange vor ihm im Sattel, schüttelte den Kopf und ritt erhobenen Hauptes zurück.

»Das war ein Sieg Frankreichs!« meinte sein alter Freund Wolf. »Nun ist es wieder an uns zu fordern.«

»Du traust dich erst jetzt heraus, nachdem du mich, deinen schrecklichsten Widerpart, schon verbraucht weißt!« Jourdain lachte grimmig.

»Und das mit unversehrtem Krönlein! Laß sehen, wer sich freiwillig opfert, mich aus dem Sattel zu werfen!«

»Ich füge mich in dies Los«, rief Gaston de Lautrec, »eh ein anderer Schaden nimmt.«

Er ließ sich aufs Pferd helfen. »Geht glimpflich mit mir um«, schnaufte er schon ob dieser Anstrengung, warf seiner Frau Esterel eine Kußhand zu. Er empfing dafür eine Rose, die er sich an den Helm steckte, und ritt seinem Schicksal entgegen. Lanzenwahl, Aufstellung, Visier herunter, Drommetenstoß, und auf ging's.

Gaston versuchte geschickt, den anstürmenden Foix an das Holz der Schranken zu manövrieren, er war kein schlechter Reiter. Er hielt schräg auf den anderen zu, um ihm keinen anderen Raum als die beengte Innenbahn zu lassen. Doch der Foix ließ plötzlich sein Pferd steigen, der Lautrec sauste auf das Geländer zu, sein Gaul wollte erst scheuen, aber sein Herr zwang ihn zum Sprung; seine Lanze hatte er klugerweise vorher fallen gelassen.

Die Zuschauer lachten und beklatschten die Einlage, zumal Wolf von Foix soviel Humor hatte, in den leeren Schranken mit seinem Pferd kühne Sprünge zu vollführen und mit seiner Stange wild zu gestikulieren, als suche er den verschwundenen Gegner, könne ihn aber auf der anderen Seite des Zauns nicht entdecken. Dort hob jetzt Lautrec herausfordernd den Schild, nahm den Helm ab und ließ sich an der Tribüne von Yeza ein Kränzlein auf das schüttere Haar drücken. Dann ritt er als strahlender Sieger erneut zum Tjost aus. Er ließ sich wieder eine Lanze geben, drohte dem Foix am anderen Ende, der aber schaute nicht hin. Jordi stieß die Drommete ganz erbärmlich laut und schön. Wolf tat, als würden er und sein Roß furchtbar erschrecken, er ließ die Lanze fallen und das Tier durchgehen. Der Lautrec warf den Schild weg, faßte die Stange mit beiden Händen und trabte brüllend gegen den Feind, der sich ihm näherte, im Sattel seines bockenden Pferdes auf- und niedergeworfen. Als sie aufeinandertrafen, blieben beide stehen, denn sie kamen nicht mehr von der Stelle. Wolfs Pferd vollführte die wildesten Sprünge, als wolle es seinen Reiter abwerfen, das vom Lautrec stand steif wie eine Statue, während er mit der Lanze versuchte, den Foix zu treffen. Doch jedesmal stieß er ins Leere, weil sein Ziel sich stets bewegte. Plötzlich umklammerte Wolf mit gräßlichem Schrei die Stangenspitze des anderen und zog ihn langsam, aber sicher aus dem Sattel.

Die auf der Tribüne rasten vor Vergnügen. Als Gaston auf der Wiese saß, ließ sich auch Wolf abwerfen. Er landete neben seinem Gegner, nahm ihm das Siegeskränzlein ab. Er fraß es auf. Unter dem Gewieher der Zuschauer ritten beide wieder zu den Fahnen, jeder erst zur falschen.

Auf der Tribüne hatte Mas ebenfalls das feindliche Lager aufgesucht, um sich von seiner Ziehmutter Esterel für die erlittene Schmach trösten zu lassen. Und sie war so lieb, so lieb zu flüstern:

»Das war nicht nur eines edlen Ritters Tat, daß du den Pons vor meinem Bruder in Schutz genommen hast, sondern auch sehr männlich, weil du seinem Vater Tort und Schmerz erspart hast. Das werde ich dir nicht vergessen, mein Sohn.« Damit küßte sie ihn auf die Stirn. Dann wurden beide von Raoul abgelenkt, der neben ihnen vor Melisende niedergekniet war. Er hielt ihre Hand, während sie flüsterte:

»Ich weiß, daß du ihn fordern willst, Liebster, aber ich flehe dich an, tu es nicht, um unserer Liebe willen!«

»Ich muß es tun, Melisende«, sagte Raoul mit brüchiger Stimme, doch nicht ganz so leise, damit es zumindest alle in der Umgebung hörten. Sie vernahmen auch, wie die Scheue ihm leidenschaftlich widersprach:

»Bringt Burt dich um, bricht mir das Herz, siegst du, darf ich dich nicht mehr sehen.«

Was die Umsitzenden mit garstiger Schadenfreude längst hechelnd vor Wonne, schaudernd vor Grausen gesehen hatten, war, daß Burt de Comminges, der Ehemann, näher getreten war.

»Ho ho!« grölte er, den Belustigten spielend, während ihm die Hörner wuchsen. »Die Herrschaften kennen sich? Hoch erfreut!« trompetete er laut, um dann schneidend hinzuzusetzen: »Dann darf ich ja wohl hoffen, die Bekanntschaft des Herrn – wie war noch sein Name? – in den Schranken zu machen. Der nächste Tjost ist eh' der meine!«

Sprach's, drehte auf dem Absatz um und schritt sporenklirrend davon zu seinem Schwiegervater, dem Grafen Jourdain.

Dort stand Oliver von Termes und sagte gerade beschwörend:

»Ich weiß nur, daß dieser ›Schwarze Ritter‹ aus Paris kommen wird, von dort losgeschickt, das heißt, er hat einen Auftrag, einen Auftrag zu töten –«

»Woher wollt Ihr das wissen, Oliver – oder wißt Ihr es?«

»Bei der Seele meines Vaters, ich –«

»Laßt doch den edlen Helden aus dem Spiel!« bemerkte trocken der hinzugetretene Roç. »Ihr habt seiner Seele schon genug angetan!«

Oliver überhörte den Einwurf geflissentlich.

»Ich weiß nicht einmal, wer dieser ›Schwarze Ritter‹ ist!«

»Ihr mögt recht haben«, sinnierte der Graf, »wenn einer aus Paris kommt, nur um an unserem ländlichen Vergnügen teilzunehmen, dann führt er mehr im Schilde, als nur die Suche nach Ehr' und Ruhm.«

Roç nahm den Gedanken auf.

»Wenn er die suchen tät, dann würde ihm sein erlauchter Name vorauseilen.«

»Aber wenn einer sich namenlos kleidet wie ein Henker –«, führte der Graf seine Überlegung fort.

»– dann ist es auch einer!« brummte Burt. »Die Frage ist nur, auf wen ist dieser Schwarze Ritter angesetzt?«

Roç ging in Gedanken alle Häscher durch, die Yeza und ihm nach dem Leben getrachtet hatten, aber er konnte keinen mit einem Schwarzen Ritter in Verbindung bringen.

»Das rechtzeitig herauszubringen und ihn gegebenenfalls unschädlich zu machen wird unsere vorrangige Aufgabe sein«, erklärte Jourdain entschlossen. »Ihr, Roç, kümmert Euch um den ungestörten Fortgang des Turniers, ich werde mit meinen Freunden dem Schwarzen entgegenreiten. Lauf!« befahl er Philipp, der gerade mit der Potkaxl zur Hintertreppe strebte, »und sag den Herren von Foix und Lautrec, sie möchten bitte ihr Tjosten zum Abschluß bringen und zu mir kommen.«

Philipp eilte davon.

»Mit mir könnt Ihr nicht rechnen, Herr Schwiegervater. Ich reite sofort in die Schranken!«

»Wieso, Burt, Ihr habt doch gehört –?«

»Gehört und gesehen, daß Eure Tochter Melisende gern Wittib werden möcht'. Den Gefallen will ich ihr nicht tun, aber weinen wird sie doch!«

Sprach's und stampfte davon, um sein Pferd zu satteln.

Da trat Mafalda keck zu den Männern.

»Herr Vater, habt Ihr ein Geweih? Möglichst von einem Hirschen, ein Zwölfender wär' gerade recht, denn der Herr von Comminges will's als Helmzimier tragen!« Da ihr Vater noch nichts begriff, legte sie höhnisch nach: »Kaum zu glauben, die Scheue, das stille Wasser, Eure so tugendhafte Tochter Melisende hat einen jungen Bock!« Sie grimassierte und ahmte den keuschen Augenschlag ihrer älteren Schwester nach.

Jourdain holte aus zu einer Schelle, Mafalda das lose Maul zu stopfen, doch Esterel riß sie weg.

»Dumme Gans!« schalt die Lebenskluge, und der Graf von Levis sagte seufzend zu Roç:

»Zeugt Euch nur keine Kinder, mein lieber Trencavel!«

Oliver grüßte er nicht, als er ging, sich von der Dame Yeza Freipaß geben zu lassen.

Auf der grünen Wiese beendeten die edlen Herren von Foix und Lautrec ihr närrisches Treiben, indem sie zum letzten Mal sittsam aufsaßen und locker aufeinanderstießen, wobei der Lautrec natürlich den kürzeren zog. Deshalb traf er auch als letzter, sein Pferd hinter sich herziehend, bei den sich Sammelnden ein. Er hatte sich beim Herunterfallen den Fuß verstaucht.

Jourdain de Levis hatte noch seinen Neffen Simon de Cadet zur Teilnahme vergattert, an dem die Niederlage, die er hatte einstecken müssen, weniger nagte als die hochmütige Art, mit der Roç sie ausgeteilt hatte. So verfügte der ausreitende Trupp über vier gestandene Recken, wohl Manns genug, einen Schwarzen Ritter zu befragen und aufzuhalten. Fürs Grobe hatte man ja noch den Foix in der Hinterhand. Sie verließen die Wiese ohne viel Aufsehen, während Raoul de Belgrave und Burt de Comminges zu den Stangen ritten.

Der bevorstehende Tjost sorgte sogleich für Spannung auf der Tribüne. Frau Esterel kümmerte sich um ihre wachsbleiche Nichte Melisende, die geziemend in Ohnmacht gefallen war, als Raoul sie wortlos verlassen hatte, um sich auf den Kampf vorzubereiten. Mit Hilfe der stöhnenden Geraude, deren Augen sich sogleich mit Wasser gefüllt hatten, als müsse sie selbst der Minne Leid ausbaden, und mit einem aromatischen Riechwässerchen hatte die resolute Esterel ihre Nichte wieder zum Leben erweckt. Jetzt saß die Unglückliche da, die Handflächen vor das feine Gesicht gepreßt, damit ein jeder sah, daß sie es nicht übers Herz brachte, dem sich anbahnenden Geschehen auf der Wiese zu folgen. Sie tat es dennoch durch die Ritzen der anmutig gespreizten Finger. Hinter ihr lästerte Mafalda zur Unterhaltung ihres Liebhabers und des seiner Ziehmutter beraubten Mas de Morency, bis dieser zu Roç gerufen wurde.

Oliver von Termes, der nur darauf gelauert hatte, daß Roç sich endlich einmal von seinem Platz neben Yeza erhob, war gerade zu ihm getreten, um ihm endlich einen Vorschlag zu unterbreiten, den er schon geraume Zeit mit sich herumtrug. Doch da gerieten die auslaufenden Wellen des Ehebebens der Comminges ihm dazwischen.

»Ich bitte Euch, meine Herren«, empfing Roç den von Philipp herbeigeholten Grafen von Foix und den Lautrec, »die beiden da draußen machen keinen Spaß. Stellt Euch bitte am Stangenpodest zum Schiedsgericht auf und greift ein, wenn einer die Regeln gar zu arg verletzt oder das Schlimmste zu verhindern ist, das Töten des geschlagenen Gegners!« Roç grinste dem Mas zu, bis er ihm ein versöhnliches Lächeln abgewonnen hatte.

»Werden die so sichtbar zum äußersten Entschlossenen auf uns hören?« fragte Gers d'Alion mit seltsamer Heiterkeit. »Wenn zwei sich die Köpfe einschlagen wollen, sind sie schwerlich durch gute Worte davon abzubringen.«

»Nehmt Eure Schwerter mit«, riet Roç, »ich sende auch den Herold, der ihnen noch einmal die Regeln einschärfen soll!«

»Euer Jordi soll blasen, wann immer ein Einhalten sich anbietet, und sich nicht fürchten, den Kampf abzubrechen, wenn zuviel Blut fließt«, schlug Mas de Morency vor.

Auch damit war Roç einverstanden.

»Eilt Euch!« rief er ihnen nach, denn schon ertönte die Drommete, und die beiden Reiter setzten sich in Bewegung. Sie ritten schnell los, verschärften die Gangart in den gestreckten Galopp, und da krachte es bereits. Beide Stangen waren gesplittert, beider Schilde hatten dem Stoß standgehalten und ihn abgefangen. Der schwere Topfhelm von Burt de Comminges kippte nach vorn, denn der Reiter wurde nach hinten geschleudert, was ihm den Halswirbel stauchte und die gleiche geknickte Stellung einbrachte wie die von Raoul de Belgrave. Der hatte versucht, die Wucht des Aufpralls ohne Nachgeben des Torsos zu überstehen. Das ging auf den Magen.

»Keine Entscheidung!« brüllte Jordi und drommete wild, als er sah, daß beider Hände nach dem Schwertgehänge zuckten. So ließen sie es bleiben und ritten zu ihm, um neue Lanzen zu fassen.

»Diesmal stech' ich dir in die Eier«, zischte Burt beim Herauszerren der Stange.

»Du weißt ja nicht mal, wie man eine Gabel hält!« gab's ihm Raoul bissig zurück. Und sie ritten wieder zu den Wenden.

»Hört mich an, Roç Trencavel!« begann Oliver, der nichts so sehr fürchtete wie das Erscheinen des Xacbert de Barbera. »Jener Schwarze Ritter, den der gute Jourdain abzufangen gedenkt, wen könnte er im Visier haben?«

»Man wird's sehen.« Roç gab sich abweisend. »Da er aus Paris kommt, habt Ihr ihn nicht zu fürchten.«

»Ich mache mir Sorgen um alle, denen die Freiheit Okzitaniens am Herzen liegt.«

»Auch zu denen gehört Ihr wohl kaum.«

Oliver schluckte alles in seiner Not.

»Ich denke nicht an lang gesuchte Faidits wie den Foix noch an die aufmüpfige Brut, die so leichtfertig die Fahne wechselt, sondern an die wenigen, die der Rebellion Führer sein könnten.« Er hatte sein Angebot sorgfältig vorbereitet. »Und da sehe ich nur Euch, Roç Trencavel!«

»Sollt Ihr mir angst machen?«

»Ich biete Euch meine Hilfe an; weist die ausgestreckte Hand nicht zurück!«

»Das sollte mich doppelt mißtrauisch machen!« murrte Roç und mußte doch lachen über diesen Oliver, der sich wirklich Sorgen zu machen schien. Wie ein Häuflein Elend sah er aus. »Doch laßt mich hören, wie der großmütige wie mächtige Herr von Termes dem armen, landlosen Ritter Roç Trencavel beistehen will? Mit der Kraft Eures Schwertarms?«

»Mit einer List«, entgegnete Oliver grinsend, »deren Handhabung Ihr mir wohl nicht absprechen wollt, trag' ich dies Mal doch auf der Stirn wie andere ihr Zimier.«

»Wohl wahr«, sagte Roç trocken, »und in solche Hand soll ich mich zu meinem Schutz begeben?«

»Das kommt meinem Vorhaben zu Eurer Sicherheit recht nahe.« Oliver lächelte. »Ihr solltet in meine Rüstung schlüpfen« – er wehrte Roçs Empörung mit beschwichtigender Handbewegung ab –, »zumindest bis die Gefahr vorüber ist, das heißt, bis wir wissen, wer der Schwarze Ritter ist und was er will!«

Roç dachte nach.

»Bis dahin kann er Euch doch schon das Schwert zwischen Bart und Helm in den Hals gestochen haben?«

»Ich werd' mich ihm bedenkenlos zu erkennen geben, während Euer Wappen ihm kaum geläufig sein wird.«

Oliver verkniff sich ein überlegenes Grienen, denn es war zu spüren, wie stolz Roç Trencavel auf die Heraldik war, die ihm Schild und Helm zierte.

»Es geht ja nur um die ersten Minuten, in denen er Euer Gesicht nicht finden soll, bevor wir ihn entlarvt haben. Solange spazier' ich mit offenem Visier herum, und Ihr, Roç, tut mir den Gefallen, und haltet Euch bedeckt.«

»Laßt uns die Dame Yeza dazu hören«, sagte Roç. »Wenn mir auch der Sinn Eures Vorschlags einleuchtet, ich überseh' vielleicht die Tragweite eines solchen Schritts.«

»Ich stehe zu Eurer Verfügung, Roç Trencavel.«

Oliver tat gelassen, dabei schnürte die Angst, der alte Herr von Quéribus könne noch vorher eintreffen und an ihm Rache nehmen für Treulosigkeit und Verrat, ihm bereits die Kehle zu.

Wieder tönte die Drommete. Burt nahm sich vor, diesmal auf den Kopf seines Widersachers zu zielen. Wenn er traf, war der andere hin, doch als sie sich näher kamen, sah er, daß Raoul den Schild rechts trug und auch die Lanze hinübergewechselt hatte. War der Kerl Linkshänder? Das brachte den Plan des Comminges durcheinander, denn jetzt ritt er auf der falschen Seite. Er verlangsamte und fiel in den Trab zurück. Sein Hirn arbeitete noch fieberhaft, als vor ihm die Stange des Gegners sich mit der seinen kreuzte. Da er nach wie vor den Kopf im Visier hatte, den Stoß also von unten nach oben führte, hatte der Belgrave leichtes Spiel, ihm ins wattierte Gekröse zu fahren, wobei er gleichzeitig den Kopf zur Seite nahm. Burt brüllte wie am Spieß, das Krönlein im Gemächte verursachte nicht weniger Pein, als gänzlich aufgespießt zu sein. Er drückte in seiner Wut mit aller Macht, die ihm im Arm noch verblieben war, gegen den Hals des Gegners. Dabei hatten die Pferde den Schritt so verlangsamt, daß sie zum Stand kamen. Burts Kraft war aus den Lenden gewichen, und Raouls Lanze mit dem schnöden Krönlein schob ihn hinter den Sattel. Er fühlte seinen Schenkeldruck schwinden, die Schmach des Sturzes vor den Augen, versuchte er dem anderen wenigstens den Helm vom Kopf zu schlagen. Doch er stocherte immer zielloser in der Luft herum. Da erlöste das Drommetensignal ihn vor der Schande einer »stehenden« Niederlage.

»Stand!« brüllte Jordi reichlich spät. »Unentschieden!«

»Auseinander!« rief Mas. »Ohne Nachschlag!«

Sie setzten ihre Pferde zurück, wobei Burt seine Stange sauber vom Helm Raouls lösen mußte, während dem die Genugtuung blieb, daß ein Krönlein auch beim Rückzug noch die Hölle bereiten kann, besonders wenn man es langsam wie einen Korken dabei dreht. Das tierische Brüllen des Herrn von Comminges verschonte die Ohren der Damen vor den unflätigen Worten.

Oliver hatte vor dem Kordon der Franzosen rings um den Pog gewarnt. So waren die vier Reiter durch die Lassetschlucht unterhalb des Montségur geritten, die schon Anno Domini 1244 das größte Loch im Belagerungsring dargestellt hatte, so daß ein ungehindertes Kommen und Gehen der Belagerten lange Zeit möglich war. Jourdain de Levis, Wolf von Foix, Gaston de Lautrec und Simon de Cadet tauchten ungesehen auf der anderen Seite aus dem Walde auf, sie hatten die Stimmen der arglosen Franzosen über sich hören können, die noch immer nach Ankommenden Ausschau hielten. Weit vor dem Hinterhalt des Konnetabels legten sie ihren eigenen und warteten auf den Schwarzen Ritter.

Burt de Comminges und Raoul de Belgrave hatten sich wieder zum Lanzenstand begeben, der Comminges preßte seinen Schild mit dem wuchtigen roten Kreuz im weißen Feld auf seinen Unterleib, als wolle er verbergen, was ihm dort angetan.

»Der Herr Burt möchte sich gern von Stange und Krönlein verabschieden«, sagte Raoul, breit lächelnd in der Wunde stochernd, an die Schiedsrichter gewandt.

»Die Schwerthand soll entscheiden!« preßte der Comminges bestätigend hervor. »Aber Ihr Linkshänder habt ja keine!« fauchte er seine Verachtung für den so unerwartet vom Glück begünstigten Gegner hervor.

»Und Ihr habt kein Schwert!« maßregelte der eifrige Morency.

»O doch! Ich hab' meine Waffe beim Fahnenstand.«

»Das ist gegen die Regel, Vetter«, rügte ihn der Alion. »Wenn Euch jetzt der edle Herr de Belgrave statt hinter den Sattel, hinter die Kruppe gesetzt hätte, wie hättet Ihr ihm begegnen wollen?«

»Das wird er beim nächsten Tjost sehen!« rief Burt aufgebracht. »Wenn er nicht kneift!«

»Zu Fuß oder zu Pferd?« fragte Raoul ruhig zurück, und Burt bedachte den Schmerz in seiner Hose. Im Sattel würde er höllisch verstärkt, aber das könnte dank der Überraschung, die er bereithielt, von kürzester Dauer sein.

»Zu Pferde«, erwiderte er, »bis zur Entscheidung!«

»Bis zur Waffenlosigkeit oder sonstiger Kampfunfähigkeit!« bestimmte Mas, dem sein Amt ganz neue Züge verlieh.

»Die Streithähne kehren ohne neue Stangen zur Wende zurück«, rief Yeza, aufs Feld hinausweisend.

»Jetzt entscheidet des Eisens Schärfe«, erläuterte Oliver bereitwillig, doch da war er an die Falsche gekommen.

»Beim Schwertkampf entscheidet weder Schild noch Arm, sondern allein der Kopf!«

»Herr Oliver«, sagte Roç, »der es sich angetan sein läßt, unseren Lebensweg seit Jahren zu kreuzen, hat einen Vorschlag, der ihn uns näherbringen soll. Er will, daß ich in seine Haut schlüpfe und er in die meine.«

»Will der Renegat sich häuten?« fragte Yeza kalt. »Wie sollen wir unserem alten Freund Xacbert in die Augen schauen, wenn er –«

Oliver wurde schwindlig, ganz schlecht wurde ihm.

»Ich bin nicht der, für den Ihr mich haltet, verehrte Dame Esclarmunde, und Xacbert war auch *mein* Freund, mein bester. Daß ich ihn aus Quéribus heraus in die Hände des Pier de Voisins lockte, hat ihm das Leben gerettet, denn der Seneschall war mir gut und ließ ihn entkommen, was ihn das Amt kostete. Doch hätte ich nicht so gehandelt, hätte Xacbert seinen Kopf eingebüßt. So habe ich seine Freundschaft verloren!«

»Das ist eine schöne Geschichte«, sagte Roç. »Wiederholt sie doch bitte, wenn Xacbert de Barbera hier vor Euch steht!«

»Das will ich in Eurem Beisein tun«, sagte Oliver. »Ich werde niederknien und ihm mein Schwert in die Hand geben!« Seine Augen wurden feucht. »Doch ich möchte, daß Ihr dann noch am Leben seid, und deswegen tut, was ich Euch vorgeschlagen!«

Roç rief Philipp zu sich und schickte ihn auf das Feld, um den Kämpfenden nochmals einzuschärfen, sich nicht zu vergessen, zumal dies hier ein Fest zur Freude aller sei. Nein, es war besser, er ging selber hinaus, es ihnen zu sagen. Der Herold rief die beiden Kampfhähne zurück zum Stand, als der Herr des Turniers die Wiese betrat.

»Und wenn's eine Falle ist?« hielt Yeza dem Herrn von Termes vor. »Wenn grad Euer Schild und Zimier der einzige Hinweis ist, den der Schwarze Ritter mit auf den Weg bekommen hat?«

»Wer sollte mir in Paris so viel Beachtung schenken? Wer will mich schon umbringen?«

»Außer Xacbert!« sagte Yeza, und plötzlich glitt ein Schatten über ihr Gesicht. »Ihr wißt wirklich nicht, wer dahintersteckt?«

»Hinter dem Schwarzen Ritter? Nein!«

»Nicht, wer in der Rüstung steckt, sondern wer hinter dem Komplott steht?« Sie ließ ihm und auch sich lange Zeit, doch dann mußte sie den dunklen Verdacht aussprechen:

»Kennt Ihr Yves den Bretonen?«

»Den Leibwächter des Königs? Sicher! Aber das kann ich mir nicht vorstellen –«

»Aber ich«, sagte Yeza erschauernd und fügte dann gefaßt hinzu: »Ich billige Euren Vorschlag. Ich werde alle die ins Vertrauen ziehen, auf die ich mich verlassen kann. Wenn meine Freunde den geringsten Argwohn verspüren, daß Ihr, Oliver von Termes, ein falsches Spiel spielt, dann seid Ihr ein toter Mann.«

»Damna Yeza Esclarmunde«, begann Oliver, »kaum einer ist hier, der Euch und Roç Trencavel länger kennt als ich. Man hieß Euch noch ›Die Kinder des Gral‹, als ich Euch, ohne es zu wissen« – er schmunzelte bei der Erinnerung –, »das erste Mal begegnete, vor vierzehn Jahren. Ihr wart soeben aus dem brennenden Montségur gerettet!«

»Später tauchtet Ihr oft dort auf, wohin uns das Schicksal verschlug«, erinnerte sich Yeza, jetzt milder gestimmt.

»Auch mich hat es mehr geschlagen, als daß ich es glorreich meisterte«, sinnierte Oliver über sein unstetes Leben. »Fände ich an diesem heiligen Ort zu Füßen des Pog den Tod und würde mein vertanes Leben diesmal das des Trencavel retten, so schlösse sich der Kreis, und ich stürbe als glücklicher Mensch.«

»Ach, Herr Oliver«, entgegnete Yeza, »denkt jetzt bitte nicht ans Sterben. Der Tod trifft einen meist dann, wenn man gar nicht damit rechnet.«

Yeza hatte fast immer recht, aber diesmal nicht. Der Schwarze Ritter war Yves der Bretone. Xacbert de Barbera kannte ihn nicht, er hatte keine Möglichkeit, ihm ins Gesicht zu sehen, wie auch in der Folge niemand, der seiner düsteren Erscheinung begegnen sollte, denn Yves lüftete sein Visier nie. Er atmete rasselnd durch die kreuzförmig gestanzten Sehschlitze seines Kübelhelms und hielt seine Worte knapp. Dafür sprachen die gedrehten Hörner des Steinbocks, die hoch aufgerichtet und bedrohlich über dem Helm zusammenliefen.

Xacbert de Barbera traf Yves an einer einsamen, unbemannten Fährstelle eines Flusses zwischen zwei Wäldern. Der alte Kriegsmann, der sich diesseits der Pyrenäen noch gut auskannte, wenn er auch seit Jahren drüben in Aragon König Jaime diente, hatte das Floß bereits an der Kette zu sich herübergezogen. Um nicht unhöflich gegenüber dem Schwarzen Ritter zu erscheinen, brummelte er: »Ich warte noch.«

Yves zeigte keine Reaktion, er betrachtete gelangweilt das Wappen auf dem Schild des anderen, der am Sattel hing. Es wies ihm auf rotem Grund drei silberne Balken, Hermelin gefeht, was Yves nichts sagte. Xacbert de Barbera hingegen schenkte der Heraldik des Schwarzen zunehmend befremdet Aufmerksamkeit. Das Wappen erinnerte ihn entfernt an sein eigenes oder an das der Bretagne. Das lag an den auch hier verwendeten stilisierten Hermelinschwänzen, nur, daß sie »gegen« waren, Weiß auf Schwarz. Unüblich, aber möglich. Doch daß sie auf dem Kopf standen, wodurch ihre Kreuze nach unten wiesen wie gespreizte Finger zum Schutz vor lästerlichen Flüchen, Totgeburten von Nonnen, ungeweihten Grabkreuzen oder anderem Teufelszeug, das ließ ihm diesen Schild samt Träger äußerst sinister vorkommen. Das düstere Wappen wurde auch dadurch nicht gemildert, daß zwei Zahnreihen oben und unten verkehrt grinsend gegeneinander fletschten. Sollte er dem Fürsten der Finsternis begegnet sein? War es Gevatter Tod, der ihm so gerüstet gegenübertrat? Xacbert, der alte Haudegen, fürchtete weder Tod noch Teufel, aber dennoch bemächtigte sich seiner eine trübe Stimmung.

»Ich warte auf Freunde«, begann er wieder. Der Schwarze schien ihn nun wenigstens anzuschauen, aber er schwieg beharrlich weiter, so daß Xacbert, der sonst weder leichtsinnig noch geschwätzig war, aus der Reserve herausging. Denn der Schwarze konnte unmöglich ein Häscher Frankreichs sein, eher ein Faidit, einer wie er, Xacbert, der sich heimlich in sein Land einschleichen mußte, rechtlos und vogelfrei.

»Meine Freunde werden mich auf sicheren Wegen ans Ziel schmuggeln«, setzte er vertraulich hinzu.

»Montségur?« war das erste Wort, das er dem unheimlichen Fremden entlockte. Es hatte wie eine Frage geklungen. Xacbert nickte.

»Ich warte –«, sagte er gerade, als der Schwarze absaß und sein Pferd unaufgefordert auf das Holzfloß führte.

»Ich nicht«, entgegnete er mit so viel Bestimmtheit, daß Xacbert ihn gewähren ließ, zumal er fand, daß er dem anderen die Warterei nicht länger zumuten konnte. Außerdem war er froh, von seiner bedrückenden Gesellschaft erlöst zu werden. Als der Rappe an ihm vorüberschritt, besah Xacbert sich die schwarze Schabracke, die mit vielen Hermelinschwänzlein gesäumt war. Der Schwarze war gewiß ein mächtiger Herr und ein gewaltiger Kriegsmann dazu. Davon zeugte das breite Schwert, eine schöne Arbeit, jedoch schwer zu handhaben. Er traute es sich zu, aber die meisten Ritter, die Xacbert kannte, hätten die zweite Hand zu Hilfe genommen. Aber ein Edelmann? Den Eindruck einer hochadligen Geburt machte er nicht, zu grob war die leicht gebeugte, breitschultrige Gestalt mit den herabhängenden, langen Armen.

Der Schwarze hatte die Flößerstange ergriffen und steuerte das Floß sicher ins treibende Wasser. Xacbert schaute ihm nach, wie er mit kräftigen Stößen den Fluß überquerte, am anderen Ufer auf sein Pferd stieg und im Wald entschwand.

Auf der Tribüne verfolgten die Frauen, die fast alle von ihren Männern verlassen waren, mit unterschiedlicher Anteilnahme den

Kampf auf der Wiese. Pons hatte als einziger bisher nicht gekämpft, noch hatte man ihm eine Aufgabe zugeteilt. Nur zu gern wäre er auch dem Schiedsgericht beigetreten, das alle Hände voll zu tun hatte, wie Philipp, den Roç schon wieder hinausschickte. Diesmal im Tappert des Herolds, um die Kombattanten zu ermahnen. Lustlos schnüffelte Pons wie ein junger Hund zwischen den Bänken umher.

Mafalda saß inzwischen allein und kaute ärgerlich an den Nägeln, denn Frau Esterel kümmerte sich samt der mitfühlenden Geraude um die Leiden ihrer älteren Schwester. Melisende, die sanfte, keusche Melisende, hatte die jüngere schlicht ausgestochen. Pons machte sich an seine Schwester Mafalda heran. Er suchte tröstliche Ansprache, vielleicht ein Scherzwort.

»Das darf doch nicht sein, eine schöne Maid so ganz allein!«

Sie schaute den dicklichen Knaben an, als wäre er nicht ganz bei Trost, was ja so falsch nicht war. Aber Pons plauderte ungeniert weiter.

»Mein Schwert steckt noch immer in der Scheide«, fügte er töricht hinzu, sich der Anspielung erst nicht bewußt, sie dann verlegen belachend.

Mafalda nahm Maß und winkte ihm sogar, sich zu ihr hinab zu beugen. Dann verpaßte sie ihm mit der flachen Hand einen Backenstreich, daß es knallte.

Roç und Yeza, die vor Mafalda saßen, fuhren herum. Pons war zurückgesprungen wie ein geprügelter Hund. Daß ausgerechnet das Königliche Paar Zeuge seiner Schande wurde, brannte mehr als die Wange. Dieser Roç war schuld!

»Wann darf ich endlich kämpfen?« schrie er den Trencavel an. Der nahm den Ausbruch gelassen.

»Wenn die Ehre von Damna Melisende endgültig auf der Strecke geblieben ist«, erwiderte er freundlich, »dann ist die Reihe an Euch, Pons de Levis. Der Herr d'Alion wird es sich sicher angelegen sein lassen, dem Hieb der Damna Mafalda noch den Stoß seiner Lanze folgen zu lassen!«

»Ihr dürft so etwas ungestraft sagen«, maulte Pons stotternd, »und ich bezieh' gleich Prügel!«

Da lachten Yeza und Mafalda das erste Mal gemeinsam, und das schallend. Pons verdrückte sich über die Hintertreppe. Da packte ihn eine Mädchenhand.

»Ich werd' Euch die Wange mit Schnee kühlen«, versicherte die Potkaxl voller Eifer.

»Wo habt Ihr den denn, Jungfer?«

Pons erkannte bei weitem noch nicht, was geradewegs auf ihn zukam.

»Hier, unter der Tribüne, wir kühlen den Wein damit.« Und mit energischem Griff zerrte ihn die Potkaxl an den Ort der Tat.

Der Schwarze Ritter schaute auf, ohne seinen Rappen zu zügeln. Vor ihm erhob sich zwischen den Wipfeln der Tannen der Pog mit der Burgruine auf der abgeplatteten Felsnase. Yves der Bretone verstand nicht, warum soviel Aufhebens um diesen Montségur gemacht wurde. Er war auch noch nie im Languedoc gewesen, noch hatte er sich für dessen Geschichte interessiert. Und doch wehte sie ihn jetzt an wie das Frühlingslüftchen, das angenehm durch die Schlitze des Helms drang und seinen heißen Kopf umspielte. Das war also die Gralsburg, um die der König, sein Herr Ludwig, so lange gerungen. Von dort stammten die Kinder, inzwischen das Königliche Paar, die große Gefahr für Frankreich. Das hatten ihm die Männer, deren Gesichter er nicht zu sehen bekam, immer wieder eingeflüstert, denn Yves hatte sich mit Händen und Füßen gesträubt, ihren Auftrag anzunehmen. Zu oft hatte man sich seiner bedient, ihn losgehetzt wie einen Assassinen, wie einen bezahlten Meuchelmörder. Er hatte seinen Herrn König angefleht, ihm fürderhin ein solches Los zu ersparen und ihn zu schützen vor den dunklen Mächten, die ihn als ihr gefügiges, willenloses Werkzeug betrachteten.

Herr Ludwig war entsetzt ob seiner Beichte gewesen, hatte lange mit ihm gebetet und ihm versichert, Yves müßte nie wieder zum Schwert greifen, es sei denn, um ihn, des Königs Leib, vor Ungemach zu schützen. Und Yves hatte ihm geglaubt. Und doch hatten sie eines Nachts vermummt vor seinem Lager gestanden und ihm Brief und Siegel des Königs vorgewiesen. Sie hatten ihm nicht erlaubt, Herrn Ludwig noch einmal zu sprechen, sondern wie einen Verbrecher mit verbundenen Augen abgeführt aus dem Louvre. Als er die Binde wieder abnehmen durfte, befand er sich in einem Turm mitten in der Stadt. Er konnte die Seine riechen, vertraute Geräusche drangen von ihrem Ufer an sein Ohr. Schweigende Mönche kleideten ihn ein, eine Rüstung wurde ihm angelegt, alles in Schwarz. Er mußte einen Rappen besteigen, einen Schild nehmen und ein riesiges Schwert gürten. Dann wurde ihm ein Helm aufgesetzt, und er sah fast nichts mehr. Sie brachten ihn noch im Dunkel der Nacht aus der Stadt.

Seine Reise war gut vorbereitet. Wohin er auch kam auf seinem Weg in den Süden, überall ging man ihm schweigend zur Hand. In Toulouse hatte ihn der Konnetabel von Frankreich erwartet, der Herr Gilles Le Brun. Der hatte ihn bis Carcassonne begleitet. Auf dem ganzen Ritt wich er allen Fragen aus, die Yves ihm stellte, denn das ahnte der Bretone schon, daß Gilles Le Brun zu seinen Auftraggebern gehörte. Angekommen in der Zitadelle des Seneschalls, hatte Le Brun ihm eine Zeichnung vorgelegt, die Wappen und Zimier, die Roç Trencavel auf dem Turnier tragen würde, recht genau, gar farbig zeigte: den Adler und den Geparden im Schild, das erhobene Schwert als Helmzier. Er konnte den Trencavel nicht verfehlen, selbst bei geschlossenem Visier. Und das Schwert, das sie ihm mitgegeben, war ein Richtschwert, so scharf geschliffen, daß es Leder wie Butter zerschnitt, und so schwer, daß ihm kein Eisenniet widerstand. Es trennte den Arm vom Rumpf, den Kopf vom Hals. Wenn er, Yves, denn den Henker spielen sollte, so war er bestens gerüstet.

Der Bretone hatte mehrere Tage und Nächte wie ein Gefangener in der Zitadelle von Carcassonne verbracht. Eines frühen Morgens schickte man ihn los. Der Konnetabel sei schon vorausgeritten. Yves hatte nicht übel Lust, den Verschwörern einen Strich durch die Rechnung zu machen, nicht um des Roç Trencavels willen, sondern um seiner selbst. Doch an wen sollte er sich wenden, wenn er sich dem Königlichen Paar offenbarte oder er sich einfach verweigerte? Er war ein armer Hund, der Hütte und Knochen bisher nur bei einem Menschen gefunden hatte, bei König Ludwig.

Yves stutzte. Er ritt auf einem Höhenweg, wie es ihm beschrieben war. Irgendwo würde ihn der Seneschall Pier de Voisins in Empfang nehmen und zum Turnier geleiten, genau zum rechten Zeitpunkt, wenn der Trencavel in die Schranken ritte. Der Bretone hatte Stimmen gehört. Er ließ sich von seinem Rappen gleiten und schlich sich bis an die steil abfallenden Felsen. Unten im Tal schlängelte sich ein Weg – und oberhalb davon kauerten, hinter Bäumen verborgen, vier Ritter. Das waren nicht der Seneschall und seine Leute. Die vier schienen auf jemanden zu warten.

Galt ihr Hinterhalt dem bärbeißigen Alten an der Floßleite? Der wartete auf Freunde, die da unten aber hielten offensichtlich Ausschau nach einem, dem sie nichts Gutes wollten. Harrten sie etwa seiner? Hatte jemand sein Kommen verraten?

Yves zog sich lautlos zurück, umwickelte die Hufe seines Pferdes mit der Schabracke, die er zerschnitten hatte. Dazu war das Schwert wie geschaffen. Vorsichtig ritt er den Weg zurück, den er gekommen war.

Raoul hielt mit der gepanzerten linken Faust den Knauf seines Normannenschwertes umfaßt, ein Erbstück von seinem Großvater Lionel, der mit dem Montfort einst in dieses Land gezogen war, um es dem König von Frankreich untertänig zu machen. Jetzt schlug sich der Enkel für die Ehre einer Frau, die er leichtfertig getröstet hatte, weil sie unter ihrem Ehemann litt. Das wiederum mochte der schlecht leiden. Raoul lachte sein unwiderstehliches Raubtierlachen, klappte das Visier herunter und zog den Schild vor die Brust.

Burt nestelte noch an seinem Gehänge, doch als die Drommete Jordis in schauriger Fröhlichkeit ertönte, da riß er die Waffe hervor. Es war ein bösartiger Morgenstern, eine stachelige Kugel, die er an kurzer Kette über seinem Kopf schwang. Der Eisenhandschuh umklammerte fest den Greifring, den die Fliehkraft des mit Stahlspitzen bestückten Eisenkerns ihm aus der Faust zu reißen drohte. Schnell waren sie aneinander, denn jetzt galt es, als erster den entscheidenden, den tödlichen Hieb zu tun. Da Raoul zum Schlag sein erhobenes Schwert blitzschnell zum Stich senkte, flog die Kugel, die danach gezielt hatte, es ihm aus der Hand zu reißen, ins Leere, während die Klinge – vom Schild des Comminges gerade noch abgelenkt – Burt in den Schenkel schnitt, ohne daß er die Verwundung spürte. Sie waren aneinander vorbei. Erst beim Herumreißen des Pferdes sah Burt das Blut aus dem Beinschutz sickern. Der elende

Hund! Gelähmt wollt er ihn, wenn es zum Fußkampf kam! Doch soweit sollte es gar nicht erst kommen!

Raoul war schneller herangesprengt, als der Herr von Comminges gedacht. Die Kugel kreiste noch nicht, so hieb er sie in den Schild des anderen, die Stahlspitzen fraßen sich fest, er zerrte, aber nicht mit dem rechten Ruck, so daß Raouls erhobenes Schwert auf die straff gespannte Kette traf. Hell klirrte Eisen auf Eisen, die Kette sprang, aber auch die Klinge brach. Im hohen Bogen flog sie davon.

Das hatten auch die Schiedsrichter gesehen. Jordi, der mit offenem Mund den erbitterten Kampf bestaunte, erhielt von zwei Seiten einen Knuff in die Rippen und ließ die Drommete ertönen. Da die Reiter eh auseinander waren, machten sie ohne Anstand kehrt. Doch dann gab der Comminges seinem Pferd die Sporen und sprengte statt zum Schiedsgericht zurück zu seinem Fahnenstand. Jordi drommetete wie wild. Sie sahen, wie Burt sein dort aufgehängtes Langschwert aus der Scheide riß und nun heranstürmte, es drohend über dem Kopf zum furchtbaren Schlag erhoben. Raoul hatte sich ohne Waffe am Stand eingefunden. Mas warf ihm seine Klinge zu, doch Gers d'Alion sprang vom Podest und stellte sich mutig dem Anstürmenden entgegen.

»Aus dem Weg!« brüllte der Comminges, zumal jetzt der Belgrave ihn mit quer gestelltem Roß erwartete, den Schild herausfordernd hebend und senkend, an dem noch immer die Kugel haftete, mit einem Stück Kette daran. Das Schwert des Mas verbarg er jedoch hinter dem Pferdeleib. Gers d'Alion hechtete Burt seitlich in die Zügel, wurde aber abgeschüttelt. Raoul wußte, die Wucht eines solchen Schlags konnte er nicht parieren, er mußte versuchen, ihn mit einem Satz zu unterlaufen. Burt lenkte sein Tier hinter das von Raoul, so daß dieser ihm den ungeschützten Rücken zuwandte, doch da tat das Tier Raouls einen eleganten Sprung vorwärts. Comminges hieb ins Leere, und das brachte ihn aus dem Gleichgewicht. Er fiel vom Pferd, das jetzt Mas aufhielt, während der nachgeeilte Gers mit beiden Füßen auf das Langschwert sprang, nach dem der auf dem Bauch Liegende gerade die Hand ausstreckte.

»Den Gang habt Ihr verloren!« schrie Alion den Comminges an.

»Und noch einen halben dazu, weil er die Regeln verletzt hat!«

setzte Mas zornig hinzu. »Man sollte Euch von allen weiteren Tjosten ausschließen!«

Burt hatte sich aufgerappelt und sah erst jetzt das Schwert in der Hand des Belgrave.

»Und das!« brüllte er den Morency an. »Was ist das? Ein Schiedsrichter leiht seine Waffe her? Parteilichkeit!«

»Beruhigt Euch, Burt, und treibt die Sache nicht auf die Spitze!« ging Gers d'Alion dazwischen. »Ihr geht beide an Eure Plätze und wartet die Entscheidung ab, die der Herr des Turniers treffen wird. Die Tatwaffe bleibt hier!« fügte er rasch hinzu, denn Burt hatte sich gebückt, um sein Langschwert wieder an sich zu bringen. Mas ließ sich von Raoul sein Schwert zurückgeben. Dann wurden beide Kontrahenten zu ihrer Fahne geschickt.

Xacbert de Barbera hatte das Warten satt. Entweder hatte sein Freund Wolf von Foix die Nachricht, daß er zum Turnier kommen wolle, nicht erhalten, oder er war daran gehindert worden, ihn an diesem Ort abzuholen, an dem sie sich schon einmal heimlich getroffen. Denn das war auch Xacbert klar, daß der Seneschall, der gute alte Pier de Voisins, sich ausrechnete, daß er, der berühmte ›Lion de Combat‹ sich dem Ruf eines solchen Stelldicheins am Pog nicht entziehen würde. Irgendwo lauerten deshalb die Franken. Hoffentlich war ihnen der Wolf von Foix, ebenfalls ein gesuchter Faidit, nicht ins Netz gegangen!

Xacbert, der alte Haudegen, führte sein Pferd behutsam auf die glitschigen Baumstämme der Fähre, sprang selbst hinauf und stieß das Floß mit der Stange vom Ufer ab. Vorsichtig stochernd stakte er sich über den Fluß, der hier zwar kein reißendes Wasser, aber durch die Schneeschmelze stark angeschwollen war. Er hatte gerade die Mitte erreicht, als das Floß sich nicht mehr bewegte. Er drückte mit aller Kraft die Flößerstange gegen den Grund, aber nichts rührte sich. Da fiel sein Blick auf das andere Ufer. Dort stand der unheimliche Schwarze, aus dem Nichts aufgetaucht, mit beiden Füßen breitbeinig im Wasser und hielt mit beiden Händen die Zugkette fest.

»Was soll das?!« brüllte Xacbert hinüber, denn es deuchte ihm ein schlechter Scherz. Das Floß wackelte bedrohlich in der Strömung, die in tückischen Wellen über die Hölzer des Floßes schwappte. Xacbert geriet ins Schwanken, und sein Pferd wurde unruhig. Doch der Schwarze gab keinen Laut von sich, noch lockerte er den eisernen Griff.

»Was wollt Ihr von mir?« schrie Xacbert jetzt schon unbeherrscht. »Ich bin ein armer Reitersmann, kein Händler, ich hab' kein Geld!«

»Zieht Euch aus!« dröhnte die Stimme befehlend aus dem Kübelhelm mit den Teufelshörnern. »Ich brauch' Eure Rüstung!«

»Die brauch' ich selber!« schrie Xacbert zurück. »Sie ist alles, was ich hab'!«

Doch es kam keine Antwort. Der Schwarze hielt die Kette fest, und der berühmte ›Lion de Combat‹ wußte, daß er elendiglich ertränke, gäbe er nicht nach. Zähneknirschend begann er, seine Verschnürungen zu lösen, auf dem schwankenden Floß kein einfaches Unternehmen. Da zeigte der Teufel Herz und zog den Xacbert näher zu sich, fast bis in Ufernähe.

»Werft mir Euer Schwert herüber«, forderte er, »und jagt Euren Gaul ins Wasser, denn Ihr erhaltet alles, was ich habe als Pfand für Eure Freundlichkeit!«

Xacbert tat wie ihm geheißen. Ein Sprung ins kalte Wasser war gewiß nicht ratsam. Selbst wenn er das Ufer erreichte, wäre er der Verlierer, denn mit dem Schwarzen war sicher nicht gut Kirschen essen, wenn er ihn verärgerte.

»Jetzt entledigt Euch der Rüstung und des Helmes, und packt sie auf das Floß!«

»Und Ihr?« rief Xacbert, nunmehr schon gottergeben, zurück. »Wie komme ich an die Eure?«

Dieser Schwarze Ritter, das konnte nur der Teufel sein! Die Antwort bestätigte den schlimmen Verdacht.

»Ihr werdet meine Sachen samt Pferd an der nächsten Wegbiegung im Walde finden!«

Ah, er sollte sein Gesicht nicht zu sehen bekommen, nicht die Hörner, die unter dem Helm verborgen, wenn sie nicht sogar in den Zimier hineinragten. Deshalb das Bocksgehörn!

Xacbert spürte das Nachlassen der Kette und stakte zurück an das Ufer, von dem er anscheinend nicht wegkommen sollte! Hexerei, verdammte! Dann fiel ihm ein, daß er sich ganz schön hatte übertölpeln lassen. Schwert und Pferd war er endgültig los!

»Wo seh' ich Euch wieder?« schrie er wütend über den Fluß.

»Sagt mir einen Ort, möglichst nah und doch verschwiegen an der Wiese, auf der das Turnier abgehalten wird!«

Xacbert überlegte. Er kannte die Gegend um den Pog wie seine Satteltasche, und so rief er:

»Oberhalb liegt ein unseliger Hang, der Camp des Crémats; dort steht am Waldesrand ein Gedenkkreuz. Dahinter werd' ich Euch erwarten!«

»Grabkreuze sind mir immer recht!«

Das war das letzte, was Xacbert de Barbera von dem Schwarzen hörte. Er zog die Rüstung aus, legte sie mitten auf das Floß, den Helm dazu. Die Fähre setzte sich in Bewegung. Er stand nur in Unterkleidern – auch die Stiefel hatte Beelzebub ihm gelassen – und sah seine Sachen über den Fluß gleiten. Drüben nahm der Schwarze alles an sich und verschwand, beide Pferde am Halfter, im Wald.

»Wißt Ihr, Liebste«, sagte Mafalda laut zu Yeza, als deren Ritter Roç sich entfernt hatte, »warum es die beiden da derart heftig treiben?« Sie zeigte hinaus auf die Wiese, auf der hinter den Schranken immer noch der Kampf zwischen dem Liebhaber und dem Ehemann der scheuen Melisende tobte. »Nicht etwa, weil sie sich hassen, ich wette, die haben längst vergessen, warum sie sich prügeln, sondern weil sie sich nicht trauen, miteinander zu ficken!« Die Dame Mafalda lachte grell.

Die Dame Mafalda hatte gut lachen. Dem Widder, der den Helm des Belgrave zierte, fehlte ein Horn, und das Kreuz, Zimier auf dem Topf des Comminges, war längst ins Gras gefallen, ein hellroter Fleck zwischen vielen dunklen Spritzern Blut. Raoul und Burt schlugen aufeinander ein wie zwei taube Schmiedegesellen, die das Eisen auf dem Amboß hämmern, nur daß sie auf dünnes Blech und darunter Fleisch einhieben. Burt war durch die meisterliche Handhabung seines Langschwerts leicht im Vorteil, den Raoul nur wettmachen konnte durch Behendigkeit, die dem anderen abging. Allmählich zahlten sich die Wunden aus, die er dem Comminges an Schenkel und Lende beigebracht hatte. Dennoch mußte er sich höllisch vorsehen, denn würde ein Schlag mit dem schweren Eisen ihn wirklich voll erwischen, wäre er hin. Der Rand seines roten Schildes mit dem Hermelinsparren war mittlerweile wild gezackt wie die Gipfellinie der Pyrenäen, und von den drei Silberrauten fehlten bereits zwei.

Raoul sprang vor, hackte auf Burt ein und federte zurück, wenn dessen Schlag herabsauste. Anfangs waren sie noch nach allen Regeln normannischer Fechtkunst vorgegangen, hatten in schneller Fünferfolge, Hals links, Kniekehle rechts, Hals rechts, Kniekehle links und den Schädelspalter, geschlagen und durch Auf- und Abschwingen der Waffe hoch über dem Helm pariert, womit der Verteidiger zum Angreifer wird. Doch schnell hatte Raoul erkannt, daß er dabei den kürzeren ziehen könne, in des Wortes übler Bedeutung. Er fürchtete, seine Klinge könne springen. Dann wäre er mit dem Stumpf in der Hand der Gnadenlosigkeit des grimmigen Comminges ausgesetzt und unversehens einen Kopf kürzer. Deshalb fuhr er dem tumben Schläger in die Parade und stieß zu, ihn von unten in die Schwertspitze dreschen lassend.

Burt schrie wild auf vor Schmerz und Wut ob solcher Tücke. Blut spritzte aus seinem Unterarm und zeigte Raoul die verzweifelt ersehnte Schwächung an. Die Schläge des Gegners wurden immer langsamer, verloren an Genauigkeit und Wucht. Es war auch höchste Zeit, denn auch Raoul, der zu Beginn des Waffenganges noch den Gegner umtänzelt hatte, lahmten jetzt die Beine, die Rüstung wog wie Blei.

Schon einige Male waren die Kontrahenten gestolpert, einmal fast ineinandergefallen, gottlob nicht mit gezückten Schwertern. Immer öfter verhakte sich Heft gegen Heft. Dann versuchten sie, mit der freien gepanzerten Faust den anderen gegen das Visier oder auf den Helm zu klopfen, sich gegenseitig mit den Schildkanten in die Weichteile zu stoßen. Das eine bereitete dösiges Kopfweh, das andere arges Bauchgrimmen. Sie lösten sich immer schwerfälliger, stießen sich mit den Schilden voneinander ab oder traten sich mit den Füßen. Ihre Kräfte reichten jetzt nur noch zu zwei, drei Schlägen, dann fielen sie schon wieder einander in die Arme, stießen sich mit den Helmen wie alte Ziegenböcke; Raouls Widder verlor auch das andere Horn, und Burts Topfhelm wies Dellen auf, daß man sich fragte, wie wohl der Kopf darunter beschaffen sein mußte. Aber sie kämpften weiter, auch wenn die Schlagfolge immer gedehnter geriet, die Klingen eigentlich nur noch herabfielen. Mit blutunterlaufenen Augen lauerten sie darauf, wer wohl zuerst zu Boden stürzen würde, unfähig, sich zu erheben, bevor der andere herantorkelte, um mit einer allerletzten Anstrengung das Schwert mit beiden Händen senkrecht emporzustemmten, um es ganz langsam zwischen Halskrause und Helmansatz in der Kehle des Gegners zu versenken.

Pons und Potkaxl bekamen von dem unerbittlichen Gefecht überhaupt nichts mit, weil sie im Halbdunkel des Strebengewirrs unter der Tribüne ihre eigenen Tjosten ausfochten. Die Toltekenprinzessin war im Stoßen nicht so leicht in die Schranken zu verweisen, und Pons mußte erfahren, daß seine Lanze zwar nicht splittern, aber weich werden konnte wie ein schlecht gefüllter Ziegenlederbeutel, ein Weinschlauch. Das mochte auch daran gelegen haben, daß sie zu Beginn ihres Stechens erst einmal dem gekelterten rosaroten Traubensaft aus Aragon zugesprochen hatten, bevor die tüchtige Potkaxl die Stange zum ersten Mal einlegte und sie seitdem – ähnlich wie der Comminges und Raoul – Gang auf Gang geritten waren, und, bald auf den schrägen Stützbalken liegend, bald über Querhölzer gebeugt oder einfach an einen der Pfosten gelehnt, aufeinander eingestürmt waren. Die Lust solcher Stöße blieb den Schlägern da draußen versagt. Wer weiß, vielleicht hätte es ihnen gutgetan und die von törichter Eifersucht verklebten Augen geöffnet, wenn sie sich den nackten Hintern hingestreckt hätten, bereit, Stoß um Stoß zu empfangen. Und anders als bei Mafalda erhielt Pons keine geknallt, wenn er vom Ständer mit einer neuen Lanze anritt, im Gegenteil, die Potkaxl gab dem Reiter noch die Sporen. Doch dann klemmte sie ihn und preßte die Hand auf seinen schnaufenden Mund. Zwischen Pfosten und Stützen des Unterbaus der Tribüne waren von der Holztreppe her zwei Gestalten erschienen, Männer in Rüstungen. Die Art, wie sie im Halbdunkel untertauchten und dem hosenlos auf eine Strebe genagelten Pons dabei immer näher kamen, ließ auf heimliches Tun schließen. Erschrocken erkannte die Potkaxl ihren Dienstherrn Roç, und der andere war der Herr von Termes. An dem weiß leuchtenden Hintern ihres Galans vorbei starrte sie auf das Treiben der beiden, die sich jetzt hastig ihrer Rüstungen entledigten und bald in Unterkleidern dastanden. Das hatte Potkaxl von Herrn Roç nicht gedacht!

Da ließ der Pons einen gräßlichen Furz fahren. Die beiden Ritter griffen zu ihrem abgelegten Schwertgehänge, Roç hatte die Klinge als erster aus der Scheide und erkannte nach wenigen Schritten zwar nicht den Arsch des ihm abgewandten Pons de Levis, aber das fröhlich verschwitzte Gesicht der Zofe, denn ein schlechtes Gewissen war der fremd. Und der laute Schreck war nun auch verflogen, verdunstet im Gebälk.

»Was macht ihr da?« Roç hatte auch nicht den geringsten Sinn für die Lust der Toltekenprinzessin, noch für die Scham des sich jetzt von ihr lösenden Pons.

»Verschwindet!« raunzte er die Zofe an. »Treibt es, wo ihr wollt, aber nicht hier! Geht in den Wald!« setzte er, zumindest in der Sache verständig, mit Nachdruck hinzu.

Die beiden fuhren hoch, Pons in seine Beinkleider, die ihm von den Knöcheln gerutscht waren, die Potkaxl trug so etwas nicht. Sie verschwanden wie der Blitz.

Roç und Oliver konnten den Tausch ihrer Rüstungen beenden.

Der Graf Jourdain de Levis und seine drei Ritter lagen noch immer im Hinterhalt und warteten auf das Kommen des Schwarzen Ritters. Allmählich wurde ihnen die Zeit zu lang.

»Typisch Oliver!« murrte Gaston de Lautrec. »Wieder eine seiner Lügengeschichten.«

»Wir sollten die Damen nicht so lange allein lassen«, sagte der Graf. »Auch fehlen wir als Reiter im Turnier. Der angekündigte Herr aus Paris wird uns wohl nicht mehr die Ehre erweisen. Laßt uns zurückreiten!«

Sie waren gerade aufgestiegen, als Simon de Cadet leise rief:

»Da oben steht ein Ritter!« Und sie schauten alle hinauf in den Wald. Tatsächlich, zwischen den Baumstämmen konnten sie den Reiter sehen, der wohl auf dem Kammweg ritt und ihnen zuwinkte.

»Das ist Xacbert!« rief Wolf von Foix. »Xacbert de Barbera, mein alter Freund! Hat sich wohl freistellen lassen von Don Jaime, um mit uns –«

»Er winkt«, unterbrach ihn eifrig der Cadet. »Wir sollen weiterreiten.«

»Der kennt sich hier aus«, bestätigte Wolf, dem die Freude über das Wiedersehen ins Gesicht geschrieben stand. »Wahrscheinlich will er in der Lassetschlucht zu uns stoßen!«

So ritten sie weiter, achteten aber immer wieder darauf, daß der Ritter zwischen den Bäumen ihnen folgte.

»Ich hab' ihn gleich an seiner Bärenstatur erkannt«, trumpfte Wolf auf. »Da muß ich gar nicht erst Schild und Zimier sehen!«

»Drei Gueules, drei Balken Silber mit Hermelin.« Simon war ein guter Beobachter. »Auf dem Helm ein Löwenhaupt mit aufgerissenem Rachen!«

»Den hat der ›Expugnador‹ seinem glorreichen Feldherrn verliehen«, wußte Gaston beizutragen, »für die Eroberung der Insel Menorca von den Mauren!«

»Xacbert, der alte Lion de Combat«, frohlockte der Foix, »wie er leibt und lebt!« So ritten sie schnell dahin.

Burt und Raoul lagen beide am Boden, auf dem Bauch, wie zwei Mistkäfer, die vor lauter Strampeln endlich vom Rücken auf die Beine gekommen sind, sie aber vor Mattigkeit nicht mehr gebrauchen können. Sie waren eine Zeitlang umeinander herumgestolpert, unfähig, noch das Schwert zu heben, ihre letzte Kraft legten sie in die brennenden Augen, die durch die verbeulten Sehschlitze den anderen im Blick zu behalten suchten. Ihr Atem rasselte, ihr Herz, im Brustkorb eingeklebt, schlug bis zum Halse, ihre gepanzerte Hand lockerte den Griff um das vorgestreckte Schwert. Aber sie klammerten sich noch immer an das Eisen. Mas de Morency und Gers d'Alion traten respektvoll näher, selbst Jordi verließ seinen Platz auf dem Podium, gefolgt von Philipp, der ihm die Drommete nachtrug.

»Mit einem Unentschieden können beide Kontrahenten leben«, sagte der Alion aufmunternd.

Da beide nicht antworteten, konstatierte Mas: »Sie müssen!

Denn einer Fortsetzung wird nicht stattgegeben. Ich bitte, nach angemessener Schonfrist die Kampfbahn zu räumen.«

Er machte sich ganz gut als Schiedsrichter. Frau Esterel wäre stolz auf ihn. Jordi blies das Signal, das den unentschiedenen Abbruch des Tjostes verkündete. Es war der längste, den er je erlebt hatte.

»Selbst das Ende einer solchen Rammelei unter als Ritter verkleideten Männern«, sagte Dame Mafalda zu Frau Esterel, laut genug, daß ihre Schwester es hören konnte, »gleicht der völligen Erschöpfung auf dem minniglichen Lager. Nur daß sie nach dem Ficken schöner ist!«

Mafalda genoß die Röte, die allmählich das wachsbleiche, angstverschwitzte Gesicht von Melisende überzog.

»Jetzt habt Ihr sie beide wieder, den ersehnten und den unerwünschten Bettgenossen, doch – ich wett' – heute habt Ihr von beiden nicht mehr viel zu erwarten!«

»Ta goule!« schrie die Sanfte und schlug ihr ins Gesicht.

Der Schwarze Ritter näherte sich dem Kordon, den der Konnetabel um den Pog gezogen hatte. Eingedenk der Weisung, ihm keine Fragen zu stellen, wichen der Seneschall und seine Soldaten respektvoll zurück, als der unheimliche Reitersmann – selbst sein Pferd war ein Rappe – wortlos an ihnen vorbeiritt, ohne ihnen auch nur einen Blick zu schenken.

»Ich hörte gerade«, sagte Gilles Le Brun zum Seneschall, kaum daß der Schwarze um die nächste Wegbiegung verschwunden war, »daß die drei Burschen, in die wir Hoffnung auf Frankreichs Ehre gesetzt, uns schmählich verraten haben. Sie reiten für Okzitanien!«

»Dann muß ich wohl auf meine alten Tage –«

»Ihr bleibt hier, Pier de Voisins!« befahl der Konnetabel barsch. »Nichts für ungut! Ruhm könnt Ihr nicht einlegen, und ihres obersten Lehnsherrn haben sich inzwischen auch der Graf von Mirepoix und die Herren von Lautrec und Comminges entsonnen. Sie geben der Krone die Ehr'!«

»Das will ich mit eigenen Augen sehen!« versteifte sich der Seneschall.

»Schont Eure Knochen, Ihr seid aus der Übung!« riet ihm Gilles Le Brun, der einsah, daß er den Alten schlecht zurückhalten konnte. Außerdem war der Konnetabel neugierig, was sich mit dem Eintreffen des Schwarzen Reiters auf dem Turnierplatz abspielen würde. Der Mann galt als zuverlässig, aber gesehen hätte er doch gern, wie Yves der Bretone vorging. Jemand, der es wissen mußte, hatte ihn »Der Vollstrecker« genannt.

Pier de Voisins sattelte sein Pferd und ritt los. Den Schwarzen wollte er nicht einholen, der war ihm nicht geheuer. Sein Wappen war falsch, wer auch dahintersteckte, der Seneschall fand es ungehörig. Mit Rittertum hatte das nichts mehr zu tun. Man begab sich nicht auf ein Turnier, um jemanden umzubringen!

Nach der ersten Wegbiegung traf er einen Reiter, es war Rinat Le Pulcin. Der Seneschall kannte ihn nur vom Hörensagen. Es hieß, er stünde im Dienste der Venezianer; er sei als Maler nicht so hoch zu bewerten wie die Preise, die man für seine Porträts zahlte. Es wurde gemunkelt, daß die von ihm Gemalten meist nicht mehr lange zu leben hätten.

Pier de Voisins beschloß, den Künstler nicht zu mögen, und er wich jedem Gespräch aus, das Rinat anzuknüpfen suchte. Sie trennten sich vor Erreichen der Turnierwiese.

Xacbert de Barbera, der ›Schwarze Ritter‹, lachte sich ins Fäustchen. So einfach hatte er sich seine Ankunft am Pog nicht vorgestellt. Seine gute Laune hatte begonnen, als er das dritte Mal die verdammte Fähre ans Ufer gezogen, sich in Unterkleidung endlich hinübergestakt hatte und nach wenigen Schritten im Wald tatsächlich den Rappen entdeckte, der an einen Baum gebunden war. Die schwarze Rüstung lag bereit, der unheimliche Helm paßte. Er hatte das breite Schwert ein Stück aus der Scheide gezogen und war mit dem Daumen prüfend über die Schneide gefahren, und schon hatte er sich geschnitten! Das war keine Turnierwaffe, das war ein Richtschwert. Jetzt sah er klar. Der Schwarze war ein Henker! Der geheime Henker der Krone Frankreichs? Was ging's ihn, Xacbert de Barbera, an! Er selbst war schließlich auch nicht gekommen, um Oliver von Termes für seinen Verrat zu streicheln! Und der Schwarze hatte wohl ebenfalls eine offene Rechnung zu begleichen! Xacbert dachte angestrengt nach. Ihn hätte der Schwarze gleich richten können – vorausgesetzt, er wußte, wen er vor sich hatte. Eine weitere hochgefährdete Person war stets sein alter Freund Wolf von Foix. Der war ebenfalls *in absentia* mehrfach zum Tode verurteilt, geächtet, gebannt, vogelfrei. Auf jeden Fall sollte er Wolf überreden, mit ihm nach Aragon zurückzugehen, dort wäre er wenigstens seines Lebens sicher. Was suchte der Sensenmann auf dem Turnier? Mit dieser Waffe in der Hand hatte er einen Mord im Sinn. Das Königliche Paar? Xacbert war Roç Trencavel und der Dame Yeza nur einmal begegnet, als sie noch kleine Kinder waren, grad vor dem Fall des Montségur entkommen. Doch hatte er immer wieder von ihnen gehört. Sie waren sogar auf seinem Schiff gereist, auf der ›*Nuestra Señora de Quéribus*‹, einem Geschenk von Don Jaime. Alles, was ihm über die beiden zu Ohren gekommen war, hatte Xacbert begeistert. Es war ihm eine hohe Ehre, daß Roç und Yeza auf seiner Burg Wohnsitz genommen hatten, und er freute sich riesig, dem Königlichen Paar endlich, nach so langen Jahren, wieder gegenüberzutreten zu können. Das war der eigentliche Grund, aus dem er diese beschwerliche und gefährliche Reise auf sich genommen hatte. Er wollte noch einmal eine Herausforderung bestehen, es war nicht sein Ziel, den armseligen Renegaten Oliver zu töten. Der war gestraft genug, weil er dem Tode ins Auge geschaut hatte und mit geschenktem Leben weiter auf Termes, seinem Judaslohn, hocken blieb. Nein! Erschrecken wollt er ihn zwar, in die Hosen scheißen sollte der Termes sich vor Angst, und dann würde er ihn auslachen. Aber sich die Hände schmutzig machen, das wollte er nicht. Xacbert de Barbera schmunzelte unter dem schwarzen Topfhelm und beschloß, sich unverzüglich, möglichst ungesehen zum vereinbarten Stelldichein mit dem Schwarzen zu begeben und dem die finstere Rüstung so rasch wie möglich zurückzuerstatten, um dann in ein ehrliches und offenes Treffen mit dem Herrn von Termes in die Schranken zu reiten. Oder sollte er zuvor, als Warnung für alle, die es betreffen könnte, als ›Schwarzer Reiter‹ quer über die Turnierwiese ziehen? Das hätte ihm der Schwarze wohl übelgenommen, und den fürchtete Xacbert, auch wenn er sich im Besitz der mörderischen Waffe wußte. Nein! Um Roç und Yeza zu warnen, bliebe ihm nach dem Rüstungstausch noch reichlich Zeit. Er lenkte den Rappen zur Lassetschlucht, von der aus man unbemerkt zum Kreuz am Camp des Crémats gelangen konnte.

Der Graf Jourdain und seine Genossen durchquerten die Klamm unterhalb des Pog, wo die Felswände steil und naß zum Montségur aufstiegen, denn der Lasset toste dort gischtsprühend durch den Stein. Nur wer den Pfad Schritt für Schritt kannte, durfte sich durch dieses Tor zur Hölle wagen. Sie führten ihre Pferde am Halfter. Manchmal schauten sie kurz zurück, ob Xacbert ihnen auch folgte. Wolf von Foix wollte auf ihn warten, doch Jourdain schrie ihm durch das Tosen zu:

»Am Ausgang der Schlucht! Hier versteht man kein Wort!«

Man hätte auch nicht nebeneinander gehen können. Und da der nachkommende Xacbert wieder Zeichen gab, man solle sich nicht aufhalten lassen, schob der Foix seine Wiedersehensfreude auf. Doch als sie endlich den Wald erreichten, wo die wilden Wasser nun im breiteren Bett dahinflossen, und innehielten, um den Freund zu erwarten, da tauchte der nicht mehr auf. Xacbert blieb verschwunden, wie von dem Lasset verschluckt. Simon ritt bis zum Ausgang der Klamm zurück, um noch einmal Ausschau zu halten.

»Er wird gleich nach der Klamm in den Wald abgebogen sein«, tröstete Jourdain den Wolf von Foix, »er kennt sich ja hier aus.«

Da kam Simon de Cadet schnell zurück.

»Von Xacbert keine Spur!« berichtete er atemlos. »Aber ich habe einen Schwarzen Reiter durch den Wald davonreiten sehen!«

Von der Turnierwiese hatten die Diener und Knappen die beiden Kämpen weggetragen, je vier Mann schleppten einen an Armen und Beinen. Hinter der Tribüne hatte der Graf Jourdain de Levis ein Zelt aufschlagen lassen, das zum Anlegen der Rüstungen gedient hatte, doch nun wandelte es sich zum Lazarett. Der Comminges und der Belgrave wurden aus ihren schartigen Eisenblechen geschält, mit Zangen mußte man einzelne Scharniere aufbiegen, einige Riemen mit Messern durchschneiden, und das geschundene Fleisch mühsam aus der Rüstung pulen wie gesottene Krabben aus den Schalen.

Das ging nicht ohne Gestöhn und Fluchen ab, denn kaum ein Körperteil war frei von Blutergüssen, Hautabschürfungen, Schnittwunden und Beulen.

Geraude war als Samariterin in ihrem Element. Sie wusch und tupfte, legte einen aus Wundklee, Johanniskraut und Blutwurz bestehenden Kräuterbrei auf, träufelte Essenzen, vor allem Merkur, und salbte mit Zink, so wie sie es von Na India gelernt hatte.

Roç besichtigte die beiden von Kopf bis Fuß bandagierten, auf den Notliegen hingestreckten Gestalten, von denen nur Zehen und Nasen herausschauten, und selbst die waren blau und blutig. Ihn, Roç, erkannte auch keiner, denn er trug bereits Olivers Rüstung und hielt das Visier fest geschlossen. Eigentlich war er es ganz zufrieden, so zu einem zweiten Stechen zu kommen, denn der Herr von Termes hatte sich bisher noch nicht in die Schranken getraut.

Vor ihm hatte Geraude sich hilfreich zu dem blessierten Raoul gebeugt. Roç spielte mit dem Gedanken, sich die Verkleidung zunutze zu machen und Geraudens rundes Hinterteil zu tätscheln. Schon hatte er die Hand ausgestreckt, da tauchte Yeza auf. Unbemerkt trat sie hinter ihren Ritter

»Wo ist eigentlich die Potkaxl abgeblieben?« flüsterte sie, und die Hand erstarrte. »Die könnte hier auch nützlich ihren Hintern heben – wie die gute Geraude!«

Roç brummelte etwas Unverständliches, denn ihm fiel ein, daß er die Zofe in den Wald geschickt hatte.

Geraude, die Feinfühlige, hatte errötend mitbekommen, was sich hinter ihr anbahnte. Sie fuhr herum und sah ihre Herrin vertraulich mit dem zudringlichen Herrn von Termes turteln. Das verwirrte sie vollends.

»Ich schaff' das schon allein«, hauchte sie verschämt.

Potkaxl spielte Ritter im Moos. Sie hatte sich fröhlich Federn von Fasanen und Wildtauben ins Haar gesteckt, die sie unterwegs aufgesammelt hatten. Da Pons, der Reiter, immer häufiger schlappmachte, hatte sie die Zügel in die Hand genommen. Sie lagen in einer weichen Mulde, die mit Laub vom letzten Herbst angefüllt war. Nur Potkaxls Kopf schaute mit flinken Äuglein heraus wie der eines Erdhörnchens, das sich um seine Nüsse sorgt. Deswegen hatte sie auch sofort die beiden Reiter bemerkt, die nacheinander zwischen Bäumen am Waldesrand in den schützenden Schatten getreten waren, dort, wo das Kreuz stand. Der letzte war ganz in Schwarz gekleidet. Sie stiegen von ihren Pferden, und die Potkaxl zog den Kopf ein.

»Pups nicht wieder!« ermahnte sie ihren Gaul leise und beugte sich tief über ihn, damit ihr Haarschmuck sie nicht verriet. Diese Stellung jedoch spornte den Pons gar mächtig an, und er begann unter ihr zu bocken. Sie versuchte ihn niederzuhalten, doch das erregte ihn noch mehr, und der Potkaxl gefiel es auch. Sie vergaß die Ritter, auch den Schwarzen, und gab sich ganz dem ihren hin, bis der sich zum letzten wilden Tjost aufbäumte und dann restlos ermattet alle fünfe von sich streckte. Potkaxl hoppelte noch etwas auf dem Rest der eingelegten Lanze, bevor sie die Hoffnung auf ein Wunder aufgab. Es war schließlich nicht die heilige Lanze in der Stiftskirche von Mirepoix, die trotz aller Verluste durch Brandschatzung und Raub immer wieder neu erstand. Vorsichtig äugte das Erdhörnchen wieder aus seiner Mulde.

»Was gibt es zu sehen?« fragte Pons müde.

»Zwei Reiter«, berichtete die Potkaxl eifrig. »Der erste trägt auf dem Helm eine Art blondes Pantherhaupt mit einer unordentlichen Mähne.« Die Toltekenprinzessin hatte noch nie einen Löwen gesehen. »Der reitet jetzt zur Turnierwiese.«

»Laß ihn reiten«, grunzte Pons schläfrig.

»Der zweite ist ein Ritter ganz in Schwarz, der –«

Pons hatte sich ruckartig aufgerichtet, so daß Potkaxl ins Wanken geriet.

»Wo?« drängte Pons aufgeregt.

»Der ist jetzt verschwunden! Da siehst du noch den mit dem Zotteltier.«

Pons schaute dem Davonreitenden nach.

»Das ist ein Löwe, Xacbert de Barbera, der Lion de Combat! Ich muß sofort eilen, ihn zu begrüßen.« Er machte Anstalten, seine Reiterin abzuwerfen.

»Einmal noch!« bettelte Potkaxl.

Roç, der leicht überforderte Herr des Turniers, war froh, jetzt den Grafen Jourdain de Levis samt seinem Gefolge wieder um sich zu wissen, und rief nun auch durch Philipp, den er ordentlich auf Trab gehalten hatte, die Schiedsrichter zurück in der Hoffnung, daß Gers d'Alion sich seiner Forderung stellen würde. Schon zuvor hatte er Jordi, den Herold mit der Drommete, ausrufen lassen, daß ab sofort jeder gegen jeden antreten könne, also auch Okzitanier gegen Okzitanier, denn es gab zuwenig Franken.

Roç bedachte nicht, daß er in der Rüstung des Herren von Termes gerade einen solchen darstellte. Er rempelte den vom Stangenstand zurückkehrenden Verlobten der Mafalda unsanft an, als er zu seinem Pferd ging, schickte statt einer Entschuldigung noch eine hochfahrende Handbewegung hinterher, warf statt Yeza der Dame Mafalda eine aufdringliche Kußhand zu und stieg auf Olivers Pferd. Doch Gers d'Alion tat, als habe er von alledem nichts bemerkt. Roç hatte vergessen, daß es Ritter gab, die sich von dem Herren von Termes nicht einmal beleidigen ließen.

Er ritt in die Schranken und schwenkte nach links zum Lilienbanner. Herausfordernd ging sein Blick zu den Damen. Doch oben, am anderen Ende der Streitbahn, war jetzt ein Ritter erschienen, den er heute noch nicht gesehen hatte. Von der Tribüne ertönten Zurufe, auch Begeisterungsschreie. Sie galten Xacbert de Barbera! Dem Lion de Combat!

So war der alte Herr von Quéribus also doch noch gekommen. Welche Ehre, gegen ihn antreten zu dürfen!

Beide Ritter setzten sich in Bewegung, um sich ihre Lanzen auszuwählen. Da fiel Roç siedendheiß ein, daß er ja Oliver von Termes war, den der Alte abgrundtief, wenn nicht gar tödlich haßte! Scham beschlich Roç, weil er in einer so ehrlosen Rüstung steckte und dem Xacbert nicht einmal vor dem Tjost die Hand schütteln durfte. Dann erst kamen ihm Bedenken – nicht etwa Angst –, ob er dem sicher ungestümen Angriff des rachlustigen Löwen standhalten sollte. Vielleicht wäre es besser, nicht auf Sieg zu reiten, sondern gleich beim ersten Gang Wirkung zu zeigen und gekonnt vom Pferd zu fallen. Etwas anderes hatte die Ehre eines Oliver von Termes auch nicht verdient.

Roç war am Stand angekommen, gleichzeitig mit Xacbert, der ihm mit offenem Visier entgegentrat und sichtlich bewegt etwas sagen wollte. Doch Roç nickte ihm nur zu, griff an ihm vorbei nach irgendeiner Stange und ritt zurück zu seiner Wendemarke. Es tat ihm weh, diesen Helden so stehenzulassen. Diese traurigen Augen! Vielleicht hatte er Oliver längst verziehen? *Merda!*

Xacbert war erst verwundert, dann zutiefst verletzt über das abweisende Verhalten seines einstmaligen Freundes Oliver. Schließlich war er es, der zu verzeihen hatte. Grimmig beschloß er, mit dem Kerl zu spielen, ihn Mores zu lehren.

Die Drommete ertönte. Sie ritten an. Roçs Plan war klar, Xacberts ebenso. Sie kamen sich schnell näher, hoben die Lanzen, zielten auf die vorgehaltenen Schilde. In letzter Sekunde schwenkte Xacbert jedoch die seine wieder ein und ließ sie am heranstürmenden Gegner vorbei ins Leere stoßen. Er hatte nur dessen Lanze mit gleicher Bewegung pariert, so daß sie ebenfalls ihr Ziel verfehlte, doch da hörte er hinter sich das scheppernde Geräusch eines zu Boden stürzenden Ritters. Dabei hatte er den Kerl gar nicht berührt! Angewidert von soviel Feigheit drehte Xacbert sich kurz um und gab dem Herold ein Zeichen, daß er auf die Fortsetzung des Kampfes verzichten wolle, worauf Jordi ihn als Sieger ausdrommetete. Schon vorher waren, angeführt von Philipp, die Diener und Knappen auf die Wiese gelaufen, und sie trugen den Gestürzten davon.

»Der wird schön stinken«, sagte Xacbert zum Herold, als er seine Lanze wieder abgab, »so wie der sich in die Hosen geschissen hat!«

Roç wurde in das Zelt getragen, aus dem die wie wandelnde Mumien bandagierten Helden des vorangegangenen Tjostes gerade entlassen wurden. Der eine in die Obhut seiner treu liebenden Ehefrau, die sich nur in Begleitung ihrer resoluten Tante Esterel traute, ihrem Gespons gegenüberzutreten, der andere wurde von seinem Kumpan Mas de Morency in Empfang genommen.

Burt de Comminges wies jegliche Hilfestellung seiner Melisende barsch zurück und stützte sich nur auf Frau Esterel. Raoul grinste Mas zu, bevor er am mitgebrachten Stock mit ihm davonhumpelte. Roç hatte den freiwilligen Sturz in fremder Rüstung unterschätzt, wegen der schweren Helmzier des Herren von Termes war sein Kopf kräftig auf den Boden gedonnert, und für einen Augenblick hatte er das Bewußtsein verloren. Er fühlte sich jetzt noch völlig benommen und mußte sich erst einmal übergeben.

Yeza sorgte dafür, daß er vorsichtig aus dem Eisen gepellt wurde und sich sofort hinlegte. Die aufgeregte Geraude, doppelt aufgeregt, weil sie beim Abnehmen des Helms Roçs Gesicht erblickte, bereitete ihm sofort ein warmes Süpplein aus Holundersaft für den Magen und legte ihm einen kühlenden Umschlag, mit Kampfer und Weißdornsud getränkt, auf Stirn und Hinterkopf.

Rinat war völlig bestürzt, als er den falschen Oliver erkannte, und hastete aus dem Zelt.

Inzwischen war die Stunde des wahren Oliver von Termes gekommen. Als der, in Roçs Rüstung vor allen Augen verborgen, gesehen hatte, daß Xacbert sein Stechen hinter sich und er ihn als Gegner nicht mehr zu befürchten hatte, war er schnell für Okzitanien in die Schranken geritten. Er schaute sich herausfordernd um, sah auch schon Gers d'Alion und seinen Freund Simon de Cadet um die Wette zu ihren Pferden eilen, auch Mas de Morency war schon aufgesessen, alle wollten sie sich mit Roç, dem Trencavel, messen. Neid erfüllte Oliver, aber auch hämischer Stolz. Er würde es den Burschen schon zeigen, mochte auch Roç den Ruhm dafür einheimsen. Eines Gegners gewiß, wer, war ihm gleich, ritt er schnurstracks zum Lanzenstand und wählte eine Waffe aus. Ohne sein hoch erhobenes Haupt noch einmal umzudrehen, ritt er hinauf zur okzitanischen Wendemarke. Wer würde gegen ihn antreten? Die drei Wettbewerber um diese Ehre machten plötzlich kehrt. Aus dem Nichts war gegenüber, an der Oriflamma, ein Ritter aufgetaucht, ganz in Schwarz gekleidet. Oliver wollte das Herz in die Hose rutschen, es schlug aber oben am Hals, ganz rasend schnell! Der Schwarze Ritter! Oliver saß wie gelähmt auf seinem Pferd.

Der Schwarze ritt ohne sonderliche Eile zu der Stange, wählte bedächtig, prüfte beim Rückritt den Sitz der eingelegten Lanze und die Festigkeit des Krönleins an der Spitze. Was keiner sah, war der blitzschnelle Griff, mit dem er es abzog, verschwinden ließ und ein ganz ähnliches Gebilde aus seinem Sattel hervorzauberte. Es war eine aufsteckbare Speerspitze, aus Stahl gearbeitet, mit einem verschiebbaren Krönlein drum herum. Beim geringsten Druck rutschte es eine Handbreit zurück, das reicht jeder Klinge, ein Herz zu erreichen oder sonst nicht zu behebenden Schaden anzurichten. Er preßte sie auf das Holz und schob das mattgold bemalte Krönlein vor, auch die zweischneidige Speerspitze war bemalt wie das Holz, aus dem die Stangen waren.

Yves der Bretone war entschlossen, sich seiner Aufgabe durch rasche Erfüllung zu entledigen. Ein letztes Mal! Der Preis war hoch. Erhebung in den Adelsstand und Ernennung zum Seneschall von Carcassonne. Da war es nur recht, wenn er zuvor, wie einst Simon de Montfort den Perceval, nun den letzten Trencavel beseitigte. *A Dieu*, kleiner Roç, ein letzter Gruß vom Vicomte Yves Le Breton!

Er hob die Lanze und sah, daß sein Opfer sich aus der Starre löste. Yves fiel in lockeren Trab, dann ließ er den Rappen schießen, die Gegner kamen sich näher. Er zielte unter die Schildspitze, wo der Brustpanzer endete und die nur vom Leder geschützten Weichteile begannen. Die starr vorgestreckte Stange des anderen schlug er mit leichter Bewegung zur Seite und drang in sein Ziel. Seinem Gegenüber glitt die Lanze aus der Hand, er hing einen Augenblick wie aufgespießt auf der Waffe des Schwarzen, weil sein Pferd unter ihm weiter vorwärts strebte. Ein Aufschrei des Entsetzens erscholl von der Tribüne und von den Bänken des Volkes, das dann in ein aufgeregtes Raunen überging. Yves schüttelte sein Opfer ab, ließ den zusammengekrümmten Körper zu Boden fallen und raste weiter, denn er mußte jetzt nur noch die Zeit finden – so weit weg wie möglich vom Ort der Tat –, die Krönlein wieder auszutauschen. Es hatte sowieso keiner genau hingesehen, denn alle waren abgelenkt worden von Rinat Le Pulcin, der dem Schwarzen Ritter schon vor Beginn des Ritts armwedelnd von der Tribüne entgegengelaufen war; er war gestolpert, auf die Nase gefallen und wieder aufgesprungen, weiter die Hände über dem Kopf verschränkend wie zum Andreaskreuz, als wolle er diesen Tjost unbedingt verhindern.

Aber der Bretone hatte ihn gar nicht wahrgenommen. Nach dem Zusammenprall hatte Rinat sich abgewendet und war zurückgeschlichen. Yves hatte nur sein Ziel im Auge gehabt. Das hatte er erreicht. Er zügelte seinen Rappen erst bei der Oriflamma, wo ihn Pier de Voisins erwartete, der nun die längste Zeit Seneschall von Carcassonne gewesen war. Yves sah keine Veranlassung, Bedauern zu heucheln, als dieser ihm aufgeregt mitteilte, er wolle zur Tribüne eilen, um zu sehen, wie es um den Roç Trencavel stünde.

Tot wird er sein oder gleich sterben. Was sonst? Yves beobachtete, wie der Körper davongetragen wurde. Viele Menschen waren auf die Wiese gelaufen. Er ließ schnell das tödliche Krönlein samt Speerspitze verschwinden, beschmierte das harmlose, hölzerne Original mit Blut vom Ende der Stange. Dann ließ er es am Kampfort ins Gras fallen. Vorsorglich sollte er bei der Stangenrückgabe beim Herold den Verlust des Krönleins beklagen.

»Hoffentlich ist nichts Schlimmes passiert?« würde er teilnahmsvoll murmeln. Das gälte dann schon als Entschuldigung für ein Mißgeschick. Ganz gemächlich ritt Yves wieder los, obgleich er es eilig hatte, denn er wollte eigentlich niemandem mehr begegnen, um allen Fragen auszuweichen. Aber Hast hätte ihn jetzt verdächtig gemacht.

Die Ehrenloge war wie leer gefegt, alle Damen und Herren drängten sich hinter der Tribüne vor dem Zelt. Nur mit Mühe gelang es dem Grafen Jourdain, die Neugierigen abzuweisen, kaum daß man den tödlich Verletzten gebracht hatte. Einigen gelang es dennoch, ins Innere zu schlüpfen, und da lag Roç mit verbundenem Kopf und schlief. So hielt sich das Erstaunen in Grenzen, als dem Sterbenden der Hèlm abgenommen wurde und darunter das Gesicht des Oliver von Termes zum Vorschein kam. Vorsichtig wurde er gebettet. Xacbert, der mehr Wunderfahrung hatte als alle anderen, untersuchte die böse Verletzung mit Hilfe von Geraude.

»Da ist nichts zu machen«, murmelte er, »die Eingeweide sind zerstört, die austretenden Säfte werden das Blut vergiften. Bleibt nur zu hoffen, daß Oliver vorher so schnell wie möglich verblutet.«

Der schlug die Augen auf, seine Hand suchte zitternd die des Xacbert, und er zwang sich zu einem Lächeln.

»Man kann seinem Schicksal nicht entgehen.«

»Ich hatte dir verziehen«, sagte der Löwe sanft, »doch das zählt nun nicht mehr.«

»Es zählt«, flüsterte Oliver mit immer schwächer werdender Stimme. »Wenigstens mein Ende hat einen Sinn gehabt. Roç lebt, und du hast mir vergeben –« Seine Stimme brach.

»Wir lieben dich, Oliver von Termes«, sagte Yeza laut, damit er es noch hörte, »wir werden dich immer lieben!«

»Ich – liebe – Euch.« Sein Kopf sank zur Seite.

Nicht nur dem Xacbert rannen die Tränen. Wolf von Foix legte den Arm um den Freund und führte ihn aus dem Zelt. Yeza wollte ihnen folgen, da trat die weinende Geraude zu ihr, flüsterte ihr schluchzend etwas ins Ohr. Auch Graf Jourdain und eine Schwester gingen. Yeza hielt ihr Gefolge zurück, auch die Potkaxl hatte sich wieder eingefunden. Sie traten noch einmal an das Totenlager des Oliver. Geraude hob das blutige Laken und zeigte Yeza den glatt durchstochenen Lederschurz, selbst das aufgenietete Eisenblech hatte nicht standgehalten, als wäre eine Schwertspitze mit aller Wucht hineingefahren.

»Das war kein Krönlein!« jammerte Geraude. »Der arme Herr Oliver!«

»Das war vorsätzlicher Mord«, erklärte Yeza. »Am Träger dieser Rüstung. Zieht sie dem Toten aus. Er braucht sie nicht mehr, aber ich. Wohin wollt Ihr, Rinat?« fragte sie streng, als dieser sich aus dem Zelt schleichen wollte. »Ihr bleibt hier, Euch brauche ich auch! Philipp, lauf und bitte die Herren Schiedsrichter Gers d'Alion und Mas de Morency zu mir!«

Vor dem Zelt begann sich die Menge nach der Bekanntgabe des Todes von Oliver von Termes zu zerstreuen. So etwas konnte vorkommen. Nur Pier de Voisins haderte mit sich und den Umständen, die zum Tode des Freundes geführt hatten.

»Wenn das mit rechten Dingen zuging«, wandte er sich an Jourdain de Levis, »dann will ich nicht länger Seneschall von Carcassonne sein!«

Der Graf ließ ihn abblitzen.

»Es war Euer Mann, wer auch immer dieser Schwarze Ritter sein mag.«

Er hoffte, der Seneschall würde es ihm sagen, ohne daß er fragen mußte, doch der wies dies empört zurück.

»Mein Mann ist er nicht. Ich kenne ihn nicht einmal, aber er ist eine Schande für Frankreich!«

»Damit müssen wir leben«, sagte der Graf von Mirepoix.

»Ihr vielleicht – ich nicht!« ereiferte sich Pier de Voisins. »Ich will für die Ehre des Königs eintreten – und für den toten Freund!«

»Seneschall«, mahnte der Graf, »macht Euch nicht unglücklich! Was wollt Ihr erreichen – dem Toten gewinnt Ihr nicht das Leben zurück.«

»Mir aber den Seelenfrieden!« antwortete Pier de Voisins und stapfte davon.

Gers d'Alion und Mas de Morency waren ins Zelt getreten.

»Verhaftet den da!« sagte Yeza und wies auf Rinat Le Pulcin. »Legt ihn in Ketten, aber tötet ihn nicht! Er soll mir und seinem Herrn noch Rede und Antwort stehen.«

Die beiden waren am Eingang stehengeblieben und hatten ihre Schwerter gezückt, so daß Rinat keinen Fluchtversuch wagte. Er ließ sich fesseln, sie führten ihn hinaus und banden ihn unter der Tribüne an einen Pfosten.

Yeza stieg in die Rüstung ihres Ritters Roç. Sie achtete darauf, daß die Blutspuren nicht abgewischt wurden, sondern gut sichtbar blieben. Geraude und die Potkaxl halfen ihr dabei. Jordi, den Herold, hatte sie auf die Wiese zurückgeschickt. Er sollte den Fortgang des Stechens bekanntgeben. Sie wollte nun wissen, ob es der war, an den sie dachte. Yves der Bretone als schwarzer Meuchelritter, das sähe ihm ähnlich! Töten konnte sie ihn nicht, wenigstens nicht hier und heute, aber entlarven wollte sie ihn! Vielleicht würde ihn dann endlich mal einer totschlagen wie einen tollen Hund! Eher gäbe der Bretone ohnehin keine Ruh.

Als der wieder auferstandene Roç Trencavel mit geschlossenem Visier in die Schranken ritt, brandete von den Bänken des Volkes Beifall auf, doch dessen achtete sie nicht. Wichtig war ihr nur, daß der Verdächtige noch da war.

Da oben links bei dem verfluchten Lilienbanner stand der Schwarze Ritter, düster und drohend hockte die Gestalt auf ihrem Rappen. Schon die gebeugte Haltung deutete auf den Bretonen.

Yeza beschloß, schon vor der Lanzenwahl auf ihn zuzureiten und ihm die Maske vom Gesicht zu reißen. Mit einem Ruck wendete sie ihr Pferd und galoppierte quer über die Wiese auf den Schwarzen zu. Sie mußte Haken schlagen, denn mit warnenden Zurufen versuchten jetzt sowohl Wolf von Foix als auch Xacbert, ihr den Weg abzuschneiden und sie an ihrem Vorhaben zu hindern. Wütend wich die gute Reiterin den quer gestellten Pferdeleibern aus, entkam ihnen durch einen kühnen Sprung über die Barriere. Doch da sah sie, wie der Schwarze Ritter seinem Pferd die Sporen gab und dem Wald zustrebte.

»Steht, Feigling!« schrie Yeza dumpf aus ihrem Helm. »Gebt Euch zu erkennen, Yves!«

Doch den hatte der Forst bereits verschluckt, als Yeza den Stand erreichte, zusammen mit Wolf von Foix, der ihr sogleich in die Zügel fiel.

»Laßt ihn laufen!« Der Foix suchte sie zu beschwichtigen. »Eines ritterlichen Todes ist solch einer nimmer wert, nur des Henkers Strick!«

Yeza lüftete ihr Visier, was aber den Wolf nicht aus der Fassung brachte. Er lachte nur.

»Wieviel Unheil soll er bis dahin noch anrichten?« empörte sich Yeza.

»Soviel Gott will!« murmelte der erfahrene Recke.

Pons, der von allem nichts mitbekommen hatte, wollte nun endlich auch zu seinem Stich kommen. Da war es ihm gerade recht, daß er dort bei der Oriflamma den Roç Trencavel zu Pferde sah, umstanden von so berühmten Rittern wie dem Foix und dem Xacbert, vor denen er gerne glänzen wollte. Er lenkte sein Pferd zum Stangenpodest, forderte Jordi auf zu drommeten und schwenkte zu allem Überfluß herausfordernd seine Lanze, bevor er stolz, ohne das Haupt zu wenden, zur Fahne Okzitaniens zurücktrabte.

Yeza kam die Aufforderung grad recht. Ehe sich die beiden Alten, denen sie ja auch gegolten haben konnte, schlüssig waren oder sie an dem männlichen Abenteuer hindern konnten, klappte sie das Visier herunter und stob zum Lanzenstand. Sie wählte eine leichte Stange, für Pons bedurfte es keiner Kraft, der würde sich selbst aus dem Sattel hebeln. In der Tat war Pons von den Ritten auf, unter, mit und gegen die Potkaxl derart lendenlahm, daß er sich kaum auf dem Pferd halten konnte. Doch das merkte er erst, als sein Gaul in den Galopp fiel. Im Sattel hüpfend, flog er Yeza entgegen und fuchtelte mit der Lanze. Sie hatte die ihre hinter dem Hals ihres Tieres verschränkt, und als sie einander passierten, fegte sie den dicklichen Knaben wie Fallobst in die Wiese. Da saß er auf seinem breiten Hintern und war froh, daß es vorüber war. Jordi blies zum »Sieg im ersten Durchgang«.

Der schmähliche Tod seines Freundes Oliver von der Hand des Schwarzen Ritters ließ den Seneschall nicht ruhen. Er war bereits im Sattel, als ›Roç Trencavel‹ sein Pferd zurück zum Zelt hinter der Tribüne lenkte und Pons de Levis von der Wiese geräumt wurde. Schnell besetzte Pier de Voisins den Stand Frankreichs. Simon de Cadet und Gers d'Alion stritten sofort, wem die Ehre gebühre, nun gegen den ersten Mann anzutreten, der unzweifelbar unter der Lilie kämpfte. Dem Simon war für eine Revanche mit dem Trencavel der dämliche Pons dazwischengekommen, aber Gers d'Alion konnte jungfräuliches Recht auf den ersten Stich geltend machen. Den Ausschlag gab Mafalda, die darauf bestand, daß ihr Liebster für Okzitanien in die Schranken ritt.

Yeza war, nachdem sie einen prüfenden Blick auf den gefesselten Rinat geworfen, in das Zelt zurückgeschlüpft. Roç schlief immer noch fest von dem Heiltrunk, den ihm Geraude gereicht. Alles, selbst das gräßliche Unglück des Herrn von Termes, der Kelch, eigentlich ihm zugedacht, war gnädig an ihm vorübergegangen. Geraude und Potkaxl halfen Yeza aus der Rüstung.

Draußen ertönte die Drommete. Endlich traf auch Gers d'Alion am Lanzenstand ein, wo ihn der Seneschall bereits erwartete. Mafaldas Liebesbezeugungen hatten nicht abreißen wollen. Sie stopfte ihm ihr Halstüchlein unter den Harnisch, und jedesmal wenn er sich nun endlich verabschiedet glaubte, mußte er sich noch einmal zur Brüstung herüberbeugen, um sich ein weiteres Mal herzen und küssen zu lassen.

»Ich bitte Euch, mein Herr«, sagte Pier de Voisins mild, »prüft selbst den rechten Sitz des Krönleins auf meiner Stange!« Und er hielt dem verdutzten Gers d'Alion seine Lanze hin, so daß der nicht anders handeln mochte und ihm die seine zur Begutachtung hinstreckte. Beide Krönlein saßen richtig fest.

»Auf einen guten Tjost!« grüßte der Seneschall seinen Gegner und schaute ihm in das junge Gesicht.

»Auf daß der Bessere gewinnt«, antwortete der höflich.

»Der Glücklichere allemal!« beschloß Pier de Voisins, klappte sein Visier herunter und ritt zu seiner Wendemarke.

»Für unser Okzitanien, Liebster!« schrie die Dame Mafalda, daß man es bis auf die Wiese hören mußte.

Wenn Fortuna lächelt, ist Venus nicht fern, schoß es dem Alten durch den Kopf. Auf ihn wartete kein solcher Lohn, nicht einmal den Dank Frankreichs durfte er sich erhoffen. Bei der Oriflamma angekommen, verneigte er sich dennoch vor dem fernen König, der seine Dienste so wenig schätzte, und schlug auch ein Kreuz mit der gepanzerten Hand. Er faßte die Lanze hinter ihrer Verdickung, klemmte sie unter den Arm und wartete auf das Signal. Auch der Alion war bereit. Jordi ließ seine Drommete schmettern, und beide Reiter setzten sich in Bewegung.

Der Seneschall war in seiner Jugend viele Tjoste geritten, er behielt den Gegner im Auge, denn übertölpeln lassen mochte er sich nicht. Wer siegte, war ihm egal, er wollte vor sich selbst bestehen. Pier de Voisins verstärkte den Schenkeldruck und den Griff um das Holz, sein Pferd fiel in den gestreckten Galopp. Sein Herz hüpfte vor Freude. Welche Lust, wieder einmal so dahinzufliegen, dem einzigen Stoß mit ungewissem Ausgang entgegen. »O Fortuna!« jauchzte der Alte und zielte auf den vorgehaltenen Schild des anderen. Das war die ordentliche Art ritterlichen Stechens. Doch er nahm mit Besorgnis wahr, daß der andere seinen Schild zu weit vor und vor allem nicht gerade hielt, sondern den oberen Rand zurückgenommen hatte wie beim Schwertkampf. Das konnte ins Auge gehen! Pier de Voisins versuchte noch, seine Lanze wegzudrücken, da krachte sie schon auf die glatte Fläche, das Krönlein bog sich nach unten und brach ab. Und die Spitze seiner Stange wurde von der Schräge nach oben geleitet, glitt über den Schildrand und fuhr dem Alion zwischen Bart und Helm unter das Kinn, gerad von unten in die Gurgel und wohl weiter ins Hirn. Der Seneschall hatte sie fallen lassen, noch bevor ein Schwall roten Blutes aus dem Hals spritzte und der Alion mit der Lanze im Kopf langsam vom Pferd sank, das seine Schritte verlangsamt hatte. Der gellende Aufschrei Mafaldas durchbrach das lähmende Schweigen.

Pier de Voisins wartete nicht den Stillstand seines Rosses ab, er warf sich in Verzweiflung aus dem Sattel, fiel, rappelte sich auf und stapfte, so schnell es die Rüstung erlaubte, zu dem Unglücklichen.

Jordi war schon hinzugesprungen, versuchte mit beiden Händen das verbogene Visier zu öffnen. Sie trauten sich nicht, das beim Sturz abgebrochene Stangenende aus dem Kopf zu ziehen. Dann waren auch Wolf von Foix, Xacbert und Simon de Cadet eingetroffen. Sie knieten im rotgefärbten Gras. Simon wollte mit sinnloser Gebärde das immer noch im Helm eingeschlossene Haupt aufrichten, doch nun hörte das Pulsen des Blutes auf. Der Tod war eingetreten.

»Dreht Euch um!« befahl Wolf, doch nur Jordi leistete der Aufforderung Folge. Er hatte für heute genug gesehen. Mit einem Ruck riß der Foix das blutige Holz aus der furchtbaren Wunde. Aus dem zerfetzten Tuch sickerte ein rotes Rinnsal, und auch das versiegte. Simon zog voller Scheu das Halstuch der Mafalda unter dem Brustharnisch hervor. Es war von Blut getränkt. Er führte es an seine Lippen und ging. Der Foix packte den Toten unter die Achseln, hob seinen Körper hoch, daß man denken konnte, er wolle ihn noch einmal umarmen, aber er stemmte ihn auf das von Xacbert gehaltene Pferd des Alion, so daß er nun quer über dem Sattel hing, die Beine auf der einen, den Kopf und die Arme auf der anderen Seite. So führten sie ihn langsam zur Tribüne zurück. Pier de Voisins folgte ihnen gesenkten Hauptes. Kein Wort des Vorwurfs war gefallen, doch er fühlte sich schuldig. Wie hätte er das Unglück vermeiden können? Es ging alles so furchtbar schnell, auch wenn dann das Geschehen wie in einem Alptraum ganz langsam vor seinen Augen abgerollt war. Nur wenn er gar nicht geritten wäre, würde der Junge noch leben.

Wehklagen beherrschte die Tribüne und Bänke. Schrill heulten die Frauen, doch die durchdringende Stimme Mafaldas trug weiter, sie schrie ihren Schmerz über die Wiese, nur unterbrochen von wilden Schluchzern, als das Pferd mit dem Toten sich näherte. Ihr Vater hatte versucht, sie zu trösten, doch sie hatte ihn weggestoßen. Auch Frau Esterel war es nicht gelungen, sie an ihren Busen zu ziehen. Selbst den Simon schrie Mafalda an, so daß der erst einmal davon absah, ihr das Halstuch zurückzuerstatten. Wie von Sinnen rief sie nach Rache, wimmerte um die Rückkehr des Geliebten, warf sich auf den Boden, zerriß ihre Kleider, nannte den Seneschall »Mörder« und faselte von »Verschwörung« und »Strafgericht«.

Yeza befahl Geraude, von dem Trank zu bringen, mit dem sie Roç in den Schlaf versetzt hatte. »Nur bitte sehr viel stärker!«

Geraude hastete mit dem Krüglein herbei, Simon und Mas wollten die Rasende festhalten, damit Geraude ihr das Mittel einzuflößen vermochte, doch sie riß sich los, rannte zur Hintertreppe und verschwand im Wald. Den toten Gers, der ihr auf dem Pferd vor der Tribüne gezeigt wurde, hatte sie gar nicht beachtet. So brachte sie das ihn umdrängende Volk, es war von den Bänken gesprungen, um die ihm gebührende leidenschaftliche Totenklage.

»Ich hätte ihn noch einmal geküßt!« versicherte Frau Esterel ihrer Nichte Melisende unter Tränen. Melisende weinte nicht, sie war nur noch blasser geworden.

»Ihr solltet nach meiner Schwester schauen«, sagte sie zu Simon de Cadet, »sie könnte sich etwas antun.«

Simon war unsicher.

»Lauft und tröstet sie!« befahl Melisende. »Das schuldet Ihr Eurem Freund!«

Simon verneigte sich und ging.

Als Roç im Zelt erwachte, fand er sich in Gesellschaft zweier Toter. Er rieb sich die Augen, denn er glaubte sich in einem bösen Traum. Da traten Xacbert de Barbera, Wolf von Foix und Pier de Voisins in das Zelt. Sie beachteten weder ihn noch die Aufgebahrten.

»Es ist mein fester Entschluß, meine Herren«, sagte der Seneschall mit belegter Stimme. »Ich werde jetzt noch einmal hinausreiten, und ich möchte, daß Ihr, Wolf von Foix, der Ihr wohl der beste Ritter seid, sich mir zur Verfügung stellt. Ein Kampf bis auf den Tod! Es muß ein Ende haben.«

»Ich bitt' Euch, Pier de Voisins, laßt Euch nicht von all dem Schmerz, dem Wahnsinn hier anstecken!« rief Xacbert besorgt. Auch Wolf von Foix war entsetzt.

»Euch trifft nun nicht die geringste Schuld, zwingt mich nicht zu solcher Tat, die keine ist und sein kann, im Gegenteil, Ihr werft den Fluch, der hier seit dem Auftauchen dieses Bretonen auf allem lastet, damit auf mich! Ich denke nicht daran –«

»Ich will den Tod!« schrie jetzt der Seneschall. »Wollt Ihr, daß ich mich auf der Tribüne erhänge? Gönnt mir die Ehre Eures Schwertes in den Schranken, ich flehe Euch an, ich spreche Euch schon jetzt frei von Schuld, Fluch und Sünde, Xacbert de Barbera sei mir Zeuge! Oder muß ich erst vor die Damen treten, sie als geile Huren zeihen, den Rang des Königlichen Paares, den Ruhm des tapferen Roç Trencavel und seiner kühnen Dame Yeza in den Dreck zerren und Euch, Wolf von Foix, Eure edle Abkunft und Euer geliebtes Okzitanien so gräßlich beleidigen, daß Ihr gar nicht anders könnt, so Ihr nicht Euer Gesicht verlieren wollt?«

»Nein«, entgegnete der Foix, »das kann sich ein Faidit nicht leisten!« Er neigte sein Knie vor dem Seneschall und sagte mit fester Stimme: »Vergebt mir!«

Pier de Voisins fiel vor ihm nieder und küßte ihn auf die Stirn.

»Von ganzem glücklichem Herzen«, flüsterte er, und Xacbert legte seine Hände auf ihre Häupter.

»Gott segne Euch beide.«

Dann erhoben sich alle, und sie verließen das Zelt.

Roç war nun sicher zu träumen und schlief sofort wieder ein.

Simon hatte Mafalda noch über den Camp des Crémats laufen sehen, auf den Bergwald des Montségur zu. Er nahm sein Pferd und ritt der Verzweifelten nach, denn der Hang des Pog stieg schnell steil an, bis er sich in felsiger Schroffheit türmte. Da konnte eine, die nicht bei Sinnen war, schon stürzen, ohne sich den Tod geben zu wollen. Simon fand Mafalda über einen Stein geworfen. Sie weinte bitterlich. Ihr Schluchzen durchlief zuckend den Körper. Er trat behutsam näher, legte den Arm um ihren Hals und streichelte ihr Haar.

»Mafalda, ich bitte Euch –«

Er kam nicht weiter, sie stieß einen tierischen Schrei aus, der weithin in die Felsen drang, sie schrie ohne Unterlaß in einem einzigen auf- und abschwellenden Ton, so schrill, daß es ihm durch Mark und Bein ging! Sie hatte seine Hand weggeschleudert, trommelte mit den Fäusten auf den Brocken, auf dem sie lag, wie der tote Gers über dem Pferd gehangen hatte. Sie schlug ihr Gesicht in den Stein, als wollte sie sich umbringen.

Simon versuchte noch einmal, sich ihr zu nähern, er trat hinter sie und wollte sie an den Schultern von den spitzen Kanten lösen, an denen sie sich heulend schund. Mafalda verstummte auf einen Schlag, daß Simon dachte, jetzt hat ihr Herz den Schmerz nicht ertragen, und sich scheu über sie beugte. Da spürte er die Wärme ihres Fleisches unter sich. Sie preßte sich rücklings gegen ihn, ihre Hand griff nach hinten und raffte das Kleid, zerrte den Stoff hoch, bis der Mann zwischen ihren nackten Beinen stand. Simon verfluchte sein Glied, aber er ließ die Hose fallen. Mafalda spreizte die Schenkel. Als Simon in sie eindrang, wimmerte sie leise, doch nicht lange, und bald schlugen ihre Fäuste wieder den Stein, ihr Gesicht mochte sie nicht weiter verunstalten. Sie warf ihr Haar in den Nacken und ließ ihr Becken kreisen, bis er keuchend auf ihren Rücken fiel. So lagen sie lange. Dann sagte die Dame Mafalda:

»Simon, das will ich Euch nie vergessen!«

Das ärgerte ihn nun gewaltig.

»Ihr solltet Gers d'Alion nicht so schnell vergessen!«

Sie löste sich von ihm.

»Vergessen werde ich ihm vor allem eines nicht« – Mafalda sah zu, wie Simon seine Hose wieder hochzog und schloß –, »Gers d'Alion hat mich verlassen!«

Sie stiegen zusammen wieder durch den Wald hinab. In Simon reifte der Entschluß, dieser Welt von Frauen zu entsagen und dem Orden der Templer beizutreten.

Mafalda überlegte, ob sie nicht in die Dienste des Königlichen Paares treten sollte, als Hofdame von Yeza. Das könnte ihr ein Leben voller Abenteuer bereiten, ohne daß sie noch einmal diesen furchtbaren Schmerz durch einen Mann erleiden müßte, an den sie ihr Herz gehängt hatte. Jetzt war er tot.

Roç vernahm in seinem Dämmerzustand Stimmen, die von dem kurzen, grausamen Ende des Seneschalls von Carcassonne sprachen. Soviel glaubte er verstanden zu haben, daß die beiden Gegner sich, gleich vom ersten Gang an, auf Schwerter geeinigt hatten, auf einander losgestürmt wären und daß der Foix dem alten Pier de Voisins mit einem Streich den Kopf abgeschlagen, ehe der überhaupt sein Schwert zur Widerwehr erhoben hatte. Dann gab's Geschrei, er meinte Yezas Stimme zu entnehmen, daß sie höchst ärgerlich war. Rinat Le Pulcin sei entflohen, was Roç schon gar nicht verstand. Wieso war der gefangen?

»Jemand hat die Stricke durchgeschnitten!« schimpfte seine Dame. Dann waren Handwerker ins Zelt getreten, und die waren so laut, daß Roç davon vollständig erwachte. Er sah mit blinzelndem Auge, daß mittlerweile drei frisch gezimmerte Holzsärge vor seinem Bett standen, an denen sie sich hämmernd zu schaffen machten. Das war für ihn Anlaß, sich von seinem Lager zu erheben – die Kopfschmerzen waren vergangen, auch wenn er noch die Beule fühlen konnte –, um schnellstens diesen Ort zu verlassen. Auf der Wiese hörte er Jordi das Signal blasen, mit dem das Ende des Turniers verkündet wurde.

Die Nachmittagssonne mochte die Wiese nicht länger wärmen, die linden Lüfte, die den hitzig Kämpfenden und den erregten Gemütern der Gäste angenehme Kühle gefächert hatten, verwandelten sich in kalte Winde, die von den Pyrenäengipfeln herabstrichen und die Fähnlein und bunten Girlanden fröhlich flattern ließen. Es war ein wunderschöner Tag gewesen, die wenigen Wölkchen verwehten zusehends auf dem azurblauen Himmel, und die Mauerkrone des Montségur oben auf dem Pog leuchtete wie Gold. Der Frauenrat umringte Yeza, die oberste Schiedsherrin des Turniers, die gerade errechnet hatte, daß dem Wolf von Foix der Siegerkranz gebühre. »Zwei Tjoste, zwei Siege!«

Doch damit geriet sie in arge Bedrängnis.

»Schmählich übergeht Ihr Euren eigenen Ritter!« rief Frau Esterel. »Der edle Roç Trencavel ist dreimal in die Schranke geritten: Zwei Siege und eine Niederlage zählen mehr!«

Yeza bedachte erst jetzt ihren heimlichen Einsatz gegen Pons, der nun Roç zugute kam, und wollte widersprechen, daß ein Unbesiegter höher zu bewerten sei, doch da rief Mafalda:

»Außerdem war der Sieg über den Seneschall mehr ein vorweggenommener Gnadenstoß nach einem nicht stattgefundenen Kampf!«

»Dessen kann Herr Wolf sich schlecht rühmen!« stieß jetzt auch ihre Schwester Melisende in seltener Eintracht ins gleiche Horn.

»Wenn wir *davon* ausgehen wollen«, entgegnete Yeza spitz, doch dann beließ sie es dabei und gab sich geschlagen.

Jordi rief ein letztes Mal alle Herren mit seiner Drommete herbei, und alle mußten sich hoch zu Roß längs der Schranken aufstellen. Da waren der Graf Jourdain de Levis und seine Freunde Wolf von Foix, Xacbert de Barbera, sein Schwager Gaston de Lautrec, die alle das Stechen unbeschadet überstanden hatten, was man von seinem Eidam Burt de Comminges nicht behaupten konnte. Die Diener hatten den von der Nasenspitze bis zu den Zehen Bandagierten unter Gestöhn auf sein Pferd gehoben, und seine Knappen mußten ihn halten. Sein Widerpart auf dem rechten Flügel, Raoul de Belgrave, hatte sich längst seiner Binden entledigt, wie Melisende beglückt feststellte, nur ein Streifen um den Kopf und ein Arm in der Schlinge zeugten noch von seinen Blessuren. Neben ihm waren Mas de Morency und Pons de Levis aufgesessen, die sich beide nicht mit Ruhm bekleckert hatten, was auch auf Simon de Cadet zutraf, der sich in der Reihe anschloß. Alles in allem hatten die Alten es den Jungen gezeigt, mit der einzigen Ausnahme von Roç, der jetzt unter Beifall von den Rängen des Volkes den Platz in der Mitte einnahm.

Yeza, eingerahmt von ihren Zofen und umringt von den Damen des Hauses Levis, gab Philipp ein Zeichen. Jordi blies noch einen Juchzer, und der Knappe führte seinen Herrn am Pferd bis zum Rand der Ehrenloge. Roç beugte artig sein Haupt unter aufbrandenden Jubelrufen.

»Wieso ich?« flüsterte er. Yeza grinste.

»Alles verschlafen?« flüsterte sie, setzte ihm den von roten und gelben Bändern durchwobenen Kranz aus Rosen aufs Haar und küßte ihn auf die Stirn. Die Herren hoben ihre Waffen zum Gruß. Das Turnier war beendet.

Die ersten, die abzogen, waren der Herr Comminges nebst seiner Frau Melisende. Sie redeten kein Wort miteinander, und es sah auch so aus, als würde das erst einmal so beibehalten werden. Das einzige Mal, daß Herr Burt auf dem Heimweg die bandagierten Kiefer auseinander bekam, war beim Passieren der Straßensperre, die der Konnetabel errichtet hatte. Von dem Comminges erfuhr Gilles Le Brun, daß die Herren Pier de Voisins und Oliver von Termes das Stechen nicht überlebt hätten.

»Wer hat sie –?« wollte der Konnetabel noch der Ordnung halber wissen, doch Burt bereitete das Sprechen Pein, und er hielt nun den Mund, zumal er und sein schweigsames Gefolge die Sperre schon hinter sich gelassen hatten.

Gilles Le Brun war verwundert. Erst war der Schwarze Ritter an ihm vorbeigeritten, genauso grußlos, wie er gekommen war, so daß er annehmen durfte, der Auftrag sei erfüllt. Doch jetzt war vom Tode des Roç Trencavel gar nicht die Rede. Das wollte er nun doch genau wissen.

Raoul, Mas und Pons bedrängten Roç, nach dem Tod sowohl des Seneschalls wie auch des Oliver die ungestillte Rachsucht des Konnetabels nicht zu unterschätzen. Und sollte Le Brun erfahren haben, daß der Herr Vollstrecker aus Paris, von wem auch immer, geschickt hereingelegt worden sei und den Falschen erwischt hätte, dann könne man annehmen, daß Herr Gilles diese Scharte gern auswetzen würde. Roç dürfe ihm nicht in die Hände fallen.

Yeza fand diese Argumentation richtig.

»Folgt, mein Herr, dem Rat Eurer neuen Diener«, riet sie Roç. »Ich finde auch allein zurück nach Quéribus!«

Da mischte sich Simon de Cadet ein:

»Ich werde mich Euch anschließen«, sagte er zu Roç. »Ich überlasse Euch die Rüstung meines Freundes Gers d'Alion. Möge sie, die ihn nicht schützen konnte, Euch hilfreich verbergen!«

Dafür umarmte Yeza den Simon, und Roç zog mit ihm ab, um ein letztes Mal – das schwor er sich – eine Rüstung zu tauschen.

War es der Schritt Simons oder nur der Wunsch, nicht als Wittib zurückgezogen auf der Burg ihres Vaters ihre Tage zu verbringen, Mafalda trat jedenfalls vor, beugte ihr Knie vor Yeza und sprach:

»Ihr mögt von mir als Dienerin nicht viel halten, doch ich verspreche, Euch treu –« Sie kam nicht weiter, weil ein Tränenausbruch sie schüttelte.

Yeza sah dem zwar mit einigen Bedenken entgegen, aber sie hob die Kniende auf, umarmte sie und antwortete:

»Ihr sollt um mich sein, so lange es Euch und mir behagt.«

Es wurde beschlossen, daß Yeza mit ihrem Hofstaat erst aufbrechen sollte, wenn Roç mit den Seinen schon sicher die Kontrolle durch den Konnetabel überwunden hätte. Philipp wurde als Übermittler dieser Nachricht eingeteilt.

Es verabschiedeten sich der Herr Gaston de Lautrec und seine Frau Esterel. Auch sie boten an, Roç in ihrem Gefolge herauszuschmuggeln. Doch ihr Ziehsohn Mas de Morency entschuldigte sich bei seiner verehrten Pflegemutter.

»Wir«, erklärte er nicht ohne Stolz, »die neuen Kämpen des Trencavel, werden unseren Herrn Roç sicher durch alle Gefährnisse geleiten.«

»Dazu sind wir Manns genug!« bekräftigte Pons, und die Potkaxl schaute bewundernd auf ihren Ritter.

So begab sich der Herr Lautrec hinweg vom Montségur. Eilfertig sprang Gilles Le Brun herbei, als er mit seiner Entourage angeritten kam.

»Sagt mir, edler Herr Gaston, von wessen Hand mein törichter alter Seneschall zum Tode befördert wurde?«

»Pier de Voisins hat ihn sich selbst erwählt und auf der Entscheidung durch das Schwert bestanden. Die Gegenhand, die es führte, war die des Wolf von Foix. Eine bessere Wahl an Ritterlichkeit hätte er nicht treffen können!« setzte Gaston mit Nachdruck hinzu, als er sah, wie sich das Gesicht des Konnetabel gehässig verzerrte.

»Der Faidit! Das soll er mir büßen!« Er unterdrückte seinen Wutausbruch, weil er bemerkte, daß der andere ihn verächtlichen Blickes maß und seinem Pferd die Sporen gab.

»Und Oliver?« rief er aufgebracht. »Wer hat den umgebracht?«
Gaston zügelte noch einmal sein Pferd.

»Wolf von Foix ist ein Mann von Ehre, wie Ihr sie in Paris wohl nicht findet. Der Mörder des Herrn von Termes war Euer Schwarzer Ritter!«

Damit sprengte er endgültig von dannen.

Die drei alten Freunde, Xacbert de Barbera, Wolf von Foix und der Graf Jourdain de Levis, zogen wieder durch die Lassetschlucht, die ein ungehindertes Kommen und Gehen am Pog erlaubt, wenn kein Verrat im Spiel ist.

Der Graf mahnte zu äußerster Vorsicht, denn sie waren nur zu dritt. Sein Gefolge hatte er Yeza beigesellt und es danach, wenn die Dame unversehrt Quéribus erreicht habe, nach Mirepoix beordert, wohin er die Freunde geladen hatte. Sie verließen den vor Blicken schützenden Wald und drangen, die blanken Eisen in der Faust, in das Tosen der Klamm ein.

Als die Jungen, also Raoul de Belgrave, Mas de Morency, Pons de Levis, Simon de Cadet und Roç als Gers d'Alion, mit verschränkten Zügeln, geschlossenen Visieren und blanken Waffen auf die Barriere des Konnetabels zuritten, bemerkten sie zu ihrem Erstaunen, daß kaum noch ein fränkischer Soldat beim Konnetabel weilte, der sie hätte aufhalten können. Sie verlangsamten ihre Gangart nicht, denn keiner verspürte Lust, sich mit Gilles Le Brun zu unterhalten, der jetzt auf den Weg trat.

»Hier kommt die Schande Frankreichs!« rief ihm Raoul lachend zu. Er hatte dem Konnetabel wohl die Worte aus dem Mund genommen, so blöd schaute der drein. Seine Augen glitten über Helmzier und Schilde der Vorüberreitenden, leise murmelnd hakte er die Namen ab, der Gesuchte war nicht darunter.

»Wo ist der Trencavel?« brüllte er hinter ihnen her.

Pons, der letzte, drehte sich um und rief:

»Habt Ihr ihn denn nicht gesehen, er ritt mit im Gefolge des Herrn von Lautrec!«

Dann stob die Bande davon. Doch schon nach der nächsten Wegbiegung hob Raoul, der Anführer, die Hand, und sie sammelten sich um ihn.

»Habt Ihr gesehen, der Konnetabel war fast allein.«

»Nur seine Leibwache versteckte sich hinter den Bäumen«, bestätigte Mas.

»Seine Soldaten hat er weggeschickt!« nahm Roç jetzt das Heft in die Hand. »Mich hat er noch erwartet, dafür fühlten sie sich wohl Manns genug –«

»Also«, folgerte der besonnene Simon de Cadet, »hat er irgendwo einen Hinterhalt gelegt – um wen zu fangen?«

»Die zwei, die er außer Roç noch unbedingt tot oder in Ketten sehen will«, rief Raoul. »Xacbert und den Foix!«

»Denn Ihr, mein Herr«, wandte sich Mas de Morency spitz an Roç, »habt den Verrat verschlafen, den Euer Diener Rinat beging. Der wird dem Konnetabel auch gesteckt haben, welchen Weg –«

»Die Lassetschlucht!« rief Roç.

Sie drängten ihre Pferde in den Wald und ritten wie die Teufel zurück zum Pog.

Als Yeza von dem atemlosen Philipp gehört hatte, daß ihr Roç unbeanstandet die Straßensperre passiert habe, befahl sie aufzubrechen. Die Handwerker begannen die Tribüne zu zerlegen. Das Volk hatte sich längst wieder verstreut. Sie waren die letzten. Mit dem Gefolge des Grafen Jourdain war ihr auch die Obhut über die drei Särge anvertraut worden. Sie waren auf die Wagen geladen, die Zelt, Kissen, Stangen und Vorräte zurückbringen sollten nach Mirepoix. Gemächlich näherte sich der Zug der Stelle des Weges, wo Herr Gilles immer noch darauf wartete, daß ihm der Trencavel in die Hände fiel, denn Pons de Levis hatte ihn sicher belogen, um ihn, den Konnetabel, in die Irre zu führen! Er hätte den Trencavel lieber tot gesehen, das Haupt auf der Stange, ein Aufschrei der Empörung im gesamten Abendland, aber dann wäre der Spuk dieser Kinder des Gral, das Königliche Paar, erledigt, aus und vorbei – und bald hätte kein Hahn mehr nach ihnen gekräht. Lebend würde dieser falsche Trencavel nur Ärger bereiten! Gilles Le Brun wollte nicht unverrichteter Dinge nach Paris zurückzukehren wie dieser Bretone.

»Versager«, murmelte der Konnetabel gerade, als er an der Spitze des herankommenden Zuges genau die Farben auf Schild und Harnisch sah, die ihm sein Gewährsmann beschrieben, auch das Zimier, ein zum Schlag erhobenes Maurenschwert, ein Scimtar, stimmte genau. Der Ritter hielt sein Visier geschlossen. Gilles gab seinen Leuten ein Zeichen. Sie warteten, bis Roß und Reiter sich genau unter ihnen befanden. Dann sprangen sie aus den Büschen der Böschung und fielen dem Ritter in die Zügel, ehe der sein Schwert ziehen konnte. Zu des Konnetabels leichter Verwunderung trug der jedoch statt des Schwertes eine Drommete, und an seinem Hals hing eine Laute. Auch noch Minnesänger! dachte Gilles verächtlich. Welch weibischer Frauenbetörer!

»Was wollt Ihr?« rief Yeza dem Konnetabel zu und befahl ihren Leuten, die Särge von Oliver und dem Seneschall abzuladen. Mit Unbehagen trat Gilles hinzu.

»Wer ist der dritte?« fragte er.

»Gers d'Alion wurde von dem edlen Pier de Voisins im Kampf getötet.«

»Gers d'Alion?« Der Konnetabel ließ im Geiste die Ritter noch einmal passieren, die er gerade hatte ziehen lassen. »Und wer ist der?« Sein Finger zeigte auf den Ritter an der Spitze.

»Mein Hofnarr Jordi«, antwortete Yeza lachend. »Er hat die Rüstung seines Herrn angelegt, was er sonst nicht darf, wenn sein Herr –«

Jordi hatte inzwischen sein Visier geöffnet und grinste Gilles Le Brun verschmitzt an.

»Soll ich Euch aufspielen, edler Herr? – Aber ich kann Euch auch eins blasen.«

Er setzte die Drommete an, doch die Leibwache des Konnetabel hinderte den Frechen.

»Und wo ist der Herr, der Herr Roç Trencavel?«

»Er muß an Euch vorbeigeritten sein«, sagte Yeza, als hätte sie nun auch Zweifel daran. »Habt Ihr ihn denn nicht begrüßt? Er hatte sehnlichst gehofft, beim Stechen Eure Bekanntschaft zu machen. Wer weiß, wie es Euch ergangen wäre?« Sie lenkte seinen Blick auf die beiden Särge. »Laßt für jeden von diesen Herren im Namen des

Königlichen Paares eine Messe lesen. Das Geld will ich Euch schicken!«

»Nicht nötig«, antwortete Gilles Le Brun verwirrt, und der Zug setzte sich wieder in Bewegung, den Konnetabel allein mit zwei Särgen zurücklassend. Den dritten, ob nun leer oder nicht, bedachte der sich grimmig, hätte mir diese vorlaute Dame auch gleich verehren können! Ich will ihn ihr schon füllen! Fünfzig Totengräber sollten ja wohl reichen!

Der Graf Jourdain, Xacbert de Barbera und der Foix führten ihre Pferde umsichtig über die nassen Steine. Um sie herum tosten die Wasser des Lasset in der tief eingeschnittenen dunklen Klamm. Gleich würden sie den Ausgang erreicht haben und wieder aufsitzen können. Ein Ritter zu Fuß ist nur die Hälfte wert, dachte der Graf, der für sich nichts zu befürchten hatte, sich aber um seine Freunde sorgte. Schon schimmerte das Abendlicht durch die Bäume des vor ihnen liegenden Waldes. Sie warfen lange schwarze Schatten, denn glutrot ging dahinter die Sonne langsam unter. Einen Augenblick lang standen die Männer schweigend, in den Anblick des Schauspiels vertieft. Nach dem Donnern und Klatschen, Gurgeln und Dröhnen des Wildwassers zwischen den engen Felsen verspürten sie die Ruhe im dämmrigen Walde wie eine befreiende Wohltat. Der Pfeil im Hals des Foix hatte auch keinen Lärm verursacht, nur ein leichtes Zwitschern in der Luft und einen dumpfen Schlag. Dann prasselten die Geschosse von allen Seiten auf sie ein, von oben aus den Felsen, zwischen den Bäumen. Sie warfen sich sofort zu Boden, ihre Pferde mit sich zerrend, deren Leiber schnell so gespickt waren, daß sie sowieso nur noch als Schutzwall dienen konnten. Die Tiere klagten wiehernd ihren Schmerz, während der unsichtbare Feind sich in Schweigen hüllte, und die drei Ritter hüteten sich, einen Laut zu geben.

»Stellt Euch tot«, wisperte der Graf, »wenn sie kommen!«

»Nicht nötig«, röchelte der Foix, dem der Pfeil die Schlagader durchbohrt hatte. »Ich bin gleich tot.«

»Unsinn«, murmelte Xacbert und preßte ihm den herausgerissenen Stoffetzen seines Hemdes auf die Wunde. Dabei wußte er genau, daß der Freund sterben mußte. So schlagartig, wie der heimtückische Überfall eingesetzt hatte, war er vorbei – Stille. Hätten in den Stämmen um sie herum und in den zitternden Pferdeleibern nicht die Pfeile gesteckt, hätte man ihn für einen bösen Traum halten können. Doch dann sahen sie die schwarzen Silhouetten, die von allen Seiten näher schlichen wie wildernde Hunde zum verendenden Hirschen.

»Jetzt gilt's!« stöhnte der Wolf von Foix und versuchte den Knauf seines Schwertes zu umklammern. Es fiel ihm aus der Hand. Da erscholl Pferdegetrampel im Wald, und schon konnte man Eisen auf Eisen klingen hören. Dumpfes Stöhnen und gekeuchte Flüche ertönten. Roç, Raoul, Mas, Pons und Simon wüteten wie die Berserker unter den Bogenschützen des Konnetabels. Sie schlugen in den Nacken, stießen ins Herz, spalteten den Schädel derer, die ihren Helm verloren hatten. »Nicht mehr als einen Hieb für jeden!« hatte Roç ihnen eingeschärft. »Und laßt keinen entkommen!«

Das hatte auch Xacbert und Jourdain wieder auf die Beine gebracht, sie nahmen sich derer an, die sich zur Klamm retten wollten. Ihnen fiel Rinat Le Pulcin in die Finger. Er versuchte zwischen den Beinen von Xacbert und der steil abfallenden Uferböschung des rasch und immer noch aufgewühlt talwärts strömenden Lasset hindurch zu entwischen, aber Xacbert hatte ihn gerade noch rechtzeitig erkannt. Er trat ihm von hinten in die Fersen, daß Rinat stolperte und vornüber in die Knie brach. Roç kam herangestürmt.

»Den will ich lebend!« schrie er und schlug links und rechts jeden kurz und klein. Doch Xacbert de Barbera wollte es nicht gehört haben. Er sprang mit erhobenem Schwert in den glitschigen Steilhang.

»Das ist für Wolf von Foix!« brüllte er, blind vor Wut und Schmerz und ließ seine Klinge niedersausen, um den Kopf vom Hals zu trennen. Da warf sich Rinat mit letzter Kraft zur Seite in die gurgelnden Wasser. Das Eisen streifte noch seine Schulter und durchschlug den Unterarm, bevor es knirschend in den Felsboden fuhr. Rinats Aufschrei vermischte sich mit dem gräßlichen Laut, mit dem die Schneide den Stein verwundete. Rinat war kopfüber in den dunklen Tiefen des reißenden Lasset versunken, nur sein Arm mit der schlanken Hand, die so gefällig den Pinsel zu führen wußte, hing in den Felsen. Roç und Xacbert starrten in die Fluten. Der verräterische Maler tauchte nicht wieder auf. Xacbert gab der Künstlerhand einen Tritt und schickte sie dem Meister hinterher. Als sie sicher waren, daß keiner entflohen war, die letzten hatten sie zwischen den Bäumen niedergeritten, gingen Mas und Pons noch einmal die Strecke ab und gaben zählend jedem noch den Fangstoß ins Genick.

»Fünfzig!« rief Pons seinem Vater zu, doch der murmelte tonlos: »Was wiegen sie gegen den einen Freund!«

Wolf von Foix wurde am Ufer des Lasset beerdigt. Sie deichten einen Arm des Flusses ab, stachen mit ihren Schwertern eine Grabmulde, betteten ihn hinein und bedeckten den Leichnam mit schweren Steinen. Dann räumten sie das Hindernis wieder ab, und die Fluten nahmen wieder Besitz von ihrem Bett.

»Wir hätten ihn nach Foix bringen können«, sagte der Graf, »und dort heimlich bestatten.«

Der alte Jourdain räusperte sich.

»Unser Wolf war ein Faidit, dies ist seine Erde.«

»Und so lebt er weiter für alle, denen die Freiheit Okzitaniens am Herzen liegt.« Roç kämpfte mit den Tränen.

»Laßt uns für seine Seele beten«, sagte Simon, und sie knieten nieder, während die Dämmerung der Nacht wich.

Sie trennten sich im Dunkel, nachdem die Jungen den Grafen und Xacbert bis zur Burg des nächsten Lehnsmannes des Levis begleitet hatten. Genauso sollten sie Roç sicher bis Quéribus führen.

»Wieso?« fragte Mas. »Wir bleiben doch jetzt für immer bei Roç Trencavel?«

»Sicher«, beschied Raoul, »doch hast du vergessen, daß wir nur beurlaubt auf Ehrenwort sind? Der Taxiarchos hat unser Versprechen, daß wir nach dem Turnier nach Rhedae reiten, um uns dort dem Spruch des Gavin Montbard de Béthune zu stellen. Ich gedenke, mein Wort einzulösen!«

Mas senkte den Kopf, zumal Pons einverständig nickte.

Jetzt meldete sich auch Simon de Cadet.

»Nehmt mich mit zum Präzeptor, ich will in den Orden eintreten.«

Doch Mas ließ nicht locker.

»Wir stehen bereits im Dienst des Herrn Roç Trencavel! Ich mag nicht zwei Herren dienen.«

Roç bedachte den Gewissenskonflikt seiner Helfer.

»Geht nach Rhedae«, sagte er, »und laßt Euch von Herrn Gavin freisprechen. Dann entscheidet, was Ihr eigentlich wollt. Ich nehme Euch gerne, alle vier!«

Das gab den Ausschlag. Sie ritten weiter und gedachten der Toten und ihres eigenen jungen Lebens, das so ungewiß vor ihnen lag.

DAS VERMÄCHTNIS DES PRÄZEPTORS

Die Basilika Sainte-Madeleine von Rhedae war nur zu entdecken, wenn der Besucher sie durch den einzigen Zugang betrat, und dann stürzte ihr Inneres ihn in ungläubiges Staunen, meist jedoch in tiefe Verwirrung. So blieb die schmale Pforte meist verschlossen. Von außen wirkte das merkwürdige Gotteshaus wie ein Teil der Befestigungsanlage. Der Zinnenkranz der Zitadelle bezog das Kuppeldach als vorspringendes Bollwerk mit ein, doch stellte Sainte-Madeleine alles andere als eine beiläufige Außenbastion dar. Sie bildete vielmehr das Herzstück der Templerburg des Gavin Montbard de Béthune. Das Reich des Präzeptors war fast ausschließlich unterirdisch angelegt, so hieß denn die verwunschene Basilika bei den Leuten auch nur »das Tor zur Hölle«.

Um so erstaunlicher war es für den Gesandten in geheimer Mission, den Medicus und Verschwörer Johannes von Procida, daß der in letzter Zeit immer lichtscheuere Herr Montbard de Béthune ihn auf dem Dach der Kirche empfing.

Der Grund für den bleichen Präzeptor, sich in seiner unüblichen schwarzen Clamys der Sonne auszusetzen, war die hoch zu Roß auf dem Vorplatz angerückte Ritterschar. Es war ein Tag vor Palmarum, und sie probten für die alljährliche Prozession. Wenn auch die Augen schmerzten von der Helle, dem Widerschein der frisch getünchten weißen Zinnen, blickte Gavin doch voller Stolz auf seine Truppe, Templer wie Sergeanten, die unter ihrem Kriegsbanner angetreten war. Er hob den Abakus, seinen Kommandostab, und rief laut mit bewegter Stimme: »*Bauséant!*«

Und sie hoben die Lanzen, die Schwerter und brüllten wie mit einer Stimme: »*Alla riscossa!*«

Gavin verneigte sich vor der Fahne, und die Truppe zog geordnet ab.

»Sehr beeindruckend«, entrang sich Johannes von Procida, »und sehr elitär!« Damit ließ er es der Komplimente genug sein. »Zur Durchsetzung Eurer Pläne jedoch zu wenig.«

Gavin sah seinen Gast spöttisch von der Seite an.

»Ich kann hier schlecht die Berge neu geschmiedeter Waffen und Kisten voller Gold für die Besoldung des katalanischen Söldnerheeres, das Ihr versprochen habt, vor Euch ausbreiten, doch ich versichere Euch, es steht alles bereit!«

Johannes von Procida war ein Chamäleon. Er konnte wie ein Feldherr auftreten, sich als gewiefter Diplomat geben und dann blitzschnell in die Rolle des helfenden Arztes schlüpfen, einfühlsam in die Leiden anderer.

»Und doch fehlt Euch etwas«, sagte er leise, bemüht, den cholerischen Templerfürsten nicht zu verletzen. »Ein Umsturz, wie Ihr ihn plant, muß auch vom Volk getragen werden.« Johannes ließ seinem Gegenüber Zeit, die Kröte zu schlucken. »Für die Templer, also einen Ordensstaat in ihrem Okzitanien, gehen die Leute nicht auf die Straße, geschweige denn auf die Barrikaden. Das braucht Ihr aber, um Frankreich nicht nur hier in die Knie zu zwingen, sondern auch davon abzuhalten, mit einem riesigen Heer nochmals in das Languedoc einzumarschieren.«

»Haben wir erst mal alle Burgen in der Hand, die Garnisonen verjagt«, entgegnete der Präzeptor aufbrausend, »und Aragons Hilfe im Rücken –«

»Ich sehe, Ihr habt mich nicht verstanden. Der Bevölkerung ist es gleich, wer ihr die Steuern abpreßt, und auf dem Gebiet ist der Ruf des Ordens –«

»Dafür lassen wir ihnen eine Freiheit, die Paris unterdrückt – die der eigenen Kultur!«

»Das ist ein vages Versprechen, wenn man Euch überhaupt Glauben schenkt. Die Leute wollen etwas Handfestes, wenn sie ihr Leben in die Waagschale, ihre Brust gegen fränkische Spieße werfen sollen. Euch fehlt eine charismatische Führerfigur, der das Volk blind und dennoch begeistert folgt, zu jedem Opfer bereit!«

In Gavins harten Augen blitzte es auf, doch dann lächelte er bitter.

»Also sagt doch gleich, daß Ihr nicht nur ein Agent Aragons und der Staufer seid, sondern auch die Interessen von Roç und Yeza vertretet, dem das Königlichen Paar?«

»Habt Ihr einen besseren Vorschlag zur Hand?« entkräftete Johannes den Vorwurf. »Ich plädiere für die Kinder des Gral, weil sie unserer gemeinsamen Sache dienen, an deren Gelingen auch uns liegt.«

»Die Kosten und das Risiko trage ich allein!«

»Nicht ganz! Schlägt Euer Unternehmen fehl, hat Aragon sich sehr weit aus dem Erker gelehnt, der Ärger mit Frankreich wird nicht ausbleiben, und das ist allemal zum Schaden. Vergeßt nicht, wir stehen in Friedensverhandlungen, die grad unsere formalen Lehnsansprüche auf Carcassonne und deren Abgeltung betreffen.«

»Ich trage meine Haut zu Markte, Ihr nur Euren Ruf«, empörte sich Gavin »aber ich bin bereit bei Roç und Yeza anzufragen, ob sie gewillt sind, sich an die Spitze des Aufstandes zu stellen.«

»Das würde auch die Katharer für Euch einnehmen, die sonst keinen Grund haben, den Templern bezüglich Religionsfreiheit zu trauen. Sie werden zwar nicht zu den Waffen greifen, aber sie könnten den Humus des Wohlwollens bilden, der Euch nur nützlich sein wird.«

»Die Templer als Ketzerfreunde?« höhnte der Präzeptor. »Dann würden wir nicht nur von den Capets des Aufruhrs geziehen werden, der Papst würde das gesamte Abendland auf uns hetzen!«

»Es ist Euer Spiel, Gavin Montbard de Béthune«, erwiderte der Unterhändler kalt. »Ihr müßt Euch entscheiden. Ihr könnt nur alles auf eine Karte setzen und das schon in Bälde. Wie gesagt, König Ludwig hat Don Jaime eine gütliche Einigung angeboten. Ist sie erst mal unterschrieben, könnt Ihr von jenseits der Pyrenäen nichts mehr erwarten.«

Der Präzeptor zauderte, ihm war nicht wohl bei dem Gedanken, jetzt auch noch unter Zeitdruck gesetzt zu werden.

»Warum wollt Ihr, Johannes von Procida, wenn Ihr denn für Aragon sprechen könnt, uns zu diesem folgenschweren Schritt ermuntern, wenn Ihr so leicht Frieden erlangen könnt?«

»Weil eine unabhängige okzitanische Templerrepublik Frankreich zum Dorn im Fleische würde, der seiner Expansion, seinen Ambitionen im Mittelmeer sehr hinderlich wär. So denkt auch König Manfred von Sizilien.«

»Ihr sagt Frankreich, denkt aber vor allem an einen: an Charles d'Anjou!«

»Das habt Ihr gesagt, Gavin.« Johannnes gab sich wieder umgänglicher. »Nun verratet Ihr mir auch, was Euch, den Präzeptor Montbard de Béthune, treibt, denn ich gehe sicher nicht fehl, daß der Orden ob Eurer Pläne größte Bedenken hat?«

»Eben!« Gavin lachte grimmig. »Es gibt Kleingeister und Hasenfüße, es gibt Konservative, die immer noch nicht aus dem Sattel gekommen sind und sich nichts anderes wünschen, als das Heilige Grab zu befreien, und es gibt Freigeister, Händler und Wucherer, die nur die Mehrung des Geldes im Sinn haben. All denen will ich ein Beispiel entgegensetzen, einen realen Gottesstaat, nicht im Himmel, sondern auf Erden! Nicht in den verlorenen felsigen Einöden der Terra Sancta, sondern hier in diesem von Gott geliebten, fruchtbaren Land des Gral. Hier soll der Samen des Hauses David aufgehen und Macht erlangen –«

Sie wurden unterbrochen. Eine Templerwache trat an Johannes heran.

»Vergebt die Störung, aber der Chirurgus ist gefragt. Ein Fall von größter Dringlichkeit!«

Er wies ein blutverschmiertes Siegel vor, das auch der Präzeptor sofort erkannte. Es war das geheime Erkennungszeichen der Prieuré de Sion. Der Arzt nickte.

»Bedenkt es wohl, Gavin«, sagte er zum Abschied und legte dem Präzeptor die Hand auf die Schulter, »und wenn Ihr Euch entscheidet, dann keine halben Sachen und kein Zögern.«

Den letzten Satz hatte er geflüstert, doch die Templerwache war schon zum Treppenabgang vorausgegangen und wartete dort in respektvoller Entfernung.

Johannes von Procida folgte dem Ruf nach ärztlicher Hilfeleistung.

Der ranghöchste Templer von Rhedae verließ nach einem letzten versonnenen, fast wehmütigen Blick über das Land den Zinnenkranz. Lange hatte die einsame Gestalt in ihrer schwarzen Clamys mit dem leuchtendroten Tatzenkreuz auf der Brust dort oben gestanden, ohne ihr Auge auf die Hügel und Täler zu richten. Gavin hatte durch sie hindurchgeschaut, sich tief in die dunklen Wälder versenkt, sich emporgeschwungen, weit über die gezackten Gipfel der

Pyrenäen hinaus, bis zu dem fernen Ozean und weiter, weiter. Dort lagen Reiche, die er nie gesehen hatte und nie zu Gesicht bekommen würde. Dennoch träumte er davon, sie sich, dem Orden der Ritter vom Tempel, untertan zu machen. Tiefe Trauer umflorte plötzlich den Blick des Mannes mit dem kantigen, grauhaarigen Schädel, und Zorn kam in ihm auf.

Ein undankbarer Haufen! dachte er, während er die Wendeltreppe hinabstieg. Keiner wollte ihn verstehen, und auf Dank konnte er schon gar nicht zählen! Wohltuend empfing ihn das Dunkel und die Stille der Kirche, seiner Kirche, mit allem, was er geschaffen hatte. Die Arbeiten an der Golgathagruppe standen vor der Vollendung. Christus hing schon wieder an seinem Kreuz, umstanden von den Frauen. Er hatte die drei Marien hinzufügen lassen, die Mater dolorosa, die Schwester des Lazarus und die Maria von Magdala, die ihm die liebste war. Auch Joseph von Arimathia und einige der Jünger waren neu hinzugetreten, und als Gegengewicht etliche römische Soldaten und Knechte. Die beiden Schächer lagen noch am Boden neben ihren Kreuzen, an ihren Körpern wurde noch gearbeitet, wie Hobel, Schlegel, Stecheisen und Hohlkehle verrieten, während schon die Stricke von der Decke herabhingen, um die Kreuze aufzurichten. Befriedigt wandte sich Gavin zur niedrigen Tür, dem einzigen Zugang von außen. Er prüfte die Verriegelung, tätschelte im Vorbeigehen dem Teufel gleich dahinter in der Nische über den Kopf – für einen Augenblick war er versucht, ihn auf die Stirn, zwischen die kurzen Hörner, zu küssen, beließ es aber dabei – und begab sich energischen Schritts vor den Menhir, der ›Das Grab‹ zur Basilika hin abschloß. Er betätigte den Mechanismus, der tonnenschwere Stein teilte sich einen Spaltbreit, genug, um die straffe Gestalt des Präzeptors aufzunehmen. Während hinter ihm die beiden Felsbrocken wieder zusammenfuhren, warf er einen kurzen Blick in die Brunnensäule, um die sich die Wendeltreppe nach unten in die leere Zisterne wand. Er hörte das Rauschen des umgeleiteten Wildbaches in der Tiefe, dessen Wasser ihn und seine Burg unabhängig von Regenfällen und dem steten Sprudeln der Quelle machten. Ein Griff, und die Wasser rauschten in mächtigem Schwall in die unterirdische Kammer, füllten sie in wenigen Minuten. Das war auch eine seiner Vorkehrungen für den Fall einer Belagerung. Dieses köstliche Naß konnte ihm keiner abgraben, es wurde von weit her durch mehrere Felsstollen herangeführt, selbst die Einlässe blieben fremden Augen verborgen. Außerdem verschloß die prall gefüllte Zisterne den Zugang zu seinem unterirdischen Donjon, dem ›Takt‹, den er sich als letzte Zuflucht ausgebaut hatte. Von dort aus konnte er noch herrschen, wenn der Feind, was weder anzunehmen noch zu fürchten war, seine Burg überrannt haben sollte. Gavin hatte vorgesorgt.

Eine zwei Mann starke Templerpatrouille geleitete den Arzt Johannes von Procida nach einstündigem scharfem Ritt zu einer einsamen Köhlerkate im Walde.

»Dank, daß Ihr gekommen seid!« Der weißbärtige Mauri En Raimon empfing ihn vor dem mit einem Fell verhängten Eingang. »Ich habe ihm einen Aufguß aus getrocknetem Spitzwegerich gegeben«, sagte er leise, »und die Wunde mit einer Paste aus geriebenem Galmei und feingehacktem Frauenmantel bestrichen.«

Der alte Mauri vermerkte mit Genugtuung, daß seine Maßnahmen erster Hilfe die Billigung des berühmten Chirurgus fanden.

»Doch es sieht schlecht aus«, fügte er dann hinzu. »Zu lange hat der Arm im Wasser gelegen.«

»Laßt mich die Wunde sehen«, unterbrach ihn Johannes, und der Perfectus hob den Vorhang.

Auf einem Sack voll getrockneter Blätter lag Rinat Le Pulcin und stöhnte unruhig im fiebrigen Schlaf. Johannes trat näher, hieß Mauri den Armstumpf anheben und entfernte vorsichtig die blut- und eitergetränkte Binde. Der Unterarm war eine Handbreit unterhalb des Ellbogens abgetrennt.

»Sauberer Schlag!« murmelte der Arzt. »Nur Eurer Paste verdankt der Mann, daß noch kein Wundbrand ihm in die Schulter gekrochen ist.«

»Ich habe Olivenöl gefunden und zum Kochen erhitzt«, bemerkte Mauri mit gewissem Stolz und zeigte auf den Kessel über der Feuerstelle.

»Das werden wir brauchen«, erwiderte der Arzt und brachte mit leichten Backenstreichen den Verletzten zum Bewußtsein zurück. Rinat schlug angstvoll die Augen auf und starrte auf den Fremden, der jetzt ein blitzendes Skalpell aus einem Tuch wickelte.

»Der Schmerz, den ich Euch zufüge, guter Mann«, sagte der und hielt den scharfen Stahl in die Glut, »wird den des Schwertstreiches bei weitem übertreffen. Ihr dürft schreien, aber nicht zucken!«

Mauri schob ein Holzscheit unter den Oberarm, band ihn ab und preßte ihn dann mit beiden Händen herunter, daß Rinat ihn nicht mehr bewegen konnte.

»Am besten, Ihr setzt Euch auf den anderen Arm«, riet Johannes dem Mauri, als Rinat schon bei der ersten Berührung den Oberkörper herumwarf. So zur Regungslosigkeit gezwungen, begann Rinat furchtbar zu jammern, als das Eisen zischend in sein Fleisch stieß.

»Ich muß alles entfernen, was schon verdorben«, erklärte Johannes sein Tun, »auch will ich Elle und Speiche ein paar Fingerbreit trennen, das gibt Euch die Möglichkeit zu einer künstlichen Hand, die wenigstens einen Löffel zu halten vermag.« Er zog eine Ahle hervor und fädelte eine dünne Darmsaite ein.

»Ihr seid wahnsinnig!« schrie Rinat. »Ich sterbe!«

Johannes führte mit raschem Schnitt die Klinge fast bis zum Gelenk. Dann schlug er die Hautlappen um und vernähte mit schnellen Stichen jeden der beiden blutigen Stümpfe.

»Jetzt den Topf!« befahl er Mauri und übernahm die Fesselung des Armes. Doch Rinat bewegte sich nicht mehr. Er war in eine gnädige Ohnmacht gefallen.

»Der wird gleich wieder munter werden!« bemerkte Johannes sarkastisch und stieß den Stumpf kurz in das siedende Öl.

Mit tierischem Schrei, der schnell in ein Wimmern überging, versuchte sich Rinat aufzubäumen, doch Mauri hatte ihn schon wieder im Griff.

»Das war's schon!« tröstete der Arzt seinen Patienten, drückte reichlich von der Paste auf die Wundstellen, während der Perfectus den Verband anlegte.

»Werde ich noch jemals wieder den Pinsel führen können?« hauchte Rinat schweißgebadet.

»Sicher, mit rechts!« antwortete Johannes. »Wie ist es passiert?«

»Ich bin unter die Räuber gefallen«, murmelte der Maler, »sie haben mich für tot gehalten und in einen Fluß geworfen.«

»Ich hab' ihn am Ufer gefunden, im Gebüsch angeschwemmt – aber wohl erst einen Tag später«, setzte Mauri En Raimon hinzu.

»Seid froh, daß hierzulande die Gebirgswasser so kalt und sauber sind«, sagte Johannes und wickelte sein Besteck ein. »Euch muß ein Bärenherz innewohnen, daß Ihr überlebt habt, ohne zu verbluten, zu ertrinken oder zu erfrieren. Jeden anderen hätte schon der Schmerz beim Schlag umgebracht!«

»Ich weiß nicht, wie ich Euch danken soll, edler Herr.« Rinat zwang sich ein Lächeln ab. »Nach Eurer Bekanntschaft brauch' ich auch keine Folter mehr zu fürchten!«

Da lachte Johannes und ging hinaus. Er befahl den beiden Templern, die vor der Hütte gewartet hatten, noch zu bleiben, bis der Verletzte transportfähig sei, dann sollten sie ihn mit nach Rhedae nehmen und dort gesund pflegen.

»Richtet dem Präzeptor meine Grüße aus«, fügte er noch hinzu. »Er weiß mich zu finden.«

Johannes von Procida stieg auf sein Pferd, doch Mauri En Raimon hielt ihn zurück.

»*Diaus vos bensigna*! Ich will die Templer nicht aufhalten, auch kann ich ihnen hier weder Dach noch Nahrung bieten. Ich werde den armen Mann pflegen, und wenn sie wiederkommen in einer Woche, dann können sie auch ein Pferd mitbringen.«

»Ihr seid ein wahrer *magus medicus*« – der Arzt lachte –, »einer von der guten Art. Wieviel könnt ich von Euch lernen! Lebt wohl!«

Er ritt von dannen, gefolgt von den beiden Templern, die froh waren, die nächsten Tage und Nächte nicht im Wald verbringen zu müssen.

Taxiarchos war als Kapitän eines Templerseglers eine Ausnahmeerscheinung. Ein Zufall hatte die Landratte zum passionierten seefahrenden Entdecker gemacht. Weder Herkunft noch Ausbildung hatten den ›Penikraten‹, so sein etwas anrüchiger Titel in seiner byzantinischen Heimat, auf seine Berufung vorbereitet. Ein – mehr zufällig, denn gesucht – in seine Hände geratenes Piratenschiff stand am Anfang der zweiten Laufbahn des Bettlerkönigs von Konstantinopel. Der ehrgeizige Präzeptor von Rhedae hatte den Taxiarchos vor eine Aufgabe gestellt, die ihm Herausforderung war und die ihn außerdem mit Feuer und Flamme erfüllte. Das besagte aber noch lange nicht, daß dem Byzantiner der ausgeprägte Erwerbssinn abhanden gekommen wäre. Er achtete die klingende Münze, besonders wenn sie in seinem Säckel klang, und das Anhäufen von Schätzen war für ihn nicht nur Anreiz, sondern Voraussetzung für jede Art von Tätigkeit.

Hier begann das Mißverständnis mit seinem Förderer Gavin. Der hatte ihn bereits zweimal über den Ozean geschickt und schuldete ihm immer noch den beanspruchten, weil gewohnten Anteil an der Beute. Der Präzeptor war der irrigen Ansicht, daß auch alle anderen in seiner nächsten Umgebung einzig und allein für die Ehre Gottes, beziehungsweise zum Besten seines Ordensstaates Leben und Kraft in die Waagschale werfen sollten, ohne jeden Gedanken an Bereicherung, so wie er selbst. Gavins Selbstlosigkeit bezog sich allerdings nur auf den persönlichen Besitz irdischer Güter, sein angestrebter Lohn war der Gewinn von Macht. Der Taxiarchos fühlte sich daher betrogen, wenn von ihm verlangt wurde, dem hohen Ziel nur für geringen Sold und Unterhalt zu dienen. Er war kein Templer, er hatte weder Besitzlosigkeit noch Keuschheit, noch unbedingten Gehorsam geschworen. Er war ein Freibeuter!

Solcherart waren die ärgerlichen Gedanken des Kapitäns, als er beschloß, seinem Auftraggeber weniger die Aufwartung als Vorhaltungen zu machen. Der Haken an der Geschichte war, daß ihn mit dem Präzeptor eine herzliche Männerfreundschaft verband, so wie er auch den Priester Gosset schätzte wie eigentlich alle Gestalten, die wie er selbst aus dem Rahmen des Üblichen fielen. Letztlich gehörte auch Abdal der Hafside zu diesem Kreis ungewöhnlicher, um nicht zu sagen außerordentlicher Persönlichkeiten, die keine Fesseln des Feudalsystems kannten noch sich den verkrusteten Hierarchien der Kirche unterwarfen – Männer, mit denen man Welten verändern und neue erobern konnte. Diese Wertschätzung war durchaus gegenseitig.

Der Präzeptor erwartete ihn im ›Takt‹, seiner unterirdischen Kommandozentrale, zu der Taxiarchos als Vertrauter ungehindert Zugang hatte. Den zu erwartenden Forderungen seines Kapitäns gedachte der Präzeptor durch gezielte Vorwürfe den Wind aus den Segeln zu nehmen.

»Ich, Taxiarchos, Euer Admiral der transatlantischen Flotte, bin für Euch, Gavin Montbard de Béthune, von weitaus größerem Wert als die zwei-, dreitausend katalanischen Bogenschützen, deren Sold Ihr Eurer von mir gut gefüllten Kriegskasse entnehmen wollt. Mich könnt Ihr mit Gold nicht aufwiegen!«

Der Taxiarch – wer will es ihm verdenken – hatte seinen Unmut im Wein ertränkt. Der Templer unterbrach ihn.

»Diese Einstellung lob' ich mir!«

Gavin versuchte dem Gespräch etwas von der Schwere zu nehmen, mit deren Zunge der Taxiarchos sein Anliegen eingeleitet hatte.

»Lobt mich nicht«, entgegnete der kratzbürstig, »sondern legt Euer Geld besser an!«

Gavin hatte seinen Besucher zum Sitzen genötigt und ließ ihm auch gleich einen gefüllten Pokal reichen, weil dessen Nüchternheit nur Ärger bringen konnte.

»Gut«, sagte der Präzeptor, »Eure Reise zu den Tolteken deucht Euch ein voller Erfolg, weil Ihr mir allerlei kunstvolles Gerät fremden Geschmacks angeschleppt habt, doch der Schwarze Kelch, um den ich Euch gesandt habe, der war nicht dabei!«

»Dafür reichlich von dem weißen Staub, den Ihr Euch in die Nase zieht!« Taxiarchos lachte. »Und die goldenen Götterstatuetten, die Opfermesser der Priester und Schalen für die blutenden Herzen, die habt Ihr mit Vergnügen eingeschmolzen, zu Münzen geschlagen, doch mich – «

»Ich rüstete Euch für teures Geld eine zweite Reise aus«, rügte Gavin ihn sanft, dem Vorwurf die Spitze brechend, »und was hat mir die gebracht?« Er schob die Antwort gleich nach.

»Märchen von hundert Polarnächten, verbracht unter Jurten aus Eis, mit Weibern, die von ihren Männern angeboten werden, die sich nicht waschen, sondern in Walfischtran wälzen, von bärtigen Rössern und Kühen, die unter Wasser leben, aber keine Milch geben, alle größer als das Schiff, das ich Euch anvertraute, damit Ihr – «

»Macht mich nicht für die winterlichen Orkane verantwortlich«, wehrte sich der Kapitän, »die uns statt ins Königreich Thule ins ewige Eis warfen, uns herumwirbelten, daß wir weder Tag noch Nacht unterscheiden konnten. Die Bussel spielte verrückt; ich war jeder Orientierung beraubt und bin heute noch froh, lebend zurückgekehrt zu sein, samt Eurem Schiff –«

»Mit leeren Händen!« unterbrach ihn der Präzeptor. »Und wieder ohne den Kelch, der in Thule –«

»Keine Menschenseele, kein Wikinger, nicht einmal die Schneemongolen auf Grünland vermochten uns zu sagen, wo dieses Thule liegt, ob es überhaupt existiert. Vielleicht ist es nichts als eine Fata Morgana in der weißen Eiswüste – wie Euer Schwarzer Kelch?«

Der Taxiarchos leerte seinen Pokal in einem Zug, ohne zu bemerken, daß seinem Gegenüber die Zornesader schwoll.

»Ah«, entfuhr es dem Präzeptor gefährlich leise, »Ihr tummelt Euch auf meine Kosten auf den sieben Meeren und glaubt nicht einmal an das, was Euer Auftrag ist? Wißt Ihr, wieviel Geld Ihr mir schuldet? Und da besitzt Ihr die Stirn, nach Belohnung zu fragen, nach Anteil an der Beute! Kommt mir erst mal für die Kosten auf, Herr Admiral!«

Der Taxiarchos hatte sich schwankend erhoben.

»Ist das Euer letztes Wort, Herr Präzeptor? Wenn dem so ist – ich könnt's ja auch für ein Hirngespinst halten wie Euer partout schwarzes Trinkgefäß!« Er lachte schallend. »Wenn dem so ist, dann weiß ich, woran ich mit Euch bin!«

»Ihr seid betrunken!«

»Ich bin betrunken«, antwortete der Taxiarchos, »aber das vergeht. Euer Geist ist vom Irrsinn befallen. Und das gilt als unheilbar!«

Mit diesen Worten wandte er sich von Gavin ab und stampfte schweren Schritts aus dem ›Takt‹, während Gavin zusammengesunken in seinem Sessel zurückblieb. Wortlos stierte der dem Taxiarchos nach, Düsternis umwölkte seine Stirn. Aber er ließ ihn ziehen. Dabei tat ihm der Verlust des Freundes in der Seele weh. Nur ein Beutel oder zwei dieses verdammten Goldes, das er hortete, um seinen Plan in die Tat umzusetzen, hätten genügt, den zufriedenzustellen. War er, Gavin, krank im Gehirn? Dann brauchte er einen Mann wie den Taxiarchos erst recht, er brauchte jeden Mann! Gavin Montbard de Béthune wollte den Byzantiner schon zurückrufen, aber er brachte den Kiefer nicht auseinander.

Taxiarchos stand oben an der steinernen Wendeltreppe und lauschte hinab in den Brunnenschacht. Er vernahm die Stimme Jakovs, der sang:
»Was hast du dich um die Wege deines Herrn zu kümmern? Frage nach dem, was dir einzusehen gewährt ist; von dem anderen aber heißt es: ›Laß nicht deinen Mund dein Fleisch in Sünde bringen!‹ Denn nach den Wegen des Allheiligen, nach den oberen Geheimnissen, welche er verschließt und verbirgt, hast du nicht zu fragen!«

Taxiarchos lauschte. Hatte er Gavins Stimme gehört? Irgend etwas hatten die rauschenden Wasser mit geheimen Stollen zu tun, und diese wiederum führten sicherlich zu den unterirdischen Schatzkammern der Templer. Aber er hatte den Zugang nicht entdecken können. Er mußte irgendwo zwischen dem steinernen Felsentor in der Apsis der Sainte-Madeleine und dem Säulenrund des ›Takt‹ liegen. Aber wo?

Der Präzeptor stieg gewiß nicht in den Brunnenschacht; der Abfluß der Zisterne bestand aus faustgroßen Löchern im Turm der Wendeltreppe, und den ›Takt‹ selbst hatte er nie inspizieren können, weil Gavin dort in letzter Zeit sogar zu schlafen schien. Doch hatte er den Präzeptor auch nie einen anderen Weg in die Tiefe nehmen sehen als den, zu dem auch er Zutritt hatte – jedenfalls bislang – und in dessen Verlauf er nie etwas Verdächtiges hatte entdecken können; keine Spur einer Abweichung vom üblichen Mauerwerk, keine ungemörtelte Fuge, kein Hohlraum, wenn man klopfte oder trat. Gut, die Kirche konnte man verlassen, ohne die Pforte zu benutzen, aber das brachte ihn nicht weiter, auch wenn er diesen Auslaß zum Kirschgarten hin jetzt benutzte.

Der Taxiarchos rutschte wie ein Knabe auf der Suche nach dem Schatz durch einen Mauerschacht und landete vor den Hufen etlicher Pferde, die im Garten angebunden waren. An den Schabracken erkannte er sie sofort, es waren »seine« jungen Ritter, die soeben in Rhedae eingetroffen waren und sich an dem Ort unseligen Gedenkens den Staub der Reise von den Kleidern schüttelten, bevor sie vor den gestrengen Präzeptor traten.

»Ai, Capitan!« rief Raoul, der ihn als ersten entdeckte. »Seid Ihr aus dem Mast gefallen?«

»*Par Diaus*! Grüßt man so seinen Schiffsherren?« Der Taxiarchos bemühte sich, seine Trunkenheit zu verbergen, und zwang sich, gute Laune auszustrahlen. Die drei Burschen, den vierten kannte er nicht, riefen auch gleich mit einer Stimme:

»*Viva la suerte! Viva la muerte! Nuestro Señor Amiral!*«

Dann stellte Pons de Levis ihm den fremden Ritter vor.

»Der edle Simon de Cadet, ein guter Freund und Degen!«

»Wie wir will er dem Orden der Templer beitreten«, fügte Mas de Morency hinzu. »Ist der Präzeptor bereit, uns zu empfangen? Wir sind nicht gekommen, um auf den Knien vor ihm zu rutschen!«

Taxiarchos nahm die Gelegenheit wahr, die sich bot.

»Die Laune des hohen Herrn ist grad nicht die beste«, sagte er lachend. »Laßt ihn warten, und erfrischen wir uns erst mal mit einem kühlen Trunk. Seid meine Gäste!«

Das ließen die Burschen sich nicht zweimal sagen. Sie folgten dem Taxiarchos im Gänsemarsch, der sie über den Vorplatz hinunter in die winkligen Gassen von Rhedae führte. Simon und Raoul bildeten die Nachhut.

»Der liebt es, einem guten Wein zuzusprechen?« fragte Simon mit unterdrückter Stimme. Sein Templerbild geriet im gleichen Maße ins Wanken wie der Schritt des vorausmarschierenden Kapitäns. »Gehört er etwa dem Tempel an?«

»Taxiarchos, unser Admiral hat seinen eigenen Orden!« Raoul feixte. »Absoluten Gehorsam fordert auch der Penikrat, zum Saufen, zum Huren und zum Beutemachen! Und die geheime Losung lautet: ›Laß dich nicht erwischen!‹«

»Schande!« entfuhr es Simon. »Da will ich nicht dabeisein!«

»Jetzt habt Euch nicht wie eine alte Jungfer, und leistet uns Gesellschaft!« Raoul lachte.

»Der Taxiarchos ist ein prächtiger Kerl, seinem Großmut verdanken wir es, daß wir am Montségur dabeisein durften. Wir schulden ihm diesen Becher – und im übrigen, die Templer saufen auch!«

»Gut, Belgrave«, sagte Simon fest, »ich bin kein Spielverderber, aber danach will ich streng nach den Regeln leben, beten und kämpfen!«

Sie waren an der Taverne angekommen, wo die Schankmaid sich gleich dem Taxiarchos an den Hals warf.

»Welch schmuckes junges Fleisch schleppt Ihr alter Knochen mir hier an?« schäkerte sie gleich.

»Ein Knochen bleibt hart, auch wenn Ihr ihn in Eurem Sudtopf rührt und kocht!« gab der Taxiarchos es ihr gleich heraus und schlug ihr aufs Gesäß. »Gib uns vom Besten und nicht gepanscht! Die Herren sind Kenner und stechen gleich zu!«

Sie setzten sich auf die Bänke rund um den rohen Tisch, die Maid brachte zwei Krüge und irdene Becher.

»Auf neue Abenteuer!« rief der Taxiarchos, gab dann aber vor, sich bedauernd zu besinnen, daß dies für seine Gäste nicht galt. »Diesmal fahr' ich ja ohne Euch, meine Herren, zu den sonnigen Inseln der Seligen, wo mich seit einem Jahr samthäutige junge Mädchen unter Palmen erwarten, vom weißen Strand springen ihre festen Brüste dem Schiff durch die Dünung entgegen, nur mit Blüten und Muscheln behängt.«

»Wenn's mehr als neun Monde her ist«, spöttelte Mas de Morency, »mag es angehen, daß sie Euch schreiende Kindlein in Windeln darbieten, Papa Taxiarch!«

Da lachten alle, Simon ausgenommen, und der Taxiarchos am lautesten.

»Was soll's!« rief er. »Das Land jenseits des Ozeans ernährt auch die kleinen Mäuler. Milch fällt in großen Nüssen von den Bäumen, Früchte hängen bis ins klare Wasser der Lagune, und die Schönen fangen mit nackter Hand bunte Fische.«

»Nur Fische?« fragte Pons anzüglich. »Ich ließe meinen gleich aus der Hose schlüpfen.«

»Beruhige dich, Pons, die nehmen auch deinen«, erwiderte Raoul mit falschem Ernst, »schlagen ihn auf den Felsen, bis er nicht mehr zappelt, und rösten ihn dann am offenen Feuer.«

»Sagt, Admiral«, unterbrach Mas die genüßliche Schilderung, »wann fahrt Ihr wieder über das Meer des Atlas?«

Der Taxiarchos lächelte. Der erste hatte sich im ausgeworfenen Netz verfangen.

»Spätestens zur Julsonnenwende sollte ich mit meiner Mannschaft wieder in See stechen –«

»Und habt Ihr die schon beisammen?« Pons vermochte seine Begierde nicht zu verbergen.

»Meine Herren!« rief Raoul vorwurfsvoll. »Wem wollt Ihr sonst noch dienen? Wir sind hier, um uns dem Spruch des Präzeptors zu stellen –«

»Der kann uns ja wieder aufs Meer schicken!« rief Pons. Und Mas setzte spöttisch hinzu:

»Vorausgesetzt, die Route verläuft entschieden südlicher als beim letzten Mal!«

»Ich warne Euch«, sagte der Taxiarchos, »diesmal wird es heiß, ihr würdet schwitzen, es sei denn, Ihr liefet herum, wie Gott Euch schuf!«

»Habt Ihr schon vergessen, daß wir dem Königlichen Paar im Wort sind?« rügte Raoul seine Kumpane. Dabei hatte die Sehnsucht nach den Palmeninseln im blauen Meer ihn längst selbst ergriffen.

»Der Dienst bei Ritter Roç Trencavel und seiner Dame Yeza läuft uns doch nicht weg«, gab Mas ihm Schwerthilfe.

Und Pons fragte mit praktischem Sinn:

»Wann wären wir denn zurück?«

»Wenn ich Euch noch anheuern soll«, sagte der Taxiarchos bedächtig, »dann müßt Ihr Euch bald entscheiden, denn der Dienst beginnt mit bestimmten Vorbereitungen, die an Land zu tätigen sind. Schließlich müssen wir uns auf riesige Mengen an Gold und Juwelen einstellen, die uns jenseits des Atlantikos in die Hände fallen werden. Ich kann nur wenige, ausgesuchte, zuverlässige Männer mit mir nehmen –«

»Das trifft doch genau auf uns zu!« rief Raoul das befreiende Wort und hielt seinen Freunden die Hand hin.

»Ohne mich«, sagte Simon, doch keiner hörte ihn.

»Die Fahrt dauert vielleicht vier, fünf Monde.« Taxiarchos tat zögerlich.

»Sei's drum!« rief Raoul. »Schlagt ein!«

Der Kapitän lächelte großmütig und reichte ihm die Hand. Sofort fielen die von Pons und Mas obenauf.

»Darauf müssen wir trinken!« rief Pons. »Die Runde geht auf mich, den männlichen Stolz des Hauses de Levis!«

Die Maid füllte die Krüge nach.

»Die Herren wollen mich entschuldigen«, sagte Simon und stand auf. »Ich bin es gewohnt, zu meinem Wort zu stehen!«

»Das tut Ihr ja!« rief Mas frech. »Grüßt den Präzeptor von uns!«

»Weihnachten hat er uns wieder!« zog Pons nach. »Oder besser zu Epiphania. Da kommen wir als die drei Könige aus dem Land jenseits des Abends, die Hände voller Gold!«

Nur Raoul stand auf und geleitete den Cadet bis vor die Taverne. »Ich weiß, wir sollten uns schämen«, sagte er leise, »am besten ist es, Ihr habt uns nicht gesehen!«

»So mag es wohl sein«, antwortete Simon, »obgleich ich immer noch glaube, Raoul de Belgrave, daß Ihr ein rechter Ritter seid. Ich danke Euch für Gesellschaft und Geleit.«

»Sicher werden sich unsere Wege noch kreuzen, Simon de Cadet. *Beauséant alla riscossa!*«

Da lächelte der Ernsthafte und schritt zurück zur Burg.

»Die rühmliche Begebenheit«, rügte Yeza, »daß Euch, mein Ritter, der Turniersieg in den Schoß gefallen, besagt noch lange nicht, daß Ihr Euch den nicht mehr waschen sollt! Seit unserer Heimkehr hat der Hintern, auf den Euch der Hausherr gesetzt, kein warmes Wässerchen mehr getrübt. Kurzum, Ihr riecht streng aus der Hose, mein Herr, und beleidigt die Nasen meiner Damen.«

Yeza war gut gelaunt, denn sie hatte gerade gebadet. Sie stand, ein linnenes Tuch umgehängt, neben Roç und ließ sich nun von Potkaxl erst mit einer Essenz aus Rosenblüten, Lavendel und Melisse beträufeln und dann kräftig abrubbeln. Ihre hervorblitzende Nacktheit stachelte Roç an, aus seinen Beinkleidern zu schlüpfen, weil er sich sofort erträumte, das Badelaken zu sein, und auch bereit war, die Potkaxl zu ersetzen. Ihre Anwesenheit hätte ihn bei seinem lustvollen Vorhaben wenig gestört, aber sie kränkte ihn als grinsende Zuhörerin der – durchaus berechtigten – Vorhaltungen.

»Du kannst uns allein lassen!« versuchte er die Toltekenprinzessin zu entfernen. Doch Yeza blieb unerbittlich.

»Das Bad ist bereit. Philipp erwartet Euch schon am dampfenden Zuber.«

Roç kämpfte um einen weniger demütigenden Abgang, er badete nicht sonderlich gern, und jetzt verspürte er dazu schon gar keine Lust. Er betrachtete Yezas Brüste, die wie Knospen aus dem Tuch sprangen, ihre langen Beine, ihre wohlgeformten Schenkel, die in ihren kleinen harten Podex mündeten und einmal auch im geheimnisvollen Schatten den Blick auf das Gärtlein freigaben. Darauf hatte er Lust, doch Yeza schlug jetzt das Tuch streng um die Hüften.

»Schließlich, werter Herr«, sagte sie, ohne sich im geringsten von der Lanze rühren zu lassen, die ihr aus den Tiefen seines Unterkleides entgegenwuchs, »ist bald Ostern und einmal im Jahr –«

»Ihr übertreibt«, entgegnete Roç ärgerlich. Wie verführerisch zeichnete sich ihr schlanker Körper durch das feuchte Linnen ab! »Es war Weihnachten, vor unserer ersten Reise zum Montségur, da haben wir beide auf Quéribus –«

»Das war eine rituelle Waschung ohne Lauge, ohne Kräuter!« Yeza lachte. »Die zählt nicht. Außerdem wird es das letzte Mal sein, daß Ihr hier in den Zuber steigen dürft. Xacbert hat sich mit König Ludwig ausgesöhnt und wird Quéribus wohl zurückerhalten –«

»Und dafür soll ich zur Strafe –«, empörte sich Roç, doch Yeza schnitt ihm weitere Widerworte ab.

»Ich habe die Nase voll von diesem Gemäuer und bin froh, es zu verlassen. Doch wißt weder Ihr noch ich – oder wißt Ihr es?«

Roç schüttelte verwirrt den Kopf.

»– wohin uns der Große Plan danach führen wird.«

»Wir sollten als erstes nach Rhedae gehen und uns mit Gavin beraten. Ich werde sogleich –«

»Das erspart Euch keineswegs das Bad! Was soll der Präzeptor von uns halten, denn für ihn stinken wir im Zweifelsfall gemeinsam. Also eilt jetzt, wer weiß, wann sich wieder eine solche Möglichkeit bietet.«

Roç zog ab. Unterwegs gabelte er Jordi auf, und das bestärkte ihn in seinem Vorhaben. Er nahm den Zwerg mit in den Turm, dorthin, wo er des Malers Studio in der geheimen Kammer entdeckt hatte. Wenn er an Rinat dachte, wurde ihm jedesmal flau im Magen. Weniger ob der Gefahr an Leib und Leben, der Yeza und er entronnen waren, sondern weil ihm immer noch schleierhaft blieb, wer da welches Spiel mit ihnen getrieben hatte.

»Rinat war nur ein kleines Zahnrad, das dann ja auch im Räderwerk zerquetscht wurde«, murmelte der Troubadour, als er begriff, wohin Roç ihn schleppte. »Aber wer drehte es, war das Wasser in den Schaufeln, der Wind in den Flügeln der Mühle?«

»Wer auch immer!« antwortete Roç. »Es war kein Poet wie Ihr, Jordi Marvel, noch kann ich Achtung oder gar Bewunderung für ihn empfinden. Zu viele Fehler sind ihm unterlaufen, zu viele, als daß er Pech geltend machen könnte!«

»Und immer haben andere dafür ins Gras beißen müssen«, sinnierte Jordi. »Das begann schon mit unserer ersten Begegnung in jener Taverne. Dann erwischte es Rosamunde, während Ihr in Carcassonne eins über den Schädel bekamt. Dafür wurde der Hauptmann Le Tris an seinen Hammelbeinen gehenkt, schließlich wurde sogar der Schwarze Ritter herbeibemüht – und brachte den Falschen um!«

Sie hatten inzwischen die Kammer erreicht, und Jordi machte keinen Hehl daraus, daß sie ihm durchaus vertraut war. Als wollte er Roçs aufkommenden Argwohn wegwischen, fuhr der Troubadour mit seinen Überlegungen fort:

»Als wenn dahinter ein Prinzip stünde, Gefahren zu erzeugen und gleichzeitig die Erzeuger unschädlich zu machen? Fällt Euch das nicht auf?«

»Doch«, sagte Roç und sah auf dem Tisch einige der geheimen Pergamente, die er suchte, in heilloser Unordnung ausgebreitet, als sei der Entdecker gestört worden. Dagegen sprach jedoch, daß sie bunt bemalt waren, mit apokryphen Zeichen, deren Sinn sich ihm nicht erschloß. Roç betrat zielstrebig den Verschlag hinter dem Bücherregal.

»Es erinnert mich sogar recht kräftig an die geheime Macht, deren – nicht erklärter, aber offensichtlicher – Wahlspruch lautet: ›*Non meta, sed iter!*‹«

»Das klingt nach der Prieuré«, bestätigte Jordi. »Ihre Pilzköpfe, genießbar oder giftig, sind für jedermann im Moos erkenntlich, doch darunter webt der *fungus* seine Fäden im verborgenen, feine Netze, die sich längst jeder Kontrolle entzogen haben. Die Prieuré hat mit unsichtbaren Fangarmen ihre Gegner – die *Ecclesia catolica* und das Haus Capet – so weit unterwandert, daß sich Freund und Feind nicht mehr unterscheiden lassen und sie sich oft mangels echten Gegnern längst selbst bekämpften«, schloß Jordi zu Roçs Erstaunen. Er hatte den Kleinen unterschätzt.

»Der Weg ist insofern das Ziel«, setzte er drauf, um nicht vor dem Troubadour als gelehriger Schüler dazustehen, »als daß ihr gar nichts anderes mehr übrigbleibt! Und mit solch bequemem Orakel läßt sich alles rechtfertigen, jeder Widerspruch, jedes unvorhergesehene Ereignis, jeder Fehlschlag!«

Jordi sah zu ihm auf.

»Das Schlimme ist, es funktioniert«, sagte er fast traurig, »wie man an Euch, dem Königlichen Paar, bestens studieren kann. Ihr habt Euch diesen Spielregeln unterworfen.«

Roç hatte inzwischen begonnen, die Geheimfächer herauszuziehen, als ein Schniefen hinter dem Regal ertönte. Sofort sprang der Zwerg furchtsam zurück und suchte Schutz hinter den Beinen von Roç. Der verharrte erst einmal wie angewurzelt, denn eine Waffe hatte auch er nicht dabei. Welches Tier konnte sich schon hierher verirrt haben? Ein Marder? Sie lauschten. Deutlich hörten sie jemanden rasselnd atmen, entweder war er stark erkältet, oder er starb vor Angst. Vorsichtig, um nicht gebissen zu werden, nahm Roç eine der herausgezogenen Schubladen und hielt sie vor sich wie einen Schild. So bewehrt, schob er sich um das wurmstichige Möbel – und blickte in das verängstigte Gesicht des kleinen Xolua, des Brüderchens der Potkaxl. Der Kleine, er mochte kaum älter sein als sechs, hockte auf einem Haufen von Pergamenten. Roç erkannte sofort, daß es sich um die Lagepläne und Skizzen von Rhedae handelte, nach denen er suchte. Der nächste Schreck ließ nicht auf sich warten. Xolua hatte sich der Farbtiegel und Pinsel des Malers bemächtigt und die kostbaren Blätter mit seltsamen Krakeleien bemalt.

A Diaus, schöner Schatz! fuhr es Roç durch den Kopf, und er wollte dem Kind die Pergamente wegreißen. Doch da traute sich Jordi zwischen Roçs Beinen hervor und näherte sich begütigend lächelnd dem jungen Talent.

»Wo hast du denn diese hübschen Bilder gefunden, Xolua?« fragte er zutraulich, und der Junge zeigte stolz auf die Rückwand des Regals, ein Versteck, das Roç verborgen geblieben war. Jordi streckte seine Hand aus, und Xolua ließ sich bereitwillig aus seiner Höhle ziehen. Sie war vollgestopft mit bemalten Pergamenten.

»Ich bringe den Knaben zu seiner Schwester«, erbot sich Jordi. »Ihr könnt ja inzwischen prüfen, ob sich noch etwas retten läßt. Allerdings kann ich Euch einen Trost spenden: Das Versteck des Schatzes von Rhedae hat auch Rinat nicht entdeckt, nur endlose unterirdische Gänge und Kammern, ein Labyrinth geradezu!«

»Woher wißt Ihr das? Rinat könnte Euch hinters Licht geführt haben – oder Ihr, Jordi Marvel, versucht mich zu täuschen? Ihr könntet genausogut ein Komplize des Malers sein, bedenke ich den Umstand, daß wir Euch und Rinat Le Pulcin zur gleichen Zeit am gleichen Ort zum ersten Mal begegnet sind!«

»Euer reichlich spätes Mißtrauen in Ehren, mein Herr und Gebieter«, antwortete Jordi, »doch müßte Euer Verstand Euch sagen, daß Rinat – und ich nicht minder! – sofort zu seiner Bergung aufgebrochen wär, hätte er in den hier skizzierten Plänen auch nur einen Hinweis auf den Schatz entdeckt. Er hat nichts gefunden – und deshalb bin ich auch noch hier und leiste Euch dienend Gesellschaft.«

»Ich will Euch mein Vertrauen schenken, Jordi, auch wenn man mir dies als unverantwortlichen Leichtsinn ankreiden mag. Doch ich bin an einem Punkt angelangt, an dem mir als die folgerichtige Handlung die erscheint, die bar aller Vernunft begangen wird. Der Prieuré – Ihr, Jordi, könntet ebensogut einer ihrer führenden Köpfe sein wie ein von ihr Verfolgter! –, dieser unberechenbaren Geheimgesellschaft ist nur beizukommen, wenn sich das von ihr ›betreute‹ Königliche Paar, also meine Dame Yeza und ich, von nun an so verhält, wie es von der Logik des Aristoteles her, aber auch vom Gefühl zumindest *nicht* zu erwarten ist.«

»Damit steht die Aussicht halbe-halbe, denn so verhält sich auch die Prieuré.« Der Zwerg grinste. »Sie ist ein Spieler, und ab einem gewissen Stadium wird die Spielleidenschaft zu einer Krankheit des Geistes.«

»Also werde ich Euch jetzt mit den Pergamenten allein lassen, nachdem ich gesehen habe, daß die Materie Euch nicht fremd ist. Vielleicht findet Ihr doch etwas, woran Ihr anknüpfen könnt, und vielleicht laßt Ihr uns daran teilhaben. Ich bringe jedenfalls Xolua in die Küche.«

»Euer Badewasser wird sich inzwischen abgekühlt haben«, sagte Jordi zum Abschied.

»Ich will warm baden!« Xolua, der bisher nur stumm mit großen Augen gelauscht hatte, strahlte über das runde Toltekengesicht. »Dann mach' ich Pipi, und dann male ich weiter!«

Roç nahm ihn schnell an der Hand und verließ mit ihm den Turm. Eines war sicher, und das hatte er auch gegenüber Jordi nicht angesprochen, es fehlte nicht nur das düstere Bildnis des Präzeptors Gavin, sondern auch alle Holztäfelchen mit Yezas Miniaturporträts. Jedenfalls hatte er sie nicht entdecken können. Oder sollte er Xolua danach fragen? Roç beschloß, Potkaxl damit zu beauftragen.

Der Baderaum befand sich gleich neben der Küche. Eine Trittleiter führte hinauf zum Rand des großen Holzbottichs, und ein zweigeteilter Deckel konnte heruntergeklappt werden, daß nur noch die Köpfe der sich gegenübersitzenden Badenden aus den halbrunden Aussparungen herausschauten. Nicht aus Prüderie, sondern um die Wärme zu halten oder gar ein Schwitzbad zu ermöglichen. Roç kannte diesen Ort nur von Dampfschwaden angefüllt und so erhitzt, daß man sich sofort seiner Kleider entledigte. Doch als er nun eintraf, fand er seinen Diener Philipp mit Yezas drei Zofen beim Spiel der ›Blinden Kuh‹. Das Badewasser war so weit erkaltet – Roç prüfte es als erstes mit zögerlich hineingetauchtem Finger –, daß es selbst ihm zu kühl erschien. Er scheuchte die Mädchen mit den Eimern in die Küche, um für Nachschub zu sorgen, und ließ sich von Philipp entkleiden. Geraude streute getrocknete Melisse in den Zuber und goß auch noch ätherische Öle dazu, die nach Zimt, Rosen und Jasmin dufteten. Die sanftäugige Kuh trug nur einen Kittel auf der hellen Haut.

»Wollt Ihr mir Gesellschaft leisten, Jungfer?« flüsterte Roç schnell, bevor die Potkaxl mit den ersten Eimern im Joch aus der Küche kam. »Oder werdet Ihr mir den Rücken schrubben?«

Die weißblonde Geraude errötete bis zu den Haarwurzeln und trat verschämt zurück, als Roç splitternackt an ihr vorbei in den Bottich stieg, denn jetzt erschien auch Mafalda mit einem Eimer, für das praktische Joch war sie sich zu fein. Sie schubste Potkaxl zur Seite, trat dicht an den Rand des Zubers und goß das Wasser genüßlich in Roçs Schoß, ohne jede Scham seine Gemächte unter Wasser beäugend.

»Ich wüßte Euch Badefreuden zu verschaffen«, gurrte sie und machte Anstalten, mit der Hand Geraudens Kräuter zu verrühren, ihr Arm tauchte immer tiefer. Doch Roç kannte seine Dame Yeza, nie und nimmer ließe sie ihn allein ihren Zofen ausgeliefert, deren Fehlen sie bald bemerken würde.

»Schließt den Deckel!« befahl er schroff, und Philipp klappte die Hälfte auf Roçs Seite herunter. Aber er hatte nicht mit Mafaldas ungestümem Drang gerechnet. Mit einem kleinen Schrei, der Erschrecken verkünden sollte, aber nur nach Sinnenlust klang, ließ sich das Fräulein de Levis, den Kittel noch am Leib, in den Bottich fallen.

»Ich bin ausgerutscht!« prustete sie, und schon spürte Roç ihre Zehen an seinem Gekröse spielen. Philipp verschloß ihr wenigstens die Möglichkeit, auch ihr Becken vorwärts zu bewegen, indem er sie in die hölzerne Halskrause zwängte. Und schon sah Roç seine Dame und Herrin herankommen, was der emsig in ihre Beinarbeit vertieften Mafalda verborgen blieb. Yezas Miene verhieß nichts Gutes, zumal sie sich jetzt mit einem Knüppel bewaffnete.

»Laß mich raus!« zischte Roç Philipp an und stemmte seine Deckelhälfte hoch. Der warf ihm ein Badelaken zu, mit dem er seine Blöße bedecken konnte, während Yeza den Knüppel wortlos durch den Griff schob, um Mafalda festzusetzen. Die fing an zu zetern, denn Yeza hatte jetzt auch den Spund gezogen, und das warme Wasser lief in dickem Schwall aus dem Zuber. Doch damit nicht genug. Im Baderaum sprudelte ein kalter Quell in ein Becken und konnte mit Hilfe von hölzernen Rinnen in die Küche geleitet werden. Das eisige Wasser mußte Philipp jetzt in den Zuber umleiten. Mafalda schrie wie am Spieß.

Yeza, die kein Wort gesagt hatte, begann jetzt vor ihren Augen Roç abzurubbeln, bis seine Haut rot wie ein gekochter Krebs wurde, dann ließ sie ihn von Philipp wieder ankleiden und verließ erhobenen Hauptes mit der Potkaxl und Geraude das Bad. Mafalda hatte ihr Schreien eingestellt, sie bibberte nur noch. In der Tür sagte Yeza laut zu Philipp:

»Wenn die Dame Mafalda ihren Badefreuden ausgiebig genug gefrönt hat, schickt sie mir nach. Wir beginnen mit dem Packen.«

Roç entwich durch die Küche und beeilte sich, Jordi im Turm aufzusuchen.

> »Es sprach der König Salomo: ›Kommen werden die Tage
> des Bösen, das sind jene, welche den Menschen umkreisen
> als die Folge seiner Sünden.‹«

Jakov Ben Mordechai stand in sein hohepriesterliches Gewand gehüllt in der Nische des Erzvaters Joseph und sang, mit dem Oberkörper leicht vorwippend, die Anrufung seines Gottes Jahwe.

> »Darum sagte König David: ›Warum soll ich mich fürchten
> in den Tagen des Bösen, wenn mich die in meinen Spuren
> fortlebende Schuld umgibt?‹«

Sein dröhnender Baß erfüllte das Gewölbe von Sainte-Madeleine, und er hatte seine Freude daran. Sollte der Traum vom alttestamentarischen Gottesstaat von den Templern verwirklicht werden, so wie es seinem Förderer, dem Präzeptor Gavin Montbard de Béthune, vorschwebte, würde zum ersten Mal mitten im Herzen des Abendlandes ein religiöser Freiraum geschaffen werden, in dem Juden dieselben Rechte garantiert wären wie den Christen und Muslimen. Wobei immer noch zu fragen war, ob es denn notwendig sei, den Anhängern des Propheten Mohammed so weit entgegenzukommen, denn sie verfügten schließlich über reichlich Land, das sie beherrschten, und verhielten sich ihrerseits ja auch nicht sonderlich duldsam den beiden anderen Religionen gegenüber, die wie sie nur einen, den einen Gott verehrten. Aber Gavin hatte sich auf diese Gleichbehandlung versteift, wohl weil er insgeheim gewillt war, den verfemten katharischen ›Gutmännern‹ Obdach und wirksamen Schutz zu gewähren. Und ein wenig liebäugelte er auch mit so überspannten ismaelitischen Bewegungen wie den Assassinen. Schließlich hatten die Templer bei diesen Fanatikern der Schia ja etliches abgeguckt, vom langen weißen Gewand bis zu den rigiden Regeln. Ein Tempelritter sprang zwar nicht, nur weil sein Großmeister es mit einem Händeklatschen befahl, von der höchsten Mauerkrone in den sicheren Tod, doch verlangte der absolute Gehorsam durchaus, daß er in eine Schlacht ritt, die bereits als verloren galt. Die Brüder ließen sich auch nicht freikaufen, wenn sie in Gefangenschaft gerieten. Die Muslime, insbesonders seitdem die Mameluken regierten, waren deshalb längst dazu übergegangen, sie gleich einen Kopf kürzer zu machen. Allerdings hatte Jakov nie davon gehört, daß einen toten Templer das Paradies erwartete, und ihre Todessehnsucht mußte wohlweislich verborgenen Motiven entspringen, wenn sie denn nichts anderes war als der abschließende Ausdruck ungeheurer Verachtung des Lebens – der gewaltsame Tod als Krönung eines stolzen Erdenwandels –, so wie einzelne Ritter des Ordens ihr Ende mutwillig immer wieder herausforderten. Oder war die tödliche Herausforderung ihr Lebenselixier?

> »Hätte der Mensch nicht gesündigt, würde er nicht den Geschmack des Todes in dieser Welt verkosten. Weil er gesündigt hat, muß er den Geschmack des Todes verkosten, ehe er in jene Welt gelangen kann.«

Das widersprach zwar dem zähen Überlebenswillen, der Jakov als Jude zueigen war, aber schließlich waren die Templer ja nicht das von Gott auserwählte Volk.

> »Da sondert sich der Geist von seinem Körper und läßt ihn in dieser Welt zurück. Und der Geist schwimmt jetzt in einem Feuerstrome, um seine Strafe zu empfangen.«

Der Präzeptor betrat durch den gespaltenen Grabstein die Apsis der Basilika. Mehrere Zimmerleute, denen der Joseph, an dessen leergewordenem Platz Jakov stand, Schutzpatron war, werkelten auf Golgatha. Auf Befehl von Gavin hatten sie nicht nur den Vater des heiligen Kindes, dem sie die Zeugung absprachen, auf den Hügel geschleppt, sondern auch etliche andere Figuren aus den Nischen, wie die der Mutter Maria. Nachdem man ihr das Kind aus den Händen genommen hatte, die es demonstrativ herzeigten, eignete sie sich durchaus als Klagende zu Füßen des Kreuzes.

Wozu Herr Gavin sie ebenso wie die beiden Schächer allerdings auseinandersägen und ihr Inneres aushöhlen ließ, blieb Jakov schleierhaft. Wahrscheinlich waren sie sonst zu schwer, und massives Holz pflegte leichter zu reißen als verleimtes. Daß der alte Joseph die Kreuzigung seines Ziehsohnes Jesus noch miterleben mußte, war Jakov neu. Für ihn war der brave Zimmermann zu diesem Zeitpunkt längst zu den Engeln heimgegangen, die ihm so übel mitgespielt hatten, denn wenn man auch in seiner Gegenwart von »jungfräulicher« Geburt nur rücksichtsvoll tuschelte, waren ihm doch zeitlebens Hörner gewachsen.

Gavin besah sich befriedigt den Fortgang der Tischlerarbeiten und rief dann mit lauter Stimme:

»In der Dreifaltigkeit Namen, komm heraus, Jakov!«

Der Präzeptor wußte genau, wie wenig der Anhänger des Maimonides sich mit dieser christlichen Familienidylle anfreunden mochte. Jakov blieb also stehen und sang noch eine Strophe.

»An jenem Tage, da der Körper zerbrochen wird und die
Seele sich von ihm lösen will, da ist es dem Menschen
verstattet zu schauen, was er nicht schauen durfte, solange
seine Körperlichkeit mächtig war, und da gelangt er zur
Klarheit.«

Gavin wartete geduldig, bis Jakov geendet hatte und sich bequemte, aus der Nische des Joseph herabzusteigen.

»Kein Wunder, daß dem Volke Israels ständig Pogrome widerfahren«, begrüßte der Präzeptor den frommen Mann. »Ihr schlachtet zu

Ostern nicht nur kleine Christenkinder, sondern singt auch noch dazu, und das zu laut!«

»Wir sind keine Christenmetzger, sondern wir schächten«, antwortete Jakov auf den makabren Scherz. »Auch wenn ein alter Ziegenbock wie Ihr, Gavin, als Passahmahl ausersehen wär', müßt' er doch koscher auf den Tisch kommen!«

Der Präzeptor trieb das frivole Spiel weiter.

»Mir würde des Heiligen Geistes Täublein besser munden, mit Zimmet bestreut und gehackten Mandeln im Ofen gebacken. Ist heute nicht Freitag?«

Jakov war durch keine Blasphemie zu erschüttern.

»Der Tag, an dem ihr den Sohn Gottes ans Kreuz schlugt, um ihn als Menschen unmenschlich sterben zu lassen! Weil am nächsten Tag die Sabbatruhe nicht gestört werden sollte!«

»Wieso wir?« hakte Gavin nach. »Ihr Juden habt diese Schuld auf Euch geladen –«

»Stammten Pontius Pilatus und seine römischen Legionäre etwa vom Hause Davids ab? Als Aufrührer fiel Jesus der Nazarener unter ihre Militärgerichtsbarkeit, daher das Kreuz. Wir hätten ihn gesteinigt.«

»Nach dem *Codex militaris* hätte er hängen bleiben müssen, bis die Geier seine Knochen vom sündigen Fleisch gesäubert. Unser Herr Jesus Christus wurde aber noch in gleicher Nacht abgenommen.«

»Fragt sich nur, warum?« Jakov genoß es sichtlich, mit dem Präzeptor zu streiten. »Weil er schon als tot angesehen wurde oder als noch lebendig?«

»Keine Frage ist hingegen, daß Pontius Pilatus bestechlich war, wenn die Summe nur hoch genug.«

»Das gilt wohl für jeden Amtsinhaber«, sinnierte Jakov, »doch bedenkt nicht so sehr den Empfänger, sondern den Geber, den reichen Onkel Joseph von Arimathia. Zahlt man soviel für eine Leiche, nur für ein schönes Begräbnis? Oder gibt man die gewaltige Summe aus, um ein kostbares Leben zu retten?«

»Alles, was danach geschah, spricht für das Überleben. Den Schächern rechts und links wurden die Beine gebrochen, damit vor

Beginn des jüdischen Feiertages der Tod durch Ersticken eintreten konnte, unser Herr Jesus wurde nur von einer Lanze geritzt und bereits für tot erklärt. Er durfte – wider jede Vorschrift – von seinen Angehörigen vom Kreuz abgenommen werden, wurde in eine als Notlazarett vorbereitete Höhle, die zur Sicherung mit einem Stein verschlossen wurde, ganz in der Nähe, verfrachtet und sofort von medizinkundigen Essenern verarztet. Die zwei Wächter davor? Keine Engel, sondern ebenfalls Mitglieder der Sekte, der Jesus selbst angehört haben soll. Zwei Essener in langen weißen Gewändern.«

»Vorläufer der Templer!« spöttelte Jakov, doch Gavin ließ sich nicht beirren. »Nach dieser Ersten Hilfe wurde er noch – in gleicher Nacht – in ein Hospital überführt, einzig der Stein blieb zerstört zurück.«

»Um Spuren zu verwischen – oder um die Legende von der Entrückung, der ›Auferstehung‹ vorzubereiten?«

»Nur keinen Neid, Jude!« fuhr ihm der Templer über den Mund. »Der Herr wurde an geheimem Ort gesund gepflegt und durfte – nach vierzig Tagen als geheilt entlassen – danach noch Abschied nehmen von seinen Jüngern.«

»Das Pfingstfest! Nur wenige seines Gefolges waren in das Komplott eingeweiht, nur die, deren Geist nicht überfordert war. Petrus gehörte nicht dazu, wohl aber Johannes und Judas, der an der Durchführung beteiligt war. Dem Rest der Jünger mußte es als Wunder erscheinen, das dann nur noch mit der Himmelfahrt abzuschließen war, denn ›spurloses Verschwinden‹ ins Exil samt Familie war eine der Bedingungen des Pontius Pilatus gewesen, nur unter dieser Voraussetzung hatte sich der Gouverneur überhaupt empfänglich gezeigt für die Pläne der Verschwörer. Keiner sollte ihn beim Kaiser in Rom anschwärzen können, er habe einen Staatsfeind geschont.«

»Der Aufwiegler Jesus mußte ein für allemal für tot gelten, am Kreuz verstorben!« triumphierte Gavin. »Das hat doch wundervoll funktioniert!«

»Es war die Geburtsstunde der Prieuré de Sion«, bestätigte ihm sein Kabbalist gern. »Alles, was mit dieser Vorgabe nicht im Einklang zu bringen war, verklärte sich als übernatürlich, als Wunder Gottes! Insofern haben die Urheber der ganzen Machenschaft den Pontius reingelegt: Der wieder auferstandene Jesus Christus wurde unsterblich; er löste eine Bewegung aus, die Rom noch manch' Ungemach bereiten sollte, bis dann die selbsternannten Nachfolger des Propheten Jesu dort als Päpste die Macht übernahmen.«

»Da seht Ihr mal wieder, werter Jakov, daß übertriebene jüdische Geheimbündelei sich letztlich gegen Euch wendet. Hättet ihr damals den Mann nicht vom Kreuze losgekauft, wäre Euch viel Ärger erspart geblieben. Pontius Pilatus wusch sich die Hände in Unschuld. Er hatte kassiert und mußte nicht einmal garantieren, daß der Tod des Delinquenten nicht schon am Kreuz eintrat, Wundschock, Blutvergiftung – er überließ es dem Schicksal. Ihr eifrigen Juden dagegen setztet all eure Fähigkeiten von Kriegskunst bis zur Medizin, samt Giften und Gegengiften ein, um den Mann erst scheintot erscheinen zu lassen, bevor ihr ihn wieder zum Leben erwecktet und ihm schließlich noch zur Unsterblichkeit verhalft. ›Sitzend zur Rechten Gottes‹ – allein dafür gebührt euch der Lorbeer!«

»Es wurde uns nicht nur nicht gedankt«, gab Jakov ihm recht. »Die Tatsachen wurden gegen uns verdreht, der verhinderte Tod wurde uns als Mord in die Schuhe geschoben, und bis heute gefallen sich die Christen, die des Juden Jesu Leib, Leben und Sterben vereinnahmt haben, darin, uns die Hölle auf Erden zu bereiten. Ihr habt recht, Gavin, hätten wir uns rausgehalten aus diesem Prozeß von der Anklage bis zur Verurteilung und Hinrichtung, dann –«

»– dann gäbe es heute auch keinen Orden der ›Armen Ritter vom Tempel Salomonis‹. Wir haben also allen Grund, euch vom Stamme Davids dankbar zu sein!« Gavin lachte.

»Denkt nicht, Herr Präzeptor, daß es ohne euch Christen viel anders gekommen wäre. Irgendein Messias steht immer vor der Tür, und wir, das auserwählte Volk Gottes, würden stets von Anhängern irgendwelcher Propheten angegriffen werden, schon aus Neid, weil Gott der Herr mit uns unmittelbar spricht!«

»Ist es nicht vermessen oder blind, sich nach über tausend Jahren Diffamierung und Rechtlosigkeit, Drangsalieren und Verfolgung, immer noch für ›auserwählt‹ zu halten?«

Gavin stellte diese Frage ausnahmsweise ohne seinen üblichen Sarkasmus, und Jakov ging auch gleich darauf ein.

»Wollt Ihr uns beerben, Herr Präzeptor? Ist Euch das Ding, das Ihr verehrt, das Haupt des Baphomet zu Kopfe gestiegen? Oder haltet Ihr den Gral für von Gott gesandt? Wollt Ihr den Stein, den Ihr nicht einmal vorweisen könnt, mit den Gesetzestafeln der Bundeslade vergleichen, die Jahwe dem Moses gab?«

»Die sind Euch auch abhanden gekommen, werter Herr, samt der Bundeslade. Ihr Juden lebt vom Klagen über den Verlust, von der Erinnerung an eine Vergangenheit, in der noch der Tempel zu Jerusalem stand –«

»Daß er dort stand, werdet Ihr nicht bestreiten wollen, habt Ihr doch den Namen Eures Ordens bei klarem Verstand gewählt. Doch wonach Ihr auch gegraben habt im Erdreich der Pferdeställe Salomonis, gefunden habt Ihr nichts. Denn was bräuchtet Ihr sonst so etwas wie den Gral?«

»Ihr klammert Euch an das alte Gesetz«, sagte Gavin. »Aber die Zeit ist weitergeschritten; mit Jesus Christus hat das Neue Testament Gültigkeit erlangt –«

»Menschenwerk!« Zum ersten Mal wurde die Stimme Jakovs schärfer. »Oder wollt Ihr die armseligen Schreiberlinge, diese Evangelisten, mit unseren Propheten gleichsetzen? Also, sagt mir: Was bedeutet Euch der Gral?«

Gavin schwieg. Er rang mit sich, einerseits, weil er sich nicht so sicher war wie der Jude, der fest in der Tradition stand, zum anderen, weil er das wenige, das ihm vom Gral zugänglich gemacht worden war, dem Andersgläubigen nicht preisgeben wollte. Er konnte Jakov nicht enthüllen, daß die Templer vom Demiurgen erwählt, die Welt zu beherrschen, und daß ihr Jahve nichts anderes sei als eben der Demiurgos, der Herr dieser Welt.

»Das neue Gesetz ist in einem schwarzen Stein verschlüsselt«, gab er preis, »der sich in ein Größeres fügt, in dem das Wissen der Welt enthalten. Der Schlüssel dazu liegt im Schwarzen Kelch, dem Wächter über Wechselwirkung und Verbindung von Makrokosmos und Mikrokosmos. Ohne ihn werden wir den Stein unserer Vergangenheit im All und unserer Zukunft in den Sternen niemals erfahren –«

»Ist das der Gral?«

»Er ist es, und er ist es nicht«, schränkte Gavin ein. »Der Schwarze Kelch ist eine Erscheinungsform des Gral, uns zu prüfen. Verwechseln wir Schein und Sein, sind wir der Suche nach dem Gral nicht länger würdig!«

Jakov schien wenig überzeugt.

»Vergeßt nicht, der Herr der Finsternis ist auch der Lichtbringer, die schwarze Materie des Seins ermöglicht erst das Scheinen Eures Gral –«

»Versucht nicht die Botschaft des Lichts und der Liebe in Eurer dunklen, traurigen Erdengruft zu verscharren, Jakov! Sie mit dem Zorn Eurer Väter zu ersticken! Der Gral ist der leuchtende Befreier! In seinem Zeichen sind wir zum Kampf um die Herrschaft angetreten, wir, die Ritter vom Tempel, nicht seine duckmäuserischen Diener!«

»So verehrt Ihr den Schwarzen Kelch?« Mit dieser Frage suchte Jakov den Präzeptor festzulegen, doch der wich aus.

»Ihn zu suchen ist uns auferlegt, Verdammnis und Heil zugleich!«

»Daran glaubt Ihr, Gavin Montbard de Béthune?«

»Wenn ich seiner für würdig befunden und seiner teilhaftig werden dürfte, ich ließe ihn nicht vorübergehen, sondern wollt' ihn leeren bis zur bitteren Neige.«

Jakov schien gar nicht hingehört zu haben.

»Warum werden dem Sterbenden die Augen geschlossen?« stellte er seine Gedanken laut in den Raum, ohne die Frage an den Templer zu richten.

»Weil in den Augen die Farben dieser Welt sind. So wird, indem die Augen geschlossen werden, die ganze Erscheinung dieser Welt verdunkelt.«

Gavin schloß die Augen und nahm das Bild in sich auf.

Jakov fuhr fort:

»Solange das Fleisch, das von der ›anderen Seite‹ stammt, besteht, hat der Satan darüber die Macht. Geht aber das Fleisch zugrunde, verliert er das Recht daran, da er seine Stütze verloren hat. Weshalb es vom Menschen heißt: ›Sein Fleisch verschwindet vor dem Blick, zerrieben werden seine Gebeine, daß man sie nicht mehr sehen kann.

Satan, der sein Werk der Hinderung fortführen will, nun wird er ohnmächtig, »sein« Fleisch verschwindet, er kann den Menschen an nichts mehr in der Welt »erinnern«.‹«

Die verschwiegene Kapelle des Louvre war im Dämmerlicht gehalten. Ihre nachtblau leuchtenden Scheiben bewirkten Gelassenheit, strahlten eine milde, weihevolle Stimmung aus, kaum gestört durch die sepiafarbenen Figuren und bewußt in brennendem Rubin gesetzten Akzente.

König Ludwig liebte diesen Ort. Hier konnte er stundenlang, zu Boden geworfen, sich ins Gebet versenken, allein in seiner Zwiesprache mit Gott. Noch weit mehr Inbrunst überkam den frommen Monarchen, wenn der Maître Robert de Sorbon sich die Zeit nahm, ihm, dem großen Sünder, die Beichte abzunehmen. Er brannte dabei weniger auf die auferlegten Bußstrafen, die ihm allemal zu gering deuchten, als auf den Vorgang der *confessio* selbst. Das verstohlene Hineinschlüpfen in das dunkle Gehäuse, das sich Herandrängen an das Gitter, hinter dem sein Zuchtmeister ihm die peinvollen Fragen flüsternd stellte, das hatte für Ludwig etwas von dem Rock einer Frau, unter den er als Knabe gekrochen war, Lust als Strafe empfindend, Strafe mit Lust empfangend.

Heute war der Tag des Herrn de Sorbon. Ludwig wußte, daß der in dem engen Beichtstuhl schwitzte, erbost, daß der Monarch ihn warten ließ, obwohl in der Universität sich wissensdurstige Studenten um sein Katheder drängten. Und er, der Trismegistos aller *doctores*, vertrödelte hier seine kostbare Zeit.

Es lag ihm schon daran, mit dem König zu sprechen, die Staatsgeschäfte bedurften einer klärenden Aussprache, aber Ludwig würde sich taub, ja blind stellen. Er verweigerte sich schlichtweg, wie es so seine Art war. Also blieb ihm, dem Maître, nichts anderes übrig, als voll ärgerlicher Ungeduld zu warten, bis der König sein graues Haupt in den schwarzen Kasten steckte.

Endlich hatte der heilige Ludwig sich ein Sündenregister ersonnen, das ihm ausreichend erschien, wozu er auch abschließend noch zählte, wie bösartig es von ihm war, den ehrwürdigen Herrn de Sorbon so lange schmoren zu lassen. Er erhob sich und ging unsicheren Schritts auf das Gehäuse zu, schob lustvoll den Vorhang beiseite und kniete auf der harten Bank nieder.

»*In nomine Patris, et Filii et Spiritus Sancti*«, murmelte der Maître hastig, um gleich fortzufahren, »*ego te absolvo a peccatis tuis*. Der besagte Präzeptor der Templer von Rhedae, von allen guten Geistern verlassen, scheint bereit und gewillt, unmittelbar loszuschlagen!«

»O Herr, gib mir deinen Frieden«, stammelte der König, »laßt uns darum bitten: *Da servis tuis pacem*.«

»Es ist eine Unabhängigkeitserklärung vorbereitet«, schnaubte der Sorbon, »sie wollen auf einen Schlag unsere Garnisonen entwaffnen, beginnend mit Carcassonne.«

»Frieden auf Erden«, murmelte Ludwig, »und den Menschen ein Wohlgefallen.«

»Der Posten des Seneschalls ist an diesem gefährdeten Ort immer noch unbesetzt«, fuhr der als Beichtvater verkleidete Mahner fort. »Wolf von Foix, der Faidit, scheint keineswegs den Tod gefunden zu haben. Seine Stadt wird ihm die Tore öffnen, Xacbert de Barbera dankt Eure Milde schlecht und sammelt Unzufriedene beidseits der Pyrenäen, und auf den Levis von Mirepoix ist kein Verlaß. Die Templer sollen riesige Waffenlager angelegt haben, genug, um jedes Söldnerheer zu bewaffnen, das die Verschwörer anwerben. Johannes von Procida, der Agent Siziliens und Aragons, ist in Rhedae gesehen worden –«

»Frieden, Herr, ich flehe Euch an, gebt Frieden!« keuchte der König, der von allem nichts wissen wollte, doch der Maître war unerbittlich.

»Frankreich droht höchste Gefahr. Der aufrührerische Präzeptor hat nach Roç und Yeza gesandt. Sie sollen Quéribus verlassen, das Ihr, Majestät, ihnen als Aufenthaltsort zugewiesen habt. Wenn sich das Königliche Paar, diese Erben des Gral, an die Spitze der Erhebung stellen, dann stehen Okzitanien, das Roussillon und das Languedoc, in den Flammen des Aufruhrs. Aragon wird den Friedensvertrag von Corbeil brechen!«

»Hört auf, Sorbon – Ihr versündigt Euch an dem Amt, das Gott Euch erteilt!« Die Stimme Ludwigs überschlug sich vor Erregung. »Was Euer Mund da von sich gibt, ist des Teufels. Macht Ihr Euch zu seinem Werkzeug, soll doch meine Seele nicht in seine Klauen fallen: ›*Pater noster, qui es in caelis, ne nos inducas in tentationem. Sed libera nos a malo.*‹«

»Das Übel, Majestät, ist die Häresie, die sich gegen Gottes eigene und einzige Kirche, die alleinseligmachende *Ecclesia catolica*, dort in Euren Landen ausbreiten wird. Ihr ladet eine Schuld auf Euch, von der ich Euch nicht freisprechen mag.«

»Falscher Priester!« bellte der König und schlug mit den Fäusten gegen das Gitter, das ihn von seinem Beichtvater trennte. »Ich will Frieden, und Ihr treibt mich in das Höllenfeuer! Ich will meine Sünden beichten, Ihr häuft neue auf mich! Geht, ich mag Euch nicht mehr hören!«

Ohne die Befolgung des Befehls abzuwarten, sprang Ludwig auf und rannte, wie von Furien gehetzt, aus der Kapelle des Palastes. Doch noch bevor er die Tür erreichte, mäßigte er seinen Schritt und zwang sich zu der Würde, die einem gekrönten Haupt ansteht.

Eine schmucklose schwarze Sänfte war gleich neben dem Ausgang abgesetzt worden, vier Templer standen regungslos neben dem unheimlichen Gehäuse. Schwarze Vorhänge verwehrten Einblick in das Innere. Hatte der Satan schon ungehinderten Zugang zur letzten Zuflucht seiner Seele? Daß diese Templer sich zur Eskorte hergaben, bestätigte nur den Verdacht, den Ludwig schon lange gegen den Orden hegte. War der Teufel *in personam* hier eingedrungen, um seinem Sündenregister zu lauschen? Saß gar nicht der Maître de Sorbon im Beichtstuhl, sondern hatte ihn der Satan versucht? Ludwig schlug hastig das Kreuz und versuchte, sich an der Sänfte vorbeizudrücken. Da schob sich eine behandschuhte Hand aus dem Vorhang, ergriff ihn am Saum seines Mantels.

Die knöcherne Hand einer alten Dame, durchfuhr es den König, der begriff, mit wem er es zu tun hatte. Er wollte mit der nichts zu tun haben! Nicht bei Gott und allen Heiligen! Doch die Stimme nagelte ihn fest. Sie war brüchig, aber ihre Schärfe duldete keinen Widerspruch.

»Sorgt Euch nicht um den Frieden Eurer Seele«, sagte sie deutlich. »Es wird keine Revolte des Südens geben. Darauf habt Ihr mein Wort, Majestät!«

Die Hand ließ den Mantelsaum los und zog sich langsam zurück wie eine Muräne in ihre Höhle. Der König stolperte über die Schwelle der Pforte, weil er noch einmal das Kreuz geschlagen hatte, statt auf seine Füße zu achten.

> *»Altas undas que venez suz la mar,*
> *que fay lo vent çay e lay demenar,*
> *de mun amie sabez novas comtar,*
> *qui lay passet? No lo vei retornar!«*

»Mein Näslein schnuppert Reiseluft«, seufzte der kleine Jordi, kaum daß er seiner Laute die letzten Töne entlockt hatte, sie perlten unter seinen Zwergenhänden hinweg und verschwanden wie ein Hauch. »Mir ist so weh ums Herz und bin doch froh gestimmt! Das bedeutet Ferne.«

Der Troubadour schaute sinnend durch die offene Tür der Gesindestube in den sonnigen Hof.

»Grad wo die Sommerwärme unsere Mauern zu liebkosen beginnt«, klagte Geraude, »die Wiesen erblühen, da zieht es Euch, Meister Jordi, in die Fremde?«

»Wir werden nicht gefragt«, bedeutete Philipp der scheuen Zofe, »sondern haben zu packen. Mir ist es immer recht mit dieser Herrschaft, sie gibt meinem Leben Sinn und Abenteuer mannigfalter Art als Dreingabe!«

»Das gefällt auch mir«, schwärmte die Potkaxl, »statt daß ich tot bin, weil mir der Priester das Herz herausschneiden wollte, kann ich es jetzt jeden Morgen, den ich erwache, pochen hören. Mein Mund mag kussen; mein Schoß erfreut die Männer; und mein Kopf schwirrt und dröhnt vor lauter Lust; meine Augen trinken, und meine Adlernase« – sie lachte Jordi zu – »schwingt sich auf in die Lüfte, bereit, auf jeden neuen Ort niederzustoßen – mag er noch so fern, noch so fremd sein!«

»Das nenn' ich Treue!« spottete Mafalda. »Der Priester hätt' Euer Herz ruhig herausschneiden sollen. Ihr braucht es nicht! Euch reicht die Möse!«

»Nur kein Neid!« rief Jordi. »Unsere Potkaxl ist sich selber treu und, was ihr Nest zwischen den Beinen anbelangt, voller Ehrlichkeit!«

Philipp gab sich die Blöße der Eifersucht.

»Wie Ihr, Herr Trovère, die Damna preist, sollte man meinen, Ihr wolltet selbst in diesem Adlerhorst mit aufgesperrtem Schnabel um Atzung betteln, doch Ihr seid kein Adler!«

»Ach, lieber Herr Philipp, die Vöglein reißen das Maul nicht so weit auf, kuscheln dafür mit zartem Gefieder, es ist eine Lust, sie im Nest zu haben.«

»Ach ja«, sagte Geraude, die nichts verstanden hatte, »ich mag auch lieber Spatzen und Finken im Schoß, die streicheln so allerliebst.«

»Ihr solltet mal, werte Geraude, einen Schwan ranlassen.« Mafalda machte aus ihrer Verachtung für die warmherzige Geraude keinen Hehl. »Da wird Euch gleich anders werden.«

»Jetzt ist's genug mit der Vögelei in feuchtheißen Nestern!« beendete Philipp das Hacken und Turteln. »Jetzt wird gepackt! Die Weiber die Wäsche, Kleider und Betten in die Truhen! Wir« – er wandte sich an Jordi – »kümmern uns um die Pferde, das Rüstzeug, Teppiche und Möbel, die auf die Wagen zu laden sind.«

»Ich werde die Küche antreiben«, sagte Mafalda, sich ihres Status einer Hofdame besinnend. »Sämtliche Vorräte, Kessel und Pfannen, Fässer und Krüge und alles Geschirr sind zu verstauen!«

»Das tat der armen Yeza mal wieder richtig gut!« stöhnte die Dame und schlang ihre Arme um Roçs Hals, sein Gesicht noch einmal zu sich herabziehend, damit sie ihn lange und zärtlich küssen konnte. Roç sah nur ihre Augensterne, dieses flirrende Strahlen der grünen Iris, das ihn an klare Seen in den Bergwäldern gemahnte, deren Tiefe nur zu erahnen blieb, und an die fernen blinkenden Lichter am nächtlichen Himmelszelt in der reinen Luft der Wüste. Diese Augen brachten ihn um den Verstand, sein Körper vibrierte gleich wieder mit jeder Faser, sein Blut toste von neuem, wo er sich doch dem sanften Erschlaffen hingeben wollte, das Yeza ihm so einladend zu gestatten schien. Doch genau damit überlistete ihn die Durchtriebene. Indem sie sich geschlagen gab, erschöpft und sich ergebend, lockte sie ihn zur Verfolgung der Flüchtenden, verführte ihn zur Bestrafung der Gefangenen, und schon wuchs ihm die Lanze. Gegen jeden Vorsatz setzte sich der Ritter wieder in Trab, Stoß für Stoß seinen Sieg auszukosten. Hätte die kluge Dame ihn gefordert, er hätte protestiert, wäre sich vergewaltigt vorgekommen und hätte mitleidheischend oder mit sonst einer dummen Entschuldigung schlappgemacht. Aber so spielte sie das Opfer, und der Kriegsherr kannte keine Gnade. Bald schon galoppierte er voller Ungestüm durch das wohlbestellte Gärtchen, über den gefurchten Acker ihrer Lust, und Yeza konnte unversehens wieder ihre nackten Beine um seine schönen, schmalen Hüften schlagen, ihr Becken dem Anstürmenden wie einen Schild entgegenstemmend. Erst gab sie ihm die Sporen, dann die Peitsche. Jetzt konnte dem Ritter ruhig schwanen, wer hier der Herr und wer Geschirr. Yeza war das wilde Pferd, und Roç mußte zusehen, im Sattel zu bleiben. Sie tobte mit ihm davon, er ließ sich mitreißen und stampfte über taufrische Wiesen tief in trügerischen Morast; er preschte durch aufspritzende Flüsse, wobei der Wasserfall immer näher kam. Ein Rauschen kündigte ihn an, schwoll zum Dröhnen in aufstäubender Gischt, der Sturz ins Leere, an perlenden Kaskaden vorbei, das Eintauchen in die gläserne Stille. Wie immer waren Roç und Yeza auf dem Höhepunkt ihrer Lust gemeinsam gesprungen, und Hand in Hand ließen sie sich wieder zur Oberfläche treiben, beseelt von dem Glück ihrer Liebe, beglückt von der Freude, die sie aneinander hatten.

»Daß Ihr nie genug bekommen könnt, mein Herr!« rügte Yeza ihren Geliebten und ahmte sein Schnaufen nach. »Keine Schonung für die arme, kleine Yeza!«

Roçs Atem ging schwer, doch er raffte sich zur entschiedenen Entgegnung auf.

»Noch mal verfall' ich nicht der Märchenfee, die mir die Säfte aus dem Körper saugt!« Er schnaufte tatsächlich, so wie Yeza es ihm vorgemacht, was ihn belustigte. Roç hielt sein Ohr an ihre Brust. »Ich höre kein Herz schlagen!« flüsterte er. »Ihr seid tatsächlich eine Zauberin!«

Yeza biß ihn zärtlich in den Nacken.

»Ihr, Roç Trencavel, seid der Ritter, der mich erlöst. Schwarze

Magie hatte mich zur schlimmen Fledermaus verhext – hört Ihr mein kleines Herz jetzt pochen?«

Roç mochte sich nicht geschlagen geben.

»Das war das letzte Mal, Prinzessin, daß ich um Euch freite auf dieser finstren Burg. Bald kehrt der Drache heim, laßt uns fliehen!«

»Macht mir aus dem braven Xacbert kein feuerschnaubendes Ungeheuer!« Yeza lachte. »Und Grund zur Flucht besteht auch kein rechter –«

»Aber Anlaß genug«, murmelte Roç, »nicht von ungefähr will Gavin uns sehen –«

»Ich habe bereits Order zum Richten und Verladen unseres großartigen Haushalts gegeben –«

»Drei Karren stehen in der Remise. Das reicht allemal!«

Yeza wirkte heiter.

»Einen allein braucht schon meine Hofdame für ihren Plunder, das Fräulein de Levis!«

»Wollt Ihr die etwa mitnehmen?!«

»Gewiß doch, mein Herr, ich will Eure heimlichen Gelüste beileibe nicht auf Geraudens Fleischesschwäche beschränkt sehen oder auf Potkaxls heftige Willigkeit. Außerdem ziert mich die Dame Mafalda!«

Roç schluckte. »Habt Ihr dem Gesinde eröffnet, daß die Reise weit in die Ferne führen könnt'?«

»Gewiß, mein Herr und Gebieter, außer dem besagten Damenflor und Eurem Diener will uns auch keiner folgen.«

»Und Jordi?«

»Der kommt mit!«

»Ein stattliches Aufgebot für ein Königliches Paar!«

»Denk an die Heilige Familie«, tröstete Yeza ihn, »die war nur zu zweit – und ein Esel!«

»Maria trug ein Kind unter dem Herzen.«

»Das will ich mir für die Reise ins Ungewisse sicher nicht antun, und außerdem seid Ihr kein Engel, Roç Trencavel.«

»Wenn wir unser Ziel erreicht haben, dann könnten wir doch –«

»Wenn, mein Liebster, dann gerne, am liebsten Zwillinge!«

Philipp klopfte an die Tür des Schlafgemachs.

»Der Perfectus steht vor dem Tor, der gute Mauri En Raimon!«

»Gebt ihm in der Küche Speis und Trank; danach sind wir bereit, ihn zu empfangen.«

Roç stemmte sich hoch, bewunderte noch einmal ausgiebig Yezas hingestreckten Körper, bis sie ihm den Rücken zuwandte und das Laken über sich zog. Er stieg in seine Beinkleider.

»Geht nur voraus«, sagte Yeza, »ich brauch' etwas länger, weil ich mich wasche.«

Roç schüttelte den Kopf, schlüpfte in seinen Kittel und wandte sich zur Tür. Dann übermannte ihn doch der Wunsch, von Yeza geküßt zu werden. Er schlich zurück, kniete sich neben das Lager und hob das Laken, um ihre Schenkel zu liebkosen. Da fuhr Yeza herum und zog seinen Kopf an sich. Roç wußte, was geschehen würde, wenn er sich auf ihre Wünsche einließ. So suchte er ihre Lippen und hielt seine Zunge im Zaum.

»Ich vergaß, Euch mitzuteilen, meine Dame, daß ich über alle Maßen –«

Weiter kam Roç nicht. Sie verschloß ihm den Mund, und sie lagen schweigend ineinander verknäult, ineinander hineinhorchend, den Geruch des anderen aufsaugend und dessen Wärme wie die eigene spürend, bis Philipp zum zweiten Mal klopfte.

»Mauri En Raimon hat einen dringenden Brief von dem Herrn Präzeptor.«

Roç empfing den Besucher im Donjon. Er wollte mit dem Lesen des Briefes warten, bis auch Yeza eingetroffen war, und richtete daher an den Alten, den Xolua heraufgeführt hatte, eine Frage, die ihn schon lange bewegte.

»Ihr seid ein Perfectus, ein Katharer in Vollendung und höchster Reinheit«, begann er umständlich, »oder seid Ihr ein Druide, ein hoher Priester der Naturgewalten und der geheimen Magie?«

Diese Einleitung gewann Mauri ein Lächeln ab.

»Nehmt von jedem etwas, mein Herr, schüttelt und verrührt die Mixtur, dann habt Ihr eine Mischung, die alles andere als bekömmlich ist, verständlich schon gar nicht!«

Die Antwort verwirrte Roç, was er aber ungern zugeben wollte. Deshalb setzte er altklug hinzu: »Gewiß, keiner ist vollkommen.«

»Da kommt Ihr einem Katharer schon näher«, entgegnete Mauri, »denn seine Welt ist gespalten, zwiegeteilt, denn sie ist des Teufels!«

»Schuf nicht Gott diese Welt?«

»Nein, denn dann wäre sie nicht so, wie sie ist. Satan ist der Schöpfergott, das hat schon Johannes erkannt, und es ist auch in der Geheimen Offenbarung niedergelegt. Der Lichtbringer schuf alles Sichtbare und Vergängliche, die Materie und deshalb auch den Menschen. Der wahre Gott schöpft nicht, erscheint nicht. Er ist, er war, und er wird sein, überall, ewig, omnipotent. Sein bleibt die menschliche Seele!«

»Ist Gott nun gut oder böse?« Yeza war leise in das Turmgemach getreten.

»Eigentlich ist er alles«, wägte Mauri ab, »doch um das in seiner Allumfassenheit zu begreifen, muß man wissen, wie das Gute in die Welt des Bösen geriet.«

»Nicht umgekehrt?« hakte Yeza ein.

»Besser nicht!« ereiferte sich der Alte. »Einst waren unsere Seelen rein, lebten als Engel, so auch Satan. Doch er verführte die Engel. Zur Strafe wird er aus dem Himmel gestürzt, reißt einen Teil der Engel mit sich, wie auch Sonne, Mond und Sterne. Sie stürzen hinab auf unsere Erde, werden von Satan in dessen Materie, unsere Körper, gezwungen.«

»Also doch!« stellte Roç nachdenklich fest. »Aber wo bleibt eigentlich der Geist?«

»Die Engelsseele hat ihren Leib im Himmel zurückgelassen, die irdische Hülle ist nur ihr Kerker. Das Bindeglied zwischen Leib und Seele ist der Geist, zwischen Himmel und Erde schwebend, auf steter Suche nach einem Ausweg. Er bringt der Gefangenen Licht in den Kerker, er ›erleuchtet‹ die arme Seele. Der Mensch wird zum ›Katharos‹, nur noch darauf bedacht, seine Ketten, seine Hülle, abzustreifen und als befreite Seele wieder in die himmlische Heimat aufzusteigen.«

»Demnach können auch wir echte Katharer werden, wenn wir den Geist des Parakleten bereitwillig empfangen«, erklärte Yeza. »Das ist wirklich sehr tröstlich.«

»Laßt uns jetzt bitte den Brief lesen, den Ihr uns aus Rhedae gebracht.«

Mauri nestelte das Schreiben aus seinem Gewand und reichte es Roç. Der Alte machte Anstalten, sich zurückzuziehen, doch Yeza bat ihn zu bleiben und bot ihm einen Hocker an.

»Ich habe dann noch eine Frage an diesen weisen Mann«, beschied sie mehr ihren Gefährten als Mauri En Raimon.

Roç hatte das Siegel aufgebrochen und las die Zeilen mit halblauter Stimme, Yeza schaute ihm über die Schulter. Der Brief begann unvermittelt und wirkte wie in großer Eile geschrieben.

»Yezabel Esclarmunde und Roger Trencavel, dem Königlichen Paar, wünscht Gavin Montbard de Béthune ein glückliches Leben an dem heiligen Ort, der ihm vom Großen Plan bestimmt. Nur dort, meine Schutzbefohlenen, vermögt Ihr den Gral zu finden, er ist an seinen Ursprung zurückgekehrt, und dahin sollet Ihr ihm folgen. Der Gral ist das Symbol der Erlösung von der bösen Welt des Demiurgen durch die Kraft der Liebe.«

»Habt Ihr gehört, Mauri En Raimon?« wandte Roç sich an den Überbringer. »Der Präzeptor des Tempels sagt nichts anderes, als Ihr uns erklärt –«

»Ich weiß«, erwiderte der Angesprochene, »er hat es mir diktiert.«

»Ist Gavin heimlich zum katharischen Glauben übergetreten?« Roç mochte das nicht glauben, doch Mauri antwortete leise:

»Er hat mich um das Consolamentum gebeten, und ich habe es ihm erteilt.«

Roç schüttelte ungläubig den Kopf, las aber weiter:

»Wer des Grals für würdig erachtet wird, dem bleibt der Schwarze Kelch erspart, der noch des leiblichen Todes bedarf, um in das Paradies einzugehen, aus dem unsere schönen Seelen stammen. Dies sagt Euch, Ihr Glücklichen, ein gefallener Engel, der den schweren Weg gehen muß. Ihr, Roç und Yeza, Ihr habt die Liebe, Ihr sollet die Erinnerung an unsere vollkommene Herkunft suchen, und Ihr werdet den Gral erringen. Der letzte Wunsch des armen Schächers ist die Ehre des Kreuzes an der Seite des Parakleten. So richtet den auf, der gesündigt hat, achtet nicht des Hauptes des falschen Götzen Baphomet, der mit Gold lockt und hinab zur Erde zieht. Gedenkt des alten Freundes, befreit seine Seele aus dem irdenen Gefängnis, führt ihn mit Euch in das Gelobte Land. Es verlangt den Unwürdigen, Euch, das Königliche Paar, noch einmal zu Rhedae in das Haus der Sünderin zu bitten, bevor Ihr aufbrecht, bevor er aufbricht. Und wenn Ihr dann unter dem Kreuz steht, sollt Ihr wissen, daß Euer Gavin Euch immer geliebt, wenn er mit Strenge verfuhr; Euch stets beschützt hat, wenn er Gefahren beschwor, und stets nur Euer Bestes wollte, auch wenn dies nicht auf den ersten Blick zu ersehen war. Dies ist mein Vermächtnis. Eilt Euch, denn schon werden die Nägel eingeschlagen.«

»Das klingt nach *endura*?« Roç hatte sich zaghaft an Mauri En Raimon gewandt, der bejahend sein weißhaariges Haupt senkte.

»Es deucht mich aber auch ein recht handfestes Vermächtnis, voller Hinweise«, gab Yeza leise zu bedenken, »als würde Gavin uns als seine Erben einsetzen.«

»Du meinst«, flüsterte Roç, daß es der Alte nicht hören sollte, »es geht um den Schatz?«

Yeza antwortete nicht, so daß Roç alles an sich riß.

»Wir müssen sofort aufbrechen!« Die Vorstellung erregte ihn ungeheuer.

»Auf jeden Fall ist es ein verzweifelter Hilferuf«, meinte Yeza. Sie war traurig. Ihr Blick fiel auf den kleinen Xolua, der die ganze Zeit stumm zu Füßen des Perfectus gespielt hatte. In plötzlicher Eingebung sagte sie: »Werter Mauri En Raimon, ob meine Vermutung stimmt, wird die Zukunft erweisen, mir bleibt jetzt und hier keine Zeit mehr, wie Ihr gehört habt und sicher schon vorher wußtet.«

Der Alte erhob sich und wollte sich verabschieden.

»Seid Gast in diesen Mauern«, sagte Yeza, »so lange es Euch beliebt. Ich will dieses Kind in Eure Obhut geben, denn es ist zu klein, um die Reise mitzumachen, die ins Ungewisse führt. Erzieht ihn zu einem guten Perfectus.«

Als hätte Xolua alles verstanden, ergriff er die Hand des Mannes und führte ihn aus dem Raum. Dann kam die Potkaxl, und sie sahen, daß die Toltekenprinzessin geweint hatte. Sie standen alle drei am Fenster und beobachteten von oben, wie Mauri En Raimon mit

Xolua aus dem Tor schritt. Der Kleine drehte sich nicht einmal um nach dem hohen Donjon von Quéribus.

> »*Oy aura dulza, qui vens dever lai*
> *un mun amic dorm e sejorn' e jai,*
> *del dolz aleyn un beure m' aporta' y!*
> *La Bocha obre, per gran desir qu' en ai.*
>
> *Et oy Deu, a amor!*
> *Ad hora m' dona joi et ad hora dolor!*«

Als Roç und Yeza mit ihrem Troß an der ausgebrannten Taverne unterhalb der Burg angekommen waren, ließen sie anhalten. Drei Wagen reichten für ihr Hab und Gut, das sie aus Quéribus mitgenommen hatten, und wäre nicht die Dame Mafalda gewesen, hätten auch zwei gelangt. Doch die Erste Hofdame führte anscheinend ihre gesamte Aussteuer mit sich, jedenfalls mehr an Truhen und Ballen, Kästen und Körben als ihre Herrin und Roç zusammen. Geraude und die Potkaxl, Philipp und Jordi besaßen nichts. Der Troubadour saß auf dem Kutschbock und wollte gerade ein neues Liedlein anschlagen, als er das eingestürzte Dach und die verkohlten Balken sah. Hier hatte Roç ihn vor Jahresfrist im kühnen Ritt aus den Fängen des Hauptmanns Fernand Le Tris gerettet, und der Inquisitor, die dicke Trini, hatte das Nachsehen gehabt. Diesmal war er vor derartigem Zugriff geschützt, denn die gesamte Garnison, alles brave Soldaten aus Mirepoix, begleitete ihn und das Königliche Paar.

Roç hieß seine Begleitung warten und begab sich nur mit Yeza den Hang hinauf, über der in den Fels getriebenen Grotte, deren Weine einst die Wanderer erfrischt hatten. Schon von weitem sahen sie den Dornenhag. Wieder blühten die weißen Rosen, aber von dem schwarzen Stein war keine Spur mehr zu finden. Der Busch hatte sich geschlossen, nicht einmal die Kerben und Schnitte, die Roç ihm einst geschlagen, um den schwarzen Quader freizulegen, waren noch zu entdecken. Als hätte der Stein hier nie gestanden. Wäre da nicht das Bächlein, eher ein Rinnsal, gewesen, das wohl inmitten des Rosenbusches als Quell aus dem Erdreich trat, hätten sie irre werden können an ihrer Erinnerung. Roç sah in Gedanken das Marmorepitaph wieder vor sich, mit der Aussparung für den Schwarzen Kelch und dem feinen Strahl, den das Quellwasser erzeugte. Ihn schauerte, dabei wurde ihm gleichzeitig mit Yeza klar, daß der Stein hier nur einmal zu einer bestimmten Stunde gestanden haben konnte, nämlich, als sie dort vorbeikamen.

»Um diesen einmaligen Augenblick festzuhalten«, sagte Yeza nachdenklich, »wurde sogar ein Maler entsandt. Den schwarzen Stein gibt es nur noch als Bild.«

»Wenn nicht als Idee«, ergänzte Roç, »er enthielt eine Botschaft für uns, die wir nicht verstanden haben.«

»Vielleicht war sein Erscheinen die Aufforderung, ihn zu suchen.«

»Ihn oder den fehlenden Kelch?« gab Roç zu bedenken. »Da wir uns schon aufgemacht haben, bedarf es auch des Hinweises nicht mehr. Also, meine Damna, folgen wir der Spur des schwarzen Steins. Sie führt uns erst einmal nach Rhedae.«

»Wetten, daß er dort nicht auf uns wartet?« sagte Yeza. »Das wird eine lange Reise werden, bis ans Ende –«

»Ich bin bereit«, unterbrach Roç sie heftig, als wäre er abergläubisch und wolle verhindern, daß sie etwas aussprach, das Gestalt annehmen könnte.

»Sei's drum!« sagte Yeza, die ihn durchschaut hatte. »Wir werden erfahren, wozu wir bereitet worden sind.«

Sie küßte ihn auf den Mund, und sie sprangen ausgelassen den Hang wieder hinab zu den Pferden und ihren Begleitern.

LIBER II
PROLOG

»Beeilt Euch, Santità!« mahnte der mächtige Kardinal Oktavian und drängte zum Aufbruch. Seiner Heiligkeit, Alexander IV., verwöhnt von den Schmeicheleien seines Hofstaats, kam dieser Ton fast so vor, als hätte Oktavian degli Ubaldini ihn rüde abgekürzt nur »Santì« gerufen in der Art der Gassenjungen von Trastevere. War er nicht der von Gott bestallte Inhaber des Heiligen Stuhls, Vertreter des Herrn auf Erden, Nachfolger des Apostels Petrus und Oberhaupt der gesamten Christenheit?

Der Papst stolperte mehr, als er schritt, die steilen Treppen im Innern des Castels Sant Angelo hinunter, stets im Gewimmel seines Gefolges, das ihn umringte wie die Drohnen eine zum Ausfliegen bereite Bienenkönigin. Es war erst Stunden her, da hatten sie ihn mit gerafften Gewändern durch den Laufgang der Borgo-Mauer gescheucht, weil er, der Heilige Vater, in der Basilika des Fischers San Pietro nicht mehr sicher war vor dem Zugriff des Pöbels. Er hatte gehofft, wenigstens die Stadt, seine Stadt, nicht verlassen zu müssen, doch es blieb ihm auch dies nicht erspart. Eine schmale Tür führte hinaus über eine wankende Falltreppe hinab zum Flußufer des Tibers, geradewegs an Bord der päpstlichen Rudergaleere. Wie ein Lastkahn war sie mit Segelleinen verhängt, nicht um von der zu transportierenden Ware Fliegen und Fäulnis fernzuhalten, sondern um ihn, den Papst, vor den Würfen aufgebrachter Römer zu schützen, die von der Uferböschung des Tibers zu befürchten waren, und vor allem von den Brücken, die es zu passieren galt. Kaum war Alexander an Bord, gleich unter Deck in den stickigen Kielraum verbracht, legte die Barke ab, stromaufwärts, gen Norden.

Der Papst fiel in einen Dämmerschlaf, der einer Ohnmacht gleichkam, Alpträume plagten ihn. Er sah seinen Thron, den Heiligen Stuhl Petri, vor die Tür gestellt. Die Kinder des Gral schritten auf ihn zu und nahmen wie selbstverständlich darauf Platz. Roç und Yeza waren in zarte weiße Musselingewänder gekleidet, von denen ein Strahlen ausging. Darunter waren ihre Körper nackt, doch ohne Sünde, denn ein Kelch schwebte ihnen voran, und zu ihren Häuptern flatterte die Taube mit dem Ölzweig im Schnabel. Der Himmel über Sankt Peter öffnete sich, aus den Wolken brach ein Lichtstrahl, er fuhr hinab auf das Paar auf dem Thron und brachte es zum Leuchten: Papa und Papessa! Alexander hörte die Engel singen und wollte doch nichts anderes sehen als die Flammen der Hölle, die unter dem Stuhle des Fischers züngelten. Doch sosehr er in seinem Fiebertraum auf den Sockel starrte, statt sich des lichten Himmelszeltes zu erfreuen, es gelang ihm nicht, auch nur den kleinsten Schwelbrand zu entfachen. Schweiß trat auf die Stirn des Papstes unten im Kiel der Barke. In langen Zweierreihen wallten weißgekleidete bärtige Männer und junge Frauen auf das Königliche Paar auf dem Thron zu, ›Gutmänner‹ und ›Gutfrauen‹, die ›Reinen im Glauben‹. Der Bastard Manfred hatte die Häresie der Katharer zur Staatsreligion erhoben. Alexander sah sich vor dem Thron niederknien. Da endlich blickte er in die Glut, sie sprang ihm fauchend ins Gesicht, sein Antlitz versengend! Mit einem Schrei fuhr Alexander hoch. Ein Eimer stinkender Fische war auf die Zeltplane geprasselt, einer war durch eine Ritze geflutscht und auf der Brust des Papstes gelandet. Er lebte noch.

Im übrigen erwiesen sich die Vorsichtsmaßnahmen als übertrieben, zumal der umsichtige Oktavian an beiden Ufern berittene Schlüsselsoldaten hatte aufziehen lassen, die mit der Galeere Schritt hielten und auch die Brücken rechtzeitig räumten. Es waren nur wenige Innereien und verrottete Rüben, die wirkungslos auf das Segeltuch prallten. Besonders furchtbar stanken allerdings die faulen Eier und Exkremente. Rom wollte dem Papst nicht ans Leder, es wollte sich nur von seiner Herrschaft befreien, es ließ ihn laufen. Weit nach Verlassen der Stadtmauern, draußen bei Prima Porta, wechselte er in eine Sänfte, und der Zug bog unangefochten in die Via Cassia ein.

Alexander war wütend, und ihm war schlecht. Dreimal mußte der Stuhl herbeigebracht werden, der mit dem Petri nur die Arschbreite gemeinsam hatte, damit seine Heiligkeit ihr Gedärm entleeren konnte. So erreichten sie das ungeliebte Viterbo.

Die Stadt an der Grenze des Patrimoniums Petri zur Toskana hin war eigentlich zum Schutz des römischen Kirchenstaats vor Einfällen über die aus dem Norden heran führende Via Cassia ausersehen.

Das beinhaltete zum Bedauern der Kurie keineswegs eine besondere Papstfreundlichkeit der Viterbenser. Doch die gemeinhin benutzten Fluchtburgen in den Colli Albani, im Süden, galten als noch unsicherer. So hatte Oktavian, als Herr über die ›Geheimen Dienste‹ der Kurie auch ›der Graue Kardinal‹ genannt, ohne lange Rückfragen und Gefackel verfügt, daß der Heilige Vater hier Zuflucht suchte. Das undankbare, treulose Rom hatte wieder einmal die Republik ausgerufen und den Senator Brancaleone degli Andalò zum uneingeschränkten Herrscher gekürt. Das Schlimme daran war, daß damit ein erklärter Anhänger der Staufer das Amt des Podestà in der Ewigen Stadt bekleidete, in seiner Urbs!

Alexander hätte heulen können vor Wut, denn als gebürtiger Römer verspürte er die ihm angetane Schmach doppelt. Doch für einen leidenschaftlichen Schmerzensausbruch fühlte er sich zu schwach nach dieser gräßlichen Reise – und außerdem fehlte es an mitfühlendem oder wenigstens interessiertem Publikum. Der Papst zog sich in die ihm zugewiesenen Gemächer zurück und ließ sich einen Aufguß von Malven und Calendula kommen, mit ein paar Tropfen Baldrian.

Oktavian degli Ubaldini war Florentiner, und die Nähe seiner Heimatstadt bot ihm hier in Viterbo Schutz. Der ständigen Querelen mit dem wankelmütigen Träger der Tiara überdrüssig, beschloß er, den Status quo der Dinge, die von den Engländern trocken – und mit Recht! – nur als ›das Sizilianische Geschäft‹ bezeichnet wurden, schriftlich festzuhalten. Dazu bedurfte es auch eines schonungslosen Aufrisses aller vorangegangenen Mißgriffe des Vorgängers Seiner Heiligkeit. Mit intriganter Boshaftigkeit erwählte Oktavian sich für die Niederschrift dieses Memorandums den päpstlichen Notar Arlotus, wohl wissend, daß dieser bereits Innozenz IV. in der leidigen Sache gedient und sich bereits damals von Charles d'Anjou hatte bestechen lassen.

Der Graue Kardinal hatte den Notar in den Flügel des päpstlichen Palastes bestellt, den er für sich beschlagnahmt hatte und von dem zumindest ein unterirdischer Fluchtweg hinausführte.

»Mein lieber Arlotus«, empfing er das spindeldürre Männlein freundlich, »ich mag Eurem Rang nicht zumuten, selbst die Finger krumm zu machen – und Euch voller Tinte! Die Geheimen Dienste haben genügend Schreiber in der Kanzlei, ich könnte Bartholomäus von Cremona –«

»Um Christi und aller Heiligen willen – doch nicht den schwatzhaften Grottenmolch! Dann können wir das Skriptum gleich an das Tor des Palastes heften!«

»Ich sehe, Ihr kennt Euch aus«, sagte der Kardinal genüßlich, »also fangen wir an.«

Der zum Sekretarius erniedrigte Notar begab sich zum Pult, und Oktavian ließ sich in einem Sessel nieder.

»*Commentatio Rerum Sicularum*

Bis zum Tode des Antichristen Friedrich I. –‹«

»Des abgesetzten Stauferkaisers?«

»Ihr sollt mich nicht unterbrechen, Arlotus!«

»›– verhinderte König Ludwig von Frankreich jeglichen Griff des jüngsten Bruders, Charles d'Anjou, nach der Krone Siziliens. Auch danach stärkte er den in seinen Augen rechtmäßigen Erbanspruch des Kaisersohnes Konrad, sein eigenes Blut verleugnend, indem er den vorgeprellten Charles zwang, offiziell von seiner Anwartschaft zurückzutreten. Erst als im Mai A. D. 1254 Konrad IV. zur Hölle fuhr, änderte sich die Einstellung des frommen Ludwig. Zwar hielt er immer noch an der Erbfolge zugunsten Konrads minderjährigem Sohn, ›Konradin‹ genannt, fest, aber der freche Griff des Bastards Manfred nach der Herrschaft in Sizilien hatte den treuen Stauferfreund gehörig verunsichert. Mittlerweile hatte sich unser Heiliger Vater Innozenz jedoch dessen besonnen, daß Sizilien stets ein päpstliches Lehen war, dessen Vergabe einzig und allein dem Heiligen Stuhl gebührt. Er tat öffentlich kund, daß sein Favorit nach wie vor der Graf von Anjou sei. Um sein Gesicht als Souverän Frankreichs zu wahren, zwang der König seinen Bruder zu neuerlicher Absage, der Charles zähneknirschend nachkam.

Der enttäuschte Heilige Vater in seiner Güte erlag in einem Augenblick der Schwäche den Einflüsterungen falscher Ratgeber: Er suchte die Aussöhnung mit dem Bastard. Manfred, diese Ausgeburt der Hölle, mit schöner Larve und gewinnendem Wesen, unterwarf sich dem gutgläubigen Heiligen Vater. Der Teufel führte sogar bei der

Überquerung des Grenzflusses Garagliano das Pferd seines Oberhirten und Lehnsherrn Innozenz am Zügel. Doch nicht einmal eine Woche später flieht Manfred vom Verhandlungsort und verkriecht sich bei seinen Sarazenen in Lucera.‹ – Verständlicherweise, lieber Arlotus, oder nicht?«

Der Notar enthielt sich der Antwort.

»Hatte nicht Charles d'Anjou insgeheim freie Hand erhalten, an Ort und Stelle für *tabula rasa* zu sorgen? Oder hattet Ihr den altersschwachen Innozenz gar nicht in Eure Pläne eingeweiht? Weilte nicht ein ominöser Maler aus Venezia bereits am Ort unter dem Vorwand, den zukünftigen jungen König von Sizilien zu porträtieren?«

»Warum unterstellt Ihr mir, einem schlichten Advocatus der Kurie, solches Wissen? Ärger noch, Ihr verdächtigt mich offenkundig der Parteilichkeit und Mitwisserschaft an derartigen Machenschaften!«

»Die Euch völlig fremd sind, daß Ihr Euch so empört, daß Ihr aus meinen vagen Andeutungen bereits eine Anklage formuliert! Vor mir könnt Ihr Eure Gesinnung nicht verbergen!« Der Graue Kardinal lachte nicht, wenngleich er das Sichwinden des anderen genoß. »Ich wäre ein schlechter Herr der Geheimen Dienste, wenn ich nicht wüßte, daß Ihr im Verhandlungszelt zugegen wart.«

»Ah, der Grottenmolch!« Arlotus erkannte den Informanten, und der Kardinal konnte sich leisten, befriedigt zu nicken.

»So könnt Ihr auch zugeben, daß in besagter Nacht Yves der Bretone eintraf –«

»Das will ich gerne«, antwortete der Advokat, »wenn Ihr mir im Gegenzuge erhellt, welcher Aufgabe Euer Barth dort nachging.«

»Sicher wurde der Cremonese nicht als Meuchler eingesetzt, falls Ihr solches insinuiert, außerdem –«

»Außerdem –«, unterbrach Arlotus ihn vorwitzig, »war damals noch der heutige Papst als Grauer Kardinal Herr der Dienste.«

»Ihr wißt zuviel«, sagte Oktavian mit einer Freundlichkeit, die dem Arlotus das wenige Blut gerinnen ließ, das durch seine Adern floß. »Auf jeden Fall starb der hochverehrte Papst Innozenz IV. noch im gleichen Jahr, und mein Vorgänger, wie Ihr richtig erkannt habt, besetzte den Stuhl des Fischers. Wo waren wir stehengeblieben, werter Arlotus? Bei ›Lucera‹! ›Als Nachfolger konnte Alexander IV. nicht umhin, die eingeschlagene Linie der Kurienpolitik erst einmal fortzusetzen, löblicherweise nicht mit dem blinden, eifernden Haß seines Vorgängers, sondern überlegter –‹«

»Aber nicht entschiedener!«

»Das habt Ihr gesagt: *Omissis!* ›Unser derzeitiger Heiliger Vater konnte es sich leisten, den Gang der Dinge abzuwarten. Die Zeit arbeitete für ihn. König Ludwig wurde mit dem Alter zusehends gefügiger und gab schließlich dem steten Drängen seines Bruders nach. Doch inzwischen hatte sich ein neues Hindernis aufgetan. Der Kirchenstaat war durch die anhaltenden Auseinandersetzungen mit Manfred, der seinen Herrschaftsbereich inzwischen bis an die Alpen ausgedehnt hatte, in finanzielle Nöte geraten. Der Papst sah sich gezwungen, das Anrecht auf das Lehen Sizilien gegen bare Münze zu verscherbeln. Der Anjou könnte zwar derartige Forderungen erfüllen, ist aber keineswegs dazu geneigt.‹«

»Es wäre ihm ein leichtes, die Provence zu verpfänden!«

»Die Politik Eures Favoriten Graf Charles besteht darin abzuwarten, bis Sizilien ihm in den Schoß fällt und ein völlig verzweifeltes Papsttum ihm die Krone gratis nachwirft, das prophezeie ich Euch und allen, die es hören wollen oder nicht! Es gibt leider Kreise in der Kurie, die an jeder Lösung verdienen, je mehr eine Lösung von Bestand außer Betracht gerät.«

»Welcher wollt Ihr das Wort reden?«

»Das werde ich diesem Memorandum abschließend anvertrauen, werter Herr, bleiben wir in der Chronologie der Ereignisse.«

»Ihr schuldet mir die Auskunft keineswegs, Exzellenz«, begann Arlotus honigsüß, »aber Ihr deutetet an, daß Euch eine andere Lösung vorschwebt?«

»Ihr wollt wissen, warum ich gegen den Anjou bin? Weil mir eine französische Achse quer durchs Mittelmeer über Sizilien bis in die *Terra Sancta,* ja bis nach Konstantinopel, noch mehr Hegemonie und weltlichen Herrschaftsanspruch verspricht, als die *unio regni ad imperium* der Staufer, zumal in Deutschland ein Engländer herrscht, der nicht nach Sizilien greift: Das sind die Gründe, aus denen ich mich für die Belange des Staufers Konradin einsetze. Der Knabe ist zwar erst sechs, aber gegen seinen Erbschaftsanspruch kann sich auch Manfred nicht behaupten. Die vorläufige Regentschaft würde sich der Bastard viel kosten lassen, mehr als der Anjou aufbringen könnte, wenn er wollte. Daß Charles gewisse Leute in der Kurie bezahlt«, der Kardinal Oktavian sprach es genüßlich aus, »bezeugt seinen Sinn für gute Geldanlagen – und für seinen Geiz. Auf jeden Fall hätten wir sofort Frieden, sofort Geld und in zehn Jahren auch einen jungen König, mit dem wir dann schon fertig werden.«

»Das klingt gut, ist aber eine Rechnung ohne die Ambitionen des Grafen von Anjou und seiner Frau Gemahlin! Sie werden sich als stärker erweisen als alle Spielereien mit Kindern. Herr Charles ist ein Mann im besten Alter, und zum Herrscher gehört nicht nur der Erbanspruch, sondern auch der Wille zur Macht, die Fähigkeit, sie zu erobern und zu halten –«

»Ihr wolltet das letzte Wort haben, werter Arlotus?«

Daß der Park des Palazzo dei Papi an die Stadtmauern Viterbos angrenzte, empfand Seine Heiligkeit Papst Alexander IV. genauso wenig beruhigend wie den kleinen Fluß, der unter seinen Fenstern dahinplätscherte, bevor er unter der Mauer entschwand. Durch die beiden geheimen Fluchtpforten konnte ebensogut und jederzeit ein gedungener Meuchelmörder eindringen, bestellt von dem staufischen Bastard in Sizilien oder einem seiner gottlosen Statthalter, die im angrenzenden Norden die von ihm und Gott verfluchte Herrschaft dieser Teufelsbrut aufrechterhielten, dieses Schlangengezücht! Doch mitten in der Stadt wollte Christi Stellvertreter auch nicht gern residieren, dort fühlte er sich als Faustpfand der Viterbenser, auf die kein Verlaß war und die wahrscheinlich nur durch die Knute vom Verrat abgehalten wurden – ganz wie die Römer! Dabei hätte Alexander sich innigst gewünscht, gerade jetzt den Kopf frei zu haben für wichtige Entscheidungen. Wie jemand, den die Migräne plagt, zeigte er sich hochempfindlich bei jedem Reiz und verharrte in dumpfer Untätigkeit. Er spürte nur, daß an ihm vorbei, nicht einmal hinter seinem Rücken, Verhandlungen geführt und Vereinbarungen getroffen wurden. Kardinal Oktavian, sein Ratgeber und Vertrauter, hatte alles an sich gezogen. Der Graue hielt die Fäden in der Hand.

Das ging so weit, daß Alexander sich wie zum Verhör bestellt vorkam, als Oktavian – ohne anzuklopfen – mit raschen Schritten den Raum betrat und grußlos gleich forschte, ob Seine Heiligkeit das ihm erst vor Stunden überbrachte Memorandum gelesen habe. Der Papst hatte, war aber sehr geneigt, aus purem Trotz die Lektüre zu leugnen. Andererseits standen in dem »*Commentatio Rerum Sicularum*« etliche Formulierungen, die er, der Papst, so nicht stehenlassen wollte.

»Ihr haltet mich hier wie einen Gefangenen« – schob er vor –, »nur weil es Euch so bequemt, näher an Florenz zu liegen.«

»Der Heilige Stuhl steht, Santità«, sprach der Kardinal, was der Wahrheit entsprach, da Oktavian Platz genommen hatte, obwohl der Papst noch stand. »Doch wenn Euch so sehr an der Nähe Roms gelegen ist, könnt Ihr ja dorthin zurückkehren. Wie ich den Brancaleone einschätze, würdet Ihr in die Geschichte eingehen als erster Papst, dem der Prozeß wegen Hochverrats gemacht wird.«

Alexander wurde aschfahl im Gesicht, ihm brach der Schweiß aus. »Wißt Ihr, Oktavian, was ich heute nacht träumte? Vor Sankt Peter war ein Schafott errichtet, in langer Reihe bewegten sich meine Kardinäle –«

»Viele können das nicht gewesen sein, Ihr habt nur acht«, unterbrach ihn trocken sein Vertrauter, »mich eingeschlossen!«

»Ihr wart nicht darunter«, entsann sich grübelnd der Papst, »aber ich schritt als letzter –«

»Solange nicht William von Roebruk meinen Posten einnimmt, will ich Euch gern Gesellschaft leisten.«

»Ihr spottet auch noch im Angesicht des Todes auf dem Blutgerüst. Oben wartete der Henker mit seinem Richtschwert –« Alexander versenkte sich wieder in seinen Traum.

»Saht Ihr Euren Kopf fallen?« forschte der Graue Kardinal ungerührt.

»Nein, ich stieg die Treppe empor, da traten von links und rechts zwei Engel an meine Seite, die Kinder des Gral geleiteten mich. Die Stufen führten in den Himmel!«

»Das ist doch ein wunderschöner Traum von der Versöhnung eines Sünders.«

»Ihr seid mein Freund nicht mehr, Oktavian«, klagte Alexander, »Euer Schreiben wimmelt von beleidigenden Unterstellungen. Ich sei wankelmütig, verbohrt, geldgierig und von dem gleichen blinden Haß besessen wie mein Vorgänger Innozenz!«

»Wenn bei Euch, lieber Heiliger Vater, dieser Eindruck entstanden ist und Ihr dagegen aufbegehrt, hat mein bescheidenes Traktat sein Ziel erreicht.«

Der Papst zwang sich ein anerkennendes Grienen ab. »Ich hoffe nur, mein guter Engel Oktavian, daß Ihr den Mönch, der es für Euch niederschrieb, in Sicherheit verwahrt, *saluti suae consulens*?«

»Ihr meint, ich solle mir Gedanken über seine Gesundheit machen?«

»Mundtot sollt Ihr ihn machen!« fauchte Alexander, verärgert über die vorgetäuschte Begriffsstutzigkeit seines Beraters, der sonst nicht so zimperlich verfuhr. »Ich will nicht, daß irgend jemand erfährt, in welchem Ton Ihr zu mir sprecht! Gerade die Mönche unserer Kanzlei sind fleißiger mit der Zunge als mit der Feder, also …!«

»Der Schreiber war Arlotus, Euer Advocatus –«

»Brauchen wir ihn noch?«

QUE DIAUS VOS BENSIGNA!

*»Philomele demus laudes in voce organica
dulce melos decantantes, sicut docet musica,
sine cuius arte vera rulla valent cantica.«*

Der Aufstieg zu der Zitadelle von Rhedae, dem mauerbewehrten Rest der einst sich über den gesamten Hügel erstreckenden Hauptstadt der gotischen Grafschaft Razès, erfolgte in Serpentinen zwischen den Ruinen.

*»Cum telluns vere novo producuntur germina,
nemorosa circumcira frondescunt et brachia,
flagrat odor quam suavis florida per gramania.«*

Längst wucherten wieder Lorbeer und Nadelholz, Ginster und Akazien über den eingestürzten Torbögen, geborstenen Marmorsäulen und Mauerstümpfen. Die untergehende Sonne tauchte die sich darüber erhebende Templerburg in rotgoldenes Licht. Die dunkelvioletten Schatten der Reiter und Wagen des sich heraufmühenden Zuges glitten wie Geisterfiguren über die glatten Steinwälle der Festungsanlage. Roç und Yeza ritten an der Spitze ihrer kleinen Karawane, die nur aus drei Ochsenkarren und der Handvoll Soldaten ihrer letzten ›Garnison‹ bestand, die der Graf von Mirepoix ihnen seit dem Abzug vom Montségur überlassen hatte und die ihnen bis hierher, ihrem vorläufigen Reiseziel, das Geleit gaben. Die Männer verhielten sich nicht gerade diszipliniert. Sie saßen meist auf dem letzten Wagen, statt zu Fuß hinterherzumarschieren. Denn auf dem mittleren Gefährt hatten Yezas drei ›Zofen‹ Platz genommen. Genaugenommen fielen nur zwei der Mädchen unter diesen Titel, denn Mafalda betrachtete sich als ›Dame des Hofes‹, und war nur zu den beiden anderen gestiegen, weil sie sonst auf dem letzten Wagen allein den Annäherungsversuchen der derben Soldaten ausgesetzt gewesen wäre.

»Hilarescit philomela, dulcis vocix conscia,
et extendens modulando ulturis spiramina,
red dit voces ad estivi temporis indicia.«

Bei den Frauen hockte auch Jordi, der zwergwüchsige Troubadour, der sie mit seiner Laute unterhielt.

»Istat nocti et diei voce sub dulcisona, sopratis
dans quietem cantus per discrimina nec non
pulchra viatori laboris solatia.«

Geraude sang die Weise mit auffallend schöner Stimme, was dann auch Mafalda nicht ruhen – und einfallen ließ.

»Vocis eius pulcritudo, clarior quam cithara,
vincit omnes cantitando volucrum catervulas,
implens silvas atque cuncta modulis arbustula.«

Roç und Yeza ritten so weit vorweg, daß die laute Heiterkeit ihres Gefolges sie nicht berührte. Sie waren in Gedanken versunken und schwiegen. Beide dachten sie an den Ort, der vor ihnen lag, Rhedae, den Sitz ihres Mentors Gavin Montbard de Béthune, und vor allem an seine Person. Der Präzeptor der Templer von Rhedae hatte nach ihnen gerufen, ein verzweifelter, wenn auch gedämpfter Schrei – anders war die letzte dringliche Aufforderung, sofort zu ihm zu kommen, nicht zu interpretieren. Und das machte beiden Sorge, denn nie hatten sie Gavin unsicher erlebt, eher überheblich in seinem Sarkasmus. Immer hatte er über den Dingen gestanden, ihnen meist eine überraschende, oft gefährliche Wendung gegeben, wenn er unvermutet auftauchte, eingriff und wieder entschwand, stets im Besitz der Macht, der Vollstrecker des Großen Plans. Er war der Führer auf ihrem bisherigen Weg, soweit sich Roç und Yeza zurückerinnern konnten. Und jetzt Resignation?

»Wie ein letztes Vermächtnis.« Damit brach Roç das Schweigen, ohne Yeza anzuschauen. »Als müsse Gavin sich für immer von uns verabschieden.«

»Und das in tiefer Trauer.« Yeza teilte seine Sorgen. »Vielleicht ist er unheilbar krank?«

Sie waren nach der letzten Spitzkehre oben auf dem Vorplatz von Sainte-Madeleine angekommen. Kein Templer eilte zu ihrer Begrüßung herbei, keine Wache zeigte sich auf den Zinnen. Wie ausgestorben lag der Platz in der Abendsonne, die glutrot in den Bergen unterging und mit der schnell hereinfallenden Dämmerung einen kalten Wind schickte. Yeza fröstelte. Sie zwang sich, neben Roç die Ankunft der Wagen mit ihrer Habe abzuwarten. Dann wies sie ihre Hofdame Mafalda an, den Troß zu beaufsichtigen, wozu dann auch noch Philipp abgestellt wurde.

Sie stiegen von ihren Pferden und begaben sich mit dem verbliebenen Gefolge über die steile Freitreppe hinauf zu der niedrigen Kirchentür. Die bedrückende Stimmung hatte jetzt selbst Potkaxl erfaßt. Still und furchtsam schritt sie gleich hinter ihrer Herrin die Stufen empor. Vielleicht erinnerte die Toltekin sich des Opfergangs zum Tempel in ihrer fernen Heimat und erwartete dort oben angstvoll den Priester mit dem gezückten Messer. Die Prinzessin stieß einen spitzen kleinen Schrei aus. Oben an der Tür war eine Gestalt erschienen, in einen wallenden Gebetsmantel gehüllt. Sie führte keinen Opferdolch in der Hand, rief aber laut und klagend: »*Olov ha shalom! Olov ha shalom!*«

Es war Jakov, der Kabbalist, und er schien höchst aufgeregt, denn er wiederholte den Ausruf noch etliche Male, bevor er die Treppe hinunterstürzte, auf die Ankömmlinge zu.

Roç ergriff ihn beherzt am wehenden Ärmel.

»Die Apokalypse!« stammelte Jakov. »Und es ertönte das vierte Horn und der vierte Reiter –«

»Wer ist's?« fragte Yeza scharf, was den Kabbalisten für einen Moment ins Wachsein trieb, denn er antwortete klar:

»Der Maler kündigt ihn an, der schwarze Ritter bringt den Tod, der Schatz ist versunken im Meer, der Kapitän kann den Weg nicht finden, drei Reiter irren umher. *Olov shalom!*«

»Was ist mit Gavin?« fuhr Roç ihn streng an. »Wo ist der Präzeptor?«

Doch »*Olov shalom, olov shalom!*« war alles, was er aus Jakov herausbrachte, der sich jetzt losriß, die Stufen hinunterstolperte und in der Dunkelheit entschwand.

Roç sah Yeza kopfschüttelnd an.

»Irgendwas muß –«

»Ich fürchte Schlimmes«, unterbrach ihn Yeza, schritt aber furchtlos auf die geöffnete Tür zu.

»Geht nicht hinein! Ich habe so furchtbare Angst!« Geraude heulte jetzt, daß die Toltekenprinzessin sie umarmte.

»Ich bin ja bei dir«, tröstete sie die hemmungslos Schluchzende, die am ganzen Körper zitterte.

Roç war Yeza gefolgt. In der Kirche brannten vor jeder leeren Nische unzählige Öllämpchen. Sie flackerten und tauchten die Golgathagruppe in ein gespenstisches Licht. Die Heiligen aus den Nischen hatten sich ebenfalls auf dem Hügel unter den Kreuzen versammelt. Magdalena kniete vor dem Gekreuzigten, als wolle sie seine blutigen Füße mit ihren Tränen nässen. Roç fiel auf, daß der Schwarze Kelch – er war sich plötzlich ganz sicher, daß es sich um diesen einen handelte, aus dem sie ihn gesalbt und in dem sie sein tropfend Blut aufgefangen hatte – jetzt fehlte. Ihre Hände reckten sich wie hilflos zu dem Gekreuzigten hin, aber sie formten sich nicht zur Schale, sondern hielten ein unsichtbares Gefäß. Roç spürte den Verlust wie einen Hieb gleichzeitig mit der Erkenntnis, daß er schmählich versagt hatte, als sich ihm der Kelch das erste Mal offenbart hatte. Er biß die Zähne zusammen. Wenigstens hatte Yeza nichts von alledem bemerkt. Maria stand Magdalena zur Seite und schaute zu ihrem Sohne auf, als warte sie auf ein tröstliches Wort. Einige römische Legionäre, die beim ersten Besuch dort nicht gestanden hatten, führten den alten Joseph hinweg, während andere auf einer ausgebreiteten Decke um die Kleider der Hingerichteten würfelten. Roç erinnerte sich, daß sie dazu vorher den Boden eines umgestülpten Tontopfes benutzt hatten, doch der baumelte jetzt an einem starken Tau gut drei Fuß über der Gruppe. Das Seil lief hinauf in das Gewölbe, verlor sich dort im Dunkeln, kehrte aber an anderer Stelle wieder hinab, um das Kreuz des zweiten Schächers halb schräg aufzurichten. Das Holz hing schief, weil der dem Delinquenten durch die Handwurzel getriebene Nagel auf der Unterseite wieder ausgetreten und tief in den Boden gefahren war. Das hielt ihn samt seinem Kreuz offensichtlich gegen das Gewicht des Topfes in Balance. Doch darum kümmerte sich keiner aus dem kleinen Haufen, der ziemlich ratlos und verschüchtert in der Mitte des Raumes zusammengedrängt war.

»Der Kabbalist ist nicht bei Trost«, stellte Roç fest. »Daß er Yves den Bretonen gesehen hat, mag ja noch angehen und ist sicher auch bedenklich, aber den Maler?«

»Du warst doch dabei, als der verräterische Spitzel erschlagen im Fluß versank?« Yeza hegte nun doch Argwohn ob des blumigen Berichts ihres Ritters über das Geschehen im Wald des Montségur.

»Ich schwöre dir, ich hab's mit eigenen Augen gesehen!« rechtfertigte sich Roç. »Sein Arm –«

»Wir müssen Gavin finden«, unterbrach ihn Yeza, »er wird des Rätsels Lösung –«

Roç war schon mit einem Öllicht in der Hand vorgedrungen, an Golgatha vorbei zu dem Stein, der sonst den Zugang zum ›Takt‹ verschloß. Der riesige Menhir war zertrümmert. Roç stieg über die Granitbrocken und leuchtete in das Dunkel dahinter, wo er die steinerne Wendeltreppe hinunter in die Zisterne wußte. Vor ihm glänzte der Spiegel einer schwarzen Wasserfläche, aus der nur der oberste Steinring herausragte, unter dem die Stufen begannen. Die Zisterne war bis zum obersten Rand gefüllt. Geflutet, schoß es Roç durch den Kopf. Das machte jedes weitere Vordringen unmöglich. Ihre beiden Zofen angstvoll umschlungen im Kirchenschiff zurücklassend, hatte sich Yeza auf den leicht erhöhten Golgathahügel begeben. Jordi leuchtete ihr. Hier traf sie den zurückkehrenden Roç.

»Der Weg zum ›Takt‹ ist uns verschlossen«, berichtete er. »Das kann nur Gavin selbst veranlaßt haben. Ich glaube, er ist geflohen.«

»Oder tot«, entgegnete Yeza erschauernd, »und der ›Takt‹ seine Grabkammer.«

»Dann sind wir seine Erben«, stellte Roç beklommen fest, »wir müssen den Schatz nur finden.«

»Schämt Euch, Roç Trencavel!« sagte Yeza leise. »Ihr wißt noch nicht, was mit ihm geschehen ist, da denkt Ihr schon –«

»Ich denke an sein Vermächtnis!« verteidigte sich Roç mit hochrotem Kopf, verärgert über den Vorwurf. »Und das schließt Euch, meine Dame Esclarmunde, mit ein. Und Nutznießerin seid Ihr sowieso.«

Yeza hatte gar nicht mehr hingehört, denn ihr war klar, daß ihr Gefährte Recht hatte. Ihr Einwand war nichts als Pietät, über die Gavin, der Templer, selber lachen würde. Sie rüttelte in ihrem Unmut an dem langen Zimmermannsnagel, der aus der Hand des Schächers ragte.

»Der Schächer und das Haupt Baphomets«, sagte Roç gerade, »das scheint mir ein nützlicher Hinweis. Nein! Nein!« schrie er, als er sah, daß Yeza mit einem wütenden Ruck den Nagel aus der Hand zerrte; das Kreuz mit dem Schächer flog bereits hoch in die Luft. Gleichzeitig tat es einen dumpfen Krach, der Tontopf war zu Boden gesaust und mitten zwischen den Würfelnden geborsten. Yeza war entsetzt zurückgesprungen, als der Schächer in den Himmel flog. Und das rettete ihr das Leben, denn er knallte gegen das Gewölbe, an dem wohl die Rolle befestigt war, über die der beide Dinge verbindende Strick lief. Der hölzerne Leib barst, und es regnete Juwelen! Rubine, Saphire und Diamanten bedeckten glitzernd den staubigen Boden. Dazwischen fielen kleine Goldbarren herab, jeder einzelne dennoch schwer genug, um einen Menschen auf der Stelle zu erschlagen. Einer riß im Herabfallen Marias klagend erhobenen Arm ab. Auch ihre Achselhöhle schimmerte gülden.

»Der Kopf des Teufels!« schrie Jordi, mehr erschrocken als erfreut, und zeigte auf den zerschellten Topf, der jetzt den Blick auf ein satanisch grinsendes Götzenhaupt freigab. Es war aus purem Gold!

»Baphomet!« stammelte Roç erschüttert. »Der geheime Gott der Templer!«

»Hier ist wohl alles aus Gold«, stellte Yeza ernüchtert fest. »Mach die Tür zu!« wies sie Jordi an. Sie war sehr wohl Herrin ihrer Gefühle, wenn die Umstände es verlangten, während Roç noch völlig benommen war von den Erkenntnissen, die auf ihn einstürzten. Der Zwerg grinste nur, setzte sich aber keineswegs in Bewegung.

»Die hab ich vorhin schon verriegelt«, erklärte Jordi voller Stolz. »Ich hab's gerochen, das Gold!«

»Kommt alle her!« befahl Yeza nun auch den Zofen. »Und packt mit an!«

»Wir müssen alle Figuren zerschlagen«, überlegte Roç aufgeregt, »denn jede scheint voll –«

»Im Gegenteil«, erwiderte Yeza, »wir sollten Marias Arm sofort wieder befestigen und den Riß kaschieren, denn wir sind sicher nicht die einzigen, die hier nach dem Schatz der Templer suchen.«

»Und was machen wir mit dem Gold des Schächers, mit dem güldenen Kopf?« Roç bewunderte Yezas Gelassenheit.

»Was wir nicht verstecken können, das müssen wir ins Wasser werfen, ehe es ein anderer entdeckt.«

»Das viele schöne Gold?« maulte Roç, doch Yeza fuhr ihm über den Mund.

»Wenn Ihr nicht auf das Wenige verzichten könnt, werdet Ihr das Viele verlieren, mein Herr König, es geht um großen Reichtum!«

»Der Leib des Schächers wird auf dem Wasser schwimmen und uns verraten –«

»Erinnert Ihr Euch an den Ausgang aus dieser Kirche?« trug Jordi bei, ächzend unter der Last von nur einigen wenigen Barren, die er im Arm trug. »Das ist ein geeignetes Versteck!« Er wandte sich an Yeza. »Oder wir verbrennen ihn!«

Yeza nickte. »Die Hauptsache ist, alle Spuren unseres Fundes zu verwischen, wir müssen jetzt als Könige denken. Die Bergung des Schatzes ist wie ein Feldzug.«

»Ich bin Euer General, Majestät!« entgegnete Jordi. »Mir wird eine Strategie einfallen, diese Schlacht siegreich zu schlagen!«

Yeza lächelte und reichte dem Zwerg huldreich die Hand. Roç und die Zofen schichteten die zersplitterten Holzteile des Schächers auf einen Haufen. Er zeigte der hinzugetretenen Yeza Teile der Figur. »Die Hohlräume sind genau dafür gearbeitet worden, daß es möglich war, in den Schächten des Torsos die Barren und die Säckchen mit den Kleinodien zu stapeln. Kopf, Arme und Beine sind abnehmbar, so daß man die Kostbarkeiten durch die Öffnungen dem Schatzkasten in Menschengestalt Stück für Stück entnehmen kann, ohne sie zerstören zu müssen!«

Im Nu prasselte ein Feuer inmitten der Kirche, dessen Schein den Ort zwar in ein helleres Licht setzte, ihm aber nichts von seiner Schaurigkeit nahm.

»Wer jetzt von außen auf die Fenster sieht«, spottete Roç lachend, »der muß glauben, daß der Teufel mit seinem Höllenpack sich im Bauch der Sainte-Madeleine eingenistet hat!«

Der Lacher blieb ihm im Halse stecken, denn draußen war sich näherndes Pferdegetrappel zu hören, und gleich darauf ertönte die Stimme des Taxiarchos:

»Was geht hier vor?«

Und Mafalda, um eine geistesgegenwärtige Antwort ausnahmsweise nicht verlegen, antwortete spitz:

»Meine Herrschaft, das Königliche Paar, feiert die Mitternachtsmesse.«

»Sind sie zu Teufelsanbetern geworden?« dröhnte der Taxiarchos, seine Stiefel stampften vernehmlich die Treppe herauf, und schon klopfte es an die Tür. Yeza hatte allen Zeichen gegeben, sich ruhig zu verhalten.

»Wir lassen uns nicht stören«, flüsterte sie, aber Jordi hatte eine bessere Idee.

»Sanctus, Sanctus, Sanctus
Dominus Deus Sabaoth.
Pleni sunt caeli et terra gloria tua.
Osanna in excelsis.«

Die Worte aus der Heiligen Messe entströmten der Zwergenbrust mit gewaltigem, wohlklingendem Baß.

»Der Kopf muß weg!« zischte Yeza, aber sosehr sich Roç, unterstützt von der Potkaxl, auch mühte, er konnte das güldene Haupt des Baphomet nicht einen Fingerbreit anlupfen.

»Mitsamt der Decke und den Tonscherben!«

»Und den Juwelen!« Roç gab sich in den Verzicht.

Sie schlugen die Decke über dem Kopf und den Trümmern des Topfes zusammen. Geraude und die Potkaxl warfen alle Edelsteine dazu, die sie nicht in ihren Taschen verschwinden lassen konnten, wie Yeza es ihnen vormachte. Auch der Gott lobpreisende Jordi fand die Zeit, sich die Taschen vollzustopfen.

»Ins Wasser?« versicherte sich Roç der Zustimmung seiner

Damna. Mit vereinten Kräften schleiften sie die kostbare Last den Golgathahügel hinab zu dem Tor zur Unterwelt, zwischen dem zerborstenen Menhir. Vor ihnen ragte der Beginn der Wendeltreppe handbreit aus dem schwarzen See auf. Er erinnerte an die Einfassung eines Brunnens. Jordi leuchtete, ohne seinen Gesang zu unterbrechen, der Kleine genoß die Situation.

»Benedictus qui venit
in nomine Domini.
Osanna in excelsis.«

Roç sprang behende auf den Steinring, mit einem Ruck zerrte er an dem Bündel. Yeza und Geraude schoben es, und der Kopf rutschte aus dem Tuch, glitt von der Kante ab und verschwand mit einem satten Platscher in der Tiefe, gefolgt von den funkelnden Steinen. Es rumste dumpf, knirschte im Mauerwerk, dicke Blasen blubberten empor, und dann setzte ein Rauschen ein, in das sich schmatzende Soggeräusche mischten. Der im Brunnen stehende stille Teich senkte sich trichterartig. Ein reißender Strudel saugte Wasser in die Tiefe – glucksend und schlürfend begann die Zisterne auszulaufen. Sie schlichen zurück in das Kirchenschiff, und Jordi sang das Kyrie:

»Kyrie eleison.
Omnipotens stelligeris
conditor caeli.
Christe eleison.«

An der Tür rüttelte der Taxiarchos. Roç und Yeza knieten vor dem Feuer nieder, das die letzten Reste des Schächers verzehrte. Vor ihnen, auf der anderen Seite des Brandopfers, stand Jordi, flankiert von der Potkaxl, die ihre Hüften kreisen ließ und mit den Händen gar grazile Bewegungen vollführte, als bete sie die Flammen an. Roç warf einen prüfenden Blick auf die Szenerie. Nichts Auffälliges war zu entdecken, vom Schatz keine Spur.

Auf einen Wink Yezas begab sich Geraude würdevoll zur Tür, um den Taxiarchos einzulassen.

»*Qui mundum omnem tuo*
salvasti cruore.
Kyrie eleison.
Trinus et unus qui regnas in saecula.«

Der Penikrat wollte gleich lospoltern, doch dann gebot ihm der sakrale Augenblick Einhalt. Er faltete brav die Hände, während seine wachen Augen blitzschnell durch das Kirchenschiff eilten, doch da war nichts, was seinen Argwohn weckte. Sein Blick glitt zur Potkaxl, schließlich war er es gewesen, der die blutjunge Toltekenprinzessin vor dem Opfermesser des Priesters bewahrt hatte, und das verpflichtete, sollte man meinen. Dafür konnte er ein kleines Zeichen der Dankbarkeit erwarten. Auf der langen Schiffsreise hatte sie immerhin sein Bett teilen dürfen. Das Luder tanzte mit aufreizend kindlichen Bewegungen für ihre neue Herrschaft wie damals für ihn und grinste ihrem Erretter nur frech zu. Roç federte hoch, reichte Yeza seine Hand und half ihr auf.

»Ich mache mir Sorgen um den Präzeptor«, eröffnete der Taxiarchos das gegenseitige Belauern. »Gavin Montbard de Béthune wirkte sehr merkwürdig gestern, als ich ihn verließ, um« – er wies zur Tür – »mit den drei jungen Herren die Umgebung zu inspizieren.«

»Ah«, sagte Yeza, »Raoul de Belgrave und seine Kumpane hängen wohl sehr an ihrem Kapitän. Eigentlich wollten sie sich von Gavin freisprechen lassen, um in unsere Dienste zu treten. Woher der plötzliche Sinneswandel?«

Dem Taxiarchos war diese Neugier sichtbar unangenehm.

»Sie sind freie Herren ihrer Entscheidung!« antwortete er unwillig. »Fragt sie doch selbst!«

»Hat der Präzeptor sie denn überhaupt gelöst von ihrem Bann?«

»Dazu ergab sich noch keine Gelegenheit!« Wenn der Taxiarchos ob seiner Rolle verlegen war, überspielte er dies mit Bravour. »Meine Gewalt über sie endete mit Betreten festen Bodens, so bin ich auch nicht länger Hüter dieser Knaben!«

Während dieser Worte hatte er sich ein brennendes Stück Holz gegriffen, und er näherte sich, es als Fackel benutzend, dem geborstenen Menhir, ohne der Golgathagruppe einen Blick zu schenken. Taxiarchos leuchtete in das Dunkel und sagte lange nichts. Das Wasser in der Zisterne hatte sich bis auf Mannshöhe gesenkt. Das Sauggeräusch unter der Wendeltreppe hatte sich immer mehr verstärkt. Es toste in der Röhre des Brunnenschachtes wie in einer Klamm.

»Wer hat die Zisterne geflutet?« fragte der Taxiarchos inquisitorisch den neben ihn getretenen Roç.

»Das solltet Ihr den Präzeptor fragen! Im Zweifelsfall er selbst. Oder wer kennt sich sonst noch mit dem Mechanismus aus? Ich weiß nicht einmal, wo er betätigt wird.« Roç hatte die Antwort patzig gegeben. Als er merkte, daß er damit Erfolg hatte, denn der Kapitän leuchtete unsicher suchend den Raum, die Wände und den Treppenschacht ab, fügte er noch keck hinzu: »Forscht lieber danach, wer den Abfluß der Wasser veranlaßt hat, denn als wir eintrafen, war die Zisterne noch gefüllt bis zum Rand und glatt.«

Dafür hatte der Taxiarchos auch keine Erklärung. »Es kann nicht mehr lange dauern, dann können wir hinabsteigen und versuchen, zum ›Takt‹ zu gelangen, vorausgesetzt, die eisernen Fallgitter geben uns den Weg frei. Kommt Ihr mit, Roç Trencavel?«

Yeza stellte das rechte Verhältnis her. »Das Königliche Paar nimmt Eure Begleitung an«, sagte sie. »Besorgt schon mal Fackeln und Öllichter, ich habe kein Verlangen, dort unten im Dunkeln zu tappen.«

Der Taxiarchos sah sie belustigt an.

»Wenn Ihr gestattet, werde ich Raoul und die anderen herbeiholen.« Damit wandte er sich um zum Gehen.

»Nein«, entgegnete Yeza scharf. »Das Personal bleibt außen vor, ich wüßte nicht, was weitere Zeugen mehr sehen sollten als unsere drei Augenpaare!«

Der Taxiarchos gab sich geschlagen. Jordi brachte weitere Kienspäne und Öllichter.

»Ich habe die Kirchentür wieder verriegelt«, meldete er, »und werde mit den Damen hier warten. Wenn Ihr in einer halben Stunde nicht zurück seid, Herrin«, wandte er sich an Yeza, »dann werde ich die anderen draußen herbeiholen, und wir werden Euch suchen!«

Das hatte der Zwerg mit so viel Bestimmtheit vorgetragen, daß

Roç und Yeza stillschweigend nickten und auch der Taxiarchos sich darein fügte. Inzwischen war unten das letzte Wasser mit gräßlichem Schlürfen und Schmatzen abgeflossen, so daß sie sich an den Abstieg machen konnten. Den Taxiarchos ließen sie vorausgehen. Yeza kontrollierte unauffällig, ob ihr Dolch griffbereit unter ihrem Haar im Nacken steckte, und stieg als letzte die nassen Stufen der Wendeltreppe hinab.

Auf dem Steinboden des Vorraumes standen noch einige Pfützen. Roç und der Taxiarchos leuchteten den massiven Sockel der Treppe ab, aber außer gemauerten kleinen Bögen, ringsherum angeordnet und kaum größer als der Einlaß zu einer Hundehütte, war nichts zu entdecken. Roç wartete, bis Yeza unten angelangt war. Sie gaben mit keiner Miene zu erkennen, was sie beide dachten. Der schwere Kopf des Baphomet mußte im Innern der Säule ein Loch geschlagen haben, durch das die Flut unten schlagartig abgeflossen war; wahrscheinlich, anders schien es Roç gar nicht möglich, durch den Kanal, der eigentlich die Zufuhr regelte. Oder welchem Zweck diente er?

Irgendwo mußte sich hier unten der Eingang in das unterirdische System befinden. Aber das allein konnte es nicht sein, Roç roch förmlich ein Geheimnis, zumindest einen geheimen Gang, den sie womöglich zerstört hatten. Jedoch wohin führte er, wenn nicht zu weiteren verborgenen Schätzen?

»Was sinnt Ihr so lange über des Präzeptors Wasserschloß nach?« spöttelte der Taxiarch. »Vor uns liegt das Herzstück seines subterranen Reiches, der ›Takt‹!«

Roç fuhr erst aus seinem Grübeln auf, als Yeza ihn knuffte. Sie folgten dem Penikraten, der schon zur eisernen Schleuse vorausgegangen war. Sie stand offen, was Roç nicht verwunderte. Hier waren Dinge geschehen, die keineswegs in der vorgesehenen Art abgelaufen waren. Er war auf alles gefaßt und Yeza offensichtlich auch, denn sie lächelte ihm aufmunternd zu, obgleich ihr gerade, sie wußte nicht, warum, ein gespenstisches Bild in den Sinn kam. Sie sah Rinat, den Maler, zwischen den Gittern gefangen, von den Eisen aufgespießt. Er hatte seinen abgetrennten Arm zwischen den Zähnen wie ein Hund seinen Knochen und schien überrascht von seinem Schicksal, das ihn zusätzlich noch in dem steigenden Wasser ertrinken ließ. Yeza wischte ärgerlich das gräßliche Bild von ihren Augen. Dennoch war ihr nicht ganz geheuer, als sie die Fackel hob und die spitzen Zähne der eisernen Fallgatter sah, die jederzeit niedersausen konnten, wenn jemand irgendwo den Mechanismus auslöste.

Sie beeilten sich, die tödliche Falle zu durchqueren. Erst in der Zisterne selbst atmeten sie befreit auf, schon weil oben durch die runde Öffnung der Sternenhimmel zu sehen war und ein angenehmer leichter Luftzug herabwehte. Auch sprudelte hier ein Quell klaren Wassers in ein Becken, und Roç trank gierig davon. Der Taxiarchos wartete geduldig, und gemeinsam stiegen sie die breiten, steilen Stufen empor, die auf die Krone des gegenüberliegenden Damms hinaufführten, die wie ein mächtiger Steinwall die Zisterne vom ›Takt‹ trennte.

Als sie oben angelangt waren, blieben alle drei stehen, gebannt von dem Anblick, der sich ihnen zu ihren Füßen bot. Hunderte von Öllichtern brannten in dem kreisförmigen Kuppelsaal, flackerten von allen Säulen, die das Gewölbe des ›Takt‹ trugen. Wie glühende Augen von Tieren in der Nacht leuchteten die Lämpchen, die sich in der Tiefe des Raumes verloren. Jeder von ihnen war schon hiergewesen, und so suchten ihre Blicke das in den Boden eingelassene Steinbecken in der Mitte, in dem die große metallene Kugel geruht hatte – doch dort gähnte nur ein schwarzes Loch. Der Erdenball war verschwunden. Verschwunden von den Wänden waren auch die Kartenbilder, an die sie alle sich sehr genau erinnern konnten, vor allem der Taxiarchos. Mit ihrer Hilfe hatten der Präzeptor und er als sein Admiral die wagemutige Reise über den Oceanus Atlanticus vorbereitet. Wege jenseits der unsichtbaren und von allen Seefahrern gemiedenen Grenzen der Welt – der bekannten, vorstellbaren Welt. Auch die Darstellungen fremder Länder hatte jemand entfernt. Dafür standen die hölzernen Stellwände im dichten Karree, als hätten sie etwas zu verbergen. An die Grabkammer des Pharao gemahnte das Yeza, zumal man auch von oben nicht hineinsehen konnte und auch kein Licht darin brannte. Der Anblick war ihr unheimlich, und auch die Erinnerung an die große Pyramide war nicht dazu angetan, ihre Laune zu heben.

»Laßt uns der Wahrheit ins Auge sehen!« unterbrach sie entschieden das beklommene Schweigen ihrer beiden Begleiter und setzte sich an die Spitze, als sie jetzt die Stufen hinabstiegen zum ›Takt‹. Ohne zu zögern, schritt Yeza geradewegs zu dem rechteckigen Becken, dicht gefolgt von den Männern. Eine dunkle Öffnung gähnte ihnen entgegen, wo sich sonst geometrische Körper vom Kegel bis zum Zylinder, vom Kubus bis zur Pyramide gedrängt hatten und auf ihren Spitzen und Kanten die kunstvolle Kugel der Terra so trugen, daß man den Globus mit leichter Hand nach allen Seiten drehen konnte. Nichts davon war mehr da! Unter Steinbrocken führte eine Treppe hinab in die Tiefe – der Zugang zur geheimnisvollen Unterwelt, die der Präzeptor sich geschaffen. Genau danach hatten sie gesucht! Roç und Yeza vermieden es, sich bedeutungsvoll anzuschauen, doch der Taxiarchos vermochte sein Interesse nicht zu verbergen.

»Dort unten finden wir des Rätsels Lösung!« sagte er zwar leichthin, war aber drauf und dran hinabzusteigen.

»Das hat Zeit!« beschied ihm Yeza. »Wir sollten uns vielleicht erst mal für das Schicksal Gavins interessieren, oder wißt Ihr« – sie leuchtete dem Taxiarchos mit einer raschen Bewegung ins Gesicht – »mehr als wir?«

Der Taxiarchos war nicht so leicht zu erschrecken, und so lachte er nur.

»Wenn ich über entscheidend besseres Wissen verfügte als Ihr, dann hätte ich ein Zusammentreffen mit Euch auch zu vermeiden gewußt. Mir ist nicht bekannt, wann Ihr eingetroffen seid, noch was Ihr in Erfahrung brachtet, bevor Ihr Euch in der Kirche eingeschlossen habt.«

Roç bemäntelte seinen Argwohn nicht. »Vielleicht wolltet Ihr die Entdeckung unter Zeugen –«

»Welche Entdeckung?« erwiderte der Taxiarchos mit deutlicher Hast. »Worauf spielt Ihr an?«

»Meine Herren!« Yeza verbat sich den aufziehenden Streit. »Noch haben wir Gavin Montbard de Béthune nicht gefunden.« Sie ging mit schlafwandlerischer Sicherheit auf das Geviert zu. Roç und der Taxiarchos zogen beherzt eine Holzwand zur Seite, daß sich ein mannsbreiter Spalt auftat. Sie standen hinter dem Präzeptor. Er saß mit dem Rücken zu ihnen an seinem Arbeitstisch, in seinem thronartigen Lehnsessel leicht vornübergebeugt. Seinen Nacken zierte ein mattglänzend rotes Mal aus geronnenem Blut. Es hatte die Form des Tatzenkreuzes. Roç wußte sofort, wo er dieses, genau dieses Bild schon einmal gesehen: im Turm von Quéribus, in der versteckten Kammer des Malers. Sie schoben die Wand ganz zur Seite, so daß sie auch vor den Tisch treten konnten.

Das Haupt des Präzeptors war nicht vornüber auf die Tischplatte gesunken, weil ihm jemand die Armillarsphäre unter das Kinn geschoben hatte, was dem Präzeptor das Aussehen eines weisen Mannes verlieh, eines Astrologus, der geschlossenen Auges über das nachsinnt, was er entdeckt, einen Stein vielleicht, den nur er gesehen. Gavin wirkte so friedlich und entspannt, als hätte der Tod ihn nicht mit Gewalt, sondern im Schlaf ereilt.

»Wäre da nicht das verkrustete Blut unterhalb des Hinterkopfes«, stellte der Taxiarchos sachlich fest, »käme kein Mensch auf den Gedanken, daß er ermordet wurde.«

Doch auch der Admiral war erschüttert. Er traute sich nicht, den Toten zu berühren, und betrachtete die Wunde nur aus gebührendem Abstand. Roç wollte es genauer wissen. Er trat hinter den Stuhl und leuchtete der Leiche in den Nacken.

»Das ist mitnichten geronnenes Blut!« rief er aufgeregt. »Es sieht eher aus wie Siegellack. Jemand hat ihm das Kreuz der Templer –«

Jetzt nahm auch der Taxiarchos den roten Fleck in Augenschein. »Das Siegel des Todes aufgedrückt!« entfuhr es ihm.

»Wo ist sein Abakus?« fragte Yeza plötzlich. »Vor ihm liegen nur sein Astrolabium und einige andere Instrumente.«

Roç trat neben sie und benutzte ihren Körper als Sichtschutz für einen schnellen Griff. Er legte seine Hand auf die Bussel, die er sofort entdeckt hatte, und zog sie, von Taxiarchos unbemerkt, an sich.

»Gerätschaften«, rief er geringschätzig und hatte das Döschen schon in der Tasche verschwinden lassen, »aber keine Aufzeichnungen! Keine Karte, die den Weg übers Meer weist! Es könnte sich auch um einen vertuschten Raubmord handeln, nicht wahr, Herr Admiral? Ohne die Seekarten mit allen Inseln und Untiefen, Eisbergen und Strömungen findet auch Ihr nicht noch einmal zur Goldküste.«

Der Taxiarchos lächelte. »Schwerlich, aber wenn es Euch belieben sollte, mich zu verdächtigen, spricht wiederum dagegen, daß ich noch hier an der Stätte des Verbrechens weile, wo ich schon längst auf hoher See dorthin eilen könnte, wo nach Eurer blühenden Phantasie schon der Strand aus Goldsand besteht. – Wo ist nur die Bussel?« Sein Blick schweifte unruhig über die Instrumente auf der Tischplatte vor dem Toten, doch er fand das Gesuchte nicht. »Ohne die Bussel ist es fast unmöglich, den Weg über das offene Meer zu finden.«

»Der Präzeptor wird eine Wiederholung dieser gotteslästerlichen Reise nicht gewünscht haben!« sagte Yeza keck. »Wahrscheinlich hat Gavin angesichts seines Todes seinen Frieden mit der *Ecclesia catolica* gemacht und solch Teufelszeug dem Priester ausgehändigt.«

Der Taxiarchos lachte schallend. »Ich kann mir vieles vorstellen, aber keinen Gavin Montbard de Béthune, der zu Kreuze kriecht!«

»Ihr verfügt eben nicht über unsere blühende Phantasie!« erwiderte Roç. »Wer kommt nach Eurem Dafürhalten als Mörder in Frage?«

»Außer mir und Euch«, antwortete der Taxiarchos bedächtig, »jeder, der in den letzten zwei Tagen in Rhedae aufgetaucht ist, sichtbar oder unsichtbar. *Terribilis est locus iste!* Die spezifische Beschaffenheit dieses Ortes engt den Täterkreis nicht etwa ein. Nach meinem Dafürhalten ist der Tod schon vor einem, wenn nicht zwei Tagen eingetreten. Und deshalb plädiere ich dafür, daß wir uns jetzt zur verdienten Nachtruhe begeben und morgen bei Tageslicht den Dingen frisch, ohne Vorurteile ins Auge schauen.«

»Ich schlaf' nicht mit dem Toten, Opfer ruchloser Bluttat, unter einem Dach!« verwahrte sich Roç entschieden. »Ihr, Admiral Taxiarchos, könnt ja Totenwache halten, ich lege mich für den Rest der Nacht unter freiem Himmel zur Ruh', falls Gavins friedlos umherirrende Seele mir diese läßt.«

Raoul de Belgrave, Mas de Morency und Pons de Levis grüßten das Königliche Paar gesenkten Hauptes, eigentlich nicht einmal das, sie schauten verlegen weg, was auf ein schlechtes Gewissen schließen ließ. Roç und Yeza sahen durch sie hindurch, als sie die Kirche verließen, vor der die drei auf ihren neuen Herrn, den Taxiarchos, warteten. Jordi war überzeugt, daß der Admiral die Nacht nicht verstreichen lassen würde, ohne den Versuch zu unternehmen, als erster in den Untergrund vorzudringen.

»Laß sie«, murmelte Roç zu seinem Erstaunen leise, »dann sind wir sie los!«

Und Yeza setzte klug hinzu: »Ich hoffe sogar, daß dieser Freibeuter und die von ihm Verführten in ihrer Gier dort unten verschwinden. Wir sollten sogar dafür sorgen, daß sie so schnell nicht wieder auftauchen, damit wir die Golgathafiguren ungestört bergen können.«

Das Königliche Paar hatte sein Gefolge, die Soldaten aus Mirepoix, bei den Ochsenkarren biwakieren lassen, die im Karree vor dem Eingang zum Kirschgarten abgestellt waren. Die Tiere grasten innerhalb der Mauern. Die Begleitmannschaft würde morgen früh aufbrechen und zu ihrem Herrn, Graf Jourdain de Levis, zurückkehren. Dann würden Roç und Yeza wieder allein sein, nur noch der engste Kreis des Hofstaats verbliebe ihnen, der Diener Philipp, die Erste Dame Mafalda, die beiden so unterschiedlichen Zofen, Geraude und Potkaxl, sowie Jordi, der Troubadour. Dazu kamen noch eine alte Köchin und zwei verblödete Pferdeknechte, die darum gebeten hatten, nicht auf Quéribus zurückgelassen zu werden, sowie die Lenker der Ochsengespanne.

Roç und Yeza lagen etwas abseits, auf der Plattform, von der aus Yeza vor Jahresfrist Ehre und Schoß gegen die drei Burschen glorreich verteidigt hatte. Sie schliefen nicht. Jordi hielt die erste Wache; er wachte über den Taxiarchos und die drei im Inneren der Kirche.

Der Zwerg hockte hinter dem geheimen Schrank im Wandpaneel – den Weg vom Kirschgarten dorthin hatte ihm Yeza gewiesen – und beobachtete das Treiben der Schatzsucher durch eine Ritze. Die Kirchentür hatten sie von innen verriegelt. Taxiarchos war nicht zu sehen, seine drei Gefolgsleute lagerten auf der Decke am Boden, über der einst der irdene Topf gehangen hatte, und spielten mit den Würfeln der Legionäre.

Roç und Yeza lagen eng aneinandergeschmiegt auf ihren Bäuchen, so behielten sie ihre Entourage im Blick.

»Wer hat also Gavin ermordet?« Roç stellte die Frage, die beide bewegte.

»Solange wir das Wie nicht kennen«, antwortete Yeza, »ist es schwer, auf ein Motiv der Untat zu schließen und von dem auf den oder die Täter.«

»Wer sagt dir, daß unter dem Siegel nicht ein Einstich verborgen liegt –«

»Du denkst an Pfeilgift?« Ungläubig griff Yeza den Gedanken auf. »Dann muß es sehr stark gewesen sein, sofort lähmend wie Eisenhut oder Wolfswurz. Gehen wir mal von einem gewaltsamen Tod aus, heimtückisch, von hinten. Um dorthin zu gelangen, mußte das Opfer den Täter gut kennen und keinerlei Argwohn hegen. Wer kommt dafür in Frage?«

»Der Taxiarchos«, schlug Yeza vor, »der sich anschließend entfernt, nachdem er das Wasser eingelassen hat?«

»Und dann wartete, bis jemand wie wir eintrifft, um mit ihm zusammen das Geschehen Stück für Stück zu entdecken?«

»Die Antwort, die er uns gegeben hat, ist dennoch überzeugend. Wäre der Weg für jemanden wie ihn, der zugegebenermaßen vor allem an dem Schatz interessiert ist, frei gewesen und hätte so offen dagelegen wie zur Stund', warum hätte er dann noch warten sollen, bis sich Läuse in seinen Pelz setzen, die auch nur gülden Blut saugen wollen?«

»Wen nannte der Kabbalist noch? Rinat Le Pulcin?«

»Das hat mich gewundert«, sagte Yeza. »Ich verlasse mich auf deinen Bericht von dem Ende des Schurken.«

»Zweierlei kann ich dir schwören: daß ihm der Arm abgehackt wurde und daß er in den reißenden Fluten versank!«

»Er war aber nicht tot und konnte irgendwo angeschwemmt werden?«

»Sein Arm desgleichen!« Roçs Stimme war nun voller Spott. »Ein Schuster fand beide und nähte sie schnell wieder zusammen, falsch herum!«

»Wieso erwähnte Jakov ihn, statt Erstaunen zu zeigen, daß der

Maler nicht mit uns in Rhedae eintraf? Er konnte von der ›Trennung‹ doch nichts wissen!«

»Jakov hat ja nur gesagt: ›Der Maler kündigt den Tod an‹! Das kann sich auch auf das Bild beziehen, das Rinat von Gavin gemalt hat, dieser Hinterkopf mit dem Blutsiegel im Nacken –«

»Genauso fanden wir den Präzeptor vor. Gibt dir das nicht zu denken?«

»Ich weigere mich, mir Rinat Le Pulcin als lebenden Toten vorzustellen, der dafür sorgt, daß seine gemalten Prophezeiungen sich in Fleisch und Blut manifestieren, weil seine böse Seele sonst keine Ruhe findet.«

»Weil du dich gegen den einzig naheliegenden Gedanken sperrst, daß Rinat eben nicht tot ist!«

»Dann ist er der Mörder!« Roç entrang sich die unliebsame Erkenntnis. »Satan, dem er sich verschrieben, hat ihn bewahrt, damit er sein Werk vollenden konnte. Glaubst du an den Teufel, Yeza?«

»Ich bin auf dem besten Wege!« Sie lachte. »Oder wollen wir der anderen Ausgeburt der Hölle den Vorzug geben: Yves dem Bretonen?«

»Du findest das wohl lustig? ›Der schwarze Ritter bringt den Tod‹, das hat Jakov ebenfalls gerufen.«

»Nimm es wörtlich«, mahnte Yeza. »Es besagt keineswegs, daß Yves seine mörderische Hand angelegt hat, sondern lediglich, daß der Bretone irgendwie beteiligt ist.«

»Das Gift!« rief Roç. »Yves brachte das tödliche Gift!«

»König Ludwig hat ihn sicher nicht damit beauftragt, denn den Bretonen hätte Gavin nie und nimmer in seinem Rücken geduldet, dessen Gefährlichkeit war ihm bekannt. Als Täter scheidet er aus«, stellte Yeza fest.

»Von wem stammte das Gift dann, und wer –?«

»Morgen früh lösen wir das Siegel und klären, ob überhaupt Gift im Spiel war, denn mich deucht es merkwürdig, einen kleinen Einstich, einen Ritzer, der leicht zu übersehen wäre, so auffällig zu markieren. Ich wette –«

»Wette nicht, laß uns lieber zusammenfassen!«

»Gut«, sagte Yeza, »wir haben einen Reigen an Verdächtigen, die alle mit der Tat zu tun haben, aber anscheinend hat keiner sie ausgeführt. Mich sollte nicht wundern, wenn noch mehr dazukämen. Irgendwo im Hintergrund lauert –«

»Oder ganz vorn, so dicht, daß wir blind sind.«

»– lacht sich der große Unbekannte ins Fäustchen.«

»Gosset!« rief Roç und zeigte auf den Priester, der wie ein Geist aus dem Dunkel der Nacht vor ihnen stand. »Woher kommt Ihr des Weges?«

»Aus Carcassonne, mein Herr, wenn Ihr den langen Weg meint«, antwortete Gosset belustigt. »Aus dem Reisewagen des Inquisitors, wenn Ihr den mittleren Abstand wissen wollt. Bezù de la Trinité lagert am Fuß dieses verwunschenen Ortes, den er bei Nacht nicht betreten und morgen erst einmal exorzieren will. Kurzum, von der Kirche Sainte-Madeleine, in der sich mein alter Freund Taxiarchos verbarrikadiert hat und so Geheimnisvolles treibt, daß er mich leider nicht empfangen kann, wie er mir durch seine Leibgarde mitteilen ließ.«

»Uns seid Ihr herzlich willkommen!« sagte Yeza. »Setzt Euch und erzählt, was Euch gerade heute an diesen Ort treibt. Auch wenn Ihr den puren Zufall vorgeben solltet, reihen wir Euch doch in den Reigen der Verdächtigen ein!«

Gosset hatte sich vor ihnen im Schneidersitz niedergelassen.

»Wessen verdächtigt mich das Königliche Paar?«

Roç sah mit Befriedigung, daß der Priester nach den Entbehrungen der Kerkerhaft in den Verliesen von Carcassonne wieder gut im Fleische stand.

»Gavin ist tot.«

»Das hörte ich«, sagte Gosset, »auch, daß die Komturei von Rhedae vom Orden aufgelöst und ihre Ritterschaft auf die umliegenden Niederlassungen des Tempels verteilt worden sei. Das ist auch der Grund, aus dem Trini angereist ist. Der Inquisitor will sich hier niederlassen, um Rhedae zum Ausgangsort seiner missionarischen Tätigkeit im Geiste der allerchristlichsten *Ecclesia catolica* zu erheben – nachdem er die bösen Geister des Irrglaubens und der Häresie ausgetrieben.«

»Und Ihr sollt ihm zur Hand gehen?« spottete Yeza.

»Gott bewahre!« rief Gosset. »Ich dachte nur, daß ich Euch hier antreffen würde –«

In diesem Moment fiel hinter ihnen der Zwerg aus der Mauer in den Kirschgarten. Jordi rappelte sich auf.

»Sie sind verschwunden!« rief er und kam näher. »Kaum, daß sie den Monsignore an der Kirchentür abgewiesen hatten, stiegen alle drei hinab in die Zisterne. Ich wartete noch etwas, dann wagte ich mich aus meinem Versteck und schlich bis zur Wendeltreppe und lauschte. Plötzlich hörte ich ihre Stimmen unter mir, aus dem Brunnenschacht herauf – sie klangen recht aufgeregt –, doch dann entfernten sie sich.«

»Bestens!« rief Yeza. »Sie haben angebissen. Nimm Philipp mit, und werft so viele Trümmerstücke vom Menhir hinab, wie ihr tragen könnt, damit ihnen der Rückweg verwehrt. Die Kirchentür laßt von innen verriegelt!«

»Das will ich gern«, sagte der Troubadour, »doch könnten auch die Damen helfen. Geraude und die Potkaxl haben kräftige Arme, zu viert schaffen wir größere Stücke.«

»Ihr seid der Feldherr«, erwiderte Roç, »die Truppen stehen unter Eurem Kommando!«

Mit stolz geschwellter Brust zog der Zwerg los, seine Hilfskräfte zu wecken.

»Ihr solltet schlafen, meine Könige«, sagte Gosset, »ich werde für Euch wachen.«

»Ich vertraue Euch«, sprach Yeza und zog die Decke über sich und Roç.

Der Taxiarchos und seine drei Helfer waren im ›Takt‹ in das rechteckige Bett der Erdenkugel gestiegen, aus dem eine Steintreppe in die Tiefe führte. Auf dem Boden des unterirdischen, kaum mannshohen Ganges hatten sie die Kegel und Kuben, Zylinder und Pyramiden verstreut vorgefunden, alles aus Halbedelstein, perfekt geschliffen, Achat und Jaspis, Bergkristall und Karneol, Onyx und Amethyst, erregend schön für das Auge und angenehm in der Hand. Doch sie waren nicht der Schatz.

»Halten wir uns damit nicht auf!« forderte der Admiral streng, als er sah, daß Mas und Pons einige Stücke an sich nehmen wollten. »Es belastet nur Eure Taschen und ist letztlich die Mühe nicht wert!«

Er drang mit Raoul weiter in dem Tunnel vor. Sie mußten bald gebückt gehen, denn die Decke wurde zusehends niedriger. Sie betraten eine Kammer und sahen an der Wand große eiserne Räder herausragen.

»Von hier aus wurden die Schleusen getätigt, das Wasser eingelassen oder sein Abfluß geöffnet«, erkannte der Taxiarchos sofort. »Wir müssen uns genau unter dem Damm befinden, der den ›Takt‹ von der Zisterne trennt. Rühr nichts an!« befahl er heftig, weil Mas sich an den wagenradgroßen Gebilden zu schaffen machte. »Oder willst du ersaufen?«

»Sehen aus wie eiserne Templerkreuze«, bemerkte Raoul und schob seine Kumpane weiter. Sie kamen jetzt an eine Stelle im Gang, an der oben in der Decke ein häßliches Loch klaffte, als hätte ein schweres Katapultgeschoß den Felsen durchschlagen und sich dort, wo sie standen, in die Tiefe gebohrt, denn der ursprüngliche Brunnenschacht setzte sich hier fort. Raoul leuchtete hinab, ein menschliches Antlitz schien golden aus dem Wasser zu ihm herauf. War er einer Spiegelung im Wasser aufgesessen? Er wollte sich nicht lächerlich machen. Deshalb ließ er kein Wort verlauten und folgte dem Taxiarchos.

»Ein Edelstein! Ein Rubin!« rief da Pons und hob seinen vom Boden des Ganges aufgeklaubten Fund in die Höhe.

Der Taxiarchos ließ sich den Stein reichen und hielt ihn gegen die Flamme seines Öllichtes.

»Tatsächlich«, murmelte er, »ein kostbar geschliffener Rubin. Jemand muß ihn verloren haben.«

»Jetzt gehört er mir!« fauchte Pons unbeherrscht, als sich Mas blitzschnell bückte und einen Diamanten funkeln ließ. »Wir sind auf der richtigen Fährte!« triumphierte er. »Der Schatz ist unser!« Und er ließ den Diamanten in der Tasche verschwinden.

»Ich sehe mich veranlaßt«, sagte der Admiral vernehmlich, »den feinen Unterschied zwischen Finder und Besitzer klarzustellen, vom Eigentümer ganz zu schweigen. Alles, was wir während der gemeinsamen Reise unter meinem Kommando, ob auf See oder an Land, im Wasser oder unter der Erde, finden, gehört uns allen gemeinsam. Der Finder erhält einen Lohn, der Rest wird geteilt. Dem Schiffseigner, den ich vertrete, gebührt die Hälfte. Von dem Rest stehen dem Admiral zwei Drittel zu, ein Drittel der Mannschaft. Davon erhält der Kapitän soviel wie der Finder, nämlich ein Viertel, und die Hälfte des Finderlohns. Jeder von euch dreien bekommt das Gleiche, was übrigbleibt wird versoffen! Klar?«

»Zu Diensten!« rief Mas. »Ich habe verstanden, daß es mehr bringt, nichts zu finden!«

»Damit ihr dem Eigner, dem Admiral, dem Kapitän und mir, Eurem Freund Taxiarchos, auf der Tasche liegt? So haben wir nicht gewettet! Sucht weiter!«

Diesmal war er es selbst, der sich bücken mußte, zu verführerisch blinkte vor ihm ein taubeneigroßer Smaragd aus dem Geröll, das den Boden bedeckte, und wenige Schritt weiter ein zweiter, kaum weniger mächtig. Dann fand Raoul einen Topas.

»Hier muß jemand der Juwelen zu viele besessen haben.« Er lachte. »Oder er hat in höchster Eile versucht, sie in Sicherheit zu bringen.«

Das Schatzgräberfieber hatte sie nun alle ergriffen, sie stolperten mit ihren Leuchten in dem Gang voran und klaubten auf, was sie fanden. Doch dann stießen sie auf ein Hindernis. Eine mehrfach geknickte und zwischen den engen Tunnelwänden verkeilte Holzkonstruktion, deren Zweck nicht mehr zu erkennen war, versperrte den Weg.

»Als sei hier ein Wirbelwind durchgeblasen«, bemerkte Mas, und der Taxiarchos blickte ihn erstaunt an.

»Oder Wasser mit großer Wucht?«

Dem Penikraten war jetzt klar, daß hier – und so nie und nimmer vorgesehen – die Zisterne auf einen Schlag ausgelaufen war. Er dachte an das Loch in der Decke, aber ihm kam nicht in den Sinn, daß Menschenhand solches bewirkt haben könnte, wie er auch die verstreuten Juwelenfunde nicht einmal jetzt mit der Flutwelle in Verbindung brachte, die hier vorbeigerollt war. Sie krochen zwischen den geborstenen Streben und zersplitterten Balken hindurch und sahen schließlich in der Ferne das Ende des Tunnels. Der Morgen graute schon. In der Ferne tosten die Wasser eines Wildbachs. Sie arbeiteten sich bis zum Ausgang vor und standen vor einer Felsenschlucht, einer Klamm, über die eine Brücke geführt hatte. Aber die hing halb zerstört zwischen den Steinen.

»Laßt uns ausharren, bis es heller wird«, ordnete der Taxiarchos an, »sonst bricht sich einer von Euch das Genick beim Versuch, den Übergang wiederherzustellen.«

Sie hockten sich ermattet auf die Steine und warteten.

Roç und Yeza wurden zweimal geweckt. Einmal als General Jordi und seine Mannschaft kreuzfidel hinter ihnen aus dem Schacht in der Mauer fielen und stolz berichteten, daß sie das Loch mit Granitsplittern so gründlich verstopft hätten, daß keine Maus mehr hindurchschlüpfen könne. Und das zweite Mal, als Gosset sie wachrüttelte: Guillem de Gisors sei mit starker Eskorte eingetroffen und verlange, daß ihm die Tür von Sainte-Madeleine geöffnet werde, sonst ließe er sie aufbrechen.

»Lenkt ihn ab«, sagte Yeza. »Jordi wird sie in der Zwischenzeit von innen entriegeln!«

»Bei ihm ist ein höherer Templer, den sie den ›Dogen‹ nennen«, wußte Gosset dem noch schlaftrunkenen Roç zu berichten. »Er ist zuständig für Besitz und Liegenschaften des Ordens. Rhedae soll verkauft werden.«

»Mit der Kirche?« fragte Roç erschrocken zurück.

»Die gehört dazu.«

Yeza war schneller wach und auf den Beinen.

»Wir müssen Euch ins Vertrauen ziehen, Gosset«, flüsterte sie, nachdem sie den maulenden Jordi ein weiteres Mal zurück in die Kirche geschickt hatte, »und es soll Euer Schade nicht sein. Wir müssen Rhedae kaufen, wie es liegt und steht.«

»Mit welchem Geld?« fragte der Priester ungläubig, aber doch interessiert. Er nahm Witterung auf.

»Rhedae ist Gold wert, weitaus mehr, als sein Preis betragen wird. Wir müssen nur den Engpaß, die Zeit zwischen Abschluß des Vertrages und der Inbesitznahme, überbrücken.«

»Der Schatz der Templer?« fragte Gosset, bemüht, es beiläufig auszusprechen.

»Das würde ich nicht sagen«, griff Roç ein. »Das Vermögen des verblichenen Präzeptors, das er uns vermacht hat.«

»Ist das eine Hoffnung«, fragte Gosset jetzt geschäftsmäßig nach, »die sich erst noch erfüllen muß, oder habt Ihr es schon gefunden?«

»Gefunden, gesichtet und gesichert!« sagte Yeza fest. »Was kostet die Hand, die in unserem Sinn dazwischen gehalten wird?«

»Ein Viertel vom Gewinn, den sie kontrollieren wird«, antwortete der Priester ohne Umschweife.

»Schlagt ein!« sagte Roç und hielt seine Hand hin. Gosset ergriff sie und legte die von Yeza obenauf.

»Laßt mich nur machen!« sagte er. »Verhaltet Euch bitte wie ein reiches Herrscherpaar, das aus einer nostalgischen Laune heraus den Erwerb von Rhedae sucht, aber keineswegs besonders erpicht darauf ist. Den Rest erledige ich.«

Der Taxiarchos und seine drei Helfer hatten im ersten Licht des Tages die Schlucht in einer halsbrecherischen Kletterei über die Reste der zerstörten Hängebrücke überquert und fanden sich auf der anderen Seite vor dem Loch einer Höhle wieder, die sich als Fortführung des Tunnels durch den Fels herausstellte. Hier setzte sich der merkwürdige Schienenpfad aus geglätteten Tannenstämmen fort. Als sie in dem Stollen weiter vordrangen, erweiterte sich dieser zu einer Kammer. Über ihren Köpfen war eine riesige Holztrommel im Gestein verankert und fest verstrebt. Darüber lief ein dickes Seil, und daran hing ein seltsames Gefährt, ein flaches, offenes Wägelchen, dessen klobige Holzräder auf den runden Stämmen auflagen und so geformt waren, daß sie diese umfaßten und deshalb nicht von den hölzernen Schienen rutschen konnten. Das Tau war an beiden Enden an dem Transportwagen befestigt, die in der Tiefe des Stollens entschwanden. Der Taxiarchos folgte ihrer Spur zusammen mit Raoul, doch es war kein Lichtschein zu sehen, der auf ein baldiges Ende des Tunnels schließen ließ. Die beiden anderen Männer standen noch neben dem Wägelchen, als Pons, wie immer unbeherrscht, an dem Seil zu zerren begann. Es gab nicht nach. Doch plötzlich ruckte es, straffte sich, und das Gefährt setzte sich in Bewegung. Mas sprang gleich auf, während der dickliche Pons noch erschrocken ausgewichen war und dem davonfahrenden Freund verdattert nachschaute.

»Auf, auf, meine Herren!« schrie Mas begeistert. »Die Hölle ruft, der Teufel will uns sehen! Er weiß um die Abneigung unseres faulen Pons für Fußmärsche!« rief er dem Taxiarchos und Raoul zu, als er an ihnen vorbeifuhr. »Steigt auf! Dies ist der Höllenhund, den wir reiten sollen, um uns des glühenden Schatzes würdig zu erweisen!«

Die beiden sprangen auf, denn der Gang wurde zusehends enger, so daß kein Platz mehr blieb, neben dem Wagen herzulaufen. Auch die Gesteinsdecke ragte bald tiefer herab, so daß sie selbst im Sitzen die Köpfe einziehen mußten. »So fahren wir zur Hölle!« gröhlte Mas und erhielt einen Stoß von Raoul.

»Hör auf, so zu schreien«, schimpfte der, »nur weil du dir vor Angst in die Hosen machst!«

Pons hatte sich besonnen und rannte gebückt hinter ihnen her, sprang und fiel fast auf sie drauf.

»Mein Gott«, schnaufte er, »wohin soll das führen?«

»Ins Fegefeuer«, knurrte Raoul, »wo du zur Strafe für dein unreines Leben in einen Topf kommst, dessen Feuer die Töchter der Hölle mit der Glut ihrer Mösen und ihren Ärschen als Blasebalg anfachen. Ihre Brüste rühren das Öl, in dem du mit gebundenen Händen gesotten wirst, während es dir bis über das Kinn reicht.«

»Ich habe Angst«, murmelte Pons, »gotterbärmliche Angst!« Und er kauerte sich neben seine Gefährten. Nur der Taxiarchos hockte vorne, starrte in das Dunkel der vorübergleitenden Felswände und schwieg. Das brachte auch die übrigen Schatzsucher zur Raison, und so rollten sie ihrem ungewissen Schicksal entgegen.

»Löscht die Fackeln!« befahl ihr Anführer. »Während der Fahrt brauchen wir sie nicht, und wer weiß, was noch auf uns zukommt.«

Sie taten, wie geheißen, und waren heilfroh, daß der Taxiarchos einer war, der sich im Dunkeln nicht fürchtete.

Roç und Yeza begaben sich auf den Vorplatz der Kirche, gefolgt von ihrer Dienerschaft. Sie trafen Guillem de Gisors, der gerade Befehl an seine Sergeanten gab, einen Rammdorn zu besorgen und die Tür einzurennen. Der Stiefsohn der Grande Maîtresse war von Simon de Cadet begleitet, der das schwarze Gewand eines Novizen trug und dem Gisors anscheinend als Adjutant diente. Er ging zwei Schritt hinter seinem Herrn wie ein folgsamer Hund und tat den Mund nicht auf, nicht einmal zum Gruße. Das gehörte wohl zu den Prüfungen, die ihm auferlegt waren, um in den Orden aufgenommen zu werden.

Yeza nickte dem Templer huldvoll zu, und Roç rief leutselig, ohne jedoch innezuhalten:

»Willkommen, lieber Guillem, wollt Ihr uns zum Morgengebet begleiten?«

Ohne eine Antwort abzuwarten, schritten sie die Freitreppe empor.

»Die Tür ist verschlossen!« rief der Templer hinter ihnen her, aber Jordi drehte sich um. »Die klemmt manchmal!« bemerkte der Zwerg vorwitzig.

Roç war oben angekommen und gab vor, das Portal mit der Gewalt seiner Schulter aufzustoßen. Entriegelt, gab es leicht nach, und Roç wartete, bis der Gisors hinter ihnen die Stufen hinaufgeeilt war.

Yeza ließ dem Templer keine Zeit, sich zu wundern. »Der plötzliche und gewaltsame Tod Eures Mitbruders Gavin Montbard de Béthune scheint Euch nicht sonderlich zu erschüttern«, stellte sie leichthin fest. »Ich höre, daß der Orden Rhedae verkaufen will und dabei noch nicht einmal Vorkehrungen getroffen hat, seinen Präzeptor unter die Erde zu bringen, mit einem Begräbnis, das seiner würdig.«

»Keine Eurer Prämissen trifft zu, was das Ableben des Präzeptors anbelangt. Doch davon abgesehen, wird der Orden Rhedae nicht verkaufen, sondern abstoßen, und daraus mögt Ihr Eure Rückschlüsse ziehen, was unsere Sorge um die Bestattung dessen anbetrifft, der den Orden zu diesem Schritt genötigt.«

Der Gisors schien sich an dem zunehmenden Unwillen des Königlichen Paares zu weiden. »Gavin wird schon ›unter die Erde‹ kommen, wohin es ihn immer zog. Seid unbesorgt!«

Roç wollte den Templer gerade auffordern, ihm in die Tiefe des ›Takt‹ zu folgen, damit er Gavin noch einmal sehen konnte. Doch dann unterließ er die Einladung. Diesen mitleidslosen Besucher hatte der alte Freund an seinem Totensitz nicht verdient.

»So seid Ihr auch nicht sonderlich daran interessiert, den Mord aufzuklären, den Täter zu stellen und zu strafen?«

»Nicht jede Wahrheit erleichtert die Lage der Beteiligten, der toten und der lebenden. Aufklärung muß Sinn machen, oder man tut gut daran, sie zu unterlassen.«

»Wen wollt Ihr schützen?« empörte sich Roç, doch Yeza legte begütigend ihre Hand auf seinen Arm.

»Vielleicht Euch, das Königliche Paar, dem eine wesentliche Voraussetzung zur Einmischung abgeht, nämlich das vollständige Wissen um das Leben Eures Freundes, des Präzeptors! Vielleicht wollen wir auch nur seinen Tod schützen.«

»Wir wollen jetzt für ihn beten«, sagte Yeza und zog Roç mit sich fort. Der Templer blieb auf der Schwelle stehen und sah zu, wie sie inmitten des Kirchenschiffs niederknieten. Er warf noch einen mißbilligenden Blick auf die Golgathagruppe, als er sich an der ausgestreckten Hand des Teufels gleich hinter dem Portal stieß, den er bisher völlig übersehen hatte. Er fuhr zusammen, schlug dann hastig ein Kreuz und spuckte dem Satan ins Gesicht. Eiligst verließ er Sainte-Madeleine, vor der Simon de Cadet schweigend wartete, und stiefelte wütend die Freitreppe hinunter. Der Novize folgte ihm gesenkten Hauptes.

Gosset hatte die Soldaten aus Mirepoix vor dem Abmarsch noch erwischt und sie zurückgehalten, denn solange die Zukunft des Königlichen Paares nicht geklärt war, war es unsinnig, sich der Eskorte zu entgeben. Da erblickte er den Templerherrn, den sie den »Dogen« nannten. Georges Morosin hielt sich abseits von dem Trupp Berittener, die mit Guillem de Gisors gekommen waren. Seine Erscheinung war gepflegter als die der üblichen Ordensritter, vom sorgfältig gestutzten Bart bis zur makellosen blütenweißen Clamys aus erlesenem Damast. Insofern ähnelt er dem umstrittenen, nun verblichenen Herrn von Rhedae, dachte Gosset. Auch der Komtur von Askalon hielt sich für etwas Besonderes im Orden und zeigte das auch. Georges Morosin schritt, in seinem Brevier lesend, durch den

Kirschgarten. Er erkannte den Priester und nickte freundlich flüchtig, doch das focht Gosset nicht an.

»Was mag jemanden wie Euch von den warmen Gestaden Ägyptens in das rauhe Languedoc verschlagen?« begann er leichthin die Konversation. »Sammelt der Strategos hier nützliche Erfahrung, wie ein unabhängiges Templerreich nicht zustande kommen kann?«

Geschmeichelt schaute der Angesprochene auf und gab das Kompliment reichlich zurück. »Ihr müßt der berühmte Monsignore Gosset sein, Gesandter des Königs mit unermeßlichen Vollmachten.« Er fiel in einen vertraulichen Ton, den nur Mächtige und Vertraute untereinander pflegen. »Abdal der Hafside hatte Geschäfte mit Aragon, deswegen haben wir in Perpignan angelegt. Ich nutze den Aufenthalt für einen kleinen Abstecher in das beschauliche Landesinnere.«

So lügt man ohne Scham, dachte Gosset, und bemäntelt seine gezielten Schritte und einen ganz bestimmten Zweck. Sonst wäre der Doge sicher nicht hier und heute in Rhedae! Aber er antwortete verständnisvoll: »Ein Treffen mit dem Botschafter König Manfreds, dem großen Medicus Johannes von Procida?«

Wie erwartet erhielt er keine Antwort, sondern nur ein Lächeln, das der Unterstellung nicht widersprach, so daß er die Frage als nicht gestellt überspielen konnte. »Wie bedauerlich, daß der leidige Todesfall Eures Ordensbruders einen Schatten auf Eure Reisefreuden wirft. Wie man hört, soll Rhedae nach dem Leichenbegängnis zum Verkauf stehen?«

Der Doge schaute seinen Gesprächspartner erstaunt an. »Die sterbliche Hülle des Präzeptors wurde bereits würdig bestattet, seinem Wunsch entsprechend in der von ihm selbst vorbereiteten Grabkammer.« Seine Stimme verlor den Ton falscher Betroffenheit, er schien sich über das Begräbnis lustig zu machen, zumindest im vertraulichen Gespräch. »Sie ist mit zwei eisernen Tatzenkreuzen in Form keltischer Sonnenräder an den Wänden ausgeschmückt, zwiespältig wie der Herr Gavin Montbard de Béthune sein Verhältnis zu den beiden Orden sah, den, dem er angehörte, und den, der ihm vorschwebte! So wurde er unter dem ›Takt‹ zur letzten Ruhe gebettet, eingemauert, damit sein schismatischer Geist nicht über uns kommt. Und die Grabplatte ziert auch nur ein schlichtes Kreuz!

›Damit muß er leben!‹ hätt' ich beinah gesagt.« Der Doge lachte über seinen Scherz, doch Gosset war verwirrt und mußte sich zwingen, keine Blöße zu zeigen.

»Wer trug ihn denn zu Grabe?« fragte er. »Und welchen Weg nahm der Trauerzug? Ich sah niemanden außer dem Gisors die Kirche betreten.«

»Gerade der nahm an den Exequien nicht teil, die seine Stiefmutter, die amtierende Grande Maîtresse, im Refektorium hielt. Dort öffnet sich ein mächtiges Portal zu der Treppe, die hinab in den ›Takt‹ führt. Der Präzeptor hatte sich diesen feierlichen Akt dort unten vorgestellt, doch diesen Letzten Willen konnten wir ihm nicht erfüllen.«

Das klang alles, als sei der Tod des Präzeptors ein sowohl vom Orden wie auch von ihm selbst angeordneter Vorgang gewesen, aber darüber schien der gesprächige Herr Morosin sich nicht auslassen zu wollen.

So bemerkte Gosset wahrheitsgemäß:

»Das Königliche Paar wird verstimmt reagieren, daß die Prieuré seine Anwesenheit nicht für erforderlich gehalten hat, so wie Roç und Yeza wahrscheinlich traurig sein werden, daß sie nicht von ihrem alten Freund Abschied nehmen konnten.«

»Dazu hatten sie reichlich Gelegenheit, nachdem sie schon in das Innere des Tempels eingedrungen sind, als seien sie des Hauses Herr!« erwiderte der Doge. »Mit seinem Tode kehrte der Präzeptor in die Reihen des Ordens der Templer zurück – dem das Königliche Paar, bei allem Respekt, nicht angehört. Zu sehr wurden in letzter Zeit die Grenzen verwischt, das hat jetzt ein Ende!«

Es war zu spüren, daß Georges Morosin diese Linie auch vertrat, daß er weder mit den Machenschaften Gavins noch mit der Bevorzugung von Roç und Yeza und auch nicht mit den Plänen der Prieuré einverstanden war. Mystik, ja selbst Emotionen hatten in seinem Konzept von den neuen Templern keinen Platz.

»Das Königliche Paar hängt an seinen Erinnerungen, an seinen Freunden, an diesem Land und seiner besonderen Geschichte! Roç und Yeza sind bereit, Rhedae käuflich zu erwerben!«

Diese Wendung überraschte den Dogen, und es war ihm deutlich anzusehen, daß es ihm an Verständnis für solch sentimentale Haltung mangelte.

»Und womit wollen sie zahlen?« entgegnete er leicht überheblich. »Der Orden hat nichts zu verschenken!«

»Mit einem Wechsel«, gab Gosset provozierend zur Antwort, weil ihn das Gehabe ärgerte.

»Der Herr Inquisitor Bezù de la Trinité zahlt bar!« Der Doge versuchte, die unbequeme Offerte abzuwürgen, doch Gosset rächte sich genüßlich.

»Aber der Wechsel wird vom Hafsiden quergeschrieben.«

Das hatte gesessen. Der Doge war richtig zusammengezuckt, als hätte ihn ein Peitschenschlag getroffen.

»Warum habt Ihr das nicht gleich gesagt?« schmeichelte er. »Wie hoch soll der Kaufpreis sein?«

»Nennt mir die Summe, die Trini bietet«, sagte Gosset, ohne seinen Triumph auszukosten, »und legt zehn von hundert darauf!«

»Fünfzehn«, feilschte der basargewohnte Doge von Askalon. »Soviel werdet Ihr ja wohl auch daran verdienen?« fragte er lauernd. »Wart Ihr nicht Partner des Penikraten von Konstantinopel? Wo steckt übrigens der gute Taxiarchos?«

»Zwölfeinhalb!« stellte Gosset erst einmal klar. »Unser Freund geht eigene Wege – unter der Erde!« Er rang sich ein Grinsen ab, doch der Doge wurde wütend.

»Lächerlich! Diese Suche nach dem Schatz der Templer! Schon das Gerede darüber ist rufschädigend für den Orden! Schluß damit! Die Geschäfte des Templerordens sind in Zukunft die einer ordentlich geführten Bank, klar wie die Sonne! Auf welchem Weg bekomme ich den Wechsel? Und wann?«

»Wenn Euer Mißtrauen so groß ist, benachrichtige ich Abdal sogleich! Dann habt Ihr das Papier noch heute abend in den Händen!«

»*Allah isamhak!*« rief der Doge erschrocken. »Euer Wort genügt mir!«

»Dann schlagt ein«, sagte der Priester. »Im Namen des Königlichen Paares.«

Der Doge zögerte nicht, die angebotene Hand zu ergreifen. »*Pacta sunt servanda*«, murmelte Gosset, und der Doge wiederholte: »*Mas-*

hiat Allah! Eure Herrschaft ist mir gut für jeden Betrag«, fügte er hinzu, »zumal das Königliche Paar jetzt Jerusalem übernehmen wird, samt allen Einkünften aus Wegesteuer für Pilger, Devotionalienhandel und Reliquienherstellung! Sie werden die darniederliegende Stadt zu neuer Blüte führen.«

»Da kommt Trini!« sagte Gosset. »Ich darf mich verabschieden.«

»Laßt mich jetzt nicht allein!« bettelte der Doge, und Gosset lachte.

»Eine gräßliche Exkommunikation in Rhedae läßt sich in Askalon leicht verschmerzen!« Aber er blieb, weniger um Herrn Morosin Beistand zu leisten, als um sich an dem zu erwartenden Wutausbruch des ahnungslosen Trini zu ergötzen.

Das Gebet in der Kirche fiel nicht besonders andächtig aus. Zu sehr hatten sich Roç und Yeza über das hochmütige und kaltherzige Gehabe des Gisors geärgert. Es hatte einmal eine Zeit gegeben, da nannte man den jungen Templer, von dem jeder Eingeweihte wußte, daß er eines Tages Marie de Saint-Clair im Amt des Großmeisters der Prieuré nachfolgen würde, »Engelsgesicht«. Und dem blonden Guillem haftete tatsächlich etwas Überirdisches an, er war schön und unnahbar wie der Engel mit dem Flammenschwert. Mit den Jahren im Dienst beider Orden hatte er sich verbraucht, seine einst so gewinnenden Züge verbergen seinen wahren Charakter nicht länger. Hochfahrend, intrigant und abgefeimt, nutzte Guillem seine Macht und ließ sie vor allem jüngere Ordensmitglieder spüren, wenn sie ihm nicht zu Willen waren. Simon de Cadet hatte keine Schwierigkeiten mit allen Anforderungen, die der Orden stellte, Männerfreundschaften eingeschlossen. Was ihn störte, war das Wie. Jede Zärtlichkeit war verpönt, Gefühle wurden belacht, und statt Zuneigung und rauhe Kameradschaft zu zeigen, wetteiferten viele der älteren Ritter darin, die Jungen zu drangsalieren, zu demütigen und zu sodomisieren. Simon war bitter enttäuscht, denn er hatte die rigiden Ordensregeln verinnerlicht: Gehorsam, Armut, Keuschheit. Er hatte sich eine harte Schule vorgestellt, war auf Mutproben aller Art vorbereitet. Doch nichts von dem wurde ihm abverlangt. Er brannte darauf, ins Heilige Land entsandt zu werden, in den entbehrungsreichen Kampf, in dem sein Leben stets in Gefahr war. Statt dessen hing er in diesem Nest herum, mußte erleben, wie die verschiedenen Fraktionen der Templer sich wüst befehdeten. Und der despotische Gisors behandelte ihn wie einen Burschen zu seiner persönlichen Verfügung, der jederzeit die Hosen fallen lassen und ansonsten das Maul halten mußte. Daß er Roç und Yeza nicht begrüßt hatte, wurmte ihn, für die Art, mit der Guillem das Königliche Paar behandelt hatte, schämte er sich. So schlich er bei erster Gelegenheit zurück in die Kirche.

Roç und Yeza knieten zwar noch, und ihr kleines Gefolge tat es ihnen gleich, doch in Wahrheit beratschlagten sie, wie es – unauffällig – anzustellen wäre, die gesamte Golgathagruppe abzutransportieren.

»Vorausgesetzt«, sagte Roç, »es gelingt unserem Priester, den Orden zu überzeugen, uns Gavins Maulwurfshügel samt Inhalt zu überlassen –«

»Von dem, wie überhaupt von der Kirche, sollte möglichst wenig die Rede sein. Am besten, wir betrachten sie lediglich als eine willig auf uns genommene Beigabe, deren Unterhalt nur Opfer bedeutet, die wir jedoch dem Gedenken an Gavin Montbard de Béthune gern darbringen wollen«, bemerkte Yeza.

»Das geht sehr zu Herzen«, lästerte Roç, »an Euch ist ein Pfaffe verlorengegangen!«

»Und noch vieles andere, mein Herr!«

»Dann laßt uns doch bitte wissen, werte Dame, wie der unwesentliche Rest vonstatten gehen soll, Abbau, Verpackung und gesicherter Transport – aber wohin?«

»Das wird sich finden«, beschied ihn Yeza. »Jordi wird es einfallen, doch wir sollten jetzt Abschied von dem Mann nehmen, der über seinen Tod hinaus für uns gesorgt hat. Wir können Gavin doch dort unten nicht einfach so sitzen lassen!«

Dem hatte Roç nichts entgegenzusetzen, und sie begaben sich, Golgatha begehrlich im Auge behaltend, das Gewicht taxierend und die Probleme der Demontage überdenkend, im respektvollen Abstand den Hügel umkreisend, zu dem zertrümmerten Menhir, dem

Eingang zur Unterwelt. Das war der Augenblick, in dem Simon eintraf. Er schloß sich ihnen schweigend an, als sie bereits die Wendeltreppe hinunterstiegen. Erst als Roç und Yeza unten in der Zisterne warteten, bis auch die Damen, Philipp und Jordi eingetroffen waren, trat Simon auf das Königliche Paar zu und sagte leise:

»Mein Herz schlägt für Euch, verzeiht mir mein übles Benehmen und meine Hoffart, aber ich will in den Orden der Templer aufgenommen werden.«

Yeza wollte ihm gerade antworten, doch da kam ihr die Dame Mafalda zuvor:

»Euer Betragen ist jetzt schon so arg, als wärt Ihr ein langgedienter Ritter unterm Tatzenkreuz, Simon de Cadet!« rief sie funkelnden Auges. »Sicher habt Ihr schon auf das Kruzifix gespien und dem Gisors den Arsch geküßt! Doch unverzeihlich ist Euer törichtes Beharren auf einem Gelübde, von dem Ihr längst erkennen mußtet, daß es Eurem Wunsch, kämpfend zu dienen, nicht entsprechen wird! Warum spuckt Ihr nicht den Templern vor die Füße und kommt mit uns? Im Dienste des Königlichen Paares könnt Ihr Euch verwirklichen als das, was Ihr seid: ein aufrechter, guter Mann! Ihm solltet Ihr Euer Leben weihen!«

Simon sah sie lange und traurig an. »Zwischen uns wird immer Gers d'Alion stehen«, sagte er bekümmert. »Ich kann Euch den Trost nicht geben, den ich selbst nicht gefunden habe. Doch danke ich Euch für Eure offenen Worte, Mafalda. Sie haben mir gezeigt, daß Ihr es wert seid, Eurer stets liebend zu gedenken!« Sprach's, machte auf dem Absatz kehrt und stiefelte die Treppe wieder hinauf. Auch Yeza war verblüfft über die Rede ihrer Hofdame, die sie bisher nur für ein eitel gackerndes Huhn gehalten hatte.

Dem Gesagten war nichts hinzuzusetzen, deswegen schwieg Yeza. Simon de Cadet mußte seinen Weg gehen. Aber sollte er eines Tages wieder vor ihnen stehen, so würde sie ihn mit ausgebreiteten Armen empfangen. Das eiserne Gatter mit den beiden Falltüren stand immer noch offen. Sie durchschritten es hastig im Gänsemarsch und wollten den Anstieg auf den steinernen Damm beginnen, der die Zisterne von der Rotonda des ›Takt‹ trennte, als rauher Männergesang zu ihnen wehte.

»Alma Virgo virginum
in coelis coronata
apud tuum filium
sis nobis advocata!«

Auf Zehenspitzen stiegen sie die Stufen hinauf, so weit, daß sie über die Dammkrone hinab in den ›Takt‹ sehen konnten.

»Et post hoc exilium
occurens mediata,
occurens mediata.«

Die hölzernen Stellwände waren verschwunden, auch der Stuhl und der Arbeitstisch samt Leiche.

»Iam est hora surgere
a sompno mortis pravo,
a sompno mortis pravo.«

Im Hintergrund der Rotonda zogen zwischen den Säulen die Templer in breiter Prozession ab. Sie trugen brennende Kerzen und sangen mit ihren tiefen Stimmen, die langsam mit ihrem Verschwinden verhallten.

»Ad mortem festinamus
peccare desistamus,
peccare desistamus.«

Roç und Yeza schauten ihnen lange nach, bis der letzte von ihnen mit seiner weißen Clamys von der Tiefe des ›Takt‹ verschluckt wurde.

»Es hat den Anschein«, murmelte Roç, ohne seine Gefährtin anzuschauen, »als würden wir nie erfahren, wer Gavin umgebracht hat. Die Templer mauern oder hüllen sich in düstere Andeutungen.«

»Außer uns, mein Lieber«, flüsterte Yeza, »will das sowieso keiner wissen!«

Ihr Blick fiel auf die Grabplatte, die dort eingelassen war, wo einst das Bett der sich drehenden Erde gestanden hatte. Jetzt verschloß ein glatter Stein das Loch, den Einstieg in Gavins Reich.

»Nun ruht der Präzeptor von Rhedae in seiner Unterwelt«, sagte Roç in das Schweigen, »auch als ihr Zerberus, der allen Unbefugten den Einstieg verwehrt!«

»*Zih' rono l' bracha!*« sagte Yeza, und Roç antwortete, wie er es ebenfalls von Jakov Ben Mordechai gelernt hatte: »*Oleh l' shalom!*«

In der Ferne verwehte das Requiem der Templer.

»Ich sehe Licht!« jubelte Pons, während Mas maulte: »Sind wir endlich am Ziel?«

Der Taxiarchos sagte nichts. Lichteffekte im Stollen stellten sich oft als Halluzination heraus, wenngleich der Rollweg aus geschälten Tannen noch viele Schluchten überquert hatte, die das Gefährt schwanken ließen wie die Zuversicht der Schatzsucher. So gut die Wegstrecke auch erhalten war, die gesamte Anlage machte den Eindruck, als sei sie stillgelegt, und zwar unwiderruflich. Sie fuhren durch ein Totenreich, und der Taxiarchos dachte an den Schöpfer. Mit Gavins Tod hatte alles, was hier geschaffen worden war, seinen Sinn verloren. Grabesstille hing in dem Tunnel wie stickige Luft, auch wenn das unermüdliche Seil stetig ihr Gefährt vorwärts zerrte, die wulstigen Holzräder leise knarzten und die Stämme unter ihnen ächzten. Gerade begann auch er zu zweifeln, als der Stollen sich zum Tor einer Grotte weitete. Im fahlen Licht waren Silhouetten lebender Menschen auszumachen. Geräusche drangen zu den auf dem Gefährt Kauernden, die nicht von ihnen selbst verursacht waren. Die Höhle ging über in einen überdachten Raum. Das Zugseil lief über eine Holztrommel, das tätige Gegenstück zu der, die am Anfang ihrer Reise gestanden hatte: Der Ort erinnerte entfernt an eine Mühle, doch machte sie kaum den Eindruck, als würde hier Mehl für der Templer täglich Brot gemahlen. Ein Schaufelrad drehte sich, behend und gleichmäßig angetrieben von einem Bach. Auch alle hölzernen Zahnkränze und sonstiges Gestänge schienen bereit, sich von der Macht des Wassers antreiben zu lassen. Aber die Mahlsteine waren verstaubt, Spinnweben verrieten, daß die Mühle schon lange nicht mehr ihrer ursprünglichen Aufgabe diente. Mit Hilfe einer horizontalen Zirbel ließ sich die Kraft des Rades auf die Trommel umleiten, die das Endlosseil aufwickelte oder abspulte.

Jetzt kuppelten die Müller den Mechanismus schweigend ab, und das Gefährt blieb stehen.

»Gehört diese Mühle den Templern von Rhedae?« fragte der Taxiarchos und ahnte, daß er keine Antwort erhalten würde. Die Müller waren stumm. Er sah sich um und entdeckte das Hammerwerk. Diese Konstruktion machte durchaus den Eindruck, als wäre sie noch kürzlich in Betrieb gewesen, feiner Metallstaub lag am Boden, und kein Eisenteil hatte Rost angesetzt. Unschwer stellte sich der Taxiarchos vor, wie hier Gold und Silber voneinander getrennt wurden, die Steine herausgebrochen und das Edelmetall dann zu handlichen Klumpen geklopft wurde.

Die Müller stellten ihrer unglücklichen Natur gemäß auch keine Fragen, aber sie nahmen gegenüber den Neugierigen eine abweisende Haltung ein. Die kräftigen Männer deuteten stumm hinüber zur gegenüberliegenden Felswand. Dort tat sich wieder ein Eingang auf, der allerdings mit einem Holztor verschlossen war. Die Brücke über das Wasser wirkte stabil, und so traten sie den Weitermarsch an. Als sich der Taxiarchos an der Spitze dem Tor näherte, schwangen die Flügel auf, wie von Geisterhand bewegt. So war nicht einmal Pons erschrocken, der als letzter ging, daß sie hinter ihm krachend wieder zusammenschlugen. Sie standen im Dunkeln und mußten erst einmal ihre Fackeln entzünden. »Eine reicht!« befahl der wortkarge Anführer, und so sahen sie im Licht der Ölfunzel, daß sie erwartet wurden. Ein Wägelchen stand bereit, das gleiche wie zuvor. Sie stiegen auf, Mas ergriff das schlaffe Seil und peitschte es, wie man ein Gespann mit der Leine antreibt. Ruckartig setzte sich das Gefährt in Bewegung.

Roç und Yeza befanden sich noch in der Kirche Sainte-Madeleine, als vor dem Eingang ein wilder Disput ausbrach. Sie schickten Philipp, die Tür zu schließen, denn sie wollten keineswegs, daß Besucher sich im Inneren herumtrieben und sich – wenn auch nur aus purer Neugier – mit der auffälligen Golgathagruppe befaßten. Andererseits konnten sie nicht den ganzen Tag, auf dem harten Steinboden kniend, im Gebet verbringen, nur um ihre eigene Anwesenheit zu rechtfertigen, ohne Argwohn zu erregen. Philipp kam zurück.

»Draußen streiten sich Trini und der Doge, weil der das Gotteshaus dem Gosset verkauft hat.«

»Großartig!« rief Roç. »Das hat der Priester gut gemacht!«

»Dafür will der Inquisitor ihn und den Dogen exkommunizieren, wenn sie nicht –«

»Das muß ich hören!« rief Jordi mit unterdrücktem Lachen und eilte zur verriegelten Tür. Kaum hatte der Zwerg sein Ohr gegen das Holz gepreßt, da winkte er Roç und Yeza herbei, die sich den Spaß auch nicht entgehen lassen wollten. Auch den Zofen gestatteten sie zu lauschen.

»Wenn Ihr das Haus Gottes und all seiner Heiligen an der Kirche vorbei säkularisiert«, hörten sie, wie sich Trini in Rage redete, und hätten ihn zu gern dabei gesehen, »dann werfe ich Euch kraft meines Amtes in den Bann, Verkäufer wie Käufer – und zwar auf der Stelle!«

»Das verfängt bei mir nicht!« Der Doge lachte. »Ich bin Templer und gegen jede Teufelei gefeit, auch gegen die Priester der *Ecclesia catolica* –«

»Das hindert Euch aber nicht«, geiferte der Inquisitor, »mit einem falschen Priester der Kirche Eure schmutzigen Geschäfte zu machen, Judas!«

»Geküßt hat er mich zwar nicht«, spöttelte Gosset, »aber etwas mehr als dreißig Silberlinge sind schon als Kaufpreis über den Tisch gegangen, ehrwürdiger Vater.« Es war zwar nicht ersichtlich, aber hörbar, daß Gosset den dicken Trini mit größtem Vergnügen ärgerte. »Auch handelte ich nicht für mich, sondern für das Königliche Paar! Es ist der neue Eigentümer!«

»Hölle, tu' dich auf!« kreischte der Inquisitor. »Das ist der Gipfel an Unverfrorenheit, infamer geht's nicht!« Seine Stimme wurde schrill und überschlug sich. »Das Ketzerpaar im Besitz der Heiligen! Diese gotteslästerliche Stauferbrut zelebriert ihre schwarzen Messen auf dem Altar des Herrn! Nur über meine Leiche!«

»Mir reicht die Leiche, die wir haben, werter Herr de la Trinité«, entgegnete der Doge trocken, »und sie ist auch der Grund, aus dem sich der Orden von diesen Mauern trennt. Sie sind schon entweiht. Laßt Eure Finger von diesem Ort, sonst verfallt auch Ihr noch dem wahren Herrn von Sainte-Madeleine. Hütet Euch vor dem Fürsten der Finsternis!«

»Mir macht Ihr keine angst!« schnaubte Trini. »Ein letztes Mal fordere ich Euch auf, zerreißt Euren Pakt, tretet zurück von dem zu Unrecht erworbenen Gut, das der Kirche allein gebührt.« Die Stimme versagte ihm den Dienst, denn Trini war drauf und dran, vor Wut zu heulen. »Und Ihr, so denn der Orden der Templer Euch nicht ausspeien soll« – jetzt flennte er wirklich –, »zahlt ihm das Geld zurück! Ich flehe Euch an, im Namen der Jungfrau und aller Heiligen!«

»Nie und nimmer«, entgegnete der Doge laut und deutlich, »gibt der Orden Geld zurück, das er schon als Einnahme verbucht hat.«

»Ich stehe hier, so wahr mir Gott helfe«, schloß sich Gosset der Absage an, »nur in Vertretung für das Königliche Paar. Roç Trencavel und seine Dame Yeza sind die rechtmäßigen Besitzer und Eigentümer des Grund und Bodens, auf dem Ihr steht, großmächtiger Inquisitor.«

»Ist das Euer letztes Wort?« schluchzte der fassungslos. Noch nie hatte Trini seine Zähren umsonst vergossen.

»Ja!« antworteten die beiden im Chor.

»Dann verfluche ich Euch, Euch, Euren Orden und Euer Königliches Paar!«

Blitzschnell hatte er die Stimmlage gewechselt, jetzt war er der zürnende Gott des Alten Testaments, und so brüllte er: »Mit Buch und Kerze werde ich Euch verdammen, aus der Gemeinschaft der christlichen Kirche ausscheiden wie dünnen Stuhl!« Er trommelte mit den Fäusten gegen das Portal. »Aufmachen! Aufmachen! Hier spricht die Heilige Inquisition!«

Roç grinste Yeza zu. Auf seinen Wink verschwand Jordi hinter der Teufelsfigur gleich neben dem Eingang, während die drei Zofen – Mafalda wollte nicht beiseite stehen, als sie hörte, um was es ging – die Nische der drei Heiligen in der gegenüberliegenden Wand einnahmen. Yeza hatte sie flüsternd instruiert.

Mit einem Ruck entriegelte Philipp die Tür und riß sie weit auf. Die verdutzte Trini starrte auf die Gruppe, die demütig vor ihm kniete, und Roç sagte:

»Euer Kommen weiht dieses Haus und seine Diener! Tretet ein, und waltet Eures Amtes!«

Der Inquisitor war sprachlos. Mit jeder Art von Widerstand hatte er gerechnet, den er zu brechen bereit war, und jetzt flötete diese ausgemachte Ketzerin: »Gebenedeit sei die Jungfrau Maria!« Und ihr Galan, dieser angebliche Trencavel, wies seinen Diener an: »Der Herr Inquisitor bedarf einer Bibel und etlicher Kerzen! Bereitet ihm alles, daß er den heiligen Auftrag erfüllen kann, den sein hohes Amt ihm auferlegt.«

Da konnte er nur noch »Danke!« und »Vergelt's Gott, der Herr!« murmeln.

Philipp brachte auch ein Weihrauchgefäß an und ein silbernes Eimerchen zum Verspritzen von Weihwasser. Yeza überreichte es ihm gesenkten Hauptes, so entging ihm der Haß, der in ihren Augen glomm. Das war der Mann, der Na India verbrannt, mit eigener Hand Feuer an sie gelegt hatte. Als Geraude des Inquisitors ansichtig wurde, füllten sich ihre Augen mit Tränen. Den beiden anderen Grazien in den Nischen war eher zum Kichern zumute, wenngleich sie nicht wußten, was Roç und Yeza mit der dicken Trini vorhatten. Sie sollten es auch nie erfahren. Denn während alle am Portal beschäftigt waren, den Inquisitor gebührend zu empfangen, und der noch Hemmungen überwinden mußte, die sakralen Gerätschaften aus den Händen erklärter Häretiker zu empfangen, war hinter der Golgathagruppe die schwarze Sänfte aus dem Nichts aufgetaucht. Sie konnte, getragen von den üblichen vier Templern, nur aus dem ›Takt‹ emporgestiegen und zwischen den Trümmern des Menhirs hindurch in die Apsis gelangt sein. Aber wie hatte das Gehäuse die Wendeltreppe überwunden? Jedenfalls stand es jetzt da, und noch keiner hatte es bemerkt.

Bemerkt hatte Trini hingegen gerade jetzt den Teufel hinter der Kirchentür, und er schlug entsetzt das Kreuz, zumal er vermeinte, daß der Böse ihm soeben an den Arsch gefaßt, ihn gar gestreichelt hätte. Er sprang zurück und schlug mit dem Weihwasserwedel nach der ausgestreckten Hand. Da lachte der Teufel hohl und gräßlich. Trini fuhr herum. Von seinen Gastgebern konnte es keiner gewesen sein! Sie schauten alle erwartungsvoll auf ihn, den großen Inquisitor. Da fühlte er eine rauhe Zunge, die seine Handfläche leckte. Trini begann zu zittern. Dieses Königliche Paar sollte er lieber von dem Bannfluch ausnehmen, für hier und heute jedenfalls. Sie waren so gut zu ihm. Aber die andern beiden sollten ihm nicht entkommen, weder dieser Templer, der da meinte, außerhalb der kanonischen Gesetze zu stehen, noch dieser Priester, der sich offen gegen die alleinseligmachende Kirche stellen zu können glaubte. Die sollte sein Bannstrahl treffen, ganz gleich, ob der König von Frankreich oder der Papst in Rom seine Hand über sie hielt. Für jeden wollte er eine Kerze anzünden und diese dann genüßlich vor dem Altar zu Boden senken, bis sie zischend verlöschte, so wie die Gliedschaft in der *Ecclesia* erlosch.

Trini preßte die Bibel, die ihm Philipp gebracht, fest unter den Arm und betrat an den Knienden vorbei das Kirchenschiff von Sainte-Madeleine. Sein Blick fiel auf die Nischen, in denen reglos weibliche Gestalten standen. Die Sünderin Magdalena kniete. Er wollte seinen Augen nicht trauen, aber hatte sie nicht einen nackten Hintern? Er lenkte seine Schritte näher zur Nische. Als er an der Sainte-Germaine vorbeikam, verrutschte auch deren Gewand, die Potkaxl ließ es schamlos klaffen. Trini schlug gleich drei Kreuze, denn nun entblößte auch Geraude, die Trini für Maria gehalten hatte, ihre weiche Milchbrust, und eine Donnerstimme erfüllte das Kirchenschiff:

»»Alle Unzucht birgt sich im Dunkel, im schwarzen Blut!
Wer die Verbote des Blutvergießens, Götzendienstes und der
Unzucht übertritt, dessen Seele entblößt sich ... und wird in
der Hölle gerichtet!'«

Die Stimme kam von Joseph, der unbeweglich in seiner Nische stand. Kein Leben schien in ihm, was der verwirrte Inquisitor auch nicht aus der Nähe zu prüfen wagte, denn jetzt erscholl eine ganz andere, hohl und gräßlich: »Willkommen, Bezù de la Trinité, der du stolz alle Verbote übertreten hast. Wir lieben dich als einen der unsrigen!«

Das konnte nur der Satan *in personam* gewesen sein. Der Inquisitor zitterte am ganzen dicken Leibe, und sein Blick fiel auf die schwarze Sänfte, hinter der das Höllenfeuer zu flackern schien, ein rotgoldenes Lichtfeld umgab sie, die teuflische, wie ein Heiligenschein die Muttergottes.

»Deine Seele gehörte uns schon immer,
heute ist das Fest, deines Leibes Richtfest!«

Da stieß Trini einen Schrei aus, warf die Bibel und den Wedel zu Boden und stürzte zum Portal zurück. Er rüttelte an der Verriegelung, die er in seiner Angst nicht zu öffnen wußte, er schrie wie am Spieß, wimmerte wie ein Kind, wahrscheinlich entleerte sich auch sein Gedärm, denn es roch heftig, als Philipp herbeieilte und ihn aus der Kirche entweichen ließ.

Kaum war die Tür hinter Trini ins Schloß gefallen und Jordi wieder hinter der knienden Teufelsfigur hervorgeklettert, da brachen alle in schallendes Gelächter aus, das auch nicht abbrach, als Jakov Ben Mordechai jetzt aus seiner Josephsnische herabstieg, im Vorbeigehen leise »Shalom« sagte und sich zur Sänfte in der Apsis begab. Der Feuerschein dahinter erlosch, und die vier Templer traten vor. Sie verneigten sich vor Roç und Yeza, und der Älteste sagte:

»Es besteht der Wunsch, das Königliche Paar allein zu sprechen!«

Roç und Yeza schauten sich an, und ihre Mienen wurden wieder ernst. Sie wußten, wer sie sehen wollte, und waren sich der Bedeutung der bevorstehenden persönlichen Begegnung mit der alten Großmeisterin des Ordens bewußt. Gut zehn Jahre war es her, daß sie Marie de Saint-Clair ins Auge schauen durften, damals, als sie nach turbulenten Ereignissen Konstantinopel verlassen mußten. Das Oberhaupt der Prieuré de Sion griff nur ein, wenn Entscheidungen von größerer Tragweite anstanden. Sie gingen quer über ihr Golgatha, bemüht, keinen unnötigen Blick auf die Kreuzigungsgruppe zu werfen, denn sie wußten sich beobachtet. Sie traten vor die schwarze Sänfte. Der kahlköpfige Kabbalist schlug den Vorhang zur

Seite und ließ sie eintreten, allerdings folgte er ihnen mit größter Selbstverständlichkeit und nahm gegenüber den ihnen angewiesenen Sitzen auf der Bank Platz, die ansonsten leer war. Jakov fing ihr Erstaunen auf.

»Marie hat mich gebeten, auf einige Fragen, die Euch auf der Seele brennen, erschöpfend Auskunft zu geben. Es strengt sie selbst zu sehr an«, teilte er ihnen vertraulich mit. »Auch ist es ihr lästig. Danach wird sie mit Euch über Wichtigeres sprechen, über Eure Zukunft.«

»Dann erklärt uns, bitte«, schoß Roç gleich los, »was ist mit Gavin geschehen? Wer hat ihn umgebracht?«

»Und warum?« legte Yeza nach. Sie betrachtete Jakov aufmerksam, sobald sich ihre Augen an das Halbdunkel im Inneren der Sänfte gewöhnt hatten. Sie hatte ihn bislang für einen eher harmlosen Spinner gehalten, der sich für die Inkarnation des Joseph hielt, laut singend alttestamentarische Exkurse zu halten pflegte und immer dann auftauchte, wenn man ihn nicht erwartete. Daß er jetzt hier ihnen gegenübersaß, bewies, daß Jakov Ben Mordechai wohl mehr darstellte als einen religiösen Eiferer oder Gavins grilligen Kabbalisten und sich höchster Wertschätzung erfreuen durfte.

»Wer?« bohrte Roç.

»Niemand, alle, er selbst«, antwortete Jakov, und Yeza wurde wieder irre in ihrer Einschätzung.

»Wir«, sagte Jakov abschließend, »wobei dies den Präzeptor einschließt. Gavin Montbard de Béthune war aus dem Ruder gelaufen, was vorkommen kann und wiedergutzumachen ist. Doch seine Pläne waren bekanntgeworden, die Krone Frankreichs betrachtete sie mit Recht als Hochverrat und verlangte seinen Kopf. Eine solche Demutsgebärde wollten wir dem Orden, dem er offiziell angehörte, nicht zumuten, noch den Capets diesen Triumph vergönnen. Also setzten wir dem Präzeptor eine Frist, binnen derer er selbst die Lage bereinigen konnte. Gavin hatte eingesehen, daß sein Unternehmen nur als Fehlschlag enden konnte und dies keineswegs im Sinne der Prieuré war. Er zog also die Konsequenz. Mit der Durchführung beauftragte er mich, wohl wissend um meine Erfahrung als ›Knicker‹ und daß er mir vertrauen durfte. Ich wollte ihn ohne Todesangst und ohne Schmerzen vom Leben lösen. So einigten wir uns auf eine Mischung verschiedener Gifte, wovon Schierling einschläfert, Stechapfel lähmt und Bilsenkraut gefühllos macht. Yves der Bretone wurde ausgesandt, den besten *veneficus* des Landes herbeizubringen, den Gutmann Mauri En Raimon, der vor allem weiß, wo die seltene Alraune und das Teufelsauge wächst und es mit Yves' Hilfe auch fand. Ursprünglich hatte Gavin sich gewünscht, den Tod in seinem schwarzen Sarkophag nicht nur zu empfangen, sondern dort auch aufgebahrt zu verweilen, durch das Wasser von der bösen Welt abgeschlossen. Wie ein Pharao in seiner Pyramide, so wollte der Präzeptor in seinem unterirdischen Reich, im ›Takt‹, ruhen, bis dereinst, am Tag des Jüngsten Gerichts, alle Wasser ins Weltenmeer strömen und seinen Leib, oder was noch übrig davon, mit sich führen würden. Warum er darauf bestand, erschloß sich uns erst hinterher, als das Wasser aus der Zisterne durch ein Leck oder Gottes Fügung plötzlich auslief. Der entstehende Sog riß das steinerne Lager nach unten und hätte auch Gavins Leib mit sich in der Tiefe verschwinden lassen, wenn er noch dort gelegen hätte, aber –«

»Also«, unterbrach Yeza den Strom der Erzählung, »noch lebte er. Berichtet erst mal von seinem Tode!«

»Der Bretone brachte nicht nur Mauri En Raimon, sondern auch einen einarmigen Strolch –«

»Rinat!« Roç unterdrückte nur mit Mühe einen Aufschrei der Wut. »Rinat Le Pulcin? Einen als *pictor* verkleideten Häscher!«

»Richtig! So hieß der«, antwortete Jakov, »und auch ich würde ihn als *sicarius* einschätzen. Nur, daß er weitergehende Vollmachten vorwies und in das von mir mit Gavin abgesprochene Bestattungsritual eingriff.«

»Von wem?« wollte Yeza wissen, doch darüber ging Jakov hinweg.

»Wir hatten einen Schlaftrunk aus Papaver und Mandragora vorbereitet, den Gavin nehmen sollte, wenn es ihm danach war, dann ein kleiner Ritzer –«

»Also doch!« rief Roç triumphierend.

»Taumellolch!« fuhr Jakov unbeirrt fort. »*Lolium temulentum!* Unspürbar, selbst bei kristallklarem Bewußtsein, und erst wenn auch der seine volle Wirkung entfaltet hatte, sollte ich mit einem kleinen Kunstgriff dafür sorgen, daß es zu keinem Erwachen – zumindest nicht im Jammertal dieser Erde – mehr kam.«

»Ich kenn' den Vorgang«, sagte Roç, »ein Holzscheit unter den Nacken –«

»Dann ist es ja gut«, unterbrach ihn Jakov, sichtlich nicht an der Schilderung interessiert, und Yeza fragte:

»Was wollte Rinat, die Ratte?«

»Als die Todesstarre eingetreten war, verlangte er, daß der Präzeptor nicht länger in seiner Gruft ruhen sollte, sondern aufrecht an seinem Arbeitstisch sitzen – so wie Ihr ihn ja auch aufgefunden habt.«

»Dann hat Rinat ihm mit roter Farbe im Nacken das Blutmal angebracht.« Roç sah sich in seinem Forschungseifer bestätigt.

»Getroffen!« lobte Jakov den guten Beobachter. »Und er hat ihm mit einem güldenen Templerring das Siegel aufgedrückt.«

»Wessen Ring?« hakte Yeza nach und bekam wieder keine Antwort.

»So wurde Gavin Montbard de Béthune dem geheimen Vertreter der Krone vorgeführt, und damit hatte sich die Sache für den Orden.«

»Yves der Bretone vertrat Frankreich? Das kann ich nicht glauben«, gab Yeza kund.

»Wer auch immer«, räumte Jakov ein, »sein Augenschein genügte dem Kapitelrat.«

»Guillem de Gisors?«

»Richtig, werte Damna, der vertrat die Prieuré und Georges Morosin den in der *Terra Sancta* weilenden Großmeister der Templer.«

»So fanden sich Okzident und Orient krude vereint zum friedlichen Brudermord«, schloß Yeza, ihre Verachtung nicht verbergend, und Jakov konnte es ihr nachfühlen.

»Gavin ragte heraus aus dem Mittelmaß von eitlen, blasierten Ordensrittern und eifrigen Krämerseelen, er war ein Streiter, ein hochmütiger Streiter in des Wortes wahrer Bedeutung, er besaß den hohen Mut zu einer gewaltigen Vision, die das Antlitz der Erde verändert hätte.«

»Das ist wohl das Schicksal, das auch uns erwartet«, sagte Roç leise, »denn auch wir stehen für eine Idee, von der zwar alle gerne und schwärmerisch reden, deren Verwirklichung aber eigentlich niemand will.«

Von draußen klopfte jemand an das Gehäuse, dreimal, kurz und trocken.

»Ihr habt jetzt alles erfahren«, sagte Jakov und erhob sich, »was mir oblag, Euch mitzuteilen.«

Er lüftete den Vorhang zur Kirche hin und machte Anstalten, die Sänfte zu verlassen. Ein Templer trat vor. »Das Königliche Paar ist gebeten, Jakov Ben Mordechai bis zum Portal das Geleit zu geben«, wandte er sich an den Kabbalisten, ohne Roç und Yeza dabei anzuschauen. Der lächelte.

Yeza hatte intuitiv verstanden, worum es ging, während Roç aufmuckte.

»Wir sollten doch die Grande –?!«

»Schtt!« machte Yeza, die schon herausgeklettert war, und Jakov neigte sich zu dem zögerlichen Roç.

»Geht nur ein paar Schritte mit mir«, und als Roç endlich folgte, fügte er flüsternd hinzu: »Die alte Dame liebt es nicht, in Gegenwart anderer Platz zu nehmen, sie ist zu stolz, ihre Gebrechlichkeit zu zeigen.«

Dies erzählend, entfernte er Roç von der Sänfte. Yeza war längst vorausgeeilt.

»Bereits sitzend, ist sie nun bereit, Euch zu empfangen!« eröffnete er Roç den Sinn des umständlichen Manövers. »Jeder Mensch hat seine Schwächen, alte ein paar mehr!« Er blieb stehen. »Die Antwort auf Eure letzte Bemerkung, Roç Trencavel«, sagte er freundlich »werdet Ihr aus berufenerem Munde vernehmen.«

Er wandte sich mit einer Verneigung an Yeza. »Geht jetzt bitte zurück, ich finde meinen Weg allein, laßt Marie nicht warten.«

Er schritt nicht zur Kirchentür, sondern zur Nische des Joseph und stieg hinauf. Seine alttestamentarische Donnerstimme erfüllte alsbald das Kirchenschiff:

»›Und Nacht wird leuchten wie der Tag, die Finsternis ist wie das Licht.‹«

Yeza nahm Roç an der Hand, und sie kehrten folgsam zur Sänfte zurück. Der Templer meldete sie als »das Königliche Paar«, und sie hörten den Abakus dreimal herrisch gegen das Holz klopfen. Er lüftete den Vorhang, um sie einzulassen. Als sich ihre Augen an das Dunkel gewöhnt hatten, saß ihnen gegenüber die verschleierte alte Dame, die sie erwartet hatten.

»Ich freue mich, Euch wiederzusehen«, sagte die Stimme, an die Roç und Yeza sich sofort erinnerten. Sie war etwas brüchiger geworden, hatte aber von ihrer Bestimmtheit nichts verloren.

»Wir freuen uns ebenfalls«, erwiderte Yeza. »Euren Rat brauchen wir mehr denn je!«

»Ich wünschte mir deine Kraft, Yeza Esclarmunde«, kam die Antwort mit einem unmerklichen Seufzer. Nach einer kleinen Pause fuhr sie fort: »Deine Zweifel, Roç Trencavel, kannst du nur durch die Erkenntnis überwinden, daß der Wille, den es durchzusetzen gilt, dein eigener sein muß.«

Das darauf folgende Schweigen brach Yeza: »Seit wann läßt uns der Große Plan diese Freiheit?« fragte sie angriffslustig, und die Grande Maîtresse seufzte wieder, bevor sie sich zu einer Antwort herbeiließ:

»Der Große Plan war eine hervorragende Schulung, die Entwicklung der Euch innewohnenden Fähigkeiten, vor allem der, mit der Freiheit umzugehen! Nun ist die Zeit gekommen, da Ihr selbst entscheiden sollt, welchen Weg Ihr einschlagen wollt. Der Wunsch, das Ziel zu erreichen, setzt den Willen zur Suche danach voraus. Ihr bestimmt das Ziel einzig und allein durch Eure Suche.«

»Die Suche nach dem Gral?« fragte Roç zaghaft.

»Die hat nur Sinn«, belehrte sie ihn mit erstaunlicher Heftigkeit, »wenn du auch wirklich gewillt bist, ihn zu erfahren, denn der Gral ist nicht irgendwo, schon gar nicht hier in Rhedae oder sonstwo in Okzitanien und sicher weder in einer Höhle noch unter der Erde.« Das klang bei allem Sarkasmus fast scherzhaft. »Er ist zwar verborgen und wird dem Unwürdigen nicht zuteil.« Marie de Saint-Clair wurde wieder ernsthaft, und Roç fühlte ihre Augen durch den Schleier auf sich gerichtet. »Der Gral ist in dir, in Euch, dem Königlichen Paar!«

»Also nicht der Schwarze Kelch?« Roç war enttäuscht, die Großmeisterin nicht minder, denn sie hatte wohl eine würdigere Regung auf ihre Eröffnung erwartet. Yeza sprang ein.

»Der Schwarze Kelch steht als Symbol, als Schlüssel zum Geheimnis?«

Das war auch nicht die Formulierung, die Marie de Saint-Clair gefiel.

»Der Gral ist kein Objekt!« wies sie auch Yeza zurecht. »Der Schwarze Kelch ist nichts als der Schlüssel zum Stein des Steines. Er kann als Symbol für Stationen der Suche stehen, doch darf sich diese nicht darin erschöpfen, dann droht sogar Gefahr.«

»Muß man denn seines Leibes Leben achten«, fragte Roç begierig, »oder soll man es als Ritter des Gral in die Waagschale werfen?«

»Deines Leibes Leben dient dir, Ritter Roç Trencavel, wie du dem Gral dienst.« Spott sprach aus ihrer Stimme. »Wirfst du es weg, achtest du des Dienstes wenig. Der Gral gehört den Lebenden, der Gral ist das Leben!«

»Und die Liebe!« sagte Yeza fest.

»Leben ist Liebe ist Leben, Yeza Esclarmunde; das Wissen um das Wesen des Gral hast du deinem Ritter voraus.«

»Die Liebe überwindet auch den Schwarzen Kelch?« fragte Yeza, obgleich sie sich der Antwort sicher war.

»Die Liebe ist das Göttliche in dir«, sagte die Grande Maîtresse erschöpft, und Roç und Yeza fühlten es und schwiegen. Sie saßen lange Zeit so da, dann räusperte sich Marie de Saint-Clair.

»Euer Verbleiben in Okzitanien scheint mir wenig sinnvoll und auch keineswegs hilfreich – was auch immer Eure Pläne sind. Ich schlage vor, daß Ihr Euch von hier löst.«

»Ist das unsere Bestimmung?« fragte Roç aufsässig. »Oder dürfen wir frei entscheiden?«

»Darüber sprachen wir bereits.« Unmut klang an. »Ich biete Euch Jerusalem an, ich sehe nichts, was Euch mehr entspricht! Euren Entschluß werde ich erfahren, wie auch den Weg, den Ihr nehmen werdet!«

Damit waren Roç und Yeza ziemlich brüsk entlassen, doch als sie sich erhoben, lenkte die Grande Maîtresse mit einem Seufzer fast gutmütig ein.

»Meine Bestimmung ist es, Euch auf allen Euren Wegen zu folgen und meine Hand schützend über Euch zu halten. Ich werde bei Euch sein bis ans Ende der Tage.«

Roç und Yeza stiegen aus der Sänfte und schritten langsam auf ihr kleines Gefolge zu.

»Das hat sie damals schon gesagt!« murmelte Roç.

»Bis jetzt«, erwiderte Yeza nachdenklich, »hat sie Wort gehalten.«

DIE SCHATZSUCHER

Der Königspalast zu Palermo mochte nach außen, zur Stadt hin, noch immer wie eine normannische Trutzburg, wie ein langgezogenes Wikingerschiff wirken, in seinen Höfen hatte sich die schöngeistige Kultur des Orients erhalten. Zwischen Wasserspielen und Zierbäumen, Volieren und Spalierbüschen spielte die Sonne. Kreuzgänge mit zierlichen Marmorsäulen und hohe Palmen boten Schatten. Hier erging sich Herr Manfred, sooft es ihm seine Zeit erlaubte, und seine schlank aufragende Gestalt verschönte die Gärten. Die Goldfischteiche warfen das Bild eines noch jünglingshaften Blonden zurück, den die einen schon »König« nannten, obwohl seine Krönung noch bevorstand, die anderen dagegen »Bastard« schmähten, was zwar dem Umstand seiner Geburt entsprach, aber keineswegs seinem gewinnenden, heiteren Wesen und seinen angenehmen, oft verträumten Zügen. Manfred war der natürliche Sohn des großen Staufers Friedrich II., seine Mutter die Gräfin Bianca Lancia. Der Kaiser hatte sie und ihre gemeinsamen Nachkommen so sehr geschätzt, daß er ihnen auf dem Totenbett noch schnell die Legitimität zugesprochen hatte. Nicht zu Unrecht, denn keiner seiner unzähligen Söhne ist so nach seiner Art geschlagen wie Manfred, dachte sich sein schweigender Begleiter im stillen.

Hinter der freundlichen Fassade des Herrschers verbarg sich eine gewisse Bedenkenlosigkeit, die einige als heimtückisch und grausam empfanden, anderen lediglich unbedacht erschien, Folge seiner Trägheit und Unentschlossenheit.

Manfred wirkte oft verliebt in die Vorstellung seiner eigenen Größe. Eine orientalische Mischung aus übertriebenem Selbstbewußtsein und Kraftlosigkeit, ging es dem Beobachter durch den Kopf. Das unterschied ihn von Friedrich – aber auch, daß er dessen krankhaftes Mißtrauen nicht geerbt hatte. Verglichen mit seinem Vater, war der jetzt sechsundzwanzigjährige Sohn geradezu vertrauensselig. Und dazu strahlend schön wie ein junger Gott, was man von Friedrich auch nicht hatte behaupten können.

Manfreds Begleiter und Ratgeber – er hatte ihn gewissermaßen von seinem Vater geerbt und zum Kanzler erhoben – war Johannes von Procida. Eigentlich ein äußerst begabter Arzt neapolitanischer Herkunft, wie der Name verriet. Doch als deuchte es dem jungen Herrscher zu schade, ihn den studierten Beruf ausüben zu lassen, bezog er den vielseitig Fähigen in alle politischen Entscheidungen mit ein. Und Johannes dankte es ihm durch Treue, die den Staufern sonst selten vergönnt war.

»Der aragonesische Geheimdienst«, sagte Johannes nebenbei, um seine guten Beziehungen nicht herauszustellen, »hat einen Brief an ›das Königliche Paar‹ abgefangen.«

»Ah! Mein Cousin Roger Trencavel!« Manfred lächelte. »Oder ist er kein Verwandter?«

»Yeza, Yezabel Esclarmunde, ist es mit Sicherheit, doch tut das wenig zur Sache. Der Schreiber ist mir wichtig: William von Roebruk, ein Minorit, der sie seit ihrer Kindheit auf dem Montségur umkreist wie der Mond die Sonne, wenn ich das mal so sagen darf.«

»Ein Franziskaner?« Manfred verfügte über ein gutes Gedächtnis. »Wurde der Minorit nicht zum Großkhan der Mongolen entsandt?«

»Richtig«, entgegnete der vielseitige Medicus, »William erreichte dort nichts von dem, was seinen Auftrag ausmachte, aber er sorgte dafür, daß Roç und Yeza ins Abendland zurückkehrten.«

»Was die Assassinen mit der Zerstörung von Alamut bezahlen mußten«, trug Manfred aus seiner Sicht der Dinge bei. Johannes nahm es dankbar auf.

»William ist ein gefährlicher Topf«, beschrieb der Kanzler den Franziskaner. »Schlicht in seiner braunen Kutte, rundlich und gemütvoll, doch hinter diesem biederen Gefäß aus Terracotta schlummert eine *bomba,* schlimmer als Griechisches Feuer, und wo er hereinplatzt –«

»Wie«, fragte Manfred, »ist er hier?«

»Nein, noch weit weg, gottlob, in Nikäa!«

»Will er den griechischen Kaiser vernichten?« Manfred fand den Gedanken spaßig, doch Johannes paßte diese Wendung nicht.

»Den hat Gott vor solchem Schicksal bewahrt – er ließ den Vatatses vom Teufel holen!«

»Ah«, rief Manfred, »ist meine Schwester endlich glückliche Witwe?«

»Witwe sicher, doch ob glücklich? Doch lenkt mich nicht von Wiliam ab! Das flämische Schlitzohr ist nicht nur Topf, sondern auch Katapult. Er verschleudert seine Geschosse – laßt mich sein Schreiben vorlesen, es wird Euch unterhalten, wenn auch nicht immer amüsieren.«

Sie setzten sich auf eine Bank im Schatten, nachdem der Arzt mit schnellem Blick festgestellt hatte, daß sich dahinter weder ein Lauscher verbarg noch sich ungesehen anschleichen konnte. Wenn er mit Manfred den Garten betrat, waren alle Türen bewacht und blieben verschlossen.

»William von Roebruk, O. F. M.
an das Königliche Paar
Roç Trencavel du Haut-Ségur
und Yezabel Esclarmunde du Mont y Sion

Damaskus, im Juni A. D. 1258

Trost empfand ich bei dem Gedanken, an den ich mich klammerte wie ein Bannerträger an seine Fahne in der Schlacht, daß jeder Schritt mich Euch näher bringt. Ich zählte sie einzeln, derweil ich mich Fuß vor Fuß durch den Wüstensand schleppte, mehr als einmal Gefahr laufend, von meinen Mitbrüdern liegen gelassen zu werden. Denn ich hielt ihr Marschtempo nicht mit, stolperte am Ende des Zuges hinterher und fiel oft genug vor Erschöpfung einfach in den Sand.

Als wir einer Sklavenkarawane begegneten und ich mir ein Kamel erstand, war ihre Verachtung für den verweichlichten William dann endgültig so weit gestiegen, daß sie mich aufforderten, allein meines Weges zu ziehen. Daß die Händler mir überhaupt eines ihrer Lasttiere zum günstigen Preis abtraten, verdankte ich nur dem Geistesblitz, mich als Freund von Abdal dem Hafsiden auszugeben. Das wirkte Wunder und bestärkte meine Brüder in ihrer Einschätzung, daß meine Person des Ordens völlig unwürdig sei. Ich schämte mich jedoch keineswegs, als ich endlich allein war – nur mit meiner *jamala* namens Delilah, wie die Verkäufer mich augenzwinkernd wissen ließen. Es liegt mir fern, mich als der Erfinder von Geschichten aufzuspielen, die über den Trieb einsamer Männer in der Wüste im Schwange sind: weit und breit nichts als Sand – und die Kameldame.

Als wir am ersten Abend lagerten, schien es mir schon, als strecke Delilah mir, als sie niederging, ihr Hinterteil schamlos fordernd entgegen, eine Verlockung, der ich widerstehen konnte, auch wenn mein Kamel mich spöttisch musterte. Am Ende des nächsten Tages rückte sie mir noch näher, schob ihr Gesäß in aufreizender Langsamkeit zu meinem Lager, daß ich bis zum Einschlafen nichts anderes vor der Nase hatte. Im Traum verwandelte sich Delilah in eine starkhüftige Tänzerin, dichtbehaart wie ein Tier und doch schändlich begehrenswert. Ihren Kopf sah ich nicht, aber ihre rosig glänzende Vulva klaffte obszön zwischen dem Fell ihrer Schenkel. Ich geriet in Erregung, vergaß mich, erwachte keuchend und war naß von meinem Samen. Wütend wechselte ich meine Beinkleider und drängte noch vor Sonnenaufgang zum Aufbruch. Mit ganz anderen Gefühlen als sonst bestieg ich Delilah, die mich stets aus großen Augen belustigt ansah, obwohl ich mir eigentlich nichts dabei dachte, wenn ich mich auf ihren Rücken hockte und sie mich schaukelnd durch die Wüste trug, während mein Fleisch sich an ihren Höckern schabte. Je länger wir ritten, ich muß es Euch gestehen, desto mehr fieberte ich dem Hereinbrechen der Nacht entgegen, erst noch in dumpfer Abwehr, dann im Widerstreit mit der mir anerzogenen Moral und der uns innewohnenden Scham. William, du bist widernatürlich! William, kennst du keinen Ekel? Nein, ich will ein Schwein sein, Sau und Eber zugleich! Kein Mensch war zu sehen, ich sprang ab, und Delilah machte Anstalten, in die Knie zu gehen. Ich verwies es ihr, denn zu einem Beilager war sie nicht geschaffen. Ich trat hinter sie, hoch reckte sich ihr Steiß. Ich scharrte mit den Füßen, dann auch wie wild mit den Händen einen ansehnlichen Hügel zusammen, der unsere so unterschiedliche Anatomie auszugleichen vermochte. Verwirrten Sinnes bestieg ich ihn, schaute mich noch einmal nach allen Seiten um. Leer erstreckte sich die Wüste in alle vier Himmelsrichtungen, die Sonne war noch längst nicht untergegangen, ich warf einen lächerlich langen Schatten, als ich meine Beinkleider abstreifte und mit beiden Händen nach Delilahs Flanken griff, um sie zu mir heranzuziehen. Sie wendete ihren Kopf und schürzte die Lippen – ich griff ins Leere, denn sie tat einen Schritt nach vorne, in voller Absicht, um mich zu demütigen, so wie ich da mit heruntergelassener Hose auf meinem Sandhaufen stand.

Ich hüpfte nach vorne und schob sie zurück in eine erreichbare Position, stieg wieder auf den Berg der Erkenntnis, und wieder düpierte sie mich durch lässiges Vorsetzen ihrer breiten Hufe. Sie drehte sich dabei zu mir um, damit ich auch sehen konnte, daß sie sich über mich lustig machte. Ich war wie von Sinnen. Ich trampelte meine Beinkleider in den Sand, rannte vor, zwang ihrem lächerlichen Starrsinn mit beiden Fäusten meinen Willen auf, bis ihre Hinterläufe gegen den Sandhügel stießen. Ich wagte nicht, ihr dabei ins Auge zu schauen, sondern sprang an ihr vorbei auf meinen Hügel, doch der war inzwischen so zusammengetreten, daß Delilah mir ob der Höhe des verwunschenen Ziels meiner nunmehr rasenden Begierde unerreichbar blieb. Es bedurfte nicht einmal mehr des Schritts nach vorn, den sie auch nicht mehr unternahm.

Das ist der Wüstenkoller, William, sagte ich mir und ließ meinen Blick verzweifelt in die Weite schweifen. Als nächstes werde ich Beute einer handfesten Fata Morgana!

In der Ferne sah ich eine Karawane, sie hielt auf mich und Delilah zu, quer über die Dünen. Eine Frau wurde in einer Sänfte getragen, offensichtlich eine Dame von Geblüt, denn neben der Sänfte liefen Diener und fächelten ihr zu. Je näher sie kam, desto deutlicher erkannte ich, wie schön sie war. Üppig wogte ihr Busen unter hauchdünnem Musselin, der auch die Form ihrer Schenkel ahnen ließ. Im letzten Moment bedachte ich meine Nacktheit und wollte schamhaft zurück in meine Beinkleider schlüpfen, doch mit breitem Huf stand Delilah darauf. Ich drängte gegen ihre Flanken, stieß mit dem Knie nach ihr, fast hätte ich sie getreten, doch da war die Sänfte schon neben mir angelangt, und eine gurrende Stimme sagte: »Was kann ich für dich tun, William?«

Ihr wißt, meine Lieben, wie die Antwort hätte lauten müssen, aber da lüftete die Dame ihren *hijab*: Es war Clarion!«

Hier unterbrach Manfred den Vorleser.

»Etwa Clarion von Salentin, meine Halbschwester?«

»Gewiß, mein Fürst und baldiger König«, erwiderte Johannes, »wir sind ganz in der Nähe von Damaskus angelangt, und die Favoritin des Sultans An-Nasir kehrte gerade heim von einem Ausflug zu einer der umliegenden lieblichen Oasen.«

Johannes von Procida war die Unterbrechung nicht unangenehm, denn Vorlesen strengt an. »Die beiden kennen sich natürlich durch Roç und Yeza, die einen Großteil ihrer Kindheit in Otranto verbrachten, wo auch Clarion aufwuchs.«

»Ich weiß«, sagte Manfred ungerührt, »sie war eine Nebenfrucht der Brautnacht von Brindisi.«

Johannes von Procida war dieser Vorfall geläufig. Kaiser Friedrich, maßlos in seiner triebhaften Gier, war nicht nur über seine minderjährige Braut Yolanda hergefallen, sondern auch noch über die Kammerzofe. Der Kanzler sagte aber nur:

»Die unverhofft zu Mutterehren Gekommene war eine Hochzeitsgabe seines Freundes, des Großwesirs.«

»Wahrscheinlich sogar eine seiner Töchter!« ergänzte Manfred kühl, der jetzt endlich wissen wollte, was William unterschlagen hatte.

»Wie lautet denn nun die Antwort?«

Johannes lachte.

»Bedenkt, was vorangegangen war, die schöne Unbekannte hatte noch lustvoll und betörend hinzugefügt: ›Ich will Euch gern zu Willen sein, William! Jeden Wunsch erfüll' ich Euch!‹ Da antwortete der Mönch: ›Dann seid doch bitte so lieb, und haltet mir dieses widerspenstige Kamel!‹«

Der junge Herrscher wollte sich ausschütten vor Lachen. »Dieser William mag ein Ferkel sein, aber ein köstliches!«

»Ja«, bestätigte der Arzt, »er hat Humor. Vor allem die seltene Gabe, über sich selbst zu lachen. Hört weiter!«

Er wartete noch, bis Manfred sich beruhigt hatte, und fuhr dann mit dem Verlesen des Briefes fort.

»›Ich verlebte heitere Tage im Palast des Sultans. An-Nasir, der meinen Umfang um einiges zu überbieten vermag, er ist eine Hüne an Gestalt, schloß mich sofort in sein verfettetes Herz, weniger weil ich mich im Schachspiel schlagen ließ, sondern weil ich mir geduldig seine Nöte anhörte, immer wieder. Der Koloß schwankte wie ein Rohr im Winde, was sein Verhalten gegenüber den Mongolen anbelangt. Mal wütete er uneinsichtig gegen »diese ungehobelten Steppenvölker«, wischte meine Figuren vom Brett, als könne er so mit dem unsichtbaren Gegner verfahren, der ihn schon allein damit zermürbte, daß er den Ayubiten-Sultan warten ließ. Dann wieder war er verzagt, sackte in sich zusammen wie ein Häufchen Elend und war bereit, sich bedingungslos zu unterwerfen, wie es die Mongolen von ihm verlangt hatten.

Seine Lage war nicht schwierig, sie war hoffnungslos, doch genau das wollte er nicht wahrhaben. In die Hand der Mameluken von Kairo konnte er sich nicht begeben, das war ihm seltsamerweise klar. Sie hätten ihn sofort umgebracht, denn sie betrachteten Aleppo und Damaskus, Homs und Hama als ihnen zugefallenes Erbe Saladins und An-Nasir als Usurpator. Ohne Bundesgenossen reichte sein Heer gegen die Mongolen nicht aus. Hulagu verlangte zwar die gleichen festen Plätze, Damas eingeschlossen, aber der Il-Khan hatte An-Nasir in Aussicht gestellt, daß man ihm vielleicht das nackte Leben lassen würde.

Das wiederum fand der Ayubiten-Herrscher empörend. Mein behutsamer Rat lautete, erst einmal auf einen Zeitgewinn zuzusteuern, denn es bestünde ja noch die Möglichkeit, daß die Mongolen von weiteren Eroberungen absehen oder davon abgehalten würden. Ich Klugscheißer verriet dem Sultan nicht, woher ich den Mut bezog, ihm auch nur eine der beiden Lösungen als realistisch vorzugaukeln.

Der mächtige An-Nasir griff nach dem Strohhalm, als handelte es sich um den Stamm einer Palme im Sandsturm. »Ich werde meinen Sohn El-Aziz zum Zeichen meiner Verhandlungsbereitschaft und als meinen persönlichen Botschafter zu Hulagu schicken. Das wird seinen Eindruck auf die Tataren nicht verfehlen.«

Hier mußte ich dem Despoten widersprechen, was einigen Mut voraussetzte, denn gereizt war er fähig, größeren Ochsen als mir mit einem Schlag das Genick zu brechen.

»Eure Bereitschaft, Majestät, setzt der Mongole voraus«, klärte ich den für seinen Jähzorn berüchtigten Fleischberg auf. »Nach seinem Dafürhalten, und ich kenne Hulagu, sollten ihr Taten folgen, nicht Euer Sprößling – den man keineswegs als Gesandten, sondern als Geisel empfangen wird.«

Mein verschrobener Satzbau verhinderte einen Wutausbruch, er brauchte Zeit, den Sinn meiner Worte zu begreifen.

»Wenn El-Aziz sich so behandeln läßt«, schnaubte er dann an die Adresse seines Sohnes, der jedoch nicht zur Hand war, »hat er es nicht anders verdient. Dann ist er auch nicht würdig, in meinem Namen zu sprechen.«

»Es wird letztlich darauf hinauslaufen«, traute ich mich keck hervor, »daß Ihr Euren Sohn und Erben hergegeben habt, ohne daß Ihr in der Sache selbst einen Schritt weitergekommen seid!«

»Schickt mich!« ließ sich da Clarion vernehmen. Sie trat hinter einer Buchsbaumhecke hervor. Der Sultan war über ihr Erscheinen keineswegs verwundert, er kannte die Gepflogenheiten seiner einstigen Favoritin, sich in Männersachen einzumischen, und ließ es ihr durchgehen.

Ich war froh über diese Wendung, denn ich fürchtete schon, mich zu weit vorgelehnt zu haben, und sah mich bereits mit Schrecken als der sich anbietende Gesandte des letzten Ayubiten. Außerdem hatte sich Clarion immer als die Einsichtigere gezeigt. Oft war es mir nur mit ihrer Hilfe gelungen, den stiernackigen An-Nasir umzustimmen.

»Mit einer Frau können diese Tataren nicht so umspringen.« Clarion trug im Garten, der sich an die privaten Gemächer des Herrschers anschloß, auch jetzt nicht mehr als das leicht gewebte, helle Musselingewand, das ihre noch immer stattliche Figur durchscheinen ließ.

»Hulagu ist verheiratet«, mußte ich ihr dennoch vorhalten, »und die Dokuz-Khatun, seine Hauptfrau, eine ziemlich bigotte nestorianische Christin, könnte an Eurem Auftreten, Verehrteste, wenig Gefallen finden.«

Ich wandte das weder ein, um Clarions Vorschlag herabzusetzen, noch um ihren Einfluß zu schmälern, sondern aus echter Sorge um ihr Schicksal, doch die Favoritin bekam es leider in den falschen Hals.

»Ihr müßt nicht meinen, William, daß nur Ihr fähig seid, Eure geistige Breite der Umgebung anzupassen wie ein Ochsenfrosch! Auch ich weiß, in welchem Aufzug ich vor den Il-Khan und seine Gattin zu treten habe: züchtig verschleiert und hochgeschlossen wie eine Betschwester!«

Der mächtige An-Nasir ergötzte sich mit wachsendem Vergnügen, das ihn für einen Augenblick seine Sorgen vergessen ließ, an unserem Schlagabtausch.

»Eure Intervention, geschätzte Clarion«, erwiderte ich sanft, »würde nur Sinn machen, wenn Ihr auf eine bedeutende christliche Gemeinde in Damaskus verweisen könntet oder auf sonstiges von Wert, dessen Schonung und Erhalt die Dokuz-Khatun dem Il-Khan ans schwächliche Herz legen würde. Meines Wissens habt Ihr« – ich wandte mich an den Sultan – »keine einzige Kirche mehr in der Stadt, in der gläubige –«

»Die Christenhunde versammeln sich trotz des Verbots in ihren Häusern zum Gebet«, verwehrte An-Nasir mir polternd den Einwand, »und wir lassen sie gewähren, solange sie ihre Kreuze nicht auf den Dächern aufstellen!«

Er hielt sich viel zugute ob solcher Toleranz, die nicht einmal auf den Einfluß Clarions zurückzuführen war, denn die war schon vor Jahren aus Liebe zu dem Fleischberg zum Islam konvertiert.

»William hat recht, mein Herr und Gebieter, mit Euren christlichen Untertanen ist nicht viel Staat zu machen, noch glaubt Euch jemand den Wandel vom Saulus zum Paulus!«

Sie bedachte mich mit einem triumphierenden Seitenblick und fuhr fort: »Ich werde vor dem Il-Khan von Roç und Yeza sprechen. Das allein macht Eindruck auf die Mongolen!«

»Aber die haben wir doch gar nicht«, unterbrach sie der Sultan völlig zu Recht, klarsichtig ob dieses Geistesblitzes seiner Freundin, »und jeder weiß das!«

Doch von solchen Kleinigkeiten ließ sich Clarion nicht beirren. »William wird sie holen!«««

»Das klingt wie die Androhung einer Höllenfahrt!« warf Herr Manfred ein, die Verschnaufpause seines Vorlesers nutzend. »Also steht uns William, die *granata francescana*, doch ins Haus?«

»Warum soll er das Königliche Paar hier auf Sizilien suchen?« entgegnete Johannes von Procida. Obgleich er den Brief aus Nikäa, das bekanntlich im Herzen von Asia Minor liegt, in den Händen hielt, ertappte er selbst sich dabei, wie er seine Augen argwöhnisch prüfend durch den Garten wandern ließ, denn ganz sicher konnte man eben doch nicht sein, ob dieser gräßliche Minorit nicht plötzlich doch wie aus dem Boden gestampft zwischen den Büschen auftauchte. Zuzutrauen war ihm alles.

»Nein!« sagte der Arzt unnötig laut. »William wird in Nikäa festgehalten!«

»Wie kommt er denn dahin?« Herr Manfred hatte Geschmack an dem Schreibstil des Mönches gefunden, auch wenn er die Geschichte mit dem glutäugigen Kamel schon kannte.

Da knackte es im Unterholz, anders als Kleingetier wie ein Igel oder Istricus trockene Blätter zum Rascheln bringt.

»William als Stachelschwein?« spottete mit jungenhaftem Lachen Manfred, doch seinen Dolch hatte er schon gezückt. Sein Berater verzog das Gesicht zu einer vielsagenden Grimasse.

»Immà!« tönte eine Mädchenstimme befehlend, und mit aufreizend wirkender Langsamkeit erhob sich ein Gepard zwischen den Papyrusstauden eines nahen Zierteiches, dehnte die Vorderläufe, bog sein geschmeidiges Kreuz durch, peitschte mit dem Schwanz, wohl ein Zeichen der Begrüßung, nachdem ihm die Überraschung durch zärtliches Anspringen verwehrt worden war, und trottete zu seiner jugendlichen Herrin. Aus dem Gebüsch trat Konstanze, Manfreds Tochter aus erster Ehe. Auf einem großen Silbertablett trug sie ein kaltes Getränk in einer kostbaren Karaffe und Berge von Naschwerk behutsam vor sich her.

»Ich wollte Euch eine Erfrischung bringen!« entschuldigte sie ihr Eindringen.

Ihr Vater lachte, sie war sein Augenstern, und er ließ ihr alles durch, fast alles.

»In Wahrheit suchst du nur die Gesellschaft zweier vielbeschäftigter Männer, um ungesehen von deiner Gouvernante heimlich Zuckerzeug in dich hineinzustopfen!« Manfred bemühte sich um Strenge.

Konstanze kicherte verlegen, als sie die Last vor den beiden auf einer Marmorkonsole abstellte. Sie war ein hochgewachsenes, stämmiges Kind. Ein Trampel, dachte der Arzt, der einen Großteil der vom Vater gerühmten »Stattlichkeit« auf Konstanzes Freßsucht, ihren unstillbaren Hang zu Süßigkeiten, zurückführte, doch er hatte es längst aufgegeben, davon abzuraten.

»Den kühlen Trunk aus wilder Minze, bitterem Hagebuttensud und Honig habe ich selbst für Euch angerührt, Herr Johannes«, sagte sie nicht etwa einschmeichelnd, um ihn in seinem Urteil zu bestechen, sondern keck im Vertrauen auf die Schwäche ihres Vaters. »Für Euren armen Hals, weil Ihr immer soviel Wichtiges zu bereden habt. Immà!« fuhr sie unvermittelt ihren Geparden an und zerrte ihn am Halsband vom Tablett zurück.

»Meine Kehle will Euch gern der Fürsorge danken«, antwortete der Kanzler grimmig, »doch mehr noch erfreut sie das köstliche Backwerk, die kandierten Früchte, die Mandelküchlein, die eingelegten Orangenschalen, von Melisse träufelnd, die gerösteten Kastanien im Eierschnee, die gezuckerten Walnüsse in den luftgetrockneten Feigen, das zimtbestäubte Mus überreifer Datteln aus Tunis, die mit Pistazien gefüllten –«

»Hört auf, hört auf!« stammelte Konstanze und trat von einem Elefantenbein aufs andere, nur mühsam ihre Lust zügelnd. »Wenn ich Euch so reden höre, Herr Johannes, begreife ich nur allzu gut, daß mein Vater Euch das Wohlergehen seines Reiches anvertraut hat. Ihr versteht zu verführen.«

»Ich habe nur ihm und meiner Wenigkeit den notwendigen Appetit gemacht für dieses Schüsselchen mit Gaumenhappen, das für zwei ausgewachsene Männer reichen soll.« Und er zog besitzergreifend das Silbertablett an sich. »Vielen Dank, holde Prinzessin«, sagte er, sich genüßlich an den Höllenqualen der Maid weidend. Konstanze waren Tränen in die Augen geschossen.

Das konnte ihr Vater nicht mit ansehen.

»Ich tret' dir meinen Teil ab, Kind«, tröstete er sie, seine Hand beschwichtigend auf den Arm des Kanzlers legend, »aber bitte hör auf zu weinen!«

Das schien auch Immà zu denken, denn sie schleckte voller Mitgefühl Konstanzens herabgesunkene Hand, die Silberplatte nicht aus den Augen lassend.

Johannes hob sie ungerührt außer Reichweite der beiden. »Wenn es jemandem zusteht zurückzutreten«, wandte er sich an Manfred, »dann Eurem Diener.«

Er hatte sich erhoben und machte Anstalten, das Naschwerk, das so kunstvoll angerichtet, ins Gebüsch zu werfen, was den Geparden sicherlich gefreut hätte. »Erklären wir doch einfach«, gab der Kanzler seinem Tun eine überraschende Wendung, »das Königreich Sizilien verspürt keinen Hunger, nur Durst!« Und er drückte mit galanter Verbeugung dem verheulten Kind das Tablett wieder in die Hand und nahm nur die Karaffe mit den Pokalen an sich. »Nochmals meinen Dank für die selbstlose Aufmerksamkeit«, schloß er lächelnd.

Damit hatte er erreicht, daß Konstanze schnellstens entschwand. Ob sie noch hörte, daß der besorgte Vater hinter ihr herrief »Aber bitte nicht alles auf einmal, mein Kind!«, sei dahingestellt, waren doch bald hinter den Büschen auch Schmatzgeräusche des Geparden zu hören. Es folgte ein gestöhntes, fast klägliches »Immà, mir ist so schlecht«.

»Arme Kreatur«, flüsterte Manfred. »Sie hat es nicht leicht, so ohne Mutter.«

»Kommt ›Immà‹ von ›*Immaculata*‹?« fragte der Procida beiläufig.

Manfred nickte mit entschuldigendem Grienen.

»Findet Ihr, ich bin als Vater zu hart, weil ich dem Tier keinen Gespielen gestattet habe?«

»Nun ehelicht sie ja bald«, beruhigte Johannes ihn.

Im hinteren Teil des Kreuzgangs schlug eine Tür. Johannes schenkte sich ein.

»Ich meinte nicht meine Tochter Konstanze!« Die vorwurfsvolle Stimme zitterte vor Grimm, doch der Kanzler überspielte die Peinlichkeit.

»Selbstredend. Schließlich war ich es, der die Hochzeit mit dem Infanten von Aragon in die Wege geleitet hat.«

»Fahrt fort, *doctore!*« forderte der junge Herrscher ungeduldig seinen Berater auf, der seine leicht heisere Kehle mit der honiggesüßten Minze besänftigte.

Johannes nahm sich Williams Schreiben an Roç und Yeza wieder vor.

»›Ich stellte mich taub, um meine Freude nicht zu zeigen. Stellt Euch vor, aus wenig heiterem Himmel fällt auf Euren völlig mittellosen William plötzlich ein warmer Regen, der ihm ermöglichen würde, auf schnellstem Wege und sicher mit einigem Komfort zu Euch zu eilen! Von Clarion erfuhr ich, daß meine immer noch in der Stadt weilenden Ordensbrüder mittlerweile einen solch missionarischen Eifer entfaltet hätten, daß die Behörden sich ihrer schleunigst zu entledigen wünschten. Sie nach Akkon oder Tyros in der Terra Sancta zu verfrachten sei sinnlos, weil sie *stante pede* wieder in Syrien einsickern würden, um für ihren gekreuzigten Messias zu zeugen. Also habe man sich entschlossen, ein Schiff anzuheuern, das sie wenigstens bis Zypern bringen, mich aber weiter nach Marseille oder wenigstens bis Sizilien geleiten solle.‹«

»Seht Ihr, Johannes«, unterbrach Manfred gut gelaunt das Verlesen des Briefes, »wir kommen der Sache schon näher – hat es eben nicht wieder im Gebüsch geraschelt? William *ante portas!*« scherzte er, um Johannes zu verwirren. Eigentlich hatte er nichts mehr dagegen, den Mönch zu treffen. Ganz im Gegensatz zu Johannes, der ihn schon erlebt hatte und daher rasch fortfuhr:

»›Ich wurde in allen Ehren und mit Geschenken beladen an die Küste gebracht, wo der Segler schon unweit des Strandes dümpelte. Meine Begleitung ruderte mich hinaus. Der Empfang durch meine Mitbrüder fiel recht frostig aus, was mir gleichgültig sein konnte, denn ich würde sie ja nicht lange ertragen müssen, nur bis Limassol. Doch wie soll ich Euch mein Entsetzen beschreiben, als ich an Bord Bartholomäus von Cremona begegnete, Barth, dem Grottenmolch! Wir sind ja erzogen, im Geiste christlicher Barmherzigkeit für jeden Krüppel Mitleid zu empfinden. Doch Barths schief und krumm zusammengewachsene Beine unterstrichen seinen miesen Charakter auf eine Weise, daß ich zugegebenermaßen schadenfroh empfand, ihm sei ganz recht geschehen und sie paßten mitsamt Krücken zu ihm, als habe endlich jemand dafür gesorgt, daß der Giftmischer und Intrigant so herumkrauchte, wie es ihm gebührt. Gott verzeih mir! Er verzieh mir nicht.

Wir segelten los, und ich setzte mich abseits von den anderen zu Tisch und aß mit Vergnügen, was die Küche mir bereitet hatte, den Giftmolch dabei ganz außer acht lassend. Das war das letzte, an das ich mich erinnern kann. Ich wachte an einer fremden Küste auf, vom Meer angeschwemmt mit einem so gräßlichen Gefühl im Magen und dröhnendem Schädel, daß ich nichts anderes wünschte, als zu sterben. Davor hatte mich wohl das kalte Meerwasser bewahrt, in das sie mich herzlos geworfen. Ich kroch auf allen vieren den Strand hinauf, schon um mich von meinem stinkenden Erbrochenen zu entfernen. Dann umfing mich wieder Bewußtlosigkeit. Als gnädig kann ich sie im nachhinein nicht bezeichnen, denn der Ort meines nächsten Erwachens war ein finsteres Loch, ein Kerker des Vatatses. Ich war als Spion irgendwo an der Grenze des griechischen Kaiserreichs von Nikäa ertappt worden. Aufmerksame griechische Küstenwächter hatten mich für einen Spion gehalten und mich in Ketten zur Aburteilung in die Hauptstadt Nikäa gebracht. Euer William wäre schon längst nicht mehr Euer William, wenn ihn nicht vor dem Henker unverhofft ein Priester aufgesucht hätte, der ihn aus besseren Tagen im Reich der Mongolen von Angesicht zu Angesicht kannte. Sein Name war Demetrios. Gott segne ihn! So gelangte William von Roebruk als von Seeräubern überfallener Botschafter des Großkhans sofort gebadet und prächtig gekleidet vor den Thron des Herrschers. Das war nun nicht mehr der gefürchtete Johann Vatatses, denn der war gerade in den griechischen Olymp oder Hades aufgenommen worden, je nachdem wie ihm seine wenigen Freunde oder zahlreichen Feinde gesonnen waren. Eigentlich hätten nur die Mongolen seinen Tod bedauern müssen, doch sein einziger Sohn und Nachfolger Theodor I. beeilte sich, dem Großkhan seine völlige Unterwerfung zu bestätigen, und damit hatte er seine Ruh'. Und die brauchte er auch, um Konstantinopel zurückzuerobern. Um seinen Anspruch zu unterstreichen, ließ er den orthodoxen Patriarchen an seinem Hofe residieren. Dieser, mit dem trefflichen Namen Arsenios, zog mich ins Vertrauen, weil er nichts mehr fürchtete, als im falschen

Boot zu sitzen. Denn es gab viele Rivalen, und jeder hatte einen eigenen Aspiranten auf den Thron des Patriarchen. Ich konnte mit ihm fühlen, und er dankte es mir.

»Fürchten muß Kaiser Theodor eigentlich keinen«, erläuterte Arsenios mir die Lage, »doch sollte Michael von Epiros ein Bündnis zustande bringen, das Achaia und Sizilien einschließt, dann wird es bitter. Der Despot hat ungerechterweise zwei bildschöne Töchter. Die ältere, Anna, hat er bereits dem betagten Knochen von Achaia versprochen, in der vagen Hoffnung, daß der ihm die Treue halten wird. Die noch reizvollere jüngere Helena hingegen wird Manfred, dem kaiserlichen Bastard, angedient.««

An dieser Stelle entstand in Palermo leichte Unruhe, denn obgleich Johannes von Procida sich an der heiklen Stelle vernehmlich geräuspert hatte, stand das häßliche Wort im blühenden Innenhof des Palazzo. Manfred lachte gequält.

»*Nomen est omen*! Heißt der Kerl nicht Arsenios? Wir wollen uns den Namen merken«, sagte er mit gefährlich leiser Stimme.

»Es war Euer Wunsch, mein Herr«, entschuldigte sich der Arzt, »daß ich mit dem Vorlesen fortfahren sollte.«

»So ist es, und so soll es bleiben«, erwiderte Manfred, bemüht, wieder eine heitere Miene zu zeigen. »Immerhin wird meine junge Braut hinreichend gepriesen. Das mag mich versöhnen!«

»Euer Großmut beschämt mich!« murmelte Johannes bescheiden. »Ihr solltet das Wort wie eine Ehrenkette tragen, verbindet es Euch doch mit Eurem kaiserlichen Erzeuger, der sich gern über Etikette, gängige Moral und Gepflogenheiten hinwegsetzte.«

»Und dabei oft des Guten zuviel tat«, wandte Manfred geschmeidig ein. »Davor soll der Herr mich bewahren! Doch ich will Euch etwas zeigen.«

Manfred war schon aufgesprungen und wartete nicht erst ab, daß der Arzt ihm folgte, sondern schritt voran, auf eine rosenüberwucherte Kapelle zu, die sich in eine Ecke des Kreuzganges drückte. Als Johannes nachgekommen war, stemmte Manfred mit der Schulter die klemmende Tür nach innen auf. Der Raum war fast dunkel, weil die Blumen vor den schmalen Fenstern kaum einen Sonnenstrahl durchließen. Nur ein ewiges Licht vor einer Marienstatue verbreitete rötlichen Schein. Hatten sich die Augen daran gewöhnt, gewahrten sie einen Betschemel vor dem Altar. An den Wänden hingen Votivtäfelchen, meist aus Silber getrieben. Manfred neigte flüchtig sein Knie vor der Gottesmutter und zündete dann zwei Kerzen in den Leuchtern an, gab einen seinem Vertrauten zu halten und trat vor die Wand. Das kostbar gerahmte Bild zeigte den heiligen Sebastian, dessen nackter Leib von Pfeilen durchbohrt war. Beim näheren Hinschauen war der römische Märtyrer allerdings nicht wie üblich an einen Baum gefesselt, sondern hing vor einer Stadtmauer, deren Zinnen von turbanbewehrten Bogenschützen wimmelten, die sich alle danach drängten, ihre Pfeile in seinen Körper zu schießen.

»Ein heldenhafter Vorfahre?« fragte Johannes spöttisch.

»Einer aus meiner Normannensippschaft«, bestätigte der Enkel der Constance de Hauteville, die den Staufern zur Macht in Sizilien verholfen hatte. »Seine sarazenischen Untertanen benutzten ihn als Druckmittel gegen die anstürmenden Kreuzfahrer. Er hat die Tortur übrigens überlebt, sicher ein Wunder vom ärztlichen Standpunkt aus betrachtet.«

Johannes sah sich bemüßigt, näher hinzuschauen, und murmelte gerade: »Kein Schuß in die Herzgegend, in Lunge oder Milz«, als Manfred ihm das Bild vor der Nase umklappte und die Rückseite zum Vorschein kam. Sie zeigte die Miniatur eines jungen Mädchens mit glattem dunklem Haar, das lang vom Scheitel herabfiel.

»Das ist meine kleine Braut Helena«, sagte der Bastard gerührt, »die zukünftige Königin dieser Insel!«

Man sah ihm an, daß er nicht nur stolz auf den Liebreiz der griechischen Prinzessin mit den großen mandelförmigen Augen war, sondern richtig verliebt in ihr Bild.

»Wer hat es für Euch gefertigt?« fragte Johannes höflich, weniger aus Interesse an der Braut als an der ungewöhnlichen Malerei.

»Geschenkt hat es mir die Serenissima, übermittelt durch ihren Gesandten.«

»Verstehe: Die Venezianer befürchten, daß Nikäa den Sieg davonträgt und in seinem Gefolge die Genuesen zum Zuge kommen. Da gilt es mit allen Mitteln eine Achse zu schmieden, die Epiros in die Lage versetzt, den Nikäern zuvorzukommen.«

»Ist das alles, was Euch beim Betrachten dieses Bildes bewegt? Ihr habt kein Blut in den Adern, und Menschen fesseln Euch erst, wenn sie kalt vor Euch auf dem Seziertisch liegen!«

Manfred war in der Tat aufgebracht, die mangelnde Emphase seines Freundes für seine schöne Verlobte empfand er als Beleidigung, doch Johannes von Procida war nicht der Mann, der sich einschüchtern ließ.

»Ich hatte Euch nach dem Maler gefragt, mein Gebieter, und nicht, wer den Künstler bezahlt, noch wer es Euch überreicht hat.«

»Verzeiht, Johannes«, lenkte Manfred auch sofort ein. »Der Name des Malers ist Pulcin, Rinat Le Pulcin. Er hat eine gottbegnadete Hand, schaut nur, wie fein der Pinselstrich die langen dunklen Wimpern –«

»Rinat Le Pulcin?« fragte der *medicus chirurgus* nach, und ihm kam seine Hilfeleistung in der armseligen Waldhütte im Languedoc in den Sinn. Er schwieg, und Manfred wurde aufmerksam. Mißtrauen beschlich ihn.

»Sagt jetzt nicht, daß Ihr ihn kennt, daß er ein Schmeichler und Fälscher ist und daß seine Arbeiten, übel geschönt, ein Bild vorgaukeln, das nicht im entferntesten den Tatsachen entspricht!?«

Diesmal war der junge Manfred tatsächlich wütend, weil er verunsichert war.

»Nichts von alledem«, erlöste ihn Johannes von seinen Zweifeln. »Ich dachte nur daran, daß diese begnadete Hand inzwischen irgendwo verfault. Räuber haben sie ihm abgeschlagen. Ich selbst habe ihn notdürftig versorgt, vor Wundbrand und Sepsis bewahrt. Nie wieder wird er –« Der Arzt hielt inne, weil Manfred eine andere Votivtafel anhob, sie zeigte einen Turm, in den der Blitz einschlug. Er lüftete schweigend ihr rückwärtiges Geheimnis.

Es war eines der Porträts von Yeza, die der Maler zu Dutzenden auf Holz als Miniatur gefertigt hatte. Johannes hatte Yeza nie von Angesicht gesehen, aber ihm schwante sofort, mit wem er es zu tun hatte.

»Yeza!« entfuhr es ihm, gegen seinen Willen beeindruckt von der Persönlichkeit der jungen Frau, die ihn anstrahlte. »Yezabel Esclarmunde, wohl ein natürlicher Sproß des Staufers wie Ihr!«

DIE SCHATZSUCHER

»Seid Ihr da sicher?« fragte Manfred mit prüfendem Blick. »In ihrem kühnen Profil gleicht sie mir, doch schlagen bei meiner Schwester – so sie denn eine ist –«, fügte er skeptisch hinzu, »Stirn und Nase der Normannen weit mehr durch. Auch scheint sie deren Wildheit geerbt zu haben. Standet Ihr Yeza und Roç je gegenüber? Und wie ist dieser Roger Trencavel beschaffen? Warum geht diesem Pärchen der Ruf voraus, sie seien die ›Auserwählten des Gral‹?«

Da lachte der Arzt.

»Viel fragt Ihr auf einmal. Zu sehen bekam ich die beiden nie. Ob und unter welchen Auspizien Herr Friedrich sie zeugte, läßt sich schwerlich klären. Halbwegs gesichert ist nur, daß Yeza von einer berühmten Ketzerin geboren wurde, die auch Roç an ihrer Brust aufzog, bis sie dann ins Feuer ging.«

»Also«, seufzte Manfred, »da ist mir meine sanfte Helena schon lieber. Ihre Eltern hängen zwar der schismatischen Orthodoxie der Griechen an, aber sie sind wenigstens keine Ketzer, geschweige denn, daß sie mit diesem Gral zu schaffen haben. Was ist das überhaupt? Ein Kelch? Ein Stein, *lapis excellens*?«

»Oder *ex coelis*«, erklärte Johannes. »Niemand weiß es zu sagen. Es sträubt sich etwas in meinem Innersten, ihn als Gegenstand zu begreifen. Der Kelch kann nur als Symbol stehen für seinen Gehalt –«

»Für das Blut des Erlösers?«

»Das ist mir auch zu dickflüssig, zu klebrig, zu rot!« wehrte der Arzt ab. »Es muß etwas Transzendentales sein, ein uraltes, geheimes Wissen, gehütet von einer Priesterkaste aus grauer Vorzeit, weit vor Christi Geburt und Tod.« Manfred schaute fragend auf die Pergamentrolle in Johannes Händen.

»Ihr wolltet mir doch Williams Brief vorlesen? Fahrt nun fort.« Der Kanzler räusperte sich.

»›Nach dieser Einstimmung auf die politisch verzwickte Lage durch den Patriarchen wurde ich dem Kaiser vorgestellt. Theodor war ein asketisch hagerer Mann, der nicht sehr gesund wirkte, er hustete bös, auch wenn er sein Brustleiden – oder war es Schwindsucht? – zu verbergen suchte. Um so mehr fiel mir seine gedankliche Klarheit auf. »Was würde der Großkhan an meiner Stelle unternehmen?« war gleich seine erste Frage, eine Fangfrage. Ich mußte mich in meiner Rolle bewähren.

»Der großmächtige Khagan wird sich nie in einer solchen Lage befinden«, wies ich ihn zurecht, »doch wenn er Euch raten sollte, dann kann dieser Rat nur lauten: ›Zerschlagt das Spinnengewebe, bevor es Euch gefährlich werden kann. Spinnt ein eigenes Netz, dessen Spinne Ihr selber seid.‹« Er betrachtete mich, als hätte die Metamorphose schon eingesetzt.

»Ihr seid ein kluger Mann, der so schnell nicht ins Netz geht. Ich soll also Epiros angreifen, bevor es zu stark wird?«

»Schickt Euren besten General, daß er dem Despoten ins Land einfällt. Den Fürsten von Achaia könnt Ihr kaufen, das ist billiger als ein Heereszug, und den Hirsch Manfred müßt Ihr davon abhalten, hier sein Geweih zu schälen. Dafür wäre der Papst Euer natürlicher Bundesgenosse, versöhnt Euch mit ihm!«

Da schlich ein feines Lächeln über seine scharfen Züge.

»Solch Wildbret dürfte Eurem Gönner Arsenios gar nicht schmecken!«

»Gut abgehangen, Majestät, dann geschickt gewürzt.«

»Eure Speisefolge, William von Roebruk, wird mir zu teuer! Letztlich läuft es darauf hinaus, daß ich auch an das unersättliche Rom zahlen muß.«

»Das wiedergewonnene Byzantium wird Euch den Einsatz –«

»Ach, Konstantinopel«, unterbrach er mich, »seine Kassen sind von Herrn Balduin derart ausgeplündert, daß er nun schon seit Jahren als Bittsteller durch den Okzident geistert und die letzten Staatsreliquien verscherbelt. Nein, das ist nicht die Lösung. Man kann nicht alles mit Geld –«

Hier wurden wir unterbrochen, weil der Patriarch angekündigt wurde. Er mußte gelauscht haben, denn er sagte nach kurzem Verneigen in Richtung seines Kaisers spitz zu mir:

»Mich wundert, daß ausgerechnet William von Roebruk der Aussöhnung mit Rom das Wort redet. Ist es etwa aus dem Grund, daß er die einzig wirksame Waffe gegen den Staufer nicht ins Spiel bringen will und sich wie immer schützend vor das Königliche Paar stellt?« Er schickte mir einen Blick höhnischen Triumphes. »Roç und Yeza als Könige von Sizilien wären für Papst Alexander allemal akzeptabler, als wenn Manfred sich selbst die Krone aufs Haupt setzte. Und billiger käme es uns auch!«

»Wie das, mein lieber Arsenios?« fragte Kaiser Theodor freundlich, aber ungläubig nach.

»Ganz einfach!« Der Patriarch hatte die Erklärung parat. »Wenn Herr Manfred nicht mehr unter den Lebenden weilt, *miserabiliter infectus*, fällt die Krone dem eigentlichen Erben zu, dem minderjährigen Konradin, ein Kind noch, das seinen Anspruch nicht durchsetzen kann, und der Weg zu der uns genehmen Lösung steht offen. Roç und Yeza haben kein Interesse an Griechenland.«

»Wie soll uns gelingen, was dem Heiligen Stuhl seit dem Machtantritt der Staufer in Sizilien nicht gelungen ist? Die hat der Teufel vor allen Giften dieser Erde gefeit!«

»Von Hellas ist noch nie der Versuch unternommen worden, das ist unsere Chance. Im Osten gibt es Mischungen, von denen die Medici in Salern noch nie gehört haben, für die sie also auch kein Gegenmittel Mercurii zur Hand haben!«

»Probiert es an William von Roebruk aus«, scherzte der Herrscher, »wenn der es nicht überlebt, haben wir eine, wenn auch geringe Aussicht auf Erfolg!«

»Williams Ableben hier in Nikäa würde ein schlechtes Licht auf uns werfen«, wandte der Patriarch erfreulicherweise ein. »Auf der anderen Seite sehe ich ein, daß er diese Mauern nicht verlassen darf, weil er als Mitwisser unserer Bestrebungen –‹«

»Eurer!« verwies ihn der Kaiser scharf. »Ich will davon nichts wissen, ich habe es auch nicht gehört, nicht wahr, William?«

Ich nickte sprachlos.

»Der Gesandte des Großkhans ist unantastbar«, fuhr der Kaiser fort, »sorgt für ihn als unseren lieben Gast!«

Der Patriarch verneigte sich, gab mir ein Zeichen, ihm zu folgen, und wir verließen den Raum.‹«

»Bezaubernde Aussichten«, sagte Manfred endlich, als er merkte, daß Johannes nicht gewillt war, ohne Pause weiterzulesen.

»Wir sollten William, falls er uns mit seinem Besuch beehrt, von

Herzen dankbar sein«, sagte der Arzt, »jetzt wissen wir wenigstens, was auf uns zukommt.«

»Ergreift sofort die notwendigen Maßnahmen, vor allem gegen die Griechen.«

»Soll ich Euch noch weiter vorlesen?« fragte Johannes von Procida und war sich der Antwort ziemlich sicher. Sie kam dann auch prompt:

»Nein! Das reicht mir für's erste!«

»Dann sollten wir zu Fragen unserer eigenen Regierung schreiten, die sich wesentlich weniger abenteuerlich stellen als die aberwitzigen Pläne mit dem Königlichen Paar, ausgebrütet am Möchtegern-Kaiserhof zu Nikäa.«

»Tragt sie bitte vor, mein Kanzler!« Manfred kniete auf der Betbank nieder, so daß Johannes sich plötzlich in der stehenden Rolle des Priesters sah. Doch wenn Manfred in seiner bekannten Frivolität gemeint hatte, dies würde den Arzt dazu bewegen, in einen lithurgischen Singsang zu verfallen, wozu sich ja Nachrichten bestens eignen, sah er sich getäuscht. Johannes kannte in religiösen Dingen keinen Spaß, jede Blasphemie lag ihm fern, auch wenn er von Haus aus zwangsläufig ein Gegner des Papstes war.

»Euer Verbündeter, der Senator Brancaleone, ist in der Urbs wieder an der Macht, was die Römer ermutigt hat, Herrn Alexander zu vertreiben. Der Papst ist nach Viterbo geflüchtet.«

»Schon wieder?« fragte Manfred sichtlich erfreut.

»Ihr könnt Euch bei den englischen Baronen bedanken«, fuhr sein Kanzler fort.

»Das will ich gern, mein werter Medicus. Schickt ein Schiff nach London, und ladet sie zu meiner Hochzeit ein.«

Darauf ging der Procida nicht ein. »Euer Dank sollte dem päpstlichen Nuntius Arlotus gelten. Er trat in London mit derart unverschämten Forderungen auf, daß auch die gutwilligsten Befürworter der sizilianischen Sache vor den Kopf gestoßen wurden.«

»Das ist doch kein Grund, lieber Procida, eine säuerliche Miene aufzusetzen, im Gegenteil –«

Das aufkommende Frohlocken Manfreds zerstörte sein Kanzler auf der Stelle.

»Damit ist der Weg wieder frei für einen Anwärter, den Ihr nicht auf die leichte Schulter nehmen solltet.«

»Charles d'Anjou!« entfuhr es dem jungen Herrscher. »Doch ich fürchte ihn nicht!« setzte er gleich störrisch hinzu.

Er klang aber wie jemand, der im dunklen Keller pfeift. Es hielt Manfred auch nicht mehr auf der Bank. Er sprang auf.

»Ich hatte mir vorgestellt, gemeinsam mit meiner jungen Gattin die Krone zu empfangen. Jetzt bin ich entschlossen, ihre Ankunft und die Hochzeit nicht mehr abzuwarten. Ich lasse mich am nächstmöglichen Termin krönen! Leitet bitte die Vorbereitungen ein, mein lieber Johannes!«

Der Kanzler dachte kurz nach.

»Gestern abend ist Herr Sigbert von Öxfeld, Komtur der Deutschritter, in Messina eingetroffen!«

»Was bedarf ich des Segens aus Deutschland?!« brauste Manfred ungehalten auf. »Sorgt lieber für die *iocalia*. Die brauche ich viel dringlicher!«

»Die Kronjuwelen hat Herr Berthold von Hohenburg in Venedig –«

»– vor mir in Sicherheit gebracht, ich weiß« – der junge Herrscher stampfte ungehalten mit dem Fuß auf –, »damit der rechtmäßige –«

»Nein«, unterbrach ihn der Kanzler unerbittlich, »er hat sie versetzt, als Pfand beliehen!«

»Bestens!« Manfred lachte. »Dann löst sie gefälligst aus!«

»Schon geschehen, mein Herr und König«, sagte Johannes und verneigte sich.

Der Taxiarchos bewunderte uneingeschränkt alle vollkommenen Konstruktionen des berühmten Ingenieurs Villard de Honnecourt, dem nachgesagt wurde, daß er dem Templerorden sehr nahestünde. In Carcassonne hatte ihm Pier de Voisins voller Stolz ein Trebuchet gezeigt, jenes zerlegbare gewaltige Katapult, das erst die Eroberung des Montségur möglich gemacht hatte. Jetzt stand er vor jener mechanischen Säge, von der er schon soviel gehört hatte. Mit gewöhnlicher Wasserkraft angetrieben wie jedes Mühlrad, sorgte ein kompliziertes Räderwerk für das gleichmäßige Hinundhergleiten eines eingespannten Sägeblatts, das aus krummen Baumstämmen gerade Balken, dünne Bretter und jede Art von glatten Stangen gleichen Maßes schnitt. Die Knechte der Maschine standen wie Herren umher, denn sie hatten nichts anderes zu tun, als dafür zu sorgen, daß die Säge sich nicht überhitzte, ihre Zähne nicht stumpf wurden und ihr Hunger stets mit neuen Bäumen gestillt wurde. Was sie an Balken auswarf, so erkannte der vielgereiste Taxiarchos auf den ersten Blick, waren ihr Können eigentlich beleidigende, dicke Stempel und klobige Streben, die zu nichts anderem dienen konnten, als ein Bergwerk abzustützen, und etwas Ähnliches hatte er auch erwartet. Der Schatz der Templer wurde nicht aus der Erde Schoß gefördert, gesiebt und geschmolzen, sondern tief in sie versenkt, vergraben und verborgen. Alle Schätze, derer die Mönchsritter habhaft werden konnten, kunstvoll geschmiedete, kostbar verzierte Kronen und Pokale, Monstranzen und Schatullen, von erlesenen Goldschmieden geschaffene Statuetten und Kruzifixe, Diademe, Ketten und Reifen, wurden hier, entlang dieses unterirdischen Arbeitsweges, wieder zurück in den ursprünglichen Zustand gepreßt, zu gleichförmigen Klumpen, zu schlichter Münz' geschlagen, aber eben aus Gold, purem Gold, mit dem der Orden die Welt, wenn schon nicht regieren, so doch kaufen konnte. So wunderte sich der Taxiarchos auch nicht, rund um das überdachte ›Sägewerk‹ mehrere stinkende Meiler zu entdecken, in denen Köhler die Holzabfälle und unbrauchbare Wurzelstrünke oder minderes Astwerk zu Holzkohle verschmauchten.

Mas de Morency hatte noch nicht begriffen oder wollte es nicht einsehen, daß es zwecklos war, Fragen an die Sägemüller zu richten. Sie waren ebenso schweigsam wie die Köhler.

»Mit der Kohle wird doch nicht das Kastell von Rhedae beheizt?« begann er sie auszuforschen und erntete nur feindliche oder verächtliche Blicke. »Damit betreibt ihr sicher einen größeren Kamin, dessen Feuer so heiß wird, daß es Gold und Silber schmelzen kann?«

Diesmal war es Pons, der seinem Freund zu Hilfe kommen wollte, doch er bewirkte nur, daß er unsanft zur Seite gestoßen wurde. Einige der Männer hatten schon Knüppel in die Hand ge-

DIE SCHATZSUCHER

nommen, so daß Raoul »Wir sind auf dem richtigen Weg!« rief und seine Gefährten weiterscheuchte.

Sie überquerten die Brücke, der Taxiarchos war schon schweigend vorausgegangen. Sie hatten die Schlucht noch nicht überwunden, als die ersten Steine flogen. Sie retteten sich in eine Felsenhöhle, die sich in der gegenüberliegenden Wand auftat. Da etliche der Holzfäller und Zimmerleute ihnen knüppelschwingend folgten und dabei unartikulierte, doch recht bedrohliche Laute ausstießen, wie sie Stummen zu eigen sind, hackte Raoul hinter sich die Haltetaue der Hängebrücke durch. Sie stürzte in die Tiefe der Wildwasserklamm.

»Und wie kommen wir zurück?« entsetzte sich Pons, doch Mas knuffte ihn in die Seite.

»Das Wort kennen wir nicht mehr! Wenn wir den Schatz gefunden haben, lassen wir dort eine Brücke aus Marmor die Schlucht überspannen!«

»Denkt immer daran«, mahnte plötzlich der ansonsten schweigsame Raoul, »Gold kann man nicht essen!«

»Monseigneur Gosset ist auf dem besten Wege, sich für das Königliche Paar derart unentbehrlich zu machen«, sagte Yeza, »daß es zum Himmel stinkt.«

»Wieso traut Ihr ihm nicht, meine Damna?« hielt Roç dagegen. »Er macht sich verdient, weil er daran verdient. Ein solches Verhältnis deucht mich die beste Form von Abhängigkeit zwischen Leibeigenschaft und selbstlosem Opfer.«

Roç und Yeza überwachten in der Kirche den sorgfältigen Abbau der Golgathagruppe. Abdal der Hafside hatte auf Gossets Anforderung hin sofort ein Dutzend seiner fähigsten Matrosen geschickt. Es wirkte zwar so, als hätte eine Horde maurischer Piraten die Sainte-Madeleine geentert, aber sie hatten wohl strenge Anweisung, sich still und gesittet zu verhalten wie franziskanische Zimmerleut'. Zusätzlich legten auch die Soldaten aus Mirepoix mit Hand an, so daß es nicht lange dauerte, bis alle Teilnehmer der Kreuzigung flach lagen. Das rief noch einmal Bezù de la Trinité auf den Plan. Mit der Tollheit und Inbrunst eines Märtyrers rollte der Dicke auf den Kirchenvorplatz, sprang aus seinem Karren und machte Anstalten, sich diesmal allen satanischen Mächten zur Entscheidungsschlacht zu stellen. Dafür hatte er auch zwei Lektorknaben und zwei Chorsänger mitgebracht, die feierlich brennende Kerzen vor sich hertrugen und eifrig Weihrauchgefäße schwenkten, doch vor der unausweichlichen Konfrontation mit dem Bösen, das im Innern der Kirche auf ihn lauerte, trat der Teufel ihnen bereits in der Person des Priesters Gosset in den Weg.

»Ihr kommt gewiß, das löbliche und Gott wohlgefällige Werk zu segnen?« empfing er den schnaubenden Inquisitor.

»Haltet mich nicht auf!« fauchte der den Gosset auch gleich an, ohne in seinem festen Schritt innezuhalten. »Sonst trifft der Bannstrahl Euch doppelt und dreifach, unwürdiger Diener der *Ecclesia*!«

Doch der Angesprochene wankte nicht, sosehr auch die Knaben ihr Weihrauchfaß gegen ihn schwenkten.

»Das Königliche Paar hat sich zu einer Stiftung entschlossen, die der ganzen Christenheit Ruhm und Ehre einbringen wird.« Gosset ließ sich nicht unterbrechen, noch gab er den Weg zur Treppe frei. »Die kostbare Golgathagruppe, ein Meisterwerk abendländischer Holzschnitzkunst, wird auf Kosten des Königlichen Paares nach Jerusalem verbracht, wo sie auf geweihtem Boden einen würdigen Platz der Anbetung finden wird – während die Heilige Familie hier, in diesem von allen guten Geistern verlassenem, verweltlichtem Gemäuer, dem sicheren Verfall preisgegeben wäre!«

»Wer garantiert mir das, ich meine, wie kann die Kirche eine Stiftung aus den Händen von –?«

Trini war schon unsicher geworden, so daß Gosset nur noch draufsatteln mußte.

»Im Hafen von Perpignan hat schon der Segler aus dem Heiligen Lande angelegt, seine Eminenz, der Großmetropolit von Bethlehem, ist persönlich an Bord, um den Gekreuzigten und seine Familie, die Schächer und die Henker, die Jünger und alle Heiligen an den Ort ihrer Bestimmung zu geleiten.«

Gosset geriet aus purer Verlegenheit in die Aufzählung der Holzfiguren, weil er noch den leibhaftigen Hafsiden als kirchlichen Würdenträger verarbeiten mußte.

»Ein gelungenes Werk eines unbekannten Künstlers!«

»Das heilige Jerusalem bebt in freudiger Erwartung der Herrschaften, denn das Königliche Paar wird dort Sitz nehmen«, fügte der hinzugetretene Doge an.

»Die mögen sich hinsetzen, wo sie wollen«, schnaufte Trini, »doch unser Herr Jesus Christus sollte in der Kirche zum Heiligen Grabe aufgestellt werden, damit jedermann seiner Leiden und seines Triumphes gegenwärtig wird.«

»Eine gute Idee!« lobte der Doge sofort, und Gosset fragte ganz nebenbei:

»Welche Kosten entstehen eigentlich für eine große Prozession von hier bis an die Küste, nach Perpignan?«

»Wer zahlt?« fragte Trini sofort zurück.

Gosset sah sein Spiel gewonnen. »Es ist unseren Wohltätern, dem Königlichen Paar, sicher den Segen wert, den Ihr, Bezü de la Trinité, der letzten Wallfahrt des Gekreuzigten durch Okzitanien geben werdet.«

»Das wird nicht billig«, seufzte der Inquisitor. »Rechnet mit mehreren Tagen und zunehmender Beteiligung all der Glieder der Kirche, deren Gotteshäuser wir berühren werden –«

»Stellt Eure Berechnung nur in Ruhe an, und laßt mich dann den Preis wissen«, sagte Gosset. »Dazu kommt noch der Aufwand für den Transport. Ich denke, wenn es Euch recht ist, sollen die Statuen offen und aufrecht stehend auf verschiedenen Wagen ganz langsam durch das Land reisen. Ein jeder soll sie noch einmal sehen können und Abschied von ihnen nehmen, bevor sie als Fürbitter für uns arme Sünder über das Meer ins Heilige Land fahren.«

»Wie wunderschön!« Fast hätte Trini im Überschwang den Priester umarmt, doch den ritt jetzt der Teufel.

»*Apropos* ›arme Sünder‹«, er gab seiner Stimme einen reumütigen Klang, »würde es nicht eine Bereicherung der Prozession darstellen, wenn tatsächlich einige Herren, die es verdient haben, mit nacktem Rücken entlang der Strecke gelegentlich einer Geißelung ausgesetzt werden?«

»Welch entzückender Einfall!« Die dicke Trini blühte richtig auf. »Ich selbst werde diese Züchtigungen vornehmen.«

»Ich dachte mir«, fügte Gosset hinzu, »daß der Herr Georges Morosin und meine Wenigkeit diese Strafe verdient haben.«

Der Doge tat so, als hätte er nicht recht gehört, aber Gosset ergriff seine Hand und erklärte für beide:

»Wir schätzen uns glücklich, auf diese Weise alle Hoffart und Niedertracht, alle unwahrhaftigen und eigennützigen Gedanken sühnen zu dürfen.« Er preßte die Hand des Dogen und fügte noch hinzu: »So wahr uns Gott helfe und verzeihe!«

Das war zuviel für Trini, er umarmte und küßte sie brüderlich auf beide Wangen.

»Hast du bemerkt, Raoul, warum diese Gnome allesamt so bitterstumm herumliefen?« Mas de Morency schaute sich noch einmal um nach dem Felskegel, aus dem funkenstiebend schwarzer Rauch emporquoll. »Man hat ihnen die Zungen herausgeschnitten!«

Raoul de Belgrave schüttelte sich und wandte sich an den Taxiarchos, der wie immer schweigsam vorausgegangen war.

»Wir können unserem eigentlichen Ziele nicht mehr fern sein. Dieser kunstvoll wie ein Vulkan ausgehöhlte Berg, ein einziger glühender Feuerofen, ist die Schmelze, in die von oben mal Goldbrocken, mal Silbernes und reichlich Holzkohle geschüttet werden und aus der unten das flüssige Metall in tönerne Formen fließt und im Bach erkaltet.«

»Auch wenn die giftigen Wichte uns nichts zeigen wollten«, fügte Pons eifrig hinzu, »ich hab Spuren von Gold und Silber auf dem Boden gesehen, wie zerplatzte, erstarrte Tropfen.«

»Und die Berge von zerschlagenen Tonpfannen, alle gerad so groß wie ein handlicher Barren«, nahm ihm Mas die Erklärung ab, »beweisen klar, daß dies hier der feurige Goldesel der Templer ist, der Stück für Stück auf den großen Haufen scheißt – alles Gold!«

Seine stechenden Augen glänzten vor Begierde.

Raoul war der einzige der drei, der nicht nur äußerlich Haltung bewahrte. Ihn beeindruckte der Gedanke an den Schatz und den erhofften Reichtum recht wenig.

So entgegnete er nur: »Welchen Weg das Gold zurücklegt, welche Metamorphosen es dabei durchmacht, wissen wir nun. Bleibt uns nur noch herauszufinden, wo und wie es gelagert wird – mit Sicherheit nicht unbewacht!«

»Ein gräßlich schnaubender Drache!?« spottete Mas laut lachend. »Mir machst du keine angst!«

»Weniger Abgebrühten könnte es schon genügend Schrecken einjagen«, spann Raoul den Faden weiter, »wenn des Nachts der Berg sich öffnet, Rauch aus den Nüstern bläst und feurige Augen dich anstarren, mein lieber Pons. Flammen schlagen heraus, und ein glühendroter Drachenschwanz windet sich hinab zum Wasser, wo er zischend in einer funkensprühenden Dampfwolke verschwindet!«

Pons zeigte sich tatsächlich beeindruckt. »Es gibt doch keine Drachen?« fragte er verängstigt, und Mas setzte sofort nach:

»Ich wär' mir da nicht so sicher, Pons. Vielleicht solltest du umkehren, noch ist Zeit dazu.«

»Euch ist entgangen«, meldete sich der Taxiarchos zu Wort, woraufhin alle erwartungsvoll schwiegen, »daß dort auch Eisenerz geschmolzen wurde und daß dafür ganz andere Formen verwendet wurden – Speerspitzen! Eiserne Spitzen, fertig zum Aufschäften, und das zu Hunderten! Erinnerst du dich an das Sägewerk?« Er wandte sich fast ausschließlich an Raoul, wenn er den dreien etwas zu sagen hatte, und der zeigte sich seiner Rolle als Lieutenant auch würdig.

»Ich entsinne mich an glänzende schwarze Steine, die ich beim Ofen gesehen habe. Jetzt weiß ich, daß es Steinkohle war. Wie gefällt Euch der Gedanke, Taxiarchos? Stapel von gleich lang geschnittenen, gleich dicken, angespitzten Stangen – genug, um eine Armee mit Spießen zu bewaffnen!«

Der Taxiarchos nickte wohlgefällig.

»Mich sollte nicht wundern, wenn dort auch noch andere Waffenteile gefertigt würden, alles, was sonst der mühseligen Handarbeit von Hunderten von Schmieden bedarf, Pfeilspitzen, Hufeisen, Sporen und zumindest Rohlinge für Schwerter, die dann nur noch im Schmiedefeuer zu härten und zu schärfen sind.«

»Waffen, Waffen, Waffen!« spottete Mas. »Was interessiert uns das? Wir wollen die Welt nicht erobern, wir wollen mit unserem Gold glücklich darin leben wie die Maden im Speck!«

»Schöne Vorstellung von dem Wirken eines Ritters!« schalt ihn

Raoul; und Pons, glücklich, daß er dem Mas einmal eins überbraten konnte, setzte hinzu:

»Außerdem mußt du das Gold, das du schon ›dein‹ nennst, erst mal finden, bevor du es bergen kannst.«

Pons hatte nachgedacht. »Und wenn hier Waffen hergestellt wurden, dann doch wohl auch, um sie einzusetzen, also in einem Krieg, von dem wir nichts wissen, was aber uns auch gleichgültig sein kann.«

»Bei Gott, du Blödmann!« fuhr ihm Mas dazwischen. »Laß deine einzige Sorge sein, daß deine Taschen, die du dir füllst, kein Loch haben!«

»Das Loch ist in deinem Kopf, Mas!« gab sich Pons mutig. »Uns erwartet kein Drache, sondern mit Sicherheit eine Wachmannschaft, Soldaten eines Heeres, deren Kriegskasse ›dein‹ Gold darstellt!«

»Richtig, Pons!« lobte der Taxiarchos. »Wir müssen uns auf einen solchen Empfang vorbereiten. Unser weiteres Vorgehen verlangt Lautlosigkeit, Umsicht und List! Ab sofort wird kein unnötiges Wort mehr gesprochen, der Kampf hat schon begonnen! Auch den vom Seil gezogenen Wagen können wir nicht mehr benutzen, er würde unser Kommen verraten.«

Er sah sich seine Mitstreiter an. »Ich bilde die Spitze, danach du, Pons, dann Mas und Raoul als Nachhut!«

So drangen sie zu Fuß in den Gang ein, der sich im Felsgestein vor ihnen auftat. Sie mußten sich bücken, denn er war nicht für aufrechte Krieger gedacht.

»Scheiße!« murmelte Mas.

Der Prozessionszug glich eher einer Karawane. Auf dem Vorplatz der Sainte-Madeleine hatten die flachen Mistwagen Aufstellung genommen, deren breite Ladeflächen, geschrubbt und gesäubert, die Figuren der Golgathagruppe trugen. Auf dem vordersten Wagen waren nur die Gaffer zu sehen und die römischen Soldaten, die sie zurückdrängten. Dann folgte der rechte Schächer. Der linke war nicht aufzutreiben, irgend jemand mußte ihn entwendet haben. Der Doge entschuldigte sich bei Gosset dafür, und das Königliche Paar sah großzügig über das Fehlen der Statue hinweg, deren Kreuz leer mitgeführt wurde. Ersatzweise war der heilige Joseph als betrübter Augenzeuge hinzugetreten und die heilige Germaine, deren Anwesenheit bei der Kreuzigung ebenfalls anzuzweifeln war. Die Seeleute des Hafsiden hatten diesen Wagen besetzt, weil sie nicht einsahen, daß sie zu Fuß nebenher laufen sollten.

Daran schloß sich das zentrale Ereignis an, nicht etwa Jesus mit der Dornenkrone, sondern der Inquisitor Bezù de la Trinité, in dessen Kutsche auch Gosset und der Doge Platz genommen hatten. Ihre Auftritte als Sünder waren für später vorgesehen, und auch nur in Sichtweite geschlossener Ortschaften, denn sonst wäre ja die Liebesmüh des Geißelns ohne Effekt geblieben. Dem Gekreuzigten war solch rücksichtsvolle Behandlung nicht vergönnt. Er hing die ganze Zeit in der Sonne, beklagt von der händeringenden Maria, Mater Dolorosa, und der still vor sich hin leidenden Maria von Magdala, gemeinhin »die Sünderin Magdalena« geheißen. Ihre gebeugte Haltung rührte noch von der Fußsalbung her. Da aber die tüchtigen Zimmerleute es fertiggebracht hatten, das Kreuz des Herrn mit einem Holzhügel zu erhöhen, wirkte sie wie eine inbrünstig Anbetende.

Alle Wagen waren über und über mit Blumen und Grün geschmückt, auch der des Königlichen Paares, der nun folgte. Er war gleich dem des Inquisitors mit Pferden bespannt. Jordi hockte auf dem Bock, von den Zofen war nur Geraude zur Hand. Philipp und die beiden anderen saßen am Ende des Zuges auf den drei Wagen mit dem Hausrat, der vor der Unbill des Wetters und der Begehrlichkeit von Dieben mit Zeltplanen abgedeckt war. Die Karren mit der Golgathagruppe und den Heiligen wurden von Ochsengespannen gezogen. Das letzte Fuhrwerk war nur mit dem Hab und Gut der Ersten Hofdame beladen, die es auch persönlich überwachte.

Zu ihr trat jetzt Simon, der zukünftige Templer, um sich von ihr zu verabschieden, hatten sie doch Lust und Leid miteinander geteilt. Die Dame Mafalda konnte es noch immer nicht verwinden, daß der stille, kräftige Recke den harten Dienst im Orden dem minniglichen vorgezogen, den sie sich von ihm erwartet hatte.

»Rosen bricht ein erfahrener Mann, wenn sie in voller Knospe stehen, um sich dann des Erblühens in seiner Hand zu erfreuen«, mahnte sie ihn ein letztes Mal. »Wer weiß, was aus mir geworden ist, wenn Ihr Euch dereinst eines Besseren besinnt!«

»Eines ist sicher, Mafalda, der Duft, den Ihr verströmt, wird Euch davor bewahren, unerkannt zu verblühen. Er wird auch meine Schritte leiten, sollte der Orden mir stinken!«

Er küßte die dargebotene Hand, neigte sein Knie vor Roç und Yeza und wandte sich ab. Sein Blick fiel auf Guillem de Gisors, der ihn scheelen Auges beobachtete, während der ranghöchste Templer den Dogen und Gosset verabschiedete. Das Königliche Paar bedachte Guillem nur mit einem gezwungenen freundlichen Winken, den Inquisitor mit keinem Gruß.

Der Templer war froh, die ganze Bagage loszuwerden, die Kreuzigungsgruppe mit eingeschlossen. Damit waren in Rhedae die letzten Spuren des leidigen Präzeptors getilgt und dieser *locus maledictus* sollte wieder in die Bedeutungslosigkeit eines aufgetürmten Steinhaufens herabsinken. Er ahnte nicht, daß der Teufel gleich hinter dem Portal der Kirche hocken geblieben war.

Roç und Yeza hatten den kleinen Kerl so sehr ins Herz geschlossen, daß sie ihn unbedingt mit sich führen wollten, doch Trini hatte einen derartigen Aufstand vollführt, daß Gosset zum Verzicht auf die Beigabe geraten hatte, um das Unternehmen nicht insgesamt zu gefährden.

Der Inquisitor stieg selbst jetzt, kurz vor dem Aufbruch, noch einmal aus seiner Kutsche, nur um sich zu vergewissern, daß Beelzebub an seinem Platze kauerte. Dann gab er das Zeichen zur Abfahrt. Riesige Wachskerzen wurden entzündet, die Kinder in ihren weißen Hemdchen begannen zu singen:

»*O Maria, Deu maire,
Deus t' es fils et paire.*«

Fahnen wurden geschwenkt, der von Trini zusammengetrommelte Männerchor fiel in die Hymne ein:

»*Domna, preja per nos
To fil lon glorios.*«

Die entlang der Wagenkolonne verteilten Chorknaben schwenkten Weihrauchkessel, und vorneweg zog ein Musikzug mit Trommeln und Schalmeien, Pauken und Hörnern.

> *»Eva creet serpen*
> *un angel resplanden;*
> *per so nos en vain gen:*
> *Deus n'es om veramen.«*

Noch nie hatte Rhedae eine derartig gewaltige Prozession erlebt, die Wagen rollten einer nach dem anderen die Spitzkehren hinab ins Tal, Stricke hielten die wankenden Figuren.

> *»Car de femna nasquet,*
> *Deus la femna salvet;*
> *e per quo nasqet hom*
> *que garit en fos hom.«*

»So hatte ich mir unseren Abschied von Okzitanien nicht vorgestellt!« sagte Yeza. Roç hielt seinen Blick unverwandt auf die entschwindenden Kuppeln von Sainte-Madeleine gerichtet. Sie sah, daß er mit den Tränen kämpfte.

»A diaus, Gavin Montbard de Béthune!« rief er plötzlich und sprang winkend auf. »*Que diaus vos bensigna!*«

Yeza zog ihn sanft am Ärmel. »*Zih' rono l' bracha*«, flüsterte sie, ohne sich nach der Zitadelle des Templers umzuwenden. »Wo steckt eigentlich Jakov Ben Mordechai, die Stimme des Propheten?«

»Der ›Knicker‹!« stellte Roç richtig. »Ich ging davon aus, daß er mit uns reist. Was sollte ihn hier noch halten, selbst sein Joseph verläßt diesen Ort.« Er hatte sich wieder gefangen.

»*Terribilis iste locus est*«, stimmte ihm Yeza zu. Der Wagentreck rollte mit angezogenen Bremsen die abschüssige Straße durch die Ruinen der vormaligen Hauptstadt der Goten. Die Bevölkerung war vollzählig auf den Beinen, stand am Wegesrand und winkte. Einige Menschen fielen auf die Knie, als das schwankende Kreuz mit dem Heiland an ihnen vorüberzog, doch die meisten riefen: »Madalena,

Madalena! Verlaß uns nicht!« Und als der Wagen mit dem Königlichen Paar passierte, jubelten viele ihnen zu bis auf wenige, die ihrem Unmut Luft machten: »Warum raubt Ihr uns die Heilige? Madalena gehört nach Rhedae, Ihr Diebe!«

Nur weil ihr Wagen dicht von den Soldaten aus Mirepoix umringt war, blieben Roç und Yeza vor Handgreiflichkeiten verschont. Die Eskorte verhinderte aber nicht, daß verfaulte Früchte nach ihnen geworfen wurden. »Wenigstens keine Steine!« rief Yeza und duckte sich, während Roç eine matschige Rübe vor die Brust bekam.

»Recht geschieht's dir gierigem Schatzräuber!« spottete sie. »Recht haben die Leute!«

»Ach«, entgegnete Roç, »seht euch die Heilige an! Sie mag sich weder Finger noch das reine Gewissen beschmutzen lassen, bleibt aber eifrige Nutznießerin der erworbenen Schätze!«

»Was bleibt mir anderes übrig, als Schatz und Schimmelkäs' mit Euch zu teilen, mein Herr!« rief sie mit unterdrückter Stimme, während sie einem Ei auswich. Dafür flog ihr der stinkende Käs in den Schoß. Das Ei zerschellte auf Jordis Rücken, entsetzlichen Gestank verbreitend. Dann waren sie an den aufgebrachten Menschen vorbei und wurden wieder bejubelt.

Geraude stieg herbei von der hinteren Bank und begann die Geschoßreste und dann die Flecken zu entfernen. Jordi roch dennoch so gräßlich, daß sie ihn gänzlich von ihrem Wagen verbannen mußten. An einer Wegbiegung glaubten sie oben auf einem Fels den weißhaarigen Mauri En Raimon gesichtet zu haben, der den kleinen Xolua an der Hand hielt, doch als sie um die Ecke gebogen waren, konnten sie ihn nicht mehr entdecken.

»Er hat uns zugewinkt!« vermerkte Roç befriedigt. »Sein Gruß tut mir wohl.«

»Ich hoffe, daß er sich nicht von Trini erwischen läßt«, sagte Yeza. »Ich will ihn als einen Teil unserer Heimat Okzitanien in Erinnerung behalten.«

»Unserer verlorenen Heimat«, murmelte Roç, »ich wäre froh, er würde mit uns sein –«

In einem plötzlichen Aufwallen der Gefühle umarmte er Yeza und barg seinen Kopf in ihrem Haar.

*»Vida qui mort aucis
nos donnet paradis.«*

Vor ihnen intonierten die Chorknaben des Inquisitors den Choral.

*»Gloria aisamen
nos do Deus veramen.«*

Der Admiral Taxiarchos und seine drei Bootsleute waren lange gebückt den niedrigen Gang entlanggelaufen, zum Schluß vor Erschöpfung ob der anstrengenden Haltung mehr getaumelt, und dabei immer wieder über die hölzernen Schienen oder über das schlapp dazwischen liegende Zugseil gestolpert, was den Taxiarchos zu Wutausbrüchen verleitete. Er mußte befürchten, daß jede Bewegung des Taues ihr Kommen verraten könnte. Endlich nahmen sie in der Ferne einen Lichtschein wahr. Ein quietschendes, gleichmäßiges Geräusch wurde immer deutlicher vernehmbar. Von da an schlichen sie nur noch voran. Sie mußten bald erkennen, daß sie das Ende des Tunnels erreicht hatten und dieser keineswegs, wie alle anderen bisher, ins Freie mündete, sondern in einen Kamin. Das einfallende Tageslicht zeigte ihnen, welchen Weg sie zu beschreiten hatten. Ein Holzturm nahm gut verankert den gesamten quadratischen Schacht ein, und darin stand oder genauer hing ein Korb, gerade groß genug, um höchstens zwei Männer aufzunehmen. Das Seil, dem sie bisher wie dem Faden der Ariadne gefolgt waren, lief über eine hölzerne Spindel, die aber ausgekuppelt war; eine andere, ebenfalls im ruhenden Zustand, hielt das Tau, an dem der Korb hing. Zwischen den beiden drehte leer ein hölzernes Zahnrad, das die aus nächster Nähe entsetzlichen Quietschgeräusche erzeugte, die nur ein völlig ausgeleiertes, seit langen nicht mehr geöltes Lager von sich geben konnte.

»Wenn wir diesen Aufzug in Bewegung setzen«, flüsterte der Taxiarchos seinen Mitstreitern zu, »dann werden wir sofort entdeckt, vielleicht sogar so früh, daß sie uns gar nicht hinauflassen und uns wie wehrlose Maulwürfe erlegen.«

»Oder sie schneiden das Seil durch«, gab Mas zu bedenken, »und wir stürzen in den Tod.«

»Also«, sagte der Taxiarchos, »wir sind am Ziel, wir müssen da hinauf!« Er zeigte durch die Verstrebungen des hölzernen Turmes nach oben. »Oder zurück.«

»Wir klettern im Turm hoch«, schlug Raoul vor, »ich mach den ersten.« Er zog seinen breiten Dolch und nahm ihn quer zwischen die Zähne.

»Wir entern!« rief Pons und wollte gleich hinter ihm in das Gebälk einsteigen, aber Mas zerrte ihn an der Hose zurück.

»Du machst die Nachhut!« zischte er, und der Taxiarchos mußte die beiden Streithähne trennen.

Pons durfte als dritter losklettern, und er selbst hielt sich als Eingreifreserve zurück. Der eigentliche Grund, aus dem er als letzter noch unten blieb, zeigte sich, als er einen Schritt zurücktrat, so daß man ihn aus dem Turm nicht mehr sehen konnte. Taxiarchos nestelte ein Papier aus der Tasche, eine ziemlich genaue Zeichnung eines unterirdischen Höhlensystems, das die Hand von Rinat Le Pulcin verriet. Er prägte sich nicht nur die Lage der angegebenen Orte, sondern auch ihre Namen ins Gedächtnis ein: »Viertes Tor ›Apokalypse‹ durch Grotte ›Apokryphes Evangelium‹; zweite links ›Hure von Babylon‹; erste rechts ›Kathedrale Großes Tier‹.« Dann verstaute er die Skizze des Malers wieder in seiner Brusttasche, trat vor in den Schacht und schaute hoch zum hölzernen Turm. Erst als er sah, daß Raoul oben angekommen war und wohl die Umgebung des Ausstiegs in Augenschein genommen hatte, ohne daß ersichtliche Gefahr drohte, denn er winkte dem Taxiarchos, zu ihm aufzusteigen, schob sich der an den andern beiden vorbei und streckte vorsichtig seinen Kopf aus dem Schachtloch.

Sie befanden sich inmitten eines gepflasterten Hofes, der von glatten schwarzblauen Basaltmauern eingefaßt war, deren Steilheit etwas Bedrückendes hatte, vor allem, weil sich keine Menschenseele zeigte. In ihrem Rücken befand sich das Torhaus, doch es war nach außen hin zugemauert und beherbergte – hinter einem eisernen Fallgitter – ein gewaltiges Schöpfrad, das von einem unterirdischen Strom angetrieben wurde. Es war offensichtlich, daß seine Kraft die quietschende Achse mit dem Zahnrad unten im Aufzugsschacht ohne Unterlaß drehte. Vor den Augen der Eindringlinge, also genau gegenüber, erhob sich der Berg. Seine Front war bis in eine Höhe, die weit über die der Mauern ragte, ebenfalls mit Blaubasalt verkleidet und fensterlos bis auf einige Schießscharten. Die drei ebenerdigen Tore aus massivem Eichenholz, alle drei verschlossen, mußten in das Innere des Berges führen.

Der Taxiarchos gab seinen Leuten ein Zeichen. Raoul und er stemmten sich als erste aus dem Schacht, sofort zogen sie Pons und Mas zu sich herauf. Da standen sie nun alle vier in dem leeren Hof und schauten sich um. Auch jetzt rührte sich keiner zu ihrem Empfang. Sie steckten ihre Dolche weg und marschierten hinter ihrem Anführer auf das mittlere Tor zu. Wie von Geisterhand bewegt, schwangen – allerdings auch wieder ächzend und knarzend – die schweren Flügel nach innen auf, und die Dunkelheit eines in den Felsen des Berges getriebenen Stollens gähnte sie an. Sie verharrten eingeschüchtert. In ihrem Rücken ertönte eine übellaunige Stimme: »Wer stört?«

Als sie herumfuhren, standen oben auf der Bastion über dem Schaufelrad, zwischen den zinnenlosen Tortürmen, zwei Sergeanten in dunklen Mänteln, als Templer erkennbar an den roten Tatzenkreuzen. Es waren zwei alte Männer, ergraut im Dienst des Ordens.

»Uns schickt der Präzeptor«, entgegnete fest der Taxiarchos.

»Unangemeldet und ohne Paßwort?« lautete die argwöhnische Gegenfrage, doch der Mißlaunige erklärte: »Es stört ein jeder, der nicht weiß, wie er ins *trou' des tipli'es* einfährt und wie er wieder herauskommt!«

Darob lachte der Argwöhnische, doch der Taxiarchos rief hinauf zu den Templern, die keine Anstalten machten, den Besuchern behilflich zu sein, noch ihnen den Zutritt zu verwehren:

»Nach dem vierten ›Tor der Apokalypse‹ durchquert er ›die Grotte des Apokryphen Evangeliums‹, wendet sich nach links zur zweiten ›Mine der Hure von Babylon‹, vertraut dem ersten Einlaß zur Rechten und steht in der ›Kathedrale des Großen Tieres‹.«

»Geht mit Baphomet!« antwortete der erste unvermindert schlecht gelaunt. »Aber geht!«

»Zur Hölle!« erwiderte der Taxiarchos, und sie traten in den Berg ein.

So wie der vor Stolz und Machtfülle noch mehr aufgeplusterte Bezü de la Trinité, ›Großinquisitor des Languedoc, des Roussillon und des Razès‹, wie er sich jetzt nannte, ›die dicke Trini‹, wie das Volk ihn hieß – vorausgesagt hatte, strömten immer mehr Menschen auch aus der weiteren Umgebung herbei, um teilzuhaben an der größten Prozession seit Menschengedenken, ja seit der Christianisierung Okzitaniens, ach was, seit Bestehen der Kirche überhaupt! Trini hatte sich dem festlichen Anlaß entsprechend – den er über mehrere Tage zu strecken gedachte – in kostbare Gewänder geworfen, derer sich der Papst in Rom nicht hätte zu schämen brauchen. Es fehlte nur noch die Tiara auf seinem runden Schädel.

An jeder erreichbaren, also in Sichtweite kommenden Kirche – und war sie noch so klein und ärmlich –, wurde Station gemacht, meist mit der Folge, daß die Weinbauern und Schafhirten ihre eigene Madonna oder ihren Schutzpatron von den Piedestalen hoben und sich dem Triumphzug anschlossen. Bezü war's recht. Jeder Teilnehmer mehr ließ die Münz' im Beutel klingen und sein Herz höher schlagen. Und richtig hüpfen ließen es die beiden Männer, denen er das große Geld verdankte und die jetzt seiner Kutsche vorausliefen, den Oberkörper entblößt, damit sie die Hiebe der Rute auf nackter Haut schmerzhaft verspürten, ihrer Sünden gedachten und sie recht bereuten.

Von Zeit zu Zeit, meist vor dem Erreichen der nächsten Station, verließen der Doge und Gosset das Gefährt, entledigten sich des Hemdes, zogen eine Kapuze über den Kopf und harrten ihrer Strafe. So auch jetzt. Wer ihres halblaut geführten Gesprächs teilhaftig geworden wäre, hätte an der Reue zweifeln können.

»Fünfzig von hundert gehen immer an den Hafsiden«, keuchte der Doge, für den es schon eine Zumutung war, zu Fuß zu gehen. Das hatte ihm dieser Priester eingebrockt, und nun wagte der noch, dafür eine Belohnung einzuheimsen.

»Den zehnten und die bescheidene Hälfte davon, nicht daraus, wohlgemerkt, behalte ich ein«, sagte Gosset mit dünner Stimme, in körperlichen Strapazen erfahren, aber nicht unempfindlich. »Der karge Lohn des Vermittlers!«

»Ein Judaslohn!« schimpfte der Doge. »Denn von der anderen

Hälfte des zu erwartenden Erlöses aus dem Verkauf der geweihten Holzfiguren bedient Ihr Euch noch einmal nach der gleichen Formel.«

»Mit vollem Recht«, schnaufte Gosset, »bin ich doch der beglaubigte Agent des Königlichen Paares!«

Er schaute zurück, um sich zu vergewissern, ob sich der Inquisitor schon bereitmachte, seines Amtes als Zuchtmeister zu walten, und ob Roç und Yeza noch immer weiter hinten im Zuge fuhren. Es war alles in bester Ordnung, und dafür hielt er auch gern seinen Rücken hin.

»Ihr geht auch nicht leer aus«, ermunterte er den geldgierigen Templer, schon damit Herr Georges Morosin nicht etwa auf die Idee kam, der Wert der geweihten ›Holzfiguren‹ sei unendlich viel größer, als ihr vorgeblich angestrebter Verkaufserlös auf dem Devotionalienmarkt des Heiligen Landes, wo kreuzfahrende Fürsten und reiche, bürgerliche Pilger für jedes Stück Reliquie Unsummen hinlegten, denn ohne einen solchen *souvenir de la Terre Sainte* war die ganze Reise nichts wert. Wie viele ›Splitter vom echten heiligen Kreuz‹ ließen sich noch aus dem Holze brechen, wenn man es nur recht behandelte, in ungelöschten Kalk einlegte, etwas versengte und dann für einige Zeit im Wüstensand vergrub? Beide rechneten schon lange still vor sich hin, bemüht, den Wert der Fuhre vor dem anderen herabzusetzen.

»Da ich nur ein Viertel von dem abzwacken darf, was in die Schatztruhen des Ordens fließt – und das auch nur dank der Einschaltung des Hafsiden, denn als Templer ist mir jede persönliche Bereicherung verwehrt«, keuchte der Doge jetzt immer heftiger, denn reden, rechnen und gleichzeitig laufen, strengte an, »solltet Ihr mir vielleicht die Kreuze der Schächer überlassen, sie stören nur das Bild der Heiligen Familie in ihrem Leid.«

»Das Leid der Schächer?« spottete Gosset. »Ich schenk' Euch das leere Kreuz des linken, daraus macht Euch ein geschickter Zimmermann mindestens derer dreißig!«

»Dann gebt mir den Joseph noch dazu«, die Stimme des Herrn Morosin krächzte fast tonlos, »der gehört da sowieso nicht hin!«

»In Eure Tasche noch viel weniger!« gab Gosset zur Antwort.

»Ihr jammert bei einem prallen Viertel, das Abdal der Hafside für Euch einheimst, bei dem Ihr ja darüber hinaus noch an allen Geschäften beteiligt seid. Das bringt Euch auf weit über ein Drittel!«

»Von wegen!« jammerte der Doge. »Der nimmt mir noch Provision dafür ab, daß ich in seinem Namen handele. Die Welt ist so undankbar, nur Ihr, Gosset, holt Euch eine güldene Nase!«

»Pssst!« zischte der Priester. »Unser Peiniger naht!«

Sie sahen vor sich einen Weiler, einige Hütten um eine Kapelle geschart. »Das ist Maury le Grau!« flüsterte Gosset. »Dort oben in den Felsen erhebt sich Quéribus.«

Da erhielt er schon den ersten Streich, der Doge den nächsten. Die Kutsche hatte nur kurz gehalten, so daß Trini aussteigen konnte, ohne hinzufallen. Die Geißel hatte er in Wasser und in das Blut zerdrückter Pupurläuse getaucht, damit es besser klatschte und gefährlicher aussah. Den ›heiligen Doppelstreich‹ vollzog der Inquisitor gleich noch einmal, weil bereits die ersten Leute am Wegesrand standen und seine Leistung bejubelten. Einige Gaffer machten auch ihrem Unwillen Luft, und bevor die ersten Steine flogen, sprang die dicke Trini behende zurück in die schützende Kutsche, was den beiden Opfern verwehrt war. Keiner sollte sehen, daß sie mit ihrem Züchtiger nicht unter einer Decke, doch zumindest lange Strecken des Weges in einer Kutsche steckten.

»Auf welch unwürdige Farce hab' ich mich da eingelassen«, stöhnte der Doge. »Wenn ein Ordensbruder sieht, daß ich mich von einem ordinären Kleriker verprügeln lasse, dann verstößt mich die hehre Ritterschaft beim nächsten Ordenskapitel.«

»Keiner wird Euch in der Rolle des armen Sünders vermuten«, tröstete ihn Gosset, »aber so haben wir den Inquisitor unter Kontrolle, und das ist mir wichtig, bis wir in Perpignan die Planken des Seglers unter den Füßen spüren, samt« – er wollte gerade »Beute« sagen –, »samt Gekreuzigtem, den um ihn Gescharten und allen Heiligen.«

»Danach sollten wir den Spieß umdrehen und die dicke Trini mit der Peitsche von Bord jagen!« grollte der Doge. Sie hielten vor der kleinen Kapelle von Maury le Grau.

Roç und Yeza, die sich nicht hilfreich den Arm geben ließ, sprangen sofort von ihrem Wagen, schon um sich die Beine zu vertreten. Auch pflegte Gosset nach Ableistung der ›Passion des armen Sünders‹, vor der Kirchentür zelebriert, sich nach hinten zu verdrücken, um sich im Wagen des Königlichen Paares zu erfrischen. Wenn das nicht möglich war, schickten sie Jordi vor, der sich vergewissern mußte, daß es ihrem geistlichen Betreuer an nichts mangelte. Auch Philipp oder die Potkaxl kamen, um Bericht zu erstatten, nur die Dame Mafalda verließ den Wagen nicht, denn der war mit ihrer reichen Habe beladen, und sie fürchtete Diebe bei jedem Halt mehr als Räuber unterwegs im Gebirge. Doch jetzt war man bereits im breiten Tal, das der Küste zustrebte, und die Gefahr nur noch gering. Um so mehr schauten alle auf die Staubwolke, die ein Haufen Berittener verursachte, die querfeldein heranstürmten.

Roç erkannte als erster die Farben des Herrn von Quéribus.

»Xacbert de Barbera!« rief er erfreut und knuffte Yeza in die Seite. »Unser alter ›Lion de Combat‹!«

Yeza mußte sich beherrschen, um dem bärbeißigen Recken nicht entgegenzulaufen, wie sie es als kleines Mädchen gemacht hatte. Doch nun war sie eine Herrscherin – wenn auch noch ohne Reich –, und Würde wurde von ihr erwartet.

»Ist das eine Sklavenkarawane?« brüllte der Löwe zur Begrüßung. »Soll ich Euch aus den Fängen der Inquisition befreien oder sonstwie vor den Räubern der *Ecclesia catolica* schützen?«

»Nichts von dem, guter Xacbert!« rief Yeza, während er absaß und eilte, beide zu umarmen. »Die größte Gefahr, die uns droht, ist die, von Euch erdrückt zu werden.«

»Sie wollten mir Quéribus nicht zurückgeben!« beschwerte sich der Alte. »Ich sollte mich im hintersten Roussillon unter Hausarrest begeben, da hab' ich Eure Abreise und mein Bedürfnis, Euch Lebewohl zu sagen, vorgeschoben und im Vorbeigehen Quéribus im Handstreich gewonnen. Die Besatzung hat gleich Reißaus genommen, als ich unter den Mauern erschien!« Er lachte erst dröhnend, schien dann aber traurig. »Der Vorwand ist jedoch bitterer Ernst. Ich, wir alle, das ganze Land, bedauern Euren Fortgang – ich werde Euch sehr vermissen!«

»Kommt doch mit!« rief Roç. »Warum wollt Ihr Euch hier von den trügerischen Franken ärgern lassen?«

»Ich bin zu alt und hänge an diesem Land«, seufzte der Alte, »doch laßt Euch durch meinen Kummer nicht verdrießen. Ich gebe Euch Geleit bis zur Küste, ich will winken, bis Euer Schiff am Horizont entschwunden ist!«

Wenn sich Raoul, Mas und Pons gewundert hatten über die Promptheit, mit der ihr Kapitän die Losung heruntergebetet hatte, waren sie jetzt beeindruckt von der Sicherheit, mit der sich Taxiarchos in dem Labyrinth der Gänge und Stollen, Gleitebenen und Rampen zurechtfand. Bisher hatten sie eher den Eindruck gewonnen, daß ihr Anführer aufs Geradewohl mit ihnen losgezogen war, doch jetzt waren sie sicher, daß ihm durchaus bekannt war, wo der Schatz lag. Das beflügelte sie, obgleich dem keineswegs so war. Taxiarchos vermochte zwar den Weg aus dem Dokument, das er auf der Brust trug, herauslesen, aber was ihn am Ende erwartete, wußte er mitnichten. Die erste Überraschung erwartete sie bereits im ›Apokryphen Evangelium‹. Hier lagerten, zwischen Holzpfeilern geschichtet wie Brennholz, Hunderte von Speeren, getrennt nach Wurfspießen und langen Lanzen, und Tausende von Pfeilen, immer schockweise zu Bündeln geschnürt. Das traf sie nicht unerwartet, doch keiner von ihnen hatte an solche Mengen gedacht, es waren doch wohl Zehntausende, denn es reihte sich Stapel an Stapel, und jeder ragte bis zur dunklen Höhlendecke. In den aufgelassenen Minen der ›Hure von Babylon‹ folgten dann die wertvolleren Rüstungsteile: Brustharnische, Helme, Schilde und Schwerter. Außer einem roten Tatzenkreuz wiesen sie keinerlei Schmuck oder Farben auf. Alles war ordentlich in Regalen verstaut, es fehlten auch nicht Stiefel und Sporen, Beinschienen und mit Dornen versehene Ellbogenschützer.

Mas staunte, während Raoul die Biegsamkeit der Klingen prüfte. »Alles erstklassige Arbeit«, lobte er, »fast Damaszener Qualität!«

»Toledo!« bemerkte der Taxiarchos kundig nach einem Blick. »Mein Gott!« Hier waren, in graues Eisen verwandelt, die goldenen Schätze vor ihm gestapelt, die er, oft unter Gefahr für Leib und Leben, über das Meer aus dem Land der grausamen Tolteken herbeigeschafft hatte. Und was hatte dieser größenwahnsinnige Präzeptor daraus gemacht? Mit seinem Gold? Sein Anteil an der Beute steckte unwiederbringlich in diesen Bergen von Rüstungsgütern!

»Aus Gold mach' Eisen!« Der Taxiarchos lachte bitter. »Das ist der Stein des Weisen!«

»Ein solches Waffenlager hat die Welt noch nicht gesehen!« rief Pons begeistert.

»Genug, um die Welt zu erobern!« verbesserte ihn Mas. »Damit könnte man selbst ein Mongolenheer bewaffnen!«

»Wo soll das herkommen?« fragte Raoul. »Und wozu?«

Er schaute fragend zum Taxiarchos, der zwar auch beeindruckt schien, aber schon wieder weiterstrebte.

»Das ist der helle Wahnsinn!« murmelte Mas. »Wir stehen vor der Weltverschwörung der Templer!«

»Eines Templers!« bemerkte der Taxiarchos trocken. »Der Präzeptor konnte nicht nur eine Invasionsarmee aus Katalonien im Visier gehabt haben!«

»Was auch immer er im Auge hatte«, sagte Raoul, »jegliches Maß war ihm längst verlorengegangen.«

»Jetzt versteh ich, warum Herr Gavin über die Klinge springen mußte!« fügte Pons erschüttert hinzu. »Das ist einfach zuviel!«

»Oder zuwenig!« knurrte der Taxiarchos. »Wenn ich daran denke, was danach wohl an Barem, an klingender Goldmünz' noch übrig sein kann!«

»*A Diaus*, schöner Schatz!« maulte Mas sofort, doch das Lamento blieb ihm im Halse stecken, denn sie hatten die ›Kathedrale des Großen Tieres‹ betreten, eine riesige Grotte, von deren Decke die Stalaktiten wie gewaltige Kronleuchter herabhingen und an deren Rändern die Stalagmiten sich zu gigantischen Pfeilern auftürmten. Zur Mitte hin vertiefte sich die Halle, und ein spiegelglatter, flacher See war auf dem gelbweißen Kalkgrund entstanden. Er schimmerte gülden. Darin lag der schwarze Stein, gerade so, daß er eins war mit dem Spiegel, und auf ihm ruhte die Kugel, die Erde darstellend, sie schien über den Wassern zu schweben. Doch so erhebend die Männer dieses Bild fanden, ihr Blick wurde von dem kristallklaren Wasser aufgesogen, tauchte hinein und fraß sich in dem goldgelben Grund fest.

Er war gepflastert mit Goldbarren! Mit einem Freudenschrei wollten sich Pons und Mas in den See stürzen, da riß der Taxiarchos sie zurück. In der Ferne war ein Grollen zu hören, der Boden, auf dem sie standen, begann zu zittern, ringförmig sich ausbreitende Wellen liefen über die Oberfläche des Sees.

»Raus hier!« schrie Raoul und stieß seine zögernden Gefährten fort, die schon bis zu den Knöcheln im Wasser standen und sich noch gar zu gern bücken wollten, um wenigstens einen dieser handtellergroßen Kuchen zu ergattern.

»Zurück!« brüllte nun auch der Taxiarchos, als die ersten Zapfen sich von der Decke lösten und ins Wasser herabfielen, daß es aufspritzte. Sie rannten die ansteigende Böschung hinauf, als sich Risse bildeten, die sie überspringen mußten. Sie warfen sich förmlich in die Felsenhöhle, das Ende des Ganges, von dem aus sie die Kathedrale betreten hatten, als hinter ihnen erst die Pfeiler barsten, die Stalaktiten herabstürzten, und dann die ganze Decke. Sie stürmten, der Taxiarchos voran, durch die engen Tunnel, in der ›Hure Babylon‹ waren die sorgsam gestapelten Waffen wie Kraut und Rüben verstreut, dazwischen herabgefallene Steine, Staub wirbelte in der Luft. Sie stiegen, stolperten über das Wirrwarr und hasteten weiter dem Ausgang entgegen. Der Weg durch das ›Apokryphe Evangelium‹ war ihnen schon versperrt, riesige Felsbrocken hatten die Lanzen und Pfeile zerschmettert, sie irrten durch Tunnel, von denen sie hofften, daß sie sich irgendwann zum Licht öffnen würden. Sie krochen durch Stollen, deren Decke sich gesenkt, deren Verstrebungen sich gelöst hatten, und immer noch bebte die Erde. Plötzlich brach neben den Flüchtenden eine Wand ein und legte sich langsam zur Seite. Da standen die Männer zwischen den geborstenen Quadern aus Blaubasalt im fahlen Sonnenlicht des Innenhofes. Sie sprangen über die geborstenen Säulen hinweg, um den Aufzugsschacht zu erreichen, denn die rechteckige Umfassungsmauer des *trou' des tipli'es* hatte nicht den geringsten Schaden genommen. Sie ragte genauso glatt und abweisend in die Höhe, daß kein Gedanke daran sein konnte, sie zu erklimmen. Der Fluchtweg konnte nur der Weg sein, den sie gekommen waren. Das Zugseil war von der Rolle geglitten, das sahen sie schon, bevor sie den Einstieg erreicht hatten, doch als sie nun hinabstarrten, begriffen sie, daß ihnen diese Möglichkeit gleichfalls verwehrt war. Wie grauer Schleim preßte sich Gesteinsschlamm in den Schacht, blubbernd und schmatzend, aber vor allem ständig steigend wie gärender Teig! Das Beben hatte aufgehört. Das große Schaufelrad drehte sich nicht mehr. Die beiden Templer ließen sich auch nicht mehr sehen. Da standen die Schatzsucher nun mit leeren Händen, zu denen sich bald ein leerer Magen gesellen mochte. Wenn es ihnen nicht über kurz oder lang gelingen sollte, die Mauern zu überwinden, würden sie zu schwach dazu sein.

»Es war wohl beabsichtigt«, erklärte Mas mit einem bösen Blick auf den Taxiarchos, »uns hierherzulocken!«

»Nicht, um uns zu verderben«, fügte Raoul hinzu, »doch um uns loszuwerden!«

»Das ist ja wohl voll gelungen!« rief Pons. »Konntest du uns deine schlauen Erkenntnisse nicht früher mitteilen! Jetzt müssen wir des Hungers sterben.«

»Streit hilft jetzt am allerwenigsten!« mahnte der Taxiarchos und sah sich um.

»Als einzige Leiter bietet sich das Schaufelrad an und die zerbrochenen Spieße.«

Der umsichtige Priester Gosset hatte dem Hafsiden durch einen Boten übermittelt, was von ihm erwartet wurde. So hatte Abdal aus seinen Kleidertruhen die kostbarsten Gewänder heraussuchen lassen und seinen Männern befohlen, sie anzulegen, um sich eines »Großmetropoliten« würdig zu erweisen. Auch er selbst hatte sich pompös ausstaffiert in guter Kenntnis, was sich christliche Kirchenfürsten, zumal die Orthodoxen, herausnahmen. Er ließ in der dem Orienthandel zugetanen Hafenstadt Perpignan alles Verfügbare an Bischofsstäben, Monstranzen und Schreinen aufkaufen, errichtete mitten an Deck seines maurischen Sklavenseglers einen Altar mit Kreuz, Kerzen und einer kostbaren Bibel und erwartete mit Neugier die Ankunft der Prozession und des gefürchteten Inquisitors, dessen Eitelkeit zu schmeicheln ihm besonders ans Herz gelegt worden war.

Sein Erstaunen war nicht schlecht, als er seinen eigenen Statthalter zu Askalon, den Dogen Georges Morosin, und seinen alten Bekannten, den Priester Gosset, als ›Büßer‹ nahen sah. Auf ihre entblößten Rücken klatschten Geißelhiebe, ohne wahren Schmerz zu bereiten, wie der Hafside gleich auf den ersten Blick feststellte. Er unterdrückte sein Lachen, gab auch nicht zu erkennen, daß er beide Herren kannte, sondern hielt sich an Trini, den er umarmte und abküßte, wobei er immer wieder »*Kyrie eleison!*« und »*Christos vaskrez!*« rief, wovon er ungefähr wußte, daß es »Herr, erbarme Dich!« und »Christus ist erstanden!« hieß. Im übrigen ließ er die Geschenke sprechen, die er für Trini vorbereitet hatte. Der hingegen beeilte sich, seine beiden Leibsünder zum Altar zu drängen, um sie dort schnellstens aller Missetaten freizusprechen und ihnen die Absolution für alle »zukünftigen« zu erteilen. Das war ein Versprecher, aber Trini war großmütig gelaunt und beließ es dabei, denn jetzt sollte er ja seinen Lohn erhalten.

Gosset zog sich ein frisches Gewand über den nackten Rücken und ging, das Königliche Paar, die edlen Stifter, herbeizuholen, während der Doge seinen Geschäftspartner flüsternd in alle Absprachen und davon abweichende Vorsätze einweihte. Doch Abdal war strikt dagegen, den Inquisitor zu prellen und mit Schimpf davonzujagen.

»Nur damit Ihr, Georges, Euer Mütlein kühlt, werde ich mir nicht mit dem Gewicht dieser Holzpuppen das Schiff überladen« – er wies unbeeindruckt, eher unwillig auf die Ochsenkarren mit den schwankenden Figuren der Golgathagruppe –, »unser aller Leben gefährden und mich vor allem nicht unter Zeitdruck setzen lassen!«

»Sie sind der Schatz!« versuchte ihn der Doge aufzuklären. »Es sind besonders wertvolle Skulpturen, Meisterwerke abendländischer Schnitzkunst!«

In diesem Moment kam Gosset mit Roç und Yeza zurück, die den letzten Satz gehört hatten, und sie schoben Gosset zu Abdal und trennten den Dogen von dem Hafsiden. Dem Herrn Georges Morosin war es zwar gar nicht recht, daß er von dem nun stattfindenden Gespräch ausgeschlossen wurde, aber dafür sorgte schon Trini, der mit seiner Kostenaufstellung wedelte und wissen wollte, von wem er bezahlt würde.

DIE SCHATZSUCHER

»Von uns!« beschied ihn Yeza und nahm ihm das Papier aus der Hand. Die Soldaten aus Mirepoix waren der irrigen Meinung, nun endlich entlassen zu sein, doch das Kommando über sie übernahm nun der alte Xacbert de Barbera, und das lautete: »Abladen!«

Gosset war mit dem Hafsiden sehr schnell handelseinig geworden, kein Gold wiegt zu schwer, wenn einem die Hälfte davon in die Bordkasse fällt – abzüglich der fünfzehn Prozent, die Gebühr für den rührigen Vermittler. Und so erteilte auch Abdal seinen Leuten sogleich den Befehl, die Statuen der Heiligen Familie des Propheten Jesus nebst Anhang und Peinigern behutsam an Bord zu hieven.

»Nach Gewicht gut verteilen und festzurren!« wollte er gerade mit lauter Stimme auf arabisch brüllen, als Gosset ihn anstieß und an sein Amt als christlicher Großmetropolit erinnerte. So flüsterte er es seinem Bootsmann ins Ohr, und der brüllte.

»Wenn die Ladung auf hoher See verrutscht«, setzte er erklärend hinzu, »hilft uns auch die Mutter des Menschen am Kreuze nicht mehr.«

Die dicke Trini trat hinzu, gefolgt von Yeza.

»Der Herr Inquisitor erhält für seine Leistungen die vereinbarte Summe.« Sie flüsterte dem Hafsiden den Betrag und noch einiges andere ins Ohr, mit der Folge, daß Trini unruhig von einem Fuß auf den anderen trat und sich schließlich zu einer großen Geste durchrang.

»In Anerkennung des löblichen Zweckes dieser allerchristlichen Stiftung des heiligen Paares« – er meinte ›Königliches‹, mochte sich aber nicht korrigieren – »verzichtet die Kirche auf ein Drittel der ihr zustehenden Summe.«

Er kämpfte mit der aufkommenden Rührung.

»Ich, sie sieht es als ihren Beitrag zur Bereicherung der uns allen heiligen Stätten.« Trini weinte und umarmte erst den Großmetropoliten, dann Roç und Yeza, bevor er sich von Gosset auszahlen ließ. Der entnahm den gekürzten Betrag der Bordkasse.

»Gebt auch jedem Soldaten aus Mirepoix drei Goldstücke«, schlug Roç vor, und Yeza nickte einverständig. »Sie haben uns treu und ausdauernd gedient!«

Gosset sah fragend zu Abdal hinüber, und der sagte leise: »Das ziehen wir dem Dogen ab, als Kosten für den Transport. Der Tempel wird es verschmerzen!«

Yeza lachte. »Doch wir können es uns leisten!«

»Geht sorgfältig mit Eurem Gold um!« mahnte Gosset. »Wir haben noch einen weiten Weg vor uns!«

Dank der Fähigkeit des Taxiarchos, sich mit jeder neuen Situation, und mochte sie auch noch so widrig erscheinen, gelassen auseinanderzusetzen, war es den Schatzsuchern vom ›trou' des tipli'es‹ gelungen, das eiserne Fallgitter vor dem Schaufelrad unter Verwendung einiger nicht völlig zerbrochener Lanzen als Leiter zu verwenden. Das gefährlichste dabei war, daß sie nochmals in die eingestürzte Mine vordringen mußten, in der sich noch immer Gesteinsbrocken von der Decke lösten. Mas und Pons übernahmen diese Aufgabe. Mas drängte sich sogar danach, denn er brannte darauf, seinen wohlweislich nicht geäußerten Verdacht zu erhärten, daß dies Erdbeben künstlich ausgelöst worden war, entweder durch eine Mechanik zur Abwehr von Unbefugten oder durch die beiden Templersergeanten, die spurlos verschwunden waren. Er fand jedoch keinerlei Beweise, und ihr Anführer erlaubte ihnen auch nicht, tiefer im Berg zu forschen. Das war schade, denn insgeheim hofften sie noch immer, wenigstens auf einen kleinen Schatz zu stoßen, ein paar Edelsteine vielleicht, die sie wenigstens etwas für die Mühen entschädigt hätten.

Als sie schließlich alle vier erschöpft oben auf der Mauerkrone standen, über dem zugemauerten Tor, war ihnen noch der Schreck eines Blickes in die Tiefe vergönnt. Nach außen fielen die glatten Mauern noch weit länger steil ab, weil die umsichtigen Erbauer die natürliche Felsnase, auf der das Vorwerk als Sichtblende und zum Schutz des Mineneingangs errichtet war, in die Basaltverkleidung mit einbezogen hatten. Doch dann fanden die glücklosen Schatzsucher heraus, wie die beiden Templer sich unbemerkt hatten absetzen können: In einem der Tortürme führte eine unscheinbare Fluchtpforte unten in der Schlucht ins Freie. Sie brauchten sich nur einer engen Wendeltreppe anzuvertrauen. Das taten sie nun, einer nach dem anderen.

DIE SCHATZSUCHER

Ungefähr zur gleichen Stund' legte im Hafen von Perpignan der Dreimastsegler des Hafsiden ab. Xacbert de Barbera und Bezù de la Trinité blieben winkend auf der Mole zurück. Sie bemerkten diese ungewollte Gemeinsamkeit erst, als sie sich beide gleichzeitig schneuzten. Der eingefleischte alte Ketzer und sein erbitterter Verfolger sahen sich nur einen Augenblick vorwurfsvoll an, bevor sie sich brüsk voneinander abwandten. Die reich belohnten Soldaten aus Mirepoix hatten am äußersten Ende des Kais Aufstellung genommen und riefen:

»Ay, ay, ay! Gott segne das Königliche Paar! Ay, ay, ay!«

Geraude und die Potkaxl übernahmen die Erwiderung dieses Grußes, denn die Dame Mafalda war schließlich die Tochter des Grafen von Mirepoix und Erste Hofdame und winkte keinem gemeinen Soldaten. Philipp legte sich sofort schlafen, nur der unermüdliche Jordi griff nach seiner Laute und sang gegen das Flattern der Segel an, die jetzt gesetzt wurden.

»*Oy, aura dulza, qui vens dever lai*
un mun amic dorm e sejorn'e jai,
del dolz aleyn un beure m'aportay!
La bocha obre, per gran desir qu'en ai.«

Der Hafside hatte Roç und Yeza seine eigene, äußerst prächtig ausgestattete Kajüte im Heckteil abgetreten und für sich, den Dogen und Gosset ein Zelt auf der Brücke aufschlagen lassen. Daß es ihm und seinen Mitreisenden auch dort an nichts mangelte, zeigte sich, als er bei Erreichen des offenen Meeres seine Gäste zu einem Umtrunk bat. Beraten von Xacbert, hatte er reichlich von dem herben Roten des Roussillon an Bord genommen.

»Um einiges weniger komfortabel«, lockerte Gosset die Trinksprüche auf, die zwischen dem »geehrten Gastgeber« und dem »geneigten Königlichen Paar« ausgetauscht wurden, »reisen die Herrschaften, die ansonsten gewohnt sind, stehend oder kniend die Kreuze von Golgatha zu umringen. Jetzt liegen sie dicht gedrängt wie Sardinen im Kielraum«, führte der Priester launig aus, »festgezurrt und angekettet, so wie unser lieber Abdal seine Ware zu befördern pflegt. Das Blau des Himmels sehen sie nur durch das Eisengitter über ihren Köpfen, das ihnen den Zutritt zum Oberdeck verwehrt. Doch klaglos tragen sie ihr Schicksal!«

Alle lachten, und der Hafside meinte trocken:

»Ich hoffe, sie tragen mehr als nur das! Auch wenn mein Anteil nur fünfzig Prozent ausmacht.«

»Minus meine Vermittlungsgebühr!« rief Gosset. »Laßt uns auf die gelungene Bergung des Schatzes trinken!«

Alle stießen grinsend miteinander an, nur der Doge schaute etwas irritiert. Sire Georges Morosin hatte noch immer nicht begriffen, worin der Schatz bestand, beziehungsweise worin er sich verbarg.

VOR GRIECHEN WIRD GEWARNT

Der mächtige Dom von Palermo wies bis auf die von zwei Türmen eingefaßte Stirnseite, die noch an die schlichte Art seiner normannischen Erbauer erinnerte, nirgendwo mehr auf den Einfluß der imperialen Staufer hin, als an der von dem prächtigen Portikus beherrschten Flanke. Die Schwaben hatten die fremde Bauhütte und ihre Meister aus dem Norden geholt zur Verwirklichung des uralten Traumes vom lieblichen Süden; hier wollten sie ihr Leben genießen, hier sollten ihre Gebeine ruhen. Eine Liebe, die eher von den noch immer präsenten Sarazenen erwidert wurde als von der noblen Verwandtschaft der letzten Normannenprinzessin, die in ihrem Herzen nie staufische Kaiserin wurde. Johannes von Procida, der schon ihrem einzig geliebten Sohn Friedrich als Leibarzt gedient hatte, war sich der Problematik bewußter als Manfred, sein junger Herr, auf den er seine Treue zum kaiserlichen Hause übertragen hatte.

Der Kanzler zog es vor, durch eine Seitentür der Stirnseite nahezu ungesehen in das düstere Innere der Kathedrale zu schlüpfen. Ähnlich hatte es auch der hohe kirchliche Würdenträger gehalten, mit dem er verabredet war, der Bischof von Grigenti. Nur daß dieser den noch versteckteren Eingang für den Klerus benutzt hatte, gleich neben der Apsis. Der Grund für die Heimlichkeit war, daß der eigentlich für die Krönungszeremonie vorgesehene Erzbischof die Stadt unter einem fadenscheinigen Vorwand vorzeitig verlassen hatte. Der Papst hatte ihn rechtzeitig nach Rom beordert.

Natürlich konnte es der *Ecclesia romana* nicht gefallen, daß dieser Schritt von einem gewöhnlichen *episcopus provinciae* unterlaufen wurde. Doch dem Hirten von Grigenti war seine Haut näher als der rote Mantel, und er war der dringenden Aufforderung des Kanzlers gefolgt. Johannes von Procida fand den rundlichen Herrn in die Betrachtung der marmornen Sarkophage vertieft, die in den Seitenkapellen standen, wuchtig wie fremdartige Kampfschiffe, bereit zum Auslaufen in die Schlacht, wenn auch Baldachine sie zur Ruhe, der letzten und wohl einzigen Ruhe ihres stürmischen Lebens, gemahnten.

»Eine würdige Grabkammer«, sagte der Bischof, der als solcher nicht zu erkennen war, denn er trug weder Hut noch Stab. »Ich habe sie noch erlebt.« Er zeigte auf den Sarg der Constanza de Aragon, der ersten Frau von Friedrich. »Der Kaiser hat sie sehr geliebt, so sehr wie danach keine andere mehr. Ihr hat er die eiserne Krone der Normannen mit ins Grab gegeben.«

»Wohl auch ein Symbol dafür, daß dem Kaiser spätestens zu jenem Zeitpunkt bewußt war, daß es ihm nie vergönnt sein würde, ein friedliches Leben als König beider Sizilien zu führen und zu beenden, während das ferne Reich durch gehorsame Söhne und treue Vögte regiert wurde. Dafür sorgte schon Rom«, entgegnete der Kanzler nachdenklich.

Der Mann der Kirche überging den anzüglichen Schlenker. »Nun liegt er hier, *stupor mundi*, das Staunen der Welt fürwahr, in dunkelroten Porphyr eingeschlossen, von vier Löwen getragen, geheimnisvolle Zeichen aus uralter Zeit –«

»›Er lebt, und er lebt nicht‹, sagte die Sybille«, unterbrach ihn Johannes ungeduldig. »Wir sind hier, um für die Lebenden zu sorgen: für die festliche Krönung seines zweifellos meistgeliebten Sohnes Manfred.«

»Vom unglücklichen Enzio einmal abgesehen, den er sicher vorgezogen hätte.«

Der Bischof aus dem Süden der Insel, wo zwischen griechischen Tempeln nur Ziegen weideten, hatte also seine Vorliebe, doch ehe sich der beredte Kenner staufischer Familienwirren um Kopf und Stola reden konnte, fiel ihm der Kanzler ins Wort.

»Doch den halten die unbeugsamen Bolognesen von jedem Griff nach dem Erbe fern. Vielleicht zu seinem Glück«, fügte er sinnend hinzu. »Ein König Manfred wird sich auch mit der Kaiserkrone auf dem Haupt noch lange nicht ungetrübt der Schönheit seiner Insel erfreuen können.«

»Eben dafür stehen die Sarkophage seiner Vorfahren«, begründete der Bischof sein beharrliches Verweilen bei den Grabmalen der Toten. »Der des grausamen Heinrich und der sanftmütigen Constance de Hauteville. Sie mahnen Imperium und Papst zur Versöhnung. Davon will ich dem Volk sprechen, den offiziellen Gästen aus deutschen Landen ebenso wie den heimlichen Lauschern aus dem Castel Sant' Angelo, die Oktavian degli Ubaldini uns mit Sicherheit schickt –«

»Der Graue Kardinal«, entfuhr es Johannes, gerade noch daß er den erschrockenen Ausdruck seiner Stimme zurücknehmen konnte, »dieser Florentiner? Ich will froh sein, wenn es sich nur um verkleidete Spitzel und nichts Übleres handelt.«

»Berühmt ist der Ring des Kardinals, und unsichtbares Gift gilt als eine Spezialität der *orefici fiorentini*«, stellte der Bischof stoisch fest. »Ihnen kommen nur die Byzantiner gleich.«

Es war Johannes von Procida endlich gelungen, den Bischof von den Sarkophagen fort vor den Altar zu führen, indem er ihn sacht am Ärmel zupfte.

»Hier wird Herr Manfred vor Euch niederknien, doch Ihr werdet ihn aufheben und zu diesem Thron aus Goldmosaik geleiten.«

»Aber das ist doch der angestammte Platz Seiner Eminenz des Erzbischofs?«

»Eben.« Johannes überging den schüchternen Einwand trocken. »Dort wird Herr Manfred sich zur Strafe niederlassen, und Ihr werdet ihn salben und ihm dann die Krone aufs Haupt drücken, die ich Euch reichen werde, sofern sich kein Würdigerer finden läßt.«

»Und dann läuten die Glocken?«

»Laßt das alles meine Sorge sein«, beschied ihn der Kanzler. »Übt jetzt die Zeremonie! Ihr verfügt über alle Priester und Prioren dieser Stadt samt Chören, Meßknaben und Adlaten.«

»Ich will lieber erst mal meine Predigt bedenken, die rechten Worte –«

»Faßt Euch kurz, und vor allem stolpert nicht während des heiligen Officiums. Die Palermitaner sind abergläubisch, sie werden Euch totschlagen, wenn Ihr ihnen die Feier verderbt.« Mit diesen ermutigenden Worten ließ der Kanzler den Bischof allein unter dem byzantinischen Holzkreuz, das eingangs des Chorraums an einer Kette von der Decke hing.

Johannes von Procida verließ die Kathedrale durch das pompöse Hauptportal, weil er sich in der Eingangshalle erwartet wußte. Seine Zeit war genau eingeteilt.

»Der Festzug versammelt die Ritter hinter dem Palazzo«, erläuterte ihm sogleich der Oberste Kämmerer, der als Zeremonienmeister den Ablauf der Festlichkeiten plante, insbesondere den Weg, den der feierliche Krönungszug nehmen würde. »Er zieht die Porta di Castro auf San Cataldo und die Martorana zu, wo die hohe Geistlichkeit ihn erwartet, dann schwenkt er in die Maqueda ein, überquert den Cassaro, biegt in die Bandiera ab, die zum Kloster des heiligen Dominikus führt. Hier erwarten ihn die Abgeordneten der Bürgerschaft und der Zünfte. Bei der Porta Carbone erreichen wir die Cala, wo am Kai die ausländischen Gesandten seiner harren. Somit komplett, ziehen wir feierlich den Cassaro wieder stadteinwärts, bis wir hier eintreffen.«

Die beiden Männer standen nun, umgeben von sich wichtig gebenden oder eifrig umherschwirrenden Mitgliedern des Festkomitees, auf den Stufen der Freitreppe der »Kathedrale«, wie die Palermitaner ihren der Assunta geweihten Dom nannten. Sie schauten den Cassaro hinab, die breite Hauptstraße, die von der Cala, dem Hafenbecken, hinaufführte zum »Qasr«, der mächtigen Burg, wie selbst die Staufer den Palazzo dei Normanni noch gerne riefen. Es war der traditionelle *camino real*, der Königsweg, der die Form eines Kreuzes beschrieb und die engen und verwinkelten Gassen der Altstadt nicht mied, sondern alle vier Quartiere, Capo, Loggia, Kalsa und Albergaria, berührte. Manfred hatte darauf bestanden, auch wenn seinem Kämmerer nicht ganz wohl dabei war.

»Zu leicht können sich Bogenschützen auf den Dächern verbergen, Assassinen aus irgendwelchen Löchern hervorstürzen.«

»Ganz einfach, lieber Maletta«, tröstete ihn der Kanzler ungerührt, »stellt Euch vor, Ihr selbst seid der gedungene Meuchelmörder. Wo würdet Ihr angreifen?« Johannes war mit seinem Vorschlag sogleich zur Hand. »Geht den Weg ab, und überall, wo Ihr die Möglichkeit eines Attentats seht, da postiert Ihr Armbrustschützen oder Doppelwachen.«

»Ich bin aber als Attentäter völlig ungeeignet, schon weil mir sofort schwindlig wird, wenn ich an den Rand eines Daches trete.«

»Der Anschlag auf das Leben des Königs wird mit ziemlicher Sicherheit nicht gewaltsam geführt werden«, erklärte Johannes dem ängstlichen Hofbeamten, »sondern perfiderweise mit Gift. Wir haben die Aufgabe, jeden Trunk, jeden Bissen während der Festmahles – vom Topf des Koches oder des Mundschenks Krug bis zum Munde des Herrschers – im Auge zu behalten, ohne daß wir seine Fröhlichkeit stören.«

»Der Grottenmolch soll jetzt hinken?«

»Bedauerlicherweise! So ist Oktavian gezwungen, einen Attentäter zu entsenden, der uns unbekannt ist.«

»Ihr erwartet den Biß einen Reptils noch vor der erfolgreichen Krönung?«

»Den erwarte ich jederzeit«, knurrte der Kanzler, »zumal sich diesmal auch Hellas bemüht. Nicht so sehr um unseren Herrn, sondern um das Goldene Horn! Habt acht auf alles, was vom Bosporus kommt!«

Der Kanzler verließ mit seinem Gefolge den Platz vor der Kathedrale von Palermo und begab sich zum benachbarten Palazzo Arcivescovile, wo er eine Verabredung mit Thomas Bérard hatte, dem Großmeister der Templer. Der wird nicht bis zur Krönung bleiben, sagte sich der Kanzler mit Ingrimm. Denn der hohe Herr des Ritterordens weilte incognito in der Stadt und hatte sich geweigert, den Königspalast zu betreten. So hatte er ihn in dem erzbischöflichen ›Castel San' Arcitrotz‹ untergebracht, wie Herr Manfred, der ansonsten kein Wort Deutsch sprach, den Sitz seines römischen Widersachers nannte. Es gefiel Johannes, das Gehäuse des verhinderten Hausherren als Ort geheimer Zusammenkünfte zu nutzen. Der Palazzo Arcivescovile hatte mehr geheime Zugänge und Fluchttunnel als der des Königs, und einer führte bis hinunter zur Cala.

Der gemauerte unterirdische Gang mündete in der Krümmung des Hafenbeckens, genau dort, wo zwischen Lagerhäusern eingezwängt das Kirchlein der Santa Rosalia lag, der Schutzpatronin der Stadt, gleich neben einer Weingroßhandlung. Für einen spirituellen Einstieg durch die Krypta war ebenso gesorgt wie für einen weltlichen im hinteren Faßkeller. Davor ankerte ein auffälliges Schiff, ein dickbäuchiger Zweimaster, das den Großmeister in geheimer Mission hierher getragen hatte, ohne jedoch dessen Stander zu setzen. Die unter allen Kampfschiffen, die das Mittelmeer befuhren, herausragende Konstruktion eines Triremen vermochte nur ein in Seekriegen Erfahrener richtig einzuschätzen. Das von seinem Äußeren eher plump wirkende Schiff mußte ungeheuer schnell sein, denn es verfügte über eine gewaltige Segelfläche und alle Ruder waren mit drei Sklaven statt einem besetzt, wie es die ansteigende Sitzanordnung anzeigte. Es wirkte wie eine gefährliche Echse. Dieser furchterregende Eindruck wurde noch verstärkt durch den riesigen Rammdorn, in den der Bug auslief wie beim Schnabel des Sägefischs. Er konnte tief unter die Wasseroberfläche abgesenkt werden. Die am Kai versammelten Kapitäne und Offiziere der anderen Schiffe ärgerten sich über die Postenkette von Templersergeanten, die das Betrachten aus der Nähe oder gar das Betreten der schwimmenden Kampfmaschine strikt verwehrten. Vorläufer, wenn nicht Vorbild für die ›Atalanta‹, so sollte das Wunderwerk angeblich heißen, auch wenn das nirgendwo geschrieben stand, sei die berüchtigte Triëre der Gräfin von Otranto gewesen, die als ›Äbtissin‹ das Mittelmeer unsicher gemacht hatte, bis es still um sie wurde. Aber auch die ›Atalanta‹ war nur selten östlich des Djebl al-Tarik zu Gesicht zu bekommen. Es wurde gemunkelt, sie segle jenseits der ›Säulen des Herkules‹ von Cadiz aus in den Ozean hinaus zu den ›Fernen Inseln‹, was auch immer damit gemeint sein mochte, war doch dahinter die Welt zu Ende. Schon um solch ärgerliche Gerüchte zu vermeiden, zeigten die Templer ihr häßliches Flaggschiff auch nicht gern. Man munkelte, es führe meist bei Nacht, und viele auf unerklärbare Weise verschwundene Fischerboote seien in Wahrheit Opfer der im Dunkeln über das Meer rasenden ›Atalanta‹. Deshalb war es mehr als erstaunlich, daß sie hier so friedlich in der Cala lag, wenn auch von ihren herabgelassenen Segeln fast verhängt. Vielleicht sollte man die festmontierten Bordkatapulte nicht zu Gesicht bekommen, die zwanzig Trebuchets für Brandpfeile – zehn auf jeder Breitseite – und die wuchtigen Ballisten, stark genug, um Fünfzigpfünder zu verschießen oder dickwandige, kugelrunde Amphoren mit Griechischem Feuer. Beide hatten schon bei einem einzigen Treffer die Vernichtung und den Untergang jedes noch so wendigen Feindes zur Folge.

Wie um die Aufmerksamkeit von dem Meeresungeheuer abzuziehen, rauschte jetzt ein weiterer mächtiger Templersegler in das Hafenbecken, schlug allerdings einen Haken, kaum daß er der ›Atalanta‹ ansichtig wurde, um an der äußersten Mole zu ankern, in der Höhe der Santa Maria di Catena, der Kirche, von deren Mauer aus die Hafenkette hinüberlief zum verlassenen Quartier der Genuesen. Das Schiff stand unter dem Kommando des Taxiarchos, der in Begleitung der drei jungen Ritter aus dem Languedoc, Raoul de Belgrave, Mas de Morency und Pons de Levis, eintraf.

Aber eigentlich war diese Ankunft kein Ereignis, es liefen dieser Tage, oft nur im Abstand von Stunden, so viele bedeutsame Schiffe ein, gar Zweimaster und Großgaleeren mit Hunderten von Mann Besatzung, daß sich nur der Hafenkommandant um den frisch eingetroffenen Schnellsegler des Ordens kümmerte.

»Geht nur schon«, schlug der Penikrat Taxiarchos seinen dreien vor, »und sucht die Hafentaverne aus, die am verruchtesten wirkt. Mir ist nicht nur nach einem kräftigen sizilianischen Roten –«

»– sondern auch nach einer feuchten, schwarzen *fica*«, beendete Pons den üblichen Satz seines Admirals.

»Hier soll's auch blonde geben«, sagte Mas, als sie im Gänsemarsch das Fallreep hinunterstiefelten, »der normannische Beitrag.«

»Das ist der Adel der Insel. Die haben gerade auf Mas de Morency gewartet, einen armen Ritter ohne Lehen.«

»Aber geil!« verteidigte sich der gegen die überlegene Art des Belgrave. Doch der winkte ab.

»Bei Blonden dauert es immer so lange, bis sie verstehen, was Burschen wie wir wollen.«

»Aber dafür sind sie dann auch gut zu haben«, trug Pons aus der Truhe seiner Erfahrungen bei.

»Mir sind die Dunkelhaarigen lieber, die sind schon naß, bevor du überhaupt hingeschaut hast.«

»Schau nicht hin!« trompetete Mas. »Augen zu, Hose runter und –«

»Wenn ihr vorgeblichen Weiberhelden noch lange Maulaffen feilhaltet, statt Eure Ärsche in die Richtung zu bewegen, die Euer Admiral Euch geheißen, tret' ich Euch in die Eier«, rief der Taxiarchos ihnen nach, als sie immer noch unschlüssig auf dem Kai herumstanden, »daß sie euch als Glocken im Himmel klingeln!«

Die drei zogen los, während der Hafenkommandant an Bord kam.

Das Hafenbecken wimmelte in der Tat von Schiffen der aus allen Ecken der Welt, vom Mittelmeer bis zum fernen Ostseestrand, angereisten Gäste. Das glorreiche Trio drängelte sich durch das gaffende Volk.

»Was sollen wir hier eigentlich?« maulte Mas de Morency. »Ich möchte gern mal wissen, warum wir das Schiff kapern mußten, und das nicht einmal wie aufrechte Korsaren, sondern heimlich wie Diebe in der Nacht!«

»Die Mannschaft gehorchte dem Taxiarchos doch aufs Wort«, wiegelte Raoul ab.

»Aber das Schloß an der Kette in Perpignan trug das Siegel der Templer, auch wenn unser Herr Admiral es schnell und geschickt zerbrach, ich hab's doch gesehen.«

»Und warum mußten wir wie die Teufel – ohne Proviant aufgenommen zu haben, ohne Halt, auch bei stockfinsterer Nacht – bis hierher durchsegeln?« Pons hatte Mangel gelitten.

»Du bist völlig vom Fleische gefallen, armer Levis!« spottete Raoul. »Der Grund ist einfach: Der Taxiarchos konnte es nicht verwinden, erst vom Präzeptor um seinen Anteil an der Fracht, dann vom Königlichen Paar um den Schatz geprellt zu sein. Er hetzte nicht hierher, damit wir endlich den Dienst bei Ritter Roç Trencavel antreten, sondern weil er hofft, ihn und seine treffliche Gefährtin Yeza noch abfangen zu können!«

»Sind die denn schon da?« fragte Pons ungläubig.

»Was weiß ich!« schnappte Mas dazwischen wie ein Hund, dem der Knochen weggezogen wird und der nicht zugeben will, daß er ihn gern wieder zwischen den Zähnen hätte. »Auf jeden Fall hab' ich keine Lust, lange nach der ›verruchtesten‹ Taverne von Palermo zu suchen. Wir nehmen die erstbeste!«

»Sobald du sie betrittst«, erklärte Raoul, »erfüllt sie sowieso die gestellte Bedingung!«

Sie umgingen die Sperrkette der Templersergeanten und verschafften sich Einlaß in der Weinhandlung gleich daneben. ›Oleum atque Vinum‹ stand über der offenen Tür geschrieben, und ein Ausschank schloß sich gleich zur Hafenmole hin an. Alekos, der Patron, war Grieche und taute sofort auf, als er hörte, daß die drei mit Taxiarchos, dem Penikraten von Konstantinopel, fuhren, ja, er konnte es kaum abwarten, daß sein mehr berüchtigter als berühmter Landsmann die bescheidene Probierstube mit seinem Besuch beehren würde.

So bescheiden war es nicht, was die Gewölbe beherbergten. Amphore neben Amphore köstlichen kaltgepreßten Olivenöls verschiedenster Provenienz steckten in Haltern und gruben sich in das Sandbett. In der Tiefe lagerten Eichenfässer in langen Reihen und verströmten bald einen herb irdenen, bald einen schweren harzigen Duft, wenn Alekos seine Knollennase zum geöffneten Spundloch herabsenkte. Das tat er gerade, denn er wollte seine Gäste mit dem besten Tropfen ehren, den er in seiner Schatzkammer flüssigen Goldes ausmachen konnte.

Alekos war ein Strohmann des Templerordens, dem eigentlichen Besitzer von ›Oleum atque Vinum‹ nebst dazugehörigen Lagerhallen und dem Kirchlein der heiligen Rosalia. Ansonsten besaßen die Herren vom Tempel in Palermo nichts, kein Quartier, keine Kommanderie. Das war für den Orden, dessen oberster Herr schließlich der Papst war, seit Beginn der Stauferherrschaft auf Sizilien weder angebracht noch wünschenswert, denn es hätte ihn erpreßbar gemacht. Der jetzige Zustand genügte ihnen vollauf. Sie saßen nicht nur in unmittelbarer Meeresnähe, sondern am Spundhahn des römischen Einflusses; sie hatten die höchste geistliche Autorität am Wickel, statt umgekehrt, wie der Erzbischof es gern gesehen hätte. Und ihr Verhältnis zur weltlichen Macht blieb unsichtbar. Dafür sorgte schon Johannes von Procida.

Alekos hatte den Wein kredenzt, aber der Taxiarchos war noch immer nicht aufgetaucht. So hatte der bemühte Wirt begonnen, sich und den drei fremden Rittern die Zeit zu vertreiben, indem er ihnen anhand der Schiffe im Hafen den Stand der königlichen Gästeliste erläuterte.

»Die blaue Galeere dort«, er zeigte auf den langgestreckten Ruderer mit dem hohen Bugschnabel, »das ist der Emir von Tunis. Er hat seinen Obereunuchen geschickt, der für ihn die Sklavenmärkte abgrast, und gleich daneben liegt der schnittige Segler des Herzogs von Gandia, der den König von Aragon vertritt.«

»Ah!« entfuhr es Pons. »Don Jaime, der Expugnador!«

»Wir haben gegen Xacbert de Barbera gefochten!« fügte Mas voller Stolz hinzu. »Der hat für ihn Mallorca erobert!«

Alekos lachte und schenkte nach.

»Ich kenne nur sein Schiff, die ›Nuestra Señora de Quéribus‹, dessen Planken die alte Landratte angeblich nie betreten hat!«

»Die Farben kenn' ich!« rief Pons und wies auf eine gerade anlegende betagte Galeere. »Das muß der Graf von Malta sein.«

»Der Großadmiral der sikulischen Flotte? Nein, das ist zwar das Wappen der Admiralität …, es ist doch nicht etwa ›Die Äbtissin‹?! Nein, das kann nicht sein!«

Alekos beließ es dabei, seine Aufmerksamkeit wurde schon wieder von neuen Ankömmlingen beansprucht. »Seht Ihr die reichgeschmückten Reitkamele, die gerade entladen werden? Das ist Manfreds treueste Garde, die Sarazenen aus Lucera.« Er nahm einen kräftigen Schluck und schenkte allen nach. »Aus Apulien, aus der Terra di Lavoro und selbst aus Kalabrien sind viele von des Königs Lehnsleuten und Verwandten übers Meer gesegelt, anstatt den beschwerlichen Landweg zu nehmen. So führen sie wie die Schnecken auch gleich ihr Haus mit sich.«

Alekos bereitete es unbändigen Spaß und auch Stolz, denn schließlich war er hier geboren, die jungen Burschen einen Zipfel von der großen weiten Welt des mächtigen Königreichs von Sizilien erhaschen zu lassen.

»Der Fürst von Tarent, die Herzöge von Amalfi, mit ihnen die von Benevent und Capua sind so angereist, die Grafen von Sorrent und Aquin desgleichen, auch der von Lecce und Brindisi. Und aus dem nördlichen Reich sind der Herzog von Spoleto und der von Montferrat gekommen.«

»Sicher haben auch Foggia, Messina und Neapel Vertretungen ihrer Bürgerschaft und der Universität geschickt?!« mokierte sich Mas.

»Gewiß! Sonst wäre die Stadt nicht so voll und nicht jede Ecke zugeschissen!«

Es war keine Liebe des Alekos für die Brüder jenseits des Tyrrhenischen Meeres zu spüren, weder für die lärmenden, aufgeplusterten aus der Campania noch für die hochnäsigen aus Apulien, die darin wetteiferten, Palermo den Rang als Hauptstadt des Königreiches abzulaufen. Alekos spie verächtlich auf den Boden.

»Und aus anderen Staaten, wer entsendet seine Botschafter?« Raoul hatte bisher nur aufmerksam zugehört.

»England war doch immer ein guter Freund?«

Alekos war auch da mit Neuigkeiten bereitwillig bei der Hand. Er füllte nur erst die Becher auf, feuchtete auch seine Kehle und fragte besorgt:

»Wo bleibt denn der Taxiarchos? Er müßte doch –«

»Als wir das Templerschiff verließen, ging gerade der Hafenkapitän an Bord«, erklärte Mas, doch den Wirt beunruhigte etwas ganz anderes.

»Templerschiff?« hakte er nach.

»Sicher!« protzte Pons. »Das gleiche, mit dem wir nach den ›Fer –« Weiter kam er nicht, weil ihm Raoul kurz und schmerzhaft aufs Maul geschlagen hatte.

»Ihr wolltet uns die Gäste aus fernen Landen weisen«, wandte der Belgrave sich verbindlich lächelnd an den Gastgeber, und der zog es vor, die Fragen zu unterlassen, die sich plötzlich auftaten, und die Zeit bis zur notwendigen Klärung mit Kurzweil zu überbrücken.

»Also«, begann er und wischte sich den Wein aus den Spitzen seines Schnurrbarts, »da hätten wir den Despoten von Epiros; der hat seinen Bastardsohn gesandt. Demnächst wird ja wohl seine schöne Tochter folgen, Elena Angelina.« Er ließ den Namen schnalzend auf der Zunge zergehen. »Denn sie ist unserem Herrn Manfred versprochen. Doch auch das Weib ihres Halbbruders würde ich nicht von der Bettkiste stoßen! Als die rassige Walachenprinzessin gestern an Land ging, haben sich alle die Hälse verrenkt, selbst der zweithöchste Ordensritter der Johanniter, Herr Hugo von Revel, der in Vertretung seines Großmeisters kurz vor ihr anlandete; der Châteauneuf ist mittlerweile zum Reisen zu altersschwach. Die feurige Walachin –«

Die hatte es wohl auch dem Alekos angetan, Mas und Pons bekamen enge Hosen.

»– trug Kostüm und Schmuck ihrer wilden Heimat, allesamt Schafhirten dort und Räuber! Jedermann gaffte, und die Matrosen pfiffen hinter ihr her. Ihr Ehegespons platzte schier vor Eifersucht!«

»Die will ich sehen!« brüstete sich Mas de Morency.

»Sie wartet nur auf dich!« sagte Raoul und wandte sich an den Wirt. »Sie hat doch gleich ihre Zofe geschickt, um zu erfragen, ob Mas de Morency schon eingetroffen ist.« Raoul hatte die Lacher auf seiner Seite.

»Weiter!« rief Pons. »Kommt denn kein König oder Kaiser, kein Sultan –?«

»Der Hof befürchtet, der Lateinische Kaiser Balduin von Konstantinopel könne anreisen. Das wird dann teuer, denn der verkauft Reliquien zu völlig überhöhten Preisen, nur weil er den Titel noch trägt. Dabei ist er völlig *bancarotta*! Keinen Besanten hat Herr Balduin in der Tasche, so daß er auf der seiner Gastgeber zu liegen pflegt, ich glaube, der kann nicht einmal mehr das Reisegeld zusammenkratzen!«

»Nicht einmal ein Kaiser!« Pons war enttäuscht, doch in diesem Moment ging draußen ein blutjunges Mädchen vorbei, umgeben von sarazenischen Leibwächtern und einem Schwarm von Zofen. Die Jungfer war gut im Fleisch und schaute unbekümmert mit frechen Kindsfrauenaugen über das Gewimmel hinweg, denn sie überragte ihre Umgebung um Kopfeslänge. Ihr Blick fiel durch die geöffnete Tür auf die Runde der Zecher, und sie blieb stehen, um die drei Burschen ungeniert zu betrachten. Dann grinste sie und ließ sich von ihrem Geparden weiterziehen. Pons und Mas blieben mit offenen Mäulern hocken. Das Lächeln der Maid hatte Raoul gegolten, denn der hatte ihr einladend zugewinkt.

»Pu!« entrang sich Pons und rang nach Luft. »Wie die mich angeschaut hat!«

»Dich?« schnappte Mas.

»Das war König Manfreds einzige und heißgeliebte Tochter Konstanze!« klärte Alekos die jungen Recken auf. »Sie ist noch ein Kind –«

»Ein Kind?« sagte Raoul. »Dann will ich Kinderschänder sein!«

Mas sprang auf, um hinter der abziehenden Gesellschaft herzustarren. »Und den Geparden nehm ich als Dreingabe!« Er war völlig hingerissen. »Die Göttin Diana ist herabgestiegen, um mich in ihre festen Arme zu schließen.«

»Die verfüttert dich an ihre Bestie, bevor du überhaupt aus den Hosen kommst!« Raoul kannte keine Gnade, wenn's um die Hose ging.

Der Wirt beendete den Disput. »Konstanze ist eine ehrenwerte Jungfrau und dem Infanten von Aragon anverlobt.«

»Das letzte muß das erste nicht mit sich schleppen!« verkündete Pons altklug, während vor der Taverne wieder Unruhe entstand.

Die Postenkette der Templersergeanten machte diesmal bereitwillig einem Trupp Soldaten Platz, der, angeführt vom Hafenkommandanten, geradewegs auf die Tür von ›Oleum atque Vinum‹ zusteuerte. Während seine Leute schon eindrangen, rief der Hafenkommandant: »Im Namen des Gesetzes, alle stehen unter Arrest!«

Die Soldaten griffen sich das Trio, bevor auch nur einer von ihnen seine Waffe ziehen konnte, rissen ihnen die Arme hinter den Rücken und fesselten die Handgelenke. So wollten sie auch mit dem Wirt verfahren, doch man kannte sich schließlich.

»Mitkommen müßt Ihr dennoch, Alekos!« forderte ihn einer der Beamten auf.

»Ich? Wieso?«

»Weil Ihr Grieche seid!« lautete der bündige Bescheid. »Es geht um ein byzantinisches Komplott«, fügte er, selbst tief beeindruckt, noch hinzu. »Hochverrat!«

Die glorreichen drei wurden hinausgestoßen, und Alekos trottete kopfschüttelnd hinter ihnen her.

Der Segler des Hafsiden ankerte in einer verschwiegenen Felsbucht der Insel Ustica im Norden Siziliens. Der Sklavenhändler hatte die kürzeste Route gewählt, geradewegs zwischen dem südlichen Korsika und der Nordspitze Sardiniens hindurch, wo es gemeinhin von Korsaren und sardischen Banditen nur so wimmelte. Doch alle Piratenboote, die angeschossen kamen, beschränkten sich auf ehrerbietiges Winken, sobald sie das stolz gesetzte Tuch Abdals erkannten. Sein furchterregendes Banner zeigte im schwarzen Unterfeld zwei gekreuzte Scimtars, mit silbrigen Fäden auf das teure Tuch gestickt, und darüber im grünen Capo das Haupt eines Mohren mit einer weißen Binde über den Augen, als sei der Kopf gerade abgeschlagen worden. Doch das Tuch flatterte fröhlich im Wind, so wie auch der Schiffsherr von blendender Laune nur so strotzte. Der Hafside trug noch immer das mit Juwelen übersäte Phantasieornat eines Großmetropoliten von Bethlehem. Es gefiel ihm ungemein, aber er hätte es auch als sichtbaren Dank an Allah getragen, der ihm, ohne daß er seinen ringgeschmückten kleinen Finger rühren mußte, soviel Gold auf sein Schiff gehäuft hatte. Gerührt schaute Abdal vom Ruderdeck durch das Gitter in den Bauch seines Schiffes hinab, in dem sich diesmal keine ebenholzfarbenen Sklavenleiber, sondern hölzerne Christenheilige aneinanderdrängten, alle prallvoll mit Gold. Man mußte sie nur noch aufschlitzen, das hatte ihm jedenfalls Herr Georges insgeheim geschworen, von dem seine Geschäftspartner immer annahmen, er sei im Kopf so töricht, wie seine schwammigen Gesichtszüge es vorgaukelten.

Der Komtur der Templer war eitel und gerissen zugleich. Und das Spiel vom habgierigen Herrn und betrogenen Diener spielten sie jedesmal neu, auch mit vertauschten Rollen, jeweils den erdenkbar bizarrsten Umständen zwischen Orient und Okzident angepaßt.

Ein christlicher Ordensoberer und ein muslimischer Sklavenhändler in vollkommener Symbiose, wie man sie ansonsten nur auf dem Meeresboden zwischen der Purpurschnecke und der schmarotzenden Seerose findet. Wo gab es denn noch Männer, die in dieser verlogenen Welt, inmitten des an seinen verträumten Helden untergehenden Rittertums und des mehr dahin- denn heraufdämmernden Zeitalters der Kaufleute, bereit und fähig waren, ihr Leben selbst in die Hand zu nehmen? Als Herren, als Eroberer! Die Untertanen schleppten sich von einem Waffenstillstand zum nächsten, mogelten ihren schlaffen Körper durch die feudalen Zwänge, verfettete Seelen, die Würmern gleich durch die täglichen Gebete krochen, ohne aufzubegehren! Wirklich freie Herren waren, außer ihm, Abdal, nur noch Männer wie der Penikrat von Konstantinopel, dieser Taxiarchos oder dessen Freund, der undurchsichtige Priester Gosset. Auch Gavin wollte er gern zu diesem Kreis zählen, doch den hatten die Grauen, die gesichtslose Prieuré, schon zur Strecke gebracht. Es blieben nur noch wenige Aufrechte im Orient und Okzident. Die sollten zusammenstehen und diese Welt verändern, dachte grimmig der Hafside, nicht um den faulen Frieden auf Erden zu erhalten, das war eh vergebliche Liebesmüh, sondern um ihrer selbst willen, ihres Lebens als neue Menschen! Das wollte er gern Roç und Yeza sagen, diesen königlichen Friedensstiftern! Die trugen das Zeug zu besserem in sich, das spürte der Menschenhändler. Die sollten sich befreien von den unsichtbaren Fesseln, welche die Prieuré, diese Versammlung lebender Toter, ihnen um die jungen Leben geschlungen hatte! Das mußte er ihnen sagen, und er würde ihnen auch mit all seiner ihm zur Verfügung stehenden Macht bei der Befreiung behilflich sein. Die beiden an der Spitze eines Aufbruchs in eine neue Zeit, zu neuen Ufern, zu den ›Fernen Inseln‹!

Hier wurde Abdal in seinem Höhenflug unterbrochen, denn unten an Deck hieß Monseigneur Gosset das Eisengitter zum Frachtraum aufschließen, und einige der Moriskos glitten an Tauen hinab zu den hölzernen Leibern. Dem Priester war Jordi, der Troubadour des Königlichen Paares, gefolgt. Gespannt betrachtete er das perfekte Schauspiel, das arg an das Entern von Piraten erinnerte.

Georges Morosin stieg hastig zu seinem Partner hinauf.

»Wir sollten jetzt aufpassen, daß keiner von der Heiligen Familie beiseite gebracht wird«, murmelte der Doge aufgeregt. »Ich habe sie gezählt –«

»Im Gegenteil«, beschied ihn der Hafside, der längst einen Blick des Einverständnisses heischenden Priesters aufgefangen und mit stummem Nicken seine Zustimmung signalisiert hatte. »Eure Neugierde könnte als Mißtrauen ausgelegt werden und würde auch unser Wissen um den wahren Gehalt dieser Holzpuppen verraten.«

»Sprecht nicht so leichthin über die Leidtragenden, deren Schmerz uns Christen –«

»Was sie tragen«, unterbrach ihn Abdal und lachte, »werden wir ja sehen. Ihr habt mir geschworen, daß es mir nicht leid tun würde. Also geht jetzt mit mir ins Zelt, damit ich mich an Euren Qualen weiden kann, der Ihr auf den Augenblick der Wahrheit warten müßt, den Ihr – so scheint 's mir – kaum erwarten könnt.«

»Ihr wollt Euch nur nicht allein betrinken, weil das als Heimlichkeit gelten könnte und eines guten Muslims unwürdig ist«, gab es ihm der Doge heraus und fügte sich anscheinend der Einladung. »Statt in Eurem stickigen Zelt durch die Schaukelei getrübten und miserabel temperierten Rebensaft zu schlürfen – wie zwangsweise während der gesamten Reise –«, fuhr Herr Georges beredt fort, »würde ich es allerdings vorziehen, an Land, unter dem Schatten eines Olivenbaums, einen Krug frischen Weines dieses köstlichen Eilands zu genießen.« Sprach's und stiefelte zur Reling, um das Fallreep hinabzusteigen. Der Sklavenhändler hielt ihn nicht auf.

»Ich weiß zwar nicht, wo Ihr auf diesem kahlen Felsenriff auch nur einen einzigen Baum seht«, brummte er, während er seinem Freund folgte, »aber auf diese Weise können wir uns unauffällig zum Königlichen Paar gesellen und mit ihnen die Ankunft der hölzernen Passion erleben.«

»Für einen Nichtchristen zeigt Ihr erstaunliches Mitgefühl«, entgegnete der Doge hämisch, der sich unterhalb des Hafsiden die Strickleiter hinunterhangelte. Da trat Abdal ihm auf die Hand.

Es gab kein eigentliches Dorf auf Ustica, eine Anzahl von Häusern klebte in den Felsen über dem Strand, und hoch über allem thronte ein mächtiger normannischer Wachturm, der offensichtlich unbemannt war, denn eine Besatzung hatte sich nicht gezeigt. Vielleicht hatte sie sich wie die Bewohner des Ortes bei der Ankunft des Schiffes versteckt. Üble Erfahrungen mit Piraten ließ dies angeraten sein, und der Anblick, den Abdal und seine Moriskos boten, war sicher nicht dazu angetan, Mißtrauen und Furcht der Einheimischen zu beseitigen. Nur die Köpfe der Männer waren zu sehen, die, mit Fischspeeren, Sensen und Dreschflegeln bewaffnet, hinter der aufgeschichteten Steinmauer hockten, wohl eher furchterfüllt als furchterregend, aber dennoch bereit, das Leben ihrer Frauen und Kinder so teuer wie möglich zu verkaufen.

Auf halber Höhe zwischen dem grauen Sandstrand und ihnen hatten Roç und Yeza ihr Zelt in dem in Terrassen aufsteigenden Hang aufschlagen lassen, auf einem Plateau, das von einem mächtigen Feigenbaum beherrscht wurde. Die Last der vollreifen, schon aufplatzenden Früchte bog die Äste nieder, und Yeza ließ es zu, daß ihre Frauen sie pflückten und zubereiteten, gegen jeden Einwand Roçs zugunsten des Eigentümers. Er war jedoch der erste, der sich eine der saftigen dunklen Früchte aus dem Korb griff, sie mit seinem Messer genüßlich halbierte, das Innere herausstülpte und mit obszöner Zungenbewegung zum Munde führte.

»Weißt du, wie die Leute hier das nennen?« fragte er herausfordernd die Potkaxl, nachdem er sich vergewissert hatte, daß auch Geraude zuschaute. »*Fica!*«

Die Potkaxl grinste, Geraude errötete, doch Dame Mafalda, die das Pflücken beaufsichtigte, rief:

»Ihr solltet sie nicht so lange lecken, sondern sie Euch in den Hals stopfen!«

Yeza dankte es ihr mit einem Lachen, in das alle Frauen einfielen. »Doch verschluckt Euch nicht!«

Roç lutschte das klebrige Fruchtfleisch zwar noch aus, was ihm gnädig die Sprache verschlug, aber den prickelnden Beigeschmack hatte es nun nicht mehr. Zu seiner Freude erschienen jetzt der Hafside, der die steilen Stufen der Terrassen trotz der Mächtigkeit seines Körpers behend bezwang, und der Doge, der ihm stöhnend folgte und immer wieder stehenblieb. Der Sklavenhändler warf einen Blick hinauf zur Mauer der Wehrhaften, die sich wie auf ein Kommando duckten und nur noch die Tuchmützen sehen ließen, unter denen sie die Köpfe zusammensteckten. Abdal lachte. »Sie fürchten Georges Morosin, den schröcklichen Dogen von Askalon!« Er wandte sich galant an Yeza. »Sie winken bereits mit der weißen Fahne, zum Zeichen, daß sie sich Euch auf Gnade oder Huld ergeben wollen –«

Er nahm dankend eine der frischen Feigen, die Mafalda ihm von Geraude auf einem Tablett reichen ließ, und biß geübt hinein, um dann nach einem genüßlichen Schmatzer fortzufahren: »– bevor wir ihnen ihre gesamte Obsternte wegfressen!«

»Diese Eingeborenen machen sich, scheint's, nichts aus Feigen«, wandte Roç gerade zu seiner Entschuldigung ein, als oben ein dürres Männlein mit einem viel zu großen Turban über die Mauer stieg, gefolgt von einem riesigen Schwarzen, der einen schirmartigen Fächer aus Federn und Schilf über dem Kopf seines Herrn bewegte, was dem Mohren wenig Mühe kostete, reichte ihm der Turban doch nur bis zur Brust. Voran lief ein merklich weniger dunkelhäutiger Knabe mit krausem Haar, der wie wild die weiße Fahne schwenkte.

Der Doge hatte gerade keuchend die Plattform erreicht, als das Männlein so würdig wie möglich von oben die Stufen heruntergehüpft kam, kaum daß sein Fächerträger ihm zu folgen vermochte.

»Seine Exzellenz Kefir Alhakim, Gouverneur seiner Majestät Kaiser Friedrich auf Ustica«, stellte ihn der große Schwarze der Runde vor, und zwar in breitestem Schwäbisch, was hier und aus diesen vollen Lippen nicht auf Heiterkeit, sondern auf allgemeines Unverständnis stieß. Nur Roç und Yeza waren des Alemannischen mächtig und übersetzten das Gehörte ins Arabische und Französische, damit alle Anwesenden wußten, mit wem sie es zu tun hatten. Das Männlein wehrte jedoch mit ungeduldiger Handbewegung ab.

»Ich bin der Doktor dieser Insel«, sagte er mit Nachdruck. »Ich heile alle Gebresten der Leute, vom Fieber, das durch den Stich der Trachinidae oder des Scoropaena scrofa entsteht, bis zu Blutungen im Kindsbett, von den Folgen des Genusses schlechter Muscheln bis zum Liebesleid!«

Kefir Alhakim sah sich herausfordernd um, und das ließ sich Roç nicht entgehen.

»Dann habt Ihr also in Salern studiert und seid approbiert, wie es das Gesetz –« Schon hier wurde er unwillig unterbrochen.

»Ich bin Arzt der Heilkräfte, die, in der Natur verborgen, zu finden sind. Ich bin einer der letzten Kundigen der Myketologia, der größte Kenner der geheimen Muscaria und der gewöhnlichen Sporangia.«

»Mein Vater«, griff hier vorlaut der Knabe ein, er schaute dabei nicht etwa zu dem Schwarzen auf, sondern deutete mit der Fahnenspitze auf den Turban des Kefir, »ist der Schneider des Dorfes, seit ihn der Statthalter des Kaisers, der Herr Berthold von Hohenburg aus Neapel, hierher verbannt hat.«

»Der Leibarzt, dieser Johannes von Procida –« Der Vater empörte sich zu schwach, um seinen kecken Sprößling zurückzuhalten.

»– hatte ihn angezeigt wegen unbefugter Ausübung des ärztlichen Berufes.« So beendete der Filius unbarmherzig den Satz.

»Ich hatte nur nicht das Geld, den Hohenburg zu fetten!«

»Was nichts daran ändert, daß mein erhabener Vater ein hervorragender Schneider ist, dem man jeden Fetzen vom Basar in die Hand drücken kann, damit er daraus ein Prunkgewand macht«, schloß in erstaunlicher Wende der sprachgewandte Knabe. »Ich kann ihn Euch nur empfehlen, meine werten Damen und Herren!«

Erst jetzt bemerkten alle, wie ungewöhnlich kostbar die Delegation gekleidet war, angefangen mit dem Heroldstappert des Negers, das, akkurat in Goldfäden gestickt, das Wappen des Staufers zeigte, selbst wenn er darunter nichts trug als schwarze Haut. Auch der vorwitzige Knabe steckte in damastenen Pluderhosen und einer schönen samtenen Weste.

»Und dich läßt er wohl studieren?« fragte Yeza, die sich mit ihren Frauen ein Kichern kaum verkneifen konnte, wenngleich ihr der Herr Kefir Alhakim eigentlich leid tat, der zusehends unter seinem Riesenturban geschrumpft war, so daß fast nur noch seine Nasenspitze hervorschaute.

»O ja«, antwortete sein Sprößling, »ich besuche zu Palermo das Kolleg der Benediktiner und werde einmal *professore* oder Kardinal werden! Ich bin nur zu Besuch hier, zur Hochzeit unseres Herrn Manfred am 18. August will ich wieder in die *civitas* zurückgekehrt sein!«

»So so«, sagte der Doge, »dann wirst du uns jetzt auch sicher Brot, Öl und frischen Wein von der Insel besorgen können, denn deswegen habe ich mich eigentlich bis hier hinaufgemüht.«

»Wir backen selbst Brot von unserem Getreide, keltern unseren Wein und pressen Oliven –«

»Du meinst, deine Mutter?« wandte der Doge ein.

»Die ist tot«, sagte der Schwarze, und Yeza übersetzte es.

»Du willst behaupten«, ging der Hafside das Bürschlein an, »auf diesem felsigen Eiland wächst das alles?«

»Auf der anderen Seite, hinter dem Vulkan, in der Tramontana, ist der Boden fruchtbar und vor den Winden geschützt. Wir leiden keinen Mangel!«

»Dann lauf, und bring dem Herrn Komtur das Gewünschte!«

Der Doge warf dem Knaben eine Münze zu, die der geschickt im Fluge auffing, bevor er davonrannte, die weiße Fahne schwenkend.

»Heißt das, daß wir von Euch nichts zu befürchten haben?« wollte der Gouverneur wissen.

»Das heißt, daß wir Euch alles bezahlen werden, was ihr uns gebt«, antwortete Roç, »angefangen vom Trinkwasser –«

»Wein!« rief der Doge. »Wir feiern ein Fest, und alle Bewohner des Ortes sind eingeladen!«

»Auch unsere Frauen?« traute sich jetzt der baumlange Fächerträger selbst eine Frage zu stellen, und das mit erst argwöhnischem, dann erschrockenem Blick hinab zum Strand, wo die Moriskos anscheinend erschlagene Schwarze aus dem Bauch des Schiffes holten und im Sand ablegten.

Der Sklavenhändler bemerkte das Entsetzen und lachte schallend.

»Die sind schon vor über tausend Jahren gestorben«, erklärte er, was den Schwarzen noch mehr verwirrte.

Da griff Yeza ein. »Seid unbesorgt wegen Eurer Frauen. Meine Damen werden ihnen gern Gesellschaft leisten, wie es sich gehört.«

Das gefiel auch dem Herrn Kefir. »Ich danke Euch.« Er verneigte sich erst vor Yeza, dann vor allen anderen. »Ich werde mich jetzt zurückbegeben, die frohe Kunde verkünden und alle notwendigen Anordnungen treffen.«

Mit wiedergewonnener Würde winkte er seinen Herold und Fächerträger zu sich und begann den Aufstieg.

»Wenn ich solch ein Leichtgewicht von Gouverneur wäre«, seufzte der Doge, »würde ich mich auf den Schultern tragen lassen!«

»Er ist eben kein echter Gouverneur, sondern nur der Inseldoktor«, tröstete ihn sein Freund Abdal, doch das mochte Roç nicht stehenlassen.

»Er ist der Flickschneider!«

»Aber ein guter!« meinte Yeza gerade, als Gosset die letzten Stufen hinaufstolperte.

»Wir hatten einen blinden Passagier!« verkündete er frohgemut. »Als ich vor dem Beginn des Ausladens von oben noch einmal zählte, kam ich jedesmal auf eine Figur mehr, als ich mir in Perpignan notiert hatte. Dann trat einer der Moriskos auf einen Heiligen, der laut und vernehmlich ›Jachwei‹ schrie, und wir fanden Jakov in enger Umarmung mit seinem Joseph, dem Zimmermann.«

»Das wundert mich nicht«, sagte Roç, »wo sollte der auch sonst –« Doch Gosset schnitt ihm grinsend die unschuldige Erklärung ab.

»Was mich jedoch wundert, ist, daß er die Überfahrt wohlbehalten und bei vollen Kräften überstanden hat, müßte er doch eigentlich verschrumpelt sein wie eine gedörrte Feige.« Gosset ließ seinen Blick von Roç zu Yeza wandern, die mit keiner Wimper zuckte.

»Nebbich a Wunder!« sagte sie leichthin und reichte dem Priester das Tablett mit den frischen Früchten von dem Baum, dessen Abernten die Potkaxl gerade beendete, indem sie sich von Philipps Schultern aus von Ast zu Ast hangelte. Roç ertappte den Dogen, wie der den Vorgang angestrengt verfolgte, nur daß seine kurzsichtigen Augen sich nicht in den höchsten Zweigen verloren, sondern tiefer auf Potkaxls Schenkel geheftet waren. Wie immer trug die Toltekenprinzessin nichts unter dem Röcklein.

»Ich habe also Jordi als Aufsicht unten gelassen und Jakov den Auftrag erteilt, sich nützlich zu machen und sogleich mit dem Schlachten der Figuren zu beginnen, sobald alle an den Strand ins Trockene verbracht sind!«

»Sehr vernünftig, lieber Gosset«, sagte Roç, »aber da sollten wir dabeisein, denn wenn er mit dem Aufhacken und Sägen beginnt, wird –«

»Wird nicht«, unterbracht ihn Gosset. »Josephs Vertreter auf Erden gebärdet sich ärger als der Papst und hat wieder ›Jachwei!‹ geschrien, diesmal so oft und heftig, daß selbst die Moriskos innehielten, auch wenn sie nichts vom Zorn Jehovas verstanden, den er mit Donnerstimme auf unsere Köpfe herab beschwor, falls wir es wagen sollten, diese einmaligen Zeugnisse abendländischer Holzschnitzkunst zu zerstören.«

»Da hat dieser Jakov völlig recht!« mischte sich autoritär der Sklavenhändler ein. »Wenn Euch Ungläubigen schon erlaubt ist, vom Allerhöchsten und Einzigen Bilder anzufertigen und ihn mit Familie zu umgeben, sind diese Figuren Gegenstände eines sakralen Kults und daher –«

»Sieh an!« spottete der Doge, von Potkaxls drallen Formen lassend. »Ein Frommer vom Stamme Israel und ein läßlicher Anhänger des Propheten traulich vereint als Hüter kirchlicher Kunst von höchst zweifelhaftem Geschmack!«

»Zum einen leiten wir uns beide vom Hause Abrahams ab, zum zweiten verhält es sich mit dem Christentum wie mit der Kunst, beide leben vom Dogma, nicht etwa vom Glauben!«

Diese Erkenntnis aus dem Munde des Hafsiden war für seinen Freund so erstaunlich, daß er mit offenem Munde stehenblieb. Mafalda reichte ihm vom Tablett mit anzüglicher Gebärde eine der Feigen.

»Nehmt mit dieser Frucht vorlieb. Die im Baum hängt für Euch zu hoch, noch hat sie die rechte Reife.« Sie schlitzte eine Feige mit einem ihrer langen Nägel auf und ließ sie durch den Druck ihrer spitzen Finger aufplatzen.

Fica! dachte Roç, und das mit gelinder Wut. *Fica!*

Aller Blicke richteten sich nach oben, doch ihre Aufmerksamkeit wurde sogleich von der Potkaxl abgelenkt, die gerade selbst mit einem satten Plumps von Philipps schmerzenden Schultern wie eine reife Feige zu Boden fiel.

Oben hinter der steinernen Wehrmauer war jetzt Bewegung entstanden, die Köpfe der Männer waren verschwunden, aber der baumlange schwarze Herold mit dem Fächer erschien. Er geleitete den munteren Sohn des vielseitigen Gouverneurs, der eine Schar von Gleichaltrigen oder Jüngeren kommandierte, die Körbe und bauchige Steinkrüge auf den Köpfen balancierten und damit hurtig die Stiegen heraborangen.

»Ah«, schnalzte der Doge befriedigt, »da kommt unser Imbiß!«

»Wenn damit nur nicht die Vorräte dieser armen Leute aufgebraucht sind«, wandte Roç leise ein. »Sicher preßt der Gouverneur, dieser quacksalbernde Flickschneider, selbst noch das aus ihnen heraus, was sie sich für den Winter zurückgelegt haben!«

Angesichts der Üppigkeit der Speisen, die aus den Körben quollen, war dieser Gedanke gar nicht so abwegig.

Der dunkelhäutige Krauskopf ließ weiße Linnentücher vor den Gästen der Insel ausbreiten, irdene Becher und Schalen verteilen und packte eigenhändig die Körbe aus, seine Waren dabei laut anpreisend, während der Herold sich darauf beschränkte, dem Herrn Studiosus zuzufächern.

»Wein wurde auf Ustica schon zu Zeiten des Tiberius angebaut und ob seiner Süße sogar dem Kaiser kredenzt«, begann der Gouverneur vollmundig, und der Herold wies auf die Krüge. Die Knaben begannen ziemlich ungelenk mit dem Ausschenken, so daß die Potkaxl und Geraude ihnen zur Hilfe eilten.

»Unser Brot ist einzigartig im gesamten Imperium. Kleie und Gerstenschrot mit Maronen und Rosinen vermengt und mit Sesam und Koriander gewürzt, ein unvergleichliches Backwerk!« Die Körbe mit den Brotfladen gingen herum, und stolz fuhr er fort: »Käse aus der Milch unserer Ziegen, Oliven, eingelegt mit Kräutern der Insel, in Meersalz und von der Sonne gedörrte Sardellen –«

»Sag mal«, schmatzte der Doge in die voller Eifer vorgetragene Laudatio hinein, »wie heißt du eigentlich?«

»Kadr ibn Kefir ad-Din Malik Alhakim Benedictus! Ihr könnt mich auch einfach Beni nennen, meine Mitschüler heißen mich ›Beni der Kater‹«, ergänzte er stolz, »weil ich weiß, wo die Mäuse ihr Löchlein haben!« Dabei schaute er die Potkaxl frech an, was diese mit Vergnügen erwiderte. Bevor sie sich gegenseitig auffressen konnten, traf Jordi ein.

»Alles ist bereit. Meister Jakov hat sich überwunden, will aber die Eingriffe samt und sonders persönlich ausführen.«

»Das kann eine Ewigkeit dauern!« begehrte Roç auf.

»Nicht ganz so lang«, entschied der Hafside. »Lassen wir ihn erst mal warten, weil wir uns für das Kommende noch stärken müssen. Setzt Euch zu uns, Herr Studiosus Kadr ibn Kefir ad-Din Malik Alhakim Benedictus – und Ihr, lieber Jordi, goldene Kehle Katalániens, greift zu Eurem Instrument, und singt uns die Ballade von Roç und Yeza.« Er verneigte sich galant vor der Prinzessin. Sie suchte die Huldigung abzuwehren, was der Hafside aber geflissentlich überging. »*El canzo de los enfantes del Grial!*« Roç nickte geschmeichelt.

»Viel habe ich das Mittelmeer hinauf und hinunter von den Taten des Königlichen Paares gehört«, erging sich der Sklavenhändler in einer Eloge, »doch keiner soll es so bewegend besingen wir Ihr, Jordi de Marvel y Gandia, Conde de Urgél.«

Der Zwerg war puterrot angelaufen. Doch er ließ nicht erkennen, ob vor Scham, Ärger oder Freude. Es war das erste Mal, daß Roç und Yeza von seiner noblen Herkunft erfuhren! Um sich weitere Peinlichkeiten durch Abdal zu ersparen, griff der Troubadour behend in die Saiten.

»Grazal dos tenguatz sel infants
greu partenir si fa d'amor
camjatz aquest nox Montsalvatz.
Grass vida tarras cavalliers
coms Roç et belha Yezabel,
oltracudar infants Grazal,
rassa boratz bratz sporosonde,
Roç Trencavel et Esclarmonde.

Papa di Roma fortz morants
peiz vida los Sion pastor
magieur vencutz mara sobratz.
Byzanz mas branca rocioniers,
coms Roç et belha Yezabel,
oltracudar infants Grazal,
rassa boratz ains sporosonde,
Roç Trencavel et Esclarmonde.

Grazal los venatz mui brocants
desertas tataros furor
vielhs montanhiers monstrar roncatz,
mons veneris corona sobenier,
coms Roç et belha Yezabel,
oltracudar infants Grazal,
rassa boratz mons sporosonde,
Roç Trencavel et Esclarmonde.

Ni sangre reis renhatz glorants
ni dompna valor tratz honor;
amor regisme fortz portatz
uma totz esperansa mier,
coms Roç et belha Yezabel,
oltracudar infants Grazal,
guit glavi ora ricrotonde,
Roç Trencavel et Esclarmonde.«

Der zwischen Kathedrale und königlicher Burg gelegene Palazzo Arcivescovile war wie ein mächtiger normannischer Donjon errichtet, als hätten seine Erbauer schon das spätere Zerwürfnis zwischen dem sich als oberster Lehnsherr begreifenden Papst und der sich schon bald »Könige« nennenden Eroberer vorausgesehen.

»Roms so abgrundtiefen Haß auf die nachfolgenden Staufer kann sich keiner vorgestellt haben«, sagte Johannes von Procida nachdenklich, als er an dem schmalen Fenster hinter den dicken Mauern stand und hinabschaute auf die Stadt, in das Gewimmel der engen Straßen, die sich hinunterwanden zur Cala, von der nur die Mastspitzen der ankernden Schiffe zu sehen waren.

»Und doch ist das der einzige Grund, aus dem ich hier an Eurem Festtag nicht mehr sein kann.« Thomas Bérard, amtierender Großmeister des Tempels, vermied sogar, sich am Fenster zu zeigen. »Es gibt Anlässe zur Provokation der Kurie, die so wesentlich sind, daß wir sie auf uns nehmen. Eine Krönungsfeier gehört nicht dazu, wohl aber die Entwicklung in Griechenland.«

»Der Griff Nikäas nach Kontantinopel treibt Euch um«, stellte der Kanzler fest, »sein Kaiser ist mit den Genuesen verbandelt, also sucht Ihr nach Mitteln und Wegen, wie dies zu verhindern sei, oder nach einem Verbündeten, mit dem Ihr Eurem alten Rivalen zuvorkommen könnt!«

»So mag es Euch scheinen, Johannes von Procida.«

Der Kanzler stellte fest, welch starke Macht von einem Großmeister des Tempels ausging, selbst wenn dieser nur mit herrischer Geste seinen Gastgeber aufforderte, sich zu setzen.

»Es kommt darauf an, Entscheidungen für den Weg in die Zukunft zu treffen: Soll sich der Orden auf das westliche Mittelmeer beschränken lassen, wenn ihm dereinst die Basis in Palästina entzogen sein wird – wie unseren Freunden vom Hospital?«

Er warf einen prüfenden Blick auf sein Gegenüber. Hatte es Sinn, einem vom Leibarzt zum Staatsmann emporgestiegenen Agenten – denn mehr war Johannes in seinen Augen nicht – Vorstellungen einer ganz anderen Dimension näherzubringen, als den Erhalt des Königreiches von Sizilien für den letzten Staufer, einen Bastard? »Jerusalem ist mehr als der Sitz des Großmeisters«, fuhr er leise fort, »es ist die spirituelle Quelle unserer Existenz. Versiegt sie, vergeht auch der Orden. Wir müssen also den Tempel – das, was ihn ausmacht – hinaustragen in die Welt, ohne territoriale Einschränkungen! Wir dürfen niemandem gestatten, Barrieren zu errichten, Monopole oder sonstige Handelsschranken, weder in Ost noch West!«

Johannes reizte es, den visionären Denker aus den Wolken zu holen. »Die Templer über die ganze Welt verteilt, so wie es Euer Gavin Montbard de Béthune im Süden Frankreichs versucht hat?«

»Das war zu klein gedacht und ohne der Realität Rechnung zu tragen –«

»Na ja«, sagte der Kanzler, »es war ein ganz schönes Stück Erde, das der Präzeptor da im Auge hatte, groß und wohlhabend genug für die Capets, um grausame Eroberungskriege zu führen. Freisinn und Ketzerei hatten den Boden gedüngt –«

»Genau das! Doch jetzt düngen Blut und Asche Schuldiger und Unschuldiger den reichen Boden der französischen Provinz. Gavins Idee war verbrecherisch!« rügte der Großmeister die Emphase.

»Ihr habt ihn büßen lassen.«

»Büßen?« Der Großmeister lachte. »Büßen kann er jetzt – obgleich ich das bezweifle –, wir haben ihm nur Gelegenheit dazu gegeben, reichlich spät! Der Schaden war schon angerichtet.«

»Mangelnde Aufsicht«, nörgelte der Kanzler, aber nur leise, er wollte den mächtigen Herrn nicht vor den Kopf stoßen, denn er wollte etwas von ihm. Doch der hing mit seinen Gedanken noch dem selbstherrlichen Präzeptor von Rhedae nach.

»Es war und ist keineswegs in der Linie des Tempels, in bestehende Feudalsysteme einzugreifen wie in die Frankreichs, geschweige denn für die Katharer Partei zu ergreifen. Das war immer eher die Herzensangelegenheit unserer Freunde vom Hospital.«

»Was wissen die Johanniter denn vom Gral? Für die ist er nichts als eine Trinkschale!«

»Auch wir verehren das Gefäß, in dem das Blut Christi aufgefangen –«

»Der Montbard de Béthune fühlte sich einem anderen Konzept verpflichtet –?«

»Gavin nährte seit früher Jugend, er war kaum in den Orden aufgenommen, einen Schuldkomplex gegenüber den Anhängern des Gral. Er war es, der dem Trencavel seinerzeit zu Carcassonne als unser Herold freies Geleit zusagte.«

»Ein Wort, das schmählich gebrochen wurde, dem Perceval den Tod brachte und dem Orden nicht gerade Ehre.«

»Wir hätten uns damals durchsetzen können, doch was soll's! Es war Krieg, und wir standen auf der Seite, die uns vom Papst zugewiesen.«

»Und mit diesem Orden, der sein Fähnchen zugegebenermaßen nach dem Wind hängt, wollt Ihr uns ein Zusammengehen vorschlagen?«

Der Großmeister sprang nicht etwa zornbebend auf. »Der Wind weht, wie er will«, flüsterte er, »er verweht die Spuren der Ungerechtigkeit, er bläht die Segel zu neuen Abenteuern, er vermag blitzschnell zum vernichtenden Sturm umzuschlagen.« Hatte er dabei noch durch seinen Gesprächspartner hindurchgeschaut, ging er ihn jetzt direkt an: »Als Vertreter eines von der Kirche verdammten und gebannten Hauses führt Ihr eine kühne Sprache. Seht Ihr die Gefahren nicht, die Eurem Herrn Manfred drohen?«

»Was habt Ihr vorzuschlagen?« entgegnete Johannes kühl.

»Ein Bündnis zur Eroberung von Konstantinopel, dem auch Venedig beitreten würde, die Landgewinne hälftig geteilt –«

»Wie? Venedig die Hälfte, und wir teilen uns den Rest?«

»O nein! Sizilien sei der Anteil des Löwen gegönnt, uns reichen die Niederlassungsrechte.«

»Wie gütig! Faustgroße Läuse im Pelz des Königs!« Johannes bemühte sich, durch heiteren Sarkasmus das Gewicht seiner kaum verbrämten Absage zu mindern. Doch die nicht offen erklärte Feindseligkeit kroch in den Adern der Männer hoch wie das Gift nach dem Biß einer Viper, ihr Schatten hockte sich auf die dunklen Eichenmöbel des düsteren Refektoriums, strich über die lange Tafel, die Kerzen in ihren eisernen Haltern an den Wänden flackerten. Der Kanzler mußte es zu Ende bringen.

»Und was sonst noch?«

»Das Recht des Tempels, sein Hauptquartier nach Sizilien zu verlegen und seine Flotte auf dieser Insel zu stationieren.«

Jetzt war die Katze aus dem Sack, fauchend und mit gespreizten Krallen.

Johannes zeigte sein Erschrecken nicht. »Ich werde mit dem König über Euer Angebot reden«, sagte er mit trockenem Mund. Es klopfte an der Tür.

»Der Herr Sigbert von Öxfeld!« meldete die Wache. »Komtur des deutschen Ritterordens!«

»Den könnt Ihr als Verbündeten abschreiben«, zischte Herr Thomas geringschätzig, »die teutonischen Bauern haben ihr neues Feld schon gefunden. Sie beackern das Baltikum!«

Der noch immer nicht schlohweiß ergraute Komtur von Starkenberg mußte sich bücken, um durch die niedrige Tür zu schreiten.

»Mein lieber Öxfeld!« rief der Templer und sprang auf. »Was führt Euch her?«

Sigbert wußte, wer sein Gastgeber war, und wandte sich erst einmal an den Kanzler.

»Ich bringe Euch und dem jungen König die Grüße meines Großmeisters. Hanno von Sangershausen ist verhindert, aber er fleht Gottes Segen auf den kühnen Herrn Manfred und die stolze Krone herab, die ihm auf das würdige Haupt gesetzt wird.«

»Dank Euch und ihm«, erwiderte der Kanzler gerührt, umarmte den Alten und drückte ihn nieder auf den eigenen Sessel.

»Wein!« rief er hinaus zu den Wachen.

»Dann kann ich ja gehen«, sagte hörbar eingeschnappt Thomas Bérard und wandte sich an Sigbert. »Wenn Ihr sonst keinen Grund für Eure weite und in Eurem Alter sicher auch beschwerliche Reise nennen wollt?« Er erhob sich.

Der Mantel der Macht, dachte Johannes, ist auch nur ein geliehenes Kleidungsstück, selbst, wenn es sich um die weiße Clamys des Großmeisters mit dem roten Tatzenkreuz der Templer handelt. Doch der Komtur ging diesmal lächelnd auf die unverhohlen gezeigte Neugierde des Thomas Bérard ein.

»Alter ist nur eine Frage der geistigen Rüstigkeit, doch es mag den obersten Herrn des Tempels interessieren, daß ich auch gekommen bin, um Roç und Yeza zu begrüßen.«

»Wie?« rief der Kanzler erstaunt. »Das Königliche Paar ist hier, und ich weiß davon nichts!«

»Sein Kommen und Gehen betreffen den Orden der Templer nicht länger!« knurrte der Großmeister und begab sich zur Tür. »Denkt über mein Angebot nach. Ihr braucht es!« warf er dem Procida einen letzten Knochen hin.

»Vielleicht zur Neuaufteilung der Macht in der Ägäis«, antwortete der Kanzler kühl, »aber gewiß nicht zum Preis der schleichenden Aufgabe unserer Souveränität über diese Insel.«

»Eure Zuversicht ist unbegründet, Kanzler«, sagte Thomas, »denkt an den Wind!« Er stiefelte hinaus.

»Muffensausen!« knurrte der greise Deutschritter vergnügt. »Venedig und seine Verbündeten sehen ihre griechischen Felle wegschwimmen.«

»Der sieht die weiße Clamys mitsamt dem ruhmreichen roten Tatzenkreuz davonwehen wie ein Zirruswölkchen am azurblauen Himmel!« entgegnete Johannes nachdenklich. »Herr Thomas sieht vieles, das unsereins verborgen ist. Doch auch er ist nur ein Mensch und kann's nicht hindern!«

»Was ist mit Roç und Yeza?« unterbrach der Komtur des Kanzlers schwermütige Gedanken. »Sind sie nun hier in Palermo?«

»Das letzte Mal, das ich von Ihnen hörte, da weilten sie noch in Okzitanien, doch das war vor dem Hinscheiden ihres Hüters, des Präzeptors von Rhedae.«

»Was? Gavin ist tot?« Sigbert von Öxfeld war sichtlich erschüttert. »Wie das?«

»Der Orden hat ihn aus dem Weg geräumt, den er eigenmächtig beschritten hatte.«

»Montbard de Béthune ging selten konform mit den Plänen anderer«, sinnierte Sigbert. »Das haben Roç und Yeza von ihm gelernt, ihr Widerspruchsgeist ist sein spirituelles Erbe. Ihr erwartet sie nicht, Johannes von Procida?« Er lächelte verschmitzt. »Nun, dann bin ich sicher, daß sie kommen werden!«

»König Manfred wird sie mit allen Ehren empfangen, ihr Schicksal ist seinem doch sehr verwandt – auch wenn sie ihr Königreich noch nicht gefunden haben.«

Der Alte blühte auf.

»Verwandt im Blute sind sie sowieso, wenn man den Gerüchten Glauben schenken will, was ich gern tue, ähneln sie doch in vielem meinem Kaiser.«

»Das kann man auch als Bürde sehen.« Der Kanzler dämpfte Sigberts Enthusiasmus. »Die unzweifelhafte Glorie des großen Staufers hatte auch ihre Schattenseiten, sein Charakter war Schwankungen unterworfen, die ihn ungerecht, mißtrauisch und grausam werden ließen – zumal in den letzten Jahren, im Kampf um sein Reich.«

»Das Reich von Roç und Yeza ist nicht von dieser Welt, und so steht zu hoffen, daß sie ihre Tugenden gegen alle Anfechtungen des Bösen bewahren können.«

Johannes dachte nach. »Eure Schützlinge können nicht ewig als das ›Königliche Paar‹ durch die Welt geistern.« Der greise Komtur sah ihn erwartungsvoll an.

»König Manfred wird nie in die Terra Sancta kommen, auch nicht Konradin, so er denn noch lebt. Jerusalem, ich meine das wahre Hierosolyma, nicht das zur Lächerlichkeit geschrumpfte Königreich von Akkon, könnte ihnen den Thron bieten, der ihrer würdig wäre«, spann der Arzt den Faden weiter. »Unsere Unterstützung vorausgesetzt, könnten weder die Templer noch die Johanniter, noch Ihr Deutschen sich dem Dienst an der heiligen Stadt der Christenheit entziehen.«

»Ihr vergeßt die Juden und die Muslime«, wandte Sigbert ein, doch Johannes schnitt ihm den Einspruch ab.

»Für erstere ist das wohl mehr eine Frage der Glaubensfreiheit, für die Mameluken nur ein Politikum. Bekommen beide die entsprechenden Garantien –«

»Bei einer Garnison, die von rivalisierenden Ordensrittern gestellt werden soll?«

»Das Königliche Paar soll seine Friedensherrschaft gefälligst ausüben!« erregte sich der Kanzler. »Wo sonst ist seine Daseinsberechtigung? ›Nicht von dieser Welt‹?! Das kennen wir schon! Einen zweiten Messias braucht Jerusalem nicht, und auch sonst niemanden. Der erste hat schon genug Schaden angerichtet. Hätte er sich nicht seiner Aufgabe entzogen –«

»Gott hat ihn nicht geschickt, um einen Aufstand der Juden anzuführen, sondern um diese Welt zu erlösen.«

»Hat er das?! Schaut sie Euch an, diese Welt!« Johannes schwieg aufgebracht, doch dann setzte er noch bitter hinzu: »Hat Jesus dieses Pack in Rom als seine Nachfolger verdient!?«

Sigbert verharrte, nicht betroffen über den verständlichen Ausbruch des Kanzlers, sondern weil ihn Zweifel überkamen, ob seine Auffassung von der Bestimmung von Roç und Yeza nicht völlig falsch sein könnte. Er seufzte.

»Das Königliche Paar soll selbst entscheiden, was sein Wille ist. Ich bin gerne bereit, die letzten Tage meines Lebens der Erfüllung ihres Wunsches zu weihen. Ich will gerne dafür sterben. Das blüht mir sowieso!« Er lachte.

»Seht es nicht so dramatisch«, versuchte Johannes ihn zu beschwichtigen, »es war nur eine Überlegung, vielleicht nicht einmal wert, daß Ihr Euch dafür den Opfertod herbeiwünscht.«

»Der kommt schnell«, wiegelte der Alte ab, »am Hafen hat Euer wachsamer Kämmerer gerade einen griechischen Giftmörder dingfest gemacht, den der Kaiser von Nikäa entsandt haben wird, um Herrn Manfred ein für allemal davon abzuhalten, seinem Schwiegervater in spe, dem Despoten von Epiros, bei der Eroberung von Konstantinopel behilflich zu sein.«

»Ah, unser tüchtiger Maletta!« war die einzige Reaktion des Kanzlers. »Er hat meine Warnung beherzigt!«

»Der Grieche wäre ihm nie in die Arme gelaufen«, berichtete Sigbert, »wenn nicht die Templer den Mann angezeigt hätten, er habe ihnen ein Schiff gestohlen.«

»Und? Hat er gestanden?«

»Die Mordabsicht nicht, aber die Sache mit dem Schnellsegler. Allerdings behauptet dieser Taxiarchos, ja, so nennt er sich, mit diesem Schiff Fahrten in geheimer Mission über den Ozean – stellt Euch das vor: *über* den Ozean! – durchgeführt zu haben, als vom Orden bestellter Admiral, jedoch um seinen Lohn geprellt worden zu sein. Er konnte sogar eine schriftliche Vollmacht vorlegen, nur die wollten die Templer nicht anerkennen –«

»›Taxiarchos‹, sagtet Ihr? Der Mann ist im Recht, sein Pech ist nur, daß sein Auftraggeber in Ungnade –«

»Ah! Der tote Gavin!«

»Genau! Und was geschah weiter?«

»Euer eifriger Kämmerer ließ ihn in Ketten legen, ebenso drei seiner Komplizen, die behaupten, okzitanische Ritter zu sein, einer sogar der Sohn des Grafen Jourdain de Levis von Mirepoix. Sie wurden bei einem konspirativen Gespräch in einer Taverne gestellt, die einem Alekos gehört, ebenfalls Grieche. Das reichte dem Herrn Maletta. Er wollte alle gleich hängen sehen, aber da gingen gerade zwei hohe Herren an Land, ein Oberto Pallavicini –«

»Vikar des Reiches für die Lombardei und die Toskana!« erläuterte der Kanzler.

»Der andere war ein Lancia.«

»Wohl Galvano, Fürst von Salern und einer der Onkel unseres Königs.«

»Na bitte! Die beiden untersagten dem verärgerten Kämmerer strikt solchen Unfug. Er solle damit gefälligst bis nach der Krönung warten und nicht die Feierlichkeiten mit dem häßlichen Anblick eines reichbestückten Galgens stören. Außerdem hätte auch ein Grieche Anrecht auf einen ordentlichen Prozeß – und junge Herren von Geblüt sowieso. Also wurden sie in den Kerker verbracht, allerdings wollte dieser Maletta sogleich mit ihrem Verhör beginnen –«

»So ein Unsinn!« entfuhr es dem Johannes von Procida. »Der Taxiarchos, seines Zeichens Penikrat von Konstantinopel, was keinen Adelstitel darstellt, sondern am besten mit ›Bettlerkönig‹ zu übersetzen ist, der Mann ist sowohl als solcher – als auch überhaupt« – Johannes unterschlug den Gedanken, der ihm gerade gekommen war – »viel zu uninteressant für uns, als daß Maletta sein Mütchen an ihm kühlen darf. Wachen!« rief der Kanzler, und zwei von ihnen stürzten ins Zimmer. Er warf einige Zeilen auf ein Pergament und siegelte es hastig. »Reitet sofort zur Capitaneria, und übergebt es dem Kommandanten. Er haftet mir mit seinem Kopf dafür, daß den Gefangenen kein Leid geschieht – und daß keiner mehr Zutritt zum Kerker hat, auch nicht der Herr Kämmerer!« Die Wachen enteilten.

»Warum laßt Ihr sie nicht frei?« fragte Sigbert.

»Sie sollen ruhig etwas schmoren, bis ich mir schlüssig bin. Auch will ich sie noch selbst befragen.«

»Aber vielleicht sind es tatsächlich gefährliche Attentäter?«

»Dann werden sie hängen«, versicherte der Kanzler seinem Gast. »Doch ich kann es mir nicht vorstellen, ein Fuchs wie der Taxiarchos würde in solchem Fall nicht mit einem Templerschiff anreisen, dessen Besitz umstritten ist, und sich neben die Galeere des Großmeisters legen. Außerdem ist Alekos, der Grieche, ein alteingesessener Palermitaner und ein Vertrauensmann des Tempels!«

»Und die drei Okzitanier?«

»Wenn sie unschuldig sind, wird ihnen die Kerkerhaft durch Ehrensitze an der Tafel des Königs vergolten!«

»Dann laßt uns doch zum Hafen eilen und dafür sorgen, daß jedem Gerechtigkeit widerfährt.«

»Ich bin jetzt mit dem König verabredet, doch seid ohne Sorge, werter Sigbert! Geht Ihr nur, und haltet Eure noch so wachen Augen und Ohren offen, ob Ihr etwas von Roç und Yeza in Erfahrung bringen könnt. Sie sollen am Krönungstag an unserer Tafel sitzen wie selbstverständlich auch Ihr, Komtur, schon als willkommener Vertreter des Deutschen Ritterordens!«

Die Kalsa war einst die Eckbastion im Südosten der alten Stadtmauer und stammte aus der Zeit der arabischen Herrschaft. Ihre tief in die Erde reichenden Kellergrüfte standen wohl noch auf phönizischen Fundamenten. Die Normannen hatten auf der Meeresseite die Mauern bis ans Ufer vorverlegt und den dazwischen liegenden Teil von ihren sarazenischen Gartenarchitekten in einen Park verwandeln lassen. Da auch südlich ein Vorwerk angelegt wurde, stand die Kalsa bald als ein Zauberschloß in einem Palmenhain, das Grün der Wedel auf schlanken Stämmen unterbrochen von blühenden Schlingpflanzen und bewässert von in Marmor gefaßten Bächlein, die dort, wo sie sich kreuzten, als Springbrunnen jubilierten. Dieser Garten, den sich die königliche Familie zum Lustwandeln vorbehielt, bedurfte keiner Volieren, er zog die Vögel magisch an, ob nun Möwen von der See oder Schwalben und Tauben, die in dem verwitterten Gemäuer nisteten. Hier hielten die Staufer auch ihre Falken, und ein Teil der Wachstuben auf der angrenzenden ehemaligen Stadtmauer diente nur ihnen und den Falknern als Quartier.

Das mehrstöckige Gebäude selbst wurde schon deswegen nicht gern bewohnt, weil sich in den feuchten Kellern, sie lagen weit unter dem Meeresspiegel, die Verliese für politische Gefangene befanden, die dort auch – so munkelte man – »peinlich« befragt wurden, was trotz der dicken Mauern bis in die ehemaligen Wohnbereiche zu hören war. Oft wurden dort unten auch im geheimen die Urteile vollstreckt, ein unbestätigtes Gerücht, aber sicher kein sanftes Ruhekissen.

Die alte Stadtmauer beherbergte einen Tunnel, der bis unter die Kirche Santa Maria della Catena und die angrenzende Capitaneria reichte. Er diente als Zugang zu dem unterirdischen Kerkerreich. »Er geht in die Kalsa« bedeutete gemeinhin, daß es kaum ein Zurück gab.

Der einzige, wohlweislich gut verborgene Ausgang führte direkt in das Meer hinaus, durch eine Grotte, die von fetten Muränen bevölkert war. Dennoch machten die Fischer mit ihren Booten einen weiten Bogen um die ihr vorgelagerten Felsen.

Die Kalsa galt als ein verwunschener Ort, so recht geeignet für Elfen und Feen in den lichten Oleanderwäldchen. Inmitten von Papyrosstauden und Seerosen in den Zierteichen, den Rosenhecken, die über die Balustraden der Terrassen wucherten, der ehemaligen Katapultstände, und in der naßdunklen Tiefe hauste ein Volk von Lemuren, bleichen Gnomen, verblödeten Riesen, Henkern und Folterknechten, die keiner zu Gesicht bekam, weil sie selbst Gefangene des Kerkers waren, denen man das Essen durch die Gitter herabließ. Doch in Zeiten größten Andrangs, wie bei königlichen Hochzeiten, Kindstaufen und eben den Krönungen selbst, griff das Hofamt des

Obersten Kämmerers notgedrungen auf diese Beherbergungsmöglichkeit zurück, nicht immer zur vollen Zufriedenheit der einquartierten Gäste.

»Maletta sollte mal selbst eine Nacht hier versuchen, ein Auge zuzutun«, schimpfte Oberto Pallavicini, mächtiger Reichsfürst und Vikar für den gesamten zisalpinen Feudalbesitz des deutschen Imperiums, die aufsässigen Städte der Lombardischen Liga und das treulose Florenz eingeschlossen. »Abends zwitschern die Schwalben, die scheint's nie zu Bett finden, noch im Dunkeln des Morgens beginnen die Möwen mit ihrem Geschrei, und dann kommen die gräßlichen Tauben, mit ihrem Trippeln und Gurren.«

»Was wollt Ihr denn, die Räume sind hoch und hell, die Lagerstätten mit kostbaren Teppichen und Seidenkissen bedeckt, frisches Wasser steht in Kannen und Becken bereit, Blütenblätter von Rosen schwimmen darauf, Lavendel und Myrrhe duften in den Kleiderkammern, und die Diener lesen Euch jeden Wunsch von den Augen ab.«

Galvano von Lancia, älter als der drahtige Vikar, schaute betrübt auf den Unzufriedenen. »Ich dachte, es würde Euch Freude bereiten, weit weg von dem Getriebe im Palast – das Gedränge und Geschiebe, Jubeln und Vivatgeschrei hat noch nicht einmal begonnen, von Pauken, Trommeln und Fanfaren ganz zu schweigen –, hier der Ruhe zu frönen in den wenigen freien Stunden, die der Dienst am Reich und der besondere Anlaß unsereins läßt?«

»Geckos huschen über die Mauern, versteckte Zikaden zirpen –«

»Ah, Ihr fürchtet die Einsamkeit?« Das belustigte den Fürsten von Salern, einen Schrank von einem Mann. »Ihr wittert in der scheuen Flucht harmloser Echsen den herannahenden Schatten des unsichtbaren Meuchelmörders, und wenn das Kreischen der Cigala verstummt, will Euer Herz vor Angst stehenbleiben! A propos, was macht Euer Erzfeind Ezzelino?«

»Ich weiß«, fauchte Oberto, »ich muß mir den Tyrannen von Verona endlich vom Hals schaffen, bevor er mich tötet!«

»Oder Euch um den Schlaf bringt. Hier seid Ihr sicher, meine Gemächer liegen gleich neben den Euren, und meine Leibwache wird auch jeden Gecko fangen, jede Grille erschlagen, die Eure Ruhe zu stören wagt.« Der Fürst machte sich über ihn lustig. Oberto beeilte sich, seine erkannten Blößen aus der Reichweite des jovialen Jägers zu bringen.

»Es ist mir gelungen, Siena auf unsere Seite zu ziehen«, berichtete er voller Stolz. »Es kostete mich —«

»Wir haben dem Brancaleone das Geld vorgestreckt.« Der mächtige Lancia ließ ihm nur wenig von dem Erfolg. »Der in Rom wieder an die Macht gelangte Senator läßt Euch übrigens herzlich grüßen. Der Papst ist nach Viterbo entflohen.«

»Aber sein Kardinal Oktavian degli Ubaldini wiegelt Florenz gegen uns auf.«

»Nördlich des Patrimonium Petri beginnt Euer Revier«, beschied ihn der Fürst von Salern, »stecht die Sau ab!«

Der Lancia hatte gut reden. Der saß im Süden, also im unangefochtenen Herrschaftsbereich der Staufer, und mußte sich nicht mit gut zwei Dutzend reichsunmittelbaren Stadtrepubliken herumschlagen, die – kaum hatte er sie ›befriedet‹ und kehrte ihnen den Rücken, schon wieder zur päpstlichen Gegenseite überliefen.

»Leichter gesagt —« Oberto Pallavicini wollte sein Lamento fortsetzen, als der Kämmerer den Herren gemeldet wurde.

»Mein lieber Maletta!« begrüßte ihn der Lancia herzlich, schlug ihm beide Pranken auf die Schultern, daß der gleich in die Knie ging. »Unser Freund Oberto ist ganz entzückt von Eurer trefflichen Wahl, ihm dieses noble Quartier samt Park anzudienen.«

Der Kämmerer ging auf die Schmeichelei nur insofern ein, als er gequält lächelte, bevor er seine schmächtige Brust schwellen ließ.

»Mir ist es soeben gelungen, den dingfest gemachten griechischen Meuchelmörder zu überführen! Ich hab' jetzt den Beweis in der Hand: Gift!«

Der Kämmerer war ganz außer Atem, hatte er doch gerade die vielen steilen Treppen aus den Kellern der Kalsa im Eilschritt zurückgelegt, um den beiden so wichtigen Herren seinen Erfolg zu präsentieren. »Stellt Euch vor, wir fanden bei ihm ein Döschen mit einem seltsamen Brei aus geruchlosen Essenzen mit feinem Sand geschickt vermischt.«

»Und was macht Euch glauben«, dröhnte belustigt der bärbeißige Lancia, »daß es sich dabei um Gift für einen Mord handelt? Wer frißt schon Sand?!«

»Der Hund des Henkers«, triumphierte Maletta, »hat nur daran geschnuppert und fiel schon bewußtlos um.«

»Der Köter wird müde gewesen sein!« Oberto Pallavicini haute in die gleiche Kerbe.

»Aber er wachte nicht mehr auf! Sein Herz steht still.«

»Altersschwäche – wenn man ein Hundeleben im Kerker verbringt, genügt die geringste Aufregung – und pautz!« Dem Fürsten gefiel das mit dem Hund. »Das treue Herz eines Bluthundes hat für immer aufgehört zu schlagen. Wie hat es sein Herrchen aufgenommen? Auch Henker haben ein Herz – für große, wilde Hunde!«

Maletta biß sich auf die Zunge. Es hatte keinen Sinn, den beiden klarzumachen, in welch tödlicher Gefahr das Königreich geschwebt hatte, und das nur wenige Tage vor der Krönung.

Aber auch Johannes von Procida würde ihn nicht belobigen, sondern in seiner sarkastischen Art ausfragen, als ob er der Attentäter sei. Dessen war er sich spätestens seit der respektlosen Art der Palastgarde gewiß, die ihn mitten aus dem Verhör geholt und ihn rüde des Kerkers verwiesen hatte. »Befehl des Kanzlers!« Und den Brief, den er bei dem Schuldigen, gut versteckt wie die Dose mit dem Teufelszeug, gefunden hatte, den hatten sie auch mitgenommen! Nur die Dose nicht. Das war sein Beweis! Dafür würde der Grieche hängen, samt seinen Spießgesellen – nach der Krönung! Er hätte ja kurzen Prozeß gemacht und sie allesamt gleich im Kerker erwürgen lassen. Der Henker war auch dafür, der hatte die Schlinge schon zur Hand. Aber nun galt das Verbot, das zu übertreten zwar nicht ihm, aber dem Henker den Kopf gekostet hätte. Und mit eigener Hand traute sich Maletta eine solche Tat nicht zu. Also mußte er warten und bis zur Gerichtsverhandlung jemanden finden, der sich auf solch unheimliche Gifte verstand. Ihm kam dieser Kefir Alhakim in den Sinn, den der Kanzler, darin besonders empfindlich, »wegen unqualifizierter Ausübung des Arztberufes« auf eine Insel verbannt hatte – der hatte sich selbst in völlig farblosen Pilzgiften ausgekannt. Doch der Name der Insel fiel dem Kämmerer nicht mehr ein.

»Ich darf Euch einen Freund vorstellen, der mir lieb wie ein Bruder ist.« So empfing Manfred seinen Kanzler in der Capella Palatina, im ersten Stock des Normannenschlosses gelegen. »Obgleich wesentlich jünger an Jahren, bin eigentlich ich sein Onkel«, fuhr er gut gelaunt fort, »was seinen Reiz schon daraus bezieht, daß der Emir Fassr ed-Din Octay ein gläubiger Anhänger des Propheten ist.«

Er lachte unbeschwert. »Wenn der Papst auch das noch wüßte –«

»Ich nehme an, er weiß es«, ging Johannes von Procida auf den leichten Ton ein und betrachtete mit sofort aufkommender Sympathie den muslimischen Fürsten, den er auf gut vierzig Jahre schätzte, was mit der Geschichte übereinstimmte, so wie er sie kannte. Der sehnige Sohn der Wüste, dessen dunkle, wache Augen ihm sogleich mehr auffielen als die scharfe Hakennase, lächelte und verneigte sich vor dem Kanzler.

»Leider kam mein verwandtschaftliches Verhältnis zu den Staufern ohne direkte Bande des Blutes zustande, so daß ich dem von mir hochverehrten Kaiser Friedrich nur den Ritterschlag verdanke. Auch der war vor allem Ausdruck der tiefen Freundschaft, die den großen Staufer mit meinem erhabenen Vater verband«, fügte er bescheiden, doch stolz hinzu.

»Laßt mich meinen Wissensstand auf die Probe stellen!« Der Kanzler gab sich interessiert. »Es war eine Eurer Schwestern –«

»Eine Halbschwester!« verbesserte der Emir, dem diese Erörterung peinlich wurde.

»– die der kindlichen Yolanda in der Brautnacht von Brindisi als Zofe diente.«

»Und meinem Vater als Ersatz für entgangene Freuden im Hochzeitsbett«, ergänzte Manfred vergnügt.

»Mehr ist dazu auch nicht zu sagen.« Der Gast aus dem Morgenland wollte einen Schlußstrich ziehen, doch seinem Gastgeber mangelte es an Feingefühl.

»Eure Mutter war eine Christin?« hakte Manfred nach, und der Emir nickte notgedrungen. »Wie ist sie in den Harem des Großwesirs, Eures Vaters Fakr ed-Din, geraten?«

Dem Sohn ging der Einbezug seines Vaters entschieden zu weit.

»Günstig erworben auf dem Sklavenmarkt nach dem sogenannten ›Kreuzzug der Kinder‹, als im Abendland sich keine Ritter mehr fanden, um für das Kreuz zu kämpfen, und die Eltern es zuließen, daß ihre Kinder sie beschämten. Diese Schande darf sich die gesamte Christenheit wie einen Judenspitz aufsetzen!« schloß er ziemlich aufregt, so daß Manfred endlich begriff, daß er den Gast, den er seinen »Freund« genannt hatte, zutiefst verletzt hatte.

»Ein Harem«, versuchte er die Verärgerung zu mildern, »hat wenigstens den Vorteil der ehelichen Geburt für alle – so gesehen verdanken wir dieser Einrichtung das große Vergnügen und die noch größere Ehre, Euch, den Roten Falken, heute als Gesandten des Sultans zu unserem Freudenfest begrüßen zu dürfen.«

»Ich muß Euch enttäuschen, werter Oheim«, entgegnete der Emir genüßlich, wenn auch formell, »meine Stellung in Kairo ist nicht die meines Herrn Vaters. Sultan Ali ist noch ein Knabe, umgeben von Mamelukengenerälen, die selbst nach dem Thron schielen. Ich konnte mich nur wegschleichen, weil es mir vorher gelungen war, den Sohn meines erbitterten Gegners Baibars in inniger Freundschaft mit dem jungen Sultan zu verbinden. So wacht der Vater notgedrungen über das Wohlergehen beider sich liebender Knaben – und ich konnte, nicht als Botschafter Fassr ed-Din Oktay, sondern als Konstanz von Selinunt heimlich herbeieilen, um dem Sohn Friedrichs meine Reverenz zu erweisen. Ich kann auch keinen Tag länger als den Eurer Krönung verweilen. Wenn meine Gegner merken, daß ich längere Zeit außer Landes weile, bricht in Kairo eine Palastrevolte aus. Ich werde – auf Einladung des Großmeisters – mit einem Schnellsegler der Templer zurückreisen, denen ja die Häfen Ägyptens offenstehen.«

Manfred hatte sich auf dem marmornen, mit byzantinischen Mosaiken geschmückten Königsthron der Normannen niedergelassen. Seine Verärgerung stand ihm ins Gesicht geschrieben.

»Wenn Ihr auf der Wahrung Eures Inkognitos besteht, ergeben sich protokollarische Probleme.« Der Kanzler hüstelte verlegen. »Dem Gesandten des Sultans gebührt ein Ehrenplatz an der Tafel des Königs, aber was machen wir mit einem unbekannten ›Konstanz von Selinunt‹?«

Die Frage stand peinsam zwischen der von arabischen Künstlern geschaffenen Stalaktitendecke aus dunklem Edelholz und dem kühlen Boden, der aus verschiedenfarbigem Marmor kunstvoll gefügt, zwischen den korinthischen Säulen und dem Goldgrund der Wandmosaiken mit all den christlichen Heiligen, deren Ausführung die Normannen mit Bedacht in die Hände muslimischer Kunsthandwerker gelegt hatten. Es gibt auf der Welt keine besseren! Das dachte Johannes von Procida zwar, aber er sprach es nicht aus. Der Rote Falke beendete die Farce.

»Wenn ich Euch als Mensch nicht willkommen bin«, wandte er sich offen an Manfred, der auf seinem Thron in sich zusammenkroch, »weiß ich meine Energie und meine Zeit entschieden besser einzusetzen. Thomas Bérard hatte mir für heute die Rückfahrt nach Alexandria auf der ›Atalanta‹ angeboten. Ich hatte dankend abgelehnt, um Euch zu ehren. Ihr mögt Euch selbst fragen, ob Ihr Euch dessen wert erwiesen?«

Der Emir ließ seinen Blick ein letztes Mal über den kostbaren Ort seiner Erinnerung schweifen, hier hatte er vor dem Kaiser gekniet. Jetzt hockte da dieser ›natürliche‹ Sohn und anmaßende Erbe und wußte nicht einmal eine Antwort zu erteilen, die eines Mannes würdig war. »Ich darf mich zurückziehen«, sagte er zu Johannes von Procida. »Ich möchte das Schiff noch vor dem Auslaufen erreichen.«

Der Kanzler begleitete Konstanz bis zur bronzenen Tür. Außer »Es tut mir leid« fiel ihm auch nichts ein, aber er schämte sich wenigstens.

»Diese Mameluken verstehen keinen Spaß!« knurrte der König seinem nachdenklich zurückkehrenden Kanzler entgegen. »Sein Vater, der Wesir, stammte nämlich gleichfalls aus Kurdistan.«

»Hmm!« Johann von Procida gab sich wortkarg, was Manfred bewegte, das Schweigen im Raum aufzulockern.

»Bevor der Rote Falke sich aufschwang, zu uns übers Meer zu fliegen, hat er seine Frau in Damaskus in Sicherheit gebracht – ausgerechnet bei Clarion von Salentin, der abgehalfterten Favoritin des dortigen Ayubitensultans An-Nasir, die ist witzigerweise genau diese Schwestertochter –«

»Sehr witzig!« entfuhr es dem Kanzler, was Manfred nun nicht duldete.

»Von meinem Kanzler erwarte ich, daß er sich meinen Launen anpaßt, Johannes von Procida! Ihr mögt Euch unwohl fühlen, aber Ihr solltet es mir nicht zeigen. Also lacht gefälligst, eine schlechte Miene zum bösen Spiel kann ich selbst aufsetzen!«

»Ich denke da eher an die Krone.«

»Ich denke an die Frau des Emirs. Sie soll eine prächtig rassige Stute sein?!«

»Sie ist eine Prinzessin der Saratz, eines sarazenischen Volksstammes, den es im Zuge der Eroberung Apuliens in die Alpen verschlagen hat.«

»Ich weiß, da hocken sie und bewachen für den Kaiser die Pässe ins Nordreich der Deutschen und haben wahrscheinlich noch gar nicht mitgekriegt, daß es ihren Herrn längst nicht mehr gibt!«

»›Er lebt, und er lebt nicht‹!« zitierte Johannes trocken den bekannten Spruch der Sibylle.

»Sehr witzig!« sagte Manfred und richtete sich auf in seinem Marmorthron. »Ich habe gehört, daß der verhaftete Grieche einen weiteren Brief dieses William von Roebruk bei sich trug und Ihr ihn an Euch genommen habt.«

»Richtig«, bestätigte der Kanzler.

»Wollt Ihr ihn mir vorenthalten?«

»Ich habe ihn selbst noch nicht gelesen!«

»Dann wollen wir uns dieses Vergnügens nicht berauben und uns den neuesten Bericht dieses fröhlichen Bruders des Heiligen Franz gemeinsam zu Gemüte führen. Ich schlage allerdings vor, daß wir diesen düsteren Ort verlassen und uns nach oben in die heiteren Gemächer meiner normannischen Vorfahren begeben. Sie sind hell und vertreiben die trüben Gedanken.« Sprach's, erhob sich und schritt voran.

Sein Kanzler folgte ihm.

Wer sich erlaubte, die wohl schönste Privatkapelle auf der Welt als »düsteren Ort« zu schmähen, war noch nie in die Tiefen der Kalsa hinabgestiegen. Nur in Paris sollte eine ernstzunehmende Rivalin des Gotteshauses zu finden sein: die Sainte-Chapelle, die sich der fromme König Ludwig im neuen Bauhüttenstil hatte errichten lassen. Sicher nicht, um sein so furchtbar gerechtes Gewissen zu beschwichtigen, sondern um endlich die Heiligkeit zu erlangen. Wer weiß, vielleicht verdeckte dieses filigrane Kunstwerk, dessen farbige Glasfenster alle rühmten, auch nur die Schrecken eines darunter im Verborgenen stattfindenden gnadenlosen Strafvollzuges.

In der Tat hatte Manfred die Kerker, in denen er seine Feinde verkommen ließ, niemals besichtigt. Wasser tropfte von den Wänden. Es war nur zu hören, denn sehen konnte man es in der stockfinsteren Nacht, die dort unten ewig herrschte, nicht. Trotzdem hatten sich Moosflechten an den grob behauenen Granitsteinen gebildet, die wie schleimige Bärte herabhingen. Das ging nur mit dem Teufel zu! Wenn dessen Reich nicht schon mit Betreten des Ganges bei Santa Maria della Catena begann, war er zumindest der Vorraum zur Hölle, nur daß kein Feuerchen die armen Sünder wärmte.

In dieses dunkle Loch waren die drei unglücklichen Ritter aus dem sonnigen Languedoc verbracht worden, damit sie mit ihrem Anführer, dem Taxiarchos, ihrer verdienten Strafe entgegensahen. Doch sie sahen nichts, sondern vernahmen nur das Klirren ihrer Ketten an Händen und Füßen.

Das zentrale Gewölbe, eine aufgelassene Zisterne aus römischen Zeiten, wies wohl sternförmig sich verästelnde Verliese auf, jedes mit einem Gitter verschlossen. Das hatten sie im Licht der Fackeln ihrer Wärter erahnt.

»Daß wir drei gleich in der ersten Zelle angekettet worden sind«, zog Mas die Summe seiner Erkenntnisse, »kann nur kurzen Prozeß bedeuten, Freiheit oder Galgen!«

Die Häßlichkeit des ausgesprochenen Wortes verfehlte ihre Wirkung nicht. Pons schluchzte im Dunkeln auf.

»Der Penikrat, dieser so gefährliche, verbrecherische Grieche, für Herrn Maletta schon des beabsichtigten Giftmordes überführt, ist hingegen für sich allein eingeschlossen«, fuhr Mas mit lauter Stimme fort, ins Schwarze hinein seine Ängste aussprechend.

»Was nur eine Verlängerung der Qualen verheißt«, griff Raoul den Gedanken auf, allerdings nur, um seiner Wut über den Penikraten Luft zu machen, dem sie diese Lage verdankten. »Ohne jegliche

Hoffnung, diesen Ort anders als mit den Füßen voraus zu verlassen. Oder er wird durch die Grotten geschleift und den Muränen zum Fraß vorgeworfen!«

Sie lauschten, warteten auf einen Laut ihres Anführers, doch der schwieg, und so schlug die fürchterliche Vorstellung auf sie selbst zurück. Pons begann im Finstern zu heulen.

»Reißt Euch zusammen!« ertönte schließlich die erwartete Stimme. »Jemand hält seine schützende Hand über uns, sonst würden wir längst erdrosselt im Meer schwimmen.«

»Die Knechte«, schluchzte Pons, »haben es uns ausgemalt, genau so!«

»Die Knechte!« höhnte Mas. »Wir sind Herren, und Herren sollen uns richten!«

»Das ist deine Art, im dunklen Keller zu pfeifen«, spottete Raoul. »Hört sich arg nach Dünnpfiff an!«

»Du scheißt dir selber in die Hosen!« schrie Mas und rüttelte an seinen Ketten, daß es klirrte. »Ich kann es bis hierher riechen. Hilfe! Ich ersticke an dem Gestank!«

»Ruhe!« brüllte der Taxiarchos. »Ich befehle Euch, die Schnauze zu halten, allen dreien – und du, Pons, hör auf zu flennen!« Das wirkte, nirgendwo wird Autorität so begierig aufgenommen, wie in der Scheiße, wenn sie bis zum Halse steht. Also trat wieder Stille ein, und alle konnten hören, wie sich von oben Schritte über eine Steintreppe näherten, dann war auch ein Lichtschein zu sehen. Pons glotzte sich die Augen aus dem Kopf, er rieb hastig die Tränen weg, wobei er sich mit seinen Handschellen die Wange aufschürfte, doch den Schmerzenslaut unterdrückte er gar mannhaft. Im Licht der Fackeln, mit denen von den Wächtern ehrerbietig der Weg über den glitschigen Stein beleuchtet wurde, erschien schnüffelnd der Gepard, und an der straffen Leine zog er hinter sich seine junge Herrin her, daß diese Mühe hatte, nicht auszugleiten.

»*Dir balak ya Immà!*« befahl die kindliche Stimme. »Ich will nicht in der Kacke landen!«

Ein Wärter leuchtete durch das Gitter, dessen harte Schatten über die Gesichter der Gefangenen glitten. »Sind das die Gewünschten?«

Konstanze blinzelte wie ihre Raubkatze.

»Das ist der«, wies sie auf Raoul, »der seinen Blick so frech zu mir erhoben!«

Pons blieb vor Schreck fast das Herz stehen, Mas vor Eifersucht, nur Raoul grinste unverschämt in das flackernde Licht.

»Kettet ihn los!« wies sie die verstörten Wärter an. »Damit er mich küssen kann!«

Jetzt stockte auch den Wächtern der Atem, bis einer sich zur Erwiderung aufraffte. »Hoheit, das dürfen wir nicht! Es kostet uns den Kopf!«

Ein scharfer Hieb quer über das Gesicht mit der Gerte, die sonst für Immàs Gehorsam sorgte, züchtigte die Auflehnung.

»Ich schlage vor«, sagte Raoul, »Ihr laßt mir den Kopf abschneiden, dann ist der geltenden Vorschrift Genüge getan, und Ihr könnt Eurem Verlangen frönen!«

»Nein!« stöhnte der Oberaufseher gequält. »Verlangt das bitte nicht!«

Konstanze starrte durch das Gitter, ohne die Miene zu verziehen. »Euer Vorschlag ist weder appetitlich noch sonderlich originell, mein Herr – das habt Ihr aus der Bibelstunde –, wie gewöhnlich!« sagte sie und wandte sich ab. »Mir ist das Verlangen nach Euren Lippen vergangen. Wie gut, daß es hier Gitter gibt.«

Sie gab den erleichtert aufatmenden Wärtern ein Zeichen, zerrte Immà mit sich und schritt im Schein der Fackeln davon. Ihre Schritte auf der steinernen Treppe waren von denen der Wärter nicht zu unterscheiden, nur das Klicken der Tatzen des Geparden war herauszuhören.

»Du saublöder Hund!« schnaubte Mas ins Dunkle, Richtung Raoul.

VON FERNEN INSELN

Am Strand von Ustica hatten sich Herrschaften und Besatzung des Sklavenseglers um Jakov den Zimmermann versammelt. Im Sand des leicht ansteigenden Ufers lagen ordentlich aufgebahrt die Figuren der Golgathagruppe: die Kreuze des Jesus von Nazareth und des mittleren Schächers – daß der andere samt Kreuz fehlte, fiel auch jetzt niemandem auf –, Mutter Maria sowie die von Magdala und die anderen Frauen rechts und links, dann der Joseph und die Henkersknechte.

Die römischen Legionäre säumten auf beiden Seiten die auszuweidende Beute.

Wie Jagdherren nach erfolgreicher Hatz schritten der Hafside in Begleitung des Dogen und Gosset die Strecke ab, bevor sie Jakov das Zeichen gaben, mit seinem unblutigen Handwerk zu beginnen. Aus verständlicher Scheu verschonte er zunächst die Frauen und legte als erstes Hand an seinen Freund und Patron Joseph. Behutsam wie ein Chirurgus entfernte er ihm Arme und Beine, dann sägte er ihm den Kopf ab. Mit Hilfe der Widerhaken einiger Langpfeile förderte der tüchtige Tischler Beutel auf Beutel voll klingender Münzen aus dem Brustkorb, bis in die Tiefen des hohlen Bauchs reichten seine Haken nicht. Vier Moriskos hoben den Torso hoch, stellten ihn sozusagen auf den Kopf und klopften und schüttelten so lange, bis auch der letzte Goldbarren in den schwarzen Lavasand geplumpst war. Dann entkorkte Jakov die Gliedmassen des Heiligen und entleerte sie. Ledersäckchen mit Juwelen waren die kostbare Ausbeute.

Roç und Yeza, aber auch Gosset beobachteten während des Vorganges den Dogen aus den Augenwinkeln. Herrn Georges mußte spätestens jetzt dämmern, daß er den Templerbesitz zu Rhedae weit unter Preis verkauft hatte, verschleudert geradezu, wenn er nur Sainte-Madeleine und ihre lebensgroße Kreuzigung auf Golgatha bedachte. Der Doge tat ihnen den Gefallen und spielte sich als allein kirchlicher Kunst verpflichteter Mäzen auf, dem der zutage kommende schnöde Mammon Mißbrauch sakraler Werke deuchte und dem einzig am makellosen Erhalt der Figuren lag. Er rief »Obacht!« und »Vorsicht!«, gemischt mit »Pfui Teufel!« und »Schande! Schande über die Christenheit!«

Dabei schielte er auffällig nach jedem Säckchen, daß man Angst haben konnte, die herausquellenden Augäpfel würden für immer im schiefen Blick verhaftet bleiben. Gleichzeitig tat er so, als bereite jeder ans Licht beförderte Barren seiner Seele stechenden Schmerz, gerade so, als ob er ihm auf den großen Zeh gefallen sei. Gosset durchschaute ihn zuerst, als er ein Grinsen auffing, mit dem der Hafside die schauspielerische Leistung seines Kumpanen bedachte. Die beiden hatten sich längst abgesprochen, wie denn auch anders! Das bedeutete für ihn, auf der Hut zu sein, um nicht zuletzt als belachter Dritter dazustehen.

Roç und Yeza fanden das Getue des Dogen zwar reichlich übertrieben und sein Lamento desgleichen, und auch sie wären über kurz oder lang hinter die Gaukelei gekommen, doch da beendete der Hafside die Vorstellung, indem er dem so sichtbar Leidenden mit vernehmlicher Stimme einen »Finderlohn« auslobte, zumindest, was seinen Anteil anbetraf. So konnte sich Georges Morosin endlich wie alle anderen Beteiligten ohne Verstellung an der sich häufenden Beute erfreuen.

Der Sklavenhändler befahl seinen Moriskos, oben an der Uferböschung, an die auch bei stärkerer Brandung keine Wellen schlugen, eine Mulde im Sand auszuheben und erst einmal alle Schätze dort zu häufen. Die Vorgehensweise von Jakov, der den Holzplastiken so viel schonende Behandlung zukommen ließ, daß hinterher mit dem gleichen Aufwand an Mühe und Zeit jede Figur in einen Zustand zurückversetzt werden konnte, der die vorgenommene Operation nicht würde erkennen lassen, war für alle zermürbend. Aber Jakov strahlte eine derartige Autorität aus, die war wohl von dem geschlachteten Joseph auf ihn übergegangen, daß keiner sich ernsthaft gegen das umständliche Verfahren auflehnte.

»Das kann Tage dauern«, stellte zwar der Hafside fest, »ich hatte gedacht –«

»Gott lenkt«, beschied ihn der Doge und sagte, an Gosset gerichtet: »Ihr habt doch von Beni dem Kater gehört, daß die Krönung

Manfreds ansteht. Soll das Königliche Paar in Palermo zum etwa gleichen Zeitpunkt mit leeren Händen anlanden?«

Da Gosset erst einmal nachdachte, schob sich Roç vor. »Haben wir nicht Gold und Juwelen im Überfluß?«

»Das weckt nur Begehrlichkeit«, wandte Gosset ein.

»Und ist in seiner Gewöhnlichkeit unserer auch nicht würdig«, trug Yeza bei, was dem Dogen sehr gefiel. »Abgesehen von dem unschätzbaren Verdienst, sakrale Kunst vor dem Verderben gerettet zu haben«, spann er seinen Gedanken fort, »sind die ausgeweideten Skulpturen für das Königliche Paar jedoch ohne Wert, von der sentimentalen Erinnerung an den Herrn von Rhedae mal abgesehen, und stellen letztlich nur eine Belastung dar.«

»Falsch!« sagte Roç.

»Richtig!« urteilte hingegen Yeza. »Ich will sie nicht ständig am Hals haben!«

»Aber wir wollten sie doch nach Jerusalem –?«

»Wann haben wir je den Weg genommen, von dem wir uns einbildeten, er sei der sichere Boden unseres nächsten Schritts?!«

»Bleiben wir beim nächsten Schritt!« Der Doge nahm den Faden auf. »Und der heißt: Das Königliche Paar besucht Sizilien. Das würdige Geschenk für Manfred ist diese wunderschöne Golgathagruppe, dagegen kann er sich nicht wehren, ohne die römische Kirche noch weiter gegen sich aufzubringen. Ein Meisterwerk abendländischer, was sag' ich, ›gotischer‹ Schnitzkunst aus dem Languedoc, ein Hort tiefster Frömmigkeit und innigsten Glaubens. Xaver von Urgel der Jüngere gilt als ausgemachter Schöpfer dieser Prachtfiguren.«

»Pracht? Sie sind nackt!« ließ sich da Kefir Alhakim vernehmen. Der Gouverneur hatte sich von allen unbemerkt und von den Moriskos ungehindert mit seinem Fächerträger in den Kreis geschoben. »Ich werde sie Euch kleiden mit Pomp und Raffinement, die auch König Manfreds Bewunderung erregen wird«, fuhr er voller Eifer fort. »Ihr müßt mir nur den Stoff geben, und ich will –«

»Kisten voll Sammet und Brokat, Seide und Damast hab' ich an Bord«, verkündete der Hafside, um dann barsch den Schneider zu bescheiden: »Doch dafür seid Ihr jetzt hier noch nicht vonnöten.«

Die Moriskos hatten den ärgerlichen Blick Abdals aufgefangen und den Kefir Alhakim abgedrängt, ehe der Vorwitzige einen Blick von dem eigentlichen Geschehen erhaschen konnte. »Wartet gefälligst, bis man Euch ruft!«

Mit beleidigter Miene schob der schneidernde Gouverneur mit seinem Herold ab.

»Die Idee ist gut!« rief der Hafside begütigend hinter ihm her, aber es war nicht auszumachen, ob Kefir Alhakim diesen Trost noch mit auf den Heimweg nahm.

»Sie zeugt von allerschlechtestem Geschmack!« hielt Yeza dagegen.

»Aber sie hebt den Schauwert unserer Heiligen«, widersprach ihr Roç sofort, »und sie werden dem Volk von Sizilien sicher gefallen!«

»Die Stoffe sind mein Beitrag zum Geschenk an den König!« verkündete abschließend der Sklavenhändler. »Man weiß ja nie –«

»Recht so!« entschied der Doge. »Die Bevölkerung wird jedes Jahr den Tag der Ankunft der Heiligen auf ihrer Insel mit einer Prozession feiern, und Manfred wird sich in dem Ruhm sonnen können, der Kirche diesen Schatz gestiftet zu haben. Dafür sollte er Euch ewig dankbar sein!«

Während des ganzen Disputs hatte Meister Jakov unentwegt weitergewerkelt, aber es war ersichtlich, daß er mehr als zwei, drei Figuren am Tag nicht zerlegen, entleeren und wieder zusammenfügen konnte. Und eine helfende Hand wie die des Schiffszimmermanns ließ er nicht an »seine« Heiligen heran.

Die Moriskos durften die Figuren nur ausleeren und die Schätze zur Grube fortschaffen. Kopfschüttelnd betrachtete der Hafside das Treiben des inkarnierten Tischlers, so der biblische Joseph denn einer war. Das hölzerne Haupt des Joseph behandelte Jakov wie eine Reliquie, wie den abgeschlagenen Kopf eines Märtyrers. Er hatte ihn in einen Sack getan, Kräuter hinzugefügt, in den Augen des Hafsiden war es gemeines Strandgras, und auch die Blumen, die der merkwürdige Heilige mitsamt den Wurzeln ausriß, waren höchst gewöhnlich. Aber Jakov schleppte den Sack mit dem Holzkopf überall mit sich herum wie eine Mutter ihr Wickelkind, er ließ ihn nicht aus den

Augen. Und um seine Gefühle nicht zu verletzen, wagte es auch keiner, den Sack anzufassen oder gar einen Blick hineinzuwerfen. Alle gewöhnten sich schnell an seine Marotte.

»Also«, sagte Gosset, nach geflüsterter Rücksprache mit Roç und Yeza, »das Königliche Paar ist einverstanden!«

»Die wiederhergerichtete Golgathagruppe soll als Gastgeschenk König Manfred erfreuen!«

»Dann können wir ja mal über den geschäftlichen Teil dieser Operation sprechen?« begann der Doge.

»Die Verteilung ist geregelt, mein Freund und Templer«, beschied ihn sogleich der Hafside. »Ich bin nur nicht gewillt – wenn dann dereinst unser tischlernder Kabbalist sein ewig schlechtes jüdisches Gewissen erleichtert hat –, daß dann noch Tage damit verlorengehen, in denen Geld gezählt wird, Stück für Stück, jeder Barren nachgewogen, sein Goldgehalt madig gemacht und um den Wert jedes Steins gefeilscht wird.«

Solche Worte aus dem Munde eines Sklavenhändlers erstaunten alle sehr, den Dogen ausgenommen.

»Was schlagt Ihr vor?« unterbrach ausnahmsweise einer Herrn Abdal, es war Gosset.

Und der Doge antwortete: »Es wird nach ›Platz und Gewicht‹ verteilt!«

»Richtig!« übernahm der Hafside wieder das Wort. »Wir lassen Kisten anfertigen, und zwar in der Zwischenzeit – und von meinem Schiffszimmermann!« betonte er sarkastisch. »Für jeden Berechtigten eine, die in ihrer Größe seinem Anteil entspricht.«

»Das Königliche Paar benötigt derer zwei«, erklärte Yeza zur Verblüffung der Umstehenden, Roç eingeschlossen. »Nicht nur wegen des größeren Gewichts, das auf uns entfällt, sondern weil Herr Roç Trencavel und ich getrennte Kassen führen werden.«

Roç schaute verwundert auf seine Dame, doch die hatte so entschieden gesprochen, daß er davon ausging, daß Yeza wie immer wußte, was sie tat.

»Ich verlange auch zwei«, rief der Doge, »eine kleine Truhe für meinen bescheidenen Verdienst und eine große, die ein Templerkreuz aufweisen mag, damit jeder weiß, wem sie bestimmt!«

»Das ist nur recht und billig«, entschied Gosset, »ich bestelle mir eine Seekiste mit doppeltem Boden, denn vor uns liegt Sizilien, und ich will nicht unnötig begehrliche Blicke auf mein weniges Hab und Gut fallen lassen.«

Der einzige, der keine Truhe brauchte, weil er schon eine hatte, war Abdal der Hafside.

»Wenn's bei den Kisten schon so zugeht«, knurrte er ungehalten, »zeigt das nur, wie recht ich mit meinem Vorschlag zur Verteilung habe. Um keine Mißverständnisse aufkommen zu lassen: Münzen werden sackweise verteilt, nur Barren gezählt, die Juwelen bleiben in ihren Ledersäckchen verschlossen und werden nach Gewicht verlost.«

»Versteigert!« schlug Yeza vor. »Der Erlös geht an die Mannschaft!«

Da sie es laut genug verkündet hatte, was ihr den Beifall der Moriskos einbrachte, war dagegen auch nichts mehr einzuwenden.

»Auch wenn alles schon abgesprochen ist –«, fing der Doge wieder an.

»– bekommt der Orden als erstes den vereinbarten Kaufpreis«, fertigte ihn sein Freund ab. »Davon könnt Ihr Euch bedienen!«

»So wie ich meine mir zustehende Provision beziehen werde«, beruhigte Gosset den verunsicherten Templer, indem er Abdal beizupflichten schien, in Wahrheit wollte er seine Ansprüche nur noch einmal *expressis verbis* auf den unsichtbaren Zähltisch gelegt haben.

Der Hafside schüttelte mißbilligend sein Haupt. »Ich werde jetzt an Bord die Stoffe heraussuchen lassen, so daß jede Figur, die Herr Jakov als geheilt entläßt, hinaufgetragen werden kann in den Ort, damit dort seine Exzellenz Kefir Alhakim mit Hilfe der Frauen mit dem Bekleiden der Heiligen beginnen kann. Denn auch darauf will ich ungern warten.«

Es war keinem aufgefallen, daß Jakov, der Zimmermann aus Berufung, seinen Sack mit dem Josephshaupt schulterte und den Berg hinaufstieg zum Dorf. Die es bemerkt hatten, dachten, daß er Kefir Alhakim, den schneidernden Gouverneur, aufsuchen wolle, um über das Einkleiden der Figuren zu sprechen. Es waren auch alle zu sehr mit sich selbst beschäftigt.

Jakov war traurig. Er hatte lange nach einem geeigneten und würdigen Versteck für das Gefäß gesucht, das ihm Gavin anvertraut hatte. Jetzt mußte er sich schleunigst von ihm trennen, weil irgendwelche Herren, denen jeglicher Sinn für die spürbare Nähe des Mysteriums abging, aus purer Selbstgefälligkeit und wohlfeilem Sichanbiedern aus heiterem Himmel beschlossen hatten, die Figuren dem König von Sizilien zu vermachen. Die Bestimmung des Kelches konnte hingegen nur das himmlische Hierosolyma, sein geliebtes Jerusalem, sein!

»Da wir die einzigen sind, denen keine Arbeit zugewiesen wurde«, spottete Georges Morosin, »kehren wir zu unserem kaum begonnenen Festmahl zurück und betrinken uns, bis alles so geschehen, wie unser Herr Abdal es sich vorstellt.«

»Dazu ladet auch die Männer des Ortes ein, dann stören sie ihre Frauen nicht beim Nähen!« trug Gosset noch bei.

»Das Königliche Paar«, erklärte Roç, »wünscht daran nicht teilzunehmen, sondern wird sich auf den Berg zurückziehen, bis Ihr es ruft.«

Das war an Gosset gerichtet, während Roç es vermied, Yeza anzuschauen, mit der er sich keineswegs abgesprochen hatte. Das rächte sich.

»Es wird begleitet von Potkaxl und Philipp.« Yeza durchkreuzte seinen Wunsch nach Aussprache und Versöhnung unter vier Augen, sosehr auch sie Bedarf verspürte. »Trefft die notwendigen Vorbereitungen«, wies sie Zofe und Diener an, »Proviant für mehrere Tage!«

Sie konnte auch Herrin sein.

Mafalda und Geraude beauftragte sie, in der Zwischenzeit die Festgarderobe für Ankunft und Aufenthalt in Palermo herzurichten. »Nehmt die Dienste dieses Schneiders in Anspruch!« befahl sie ihrer Ersten Hofdame. »Das gleiche gilt für Euch, Jordi, der Ihr Euch einfallen laßt, welcher Tappert Euch und Eure Männer ziert, Fahnen, Wämser und Schilde. Der Hafside wird Euch alles geben, was Ihr braucht.«

»Und ich werde mir Gedanken darüber machen«, kam ihr Gosset zuvor, »als wer Ihr in Palermo auftretet und wie Euer Verhalten gegenüber König Manfred sein sollte.«

»Als das Königliche Paar!« knurrte Roç schlecht gelaunt. »Sicher nicht als Bittsteller!«

»Königliche Paare werden dort einige zu Gast geladen sein – was uns noch abgeht –, und wenn Ihr nicht huldigen wollt, was habt Ihr ihm zu bieten?«

»Macht es nicht so schwierig, Gosset.« Yeza mischte sich ein. »Wir sind auf der Durchreise, statten ihm einen Besuch ab, lassen ein generöses Geschenk da und fahren weiter.«

»Wenn's so einfach wäre, werte Herrin, könntet Ihr auf meine weiteren Dienste verzichten.«

»Das wollen wir nicht«, entgegnete Yeza spitz, »bedenkt also alle abwägbaren Widrigkeiten, die nachher doch durch andere, nicht bedachte, ersetzt werden.«

Gerade als sie, begleitet von Philipp und Potkaxl, wieder die Treppen emporstiegen zur Plattform, auf der ihr Zelt stand, kam ihnen Beni der Kater entgegengesprungen.

»Mein Herr Vater weint«, rief er vorwurfsvoll. »Ihr habt seine Gastfreundschaft durch Mißtrauen entgolten, seine Ehre als Vertreter kaiserlicher Macht verletzt und vor allem seine Dienste verschmäht. Jetzt wird Krieg herrschen zwischen uns!« rief er trotzig und machte schon wieder kehrt. »Die Männer bewaffnen sich. Sie werden kämpfen bis zum letzten Blutstropfen, den Ihr auf dieser Insel lassen werdet!« Er ließ keinen Zweifel daran, daß er sich zu diesen todesmutigen Kämpfern zählte.

»Mitnichten«, rief Yeza ihn zurück, was Beni dem Kater wegen der Potkaxl nicht ungelegen kam. »Wie sehr Euer Herr Vater, der erhabene Kefir Alhakim, unser Vertrauen genießt, geht schon aus der Bitte hervor, daß er uns die Kleider für die Heiligen schneidern möchte, ganz nach seinem meisterlichen Belieben und seinem erlesenen Geschmack.«

»Das wird ihn zwar freuen, aber löscht nicht die Schande, schnöde des Strandes verwiesen worden zu sein, seines Strandes. Solch Unbill kann nur Blut abwaschen!«

Beni zeigte seine Krallen, weniger um den fremden Eindringlingen gräßlich zu drohen, als um vor der rolligen Potkaxl Muskeln zu zeigen. Der Kater posierte mit gewölbtem Brustkorb.

Yeza verkniff sich jedes überlegene Lächeln und überließ es Roç, die letzten noch gesträubten Haare zu glätten. Dafür waren sie, trotz zahlreicher Verstimmungen, zu gut aufeinander eingespielt.

»Die Ehre seiner Exzellenz des kaiserlichen Gouverneurs auf Ustica, deren Verletzung uns ferne lag, wird ein Besuch des Königlichen Paares in seiner Residenz wiederherstellen«, verkündete Roç hoheitsvoll. »Ihr müßt uns nur den Weg zeigen.«

»Das wird ihn überglücklich machen!« jubelte Beni. »Gleich werd' ich eilen, ihm diese freudige Botschaft zu überbringen.« Und er wollte schon wieder davonspringen.

»Kennt Ihr Euch aus dort oben?« Roç zeigte hinauf zum Berg.

»Wollt Ihr mich beleidigen? Mich, Kadr ibn Kefir ad-Din Malik Alhakim Benedictus?«

»Keineswegs, junger Herr!« entgegnete Roç. »Ich wollte nur sichergehen, daß Ihr uns dort hinaufführen werdet.«

»Seht Ihr den Turm?« Der vielseitige Studiosus zeigte auf Gemäuer, das sich hoch über den Ort erhob. »Dort wird Euch mein Vater erwarten. Danach stehe ich Euch, dem Königlichen Paar, zu Diensten, wohin Ihr auch immer Euren Fuß hoheitsvoll zu setzen belieben werdet.«

»Das lobe ich mir!« rief Yeza und lachte, während der Kater geschmeidigen Schritts vor den Augen der Potkaxl die Stufen hinauf entschwand.

Der Blick des zukünftigen Königs fiel durch die hohen Fenster auf die Dächer seiner Stadt, aus denen der Campanaria der Martorana sich erhob, oder wie die Leute gern sagten: »La Madonna dell' Ammiraglio«, und gleich daneben zur Rechten leuchteten rosafarben die Kuppeln von San Cataldo zwischen hohen Palmen. Dahinter erstreckte sich flimmernd das Meer, bevor es in den weiten weißen Horizont überging. Manfred bedauerte es, nicht auch das Kirchlein San Giovanni degli Eremiti in seine Aussicht einbeziehen zu können, liebte er doch diese ehemalige Moschee mit ihrem Zaubergarten inmitten eines verwunschenen Kreuzganges mehr noch als die Meisterwerke arabischer Gartenbaukunst seines Schlosses. Doch um dieses Schatzkästlein zu betrachten, hätte er sich erheben müssen.

Der junge Herrscher lagerte, das schöne Haupt mit den blonden Locken aufgestützt, auf einer kühlen Marmorliege und lauschte seinem Kanzler, der mit großen Schritten den hellen Raum durchmaß und ihm dabei aus dem Brief des William von Roebruk vorlas. Der war zwar eigentlich wieder »an das Königliche Paar Roç und Yeza« gerichtet, aber nachdem das Siegel im Zuge der Ermittlungen gegen den Überbringer sowieso schon verletzt war, hatten König und Kanzler ihre moralischen Bedenken beiseite gestellt. Um ehrlich zu sein, sie hatten gar keine, beide nicht. Der Begriff war ihnen fremd, und befremdet hätte sie eher, den Zugriff auf solche Quelle nicht zu nutzen, zumal ja schon das letzte Schreiben des Franziskaners staatstragende Züge aufgewiesen hatte, indem es vor Hochverrat und *Regicida* gewarnt hatte.

»›So verbringe ich meine Tage im schönen Antioch, vorzugsweise als Gast an des Fürsten Tafel. Bo schätzt mich auch als Gegner beim Brettspiel, nicht etwa, weil ich weniger Glück mit meinen Würfen habe, sondern weil ich wild und unbesonnen auch in aussichtsloser Lage den Einsatz verdopple und damit satte Beute verspreche, wenn Fortuna dem Bedächtigen lächelt.

Sein Schatzamt erstattet es mir, denn ich bin bei dem guten Bo als Sonderbotschafter des Großkhans und Gesandter des französischen Königs registriert. Ich werde allerdings den Verdacht nicht los, daß Bohemund meine wahre Lage sehr wohl durchschaut und mich nur aus alter Freundschaft zu Dir, mein edler Ritter Roç, und zu Dir, Yeza, meine kluge Dame, so großzügig durchfüttert. Ich habe ihm gesagt, daß ich mich eigentlich auf der Reise zu meiner Königlichen Herrschaft befände, und immer wieder muß ich ihm von Euch erzählen. Das ist nun mein Dilemma. Mittlerweile schätzt er meine Gesellschaft so sehr, daß seine Bereitschaft, mir die Weiterreise zu bezahlen, ständig sinkt. Und ich mag ihn nicht anbetteln. Mich plagt nur eine Sorge, mein Ordenskapitel, das gerade in Tripoli tagt, könnte auf den Bruder William aufmerksam werden, der dem Ordo Fratrum Minorum schon so lange abgeht. Deswegen habe ich den Fürsten um Wahrung meines Incognito gebeten und zeige mich nicht in der Öffentlichkeit. Das erspart mir auch, von Xenia erwischt zu werden, denn »meine Frau« tut sich sicher schwerer als ich fette

Made, die kleine Amàl und den Shams durchzubringen. Nun sind die Kinder nicht meiner Lenden Frucht, entstammen aber auch nicht Xenias Schoß, sosehr sie sich beides gewünscht hätte –‹«

»Des Mönches unerfülltes Liebesleben könnt Ihr vielleicht überfliegen, lieber Johannes«, unterbrach der junge Herrscher den vorlesend durch das Zimmer Tigernden.

»Ich kann die Lektüre auch ganz einstellen!« entgegnete der Kanzler gereizt. Die Aussicht mußte ihm gefallen, bliebe ihm dann doch der laute Vortrag erspart. Aber darauf ließ sich Manfred nicht ein.

»Ich sagte ›überfliegen‹, pickt das Wesentliche heraus, Andeutungen, die Uns betreffen könnten, auch das, was zwischen den Zeilen steht, die Hintergedanken zu bewerten, bevor sie gedacht werden. Das zeichnet den Diplomaten aus.«

»Ich ziehe es vor«, schnaubte Johannes von Procida, »nicht zu fliegen und zu picken einer Taube gleich, solange ein Falke wie Ihr über mir kreist.«

»Dann trippelt weiter durch die Körner, die uns William ausstreut.«

»›Schließlich bin ich es gewesen, der Xenia im Angesicht der rauchenden Trümmer von Alamut den neugeborenen Imam der Ismaeliten an die mütterliche Brust gedrückt hat, damit sie ihn aufzieht, mir aufhebt. So kommt es mir als seinem Retter zu, über sein Schicksal zu entscheiden. Wenn ich den Schleier lüfte, der noch über seiner Existenz liegt, werden die Assassinen mich ermorden, wenn ich ihnen ihr gottgleiches Oberhaupt nicht ausliefere. Bohemund würde mich und das Kind in Gold aufwiegen, um es als Unterpfand gegen die Assassinen in die Hand zu bekommen. Manchmal deucht es mich, das beste ist, der kleine Kerl erfährt nie, welche Bestimmung auf ihm lastet. Ich denke da auch an Euch: Wie anders wäre Euer Leben verlaufen, wenn nicht der Große Plan ausgeheckt worden wär' – und sicher auch mein eigenes! Aber man kann seinem Schicksal wohl nicht entgehen! –‹«

»Das ist doch nicht uninteressant!« spottete Manfred über den immer schwächer werdenden Vortrag seines erschöpften Kanzlers. »William zumindest hat seine Bestimmung gefunden und auch Gefallen daran: Er spielt Schicksal! Ob nun mit den Kindern des Gral oder gar dem geistigen Oberhaupt der gefürchteten Assassinen, William kümmert sich um alles!«

»Ob nun zum Besten der Betroffenen, bleibt die Frage«, krächzte heiser Johannes. »Mir geht er hier in Palermo nicht ab, noch in anderen Teilen Eures Königreiches!«

»Wollt Ihr ihn den Franziskanern in die Hände spielen – oder seiner ›Frau‹?« fragte Manfred voller Ironie, kannte er doch seinen Kanzler. »Denn nur so könnt Ihr sichergehen, daß er morgen nicht als ›Hüter‹ neben meinem Bett steht.«

»Ihr seid zu groß, aber er könnte als Schutzengel über Eurem Töchterchen Konstanze schweben!«

»Das würde nicht einmal William von Roebruk überleben! Lest lieber weiter!«

»›Ihr wollt sicher wissen, wieso ich Nikäa so Hals über Kopf verlassen habe. Es ging schlicht darum, daß die beiden nicht gegen meinen Willen voneinander getrennt wurden. Doch ich greife vor. Kaiser Theodor II. folgte meinem Rat und schickte seinen fähigsten Feldherrn Michael Paläologos gegen Epiros, der das Land des Despoten überrannte, es wie zum Hohn bis ans Meer durchquerte, wo er die Hafenstadt Durazzo eroberte. Doch statt sich des Sieges über seinen Nebenbuhler im Werben um Konstantinopel zu erfreuen, entzog der gallige, eigensinnige und mißtrauische Theodor seinem so erfolgreichen General die Gunst und demütigte ihn durch einen Befehl zum sofortigen Rückzug. Das vergaß ihm der Paläologe nicht, jedenfalls starb der Kaiser drei Tage später. Er hinterließ seinen Thron seinem sechsjährigen Sohn und einzigen Erben, Johannes IV. Laskaris Vatatses mit vollem Namen, den sich aber wohl niemand zu merken braucht, denn der Patriarch hatte, kaum daß er dem Toten die Augen geschlossen, bereits Michael Paläologos mit der Regentschaft betraut. Tags darauf verlieh er ihm den Titel eines Herzogs, ernannte ihn zusätzlich noch zum Despoten, so daß es keinen wunderte, daß am Tag der Kaiserkrönung der einstige General den Patriarchen zu überzeugen wußte, ihm als Mitkaiser ebenfalls eine Krone aufs Haupt zu setzen, und zwar ihm zuerst. Die Krone des Knaben war schon am Tag danach nicht mehr auffindbar – ihrem kindlichen Träger dürfte das gleiche Schicksal, wenn nicht Schlimmeres, in nächster Zukunft zustoßen.

Kurz nach diesen festlichen Ereignissen eröffnete mir Patriarch Arsenios, wohl mit Wissen des neuen Herrschers, daß für mich ein Schiff bereitstünde, mich nach Sizilien zu bringen, und zwar im offiziellen Auftrag des Paläologos und der ihm ergebenen griechischen Kirche. Denn man wußte dort wohl um das Zerwürfnis des staufischen Hauses mit der *Ecclesia romana*. Aber was mich bewog, das Angebot mit Freuden anzunehmen, war die mir unter der Hand zugegangene sichere Information, daß Ihr, meine Lieben, das Königliche Paar, nunmehr in Palermo zu finden seid. Es war der Mönch Demetrios, jener Priester, der schon zum unglücklichen Beginn meiner Tage in Nikäa so glückbringend in mein verpfuschtes Dasein eingegriffen hatte, weil er mich von Karakorum her kannte und schätzte –‹«

Hier unterbrach sich der Kanzler selbst. »Es muß doch etwas auf sich haben mit dem bevorstehenden Besuch unserer Insel durch Roç und Yeza.«

»Selten steigt der Rauch vor dem Brand auf«, mokierte sich Manfred, »doch bei diesem William scheint alles möglich.«

»Dann hätten also die drei Ritter aus Okzitanien doch nicht gelogen, wenn sie behaupten, hier zum Königlichen Paar stoßen zu wollen?«

»Warum sollten meine lieben Verwandten nicht zu meinem Fest kommen, um mir zu huldigen?« erwiderte Manfred zufrieden gähnend. »Ich habe väterlicherseits nicht mehr so viele –« Er stockte, und Johannes dachte, grad ist ihm sein kleiner Bruder Konradin in den Sinn gekommen, wenn nicht schon zuvor, bei der Stelle über den unaufhaltsamen Aufstieg des Generals zum Kaiser, doch er hütete sich, dererlei jetzt anzumerken. Und Manfred schloß den Satz: »– so wenige, daß mir selbst entfernte und verarmte herzlich willkommen sind. Doch lest nur weiter, werter Herr Kanzler!«

»›Ich begab mich also an Bord, in allen Ehren und aufs beste ausstaffiert als Überbringer einer Grußbotschaft im Zeichen Christi. Kisten voller Geschenke begleiteten mich, kostbare Roben, die anscheinend für mich maßgeschneidert waren, ich probierte gleich eine an. Und ich muß Euch sagen, sie war so prächtig, daß der Ornat des Archimandriten von Tiflis, den ich sehr bewunderte, als der Würdenträger dem Großkhan seine Aufwartung machte, mir nachträglich wie das schmucklose Hemd eines Chorknaben vorkam. So behielt ich ihn gleich an und stolzierte wie ein Pfau an Deck des Schiffes umher.‹«

»Auch ›Williams neue Kleider‹ könntet Ihr etwas raffen, Johannes«, rügte Manfred, doch der wehrte entschieden ab. »Das ist nun mal der Stil Williams – nicht meiner!«

»Fahrt fort!« entgegnete der junge Herrscher ungnädig.

»›Da erschien der Patriarch, um mich zu verabschieden. Er zog mich in eine stille Ecke und packte etwas aus einem mitgebrachten Korb, das unter Stroh verborgen. Es war eine teure Elfenbeinschatulle, mit Schnitzwerk reich verziert. Er öffnete sie behutsam und ließ mich einen Blick hineinwerfen. Darin lag, auf Sammet gebettet, ein silbernes Kruzifix. Der Körper des Heilands war aus Alabaster, doch er schimmerte rubinrot, denn er war mit einer Flüssigkeit gefüllt, die wohl diese Farbe hatte. Der Patriarch entnahm das mit Perlen und Saphiren umrandete Kreuz behutsam, öffnete zu meinem Entsetzen den Korpus wie einen Flakon, indem er völlig pietätlos den Kopf mit dem güldenen Dornenkranz entfernte und mich in den Hohlraum schauen ließ. »Seht Ihr, William – das ist unser wichtigstes Geschenk für Herrn Manfred, Ihr müßt es ihm selbst überreichen, persönlich ihm in die Hand geben. Weist ihn auf die Wundmale hin, hier an den Handwurzeln, an den Füßen und auf den zierlichen Einstich der Lanze in die Flanke. Der Künstler hat den Alabaster so bearbeitet, daß Blut, diese Flüssigkeit, aus den Wundöffnungen treten kann. Schaut nur her!«

Und tatsächlich, je nachdem, wie er den Körper hielt, quollen an den bezeichneten Stellen winzige Tröpfchen hervor.

»Ich versiegle jetzt das gute Stück für die lange Reise, damit nichts ausläuft!«

Er entnahm seinem Korb eine Kerze, entzündete sie und ließ als erstes flüssiges Wachs rund um den Stöpsel laufen, bevor er dem Korpus wieder das Haupt aufpropfte. Danach träufelte er auf jede der Wunden etwas und legte das Kruzifix zurück in sein Bett. »Bei der geringsten Wärme, einem warmen Händedruck wird es wieder schmelzen«, teilte er mir begütigend mit. »Dann kann das Wunder für den arglos Gläubigen seinen Lauf nehmen. Schon die einfache Berührung menschlicher Haut mit dem furchtbaren Gift bringt den unweigerlichen Tod, qualvoll wie in den Flammen der Hölle!«

Erst da fiel mir auf, daß Arsenios die ganze Zeit Handschuhe getragen hatte, und zwar aus feinem weißem Leder, und ich stellte mir vor, wie es jemandem ergeht, der das teuflische Machwerk inbrünstig an die Lippen führt. »Das fass' ich nicht an!« entfuhr es mir. »Ich bin kein Mörder!«

Der Patriarch war ungehalten. »Du überreichst doch nur die Schatulle, so fällt kein Verdacht auf dich. Natürlich solltest du nicht zu lange dort verweilen.«

»Ich fürchte mich«, wand ich mich, dabei stand mein Entschluß längst fest, die Kiste bei erster Gelegenheit ins Meer zu werfen, »ich habe Angst, daß unterwegs etwas ausläuft.«

»Gut, William«, sagte kalt der Patriarch, »ich werde die Schatulle in eine dichte Kassette aus Edelholz stecken, deren Wände mit Goldblech versiegelt sind. So kann dir nichts geschehen. Außerdem werde ich dir ein Paar dieser Lederhandschuhe mitgeben, so daß dein Leben, an dem du zu Recht hängst, keiner Gefahr ausgesetzt wird. Warte hier«, befahl er mir, tat seine Schatulle wieder in den Korb und entschwand. Ich schritt unruhig wartend auf und ab, und plötzlich kam es mir siedendheiß, daß Arsenios mich als zuverlässigen Überbringer abgeschrieben haben könnte. Und wie würde er mit einem nutzlosen und jetzt in seinen Augen auch gefährlichen Mitwisser verfahren? Nie und nimmer würde ich Nikäa lebend verlassen.

Arsenios war gegangen, die Schergen zu holen, die mich – ich zitterte am ganzen Leib. Neben uns hatte ich einen Frachtsegler wahrgenommen, der bereit war, nach Antioch auszulaufen. Jetzt hatte er die Anker gelichtet, die Leinen gelöst und zog an mir vorbei. Ich sah die Taue im Wasser, die von den Matrosen eingeholt wurden. Ich sprang, meinen einzigen Gedanken nicht auf das Wasser gerichtet, sondern auf das Erhaschen des Taus. Ich bekam es zu fassen, wurde in der Heckströmung mitgerissen, schluckte Wasser wie ein Wal, aber ich hielt fest. Sie zogen mich an Bord, als wir gerade den Hafenturm passierten. Meine teure Robe hatte sich so vollgesogen, daß sie mich fast in die Tiefe gezogen hätte, doch Euer William hat ja seinen besonderen Schutzengel.‹«

»Halt«, rief Herr Manfred, »folgt noch irgendeine Vermutung des abgesprungenen Attentäters, wer seine Nachfolge als Giftmörder antreten könnte, denn ich nehme nicht an, daß dieser freundliche Patriarch seine Pläne begräbt, nur weil William ins Wasser gefallen ist?«

»Sicher nicht«, murmelte der Kanzler, während er den Rest des Schreibens überflog, »unser Franziskaner sieht zur Zeit der Expedition seines Briefes noch keinen gangbaren Weg, Antioch zu verlassen, und schlägt – das kann ich nach so vielen fehlgeschlagenen Versuchen verstehen – Roç und Yeza vor, doch dorthin zu kommen, ihr Freund Bo, das muß wohl der junge Fürst sein, würde sie mit Freuden um sich haben.«

»Das reicht!« sagte Manfred mit trockenem Gaumen. »Teuflisch ist kein Ausdruck für dieses verflüssigte Griechische Feuer! Satanisch! Wir müßten Arsenios irgendwohin einladen, an einen heiligen Ort, der ihm unverfänglich –«

»So einem ist nichts geheuer!«

Es klopfte an die Tür, die sich auch schon auftat, um Immà einzulassen, die an der Leine Konstanze hinter sich herzog. »Das Kätzchen wird zur Bestie, mein Kind«, begrüßte Manfred seine eigenwillige Tochter.

»Noch kann ich sie halten«, verteidigte sich die hochgewachsene Maid, um gleich ihr Anliegen vorzubringen. »Die drei Ritter aus Okzitanien sind unschuldig!« wandte sie sich an den Kanzler.

»Ich weiß«, erwiderte der belustigt über ihren Einsatz. »Soll ich sie freilassen?«

Konstanze schüttelte energisch den Kopf. »Nein!«

Ihr Vater schaltete sich ein. »Wenn sie ohne Schuld in Haft gehalten werden, dann ist ihnen Unrecht geschehen, und wir sind alle aufgerufen, es an ihnen wiedergutzumachen. Sie sollen an unserem Tisch sitzen.«

»Nicht neben mir!« rief der Trotzkopf und zerrte den Geparden von Herrn Manfred weg, der mit ihm spielte, und schritt zurück zur Tür.

»Höchste Zeit, daß sie unter die Haube kommt!« sagte der Vater, als die Tür ins Schloß gefallen war.

»Nur daß der Infant Dom Pedro gegen die Bestie wie ein magerer kleiner Kater wirkt.«

»Sprecht bitte nicht so von meiner Tochter!« hielt Herr Manfred seinem Kanzler vor, weniger vorwurfsvoll als zutiefst bekümmert.

»Ich meinte Immà!« entgegnete Johannes von Procida trocken.

»Nach unserem derzeitigen Wissensstand«, sprach der angehende König in das eingetretene Schweigen hinein, »möchte es sein, daß auch der Taxiarchos nur Opfer von unglücklichen Umständen –«

»Namens Maletta«, fügte sein Kanzler hinzu.

»Jedenfalls würde ich den berühmten Mann lieber frei sehen – zumal das Schiff ja den Templern zurückerstattet wurde.«

»Ich möchte ihn gern, und zwar mit dem Wissen, daß er kein Schiff mehr hat, noch etwas im Kerker schmoren lassen.«

»Ihr kennt die Schrecken der Kalsa nicht aus eigener Anschauung, mein Lieber. Dort unten drehen die Leute nach einiger Zeit durch, bekommen Halluzinationen in der Art von schwarzer Fata Morgana, sie bilden sich ein, die Sonne zu sehen, zu verbrennen – in höllischer Hitze zu schmoren!«

»Sagte ich doch«, entgegnete der Kanzler unbeirrt, »doch es liegt mir fern, den erfahrenen Seefahrer um den klaren Verstand zu bringen. Mir ist eine Idee gekommen: Wir geben ihm das beste Schiff aus der königlichen Flotte –«

»Der Admiral wird mir den Dienst aufkündigen!«

»Mit dem müßt Ihr fertig werden, Majestät. Ich brauche das Schiff, um es dem Kommando des Taxiarchos zu unterstellen.«

»Sagt mir bitte, ich flehe Euch an, mein Kanzler, was macht Euch plötzlich dem Mann so gewogen?«

»Der Taxiarchos ist der einzige, der den Weg zum Gold der ›Fernen Inseln‹ kennt!«

»Das gefällt mir sehr«, rief Manfred, »laßt ihn in seinem Verlies, bis er mürbe ist und einwilligt. Doch die drei Burschen, die lassen wir frei! Das wird ihm zusätzlich aufs Gemüt schlagen. Und in der Hinterhand haben wir als gräßliche Drohung immer noch, daß wir den Maletta wieder auf ihn loslassen könnten!«

»Ich hoffe, es bedarf all dieser Torturen nicht und ich habe bis zu Eurer Krönung das Wort des Taxiarchos. So kann er mit uns, als unser *capitano in missione speciale,* an der Tafel sitzen, bevor er losfährt, Sizilien und seinen König reich zu machen!«

Beni der Kater hatte sie um die halbe Insel gerudert, so wollte es Yeza jedenfalls vorkommen, hatte das Boot, verwegen die Brandung nutzend, mit geschickten Schlägen zwischen spitz und scharrig aufragenden Klippen in dunkle Grotten schießen lassen, die grausliche Namen trugen wie *Homo Mortuus* oder *Caput Stragis,* auch wenn sie sich nur als schlichte Nekropolen aus phönizischer Zeit oder als noch älter erwiesen. Doch der kleine Wichtigtuer Benedictus liebte die Übertreibung.

Roç erinnerte sich mit Unbehagen an die Szene im Turm des ›Gouverneurs‹, im Reich der giftigen Pilze und berauschenden Kräuter des Kefir Alhakim. Er hatte den Flickschneider mit wohlgesetzten Worten versöhnt, ihm die mitgebrachten Stoffe überreichen lassen und ihm als Entlohnung einen Beutel voller Juwelen ausgehändigt, um dann flüsternd auf sein eigentliches Anliegen überzuleiten.

Doch der Doktor von eigenen Gnaden fühlte sich in seinem Fachgebiet gefordert und hatte unnötig laut doziert:

»Als Rauch inhaliert, empfehle ich Euch den Samen des Stechapfels, getrocknete Tollkirsche und Jüdischen Hanf.« Er achtete nicht auf Roçs dämpfende, dann abwehrende Gesten, sondern kam gleich zum nächsten Wunderrezept. »Wenn Ihr lieber etwas verspeisen wollt, mein Herr, dann nehmt Wurzeln der *Orchis maculata* oder *latifolia,* eingeweicht in einem Aufguß von Fenchelsamen, danach im Ofen bis zur Transparenz gebacken. Mit dem Saft fermentierter Datteln und Honig genossen, auch als Trank ein vorzügliches Aphrodisiakum.«

Das hatte natürlich Yeza gehört, die eine Verschwörung der Männer witterte. Sie schoß herbei und ging zum Gegenangriff über.

»An Halluzinogenen wie *Claviceps purpurea*, also Mutterkorn, sollte hier doch kein Mangel herrschen?«

»Wir sind hier nicht in Eleusis!« schnappte Roç dazwischen, doch Kefir mochte sich nicht geschlagen geben.

»*Claviceps paspali* wächst hier reichlich auf Gräsern.«

»Kommt nicht in Frage!« Roç versuchte sich durchzusetzen, doch gerade das forderte Yeza heraus.

»Entweder jeder von uns verzichtet auf den Blasebalg künstlichen Feuers und die falsche Härte des darin geschmiedeten Schwertes –«

»Das brauch' ich nun wirklich nicht!« Roç wollte sich empören, verletzt in seinem männlichen Stolze, aber Yeza fuhr ihn schneidend an:

»Oder macht sich der Herr Sorgen um die Glut meiner Esse?«

»Verdreh' nicht den Sinn deiner eigenen Worte, und verschleiere nicht deine Süchte: Ich will nicht in diese Welten gefrorener Kristalle eintauchen, aus denen blaue Flammen züngeln, nicht abstürzen in Kaskaden kochenden Blutes, die sich in schwarze Tiefen fressen, wohin kein Lichtstrahl mehr dringt. Ich fürchte mich vor dem Fliegen, Yeza.« Er bettelte fast. »Und auch du solltest nicht auf solche Abenteuer aus sein –«

»Ah«, erwiderte sie kühl, »sobald es sich um die Möglichkeit spiritueller Erfahrung handelt, scheut das Pferd meines edlen Ritters – doch angesichts jeder hitzigen Stute, da steigt der Hengst. Puder dir den Schwanz mit Kanthariden, bis du rumläufst wie der Priapos, aber bilde dir nicht ein –« Den Rest hatte sie zornbebend verschluckt und war aus dem Turm gestürmt.

So hatte Roç dem Quacksalber den Auftrag erteilt, der eigenwilligen Dame Yeza alles zu geben, wonach ihr Herz und Hirn begehrte. Verwirrter, dachte er, kann ihr Geist, kann unser beider Verstand wohl nicht mehr werden. In seiner Verlegenheit – oder war es Ärger? – hatte er sich an Kefir Alhakim gewandt. »Ich wünschte mir über alle Maßen, daß meine Dame mich so kräftig begehrte wie in alten Zeiten.«

Roç fuhr aus seinen Träumen auf. Er seufzte und betrachtete Yeza, die ihm gegenübersaß.

Sie hatte die Augen auf die glitzernde Wasseroberfläche geheftet und schien sich danach zu sehnen, hinabzutauchen in die glitzernde Welt phosphoreszierender Algen, zu wild wuchernden Schwämmen und sanft wogenden Anemonenfeldern.

»In der Grotte, die ich Euch gleich zeigen will, habe ich gestern einen der Euren beobachtet. Er trug einen prallen Beutel über dem Rücken«, berichtete Beni geheimnisvoll.

»Jakov, der Zimmermann!« platzte Roç mit seiner Erkenntnis dazwischen, und Beni nickte eifrig. »Er kniete am Rand des Sees in der Kaverne nieder und öffnete den Beutel umständlich. Und stellt Euch vor, was er herauszog?«

»Einen Holzkopf!« Yeza hatte ihm die mühsam aufgebaute Spannung verdorben, und Beni rächte sich. Er verzichtete darauf zu erzählen, daß der Schädel auseinanderklaffte wie eine Schatulle und daß darin wie angegossen ein Pokal aus schwarzem Stein ruhte.

»Jakov versuchte, mit den Händen ein Loch zu graben, aber die Kalkablagerung war zu hart.« Er unterschlug auch, daß der Zimmermann das Gefäß dann in den See geschoben hatte, so weit, daß das Wasser es bedeckte. »Mehr gibt's nicht zu berichten«, schloß Beni kühl, »denn ich mußte mich sputen, vor ihm wieder aus der Höhle zu kommen!«

»Vielleicht wollte Jakov das Haupt des Joseph waschen«, scherzte Roç, »oder tränken? Vermißt wurde es jedenfalls nicht!«

Vor ihnen tat sich nun das leuchtendblaue Wunder auf, eine Höhle, die alle in Entzücken und Erstaunen versetzte. Die Grotte lag so weit im Innern des Basaltgesteins, daß weder Brandung noch Strömung das flüssige Glas trübten. Sie konnten die Tropfen fallen hören, sahen das Erzittern des Spiegels zwischen den marmorfarbenen Stalaktiten an der Decke und dem einzigartigen Bauwerk, das ihnen aus dem Wasser entgegenwuchs wie ein Zauberschloß mit Mauern und Türmen, mitten in einem See aus Silber und Azur.

Während Roç und Yeza voller Bewunderung verharrten, zauberte Beni plötzlich zwei völlig gleich aussehende Beutel aus Jute hervor.

»Ein Geschenk meines Herrn Vaters für das Königliche Paar!« verkündete er stolz und wiederholte, was der ihm eingeschärft hatte: »Der rechte für den Pluto in der Dame, daß ihr Unterbewußtsein nicht erlahme. Des Gottes Erkenntnis winkt, reich ist Pluto, doch er hinkt.«

Und er übergab den Beutel in seiner Rechten dem verdutzten Roç, der sich ein leises »Auch noch Poet!« nicht verkneifen konnte, bevor Beni fortfuhr:

»Mars die Venus verführt, Schönheit den Krieger. Das Netz über beide fällt, List bleibt Sieger. Ein Geschenk der Göttin Lust, gefordert: Kalt wird die Brust!«

Gravitätisch überreichte er den zweiten Beutel der Potkaxl.

»Ich kann darauf verzichten!« rief Roç ärgerlich und drückte den Beutel Philipp in die Hand.

Yeza hatte gar nicht hingehört. Sie konnte nicht länger an sich halten, riß sich fast die Kleidung vom Leibe, richtete sich auf in ihrer schlanken Nacktheit und hechtete, die Hände voraus, ins Wasser, daß es kaum spritzte. Roç sah sie wie eine Forelle über den Grund gleiten, und während er noch mit sich kämpfte, ob er ihr folgen sollte, obwohl sie ihn nicht dazu aufgefordert hatte, ließ die Potkaxl, Yeza nacheifernd, ihr einziges Kleidungsstück fallen und sprang mit angezogenen Knien ins Wasser. Nur, daß sie nicht schwimmen konnte, wie sich herausstellte. Die Toltekenprinzessin tauchte wieder auf, Entsetzen in den Augen und Wasser spuckend. Sie schlug in wilder Panik mit den Armen um sich, jedoch keinen einzigen Schrei ausstoßend. Philipp fiel mehr, als daß er sprang, ins Wasser, kopfüber und so, wie er war, was das Boot fast zum Kentern brachte.

»Diese Kunst der Delphine beherrsche ich nicht!« stammelte der kühne Beni aufgeregt als Entschuldigung, doch Roç hatte alle Hände voll zu tun, seinen Diener wenigstens so weit ans Boot zu ziehen, daß der sich am Rand festhalten konnte. Yeza hatte inzwischen längst die Potkaxl gerettet, indem sie hinter der Tobenden hochgeschossen war und sie unter den Achseln durch mit gefalteten Händen im Genick erwischte. Unbeeindruckt von der in Todesangst verzweifelt Strampelnden, zerrte sie ihre Zofe zu dem aus dem Wasser aufragenden Stalagmitenhügel. An den erstbesten Poller geklammert, fand Potkaxl ihre Lebensgeister erstaunlich schnell wieder.

Yeza ließ sich ermattet auf dem Rücken treiben. Da sah sie einen der beiden Beutel im Wasser schwimmen, die Kefir für sie zubereitet hatte. Sie fischte ihn heraus und warf ihn über die Schulter der Potkaxl zu. Es war nicht zu erkennen, ob das ihrer oder der Roç zugedachte war, jedenfalls mußte er bei dem Gerangel auf dem Boot über Bord gefallen sein. Letztlich war es ihr auch gleichgültig, denn sie hatte nicht die Absicht, sich den unbekannten Folgen des Genusses solcher Zaubermittelchen auszusetzen. Dennoch hatte sie sich nach ihrem rauschenden Abgang aus dem Turm des Kefir Alhakim bei seinem forschen Filius danach erkundigt, was die Insel außer dem gefährlich giftigen Mutterkorn an Halluzinogenen zu bieten hatte.

Beni hatte sich mit seinem Wissen aufgeplustert. »Eigentlich bleibt nur das Reich der Paneolen.« Erst als Yeza energisch nachgefaßt, hatte sie erfahren, daß der *Subalteus* und der *Cyaescens* bei den wundersamen blauen Grotten wuchsen, in die nachts die Schafe getrieben werden.

»Sie machen die Schafe besoffen und die Schäfer geil oder umgekehrt«, hatte Beni hinzugesetzt.

Yeza hatte ihn ausgelacht, dann aber durchblicken lassen, daß sie gern von den Pilzen hätte. Ob die in dem Beutel waren? Hatte sie sich insgeheim doch danach gesehnt, mit Roç zusammen neue spirituelle Erfahrungen zu machen? An seiner Seite die Wunder der Natur, die Schönheit der Körper, eine neue Form der Liebe zu entdecken? Aber Roç verstand sie nicht, nicht mehr! Yeza entdeckte unter sich ein besonders schönes Exemplar der Serpula und tauchte wieder hinab.

Es bedurfte Benis glitzernder Augen, um Roç auf die makellose Schönheit ihres Körpers, vom fließenden Blondhaar über die Brüste wie Rosenknospen bis zu dem dunklen Dreieck ihrer Schenkel, aufmerksam zu machen. Dazu das aufreizende Schlagen ihrer langen Beine, eine Meerjungfrau mit ihrem Schwanz.

»O göttliche Nereide, Tochter des –«, keuchte Benedictus, der angehende Priesterseminarist, in unverhohlener Anerkennung.

»Hilf lieber Philipp, dem Retter, aus dem Wasser!« fuhr Roç ihn an, weniger in Sorge um das Wohlergehen seines Dieners, als um ihm weitere Blicke auf die schamlose Nixe zu versagen. Philipps vollgesogener Kittel zog ihn so mächtig nach unten, daß er sich aus eigener Kraft nicht an Bord zu stemmen vermochte. Roç mußte mit

Hand anlegen, sie hievten ihn an den Schultern über den Bootsrand, daß er Kopf zuunterst, die Beine in die Höh' zwischen den Ruderbänken liegenblieb.

»Rudert an den Rand, dort, wo der Kahn auf seichtes Geröll auflaufen kann, Herr Studiosus«, wies Roç den letzten, noch trockenen seiner Diener an, »damit Ihr nicht auch noch ins Wasser fallt!«

Beni tat, wie ihm geheißen, auch wenn er zumindest mit einem Auge bei der im Wasser plätschernden Tochter des Nereus verblieb.

Roç zog sich aus, legte Kleider und Schuhe als sorgfältiges Bündel zusammen, als Beni mit einem Ruck auf das Ufergestein auflief. Roç, der vorhatte, mit elegantem Hechtsprung das Boot zu verlassen, geriet aus dem Gleichgewicht und klatschte auf den Bauch, während Philipps hochragende Beine im Boot verschwanden.

»Wartet hier, und rührt Euch nicht vom Fleck!« brüllte Roç den beiden noch zu, bevor er abtauchte, um ungesehen die Insel mit dem Tropfsteinschloß samt Nixen zu erreichen. Die Überraschung mißlang, denn als er prustend zwischen den Stalagmitentürmen auftauchte, war weder von Yeza noch von der Potkaxl eine Spur zu entdecken. Dann vernahm er helles Lachen und sah den blonden Schopf seiner Damna über einer Mauerzinne wippen. Roç zog sich die Böschung empor, wie ein sich anschleichender Beduine bewegte er sich lautlos auf die Stelle zu, wo er Yezas wuscheliges Haar erspäht hatte. Jetzt war auch davon nichts mehr zu entdecken, statt dessen drang heftiges Kichern zu ihm. Hatten sie ihn längst bemerkt und machten sich über ihn lustig? Vorsichtig warf er einen Blick über die Brüstung der Natur. Wie in einem Badezuber saßen Herrin und Zofe in einer wassergefüllten Mulde. Die Toltekenprinzessin hielt Yeza zwischen ihren angewinkelten Schenkeln, und seine Damna lag – ihren Kopf in Potkaxls Schoß gebettet – genüßlich ausgestreckt, die Beine unzüchtig gespreizt, denn genau an der Stelle sprang ein kleiner Quell aus dem Becken. Wie Roç gleich richtig erkannte, konnte es sich nur um schwefeliges, wahrscheinlich warmes Wasser handeln, denn der gesamte Wannenboden war milchig trüb. Es blubberte geil zwischen Yezas schlanken Schenkeln, und die Zofe schöpfte die warme Milch noch zusätzlich mit der Hand und ließ sie über die spitz aufgerichteten Brustwarzen ihrer Herrin träufeln. Das machte beide lustvoll kichern, wie Roç neidisch beobachten mußte. Er fühlte sein Glied wachsen und sprang hoch wie ein Faun, der Nymphen beim Bade zu überraschen sucht, und er bemühte sich, dabei auch noch faunisches Gelächter auszustoßen. »Hahaha, hab' ich euch erwischt!«

Die Potkaxl grinste ihm zu, ohne in ihrer Schöpftätigkeit innezuhalten, doch Yeza schaute nicht einmal zu ihm auf. »Männer raus!« rief sie streng. Oder klang da etwas von der Ironie durch, die er eigentlich von seiner Freundin gewohnt war? Jedenfalls beschloß er, die Aufforderung nicht ernst zu nehmen, stieg mit bedrohlich aufgerichtetem Glied über den Rand der Wanne und zwängte sich, nachdem die wie Löffelchen ineinander Sitzenden keine Anstalten machten, ihn zwischen sich willkommen zu heißen, Yeza gegenüber in den Bottich, scheu ihre Füße berührend, die sofort seine Seiten zu liebkosen schienen.

Das Schwefelbad war tatsächlich von wohltuender Wärme, wenn man dem kühlen Salzwasser entstiegen war. Yeza warf ihm aus halb geschlossenen Sternenaugen einen Blick zu, der ihm Mut machte, aber sie schwieg. Seine Eichel hingegen gab die Hoffnung auf und versank, von niemandem gebührend gewürdigt, in der milchigen Brühe.

Um sich als ungebetener Gast beliebt zu machen, fiel Roç nichts Besseres ein, als die Toltekenprinzessin anzusprechen.

»Du hast uns nie erzählt«, forderte er sie auf, »was eigentlich geschah, dort auf den ›Fernen Inseln‹, als der Taxiarchos dich rettete.«

»Laß das!« fauchte Yeza. »Begreifst du nicht, daß sie darüber nicht reden mag? Wozu reißt du die Erinnerung wie eine kaum verheilte Wunde auf?!«

Wenigstens hatte er die strenge Damna aus ihrer Reserve gelockt.

»Vielleicht möchte sie aber und hat sich nie getraut, uns damit –«

»Wenn Ihr wollt, meine Herrin«, unterbrach die Potkaxl und grinste Roç über Yeza hinweg zu, »bin ich zum Opfer bereit. Doch dann müßt Ihr für die Dauer des Rituals Euch meinen Wünschen unterwerfen, denn nur so werdet Ihr in der Lage sein, die Liebe des Sonnengottes und die Hingabe einer Braut auf der Tempelpyramide zu erfahren –«

»Ich bin dein Sklave!« rief Roç belustigt, aber Yeza verwies es ihm mit leiser Stimme.

»Ich bin bereit, mit dir den Weg deines Leidens –«

Hier unterbrach die Potkaxl ihre Herrin heftig. »Wieso Leid? Freude, lustvolle Freude, sollt Ihr mit mir teilen, Esclarmunde!« Sie schloß die Augen, hob beide Arme, die Handflächen zum unsichtbaren Sonnengestirn hin geöffnet. »Daß in unserem Dorf die Wahl auf mich fiel, war eine große Ehre für unsere Familie, der Dienst im Tempel des Sonnengottes!« Die Toltekenprinzessin sprach wie in Trance, ihre ansonsten stets zu Scherzen aufgelegte Stimme klang wie aus einer anderen Welt. »Ich wußte zwar, daß ich meine Lieben, meine Eltern, meine Geschwister nicht mehr wiedersehen würde, aber weil sich alle freuten, tat ich es auch –«

Yeza hatte sich etwas aufgerichtet und saß jetzt Roç in etwa der gleichen Haltung gegenüber, die er eingenommen hatte, nur daß sie ihre Unterarme auf die angewinkelten Knie der Potkaxl legen konnte wie in einem Sessel mit Armlehne, und Roç zwischen den Beinen hatte, was der Hund bald ausnutzte, ihr mit den Zehen seiner ausgestreckten Füße die Quelle vor ihrem Gärtchen streitig zu machen.

»In der Nacht vor meiner Aufnahme wurde ich festlich gekleidet von meinem Vater in die Pyramide des Sonnengottes gebracht, zu dessen Tempelbereich sonst nur Männer Zutritt haben. Im begehbaren, weitläufigen Untergeschoß, das tief unter der Erde liegt, befindet sich ein Saal mit Säulenumgang, reich geschmückt mit Wandbildern, die von den Heldentaten unserer Könige berichten, denen der ›Sonnengott‹ stets beisteht – wenn er ihnen nicht gerade zürnt.«

Potkaxl ließ die Bilder vor ihren Augen erscheinen, wie sie die Erinnerung aus der Tiefe der verdrängten Vergangenheit hervorholte.

»Dort war für die Bräute und ihre Väter ein Festmahl gerichtet, bei dem es wohlschmeckende Speisen und berauschende Getränke gab, die ich und auch mein Vater vorher noch nie kennengelernt hatten. Dort traf ich auch das andere Mädchen, das aus einer entfernten Provinz stammte und das gleiche glückliche Los gezogen hatte. Sie war viel schöner als ich, von stattlichem Wuchs, ihr Hals lang und edel. Sie war auch mit weitaus mehr Goldschmuck behängt, als mein Dorf mir hatte mitgeben können. Ihr Vater war sehr stolz, und Kaolin würdigte mich keines Blickes. Die Stimmung war schnell sehr ausgelassen, obgleich die jungen Priester des Sonnengottes, die mit uns am Tisch saßen, uns beiden Bräuten keineswegs den Hof machten, sondern nur unsere Väter lobten und priesen, daß der Sonnengott ihnen so wohlgesonnen sei, daß er im ganzen Lande gerade sie und ihre Familien erwählt habe. Ich bin sicher, auch die hochmütige Kaolin war froh, als um Mitternacht unsere Väter endlich volltrunken die Pyramide verlassen mußten, nachdem sie noch zuvor alle wertvollen Geschenke und Kleinodien, die sie nicht an ihre Töchter hängen konnten, übergeben durften. Jetzt waren wir mit den jungen Burschen allein.

Anstatt uns willige Bräute wenigstens jetzt in die Arme zu schließen, reichten die Diener des Tempels uns nunmehr ein frisches Getränk –«

»Ah«, rief Roç, »ich kann's mir schon denken!«

»Ihr sollt nicht denken«, rügte ihn die Toltekenprinzessin, »sondern trinken! Erhebt Euch bitte, und greift nach dem Beutel, der hinter Euch im Stein versteckt ist. Kefir Alhakim hat für jeden von Euch ein Mittel gemischt –«

»Wie? Du weißt nicht, welches?« begehrte Roç auf, erhob sich aber und tat, wie ihm geheißen. Der Beutel war klatschnaß. Eine bräunliche Flüssigkeit sickerte heraus. »Ich wußte im Tempel des Sonnengottes auch nicht, was ich trank«, schnitt die Toltekenprinzessin jede weitere Frage ab, »so ist es nur recht und billig, daß Ihr Euch meinem Schicksal angleicht.«

»Wie sollen wir das trinken?« fragte Yeza, Bereitschaft bekundend.

»Der Beutel lag jetzt lange genug in dem süßen Wasser, das von der Decke tropft, wir saugen einfach an ihm, das wird seine Wirkung nicht verfehlen!«

Die Potkaxl ging mit gutem Beispiel voran, dann reichte sie das Säcklein weiter an Roç, der mit Leichenbittermiene seine Portion saugte, bevor er ihn Yeza in die Hand drückte. »Ich hoffe nur, daß es nicht deine Mixtur war!«

»Das hoffe ich auch,« sagte Yeza lächelnd und preßte ihn aus, sich die Brühe in den offenen Mund tropfend.

»Auf jeden Fall, so sagte Herr Kefir Alhakim, tritt die Wirkung nicht sofort ein!«

»Wie beruhigend«, erwiderte Roç.

»Wie aufregend!« konterte Yeza.

»Endlich führten uns die jungen Priester in den angrenzenden Raum, in dem ›der Stein des Empfanges des großen Sonnenglücks‹ stand, dem echten und wirklichen nachgeahmt, wie ich jetzt weiß, denn der befindet sich in der Spitze der Pyramide, und zwar doppelt, wie die Erscheinung des Sonnengottes –«

»Mehr als die Doppelsonne im Zeichen des Löwen«, unterbrach Roç, »interessiert mich der Stein. War er aus schwarzem, glattem, Marmor?«

»Bitte, was ist ein ›Löwe‹?« fragte die Potkaxl verwirrt zurück, ohne jedoch völlig aus der Versenkung aufzutauchen.

»Ein Wesen wie Yeza, nur behaart und männlich!« murmelte Roç und riskierte, seiner Damna ins blitzende Auge zu schauen.

»Doppelmann!« fauchte sie verächtlich. Die Potkaxl legte ihre Hände beruhigend auf Yezas Schultern. »Wir Bräute durften unseren ersten Mann aussuchen, denn wir waren natürlich beide noch jungfräulich. Das Los bescherte Kaolin den Vortritt bei der Wahl. Zu meinem Ärger bestimmte sie ausgerechnet den gleichen schwarzen Panther, auf den auch mein Auge gefallen war. Es war kein Neid, sondern die Sorge, er könnte danach nicht mehr im Vollbesitz der Kraft seiner Lenden sein –«

»Was«, fragte Roç, »ihr verlort Eure Jungfernschaft schon bevor Ihr –?«

»Sicher angenehmer, als bei aufgehender Sonne von einem alten, häßlichen Oberpriester besprungen zu werden«, meinte Yeza. Sie konnte sich einfühlen in die Situation, doch die Toltekenprinzessin fiel ihr in den Rücken.

»Wir mußten doch proben!« verteidigte sie eine gänzlich anders geartete Lage. »Wir mußten den Mann herausfinden, der uns mit Sicherheit die höchste Lust zu verschaffen wußte, dies berstende Feuer in unserem Schoß, dieses Stürzen in einem Wasserfall, dieses

Fliegen des Kondors der Sonne entgegen, etwas, das wir beide nicht kannten. Der schwarze Panther konnte es, es reichte für Kaolin und für mich, alle anderen verursachten nur angenehmen Kitzel, etwas Kribbeln oder auch Schmerzen. Da war einer, der hatte einen dritten Arm unter seinem Priesterkittel – der schwarze Panther war gerade recht, breit wie eine Yukawurzel und auch nicht länger – er stieß mir bis tief –«

Fica, dachte Roç. Eben noch *virgo intacta*, und jetzt plappert sie schon wie ein Freudenmädchen.

Yeza griff ein. »Ihr solltet also im Augenblick der höchsten Lust –?«

»Ja! Ja«, stöhnte die Potkaxl, und Yeza griff zärtlich hinter sich und streichelte das junge Ding, das die Erinnerung derart erregte, »den Sonnengott sehen – in das gleißende große Licht des Sonnengottes taumeln, stürzen, verbrennen, verlöschen!« Die Potkaxl atmete schwer.

»Was ist denn nun mit diesem Glücksstein?« bohrte Roç nach.

»Auf ihm geschieht es, er ist das Lager des Sonnengottes.«

»Wie? Auf einem harten Stein wurde das Liebesopfer dargebracht?« Yeza war jetzt nicht minder neugierig als Roç. Da griff die stämmige Toltekenprinzessin ihr von hinten unter die Achseln und hob sie wie eine Feder.

»Legt Euch jetzt auf den Bauch«, wies die Dienerin ihre Herrin an, nicht befehlend, aber auch keinen Widerspruch duldend. »Ich werde Euer Glücksstein sein!«

»Das geht zu weit!« empörte sich Roç und sprang auf.

»So war es ausgemacht!« wies ihn Yeza zurecht. Die Potkaxl kniete nieder, das Gesicht abgewandt, und bot Yeza ihre gekrümmte Rückenpartie. »Vertraut Euch mir an«, gebot die Potkaxl, »reicht mir Eure Hände, die ich halten muß, denn sie werden Euch gefesselt.«

Yeza hatte Hemmungen, ihren nackten Leib, Bauch, Scham und Brüste, auf die warme Wölbung zu pressen. Zögerlich trat sie hinter die Kniende und reichte ihr die Hände, schob sie zaghaft über deren Schulter. Da griff die Potkaxl zu, bog sich tief nach vorn, zog die Arme zu sich herab, so daß Yeza den Boden unter den Füßen verlor und dank der nassen Haut nach vorne rutschte, bis ihr Busen den

Nacken der Potkaxl umschloß. Yeza empfand ihre Lage schnell als das, was sie war, nämlich aufreizend für den Mann, der hinter ihr bereit stand, und sie ertappte sich dabei, wie egal es ihr war, ob das nun Roç oder der schwarze Panther war. Sie verlangte nach nichts anderem, als genommen zu werden.

»Und jetzt?« keuchte sie mit gespielter Naivität, gewillt, nur eine einzige Antwort zuzulassen. Sie spürte Roçs Erregung zwischen ihren Schenkeln.

»Der Herr Trencavel ist der erwählte junge Priester.« Die Toltekin versuchte die Würde des Rituals einzuhalten, sie stemmte sich gegen die ungestüme Hast.

»Er schlüpft in das Fell des schwarzen Panthers –«

Sie hatte noch nicht ausgesprochen, da erschütterte Roçs Ansturm schon ihre beiden Körper, glitt der heiße Speer über ihre gespannte Haut, die gefesselte Yeza bäumte sich auf.

»Ich bin der Stein, der nichts spürt«, rief die Potkaxl tapfer, obgleich auf ihrem Rücken ein erbitterter Kampf tobte, denn Yeza war nicht Herrin der Lage und dem wilden Mann, den sie nicht sah, ausgeliefert. Dagegen wehrte sie sich jetzt mit allen Mitteln, die ihr noch zur Verfügung standen. Die Potkaxl spürte die Gegenwehr.

»Ihr empfangt das große Glück des Sonnengottes, Esclarmunde«, rief sie der Zornbebenden zu, »erweist Euch Eures Namens würdig, gebt Euch ihm hin, denn von ihm empfangt Ihr das Licht!«

Dieses kleine Luder, schoß es Yeza durch den gerüttelten Kopf, aber sie fügte sich, indem sie entspannte. Den Triumph der höchsten Lust werde ich dem Sonnengott nicht gönnen, nahm sie sich kühl vor. »Erzähl weiter, Potkaxl«, verlangte sie beherrscht und spürte, daß ihre Gelassenheit dem schwarzen Panther zusetzte.

»Weiter! Weiter!« höhnte Roç und wurde härter in seinen Stößen, er hatte verstanden.

Die Toltekin fuhr fort. »Der Glücksstein gleicht einem Altar, er ist flacher, als ich es Euch bieten kann, und auch leicht ausgehöhlt, damit der sich darbietende Leib Halt findet und nicht seitlich verrutscht.«

»Mir ist dein verlängerter Rücken gerade recht, Potkaxl!«

schnaubte Roç wütend, er fühlte sich für ein Spiel benutzt, das er nicht begriff.

Yeza schwieg verbissen, sie stöhnte nicht einmal, auch der Toltekenprinzessin schien die Darbietung nichts auszumachen, denn sie plapperte weiter, wenn auch leicht entrückt.

»Nachdem wir alle Männer durchprobiert hatten«, gluckste sie, »oder jeder der jungen Priester zu seinem Recht gekommen war, schliefen wir ermattet alle zusammen eng aneinander geschmiegt den Rest der Nacht. Gegen Morgen, es war noch dunkel, wachte ich allein auf. Kaolin war fort, mein schwarzer Panther ebenso – was mir einen Stich versetzte – desgleichen alle Priester. Nur die Musikanten, die uns das Fest mit Flöten und Trommeln verschönt hatten, schlummerten in ihrem Verschlag, denn wir konnten sie zwar hören, aber sie unser lustvolles Treiben nicht sehen. Ich weckte einen, indem ich ihm gleich den Mund verschloß. Das machte ihn wach genug, um meinem Wink verängstigt zu folgen, denn er durfte eigentlich seinen Verschlag nicht verlassen, geschweige denn eine Braut wie mich erblicken.

»Du mußt hier warten, bis sie dich holen«, flüsterte er angstvoll.

Das wollte ich nun gerade nicht. Ich gewährte ihm mehr als nur einen Blick, aber nur kurz und im Stehen –«

»Im Verlaufe nur einer Nacht von der Jungfrau zur Nymphomanin!« spottete Roç und ließ Yeza seinen Ärger vergelten. Er machte so schnell nicht schlapp, und ihr Pech war, daß er sie kannte und dennoch liebte, immer wieder begehrte wie sonst kein Weib auf Erden.

»Sehr wohl, edler Herr Trencavel, ich manische Nymphe überredete den Flötenspieler – oder war es ein Trommler? –, mich in dem Korb hochzuziehen. Der führte in einen Schacht zur obersten Plattform der Pyramide. Die konnte man ansonsten nur von außen über die steile Freitreppe erreichen. Das hatte mir mein schwarzer Panther am Abend noch voller Stolz erklärt.«

Die wiederholte Lobpreisung dieses Sonnenpriesters ging Roç in des Wortes wahrer Bedeutung auf die Eier, zumal diese in schöner Gleichmäßigkeit auf Potkaxls Wirbelsäule klatschten. Er konnte den Rücken zwar nicht sehen, aber allein der Gedanke an die scharfe Kurve, die in die Pofalte überging, ließ dumpfes Verlangen in ihm aufsteigen. Denn die Toltekenprinzessin preßte ihre strammen Backen auf die Fersen und vereitelte somit jedes Abweichen von dem Schoß, dem sie als Bett diente. Sie sei Stein, hatte die Potkaxl vorgegeben, Roç war bereit, darauf zu wetten, daß sie dies Angebot längst bedauerte, und die Stöße lieber in der eigenen Vulva empfangen hätte.

»Weiter!« bettelte Yeza, aber nur die Potkaxl fühlte sich angesprochen.

»Kaum hatte ich den Korb bestiegen, glitt ich auch schon lautlos aufwärts, und unten, hinter mir, setzte leise das Trommeln und Flöten wieder ein wie in der Festnacht zuvor, nur, daß es sich steigerte, je weiter ich in dem engen Schacht der Morgenröte entgegenschwebte.«

Yeza, die bisher Potkaxls Erzählung aufmerksam gefolgt war – das lenkte von Roçs nicht ungeschickten Bemühungen ab, sie gegen ihren Willen zum Höhepunkt zu peitschen –, ließ sich jetzt treiben und glitt mit der Toltekenprinzessin durch den kühlen, steinernen Schacht der Sonne entgegen, während Roç alles tat, ihre Vagina in warmes, willenloses Fleisch zu verwandeln und durch den Wechsel von Gleiten und Stoßen, Drängen und Verharren, der Mann, der große, starke, einzige Mann zu sein, von dem allein ihre Lust abhing.

»Weiter, weiter«, flüsterte sie der Potkaxl zu und küßte sie hinters Ohr, ließ ihre Zunge einen Augenblick spielerisch durch die Muschel kreisen.

»Oben angekommen, befand ich mich in einem Raum wie in einem viereckigen Zelt, die Spitze der Pyramide. Er war unterteilt durch zwei mannshohe Mauern, die mich an Viehkoben erinnerten, in der Mitte befand sich ein gewaltiges Portal, das fast bis zur Decke reichte. Niemand hatte mein Kommen bemerkt, denn alle waren in dem linken Abteil beschäftigt, ich hörte es an dem Keuchen und Stöhnen von Kaolin, die immer wieder auch spitze Schreie ausstieß. Ich trat vorsichtig näher und schaute um die Ecke der Trennwand. Kaolin lag bäuchlings auf dem Glücksstein, unnatürlich langgestreckt, denn ihre Hände waren ihr nach vorne gezogen, irgendwo angebunden. Wie ein Tier, zum Schlachten bereit. Zwei der Priester hielten die Enden der Fesseln und sorgten dafür, daß ihr Leib gestrafft blieb. Zwei andere spreizten ihre Beine mit rhythmischen Bewegungen zu dem aufreizenden Trommeln und Flöten, das jetzt von unten aus dem Schacht zu uns empordrang. Zwischen Kaolins Schenkeln stand mein schwarzer Panther, aufrecht, die Handflächen dem aufgehenden Großen Licht entgegengestreckt. Nur seine rollenden Hüften verrieten mir, was mit Kaolin geschah. Sie war aufgespießt wie eine Ziege auf der Lanze. Ich war eifersüchtig, auf der anderen Seite dauerte sie mich unendlich. So hatte ich mir ›das Empfangen des großen Sonnenglücks‹ nicht vorgestellt. Das hatte mit Liebe nichts zu tun, es widerte mich an, und ich haßte den schwarzen Panther dafür!«

»Hochinteressant!« Roç fühlte sich angesprochen, doch Yeza schwieg.

»Warum erzählst du nicht weiter!« ging Roç die Toltekin an. »Yeza, meine Damna, will unterhalten sein. Laß dich von mir nicht stören!«

Die Potkaxl bog den Rücken durch und warf den Kopf in den Nacken. »Ich hatte wohl in meinem Befremden über das, was sie mit Kaolin trieben, nicht einfach still gelauscht, sie entdeckten mich und waren recht ungehalten. Mein schwarzer Panther, der Schuft, schenkte mir nicht einmal einen Blick. Die zwei Schenkelspreizer drückten Kaolins Beine dem eitlen Stößer in die Arme, der sie sogleich bis unter die Kniekehlen anhob und wohl ohne Unterbrechung mit seiner Beglückung fortfuhr. Nur mußte ich das nicht mehr mit ansehen, denn die beiden zerrten mich unsanft in die gegenüberliegende rechte Kammer, die genauso eingerichtet war wie die linke. Sie lösten meinen kostbaren Rock. Darunter war ich nackt. Sie ließen mir nur mein mit edlen Steinen besetztes Brustmieder und meinen Kopfputz. Dann drückten sie mich auf den Stein, schoben mich vor, bis meine Stirn fast gegen das Holz eines zweiflügeligen Fensterladens stieß. Dort waren Haltegriffe für meine Hände angebracht, aber das genügte ihnen nicht, sie banden meine Handgelenke samt Fingern an den Griffen fest. Was ich auch nicht verstand, jedenfalls ekelte es mich, war, daß der eine jetzt reichlich von einer öligen Mischung über mich goß, die sehr stark roch, erregend und betäubend zugleich. Die glitschige Flüssigkeit rann mir kitzelnd über die Schenkel und sammelte sich unter meinem Bauch, denn ich lag ja in einer Mulde, die mir jetzt wie eine Rutsche vorkam. Nun hatte ich wenigstens im Spiel mit meinen Geschwistern gelernt, wie man beim Fesseln die Hände halten muß, wenn man sich aus eigener Kraft wieder befreien will. Nebenan steigerte sich das Keuchen und Stöhnen, die Schreie von Kaolin wurden häufiger, ungehemmter. Ich rüttelte an den Ledergurten und ballte meine Fäuste. Dabei öffnete sich der Holzladen vor meiner Nase einen Spalt breit. Ich hielt stille, zog mich selbst nach vorn, bis ich mein Gesicht gegen den Schlitz pressen konnte. Ich erschrak. Unmittelbar vor mir stand, mir den Rücken zuwendend, der Oberpriester des Sonnengottes. Ein alter würdiger Mann mit einer gewaltigen Federkrone und darüber die glitzernde Sonnenscheibe. Doch das war nicht der Grund meines Erschreckens. Hinter seinem Rücken hielt er ein seltsam gekrümmtes Messer verborgen, dem man seine Schärfe sofort ansah. Es glich einer kleinen Sichel, doch das schwere Heft war aus Gold. Ich vernahm jetzt Kaolins Lustschreie durch Brett und Wand. Sie gingen in ein Heulen und Wimmern über. Mir wurde ganz anders, wenn ich daran dachte, daß mir Gleiches widerfahren sollte. Ich zerrte wütend an meinen Fesseln.

Die Aufmerksamkeit des Oberpriesters war abgelenkt von fremden Männern, die sich ihren Weg durch die unten Wartenden gebahnt hatten und die Stufen der Pyramide emporstiegen, ohne jede Hast, aber auch ohne jede Scheu. Sie trugen merkwürdige Helme, wie Töpfe, und über den Kettenhemden ihrer Rüstung wehten lange weiße Umhänge mit einem roten Kreuz. Ihr unaufhaltsames Näherkommen schien dem Oberpriester zu mißfallen, wahrscheinlich auch dem Sonnengott. Kaolin brüllte jetzt auf wie ein Jaguar, ein nicht enden wollender Schrei. Der Oberpriester war vor das Holzfenster getreten, hinter dem die Glückliche tobte. Der Oberpriester klopfte zweimal mit dem Knauf seiner Sonnensichel gegen den Laden. Da sprangen die beiden Flügel nach außen auf wie von der Hand des Gottes, mit solchem Schwung, daß die daran gebundene Kaolin mit ausgebreiteten Armen der aufgehenden Sonne entgegenflog. Der Oberpriester griff in ihr Haar, riß ihr den Kopf hoch, die Sichel blitzte auf, und mit einem Schwall schoß ihr das Blut aus dem durchschnittenen Hals. Ich war wie gelähmt, doch ich sah, daß die fremden Krieger ihre Schritte beschleunigten. Sie hatten ihre Schwerter gezogen, und die Helme verdeckten ihre Gesichter nun zur Gänze. Der Oberpriester zeigte auf mich, auf das Fenster, hinter dem ich jetzt wußte, was auf mich zukam. Ich riß mich los, auch wenn mir das Blut aus den Nägeln spritzte, rutschte zurück auf meinem steinernem Brautbett, das nichts als ein Opferstein war, fiel auf die Knie und zitterte. Nebenan waren die Priester noch mit dem Losbinden von Kaolins Leib beschäftigt, ich hörte, wie der Oberpriester sie zur Eile antrieb. Ein knackendes Geräusch hinter mir, ich drehte mich um und bemerkte gerade noch, wie der Korb nach unten entschwand. Ich sprang auf, rannte zum Schacht, das nach unten gleitende Seil war meine einzige Rettung, ich sprang, bekam es zu fassen, rutschte an ihm hinab, meine Handflächen gingen in Fetzen, ich fiel in den Korb –«

»Ich kann nicht mehr!« sagte Roç. »Ich habe mein Bestes gegeben.« Und er zog sich zurück.

Yeza lag mit geschlossenen Augen da und rührte sich nicht, es war die Potkaxl, die sie langsam hob, weil sie nicht unfroh war, daß sie den Rücken von der Last befreien konnte.

»Du lügst«, sagte Yeza, als sie ihre Augen öffnete, genau wissend, daß Roç gegen ihren Blick machtlos war. »Du hast es auch gar nicht geben wollen, nun läßt du mich als Stein zurück!«

»Jeder kühle Marmorblock ist glühende Kohle gegen die Kälte deiner Hingabe. Ach, meine Damna, wie weit ist es mit uns gekommen!«

Roçs leidvoller Ausruf war nicht einmal gespielt, er litt.

»Nicht sehr weit, mein Ritter«, beschied ihn Yeza, gewillt, sich von seiner Rührung nicht anstecken zu lassen. Sie war von Potkaxls Rücken hinuntergerutscht, während die Zofe sich erschöpft auf den Rand des Beckens stützte, beiden ihr Hinterteil zukehrend.

»Die arme Potkaxl«, meinte Roç, »wir sollten uns ihre Geschichte bis zu Ende anhören, das hat sie verdient.«

»Verdient hat sie, daß der Knüppel, der auf sie einschlug, sie nun als Schwert in der Scheide um Vergebung bittet.«

»Ist das dein Ernst, Yeza?«

»Du tust gut daran, es nicht zu bezweifeln«, antwortete sie und erhob sich lächelnd. Er wußte nie, woran er mit ihr war. »Ich sehe dich durchaus in der Lage, meinem Wunsch Folge zu leisten.« Kalt streifte ihr Blick sein Glied. »Die Potkaxl hat unseren Dank verdient, nicht weil wir ihre Geschichte anhören durften, sondern weil sie uns die Augen geöffnet hat. Du bringst ihn dar, mir ist es leider versagt, du tust es auch in meinem Namen.«

Damit trat sie auf ihn zu, legte ihre Hände um seinen Hals und küßte ihn zärtlich auf die Stirn, nicht auf den Mund, und auch die zwangsläufige Berührung ihres Bauches mit seinem immer noch aufgerichteten Schwert schien ihr nicht das geringste auszumachen. »Wenn du ermattet bist, dann leg dich hin, streck dich aus in diesem warmen Quell, die Potkaxl weiß, wie sie zu ihrem Recht kommt.«

Yeza verstärkte den Druck ihrer Arme auf seinen Schultern, und Roç gab nach. Sie knieten jetzt beide voreinander, und Roç schlang nun auch seine Arme um sie. »Nur, wenn du mich noch einmal küßt, küßt wie –«

Yeza sah, daß er weinte. »Das will ich tun, mein Liebster, um der Erinnerung willen, denn –«

Weiter kam sie nicht, denn mit der Verzweiflung eines Ertrinkenden saugte er sich an ihren Lippen fest, und sie tat ihm den Gefallen, das Stoßen und Kreisen seiner Zunge zu erwidern, so wie er es gewohnt war und wie es auch ihr stets gefallen hatte. Dann riß sie sich los, wandte sich ab und umfaßte die Hüfte der immer noch abgewendeten Toltekin. »Nimm dir, wessen du bedarfst«, flüsterte sie ihr zu, wohl wissend, daß Roç es hören konnte. »Du kannst ihn nicht besitzen, aber durch Besitzen gebrauchen.«

Die Potkaxl drehte sich traurig um. »Das mag ich Euch nicht antun, Esclarmunde.«

»Darob gräm' dich nur nicht, du tust es nicht hinter meinem Rücken, sondern du vertrittst deine Herrin – also mach mir keine Schande!« Yeza küßte auch ihre Zofe und stieg aus der Wanne. Sie suchte nach dem Beutel des Kefir Alhakim, der in einer Tropfsteinschüssel lag. Bedächtig preßte sie ihn wie einen nassen Schwamm an ihre Lippen und sog die bittere Flüssigkeit in sich hinein, dann schöpfte sie von dem Wasser, um den schlechten Nachgeschmack in ihrem Munde fortzuspülen. Als Yeza sich wieder umdrehte, hockte die Potkaxl schon auf dem Gemächte ihres Gefährten und plapperte, eifrig auf- und abhüpfend, auf den liegenden Pascha ein. Yeza warf ihr den Beutel vielleicht mit einer etwas zu heftigen Geste zu, denn er klatschte ihr ins Gesicht, doch das kleine Luder grinste nur und wischte sich die braune Soße ab.

Yeza stieg hinunter von dem Feenschloß mitten im See. Sie verspürte eine nie gekannte Lust, als sie sich von den Zinnen in die klare Tiefe stürzte, die prickelnde Kälte nahm zu, je mehr sie sich dem Grund näherte. Nie wieder auftauchen! war ihr Gedanke, doch die Gesetze der Materie hoben sie empor, begleitet von aufsteigenden Luftbläschen, und sie trieb im blauen Wasser der Grotte.

»War das ein Fressen!« schnaufte Georges Morosin und wischte sich den Schweiß von der Stirn, denn die Sonne brannte schon am Morgen unbarmherzig auf die Felsen von Ustica. Sie saßen zu dritt auf Faltstühlen, die der Hafside hatte von Bord bringen lassen, im Geröll der Uferböschung und überwachten die Verteilung der Goldbarren und der losen Münzen.

»Ich sah Euch eigentlich eher zurückhaltend den Speisen zusprechen«, entgegnete Gosset, ohne dabei das Auge von den Moriskos zu lassen, denen das Zählen und Wiegen des edlen Metalls oblag.

»Unser Doge hat eben Tischmanieren wie die feinen Venezianer.« Abdal der Hafside machte sich nicht zum ersten Mal darüber lustig, wußte er doch, daß sein Freund ein dreizinkiges Eßgerät besaß, das er »Gabel« nannte und angeblich eine Erfindung der überspannten Byzantiner darstellte. Er, Abdal, aß nur mit den Fingern und dem Messer.

»Doch wenn's an's Saufen geht, dann isser Templer!«

Der Hafside lachte dröhnend, so daß die beiden anderen sich genötigt sahen, in seine derbe Heiterkeit einzufallen. Gosset mußte auf das Füllen von drei Kisten achten. Jeweils eine für Roç, für Yeza und dann noch seine eigene. Während der zwergwüchsige Jordi und die sanfte Geraude sich um das gleichmäßige Verteilen des auf das Königliche Paar entfallenden Anteils kümmerten, war es ihm gelungen, die hochnäsige ›Erste Hofdame‹ Mafalda mit ein paar Klunkern zu ködern, so daß sie mit Eifer und Argusaugen seine Provision einkassierte, sowohl bei Abdal wie auch bei den Verwaltern des wahrhaft königlichen Schatzes von Roç und Yeza.

»Vertrauen ist Silber, Kontrolle ist Gold!« scherzte der Hafside an seine Adresse, aber diesmal zollte nur der Angesprochene dem mächtigen Sklavenhändler mit einem kleinen Lacher Tribut. Herr Georges mochte sich daran lediglich mit einem Rülpser beteiligen, der reichlich genossene Wein der Insel steckte allen noch im Blut, die Luft war schwül unter dem Sonnensegel, das über den drei Herren gespannt war. Den Satz seines Freundes konnte der Doge auch auf sich anwenden. Viel zu billig hatte er den Schatz von Rhedae hergegeben. Der Priester und Abdal hatten ihn – nicht persönlich, doch als Vertreter des Ordens – reingelegt. Das fuchste ihn gewaltig, sein Trost war nur, daß es ihm von den Tempelrittern sowieso keiner dankte, wenn er sich um die Mehrung der Reichtümer mühte.

»Ich vertraue Euch«, sagte er unvermittelt, »und so will ich es auch künftig halten, werter Abdal!«

»Das will ich meinen!« polterte der. »Damit seid Ihr bisher besser gefahren, als es Euch irgend jemand sonst zwischen dem Goldenen Horn und dem Djebl al-Tarik bieten kann!«

»Apropos« – der Doge wechselte das leidige Thema –, »dies hier kann doch nicht alles sein, was der Präzeptor Gavin dem Orden unterschlagen hat.« Er deutete auf die Seekisten, die sich langsam, aber stetig füllten. »Der Taxiarchos erzählte mir von Schiffsladungen aus den ›Fernen Inseln‹, die so gewaltig waren, daß die Besatzung auf den goldenen Gerätschaften schlafen mußte und selbst die Trinkwasservorräte über Bord gekippt wurden, damit die Schiffe nicht vor lauter Tiefgang ein Opfer der Wellen des Atlasmeeres wurden.«

Der Hafside hüllte sich in Schweigen, nicht aus gebotener Umsicht, sondern weil er keine Meinung zu den sagenhaften Goldküsten von »La Merica« hatte, wie Eingeweihte die Quelle unerschöpflichen Reichtums nannten. Sie war ihm genauso nebulös wie der Gral. Für ihn kam Gold allemal aus Afrika, entweder in Form dicker Halsringe oder als ›schwarzes Gold‹. Dieser Gral konnte kaum große Reichtümer bescheren, sonst wäre das Königliche Paar nicht auf den Handel mit Heiligenfiguren angewiesen, die als mühsames Ergebnis zwei lächerliche Kistchen voller Münzen ergaben. Dabei waren ihm Roç und Yeza in ihrer mit Würde getragenen Armut, nahezu ans Herz gewachsen. Abdal spielte mit dem Gedanken, ihnen heimlich seinen Anteil aus dem Geschäft wieder zuzuschieben.

»Das Verbrechen des Präzeptors bestand darin, daß unser in der *Terra Sancta* kämpfender Orden dringend des Nachschubs bedurfte«, spann der Doge seinen Faden weiter, »sowohl an Waffen wie auch an Geld zum Anwerben von Hilfstruppen und zum Ausbau der Burgen. Gavin hatte *carte blanche*.«

Gosset nahm sich der Verteidigung des Präzeptors an. »Es ist völlig unbewiesen, ob er nicht doch das meiste Beutegold aus La Merica in Waffen angelegt hat, weil er sein Wissen mit ins Grab nahm.«

»Das ihm der Orden geschaufelt hat!« fügte der Hafside grimmig hinzu. »Und sich dann selbst reinlegte. Jetzt weiß kein Templer mehr, wie man nach ›La Merica‹, zu den ›Fernen Inseln‹, gelangt. Wahrscheinlich gibt es die gar nicht!«

»Dagegen steht die Aussage des Taxiarchos, den Ihr selbst, werter Abdal, kennt und schätzt.«

»Wenn es so einfach wäre, dorthin zu segeln und voll beladen zurück, dann gäbe es längst am Djebl al-Tarik ein Gedränge von Schiffen wie am Goldenen Horn – ich weiß nur von erfahrenen Seefahrern, die den Versuch unternommen haben, aber keiner kam je zurück.«

»Der Ozean des Atlas ist ein riesiger Strudel, hat der Taxiarchos gesagt, wer aufs Geratewohl hineinfährt, der wird unweigerlich in die Tiefe gezogen, aus der es kein Entrinnen gibt. Wer aber die Ränder des kreisenden Trichters kennt und geschickt zu nutzen weiß, den führen die Strömung und der eisige *aquil* in wenigen Tagen auf der *rota septentrionalis* hinüber durch Schollen gefrorenen Wassers bis hin zu den ewig sonnigen Stränden, wo in unendlichen grünen Oasen von Kokospalmen güldene Tempel aufragen, größer noch als die Pyramiden.«

»Der Taxiarchos war nicht umsonst der König aller Gauner von Konstantinopel, solche Geschichten zu erfinden ist keines ehrlichen Seefahrers Art! Und Ihr, Gosset, glaubt sie auch noch, haha!«

Der Hafside lachte lauthals, aber diesmal allein. Der Doge hüllte sich in Schweigen, ihm paßte die Offenlegung innerer Angelegenheiten des Ordens ganz und gar nicht. Berichte, die sonst höchstens dem engsten Führungszirkel, dem geheimen Kapitel, zugänglich gemacht wurden, durften hier von Leuten breitgetreten werden, die dem Orden nicht einmal angehörten. Doch die Sorgen des Komturs von Askalon waren nicht die des Priesters Gosset. Der wollte nicht als Verbreiter von Lügenmärchen dastehen.

»Der Wendekreis des Krebses dient als Navigationshilfe für die Rückfahrt zur afrikanischen Küste –«

»Dort hat der Kerl sein Gold geholt!« triumphierte da Abdal der Hafside, doch Gosset gab sich nicht geschlagen. »Und die Toltekenprinzessin?« hielt er nicht minder siegessicher dagegen. »Habt Ihr, Abdal, durch dessen Hände wohl Weiber aller Rassen und Hautfarben gegangen sind, je ein solches Geschöpf wie diese Potkaxl, Yezas Zofe, zu Gesicht bekommen?«

»Weiß der Sheitan, wo er sich die aufgegabelt hat!« mischte sich nun doch der Doge ein, denn ihm lag daran, die Spur zu den ›Fremden Inseln‹ schnellstens zu verwischen. Dem Taxiarchos sollte man die Zunge herausschneiden, aber dazu war es wohl zu spät. »Das kann ich Euch genau erzählen«, fuhr Gosset fort, »so wie es mir Taxiarchos berichtet hat.«

»Laßt hören«, entschied der Hafside gnädig, »wir brauchen's ja nicht für bare Münze zu nehmen!«

»Eingeborene hatten den Seefahrern den Weg zur Tempelpyramide des Sonnengottes gewiesen, die ganz aus Gold sein sollte und daher jedes Jahr tiefer im Erdreich versank. Dort sollten am nächsten Morgen zwei Jungfrauen mit dem Gott verheiratet werden. So marschierte der Taxiarchos die ganze Nacht durch dichten, feuchten Wald, begleitet nur von wenigen ausgesuchten Rittern. Sie erreichten die Stufenpyramide gerade, als die Sonne aufging. Auf der obersten Plattform vollzog sich ein heidnisches Menschenopfer, was die Templer empörte. Sie stürmten die steile Freitreppe hinauf, deren Stufen übrigens aus einem grünen, schwarz marmorierten Stein gefügt waren, während alle Blöcke des Bauwerks tatsächlich aus purem Gold bestanden. Das Hinaufsteigen ging mühsamer vonstatten, als die Herren sich das gedacht hatten. So befahl der Taxiarchos zweien seiner Leute, umzukehren und von unten in die Pyramide vorzudringen. Noch bevor er oben eintraf, hatte der Priester bereits mit dem Schlachtopfer begonnen, denn alles war voller Blut. Die Spur führte in die begehbare Spitze. Sie entdeckten zwei steinerne Altäre und einen Brunnenschacht. Der Oberpriester hetzte seine Männer auf die Ritter. Doch die Templer warfen ihn lebend in den Schacht und erschlugen alle. Als sie wieder zu ebener Erde angelangt waren, rief der Taxiarchos nach den beiden Rittern, die er in das Untergeschoß geschickt hatte. Doch er erhielt keine Antwort. Eine lange Rampe führte tief ins Innere unter die Erde. Angeführt vom Penikraten, drangen sie mit gezückten Schwertern dort unten ein. Sie kamen in einen Raum, der wohl einem Gelage gedient hatte, denn auf der Tafel standen noch Krüge voller fruchtiger Getränke und allerlei Speisen auf Tellern. Der Taxiarchos verbot seinen Männern, irgend etwas davon zu berühren. Aus einem Verschlag ertönte leise zirpend eine Flöte. Die Eindringlinge brachen die Holzwand auf und fanden dort Musiker mit ihren Instrumenten, angstvoll zusammengekauert. Der Taxiarchos schenkte ihnen das Leben. Einer der Musikanten führte sie in einen angrenzenden Raum, dessen Tür sie übersehen hatten. Dort endete der Schacht, der dazu diente, die Opfer hinauf zur Plattform zu hieven. Doch davor war ein eisernes Fallgitter herabgestürzt, und dessen Spitzen hatten die beiden Templer durchbohrt. Der eine röchelte noch und starb, kaum daß sie mit vereinten Kräften das Gitter hochgestemmt hatten. In dem Schacht hing ein Korb, und darin hockte ein halbnacktes Mädchen, dem das Grauen mit Blutspritzern ins Gesicht geschrieben stand: unsere Potkaxl!

Der Körper des hinabgeworfenen Oberpriester hatte sie nur deswegen nicht erschlagen, weil er sich auf dem oberen Teil des Fallgitters aufgespießt hatte. Die Wucht seines Aufpralls hatte den Mechanismus ausgelöst und die beiden Ritter ein Opfer der eisernen Dornen werden lassen, gerade als sie die verschüchterte Potkaxl aus dem Korb bergen wollten.«

Gosset überging, was ihm der Taxiarchos nur unter dem Siegel der Verschwiegenheit anvertraut hatte: Beide Ritter hatten die Beinkleider bereits heruntergelassen. Wie die Toltekenprinzessin später dem Taxiarchos gegenüber zugab, war sie auch durchaus bereit gewesen, ihre beiden Retter wunschgemäß zu entlohnen. Sie zeigte sich nicht schockiert über das spontane Begehren der Weißmäntel, die plötzlich ihr Schwert hinter dem Umhang hervorholten, sondern über den Zorn des Sonnengottes, der die Eindringlinge auf der Stelle und vor ihren Augen mit einem heftigen Blitzschlag bestrafte.

»Das ist doch eine sehr rührende Geschichte«, gestand der Hafside zu, »auch wenn sie nicht stimmt, denn in Afrika gibt es solche Tempel nicht, weil dort andere Götter verehrt werden, so ist sie doch trefflich erfunden. Oder habt Ihr, Gosset, Euch dies Drama erdacht: ›Die Bluthochzeit des Sonnengottes‹?«

»Der Fluch der goldenen Pyramide!« trug der Doge ironisch zur Titelfindung bei.

»Die Tragik kam im Epilogos«, endete Gosset, »als der Taxiarchos und seine Mannen die Leichen ihrer Mitbrüder hinaustrugen und die Potkaxl dem Zug der Ritter in den weißen Mänteln folgte, stürzte sich ein Mann mit erhobener Axt auf das Kind und schrie:

›Nur dein Blut kann die Schande –‹ Weiter kam der fanatische Götzendiener nicht, denn die Nachhut der Templer hatte ihm schon den Schädel gespalten. Es war Potkaxls Vater –«

»Da hat sich der gute Taxiarchos der armen Waisen erbarmt und sie mit aufs Schiff ins Bett genommen«, spottete der Hafside, »bevor er sie dem Königlichen Paar als Zofe andiente.«

»Apropos« – der Doge gähnte –, »wo stecken die Herrschaften eigentlich? Sie sollten längst zurück sein.«

Am Ufer unterhalb der einzigen Ansiedlung auf Ustica waren inzwischen alle Kisten gepackt, die Boote lagen bereit, sie und ihre Besitzer hinüber zum Segler des Hafsiden zu schaffen, der in der Bucht ankerte. Nur der Haufen prall mit Juwelen gefüllter Lederbeutel war noch nicht verteilt. Der Doge, Gosset und Abdal saßen im Halbkreis um ihn herum, hinter ihnen standen Jordi, Mafalda und Geraude. Zwei Faltstühle waren frei – alle warteten auf die Rückkehr des Königlichen Paares. Statt seiner näherte sich von oben, aus dem Dorf, ein festlicher Zug. Angeführt von Kefir Alhakim, dem Gouverneur, gefolgt von seinem schwarzen Herold und Fächerträger, trugen die

Leute des Ortes die Figuren der Golgathagruppe die Terrassen hinab. Man hatte jede einzelne auf ein Traggestell montiert, das von vier Männern geschultert wurde. Die Heiligen standen, von Seilen gehalten, schwankend, aber aufrecht. Alle waren sie jetzt kostbar gekleidet.

»Der modische Stil erinnert mich an Tausendundeine Nacht«, murmelte Gosset spöttisch, »was durch die dunklen Holzgesichter noch verstärkt wird.«

»So falsch nun auch nicht«, entgegnete der Hafside. »Das Leben und Sterben Eures Messias vollzog sich nun mal im Morgenlande und nicht in nördlichen Kathedralen unter grauem Himmel und bei mönchischer Enthaltsamkeit gegenüber aller Farbigkeit und Lebensfreude!«

> *»Crux fidelis inter omnes*
> *arbor una nobilis:*
> *Nulla silva talem profert,*
> *fronde, flore, germine.«*

Auch die Frauen des Ortes begleiteten den Zug der Heiligen mit lautem Gesang, doch sie blieben in gebührender Entfernung stehen.

> *»Dulce lignum,*
> *dulces clavos,*
> *dulce pondus sustinet.«*

Der Doge klatschte Beifall, als Meister Kefir bei ihnen angelangt war, in den die anderen einfielen.

»Laßt sie gleich bis in die Boote tragen«, schlug Georges Morosin vor, »so verlieren wir nicht noch mehr Zeit.«

Der Hafside rief seinen Moriskos zu, mit Hand anzulegen, und wandte sich an den Gouverneur. »Wo ist das Königliche Paar?« forschte er streng, daß der gleich auf die Knie fiel.

»Wir suchen es – und wir werden es finden!« fügte er hinzu. »Die beiden haben sich versteckt.«

»Daß es sich so verhält, will ich für Euch hoffen, Giftmischer!« grollte Abdal und wandte sich von ihm ab.

»Pange lingua gloriosi
proelium certaminis,
et super crucis tropeo
dic triumphum nobilem:
Qualiter redemptor orbis
immolatus vicerit.«

Die Heilige Familie wurde gerade vorübergetragen. Gosset und der Doge bekreuzigten sich, Mafalda beugte das Knie, Geraude lachte hell. Vom Ufer kam Jakov gelaufen, um seinen Joseph in Empfang zu nehmen, doch der Hafside verwies ihm jeden Aufenthalt.

»An Bord könnt Ihr ihn in die Arme schließen.«

Die ersten Boote legten ab, es war, als ob der Gekreuzigte und der verbliebene Schächer, Mutter Maria und Maria von Magdala sowie die römischen Legionäre über die Wasser wandelten.

»Ein erhebender Anblick!« lobte der Doge versöhnt. »Auch wenn Jerusalem ihn nicht erleben kann, König Manfred, Palermo und ganz Sizilien werden sich über dieses Krönungsgeschenk freuen.«

»Ich glaube«, sagte Gosset, »die Thronbesteigung ist gerade vorbei.«

In dem Moment bog das Boot mit dem Königlichen Paar um die Punta dei Falconieri, auf der früher einmal eine kaiserliche Falknerstation unterhalten wurde, deren Gemäuer inzwischen verfallen war. Mit raschen Schlägen trieben Beni und Philipp die Barke durch die Brandung in die Bucht. Roç bediente das Steuer, Yeza, ihre Zofe zu Füßen, saß aufrecht ihm gegenüber am Bug.

Jordi und Geraude stürzten hinunter zum Strand, wo das Boot jetzt knirschend auf den körnigen, grauen Ufersand auflief. Mafalda, die Erste Hofdame, folgte gemessenen Schrittes. Jakov, der seinem gerade übersetzendem Josef nachgeschaut hatte, war als erster zur Stelle, um den Damen die Hand zu reichen. Gebrauch davon machte nur die noch immer leicht torkelige Potkaxl. Yeza sprang an ihr vorbei ans Ufer. Sie sah die Herren oberhalb vorwurfsvoll schweigend auf ihren Stühlen sitzen und sagte entschuldigend: »Wir haben die Nacht in einer Grotte verbringen müssen, weil im Dunkeln es nicht ratsam war –«

»Die Nacht?« fragte Gosset ungläubig nach.

»Drei Tage seid Ihr weg gewesen!« platzte der Doge heraus. »Wir haben uns große Sorgen gemacht.«

»Drei Tage?« Jetzt war das Staunen an Roç. »Nie und nimmer!«

»Verlaßt Euch auf unsere klaren Köpfe!« Der Hafside beseitigte alle Zweifel. »Es waren zwei Nächte – heute ist der dritte Tag!«

»Dann war gestern die Krönung!« jammerte Beni. »Die Patres Benedicti werden mich Säumigen von der Schule weisen!«

»Dann kommst du mit uns«, tröstete ihn die Potkaxl, und der Kater schnurrte.

»Philipp mag entscheiden«, sagte Roç, »ob er einen Lehrling braucht.«

»Es gibt jetzt Wichtigeres zu tun«, unterbrach der Hafside schroff, »wir haben genug Zeit vertrödelt!«

Der Doge stieß ins gleiche Horn. »Laßt uns schnell ans Verlosen der Juwelen gehen – und dann alle Mann an Bord.«

»Ich schenke meinen Anteil den Frauen des Dorfes!« rief Yeza, und Kefir Alhakim verneigte sich tief.

»Dann wählt Euch drei Säckchen aus«, entschied der Hafside. »Den Rest können wir während der Überfahrt verlosen, verschenken – was immer Ihr wollt, oder fühlt Ihr Euch noch diesem Kräuterdoktor zu Dank verpflichtet?«

Die Frage hatte Abdal an Roç gerichtet, weil er Yezas Großzügigkeit fürchtete – mit Recht.

»Der Gouverneur hat treffliche Schneiderarbeit geleistet«, hielt die Dame sofort dagegen, doch da warf sich Kefir Alhakim ihr schon zu Füßen.

»Es gibt nur einen Dank, um den ich Euch bitte: Nehmt mich mit –«

Gut für ihn, daß er nicht den mißbilligenden Blick seines Sohnes sah, denn so fuhr er unbekümmert fort:

»Ich kann Euch als Leibarzt –« Er verbesserte sich sofort, als er Roçs abwehrend gespreizte Hand sah. »– als Koch?«

Jetzt schüttelte auch Yeza den Kopf. »– als Kämmerer dienen!«

Das gefiel Roç, und er sagte mit Bedacht: »Wenn meine Damna es gutheißt.«

»Ich ernenne Euch zu unserem Wesir!«

»Und ich?« brachte sich Beni in Erinnerung. »Du sollst mir als Page unterstehen«, beschied ihn Philipp, ohne die Miene zu verziehen.

Der Fächerträger begleitete seinen Herrn, den Gouverneur, bis ans ablegende Boot. »Ich würde Euch gern folgen, Exzellenz«, schluchzte der große schwarze Mann, während er den federleichten Kefir an Bord hob, »aber was soll aus meinen Frauen werden?«

»Nehmt Euch aus den drei Säcken für sie.« Kefir Alhakim hatte sich schnell in seine neue Rolle als Wesir gefunden. »Wir werden Eurer immer mit Gunst gedenken.«

Das war der Abschied. Unter Tränen ließ sich der Herold von den Moriskos drei Säcklein aushändigen, der Rest wurde in das Boot des Hafsiden geladen, der als letzter die Insel verließ.

Jetzt waren auch die Frauen des Ortes zum Ufer herabgeströmt. Sie winkten der Heiligen Familie zu, die aufrecht im Kielraum des Seglers stand, so daß nur ihre Köpfe und die alle überragenden Kreuze zu sehen waren.

»Sit patri natoque, summo
graetiae cum spiritu,
sempiternae trinitati
laus, salus, et gloria:«

Abdal ließ die Segel setzen. Langsam griff der Wind, blähte sie, und majestätisch glitt der Sklavensegler aus der Bucht hinaus auf das offene Meer.

»Quae creavit, quae redemit,
quaeque nos illuminat.«

EIN GESCHENK FÜR KÖNIG MANFRED

Der Spätsommer des Jahres 1258 war milde, es begann bereits wieder früher zu dunkeln, aber die einsetzende Nachtkühle ließ sich noch sehr angenehm an, und so hatte der Heilige Vater, Papst Alexander IV., angeordnet, das Abendessen bei Kerzenschein im Park unter dem großen Walnußbaum zu servieren. Als Gast erwarteten er und sein Vertrauter, Kardinal Oktavian, den Patriarchen von Jerusalem.

Im Gegensatz zu den Gastgebern war Jakob Pantaleon einfacher Herkunft. Sein Vater soll Schuster in der französischen Stadt Troyes gewesen sein, und Jakob hatte durch Fleiß und Zuverlässigkeit die Karriereleiter innerhalb der Kurie Sprosse für Sprosse erklommen.

Alexander stammte aus der noblen Familie der Conti di Segni, die schon etliche Päpste gestellt hatte, und sein einziger Kontakt mit der Armut bestand darin, daß sein Onkel Gregor IX. ihn als blutjungen Knaben einmal mit nach Assisi genommen und ihn dem heiligen Franz vorgestellt hatte.

Oktavian degli Ubaldini war der Sproß einer reichen Adelssippe aus Florenz.

Um den biederen Patriarchen nicht durch unnötigen Prunk vor den Kopf zu stoßen, hatte die Küche den Auftrag, ein ländliches Mahl zu bereiten. Es gab Melonen und frische Feigen zu geräuchertem Schinken aus der Maremma, den Bauern des Kardinals ihrem Herrn dargebracht hatten. Desgleichen einen herben Weißen von seinem Sommersitz San Bruzio, einem der renommiertesten Weingüter der südlichen Toskana. Alexander hätte es lieber gesehen, wenn der süffige Frascati aus seiner Heimat kredenzt worden wäre, aber eingedenk der verächtlich geschürzten Lippen seines Freundes hatte er davon Abstand genommen. Außerdem war die fällige Lieferung aus den Albanerbergen nicht eingetroffen. Wahrscheinlich hatten die Soldaten der Republik des Brancaleone sie abgefangen und sich an den edlen Tropfen gütlich getan.

Der Graue Kardinal ließ den Patriarchen erst einmal tüchtig zugreifen, bevor er ihm behutsam die Frage nach den Zuständen in der Terra Sancta stellte, kannte er doch den wunden Punkt des braven

Pantaleone, der seit seiner Ernennung vor drei Jahren sein Amt noch immer nicht antreten konnte, weil ihn die Kurie stets mit Sonderaufgaben bepackt hatte wie einen Lastesel. Als die Kaubewegungen des Gastes ruhiger gerieten und er auch ausgiebig nachgespült hatte, sagte der Kardinal: »Wir schätzen Euch, lieber Jakob, als einen ausgezeichneten Kenner der Lage in Outremer, auch wenn Ihr – wie wir – den Gang der Dinge nur aus der Ferne verfolgen könnt.«

Der Patriarch setzte mit heftiger Geste den Becher ab. »Wenn Seine Heiligkeit gegen die Mutterstädte allen Unfriedens nicht mit der gleichen Härte und Zähigkeit vorgeht wie in der sizilianischen Sache, werden die Admirale der Flotten weiterhin ihr schmutziges, selbstsüchtiges Handwerk betreiben –« Da der Kardinal ihm nachgeschenkt hatte, nahm er jetzt noch einen Schluck. »Ohne Androhung des Interdiktums gegen die Seerepubliken Genua und Venedig samt Pisa, ohne die längst fällige Exkommunikation der Dogen wird nichts sie davon abhalten, die beachtlichen Kräfte von Truppen und den riesigen Wert an Kriegsmaterial, Maschinen und Schiffen weiterhin gegeneinander einzusetzen, anstatt im Kampf gegen unsere muslimischen Feinde. Es ist eine Schande!«

»Wohl wahr«, murmelte der Papst, »der Glaube zählt für sie weniger als der Handel.«

»Kein ernstzunehmendes Verbot – seitens des Königreiches von Jerusalem, aber auch Eurerseits, verzeiht mir, Heiliger Vater, hindert die Serenissima daran, mit Kairo verbandelt zu sein, daß es zum Himmel stinkt, während die Genuesen mit jedem Ungläubigen Geschäfte machen, der ihnen Ware liefert. Und Pisa nimmt, was die beiden Großen ihr übriglassen! Das Wort ›christlich‹ kommt in ihren Kontorbüchern nur vor, wenn es sich um eine Fracht christlicher Sklaven handelt, gefangener Kreuzfahrer, die sie von einem orientalischen Markt zum nächsten verschiffen und verhökern! Auch Waffen liefern sie an die Ungläubigen, wenn die Bezahlung stimmt!«

»Fürwahr ein Verfall!« Alexander mühte sich, aufgebracht zu wirken, fand aber die rechten Worte nicht, zumal er ein zu großes Stück Schinken zu Munde geführt hatte.

Oktavian sah die Sache gelassener.

»Die Idee der bewaffneten Pilgerfahrten gen Jerusalem ist vor über hundertfünfzig Jahren entstanden, also alt geworden; sie hat ihren ursprünglichen Impetus längst verloren.«

»Das, mit Verlaub, habt auch Ihr, ich meine, der Heilige Stuhl, zu verantworten.«

Jakob war bereit, den Thron des Patriarchen aufs Spiel zu setzen. »Seit Beginn dieses Säkulums haben immer weniger Kreuzfahrer ihren Weg ins Heilige Land gefunden, immer mehr militärische Unternehmen richteten sich gegen Christen, Bewohner des Abendlandes! Ich sage nur Konstantinopel, Albigenser und jetzt die Staufer! Ihr werdet mir entgegenhalten: ›Schismatiker, Häretiker, Bastardsöhne des Antichristen‹; aber eines könnt Ihr mir nicht weismachen, daß solche Kriege im Zeichen des Kreuzes der Wiedererlangung der heiligen Stätten gedient hätten!«

»Wildschwein«, entgegnete der Kardinal belustigt, »das kann ich Euch entgegenhalten, weil es soeben tranchiert wird.« Er zeigte auf den mächtigen Spieß, den die Diener gerade vom nahen Feuer herantrugen. »Dazu gebratene Äpfel, gedünstete Kastanien, und den Wein wollen wir auch wechseln.« Er winkte den Schenk heran. »Jetzt den süffigen Roten aus unserer Abtei von San Polo! Ein flüssiges Stück Himmelreich aus dem Herzen des Chianti!« Er wandte sich an den Patriarchen, der seinen noch halbvollen Becher wütend umstülpte zum Zeichen der Verweigerung.

»Wir werden Euch mit allen Vollmachten ausstatten, um die Streithähne zur Vernunft zu bringen«, erklärte der Papst begütigend.

»Vernunft?« rief Jakob aufgebracht. »Das ist es ja eben! Nach ihrer Ratio haben sie ja recht! Was ihnen abgeht, ist die Unterwerfung des Handels unter die himmlischen Güter. Sie vergessen ihr Seelenheil, den christlichen Glauben! Sie beten zum Mammon.«

»Ich kann Euch trösten«, sagte der Kardinal und legte seinem Gast ein saftiges Stück Fleisch vor. »Vor der Hauptstadt Akkon fand eine entscheidende Seeschlacht statt, die Serenissima trug den Sieg davon, die Genuesen räumten ihr Quartier und zogen sich mit dem Rest ihrer Flotte nach Tyros zurück.«

Der Heilige Vater entrang sich einen Seufzer. »*Suum cuique!* Dann hat ja jeder was, und sie können künftig Frieden halten.«

So sollte ich vielleicht auch in der sizilianischen Sache verfahren, schoß es Alexander durch den Kopf. Konradin bekommt Sizilien, Edmund vielleicht Apulien und der Anjou den Rest, von Neapel bis zur Stiefelspitze Kalabriens.

»Euer Mann aus Palermo!« flüsterte eine Wache dem Kardinal zu.

»Wenn man an den Teufel denkt!« Alexander blinzelte gegen den Schein des Feuers ins Dunkle, es war längst Nacht geworden. In den Lichtkreis der flackernden Flammen trat eine gekrümmte Gestalt, die keinen Pferdefuß zeigte, sondern an beiden Beinen verkrüppelt war und sich auf Krücken vorwärts bewegte, auf die Tafel zu.

»Der Grottenmolch!« zischte Oktavian dem Papst leise ins Ohr und rief laut: »Ah, unser nicht akkreditierter Botschafter! Der anonyme Zeuge der Krönung zu Palermo – will ich hoffen! Bartholomäus von Cremona!«

Ein weichherziger Diener schob dem Krüppel einen Hocker unter, auf den der sich ächzend fallen ließ.

»Euer Bericht, Barth, wird uns den Abend restlos verderben?«

»Wenn Ihr, mächtiger Herr und Gebieter, mir einen Bissen von Eurer Tafel gönnt und einen Schluck Weines dazu«, krächzte der Angesprochene furchtlos, »dann mag es mir gelingen, die heiteren Seiten hervorzukehren, denn eine Krönung hat auch viel Närrisches!«

Auf Wink des Kardinals bekam er das Gewünschte in die Hände gedrückt, denn an der Tafel Platz zu nehmen blieb ihm verwehrt.

»Da Gott, der Gerechte«, schmatzte er, »mir ob meiner Sünden die Gehwerkzeuge gebrochen hat, bot sich ein Auftreten als armseliger Bettler *eo ipso* an. Ich glaubte, mir einen schönen Platz gleich hinter dem Portal der Kathedrale erobert zu haben, von dem aus ich Thron und Altar gut einsehen konnte und an dem auch der Festzug zum Handgreifen nah an mir vorbeiziehen würde, doch am Morgen vor der angesetzten Krönung setzten mich die Sbirren des Procida vor die Tür. Dort warfen die einheimischen Kollegen gleich mit Steinen nach dem Fremden, so daß ich mich genötigt sah, eiligst hinwegzuhumpeln.«

»Ihr habt die Krönung also nicht mit eigenen Augen –?« hakte der Graue Kardinal gleich ein, doch das interessierte den Papst weniger.

»Wer hat dem Bastard denn die Krone –?«

»Die war erst mal nicht da!« Dem Grottenmolch entfleuchte ein satter Rülpser. »Zweimal wurde der große Tag verschoben, weil die Juwelen noch aus Venedig herbeigeschafft werden mußten. In der Höhe von Otranto überfiel ein genuesisches Geschwader den Schnellsegler der Serenissima, doch ein Kriegsschiff des Anjou hieb ihn heraus und geleitete ihn sicher in den Hafen des Grafen Hamo L'Estrange, der von Manfred nicht als Gast zum Fest geladen war, weil er sich seit Jahren weigert, die Admiralstriëre von Sizilien herauszurücken, die er von seinem Vater, dem Grafen von Malta, einbehalten hat.«

»Er hat sie von seiner Mutter geerbt, jener gottlosen ›Äbtissin‹!« knurrte Alexander unwillig. »Doch verschont mich mit dieser Ketzerfamilie, der wir die Aufzucht der Kinder des Gral verdanken!«

»Jedenfalls schaffte Hamo die Kronjuwelen auf dem Landweg nach Palermo«, schloß Barth mit einem tiefen Zug aus seinem Becher dieses Kapitel ab.

»Also, wer krönte?« bohrte der Papst nach.

»Der Bischof von Grigenti.«

»Der Trottel!«

»Wohl wahr!« bestätigte der Grottenmolch, »ihm zitterten derart die Hände, daß ihm die Krone fast entglitten wär'.«

»Das habt Ihr aber alles nicht gesehen«, stellte der Kardinal fest. »Was könnt Ihr uns denn nun aus eigenem Augenschein berichten?«

»Weil vor der Kathedrale kein lukratives Bleiben war, schleppte ich mich hinunter zur Cala, dem Binnenhafen. Dort erwarteten die illustren Gäste, die mächtigen Lehnsherren und ausländischen Gesandten, den Krönungszug, und ich konnte auf reichlich Almosen rechnen.«

»Ich habe Euch kaum nach Palermo geschickt, damit Ihr Eure Taschen füllt!« rügte der Graue Kardinal, doch Barth blieb ihm die Antwort nicht schuldig.

»Ein Bettler, der nicht bettelt, macht sich verdächtig! Ich verspürte keine Lust, in Euren Diensten auch noch den Halswirbel verrenkt zu bekommen, also sackte ich eifrig ein, was mir an Münzen zugeworfen wurde. Hier am Hafen hatte sich auch das meiste Volk versammelt, denn aus den engen Gassen, die der Zug passieren wollte, hatte man es aus Sicherheitsgründen verjagt. Bald konnte man in der Ferne das Jubelgeschrei des sich nähernden Festzuges vernehmen, der schlangenförmig – das hatte ich alles in Erfahrung gebracht – durch die Altstadt von Kirchlein zu Kirchlein zog, um sich dann breit wie ein Lindwurm den prächtigen, schnurgeraden Cassaro hinauf, zurück zum Dom und zum Königspalast zu wälzen. Dort standen dann auch alle Truppen Spalier, Ritter wie Fußsoldaten. Am Hafen war das Gedränge in der Erwartung, endlich den jungen König zu sehen –«

»Usurpator!« stellte Oktavian richtig.

»*Impostator miserabilis!*« zischte Alexander.

»– mittlerweile unerträglich geworden, die ersten stürzten von der Mole ins Wasser des Hafenbeckens. Doch da ertönte vom Fuß des Monte Pellegrino eine ganz andere Musik. Statt der martialischen Fanfaren und der Trommeln und Pauken der Sarazenen, die dem Festzug voranmarschierten, erklang ganz leise, doch immer deutlicher das ›*Ave Maris Stella*‹, inbrünstig gesungen aus viel Tausend frommen Kehlen unserer *Ecclesia catolica* –«

»Wie das?« hauchte der Papst ungläubig. »Eine Demonstration zu unseren Gunsten? Zur Behauptung unserer heiligen Rechte?« Triumphierend war Alexander aufgesprungen. »Wer das für uns tat, den will ich seligsprechen!« rief er voll Emphase, doch der Grottenmolch fuchtelte beschwichtigend mit den Armen.

»Laßt Euch Zeit, mein Heiliger Vater – und lauscht!« Er ließ sich, genüßlich auskostend, daß der Papst an seinen Lippen hing, erst einmal reichlich nachschenken. »Das am Hafen versammelte Volk strömte ab wie Badewasser aus dem Zuber, wenn der Pfropfen gezogen, alle rannten hinüber zum Viertel der Genuesen, zum Brunnen am Meer, der *Aqua Santa* heißt –«

»Wer kam denn nun?« wollte jetzt auch der Kardinal wissen, doch Barth fuchtelte auch seine Neugier nieder.

»Da jetzt eine babylonische Verwirrung einsetzt, erlaubt mir noch einmal, es so zu berichten, als wären meine Füße von Anfang an dabeigewesen und müßten sich nicht auf nachträglich eingesammelte Berichte von Augenzeugen stützen.«

»Sagt nur: wer?«

»Das wäre ein Jammer!« wehrte sich der Molch standhaft. »Es würde Euch um den Genuß der schönen Geschichte bringen!«

»Alsdann, doch geht zügig vor«, beschied ihn Alexander, »nicht bis ins dritte Glied zurück oder gar zu Roç und Yeza, dem Königlichen Paar der Ketzer!«

Barth schmunzelte. »Als das Hafenbecken bereits gerammelt voll mit den Schiffen der Gäste und der Beginn der Zeremonie durch drei Böllerschläge vom Palazzo dei Normanni angezeigt worden war, erschien ein gar mächtiger Dreimaster fremdländischer Takelung vor dem Turm, der die Einfahrt der Cala bewacht. Der Hafenkommandant hatte längst die Kette ziehen lassen und schickte hinaus, um dem Fremden mitzuteilen, er möge auf der Reede ankern, ein Anlanden sei nicht mehr möglich. Doch darauf bestand der Großmetropolit von Bethlehem.«

»Den gibt es doch gar nicht!« Zum ersten Mal meldete sich der Patriarch zu Wort, der bislang nur mißmutig dem Bericht und der Art, wie er aufgenommen wurde, gefolgt war.

Der Papst war verunsichert. »Haben Wir je einen solchen Titel vergeben?« wandte er sich an seinen Berater. »Vielleicht die Griechen?« schlug der vor.

»*Apostata chismaticus!*« entschied Alexander. »Ein schismatischer Betrüger!« teilte er dem Barth mit, doch das rührte den wenig.

»Der christliche Würdenträger reiste in Begleitung eines Komturs der Templer und eines französischen Priesters, Monseigneur Gosset, den sein König –«

»War das die Überraschung?« fragte der Kardinal scharf.

»Keineswegs«, entgegnete der Molch frech, »das war nur das Vorspiel. Er habe ein Geschenk für König Manfred an Bord, das ein Anlegen unbedingt notwendig mache, um es zu entladen. Darauf bestand der Großmetropolit, doch der Hafenkommandant, der den Festzug nicht versäumen wollte, vertrat er doch ein wichtiges Amt und sollte dem König vorgestellt werden, verwies ihn an einen kleinen Fischerhafen, der Jungfrau Maria geweiht, am Fuße des Monte Pellegrino. Dorthin wendete sich also der Segler mit seiner geheimnisvollen Fracht und machte an der Kaimauer fest –«

»Also, was hatte dieser falsche Großmetropolit denn nun an Bord?« drängte der Papst. »Es kann sich doch nur um eine gotteslästerliche Gabe –«

»Ihr geht fehl, Heiliger Vater«, wies Barth den Neugierigen zurück, »im Beisein des örtlichen Priesters und einer sogleich am Ufer zusammengeströmten Menge wurde eine überlebensgroße Golgathagruppe entladen. Herrliches Schnitzwerk aus edlem Holze und mit einem Reichtum an Kleinodien geschmückt, kostbaren Stoffen, wie ich es noch nie und nirgendwo, auch nicht im ewigen Rom gesehen habe –«

»Ich denke, Ihr habt es nicht mit eigenen Augen –?«

»O doch, mein Gebieter«, erklärte Barth voller Stolz, »denn nun setzte die Prozession nach Palermo ein, mitten hinein in die Krönungsfeierlichkeiten –«

»Das gefällt mir!« rief der Papst. »Das behagt Uns ungemein!«

»Die Leute luden sich die Heiligen und die Schächer, unsern Herrn Heiland und die klagenden Frauen auf die Schultern und trugen sie, inbrünstig das ›Ave Maris Stella‹ singend, denn die Gottesmutter mit ihrem Sohn war ja über das Meer zu ihnen gekommen, nun auf der Uferstraße in die Stadt. Allen voran die Kreuze, dann die Marien, die römischen Soldaten und viele, viele Heilige –«

»Die alle nie an der Kreuzigung teilgenommen!« mokierte sich Oktavian, doch der Papst verwies es ihm.

»Und wer steckte denn nun dahinter, wem verdankt die Kirche ihren Triumph über das staufische Natterngezücht?«

»Den edlen Spendern zweifellos.« Barth freute sich über die gesteigerte Spannung. »Sie schritten bescheiden hinter der Prozession, als allerletzte: Roç und Yeza!«

Das Schweigen im Park war so tief, daß man das Rauschen der Blätter in den Bäumen, das Plätschern der Wellen des nahen Flüßchens hören konnte. Eine Grille zirpte, und der Nachtvogel schrie.

»Ach!« Alexander entrang sich als erster einen Seufzer. »Gottes Segen sei ihnen vergönnt! Vielleicht haben wir diesen Kindern immer Unrecht getan.«

»Das Königliche Paar«, erinnerte ihn milde sein Freund Oktavian, »ist der Kindlichkeit längst entwachsen, es hat der Kirche nie Böses getan, sein einziger Makel ist seine Herkunft –«

»Ketzer?«

»Nein, schlimmer: Staufer!«

»Können Wir ihnen vergeben?«

»Die Heilige Inquisition sicher nicht, aber Gott der Herr!«

»Ich würde die beiden gerne von Angesicht –«

»Solcher Einladung werden sie kaum folgen, nach allem, was die Kurie ihnen an Tort angetan.«

»Ich könnte sie um Verzeihung bitten. Nein!« brach es laut und häßlich aus dem Stellvertreter Christi auf Erden. »Nein! Sie sind Staufer!«

»Laßt uns das prüfen, Heiliger Vater, wenn es uns gelungen ist, sie zu bewegen, vor Eurem Thron zu erscheinen!«

»Habt Dank, Oktavian! Euer Rat beschämt mich Sünder immer wieder.«

»Wir sind alle Sünder«, sprach der Patriarch aus dem Hintergrund, »laßt uns beten, denn das hatten wir eingangs vergessen.«

Wieder fiel die Stille des Gartens über die Männer, als ihr Murmeln zu Gott aufstieg. Als der Kardinal seinem Bedarf Genüge getan, wandte er sich an seinen Untergebenen: »Bringt es zu Ende«, forderte er ihn unwirsch auf, als habe der Grottenmolch die unvorhergesehenen Ereignisse erfunden. »Was tat Manfred?«

»Die Prozession war zu einer Lawine angeschwollen, als sie die Cala von der Flanke erreichte, gerade als der Festzug einbog. Sie riß ihn mit sich fort. Hinter den schwankenden Figuren der Heiligen Familie her, allen voran der Gekreuzigte, strömten die Leute von dem vorgegebenen Weg hinweg in Richtung Kalsa. Der mit Blumen, Girlanden und Ehrenpforten geschmückte Cassaro blieb leer, sie drängten sich durch die engen Straßen, bis sie an die Stadtmauer stießen, und wälzten sich dann an der Porta Sant'Antonio vorbei auf den Palast zu. Bei dem Kirchlein San Giovanni degli Eremiti gelang es Manfred mit einer Handvoll Ritter, sich an die Spitze der Prozession zu setzen und sie zum Halten zu bringen. Das Volk wollte unbedingt seine neuen Heiligen in die Kathedrale tragen, in der alles zur feierlichen Krönung vorbereitet war.

Roç und Yeza traten vor und erklärten mit soviel Bestimmtheit, daß der erreichte Ort den rechten Platz für die Heilige Familie böte, denn hier seien Moschee und Kirche so innig vereint wie im Heiligen Lande, woher sie käme und das ihre Bestimmung sei. Die Leute brachen in Jubel aus, Manfred umarmte das Königliche Paar und führte es in allen Ehren mit sich hinweg zur Kathedrale, damit sie seiner Krönung beiwohnten. Der Bischof von Grigenti sprach in seiner Predigt von Engeln, die vom Himmel herabgestiegen seien, um die Krone mit ihrem Hosianna zu lobpreisen, und daß Friede zwischen den Menschen sein sollte, nicht nur zwischen den Christen und Muslimen, sondern auch zwischen dem Heiligen Vater und dem von Gott gesalbten jungen König.«

»Eine schöne Bescherung«, sagte der Papst und mußte lachen. »William von Roebruk hätte es nicht besser richten können! War der Minorit auch zugegen?«

»Nein«, sagte Barth, »den kenne ich und hab' ihn nicht gesehen.«

»Ihr habt uns nichts erspart, Bartholomäus von Cremona«, sagte der Graue Kardinal. »Euch ist geläufig, wie man früher mit den Überbringern solcher Botschaften verfuhr?«

»Mein Kopf gehörte schon immer den Geheimen Diensten.«

»Das erhält ihn Euch auf den Schultern, bis es dem Höchsten gefällt, Euch das Maul zu stopfen! Geht jetzt!«

Es ging auch der Patriarch. Der Nachtwind ließ die Kerzen in den Windlichtern flackern.

Papst Alexander IV. wanderte unruhig in seinem Arbeitszimmer auf und ab. Durch die hohen Fenster glitt sein unsteter Blick über den Park, den Wehrgang unterhalb der Zinnen der Stadtmauer entlang. Er schweifte über die Hügel mit ihren Zypressen, dunkle Finger, die aus dem matten Grün der Olivenhaine und den zarten Farben der Weinberge hervorstachen. Von der Kirche, die dem Palazzo angegliedert war, ertönte das Mittagsläuten. Die Wachen meldeten Kardinal Oktavian, der jederzeit Zugang hatte, und ließen die Türflügel gleich offenstehen. Alexander konnte die Schritte auf den ausgetretenen Travertinstufen hören. Er stieg mit zwei raschen Schritten den erhöhten Fensteralkoven hinauf und starrte angestrengt hinaus.

»Schaut nur, Heiliger Vater, wen ich Euch mitgebracht habe!« tönte die forsche Stimme seines Vertrauten und Ratgebers, des Kardinals Oktavian. »Seine Exzellenz, Sir Darius Turnbull, Gesandter des englischen Königs, ist partout nicht willens hinzunehmen, daß seine Aufwartung vergebens ist, solange sein Herr Heinrich sich nicht an die getroffenen Vereinbarungen hält.«

Der Papst wandte sich langsam um, zeigte eine leidende Miene und musterte grußlos den Gesandten, der zusammen mit dem Kardinal eingetreten, aber nicht wie der an der Tür ausharrte. Jetzt stand Sir Darius, verlegen seinen Hut drehend, inmitten des Raumes, und Oktavian vergrößerte die Peinlichkeit noch, in dem er lässig hinzufügte: »Und Geld hat er auch keines mitgebracht!«

Der Papst besah sich den Gesandten wie einen lästigen Bittsteller. Er gefiel ihm nicht, schon wegen der Statur eines bulligen Hirtenhundes. Doch seine roten Haare und hellwimprigen, brauenlosen Äuglein wirkten wie die eines Schweinchens. Seine Fingernägel waren abgeknabbert.

»Nun«, sagte Alexander, um das nervöse Drehen des Hutes zu unterbinden, »was habt Ihr uns mitzuteilen, Sir Darius?« Er dachte gar nicht daran, dem Gesandten einen Stuhl anzubieten.

»Gräßliches hat dieser böswillige Kassierer Eurer Heiligkeit angerichtet, einen nicht wiedergutzumachenden Schaden haben seine uneinsichtigen, habgierigen Forderungen, seine unverschämten Drohungen dem englischen Königshaus zugefügt.«

»Ha!« höhnte hinter ihm der Kardinal. »Ihr dreht den Spieß einfach um: Der Heilige Stuhl hat nicht nur Eure Säumigkeit verschuldet, sondern durch Bestehen auf sein verbrieftes Recht auch noch Ungemach verursacht, das Ihr uns jetzt in Rechnung stellen wollt?«

»Euren billigen Hohn könnt Ihr Euch schenken, Kardinal Oktavian! Wenn Ihr vorhattet, das sizilianische Geschäft platzen zu lassen, hättet Ihr es einfacher haben können, statt uns diese Kröte Arlotus auf den Hals zu hetzen!«

»Was ist denn geschehen, daß Ihr Euch so im Ton vergreift, Sir Darius?« gab sich der Kardinal mehr belustigt als empört.

»Unser Herr König sah sich genötigt, seiner hohen Geistlichkeit Eure *conditio sine qua non* –«

»*Sine qua excommunicatio!*« verbesserte der Papst erregt, doch Turnbull ging darüber hinweg.

»– offen und ehrlich mitzuteilen, sind doch die kirchlichen Grundherren die reichsten im Lande. Was die ihm in ihrer harschen Absage wörtlich erwiderten bezüglich ihrem Papst in Rom und seinem Interdiktum, verschweige ich aus anerzogener Höflichkeit! Leider behielten sie ihren zotigen Zorn nicht für sich. Einige Tage darauf trafen sich die führenden Barone des Königreiches, schworen sich zusammenzuhalten, ritten schnurstracks zum Königlichen Palast zu Westminster und stürmten, nachdem sie im Vorraum ihre Schwerter abgelegt hatten, in das Schlafgemach des Königs.«

»Das nenn' ich die feine englische Art!« scherzte der Kardinal.

»Sie hätten ihn mit blanken Fäusten verprügelt!« rügte Sir Darius. »Ich schäme mich für sie«, fügte er leise hinzu. »Mein Herr Heinrich mußte erkennen, daß er ihnen ausgeliefert war. Zusammen mit dem herbeigeholten Kronprinzen Edward schwor er auf die Bibel, daß er in dieser leidigen Angelegenheit, die kein Geschäft sei, sondern Englands Ruin, ohne Zustimmung der kirchlichen und weltlichen Grundherren nichts mehr unternehmen werde.«

»Von dem Eid kann ich ihn entbinden!« unterbrach ihn der Papst aufgebracht. »Erzwungen! Nichtig!«

»Das hilft nichts mehr«, klagte Sir Darius, »denn diese dickschädeligen Raufbolde, allen voran der Montfort, haben dem König ein weiteres Zugeständnis abgerungen, weitaus folgenschwerer: die Einberufung eines Parlaments nach Oxford!« Sir Darius bebte. »Ist Seiner Heiligkeit klar, was das heißt? Nicht mehr der Papst, sondern eine ständig tagende Bischofssynode bestimmt die Politik der *Ecclesia catolica*, Ihr dürft nur noch Bullen siegeln, die andere aufgesetzt haben.«

»Das ist mir so fremd nicht«, sagte Alexander und schickte ein Grienen zu dem in der Tür lehnenden Kardinal.

»Das ist das Ende aller Monarchie!« zeterte Turnbull, und sein rosiges Gesicht lief dunkel an. »Das ist der Untergang des Abendlandes, eine Pest, die niemanden verschont, eine Sintflut, in der Recht und Ordnung, Gottes Gesetze –« Er kam nicht weiter, weil ihm der Atem wegblieb.

Jetzt nur keinen Herzschlag, dachte Oktavian, sonst heißt es wieder, mein Gift war im Spiel. Er schob die Hand über seinen Ring und sagte mit falscher Güte: »Was können wir für Euch tun?«

Der Gesandte schaute ihn fassungslos an. »Ihr könnt Euch das bereits ergaunerte Geld in den gebenedeiten After schieben! England läßt sich nicht länger schröpfen! Und wenn Rom uns mit Acht und Bann kommt, dann mag es Euch, Heiliger Vater, ergehen wie meinem armen Herrn Heinrich!«

Eisige Stille herrschte im Raum. Bullterrier sollten nicht so fett sein, dachte der Papst.

»Ich denke, Ihr habt Eure Immunität als Botschafter eines Königs bis zur äußersten Grenze des Erträglichen strapaziert. Wachen!« rief der Kardinal mit trockener Stimme. »Schafft diesen Herrn an die nächste Grenze des Patrimonium Petri!«

»Mein Schiff liegt in Civitavecchia!«

»Dann seht zu, daß Ihr es binnen fünfzig Stunden bestiegen habt! Sonst schieb' ich Euch noch den null und nichtigen Vertrag, samt Siegel Eures Herrn König als letzten Gruß in den Arsch! Raus!«

Die Wachen ergriffen den Botschafter und führten ihn hinaus.

Schwül stand die hochsommerliche Hitze im Raum.

»Ein ungehobeltes Pack, diese Engländer!« seufzte der Papst. »Drohen mir, ihrem Papst, mit Handgreiflichkeiten!«

»Mit Schisma, mein lieber Alexander!« Oktavian verbesserte die Laune seines Freundes damit keineswegs, deshalb lenkte er ein: »Seid zufrieden. Ihr habt nach deutschem Gelde sechzigtausend Goldmark ›eingesackt‹ – würde der Grottenmolch sagen , das ist doch ein hübsches Sümmchen dafür, daß Ihr nichts hergegeben habt.«

»Dafür stehen wir nun am gleichen Punkt wie zu meiner Thronbesteigung.«

»Nein, die fand in Rom statt!«

An der Cala, der alten Binnenmole von Palermo, ankerte der Segler des Hafsiden. Abdal war seit seinem abschließenden Auftritt als Großmetropolit von Bethlehem, ein durchschlagender Erfolg, wohlweislich von der Bildfläche verschwunden. Sein alter Freund, der

Hafenkommandant, hatte ihn vor den Nachforschungen der Sbirren des Maletta versteckt. Sinnigerweise in einem der angenehmeren Flügel der Kalsa, bei den Falknern oben auf der Stadtmauer. Der Kämmerer ging mit Recht davon aus, daß die Duldung angemaßter klerikaler Weihen eines offensichtlich frei erfundenen kirchlichen Würdenträgers, und das ausgerechnet am Tage der Krönung, Öl in das glimmende Feuer des Hasses schütten würde. Der Papst in Rom lauerte doch nur darauf, die Thronbesteigung als Farce ohne bischöflichen Segen hinstellen zu können, und diese wilde Prozession, die alle Attribute karnevalesken Treibens hatte, mochte ihn darin bestärken. Bei bösartiger Betrachtung konnte selbst die feierliche Amtshandlung durch den Bischof von Grigenti als freche Fälschung abgetan werden. Nein! Das war ein böser Schabernack gewesen, den sich dieses Königliche Paar da hatte einfallen lassen, und es erwartete auch noch Dank für seine unerbetene Gabe, für dieses als Schiff verkleidete trojanische Pferd voller Heiligenfiguren – ein Danaergeschenk! Maletta hatte in Alexandria studiert und liebte seitdem zwar nicht die Griechen, doch ihre Dichtkunst, die des Homer zumindest. Der König in seiner Unbekümmertheit hatte ja die Situation in letzter Minute noch gerettet, aber um den Preis, daß er die Aufmerksamkeit des Tages, der ganz seiner Glorie dienen sollte, mit Roç und Yeza teilen mußte.

Maletta war es nur recht, daß der Großmetropolit untergetaucht war, das enthob ihn der leidigen Pflicht, ihn zu arretieren. Der Kämmerer bevorzugte es, den Mantel des Schweigens über das Vorgefallene zu breiten, denn eine arge Panne blieb diese Störung des von ihm so sorgsam geplanten Ablaufs.

In diesem Sinne hatte er ebenfalls das Königliche Paar rasch der ständigen Sicht und der Berührung des Volkes entzogen, indem er ihnen samt Gesinde Quartier in der Kalsa angewiesen hatte. Doch jetzt meldeten ihm seine Sbirren, Roç und Yeza samt ihrem Hofstaat hätten sich zum Hafen begeben, um das Schiff, mit dem sie gekommen waren, zu verabschieden. Auch der Großmetropolit sei wiederaufgetaucht – einige wollten in ihm Abdal, den gefürchteten Sklavenhändler des Sultans, erkannt haben. Maletta schwankte, ob er ein- und zugreifen sollte. Um kein weiteres Aufsehen zu erregen, entschied er sich aber, still die Augen zu verschließen und zu hoffen, daß möglichst viele der ungebetenen Gäste jetzt wieder das Weite suchten.

Roç und Yeza, gefolgt von Dienern, Knappen und Zofen, einschließlich der Ersten Dame Mafalda, Beichtvater Gosset sowie des Majordomus Jordi, traten an das Schiff. Die Passagiere, der Doge, Sigbert und Jakov, hatten sich schon zur Abreise eingefunden. Ihren neu ernannten Wesir, Kefir Alhakim, hatten sie nicht mitgenommen, da wohl immer noch der Bann galt, mit dem ihn der Kanzler als Quacksalber aus der Stadt vertrieben. Abdal hielt seinen Abschied kurz und knapp, denn der Hafenkommandant hatte ihm empfohlen, sich nicht lange an Deck zu zeigen und auch baldigst abzulegen. Das war ganz im Sinne des Hafsiden. Er wandte sich an Roç und Yeza: »Ihr werdet, zusammen und jeder für sich« – diese Spitze mochte er sich nicht verkneifen –, »in mir immer einen Freund sehen, der zur Stelle ist, wenn Ihr ihn ruft, der alles für Euch tut, ohne zu rechten, ohne zu fragen. Ich bin Euer Diener, nehmt mich in Anspruch, wann immer es Euch beliebt!«

In einer Aufwallung von Gefühlen war Abdal im Begriff, Roç mit seinen breiten Pranken zu packen und in seine Arme zu schließen, doch dann sah er das ironische Aufblitzen in Yezas Augen, das Hochziehen der Braue. Eingedenk seiner Würde als Metropolit und der des Königlichen Paares schwenkte er seine ausgebreiteten Arme zu Gosset. Jeder konnte spüren, daß die Umarmung allen galt. Dann stapfte der Hafside das Fallreep empor und zog sich in seine Gemächer zurück.

Daß Sigbert, den sie kaum gesehen und noch weniger hatten sprechen können, schon wieder abreisen wollte, traf Roç wie Yeza hart. Den Deutschritter hatten sie in ihr Herz geschlossen, weil er sie vom Montségur errettet hatte. Während Roç seinen Schmerz, es war auch Trauer dabei – denn der Komtur war alt geworden, er mußte weit über die Sechzig sein –, mannhaft unterdrückte und auch ihm nur die Hand schüttelte, wartete Yeza ab. Dann zupfte sie Sigbert am Ärmel und führte ihn zur Seite.

»Ihr könnt jetzt, mit diesem Schiff, nicht zurückreisen«, flüsterte sie heiser und zog den weißbärtigen Hünen am Ärmel zu sich herab.

»Lieber Sigbert, ich brauche Euch, Ihr müßt mich auf einer wichtigen Reise begleiten, bevor Ihr nach Starkenberg zurückkehren könnt.«

Der große alte Mann blieb stehen und legte seine Hand auf die Schulter der schlanken jungen Frau.

»Yeza, Ihr erfüllt mir einen Traum. Es war immer mein Herzenswunsch, Euch noch einmal zu Diensten sein zu dürfen –« Er suchte nach Worten. »Ihr wißt nicht« – um seine Rührung auch ihr nicht zu zeigen, drehte er sie um ihre Achse, während er leise hinzufügte –, »welches Glück Ihr mir auf meine alten Tage bereitet.« Damit dirigierte er Yeza an der Schulter zurück zu den anderen.

»Ich bleibe noch«, meinte er leichthin zu dem Dogen.

Das ärgerte Roç. Ohne Yeza anzuschauen, sagte er laut zu Gosset: »Wir haben jeden verabschiedet, ich möchte gehen. Kommt bitte mit!«

Er ging vor und drehte sich nicht einmal um, um zu sehen, daß der kopfschüttelnde Gosset ihm zögernd folgte.

»Ihr findet mich im Palazzo Arcivescovile«, sagte Sigbert zu Yeza. »Johannes von Procida wird die gewährte Gastfreundschaft sicher gern verlängern.«

Er ließ sich von Jakov seinen Reisesack herabreichen, der schon an Bord verstaut gewesen war, und schritt federnd von dannen.

Yeza winkte den jüdischen Schriftgelehrten zu sich.

»Wir haben über alles gesprochen, werter Meister Jakov Ben Mordechai, was uns beide bewegt«, erklärte sie mit fester Stimme. Der neben ihr stehende Doge konnte, sollte es ruhig hören. »Wir sind uns einig, daß der Macht des Geistes, den *valores spirituales*, wieder mehr Gewicht beigemessen werden soll als dem Mammon und der Gier von Kommerz und Handel.« Yeza gab Jordi ein Zeichen, und der brachte einen prallen Beutel Geldes. »Hier, nehmt dies, geht nach Jerusalem und gründet die Schule, die dem geheimen Wissen und dem Forschen nach des Menschen Bestimmung geweiht sein soll. Ich werde zu Euch stoßen, sobald ich mich der weltlichen Lasten entledigt habe.« Der Zwerg hielt ihm den Beutel hin, doch Jakov griff nicht zu.

Er beugte seinen hageren Vogelkopf weit über die Reling zu ihr herunter. »Laßt sie fahren, diese Welt, jetzt und hier!« krächzte er mit seiner Josephsstimme. »Es gibt nichts von Wert, auf das Ihr Rücksicht nehmen müßtet. Beschreitet den Weg der Erleuchtung sofort, ohne Vertagen und Verlust kostbarer Zeit. Kommt –«

»Nein«, sagte Yeza entschieden, »ich will frei sein! Ich fühle mich nicht frei, wenn ich Ungeklärtes zurücklasse. Ich will reinen Tisch. Und dafür benötige ich die Zeit, die es braucht – so kostbar sie ist. Also nehmt, und vertrödelt nicht die Eure.«

Jakov nahm den Beutel. »Versprecht –«

»Verlaßt Euch darauf, Meister, Jerusalem sieht seine Dienerin, noch ehe dieses Jahr –«

»Bedenkt, junge Dame«, unterbrach sie der Doge freundlich, »in der Mystik gilt ein Jahr als ein Wimpernschlag! Wir haben bald September.«

»Nun gut«, entgegnete Yeza schnippisch, »da mein Wille besteht, muß ich mich nicht festlegen wie in einem Geschäft mit Ware von geringer Haltbarkeit.«

»Ihr verderbt nicht, Yeza«, entgegnete der Doge belustigt, »daran hege ich keinen Zweifel.« Er ging als letzter an Bord. Er hörte gerade noch, wie Jakov den Hafsiden bedrängte:

»Ihr müßt noch einmal in Ustica anlegen. Ich habe etwas auf der Insel verwahrt, dessen wir alle, um unseres Heiles willen, dringend bedürfen – oder es wird furchtbares Unheil über uns kommen!«

Der Hafside zuckte mit den Schultern. »Ich für meine Person bin nicht abergläubisch, doch ich will nicht schuldig werden am Unglück des Dogen!«

Der schaute recht übellaunig auf Jakov. »Das sage ich Euch gleich, wenn Ihr dort einen Teil des Schatzes beiseite gebracht und vergraben habt, dann gehört ein Drittel dem Hafsiden und eines nehm' ich mir für die Belästigung!«

Jakov nickte gottergeben und völlig zufrieden.

Die Leinen wurden losgemacht, die Moriskos stießen sich mit den Rudern ab, der Segler glitt durch das Hafenbecken, dem offenen Meer entgegen. Yeza stand mit Jordi abseits, ihre Frauen, auch Mafalda, winkten ebenso wie Philipp und Beni.

Im nahen ›*Oleum atque Vinum*‹, dem Weinhandel mit Ausschank, den Alekos, der Grieche, betrieb, grölten die drei okzitanischen Ritter, Raoul de Belgrave, Mas de Morency und Pons de Levis. Seit sie gleich nach den Krönungsfeierlichkeiten wieder bei ihm aufgetaucht waren und sich auch nicht mehr fortrührten, schenkte Alekos ihnen bereitwillig Krug auf Krug aus. Besoffen waren die Gäste eh schon, als sie hereingetorkelt kamen. Diesmal hatten sie etwas zu erzählen. Und wann hatte er schon Zecher, die erst lebend der Kalsa entronnen waren und dann an des Königs Tafel gesessen hatten? Sie lärmten nur reichlich laut und zerschlugen viel Geschirr, ließen aber jedesmal Münzen springen.

»Du, Raoul«, krähte Mas, »hast ganz unten gehockt, an der Tafel, wo die Platz fanden, denen namentlich keiner zugewiesen wurde.«

Ihr Anführer nahm es gelassen und bestellte noch einen Krug. »Dafür saß unser Pons, der Herr Graf von Levis und Mirepoix, der Prinzessin gegenüber. Ich fühlte mich gar nicht schlecht unter den Kriegsleuten Manfreds, die langweilten jedenfalls nicht wie die an deinem Tisch.«

»Ich hätt' ja gern mit Konstanze unterm Tisch gefußelt«, meldete sich Pons zu Wort, »so wie die mich immer ansah. Ich hatte auch schon die Schuhe abgestreift, aber da leckte eine rauhe Zunge meine Sohlen – Immà lag quer vor den weit geöffneten Schenkeln der Prinzessin!«

»Gut, daß du die Hose noch nicht aufgemacht hattest«, spottete Mas und wandte sich an Raoul. »Belgrave, wer ist eigentlich dieser Hamo L'Estrange, der mir vis-à-vis –?«

»Wohl ein entfernter Onkel, seine Mutter war die berüchtigte Äbtissin, die Gräfin von Otranto.«

»Und warum trägt er diesen Namen?«

»Weil er so ist, etwas seltsam.«

»Ich fand ihn fad«, sagte Mas, nahm seinen Teller und schmetterte ihn gegen die Wand.

In diesem Moment tauchte Roç, gefolgt von Gosset, auf. »Ich dachte es mir doch«, erklärte er laut und sichtlich mißgelaunt zu seinem Begleiter, »daß unsere pflichtvergessenen Saufbolde hier herumhängen! An des Königs Tafel führten sie das große Wort über ihre

Heldentaten auf sämtlichen Turnieren und Minnehöfen Okzitaniens, doch hier wirken sie samt und sonders wie hinters Pferd gesetzt. Findet Ihr nicht auch, Gosset?«

»Ja«, sagte der und schaute sich um. »Weiber haben sie auch keine, wohl nichts im Beutel!«

Mas wollte aufspringen, hatte auch schon nach seiner Waffe gegriffen, allerdings war sein Schwert klirrend zu Boden gefallen. Raoul zwang ihn nieder und erhob sich langsam. Er hatte seine Lektion gelernt.

»Ihr, Roç Trencavel, steht in der Gunst des Königs – wir hingegen sind besoffen. Es wäre ritterlich, sich nicht über uns lustig zu machen.«

»Wollt Ihr mich Ritterlichkeit lehren?« Roç suchte Streit. »Ihr, die Ihr Euer gegebenes Lehnswort gebrochen?« Er stellte sich breitbeinig, herausfordernd vor sie hin. »Ihr stimmt mich nicht lustig, sondern es erfüllt mich mit Pein, wenn ich sehe, wie Burschen von Geblüt so herunterkommen.«

Da ließ sich Raoul mit einem Rülpser wieder auf die Bank fallen, Pons die Nase hängen und Mas einen Furz fahren. Gosset hielt vorsorglich Roç am Arm zurück.

Alekos kam und fragte unpassend: »Was darf's sein, edle Herren?«

Da rief Pons: »Ich geb' einen aus, Roç Trencavel, wenn Ihr uns wieder in Eure Dienste nehmt!«

Mas schickte ihm einen giftigen Blick, doch als er sah, daß Raoul mit dem Kinn auf der Brust eingeschlafen war, stieß er wütend hervor: »Ich muß pissen!« und zwängte sich seitlich aus der Bank, um nicht an Roç vorüber zu mussen, der ihn so grimmig anstierte, als wollte er ihm zumindest ein Bein stellen.

Pons sah dem Morency nach. »Er meint es nicht so«, sagte er zu Roç, »wir wären wirklich froh, wenn Ihr uns vergeben könntet, der Taxiarchos hat uns verführt.«

Das mußte Raoul in seinem Schlummer gehört haben. »Pons!« murmelte er. »Wir sind keine Blütenkelche, die auf die Biene warten. Hick!« stieß er auf. »Wir summsen und brummsen selber, und wenn uns jemand nicht will –« Sein Kopf fiel zur Seite, diesmal war er auch durch Rütteln seines dicklichen Kumpanen nicht mehr wach zu kriegen.

»Wenn er wieder nüchtern ist, soll er sich bei mir in der Kalsa melden«, sagte Gosset, »ich will mit ihm reden!«

»Ich nicht!« Roç wandte sich zum Gehen. »Kommt jetzt!«

Der Priester nickte dem zerknirschten Pons aufmunternd zu und folgte.

Als Mas zurückkam, brachte er einen Bottich Wasser mit, eigentlich zur Bestrafung von Pons gedacht. Den schütteten sie jetzt dem schlafenden Raoul über den Schädel.

Der fuhr sofort hoch und schüttelte sich. »Biene!« rief er den Wirt. »Nektar! Wir haben nichts mehr zu saugen!«

»Der feine Trencavel hat dir wohl den Stengel bestäubt?« Mas ging ihn aus leichtsinniger Reichweite an, da hatte er schon den Eimer über den Kopf gestülpt bekommen und einen kräftigen Schlag obendrauf, daß es nur so dröhnte. Mas ging in die Knie.

Alekos stand mit einem Fremden abseits, dem Habit nach ein orthodoxer Mönch.

»Ich suche«, sagte der verstohlen, »ein Königliches Paar, Roç und Yeza.«

»Die Drohne ist gerade hier vorbeigekommen!« rief Raoul, der die Frage dennoch gehört hatte. »Das Königliche Paar ist in der Kalsa abgestiegen.«

»Wie nennt Ihr Euch, Landsmann«, forschte Alekos den Fremden aus, »und woher kommt Ihr?«

»Ich bin Mazedonier«, stellte der Mönch richtig, »und mein Name tut nichts zur Sache. Zeigt mir lieber den Weg, ich habe Grüße zu überbringen.«

»Die könnt Ihr den Damen da draußen anvertrauen!« rief Pons und zeigte hinaus auf den Kai, wo Yeza gerade mit ihren Damen und Jordi der Kalsa zustrebte.

»Mafalda!« brüllte er hinterdrein, und die Erste Hofdame fuhr herum, immerhin war sie seine Schwester.

Sie erbat sich Freizeit von Yeza, denn ihre Herrin hatte sofort die Stimme und die drei erkannt und dachte gar nicht daran, denen in der Taverne zu begegnen.

Beni bot sich der Dame Mafalda als Begleiter an, und die beiden betraten ›Oleum atque Vinum‹ zögerlich mit gerümpften Nasen, als sei es eine verruchte Hafenkaschemme.

Pons lief Mafalda entgegen und warf sich ihr mit einem Juchzer an den Hals. Auch Raoul war aufgesprungen und verneigte sich galant, während Mas noch am Boden saß und stöhnend versuchte, den Bottich von seinem Kopf zu lösen.

»Pons!« sagte die Dame streng. »Du stinkst!« Und sie löste seine Arme von ihrem Hals. Mit einigem Hochmut betrachtete sie die beiden Spießgesellen ihres Bruders. »In Rhedae seid Ihr wie die Maulwürfe unter die Erde gekrochen, und hier in Palermo taucht Ihr wieder auf, ungewaschen und übel riechend.«

»Es war ein langer Tunnel, Mafalda«, antwortete ihr Raoul, »doch jetzt, wo Ihr da seid, sehe ich wieder Licht!«

»Legt ein Wort für uns ein, Schwester«, bettelte Pons, »damit Roç und Yeza uns wieder in Gnaden aufnehmen.«

»Ich will keine Barmherzigkeit!« schrie Mas, der sich gerade befreit hatte. Da trat der fremde Mönch dazwischen.

»Ich habe eine Nachricht für Eure Herrschaft und wäre Euch sehr verbunden, wenn Ihr mich zu ihnen führen würdet.«

Beni, der bisher nur staunend alles mitangesehen hatte, raffte sich auf und stellte sich vor. »Ich heiße Kadr ibn Kefir ad-Din Mali Alhakim Benedictus und bin der Erste Sekretär des Königlichen Paares – und wer seid Ihr?«

»Demetrius«, antwortete der Mönch verdattert.

»Dann folgt uns«, erklärte Beni, »ich werde zusehen, daß ich Euch eine Audienz verschaffe. Meine werte Dame« – er wandte sich an die ihn um Kopfesgröße überragende Mafalda –, »wenn Ihr Eures Leibes schmucke Zier und Eures Herzens Güte nicht länger an diesen Ort verschwenden wollt, ich bin bereit.«

Die so Hofierte lächelte. »Ihr habt recht, Benedictus, diese Herren in diesem Zustand sind kein rechter Umgang für uns.« Sie hielt sich Pons vom Leibe und sagte zu Raoul: »Lieber Belgrave, wenn Ihr keine Verachtung ernten wollt, dann zeigt Euch des Dienstes, den Ihr anstrebt, würdig. Vorher laßt Euch besser nicht blicken, das ist mein Rat.«

Sie warf stolz ihren schönen Kopf in den Nacken und rauschte aus dem Ausschank, daß Beni und der Mönch ihr kaum folgen konnten.

»Also suchen wir nach einem öffentlichen Badehaus?« fragte Pons kleinlaut.

»Damit wir die feinen Nasen nicht beleidigen,« höhnte Mas, »wenn wir auf dem Bauch wie vor dem Großkhan der Mongolen Herrn Roç Trencavel und seine hohe Dame Yeza Esclarmunde untertänigst –«

»Einen Krug vom Besten, Alekos!« unterbrach ihn Raoul. »Wir feiern den baldigen Beginn eines neuen Lebens!«

Der Wirt war gerade abgelenkt, denn er sah aus dem Augenwinkel, wie Johannes von Procida, dicht umringt von seiner Leibwache, aus der nebenan gelegenen Kirche Santa Rosalia schlüpfte und der Capitaneria zustrebte. Er wußte, daß der Kanzler den geheimen Gang vom Palazzo Arcivescovile benutzt hatte, der unten in die Krypta mündete. Alekos nahm sich vor, ihn bei seinem Rückweg abzupassen.

»*Vinum*, Alekos! *In vino ridet fortuna!*«

»Wenn Fortuna dir grinst, ist Venus nicht fern!« schrie der Morency. »Weiber, Alekos! Schaff' Weiber her!«

In den Kerkern der Kalsa, wo ewige Nacht und Totenstille das Gemüt eines jeden Gefangenen zermürbten, weil er angstvoll auf jeden Lichtschein, auf jedes Geräusch reagierte, die nur bedeuten konnten, daß sie ihn holen kamen, hörte der Taxiarchos schon von weitem die sich nähernden Schritte.

Hatte sein letztes Stündlein geschlagen? Er unterdrückte das Klirren seiner Ketten und biß die Zähne zusammen. Der Fackelschein schien von endlos weit auf ihn zuzuwandern, er vernahm jetzt deutlich die Stimmen der Lemuren, seiner Henker: »... das Eisen ihm lassen ..., es zieht den Arsch bleischwer in die Tiefe und macht den Hals schön lang ...«

Er konnte ihre Gesichter nicht sehen, sie trugen Kapuzen mit schmalen Schlitzen für die Augen, als sie ihn befreiten. Dann knüpften sie grob eine Binde um seinen Kopf und stießen ihn vorwärts.

Ihre rohen Scherze über den Strick und den letzten Schiß begleiteten seinen Gang durch das Totenreich. Dann drang etwas Licht unter den Stoff seiner Binde. Sie wurde ihm mit einem Ruck gelöst.

Er stand in einem unterirdischen Gewölbe, von oben, durch ein Gitter, fiel ein Sonnenstrahl, aber von dort hing auch ein Strick herab. Die Schlinge baumelte direkt vor der Nase des Taxiarchos, dem die Hände immer noch auf den Rücken gekettet waren. Die Lemuren entfernten sich hinter ihm auf leisen Sohlen, und vor ihm stand Johannes von Procida.

»Ihr wißt sicher, Taxiarchos«, begann der Kanzler ohne Umschweife, »daß nur Eure Gier, den Schatz der Templer zu finden, aus der Ihr in Rhedae unter die Erde gestiegen seid, Euch bisher das nackte Leben gerettet hat.«

Er prüfte, ob seine Worte ihre Wirkung taten.

Sie taten es nicht. Der Taxiarchos schwieg.

»Hätte Euch der Gisors noch erwischt, wäre Euch dieses Ende sicher gewesen.« Der Blick hinauf zu dem Strick, der aus dem sonnigen Gitter herabhing, war unnötig. Das Schweigen hielt an. »So hattet Ihr ein Mal Glück. Ein zweites Mal kam Euch Fortuna hier in Gestalt unseres lieben Maletta zu Hilfe. Er kerkerte Euch ein, bevor die Templer Hand auf Euch legen konnten, ihr Auslieferungsersuchen lehnten wir ab.«

Der Taxiarchos hörte aufmerksam zu, brachte aber die Zähne nicht auseinander.

»Ein drittes Mal wird es nicht geben, Taxiarchos.« Der Kanzler schlug einen härteren Ton an. »Entweder Ihr nehmt unser Angebot an, oder Ihr seid des Todes, weil an einem lebenden Mitwisser unsererseits kein Bedarf besteht.«

Der Taxiarchos sah sein Gegenüber lange und offen an. »Mein Leben habe ich eh verwirkt. Ich wußte genau, weshalb ich mich in Rhedae auf diese kindische Schatzsuche begab.« Er lachte unnatürlich hell auf. »Ich hab' den Schatz sogar gefunden und auch gleich wieder verloren!« Der Taxiarchos beruhigte sich, zumal Johannes von Procida ein guter Zuhörer war. »Den Templern ihr eigenes Schiff zu entführen war der einzige Weg, das von ihnen kontrollierte Land zu verlassen. Damit hatten sie nicht gerechnet.«

»Bei Eurer Ankunft in Palermo wäre es Euch fast zum Verhängnis geworden.«

»Ich konnte nicht ahnen, daß gerade zu diesem Zeitpunkt Thomas Bérard mit seiner ›Atalanta‹ Euch die Aufwartung machte, aber die Templersergeanten am Hafen waren nicht instruiert! Sie waren froh, ihr gestohlenes Schiff wiedergefunden zu haben. Als ihr Großmeister davon erfuhr, war ich schon wieder unter der Erde.« Diesmal klang das Lachen des Taxiarchos schon etwas befreiter. »Ihr müßtet jetzt eigentlich verstehen, Johannes von Procida, warum ich Euer Angebot, in Eure Dienste zu treten, nicht annehmen kann. Die *Rota Fortunae*, der schmale Meerespfad, der zu den ›Fernen Inseln‹ führt, ist für jeden Segler der gleiche. Der Orden beherrscht ihn lückenlos, er hat drüben sogar Stützpunkte eingerichtet. Denkt Ihr, die lassen irgendein Schiff, das unter anderer Flagge fährt, auch nur in die Nähe der Winde, die hinübertreiben? Und außerdem, selbst wenn jemand, der sich auskennt, an ihnen vorbeischlüpft, die grausamen Priesterkönige der Inseln sind nur von den Templern gezähmt, jeder andere würde sofort Opfer ihrer blutrünstigen Götter. Laßt mich, der, wie Ihr sagt, das Glück gepachtet hat, auch dies überstehen, laßt mich mit Beute beladen den Rückweg antreten: Die *Rota Fortunae* kennt nur eine sich drehende Strömung, die den Ozeanfahrer heimwärts trägt und ihn genau an den Punkten jenseits der Säulen des Herkules landen läßt, an denen der Orden – eben aus diesem trefflichen Grunde! – seine Hafenfestungen errichtet hat. Ich falle ihnen also mit Sicherheit in die Hände, als Verräter eines ihrer großen Geheimnisse! Die zerreißen mich lebend in Stücke.«

»Das können wir hier auf Sizilien auch!«

»Ich weiß«, sagte der Taxiarchos, »deswegen bin ich ja von heiterer Gelassenheit. Denn Ihr braucht mich bei lebendigem Leib!«

»Wir lassen Euch leben, wenn Ihr uns nützt. Überlegt nicht zu lange! Kein Mensch ist unersetzbar.«

Damit schritt Johannes von Procida, den Kopf nachdenklich gesenkt, grußlos aus dem Gewölbe. Taxiarchos sah noch, wie seine im Tunnel wartende Leibwache ihn umringte, dann wurde ihm wieder die Binde vor die Augen gezurrt, und Knüffe trieben ihn zurück ins Dunkel.

In den oberen Stockwerken der Kalsa herrschte seit Einzug des Königlichen Paares reges Treiben. Roç und Yeza hatten die höchst gelegenen Räume bezogen und, ohne daß es offen ausgesprochen wurde, jeder für sich Turmzimmer in den Eckbastionen belegt. Bei Roç verblieb sein treuer Diener Philipp. Und er hatte auch dem Kefir Alhakim eine Bleibe in seiner Nähe verschafft, obgleich der ›Wesir‹ eigentlich lieber bei Yeza und ihren Frauen gehaust hätte. Seinem Söhnchen Beni war die Trennung von seinem schrulligen Vater nur recht, außerdem entzog er sich so der Aufsicht Philipps, der ihn als Laufburschen zu seiner persönlichen Verfügung behandelte und so gar nicht als ›Ersten Sekretär‹. Der Zwerg Jordi fühlte sich ohnehin zu Yeza hingezogen. Bei ihr fanden seine Lieder mehr Anklang als bei Roç, dem das Schlagen der Laute nur lästig war, wenn er mit Kefir beim Brettspiel saß oder ihn von seinen Pilzen erzählen ließ. Die Potkaxl und Geraude hätten zwar Mafalda, die Erste Hofdame, lieber im anderen Turm gesehen, aber die dachte nicht daran, den Zofen nachzugeben. Nur Gosset war nicht gewillt, die Aufteilung mitzumachen. Er hatte sich in der Mitte des langen Flures eingenistet, der beide Flügel miteinander verband. Diese Zimmer waren zudem heller. Eine Etage tiefer lagen die Räume des Reichsvikars, des einäugigen Oberto Pallavicini, ringförmig umgeben von den Biwaks seiner Leibgarde, die auch das Erdgeschoß und den Treppenaufgang bewachten. Der Fürst Lancia von Salern war gleich am Morgen nach der Krönung wieder abgereist. Seinen Platz hatte der Maletta dem Hamo L'Estrange überlassen, der, wie immer ohne Diener, den weiten Landweg durch Kalabrien mit der kostbaren Krone ganz allein bis Palermo geritten war.

Hamo muß nun bald dreißig sein, dachte Roç, als er mit Gosset im Gefolge den Grafen von Otranto aufsuchte, und er macht noch immer den Eindruck, als wolle er weder zu einem erwachsenen Mann noch zu einem Ritter werden, geschweige denn zum Grafen. Hamo sah in seinem adeligen Stand nichts als eine Bürde, die Hinterlassenschaft seiner herrschsüchtigen Mutter. Der Titel bedeutete ihm wenig, und in seine Abhängigkeit als Lehnsmann des Königs fügte sich Hamo L'Estrange schon deswegen nicht, weil er sie gar nicht verstand. Seinen Vater hatte der nachdenkliche ältere Knabe nie gekannt. Daß er mit Shirat, der jüngsten Schwester des mächtigen Emirs Baibars, verheiratet war, verlieh ihm zusätzlich den Geruch des Fremden, der sich in seinem Beinamen niederschlug, obgleich er ihn seiner Mutter verdankte. Doch Roç hatte sich mit dem Eigenbrötler eigentlich immer gut verstanden.

Mit »Was macht Alena Elaia?« begrüßte Roç den Grafen und stellte Gosset vor, völlig vergessend, daß die beiden sich noch aus Konstantinopel kannten.

»Das macht das Alter, lieber Roç!« Hamo lächelte nachsichtig. »Du bist längst ein Mann, und meine Tochter wird gerade sieben und wächst ihrer Mutter langsam über den Kopf.«

»Shirat?« dachte Roç laut und sah die zierliche Prinzessin vor sich, die schon so früh Klugheit bewies, als sie sich von der Haremsdame des An-Nasir und Sklavin des Mongolenkhans Ariqboga zur Gräfin von Otranto durchkämpfte. In ihrem Wesen glich sie Yeza, wenn sie auch wesentlich älter war, sicher so alt wie Hamo, doch Roç hatte sie als ewig junges Mädchen in Erinnerung behalten, deren Schoß alle Geheimnisse des Orients kennen mußte. Wie viele Abenteuer, die andere gezeichnet, sie verbittert, hart oder verdorben gemacht hätten, waren an ihr spurlos vorübergegangen? Wie der morgendliche Tau an der Blüte gen Mittag längst verdunstet ist, aufgegangen in den Duft der Rose –

»Hörst du mir zu, Roç? Sie übersetzt Hildegard von Bingen ins Arabische und studiert die Lehren der Sufis.« Hamo gab sich großzügig. »Das muß dir beides fremd sein.«

»O nein!« sagte Roç. »Den großen Rumi habe ich selbst noch erlebt, Gedichte aus seinem eigenen Munde gehört, die andere Dame habe ich leider nie getroffen!«

»Sie starb vor fast hundert Jahren«, tröstete Gosset ihn, »ich schätze ihre Heilkunde mehr als ihre mystischen Visionen.«

»Das eine ist für den menschlichen Leib gedacht, Monsignore, das andere gehört in den Bereich unserer geheimnisvollen Seele. Frag mal Yeza.« Hamo wandte sich an Roç. »Frauen haben einen anderen Zugang zu diesen Dingen. Wie geht es deiner besseren Hälfte?«

»So trefflich, daß sie sich tatsächlich für etwas Besseres hält«, entgegnete Roç gequält. »Sie hat das Reich des Geistes entdeckt und will dessen Hohepriesterin werden.«

»Mit anderen Worten: Mit dem Segen der Ehe des Königlichen Paares ist es zur Zeit nicht so gut bestellt.« Die Auskunft gab Gosset. »Allerdings handelt es sich auch nicht um eine Ehe im Sinne der Kirche, deren Segen auch nie eingeholt wurde.«

»Das wird auch nie geschehen«, antwortete Roç trotzig. »Das wäre das letzte, was ich mir wünsche. Yeza muß ihre spirituellen Erfahrungen machen und ich meine als Ritter.« Er dachte nach. »Aber letztlich kann uns nichts trennen, nichts auf dieser Welt!«

»Du hast es gut, mein Lieber«, sagte Hamo und seufzte. »Du bist ein Trencavel durch und durch, Kampf und Abenteuer ziehen dich an.«

»Sind mein Leben!« sagte Roç »Genauso wie meine Liebe zu Yeza!«

»Ich dagegen«, bekannte Hamo, »führte eine Ehe voller Harmonie und bin auch glücklich auf meiner Burg am Meer, und jetzt habe ich einen König, der nicht nur mein Schiff, unsere alte Triëre, requirieren, sondern auch mich zum Kriegsdienst einziehen will. Nur weil er seinem Schwiegervater in Griechenland vierhundert Mann schicken möchte, die dem gegen andere Griechen Beistand leisten sollen!«

»Das ist doch eine herrliche Herausforderung, Hamo!« schwärmte Roç sogleich. »Außerdem ist es Manfreds gutes Recht als dein Lehnsherr!« Er dämpfte seine Begeisterung jedoch, als er Hamos verständnisloses Gesicht sah. »Man ist nicht einfach Graf und angelt dann Fische oder geht seinen ehelichen Verpflichtungen nach. Habt ihr eigentlich inzwischen auch einen Sohn?«

»Nein, um Gottes willen, Alena Elaia reicht! Sie schlägt gleichzeitig nach ihrer Großmutter und Baibars, dem Bogenschützen!«

»War es nicht so«, forschte Gosset, »daß die Triëre eine Hinterlassenschaft Eures Vaters war, des Admirals der sikulanischen Flotte unter Kaiser Friedrich?«

»Der Graf von Malta starb, als ich noch ein Säugling war«, antwortete Hamo. »Nie hat einer gewagt, meiner Mutter das Schiff streitig zu machen.«

»Das kann ich mir denken.« Roç grinste. »Tante Laurence hätte Sizilien mit Krieg überzogen und Palermo mit Griechischem Feuer bombardiert!«

»Ich hab' mir nicht den Ruf wie Donnerhall angetan«, wehrte sich Hamo ohne Bedauern, »der Frau Gräfin, der ›Äbtissin‹, Schrecken verbreitend vorauseilte, das heißt aber noch lange nicht, daß ich mir alles gefallen lasse!«

»Warum bist du dann noch hier?« fragte Roç.

»Ich stehe unter Hausarrest, die Wachen meines Zimmernachbarn Oberto Pallavicini haben Order, mich auf Schritt und Tritt zu begleiten, damit ich ja nicht entfliehe, bevor sie mich kleingekriegt haben.« Jetzt schien Hamo doch bekümmert.

»Wenn du willst, denken wir uns was aus, um dich zu befreien?« schlug Roç tröstlich vor.

»Bereite dir nur kein Ungemach, lieber Roç«, sagte Hamo. »Du wirst selbst genug davon haben, wenn du erst den wahren Charakter Manfreds erkennst. Auch du sitzt hier in der Falle, auch wenn du es noch nicht so drastisch zu spüren bekommen hast.«

»Das werden wir ja sehen«, sagte Gosset. »Wir sind schon mit ganz anderen fertig geworden!«

»Unterschätzt Johannes von Procida nicht, den Spiritus rector, er wirkt nur so freundlich, ist aber –«

»Ich bereue«, murmelte Roç, zu Gosset gewandt, »daß wir den Hafsiden haben davonsegeln lassen.«

»Mein Trost ist«, stärkte ihn Gosset, »daß der Taxiarchos hier noch irgendwo stecken muß.«

»Seid Ihr sicher, Gosset, daß das ein Trost ist?«

»Gewiß!« entgegnete der Priester. »Ich kenne ihn besser und länger als Ihr und weiß ihn als jemanden zu schätzen, der noch stets einen Ausweg wußte.«

»Sonst wäre er ja nicht hier!« Roç grinste. »Wo versteckt er sich denn, Euer guter Freund?«

»Alles wird sich finden«, sagte Gosset, mehr zu Hamo gewandt, bevor sie dessen Zimmer verließen. Auf dem Flur sprangen die Gardisten des Pallavicini auf und salutierten mit ihren Spießen.

Mit einem Auge behielt Alekos, der Schankwirt, die Mole vor seinem ›Oleum atque Vinum‹ im Auge, damit ihm die Rückkunft des Johannes von Procida nicht entging, mit dem anderen kontrollierte er sporadisch das Treiben seiner Gäste. Eine Rothaarige mit einem Hintern wie ein Pferd und wogendem Busen wie die Euter einer Kuh hatte sich den schmächtigen Mas auf den Schoß und zur Brust genommen. Ihre fleischigen Arme umschlangen ihn wie die Fangarme eines Polypen, und ihre rosarote Zunge leckte den Kopf ihres saugenden Frischlings wie eine besorgte Bache. An eine Wildsau erinnerten schon ihre hervorstehenden Hauer, das einzige, was sie an Zähnen noch vorzuweisen hatte, so daß sie klugerweise den Mund hielt.

Pons, der an ihren Lippen gehangen hatte, rutschte gerade über seinen Freund hinweg, unaufhaltsam die Bank hinab bis auf den steinernen Boden des Schrankraums. Dort rollte er sich um die vom Wasser geschwollenen Füße der Hafenhetäre, steckte den Daumen in den Mund und trollte sich selig lächelnd in Morpheus Arme, darin dem Beispiel seines Anführers folgend, der – an eine Säule gelehnt – schon lange nichts als Schnarcher von sich gab. Die nicht mehr ganz taufrische Vettel strich sich seufzend die graue Haarsträhne aus dem feisten Gesicht und schickte dem Alekos Blicke steigenden Unmuts aus ihren zwischen Fettsäcken eingepferchten Schweinsäuglein. Die gute Frau sah ihre Aufgabe als erledigt an, denn jetzt war auch Mas in ihren Armen eingeschlafen. Sie versuchte, ihn wegzuschieben.

Alekos kramte in seinem Beutel nach einer geeigneten Münze, als er gerade noch die Nachhut der Leibgardisten in die Kirche nebenan treten sah. Um keine Zeit zu vergeuden, schleuderte er ihr ärgerlich ein viel zu großes Geldstück hin und stürzte nach hinten zur Treppe, die ins Weinlager hinabführte. Mit einer sonst an ihm nicht zu beobachtenden Behendigkeit rannte der behäbige Alekos zu dem letzten in der Reihe der mächtigen Weinfässer, trat mit dem Fuß gegen den Spundhahn und warf sich gegen die Eichenwand. Sie drehte sich lautlos um ihre Achse und nahm den Schankwirt im Faß auf. Als er auf der anderen Seite aus dem Deckel eines an die Mauer gelehnten Doppelsarges hervortreten wollte, blickte er jedoch in auf seinen Bauch gerichtete Schwertspitzen der Gardisten, und er verharrte erschrocken in seinem Gehäuse.

»Was gibt es so Dringendes?« Aus dem Halbdunkel der Krypta drang die unwillige Stimme des Johannes von Procida.

»Ein griechischer Mönch ist eingetroffen«, schnaufte Alekos noch außer Atem, »namens Demetrios. Er war auf der Suche nach dem Königlichen Paar –«

»War?«

»Die Oberzofe der Dame Yeza hat ihn mit zur Kalsa genommen.«

»Da gehört er auch hin!« Der Kanzler gab sich nun schon etwas leutseliger. »Sprecht zu niemandem darüber.« Der Procida faßte den Entschluß, Roç und Yeza samt ihrem Gesinde auf die Probe zu stellen, denn schließlich konnte man nie wissen. »Die Trunkenbolde dort oben –«

»– schlafen ihren Rausch aus«, ergänzte Alekos eilfertig, ohne zu beachten, daß er dem Kanzler ins Wort gefallen war.

»– sind doch die drei Begleiter des Taxiarchos?«

Alekos wurde es schwummrig. Hatte er irgendwas falsch gemacht? »Den habe ich bislang noch nicht zu Gesicht bekommen«, antwortete er der Wahrheit gemäß, »und die jungen Herren sprechen auch nicht mehr über ihn, seitdem sie aus ...« – er wußte jetzt nicht so recht, wie er sich ausdrücken sollte –, »also, aus der Kalsa an die Krönungstafel –«

»Dann wollen wir sie jetzt wieder dorthin verfrachten, damit sie dem Taxiarchos Gesellschaft leisten!« – Und seine Reisefreudigkeit beflügeln, dachte sich der Kanzler, der noch keinen festen Plan hatte, aber gewohnt war vorzubauen.

»Das wird ein unliebsames Erwachen werden!« stellte Alekos fest und zeigte den ihm nachfolgenden Gardisten den Weg durch Faß und Weinkeller.

Johannes von Procida faßte in die Tasche und warf ihm eine Goldmünze zu, die der Schankwirt auffing.

Yeza hatte durch Geraude bei dem gefürchteten Oberto Pallavicini im Untergeschoß anfragen lassen, ob sie ihn in einer bestimmten Angelegenheit unter vier Augen sprechen könnte. Geraude kam mit der Antwort zurück, daß der Reichsvikar ihr jeder Zeit zur Verfügung stünde, auch sogleich – »»unter drei Augen‹. Es sieht zum Fürchten aus«, berichtete Geraude eingeschüchtert. »Das Weiß seines zerstochenen Augapfels, wenn die Binde es nicht gnädig verdeckt.«

»Ich werd's überstehen«, knurrte Yeza, machte sich zum Gehen fertig und winkte die Potkaxl zu sich.

»Für Euren Besuch wird er sie jetzt angelegt haben«, hauchte die sanfte Geraude.

»Wieso hast du ihm gesagt, daß ich sofort kommen wolle?« versuchte Yeza ihre Eigenmächtigkeit zu rügen.

Geraude schlug die hellen Wimpern nieder.

»Weil ich spürte, daß es Euch eine Herzenssache –«

Yeza umarmte sie stumm und verließ energischen Schritts ihren Turm. Selbst die Potkaxl hatte Mühe, mit ihr Schritt zu halten. Schon am Ende der Treppe standen die Wachen des Pallavicini mit verschränkten Spießen, die sie sofort präsentierten. Im langen Flur brannten ihre Lagerfeuerchen auf dem Steinboden. In den Herbstnächten kühlte der Palast schneller aus, als daß ihn die milde Sonne tagsüber erwärmen konnte. Die beiden Damen kamen an Hamos Gemächern vorbei und hörten deutlich die Stimmen von Roç und Gosset.

»Mitwisser möchte ich vermeiden.« Yeza instruierte ihre Zofe, ohne im Schritt innezuhalten. »Du sorgst vor der Tür dafür, daß uns keiner belauscht!«

Die Potkaxl meldete ihre Herrin an und zog sich dann zurück.

Der Pallavicini kam selbst an die Tür. »Ich könnte Euch jetzt bereits erdolcht haben«, eröffnete Yeza mit ihrem entwaffnenden Lachen das Gespräch, während sie den Raum betrat.

»Schwerlich«, entgegnete der Kriegsmann und klopfte mit dem Knöchel an seine Brust. Unter dem Seidenwams klang das Blech seines Schutzpanzers. Die junge Dame betrachtete amüsiert sein einziges Auge. Sie trat sicher auf wie eine Königin, die sich leicht darüber hinwegsetzt, was andere an ›Würde‹ von ihr erwarten mochten. Das gefiel dem alten Haudegen.

»Ich stehe zu Euren Diensten.« Artig bot er Yeza den einzigen Stuhl an, der sich in dem großen Raum befand. Der stand an der Stirnseite eines langen Refektoriumtisches aus massiver Eiche und war mit Dokumenten, Karten und Pergamentrollen bedeckt. Es machte den Eindruck, daß sie dort aufgehäuft, aber keineswegs bearbeitet wurden. »Administration ist nicht meine Stärke«, setzte er gleich entschuldigend hinzu, mit einer Handbewegung, als wolle er den ganzen Papierkrieg vom Tisch fegen.

»Ihr seid dennoch des Reiches Verwalter in allen Landen nördlich des Patrimonium Petri«, begann Yeza, um dann die Frage anzufügen, die ihr auf der Seele brannte. »Gehört Bologna auch dazu?«

Der Pallavicini wiegte sein graues Haupt.

»Eine gute Frage, doch schwierig zu beantworten.« Er stellte sich neben sie und stützte sich mit beiden Händen auf der Tischplatte ab, um seine Besucherin im Blick zu behalten. »Bologna gehört einerseits zu den Marken, hat sich aber andererseits der Lega Lumbarda reichsunmittelbarer Städte angeschlossen. Damit entzieht es sich geschickt päpstlicher Jurisdiktion, ohne sich jedoch imperialen Machtgelüsten zu beugen.«

»Darum geht es«, sagte Yeza, und ein Auge schaute sie fragend an. »Sie halten König Enzio gefangen!«

Yeza hatte sich bemüht, den Satz beiläufig klingen zu lassen, aber der Kummer und ein nicht gekanntes Gefühl der Verbundenheit mit einem ihr völlig fremden Menschen spielten ihr einen Streich.

Der Pallavicini hatte die Erregung herausgehört. Er legte seine Hand auf die ihre und sagte:

»Das ist auch der Grund, aus dem ich Bologna nicht anrühre, ich mußte es meinem Kaiser versprechen.«

»Ich will wissen«, unterbrach ihn Yeza, »ob König Enzio mein Vater ist.«

Der Gedanke überraschte den Vikar.

»Wie das?« fragte er mit unziemlicher Neugier, fast abwehrend. Enzio als der unwiederbringlich gefangene Sohn Friedrichs, bis zum Totenbett so sehnlichst herbeigewünscht, das war ihm ein vertrautes Bild. Enzio als Vater, von einer Tochter gesucht, das war eine Vorstellung, die er erst einmal schlucken mußte.

»Meine Mutter, die Tochter des Kastellans auf dem Montségur, verbrannte auf dem Scheiterhaufen, als ich kaum drei Jahre alt war. Alles, was ich weiß, sind Geschichten, die man sich erzählt. Deswegen will ich aus seinem Munde hören, ob sie wahr sind. Ich will wis-

sen, ob er sie geliebt hat, warum er sie verlassen hat – oder sie ihn.«
Yeza unterbrach sich, denn sie bemerkte, daß die Aufmerksamkeit des Pallavicini von einem kleinen Reptil abgelenkt wurde, und zwar in einer Art, die sie erstaunte. Sie hatte den Gecko längst bemerkt, der zwischen den Pergamenten mit ruckartigen Bewegungen umherhuschte und mit plötzlich hervorschnellender Zunge die Fliegen zu fangen versuchte, die sich nach brummendem Kreisen immer wieder auf den Dokumenten niederließen, wie unzählige schwarze Punkte bezeugten. Mit einer heftigen Bewegung zog er seine Hand von der Hand Yezas ab, als fürchte er sich vor der harmlosen, kleinen Echse.

»Ihr wollt aber auch Euren Vater –?« nahm der Vikar den Faden wieder auf, nachdem er sich durch Zurücktreten vom Tisch in Sicherheit gebracht hatte. »Wozu einen Vater, Ihr steht doch selbst Euren Mann!«

Yeza betrachtete mit kühlem Interesse weniger den Gecko, der ihr jetzt über den Handrücken glitt, verharrte und schließlich die Fliege erwischte, die sie schon lange geärgert hatte, als das furchtsam entsetzte Auge ihres Gastgebers.

»Falsch! Ich stehe meine Frau, vielleicht geht das in Euren Männerkopf hinein!« Sie war jetzt richtig zornig. Er sah es an der steilen Stirnfalte. Die Zornesfalte der Staufer! kam es ihm in den Sinn, doch in ihren Augen glomm es wie grünes Feuer. Das mußte sie von ihrer Mutter haben, dieser Ketzerin.

»Könnt Ihr mir Zutritt zur Stadt Bologna verschaffen?«

Der Vikar wand sich. »Wenn ich anfrage, wird die Antwort mit größter Wahrscheinlichkeit abschlägig ausfallen und damit Eure Ausgangsposition verschlechtern.«

Das Auge starrte sie dabei an. Wie eine Schlange den kleinen Vogel, dachte Yeza.

»Ihr solltet den Papst in Rom, ich meine, in Viterbo aufsuchen«, stieß er dann hervor.

Yeza erhob sich. »Dabei könnt Ihr mir schwerlich behilflich sein.«

»O doch! Und gerne«, erklärte zu ihrem Erstaunen der Vikar. »Ich kann Euch ein Empfehlungsschreiben an den Kardinal Oktavian degli Ubaldini mitgeben.« Er half seinem Gast bereitwillig aus dem hohen Stuhl. »Das öffnet Euch auf jeden Fall die Tür zu Sankt Peter, ich meine, zum Heiligen Vater.«

Yeza schenkte ihm einen letzten Blick aus ihren smaragdfarbenen Augensternen. »Öffnet – ohne sich hinter mir auf immerdar zu schließen? Ich habe nicht vor, als Tochter des Gral auf dem Castel Sant'Angelo das Schicksal zu teilen, das König Enzio in Bologna beschieden.«

»Seid ohne Sorge, ich kann Euch freies Geleit von Tunis bis an die Alpen garantieren, das ewige Rom eingeschlossen, nur Bologna – vor seinen Mauern stößt meine Macht an ihre Grenzen. Das müßt Ihr verstehen.«

Da sein Auge dies Verständnis heischte und er sich ansonsten als umgänglicher erwiesen hatte, als Yeza eigentlich erwartet hatte, nickte sie tapfer. »Ich werde den Brief sogleich aufsetzen lassen, denn selber schreiben kann ich leider nicht«, erklärte der Pallavicini. »Eure Zofe kann ihn dann abholen.«

»Ich danke Euch, Oberto«, sagte Yeza und schritt aus dem Raum, doch der Kriegsmann war einem Raubtier gleich noch vor ihr an der Tür und hielt sie ihr auf.

»Ich habe zu danken für diese Begegnung mit einem bezaubernden Weibe, das seinen Herrscher steht.«

Das Königliche Paar hatte der übel beleumundeten Kalsa ein völlig verändertes Gesicht gegeben. Bunten Fahnen gleich, wehten Hemden und Röcke von den Zinnen. Auf den Bastionen hatten die Zofen zwischen den bulligen Steinmauern Leinen gespannt und dort die Gewänder, Wämser und Hosen des Hofstaates zum Trocknen aufgehängt, die einer Wäsche nach so langer Reise mehr als dringend bedurft hatten. Aus den früheren Wirtschaftsräumen hatten Potkaxl und Geraude einen alten Badezuber in den Hof geschleift und mit warmer Lauge gefüllt. Zum Vergnügen der Wachsoldaten des Vikars, die aus den Fenstern hingen, stiegen sie hinein und begannen mit dem Schrubben und Schlagen der Kleider. Bald waren sie selbst so naß, daß die eigenen an ihnen klebten, als wären sie nackt, und so zogen sie auch die noch aus, denn ein Bad hatten beide nötig.

Stirnrunzelnd ob des Gejohles, traf bald die Dame Mafalda ein, doch als sie erkannte, welchen Zuspruch die beiden Wäscherinnen einheimsten, war sie drauf und dran, es ihnen gleichzutun. Beni, der liebend gern auch zur Potkaxl in den Trog gestiegen wäre, hielt sie davon ab, auf den die Augen verdrehenden Demetrios weisend. Sie hatten dem Mönch versprochen, ihn zum Königlichen Paar zu bringen. Mafalda besann sich ihrer Aufgabe als Erste Hofdame, scheuchte die Zofen, es mit der Reinigung von Wäsche und Gliedern nicht zu übertreiben und die Körbe nach oben zu schaffen. Sie gab dem Demetrios ein gönnerhaftes Zeichen, ihr zu folgen, und begann mit dem Aufstieg. Der den Schluß bildende Beni stolperte die ersten Treppenstufen hinauf, daß er fast auf die Nase gefallen wär. Der kleine Kater hatte seinen Kopf zu weit nach hinten gedreht, völlig gefesselt von dem, was die beiden Zofen boten, als sie jetzt aus dem Zuber stiegen.

Maletta schritt, die Arme auf dem Rücken verschränkt, in Roçs Turmzimmer auf und ab. Philipp stand in der Tür und schaute ihm zu. Der Oberkämmerer war gekommen, dem Königlichen Paar seine Aufwartung zu machen. Er hatte den Zeitpunkt bewußt so gewählt, daß er davon ausgehen konnte, weder Roç noch Yeza anzutreffen, ein guter Vorwand, ihnen Vorhaltungen zu machen, sich nicht im Hafen herumzutreiben.

Eigentlich war Malettas Aufgabe eine völlig andere. König Manfred wünschte, das Königliche Paar am nächsten Tag zum Essen zu sehen. Maletta probte gerade, eine beleidigte Miene aufzusetzen, weil man ihn in Begleitung eines Dieners so lange warten ließ, als Gejohle und schrille Pfiffe vom Hof heraufdrangen. Der Oberkämmerer stürzte ans Fenster und sah gerade noch den knackigen Sterz der Potkaxl und den weichen weißen Hintern der Geraude, die langsam und genüßlich über den Rand des Bottichs geschwungen wurden. Die Soldaten sollten wenigstens sehen, was nicht zu haben war. Der schmächtige Maletta überlegte, welchem Hinterteil er den Vorzug geben würde, doch bis er sich für Geraudens entschieden hatte oder doch nicht, waren beiden Partien im Tor verschwunden.

»Ich soll Euch, hohe Frau, Grüße von William ausrichten«, tönte am anderen Ende des langen Flurs der Kalsa eine Baßstimme, als wolle der Mönch den zu überbringenden Gruß als gregorianische Lithurgie singen.

Yeza mochte den schwarzen Rauschebart auf Anhieb nicht leiden, aber endlich von William zu hören freute sie. An dieser guten Nachricht wollte sie auch Roç teilhaben lassen. Allen Mißstimmigkeiten zum Trotz beschloß sie, ihn sogleich in seinem Turm aufzusuchen. Den griechischen Mönch, Demetrios hieß er, würde sie am besten mitnehmen und Mafalda desgleichen. Die hatte ihn ja schließlich angeschleppt. Yeza bedeutete dem unerwarteten Gast, seinen Reisekorb in Jordis Obhut zu lassen und mit ihr zu kommen. Doch Demetrios wollte sich von seiner Habe partout nicht trennen.

»Es ist eine Reliquie!« dröhnte er bedeutungsvoll. »Ich darf sie nicht allein lassen, sonst wird ihr Segen zum Fluch, der über mich kommt!« Er hielt den Korb fest in den Armen umschlossen.

»Solange es keine Kobra ist, könnt Ihr auch den Stein der Weisen darin aufbewahren«, entschied Yeza mit ungeduldiger Schärfe. »Von mir aus tragt Euren Korb als ständige Last mit Euch herum, doch erst, wenn sein Inhalt von meinen Leuten in Augenschein genommen worden ist.«

Demetrios erkannte, daß weiteres Verweigern ihn verdächtig oder so unliebsam machen würde, daß er einen Rauswurf oder Schlimmeres riskierte. Er drückte den Korb wie ein rohes Ei dem Zwerg in die Hand. »Der geweihte Gegenstand ist so leicht zerbrechlich!« fügte der Mönch erklärend hinzu. »Öffnet den Korb nicht ohne mich!« beschwor er Jordi.

»Kommt jetzt!« drängte Yeza, und Demetrios riß sich augenrollend los. Mafalda schloß sich dem Zug an.

Roç und Gosset waren über die Hintertreppe in den Turm der Kalsa zurückgekehrt, den Roç requiriert hatte. Sie hatten lange den Park bis zu den bizarren Felsklippen am Ufer durchstreift und über Hamo, Manfred und Yeza geredet. Dabei waren sie auch auf die Grotte gestoßen, die vom Meer tief in den Fels gewaschen war. Roç mußte natürlich sofort in sie eindringen, doch kam er nicht weit.

Ein von Menschenhand gehauener Gang, der nach Scheiße roch, endete an einer Gittertür aus schwerem Eisen. Sie war verschlossen, doch Roç erkannte, daß der Stollen nirgends hinführen konnte als unter die Kalsa und dieser ruchbar als Kloake diente. Zufrieden mit seiner Entdeckung, kletterte Roç wieder hinauf zu Gosset, der sich, völlig desinteressiert an unterirdischen Geheimgängen, auf einem Stein niedergelassen hatte und nachdenklich aufs Meer hinausstarrte.

»Wir sollten in der Tat auf Hamo einwirken«, sagte er, »daß er die Triëre aus Otranto holt und herbringt –«

»Ein solches Einlenken wird seinen Herrn König Manfred höchst erfreuen. Doch was haben wir davon?«

»Das ist nur eine, die erste Voraussetzung für den Plan, den wir gut durchdenken sollten, bevor wir ihn in die Tat umsetzen.«

»Ihr meint, wir sollten mit Hilfe der Triëre –?«

»Wißt Ihr ein anderes Schiff, mein Herr?«

»In welche Situation bringen wir Hamo damit«, wandte Roç ein, »und wer ist ›wir‹?«

»Yeza, wohin sie auch streben mag, wird gleichfalls froh sein, dieser Insel zu entfliehen. Danach kann sie ja ihre eigenen Wege gehen!«

»Ihr sagt das so bestimmt, als sei unsere Trennung beschlossene Sache.«

»Eine unausweichliche sicher, wenn auch in ihren Auswirkungen nicht überschaubar.«

»Und wie lange soll ich –?«

»Bis sie zu Euch zurückfindet.«

Roç wollte aufbegehren, doch Gosset ließ es nicht zu.

»Ein Mann, der sich wie eine Klette an eine davonstrebende Frau klammert, hat sie schon verloren, Roç! Nur der gleichmütig in sich Ruhende bleibt begehrenswert, nicht der Bettler. Besitzansprüche eines Eifersüchtigen schaden nur.«

»Und unsere Liebe?«

»Sie ist nicht nur diesen Gesetzen unterworfen, sondern auch dem Verschleiß, der abstumpfenden Gewöhnung oder der aufreibenden täglichen Auseinandersetzung.«

»Gosset, für einen Priester verfügt Ihr über reiche Erfahrung.«

»In der Tat, junger Mann, es gibt einen Teil meines Gelübdes als Geistlicher, den ich schätzen gelernt habe, die Ehelosigkeit. Sie hat mir ein überaus reichhaltiges Liebesleben beschert: freie Bindungen von langer Dauer und vor allem ein durchweg ungetrübtes Glücksgefühl.«

»Ich verstehe«, sagte Roç, »keine Verpflichtungen, keinen Ärger, dafür Abwechslung und –«

»Falsch verstanden, mein Lieber! Es gibt durchaus Verpflichtungen, die sind viel umfassender, weil sie von Zuneigung getragen werden. Die Ehe beschränkt die Liebe *eo ipso* auf nur zwei Menschen. Etwas wenig für die Fülle an Begegnungen, die das Leben für uns bereithält. Abwechslung ist das richtige Wort für den falschen Umgang mit dem größten Geschenk des Lebens, der Liebe!«

»Und wenn Yeza mich nicht mehr liebt?«

»Dann ist das so! Wie stellt Ihr Euch das vor, eine Liebe, die keine mehr ist?«

»Aber ich werde Yeza immer lieben!« rief Roç trotzig.

»Das ist Euch unbenommen, erzwingt jedoch keine Gegenliebe. Die große und starke Liebe des einen kann den anderen beeinflussen, ihn beeindrucken und zur Hingabe verführen – meist nur zum Nachgeben –, aber das alles ist ohne Gewähr. Besonders für den Bestand des Gefühls, das wir Liebe nennen!«

»Wir haben die Liebe, seit ich denken kann! Nimmer wollen wir sie verlieren!«

»Das geschieht schnell, wenn beide der irrigen Meinung sind, sie zu besitzen. Daraus leitet auch Ihr, Roç, Euren Anspruch her. Es heißt immer, Liebe hat mit Verstand nichts gemein. Das gilt für ihr Entstehen, aber sicher nicht für den gewünschten Bestand. Dafür bedarf es großer Klugheit.«

»Da bin ich ja bei Yeza gut aufgehoben«, tröstete sich Roç, der sich nur zu ihr in bezug bringen konnte.

Gosset schüttelte den Kopf.

»Dann solltet Ihr der Dame jetzt Eure Aufwartung machen, damit sie sich Eurer erinnert. Ihr habt ihr seit Tagen kein freundliches Wort gegönnt!«

»Sie muß den Anfang machen!« bockte Roç. »Das habt Ihr doch selbst gerade als Rezeptur zur erfolgreichen Wiedererlangung eines glücklichen Liebeslebens propagiert.«

»Gut«, sagte Gosset, »gehen wir dennoch zurück in die Kalsa und warten auf den ersten Schritt der Dame.«

»Die denkt nicht daran, klein beizugeben«, erkannte Roç. »Die will ihren Kopf durchsetzen, und der ist auf geistige Erfahrung aus!«

»Und was habt Ihr im Kopf?« Gosset bemühte sich mit Erfolg, keinen ironischen Unterton mitschwingen zu lassen. Doch Roç schwenkte sofort ein auf Rittertum, Kriegsdienst und Heldentaten und auf Hamo, der für seine Lehnspflicht so gar keinen Sinn aufbrachte.

»Wir können dem Hamo doch nicht einfach das Schiff abnehmen? Was wird dann aus ihm – in den Händen eines mit Sicherheit erbosten Herrn Manfred?«

Die beiden gingen langsam durch den Park auf ihren Turm zu.

»Weder die Triëre noch Hamo dürfen dem König ausgeliefert werden!« stellte Roç abschließend fest.

»Dann ist da aber noch Otranto«, gab Gosset zu bedenken, als sie die Hintertür erreichten. »Und das ist leider unbeweglich, also immer dem Zugriff des Souveräns preisgegeben, samt Frau und Tochter in Sippenhaft!«

»Es müßte also der Eindruck erweckt werden, daß alles so vonstatten geht, wie Herr Manfred es sich vorstellt, in Wirklichkeit aber –«

»Darüber denken wir erst nach und reden dann – jetzt nicht.«

Sie waren die Wendeltreppe hinaufgestiegen und betraten die rückwärtige Kammer. Dort entdeckten sie – ziemlich verschreckt – den ›Wesir‹ Kefir Alhakim. »Der Herr Maletta wartet in Eurem Arbeitszimmer«, informierte er Roç. »Philipp hat mich hier versteckt.«

»Und warum zittert Ihr?«

»Weil ich Eure Schritte kommen hörte und nicht wußte –«

»Hier findet Euch niemand«, sagte Roç, und sie verließen die Kammer durch die Vordertür.

Roç ließ Gosset den Vortritt, und der benutzte ihn dazu, nicht etwa den Kämmerer zu begrüßen, sondern gleich neben der Tür stehenzubleiben, gedämpft, aber Aufmerksamkeit heischend »Der Trencavel!« zu rufen und die Hände bei gesenktem Haupt zum Gebet zu verschränken, als betrete ein Heiliger den Raum.

Maletta war so verwirrt, daß er dem Beispiel folgte. Er vergaß die Vorhaltungen, die er hatte machen wollen, und als Roç dann noch leutselig rief: »Nun, lieber Maletta, was verschafft uns die Ehr?«, brachte der nur die Einladung zustande.

Roç erklärte Gosset: »Vorausgesetzt, die Dame Yeza stimmt zu, steht unsererseits nichts im Wege, des Königs freundlichem Begehr Folge zu leisten.« Er hatte sich mit leicht fragendem Unterton an den Priester gewandt, und der fing den Ball auch sofort auf.

»Wir sollten unserem liebenswerten Herrn Maletta vielleicht einen Erfrischungstrunk anbieten, derweil ich die Zustimmung der Dame Yeza Esclarmunde einholen will. Philipp!« Er scheuchte den Diener. »Erfrag', welche Präferenzen unser Gast hat, und bemüh' dich, ihn zufriedenzustellen.« Der folgte Gosset und verließ würdevoll das Arbeitszimmer im Turm.

Yeza war mit Mafalda und dem Mönch Demetrios über den Korridor gekommen, der die beiden Türme verband. Die Tür zum Hinterzimmer war angelehnt, und sie sahen den gekrümmten Rücken des Kefir Alhakim, der sein Auge ans Schlüsselloch preßte. Mafalda war geneigt, den neugierigen Wesir durch einen Schlag auf das Hinterteil zu überraschen, doch dann fiel ihr gerade noch ein, daß dies einer Ersten Hofdame unwürdig sei und der Erschrockene vielleicht einen verräterischen Schrei ausstoßen könne. So ließ sie nur die Tür knarren, und Kefir fuhr entsetzt herum. Yeza legte den Finger auf die Lippen und ließ ihre Oberzofe an der Tür lauschen. Alle im Raum konnten deutlich hören, wie der Maletta die Aufforderung des Königs vortrug, das Königliche Paar am morgigen Tag zur Abendtafel im Palazzo dei Normanni zu sehen, und wie Gosset das Turmzimmer verließ, um Yeza aufzusuchen. Sie eilte zurück zur Tür und erwischte den Priester gerade noch im Flur. Währenddessen zupfte der Mönch Demetrios die Hofdame am Ärmel.

»Nehmt mich morgen mit!« bettelte er flüsternd.

Mafalda sah ihn an, als habe er ihr einen unsittlichen Antrag gemacht. »Wo denkt Ihr hin?« rügte sie ihn streng. »An König Manfreds Tafel sitzt man nur, wenn man von Rang und Geblüt. Es sei denn, er will Euch besonders ehren!«

Sie ließ den geknickten Mönch in Gesellschaft des verängstigten Wesirs mit der Ermahnung an beide zurück, sich nicht vom Fleck zu rühren, und schlüpfte hinaus auf den Korridor. Yeza entschied, sich dem Kämmerer nicht zu zeigen, sondern schickte Mafalda samt Gosset, ihm auszurichten, daß sie mit größtem Vergnügen die Einladung annähme.

»In welchem Lehnsverhältnis stehen eigentlich diese drei Burschen aus Okzitanien zu Euch?« fragte Maletta gerade Roç, als Gosset und Mafalda eintraten.

»Man sollte meinen, in Treuepflicht!« antwortete der Priester für seinen Herrn. »Doch sie haben ihn schmählich hintergangen.«

»Ein gewisser Taxiarchos«, fuhr Roç dazwischen, »hat sie verführt, ihr Ritterwort zu brechen, denn sie sind alle drei Söhne von adligem Blut und stehen im Turnier wie in der Schlacht ihren Mann!«

»Ah«, sagte der Kämmerer, »das ist gut zu hören.«

»Ich dachte«, mischte sich keck Mafalda ein, »Ihr wolltet erfahren, wie meine Herrin über das morgige Abendessen denkt?« Sie ließ ihn schmoren. »Nun«, sie zog es genüßlich in die Länge, »wenn es dem Herrn Trencavel genehm ist, können wir, ich werde sie begleiten, es einrichten –«

»Ihr kommt mit mir!« wandte sich Roç an Gosset, und der teilte dem Kämmerer mit:

»Das Königliche Paar erwartet, daß Ihr, Maletta, persönlich hier erscheint, um es unter Eurem Schutz zum Palast des Konigs zu geleiten.«

»Es wird mir eine Ehre sein«, sagte der Kämmerer und verneigte sich. Philipp geleitete ihn zur Tür. Kaum waren die Schritte des Kämmerers und seiner Sbirren verklungen, öffnete sich die Tür zum Hinterzimmer, und Yeza schob den griechischen Mönch vor Roç.

»Demetrios bringt uns Grüße von William.«

Da steckte der Wesir seinen Kopf herein. »Der Kämmerer kommt zurück!« krächzte er.

EIN GESCHENK FÜR KÖNIG MANFRED

Philipp konnte gerade noch den Mönch zurück ins Hinterzimmer drängen, da klopfte es schon an der vorderen Tür. Gosset öffnete, doch Maletta trat nicht ein.

»Wenn dem Königlichen Paar daran gelegen ist« – er hatte Yeza erspäht und gleich mit einbezogen –, »dann kann ich ihm diesen Taxiarchos vorführen. Dank gütiger Vorsehung haben wir diesen gefährlichen Verbrecher rechtzeitig fangen können. Morgen wird ihm der Prozeß gemacht, und dann hängt er!«

»Worauf lautet die Anklage?« forschte Yeza beherrscht.

»Versuchter Giftmord an unserem König! Der Kaiser und der Patriarch von Nikäa haben ihn geschickt, wir haben die Beweise in der Hand. Also, wollt Ihr mir folgen?«

Roç sah fragend zu Yeza, die unmerklich nickte.

»Ihr habt ihn zu unseren Füßen eingekerkert«, prüfte Roç die Richtigkeit seiner bis dahin selten verfehlten Schätzungen, »nicht wahr, Maletta?« Roç erwähnte nicht, daß er den verborgenen Ausgang ins Meer bereits entdeckt hatte.

Der Kämmerer rettete sich in Scherze. »Die Kalsa hat verschiedene Stufen zur Seligkeit. Auf der untersten ist der Gast dem Himmel am nächsten!«

»Wollt Ihr damit sagen«, entgegnete Gosset, »daß uns hier in der obersten Etage die Hölle erwartet?«

»Das ist eine Frage, die Ihr, Gosset, Eurem Gewissen stellen müßt!« antwortete Maletta unerwartet schlagfertig. »Übrigens könnt Ihr nicht mitkommen, den Beweis anzutreten. Der Besuch der Kerker unterliegt nicht der Etikette, die bei Einladungen zu Hof angewendet wird, sondern den strengen *regulae administrationis iustitiae*. Das Königliche Paar muß sich dieses Mal einzig meiner Person anvertrauen.« Das war auch an Mafalda gerichtet.

Er ging vor, und Roç und Yeza folgten ihm schweigend. Maletta griente befriedigt. Dem Königlichen Paar würden die von Procida vergatterten Wachen den Zugang zu dem Gefangenen nicht verweigern, und er war nur ihr Begleiter.

Während Roç und Yeza mit einiger Beklemmung hinter dem Kämmerer und seinen Sbirren die Treppen hinabstiegen zu den Kerkern unter der Kalsa, war ihr Gesinde oder besser, der Hofstaat mit Ausnahme von Philipp in Yezas Turm zurückgekehrt und hatte sich auf die Zimmer verteilt. Kurz darauf klopfte Demetrios bei Mafalda an. Der Mönch trug seinen Korb wie eine Hostie auf unsichtbarem Kissen und setzte ihn behutsam vor der Hofdame ab.

»Da es ja unmöglich scheint, daß ein geringer Mönch an des Königs Tafel eingeladen wird, will ich als guter Christ nicht kleinmütig Gleiches mit Gleichem vergelten, sondern König Manfred wenigstens die kostbare Reliquie zukommen lassen, von der sich meine Brüder im Kloster nur blutenden Herzens trennten.«

Mafalda war jetzt neugierig, aber Demetrios hielt seine Hand noch schützend über den Korb. »Doch da der berühmte Franziskaner es angeregt hat, dem König ein würdiges Geschenk zu machen, mag ich Euch bitten, es morgen mit Euch zu nehmen und Herrn Manfred persönlich zu übergeben –«

»Kann ich das teure Stück denn wenigstens mal sehen?« drängelte Mafalda.

Demetrios lüftete das Tuch, das den Korb bedeckte. Darunter kam eine Kassette aus dunklem Edelholz zum Vorschein, reich mit Intarsien aus Elfenbein verziert. Er öffnete den Deckel einen Spaltbreit und ließ Mafalda einen Blick hineinwerfen. Auf Sammetpolster ruhte darin ein Cruzifixus, der Leib des Heilands schien aus Alabaster so zart.

»Nur dem König ist es gestattet, den geweihten Corpus zu berühren, in die Hand zu nehmen und inbrünstig an seine Lippen zu pressen!« ermahnte Demetrios die Hofdame streng. »Also enthaltet Euch der sündigen Neugier, und laßt die Schatulle ab jetzt verschlossen, bis dessen Hände sie öffnen, dem sie mit soviel Liebe zugeeignet.«

Er versuchte den Korb wieder an sich zu ziehen. »Ich werde sie Euch morgen abend übergeben, bevor Ihr in den Palast abgeholt werdet –«

Doch Mafalda hatte schon ihre Hand am Henkel. »Wenn Ihr Wert darauf legt, daß ich Unwürdige, der nicht einmal eine einzige kleine Berührung der heiligen Reliquie gestattet ist«, empörte sich die Erste Hofdame, »die Überbringerin spiele, dann verlange ich wenigstens so viel Vertrauen, daß Ihr sie mir auf der Stelle zu treuen Händen überlaßt! Sonst könnt Ihr sie gleich ganz behalten – oder Ihr nehmt Euch Herrn Maletta als Botenjungen!«

Da zuckte der Mönch, was Mafalda nicht entging, sein Widerstand ließ nach, und sie zerrte an dem Korb, bis sie ihn in der Hand hatte.

»Ich beschwöre Euch«, zeterte Demetrios, »handelt nicht wider das göttliche Gebot!« Dann mäßigte er sich und verlegte sich aufs Flehen. »Gebt den Korb nicht aus der Hand, und laßt ihn nicht fallen, ich bitte Euch!«

Mafalda hatte genug von dem Getue, sie war jetzt bereits wild entschlossen, sich einen feuchten Dreck um das Verbot zu kümmern, und schob den Mönch aus ihrer Kemenate. »Geht zum Griechen am Hafen, und beruhigt Euer Gemüt bei Wein, Brot und Öl – das hilft bei zu hohem Blutdruck!«

Demetrios schlurfte von dannen, eher einem Verzweifelten gleich, dem man das Liebste genommen, als einem Glücklichen, der eigentlich zufrieden sein sollte, daß er jemanden gefunden hatte, der sich statt seiner mit dem Korb abschleppte. Die Dame Mafalda rief die Zofen zu sich. Wie ein Marktweib würde sie sich vorkommen beim König! Die Potkaxl und Geraude kamen, kichernd und ohne Eile vorzutäuschen, von der Terrasse, wo sie mit Beni Wäsche aufgehängt und sich des Katers Pfoten erwehrt hatten. Der kam auch ungerufen hinterhergeschlichen.

»Pack das vorsichtig aus, Geraude!« wies die Erste Hofdame an. Die Zofe zog das Tuch vom Korb und nahm die Elfenbeinschatulle in die Hand. »Darin ist Zerbrechliches!« Mafalda war jetzt auch von der Neugier gepackt. Sie flüsterte: »Öffne es behutsam!«

Geraude kam der Aufforderung nach. Vor ihnen lag im samtenen Bette ein silbernes Kruzifix, mit Saphiren und Perlen bestückt. Der Körper des Gekreuzigten war aus Alabaster, doch in ihm bewegte sich rubinrot sein Herzblut. Es schwappte dickflüssig in den Gliedern und trat ganz fein an den Wundmalen aus. Ein Tröpfchen quoll auch aus der Leiste, dort wo die heilige Lanze hingestoßen hatte. Geraude wollte den rührseligen Schmerzensmann, der wahrhaftig nicht ihrem katharischen Parakleten entsprach, mit spitzen Fingern in die Hand nehmen, als aus dem Untergeschoß hysterisches Gebrüll des Pallavicini zu ihnen heraufdrang.

»Elendes Mörderpack!« Der Reichsvikar schrie Zeter und Mordio. »Maria und Joseph! Skorpione! Hilfe!«

Schnell klappte Mafalda den Deckel wieder zu. Beni rannte los, sauste das marmorne Treppengeländer hinunter, rannte den Flur entlang und fand den gefürchteten Oberto Pallavicini barfuß in seinem Bett stehend, angewurzelt wie eine Säule, denn zwischen seinen Füßen hockte ein kleiner Skorpion, der wohl vom Baldachin gefallen war. Um ihn herum standen seine Sbirren mit blankgezogenen Schwertern und auf das Tier gerichteten Spießen. Doch Oberto verwies ihnen mit schriller Stimme jegliche Attacke, aus berechtigter Angst, daß der Skorpion in Notwehr schneller stechen könnte, als die Leibwächter ihm den Garaus machen würden.

»Rührt Euch nicht vom Fleck!« befahl Beni den Kriegern, griff sich vom Kasten den gläsernen Pokal des Herrn Vikar, goß den Rest Wasser aus und näherte sich auf allen vieren, wirklich wie ein Kater von hinten dem giftigen Insekt. Zwischen den nackten Beinen des Pallavicini angelangt, stülpte er blitzschnell den Pokal über und zog ihn über Decke und Laken, daß dem armen Tier Hören und Sehen verging. Am Bettrand genügte eine geschickte Bewegung, und der böse Feind rannte im Pokal gegen die glatten Wände.

»Mein Retter!« Der Pallavicini strahlte und scheuchte die Sbirren aus dem Zimmer. »Du bist der Page der Dame Esclarmunde?« fragte der Vikar sicherheitshalber nach. »Was wünschst du dir zur Belohnung?«

»Daß Ihr mich geziemend Benedictus, Erster Sekretär des Königlichen Paares, nennt, – und daß ich das Spinnentier bei mir behalten darf!«

Da lachte Oberto Pallavicini schallend und warf ihm einen Goldbesanten zu. Beni fing die Münze auf und sauste mit dem Pokal davon, in dem der Skorpion tanzte.

In Yezas Turm hatten die Frauen auch Kefir Alhakim zu Rate gezogen, weil Geraude bei der inzwischen wieder geöffneten Schatulle so merkwürdig geschnüffelt und geraunt hatte, daß der Herr Jesus verdächtig rieche, nach qualvollem Tod, schwarzem Brand, Pestilenz und Verwesung –

Der Wesir hatte kaum seine Nase hinabgesenkt, als er schon erbleichte.

»Leichengift?« fragte Geraude ängstlich. Kefir hatte nur den Corpus samt Kasten geschüttelt, so daß aus der Lanzenwunde schäumend der rote Saft floß. »Es gibt kein Reptil auf Erden, keine Schlange unter Wasser, keinen Drachen in den Lüften –«

In diesem Augenblick stürzte Beni ins Zimmer mit seinem Skorpion im Glas. Mafalda wich entsetzt zurück, aber Potkaxl, der Beni nichts abschlagen konnte, sagte nur: »Gib mal her!«

Sie nahm ihm den Pokal aus der Hand und hielt ihn über den Gekreuzigten. Kurz entschlossen kippte sie den Skorpion genau in den rosafarbenen Schaum auf der Wunde und stürzte zur Sicherheit das Glas noch als Kuppel darüber. Ein Zittern ging durch den Skorpion. Er raste im Kreis wie von einer Tarantel gestochen, sein Stachel hackte wie wild gegen den Alabaster, sein dunkles Gift spritzte über den weißen Leib, seine Zangen fanden keinen Halt, sich zu verkrallen, er versuchte noch, sich selbst durch einen Stich in den Hals zu töten, wie Skorpione sich das Leben nehmen, wenn Feuer sie umringt, aber die Kraft hatte ihn bereits verlassen. Er wand sich elendiglich, es war allen, als könnten sie ihn schreien hören, er wälzte sich auf den Rücken und starb völlig verkrümmt.

Ohne von ihnen bemerkt worden zu sein, hatte der hinzugetretene Gosset über die Schultern der Damen zugeschaut und den Schluß des Dramas miterlebt.

»Eine infernalische Mischung!« keuchte Kefir und fischte mit einem Strohhalm den toten Skorpion aus der Schatulle. »Es genügt schon die bloße Berührung, und das *venenum* frißt sich ätzend durch die Haut, fährt brennend ins Blut.«

»Macht den Giftkasten zu«, befahl Gosset, »und schreibt mir die Mixtur genau auf!«

»Ich fass' das nicht mehr an!« verkündete Mafalda. »Keine zehn Pferde –« Und alle waren erleichtert, als die energische Potkaxl die Schatulle wieder im Korb versenkt hatte.

Unten in der Kalsa hatte niemand den Angstschrei des Oberto Pallavicini gehört, wie ja auch das Gebrüll der Gefolterten nicht aus den Kerkern nach oben drang. Der Taxiarchos wurde auch keinerlei Tortur unterworfen, außer der, die aus dem infamen Zusammenwirken von totaler Finsternis und der Stille seines Verlieses bestand. So empfand er, nach anfänglichem Schrecken, den Besuch von Roç und Yeza als Wohltat.

Maletta war der Zugang zu dem Verlies verweigert worden, er mußte in dem dunklen Gang warten, von dem aus die Gefängniszellen abzweigten. Da die Wärter mit dem Königlichen Paar weitergegangen waren, stand er allein in der Finsternis und lauschte, aber er hörte nur, daß Tropfen von der Decke fielen, und ein Wispern und Rauschen. Seine Hand umklammerte die Streusanddose, seinen unfehlbaren Beweis gegen den Taxiarchos.

»Es war ja auch wenig klug von Euch, Herr Taxiarchos«, sagte Roç auf griechisch zu dem Angeketteten, »diese Probe mitzuschleppen – zumal der Fall Gavin begraben ist und kein Hahn mehr danach kräht.«

»Ich wollte den Beweis.« Der Gefangene seufzte.

»Und jetzt steht der Beweis gegen Euch«, schalt ihn Yeza. »Wem wollt Ihr hier die Geschichte von dem größenwahnsinnigen Traum des Präzeptors erzählen?«

»Wir müssen versuchen, dem Kämmerer das Beweisstück zu entwenden oder es wenigstens unbrauchbar zu machen«, sagte Roç. »Auf jeden Fall holen wir Euch hier raus. Ich hab' da einen Gang entdeckt, der in einer Grotte ins Meer mündet.«

»Von dem erzählen mir die Lemuren jeden Tag!« spottete der Taxiarchos. »Es ist der einzige Weg, sich der Scheißhaufen und der Kadaver zu entledigen, die hier unten anfallen.«

»Ich werde mit König Manfred sprechen«, versicherte Yeza, ihr tat der Taxiarchos leid.

»Verlaßt Euch auf uns!« rief Roç, weil die Wachen durch Räuspern und Fackelschwenken kundtaten, daß der Besuch beendet werden müsse. Es entstand Unruhe in der Kalsa, deren Grund Roç und Yeza nicht ersichtlich war.

Der Priester Gosset war hinuntergestiegen zu den Gemächern des Reichsvikars. Er berichtete ihm knapp, daß es dank der Aufmerksamkeit des Königlichen Paares gelungen sei, einen Giftmörder zu identifizieren, der offenbar König Manfred umzubringen trachte. Besagtes Individuum habe morgen abend danach getrachtet, an die Tafel des Königs geladen zu werden. Als ihm dies abgeschlagen worden sei, habe er die Erste Hofdame überredet, dem König ein Geschenk mitzubringen.

»Es handelt sich um ein furchtbares Gift, das vor allem so diabolisch getarnt – stellt Euch vor, als heilige Reliquie! –, daß es den König mit tödlicher Sicherheit erreicht hätte. Allein schon die Berührung führt zum unweigerlichen Tod!« erregte Gosset sich jetzt doch. Er hatte sich bemüht, den Vorfall so sachlich wie möglich zu schildern. »Selbst der giftige Skorpion ist unter entsetzlichen Qualen verendet!«

»Ach, der!« Die Erinnerung war dem Vikar sichtlich unangenehm. »Recht ist der heimtückischen Bestie geschehen!«

»Das Gift, das ihn richtete und dem König bestimmt war, setzt sich aus folgenden Komponenten zusammen: Bilsenkraut und Betelnuß zu gleichen Teilen, vermengt mit dem Saft der Tollkirsche, des Wolfswurz, des Fingerhuts«, führte Gosset mit großer Autorität aus, »dazu der Sud aus der gepreßten Haube eines Fliegenpilzes, dem Zahn der kupferfarbenen Lanzenotter, den Stacheln zweier sich paarender Taranteln und dem Kropf einer Kröte, deren Name mir gerade entfallen ist«, erklärte er, wie Kraut und Rüben alles zitierend, was er von Kefirs Andeutungen und Mutmaßungen in Erinnerung behalten hatte.

»Dieses Subjekt, ein einfacher griechischer Mönch, kann sich den Anschlag nicht allein ausgedacht haben, er ist zu perfekt geplant«, unterbrach ihn trocken der Vikar, doch mit geringer Fortune.

»Das *venenum* des Petermännchens, das Gift des Drachenkopfs, –« fabulierte Gosset jetzt frei drauflos, »Conusmuschel und Feuersalamander! Und als ärgste Teufelei: zu Pulver verriebene grüne Kanthariden! Stellt Euch vor!«

»Besser nicht!« entfuhr es dem Vikar. »Das reicht!«

»Dahinter muß ein krankes Hirn stecken!« schloß Gosset.

Oberto Pallavicini hatte ansonsten ruhig zugehört.

»Alles spricht für ein Geschenk aus Nikäa!« stellte er fest.

»Das paßt!« rief Gosset. »Dieser Demetrios führte sich bei dem Königlichen Paar ein, indem er Grüße des William von Roebruk überbrachte!«

»Da hättet Ihr allerdings gewarnt sein müssen. Dieser Franziskaner gilt als höchst gefährlich!«

»William ist ein guter, alter Freund des Königlichen Paares! Nie und nimmer wär' er der Anstifter einer solchen Tat!«

Oberto überlegte. »Ich schlage vor, wir erfüllen diesem Demetrios den Wunsch, samt seinem ›Geschenk‹ in den Palazzo dei Normanni zum König geladen zu werden. Das nehme ich auf meine Kappe«, erklärte der Vikar und rieb sich die Hände. »Eure Aufgabe ist nur, dem Mönch, ohne daß er Verdacht schöpft, von dem Erfolg Eurer Bemühungen zu berichten, ihm eine zusätzliche Einladung beschafft zu haben.«

»Wird er mir das abnehmen?«

»Sagt einfach: ›dem Königlichen Paar ist es gelungen‹, auch wenn die von nichts wissen, weil sie mit Maletta im Keller sind!«

Roç und Yeza schritten mit dem Kämmerer über die Balustrade des Wachpersonals, die den tiefer gelegenen Hauptgang beidseitig begleitete. Sie hielten auf den Ausgang zu. »Hat er sein verbrecherisches Vorhaben gestanden?« fragte Maletta neugierig.

»Wir haben ihn gar nicht danach gefragt!« beschied ihn Yeza knapp, doch Roç fügte hinzu:

»Weil wir davon ausgehen, daß der Taxiarchos unschuldig ist!«

»Ich halte den Beweis in den Händen!« Der Kämmerer nestelte umständlich das Döschen aus der Tasche.

»Zeigt mal her!« befahl Yeza in ihrer Art, die kaum einen Widerspruch duldete.

Maletta überließ ihr sein kostbares Stück.

»Laß mal riechen!« sagte Roç ebenso forsch, und die beiden steckten die Köpfe über dem Corpus delicti zusammen. Yeza hatte längst den Deckel geöffnet und den Rest des muffigen Streusandes im Dunkel auf dem nassen Boden der Kalsa verteilt. Sie hielt Roç keck die umgedrehte Büchse hin.

»Spuren von Tinte – Sepia –, ein Gebräu aus Lindenblüten, Malven und Thymian. Ein harmloses Schlafmittel für Magenkranke«, dozierte Roç. Und Yeza ritt der Teufel, sie hielt dem Kämmerer die leere Streusanddose hin und sagte: »Riecht selber!«

Der Maletta versenkte seine Nase hinein, ohne im Flackern der Fackeln zu bemerken, daß nichts mehr in dem Gefäß war.

Er konnte nur den Kopf schütteln. Yeza schloß den Deckel und gab es ihm zurück. »Maletta!« sagte sie scharf. »Ihr verurteilt einen Unschuldigen!«

In dem Moment wurden Raoul, Mas und Pons auf der anderen Seite des Ganges zurück in die Kalsa geführt. Sie gingen, sie schlurften in schweren Ketten um Hals und Gelenke und hielten die Köpfe gesenkt.

Der Kämmerer steckte das Döschen schnell wieder weg. Warum die drei jetzt schon wieder hierher verbracht wurden, überstieg sein Vorstellungsvermögen.

Auch Roç und Yeza konnten sich keinen Reim darauf machen, zeigten sich aber nicht, indem sie hinter die Fackeln zurücktraten, deren Licht als Blendung nutzend. So zogen sie schweigend aneinander vorbei.

Es dämmerte schon der Abend, als Roç und Yeza aus den Kellern der Kalsa wieder hinaufstiegen in ihre Türme. Roç hatte erwartet, daß Yeza sich am Ende der Treppe von ihm abwenden würde, um ihre eigenen Gemächer aufzusuchen, statt dessen blieb sie an seiner Seite und folgte ihm in seinen Turm. Nichts wäre Roç jetzt lieber gewesen, als mit ihr allein zu sein, doch als sie durch die Tür traten, herrschte dort ein Wuseln und Gerenne, ein Flattern und Schnattern wie in einem artenreich bestückten Geflügelgatter. Da Gosset von Oberto Pallavicini zum Hafen geschickt war – Beni hatte sich angeschlossen –, um den Mönch Demetrius zu suchen, und da Kefir Alhakim von dem Reichsvikar in Schutzhaft genommen war, damit er nichts unvorsichtig gegenüber dem griechischen Mönch ausplauderte, übernahm es Mafalda, dem Königlichen Paar das Geschehene zu berichten. Yeza war nicht überrascht, ärgerte sich aber dennoch, daß nicht sie es gewesen war, die den Demetrios entlarvt hatte, nachdem sie schon von Anfang an ein ungutes Gefühl für ihn empfunden hatte.

Roç war sprachlos, schon weil er – außer Philipp – niemanden fragen wollte, die Zofen schon gar nicht. Aber ausgerechnet Philipp, sein treuer Diener, war nicht bei der Aufdeckung des furchtbaren Geheimnisses der Reliquie zugegen gewesen. Yeza zog Roç in einen Alkoven, wo eines der wenigen Fenster hinausging auf den Park und das dahinterliegende Meer. Die Sonne schickte sich an, in den violetten, dunkelblauen Wolken am Horizont zu versinken. Ihre letzten Strahlen verwandelten das Wasser in einen gleißenden Teppich aus purem Gold.

»Wie ich dich kenne, bist du entschlossen«, stellte sie ihn überaus freundlich zur Rede, »heute nacht den Taxiarchos aus seinem Verlies zu befreien?«

Roç hatte keinen Blick für das Farbenspiel, das die glühende Scheibe hinter den schwarzen Silhouetten der Palmen veranstaltete. Seine Augen waren voller Mißtrauen auf Yeza gerichtet. »Wollt Ihr mir etwa helfen, *ma damna*?«

Yeza tat ein übriges, ihn zu verunsichern, sie strahlte ihn an. Was sind die aufgehenden Sterne gegen das Glitzern dieser dunklen Pupillen in graugrüner Iris? »Meine Frauen könnten die Lemuren ablenken. Denn es ist leicht, ungesehen in den Kerker einzudringen, aber schwierig, den Taxiarchos von seinen Ketten zu befreien. Und außerdem, was soll mit den drei Unglücksraben geschehen?«

»Die brauch' ich, weil sie hoffentlich noch nicht angekettet sein werden. Mit ihnen gedenke ich die Lemuren zu überwältigen, ihnen die Schlüssel abzupressen.«

»Man wird Euch erkennen, mein guter Trencavel.«

»Ihr gebt mir ein Alibi.«

»Denkt Ihr an Rosamunde?«

Roç lachte verlegen. »Wenn ich nichts für meine Leute tue, wie können sie mich achten? Warum sollten sie mir folgen?«

Yeza dachte angestrengt nach. »Vielleicht läßt sich mit weniger Abenteuer mehr erreichen. Warum sollte der Taxiarchos noch im

Kerker gehalten werden, wenn der wahre, von Nikäa entsandte Giftmörder feststeht?«

»Ihr meint, wir sollten das Essen bei Manfred noch abwarten?«

In dem Moment stürzte Hamo herein, mit irrem Blick, zerzaustem Haar, doch ansonsten unversehrt.

»Stellt Euch vor, dieser Procida hat mir das Schwert auf die Brust gesetzt! Ich mußte eine Vollmacht unterschreiben, daß die Triēre dem Überbringer unverzüglich mit ausreichender Besatzung auszuhändigen ist, sonst –«

»Sonst?« fragte Roç empört dazwischen.

»Sonst würde ich Frau Shirat und Tochter Alena Elaia für lange Zeit nicht wiedersehen!«

»Mehr wurde von einem widerspenstigen Lehnsmann des Königs nicht verlangt?« Roç mochte es nicht glauben, mit Recht.

»Nein! Ich muß hier warten wie ein Gefangener, bis mein Schiff eintrifft.«

»Um dann zu Fuß als freier Mann von dannen zu ziehen?«

»Dann darf ich ohne jede Kommandogewalt auf irgendeinem Schiff in den griechischen Krieg ziehen!«

»Da haben wir also ein weiteres Problem«, sagte Yeza zu Roc. Sie lächelte zwar, aber es war ihr nicht danach zumute. Sie verspürte immer weniger Lust, sich pausenlos um die Schwierigkeiten anderer zu kümmern und ihre eigenen Sorgen ständig hintanzustellen.

»Ich glaube, ich muß jetzt schwer nachdenken!« sagte sie Roç. »Erlaubt, mein Herr, daß ich mich in meinen Turm zurückziehe.«

Sie schritt hinaus. Ihre Zofen folgten ihr.

Es war schon weit nach Mitternacht, da begehrten unten in der Kalsa Bewaffnete des Kanzlers Johannes von Procida Einlaß. Sie ließen sich zu dem Verlies des Taxiarchos führen. Sie wiesen die Lemuren an, es aufzuschließen. Als er von seinen Ketten befreit war, stülpten sie ihm eine schwarze Kapuze über und führten ihn schweigend durch den langen Stollen bis zur Capitaneria. Nachdem Taxiarchos glaubte, daß seine heimliche Hinrichtung eine beschlossene Sache sei, schöpfte er Hoffnung, als seine Bewacher ihn, nach dem trägen Klatschen von Wasser an Stein und dem strengen Geruch von Fisch und Teer zu schließen, noch in Hafennähe in ein Gebäude verbrachten, das muffig wie eine Kirche nach Weihrauch und Wachskerzen roch. Sie mußten durch knöcheltiefen Morast waten, auch stank es an einigen Stellen wie in einem Abwasserkanal. Dann kam eine Wendeltreppe, eine Tür knarzte, und ihm wurde die Kapuze abgenommen. Er stand in einem kargen, hohen Raum, und vor ihm saß Johannes von Procida hinter seinem Arbeitstisch.

»Ich will es kurz machen«, sagte der ärgerlich. »Kurzen Prozeß, oder wir werden uns einig!«

Die verweisende Handbewegung, die der Kanzler gemacht hatte, veranlaßte den Taxiarchos sich umschauen. Durch eine offene Tür blickte er auf einen Henkersklotz. Fackeln beleuchteten einen kräftigen Mann mit nacktem Oberkörper. Das Gesicht des Scharfrichters war verdeckt, aber sein Beil blinkte verheißungsvoll aus dem Dunkel des Hofes. Langsam wendete sich der Taxiarchos wieder dem Kanzler zu.

»Also, machen wir es kurz, Johannes von Procida«, sagte er. »Ich bin bereit, für Euch zu den ›Fernen Inseln‹ zu fahren, unter einer Bedingung: Ich will die ›Atalanta‹ als Schiff!«

Die Wirkung war allerdings so, als hätte der Henker seine Axt mit dumpfen Schlag niederfahren lassen. Dann ging ein Grinsen über das harte Gesicht des Kanzlers, und er lachte lauthals. »Das gefällt mir, Capitano! Das behagt mir ausgezeichnet! Ich weiß auch schon den Weg, das Wunderschiff den Templern zu entführen!«

»Mit welcher Besatzung?«

»Das laßt meine Sorge sein, sie wird der ›Atalanta‹ würdig sein – wie ihr Admiral!«

Er reichte dem Taxiarchos eine vorbereitete, versiegelte Pergamentrolle. »Dies ist erst mal Eure Vollmacht, in Otranto die Triëre in Empfang zu nehmen, samt den berühmten Lancelotti. Die bringt Ihr an einen noch zu vereinbarenden Ort. Dort werdet Ihr die weiteren Instruktionen erhalten, wo Ihr die ›Atalanta‹ abholen könnt.«

»Kann ich meine drei Burschen, was auch immer sie inzwischen angestellt haben, mit mir nehmen?«

»O nein! Die bleiben zur Verfügung des Herren da draußen, falls Ihr Euch samt Triëre nicht pünktlich einfindet. Morgen früh bringt

Euch ein Schiff nach Otranto. Den Rest der Nacht seid Ihr mein Gast. Ich wünsche wohl zu ruhen, mein Admiral, ich jedenfalls bin rechtschaffen müde.«

Der Taxiarchos wurde in eine Kammer des Palazzo Arcivescovile geführt, wo ein Bett für ihn bereitet war. Er schlief gleich ein.

EIN KÖSTLICH' FRASS

Hamos Burg sonnte sich im warmen Licht eines milden Herbstes, eine frische Brise spielte über der Bucht von Otranto und ließ die sich schnell brechenden Wellen silbern auf dem dunkelblauen Samt des Ionischen Meeres aufblitzen. Die betagte Triëre schaukelte träge im eigenen Hafenbecken wie eine Glucke im Nest. Die Segel waren wegen der bald zu erwartenden Winterstürme gerefft und die Lanzenruder mit ihren gefürchteten Sensenblättern bereits ins Arsenal geschafft worden. Die Lancelotti, durchweg Söhne aus dem lokalen Adel Apuliens, eine wilde Mischung aus Normannen, Schwaben und den Bewohnern des nahen Hellas, hatten Abschied genommen bei der Gräfin und waren in ihre Türme und Kastelle entlang der gut bewachten Küste des Salentin zurückgekehrt. Nur eine kleine Garnison war zum Schutz der Wälle geblieben, genauso wie etliche Moriskos, die nicht in den nahen Dörfern bei ihren Familien wohnten, sondern es vorzogen, im »Schloß« – wie sie es nannten – zu leben und sich mit der Instandsetzung von Mauern, Katapulten, Türmen und der Pflege von Waffen zu beschäftigen. Es ging friedlich her auf der Burg von Otranto, keine Gefahr war im Verzug, und all die Wirren, die zwischen Sizilien und Rom die Gemüter erregten, waren hier nicht einmal gerüchteweise spürbar. Lediglich venezianische Segler, die von ihren griechischen Stützpunkten in die Adria heimkehrten, suchten in der Bucht von Otranto gelegentlich Unterschlupf, wenn Unwetter am Kap Leuca ihnen gar zu arg zusetzten.

Die Gräfin Shirat hatte sich ihre mädchenhafte Figur erhalten, das kurdische Erbteil ließ sich bei der Mamelukenprinzessin kaum verleugnen, es verlieh ihr die hellen Augen bei einem dunklen Teint. Ihr älterer Bruder war der berühmte ›Bogenschütze‹, der mächtigste Emir und beste Heerführer Kairos, Rukn ed-Din Baibars Bunduktari. Shirat lehnte aufrecht in einem Korbsessel auf einer der hochgelegenen Terrassen von Otranto, wo sie mit Rosen und Lavendel, Jasmin und Akanthus in Kübeln sowie Oleander in dickbauchigen Tonvasen einen arabischen Garten geschaffen hatte, in dem ihr nur Palmen und das gleichmütige Plätschern der artesischen Brunnen fehlten.

Unten in den Gärten gab es das alles, aber Shirat liebte es, hier oben zu sitzen und über das Meer zu schauen; nicht so sehr, um zu träumen, sondern um den Überblick zu behalten, denn sie wußte aus leidvoller Erfahrung, wie trügerisch der Friede auf Otranto sein konnte, zumal ihr Mann in die ferne Hauptstadt geritten war. Von der Terrasse aus konnte sie auch ihr Töchterchen Alena Elaia im Auge behalten, die unten im schattigen Innenhof unter Aufsicht der Frauen Blumen pflückte, wobei sie immer wieder auf Rosen bestand, die ihre Amme auch für sie schnitt, obgleich Shirat ihr dies untersagt hatte, weil das Kind sich an den Dornen verletzen könnte. Am wenigsten achtete die umsichtige Gräfin auf den Maler, der am anderen Ende der Terrasse im Schatten stand und angeblich ihr Bild auf feines Holz bannte, mit Farben, die er sich mit Eidotter und verschiedenen Pülverchen angerührt hatte. Die Zutaten – gemahlenen Kalk und Holzkohle, gebrannten Zinnober, Terrakotta, vom hellen Sand bis zum schwefeligen Gelb, auch etwas Sepia und Henna sowie das teure Lapislazuli – hatte er sich auf dem Markt besorgt, soweit er sie nicht im Gepäck mit sich führte. Was immer sich der seltsame Gast in verschiedenen Tiegeln zusammenmischte, trug er emsig mit Spachtel und Pinsel auf den mit Essenzen wohlpräparierten Untergrund auf. Shirat hatte mehrfach einen langen Hals gemacht, doch es war ihr nicht gelungen, einen Blick von ihrem Ebenbild zu erhaschen. Die hölzerne Bildfläche war in Brusthöhe an einem Gestell befestigt, das wie ein hoher Tripus wirkte. Der venezianische Meister tat sich schwer, denn ihm fehlte ein Arm, und so mußte er alles mit der verbliebenen Hand erledigen. Rinat Le Pulcin – so hatte er sich vorgestellt – war von einer venezianischen Galeere hier abgesetzt worden, mit reichlich Geschenken und der seltsamen Begründung, die Serenissima habe so oft den Schutz des Hafens von Otranto in Anspruch genommen, daß sie sich zu bedanken wünsche, indem der ›Maestro‹ – so titulierte sich der Künstler bescheiden – ihr Bildnis für die Nachwelt festhalten solle. Shirat war es recht, schon wegen der Abwechslung. Sie hätte zwar lieber ihre Tochter mit auf dem Bild gehabt, denn sie sah sich vor allem als Mutter, doch der Meister hatte das energisch abgelehnt.

»Ich sehe Euch als die befreite Frau des Orients, die dennoch nicht auf ihre Weiblichkeit verzichtet und dem Minneleben des Abendlandes neue Impulse zu geben vermag.«

Shirat hörte diese Worte mit Erstaunen. Nicht ob ihres kühnen, wenn auch schmeichlerischen Gehalts, sondern weil sie so flüssig aus dem Mund des Malers perlten. Die Künstler, die sie kannte, waren meist verschrobene, in sich gekehrte Menschen, die schweigsam in ihrer Aufgabe aufgingen, ihre ausschließlich religiösen Werke als Erfüllung eines dienenden Lebens betrachtend. Dieser Rinat schien die Malerei zu benutzen – für oder gegen was? Zum reinen Broterwerb? Das deuchte ihr zu einfach.

»Ihr seid, was die Rose der Sahara versinnbildlicht: die Nachtigall in der Wüste!« spann der Maestro eifrig spachtelnd fort, das Objekt seines nicht weiter erklärten Interesses dabei genau im Auge behaltend, daß der Vogel nicht dem Käfig entfloh, den er mit raffinierten Strichen seines Pinsels um ihn errichtete. »Ihr seid ein köstlich' Kunstwerk, voller Weisheit und Phantasie des Morgenlands und kühnen Träumen des Fortschritts, wie sie nur der Okzident hervorbringen kann. Ihr seid die Mutter, Frau und Geliebte des neuen Lebens, das alle Gegensätze überwindet und in Frieden und Glück vereint.«

Shirat fühlte einen Schauer auf ihrer Haut, der ihr unangenehm war wie die Berührung mit den Härchen eines Pfirsichs. Der Mann war nicht gekommen, sie zu malen. Er verbarg den eigentlichen Grund seines Bemühens um sie. Seine Anwesenheit hatte gleichwohl mit ihr zu tun, mit Otranto. Shirat gab sich wie eine Sphinx – schläfrig lächelnd, allwissend und erhaben, was sie einer sofortigen Antwort enthob. Aber in ihrem Innern war sie hellwach, alarmiert. Was tat dieser Rinat Le Pulcin, wenn er sie nicht pinselnd umwarb? Er streifte durch die Festungsanlagen von Otranto, sie fand ihn bei den Katapulten der Bastionen und im Hafen bei der Triëre, stets voller Entzücken über »Ausblicke von unsterblicher Schönheit, von Göttern geschaffen!« und »Impressionen voller Harmonie zwischen Gottes Natur und glorreichem Wirken von Menschenhand!«. Denn wo der einarmige Maestro mühsam, doch eifrig krauchte, kletterte und schlich, immer hatte er sein Zeichengerät dabei, ob Rötel, Kreide oder Kohle, er bannte alles, was sein Auge erblickte, sorgsam auf Papyros oder Pergament.

»Das ist das schreckliche Los des Künstlers«, hatte er ihr vorgejammert, als sie ihn zwischen den Zinnen hängen sah, halsbrecherisch vorgestreckt, nur um die Triëre unten im Hafen besser von oben sehen zu können, »daß er zwanghaft alles erfassen, veredeln und verewigen muß, während ein glücklicher Mensch ohne solche Gabe einfach schauen und sich erfreuen kann und sich um den Nachruhm den Teufel schert!«

»Ihr haltet Euch gewiß für etwas Besonderes bei soviel Talent?« hatte Shirat ihm entgegnet. »Denn Ihr schafft nicht nur Kunstwerke, sondern vermögt auch gleich die Werbetrommel für Euch, den Schöpfer, zu rühren.«

»Ich bin ein Söldner der Künste«, hatte da Rinat mit erstaunlicher Offenheit zugegeben, »wer mich zahlt, soll wissen, was er an mir hat – sonst fällt die Wertschätzung, denn sie steigt nicht mit der Güte der Arbeit, sondern folgt dem Ruhm des Artisten!«

»Otranto fühlt sich geehrt, Maestro«, hatte sie da mit einem angedeuteten Knicks abschließend erwidert. Vielleicht führte der Weg, etwas über seine Auftraggeber und ihre Motive herauszubekommen, über seine Eitelkeit?

So saß Shirat aufrecht in ihrem Korbsessel auf der Terrasse, schaute übers Meer und beobachtete verstohlen die Tätigkeit des Malers, immer bereit, die Augen verträumt in die Ferne schweifen zu lassen, wenn er, den Pinsel über den Daumen gestellt, Maß an ihren Proportionen nahm und sie dabei fixierte wie die Schlange das Vögelein. Ein schriller Aufschrei aus den Gärten und Wehklagen der Weiber kündigten ihr an, daß sich Alena Elaia endlich an den verbotenen Rosen gestochen hatte. Und da gleichzeitig einer der Lancelotti zu seiner Herrin trat und ihr leise mitteilte, Besuch sei angekommen am Tor, erhob sie sich. »Schluß für heute, Maestro!« beschied sie den Maler, der seine Überraschung, vielleicht auch Unmut, geschickt verbarg und sich in die Richtung des leeren Sessels verbeugte. Shirat war dem Wächter bereits gefolgt und auf dem Weg die Treppen hinunter.

»Es ist Lorenz von Orta«, teilte ihr der Bedienstete mit, »jener Franziskaner –«

»Führt ihn in den Hof«, sagte die Gräfin, »ich muß erst nach meiner Tochter sehen.« Dabei dachte sie an den unangemeldeten Besucher. Lorenz von Orta hatte sie damals auf der Schiffsreise nach Konstantinopel begleitet, als sie von Piraten überfallen wurden, die ihr das Kind entrissen und sie selbst in die Sklaverei verkauften. Der schmächtige, dabei durchaus scharfsinnige und gewitzte Mönch hatte das Unglück überlebt – und dafür gesorgt, daß sowohl sie als auch ihre Tochter nach vierjähriger Suche geborgen wurden. Das letzte, das sie von ihm gehört hatte, war, daß er an Williams Statt Patriarch von Karakorum geworden sei.

Shirat ließ sich den blutigen Finger ihrer Tochter zeigen. Alena Eleia war jetzt sieben. Schrammen im Gesicht und an den Beinen zeigten deutlich, daß sie von ihren Ammen nicht mehr zu bändigen war. Sie ritt bereits wie der Teufel. Kein Wunder, dachte Shirat, denn Hamo, ihr Vater, ist keineswegs der legitime Sohn des alten Admirals, sondern ein untergeschobener Bankert, eine der vielen Extravaganzen, die sich seine Mutter Laurence, die ›Äbtissin‹, geleistet hatte, die sich heimlich von einem mongolischen Prinzen schwängern ließ. Hamo war ein Kungdaitschi, und das Erbe war bei Alena Elaia voll durchgeschlagen – von der Großmutter nicht zu reden! Shirat lutschte die Blutstropfen ab und war geneigt, dem sie trotzig musternden Kind einen züchtigenden Backenstreich zu versetzen, als Lorenz durch die Rosenhecke auf sie zutrat.

»Ein göttliches Wunder der Natur!« schwärmte er gleich zur Begrüßung, als habe er den Text mit Rinat abgesprochen. »Es reift die Tochter zur jungen Dame heran, und die Mutter wird dennoch immer jünger!«

Wenigstens schienen diese Worte aus ehrlichem Herzen zu kommen, während sie beim Maestro absichtsvoll, voller Bedacht klangen. Wenn Shirat auch nicht wußte, zu welchem Behufe.

»Ach, Lorenz!« grüßte sie den Minoriten, der mittlerweile mehr Tonsur als Haarkranz zeigte. »Ratet einer Mutter, was sie mit einer Tochter anstellen soll, die noch kein Mann aus dem Hause holt, um sie in der Ehe zu bändigen – der aber dieses bescheidene Anwesen längst zu eng für ihren Drang, sich auszutoben.«

Noch ehe Lorenz sich eine Antwort einfallen lassen konnte, war ihm Alena Elaia auf den Rücken gesprungen. »Erklärt doch bitte meiner Mutter, daß ich auch nicht ins Kloster will, zu den Nonnen, sondern mit Roç und Yeza, dem Königlichen Paar, die Welt erobern werde!«

»Ach, du heilige Jungfrau!« schnaufte der Mönch und ritt mit ihr einen Kreis, bevor er sie abschüttelte. »Was hat unser Hamo L'Estrange dem Kind da für Flausen ins Ohr gesetzt!«

»Ich bin kein Kind mehr!« fauchte die hübsche Kleine. »Und Yeza war erst drei oder vier oder so, als sie mit William in die Ferne zog!«

»Also Williams Märchen!« stellte der Minorit grienend fest. »Da werdet Ihr es schwer haben«, wandte er sich an des Hauses Herrin. »Wieso habt Ihr eigentlich den Kallistos-Palast zu Konstantinopel als trautes Heim wieder aufgegeben?«

»Ich könnte Euch ebenso fragen, wieso Ihr von den Mongolen zurück seid. Doch erst die schlichte Antwort: weil die Stadt am Goldenen Horn über kurz oder lang wieder den Griechen zufallen wird, wem auch immer von dieser verfeindeten Sippschaft! Also wird ein orthodoxer Patriarch Anspruch auf den ehemaligen Sitz des lateinischen Bischofs erheben, und wir würden vertrieben werden, wenn nicht Ärgeres!«

»Das kann ich Euch nur bestätigen«, rief Lorenz, »aus bitterer Erfahrung am eigenen Leibe. Man sollte keine hohen Ämter anstreben, man fällt zu tief – und meist auch hart!«

»Ich will auch nicht Bischof werden!« rief Alena Elaia, die sich von dem Gespräch ausgeschlossen fühlte. »Ich will Roç Trencavels und Yeza Esclarmundes Knappe sein, wenn sie in den Kampf reiten.«

»Setzt Euch, und erfrischt Euch«, sagte Shirat. Ihrer Tochter befahl sie: »Hol etwas zu trinken, Knappe!«

»Darf's Wein sein – zu dieser Stund'?« fragte das Kind artig und rannte los, quer über die Blumenrabatte.

»Wo steckt eigentlich Euer Ehegespons?« Lorenz schaute sich um.

»Hamo reiste zur Krönung Manfreds, unseres neuen Souveräns, nach Palermo.«

»Zu Fuß? Ich sah die Triëre –«

»Geritten, allein. Ich mache mir Sorgen«, bekannte Shirat. »Er ist dort wohlbehalten angekommen, wie wir aus Erzählungen schließen können, denn die Krone wurde Manfred feierlich im Dom aufs Haupt gesetzt. Er könnte also längst wieder hier sein –« Sie seufzte. »Alena Elaia hängt sehr an ihrem Vater, obgleich der überhaupt nicht dem ritterlichen Ideal entspricht, wie sie sich das als Vorbild für ihr eigenes Leben so vorstellt.«

»Wobei sie lieber Ritter als Dame wäre!« Lorenz lachte. »Ihr hättet sie mit Hamo reiten lassen sollen.«

»Ich wäre vor Angst gestorben!« Shirat wechselte schnell das Thema. Alena Elaia kehrte, einen Krug auf dem Kopf balancierend, zurück. »Wie steht's jenseits des Schwarzen Meeres?« fragte sie. »Ich nehme an, daß Ihr von dort –«

»Wenn man so will«, fügte sich der Angesprochene. »Ich vermied es, mich an einen der rivalisierenden Höfe zu begeben, sondern reiste von Kloster zu Kloster. Da bekommt man alles mit, ohne seine Haut zu Markte zu tragen, weil man auf das falsche Pferd gesetzt hat.«

»Ihr solltet reiten lernen, Bruder Lorenz«, unterbrach ihn Alena Elaia. »Wenn Ihr mir Geometria und Algebra beibringt, dann zeig' ich Euch –«

»Ich dachte, Ihr wolltet in den Heiligen Krieg ziehen?«

»Dazu bedarf es auch der Fähigkeiten eines Ingenieurs für Festungsbauten und eines Ballistikers, um sie wieder zu zerstören.«

»Eure Tochter erstaunt mich immer wieder.« Der Mönch schmunzelte.

»Mich erschreckt sie«, sagte Shirat, »doch fahrt nur fort in Eurem Bericht.«

»Er wird erschwert durch die Tatsache, daß die griechischen Herrscherhäuser sich in einem einig zu sein scheinen, nämlich mit so wenig Namen auszukommen wie nur möglich. So ist der ehemalige General Michael Paläologos jetzt alleiniger Kaiser von Nikäa, und er hat seinen Bruder Johannes den Sebastokrator – was immer das heißen mag! – zum Oberbefehlshaber des Heeres ernannt. Sein Hauptfeind ist ebenfalls ein Michael, der Despot von Epiros, und der hat als wichtigsten Verbündeten seinen Bastardsohn Johannes, der mit der Tochter eines Walachenfürsten verheiratet ist – ein rassiges Weib!«

»Sprecht bitte von Frauen, auch wenn sie aus der Walachei kommen, nicht wie von Pferden!« rügte Shirat.

»Also gut, keine feurige Stute!« Lorenz grinste. »Bevor Ihr mich kastrieren laßt! Da alle Angst vor Nikäa haben, schließen sich dem Despoten noch die letzten fränkischen Fürsten an, der Herzog Wilhelm von Achäa, der Herzog Guido la Roche von Athen und an letzter Stelle, denn er hat nicht einmal Geld für ein ordentliches Ritterheer, der lateinische Kaiser Balduin von Konstantinopel.«

»Und kommt es nun zum Krieg?« wollte die vorwitzige Alena Elaia wissen.

»So sicher wie das Amen in der Hagia Sophia!« sagte Lorenz. »Und wer ihn gewinnt, zieht als Sieger in Konstantinopel ein!«

Shirat dachte nach. »Und was hat das für uns zu bedeuten?«

»Das ist die Frage, ob Manfred sich aus dieser byzantinischen Auseinandersetzung heraushält. Tut er es nicht, bekommt er einen Tritt in den Hintern, von einem Stiefel des Papstes namens Charles d'Anjou.«

»Ihr seht das sehr drastisch – aber schließlich gibt es ja noch Venedig.«

»Venedig ist nur daran interessiert, daß alles so bleibt, wie es ist, denn es hält in den Ländern aller Beteiligten die Filetstücke als äußerst lukrative Handelsstützpunkte im exterritorialen Besitz – außer vielleicht bei Nikäa! Genua hingegen kann durch eine Veränderung nur gewinnen, vor allem wenn Nikäa den Sieg davonträgt.«

»Ich muß etwas mit Euch unter vier Augen besprechen«, sagte Shirat. »Kommt mit ins Haus. Ich habe einen merkwürdigen Gast –«

Alena Elaia trollte sich gekränkt, bevor ihre Amme und die Gouvernanten sie wieder unter die Fittiche nehmen konnten. Immer mußte ihre Mutter sie wie ein Kind behandeln, bloßstellen, besonders vor fremden Besuchern. Da war Rinat der Maler ganz anders. Er hatte versprochen, mit ihr ein Trebuchet auseinanderzunehmen und es dann wieder zusammenzusetzen. Sie würde den Probeschuß abfeuern dürfen.

Shirat berichtete Lorenz von ihrem vagen Verdacht, daß der Maestro hier auf Otranto in Wirklichkeit ganz andere Absichten hegte, als er vorgäbe.

»Rinat Le Pulcin?« fragte Lorenz, sichtbar um Ruhe bemüht, nach. »Das ist ein Agent Venedigs, aber es geht ihm der Ruf voraus, daß er käuflich sei – und daher auch gut und gerne für andere spioniert!«

»Das befürchte ich«, sagte Shirat. »Und Hamo ist nicht da.«

»Besitzt Otranto noch seinen Spiegel oben im Donjon?«

»Wer sollte ihn entfernt haben? Aber ich bin nie dort in der Kuppel gewesen – ich weiß auch nicht, wie man ihn bedient.«

»Das laßt nur meine Sorge sein«, sagte Lorenz. »Wenn wir alten Mitglieder des geheimen Ordens eines nicht verlernen, dann ist es das Geben und Lesen von Signalen!«

»Aber das Gerät wird völlig verdreckt sein – die Tauben – und die Spiegel blind.«

»Dafür müßt Ihr selbst Hand anlegen, denn wir sollten Mitwisser vermeiden. Laßt uns heute nacht das Notwendige vorbereiten, wenn alles schläft. Dann können wir bei aufgehender Sonne die Anfrage stellen und wissen über den derzeitigen Auftraggeber des Spions Bescheid, bevor es zur Matutin läutet.«

»Vielleicht erfahren wir auch, was er mit mir vorhat?«

»Mit Otranto!« mutmaßte der Franziskaner.

Über das Fenstersims vor dem Arbeitszimmer des Grafen, in dem das Gespräch stattfand, glitt eine Eidechse. Sie floh vor ungewohnter Störung. Alena Elaia schob sich mit der gleichen Geschicklichkeit vor, eng an die Mauer gepreßt. Sie konnte jetzt alles hören, was im Zimmer gesprochen wurde, bekam allerdings nur die letzten Sätze mit. Doch die genügten ihr.

Die Nacht kam und ging. In früher Morgenstund, es war noch dunkel, weckte Shirat ihren Gast. Sie durchquerten, ohne Lärm zu machen, den Innenhof des Castels. Die schwere, eisenbeschlagene Tür, die weit über Kopfhöhe nur mit einer Leiter zu erreichen war, öffnete sich knarrend. Sie schien seit Jahren nicht benutzt worden zu sein. Alles war staubig. Schließlich gelangten sie auf eine offene Plattform, die durch einen doppelten Zinnenkranz gesichert war.

Lorenz legte den Einstieg frei.

Sie krochen unter der Mauer durch in das Gewölbe. Es war stockfinster bis auf ein paar dünne Lichtstrahlen, die durch feine Risse im Holz des Tores drangen. Der Mönch tastete nach einer Eisenkette, und ächzend klappte der Eingang auf wie ein sich öffnendes Maul. Das helle Mondlicht fiel auf Alena Elaia, die davor gehockt hatte und über das Erstaunen der beiden Erwachsenen hellauf lachte.

»Wie bist du denn –?« forschte die Gräfin streng, brach aber mitten im Satz ab, denn ihre ungebärdige Tochter drehte sich wie ein Kreisel, um das Steigen einer engen Wendeltreppe zu beschreiben; sie drehte sich immer schneller, bis ihr schwindlig wurde.

»Du wirst noch runterfallen!« mahnte Lorenz und fing sie auf.

»Es geht viel schneller als mit Eurer Leiter!« brüstete sich Alena Elaia selbstbewußt. »Es gibt sogar zwei von diesen Treppen. Die eine geht bis in den Keller.«

»So«, sagte die Gräfin und überging die Schilderung des ihr unbekannten Geheimpfades. »Dann findest du ja auch allein wieder nach unten!«

»Liebe Frau Mutter, ich bitte darum, hier bleiben zu dürfen!« Die Kleine wußte Shirat am ehesten zu nehmen. Die Gräfin konnte ihrer einzigen Tochter kaum etwas abschlagen. Sie schaute fragend zu Lorenz, der nickend sein Einverständnis gab. Wie sollte das Kind verstehen, welche Nachricht er durchzugeben hatte? Kein Fremder würde die Zeichen der Prieuré entziffern können, mochte er noch soviel Erfahrung mit dem Signalisieren haben.

Alena Elaia freute sich mit dankbarem Blick. »Mein ganzes Leben habe ich mir gewünscht zu sehen, wie das hier geht, mit dem Leuchtfeuer mitten in der Nacht!«

»Geh zur Seite«, sagte Shirat, »und keinen Mucks!«

Der Mönch schien sich in dem System auszukennen. Mit sicherem Griff zerrte er eine verblichene Decke aus dünnem Leder von der gebogenen Holzwand, die sich in ihrem Rücken befand, und der Spiegel kam zum Vorschein. Er war aus vielen schwarz angelaufenen Silberplatten zusammengesetzt, die in weicher Kurve dem konkaven Rund des Holzrahmens folgten.

»Wir haben nicht mehr viel Zeit«, wandte er sich an Shirat, die sich Mühe gab, ihm behilflich zu sein; sie war nicht der Typ von Frau, der sich irgendeinen Handgriff von einem Mann abnehmen ließ. »Es geht nur in der ersten Morgensonne, wir haben noch eine Viertelstunde, um bereit zu sein.«

Sie nahm einen Eimer mit Holzasche und warf ihrer Tochter einen Stofflappen zu. »Du kannst dich nützlich machen! Je mehr er glänzt, desto weiter reicht das Blitzen!«

»Donnert es auch?« fragte Alena Elaia ernsthaft und starrte auf den Spiegel, der etliche Flecken aufwies. Sie bemühte sich sogleich, sie wegzureiben, fruchtlos, bis Shirat es ihr zeigte. Die Gräfin spuckte auf den Lumpen, tupfte ihn in die Asche und rieb dann die Schmiere über das Metall, und schon glänzte das Silber.

»Wozu Spucke alles gut is'!« krähte Alena Elaia und machte es ihr sofort nach, während Lorenz gerührt zuschaute. Dann trat der Mönch hinter den Spiegel, wo ein hölzerner Hocker über Querlatten fest mit dem Rahmen verbunden war. Er stand auch nicht auf dem Stein, sondern schwebte etwa fingerbreit darüber. Lorenz wischte den Staub vom Sitz und von den Markierungen, die im Boden eingelassen waren. Er nahm Platz und prüfte den Lauf der beiden Ketten, die rechts und links an ihm vorbeiführten. Zog er die eine, schloß sich das Tor, zog er die andere, riß es wieder auf.

Shirat, die den oberen Teil der Spiegelfläche bearbeitet hatte, wohin ihr Töchterlein nicht langte, trat zu ihm. »Seid Ihr bereit?« fragte sie den Mönch. »Gleich geht die Sonne auf!«

Lorenz nickte verbissen.

»Kind«, befahl die Gräfin, »komm jetzt nach hinten, das Licht blendet dich sonst!«

Alena Elaia kauerte sich wütend zur Seite, hinter das Gestell. Sie hielt sich die Hände vors Gesicht und schielte zwischen ihren Fingern durch. Keiner sollte sehen, daß sie vor Zorn heulte und entschlossen war, etwas von den Blitzen mitzubekommen.

Lorenz zog ruckartig das Tor auf, ließ es drei Herzschläge lang stehen, schloß es wieder, zählte leise bis zehn, öffnete es für drei, schloß es erneut für drei Schläge, bevor er es noch einmal öffnete und wartete.

»Das ist die Kennung einer der Kerkyra vorgelagerten Inseln – in der Hand der Serenissima und unserer Leute«, erklärte er. »Sie stammt noch aus den Zeiten, als sie zu Byzanz gehörte.«

Sie starrten alle über das Meer, dessen Horizont im Dunst in den blauen Himmel überging, aber nichts war zu sehen.

Lorenz wiederholte die Operation: Drei – Pause lang – drei – Pause kurz – zehn!

Sie warteten, und ihre Augen brannten. »Da!« schrie Alena Elaia. »Es blinkt!«

Tatsächlich blitzte jenseits der Adria ein Licht auf, nicht sonderlich hell, aber gut sichtbar. Lorenz prüfte das Signal, bestätigte es dreimal kurz, einmal lang.

»Beginnt!« zischte die Gräfin ihm leise zu.

Alena Elaia war bald weniger von dem Auf- und Zuklappen des Tores fasziniert als von dem Mönch, der wie ein furioser Puppenspieler an den Ketten riß, immer wieder hinter sich auf die Markierungen schauend, über die punktartig ein Mondstrahl zu wandern schien. Alena Elaia versuchte das Loch in der Kuppel zu entdecken, durch das er fiel, wurde aber nicht fündig, weil sie dazu unter den Stuhl des Mönches hätte kriechen müssen.

Der schmächtige Minorit geriet ins Schwitzen. Erst flüsterte er die Zeiteinheiten seines Pulses, dann zählte er laut mit, bevor er sie schließlich herausschrie; die Ketten rasselten, die Klappen knallten. Mit ruckartigen Korrekturen brachte er sich, den Hocker und damit den ganzen Spiegel in immer neue Positionen. Staub wirbelte auf, Lorenz hustete, krächzte heiser, warf zwischendurch hastige Blicke auf die Markierungen am Boden, zählte, pausierte, zählte. Ein letzter Knall. Es war wieder stockfinster.

Als sich die Augen an die Dunkelheit gewöhnt hatten, sah Shirat den Mönch zusammengesunken auf dem Hocker sitzen. Er atmete schwer. Der Staub legte sich. Wen sie nicht mehr fand, war ihre Tochter! Es wird ihr wohl unheimlich geworden sein, dachte die besorgte Mutter.

»Rinat Le Pulcin ist ein Spion«, faßte Lorenz von Orta das Ergebnis zusammen, das ihm von weither übers Meer signalisiert worden war. »Ein Spion im Dienste des Anjou! Damit droht Otranto Gefahr«, setzte er nachdenklich hinzu, »ob unmittelbar oder erst auf lange Sicht, wird sich weisen. Auf jeden Fall sollten wir dem Kerl das Handwerk legen!«

Als Shirat dann ihre Lancelotti herbeirief, mußte sie erfahren, daß der Herr Rinat im ersten Morgengrauen äußerst hastig die Burg verlassen hatte, und zwar mit all seinen Malutensilien! Er wolle Otranto, von der Ferne gesehen, im frühen Morgenlicht festhalten, hatte er der Torwache unaufgefordert erklärt und sich ein Pferd ausgeliehen. Das Fräulein Tochter habe ihn bis zum Tor begleitet und ihm zum Abschied zugewinkt.

»Sollen wir ihn verfolgen?«

»Nein«, entschied Shirat müde, »es könnte eine Falle sein!«

»Irgendwann läuft er Euch wieder über den Weg«, tröstete der Mönch sie mit grimmigem Unterton. »Ihr seid jetzt gewarnt!«

Das große Tor des Königspalastes von Palermo erstrahlte im festlichen Glanz. Die beidseitig im Spalier davor angetretene *Guardia dei Saraceni* hatte nicht nur die Fackeln in den Eisenringen entlang der Mauer entzündet, sondern auch auf den Pylonen rechts und links der Auffahrt. Bis weit in den Innenhof hinein blakte die Lichterkette und warf zuckende Schatten an die Wände des Palazzo dei Normanni, aufregend und bedrohlich. Das Königliche Paar traf hoch zu Roß ein. Yeza hatte die eigens für sie mitgeführte Sänfte der Eskorte entschieden zurückgewiesen, so daß der Kämmerer Maletta ihr sein Pferd überlassen hatte und mit Gosset, Mafalda und dem Mönch Demetrios in dem Gehäuse Platz nehmen mußte. Zuvor hatte er sich bei Gosset beschwert, daß der Taxiarchos aus dem Kerker der Kalsa entführt und seine Dose, der Beweis gegen den Übeltäter, auf völlig unerklärliche Weise ihres Inhalts beraubt worden sei. »Dieser griechische Giftmischer muß mit dem Teufel unter einer Decke stecken!« fauchte der Kämmerer.

»Mag sein.« Der Priester dämpfte den Erzürnten. »Aber laßt jetzt kein Wort mehr darüber verlauten, weder über Griechen noch über Gifte!« Da das sehr bestimmt geklungen hatte, schüttelte der Kämmerer nur ärgerlich den Kopf und stieg als letzter in die Sänfte, die sich daraufhin in Bewegung setzte. Ihm gegenüber saß steif der Mönch Demetrios. Auf den Knien hielt er ein purpurrotes Sammetkissen, das mit einer güldenen Borte gesäumt war. Darauf war die Elfenbeinschatulle gebettet. Er hielt sie mit beiden Händen fest, damit sie beim Schaukeln der Sänfte nicht hinunter rutschte. Mafalda hatte ihm eindringlich geraten, gefälligst nicht mit dem Obstkorb vor dem König zu erscheinen, und Geraude hatte sich sofort hilfreich erboten, ein feines Kissen zu nähen. Demetrios hatte den Aufwand zwar nicht eingesehen, aber er ließ alles mit sich anstellen, seitdem Gosset ihn mit der freudigen Nachricht überrascht hatte, daß er – auf Grund der gütigen Intervention von Roç und Yeza – doch mitkommen dürfe zum Empfang, den Herr Manfred dem Königlichen Paar am Abend bereiten werde. Da war der Mönch ganz blaß geworden, statt sich überglücklich zu bedanken. Gosset und Mafalda wußten, warum, nur der Maletta hatte nicht den geringsten Dunst, was für eine *bomba* Griechischen Feuers da vor seiner Nase in den Königlichen Palast geschmuggelt werden sollte. Ganz wohl war auch den beiden Mitwissern, nun fast Mitverschwörern, nicht dabei. Aber der Pallavicini hatte sie zu strengem Schweigen vergattert, und sein Auge hatte dabei so geschaut, daß sie nicht einmal mehr untereinander darüber sprachen, was immerhin noch leichter fiel, als sich dem griechischen Mönch gegenüber völlig unbefangen zu geben. Gosset vermutete allerdings, daß der Reichsvikar den Kanzler Johannes von Procida in die Geschichte eingeweiht hatte. Ohne dessen Konsens war der weitere Ablauf, wie auch immer er sich gestaltete, gar nicht denkbar und höchst lebensgefährlich für alle, die – beteiligt oder ahnungslos – zugegen wären. Dem Priester kam es plötzlich siedendheiß in den Sinn, daß es sich auch um eine tödliche Falle für Roç und Yeza handeln könnte. Wenn nämlich der Pallavicini in Wahrheit falsch spielte und – etwa in Roms Auftrag – entweder Manfred oder das Königliche Paar zu beseitigen beabsichtigte oder noch perfider beide! Wenn Manfred nicht vorgewarnt war, würde er mit größter Wahrscheinlichkeit ein Opfer des infernalischen Anschlags – und Roç und Yeza fielen der sofortigen Rache der sarazenischen Leibwache zum Opfer oder nach Folter und kurzem Prozeß der gnadenlosen Justiz des Kanzlers, wegen erwiesener Beihilfe zum *regnicidio*, als in flagranti ertappte Königsmörder! Gosset brach in der schwankenden Sänfte der Schweiß aus.

Demetrios wurde immer blasser, je mehr sie sich den Cassaro hinauf dem Palazzo dei Normanni näherten, nur die Dame Mafalda strahlte vor Stolz, an des Königs Tafel geladen zu sein. Roç und Yeza hatten während des nächtlichen Rittes huldvoll das Winken und die freudigen Zurufe des Volkes erwidert, das die Prachtstraße säumte. Miteinander gesprochen hatten sie kaum.

»So stelle ich mir unseren Einzug in Jerusalem vor.« Roç brach das Schweigen, als sie des erleuchteten Palastes ansichtig wurden.

»Wenn der Beifall sich so in Grenzen hält« – Yeza wies lächelnd auf die wenigen Leute, die sich rein zufällig längs des Weges eingefunden hatten, denn dem Kämmerer lag nichts daran, dem Königlichen Paar einen weiteren großen Auftritt zu bescheren, und so war der Empfang im Palast nicht von einem Herold angekündigt worden – »und auch unsere Gefolgschaft derart zusammengeschmolzen ist, daß sie in einer Sänfte Platz findet, dann mag es uns gehen wie weiland dem Herrn Jesus aus dem Hause Davids.«

»Du meinst, die Prieuré läßt uns kreuzigen?« Roç wollte sich die festliche Stimmung von Yeza nicht verderben lassen und seine gute Laune durch Scherzen retten, aber kaum hatte er die makabren Worte ausgesprochen, überlief ihn ein Schauer; ihn überkam die Vorstellung, sie könnten bittere Wirklichkeit werden. Er verfiel in düsteres Schweigen, doch Yeza kannte kein Erbarmen.

»Die geheime Macht, die ihn vorwärts trieb auf seinem Weg nach Jerusalem, nach Golgatha, war der Prieuré sicher nicht unähnlich. Sie gaukelte dem Parakleten vor, er stünde an der Spitze einer Volksbewegung, die Stadt würde sich mit einem einzigen inbrünstigen Schrei gegen Rom erheben, ihn zum König salben. Statt dessen schwenkten ein paar Hanseln, die sowieso schon zu den Anhängern seiner Lehre zählten, ihre Palmwedel. Und es bedurfte sogar eines Judas, den Statthalter zu überzeugen, daß ein großmächtiger gefährlicher Feind seinen Einzug in die Mauern gehalten habe, sonst wäre dem der Vorgang gar nicht aufgefallen.«

»Ihr sprüht heute vor Sarkasmus, meine Damna!« Roç gab seiner Verwunderung Ausdruck. »Und wer wird unser Judas sein?« Yeza sah ihn lange an. Trauer beschlich sie ob der klaren Sicht der Dinge, die Roç nicht teilte, die sie mit Roç nicht teilen konnte. Es traf sie weniger, daß er mehr und mehr plumpen Widerstand gegen alles leistete, was aus einer Welt des Spirituellen, aus ihrer Welt also, vorgetragen wurde. Schlimm fand sie dagegen, daß bestimmte Gedanken ihm gar nicht kamen, ihn nicht erreichten.

»Judas ist Teil unserer selbst«, sagte sie leise. »Er ist in uns.«

»Soll ich daran denken, wenn Ihr mich das nächste Mal küßt?«

»Wenn Ihr mich das nächste Mal küßt, dann werdet Ihr nicht daran denken!« rief Yeza. »Und wenn Euch das zu gefährlich deucht und Ihr um Euer Seelenheil fürchtet, dann wird es keinen nächsten Kuß mehr geben!« Sie gab ihrem Pferd trotzig die Sporen, doch Roç setzte ihr nach.

»Und wenn Ihr der Demiurgos wärt«, rief er, er schrie es, »und Luzifer in Euch gefahren« – Roç keuchte –, »immer werd' ich Euch lieben!« Atemlos und erregt, fiel er Yezas Pferd in die Zügel, riß ihren Leib zu sich herüber, da hatte sie schon die Arme um ihn geschlungen. Die beiden Pferde verharrten ob dieses Ausbruchs ungezügelter Leidenschaft, sie rückten zusammen und verhinderten so den Sturz der beiden, die sich über die Leere hinweg zu einer verzweifelten Umarmung fanden. Sie klammerten sich aneinander und tranken ihre Küsse wie Ertrinkende. Erst als die Sänfte aufrückte, lösten sich ihre Körper. Roç und Yeza richteten sich auf. Ihre Blicke galten fortan dem erleuchteten Palast, der sich vor ihnen aus der Nacht erhob. Beifall brandete auf. Sie achteten der Leute nicht noch der mit Fackeln Spalier stehenden Sarazenen.

Das ist das Tor zur Hölle! schoß es Roç durch den Kopf. Ich habe sie geküßt, ihr Feuer brennt auf meinen Lippen, ihre Glut verzehrt mich inwendig, und doch will ich niemals von ihr lassen.

Sie ritten die Rampe hoch. Erst im Innenhof sprangen sie ab. Maletta war sofort aus der Sänfte herbeigeeilt, doch da war schon Johannes von Procida erschienen, das Königliche Paar in Empfang zu nehmen.

Gosset – der nur eines im Sinn hatte, den Kanzler so schnell wie möglich über alles aufzuklären – half Mafalda hastig aus der Sänfte, weil er Demetrios nicht behilflich sein wollte, der als letzter ausstieg, etwas verloren mit seinem Geschenk. Der Mönch eilte hinter den anderen her, soweit sich das mit der Würde vertrug und mit der Schatulle, die er wie den Reichsapfel auf seinem Kissen vor sich her trug.

Die Gäste wurden über großzügig und breit angelegte Treppen – man hätte sie auch hoch zu Roß hinaufreiten können – in den zweiten Stock des Palastes geleitet, in jene Räume, die der große Normannenkönig Roger einst für sich hatte herrichten lassen. Farbenfrohe Jagdszenen schmückten die Wände, erwachten zum Leben im flackernden Licht der unzähligen Kerzen, die in mehrarmigen, silbernen Haltern für den festlichen Glanz der langen gedeckten Tafel sorgten. Die zu Tisch Geladenen standen noch. Einige Verwandte Manfreds aus dem Hause Lancia fanden sich ein. Gossets Augen suchten besorgt nach Oberto Pallavicini, doch der ließ sich nicht blicken. Der Priester machte Anstalten, den vielbeschäftigten Kanzler anzusprechen, um sich endlich Gewißheit zu verschaffen, daß alles mit rechten Dingen zuginge. Denn in der Ecke stand der Mönch, nur von denen unauffällig beobachtet, die wußten, was er in den Händen hielt. Doch während Gosset sich noch durch die Umstehenden drängte, erscholl die Ankündigung des Herolds: »Der König!«

Alle verneigten sich in Richtung der Tür, durch die jetzt Manfred federnden Schritts den Saal betrat, auf den Fersen gefolgt von einem Geparden, der an gestraffter Leine Konstanze hinter sich her zog. Der Herrscher nahm in der Mitte der Tafel Platz, bat Yeza neben sich und bestellte Roç zum Tischherrn seiner Tochter, die zu seiner Linken saß. Sie musterte den Ritter mit unverhohlenem Interesse, besonders weil er Immà sogleich furchtlos in den Rachen griff und sie am Fell zauste, was auch der Herrin gefiel.

Gosset vernahm mit Schrecken, daß Demetrios sich an den Kanzler wandte.

»Ich habe hier ein kostbares Geschenk für König Manfred.«

»Jetzt nicht!« Procida fertigte den Mönch sichtlich gedankenlos ab. »Nach dem Essen könnt Ihr es immer noch überreichen.« Das klang nicht nach Mitwisserschaft, oder Johannes von Procida war ein Meister der Verstellung.

Der Kanzler und Mafalda schlossen in der Tischreihe an Yeza an. Der Mönch war zwischen den Lancia, zwei alten Damen, am Kopfende gelandet. Gosset nahm die andere Seite von Roç ein. Ihm machte der Gepard nichts aus, wohl aber dem Maletta, weswegen der auch stehen blieb und sich um das Auftragen der Speisen kümmerte, was – weiß Gott! – nicht seine Aufgabe war. »Als *amuse-goule* werden Fasanenzungen, Wachteleier und feingehackte Pfauenherzen in Gelee gereicht, nicht gepfeffert, Monseigneur«, erklärte Konstanze dem Priester, um Roç zu zeigen, daß sie nicht auf seine Unterhaltung angewiesen war. Dennoch schob sie ihr kräftiges Bein in seine Richtung. »Ich habe mir diese Vorspeise gewünscht, weil Immà sie so gerne mag!«

»Dann will ich gern auf meine Portion verzichten«, erwiderte Gosset galant. Die Platten waren so reichlich bestückt, daß es für beide reichte, wobei Gosset nicht wie der Gepard gleich den Inhalt von zweien verschlang und das Silber auch noch sauber ableckte.

»Gern würde ich mit Immà tauschen!« sagte Roç und goß Konstanze aus der Karaffe Wein ein, eigens einige Tropfen über ihre Hand verschüttend, was ihm die Möglichkeit gab, beim Abwischen ihre Haut zu berühren.

»Habt Ihr solchen Hunger, Herr Trencavel?« fragte sie mit einem Blick auf Immà, die sich mit ihrer rosafarbenen Zunge zufrieden die Barthaare leckte.

»Nein,« sagte Roç und stieß an ihr Bein. »Ich dürfte Euch zu Füßen liegen!« Ihr Knie begann zu zittern. Sollte sie sich zurückziehen, die Schenkel schließen? Die frühreife Maid rettete sich zu Gosset.

»Jetzt kommt meine Lieblingsspeise! Gebratene Putenschenkel in Honig, geröstete Rebhuhnleber mit süß gedünsteten Äpfeln und Trauben und Brust von Wildtauben, mit Mandeln und Zimt überbacken! Davon könnt' ich essen, bis ich platze!« Das tat sie auch, sie versuchte es zumindest, und Roç sah ihr fassungslos, ihr Vater stirnrunzelnd zu.

»Denk an die anderen Gäste, Kind!« raunte er ihr zu, väterlich besorgt. »Laß dem Herrn Trencavel etwas übrig, damit er groß und stark wird wie du!« Manfred lachte und wandte sich an Yeza. Roç lachte nicht, auch nicht als Konstanze ihn gnädig von einer Keule abbeißen ließ.

»Euer Herr und Ritter«, erkundigte Manfred sich, »soll sich auf Turnierwiesen trefflich schlagen, wurde mir gesagt, doch wie steht es mit der rechten Ausübung des Kriegshandwerks, wenn nicht Ritterlichkeit gefragt ist, sondern Kampf auf Sieg oder Niederlage?« Yeza sah ihn belustigt von der Seite an.

»Wollt Ihr ihn Eurem Schwiegervater zur Hilfe schicken?« Manfred war verwirrt, daß sie ihn durchschaute und es nicht verbarg.

»Ich meine, hat der kühne Trencavel schon einmal ein Heer in die Schlacht geführt?«

»Er brennt darauf«, sagte Yeza leise. »Wenn Ihr, Manfred, es ihm antragt, entzündet Ihr ein Feuer, das ich nicht löschen will.«

»Ihr seid meiner Frage ausgewichen, Yeza«, erwiderte Manfred. »Ich will wissen, ob ich ihm vierhundert meiner besten Ritter anvertrauen kann.«

»Das Königliche Paar weicht nicht aus, werter Vetter. Ich habe Euch meine Meinung kundgetan. Doch Roç Trencavel müßt Ihr selber fragen.« Die letzten Worte hatte der Kanzler gehört.

»Wenn ich richtig verstanden habe, mein König, meint die kluge Dame, daß es unser Problem bleiben wird, weil die sichere Antwort auf eine törichte Frage keineswegs die Unsicherheit beseitigt!« Manfred fühlte sich überfordert.

»Laßt uns nach dem Essen im engsten Kreis mit unseren lieben Gästen beratschlagen.«

Die Köche trugen stolz, das war ihr Privileg, die Früchte des Meeres herein, große Fische im Brotmantel oder unter einer dicken Kruste groben Salzes versteckt, bald mit Oliven, bald mit Fenchel im eigenem Saft gegart. Aber auch hauchfein geschnittenes Fleisch von rohem Thunfisch, mit geraspelter Ingwerwurz, Langusten, mit knusprigen Zwiebelringen in Safran geröstet, Aale lebendig am Spieß, die über dem offenen Feuer zuckten, ebenso wie majestätische Hummer, die vor den Augen der Gäste noch wild mit den Scheren nach den Köchen schnappten, bevor sie ins siedende Wasser gestoßen wurden. Zangen wurden dazu gereicht, damit man die Schalen der Tiere aufknacken konnte, wie man vom Pferd gefallene Ritter aus den Rüstungen schält. Gewürzt wurde mit körnigem Salz, mit Pfeffer aus India, kalt gepreßtem Olivenöl und dem Saft grüner Limonen. Alle schmatzten, schlürften, zerrten mit den Zähnen das weißrote Fleisch aus den Gliedern, saugten mit Inbrunst an den zarten Teilen, pulten, stocherten, fieselten. Man spuckte die Gräten aus und warf die leeren Hüllen hinter sich, bekleckerte sich und leckte sich die Finger ab, bevor sie in das lauwarme Wasser der Schalen getaucht wurden, auf dem Rosenblüten schwammen. Man rülpste, spülte nach mit dem herben Weißen der Insel, dem ›Regaleali‹ der königlichen Weingüter, rülpste noch einmal zur Bekräftigung, daß es prächtig gemundet hatte. Spielleute traten auf, mit Lauten und Hirtenflöten, Ratschen und Maultrommeln. Roç tat höflich so zu seiner Nachbarin, als schätze er nichts so sehr wie die schwermütigen Melodien, den aufreizenden durchdringenden Klang dieser Instrumente. Dabei schienen ihm nur Zikaden noch unerträglicher. Doch Konstanze wiegte sich im Rhythmus. Längst hatten ihre Knie unter dem herabhängenden Linnen zusammengefunden. Roç sehnte sich plötzlich nach dem Lautenspiel von Jordi, aber den hatte Yeza bedauerlicherweise nicht mitgenommen.

Es wurde abgeräumt. Alle tranken, nur der Mönch Demetrios hockte steif am Ende der Tafel, wie Gosset mit ständig besorgterem Blick feststellte. Die Lancia-Damen hatten es längst aufgegeben, ihn in ihr Gespräch mit einzubeziehen. Der Priester saß wie auf glühenden Kohlen.

Um Roç aufzuheitern, aber auch aus Übermut, sie hatte fleißig gebechert, stieß Konstanze ihren Pokal um. Sie trank nur Rotwein, den ihr Herr Manfred, redlich bemüht, eigenhändig mit Wasser aus einem Krug verdünnte, wenn sie ihn nicht durch flinkes Nachschenken überlistete. Auf dem weißen Linnen bildete sich eine rosarote Lache. Roç tauchte schnell seinen Finger hinein. »Damit es kein Unglück bringt!« flüsterte er heiser und rieb ihr ein paar Tropfen hinters Ohrläppchen. Konstanze kicherte vor Vergnügen, doch Herr Manfred runzelte die Stirn.

»Meine Tochter ist schon verlobt!« entfuhr es ihm in einem Ton, der eine Spur zu ungehalten war, so daß Johannes von Procida lachend eingriff.

»Auch der Herr Trencavel ist bereits vergeben!« mahnte er des Königs Töchterlein, und Manfred nahm es *nolens volens* von der heiteren Seite, zumal Yeza scherzte:

»Das muß ich mir noch überlegen!«

»Verzeiht dem jungen Mann! Er ist gestraft genug, auf seinem Platz sitzt sonst ein Raubtierbändiger«, schob der Kanzler nach, wofür er sich einen empörten Blick des Vaters einhandelte, bevor er hinzusetzen konnte, »falls Immà sich vergißt!«

»Sich besinnt, ein Gepard zu sein!« Roç zog das Gespräch an sich, das über seinen Kopf hinweg geführt wurde. »Ich habe selten ein so lammfrommes Kätzchen gesehen!«

»Damit kann er Eure Tochter nun wirklich nicht gemeint haben, Majestät!« Johannes von Procida hatte sich erhoben, um sich die Beine zu vertreten. Gosset nahm die Gelegenheit wahr, sich ihm unauffällig zu nähern. Der Kanzler richtete seine Schritte hinaus in den Hof, suchte sich eine dunkle Ecke, um zu pinkeln. Dies Bedürfnis verspürte auch Gosset. Er stellte sich neben ihn, doch bevor er seine Bedrängnis ablassen konnte, sprach ihn der Procida an.

»Monsignore, Ihr seid des Königlichen Paares Vertrauter und Berater?« Er hatte die Frage mehr rhetorisch vorgebracht, während er breitbeinig sein Wasser abschlug.

Gosset hatte seinen Spundhahn endlich hervorgenestelt und strullte erleichtert los. »Deswegen wollte ich Euch sprechen.«

»Sprechen?« unterbrach ihn der Kanzler und ließ seinem Urin derb lachend freien Lauf. »Mein Schwanz pißt jetzt, und alles andere hat Zeit bis nach dieser schlappen Zecherei!«

»Das Geschenk des Mönchs!« stöhnte Gosset.

»Das heben wir uns zum Nachtisch auf, Monsignore, das lassen wir uns munden!«

»Wißt Ihr denn, was –«

»Was ich für einen Druck auf der Blase hatte!« dröhnte der Procida und schloß seinen Latz.

»Ihr tut unserem Weine zu wenig Ehre an! Würdet Ihr mehr trinken, könntet Ihr besser entleeren, ohne den Mund aufzumachen!« Damit stapfte er von dannen.

Inzwischen wurden die Fleischgerichte aufgefahren, doch vorher gab es warme Süpplein, um dem Magen zu schmeicheln. Jeder hatte die Wahl zwischen Gerste mit Miesmuscheln, Markknochen auf Karotten oder Ochsenschwanz in dicken Saubohnen.

»Die machen gut furzen!« Konstanze kicherte und kippte ihr

Schüsselchen dem Geparden unter dem Tisch hin, den Roç im Nacken kraulte. Für einen Augenblick fanden sich ihre Hände, und sie wurde puterrot. Roç wandte sich schnell an Gosset, doch der nahm eine Wildschweinkeule von der nächstbesten Platte und schob sie ihm hin.

»Nehmt den Knochen in beide Hände, so bleiben sie über dem Tisch«, regte er flüsternd, aber eindringlich an. »Und wenn Ihr ihn abgenagt habt, werft ihn hinter Euch und haltet ihn nicht Immà oder gar ihrer Herrin hin als Ersatz für ein nicht einlösbares Versprechen!«

»Schweinisch wilde Lust hätt' ich schon!« bekannte Roç flüsternd seinem Beichtvater. »Aber die Sau in mir weiß, daß sie den Eber nicht rauslassen darf!«

»Das will ich hoffen!« knurrte der Priester erschrocken. »Mir reicht *eine* Bomba an diesem Tisch!«

Es gab Wild, Rücken vom Reh, Stachelschwein und Hasenklein, halbe Sumpfenten und ganze Schnepfen. Alles mit verschieden eingekochten Früchten, Kürbis und Birnen, Feigen und Pflaumen, Beeren des Waldes, Kastanienmus und kandierte Walnüsse. Das war die Stunde der naschhaften Konstanze, sie schob Roç das Fleisch zu und häufte sich die süßen Zutaten in den Napf. Ihren bereitwillig hingehaltenen Finger abzulecken verkniff er sich. Ihr Vater war ein eifriger Jäger, und der Hirschfänger steckte stets griffbereit in seinem Gürtel. Roç wollte ihn nicht noch einmal reizen. Und die schöne pralle Kindsfrau wußte nicht, mit welchem Feuer sie spielte. Alle bissen und rissen, nagten und kauten, lutschten und wischten sich die Lippen erst, als beim besten Willen nichts mehr ging. Da spülten sie nach. Die Bärte der Männer tropften, die Mieder der Frauen waren naß vom Wein und Öl, besprizt vom Saft der Früchte und mit Suppe bekleckert. Sie lockerten die Gürtel. »Und jetzt gibt es den Nachtisch!« Konstanze mampfte vor Glück über den heißersehnten Abschluß des Mahles schnell noch den letzten fetten Kapaunersterz. »Die zarten Küchlein aus frischem Käs, mit Äpfeln und Honig gefüllt, das Schmalzgebackene voll säuerlicher Maulbeeren, in Zucker gewälzt, Datteln mit Marcipane an Stelle der Kerne, Pistazienkugeln aus brauner Butter und Eierschnee – mit Sahne übergossen!« Das schien dem Leckermaul das Höchste der Genüsse. Roç grinste, als er sich vorstellte, wie der sich wohlig räkelnden Naschkatze bereits das Wasser im Munde zusammenlief. Er sah, wie ihre rosarote Zunge über die üppigen Lippen strich, und dachte – da stand der Kanzler auf und sprach:

»Einer unserer Gäste, der Mönch Demetrios aus dem fernen Hellas, der Wiege jener großen Kultur, die auch in Sizilien den Boden bereitet hat, dem die Insel heute ihren strahlenden Glanz verdankt, die glorreiche Herrschaft des Sprosses vom Stamm der Normannen und Staufer, hat König Manfred ein Geschenk mitgebracht, eine kostbare Reliquie« – Johannes von Procida unterbrach sich nur kurz, um den Demetrios vom Tafelende herbeizuwinken –, »die er unserem geliebten König Manfred jetzt persönlich überreichen wird.« Hochrufe und Beifallklatschen begleiteten den Weg des Mönches, der jetzt bleich wie das einst blütenweiße Tischtuch sein Kissen mit der Schatulle zur Mitte der Tafel trug, wo Herr Manfred sich ihm freundlich zuwendete. Die anderen Gäste hatten sich erhoben. Alle, die in des Königs Nähe gesessen hatten, bildeten einen Halbkreis, den der Mönch nun betrat. Er verneigte sich vor dem König und hielt ihm das Kissen hin.

»Gottes Segen begleitet diese Gabe«, murmelte Demetrios, nur für die Umstehenden vernehmlich, in seinen schwarzen Rauschebart. Seine dunklen Augen glühten. Er vermied, Manfred ins Gesicht zu schauen, sondern hielt den Blick auf die Schatulle geheftet, die der König jetzt mit beiden Händen vom Kissen hob und umher zeigte, bevor er den Mönch leutselig aufforderte, sie zu öffnen. Alle reckten erwartungsvoll die Hälse, nur die von der Kalsa nicht. Langsam klappte Demetrios den mit Intarsien reich verzierten Deckel auf. Doch was zum Vorschein kam, war mitnichten der alabasterne Christus an einem silbernen Kreuz: Auf dem violetten Samt ruhte ein schlichter schwarzer Kelch! Roç und Yeza hielten den Atem an und wagten kaum, sich einen blitzschnellen Blick zuzuwerfen. Der Schwarze Kelch? Roç schüttelte unmerklich den Kopf. Alle starrten auf das Gefäß. Da die Hand des Königs keine Anstalten machte, die Reliquie zu ergreifen, faßte Demetrios sich ein Herz.

»Ihr solltet das Blut unseres Herrn Jesus Christus heilig halten und dieses Gefäß verehrend an Eure Lippen führen, wann immer Ihr daraus zu trinken begehrt, denn so werdet Ihr seiner Gnadengüte teilhaftig immerdar.«

Manfred faltete beglückt die Hände und strahlte den Mönch an. »Reicht mir bitte Eure herrliche Gabe, frommer Mann, von der ich in Demut sogleich kosten will.«

Er winkte seinen Mundschenk, der bedächtig etwas von dem bereits vom Truchseß vorgekosteten Wein aus des Königs Kanne in ein Schälchen goß, das er am Bande um den Hals trug. Er nippte daran, ließ den guten Tropfen im Munde rollen, bevor er ihn schluckte, ihm nachlauschte, während er feurig durch die Gurgel ins Gedärm fuhr. Er zelebrierte den Akt so feierlich, daß alle mit ihm fühlten, bis der Mann schließlich zufrieden nickte.

Demetrios hatte ihm die ganze Zeit den Pokal hingehalten, doch erst jetzt nahm ihm der Mundschenk das Gefäß aus der Hand, kippte den Rest Wein aus dem Schälchen hinein, schwenkte ihn im Pokal und entleerte ihn mit gekonnter Bewegung auf den Boden, ohne daß es spritzte. Dann erst füllte er den schwarzen Kelch und reichte ihn auf des Königs knappen Augenwink dem verdutzten Demetrios zurück.

»Segnet, Priester, nun bitte den Wein, daß er sich für den gläubigen Diener der Kirche durch das Wunder der Transsubstantiation in das Blut unseres Herren Jesus Christi verwandele!« sprach Manfred salbungsvoll. Der Mönch schlug das Zeichen des Kreuzes über dem Kelch, doch des Königs Stirn runzelte sich voller Mißfallen.

»Die Gnade kann nur von Euren Lippen über mich Elenden kommen, dem Heiligen Geiste gleich.« Die Stimme des Königs schwamm in des Honigs Süße, doch seine Augen funkelten vor Wut. Demetrios verstand nicht, worauf das herrscherliche Verlangen abzielte, unsicher, fast verzweifelt hielt er Manfred den Pokal hin.

»Ihr sollt vor dem König daraus trinken!« raunte der Procida ihm zu.

Der Mönch begann am ganzen Leib zu zittern.

»Wie? Ich Unwürdiger?!«

»Niemand ist würdiger als Ihr«, drängte der König. »Euer Mund erst bewirkt die ersehnte Eucharistie!«

Nun schlotterten dem Demetrios die Hände, daß er den Pokal kaum noch halten konnte. Er biß sich auf die Lippen, daß sie kalkweiß wurden wie sein übriges Gesicht, und streckte den Kelch weit von sich.

»Trink für mich!« herrschte Manfred ihn an.

Da ließ der Mönch das Gefäß fallen, unbeholfen, als sei es ihm vor Schreck aus der Hand geglitten. Der schwarze Stein zerbarst. Rubinrot ergoß sich der Wein über den marmornen Boden. Das entsetzte Schweigen dauerte nur wenige Sekunden. Demetrios machte eine hilflose Geste, als wolle er todunglücklich die Scherben aufheben. Immà zerrte an der Leine, neugierig schnüffelnd.

»Zurück!« schrie Roç und warf sich dem fauchend emporschnellenden Geparden entgegen, seine Herrin gleich mit umreißend, was Immà mit einem Biß in des Angreifers Arm quittierte. Die hinzugesprungenen Sarazenen rissen das sich am Boden wälzende Knäuel auseinander. Aus Roçs Ärmel tropfte Blut. Yeza, unterstützt von Mafalda, führte ihn zur Seite und drückte den blaß gewordenen Roç auf einen Stuhl. Der König starrte die rote Pfütze zu seinen Füßen an, seine Zornesader schwoll, doch dann fing er den grinsenden Blick seines Kanzlers auf. Er zwang sich zu einem Lächeln, was Demetrios veranlaßte, hoffnungsvoll zu ihm aufzuschauen.

»Auflecken«, sagte der König sanft. »Es ist das Blut deines Herrn. Leck es auf!«

Der Mönch fiel auf die Knie, hob die Hände, um des Königs Beine zu umfassen, doch der sprang behende zurück.

»Auflecken hab' ich gesagt!« brüllte er jetzt, und seine Leibsarazenen stießen den Kopf des Mönches nach unten. Sie drangsalierten ihn, sie traten ihm in den Hintern, bis er mit dem Gesicht in die rote Lache tauchte. Demetrios trommelte mit seinen Fäusten auf den Boden. Seine Hände verkrampften sich. Die Finger versuchten, sich in den Stein zu krallen, alle konnten das ekelhafte Geräusch abbrechender Nägel hören. Ein konvulsives Zucken durchlief seinen Körper. Er stieß einen markerschütternden Schrei aus, bäumte sich auf, schlug mit der Stirn mehrfach in die Pfütze, dann streckte er sich und blieb flach liegen.

»Schafft ihn raus!« befahl der Kanzler. »Ohne ihn mit den Händen zu berühren!« So schlugen die Sarazenen Demetrios die eisernen Widerhaken ihrer Spieße in Schulterhöhe in das Fleisch und schleiften ihn mit dem Gesicht nach unten aus dem Saal, wie man einen toten Stier aus der Arena entfernt. Er zog eine häßliche rote Spur, die so aussah wie Blut, hinter sich her.

»Laßt uns hier nicht länger weilen«, sagte der König zu seinen Gästen. »Das Geschenk aus Nikäa hat mir den Geschmack verdorben!« Umringt von seiner Leibgarde, verließ der König raschen Schritts den Saal, mit Bedacht vermeidend, auf die Giftflecken zu treten. Seine Tochter samt ihrem Tier folgte ihm unaufgefordert, nachdem sie dem blassen Roç noch verschämt »Ich danke Euch, mein Ritter!« zugehaucht und Yeza mit einem schuldbewußten »Verzeiht meiner Immà!« bedacht hatte.

Yeza hatte Roç den Ärmel gänzlich abgerissen und mit ihrem kleinen Dolch ein Stück des Tischtuchs abgeschnitten, das einigermaßen sauber schien, es in Wein getaucht und die Wunde damit verbunden. Maletta, der von dem gesamten Vorfall überrascht und ehrlich erschüttert war, weil er sich Vorwürfe ob seiner fehlerhaften Wachsamkeit machte, hatte sofort den Hofmedicus holen lassen, einen Araber. Der hatte Yezas Notverband als erstes wieder entfernt. »*Da'adam jassri!*« sagte er, wusch die Wunde mit Wein aus und legte dann Anagallis und Alant gegen den Wundstarrkrampf und gegen die Sepsis auf, jedoch keine blutstillenden Kräuter, denn so reinigen sich die Wundränder auf natürlichem Wege. Dann wurde der Arm locker mit einer Binde umwickelt und in eine Tragschlinge gepackt. Johannes von Procida trat hinzu.

»Herr Manfred hat Euch zu danken, Königliches Paar. Er war jetzt zu aufgebracht, um es Euch zu sagen. Auch war ein Gespräch vorgesehen« – er wandte sich jetzt mehr an Roç –, »das Eure nächste Zukunft zum Inhalt haben sollte, Trencavel. Wir verschieben das, bis Ihr genesen seid.« Da von Roç kein Zeichen der Zustimmung kam, was den Kanzler ärgerte und seinen Ton kühler werden ließ, setzte er hinzu: »Wenn das Königliche Paar es wünscht, kann es hier im Palast Quartier beziehen, wo der Trencavel unter ärztlicher Aufsicht wäre.«

»Nein, danke«, sagte Yeza, »wir kehren zurück in die Kalsa, wo wir unseren eigenen arabischen Medicus haben.«

»Einen arabischen Arzt?« fragte der Kanzler hochfahrend. »Wie ist sein Name?«

»Das tut jetzt wohl nichts zur Sache!« entgegnete Yeza ihm mit aller Schärfe. »Er gehört zu unserem Hofstaat und genießt unser volles Vertrauen!«

»Wenn Ihr es wünscht!«

»Das Gespräch mit dem König kann ebenfalls in der Kalsa stattfinden, wenn Herrn Manfred daran gelegen ist und er seinen Dank abstatten will. Wir werden Euch, Kanzler, wissen lassen, wann es uns recht sein wird. Und jetzt bitte ich den Herrn Kämmerer, die Sänfte bereitstellen zu lassen.«

»Sie steht schon da!« rief Maletta eilfertig. »Ich werde Euch sicher durch die Stadt geleiten!« Mafalda und Gosset stützten Roç, der jetzt doch etwas schwach auf den Beinen war, bis zur Sänfte. Yeza ritt daneben her, Maletta voneweg. Sie begegneten um diese Stunde kaum noch Menschen in den nächtlichen Straßen Palermos. So kehrten sie in die Kalsa zurück.

Die nächsten Tage war Roç ans Bett gefesselt. »Die Zähne des Geparden waren nicht so sauber, wie man das von einem Schoßkätzchen erwarten sollte.« Er griente schwach, als ihm unter den wachsamen Augen von Gosset und Yeza der Verband gewechselt wurde.

»Was müßt Ihr auch vor dem Kind den Drachentöter spielen!« spottete Yeza mild, die es lieber gesehen hätte, daß Immà ins Gras beziehungsweise in den Steinboden des königlichen Palastes gebissen hätte, als ihren Ritter so zuzurichten.

Das Reinigen der Wundmale und stündliche Auflegen frischer Arzneien sowie das Neuverbinden hatte Geraude übernommen, die völlig in ihrer Rolle als Samariterin aufging. Kefir Alhakim hackte und preßte, zerrieb und köchelte Ysop und Schachtelhalm, die nach seinen Angaben von Beni und Potkaxl in der waldigen Umgebung der Stadt gesucht und mal des Nachts bei Mondschein, mal im Licht des ersten Sonnenstrahls gepflückt oder mitsamt Wurzeln ausgegraben wurden und in nasse Tücher geschlagen werden mußten, bevor sie, geschützt vor dem Tageslicht, eiligst in die Kalsa gebracht wurden. Mit Strenge wachte der Wesir über die genaue Ausführung seiner Anordnungen. Er wäre am liebsten selbst losgezogen, aber Yeza befürchtete mit Recht, daß der Procida, der ja selbst Arzt war, keine Ausnahme von der *approbatio universitatis*, der ärztlichen Zulassungsbestimmung gestatten würde, die strikt nur den *doctores medicinae* die Ausübung des Berufs erlaubte, die vor der Fakultät von Salern ihre Prüfung abgelegt hatten. Und da Kefir Alhakim schon einmal im Königreich wegen des Verstoßes gegen dieses Gebot straffällig geworden und verbannt worden war, durfte er auf keinerlei Gnade hoffen. Es würde schon genug Probleme bereiten, den Pilzdoktor ungeschoren wieder aus der Stadt herauszuschmuggeln. So konnte der Wesir nur innerhalb ihres Quartiers, im Obergeschoß der Kalsa, eingesetzt werden, wobei alle auf der Hut sein mußten, ihn jederzeit bei allfälligen Krankenbesuchen des Kämmerers oder des Pallavicini zu verstecken.

Auch Konstanze hatte schon am Tag danach anfragen lassen, ob sie samt Immà ihren verwundeten Helden besichtigen dürfe, doch Gosset hatte sie auf einen weniger kritischen Zeitpunkt vertröstet, denn anfangs war das Wundfieber hoch, und nur Arcticum lappa und Sempervivum hatten Roç über diese Phase zwischen Leben und Tod hinweggeholfen.

Yeza hatte Roç erst in ihren Turm verlegen wollen, weil ihre Frauen ihn dort besser pflegen könnten, aber der rückwärtige geheime Treppenaufgang, über den Roçs Domizil verfügte, hatte den Ausschlag gegeben, und so schliefen immer zwei Damen in der hinteren Kammer, in Rufweite von Roçs Bett. In den ersten Nächten hatte sich Yeza selbst es nicht nehmen lassen, bei ihrem Gefährten zu wachen, aber nun war er auf dem Weg zur Genesung und wurde mit Opium und Baldrian behandelt, die Philipp und Mafalda in den Klöstern oder Spitälern besorgten. Jordi blieb in Yezas Turm und bewachte ihre Schatzkiste. Weder sein Lautenspiel noch sein Gesang waren am Krankenlager erwünscht.

Im Palazzo dei Normanni gingen Hofleben und Regierungsgeschäfte ihren gewohnten Gang, was nicht heißen sollte, daß man sich Roçs heldenmütigen Einsatzes nicht wohlwollend erinnerte. Herr Manfred selbst hatte angeordnet, dem Rekonvaleszenten täglich ausgewählte Speisen aus der Palastküche in die Kalsa zu bringen; seine Ärzte stellten sie zusammen, wenngleich es sie wurmte, daß sie von der Behandlung des Verletzten ausgeschlossen waren. Konstanze sorgte dafür, daß es ihrem tapferen Ritter auch nicht an Leckereien mangelte.

Der König hatte sein Herz für Roç entdeckt. Er erkundigte sich jeden Morgen beim Pallavicini nach seinem Befinden und ließ sich nur von seinem Kanzler davon abhalten, ihm einen Krankenbesuch in der Kalsa abzustatten. Johannes von Procida war spätestens seit dem denkwürdigen Abend bewußt, daß jedoch nicht der Trencavel, sondern seine Dame Yeza die Person war, mit der es sich auseinanderzusetzen galt, was die Zukunft des Königlichen Paares anbetraf beziehungsweise die elegante Entfernung der beiden aus Palermo. Der Kanzler hatte nicht vergessen, mit welcher Begeisterung ihnen am Tag der Krönung das Volk nachgelaufen war. Ihre längere Anwesenheit auf der Insel konnte jemanden – es mußten nicht einmal Roç und Yeza selber sein, das wollte er ihnen nicht unterstellen – auf dumme Gedanken bringen. Ein Königsmord war, wie man gesehen hatte, nicht so schwer zu bewerkstelligen, wenn der Täter und seine Drahtzieher etwas geschickter zu Werke gingen. Und an Feinden fehlte es nicht! Die beste Versicherung gegen solche Bestrebungen war immer noch, daß keine überzeugende Alternative zur Hand war. Das Königliche Paar hingegen bot sich geradezu an!

Der Kanzler wurde gestört. Völlig überraschend wurde von der Capitaneria della Cala die Ankunft eines griechischen Gesandten gemeldet. Johannes von Procida dachte natürlich an eine Botschaft des Despoten von Epiros, dem zukünftigen Schwiegervater des Königs, und fragte durch Kuriere zweimal zurück, als ihm ein »Nikephoros Alyattes« angekündigt wurde, »Gesandter des Kaisers von Nikäa!«. Der Kanzler bestellte ihn erst einmal unter strengster Eskorte in den vorgelagerten Palazzo Arcivescovile, in dem er selbst residierte, da der Erzbischof noch immer nicht vom Papst in seine Diözese zurückbeordert worden war. Dann begab er sich eilends zu seinem König.

»Der kommt mir gerade recht!« polterte Manfred nach einem Augenblick ungläubigen Staunens. »Michael Paläologos will meiner

Tochter wohl zum so plötzlichen und gräßlichen Ableben ihres hochverehrten und von Nikäa so heiß geliebten Herrn Vaters kondolieren!« Der König hatte sich erhoben. »Wir wollen seinem Beileidsbesuch die angemessene Dauer geben« – seine Stimme war gefährlich leise geworden –, »der solch tiefe Trauer bedarf.« Er lachte. »Wie lange würdet Ihr um mich trauern, Johannes von Procida?«

»Keine Stunde! Denn ich würde mir noch an Eurem Totenbett das Leben nehmen vor Schmerz.«

»Das würde ich Euch testamentarisch untersagen, denn Eure Dienste sind gerade dann dem verwaisten Königreich und meinen armen Kindern unentbehrlich.«

»Also lasse ich den Herrn Nikephoros vor Euer Antlitz treten?«

»Den Schreck, mich noch am Leben zu sehen, wollen wir ihm noch gönnen. Danach wird er viel Zeit haben, es zu bedauern.«

Der Kanzler schickte berittene Boten, den Gesandten auf dem Cassarò abzufangen und direkt in den Palast zu bringen, wo Herr Manfred düster den Faden weiterspann, welchen Empfang er dem Vertreter Nikäas bereiten könne. »Schade, daß wir den Kadaver des Mönches schon verbrannt haben.«

»Das war notwendig, um die Fische im Meer nicht zu vergiften.«

»Ich hätte ihn gern gerade heraustragen lassen, wenn der Gesandte diesen Raum betritt.«

»Das Gesicht des Demetrios war nicht mehr wiederzuerkennen, ich hätte den Anblick auch nicht länger ertragen.« Der Kanzler versuchte, die aufsteigende Grausamkeit seines Herrn zu dämpfen. »Aus der Kalsa habe ich die gute Nachricht, daß die Genesung des Trencavel Fortschritte macht. Wir sollten das geplante Gespräch ins Auge fassen.«

»Ich wollte Roç und Yeza schon lange einen Besuch abstatten.«

»Es gehört sich, daß sie zu Euch kommen!« wandte der Kanzler ein. »Auch könnte Euch dort Euer widerborstiger Graf von Otranto über den Weg laufen, der seit Tagen eine Audienz erbittet, um Dispens von Euch zu erflehen. Hamo L'Estrange will wieder zurück nach Hause, um sich hinter dem Kittel seines Weibes zu verkriechen.«

»Ich will ihn nicht sehen, schickt ihn weg!«

»Wir warten noch auf Nachricht vom Taxiarchos, daß ihm die Triëre ausgeliefert wurde.«

»Ich habe meinem Schwiegervater versprochen«, hielt Manfred verärgert dagegen, »daß ich ihm die Ritter ohne Verzug schicke. Ich will nicht, daß ihre Abreise noch länger hinausgezögert wird, nur weil einige meiner Herren wie Hamo L'Estrange sich mit albernen Ausflüchten winden wie feiges Gewürm!« Manfred hatte sich in Zorn geredet. Johannes von Procida nahm das als günstige Gelegenheit, den Trencavel nachzuschieben wie ein Holzscheit in den brennenden Kamin.

»Auch Roç wäre bald soweit wiederhergestellt, daß er seine Teilnahme an dem Zug der Vierhundert nicht ohne Gesichtsverlust ablehnen kann.«

»Doch!« knurrte der Herr Manfred. »Und das ganz einfach: Er ist nicht mein Lehnsmann! Ihr könnt Euch darüber auch mit der Dame Yeza auseinandersetzen, denn sie bestimmt, was gemacht wird!«

»Die Dame sollten wir schleunigst loswerden!« stieß der Kanzler hervor. »Oberto Pallavicini hat mir gesteckt, daß sie nach Italien will, um in Rom zu erreichen, daß die Bolognesen Euren Halbbruder Enzio laufen lassen, den Yeza für ihren Vater hält.«

»Interessant«, murmelte der König.

»Das eröffnet ganz neue Perspektiven!« verbesserte sein Kanzler. »Keine ungefährlichen!«

»Ihr meint, sie liefe Gefahr – ?«

»Ich wüßte nicht, was mich weniger schert«, sagte Johannes von Procida mit kalter Beiläufigkeit. »Euch dräut Gefahr, wenn Yeza Erfolg hat!«

»Eben wolltet Ihr sie noch loswerden – jetzt soll sie besser hierbleiben?«

»Abreisen ohne anzukommen!« Der Satz stand noch bedrohlich in dem hohen Raum, als die Wachen die Ankunft des Gesandten ankündigten.

Der König nahm auf seinem Thron Platz und forderte den Kanzler auf, ihm zur Seite zu stehen, bevor er den Wachen befahl: »Schafft den Mann herein, und bleibt gleich hier zu Unserer Verfügung!«

So wurde der Gesandte wie ein Häftling in den Raum geführt

und protestierte auch gleich gegen diese unwürdige Behandlung. »Ich bin Nikephoros Alyattes, außerordentlicher Botschafter seiner Majestät des Kaisers von Byzanz!« rief er empört schon von der Tür aus. »Wollt Ihr mein Beglaubigungsschreiben sehen?«

»Das wurde schon vor ein paar Tagen für Euch abgegeben«, erwiderte Johannes von Procida, »doch solltet Ihr jetzt niederknien, Ihr steht vor dem König beider Sizilien!«

»Das will ich meinen!« antwortete der Gesandte stolz. »Ich sehe keinen Grund, mein Knie zu beugen!«

»Wachen«, sagte der König, »helft dem Herrn zu Boden, ein Tritt in den Hintern!«

Zwei riesige Sarazenen nahmen den Nikephoros auf jeder Seite unter die Arme, bogen sie nach hinten, während zwei weitere ihm in die Kniekehlen traten, und schon befand er sich in der gewünschten Stellung.

»So«, sagte der König zufrieden, »was habt Ihr Uns in aller Demut vorzutragen? Oder wolltet Ihr Uns Euer Bedauern ausdrücken, daß der außerordentliche Botschafter Eures Putschgenerals Michael Paläologos sein Geschenk, das dieser Hurensohn Uns so liebevoll zugedacht, einfach fallen ließ?«

»Ich weiß nicht, wovon Ihr sprecht. Es klingt recht seltsam, doch es ist nicht meine Aufgabe, an Eurem Verstand zu zweifeln.« Der Herr Nikephoros nahm sich das jedenfalls vor. »Euer hochverehrter Herr Vater würde sich vor Scham im Grabe umdrehen, wenn er mit ansehen müßte, wie sein Sohn, einer seiner Söhne«, setzte er spitz hinzu. Fast hätte er ›Bastard‹ gesagt, aber das hätte ihn den Kopf gekostet, auf der Stelle! Da er schon kniete, unterließ er es, den König weiter zu reizen. »Es ist eine Schande, wie Ihr den Gesandten seines alten Bündnispartners Nikäa behandelt! Habt Ihr vielleicht Euren Sinn für die Machtverhältnisse jenseits der Straße von Messina eingebüßt?«

Seltsamerweise wurde Herr Manfred immer ruhiger, fast freundlich. »Ich hätte fast mein Leben eingebüßt durch Nikäas Hand, und Ihr redet von Bündnis, wagt es, den Namen des großen Kaisers Friedrich in den Mund zu nehmen? Euer Paläologos muß vom *delirium tremens* befallen sein.«

»Mir erschließt sich immer noch nicht, worauf Ihr anspielt.«

»Ah«, sagte der König, »schwachsinnig? Wie konnte Euch dieser Usurpator nur mit der kühnen Mission betrauen, Uns zu fragen, ob Wir den Kaiser von Nikäa noch lieben? Offensichtlich läßt den wahnsinnigen Paläologos auch das Gedächtnis im Stich? Ihr kennt nicht zufällig einen Mönch Demetrios?«

»Nie gehört«, erwiderte Nikephoros Alyattes. »Ihr müßt Geister sehen, oder Ihr seid auf einen *impostor* hereingefallen. Der Hof von Nikäa beschäftigt keine Mönche als Gesandte.«

»Aber Euer Patriarch Arsenios!« wandte der Kanzler ein, den das Katz- und Mausspiel langweilte. »In seiner außerordentlichen Güte verzichtet der König auf Euren Kopf, Nikephoros Alyattes, den Ihr als Mordkomplize von Rechts wegen bereits verloren habt. Wir geben Euch Zeit, darüber nachzudenken, und dem General Paläologos die Möglichkeit, Euch zu vermissen. Wachen! Bringt den Herren in die Kalsa!«

Die Sarazenen verpaßten dem Nikephoros diesmal einen Tritt in den Hintern, damit er schneller hochkam, griffen ihm wieder unter beide Arme und schleiften ihn hinaus.

»Ein letztes Wort!« rief er, als sie schon in der Tür mit ihm waren.

Der König konzidierte den Wunsch mit einladender Handbewegung.

»Mein großmächtiger Gebieter wird mich bald im Austausch freipressen –«

»Mit der Rückgabe der Kaiserinmutter?« unterbrach ihn der König höhnisch. »Meine arme Schwester Anna, großmütig rückerstattet nach reichlichem Gebrauch, nach einem Leben voller Demütigungen?«

»Nein«, erwiderte Nikephoros Alyattes, »gegen die Überlebenden von vierhundert stolzen Rittern aus Nikäas Kerkern!«

»Schafft ihn fort!« schrie Manfred die Wachen an.

Im Turme Roçs erschien ein tief betrübter Hamo. »Ich muß Euch *A Diaus* sagen, mein lieber Trencavel. Soeben ist an mich die Aufforderung ergangen, mich im Hafen einzufinden, wo ich mich nach Griechenland einschiffen muß. Als Trost hat man mir ein Dutzend Ritter aus Deutschland unterstellt, deren Sprache ich nicht verstehe und deren Art mir sicher wenig liegt.«

»Und umgekehrt, Hamo L'Estrange!« spottete Roç schwach, denn er war noch nicht wieder voll bei Kräften, wenn auch nicht mehr bettlägerig. »Wenigstens kannst du dich darauf verlassen, daß sie in der Schlacht auf deine Feinde einschlagen und dein Leben schützen werden. Was willst du mehr?«

»Komfort im Zeltlager! Ich kann diese Barbaren nicht ausstehen, es reicht mir, wenn ich sie im Kampf um mich habe!«

»Wie kann ich dir da nur behilflich sein, armer Hamo?«

»Vor fünf Jahren habe ich William von Roebruk meinen besten Diener für seine Reise zum Großkhan überlassen, bei Eurer Rückkehr nach Konstantinopel nahmt Ihr ihn in Eure Dienste.«

»Philipp!?«

»Ja, Philipp! Gebt ihn mir zurück, leiht ihn mir wenigstens aus für diese gräßliche Griechenlandreise. Er spricht die Sprache der Hellenen, falls ich mich verständigen muß. Man weiß ja nie!«

»Ich kann dir den Wunsch nicht abschlagen«, sagte Roç tapfer, »aber ich will, daß Philipp die Entscheidung trifft. Er ist mir längst mehr als ein Diener, er ist ein Freund.«

»Als solchen will ich ihn gern behandeln!«

Gosset betrat den Turm. »Philipp packt seine Sachen, er wird Euch für einige Zeit verlassen –«

Roç schaute etwas empört zu Hamo, der einen roten Kopf bekam. »Ich habe ihm ein fürstliches Gehalt geboten.«

»So?« erwiderte Roç gedehnt. »Werter Gosset, richtet Philipp aus, daß er aus meiner Schatztruhe sich soviel Gold mit auf den Weg nehmen kann, wie es ihm beliebt. Ich möchte ihn zum Abschied nicht mehr sehen!«

»Und noch etwas«, sagte Gosset. »König Manfred hat von Eurer Genesung vernommen und läßt anfragen, ob das Königliche Paar ihn in seinem Palast aufsuchen könne –«

»›Königliches Paar‹ kam Herrn Manfred sicher nicht über die Lippen«, unterbrach Roç.

»Gewiß nicht!« mußte Gosset zugeben. »Aber ich habe mir erlaubt, in Eurem Namen abzulehnen. Und da der Kanzler strikt gegen einen Besuch seines Herrn in der Kalsa ist, haben wir uns auf einen Kompromiß geeinigt. Das Abschiedsgespräch findet in der Kirche San Giovanni degli Eremiti statt. So ehren wir den Namenspatron unseres guten Freundes aus Procida, und der König muß sein Lebewohl angesichts des großzügigen Gastgeschenks mit seinem Dank an Euch verknüpfen, denn dort hat, wie Ihr selbst angeregt, die Golgathagruppe aus Rhedae ihre vorläufig letzte Ruhe gefunden.«

Roç hatte gar nicht mehr richtig zugehört. »Wieso ›Abschied‹ und ›Lebewohl‹?« fragte er mißtrauisch. »Will er uns von der Insel verbannen?«

»Nein«, sagte Gosset, »aber Yeza wird Palermo morgen früh verlassen.«

Das Schweigen fiel herab wie das Beil des Henkers, legte sich wie bleierner, blutiger Tau über alle und alles im Turmzimmer. Roç trat ans Fenster. Er hatte sich immer vorgestellt, ihm würden die Tränen in die Augen schießen, wenn einmal das eintreten sollte, was nun eingetreten war, so kalt, so heiß wie der Tod und so einfach. »Verlassen!« Roç konnte nicht weinen, seine Tränen waren durch die Hitzewelle vertrocknet, verdunstet, erfroren in der klirrenden Kälte. Er fühlte sich elend. Er hielt das Fenstergitter umklammert, seine Knöchel traten weiß hervor. Er wäre gern ohnmächtig geworden.

Hamo räusperte sich, und Roç wandte sich langsam um.

»Welchen Wunsch kann ich dir noch erfüllen, Hamo?« fragte er leise und bittersüß. »Danach sag' ich dir, welchen Dank du mir erstatten kannst.«

Hamo war ganz gerührt. »Wenn du es einrichten kannst, Roç, dann grüß bitte meine kleine Frau und vor allem mein Töchterlein Alena Elaia! Tröste sie, und sag, ich käme bald wieder.«

»Das will ich tun, Hamo«, versicherte Roç.

»Und welchen Wunsch kann ich dir –?«

»Daß du endlich verschwindest!« stieß Roç hervor und wandte sich wieder ab zum Fenster.

Die Errichtung der Kirche von San Giovanni degli Eremiti war von dem Normannenherrscher Roger II. veranlaßt worden. Die an der Stelle befindliche Moschee wurde nicht abgerissen, sondern in den schlichten Neubau einbezogen. Der Respekt vor der künstlerischen Leistung der Araber und die religiöse Toleranz gingen soweit, daß auch der christliche Teil, das Kreuzschiff, und der quadratische Campanile als Abschluß orientalische rosafarbene Kuppeln erhalten hatten. Kein Wunder, daß König Manfred, der – darin seinem Vater gleich – sich dem hellenistischen wie islamischen Erbe des Landes eng verbunden fühlte, dieses Kleinod der Architektur mehr liebte als den machtvollen Palazzo nebenan, obwohl das Kirchlein dem Hofstaat als Totenkapelle diente. Der von einem niedrigen Kreuzgang umgebene Garten war jedoch kein Friedhof – und Manfred nicht abergläubisch! Hier erging er sich gern im Gespräch mit seinem vertrauten Ratgeber Johannes von Procida. Diesmal warteten sie allerdings im Innern der Kirche auf das Eintreffen von Roç und Yeza, die sich verspätet hatten.

»Dies Verhalten war vorauszusehen«, murmelte der Kanzler ungehalten. »Ich möchte wetten, daß die Dame Yeza für die Unpünktlichkeit verantwortlich ist.«

»Sie wird damit fertig werden« – der König lächelte –, »und wir werden diesen furchtbaren Tort auch ertragen, mein lieber Johannes!« Herr Manfred war nicht gewillt, sich die gute Laune verderben zu lassen, auch wenn ihm immer wieder Zweifel kamen, ob er richtig gehandelt hatte, dem Despoten von Epiros mehr als dreihundert der besten Ritter des Reiches zu schicken, die heute in See gestochen waren, mit Knappen, Knechten und Fußvolk weit über tausend Mann. Sein Kanzler hielt es für einen höchst überflüssigen Aderlaß, eine riskante Schwächung der Streitmacht, aber Manfred sah es als eine Demonstration seiner Stärke, ein Signal an alle, die der Papst noch als Feinde auf ihn hetzen wollte. Er, König Manfred, konnte es sich leisten! Und mit den griechischen Eroberungen in der Tasche, zusätzlich zu der reichen Mitgift seiner Braut, würde er sogar gestärkt hervorgehen aus dem »törichten Abenteuer«, wie der ängstliche Johannes das Unternehmen nannte, das seine Macht auch jenseits der Adria etablieren und manifestieren sollte.

»Der Taxiarchos ist mit der vollbemannten Triëre in Messina gelandet. Achtzig der Lancelotti sind Eurem Ruf gefolgt«, unterrichtete der Kanzler unvermittelt seinen Herrn.

»Und warum kommt er nicht bis Palermo? Diese Lancelotti sollen hervorragende Kämpfer sein, die mir sehr zupasse kommen, um die noch fehlenden Kontingente aufzufüllen, denn ich möchte meinem Schwiegervater keinen Anlaß geben, mich der Lässigkeit oder der Ungenauigkeit zu zeihen. Ich werde die versprochenen Vierhundert vollmachen!«

»Der Taxiarchos verlangt die Freilassung der drei Ritter aus Okzitanien.«

»Wieso? Sind die schon wieder eingekerkert?«

»Weil auch ein Herr Taxiarchos nicht an der Genauigkeit Eures Wortes zweifeln soll. Erst wenn die Triëre in der Cala festmacht, werden die Fesseln der jungen Herren in der Kalsa gelöst!«

»Und dann werden sie sofort mit dem nächsten Schiff nach Epiros verfrachtet!« Nichts gefiel Herrn Manfred besser als solch überraschende Wende zum Schlechten im Schicksal anderer. »Freigepreßt nach Hellas!« Er lachte schadenfroh und achtete nicht darauf, daß sein Kanzler diese Art nicht ausstehen konnte. Außerdem hatte der mit dem Taxiarchos und seinen drei Rittern anderes vor. Der König bemerkte dann doch, daß der Kanzler in seine Fröhlichkeit nicht einstimmte.

»Johannes«, sagte er, »es ist wohl besser, Ihr verlaßt jetzt diesen heiteren Ort, ich möchte mit Roç und Yeza alleine reden.«

»Wir Ihr wünscht, Majestät.« Johannes schenkte sich die Verbeugung und verließ raschen Schritts die Kirche.

Roç und Yeza ritten, gefolgt von einer Eskorte, die Maletta, der Kämmerer, ihnen gestellt hatte, am Sankt-Antons-Tor vorbei auf dem kürzesten Weg zum Treffen mit Herrn Manfred. Da sie aus Gründen der Verspätung eine rasche Gangart angeschlagen hatten, ergab sich kaum ein ausführliches Gespräch, was auch in beider Sinn lag. Roç war gereizt, und Yeza wirkte erschöpft. Dennoch konnte er es nicht lassen, sie spitz anzugehen.

»Ihr mußtet wohl erst noch mit dem Packen Eurer Aussteuer fertig werden, daß wir jetzt so im Verzug sind?«

»Ihr täuscht Euch, Roç Trencavel, selbst meine Erste Hofdame sitzt schon auf reisefertigen Kisten!«

Roç suchte Streit. Er wollte sie verletzen, sie, die einfach abreiste wie ein Ritter, der ins Feld zieht, und ihn zurückließ wie eine verlassene Jungfer, die nur noch mit dem Tüchlein winken konnte, so ihr nicht die Tränen in die Augen schossen.

»Den Beni behalte ich!« rief Roç herausfordernd. »Als Ersatz für Philipp. Dafür lass' ich Euch den Wesir!«

Yeza ging nicht darauf ein. »Das wird allenfalls Potkaxl das Herz brechen!« antwortete sie schnippisch. »Was begehrte denn des Königs Töchterlein bei Euch im Turm? Kann's wohl nicht abwarten, bis ich fort bin, die Kleine!?«

»Konstanze, umgeben von ihren Hofdamen und Leibwächtern, wollte nur sehen, ob es mir bessergeht!« entgegnete Roç patzig. »Sie zeigt wenigstens Interesse für mein Befinden.«

»Ah ja, auf dem andere Weiber mit den Füßen herumtrampeln, indem sie einfach das Weite suchen! Ich bin ja froh, daß sich das Kind um Euch kümmert – so weiß ich Euch in guten Patschpfoten!«

Da sie ob des heftiger werdenden Streits schließlich in gestreckten Galopp gefallen waren, bei dem die Wortfetzen nur so hin und her flogen, waren sie schnell bei San Giovanni angelangt. Die Eskorte hechelte weit abgeschlagen hinter ihnen her.

Roç und Yeza sprangen fast gleichzeitig ab. Das machte sie beide wider Willen lächeln, es war das stumme Einverständnis, gegenüber dem König geeint als Paar, Königliches Paar, aufzutreten. Roç reichte seiner Damna galant den Arm. Gemeinsam betraten sie das im Abendlicht bereits schummrige Innere der Kirche.

Sie fanden König Manfred in dem an das Presbyterium angrenzenden Saal, der schon zur ehemaligen Moschee gehörte. Hier war die Golgathagruppe kunstvoll wieder aufgebaut worden, als hätte der damit beauftragte Künstler sie noch in Rhedae in der Sainte-Madeleine stehen sehen. Selbst der Hügel fehlte nicht, noch das dritte Kreuz. Die römischen Legionäre würfelten wieder auf dem umgestülpten Topf, als wäre er nie in tausend Stücke gesprungen, als das güldene Haupt des Baphomet zum Vorschein kam. Natürlich war hier die Wirkung eine ganz andere, denn jetzt trugen die Figuren der Beteiligten kostbare, farbenfrohe Kleider und die römischen Soldaten hatten ihre rotbuschigen Helme neben sich abgesetzt.

»Ihr wundert Euch, doch ich will Euch nicht auf die Folter spannen«, kam ihnen Manfred freundlich entgegen. »Euer trefflicher Zwerg, der Herr Jordi, ist unseren Zimmerleuten kenntnisreich zur Hand gegangen. Übrigens ein hochbegnadeter Trovère, wir haben viel miteinander gesungen.«

Erst jetzt fielen ihre Blicke auf die Laute, die der König auf einem Hocker abgelegt hatte. »Ich würde ihn gern bei mir am Hofe behalten.«

Yeza erschrak, doch Manfred lächelte.

»Er ist Euch so sehr verbunden, meine Damna, daß ihn kein Gut, kein Gold bewegen kann, Euch zu verlassen!«

»Ich bin froh über seine Treue«, erwiderte sie erleichtert, »ich habe einen schweren Gang vor mir.«

»Ihr wollt uns morgen früh auf dem Landwege verlassen«, sagte Manfred. »Ich habe Maletta beauftragt, Euch bis Messina Geleit zu geben. Und auf dem Festland, in Regium, erwartet Euch mein Onkel Lancia, der Fürst von Salern. Sein machtvoller Einfluß reicht bis an die Grenzen des Kirchenstaats, wenn nicht weiter. Und in Rom ist unser Parteigänger Brancaleone an der Macht.«

»Es hört sich an, als dulde Euer Herrschaftsbereich keinerlei Einschränkung«, entgegnete Roç. »Wie kommt es, daß die Bolognesen sich der Freilassung Eures Bruders widersetzen können?«

»Sein Leben ist in ihrer Hand«, sagte Manfred, bemüht, Mitgefühl zu bezeugen. »Unser Vater hat allen untersagt, es durch Befreiungsversuche, Belagerung oder Sturm zu gefährden.«

Roç warf Yeza einen Blick zu, der »Hast du gehört?« bedeuten sollte, doch Yeza überging die Mahnung.

»Ihr kennt sicher die Lieder, die er in seiner traurigen Haft verfaßt?« sagte sie auffordernd und lenkte des Königs Blick auf sein Instrument.

»Später«, entschuldigte der sich höflich. »Zuvor möchte ich wissen, welche Pläne das Königliche Paar hegt.« Er hatte sich den Ausdruck abgerungen, aber doch mit einem belustigten Unterton versehen. Schnell setzte er hinzu: »Weder in Rom noch sonstwo in Italien und am Mittelmeer ist ein Königreich zu gewinnen, das Eurem Anspruch Erfüllung gewähren könnte.«

»In Konstantinopel steht bald sogar ein Kaiserthron zur Vergabe an«, antwortete Roç keck, »wenn ich recht unterrichtet bin.«

»Davor kann ich Euch nur warnen.« Manfred lachte gequält. »Jeder glühende Stuhl in der Hölle mit spitzen Nägeln als Sitzfläche und scharfen Klingen im Kreuz ist dem Thron von Byzanz vorzuziehen.«

»Und doch drängen alle danach, ihn zu besetzen, schlagen sich darum!?« Roç war in der Stimmung, das Thema auszureizen. Doch Yeza machte ihm einen Strich durch die Rechnung.

»Das Königliche Paar hat keineswegs die Absicht, Euren Ambitionen ins Gehege zu kommen, lieber Vetter. Nicht im Mittelmeer, nicht jenseits der Alpen, noch am Bosporus.«

»Unser Reich ist nicht von dieser Welt!« Roç warf den Satz patzig in den Raum. Denn was konnte er Manfred sonst entgegensetzen? Prompt fing er sich Manfreds sanften Spott ein.

»Die Worte habe ich doch schon einmal gehört. Und wie erging es dem, der sie sprach?«

»Ihr könnt uns nicht schrecken«, entgegnete Yeza fest. »Jesus der Nazarener wurde absichtlich mißverstanden. Darauf gründet heute die römische Kirche des Apostels Paulus.«

»Gewiß mehr sein Machwerk denn das des schlichten Fischers Petrus!« Der König wurde nachdenklich. »Und wie wollt Ihr vermeiden, daß Euch nicht Gleiches widerfährt?« Manfred spürte ungewollt nun doch ein Gefühl der Zusammengehörigkeit mit den beiden. Hatten sie nicht letztlich die gleichen Feinde?

»Wir wollen Jerusalem!« rief Roç, was Yeza sehr erstaunte, nicht so sehr die Tatsache, das war ein alter Traum, sondern daß er es so offen aussprach, jetzt und hier und mit »Wir«. Das rührte sie. Bei Manfred stieß es auf pure Häme.

»Ausgerechnet!« stieß er mit gespieltem – oder war es echt? – Entsetzen hervor. »Ihr fordert die Geschichte heraus? Fehlt nur noch, daß Ihr Euch den Titel ›König der Juden‹ zulegt, dann ist Euch die Steinigung gewiß. Das besorgen Euch alle drei Religionen gemeinsam, wenn sie sich auch sonst auf nichts einigen können!«

»Wenn unser Tod eine anhaltende Einigung, also Frieden, bewerkstelligen könnte, dann wäre er ja nicht ohne Sinn«, warf Yeza ein. »Doch mir schwebt vor, daß auch unser Leben, ein Leben ohne Herrschaftsanspruch, ohne Machtgelüste, ohne Gier nach Land und feudale Verfügung über anderer Menschen Leib und Seele, einen umfassenden Frieden erreichen kann!«

»Ihr habt wunderschöne Träume, meine Liebe. Doch der rechte Platz dafür wäre der Mond, sicher nicht diese Erde und schon gar nicht Jerusalem!«

»Vielleicht liegt unser Jerusalem ja auf einem fernen Stern«, sagte Roç nachdenklich, was Yeza, schauernd vor Glück, vernahm. »Es ist an uns, daß die Menschen die Heilige Stadt als strahlenden Stern erkennen und nicht als Zankapfel sich befehdender Religionen.«

Manfred sah ihn von der Seite an. »Ich hatte Euch, Roç Trencavel, für einen Mann gehalten, der mit beiden Beinen fest auf dem Boden steht.«

»Da tut Ihr recht daran; noch habe ich mich von dieser Welt nicht gelöst. Ich muß noch lange mit beiden Beinen, beiden Armen und mit meinem Kopf, meinem lästigen Kopf, durch sie hindurch gehen und lernen, Kampf, Entbehrungen, Niederlagen und Siege zu ertragen, bis ich mich unserem Jerusalem nähern kann. Und das gleiche gilt auch für meine Damna. Yeza muß desgleichen ihren Weg finden.«

»Laß mich, lieber Roç, für mich selbst reden. Mehr denn je bin ich überzeugt, daß der Weg das Ziel ist. Es geht nicht um den Besitz der umstrittenen Stadt, eher um das Erlangen eines himmlischen Hierosolyma, um ein spirituelles Jerusalem, einen Ort des Geistes!«

»Schade«, sagte Manfred, »ich hätte gerne dazu beigetragen, daß Ihr als Königliches Paar dort triumphalen Einzug haltet und Euch die Herzen aller Menschen zufliegen, die guten Willens zum Frieden sind.«

»Setzt Euch unseretwegen nicht über die Rechte Konradins hinweg!« ermahnte ihn Roç lächelnd. »Ein weiteres Mal« konnte er sich Roç gerade noch verkneifen. »Wir bedürfen der weltlichen Insignien nicht, auch wenn Euer Neffe dort wohl nie die Macht antreten wird.«

»Kommt Zeit, kommt Rat – guter oder schlechter«, lenkte Manfred ein. »Auch ich will ihm gern meinen Thron abtreten, wenn er sich als stark genug erweist, ihn zu halten. Und wenn Ihr Jerusalem, das irdische wohlgemerkt, erreicht habt und Euch vielleicht doch nach dynastischer Anerkennung dürstet, sollt Ihr wissen, daß es an meiner Unterstützung nicht fehlen wird. Die Welt braucht Herrscher von solch edler Gesinnung.«

»Wir danken Euch für Eure Freundschaft«, erwiderte Roç mit gleicher Falschheit, »und wünschen Euch eine lange, segensreiche Herrschaft!«

»Ja«, sagte Yeza. »Ihr habt ein schönes Land. Seid glücklich, Manfred!« Bevor die Rührseligkeit unerträglich wurde, fügte sie rasch hinzu: »Ihr wolltet uns ein Lied von König Enzio singen.«

Manfred griff zur Laute und ließ seine schöne, helle Stimme ertönen:

»Va, cansonetta mia,
e saluta messere,
dilli lo mal ch'i'aggio:
Quelli che m'a'n bailia
si distretto mi tene.

Salutami toscana,
quella ched è sourana,
in cui regna tutta cortezia,
e uanne in pugla piana,
Lamagna, capitana,
là doue lo mio core è nott'e dia.«

Als der letzte Ton verklungen war, sahen die beiden Männer, daß Yeza Tränen in den Augen hatte. Manfred räusperte sich. Draußen war es längst dunkel geworden. »Mich drängt es zu Bette, denn ich will früh hinaus. Nichts läßt mein Herz glücklicher schlagen, als zur Jagd auszureiten im rosigen Morgengrauen des Herbstes, wenn der Tau noch kühl auf dem Gras liegt, in freudiger Erwartung des ersten Sonnenstrahls!«

»Nehmt den Trencavel mit Euch!« schlug Yeza völlig überraschend vor. »Ihm wird der Ritt durch morgendliche Auen und Wälder guttun.«

»Wenn Ihr Euch kräftig genug fühlt«, wandte sich der König freundlich an Roç, »will ich Euch mit Freuden an meiner Seite sehen. Meine Jäger werden Euch abholen!«

Roç konnte nur einverständig nicken, Yeza hatte ihr Ziel erreicht. Er würde nicht mit ansehen müssen, wenn sie die Kalsa verließ, um ihre Reise anzutreten.

Manfred begleitete die beiden hinaus, die Sbirren Malettas brachten die Pferde. Manfred stand in der Kirchentür und schaute ihnen nach, als sie im Dunkel der Nacht entschwanden.

Vor dem großen Tor der Kalsa standen Gosset und Jordi und warteten auf die Rückkehr ihrer Herrschaft. Yeza zügelte ihr Pferd und nestelte ein Tüchlein aus ihrem Mieder. Roç erkannte es gleich an dem aufgestickten tolosanischen Kreuz.

»Ihr hattet es mir vor Jahren gegeben, als das Schicksal uns schon einmal eine Trennung auferlegte.« Sie führte es an ihre Lippen. »*Que Diaus vos bensigna*, mein Trencavel!« Damit reichte sie es Roç und schenkte ihm einen letzten langen Blick.

Augen wie Sterne, dachte Roç und antwortete: »*Que Diaus vos bensigna*, Esclarmunde«, und er preßte das Tüchlein in seiner Faust.

Yeza sprang ab und schritt durch das Portal, ohne sich noch einmal umzuwenden. Jordi folgte ihr.

Roç ließ sich vom Pferd gleiten.

»War das der Abschied von Eurer Damna?« fragte Gosset, besorgt um den Gemütszustand seines Herren.

»Yeza und ich, wir sind uns einig, nicht über den Weg, doch was das Ziel anbelangt. Das hat die Unterredung mit Manfred beglückend gezeigt. Und das genügt mir! Ich bin sehr froh darum!«

»Wie fandet Ihr den König vor?« begehrte Gosset, neugierig alles zu erfahren.

»Von überströmender Freundlichkeit, als er erkannte, daß unser Ziel Jerusalem ist. Das wollte er uns gleich schenken!«

»Welch großzügiger Umgang mit einem leeren Gehäuse, mit dessen Krone sich der Regent Heinrich von Zypern schon schmückt!«

»Manfred hat uns seine Freundschaft angeboten und jede Unterstützung.«

»Das sollte Euch erst recht argwöhnisch machen, denn Herr Manfred denkt an andere nur, wenn sie ihm nutzen. Oder er sorgt dafür, daß sie ihm nicht schaden können!«

»Jeder hat seine kleinen Schwächen, Gosset. Seid nicht so kleingläubig, Manfred will mir wohl! In der Früh reite ich mit ihm aus zur Jagd und werde bei der Gelegenheit ein gutes Wort für die drei Okzitanier einlegen, damit ich mir nicht vorwerfen muß, ich dächte nicht an das Los anderer!«

»Ob die Euch je von Nutzen sein werden, ist zu bezweifeln, mein Trencavel! Ihr verschwendet Eure Güte an Unwürdige. Ich bin sehr froh, sie nicht zwischen den Beinen zu haben!«

»Ihr seid herzlos.« Roç versuchte, seinem geschätzten Ratgeber scherzend beizukommen. »Sie sind wie junge Rüden, die noch nicht wissen, an welchen Baum sie pinkeln dürfen.«

»Mir ist alles recht, mein Trencavel, nur sollten sie Euch nicht mit dem Baum verwechseln!« Gosset war es leid, auf jemanden einzureden, der nicht hören wollte. »Versucht bitte die wenigen Stunden, die Euch noch bleiben, Schlaf zu finden. Gute Nacht!«

In den Kerkern der Kalsa hatte der Neuankömmling sofort gezeigt, wie man mit dem Wachpersonal umzuspringen hatte. Die ansonsten begriffsstutzigen, mundfaulen und sich nur schlurfenden Schritts bewegenden Lemuren spritzten nur so, um dem Nikephoros Alyattes das Leben von der ersten Minute an so angenehm wie möglich zu gestalten. Sie rannten sogar bis hinauf zum ›Oleum atque Vinum‹ des Alekos, nicht nur um Wein und Öl zu holen, sondern auch ausgesuchte Fische aus frischem Fang, dazu reichlich Kerzen und ein reinliches Linnen, um den Tisch zu decken, Mundtücher und Besteck, denn anders wünschte der Herr nicht zu speisen.

Die drei aus dem Languedoc staunten. Bald lief ihnen das Wasser im Mund zusammen, als die großen Fische am Spieß geröstet, die kleinen in der Pfanne gesotten wurden.

»Zu Tisch, meine Herren!« befahl der Gesandte Griechenlands, und die Lemuren eilten sich, die Zellen aufzuschließen und die Gefangenen in den hell erleuchteten Hauptraum zu führen, von dem aus die einzelnen Verliese erreichbar waren. »Gestattet, daß ich mich vorstelle: Nikephoros Alyattes, Gesandter seiner Majestät des Kaisers von Nikäa.« Er wies mit einladender Handbewegung auf die herbeigeschafften Sitzgelegenheiten, Kisten mit Fellen gepolstert. Die Lemuren bedienten.

Raoul übernahm es, sich und seine Gefährten zu präsentieren: »Pons de Levis, Graf von Mirepoix!«

Der schon recht abgemagerte Pons grinste dümmlich, weil er die Welt nicht mehr verstand. Er hielt den Gastgeber für den verkleideten Inquisitor.

»Ich bin unschuldig«, brachte er mit kläglicher Stimme heraus.

Mas lachte schallend. »Das werde ich wohl nie in meinem Leben von mir behaupten können! Auch wenn Ihr der Teufel seid, Mas de Morency ist Euer Mann!« Sagte es und griff heißhungrig zu. Er stopfte sich die Fische in den Mund, schlang sie herunter und wollte nachspülen, als Raoul ihm in den Arm fiel.

»Raoul de Belgrave erlaubt sich, auf Euer Wohl zu trinken, Exzellenz!«

Erst jetzt konnte Mas seinen Becher heben, und der Nikephoros trank ihnen zu.

»Was führt so edle Herren an diesen ungastlichen Ort?«

»Der Penikrat von Konstantinopel hat uns in diese Lage gebracht«, gab Mas zur Auskunft.

»Wer?« sagte Nikephoros, und Pons setzte klagend hinzu:

»Der Taxiarchos ist schuld!«

Raoul sah sich genötigt, für Klarheit zu sorgen.

»Wir reisten mit ihm in besonderer Mission und wurden für griechische Meuchelmörder gehalten, entsandt von Eurem Kaiser.«

»Dem scheint hier bei Hof die größte Sorge zu gelten«, entgegnete Nikephoros. »Als hätte mein Herr nichts anderes zu tun, als den unbedeutenden Bastard von Sizilien zu vergiften!« Die Lemuren füllten die geleerten Becher. »Jetzt verstehe ich –«

»Ihr vielleicht, wir nicht!« sagte Mas schroff. »Da traf ein Mönch namens Demetrios ein –«

»Kenn' ich nicht!« erklärte Nikephoros sofort und sehr bestimmt, denn er hielt die drei für auf ihn angesetzte Spitzel des Kanzlers, die ihn aushorchen sollten. »Nie gehört!«

»Er brachte angeblich eine Nachricht für das Königliche Paar von einem Franziskaner –«

»Doch nicht etwa William von Roebruk?« Der Gesandte verlor den Gleichmut. »Wenn der Minorit seine Finger im Spiel hat, dann bleibt auch Satan nur noch, den Schwanz einzuziehen, sich selbst zu entleiben, wenn das denn ginge. Vorzuziehen wäre es für ihn allemal!«

Er trank seinen Becher aus, als wenn es der letzte wäre. Die drei verstanden zwar seine fürchterlichen Bedenken nicht, doch sie prosteten ihm schweigend zu.

»Meine Herren!« Nikephoros rang um Fassung. »Wir müssen uns auf ein längeres Verweilen einrichten. Für heute wollen wir uns betrinken!«

»Das ist mir recht«, sagte Mas, und die Lemuren schenkten nach.

»Ich hoffe auf Roç und Yeza, daß sie uns nicht vergessen!« Das war der weinerliche Beitrag von Pons. Und der Gesandte sagte zu Raoul, den er für den vernünftigsten von allen und vor allem nun doch nicht mehr für einen Spitzel hielt:

»Sollten wir je wieder lebend hier rauskommen, dann lad' ich Euch nach Konstantinopel ein, und mein Kaiser wird Euch alle Unbill vergelten, die Ihr seinetwegen erlitten habt!«

»Das ist ein Wort«, erwiderte Raoul und trank ihm zu.

»Das Wort des Nikephoros Alyattes, und darauf könnt Ihr Euch verlassen!«

Die Morgendämmerung erhob sich über die ruhige See, schwarz standen die Silhouetten der schlanken Palmen gegen das Silber, das fließend in den noch dunklen Horizont überging.

Vor der Kalsa hielt Beni ein Bündel Wurfspieße geschultert, das Pferd seines Herrn an der Trense. Manfreds Jäger waren eingetroffen. Roç stiefelte im ledernen Wams die Treppe herunter und trat in den leichten Frühnebel. Beni reichte ihm den Bogen samt wohlgefülltem Pfeilköcher.

Roç schwang sich auf sein Pferd. Da sah er Sigbert von Öxfeld, den Deutschritter, auf sich zukommen. Wie ein Stich ins Herz wurde ihm bewußt, daß er Yeza nicht mehr wiedersehen sollte, wenn er von der Jagd heimkehren würde. Der alte Komtur hatte Roç im Arm getragen, als sie aus dem Montségur gerettet wurden. Unverändert in seinem weißen Mantel mit dem schwarzen Schwertkreuz und unbeirrbar in seiner Treue, war er sein Leben lang der Hüter der Kinder des Gral geblieben. Sigbert hatte bereits seinen Reisebeutel bei sich. Er würde Yeza begleiten.

Roç sprang nochmals ab und lief auf den Deutschritter zu. Er umarmte ihn, wie er es als kleiner Junge getan hatte, doch ihm fehlten die Worte.

»Paß auf sie auf!« stammelte er nur.

Der Komtur nahm ihn in seine Pranken.

»Ich will dich gesund wiedersehen – und euch beide wieder vereint«, raunzte der Alte mit bewegter Stimme, um dann zu scherzen: »Vorher will ich Gevatter Tod nicht einmal den kleinen Finger reichen!« Er gab Roç einen Klaps auf die Schulter, der den früher hätte in die Knie gehen lassen, heute aber stand Roç ihn durch.

»Danke, mein alter Sigbert!« rief er und wandte sich ab.

»Das will ich nicht gehört haben«, grummelte der Riese und stapfte durch das Tor.

Roç saß auf, und sie ritten los. Beni trabte zu Fuß nebenher. Violettrosa verfärbte sich der Horizont im Osten. Dann stieg die glühende Scheibe aus dem Meer, ließ es aufflammen und als flüssiges Gold verbrennen.

Die Eskorte des Maletta war vor der Kalsa eingetroffen, desgleichen die Sänfte und die Karren für das Gepäck. Es türmten sich Kisten und Truhen, Wäschebündel und Körbe. Mafalda hockte wie eine Glucke auf dem Berg, überwachte das Beladen der Wagen und scheuchte Geraude. Potkaxl fehlte. Wer hatte die Toltekenprinzessin gesehen?

»Heute morgen noch keiner!« keuchte Jordi, der zusammen mit Kefir die schwere Schatztruhe Stufe für Stufe die Treppe herunterwuchtete.

»Unsere Potkaxl wird verschlafen haben«, suchte die gutmütige Geraude die säumige Zofe zu verteidigen.

»Fragt sich nur, in welchem Bett!« schalt Mafalda, die sich gezwungen sah, selbst mit Hand anzulegen.

EIN KÖSTLICH' FRASS

Jordi und Kefir stellten die schwere Kiste vor der Sänfte ab und halfen den Frauen.

»Soll ich noch mal nachschauen, ob ich sie finde?« bot Geraude an.

»Das könnte dir so passen!« fauchte die Erste Hofdame, erbost, schon am frühen Morgen statt einer angenehmen Abreise, bequem in der Sänfte, nichts als harte Arbeit vorzufinden – und Ärger dazu. »Kefir Alhakim!« befahl sie. »Geht Ihr sie suchen und treibt sie aus den Federn!«

Der Wesir war sich des Botenganges nicht zu schade. Mit Mafalda wollte er sich gewiß nicht anlegen, und so stieg er seufzend die Treppen noch einmal hinauf. Er wußte nicht, wo er die Potkaxl suchen sollte. Beni hätte ihm vielleicht helfen können, doch der hatte sich noch bei Dunkelheit von seinem Vater verabschiedet und war mit Herrn Roç und dem König auf Jagd geritten. Yeza kam ihm entgegen, zusammen mit dem hünenhaften, weißhaarigen Komtur des Deutschen Ordens.

»Wir können die Potkaxl nicht finden!« klagte der Wesir kummervoll. »Die Zofe ist verschwunden!«

Auf Yezas Stirn bildete sich eine steile Falte. »Wegen der Streunerin können wir den Aufbruch nicht verzögern!« befand sie streng.

»Pflichtvergessenes Luder!« stimmte Kefir ihr zu, nur Sigbert mochte sich nicht aufregen.

»Je weniger Gesinde du um dich hast«, wandte er sich an Yeza, »desto freier wirst du dich fühlen.« Sie schaute zweifelnd zu ihrem Beschützer auf. »Was du vorhast, ist ein kleiner Feldzug, den du letztlich allein führen mußt, begleitet höchstens von Leuten, auf die Verlaß ist. Dazu scheint diese Toltekenprinzessin nicht zu gehören.«

»Sie hätte mir den Dienst aufkündigen können. Mich stört die Undankbarkeit.«

»Das ist der Welt Lohn!« erlaubte sich Kefir beizusteuern, und Yeza mußte lachen.

»Ihr, mein Wesir, werdet jetzt auch den Dienst in meiner Kammer übernehmen?«

»Ob die Dame Mafalda ihn für tauglich befindet?« Sigbert stimmte in ihr Lachen ein.

»Ich will gern alles tun, um in Eurer Nähe zu sein und Euch zu gefallen, edle Herrin!« stieß Kefir Alhakim hervor. »Ihr habt meinem Leben einen neuen Sinn gegeben. Dafür will ich Euch ewig dankbar sein!«

»Das lob' ich mir«, sagte Yeza, »doch bleibt bitte mein Wesir!« Sie hatten das Ende der Treppe erreicht und traten aus dem Tor. »Für mich bitte mein Pferd!« rief Yeza, nachdem sie den Kämmerer artig begrüßt hatte.

»Das dachte ich mir schon«, erwiderte Maletta und wies auf das bereitgehaltene Tier.

Alle Kisten und Kästen waren auf den von Zweiergespannen gezogenen Wagen verstaut. Sigbert wuchtete allein die Schatztruhe in die Sänfte, die beiden Damen und Kefir stiegen zu. Jordi kletterte auf den Kutschbock, seinen Lieblingsplatz.

Gosset tauchte im Tor auf, noch leicht verschlafen.

»Dies ist kein Abschied«, sagte er zu Yeza. »Ich habe mein Schicksal längst erkannt. Ich weiß, wir sehen uns wieder.«

»Danke, Gosset, für alles, was Ihr uns getan. Und ich bin gewillt, unsere Schuld bei Euch noch zu vergrößern: Bitte achtet mir gut auf den Trencavel!«

Gosset verbeugte sich.

»Das ist der Grund, liebe Dame, daß ich Euch nicht begleite. Ich will versuchen, Euch unseren edlen Ritter gesund und reicher, nicht an Gold, sondern an Erfahrungen, wieder zuzuführen.«

Yeza reichte ihm die Hand, und Maletta gab das Zeichen zum Aufbruch. Yeza und der Komtur ließen den kleinen Zug passieren. Knarrend und ächzend, setzten sich die beiden Wagen in Bewegung, dann folgte die Sänfte. Die Eskorte ritt vorneweg. Der Weg durch Sizilien barg für des Königs Mannen kaum Gefahren, die Begleitung war eher eine Ehrenbezeugung für Yeza.

»*Adieu, Monsignore!*« rief sie Gosset noch einmal im Vorbeireiten zu. »*Et au revoir!*« Dann schlossen sich die schlanke junge Frau und der mächtige Komtur dem Trupp an.

Gosset winkte ihnen nach. Dann stieg er nachdenklich hinauf in das leere Turmgeschoß. Er betrat die Kammer, die hinter Roçs Zimmer den geheimen Eingang verbarg. Hier hatte Philipp gehaust, dessen Stelle jetzt Beni eingenommen hatte. Im Bett des Katers lag zusammengerollt die Potkaxl und schlief fest. Gosset lächelte und weckte sie nicht.

Roç ritt an Manfreds Seite. Sie trabten abseits von allen Wegen durch den stillen Forst. Auf den Wiesen waren ihnen ein paar Hasen, Rebhühner und Fasane vor den Bogen gekommen. Sie baumelten von den Pferden des Trosses, bei dem auch Beni hatte aufsitzen dürfen. Er schleppte immer noch die Wurfspieße. Bisher hatte sich keine Sau sehen lassen, nur ein Rudel Rehe sprang rechtzeitig davon, ehe die Jäger sich auf Schußweite herangepirscht hatten. Roç verdroß das wenig. Er war kein leidenschaftlicher Waidmann wie Manfred, der ihm von der Jagd mit seinen Falken vorschwärmte, zu der sie in den nächsten Tagen ausreiten wollten. Roç genoß die Ruhe, die der Wald ausstrahlte, die hellen Sonnenstrahlen, die sich wie güldene Finger durch das Laub der Bäume tasteten und den Waldboden aufleuchten ließen, die murmelnd zwischen runden Steinen dahineilenden Bäche und das ferne Rufen des Kuckucks. Er dachte voller Liebe an Yeza. So weh ihm ums Herz war, er liebte sie auch dafür, daß sie ihren Weg allein ging, unbeirrt und kühn. Das war es, was sie auch von ihm erwartete. Nur so konnten sie wieder zueinander finden. Seinen Weg sah er vor sich.

»Ihr wartet mit Recht auf eine Antwort, edler Manfred«, sprach Roç unvermittelt zum König. »Ich nehme Euer Angebot an.« Roç richtete den Blick nach vorn. »Ich werde die noch zu Euch stoßenden Ritter nach Griechenland führen!«

Der König sah Roç von der Seite an. Ein unmerkliches Lächeln des Triumphes glitt über seine Züge. »Ich wußte, daß ich mich in Euch nicht täuschen konnte, Trencavel!« Er gab seinem Pferd die Sporen. »Hussa!« rief er, und sie stieben beide durch den Wald, daß der weiche Boden in Klumpen von den Hufen aufgewirbelt wurde.

»Sau! Sau!« schrien die Treiber. »Die Sau ist los!«

ZU NEUEN UFERN

Sie waren tagelang die einsame Felsenküste im Norden der Insel entlang gezogen, von einem klobigen Wachturm zum nächsten. Die Staufer hatten die kargen Befestigungen ihrer normannischen Vorgänger meist unverändert übernommen. Yeza wäre viel lieber in das Landesinnere eingedrungen, wo gut erhaltene Villen der Römer in schattigen Tälern lagen, als wären ihre Bewohner nur kurz ausgeritten, und heiße Quellen seit altersher in Thermen sprudelten, deren Böden mit kunstvollen Mosaiken geschmückt waren. Von den grünen Hügeln grüßten griechische Tempel und luden mit ihrem Ebenmaß marmorner Säulenreihen die Götter zum Verweilen. Ihnen zu Ehren fanden in den Theatern und den Arenen, die sich an die Hänge schmiegten, das ganze Jahr über Mysterienspiele und Wettkämpfe statt, *circenses*, der Bevölkerung zur Freude und Kurzweil.

Der Kämmerer Maletta, der sich als begeisterter Kenner der reichen Vergangenheit Siziliens erwies, blieb jedoch taub auf beiden Ohren, als Yeza ihr Begehren nach einem kleinen Abstecher kundtat. So war sie denn froh, endlich die Stadt Messina an der Nordostspitze zu sehen. Dahinter ragte, zum Greifen nahe, das Festland auf.

Ohne jeden Aufenthalt stiegen sie hinunter zum Hafen, um sich von einer Fähre übersetzen zu lassen. Yeza erkannte die Triëre sofort wieder. Sie lag wie ein fremdes Insekt, eine große schillernde Libelle, zwischen all den bunten Fischerbooten und den schmucklosen Lastkähnen.

»Drüben, in Regium, erwartet Euch eine Eskorte des Fürsten Lancia«, verkündete Maletta respektvoll, während Yeza »Da ist ja der Taxiarchos!« rief und ihrem Pferd die Sporen gab.

Als der Zug samt Karren und Sänfte auf dem Kai anlangte, war sie längst an Bord gestürmt. Vergessen war die Verstimmung von Rhedae, als der Penikrat sich als Rivale bei der Suche nach dem Schatz des Templers entpuppt hatte. Außerdem hatte er ja wohl das Nachsehen gehabt, denn Reichtümer schien die gute alte Triëre nicht an Bord zu führen; dafür aber die tüchtigen Lancelotti von Otranto. Sie begrüßten Yeza mit dem vertrauten Scheppern der Sensenruder.

»Wohin des Weges, meine Königin?« Der Taxiarchos schien nichts nachzutragen, ihr jedenfalls nicht, denn er eilte elastischen Schritts vom erhöhten Achterdeck herbei, dieser unverbesserliche Abenteurer. Yeza breitete unwillkürlich die Arme zur Begrüßung aus, doch der Taxiarchos sah hinter ihr den Maletta auftauchen und verharrte deshalb kühl am Fuß der Treppe, statt sie zu umarmen.

So rief Yeza enttäuscht, fast abweisend:

»Aufs Festland!«

Da verkündete er laut:

»Den Fährdienst soll uns keiner streitig machen!«

Zur Bekräftigung schlugen die Lancelotti ihre scharfgeschliffenen Blätter aneinander, so daß der Kämmerer es für klüger hielt, sich zu fügen.

»Ich werde Euch beim Übersetzen begleiten, meine Dame. Weniger um Eure Sicherheit bedacht, für die ich vom Herrn Taxiarchos nichts befürchte, als um die Inbesitznahme der Triëre sicherzustellen, die unter *meinem Kommando*« – er betonte die letzten Worte, daß jeder sie hören konnte – »die Weiterfahrt gen Palermo antreten wird!« Das war an die Adresse des Penikraten gerichtet, der so tat, als sähe und hörte er den Kämmerer nicht.

Er begrüßte vielmehr Sigbert, der eigenhändig sein Pferd über die Planke führte, es versorgte und sich dann unter Deck begab, als wolle er vermeiden, in den Streit einbezogen zu werden, der schon in der Luft lag. Er grinste Yeza zu, bevor er entschwand.

Das mißfiel Maletta, und er stiefelte als nächster an Bord. Um seinen Machtanspruch zu unterstreichen, kommandierte er von dort aus und trieb die Leute beim Verladen zur Eile an. Der Taxiarchos ließ ihn gewähren, doch kaum war die letzte Kiste und mit ihr Jordi, der seinerseits ein Auge darauf hatte, daß nichts zurückblieb, weder die Fuhrwerke noch die Sänfte mit der Schatztruhe, noch die Damen und der Wesir, an Deck gehievt worden, da gab er den Lancelotti das Zeichen zum Ablegen.

Die Sensenblätter fuhren flach herab, auf der Meeresseite schnitten sie kraftvoll ins Wasser, aber auf der Mole ließen sie die Sbirren Malettas und alle Gaffer erschrocken zurückspringen. Der Kämmerer unterdrückte seinen Protest. Warum sollten seine Mannen auch noch mit über den Stretto setzen? Er, Maletta, war schließlich Manns genug, sich an Bord durchzusetzen.

Die Triëre glitt aus dem Hafenbecken, und der Taxiarchos schlug das Steuer ein, so daß der hoch aufragende Bug mit dem verborgenen Rammdorn bald hinüber nach Regium wies. Die ersten Delphine tauchten zu beiden Seiten auf und ließen verspielt ihre schlanken Leiber vorwärtsschnellen. Unter dem gleichmäßigen Schlag der Lancelotti erreichte das Schiff rasch die Mitte der Meeresenge zwischen Skylla und Charybdis, die den Seefahrern zu Homers Zeiten noch Furcht eingeflößt hatte.

Er, Maletta, glaubte nicht an Märchen, doch dann nahmen die Lancelotti auf einen Schlag die Ruder aus dem Wasser, und die Triëre schaukelte auf der Stelle.

»Ihr seid auf dem Weg nach Rom?« hörte er den Taxiarchos Yeza fragen. »Ich werde Euch bis dorthin bringen!«

»Was soll der Unsinn?« fauchte der Kämmerer dazwischen. »Das kommt überhaupt nicht in Frage!«

Er erreichte nur ein Scheppern der Sensen, das wie höhnisches Gelächter klang. Immerhin wandte sich der Taxiarchos jetzt ihm zu:

»Habt Ihr mir die drei Burschen aus Okzitanien mitgebracht, wie ich es verlangt?«

»Ihr habt keine Bedingung zu stellen!« bellte der Kämmerer zurück und kassierte ein weiteres Mal das widerliche Scheppern.

»Könnt Ihr schwimmen, Maletta?« fragte der Taxiarchos ungerührt weiter und beantwortete die Frage gleich selbst. »Nein, also braucht Ihr Schweinsblasen, die Euch zurück an das Ufer Eurer Insel tragen!«

Der Kämmerer war blaß vor Wut – Angst wollte er nicht zeigen. Außer einem schwachen »Das werdet Ihr bereuen!« brachte er kein Wort heraus.

Da wurden ihm auch schon die aufgeblasenen Luftwürste unter die Achseln gebunden, so daß sie halb vor seiner Brust, halb ihm im Nacken saßen. Zwei kräftige Lancelotti packten ihn an den Fußgelenken und an den Armen und trugen ihn seelenruhig zur Reling. Sie schaukelten seinen Körper einige Male im Takt der Sensen – ein letztes Mal vernahm Maletta ihren scheppernden Spott –, und er flog im hohen Bogen durch die Luft und klatschte ins Wasser. Delphine sprangen erfreut neben dem Schwimmer einher, der sich paddelnd wie ein Hund landwärts orientierte. Noch war die Insel näher, und dahin zog es den Kämmerer auch. Er schluckte und spuckte Wasser, jedes atemlose Röcheln von einem gräßlichen stummen Fluch begleitet. Die Delphine tollten um ihn herum und schubsten ihn Richtung Ufer. Vergeblich wehrte sich der Kämmerer gegen das salzige Naß, den Bauch voller würgender Rachegedanken, als er sehen mußte, wie die Triëre gen Norden davonzog. Ein Fischerboot nahm den wild um sich Schlagenden schließlich auf, sehr zum Leidwesen seiner Gespielen.

»Ich hätte ihm statt Schweinsgedärm unter die Arme Blei an die Füße gepackt. So habt Ihr Euch einen unversöhnlichen Feind erhalten!« stellte Yeza sehr ruhig fest, ohne jede Genugtuung, während bei allen anderen die Heiterkeit kein Ende nehmen wollte. »Dafür wird der Kämmerer Euch hängen!«

Der Taxiarchos betrachtete sie amüsiert.

»Das war schon immer sein ungestilltes Verlangen. Doch ich will gern mit dieser Bedrohung leben, solange es mir vergönnt ist, Euch nicht nur zu dienen, sondern auch Eurer Gesellschaft teilhaftig zu sein, wenn auch nur für eine kurze Wegstrecke.«

Yeza sah ihn erstaunt an.

»Dazu hattet Ihr in Rhedae reichlich Gelegenheit, die Ihr meines Wissens dazu benutzt habt, eigensüchtig wie ein Maulwurf Euch einen eigenen Weg zu wühlen. Welcher Blitz der Besinnung traf unseren Saulus?«

Der Taxiarchos überwand mit frech grinsend seine Verlegenheit.

»Die schaumgeborene Venus ließ mich von Amors Pfeil durchbohren!«

Yezas Stirn krauste sich unheilkündend.

»Solch platte Bilder sind Eurer nicht würdig«, sagte sie laut. »Wenn Ihr es auf meine Tugend abgesehen habt, seid versichert, daß Aphrodite mich nicht lenkt. Meine Göttinnen sind Diana und vor allem Pallas Athene. Also verschont mich mit Euren dümmlichen Anspielungen!« Sie rief den zwergenhaften Troubadour zu sich. »Jordi, haltet mir diesen Möchtegern-Aries vom Leibe!«

Der Taxiarchos rettete sich in eine polternde Lache.

»Als Amor schwebte mir eher Euer Page Benedictus vor!«

Jordi fühlte sich in seiner Ehre getroffen.

»Als Lust- und Heckenschütze würde ich Euch als erstes in die Eier schießen, Taxiarchos, denn die scheinen mir doch arg geschwollen, so daß ein kleiner Aderlaß nicht schaden könnte. Meine Empfehlung ist, geht in Eure Kammer, und legt selbst Hand an!«

Für diesen guten und gar nicht teuren Rat erhielt der Zwerg selbst aus den Reihen der Lancelotti grölenden Beifall. Schallend lachte auch Mafalda, während die sanfte Geraude nicht wußte, ob sie tugendsam erröten oder erbleichen sollte. Kefir nahm den Schlagabtausch ernst. Er baute sich vor dem Taxiarchos auf.

»Als Wesir der Dame Yeza Esclarmunde muß ich mir eine solche Sprache voller Anzüglichkeiten energisch verbitten! Ihr solltet Euch in Grund und Boden schämen, daß Ihr die Lage meiner Herrin, die vertrauensvoll Euer Schiff betreten hat, derart dreist mißbraucht. Geht und handelt wie ein Mann!«

Der Taxiarchos fühlte sich in die Enge getrieben. Er kniete, einer plötzlichen Eingebung folgend, vor Yeza nieder.

»Meine Dame«, rief er aus, »wenn Ihr mir nicht auf der Stelle verzeiht, daß ich mein törichtes Herz so offen sprechen ließ, folge ich dem Maletta und springe über Bord!«

Yeza sah auf ihn hinab. Sie fühlte Mitleid für den Mann, den König der Gauner und Diebe vom Goldenen Horn, den Ozeanbezwinger, der bis zu den ›Fernen Inseln‹ gesegelt war und jetzt nichts als dummes Zeugs hervorbrachte.

»Werft Euer Herz nicht ins Meer, noch legt es mir zu Füßen«, forderte sie ihn lächelnd auf. »Erhebt Euch, und wenn Ihr meint, sprechen zu müssen, dann benutzt vorher Euren Kopf, und sonst schweigt. Das schadet selten!«

Der Taxiarchos war schnell wieder auf den Füßen und auch nicht um das letzte Wort verlegen.

»Damna Esclarmunde, denkt an den edlen Ritter Perceval! Der stellte auch die rechte Frage nicht und ward dafür gestraft.« Er lächelte spitzbübisch, und sie konnte ihm nicht böse sein. Aber durchgehen lassen wollte sie ihm auch nichts.

»Ihr seid nicht Perceval, Ihr sucht nicht den Gral!« Warum sollte sie nicht mit ihm spielen? Er hatte es verdient! »Wenn Ihr mein Beilager begehrt, so habt Ihr dies mich und alle Welt wissen lassen. Und ich will Euch auch die Antwort nicht schuldig bleiben: Nein, danke, Herr Taxiarchos!«

Geraude war in tiefer Seele enttäuscht, denn sie hatte sich zwar keine verruchte Treulosigkeit ihrer Herrin ausgemalt, eher eine rührende Romanze von heldenhaftem Verzicht. Für sie hätte der Taxiarchos ins Wasser gehen können – oder den Tod in der Schlacht suchen.

Mafalda war froh über die klare Absage, denn sie hatte selbst ein Auge auf den Penikraten geworfen. Ärgerlich war nur, daß er nun zwar nicht abgelegt, aber abgewiesen war. Als zweite Wahl schätzte sie sich zu gut ein, aber sie schwankte zwischen der verdammten Ehre und dem Jucken der Möse. Sie beschloß die Dinge, das Ding, auf sich zukommen zu lassen.

Der Taxiarchos glaubte aus Yezas Verhalten herauslesen zu können, daß die Tür nicht zugeschlagen war; Yeza wollte ihn zappeln lassen. Er war nicht der Mann, der einer Frau diesen Gefallen tat. Er tat sich selbst erst mal einen; die Hand sichtbar am Gemächte, begab er sich breiten Schritts in seine Kajüte und folgte Jordis Rat.

Die Triëre hatte im herbstlichen Wind alle Segel gesetzt und flog nach Nordwest über die offene See ihrem Ziel entgegen. Doch als sie am zweiten Tag wieder die Ruder einsetzen mußten, drückte der Ponente, noch bevor sie die Höhe des Kaps von Sorrent erreicht hatten, das Schiff immer wieder gegen das felsige Ufer.

Ein ganzes Geschwader von leichten, schnellen Kriegsschiffen schoß aus der Bucht von Salern. Sie zeigten die herzögliche Flagge des Lancia und schnitten der Triëre die Weiterfahrt ab. Umringt, mußte der Taxiarchos einsehen, daß jede Gegenwehr zwecklos war. Er wurde gezwungen, den Hafen anzulaufen. Der Kommandant war über alles bestens im Bilde.

Yeza und ihr Hofstaat wurden freundlich, aber bestimmt gebeten, von Bord zu gehen. Sie würde vom Herzog Lancia persönlich nach Rom gebracht werden – sobald dieser eingetroffen sei –, denn er habe ja schon in Regium auf seinen Gast gewartet.

Der Taxiarchos erhielt eine staufische Sarazenentruppe als »Garnison«, die sich sofort über das Deck verteilte und mit ihren Armbrüsten die Lancelotti in Schach hielt. Der Penikrat wurde als Gefangener auf seinem eigenen Schiff, als das er die Triëre bereits betrachtete, unverzüglich Richtung Palermo eskortiert. Es wurde ihm jedoch vergönnt, sich vorher von Yeza zu verabschieden. Er tat es sehr förmlich und unterließ jeglichen Annäherungsversuch, obwohl der bei der feinfühligen Yeza, die Traurigkeit empfand, sogar auf eine gewisse Bereitwilligkeit gestoßen wäre. Der Taxiarchos nestelte ein Amulett aus seinem Wams hervor, das er an einem Lederband auf der Brust getragen hatte. Es war ein goldenes Templerkreuz, wie sie gleich erkannte. Doch im Schnittpunkt der Balken war es durch eine kleine Pyramide aus schwarzem Onyx erhöht. Es sah sehr alt aus.

»Es kommt von Herzen«, murmelte er, »doch es erschließt sich nur dem scharfen Verstand.«

Yeza wollte jetzt weder den gescheiterten Freibeuter noch den Mann zurückweisen. Außerdem ahnte sie, daß dieser Talisman von Gavin herrührte.

»Ich hoffe nur, daß es mein Herz nicht hinterrücks erschließt und mein Verstand mich nicht im Stich läßt.« Sie lächelte vor sich hin, während sie sich das Band über den Kopf streifte und das Kreuz in ihrem Hemd verschwinden ließ. Der Taxiarchos wurde abgeführt.

Yeza grüßte kühl, denn sichtbare Gefühlsaufwallungen gestattete sie sich nicht. Außerdem war sie sicher, den Abenteurer wiederzusehen. Doch sie sandte ihm zum Abschied einen ihrer Sternenblicke. Tiefgrün funkelten unergründlich ihre Augen. Sie kannte die Wirkung.

Im mächtigen Palazzo dei Normanni half Beni der Kater widerwillig seiner Potkaxl, die Wäsche aufzuhängen. Sie hatten quer über den Innenhof von Fenster zu Fenster eine rundumlaufende Leine gespannt, auf die sie die Hemden und Unterhosen zum Trocknen spannten und dann hinauszurrten. Da die Zofe die Methode von Haus aus nicht kannte und Beni auch nur vom Zuschauen, fielen bei dem ruckartigen Ziehen der Leine immer wieder nasse Stücke hinunter zwischen die Abfälle der Palastküche. Um sie einzusammeln, hatte Beni viele Treppen hinabzusteigen und endlose Flure entlangzulaufen, und Potkaxl mußte mit der Säuberung jedesmal von vorn beginnen.

»Hier kann man sich leicht verirren!« keuchte der Kater. »Jede Treppe führt woanders hin, und man steht plötzlich entweder in einem Prunksaal oder in einem Vorratskeller zwischen abgehängtem Wild, tropfenden Käsebeuteln oder faulign Rüben.«

Die Potkaxl lachte ob der bewegten Klage.

»Die Prinzessin Konstanze hat da weniger Schwierigkeiten. Die scheint ihren Geparden auf die Witterung unseres Herren Roç abgerichtet zu haben. Auch wenn Monsignore Gosset den Trencavel jede Nacht in einem anderen Zimmer schlafen läßt, steht sie am nächsten Morgen, wie zufällig von Immà geführt, vor der Tür seines Schlafgemachs.«

Beni ging seiner Bettgenossin gnädig beim Auswringen der großen Stücke zur Hand.

»Solange die Laken des Trencavel keine Blutflecken aufweisen, muß der Hof von der Jungfräulichkeit der Prinzessin ausgehen. Ich habe neulich den Kämmerer dabei beobachtet, wie er das Linnen selbst in Augenschein nahm.«

»Noch sieht der König scheelen Auges diesem Treiben zu«, seufzte die Potkaxl, als sei sie mitbetroffen. Sie war es. »Doch sollte sich unser armer Herr ihrer nicht mehr erwehren können, besonders jetzt, wo die Dame Yeza ihn verlassen hat –«

»Daß du mir nicht darauf kommst, die Lückenbüßerin abzugeben!« begehrte der Kater gleich eifersüchtig auf. »Das würde ich nicht dulden!«

Potkaxl schenkte ihm einen belustigten Blick, der tausend Jahre Tempelprostitution weise mit einschloß.

»Ich kann mir schon vorstellen, lieber Kater, wie furchtbar du den Buckel krümmen wirst. Wie dein Fell sich sträubt, wenn du fauchend deine Krallen ausfährst und unserem Herren ins Gesicht springst! Aber mich schaudert vor dem Zorn des Königs, wenn er seinen Augapfel entehrt sehen sollte. Die Schuld würde Herr Manfred allein dem Trencavel geben. Er würde ihm das frevlerische Werkzeug ausreißen, ihm die Augen ausstechen und den Bauch aufschlitzen lassen!«

»Hör auf!« rief Beni entsetzt. »Ab sofort schlafe ich des Nachts vor seinem Bett. Ich lasse ihn nicht mehr aus den Augen, Tag und Nacht!«

»Weißt du denn, wo er jetzt gerade steckt?« Die Potkaxl machte sich lustig über den plötzlichen Eifer ihres Liebhabers.

»Bei allen Heiligen!« entfuhr es Beni. »Er wird doch nicht –«

»Er ist mit Herrn Manfred auf Falkenjagd geritten«, beruhigte ihn die Zofe. »Das gehört zu des Königs Schutzmaßnahmen, denn er hat Roç ins Herz geschlossen und will nicht, daß ihm all diese gräßlichen Dinge geschehen.«

»Doch sollte es dazu kommen, hat der Mädchenschänder, der buhlerische Ehebrecher, Leib und Leben verwirkt!« Der Kater plusterte sich auf. »Das schuldet Manfred schon dem König von Aragon. Schließlich ist die naschlüsterne Konstanze dem Infanten versprochen!« Beni fühlte sich wie Sankt Georg, der Drachentöter. »Wir werden im ganzen Palast Roçs Unterhosen verstecken, dann wird Immà irre!«

Potkaxl mußte den Findigen enttäuschen. »Die hab' ich nun gerade gewaschen! Es bleibt uns nur, Augen und Ohren offenzuhalten!«

Das tat auch der Priester Gosset. So wurde er Zeuge, als ein ziemlich abgerissener Maletta in den Arbeitsraum des Kanzlers stürmte.

»Ihr habt mich schändlich hintergangen, Johannes von Procida!« schäumte er ohne Erklärung oder gar Begrüßung »Der Kerl gehörte an den Galgen! Ihr müßt wissen, wie er mir mitgespielt hat!«

Hier unterbrach ihn der Kanzler nachsichtig.

»Davon, lieber Maletta, hat er mir kein Wort erzählt!«

»Die Boten, die ich in alle Welt hetzte, um dieses Verbrechers habhaft zu werden, werden Euch die mir angetane Schmach nicht verschwiegen haben?«

»Ihr Bericht beschränkte sich auf den Ausflug des Taxiarchos, dem wir schon bald ein Ende bereiteten. Auch der Lancia hätte ihn gern eigenhändig geköpft, weil unser verliebter Fährmann ihn, den

Herrn Herzog, in Regium warten ließ. Immerhin, damit kann ich Euch trösten, ließ er dem Taxiarchos unterwegs für jeden vertrödelten Tag ein Dutzend Hiebe mit der Neunschwänzigen auf den nackten Rücken versetzen.«

»Und Ihr habt den Meuterer in allen Ehren empfangen, ihn als Kapitän dieser Teufelsgaleere bestätigt, ihm das Kommando belassen über diese Sensen, über diese frechen Burschen, die Lancelotti!« kreischte der Kämmerer, dem bei der Erinnerung an das höhnische Scheppern das verschluckte Meereswasser hochkam. »Alle sollte man aufknüpfen! Alle!«

»Das nächste Mal«, beruhigte ihn der Kanzler. »Jetzt ist die Triëre schon wieder unterwegs; in wichtiger Mission, die ich allein zu verantworten habe.«

»Ich wünsche Euch nur die gleiche Insubordination Eures Lieblingskapitäns an den Hals, die er sich mir gegenüber erlaubt hat. Dann werdet Ihr anders reden!« fauchte der Kämmerer.

»Jeder Kapitän ist Herr seiner Handlungen, sobald er sich auf hoher See befindet, sonst wäre er nicht Kapitän. Die einzige Möglichkeit, ihn zur Rechenschaft zu ziehen, ist dann, wenn er wieder Land betritt. Das blüht zwangsläufig jedem Kapitän irgendwann – und beraubt ihn seiner Allmacht.«

»Wenn der Taxiarchos das nächste Mal wie ein Fisch von einer widrigen Welle ans Ufer geworfen wird und mit Kiemenflattern zappelt, dann werd' ich ihn mir greifen, ihn bei lebendigem Leibe aufspießen, über offenem Feuer rösten, dann vierteilen und genüßlich verzehren!«

»Plagt Euch nicht die Vorstellung von einem saftigen Stück Schweinsbraten, Maletta, oder habt Ihr zu lange im Meerwasser gebadet?« Johannes von Procida hatte nur Spott übrig für die heißhungrigen Rachegelüste des Kämmerers, der jetzt türenschlagend aus dem Raum entwich.

Der gute Lancia hatte es sich tatsächlich nicht nehmen lassen, die wiedereingefangene Yeza höchstpersönlich zum römischen Hafen von Ostia zu begleiten. Dort hatten sich in erstaunlicher und sicher nur kurzlebiger Eintracht der gefürchtete Oberto Pallavicini und der nicht geringer einzuschätzende Kardinal Oktavian degli Ubaldini zum Empfang eingefunden. Sie standen zwar nicht an der Mole, sondern erwarteten ihren Gast im Castel d'Ostia, das landeinwärts lag. Das einst hochgerühmte römische Hafenbecken hatten die Päpste längst versanden lassen. Der Herzog von Salern hatte eigentlich nicht vorgehabt, sich an Land zu begeben, doch die Botschaft, daß beide Herren ihn und die Dame Yeza zu begrüßen wünschten, ließ ihn seinen Widerwillen gegen Rom und seinen Klerusklüngel samt guelfischen Schranzen überwinden. Denn dem berüchtigten Grauen Kardinal wollte er schon immer einmal von Angesicht zu Angesicht gegenübertreten.

Yeza wies Jordi an, neue Fuhrwerke zu besorgen, denn die leichten Schiffe des Lancia hatten die Karren nicht aufnehmen können, nur die Pferde und die Sänfte, in der, wichtig und gewichtig, ihre Schatztruhe ruhte. Sie verzichtete auch auf die Begleitung ihrer Ersten Hofdame, was Mafalda schwer traf, denn die Gräfin de Levis hätte gar zu gern dem Papst ihre Aufwartung gemacht, statt sich um Kisten und Kästen des Haushalts zu kümmern. Nur die Auskunft, daß »Seine Heiligkeit Alexander IV.« nicht in Rom und schon gar nicht in Ostia weile, konnte sie vorläufig versöhnen. Yeza nahm nur Sigbert mit, den immer noch rüstigen Komtur des Deutschen Ordens, der die ganze Fahrt, auch den Bootswechsel, mit stoischer Ruhe ertragen hatte. Seinen bescheidenen Reisesack trug der weißhaarige Hüne selbst über der Schulter. Alles, was um ihn herum geschah, berührte ihn wenig. Nur Yeza behielt er im Auge, doch verstohlen, denn er wußte, daß sie sich ungern gängeln ließ und sich durchzusetzen pflegte. Er vertraute ihr, und sie dankte ihm immer wieder mit einem knappen Blick für die Tatsache, daß er einfach zugegen war.

Eine Wand des großen Audienzsaals der päpstlichen Burg bedeckte vom Boden bis zur Decke die berühmte *Mappa Terrae Mongalorum*, jene Weltkarte, die erstmalig das Reich des Großkhans der Mongolen zeigte, mit den goldbehelmten Zwiebeltürmen, schlanken Minaretten und christlichen Campaniles von Karakorum.

Yeza mußte schmunzeln. William hatte ihr oft vom merkwürdigen Zustandekommen des Wandgemäldes erzählt, bei dem er sich mehr mit Farbe als mit dem Ruhm eines kundigen Weltreisenden bekleckert hatte – von dem eines Künstlers ganz zu schweigen. Ihre Augen suchten und fanden die Geheimtür oben, mitten zwischen der Wüste Gobi und dem Altai-Gebirge. Sie wußte von William, daß diese vom Dach aus zu bedienen war, und Yeza fand das gut zu wissen. Sie mußte an Roç denken, der das gleich überprüft hätte.

»Willkommen, junge Dame«, rief der Kardinal recht herzlich, als er Yezas ansichtig wurde, und streckte ihr aus purer Gewohnheit die über dem Handschuh beringte Hand hin.

Yeza nahm sie, betrachtete den Ring mit Interesse, sagte: »Ich würde Rubine nicht mit Smaragden paaren, sie nehmen sich gegenseitig das Feuer«, und gab sie ihm mit einem entwaffnenden Lächeln zurück.

Sigbert, der zwar dem Kardinal auch noch nie begegnet war, übernahm die Vorstellung:

»Fürst Galvano Lancia, Herzog von Salern«, verkündete er, was jeder wußte, ihm aber geeignet erschien, Yeza ins rechte Licht zu stellen, »besaß die Freundlichkeit, Ihre Königliche Hoheit Yezabel Esclarmunde du Mont y Sion sicher in die Obhut Eurer Exzellenz zu geleiten. Es ist der Wunsch vieler christlicher Fürsten und Völker zwischen den Pyrenäen und dem Altai im fernen Osten der Mongolen, zwischen den Inseln im eisigen Nordmeer und den Pyramiden in der Wüste, daß niemand anders als das Königliche Paar Sitz in Jerusalem nimmt und dort endlich Frieden gebietet. Sowohl den heranstürmenden Heeren des Großkhans und den wilden Mameluken des Sultans von Kairo, aber auch den Venezianern und Genuesen, die im Heiligen Lande unsinnige Streitigkeiten ausfechten, während wahre Kreuzfahrer kaum noch eintreffen.« Der betagte Komtur schöpfte Luft. »Die Zustände in der *Terra Sancta* waren immer auch ein Spiegelbild, um nicht zu sagen ›Zerrbild‹, der zerrütteten Verhältnisse im Abend- wie im Morgenland. Es liegt in der Verantwortung Roms, hier für Ordnung und Toleranz zu sorgen. Denn sonst ist unser geliebtes Jerusalem das endgültige Opfer dieser beschämenden Zwiste. Statt das zarte Korn der Liebe unter den Menschen für den christlichen Glauben zu retten, werfen wir es zwischen die Mahlsteine weltlicher Gier und fanatischen Hasses. Will Rom das?«

Sigbert von Öxfeld schwieg erschöpft, er hatte die Rede nicht vorbereitet. Aber die einmalige Gelegenheit, vor den verfeindeten Großen des Reiches und den höchsten Vertretern des Stuhles Petri zu stehen, hatte allen Groll aus ihm herausbrechen lassen, den er als Ordensritter nach einem Leben im Dienst der Christenheit aufgestaut hatte, ein entbehrungsreiches Leben, das letztlich unerfüllt geblieben war.

Doch der Komtur bewirkte keinerlei Betroffenheit bei den Anwesenden.

Die Herren fanden den Einbruch des Ordensritters vielmehr ungehörig. Nur Yeza war auf den Alten zugegangen und hatte ihm die Hand mit festem Druck auf den Arm gelegt, eine dankbare Anerkennung seiner Worte und zugleich eine besänftigende Geste. Sie hatte keine andere Reaktion erwartet und wollte den Ausbruch berechtigten Zornes bei Sigbert vermeiden.

»Nun denn«, wandte sich der Reichsvikar an den Grauen Kardinal und zwinkerte dabei in plumper Vertraulichkeit mit seinem einzigen Auge. »Jetzt kennt Ihr den Anspruch des Königlichen Paares, und wenn Ihr hier auch nur die bessere Hälfte vorgeführt bekommt, könnt Ihr Euch darauf verlassen, die Dame Yeza wird ihn in gleicher Weise auch gegenüber dem Heiligen Vater vertreten.«

»Herr Alexander ist gewarnt!« scherzte der Lancia polternd, und der Kardinal ging darauf ein.

»Der Papst weiß, warum er in Viterbo weilt, in der Sicherheit seiner Mauern. Doch erwartete ich von der Dame Yeza den Wunsch nach einem Freibrief für die Stadt Bologna.« Das galt Yeza.

»Ich lasse mich nicht vorführen wie ein seltenes Tier, noch pflege ich mit der Tür ins Haus zu fallen«, erwiderte sie scharf. »Die Art, wie unser Thronanspruch auf Jerusalem hier aufgenommen wird, verdirbt mir die Laune, von Kirche oder Imperium noch irgendeine Gunst zu erfragen!«

»Ich bitte Euch, werte Dame«, säuselte der Kardinal honigsüß, »freies Geleit in unsere Marken ist Euch jetzt schon zugesichert und wird nicht auf Hindernisse stoßen.« Er wand sich etwas, bevor er fortfuhr: »Es kostet mich einen Federstrich, der als meine Unterschrift erkenntlich ist.« Er lachte über seinen Scherz, und der Pallavicini pflichtete ihm bei. »Anders verhält es sich jedoch mit dem Königreich Jerusalem.«

»Ich will nicht falsch verstanden werden, auch von meinen Freunden nicht«, erklärte Yeza. »Das Königliche Paar erhebt keinen Anspruch auf das Territorium, das nach feudalem Recht den Namen ›Königreich von Jerusalem‹ trägt, obgleich die Heilige Stadt selbst seit über siebzig Jahren de facto nicht mehr zum christlichen Herrschaftsbereich gehört. Uns steht der Sinn auch nicht nach einem neuen Kreuzzug der Gewalt noch nach listiger Inbesitznahme, sondern nach einem Hort des Geistes, nach einem geistigen Hierosolyma.«

»Das hört sich an, als hätte ein Engel gesungen!« jauchzte der Kardinal und breitete seine Arme aus. »Wie wird das den Heiligen Vater erfreuen! Es erblüht aus Trümmern die Christrose in der Wüste, das Heilige Grab erstrahlt in neuem Glanz!« schwärmte er.

Yeza war sogleich zurückgewichen, so daß sie der Umarmung entging, nicht aber dem Schwall der Worte von kaum bemäntelter Falschheit. In ihrem Ärger beschloß sie, es ihm mit gleicher Münze zurückzuzahlen.

»Wie schön wäre es«, seufzte sie und verdrehte ihre strahlenden Augensterne zur Decke des Saales, als säße dort der Papst, »wenn wir das himmlische Jerusalem als Lehen aus den Händen Christi Stellvertreters auf Erden empfangen könnten! Das Königliche Paar empfängt demütig die güldene Dornenkrone des Heiligen Geistes, und der Papst segnet unser Werk und Wirken!«

Der Kardinal schaute Yeza erst verblüfft, dann betroffen, schließlich belustigt an.

»Ich werde dem Heiligen Vater Euren Wunsch vortragen. Ich bin überzeugt, daß diese friedliche Rückeroberung, mit der wir allen Gegnern der *Ecclesia catolica* ein Schnippchen schlagen, ganz in seinem Sinne ist. Seid vorerst hier mein Gast –«

»Ich danke Euch, Exzellenz, für Euer schnelles Verständnis, doch bin ich nicht hier gelandet, um einen versandeten Hafen zu bewundern, sondern Euer ewiges Rom, urbis et orbis. Dort werdet Ihr mich jederzeit zu finden wissen, denn ich warte noch auf das Schreiben mit dem eindeutigen und leserlichen Federstrich!«

Yeza wandte sich zum Gehen und gab auch Sigbert ein Zeichen. Doch der Pallavicini richtete mahnend sein Auge auf sie, was den Kardinal bewegte, Yeza aufzuhalten.

»Ich bin in der Lage, Euch einen Freibrief für eine Reise nach Bologna auszustellen, nicht aber für die Stadt Rom. Das ist für eine junge Dame ein gar gefährliches Pflaster, vor dem ich Euch nur warnen kann. Die Römer sind ein aufrührerisches Volk!«

Yeza blickte aufmunternd zum Reichsvikar.

»Ihr, Oberto Pallavicini, seid doch sicher gut Freund mit dem Podestà einer Stadt, die den Papst aus ihren Mauern vertrieben hat?«

Yeza hatte in Kauf genommen, daß dem staufischen Vikar des Reiches diese unverhüllte Aufforderung furchtbar peinlich sein würde; aber sein Auge zuckte nicht einmal, sondern starrte an ihr vorbei.

»Ich kann Euch eine Empfehlung an den Brancaleone mitgeben; dennoch muß ich mich der Warnung des Kardinals anschließen!«

»Wer hat denn die Macht in Rom?« meldete sich Sigbert zu Wort.

»Der Pöbel!« antwortete der Kardinal. »Brancaleone hat die Republik ausgerufen, und nun glaubt dies Gesindel, es könne sich selbst regieren. Der treulose Träumer Brancaleone ist längst der Spielball der zügellosen Massen. *Senatus populusque Romanus!* Ein feiner Haufen!«

»Ein Scheißhaufen!« stimmte ihm der Vikar zu.

»Mir macht das keine Angst«, erklärte Yeza. »Rom wird nicht schlimmer sein als andere Hauptstädte dieser Erde. Begleitet mich hinaus!« forderte sie den Vikar auf, knickste ironisch vor Galvano Lancia und dem Kardinal und schritt, gefolgt von Sigbert und dem Pallavicini, durch die Tür.

»Seht Ihr, meine werte Dame«, flüsterte der Vikar ihr zu, »Eurem Besuch in Bologna bei König Enzio steht nichts mehr im Wege. Ihr habt das Herz des Kardinals gewonnen. Ich hätte die Ausstellung eines solchen Freibriefs nie erreicht. Grüßt mir König Enzio, und sagt ihm, es stünde alles zum Besten, er solle die Hoffnung nicht aufgeben. Bald werde Bologna isoliert dastehen, und dem Druck einer Blockade könne es nicht standhalten! Dafür sorge sein getreuer Oberto!« Mit diesen schmeichlerischen Worten verabschiedete sich der Reichsvikar behende, nachdem er Yeza noch mit einem stechenden Blick bedacht hatte, der aber nur die besten Wünsche ausdrücken sollte.

»Der Gruß an Enzio«, murmelte Sigbert, als er neben Yeza die Treppe hinabstieg, »soll heißen: Bleib' gefälligst dort, wo du bist. Ich als dein Vertreter erledige alle Angelegenheiten sowieso besser als du – keiner braucht dich!«

»Diese gemeinen Schufte!« brach es aus Yeza. »Sie stecken alle unter einer Decke!«

»Die Decke heißt Macht!« bestätigte ihr der Komtur, doch Yeza war abgelenkt.

»Ich glaube, ich sehe Geister!« sagte sie leise. »Eben ist der Grottenmolch hinter einer Säule verschwunden!«

Sigbert grinste.

»Bartholomäus von Cremona gehört zu den dienstbaren Geistern des Grauen Kardinals.«

»Sein Erscheinen bedeutet nichts Gutes!« sorgte sich Yeza.

»Er hinkt« war die beruhigende Antwort des Komturs.

Sie waren vor dem Castel angelangt. Jordi hatte Fuhrwerke besorgt und schon aufgeladen.

»In Rom nehmen wir Quartier im ›Haus der Deutschen‹«, schlug Sigbert vor. Yeza antwortete nicht, sondern nahm den Troubadour beiseite und berichtete ihm hastig, was sie von William über den geheimen Lauschort in der päpstlichen Burg wußte, der oben vom Dach durch einen stillgelegten Kamin zu erreichen war.

»Ihr müßt Euch dieser Gefahr nicht aussetzen, Jordi«, sagte sie, »ich hätte nur zu gern gewußt, was die Herren im Schilde führen.«

Zu ihrer Erleichterung war der Zwerg Feuer und Flamme. Yeza ging mit ihm zurück zur Torwache und fragte nach dem stillen Ort des großen Bedürfnisses. Während die Wachen ihr noch den Weg wiesen, war Jordi schon an ihnen vorbeigeschlüpft. Yeza begab sich die Treppe hinauf, besuchte die wie ein Schwalbennest außen an die Mauern geklebte Kammer, schaute hinaus aufs ferne Meer und trat dann den Rückweg an. Sie folgten dem Tiber in Richtung der Stadt, die doch so anders sein sollte als jede, die sie bisher zu Gesicht bekommen hatte.

Im päpstlichen Audienzsaal erregte sich der Kardinal Oktavian, weil der Pallavicini sich mit dem Ergebnis der Unterredung befriedigt zeigte.

»In Rom wird sie unsere Kreise nicht stören, sondern sich baldigst gen Bologna begeben. Dort ist man auf ihren längeren Besuch bereits vorbereitet. Sie wird der Verlockung nicht widerstehen!«

»Und wenn doch?« bohrte der Kardinal nach. »Und wenn ihr Unternehmen von Erfolg gekrönt wird?«

»Dann winkt die Krone von Jerusalem!« spottete der Pallavicini.

»Ah«, entfuhr es dem Kardinal »was dem christlichen Rom in seiner über tausendjährigen Geschichte nicht gelang, wollt Ihr dort im Handstreich etablieren? Dazu noch Frieden unter den Völkern, Versöhnung der Religionen, Ketzer und Götzenanbeter gar inbegriffen.«

»Von wollen kann gar nicht die Rede sein. Das Königliche Paar wird sich bemühen und schließlich scheitern.«

»Das ist auch der einzige Weg, es loszuwerden«, fügte der Kardinal befriedigt hinzu, »ohne daß die beiden als heldenhafte Märtyrer, von der Prieuré geopferte Heroen des Großen Plans oder als von mißgünstigen Feinden – wie der Kirche! – gemeuchelte Helden ewigen Ruhm erlangen und in den Köpfen der Menschen weiterleben!«

»Genau so soll es sein!« verkündete Oberto Pallavicini feierlich. Doch der Lancia war skeptisch.

»Ihr seid Euch nicht einmal Eures Erfolges in Bologna sicher; außerdem würde der nur die Dame Yeza betreffen, nicht aber Roç Trencavel. Wie wollt Ihr dann die Fäden in Jerusalem in der Hand behalten?«

»Ohne die Dame Yeza ist das Königliche Paar keines mehr.«

»Noch lebt Yeza, und Roç wird nicht rasten noch ruhen, bis er sie wieder –«

»An den Trencavel denkt König Manfred«, versicherte der Vikar und schickte dem Kardinal einen beschwichtigenden Blick, was aber nichts half.

»Bologna darf kein Fehlschlag werden!« beschwor der den Pallavicini. »Denn Jerusalem ist mir unheimlich. Dort werden Kräfte freigesetzt, die von hier aus und mit unseren Mitteln nicht zu steuern sind!«

Der sonst so gelassene Oktavian erregte sich.

»Schon die Installation dieses Paares ist dem Heiligen Vater nicht zuzumuten. Die sind ja nicht einmal getauft!«

»Kirchlich getraut auch nicht!« Der Lancia hatte für den Disput nur noch Spott übrig. »Die werden den Katharismus als gültiges Glaubensbekenntnis zulassen!«

Der aufgebrachte Kardinal überhörte die Ironie, deshalb setzte der Lancia noch eins drauf:

»Sie werden ihn zur Staatsreligion erheben!«

»Das fehlt gerade noch an diesem Unglücksort, mit dem es schon die Juden so arg treiben. Für ihren Tempel ließen sie gleich einen ganzen Berg aufschütten, nur um für ihre Bundeslade, die sie nicht einmal vorweisen können, einen weihevollen Aufbewahrungsort zu schaffen!«

»Den Tempel hat Rom auch auf dem Gewissen!« trug der Lancia bei, doch der Kardinal ließ sich jetzt nicht aus dem Konzept bringen.

»Für die Muslime ist ihr Prophet Mohammed dort hoch zu Roß gen Himmel aufgefahren, es gibt sogar einen Stein mit Hufabdruck.«

»Na ja«, sagte der Lancia, »nun zählt bitte nicht auf, was wir Christen dort und in nächster Umgebung an heiligen Stätten aufzubieten haben. Da kann Rom mit Sankt Peter in Ketten und ein paar Katakomben nicht mithalten.«

»Ihr seid kein Freund der Kirche«, rügte der Kardinal, »doch müßt Ihr nicht den Antichristen herauskehren, nur weil Ihr Manfreds Onkel seid.«

»Ich freue mich zu hören, Oktavian degli Ubaldini, daß Ihr die Anhänger der Staufer immer noch für Christen haltet.«

Der Kardinal wollte sich nicht provozieren lassen.

»Wir sind alle in Gottes Hand«, erwiderte er salbungsvoll. »Den einen weist er den Weg zum rechten Glauben, die anderen fallen unter sein Strafgericht. Wie war das mit dem Giftanschlag auf König Manfred?«

»Der kam nicht aus Eurer Küche, Exzellenz«, sagte der Vikar, »die Griechen –«

»Elende Schismatiker!« rief der Kardinal. »So etwas sieht ihnen ähnlich, ein vergifteter Kelch!«

»Woher wißt Ihr, daß es ein Kelch war?« hakte Pallavicini jetzt doch mißtrauisch nach, doch der Kardinal winkte ab. »Es war ein schwerer schwarzer Kelch aus Marmor«, berichtete der Vikar, »wir haben die Scherben von zwei zum Tode Verurteilten wieder zusammensetzen lassen.«

»Ihr verbrauchtet sechs Mann, bis es gelang«, trug der Lancia grimmig bei.

»Jedenfalls fanden wir im Sockel des Gefäßes einen Hohlraum für das Gift, das durch einen nadeldünnen Kanal an einem Wollfaden den Stiel hinaufkriechen konnte, wenn die Mundschenke den bereits vorgekosteten Wein in die Schale des Kelchs gossen.«

»Nicht übel«, bemerkte der Kardinal, »diese Griechen! Genial in der Konzeption, doch schlampig in der Ausführung! Gräßliche Schismatiker! Und wie entging Herr Manfred seinem Schicksal?«

»Ein Franziskaner hatte uns gewarnt!«

»Nirgendwo ist man vor den Minoriten sicher! Sie sind fast so schlimm wie die Ketzer, nein, schlimmer noch!«

»Es handelte sich um William von Roebruk!«

»Heilige Fehlgeburt Mariens! Das mußte ja schiefgehen!« rief der Kardinal. »Meine Herren, zu Tisch! Mein *venerarius venerabilis*, mein fest angestellter Giftmischer, hat heute Ausgang!«

Sie verließen gut gelaunt den Raum.

Der kleine Zug, zwei Karren und die Sänfte, erreichte die Mauern der Ewigen Stadt bei der ›Porta Portuensis‹, dem Tor unterhalb des Tiberhafens. Der Reichsvikar hatte ihm einen Trupp Reiter nachgeschickt, die jetzt mit den Torwachen verhandelten. Und schon war der Weg frei für die Dame Yeza, die hoch zu Roß an der Seite Sigberts Einzug hielt, die Augen leuchtend auf das Gewimmel von Barken und Booten gerichtet, die den Flußhafen an der Leprainsel mitten im Tiber bevölkerten, während sich zur Rechten machtvoll der Aventin mit seinen Palästen und ihren Gärten auftürmte.

»Wir sollten Trastevere, das mit Recht übel beleumdete Quartier der Diebe, meiden«, schlug der Deutschritter ihr vor. »Es soll zum Schutz des Binnenhafens dienen, aber in Wahrheit wird jeder ausgeraubt, der sich dorthin verirrt.«

Yeza hätte es gern erlebt, von Wegelagerern attackiert zu werden, doch sie bedachte gerade noch rechtzeitig, daß die Truhe in der Sänfte all ihre Mittel barg, mit denen sie ihre Reise zu bestreiten gedachte. So schwenkte sie folgsam hinter dem hünenhaften Komtur in die breite Steinstraße ein, die über eine prächtige Römerbrücke auf die Seite der Stadt führte, wo armen Reisenden auf andere Weise der Beutel erleichtert wurde. Teuer sah schon das Pflaster aus, dazu die Marmorfiguren, die es beidseitig flankierten. Die Straße mündete geradewegs auf einen imposanten Rundbau, von Tempeln umgeben.

»Das Colosseum!« jubelte Yeza, stolz, den Namen zu wissen, aber Sigbert mußte sie enttäuschen.

»Das ist nur das Theater des Marcellus. Das Colosseum ist zehnmal so hoch und mächtig!«

Yeza kam aus dem Staunen nicht mehr heraus, als sie in die verwinkelten Gassen eintauchten. Zeugnisse römischer Baukunst waren ihr schon überall begegnet, vom Libanon bis zum Languedoc. Doch hier war es die Vielzahl von Säulen und Bögen, deren Schönheit mit Wucht auf sie eindrang.

»Vor uns liegt die Trutzburg der Teutonen!« scherzte Sigbert und wies auf einen anscheinend fensterlosen hellen Travertin-Klotz, der aber in den Proportionen und dem sparsamen Dekor dennoch die Hand römischer Baumeister verriet. »Dort werden wir Quartier nehmen!«

Yeza schaute sich um und rieb sich die Augen. Sie brannten vom heftigen Wechsel zwischen dem Licht der Fassaden aus weißlichem Marmor und dem Schatten der Torwege aus erdfarbenem Ziegelwerk.

»Ich möchte in einer einfachen Herberge absteigen und die Stadt riechen«, sagte Yeza und wies auf einen dunklen Einlaß in der Mauer, über dem ein Holzschild mit Pfeil einen ›Albergo del Paradiso‹ ankündigte. Es war ein turmähnlicher Bau, zu dem einst eine Treppe hinaufgeführt hatte. Sie war auf halber Höhe eingestürzt, und ein Feigenbaum hatte sich dort eingenistet. Yeza bemerkte den mißbilligenden Blick ihres Beschützers.

»Der Schild des Deutschen Ordens erstreckt sich auch auf das kleine ›Paradies‹«, bettelte sie. »Ihr könnt von oben wie Gottvater auf mein karges Lager herabblicken und meinen Schlaf beschützen.«

Mafalda brachte den Anspruch einer Ersten Hofdame vor.

»Der Wesir und meine Wenigkeit nehmen gern die Gastfreundschaft des verehrten Herrn von Öxfeld an, müssen wir ja auch für die sichere Unterbringung unserer Habe Sorge tragen, was mir im ›Paradies‹ zweifelhaft erscheint.« Sie rümpfte die Nase.

»Bestens!« unterbrach Yeza. »Ihr nehmt in der Burg Quartier samt Fuhren und Bagage, bei mir bleiben nur Geraude und Meister Jordi, nehme ich an. Ihm wird das hier gefallen.«

Sie stieg ab und betätigte energisch einen Klopfer, der aus einem löchrigen Kupferkessel und einem abgewetzten Hufeisen bestand. Der Herbergswirt mußte die Gäste längst im Auge gehabt haben, denn er erschien mit seiner Frau fast schon auf den letzten Schlag.

»Ich werde täglich vorbeischauen«, rief der Komtur laut, was weniger für Yeza als für die Gastgeber bestimmt war, die angesichts seiner Ordenstracht – weißer Mantel mit schwarzem Kreuz – sofort tiefe Bücklinge vollzogen.

»An nichts wird es der hohen Dame fehlen«, rief der Wirt und hatte dabei Mafalda ins Auge gefaßt.

Yeza nutzte die Gelegenheit zum Scherz.

»Zu jeder Stunde, hohe Frau, in der Ihr mich rufen laßt«, sie knickste formvollendet vor ihrer Hofdame, »werde ich eilen, Euch zu Diensten zu sein. Das gleiche gilt auch für den Knecht Jordi, sobald er wieder zu uns stößt.«

»Ich werde den Saumseligen sogleich schicken!« spielte die Dame Mafalda würdevoll mit, nur Geraude äußerte fürsorglich Bedenken.

»Hoffentlich findet er uns!«

»Soll ich ihn suchen?« bot sich der Wesir an.

»Kommt nicht in Frage, Kefir Alhakim«, entschied Mafalda. »Wer entlädt die Fuhren?« Sie wandte sich hoheitsvoll an Yeza. »Ich werde Euch das Nötigste schicken!«

Sigbert zog gequält die Braue hoch.

»Die Sänfte werde ich zur Sicherheit in meinem Gemach abstellen lassen!« versicherte er Yeza, ohne sie dabei anzuschauen.

»Wenn die Damen mir bitte folgen wollen«, sagte der Wirt, jetzt schon mit weniger Respekt, während sein Weib Yeza und Geraude sogar mit offener Mißbilligung betrachtete. Frauenspersonen, die ohne männliche Begleitung abstiegen, waren meist von zweifelhafter Reputation. Wie die üblichen Kurtisanen von San Giovanni in Laterano, dem Palast der Kurie und ihrer geilen alten Böcke von Kardinälen, sahen die beiden allerdings auch nicht aus.

Der Wirt führte seine beiden Gäste in zwei nebeneinander liegende Kammern. Die hintere erlaubte die Sicht in einen weinbewachsenen Hof, die vordere auf einen belebten Markt mit Brunnen. Sie waren spärlich möbliert und nicht gerade sauber. Die Wände zeugten vom jähen Ableben von allerlei Insekten. Die Stechmücken hatten kleine Blutflecken hinterlassen, und unter dem Bett lagen tote Kakerlaken.

»Geht Ihr nur, Euch des Lebens in Volkes Nähe zu erfreuen«, forderte Geraude ihre Herrin auf. »Ich werde Euer Zimmer herrichten und dazu unsere eigenen Bettücher verwenden.«

»Räuchert vorher die Matratzen aus!« Yeza war nicht gewillt, sich von dem Ungeziefer die blendende Laune verderben zu lassen. »Ich bin sicher, daß dort Kohorten von Wanzen und mindestens eine Legion Flöhe im Hinterhalt liegen, in froher Erwartung unserer zarten Haut!«

Sie begab sich die knarrende Stiege hinunter und traf auf einen belustigt grienenden Jordi.

Neugierig forderte sie seinen Bericht ein:

»Wie seid Ihr aus der Höhle der grauenhaften Kardinalmuräne entwichen? Kommt, mein Trovère, begleitet mich ins Getümmel der römischen Plebs!«

> »De don plus m' es bon e bel
> non vei mesager ni sagel,
> per que mos cors non dorm ni ri,
> ni no m' aus traire adenan,
> tro que eu sacha ben de fi
> s' el' es aissi com eu deman.«

Der Zwerg zögerte und schaute voller Mißtrauen nach oben. »Hat Geraude meine Laute an sich genommen?« erkundigte er sich besorgt. Von oben drangen leise Akkorde und die schöne Stimme der Zofe. Sie sang ein Liebeslied aus ihrer okzitanischen Heimat.

> »La nostr' amor vai enaissi
> com la branca de l'albespi
> qu' esta sobre l'arbre tremblan,
> la nuoit, a la ploia ez al gel,
> tro l' endeman, que-l sols s' espan
> per la fueilla vert e' l ramel.«

Die beiden lauschten am Fuß der Treppe, dann raffte sich Jordi auf zu erzählen.

»Ich habe alles gehört, was sich der Kardinal und der Reichsvikar an den Kopf geworfen haben, als hätte ich neben den Herren gestanden«, flüsterte der Zwerg, während sie sich durch einen dunklen Gang auf die Straße zwängten. »Dann schritten sie zu Tisch und auch mein Magen knurrte, daß ich schon befürchten mußte, sie könnten es vernehmen.«

»Ich kaufe Euch ein Solei, oder auch zwei!« versprach ihm Yeza angesichts der Stände und Bänke mit gerupften Hühnern und Körben voll wuschelig piepender Küken.

»An der Torwache wäre ich nicht mit heiler Haut vorbeigekommen, so kauerte ich mich in einen Winkel unter der Treppe und stellte mich schlafend. Als einer von ihnen in meine Nähe kam, stieß ich mehrere tiefe Schnarcher aus. Sie weckten mich, und ich tat verwirrt, wo denn meine Herrin sei, die nur eben den Ort der großen Bedürfnisse aufsuchen wollte. Da lachten sie mich aus. Die sei doch längst von dannen gezogen! Ich begann zu greinen, und sie hatten Mitleid mit mir. Sie stopften mich in den nächsten Frachtkahn, der mit Kraut, Wurzeln und Rüben flußaufwärts ging.«

»So riecht Ihr auch!« Yeza hielt sich grinsend die Nase zu. »Das Gemüse kann nicht mehr ganz frisch gewesen sein.«

»Das bin ich nicht!« protestierte der Zwerg. »Hier stinkt es aus allen Löchern, die Römer –«

»Sagt mir lieber, was die miteinander ansonsten grimmig verfehdeten Herren so einträchtig im Schilde führen!«

»So spinnefeind sind sich Kardinal Oktavian und Einauge Oberto nicht.« Jordi wurde jetzt ernst und schaute sich verstohlen um. »Wir müssen auf der Hut sein. Hier ist kaum der geeignete Ort, Euch mit den Intrigen vertraut zu machen.«

Yeza nahm es auf die leichte Schulter.

»Droht keine unmittelbare Gefahr, dann wollen wir jetzt die Eier kaufen und auch Brot und Schinken!«

Sie schritt zielstrebig auf einen Stand zu, wo sich Laiber und Fladen türmten, eingelegte Oliven in Tonkrügen, Salz in Säcken und Eier in Körben dargeboten wurden. Während Yeza die herabhängenden geräucherten Schweinskeulen prüfend betastete, schob sich der Zwerg unter die Bank, langte in den Korb und angelte sich ein rohes Ei. Er bohrte mit spitzem Eckzahn oben und unten ein Löchlein und schlürfte es genüßlich aus. Der Viktualienhändler vernahm zwar das Geräusch, sah aber nichts Verdächtiges, zumal Yeza geistesgegenwärtig den Schinken lobte und dabei das Schmatzen ihres Troubadours nachmachte.

»Meister, bei der Süße und Zartheit Eures Schinkens, da läuft einem ja das Wasser im Munde zusammen! Habt Ihr nichts Abgehangenes, aus dem kein Fett mehr tropft?«

Jordi hatte längst das zweite und dritte Ei mit weniger Geräuschaufwand vertilgt, als sich Yeza enttäuscht von dem Stand abwandte. Der Händler schimpfte hinter ihr her: »*Mortacci tui!* Jetzt führen sich schon die Fremden auf, als würden sie etwas vom Essen verstehen!«

Jordi entwich zur entgegengesetzten Seite.

Sigbert überbrachte Yeza die Einladung aufs Kapitol. Der von einer Eskorte begleitete Komtur ließ offen, ob er sie angeregt hatte oder ob Spitzel des Brancaleone dort von ihrem Eintreffen berichtet hatten. Von allen Ritterorden waren die reichstreuen Deutschen jedenfalls in dieser papstfeindlichen Zeit die einzigen, die auf dem Hügel des Senats gern gesehen waren. Das weltliche Regime der Päpste über ihre Stadt hatten die Römer nie geliebt. Das Volk hätte Yeza wie eine Königin durch die Straßen getragen, wäre bekannt geworden, wer sie war. Doch hielt Sigbert solch Aufsehen für nicht ratsam, denn es gab durchaus eine päpstliche Partei innerhalb der Mauern, die sich aus dem einflußreichen Adel zusammensetzte, der seine Titel, Privilegien und Paläste nicht zuletzt dem Kirchenstaat, dem Patrimonium Petri, verdankte, mit dem man auch mannigfach versippt und verschwägert war. »*Camerlinghi*«, Kammerherren des Papstes, nannten sich diese Würdenträger, »*Cammellieri leccazampe*«, hufschleckende Kameltreiber, hießen sie beim Volk. Aber sie hatten Macht und Mittel jemanden, der zu arg gegen den Stachel löckte, auf offener Straße zu erdolchen oder auf Nimmerwiedersehen in den Kloaken verschwinden zu lassen.

Yeza wählte Kefir Alhakim als ihren Begleiter aus. Sie kaufte ihm einen teuren, pelzverbrämten schwarzen Rock und einen Hut, wie ihn die Professoren trugen und hängte ihm eine Kette aus schwerem Gold um den Hals, die statt dem Kreuz eine *khamsa*, die arabische Glückshand, trug. Er sah sehr würdig aus.

Der Deutschritter hatte die Sänfte mitgebracht, als er Yeza vor ihrer Absteige erwartete. Sie mußte samt Wesir in dem Gehäuse Platz nehmen.

Der Weg zum Kapitol führte an dem größten Theaterareal vorbei, das Rom je besessen, dem des Pompeius.

»Hier wurde Cäsar ermordet«, erklärte Yeza dem Kefir bedeutungsvoll, denn sie hatte die breiten Ränge und grandiosen Aufgänge, säulenumstandene Vorhallen und von Bogengewölben überdachte Wandelgange, die unterirdischen Aufzüge für den *Deus ex machina* und der kunstvolle Mechanismus der beweglichen Sonnensegel längst eingehend studiert. Kefir schaute betrübt hinter dem Vorhang hervor auf die umgestürzten Säulen und geborstenen Giebelbalken.

»Das muß ein mächtiger Fürst gewesen sein, wenn die ganze Anlage zerstört wurde, nur um ihn zu töten.«

Yeza nickte der Einfachheit halber.

»Cäsar hielt die Gewalt über riesige Reiche in Händen, doch er scheiterte beim Griff nach der Macht in Rom.«

Damit waren sie bereits auf dem kapitolinischen Hügel angekommen. Die Deutschritter saßen ab. Die Sänfte wurde ohne Verzug in den Palast des Podestà, gleich neben dem Senat, getragen.

Nur Sigbert von Öxfeld folgte. Yeza hatte sich unter dem berühmten Senator Brancaleone einen hochgewachsenen edlen Römer vorgestellt und war enttäuscht, als ein kleiner, dicklicher Glatzkopf sie freundlich, aber zerstreut begrüßte, als sie aus der Sänfte sprang. Doch der Podestà hatte etwas Warmherziges in seinem Blick. Das flößte ihr sofort Vertrauen ein wie auch die Tatsache, daß er damit beschäftigt gewesen war, liebevoll einige Kakteen und eine verblühte Aloë zu gießen, die in Tonschalen auf dem Fenstersims standen und der überwältigenden Aussicht auf das Forum und den Palatin eine menschliche Dimension gaben.

»Was führt Euch, meine Königin, an diesen Ort für Schäfer, die ihre Herden zwischen Trümmern einstiger Größe weiden, für Lämmer, die sich von nichtsnutzigen Hirten scheren lassen? Wollt Ihr, daß man Euch das Fell über die Ohren zieht?« Er unterzog Yezas blonden Haarschopf mit entwaffnender Offenheit einer eingehenden Begutachtung, nachdem er seine langschnäbelige Gießkanne abgestellt hatte. »Welch schönes goldenes Vlies Ihr Euer eigen nennt!«

»Ich bin kein Schaf und lass' mich auch nicht scheren!« beruhigte ihn Yeza und warf mit energischer Kopfbewegung ihre Mähne aus dem Gesicht. »Rom ist für mich auch nicht die Schäferidylle, in der ich im lauen Müßiggang mein Leben treiben lassen will, sondern der wohlberechnete Ausgangspunkt für ein Unternehmen, dem ich mich in strenger Disziplin widmen werde.«

Der Brancaleone betrachtete sie belustigt.

»Ihr wollt nach Bologna zu König Enzio?«

»Ja«, sagte Yeza, »da jeder hier anscheinend schon mehr darüber weiß als ich, will ich es nicht leugnen. Der Papst soll mir den Weg dorthin ebnen!«

Sigbert hatte dem Gespräch bisher schweigend, fast abwesend zugehört, aber nun fragte er:

»Ist dieses Verlangen, den gefangenen König aufzusuchen, eigentlich Eurem ureigenen Wunsch entsprungen? Oder hat es Euch jemand geschickt eingeredet?« Der Komtur schien ehrlich besorgt, und Yeza war plötzlich unsicher. Ihr fiel ein, es könnte Rinat Le Pulcin gewesen sein, der ihr den Floh ins Ohr gesetzt hatte, und damit bestünden Sigberts Bedenken zu Recht. Sie wechselte das Thema.

»Was haben die Römer eigentlich in Jerusalem gefunden und weggeschleppt, als sie nach dem Aufstand der Juden den Tempel zerstörten?«

Brancaleone schaute sie weniger erstaunt an als der Deutschritter, der seine Befürchtungen bestätigt sah und diesen kühnen Sprung der Ablenkung ins Heilige Land äußerst befremdlich fand. Er sagte aber nichts.

Brancaleone ging gern auf die Frage ein, ihm wäre die Vertiefung der vorangegangenen Diskussion unangenehm gewesen, denn der alte Komtur hatte den Nagel auf den Kopf getroffen. Aber es war nicht seine Sache, Yeza das ›Unternehmen Enzio‹ auszureden. Er, Brancaleone degli Andalò, dessen Vorfahren aus dem Süden Spaniens stammten und deren einige in den Reihen der Templer gefochten hatten, wußte, warum gewisse Kreise das Königliche Paar von Jerusalem fernhalten wollten: eben wegen dieser Frage, die Yeza sehr klug angeschnitten hatte. Er gab sich unwissend.

»Der Tempelschatz?« fragte er mit ungläubigem Spott. »Woraus er bestand, meine schöne Königin mit dem blonden Haar, das entzieht sich meiner Kenntnis. Außerdem haben die Goten ihn Rom seinerseits geraubt und mit sich nach Südfrankreich geführt. In ihrer alten Hauptstadt Rhedae soll er aufbewahrt worden sein.«

Et in Arcadia ego, dachte Yeza hellwach, aber sie sagte fest:

»Dort ist er nicht mehr. Keiner weiß, wo er geblieben ist!«

»Kein Volk«, bestätigte der Podestà, »hat so viele Geheimnisse mit in Untergang und Tod genommen wie die Goten.«

»Und keines«, setzte Yeza innerlich äußerst erregt hinzu, aber äußerlich von kühler Überlegenheit, »blieb bis heute so geheimnisumwittert.« Yeza hatte sich schnell gefangen. »Alle okkulten Bewegungen des Okzidents berufen sich letztlich auf dieses mysteriöse Volk!«

»Wißt Ihr denn, wo der Schatz der Templer, des Tempels«, verbesserte sie sich schnell, »hier in Rom damals aufbewahrt wurde?«

»Sicher hier auf dem Kapitol!«

Der Podestà lachte.

»Aber Ihr werdet keinen goldenen Becher mehr finden! Nicht, weil die Eroberer gründlich vorgegangen wären, sondern weil die Römer längst jeden schwarzen Stein, der nach Schatz roch, geklaut hätten! Als Grabräuber sind sie das arbeitsamste Volk auf Erden!«

Yeza hatte sich umgeschaut. Wenn Roç jetzt dagewesen wäre, er hätte selbst hier auf dem Kapitol den Einstieg in die Unterwelt gefunden, denn sicher war der ganze Hügel hohl und von geheimen Gängen und Kammern durchzogen wie die Engelsburg! Doch glaubte auch sie, daß hier in Rom nichts aufzuspüren war. Weder der Schwarze Stein noch der Kelch würden sich diesen Ort erwählen, der einfach nicht die Luft atmete, derer ein wirklich großes Mysterium bedurfte. Ein Platz für Schäfer und Schafe, zum beschaulichen Weiden zwischen romantisch verwitterten, von Efeu überwachsenen Ruinen, da hatte der Brancaleone schon recht. Es gab wohl nur zwei, drei Punkte auf der Erde, die in einem geheimnisvollen Kraftfeld lagen. Das waren in der Reihenfolge ihres Alters wohl die Pyramiden, der Tempel und dann eben *nicht* Rom, sondern der Montségur!

»Ich glaube Euch, Brancaleone!« hörte sich Yeza sagen, deren Gedanken woanders weilten. »Bologna hat mit dem Geheimnis des Tempels nichts zu schaffen. Es ist nur eine Herausforderung, eine Prüfung, die ich mir selbst auferlegt habe.«

Eine Falle, mein Kind! dachte der Podestà, sagte es aber nicht. Vielleicht war diese junge Königin auch dazu berufen, solche Bewährungen zu bestehen.

Wahrscheinlich mußte sich das Königliche Paar Gefahren aus der Welt feudaler Bindungen aussetzen. Ein Prozeß der Läuterung? Er, der Podestà, hatte nicht die Aufgabe, dem Großen Plan vorzugreifen, er war nichts als ein Statthalter der Prieuré; die Entscheidungen fielen an höherer Stelle. Wenn Yeza gesagt worden war, daß sie den Papst in dieser Sache ansprechen müßte, dann würde dieses Gespräch auch stattfinden. Ihn beunruhigte, daß sie der festen Meinung war, Rom sei der Ort dieser Begegnung, und nicht etwa Viterbo. Dazu müßte also Alexander in seine Stadt zurückkehren. Das vertrug sich nicht mit seiner Anwesenheit in Amt und Würden als republikanischer Podestà. Entweder hatte Yeza sich getäuscht, oder er,

Brancaleone, mußte auf der Hut sein. Der kleine, dickliche Glatzkopf verspürte keine Lust, dieses Thema zu erörtern.

»Ich zeig' Euch jetzt ein Bild von mir«, sagte er unvermittelt, »ein venezianischer Porträtkünstler hat es kürzlich angefertigt. Da sehe ich wesentlich besser aus als in natura.«

Er wühlte in den Schubfächern seines Arbeitstisches und hielt endlich stolz ein handtellergroßes Holztäfelchen hoch.

»Es hat mich nicht einmal etwas gekostet.«

Yeza erkannte den Strich sofort: Rinat! Und sie sah auch das Konterfei des Senators Brancaleone. Er wirkte tatsächlich viel jünger, ätherisch wie ein haarloser Engel! Sie erschrak. Es war ganz klar das Bildnis eines Toten! Sie wollte etwas sagen, überlegte, wie sie ihre Warnung formulieren sollte, da meldeten die Wachen an der Tür des Arbeitszimmers, ein Herr Kefir Alhakim begehre dringend die Dame Esclarmunde oder den Ritter Sigbert zu sprechen. Auf dessen zustimmendes Nicken hin erteilte der Podestà Weisung, den Mann vorzulassen.

Kefir schien sehr aufgeregt, er verlor keine Zeit mit der Begrüßung des Brancaleone, sondern sagte hastig:

»Jordi läßt Euch bitten, auf schnellstem Weg in Euer Quartier zurückzukehren!«

»Schade«, sagte der Podestà, »eine so angenehme und kluge Person wie Ihr verirrt sich selten zu mir.« Er warf das Bildtäfelchen unlustig zurück in das Schubfach. »Es war schön, Euch gesprochen zu haben, meine Königin. Ich wünsche von ganzem Herzen Glück beim ›Unternehmen Enzio‹ und auf allen Euren Wegen!«

Er küßte Yeza galant die Hand. Kefir war in der Tür stehengeblieben, fast unhöflich drängelnd. Brancaleone begleitete seine Gäste hinaus, da wandte der Wesir sich unvermittelt an ihn.

»Von falschen Freunden droht Euch nahes Unheil«, begann er stockend, doch Sigbert verwehrte ihm, sich weiter auszulassen. Er schüttelte sein weißhaariges Haupt, mit einem Grienen auf den Kefir weisend, um anzuzeigen, daß der etwas wirr im Kopfe sei. Doch der Podestà war still geworden und ziemlich blaß um die Nase. Er schob seine Besucher hastig zur Treppe und kehrte auf der Stelle in sein Zimmer zurück, dessen Tür er hinter sich verschloß.

Erst als sie im großen Hof des Kapitols standen, wurde ihnen bewußt, daß mittlerweile die Abenddämmerung eingesetzt hatte. Die Nacht brach jetzt im Spätherbst so früh herein, daß sie gerade noch die letzten Wolkenschleier erleben konnten, das gloriose Finale einer Orgie in Orange, Zyklam und Violett, mit der sich die Sonne von Rom verabschiedete.

Als sie die endlose Freitreppe hinabgestiegen waren, umfing sie bereits die römische Nacht. Die ersten Feuer der Armen flackerten in den Torwegen auf, die Reichen ließen Fackeln in die eisernen Halter vor ihren Palästen stecken. Yeza bestand darauf, zu Fuß den Weg durch die verwinkelte Innenstadt zu nehmen, zumal der Wesir ihr keine Erklärung für den so dringlichen Wunsch Jordis geben konnte, weshalb sie ihr Quartier auf schnellstem Wege aufsuchen sollte. Der um ihre Sicherheit besorgte Deutschritter ließ die Eskorte jedoch dicht folgen. Sie waren noch keine Viertelstunde in den engen Gassen unterwegs, sich stets in der Mitte haltend, weniger aus Furcht vor Attacken aus dunklen Löchern, als um zu vermeiden, daß Abfälle oder Exkremente aus den Fenstern auf ihre Köpfe gekippt wurden, als sie einer aufkommender Unruhe gewahr wurden. Irgendwo gab es ein Gerenne, wie irrlichternde Fackeln andeuteten, und sie vermeinten, Waffenlärm zu vernehmen. Jetzt drängte auch Sigbert zur Eile und ließ sein bewaffnetes Gefolge noch dichter aufschließen. Doch als die Ordensburg der Deutschen in Sicht kam und sie vor der schäbigen Absteige ›Del Paradiso‹ anlangten, herrschte auf dem Platz davor allabendlicher Friede. Kinder spielten zwischen den Marktständen, und die Alten saßen vor den Torbögen ihrer Behausungen. Doch dann wurde die Ruhe der hereinbrechenden Nacht von Glockenschlägen zerrissen. Schon bei dem ersten erzenen Klang spürten alle, die jetzt die Hälse reckten, daß etwas geschehen war. Dann fielen andere Glocken ein, sie lärmten und dröhnten, einpeitschend zum Aufruhr drängend.

»Das ist kein *memento mori*«, verkündete der Komtur, »wie es beim Ableben des Papstes üblich«, setzte er gerade erklärend hinzu, als Jordi gelaufen kam.

»Brancaleone!« rief er atemlos. »Sie haben den Brancaleone ermordet!«

»Also keine Glocken der Trauer«, stellte Yeza fest, »sondern der eitlen Wonne der *Ecclesia*!«

Sigbert ging darauf nicht ein, es gab Wichtigeres zu bedenken.

»Das wird eine Nacht der langen Messer!« Er sprach aus Erfahrung. »Die Guelfen werden sie schon gewetzt haben, und du, Yeza, zählst in ihren Augen zu den Ghibellinen!«

»Ich kann mich meiner Haut –«

»Nichts da!« unterbrach sie der Alte polternd. »Ich verlange, daß ihr alle heute nacht in unserem befestigten Hause schlaft! Keine Widerrede!«

Yeza fand ihn rührend in seiner alttestamentarischen Strenge. Sie fügte sich, und so zogen sie, ohne das ›Paradies‹ zu betreten, gleich weiter, bis das schwere, mit eisernen Noppen besetzte Tor des Deutschen Hauses sich hinter ihnen schloß und verriegelt wurde. Die Wachen waren bereits verstärkt worden, und die Ritter legten ihre Rüstungen an.

»Ich habe das kommen sehen«, sagte Yeza zu Sigbert.

»Er auch« war der kurzangebundene Kommentar des Komturs.

»Kefir hat es geahnt«, wandte sich Yeza an ihren zwergwüchsigen Troubadour, »und du hast es läuten gehört?«

»Nein«, antwortete der zu ihrem Erstaunen, »ich war der Meinung, der Schlag wäre gegen Euch gerichtet, *ma damna*!«

Der nächste Morgen sah ein geschäftiges Rom, das dem ermordeten Podestà keine Träne nachzuweinen schien. Es roch etwas nach den Bränden, die in der vergangenen Nacht vereinzelt aufgeflammt waren, aber der Markt war geöffnet. Die Preise hatten leicht angezogen, wie aus dem derb anpreisenden, nahezu nötigenden Geschrei der Händler herauszuhören war. Gegen Mittag setzte wieder ein erst zaghaftes, dann immer energischeres Glockenläuten ein; es breitete sich aus wie ein Flächenbrand, und der Wind entfachte es zu einem Glockensturm, der über die Stadt hinweg fegte.

Jordi, der sein Ohr am Volke hatte, kam gelaufen, so schnell ihn seine kleinen Füße trugen.

»Der Papst ist eingetroffen!«

»Ah!« sagte Yeza unwirsch, denn für Träger der Tiara hatte sie noch nie Sympathie verspürt. »Jetzt freut sich der Klerus und zieht eifrig an den Strängen, dem Heiligen Vater ein herzliches Willkommen zu entbieten!«

»Im Gegenteil!« belehrte sie der Troubadour. »Das sind Glocken wilden Protestes! Das Volk von Rom haßt den Gedanken, unter die Knute der Kurie zurückzukehren, es würde am liebsten den ganzen Klüngel von Purpurträgern und Hofschranzen zum Teufel jagen und dem Papst seinen Heiligen Stuhl vor die Tür setzen. Vor die ›Porta Flaminia‹, von der aus er auf kürzestem Weg nach Viterbo fahren mag – oder zur Hölle!«

Das leuchtete Yeza sogleich ein; sie empfand es als milde Strafe für den anmaßenden Stellvertreter Christi, der zumindest nicht schuldlos war an der Ermordung des kleinen, dicklichen Mannes, der ihr so freundlich gegenübergetreten war. Sie verhielt sich deshalb abweisend, als am späten Nachmittag Boten des Kardinals Oktavian degli Ubaldini bei dem Komtur des Deutschen Ritterordens erschienen und eine Einladung auf die Engelsburg überbrachten. Doch Sigbert nahm von Yezas widerstrebender Haltung nicht einmal Notiz und sagte über ihren Kopf hinweg zu.

Yeza wollte erst aufbrausen, doch dann erinnerte sie sich gerade noch daran, daß sie nach Rom gekommen war, um den Papst zu sprechen, und sie schämte sich ob ihrer kindischen Sentimentalität. Brancaleone war eine Figur im Spiel der Mächte gewesen, die offensichtlich ausgedient oder zumindest keine Fortüne bewiesen hatte. Sie, Yeza, war auch nichts anderes, nur mit dem Unterschied, daß sie noch lebte und nach Bologna strebte, zu König Enzio. Das allein zählte.

Schon einen Tag später befanden sie sich auf dem Castel Sant'Angelo, dem zur päpstlichen Festung ausgebauten Monumentalgrab des Kaisers Hadrian.

Seine Heiligkeit Alexander IV. traute nach dem Empfang, den sie ihm bereitet hatten, den Römern nicht über den Weg, schon gar nicht dem langen Gang vom Lateranspalast von San Giovanni bis zur Peterskirche außerhalb der Mauern. Von der Engelsburg aus hingegen konnte er die Borgo-Wehr, den hochgemauerten Fluchtweg aller seiner Vorgänger, benutzen. So gelangte er trockenen und sicheren Fußes zu seiner Basilika, und wenn Not am Fischermann war, kehrte er in Windeseile, wenn's sein mußte, mit geraffter Tunika, sofort wieder zurück in den rettenden Rundbau, der sich direkt am Ufer des Tiber erhob. Da der dort ständig residierende Graue Kardinal größten Wert darauf legte, daß Zugang wie Eingeweide der Festung kein Allgemeingut wurden, wurden den Besuchern schon während des Übersetzens über den Fluß die Augen verbunden. Yeza ließ sich diesmal nur von Sigbert begleiten. Für jemand anderen hatte die Einladung zur Privataudienz auch nicht gegolten. Sie wurden durch endlose Gänge treppauf, treppab geführt. Yeza erinnerte sich der Erzählungen von William über den naßkalten Biberbau, dessen unterirdische Verließe in Wahrheit unter Wasser stünden. Um so erstaunter war sie, daß sie sich in einem hellen, warmen Raum wiederfanden, dessen Fenster eine einzigartige Sicht über die Stadt am anderen Ufer erlaubten, als ihr endlich die Binde abgenommen wurde.

Und der Papst sah, zumindest auf den ersten Blick, nicht wie ein Unhold oder abgefeimter Ränkeschmied aus. Er saß nicht auf einem Thron, sondern auf der Kante einer Ruheliege und winkte Yeza zu sich. Kaum hatte sie neben dem Heiligen Vater Platz genommen, forderte der Kardinal Oktavian sie freundlich auf, sich noch einmal zu erheben. Nicht weil sie vergessen habe, dem Heiligen Vater Hand und Ring zu küssen, sondern weil er noch einmal sehen wolle, wie selbstsicher und doch so grazil, ja anmutig sie sich bewege.

Yeza sprang auf und sagte ebenfalls sehr höflich:

»Der arme Herr Papst, der anscheinend stumm, doch hoffentlich nicht auch noch taub und blind, mag jetzt genau hinschauen, wenn ich ihm meinen grazilen Rücken samt seiner anmutigen Verlängerung zeige, weil ich diesen Raum jetzt selbstsicher verlassen werde!«

Da lachte der Papst schallend und zog sie an der Hand zurück neben sich.

»Diese Florentiner«, flüsterte er ihr augenzwinkernd zu, »sehen in Menschen lediglich wandelnde Kleiderständer. Und den Ringkuß haben sie nur eingeführt, damit der Küssende jeden Tag ein neues Juwel zu bewundern hat. Sag mir, willst du Manfred heiraten?«

»Gott bewahre!« rief Yeza. »Dem Kardinal Oktavian ist es bislang versagt geblieben, den König von Sizilien mit Gift umzubringen, jetzt möchte er es wohl gern mit Inzest versuchen?« Sie lachte dem Papst ins Gesicht. »Ich lebe schon seit meiner ungetauften Kindheit in einer blutschänderischen Verbindung, ohne den Segen der Kirche, wie sich das für ein Ketzerbalg gehört. Das muß ich Manfred nicht auch noch antun. Außerdem bin ich vergeben!«

»Soviel Sündhaftigkeit kann nur Gott vergeben«, sagte der Kardinal, bemüht, sich von Alexander nicht als bigotte Vogelscheuche hinstellen zu lassen. Ihm gefiel die kühne Art der jungen Frau. Sie hatte etwas Königliches, wenngleich ihm noch keine Königin untergekommen war, die sich derart frivol über jede Etikette hinwegsetzte und offenbar auch in ihrer Gesinnung jeden Ketzer ausstach.

»Laßt doch den Heiligen Vater darüber befinden, Exzellenz, ob mir Vergebung zuteil werden kann!« forderte sie den Kardinal spitzbübisch auf, doch der Herr Alexander brachte nur hervor:

»Ich bin erschüttert!« War es gespielt oder echt? Jedenfalls fügte er noch hinzu: »Jetzt begreife ich erst die menschliche Größe unseres Herren, der eine Sünderin wie Magdalena zu seinen Füßen sitzen ließ und die Gefallene dazu erhob, ihn mit köstlichen Essenzen –«

Hier wurde er von Yeza unterbrochen.

»Der Unterschied zwischen mir und Maria von Magdala ist schon der, daß die Ecclesia der Patriarchen die Wehrlose später als Hure hinzustellen vermochte, was eine üble Geschichtsverfälschung darstellt, wie Ihr bestens wißt! Denn diese Frau war – und mir darin durchaus gleich! – die Königin, die Gemahlin des Königs Jesus.« Yeza hatte sich in Rage geredet. »Das hat den frauenfeindlichen Kirchenvätern nicht gepaßt, paßt Euch bis heute nicht! Deswegen wurde sie als ›Magdalena, die Sünderin‹ zur Unperson erklärt. Mit mir wird Euch das nicht gelingen!«

Da lachten beide Herren schallend.

»Ich schlage Euch vor, Königin«, bot der Kardinal spontan an, »Ihr bleibt unser Gast in dieser Stadt, und wenn in eines Mondes Länge Ihr dies immer noch von Euch behaupten könnt, dann kaufen wir Euch König Enzio aus der Haft bei den Bolognesen frei.«

»Und wenn sie ihre Tugend verliert?« fragte der Papst, interessiert am Spiel, das sein Freund ersann, doch Yeza schnitt ihm die Antwort ab.

»Ich pflege keine Wetten zu verlieren, weil ich keine abschließe, deren Regeln von jemandem bestimmt werden, der ihren Ausgang beeinflussen kann.« Sie funkelte jetzt den Kardinal an. »Aber ich will Euch einen Gegenvorschlag unterbreiten: Ihr gebt mir einen Laisser-passer, der bis nach Bologna hin gilt. Erreiche ich die Stadt, ohne in meiner Tugend, wie Ihr es auszudrücken beliebtet, zu straucheln, dann garantiert Ihr mir die Freilassung König Enzios. Den Kaufpreis kann ich selber aufbringen.«

»Das kann dich teuer zu stehen kommen«, wiegelte der Papst ab. »Sie könnten mehr verlangen, als seinerzeit Kaiser Heinrich aus England preßte, um den Löwenherz freizulassen!«

»Das war der gesamte Thronschatz der Insel!« fügte der Kardinal maliziös hinzu.

»Dann verhängt über Bologna das Interdiktum!« schlug Yeza vor.

Ihre Ernsthaftigkeit erheiterte den Papst noch mehr als seinen Ratgeber.

»Der vormalige Kaiser Friedrich hat der Stadt schon Unsummen geboten und keinen Erfolg gehabt. Wir werden Euch das Papier ausstellen, wie Ihr es erbeten habt. Für den Erfolg wollen und können wir keine Garantie übernehmen. Derweil erfreut Euch an Rom, doch achtet auf Euren sittsamen Lebenswandel!«

Yeza erhob sich und küßte die dargereichte Hand. Als Oktavian ihr auch die seine hinstreckte, schaute sie stirnrunzelnd auf den Ring.

»Ich sagte Euch schon in Ostia, Exzellenz, daß Ihr den Stein wechseln solltet. Es ist immer noch der gleiche, der schon damals von schlechtem Geschmack zeugte.«

Sigbert, der die ganze Zeit über in einem ihm angebotenen Sessel geschlummert und von dem Disput nur das Ende mitbekommen hatte, sprang plötzlich auf.

»Ich brauche auch einen Freibrief für unser Ordenshaus. In Rimini sind die Winterfässer bayrischen Bieres eingetroffen, das uns die frommen Brüder vom Kloster Andechs jedes Jahr zu Weihnachten spendieren. Wir müssen sie nur abholen. Gern will ich Euch dann ein paar Kannen zum Fest schicken, denn es mundet gar sehr!«

»Das Papier sollt Ihr haben, lieber Öxfeld«, sagte der Kardinal, »doch ich mach' mir nichts aus Bier, und der Heilige Vater schwört auf das herbe Gebräu aus Böhmen!«

»Ich danke Euch, Exzellenz«, erwiderte der Komtur. »Und verzeiht der jungen Dame ihr ungehöriges Auftreten. Sie ist verwildert aufgewachsen.«

»Ich bin des Teufels liebste Tochter!« rief Yeza, die glaubte, Sigberts Plan verstanden zu haben.

»Den kann man austreiben!« bot der Papst gütigst an. »Wir werden in den nächsten Wochen reichlich Gelegenheit dazu haben!« versicherte er Yeza. »Sie verspricht einen hochinteressanten Fall abzugeben«, wandte er sich dann an Sigbert, »an dem sich unser Exorzist die Zähne ausbeißen mag!«

Der Kardinal begleitete Sigbert zur Tür. »Ich werde Euch noch heute den Passierschein für Euer Met schicken, verlaßt Euch auf mich.«

Sigbert nickte. Yeza trottete folgsam hinterher. Beiden wurden nach dem Verlassen des Zimmers wieder die Augen verbunden.

»Die wollen mich unbedingt in Bologna sehen«, sagte Yeza, als sie am gegenüberliegenden Ufer die Fähre wieder verlassen hatten und von niemandem belauscht werden konnten.

»Wieso nur hast du dich so unmöglich aufgeführt?« sagte der Alte bekümmert.

»Weil sie Katz und Maus mit mir spielen wollten.«

»Ich glaube eher, die wollen dich nicht weglassen, sondern hier behalten und verderben!«

»Das wird ihnen nicht gelingen!« begehrte Yeza trotzig auf.

»O doch«, entgegnete der Komtur, »da kennst du Rom schlecht, und vor allem unterschätzt du die Möglichkeiten und die Praktiken der Kurie, wenn es darum geht, jemandem die Ehre abzuschneiden. Das ist viel wirksamer als den Hals! Sie haben auch genügend Erfahrungen mit Märtyrern, um genau das zu vermeiden. Wenn sie dich hingegen zur Hure abstempeln und dann laufen lassen, ist der Nimbus, die *reputatio* des Königlichen Paares, gründlicher vernichtet, als hätten sie euch totgeschlagen wie tolle Hunde! Du mußt diese Stadt sofort verlassen.«

Zur frühen Morgenstund', es war noch vor Sonnenaufgang, leichter Nebel zog vom Tiber herüber, waberte über das Marsfeld und hing tief über der Porta Flaminia, tauchte aus dem Dunst ein schwerer Wagen nach dem anderen auf. Es waren drei, und sie wurden von Vierergespannen gezogen. Die Fuhrknechte waren Sergeanten des Deutschen Ordens, wie an den weißen Mänteln mit dem schwarzen Schwertkreuz festzustellen war, die aus der grauen Brühe aufleuchteten, als die eisenbeschlagenen Räder der Fuhrwerke knirschend in die tiefgefurchten Fahrrinnen polterten, die aus dem Stadttor hinaus nach Norden wiesen. Die Begleitung des Zuges wurde von einem weißhaarigen Komtur des Ordens angeführt, der ein päpstliches Begleitpapier vorwies, das den Transport von Fässern nach und von der Hafenstadt Rimini bescheinigte. Was den Torwachen auffiel, waren nicht so sehr die zusätzlich zu den leeren Fässern geladenen Kisten, Truhen und eine mitgeführte Sänfte, sondern die Anwesenheit zweier junger Damen von Stand darin.

Jetzt halten sich auch schon die sittenstrengen Deutschen ihre Konkubinen, dachte der wachhabende Offizier, der den Vorhang eigenhändig noch einmal zurückschlug, um die gar feinen Weibsbilder selbst in Augenschein zu nehmen. Die eine hätte durchaus als Römerin durchgehen können, denn ihr dichtes dunkles Haar und ihre gerade Nase entsprachen dem rassigen Typ, den die Urbs gern hervorbrachte, wäre sie nicht von so stattlichem Wuchs gewesen! Mafalda war gut einen Kopf größer als er, und so verkniff der Offizier sich ein vertrauliches Augenzwinkern.

Geraude mit ihren vollen Brüsten, ihrer hellen Haut und den weißblonden Flechten schien ihm schon eher für einen kurzen Pfiff der Anerkennung empfänglich. Aber die schlug tugendsam errötend die Wimpern nieder, und so ward auch dieser Traum vom Morgennebel verschluckt. Immerhin war der Eindruck stark genug, daß der Wachhabende ihn in seiner Kladde vermerkte. Als ihm einfiel, daß er auch den Namen des Komturs hätte notieren sollen, war der Zug schon verschwunden.

Jordi, der auf Yezas Schatztruhe gesessen hatte, bereit, sie durch den Einsatz seiner Person als zwergwüchsiger Spaßvogel oder stimmgewaltiger Bänkelsänger zu verteidigen, kroch aus dem Stroh und setzte sich neben den Fuhrknecht. Kefir schlief auf dem letzten Wagen, zwischen den leeren Fässern. Sigbert hatte den ›Hofstaat‹ noch zu nachtschlafender Zeit aus den pieksenden Heusäcken getrieben, und eine übernächtigte Yeza hatte sie alle der Führung von Jordi unterstellt, der in Ravenna ein sicheres Quartier besorgen würde, in dem sie auf ihre Herrin warten sollten. Sie selbst würde nicht mit ihnen reisen, wenngleich es ihr lieb wäre, daß dieser Eindruck entstünde, sich herumspräche und so lange wie möglich aufrechterhalten würde. Das war der knappe Abschied zur langen Reise gewesen, nur mit Sigbert war sie anders verblieben.

Als die Karren den Ponte Milvio überquert hatten, hinter der sich die Via Cassia bald von der Via Flaminia trennte, blieb auch der Komtur zurück und übergab das Kommando Roderich, einem jungen Ordensritter, der Mafalda gleich ausnehmend gut gefiel. Jetzt freute sie die unbequeme Fahrt auf dem schüttelnden Karren durch die herbstliche Kälte selbst bei Tage – auf den Pässen des Appenin sollte schon der erste Schnee gefallen sein –, da würde man sich des Nachts gut wärmen müssen. Kaum war der Komtur vom Nebel verschluckt, holte der kleine Troubadour seine Laute hervor.

> »Ar em al freg temps vengut
> quel gels el neus e la faingna.
> E l' aucellet estan mut,
> c' us de chantar non s'afraingna;
> e son sec li ram pels plais –
> que flors ni foilla noi nais,
> ni rossignols no i crida,
> que l' am e mai me reissida.«

Die Morgensonne drang nur stellenweise durch den Frühnebel, doch das Giebelfeld der Porta Flaminia war in ein hoffnungsvolles Rosa getaucht. Der Trupp Deutschritter überquerte das Marsfeld im forschen Galopp, den Nüstern der schnaubenden Tiere entstieg der ausgestoßene warme Odem als Dampf. Der Anführer kannte den Wachhabenden. Deshalb erlaubte sich dieser, nach dem Namen des weißhaarigen Komturs zu fragen, der in der frühen Morgenstunde einen anscheinend höchst wichtigen Faßtransport nach Rimini begleitet habe.

»Das war Sigbert von Öxfeld«, lautete die bereitwillige Antwort, »Komtur von Starkenberg, Sondereskorte für die Damna Yeza Esclarmunde, Ihr wißt schon, das Königliche Paar! Eine geheime Mission!« setzte der Ritter vertraulich hinzu, man kannte sich ja.

»Ich hab' sie gesehen!« schwärmte der Wachhabende. »Ein schönes Weib und so blond!«

»Und das allerorten!« feixte der Deutsche in plumper Vertraulichkeit.

»Und selbst, wohin des eiligen Weges?«

»Nach Viterbo!« lautete die Antwort, während die Ritter in disziplinierter Doppelreihe durch das Tor trabten, daß der Basalt hell unter den Hufen erklang.

»Der Heilige Vater ist aber gestern schon –«

»Sicher!« bestätigte der Deutsche. »Genau aus diesem Grunde verlangen etliche hohe Herrschaften, nun schnellstens auch nach Rom gebracht zu werden!«

»Ich verstehe«, rief der Wachhabende dem seinem Trupp nachsetzenden Ritter noch zu, doch das ging unter im Stakkato der Hufeisen auf den harten Steinplatten. Der Offizier bildete sich tatsächlich ein, alles verstanden zu haben, und rundete seinen Wachbericht ab. Die Ablösung konnte jederzeit eintreffen.

In sicherer Entfernung lüftete Yeza kurz das Visier ihres Topfhelmes, um frische Luft zu schnappen.

»Großartig!« sagte sie. »Jetzt sind die Päpstlichen auf der richtigen Fährte!«

»Bitte, schließt Euer Visier, Königin, damit die Brückenwache Euch nicht erkennt!«

Yeza folgte gehorsam der Aufforderung, so stickig es auch unter dem schweren Helm war, der als einzige Öffnungen zwei Sehschlitze und ein paar Löchlein vor Lippen und Ohren aufwies. Immerhin erspähte sie nach Passieren des Ponte Milvio als erstes den Komtur, der an der Weggabelung auf sie wartete. Sie löste sich aus dem Trupp ihrer Begleiter, die Weisung hatten, teils über die Salaria, teils über die Porta Aurelia oberhalb von Trastevere wieder in die Stadt einzusickern.

Mit Sigbert an ihrer Seite nahm sie höchst zufrieden den Ritt die Cassia hoch gen Norden auf, der sie als erstes nennenswertes Ziel tatsächlich nach Viterbo führte.

»Im Schatten der Kathedrale«, sagte sie, um den Alten aufzumuntern, »baut sich der Teufel sein sicherstes Nest!«

Das gewann dem Komtur ein grimmiges Lächeln ab.

»Des Teufels liebste Tochter sollte sich dort nicht länger aufhalten als unbedingt erforderlich.« Er wurde jetzt ernst. »Danach werdet Ihr Euch allein durchschlagen müssen, denn ich werde in Viterbo zurückbleiben und als unverzichtbare Nachhut Eure Verfolger in alle Winde zerstreuen«.

»Schade«, sagte Yeza kleinlaut, »ich wäre gern mit Euch geritten!«

»Das nächste Mal, meine Königin. Wenn sich der Sturm gelegt hat, werde ich in Bologna zu Euch stoßen.«

In den Tiefen der Kalsa rumorten die Lemuren. Es war die Zeit des abendlichen Umschlusses; die Häftlinge, denen sie die Vergünstigung gewährten, ihr frugales Nachtmahl ohne Ketten zu genießen, begaben sich beim scheppernden Ton des Hauptschlüssels entlang den Gitterstäben in ihre Kerkerzellen zurück und verwandelten sich für die Nacht wieder in gewöhnliche Strafgefangene. Das Klirren der Eisen verstummte bald, und dann konnten sich auch die Lemuren zur Ruhe begeben.

Doch seit der griechische Gesandte Nikephoros Alyattes aus Nikäa das Regiment hier unten übernommen hatte, war dieser Allnachtstrott über den Haufen geworfen. Seine Exzellenz beliebte noch um Mitternacht zu tafeln, ausgefallene Gerichte anzufordern und geharzte Weine aus seiner griechischen Heimat auffahren zu lassen. Alekos, der Patron von ›Oleum atque Vinum‹, spielte den Hoflieferanten, und auch die Lemuren fuhren so gut dabei, daß sie dem Herrn Nikephoros jeden Wunsch von den Augen ablasen. Heute hatte er für sich und seine drei Gäste, die armen Ritter aus dem Languedoc, ein Austernschlürfen und Hummerknacken veranstaltet. Der weiße Rezina floß in Strömen, und die Goldbesanten flogen nur so über die Schultern des edlen Spenders, die Lemuren brauchten sich nur zu bücken. Kerzenlicht aus Silberleuchtern beleuchtete die mit weißen Linnen gedeckte Tafel, auf der sich die Schalen häuften. Jetzt wurde nur noch getrunken.

»Solch Kerkerhaft lass' ich mir gefallen!« schnaufte Raoul, der dem Gesandten gegenüber saß und das letzte weiße Fleisch aus den Scheren polkte.

»Wenn man nur wüßte, wie lange«, seufzte Mas, grimmig auf den Schalenberg starrend, aus dem er eine Burg mit Mauern und Türmen errichtet hatte, »und zu welchen Ende?« Er zerstörte sein Werk mit einer heftigen Handbewegung, daß die Austernmuscheln und Hummerschalen samt Fühlern und gebrochenen Beinen nur so flogen.

»Wieso?« jammerte Pons zu Tode erschreckt. »Was können sie denn mit uns machen?«

»Aufrechte Männer werden zum Schafott geführt, Jammerlappen wie du werden gehängt«, klärte Mas ihn auf. »Und das in der Frühe!«

»Heute?« Pons erstarb die Stimme vor Entsetzen, er begann zu würgen.

»Meine Herren!« ermahnte der Gastgeber. »Man scherzt in diesem Hause nicht über Nebensächlichkeiten, ich möchte einen Toast ausbringen auf die Reise, die meinen drei Tischgenossen bevorsteht: Ich wünsche den Herren, daß sie nie dort ankommen!«

»Was für ein Glück soll uns das bringen?« Raoul hatte sich als erster gefangen. »Erklärt Euch bitte, oder ich verlasse die Tafel auf der Stelle!« Er stand aber nicht auf, und Mas fragte:

»Reise – wohin nicht?«

Nikephoros Alyattes leerte erst einmal den Pokal bis zur Neige. »Ich habe in Erfahrung gebracht, daß Ihr als Teil eines Kontingents von vierhundert Rittern, als die letzten Nachzügler, um die Zahl voll zu machen, nach Griechenland verschifft werdet, wo ihr für den Despotikos von Epiros gegen meinen Kaiser ins Feld ziehen sollt.«

»Eu, Hellas!« juchzte Pons, der eben noch kotzen wollte. »Das gefällt mir, die Weiber dort –«

»Ihr werdet die glutäugigen Töchter Griechenlands nicht mal von hinten sehen, weil Ihr nach entbehrungsreicher Schiffspassage in irgendeiner ungastlichen Bucht landet! Ihr werdet, von Hunger geplagt und halb verdurstet, nach etlichen Tagesmärschen durch die felsige Einöde auf das wohlversorgte Heer des Michael Paläologos treffen. Das schlägt Euch entweder gleich tot oder führt Euch in Gefangenschaft. Ihr werdet Euch nach unserer Kalsa hier zurücksehnen oder werdet es bitterlich beklagen, *nicht* im Kampf gefallen zu sein – was wahrscheinlicher ist!«

»Und wenn sich das Schlachtenglück an unsere Fahnen heftet?« fragte Raoul hellwach. Der Rausch war verflogen.

»Ihr werdet Fremde in dem Land bleiben, auch bei denen, die Eure Hilfe in Anspruch nehmen. Sollte die zusammengewürfelte Koalition von Schwiegervater und seinen ungleichen Eidamen den Sieg davontragen, wird man es Euch nicht danken, sondern Euch davonjagen – doch vergeßt diese Variante! Gerade hat der Sebastokrator Johannes, der wahrlich kein großes Licht als Feldherr ist, bei Kastoria mit einer Handvoll Söldner dem Despotikos aufs Haupt geschlagen. Deshalb wird ja nun das letzte Aufgebot, zu dem zu zählen Ihr die Ehre habt, in die entscheidende Schlacht geworfen!«

»Wollt Ihr damit zum Ausdruck bringen, daß wir der letzte Dreck sind?« begehrte Mas auf.

»Das kaiserliche Heer von Nikäa ist immer noch eine Kampfmaschine, der sich rund um das Goldene Horn keiner in den Weg stellt. Und es geht einzig und allein um die Rückeroberung von Konstantinopel! Warum wollt Ihr Eure Haut dort zu Markte tragen? Es ist doch letztlich eine rein byzantinische Angelegenheit. Ich sage Euch, seht zu, daß Ihr nie die Peloponnes, Epiros oder Thessalien zu Gesicht bekommt! Springt lieber von dem Schiff, das Euch dorthin bringen soll, gleich ins Wasser!«

In diesem Moment kamen aufgeregt die Lemuren an den Tisch.

»Der Maletta kommt!« keuchten sie. »Los, ab in die Zellen!«

Einige der Wärter packten das Tischtuch und zerrten es samt Abfällen, Weinkrügen und Pokalen von der Tafel und schleiften es als Bündel in die nächste dunkle Kammer. Andere rissen die Bretter auseinander und schleppten die Sitze weg. Die Häftlinge wurden grob in ihre Verliese gestoßen und sofort wieder angekettet. Dann näherten sich auch schon Schritte, Fackeln tauchten irrlichternd auf in dem unterirdischen Gang, der vom Hafen direkt in die Kerker der Kalsa führte.

Der Kämmerer war reichlich von bewaffneten Sbirren begleitet. Er gab sich mürrisch und wortkarg und ließ als ersten Raoul de Belgrave aus seiner Zelle holen und abführen. Der kalte Ton, in dem das geschah, weckte schlimmste Erwartungen, zumal die Sbirren routiniert Scherze wie »Hast du Maß genommen an seinem Hals?« oder »Gibt's eine Maid, nun bald Witwe?« von sich gaben.

Pons, der gleich nebenan in seinen Ketten lag und aufgesprungen war, machte sich aus Todesangst in die Hose.

Raoul wurde in einen abgelegenen Raum gebracht, wo ihm die Fesseln abgenommen wurden. Zwei Sbirren hielten ihn, blank gezogene Kurzdolche in der freien Hand. Zwei weitere bewachten die Tür. Der Kämmerer nahm auf der einzigen Sitzgelegenheit des Raumes Platz und spielte mit seiner Reitgerte.

»Der Preis für Eure Freiheit, Raoul de Belgrave, ist Schweigen und Gehorsam. Verletzt Ihr auch nur eines dieser beiden Gebote, seid Ihr ein toter Mann. Ihr werdet morgen samt Euren Gefährten auf ein Schiff gebracht. Nach zweitägiger Seereise werdet Ihr eine Insel sehen, die scheinbar über keinen Hafen verfügt. Im Angesicht dieses unwirtlichen Felseneilandes wird das Schiff zu sinken beginnen. Sorgt mit der Waffe in der Hand dafür, daß niemand, weder der Kapitän noch Eure Gefährten oder sonst irgendwer an Bord, dieses Sinken behindert, dann werdet Ihr gerettet.«

»Und meine Gefährten?«

»Ihr Leben hängt von Eurem Wohlverhalten ab – wie auch Euer eigenes!«

Raoul erlaubte sich eine letzte Frage zu seiner hoffnungsvollen Zukunft.

»Und falls wir tatsächlich aus Seenot gerettet werden sollten, was geschieht dann?«

Statt einer Antwort zog ihm Maletta blitzschnell die Peitsche quer über das Gesicht.

»Zeigt mir nicht jetzt schon, daß Ihr unfähig seid, einer klaren Anweisung zu folgen: Gehorsam und Schweigen!«

Raoul nickte grimmig und leckte das Blut ab, das von seinen aufgeplatzten Lippen tropfte. Auf einen Wink des Kämmerers wurde er abgeführt, in einen Raum mit einem richtigen Bett, in einen Teil der Kalsa, den er noch nicht kannte. Er war trocken.

Der griechische Kapitän der ›Nike‹, des Seglers, mit dem der Gesandte des Kaisers von Nikäa nach Palermo gekommen war, saß zur späten Stunde immer noch im ›*Oleum atque Vinum*‹ des Alekos und betrank sich. Genaugenommen war er schon betrunken hier hereingetorkelt. Jetzt war er der letzte Gast, doch er trank weiter. Was blieb ihm auch anderes übrig? Sein Herr, der Botschafter, war im Kerker gelandet, sein Schiff lag an der Kette. Das war sein größter Kummer, der sich nicht so leicht wegspülen ließ. Als er zu weinen begann, nahm ihm Alekos den Becher weg und räumte auch den noch vollen Krug ab.

»Hö!« protestierte der Kapitän. »Was fällt dir ein?«

Alekos setzte sich ihm gegenüber und baute seine stämmigen Ellenbogen auf den Tisch, den Kopf hinter seinen Pranken versteckt.

»Hör mal«, sagte er leise, »morgen kannst du mit deinem Kahn Richtung Heimat segeln – nach Hause! Hast du verstanden?«

»Nö!« sagte der Mann. »Das kannst du mit mir nicht machen!«

»Doch!« flüsterte Alekos. »Du mußt nur ein paar Leute, Ritter mit ihren Pferden und Knechten, mitnehmen und unterwegs eine Insel anlaufen, um sie dort abzusetzen.«

»Mach' ich sofort!« Der Kapitän war jetzt hellwach. »Wo sind die edlen Herrn?« Er versuchte sich zu erheben.

»›Morgen‹ hab' ich gesagt!« Alekos dämpfte seinen Tatendrang und drückte ihn zurück auf den Sitz.

»Aber das ist streng geheim, keiner weiß davon, und du darfst mit niemandem darüber sprechen, sonst siehst du Hellas nie wieder, weil du den Fischen zum Fraß vorgeworfen wirst. Das kann ich dir versprechen!«

»Ich werde schweigen wie mein eigenes kühles Grab!«

Der Kapitän hatte arge Zweifel, ob an den Scherzen von Alekos etwas dran war, und nahm es von der heiteren Seite.

»Also, die Ritter wissen von nichts, eine Überraschung! Und wie heißt die Insel?«

»Es wird ein Ritter an Bord sein, der es dir rechtzeitig mitteilt – und ein anderer, der dich tötet, wenn du dem erhaltenen Befehl nicht Folge leistest!«

»Darauf müssen wir noch einen trinken, Alekos!« rief der Kapitän, doch der Wirt hob ihn mit beiden Pranken an den Schultern hoch von seinem Sitz. »Von mir bekommst du einen Tritt in den Hintern, wenn du jetzt nicht sofort hier verschwindest!« Damit wies er zum Ausgang. Der Kapitän leistete der Aufforderung Folge und torkelte aus der Tür der Schenke, die Alekos sofort hinter ihm verschloß.

Die Nacht in den Verliesen der Kalsa steckte voller Geräusche, wie ein dunkler Wald, wenn sich der Wind kaum regt. Jeder Tropfen, der von der Decke fiel, trommelte auf den Kopf des Häftlings. Die Ratten schabten und kratzten an der gespannten Haut seiner Hände, seiner Füße, legten seine Knochen bloß, und wenn sie dazu noch pfiffen, ging das durch Mark und Bein, bis sich das leise Klirren der Ketten unsichtbarer Mitgefangener anhörte, als schlichen die Lemuren heran. Sie kommen dich holen! Mas de Morency wußte, daß er der nächste sein würde. Er knirschte mit den Zähnen und sehnte den Veitstanz der Gitterstäbe im Flackern sich nähernder Fackeln längst brennend herbei, das monotone Schlagen der Schlüssel gegen die Eisenstangen, das Knirschen im widerspenstigen Schloß. Als sie dann kamen, war er grimmig zufrieden. Einmal mußte es ja sein!

Mas wurde in den Raum gestoßen, in dem Maletta ihn erwartete.

Der Kämmerer hatte sich vorgenommen, ihn schweigend zu mustern, bevor er dann leise seine Drohungen ausstieße, um sich den Burschen gefügig zu machen. Doch als Mas geduckt vor ihm stand, war ihm, als ob er in einen fernen Spiegel schaute. Der Kerl war wie er, Maletta, als er noch jung und hungrig war wie ein Wolf. Mit Einschüchterung brauchte er es bei dem gar nicht erst zu versuchen.

Die war auch nicht vonnöten, denn Mas würde alles tun, was er von ihm verlangte, und das ohne Widerrede, ohne Zögern, mit böser Inbrunst.

Maletta bot ihm den einzigen Stuhl im Raum an, doch Mas bockte. »Was wollt Ihr von mir?«

»Gut«, sagte der Kämmerer. »Du kommst auf ein Schiff. Nach einem Tag und einer Nacht steuert der Kapitän eine Insel an, die keinen Hafen hat. Du wartest genau so lange, bis du den ersten Menschen auf der Insel erblickst. Dann steigst du hinunter in den Kielraum und zählst vom Mast aus vier Wanten zum Heck hin. Dort wirst du beidseitig in Kniehöhe einen Zapfen in der Bordwand finden, nicht stärker als ein Finger. Die treibst du mit dem Knauf deines Schwertes durch das Holz. Wenn du dich vergewissert hast, daß durch beide Lecks das Wasser eindringt, begibst du dich wieder an Deck und wartest auf das Boot, das Euch bergen wird, bevor das Schiff zu sinken beginnt.«

»Muß ich warten, bis auch alle anderen gerettet sind, oder ist das Boot nur für mich bestimmt?«

»Das entscheidet der, der mit dem Boot kommt! Es ist nicht vorgesehen, daß jemand ertrinkt.«

»Es klingt aber so, als sei dafür gesorgt, daß keiner überlebt.«

»Mach dir keine Sorgen, die nicht die deinen sind!« Maletta hatte wider festen Vorsatz einen fast fürsorglichen Ton in die Ermahnung einfließen lassen, was Mas ihm sofort heimzahlte.

»Ich gehöre nicht zu denen, die untergehen!«

»Wenn du den Auftrag nicht genauso ausführst, wie ich es dir beschrieben habe, also das Schiff nicht zum bestimmten Zeitpunkt zu sinken beginnt, wird man dich ergreifen. Dann gehörst du zu denen, die sofort gehenkt werden.«

»Bleibt mir eine Wahl?«

»Nur zwischen zuviel Wasser oder zuwenig Luft!«

»Ich liebe klare Verhältnisse«, sagte Mas und grinste den Kämmerer an. »Sorgt dafür, daß ich mein Schwert zurückerhalte.«

»Ich sehe, Ihr seid mein Mann!« lobte ihn der Kämmerer, stolz wie ein Diebesvater auf seinen mißratenen Sohn – Hauptsache, er ist nicht aus der Art geschlagen! »Ruht Euch jetzt aus. In der Frühe erhaltet Ihr das Verlangte, und dann tretet Ihr die Schiffsreise an, auf der Ihr mir meine Herzensgüte heimzahlen sollt!« Mit diesen aufmunternden Wünschen verließ der Kämmerer den Raum.

In den hohen Fenstern des Palazzo Arcivescovile war noch allenthalben Lichterschein zu erspähen. Huschende Schatten an den Wänden und auf den Treppen zeugten vom lebhaften Treiben in den Wirtschaftsräumen im Erdgeschoß, aber auch in den Kanzleien und Prunksälen der oberen Stockwerke.

War der Erzbischof über Nacht aus Rom heimgekehrt? Mitnichten! Johannes von Procida hatte alle Teilnehmer an der Epiros-Expedition, die am Morgen unter Roçs Kommando als letzte auslaufen sollte, in dem Gebäude versammelt und ließ sie für die Schiffsreise als arabische Kaufleute ausstaffieren.

Roç selbst war nicht anwesend. Er war von König Manfred im Palazzo dei Normanni zu einem Abschiedsessen eingeladen, wahrscheinlich auf Betreiben des Kanzlers, der hier freie Hand haben wollte, denn das Verhältnis des jungen Trencavel zum König war mittlerweile so gespannt, daß diese Geste wohl beide Überwindung kostete. Der Grund für die Verstimmung war darin zu suchen, daß Roç seine Abreise immer wieder vor sich her schob; nicht etwa weil seine Begeisterung für das Griechenlandabenteuer erloschen war, sondern weil er von Manfred eine klare Aussage zu seinem Anspruch auf Jerusalem hören wollte, bevor er sich einschiffte, ein Versprechen, das unmittelbar nach dem Einsatz gegen Nikäa einzulösen war.

Aber der König wollte sich nicht festlegen lassen und schob die Rechte seines Neffen Konradin vor, über die er sich ansonsten hemmungslos hinwegsetzte. Das machte Roç immer mißtrauischer und zögerlicher.

Der Kanzler hatte Manfred schließlich dringend dazu geraten, jede gewünschte Erklärung zugunsten des Königlichen Paares abzugeben. Seit wann mache sich Seine Majestät denn Gedanken über das Einhalten von mündlichen Zusagen!?

Das Versöhnungsessen war für Johannes von Procida eine willkommene Gelegenheit, sich an den Berater des Königlichen Paares heranzumachen, an Monsignore Gosset. Der Kanzler hatte ebenfalls zu einer Abendtafel gebeten, denn er hatte ein ganz anderes Süpplein gekocht und suchte nach Leuten, die es auslöffelten. Das leichte Mahl von Schalengetier und Austern, würzigen Miesmuscheln in

Weißwein und frischen Schollen im Sud kleiner Sepiamolusken gegart, war längst vorüber.

»Ich vertraue Euch, Gosset«, sagte der Kanzler zu seinem Gast, »der Ihr auch ein Freund des von mir verehrten Taxiarchos seid, den Ihr gar bald wieder in Freundesarme schließen könnt.«

»Wieso?« Gosset wurde sofort argwöhnisch. »Den habt Ihr doch sicher nicht nach Griechenland dirigiert?«

Johannes gab sich geheimnisvoll.

»Ihr werdet ihn treffen binnen zweier Tage und Nächte, das *Mare Nostrum* ist nicht so weitläufig, daß Ihr Euch verfehlen könnt.«

»Gut«, fügte sich Gosset. »Der Taxiarchos wird also uns irgendwo auflauern.«

»Richtig«, bekannte der Kanzler, »und dann müßt Ihr Euch entscheiden! Ich will die Frage mal so stellen: Wenn Ihr die Wahl habt zwischen der Triëre von Otranto und der ›Atalanta‹, welches Schiff würdet Ihr bevorzugen?«

Die Fragestellung alarmierte Gosset aufs höchste.

»Ich dachte, wir segeln auf der ›Nike‹?«

Johannes wiegte abwehrend sein Haupt.

»Auf daß unser kostbarer Trencavel den Nikäern in die Hände fällt und wegen Piraterie belangt wird? O nein! Die ›Nike‹ könnt Ihr alsbald vergessen, sie hat nur die Aufgabe, Euch zum Treffen mit unserem Freunde Taxiarchos zu bringen.«

»Und da stellt sich dann die Wahl zwischen der ›Contessa di Otranto‹, über die Ihr als ehemaliges Schiff des Admirals der sizilianischen Flotte verfügen mögt«, räumte Gosset ein, »und dem Flaggschiff der Templer? Das habt Ihr schwerlich als Geschenk erhalten. Nicht einmal ausleihen würde der Großmeister seinen Augapfel!«

»Das laßt meine Sorge sein«, erwiderte der Kanzler abweisend. »Meine Frage war nach Eurer Präferenz, schlicht Eurem Instinkt folgend.«

»Da plädiere ich für die gute, alte Triëre, denn ich möchte nicht von den Templern auf der ›Atalanta‹ geschnappt werden.«

»Macht Euch nicht in die Hose!«

»Doch, unwillkürlich«, feixte Gosset, »das widerfährt jedem, der mit dem Strick um den Hals den Boden unter den Füßen verliert.«

Der Kanzler sprang auf und durchmaß mit langen Schritten den Raum. Er riß die Tür auf und schaute das Treppenhaus hinunter, wo Diener Ballen und Kisten schleppten und als reiche muslimische Händler ausstaffierte Ritter umherstolzierten, bevor sie von den Wachen einzeln durch den unterirdischen Gang zum Hafen gebracht wurden, wo die ›Nike‹ beladen wurde.

Gosset war neben ihn getreten.

»Viele Herren habt Ihr dem Trencavel ja nicht belassen, damit er sie unter seinem Befehl gegen den Paläologos führt.«

»Die meisten haben wir, habe ich vorausgeschickt, weil ich mit Eurem jungen Herrn etwas Besseres vorhabe.« Der Kanzler zog Gosset wieder zurück in das Zimmer. »Die Reise nach Griechenland ist für Roç sowohl sinnlos wie gefährlich«, vertraute er dem Priester an. »Ist das Unternehmen von Erfolg gekrönt, was ich bezweifle, dankt es ihm niemand, am wenigsten Herr Manfred! Mißlingt das Abenteuer, droht ihm entweder der Tod auf dem Schlachtfeld oder das Siechtum in den Kerkern Nikäas.«

»Ah!« sagte Gosset. »Und welches Schicksal ist mit der ›Atalanta‹ verbunden?«

Der Kanzler ließ stolz die Katze aus dem Sack.

»Genau das, wozu sie da ist! Eine machtvolle Beutefahrt zu den ›Fernen Inseln‹!«

»Und die Templer?«

»Ehe die begriffen haben, wer da in geheimer Kommandosache mit geblähten Segeln gen Westen rauscht, ist dieses Wunderschiff schon an den ›Säulen des Herkules‹ in den Ozean des Atlas vorgestoßen! Der Taxiarchos kennt den Weg, und ich geb' ihm das Schiff.«

»Es fehlt nur noch eine schlagkräftige Besatzung!« spottete Gosset. »Roç soll für Euch das Gold der ›Fernen Inseln‹ aus der Glut feuerspeiender Vulkane holen, aus der dampfenden Nässe wild wuchernder Wälder, aus dem ewigen Eis himmelwärts ragender Gletscher. Und zur Begrüßung lassen freundliche Menschen Wolken von Giftpfeilen auf ihn niederprasseln, ihre Priester trachten danach, sein Herz bei lebendigem Leibe herauszuschneiden, ihre Kriegsherren wollen sein Haar mitsamt Kopfhaut oder sein Gemächte samt Eiern.«

»Ihr, Gosset, kennt die Berichte des Taxiarchos so gut wie ich«, sagte der Kanzler. »Laßt uns doch offen abwägen. Was gibt es in Epiros außer Ehre zu gewinnen? Die Inbesitznahme von Jerusalem kostet Geld. Das Halten der Stadt noch mehr – Unsummen!«

»Richtig!« konterte Gosset. »Es führt aber leider kein Seeweg nach Jerusalem. Der Trencavel müßte mit dem erbeuteten Gold erstens die Templer passieren, die diesmal nicht überrascht sein werden, sondern hellwach und übelgelaunt. Doch Roç überrumpelt sie ums andere Mal, dann erwartet ihn Sizilien, denn König Manfred braucht das Geld, um seine ausufernden Ambitionen zu finanzieren: weitere Eroberungen im Mittelmeerraum wie die Griechenlands oder Abwehrschlachten gegen Neider und Konkurrenten wie den Anjou.«

»Ich gebe dem Trencavel schriftlich, daß er die Hälfte der Beute behalten kann und wir keine Ansprüche auf Jerusalem stellen werden.«

»Man müßte auf dem Rückweg Afrika umsegeln«, sinnierte Gosset, »und irgendwie vom Süden ins Rote Meer vorstoßen. Mit einer riesigen Flotte und ein paar tausend Mann. So könnte Jerusalem gewonnen werden, ohne Euch und den Templern Wegezoll zu zahlen. Ihr könntet Euch Euren Anteil ja dort abholen. Wie gefällt Euch das?«

»Nicht so schlecht, wie Ihr denkt, Gosset«, sagte Johannes von Procida. »Darf ich daraus entnehmen, daß ich Euch überzeugt habe? Den Preis, nach Jerusalem zu kommen, will ich gern erbringen.«

Gosset ließ sich nicht fangen. »Ich werde versuchen, Roç Trencavel für Eure Sache zu gewinnen. Garantieren kann ich es Euch nicht!«

»Das ist ein Wort!« entgegnete der Kanzler zufrieden. »Ihr könnt Euch hier zur Ruhe begeben, bevor Ihr in der Frühe als letzter –« Er hielt inne, denn sein Kontrahent war bereits im Sitzen eingeschlummert, und begab sich an sein Schreibpult.

Als erst Raoul, dann Mas nicht wiederkamen, vermeinte der dickliche Pons, daß auch sein letztes Stündlein geschlagen hätte. Die Zeit zog sich endlos, denn kein Glockenschlag drang hinunter in die Kalsa. Pons weinte, erst über das traurige Los seiner Gefährten, dann aus Mitleid mit sich selbst. Er stellte sich vor, wie er zum Schafott geführt wurde. Das Blutgerüst war mit schwarzem Stoff verhängt. Ein Priester trat auf ihn zu, es war dieser Grieche Demetrios. Er hielt ihm ein silbernes Kruzifix hin, das er, Pons de Levis, küssen sollte. Pons hoffte, sein Vater, der Graf von Mirepoix, könne ihn sehen, wie er das *signum* der verhaßten Amtskirche herrisch zurückwies. Nimmer mag mein Seel' unter diesem Zeichen Erlösung finden! Das war beste katharische Tradition, und der Gedanke an den Parakleten ließ Pons' pochendes Herz aus den Tiefen der Hose langsam wieder emporsteigen bis in die Magengrube. Dort rumorte es wild. Pons kniff die Hinterbacken zusammen und begann stolz, die mit Tuch ausgelegten Stufen emporzuschreiten.

Da kam Bewegung in das gaffende Volk. Der Gepard durchbrach die vorderste Reihe, zerrte die stattliche Kindfrau hinter sich her. Die schöne Prinzessin Konstanze rief: »Haltet ein! Der König hat ihn begnadigt!« und reichte ihm huldvoll die Hand. Pons sah in die verblödeten Gesichter der Lemuren, die seine Ketten von der Wand lösten. Es war soweit! Das einzige Bestreben des Gefangenen war, sich nicht noch einmal in die Hose zu scheißen. Das nahm Pons sich fest vor. Sie hatten ihm seine Fußfesseln nicht abgenommen, so daß er nur kleine Schritte tun konnte, jeder Schritt ein Kampf, ein schmerzhafter Schlag auf die Knöchel. Die Lemuren drängten ihn nicht, sondern leuchteten ihm jedesmal fürsorglich den Weg, wenn er stehenblieb. Vielleicht war er schon tot und hatte es nicht einmal gemerkt.

Eine Tür tat sich auf, und im hellen Licht von etlichen Fackeln an den Wänden stand der Kämmerer Maletta und lächelte ihm aufmunternd zu.

»Nehmt dem Grafen de Levis gefälligst die Ketten ab!« schnauzte er und setzte entschuldigend hinzu: »Die Wächter der Kalsa sind zu abgestumpft, um zwischen einem Herren von Rang und Geblüt und einem Strauchdieb zu unterscheiden. In ihren verquollenen Augen sind alle gleich, nur weil sie ein gleiches Ende nehmen.«

»Ich bin bereit«, sprach Pons, kaum daß die eisernen Fesseln von ihm abgefallen waren. Leider entfloh auch eine übelriechende Wolke der Hose.

»Setzt Euch«, sagte Maletta naserümpfend und wies auf den einzigen Stuhl.

»Ein Levis sieht dem Tode stehend ins Auge«, erwiderte Pons fest und freute sich über seine würdige Haltung.

Der auf größtmöglichen Abstand bedachte Kämmerer lächelte und zog eine Pergamentrolle hervor.

»Ihr behaltet Euer Leben, wenn Ihr diesen Brief morgen auf hoher See dem Kapitän des Schiffes übergebt, das Euch und Eure Freunde von hier nach Griechenland befördern wird.«

»Wenn's mehr nicht ist!?« rief Pons und streckte seine Hand nach der Rolle aus, aber noch gefiel es dem Kämmerer, sie ihm vorzuenthalten.

»Für Euer Überleben ist es von höchster Wichtigkeit, daß Euch keiner bei der Übergabe beobachtet, denn leider befinden sich auf Euch angesetzte Assassinen an Bord, die wir nicht ausfindig machen konnten. Sie würden Euch und den Kapitän kaltblütig erdolchen, um das Pergament in ihren Besitz zu bringen, das sie entlarvt. Ihr müßt dieses Schreiben dem Kapitän vor dem Mittagsschlagen ungesehen übereignet haben.«

»Warum sollten mir die Assassinen nach dem Leben trachten?« fragte Pons kleinlaut.

Warum nicht? dachte sich der Kämmerer. Genauso wie ich es dir nehmen oder lassen kann! Statt dessen gab er die zweideutige Auskunft: »Es hat etwas mit Eurer eidlichen Bindung an das Königliche Paar zu tun!«

Pons rebellierte.

»Ich bin kein Lehnsmann des Trencavel und will es auch nie –!«

»Ihr seid es, Pons de Levis, wenn Ihr diesen Ort lebend verlaßt. Euer Herr hat sich für Euch eingesetzt, Euch noch eine Bewährungsfrist zu geben. Eure Chance ist die Übergabe des Briefes. Wenn Ihr zu irgend jemandem, und damit meine ich auch Eure Freunde und den Trencavel, darüber sprecht, werdet Ihr Euer junges Leben doch noch einbüßen, geschweige denn, daß Ihr in Hellas Ruhm und Reichtum erringen dürft!«

Auch das will ich mitnichten! dachte Pons, aber er sagte laut: »Gebt mir den Brief. Ich werde Euch gehorchen!«

»Ihr erhaltet ihn in der Frühe, wenn Ihr an Bord gebracht werdet. Von da an müßt Ihr den Dolch in Eurem Rücken fürchten!«

»Dann will ich die noch verbleibenden Stunden gut essen und schlafen, wie es einem Verurteilten zugebilligt wird.«

Der Kämmerer lächelte.

Der Morgen graute unfreundlich, als Gosset an das Lager seines Herren trat, um ihn zu wecken. Ihn dauerte der Knabe Roç, der längst von seiner Umwelt als Mann gefordert wurde, ohne daß weder seine Feinde noch seine Beschützer ihm viel Zeit oder Gelegenheit gelassen hätten, seine Jugend unbeschwert auszuleben. Sein braungebranntes Gesicht, von dunklen kurzen Locken umrahmt, wies noch eine Zartheit auf, die für alle, die Roç kannten, im krassen Gegensatz zu seiner wilden Entschlossenheit stand, die ihm das Leben abverlangt hatte. Der Kopf eines Trencavel! schoß es dem Priester durch den Sinn, denn Gosset gehörte zu denen, die sich selbst gar nicht mehr wegdenken konnten aus dem Dunstkreis des Königlichen Paares, und das seit Beginn des unseligen Kreuzzuges von Ludwig dem Heiligen. Gosset hatte alles von Anfang an mit erlitten, als Beichtvater des Königs von Frankreich, dann als sein Botschafter, da war er schon gestrauchelt, vom rechten Wege abgekommen, um fortan seine vielfältigen Fähigkeiten in den Dienst von Roç und Yeza zu stellen. Gosset verstand in seiner pragmatischen Art, Probleme möglichst einfach zu lösen, der Hang der beiden Kinder hingegen, stets die Herausforderung zu suchen, nur um sie zu bestehen, ging ihm völlig ab. Aber er bewunderte das Königliche Paar, besonders die feste Zuversicht, mit der es sich seiner besonderen Aufgabe stellte.

Draußen hatte ein Nieselregen eingesetzt, kalte Windböen peitschten das Naß.

Gosset betrachtete den Schläfer liebevoll.

»Roç, es ist an der Zeit –«

Mit einem Satz, als hätte er sich nur schlafend gestellt, war Roç aus den Kissen. Gosset wies auf die kostbaren Prunkgewänder, die der Oberhofkämmerer hatte bereitlegen lassen, und rief nach Beni und Potkaxl, die seit dem Verlust Philipps als Diener und Zofe für das Ankleiden Roçs zuständig waren; ein Notbehelf, der mehr Not bereitete, als daß er als Lösung auf Dauer denkbar wäre. Die Potkaxl war ja eine überaus praktisch veranlagte Person, die stets gutgelaunt und energisch zugriff, aber der Herr Beni betrachtete sie als sein Gespons und gestattete ihr nicht, Roçs Schlafzimmer allein zu betreten. Und der Herr Sekretarius war sich eigentlich für niedere Handreichungen zu schade. Das mindeste, was er sich herausnahm, war jedesmal eine gehörige Verspätung, wenn man ihn rief. Roç wusch sich also ohne die Zureichung von Tüchern und betrachtete übelgelaunt die Kleidungsstücke.

»Warum sollen wir eigentlich als Muslime nach Hellas reisen, erklärt mir bitte den Sinn, werter Priester!«

Gosset, der selbst seinen schwarzen Habit mit einer – immerhin gleichfalls dunklen – *djelabiyah* getauscht hatte, lächelte.

»Es ist der Wunsch des Kanzlers, daß wir auf der Fahrt übers Meer unangefochten bleiben, denn es wimmelt auf der Route von sarazenischen Piraten, die von Kairo bezahlt werden, den Kreuzfahrerstaaten in Outremer jeglichen Nachschub abzuschneiden. Es kommen zur Zeit nur Konvois von Kriegsschiffen der Orden durch, denn die Venezianer und die Genuesen liefern sich vor der Küste Palästinas eine Seeschlacht nach der anderen. Selbst Pisa ist in diesen Krieg um die Handelsmonopole in den christlichen Hafenstädten verwickelt.«

»Ich verstehe«, sagte Roç einsichtig und griff nach den *shiroual ahmar*. »Doch wenn wir das Kap von Otranto überwunden haben, dann will ich mich in einen Ritter des Okzidents zurückverwandeln, weil wir uns in diesem Mummenschanz à la Ali Baba bei den Griechen schon bei der Ankunft lächerlich machen!«

Gefolgt von Beni, traf Potkaxl ein.

»Kannst du einen Turban binden?« fuhr Roç den Herrn Sekretarius an, doch der verneigte sich.

»Darin bin ich Meister, denn mein Herr Vater, der große und weise Wesir Kefir Alhakim, lehrte es mich!«

»Dann kann ich ja schon vorausgehen«, sagte Gosset. »Ich erwarte Euch unten am Hafen!«

LIBER III
PROLOG

Der junge Ritter vom Orden der deutschen Brüder trabte allein über die schneebedeckten Paßhöhen des Appenin. Von Zeit zu Zeit, wenn sein Falbe von einem der Hügel ins nächste Tal hinabstieg, verschluckte das winterliche Weiß die schlanke Gestalt in der Clamys, nur das schwarze Kreuz auf Brust und Rücken und der eiserne Helm hoben sich noch ab, mystische Zeichen im Schnee, in dem die Hufspuren schnell verwehten. Trotz des hinderlichen Untergrundes hielt der Reiter sein Pferd zu einer schnellen Gangart an, was die Leichtigkeit der flüchtigen Erscheinung noch unterstrich, sofern das Bild sich dem Betrachter aus der Ferne darbot. Aus nächster Nähe verfolgt, war die Mühsal des Kampfes mit der widrigen Natur zu spüren.

Die Hufe des Hengstes glitten oft aus, suchten Halt auf felsigem Stein unter trügerischer Decke, die Nüstern dampften. Auch der Ritter schien unter dem schweren Topfhelm keuchend zu atmen; sein schmaler Körper mußte jeden Schlag auffangen, der sich aus dem unsicheren Ritt ergab. Nur gar zu gern hätte Yeza den Helm abgenommen und ihr schwitzendes Gesicht in der kalten Luft erfrischt, aber ihr nasses Haar hätte ihr sofort eine üble Erkältung beschert. Überdies war die Gegend, die so einsam wirkte, keineswegs unbewohnt. Aus den Wäldern konnte sie den blauen Rauch der Meiler senkrecht aufsteigen sehen, und auf den Hochebenen stieß sie immer wieder auf Hütten von Schäfern. Die Glocken unsichtbarer Herden drangen zu ihr, vereinzelt Hundegebell, Schafe irgendwo im Schnee. In den Tälern lagen verstreute Weiler. Holzfäller und Jäger huschten zwischen den Bäumen abseits der Straße einher, Frauen mit Reisigbündeln und gewaltigen Kiepen grüßten am Wegesrand. Trüge sie keinen Helm, hätte Yezas Blondhaar sie sofort verraten, wie ein Lauffeuer wäre ihr die Nachricht vorausgeeilt, daß eine Frau unter dem Mantel des Deutschritters steckte. In alle Richtungen hätte sich der Hinweis auf ihre Schutzlosigkeit verbreitet, in den tiefen Tann, in die verborgenen Räuberhöhlen und Diebesnester wäre die Kunde gedrungen, daß leichte Beute im Anmarsch sei, zumindest ein gutes Pferd und auch sonst sicher einige brauchbare Gaben. So beschränkte sich Yeza mit zusammengebissenen Zähnen darauf, oben auf dem Kamm der Hügel, auf den windigen Höhen, kurz das Visier zu lüften, um einen Schluck Wein aus dem Beutel zu nehmen. Etwas Dörrobst und einige Nüsse ließen sich auch noch kauen, wenn das eiserne Gehege sich wieder geschlossen hatte.

Sie dankte in Gedanken dem alten Sigbert, daß er sie nicht aus Viterbo hatte ziehen lassen ohne eine Kleidung, die diesem Ritt durch die Kälte angemessen war. Ihm wie auch ihr wäre wohler zumute gewesen, sie hätten die Reise gemeinsam fortsetzen können. Aber dann war bereits der erste Suchtrupp des Reichsvikars erschienen, und es war zu hören, daß Oberto Pallavicini auf seinem einzigen Auge nicht blind sei und bereits in Erfahrung gebracht habe, daß die Flüchtige nicht zur Adriaküste unterwegs sei. Wie der alte Bär Sigbert es vorausgesehen, mußte er einen neuen Abwehrriegel ersinnen, damit Yeza allein, aber unangefochten weiterreisen konnte. Zukünftig hatte sie alle Hauptstraßen zu meiden, niemanden nach dem Weg zu fragen noch eine Richtung auf ihrem einsamen Ritt erkennen zu lassen. Deshalb schlief sie auf abgelegenen Gehöften im Heu. Sie warf den Einödbauern eine Münze zu, knurrte mit rauher Stimme »*Dormir!*« und wickelte sich mit ihrem Schwert in die Decke, immer dafür sorgend, daß ihr langes Blondhaar nicht zum Vorschein kam. Yeza traf ihre Wahl, wenn sie denn eine hatte, bevor es dunkelte. Meist mußte sie mit Heuschobern oder Schäferkaten vorliebnehmen. Und sie brach wieder auf, bevor es hell wurde, hungrig wie ein Wolf. Dann stopfte sie ihre Mähne unter eine Wollhaube, schnürte sie fest, zog ihre Kapuze darüber und suchte nach einer Hütte, aus der ein Feuerschein ins Freie fiel. Dort gab es immer etwas zu essen, und meistens durfte sie nicht einmal dafür zahlen. In den Bergen hielten die Ärmsten der Armen die Gastfreundschaft heilig, und jeder Versuch, sie mit Gold zu entlohnen, hätte die Ehre der einfachen Leute verletzt. So brach Yeza das Brot, segnete es stumm, wie sie es als Tochter einer Ketzerin gelernt hatte, und aß, was ihr, reichlich und von Herzen kommend, zugeschoben wurde. Oft wurde der Gruß der Katharer erwidert, denn in den unzugänglichen Tälern und Hochebenen des Appenin hingen noch viele der ›Reinen Lehre‹ an.

Inquisitoren trauten sich nicht in Gegenden abseits der Paßstraßen und schon gar nicht ohne schwer bewaffnetes Gefolge. Dem schweigenden Gast wurden keine Fragen gestellt, das schwarze Kreuz auf dem weißen Umhang, das blitzende Schwert und das Ungetüm von Topfhelm taten das ihre.

Für Yeza war dieser Ritt wie eine Läuterung, ein Abstreifen nichtiger Gedanken, eitler Überlegungen und Intrigen. Sie fühlte sich ihrer toten Mutter verbunden, der ›Reinen‹, die durch das Feuer in jene andere, bessere Welt eingetreten war. Hunger, Durst und Müdigkeit bewirkten auch bei Yeza das Gefühl des Losgelöstseins vom Körperlichen, eine seltsame Leichtigkeit. Es verlangte sie danach, sich in den Schnee zu betten, und die Entbehrungen empfand sie als rauschhafte Lust. Yeza träumte auf dem Rücken des Falben, der sie sicher auf steil abfallenden Kammpfaden, über schmale schwankende Stege und durch steinschlaggefährdete Geröllhalden trug. Immer häufiger erschien ihr Arslan, der Weise vom Altai, von dem sie soviel, eigentlich alles gelernt hatte, um ihren Leib mit der Natur in Einklang zu bringen.

Nachdem sie erlebt hatte, wie der Schamane sein körperliches Erscheinungsbild über riesige Entfernungen zu versetzen vermochte, war sie nicht erstaunt gewesen, Arslan an den Hängen der Pyrenäen wiederzusehen. Yeza war sich sicher, daß er auch diesmal den Weg zu ihr finden würde, wenn sie seiner Kraft bedürfte. Sie fühlte die klaren Augen des Schamanen auf sich ruhen, und das gab ihr Mut und Stärke. So ritt die junge Königin der unsichtbaren Krone unerkannt durch das winterliche Land, gewiß, von der geheimen Macht beschützt zu sein, die ihr Leben bestimmt hatte und sie durch alle Fährnisse leitete, damit sie an ihnen reifte; eine Macht, die ihr nichts ersparte und doch immer wieder eingriff, um sie vor dem Verderben zu bewahren, so daß Yeza schließlich blind darauf vertraute, in der Hand einer allmächtigen Gottheit zu sein, die sie liebte. Dennoch fragte sie sich manchmal, warum ein allgewaltiger Gott ausgerechnet ihr soviel Liebe und Beachtung schenkte.

In ihrem abgehobenen Zustand zwischen Trance und Traum, Dämmerschlaf und Höhenrausch, bemerkte Yeza zu spät, daß sie verfolgt wurde. Berittene Hirten waren schon des öfteren auf den

Höhenzügen der Berge aufgetaucht, doch jetzt drängten sie in das Hochtal. Sie trieben wilde Pferde mit langen Stangen und zusammengerollten Stricken, die sie auswarfen wie Schlingen, und trennten die Hengste von den Stuten und die Stuten von den Fohlen. Vor allem aber rückten sie näher an Yeza, kreisten sie allmählich ein. Als sie die Gefahr erkannte, hatte sich der Ring bereits geschlossen.

Yeza verspürte weder Lust, sich jagen zu lassen, noch von ihrem Schwert Gebrauch zu machen. Die Hirten betrieben das Einkreisen ihrer Beute auch nicht mit finsteren Drohgebärden, sondern spielerisch, als sei ihnen mit den Wildpferden nur versehentlich ein Ritter des Deutschen Ordens ins Netz geraten. Sie hielten auf Abstand und trieben ihren Fang vor sich her, auf den Flanken jeden Ausbruchversuch mit langen dünnen Hirtenstäben vereitelnd. Da Yeza bald von den Wildpferden dicht umdrängt war, verfiel auch sie in den schnellen Galopp der aufgeregten Tiere. So stob die Kavalkade dahin, bis sich vor ihnen Gatter auftaten. Dahinter erhoben sich Zelte und feste Hütten um ein Feuerrund. Die Pferde drängten schnaubend und wiehernd in die Gevierte.

Yeza verharrte, bis sie eine Lücke im Gedränge erspähte, gab ihrem Falben die Sporen und setzte über die Holzstangen hinweg, mitten unter die Frauen und Alten, die sich um das Feuer geschart hatten. Sie landete vor den Füßen eines jungen Mannes, der keinen Schritt zur Seite sprang, sondern mit blitzschnellem Griff ihr Pferd am Halfter packte, als hätte er sie erwartet. Deutlich vernahm sie, daß er »Willkommen, Königin!« sagte. Er bleckte sein Raubtiergebiß, und seine Augen funkelten.

Yeza begriff, daß ihr Versteckspiel nicht länger durchzuhalten war, und außerdem wollte sie endlich den gräßlichen Topfhelm loswerden. Sie hob ihn mit beiden Händen von den Schultern, riß unwillig die Kapuze und den darunter getragenen Wulst herunter, der ihre Schädeldecke vor dem Druck des Eisens und vor allem vor seinen Schlägen bewahrt hatte, und schüttelte ihre blonde Mähne aus, bis sie ihr wieder lang über den Rücken fiel.

»Ich bin Sutor«, sagte der Mann, offensichtlich der Anführer des Hirtenvolkes. »Ihr steht unter unserem Schutz!«

Yeza wollte sich geschmeidig und vor allem energisch aus dem

Sattel gleiten lassen, doch da verließen sie die Kräfte. Ihre Beine gaben nach. Sie mußte dankbar erdulden, daß sich ein starker Männerarm um ihre Taille legte und sie sicher zu Boden brachte. Ihre Knie zitterten so sehr, daß sie sich an den Leib des Pferdes lehnen mußte, um sich nicht ganz dem Hirten zu überlassen oder in einem Anfall von Schwäche umzufallen.

»Ihr mutet Euch viel zu, meine Königin!« rief Sutor vorwurfsvoll, aber er lockerte seinen hilfreichen Griff, bevor Yeza ihn dazu ermahnen mußte.

»Ich bin kein schwaches Weib, das der Stütze bedarf!« wehrte sie sich. »Doch ziehe ich es vor, mit weniger Eisen behängt zu reiten.«

Sie musterte den kräftigen Mann, der seine Hand darauf gänzlich von ihr nahm, nicht aber seinen feurigen Blick.

»Stärke ist keine Frage des kühnen Mutes, sondern der richtigen Einschätzung der eigenen Kräfte und ihres besonnenen Einsatzes!« erwiderte er zu Yezas Erstaunen. Solche Worte aus dem Munde eines Häuptlings von Pferdetreibern hatte sie nicht erwartet. So raffte sie sich zu einer gebührenden Entgegnung auf.

»Hohe Einsätze erfordern mehr als puren Wagemut, auch die Bereitschaft zum Opfer ist Voraussetzung zur Erlangung des Zieles.«

»Nehmt mit dem Haus meiner Eltern vorlieb, Königin, Ihr seid erschöpft«, bot er ihr fürsorglich an und wies auf den offenen Torbogen des hölzernen Rundbaus hinter sich. »Es wird ihrem Andenken eine Ehre sein.«

Yeza stolperte über die Schwelle, trat aber nicht darauf. Diese Regel der Mongolen war ihr noch in Erinnerung. Auch sonst erinnerte vieles an eine Jurte, angefangen mit dem Rauchabzug über der Feuerstelle in der Mitte des Raumes bis zu den Tierfellen an den Wänden und auf den Ruhebänken. Sie ließ sich unaufgefordert auf eines der Lager fallen, lehnte den Kopf nach hinten und streckte die Beine weit von sich.

»Ihr seid wohl auf dem Weg nach Bologna?« fragte Sutor in einem Tone, der nicht verraten sollte, daß er es bereits wußte. Doch er erhielt keine Antwort. Yeza war vor Erschöpfung sofort eingeschlafen.

Er nahm einen mit Daunen gefütterten Pelz und betrachtete die schmale Gestalt. In ihrem weißen Mantel der Deutschritter mit dem langen Blondhaar, das ihr über die Schultern fiel, und dem schwarzen Schwertkreuz, das von der Brust bis zu den Füßen reichte, wirkte sie wie ein geharnischter Engel. Ihre hohe Stirn und ihr gerader Nasenrücken verstärkten diesen Eindruck noch, und doch ging großer weiblicher Liebreiz von ihr aus. Sutor war seltsam betroffen von diesem Zusammenweben herber, fast abweisender Jungfräulichkeit und der fordernden Lockung des sich wölbenden Schamhügels, der knospenden Brüste. Gefangen im Widerstreit seiner Gefühle, stand der muskulöse Hirte mit dem Pelzwerk vor ihr, verzaubert von dem Anblick vollendeter Keuschheit, bedrängt von den unkeuschen Gedanken, die ihm, der in jäher Leidenschaft entbrannt, durch den Kopf schossen. Schließlich siegte die Achtung vor dem Gast, und er breitete die Decke mit unbeholfener Zärtlichkeit über die Schlafende.

Die Sonne stand schon hoch im Mittag, als Yeza erwachte. Durch die geöffnete Tür sah sie die Hirten beim Brandmarken der Füllen. Die älteren wurden einzeln aus ihrem Gatter geholt, nachdem sie durch den geschickten Wurf einer Schlinge eingefangen waren, die jüngeren hoben die wilden Gesellen einfach hoch und trugen sie in die Nähe des Feuers, wo die glühenden Eisen bereitgehalten wurden. Yeza konnte ihre Läufe im Schmerz zucken und strampeln sehen, sie schrien vor Angst und staksten nach erfolgter Prozedur verstört zu ihren Müttern, die ihnen die Wunde leckten. Es waren nur noch wenige, die diesen brutalen Eingriff erdulden mußten. Auf dem Feuer, in dem die glühenden Eisen bereitlagen, brodelte in einem eisernen Kessel eine kräftige Suppe. Es duftete nach getrockneten Früchten des Feldes, Knollen, Wurzeln und Pilzen. Yeza vervollständigte sich in Gedanken das einfache Mahl mit einem Schuß Öl, einer Prise Salz und einem Stück ofenwarmen Fladenbrot. Sie bekam Hunger und erhob sich.

Man hatte ihr einen Krug und eine Schüssel mit frischem Wasser bereitgestellt. Sie zog den Vorhang zu und wusch sich. Draußen hörte sie die Stimmen der Männer, doch sie sprachen einen rauhen Dialekt, der ihr nicht geläufig war. Als Yeza aus der Hütte trat, kam ihr Sutor entgegen und geleitete sie zu einem mit Fellen ausgelegten, erhöhten Sitz.

»Unsere Königin Yezabel!« verkündete er seinen Kumpanen, die rund um das Feuer saßen und jetzt mit ihren Löffeln an die Näpfe schlugen, daß es schepperte und dröhnte.

Yeza schickte ein strahlendes Lächeln in die Runde und nahm Platz. Es war ihr nicht ganz geheuer, wieso sie zu der Ehre einer Monarchin über dies Hirtenvolk kam, und sie wollte erst mehr über die Hintergründe in Erfahrung bringen, bevor sie sich mit wohlgesetzten Worten bedankte. Während sie ihre Suppe löffelte, kam Sutor auf König Enzio zu sprechen, was sie noch mehr verwunderte.

»Wir sind Sarden«, eröffnete er das Gespräch, »verbannt von unserer Insel, weil wir unserem Herren, dem Staufer Enzio, der auf ewig König von Torre et Galura, die Treue halten. Ihr, Yezabel, seid seine rechtmäßige Königin und auf dem Wege zu ihm, um Euch mit ihm zu vereinen. Dem ungeborenen Sproß aus dieser glorreichen Verbindung gilt schon jetzt unsere Huldigung und unser Treueschwur. Wir sind zu jedem Opfer bereit, das Ihr von uns verlangt.« Er kniete vor Yeza nieder, und alle folgten seinem Beispiel.

Es herrschte erwartungsvolle Stille.

Yeza war erschrocken. Sie war nicht gewillt, diesen Irrtum auf sich beruhen zu lassen. Schließlich war sie im Begriff, sich nach Bologna zu begeben, weil sie sich Gewißheit darüber verschaffen wollte, ob Enzio ihr leiblicher Vater war. Keineswegs hatte sie die Absicht, sich von ihm, der schon zweimal geehelicht hatte und zahlreiche Kinder sein eigen nannte, schwängern zu lassen. Sie erhob sich.

»Noch lebt König Enzio, der legitime Souverän über sein treues Volk und sein Inselreich. Laßt uns keinen Verrat an ihm begehen, indem wir voreilig bereits seinen vorhandenen wie noch ungeborenen Nachkommen huldigen, sondern laßt uns all unsere Klugheit und Kraft darauf verwenden, ihn aus der schmählichen Haft der Bolognesen zu befreien! König Enzio ist noch zu jung, als daß wir ihn einfach seinem Schicksal überlassen können!«

Da trommelten die Sarden Beifall, und Yeza fuhr flammend fort: »Ich habe geschworen, kein Kind von ihm unter dem Herzen zu tragen, solange ich nicht alles unternommen habe, ihn zu befreien! Das ist unsere Aufgabe, und dabei sollt Ihr mir helfen!«

Yeza wartete auf erneute Zustimmung, statt dessen machte sich Unruhe um das Feuer breit, Hirten waren hastig herbeigeritten und eilten aufgeregt zu Sutor. Der trat zu Yeza.

»Recht habt Ihr, Königin, dem Nächstliegenden Vorrang einzuräumen, doch ist dies nicht die Freiheit unseres Königs, sondern der Erhalt Eures Lebens! Truppen des Oberto nehmen unser Lager von zwei Seiten in die Zange!«

»Das ist die Folge, wenn man nur auf einem Auge sieht!« Yeza lachte unbeschwert. »Der Herr Reichsvikar hat sich in mich verliebt und ist machtlos dagegen!«

»Darauf würde ich mich nicht verlassen, meine Königin. Dem Pallavicini genügt Euer Kopf samt Blondhaar, um in Verzückung zu geraten.«

»Was schlagt Ihr vor, Sutor?«

»Ihr verwandelt Euch in einen schmutzigen Hirten, ich dagegen in den Ritter des Deutschen Ordens!«

Yeza war einsichtig.

»Dann laßt uns die Kleider tauschen«, befahl sie und hieß ihn vorausgehen in die Hütte, deren Vorhang Yeza hinter sich verschloß. Sie ließ den weißen Mantel fallen und bedeutete ihm, ihr aus dem Kettenhemd zu helfen. Sutor löste die Riemen mit fahrigen Händen. Als er ihr die Last von den Schultern genommen hatte, stand Yeza nur noch in härener Leibwäsche da. »Tragen Hirten ein wollenes Hemd?« fragte sie herausfordernd, um sich sogleich mit »Nein!« selbst die Antwort zu geben. Als sie es über den Kopf zog und ihre festen Brüste darunter hervorsprangen, griff Sutor zu. Yeza ließ ihn gewähren. Sie fühlte seine heiße rauhe Zunge wie ein Tier ihre Knospen umkreisen, spürte lustvoll die Schärfe seiner Zähne, während ihr Kopf und ihre gereckten Arme wehrlos im Wollkleid steckten. Schließlich stammelte der Mann:

»Behaltet Euer Hemd!«

Da zerrte Yeza das schützende Gewebe wieder über ihren Busen und stieß ihn zurück.

»Gebt mir jetzt Euren Kittel«, keuchte sie, und er riß sich das Linnen vom Leib, warf es ihr zu. Während sie es zitternd überstreifte, legte er die Rüstung an. Als sie ihm die Schnallen festzurrte, war alle Begehrlichkeit von ihr gewichen, und auch Sutor hatte sich wieder in der Hand. Er schlug den Vorhang zurück und ließ Yeza den Vortritt. An der Feuerstelle griff er sich einen verkohlten Ast, zerbröselte ihn in der Faust und rieb ihr den krümeligen Ruß ins Gesicht und in den Haaransatz. Er zog ihre hellen Augenbrauen schwarz nach, vermischte etwas kalte Suppe mit dem lehmigen Schneematsch und schmierte ihr die Paste auf jedes Stück freier Haut, vom Hals bis zu den Händen.

»Das sollte reichen, jedes Verlangen, Euch zu küssen, zunichte zu machen!« flüsterte Sutor lachend, und Yeza antwortete ihm mit einem Blick aus ihren Augensternen.

»Nie wieder?« Bevor er schwach werden konnte, lachte auch sie und wandte sich ab.

Als die Reiter des Vikars sich von zwei Seiten dem Lager der Hirten näherten, wurde ihnen ein Rudel wilder Stuten samt den frisch gebrandmarkten Fohlen entgegengetrieben. Die schmutzigen Hirten, mit Stiefeln voller Schlamm und verschmierten Gesichtern, umkreisten die Herde mit Hunden, die jeden Ausbruchsversuch verbellten. Beide Haufen zogen aneinander vorbei, ohne sonderlich Notiz voneinander zu nehmen. Die Mannen des Pallavicini schwärmten aus, um die Gatter mit den Pferden zu umgehen und den Sammelplatz einzukreisen, als aus den dahinterliegenden Hütten ein Trupp Hirten im eiligen Ritt gen Norden entschwand. Stämmige, meist gedrungene Sarden umringten einen Ritter, dessen weiße Clamys mit dem schwarzen Kreuz deutlich von seiner Umgebung abstach, die er um Haupteslänge überragte.

Der Anführer befahl seinen Leuten mit einem Wink, die Verfolgung der Flüchtigen aufzunehmen, als plötzlich die Balken fielen, mit denen die Gatter verschlossen worden waren, kaum daß die wilden Pferde hineingestürmt. In einer riesigen Stampede überrannten die Tiere alles, was sich ihnen entgegenstellte, rissen die verwirrten Reiter mit und donnerten zurück in das schneebedeckte Hochtal. Vergeblich versuchte der Anführer, seine Leute zu halten. Als sie sich wieder um ihn versammelt hatten, waren der weiße Ritter und sein Haufen längst entschwunden. Die Mannen des Pallavicini setzten sich mißmutig in Trab und folgten den Spuren im Schnee, ohne große Hoffnung, die Geflüchteten noch einzuholen.

Der kleine Haufen um den jüngsten und dreckigsten aller Hirtenjungen – diesen Eindruck vermittelte Yeza mit größtem Vergnügen – hatte die Tiere nur so lange mit sich geführt, bis feststand, daß der Gegner auf den falschen Deutschritter angebissen hatte, dann hatte er sich getrennt. Ein Teil blieb bei der Herde, um sicherzustellen, daß die noch immer verschreckten Füllen nicht Opfer der Wölfe wurden, während ein gutes Dutzend von Sutor vorher bestimmter Krieger die junge Königin auf Seitenwegen in Richtung Bologna begleitete.

An ihren einsamen Ritt durch die weiße Einöde erinnerte Yeza sich als aufwühlendes Seelenabenteuer, diese Reise durch eine sich kaum verändernde Gebirgslandschaft hingegen empfand sie als lähmend. Sie schlug ihr auf das Gemüt und bereitete ihr auch physische Pein; jeden Schritt ihres Pferdes spürte sie als Stich, ihre Augen tränten wegen des gleißenden Schnees, und ihre Nase lief. Sie hätte Rotz und Wasser heulen können vor Wut über ihre körperliche Schwäche. Sie hatte Fieber, und seltsamerweise dachte sie gerade jetzt an Roç. Er fehlte ihr. Völlig unköniglich zog Yeza den Schleim hoch, hustete und spie ihn aus wie ein Matrose, bevor sie sich den Mund mit dem Ärmel ihres Kittels abwischte. Wahrscheinlich segelte ihr Trencavel längst über das Meer. Und wenn er nicht gerade in einen der Winterstürme geriet, dann hatte er mit den sonnigen Gestaden des Südens sicher das bessere Los gezogen.

Ihre sardische Begleitmannschaft tat alles, um ihr die Strapazen der Reise zu erleichtern. Yeza litt weder Hunger noch Durst, und als sie ihren Zustand nicht länger verbergen konnte, wurde auch häufiger gerastet. Sie bekam heiße Milch mit Minze und Honig, und alle sorgten sich darum, daß sie, in warme Pelze gehüllt, ausgiebig ruhen konnte. Als sie von den Ausläufern des Gebirges in die Ebene herabstiegen, wurde die Gefahr der Entdeckung wieder größer, denn hier fielen Hirten aus den Bergen auf, und die Möglichkeiten, sich zu verstecken, waren gering. Jederzeit konnten sie Trupps des Pallavicini in die Arme reiten, zumal die Stadt Bologna nicht mehr weit entfernt sein sollte.

Das Dorf lag zwischen den letzten Hügeln am Ausgang des Tales. Hier wurden die Sarden wie alte Freunde begrüßt. Yeza erhielt nach einem heißen Bad sofort ein richtiges Bett mit riesigen Federkissen. Müdigkeit überfiel sie, trotz heftigen Schwitzens, das sogleich einsetzte.

Yeza träumte, sie läge nackt im Schnee. Doch sie spürte keine Kälte, nur ein heißes Prickeln, das sich von ihren Hinterbacken den Rücken hinauf zog, über die Schulterblätter bis in den Nacken. Ihr blondes Haar war aufgelöst, ausgebreitet wie eine Sonne mit güldenen Fingern. Unruhig warf Yeza ihren Kopf hin und her, denn anheben konnte sie ihn nicht. Ein wildes Tier lastete auf ihr, wühlte zwischen ihren Schenkeln, umklammerte mit vielen Klauen ihren Leib in der Taille. Ein Mund preßte sich saugend auf ihre Brüste und biß sie in den Hals. Schweißnasses Fell verwehrte ihr die Sicht auf sein Gesicht, nahm ihr den Atem zu schreien. Sie dachte erst, Roç sei in dieser Verkleidung zurückgekehrt, triebe seine Scherze mit ihr, aber es waren nicht seine zarten, glatten, harten Glieder, es waren nicht seine Locken, und das Erschreckende war, daß sie sich nicht gegen das fremde Tier wehrte, sondern es gewähren ließ. Sie genoß seine rohe Wildheit und verspürte nicht einen Hauch von Scham, sondern Neugier und zunehmend Lust. Yeza wollte gar nicht wissen, wer sich hinter dem Raubtier verbarg, doch das mächtige Haupt hatte viele Gesichter, und sie enthüllten sich gegen ihren Willen. Erst war es der Taxiarchos, der ihr seinen heißen Atem entgegenkeuchte, und als sie ihn mit heftiger Bewegung wegscheuchte, nach seinem überlegenen Lachen schlug, mit Fäusten, die sich nicht bewegen wollten, gegen seine behaarte Brust trommelte, da machte es dem Antlitz des Hirten Platz. Sutor lächelte nicht einmal, die eisernen Klammern griffen noch härter zu, schnitten ihr in die Brüste, und unterhalb ihres Bauches Wölbung peitschte der Löwe sie mit seinem Schweif. Yeza bäumte sich auf, warf den Reiter ab, trat nach ihm, schrie ihn tonlos an, und er tat seiner Königin den Gefallen und entschwand. In die

Stille, in die einsetzende Kühle trat ein Ritter, rötlich blond sein Haupthaar und Bart, strahlend sein Antlitz mit der kühnen Stirn und den grüngrauen Augen unter buschigen Brauen. Er trug seinen Kettenpanzer über kurzem Hemd offen, darunter nichts. Ehe Yeza mit sich im reinen war, ob sie ihre Augen verschämt niederschlagen oder sich ungebührlich Keckheit herausnehmen mochte, denn das sich abzeichnende Gemächte verdiente Beachtung auf jeden Fall, erkannte sie blitzartig, daß König Enzio vor ihr stand. Vor Schreck blieb für Scham keine Zeit. Yeza erwachte schweißgebadet, aber ihre Stirn war kühl, das Fieber aus ihren Gliedern gewichen.

Frauen traten ins Zimmer, wickelten sie aus den klitschnassen Decken, trockneten sie ab und kleideten sie wie eine der ihren. Bruchstückhaft drang zu Yeza, daß in wenigen Tagen der große Markt in Bologna sei, wohin sie alle mit dem Überfluß ihrer Ernte ziehen wollten, außerdem mit Flechtarbeiten mannigfaltiger Art, großen Kiepen voller feinster Holzkohle und Tragen, in denen saftige geräucherte sowie luftgetrocknete Schinken ruhten. Doch nichts sei für die Städter so begehrenswert wie das ›Weiße Gold‹. Die Frauen zeigten Yeza zierliche Körblein, worin, eingeschlagen in ein Tuch, ein unansehnlicher, irdener Klumpen lag. Er roch würzig, herb und faulig, ein Geruch, den Yeza noch nie in der Nase hatte.

»*Tartuffi!*« flüsterte ihr eine Bäuerin ins Ohr. »Das macht den Mann zum Schwein!«

Die Frauen lachten, und eine andere hielt dagegen:

»Was ist schon ein Mannsbild gegen ein braves Trüffelschwein! Ich biete der Eichelhäher zehn gegen eine Sau, die ihre Eiche kennt!«

Da lachten sie noch mehr und deckten schnell wieder das Tüchlein über die schrumpelige Knolle, deren Geruch Yeza ungemein anregend empfand, wenngleich sie nichts von dem verstand, was die Frauen so bewegte. Es mußte sich wohl um ein Aphrodisiakum handeln, das an Menschen wie Schweinen gleichermaßen seine Wirkung entfaltete.

Es kam der Tag, an dem sich die Dörfler aus den verstreuten Weilern der Romagna aufmachten, ihre Waren auf dem großen Freimarkt der

Stadt feilzubieten. Das war ihr Recht. Einmal im Monat durften weder ihre Grundherren, ob geistlich oder weltlich, den Zehnten abschöpfen, noch die Brückenwärter Maut auf den Straßen erheben, die zur Stadt führten, noch die Wachen an den Toren Steuern fordern. So war das Gedrängel groß. Es wäre leichter gefallen, eine Ale in einem Heuhaufen zu entdecken, als Yeza unter den Frauen jeden Alters herauszufinden.

Um sicherzugehen, daß keiner sie erkannte, hatte man einen Umweg durch den Wald auf sich genommen, wo die Köhler mit ihren vielen Kindern hausten. Ihre blassen Gesichter waren vom Rauch der Meiler verrußt. Auch Yeza wurde einschließlich des Haaransatzes schwarz gefärbt, dazu kam noch der Rotz ihrer noch nicht gänzlich auskurierten Erkältung, den sie verschmierte. Ihr blondes Haar verdeckte ein bäuerliches Kopftuch, und sie erhielt eine Tragkiepe voller Holzkohle. So passierte sie unangefochten das Stadttor. Der nächste Schritt bestand darin, unauffällig den Palazzo zu erreichen, in dem König Enzio als Gefangener des Magistrats von Bologna in allen Ehren residierte, und sich Zugang zu verschaffen, ohne Aufsehen oder gar Argwohn zu erregen. Holzkohle ließ sich dort nicht verkaufen, wohl aber die kostbaren Tartuffi. Also wurde dem Aschenputtel in einem Brunnen das Gesicht gewaschen, die Frauen flochten Yezas Mähne zu Zöpfen und richteten sie zum einfachen Kind des Landes her. Sie hatte etwas von einem Kräuterweiblein, das vom Brunnen ewiger Jugend getrunken, oder einer zum Schweinehüten gezwungenen Prinzessin; denn alle Prozeduren hatten nicht vermocht, Yeza die königliche Haltung und ihre natürliche Grazie zu nehmen und sie zu einer unauffälligen Erscheinung zu machen.

In aller Eile, bevor der Haufen Königstreuer vor dem Palazzo auffiel, klopften die Frauen an das Tor und begehrten, König Enzio einen Korb mit dem ›Weißen Gold‹ als Geschenk zu überreichen. Die Weiber schoben Yeza mit ihrem Körbchen vor und traten dann ehrerbietig zurück.

Die Wachen schienen noch zu beraten, wie in einem solchen Falle zu verfahren sei. Yeza stand allein pochenden Herzens vor dem großen, schweren Bohlentor, hinter dem sie das Ziel ihrer ebenso langen wie mühseligen Reise wußte. Sie vermochte sich vor Erschöpfung kaum noch auf den Beinen zu halten.

Endlich öffnete sich knarrend ein Flügel des Tores und heraus trat – Oberto Pallavicini! Sein einziges Auge musterte Yeza triumphierend, höhnisch blitzte es auf. Er wandte sich langsam um, und deutlich war sein knapper Befehl.

»Wachen!«

Weiter kam er nicht, denn Yeza hatte mit einem unterdrückten Wutschrei das Körbchen gegen den Vikar geschleudert, während in ihrer anderen Hand der zierliche Dolch aufblitzte. Oberto fing den Korb geschickt auf und schnupperte ungerührt am Inhalt, geradezu anerkennend.

»Nicht übel!« spottete er selbstgefällig. »Verhaftet die Schnüfflerin!«

Yeza wollte sich auf ihn stürzen, da schob ein Arm den Vikar von hinten zur Seite, und vor ihr stand Enzio.

»Helft mir, Vater!« rief sie mit kläglicher Stimme. »Jener will mich verderben!«

»Wachen!« schrie jetzt der Vikar und trat zur Seite, um die Bewaffneten durchzulassen. Da ließ Yeza ihren Dolch losschnellen. Er wirbelte durch die Luft und blieb zitternd neben dem Hals des Pallavicini im Holz der Tür stecken. Um ihm auszuweichen, hatte er den Wachen den Weg nochmals versperren müssen. Yeza nutzte diesen letzten Aufschub und warf sich mit einem Sprung vor, um Enzios Knie zu umklammern. Doch der fing sie auf, breitete seine Arme schützend über sie und schüttelte den Vikar ab wie einen lästigen Köter. Angesichts dieser starken Geste wog Oberto nur mißbilligend den Kopf, zog mit einem Ruck die Klinge aus dem Holz und reichte sie Yeza, die sich aus der Umarmung löste.

»Als Tochter wärt Ihr mir unheimlich, meine Königin!« Er hatte das gänzlich ohne Spott vorgebracht. Yeza versteckte den Dolch wieder an seinem Platz, im Kragen unter ihrer Mähne, während sie ihm antwortete:

»Unheimlich müßt Ihr, Oberto Pallavicini, vor allem dem Manne sein, der nur auf einem Auge sieht, vor dessen Blick sich Feinde wie Freunde vorkommen mögen und Freunde sich besser hüten!«

Yeza erlebte zum ersten Mal das offene Lachen Enzios.

»Ich sehe, Ihr liebt Euch heiß und innig!«

»Das mag wohl der Wahrheit des Halbblinden nahekommen«, knurrte der Vikar. »Der nur zur Hälfte Sehende empfindet des Lebens Lüge stärker als solchen Trost.«

Enzio legte seinen Arm über Yezas Schultern und nahm im Vorbeigehen dem Vikar das Körbchen aus der Hand.

»Kauft den guten Frauen alle Tartuffi ab«, befahl er freundlich Oberto, »und gebt jeder noch ein Goldstück obendrein. Sie haben sich verdient gemacht!« Er lachte Yeza an und führte sie in den Palazzo.

DIE HÖHLE DER ATALANTA

Die helle Felseninsel lag mitten im *Mare Nostrum*, eine Anhäufung weißlichen Muschelkalksteins, von Wind und Wasser ausgewaschen. Kein Baum, kein Strauch hatte sich darauf festkrallen können. Nur einige Agaven ließen die breiten fleischigen Blätter schlaff in der glühenden Hitze herabhängen, und ihre abgeblühten Stengel reckten sich dem Vergehen entgegen. Und dennoch gab es Leben auf Linosa. In die Felsen geschnittene Höhlen verrieten menschliche Hand, und über allem thronte ein steinernes Castel, dessen Mauern so intakt gehalten waren, wie nur eine ständige Besatzung es vermochte. Linosa schien auf den ersten Blick keine Mole zu besitzen, an der Schiffe anlegen konnten, doch wenn ein Boot die Einfahrt zwischen den wie bizarre Türme aufragenden Klippen fand, dann öffnete sich hinter einem Wall aus Steinen eine riesige Grotte, ein überdachter Hafen, der vom Meer aus nicht zu entdecken war. Den bewachten die Felsennester und die darüber kragende Burg, die allesamt durch in den Stein getriebene Gänge mit ihm verbunden waren. Linosa war eine Sträflingsinsel gewesen. Sie hatte zu Sizilien gehört und sarazenischen Piraten als Stützpunkt und Versteck gedient. Dann hatte der Templerorden das Eiland gepachtet und zu einer uneinnehmbaren Festung ausgebaut. Seitdem durfte kein fremdes Schiff die Insel mehr anlaufen, nicht einmal, wenn es in Seenot geriet. Die Templer breiteten eine riesige Clamys des Geheimnisses über die einsame Insel, mit der Folge, daß der völlig bedeutungslose, unwirtliche Steinhaufen erst recht ins Gerede kam. Wilde Gerüchte von unterirdischen Tempelanlagen, in denen heidnische Opferriten an gefangenen Knaben vollzogen wurden, und vom ›Haupt des Baphomet‹, das dort als Stein der Weisen in der Tiefe des Berges bestimmte Erze in Gold verwandele, waren in Umlauf. Der Orden hatte Linosa strikten Regeln unterworfen. Den Sklaven war eine bestimmte Menge Weiber zugeteilt, die allerdings als Allgemeingut betrachtet wurden und zu entlohnen waren. Diese ebenfalls unfreien Frauen konnten feste Beziehungen eingehen, wurden sie allerdings schwanger, entfernte der Orden sie unverzüglich. Aus naheliegenden Gründen war den Sklaven das Tragen und der Besitz von Waffen nicht erlaubt. Nur die alle vier Stunden wechselnden Wachen wurden auf dem Castel mit leichten Spießen versehen. In ihren schwarzen Umhängen als Turkopolen gekennzeichnet, kontrollierten sie durch Rundgänge nicht nur den verborgenen Hafen, sondern die gesamte Insel, damit kein Unbefugter sie betrat. Das äußerst einfache, aber völlig ausreichende Druckmittel der Tempelherren war der Zugang zur einzigen, reichlich sprudelnden Süßwasserquelle hoch oben hinter der Mauer des Kastells.

Selbst Piraten, von denen es in diesem Teil des Mittelmeeres nur so wimmelte, mieden die Insel, denn manches Schiff, das sich in ihre Nähe gewagt oder sogar versucht hatte, sie heimlich anzulaufen, um das Geheimnis von Linosa zu ergründen, war einfach verschwunden, mit Mann und Maus. Gefangene wurden scheint's nicht gemacht, denn sie tauchten auf keinem Sklavenmarkt der nahen Berberesken-Küste auf.

Für die Wachen war es daher ein Ereignis im eintönigen Trott, als eines Tages am Horizont ein Schiff erschien. Es hielt arglos auf die Insel zu. Schon bald stand fest, daß es sich nicht um einen Segler des Ordens, sondern um eine maltekische Triëre altmodischer Bauart handelte. Solche Takelage war seit mindestens einem halben Jahrhundert nicht mehr üblich, und auch der prunkvolle Stander, den sie gehißt hatte, zeigte noch den schwarzen Reichsadler auf goldenem Grund aus Kaiser Barbarossas Zeiten.

Die Besatzung des Castels mußte das ahnungslose Schiff mit drei Reihen auffällig blitzender Ruder ebenfalls bemerkt haben, denn am Fahnenmast stieg rot das vierfache Andreaskreuz auf, das warnende Zeichen für die Verseuchung eines Ortes, für die Mannschaften der rund um den geheimen Hafen versteckten Katapulte jedoch zugleich das vereinbarte Kommando, diese in Gefechtsbereitschaft zu versetzen. Nur ein argwöhnisches und dazu noch sehr geübtes Auge vermochte von hoher See aus diese Vorbereitungen zu erspähen, denn alle Verbindungswege, welche die Insel durchzogen, glichen in den Fels gegrabenen Laufgängen tückischer Termiten, nur daß an wenigen Stellen die hölzernen Turmhauben der Steinschleudern und Ballisten herausschauten.

Auf der Triëre, die unter dem Befehl des Taxiarchos ihre Schlagzahl laufend verringerte, so daß sie der Insel nur langsam näherkam, wurden ebenfalls die letzten Vorbereitungen getroffen. Kaum daß die Vorgänge an Bord in Sichtweite des Castels geraten waren, begann an Deck ein Schaukampf zwischen den vorher eingeteilten Parteien, wobei die ›Meuterer‹ sehr bald die Oberhand gewannen. Mehrere der dem Kapitän treu Ergebenen flogen ins Wasser. Daß sie hinter das Schiff schwammen und dort wieder an Bord geholt wurden, konnte keiner von der Insel aus sehen. Einige blieben auch malerisch als Tote und Verletzte auf den Planken liegen. So trieb die anscheinend führerlose Triëre immer näher an die Felsgestade Linosas heran. Jeder von den versteckten Wachen unten am Hafen, den schußbereiten Besatzungen an den Katapulten und der Garnison oben hinter den Mauern des Kastells wurde jetzt Zeuge des sich anbahnenden kurzen Prozesses, den die siegreichen Meuterer ihrem Kapitän machten. Der Taxiarchos wurde auf eine Planke geführt, ihm wurde eine Schlinge um den Hals gelegt, das Tauende war bereits an der Großrahe befestigt. Ein Mönch hielt ihm kurz ein Kreuz zum letzten Kuß über die Reling. Die Matrosen sprangen vom Brett, das sofort emporschnellte und den Taxiarchos ins Leere sausen ließ. Der Strick spannte sich – und riß. Der Körper stürzte ins Meer. Ein Schrei der Verärgerung begleitete die mißglückte Hinrichtung, denn der Taxiarchos tauchte schnell wieder auf, mit dem Strick um den Hals. Da ihm nur die Hände auf den Rücken, nicht aber die Füße gefesselt worden waren, konnte er sich mit kräftigen Beinstößen von der Triëre entfernen und auf das Ufer zu halten. Die Ruderer des Schiffes, deren Blätter wie metallene Sensen glänzten, hatten zwar anfangs nach ihm gehackt und wie wild das Wasser gepeitscht, doch sie machten keine Anstalten, sich wegen des entkommenen Opfers der Küste zu nähern. Die Triëre nahm wieder Fahrt auf, zog an Linosa vorbei und entschwand gar bald aus den Augen aller, die das dramatische Schauspiel verfolgt hatten. Einige der Wächter sprangen in die Brandung und schwammen dem Mann entgegen, der Gefahr lief, sich an den Klippen den gerade so wundersam geretteten Kopf einzuschlagen. Sie zogen ihn aus dem Wasser, auf die nächste Felsenbank, und lösten seine Handfesseln. Der Taxiarchos befreite sich von der Schlinge um den Hals und blieb erst einmal völlig erschöpft bäuchlings auf den Steinen liegen. Die Wachen brachten ihn hinauf zum Kastell.

Die Burg von Linosa war ursprünglich eine Anlage aus phönizischer Zeit. Ihre vier dicken Wachtürme waren nach den Himmelsrichtungen auf die Bergkämme gesetzt und mit breiten Mauern verbunden. Sie trafen sich in einem klobigen Hauptturm, der sie überragte, so daß sie von ihm aus alle einzusehen waren. Da die Kopfstärke der Garnison bei weitem nicht ausreichte, die Außenforts zu bemannen, hatte der Orden sie einfach abgekappt, und die Mauern endeten nun mit Zugbrücken gegen den zentralen Donjon. Doch auch die waren nie benutzt worden, die Ketten mit der Zeit eingerostet, denn die Templer verließen sich auf die Kontrollgänge der Milizen und auf ihre Methode, die Unfreien bei der Stange zu halten. So hockte das Castel in den Felsen wie ein steinerner Polyp, dem die Tentakel abgeschlagen waren. Oder wie ein Drache, der vielköpfig einen Schatz bewachte. Aber welchen?

Der Taxiarchos konnte auf seinem Weg hinauf in die Burg nichts von dem entdecken, auf das er aus war. Sie eskortierten ihn mit Bedacht auf Umwegen, zumeist über getunnelte Pfade, die zu keiner Zeit Einblick in den Grottenhafen ermöglichten, wenngleich der Penikrat das Gefühl hatte, ihn unter den Füßen zu haben. Ständig führten in den Stein gehauene Treppen in die Tiefe, an denen er hastig vorbeigezerrt wurde.

Das Innere der Burg war karg und nur aufs Notdürftigste möbliert. Davon bildeten auch die Räume des Befehlshabers keine Ausnahme. Der Taxiarchos erkannte den jungen Offizier sofort. Es war Simon de Cadet, den er zuletzt in Rhedae erlebt hatte. Und der entsann sich auch sofort des Abenteurers, den Gavin Montbard de Béthune zu den ›Fernen Inseln‹ geschickt hatte und der es gewagt, von dort recht fremdartige Kinder mitzubringen. Als hätte der Orden bei Todesstrafe nicht strikte Weisung erlassen, alles zu vermeiden, was die Geheimhaltung gefährden konnte. Simon gab sich Mühe, streng zu erscheinen.

»Ich habe gesehen, Taxiarchos, daß sich bereits die Besatzung Eures eigenen Schiffes, wenn es denn Euer eigen war« – flocht er spöttisch ein –, »angediehen sein ließ, an Euch die Strafe zu vollziehen, deren Verhängung der Orden versäumte.«

Simon hatte das allerdings eher in fragendem Ton vorgebracht, so daß der Taxiarchos zu einer Antwort aufgefordert war.

»Ihr mögt, Simon de Cadet, es nicht verwerflich finden, daß Euer Orden seinem Kapitän Lohn und Anteil an der Prise schuldig geblieben, und verdammenswert, daß der das Schiff als Pfand nahm. Diese Rechnung ist noch offen, nur hat sie mit dem Mißgeschick, das mir jetzt widerfahren, nichts zu tun! Ich war tatsächlich der ordentlich bestallte Kapitän dieser Triëre in sizilianischen Diensten!«

»Und warum meuterte die Mannschaft gegen Euch?«

»Ich könnte als Gegenfrage vorbringen: Warum hat man Euch, Simon de Cadet, auf dieses Felseneiland strafversetzt? Habt Ihr Euch die Gunst des Guillem de Gisors verscherzt?«

Der junge Tempelritter lief rot an.

»Verscherzt Ihr Euch meinen Großmut nicht durch Anspielungen, die ich auf meine Ehre beziehen könnte, Taxiarchos!«

»Das liegt mir fern!« antwortete der schnell. »Ich nehme an, daß Ihr jeden Angriff auf Eure Ehre zurückweist. So halte ich es ebenfalls! Der Mannschaft war zu Ohren gekommen, daß in den nächsten Tagen hier ein Schiff arabischer Kaufleute, randvoll beladen mit Gold und Juwelen, passieren sollte, und sie drangen in mich, hier vor Anker zu gehen, um die günstige Gelegenheit abzuwarten und dann beherzt zu ergreifen. Ich aber habe König Manfred mein Wort gegeben, seinem Schwiegervater in Epiros eine Hundertschaft christlicher Ritter zur Hilfe zu bringen. Nun aber geschah das für mich so furchtbar Enttäuschende – weitaus schlimmer als der mir zugedachte Tod! Auch der überwiegende Teil meiner Ritter hatte sich auf die Seite der Rebellen geschlagen und schlug sich für die Meuterer. Ich versuchte diese Insel anzulaufen. Das wurde mir dann endgültig als Hochverrat ausgelegt: Standgericht, Urteil und Exekution habt Ihr ja wohl mit eigenen Augen erlebt.«

»Doch wie immer hatte die heilige Jungfrau ein Einsehen!« scherzte Simon.

»In der Hast, den Unliebsamen meuchlings ins Jenseits zu befördern, nahmen die Herren wohl einen zu morschen Strick. Das rettete mir das nackte Leben!«

Simon de Cadet sah sich den Taxiarchos nachdenklich an. »Es ist nicht meine Aufgabe, Gottes unerforschlichen Ratschluß zu korrigieren und Euch jetzt als Dieb eines Ordensschiffes zu hängen, zumal unser Großmeister dafür schon in Palermo hätte sorgen können. Also seid mein Gast, bis das nächste Schiff, das hier anlegt, Euch mit sich fortführen wird.«

»Ich danke Euch für die Gastfreundschaft«, entgegnete der Taxiarchos artig, »nur verübelt es mir bitte nicht, daß ich so schnell wie möglich von hier fort will, um mich meines Schiffes wieder zu bemächtigen und meine Aufgabe, mit deren getreulicher Erfüllung ich beim König im Wort stehe, zum guten Ende zu bringen.«

Simon lächelte.

»Rechnet nicht mit des Ordens Hilfe, wenn es darum geht, Eure Schmach zu tilgen. Auf dieser Insel steht nicht einmal ein Ruderboot für Fischer zur Verfügung.«

»Wie? Ihr habt hier kein Schiff?« fragte Taxiarchos, sein Lauern geschickt durch Erstaunen verhüllend.

»Nein!« bekräftigte der Templer mit Nachdruck. »Und selbst wenn wir eines hätten –«

»Die Triëre kann nicht weit von hier in Stellung gegangen sein, sie wird sich die Prise nicht entgehen lassen.«

»Das ist eine Sache zwischen den erwarteten sarazenischen Händlern und Euren braven Mannen und vielleicht – Ihr seid ja ein guter Schwimmer! – noch zwischen denen und Euch, keinesfalls aber die des Ordens!«

»Mir geht es nicht um schnöden Mammon, das müßt Ihr mir glauben, Simon. Ich will Gerechtigkeit und Ordnung. Die Ritter sollen, ihrem Lehnseid getreu, ihre Fahrt nach Epiros ruhmreich vollenden, und die Meuterer –«

»Erhebt Euch nicht zum Richter, Taxiarchos, der Ihr eben erst selbst wegen gleichlautender Anklage fast vor den Stuhl des höchsten Justitiators getreten wärt!«

»Ich mag nicht einsehen, daß solch Unrecht auch noch Belohnung findet, ja, in purem Gold aufgewogen wird!« Der Taxiarchos spielte den Empörten mit Bravour, doch ohne Erfolg.

»Mir sind die Hände gebunden«, beschied ihn Simon de Cadet und ließ ihn von den Wachen abführen, die noch immer rechts und links von der Tür warteten, damit sie dem Taxiarchos einen Aufenthaltsraum zuwiesen. »Meine Gastfreundschaft beschränkt sich auf diese Mauern«, rief ihm der junge Tempelritter noch nach. »Es ist Euch nicht gestattet, das Castel ohne meine Erlaubnis zu verlassen!«

Der Penikrat nickte einverständig, und Simon schaute hinaus über die Felskuppel des verborgenen Hafens hinweg auf das eintönige Blau des Meeres. Es war einer dieser Wintertage, an denen der Schirokko den Himmel leergefegt hatte.

»Tempo uene ki sale e ki discende,
tempo è da parlare e da taciere,
tempo è d'ascoltare e da imprende,
tempo da minaccie non temere.«

Die Stimme des gefangenen Königs drang hell und klar aus den hohen dreigeteilten Fenstern. Daß kein Bolognese sie hörte, lag daran, daß die Zimmer von ›Re Enzio‹ wohlweislich im obersten Stockwerk des Palastes eingerichtet waren, den ihm die Stadt als Domizil zugewiesen hatte.

»Tempo d'ubbidir ki ti riprende,
tempo di molte cose pruoedere,
tempo di uegghiare ki t'offende,
tempo d'infignere di non nedere.«

Dennoch waren seine Sonette in aller Munde, und die Dichter Bolognas trafen sich gern bei ihrem königlichen Kollegen. Das melodramatische Schicksal des jungen Staufers bewegte ihre Gemüter, beflügelte ihre Phantasie und erhob sie über ihre biederen Mitbürger, die seit der glücklich gewonnenen Schlacht von Fossalto mit ihrem prominenten Gefangenen nichts Besseres und nichts Schlechteres anzufangen wußten, als ihn am guten Leben zu erhalten. Das war jetzt bald genau zehn Jahre her, und sie hatten sich an ihre Rolle zwischen Gastgeber und Kerkermeister gewöhnt. Der König mitnichten.

>*Però lo tegno saggio e canosciente*
que 'ke i facti con ragione,
e col tempo si sa comportare.«

Yeza saß zu Enzios Füßen, inmitten der Trovère und Poeten, Bänkelsänger und schrulligen Tagediebe, denen ein paar Stunden im Dunstkreis historischer Tragik und königlichen Leidens für den restlichen Tag ausreichend Atzung fürs Gemüt gab, ohne einen Gedanken daran zu verschwenden, daß der edle Spender seine Zeit der Unfreiheit nach Monden und Jahren maß.

>*E mettesi in piacere de la gente*
ke non si troui nessuna cagione
ke lo su' facto possa biasimare.«

Bisweilen überkam den König der Gedanke an die Absurdität seiner Lage, und er mußte an sich halten, um sie nicht davonzujagen. Er verfiel in düsteres Schweigen, was seine Diener dann veranlaßte, die Besucher hinauszukomplimentieren. So geschah es auch heute, so daß Yeza sich endlich allein mit Enzio im hohen Raum befand.

»Ihr wolltet mir von Eurer Liebe zu meiner Mutter erzählen?« begann sie sogleich wenig einfühlsam. Über ihr Anliegen ließ sie völlig außer acht, daß solche Gefühle, wenn sie denn existiert hatten, längst im Nebel der Vergangenheit verweht sein mochten.

Enzio jedenfalls schwieg, und Yeza, die hartnäckig sein konnte, schob nach:

»Esclarmunde, die dann mit mir niederkam!«

Auch dieser deutliche Fingerzeig bewirkte nichts.

»Esclarmunde«, murmelte er schließlich, mit seinen Gedanken entfernt wie ein unbeteiligter Seher, nicht wie ein lebenslustiger Erzeuger, »Esclarmunde, die Erleuchterin der Welt.«

»Ja!« rief Yeza, beglückt, ihn nun doch auf die gewünschte Fährte gelockt zu haben. »Solch Strahlen ging von ihr aus, denn Esclarmunde war die Hüterin des Gral!«

Enzio schaute verwirrt auf die junge Frau zu seinen Füßen.

»Das mag Euch so scheinen, wie vielen der Schein als das Licht vorkam, doch sein Quell war der Stein, der *lapis ex coelis*, der schwarze Stein, der, vom Himmel geschickt, die Menschheit erleuchten soll, so sie denn bereit war, ihn –«

Yeza ließ ihn nicht ausreden, denn sie war überwältigt von der Vision, die sie mit dem Mann, der ihr Vater sein mußte, teilen konnte.

»Gemeinsam tragen wir dies köstliche Wissen in uns!« gab sie ihm preis, voller Stolz. »Denn auch mir ist sein Anblick widerfahren, meine Augen durften den schwarzen Stein erblicken!«

Während Enzio bisher eher widerwillig auf sie eingegangen war, brach er jetzt in helles Gelächter aus.

»Der schwarze Stein, den Ihr zu Gesicht bekommen habt, kann nur jener Marmorsarkophag der Templer gewesen sein, den sie als Ergebnis jahrelanger Wühlarbeit« – er wollte sich ausschütten vor Lachen, er bekam fast keine Luft – »aus den Tiefen des Tempelbergs der Juden voller Heimlichtuerei nicht etwa an das Licht des Tages förderten. O nein! Verhüllt und verborgen vom dunkel wabernden Mysterium Hierosolymitanum Salomonis, wurde der Stein in die heidnischen Untiefen von Rhedae geschleppt!« Seine Heiterkeit ließ nach. »Ich sag' Euch, *ma damna*, es ist ein Grabstein! Die Templer haben sich ihr eigenes Epitaph mit nach Frankreich gebracht, wo sie offensichtlich begraben sein wollen!«

»Wieso wißt Ihr, Enzio, um diese Dinge?« fragte Yeza kleinlaut, denn irgend etwas im Ton des Königs erschütterte sie in ihrer Überzeugung.

»Weil ich die letzten zehn Jahre Zeit hatte, über den Lauf der Welt nachzudenken. Sei es ausgehend vom Räderwerk der Gedanken, in dem wir Zeitgenossen stecken, *religiones et politica*, Geister, die wir riefen –« König Enzio zeigte sich jetzt nachdenklich. »Sei es eintauchend in die Erinnerung der Menschheit. Ich bin auf der Suche – nicht so sehr nach dem ›Wie?‹ des Vorganges als nach dem geheimen Wissen um das ›Warum?‹ der Schöpfung –, auf der Suche nach dem Gral.«

Yezas Augen leuchteten hoffnungsvoll auf.

»Es gibt ihn also doch, den Gral?«

Enzio sah belustigt auf sie hinab.

»Für jeden Berufenen, der vom Willen beseelt ist, also die Kraft und die Gabe hat, dem Herzschlag des Kosmos zu lauschen, mußte es offenkundig werden, daß der Gral kein physisches Objekt ist, weder Stein noch Kelch. Beide mögen als Symbol für die Idee stehen, für das Mysterium. Wir Menschen laufen immer Gefahr, das Sinnbild und den geistigen Gehalt zu verwechseln, weil wir um ersteres einen Kult errichten, der ein Eigenleben entwickelt und uns seinen Sinn vergessen läßt.«

»Wie konnte so klugen Männern wie den Rittern des Tempels ein solcher Irrtum unterlaufen?« begehrte Yeza auf, und Enzio lächelte milde.

»Weil sie am schwarzen Stein nicht der Ursprung interessierte, sondern der fehlende Schwarze Kelch!«

»Ja«, sagte Yeza sinnend und hütete sich diesmal, ihre Kenntnis offenzulegen, »der ist ihnen wohl abhanden gekommen. Verleiht er Macht?« fügte sie so beiläufig wie möglich hinzu.

»Vergängliche sicher, doch ist er nicht das letzte Glied in der Kette der Weisheit, sondern vielmehr das Symbol der Vermählung und somit auch des Todes; denn diese Pforte muß überwunden werden, bevor der Gralsucher aus der Quelle der reinen Erkenntnis schöpfen und trinken darf.«

»Ist es des Königlichen Paares Bestimmung, den Gral zu finden und zu hüten?«

»Ich will Euch alle drei Antworten in einer geben: Zur Suche im Diesseits fühlen sich manche berufen, doch wenige sind auserwählt, seiner teilhaftig zu werden.«

Yeza spürte die tiefe Bitternis des Mannes, so spät in seinem Erdenleben zu solch weiser Erkenntnis vorgedrungen, aber der Freiheit beraubt zu sein, sie in die Tat umzusetzen. Es mußte ihn ärgern, daß andere, jüngere die Möglichkeit hatten, ihr Leben auf den Gral auszurichten, sie jedoch verstreichen ließen oder blindlings daran vorbei stolperten. Enzio konnte Roç und ihr nicht helfen, soviel stand jetzt für sie fest. Aber konnte es ihre Aufgabe darstellen, sein

Los zu verändern? Yeza, die bisher sittsam und ergeben zu den Füßen des verehrten Re Enzios gesessen hatte, streckte ihre langen Beine und erhob sich. Sie sah sich nicht etwa nach ihm um, sondern durchmaß federnden Schritts den Saal, was den König unruhig machte.

Yeza wollte ihre Gedanken ordnen, bevor sie eine Entscheidung traf. Die Befreiung König Enzios aus seiner unrühmlichen Bologneser Gefangenschaft als Prüfung, die ihr auferlegt war? Das machte nur Sinn, wenn die engen Blutsbande zwischen ihr und dem Staufer nicht nur in ihrer Einbildung bestanden und mehr waren als Jungmädchenschwärmerei! Sie mußte der Wahrheit ins Auge schauen. Yeza hielt inne in ihrem Schritt, wandte sich aber nicht zum König um.

»Seid Ihr mein Vater, Enzio?«

Die Frage stand unvermittelt im Raum, und der König war dabei zusammengezuckt. Enzio hob seinen Blick zu den hohen Fenstern, als hätte jemand drüben im Palazzo del Podestà oder gar im Torre dell' Arengo gelauscht. Dann stieg er hinab von seinem thronartigen Sitz und ging langsam auf die schmale Gestalt zu, die ihm den Rücken zugedreht hatte, als sei sie zu Stein erstarrt. Behutsam legte er eine Hand auf ihre Schulter.

»Laß uns ein wenig durch die Straßen wandern, mir fällt die Decke auf den Kopf.«

Yeza, die eine brüske Reaktion befürchtet hatte, mit der er sie als mögliche Tochter zurückwies oder sein Verhältnis zu ihrer Mutter glattweg leugnete, fühlte Erleichterung. Allerdings mußte sie sich darauf einstellen, daß er zwar über sich und Esclarmunde reden wollte, ihr die ›natürliche‹ Folgerung jedoch auszureden gedachte, denn sonst hätte er ja zu seiner Vaterschaft stehen können. Sie empfand Traurigkeit, und fast bereute sie die Frage um ihrer Mutter willen, die allemal mehr Mut bewiesen hatte, zum Leben – und zum Tode.

Yeza versuchte, dem Gespräch eine andere Wendung zu geben.

»Als ich mich zu Euren Füßen warf, woher wußtet Ihr da eigentlich, wer ich bin, daß Ihr mich vor dem Pallavicini in Schutz nahmt?«

»Gegen Oberto nehme ich selbst für des Teufels Großmutter Partei. Doch ich wußte sofort, wen ich vor mir hatte.« Enzio grinste, trat an einen Schrank und winkte sie zu sich. Hinter der Tür hing ein Bild Yezas. Es war eines der Miniaturporträts, die Rinat Le Pulcin von ihr auf Quéribus gefertigt hatte. »Das seid doch Ihr?«

Yeza nickte stumm. Es gab kein Entrinnen. Enzio schien mit seinen Gedanken ganz woanders.

In der Tat überlegte er, ob er Yeza auch das andere Bild zeigen sollte, das der venezianische Maler von ihm angefertigt hatte. Es zeigte ihn in einem Faß, denn so könnte er eines Tages aus der Stadt fliehen, wie ihm Rinat im Scherz zugeredet hatte. Keine Torwache würde auf das Versteck kommen, wenn vom Markt heimkehrende Bauern es an ihnen vorbei trügen. Enzio hatte das Bild oft vor den Augen, wie er da mit seiner blonden Mähne im Faß hockte, die natürlich nicht so verräterisch heraushängen durfte, wie dieser Rinat es spaßeshalber gemalt hatte. Aber die Idee war nicht schlecht. Von ihr wollte er Yeza lieber nichts sagen oder wenigstens jetzt noch nicht.

Yeza ließ sich willenlos von dem Mann aus dem Raum mit den hohen Fenstern führen. Vor der Tür schlossen sich ihnen sogleich die Wachen an, und sie schritten beide die breiten Treppen hinab. Umringt von der Leibwache, die der Rat der Stadt Bologna ihrem prominenten Gefangenen Tag und Nacht stellte – denn es sollte ihm in ihren Mauern kein Leid geschehen, fanatische Messerstecher, aufgehetzte Papisten gab es schließlich überall –, trat das seltsame Paar auf die Piazza Maggiore. An diesem zentralen Platz hatte die Commune ihm eigens den prunkvollen Käfig gebaut, zwischen Rathaus, Getreidebörse und Zeughaus gelegen. So hatten sie immer ein Auge auf Re Enzio, der fremden Besuchern vorgewiesen wurde wie ein exotisches Tier.

Auch diesmal richteten sich Hunderte von Augenpaaren, verborgen hinter den Vorhängen der umgebenden Fenster, auf den blonden König. Menschen winkten aus dem Dunkel der Torwege, zogen auch zum Gruß die Mütze, doch viele blieben nur stehen und gafften. Enzio grüßte zerstreut und zog Yeza am Arm mit sich. Er bog hastig in den Pavaglione ein, den Laubengang zwischen San Petronio, der Basilika des Schutzpatrons, und dem Gymnasion, dem ältesten Universitätsgebäude. Unter seinen Arkaden, inmitten der an ihnen vorbeistrebenden oder ehrerbietig Platz machenden Menschen, fand Enzio seine Fröhlichkeit wieder.

»Den festen Vorsatz, in mir den Vater zu sehen, kann dir nur die Prieuré eingeredet haben – wider besseres Wissen.« Er versuchte, Yeza mit seiner Heiterkeit anzustecken, ohne im geringsten zu bedenken, daß ihr die Frage in einem ganz anderen Licht erscheinen mußte.

Yeza erwiderte scharf:

»Wenn das alles ist, war Ihr mir zu sagen habt, ziehe ich vor, Euch nicht anzuhören!«

Enzio besann sich.

»Also gut«, erklärte er großmütig, »lassen wir den Geheimbund außen vor, obgleich er keineswegs unbeteiligt war und mir den Tort angetan hat, daß ich Euch heute nicht als Tochter in meine Arme schließen kann – was ich wirklich gern täte.«

»Ihr solltet Euch schämen, mit mir noch länger ein Spiel zu betreiben. Adieu!« Yeza entzog ihm ihren Arm und machte Anstalten umzudrehen.

»Wartet«, flüsterte Enzio. »Ihr sollt ja die Wahrheit wissen. Eure Mutter begleitete ihren Vater, den ehrenwerten Ramon de Perelha, auf einer höchst geheimen Mission nach Apulien. Dort weilte der Kaiser zur Einweihung seines neuesten Jagdschlosses, das er sich in den Wäldern nahe seiner Residenz zu Foggia hatte errichten lassen, Castel del Monte. Auch ich hatte meinem Herren und Erzeuger Friedrich dort die Aufwartung gemacht. Esclarmunde war nicht nur von großem Liebreiz, sondern galt unter den Teilnehmern der Jagdgesellschaft als zu erlegendes Wild. Wenn Ihr die Geschichte, wie sie sich tatsächlich abgespielt hat, nicht ertragen könnt, Yeza, dann kann ich sie Euch auch ersparen?«

Yeza funkelte ihn aus kalten Augen an.

»Ich kenne die Welt der Männer sicher besser als meine behütet auf dem Montségur aufgewachsene Mutter. Mich kann nichts mehr erschrecken – nur ekel' ich mich ungern!«

»Nicht alle Männer sind Schweine!«

»Nein, da habt Ihr recht. Dem Borstenvieh wird damit bitter unrecht getan, also fahrt nur fort, und berichtet von Euren männlichen Taten, denen Esclarmunde schutzlos ausgeliefert war, weil sie wie ihr Vater dem katharischen Glauben anhing und die geheime Mission wahrscheinlich unternommen war, um den bedrängten Landsleuten im Languedoc Hilfe zu finden. War es nicht so?«

»Richtig«, sagte Enzio, aber bevor er weiterreden konnte, hatte Yeza schon wieder das Blatt in der Hand.

»So konnten die Männer um den Kaiser, Bastarde und Hofschranzen eingeschlossen, davon ausgehen, daß jemand, der Beistand sucht, auch bereit ist, dafür einen Preis zu zahlen. Falsch?«

»Nein«, murmelte Enzio, »aber hart. Ihr geht sehr hart ins Gericht –«

»Wie Ihr wißt, damals schon wußtet, bestand nicht die geringste Absicht bei Hofe, den Katharern zu helfen, wohl aber die, den Preis zu kassieren, ›das Wild zu erlegen‹ –«

»Der Kaiser haßte die Ketzer! Es war eine aberwitzige Idee, ausgerechnet ihn um Hilfe anzugehen. Es mußte sogar vor Friedrich geheimgehalten werden, warum die Perelhas gekommen waren. Sonst wären sie in höchste Gefahr für Leib und Leben geraten, denn Ketzer wurden ausnahmslos dem Feuer überantwortet. Ich weiß wirklich nicht, wer ihnen zu dieser Reise geraten hatte.«

»Träumer!« sagte Yeza. »Verantwortungslose Träumer; aber Ihr, Enzio, wußtet um die schlimme Lage der liebreizenden Esclarmunde und ihres Vaters.«

»Mitnichten!« antwortete der König empört. »Ich wurde nicht einmal andeutungsweise in die Hintergründe eingeweiht. Unterstellt mir also nicht, ich hätte die Situation schamlos und erpresserisch ausgenutzt!«

»Das habt Ihr gesagt«, beschied ihn Yeza kalt. »Ihr wart damals schon König von Sardinien – doch völlig ahnungslos? Das soll ich Euch glauben?« höhnte sie.

»Ihr müßt! Mit mir wurde ein so böses Spiel gespielt, daß ich mich schäme, Euch davon zu berichten.« Enzio blieb stehen und sah sich um. Jetzt waren ihm Lauscher doch wohl peinlich. »Hinter meinem Rücken wurde Esclarmunde zu einem Stelldichein mit mir überredet, ich weiß nicht, wie und von wem oder ob sie unter Druck gesetzt wurde, mich des Nachts in ihrer Kemenate zu empfangen, natürlich in aller Heimlichkeit –«

»Vielleicht war sie tatsächlich verliebt in Euch?« spottete Yeza. »Ihr sollt ein schmucker Bursch gewesen sein, dem kaum ein Weib widerstand.«

»Spottet nur über mich! Es kommt noch viel übler! Sicher hätte ich mir damals eingebildet, daß die schönen Augen, die ich Esclarmunde vom ersten Tag an gemacht hatte, ihre Wirkung nicht verfehlt, aber ich wußte ja nichts von dem Rendez-vous! In besagter Nacht erwartete mich die Liebste, doch im Schutz der Dunkelheit trat mein Herr Vater in ihre Kammer! Jemand hatte ihm – sicher ganz beiläufig – gesteckt, daß für ihn wie üblich ein Liebesabenteuer angerichtet sei. So stolperte er nach ausgiebiger Zecherei in den Turm, den man ihm wies. Den Rest mag ich mir nicht vorstellen, ich kannte das Tier in Friedrich! Wie habe ich ihn dafür gehaßt!«

»Weiter«, sagte Yeza tonlos, »bringt es zu Ende!«

»Auch das war meine Sache nicht! Am nächsten Morgen wurde Herrn Ramon de Perelha bedeutet, es sei wohl das Beste für ihn, samt Tochter unverzüglich das Weite zu suchen. Sie reisten ab, ohne daß ich Esclarmunde noch einmal zu Gesicht bekam. Ich fand dann später heraus, daß es der alte John Turnbull war, ein höchst zweifelhaftes Individuum aus dem Languedoc, der von Friedrich gelegentlich als Gesandter zum Sultan geschickt wurde, der dafür gesorgt hatte, daß der Kaiser meinen Platz einnahm. Ich stellte ihn aus begreiflicher Scham nicht zur Rede, noch wurde ich seiner je habhaft, um ihm die Eier in sein intrigantes Maul zu stopfen. Aber ich brachte in Erfahrung, daß er ein ranghohes Mitglied der Prieuré war.«

»Ja«, bestätigte Yeza tonlos, »das war er bis zu seinem Tode!«

»Nun wißt Ihr, wer Euer Vater ist«, seufzte Enzio, als wäre ihm eine Last vom Herzen genommen, »und Ihr werdet auch verstehen, warum ich diesem geheimen Orden der Prieuré von Sion nicht gerade wohl will, obgleich er später des öfteren versuchte, mich in seine erlauchten Reihen aufzunehmen.«

»Wahrscheinlich, mein lieber Bruder«, sagte Yeza und lächelte, »seid Ihr längst Mitglied, ohne es zu wissen.«

Enzio sah sie erstaunt an.

»Wozu, liebe Schwester? Wie könnte ich Ihnen noch von Nutzen sein? Hier in Bologna werden sie ihre Interessen nicht gerade von einem vertreten lassen, der lebendig begraben ist.«

»Die Prieuré denkt anders, als man denkt«, entgegnete Yeza, »und wann einer tot ist, das bestimmt sie!«

Sie waren auf ihrem Gang bei San Domenico angelangt, der großartigen Grabstätte des heilig gesprochenen Erfinders der Inquisition.

»Wie es auch kommen mag«, erklärte Enzio und legte den Arm um Yeza, »wenn ich dann endlich dieses Jammertal verlassen darf, dann werde ich hier zur letzten Ruhe gebettet.«

Yeza betrachtete die mächtige Basilika, ihr Blick glitt über die Fassade und verlor sich im Grau des winterlichen Himmels.

»Wollt Ihr meinen Sarkophag besichtigen?«

Sie schüttelte energisch den Kopf. Yeza dachte an Roç, während sie den Rückweg zum Wohnsitz des gefangenen Königs antraten. Roç würde sicher nicht anders handeln, wenn er an ihrer Stelle wäre. Enzio war ihr Bruder und ihn hier in Bologna sterben zu lassen, ohne den Versuch zu unternehmen, ihn zu befreien, war eigentlich undenkbar. Sie, in Vertretung des Königlichen Paares, konnte sich nicht einfach davonschleichen. Als Tochter des Gral mußte sie es versuchen. Mochte Enzio zur Prieuré stehen, wie er wollte, am Gelingen oder Mißlingen eines solchen Unternehmens würde sich erweisen, was die Geheime Macht beschlossen hatte. Doch sie verschwieg, was ihr durch den Kopf ging.

»Hat es Euch nie gelüstet, Bruder, den Schwarzen Kelch zu finden und ihn zu leeren bis zur Neige?«

Enzio sah sie entgeistert an.

»Ich würde ihn nicht berühren, geschweige denn einen Tropfen aus ihm trinken, und das kann ich Euch auch nur raten, Yeza!«

Da wußte sie, was zu tun war, aber auch wie es ausgehen würde. Wer das Leben fürchtete, trug den Tod schon in sich, ohne jede Hoffnung auf das Jenseits.

Yeza hätte sich wohler gefühlt, wenn ihr Ritter jetzt zur Hand gewesen wäre, doch der Herr Trencavel segelte irgendwelchen sinnlosen Abenteuern entgegen, wahrscheinlich in bester Kumpanei mit den drei nichtsnutzigen Söhnen Okzitaniens. Des Nachts würde er sich die Potkaxl hernehmen, die dachte sich nichts dabei, und Beni der Kater müßte wohl tagsüber zusehen, wenn er zu seinem Recht kommen wollte; denn Raoul, Mas und Pons würden ebenfalls Ansprüche auf sie geltend machen. Die kecke Toltekenprinzessin wird wohl als einzige nicht zu kurz kommen, das kleine Luder! Und Monsignore Gosset? Gut, daß der über solchen Dingen stand, obgleich auch er sicher kein Kostverächter. Auf ihn war Verlaß. Yeza ertappte sich dabei, daß ihre Gedanken zum Taxiarchos gewandert waren. Sie schalt sich, aber sein Bild ließ sich nicht verdrängen. Yeza zwang sich, an den alten treuen Sigbert zu denken, der eigentlich der einzige war, den sie hier in Bologna erwartete. Konnte sie ihn brauchen? Sosehr sie auf Unterstützung angewiesen war, ausgerechnet den braven Komtur wünschte sie nicht mit ihren Plänen zu belasten. Und für die Ausführung ihres Vorhabens, das in ihrem Kopf immer festere Formen annahm, taugte er nicht. Jordi wäre ihr tausendmal lieber gewesen, doch der hockte wartend in Ravenna. Yeza fröstelte es bei der Überlegung, wie sie ihren wahnwitzigen Einfall in die Tat umsetzen sollte. Vielleicht war das Fieber ihr in den Kopf gestiegen und hatte ihr Hirn geschädigt? Keiner schien ihre Verwirrtheit zu bemerken, schon gar nicht ihr neu gewonnener Herr Bruder. Doch der war auch nicht mehr ganz richtig im Kopfe! Sie mußte sich zusammennehmen, beweisen, daß sie auch ohne Roç zu einer großen Tat fähig war. Ja, vor allem dem Trencavel mußte sie es zeigen, daß sie nicht nur seine bessere Hälfte war, sondern auch allein ihren Mann stehen konnte. Allen Männern würde sie es zeigen!

»Ihr träumt, Schwester«, rief Enzio über die Schulter, weil sie nicht mit ihm Schritt gehalten hatte. »Ich frage mich, was in Eurem schönen Köpfchen vorgehen mag?« Er lachte aufmunternd. »Wie fühlt sich die Tochter des Kaisers in der Stadt, die für jeden Staufersproß zur Falle werden kann?«

»Wenn Ihr mich nicht unglücklich machen wollt«, zischte Yeza erschrocken, »dann führt Euch bitte nicht wie ein kaiserlicher Herold auf! Ich wüßte nicht, was es Euch frommt, mich so lauthals an den Pranger zu stellen!«

»Ich müßte Eurer anregenden Gesellschaft nie mehr entsagen!«

»Ihr täuscht Euch, Enzio! Meine Bestimmung ist mitnichten, hier in Bologna lange zu verweilen!«

»Weist die Gastfreundschaft dieser klugen und fleißigen Stadt nicht so verächtlich von Euch. Wenn wir niemandem etwas sagen, dann können wir die Ehe eingehen, Kinder haben und –«

»Auch das entspricht nicht meiner Bestimmung!« schnitt ihm Yeza lachend die weitere Ausschmückung des Familienidylls ab und nahm ihn beim Arm. Sie hatten den Palazzo des Re Enzio wieder erreicht.

Die ›Nike‹, der Segler des griechischen Botschafters, den die Sizilianer dem Trencavel angedient hatten, machte nur langsam Fahrt. Fast widerwillig setzten sich die Segel den Winden aus, und wenn in einer Flaute zu den Rudern gegriffen wurde, dann kam das Schiff kaum vom Fleck. Keine Laune des Wetters, sondern des Umstandes, daß Kapitän und Mannschaft noch die gleichen waren, Griechen aus Nikäa, während der erzwungene Transport von Roç und seinen Mannen der Unterstützung des Despoten von Epiros dienen sollte. Der jugendliche Feldherr mochte noch so mit den Zähnen knirschen und dem stets zuvorkommenden und über die Ungunst der Elemente lamentierenden Kapitän im stillen Prügel androhen, es verbesserte die Situation nicht.

Roç hatte auch so schon genügend Probleme, sich als Kommandeur der Expedition durchzusetzen. Wie zu erwarten war, zeigten sich die drei jungen Burschen aus dem Languedoc von Anbeginn der Reise an nicht zur Zusammenarbeit bereit. Raoul, ihr Anführer, der verschlagene Mas und im Schlepptau der tumbe Pons sonderten sich ab und schmiedeten lauthals Pläne, die mit dem Ziel des Unternehmens keineswegs in Einklang standen. Sie ließen es jedermann wissen, daß sie ein Eingreifen in die griechischen Auseinandersetzungen für Blödsinn hielten, zumal auf der Verliererseite, denn der Kaiser von Nikäa werde letztlich den Sieg im Kampf um Konstantinopel davontragen. Sie würden es vorziehen, mit dem Taxiarchos zu den ›Fernen Inseln‹ zu segeln, wo an heiteren Stränden das Paradies auf Erden zu finden sei, zwischen sanften, willigen Weibern, köstlichen Früchten, die man ebenfalls nur zu pflücken bräuchte, und

Gold, soviel wie Sand am Meer. Es grenzte an Aufforderung zur Meuterei.

Die meisten deutschen Ritter, die ihre Verpflichtung ernst nahmen und voller Kampfgeist darauf brannten, im sonnigen Hellas dreinzuschlagen und zumindest mit einer eigenen Insel entlohnt zu werden, hörten zwar nicht hin. Viele verstanden auch die Langue d'oc nicht recht, aber bei einigen fielen die Samenkörner der Verführung auf den fruchtbaren Boden der Neugier. Roç mußte es ohnmächtig feststellen, denn er war des Deutschen durchaus mächtig. Ihm lag die klobige Art der Ritter aus dem Reich wenig, und er schob Gosset vor, um mit dem einzigen Kontakt zu halten, der anscheinend mehrere Sprachen beherrschte, obgleich er sich meistens in Schweigen hüllte. Ihm war dieser weißblonde Recke unheimlich. Dietrich von Röpkenstein war den ganzen Tag über damit beschäftigt, seinen muskulösen Körper zu stählen. Er zerschlug mit bloßer Faust jeden Gegenstand, der auf dem Schiff entbehrlich war, wobei er nicht wählerisch vorging; er zerriß Taue und Segeltuch, mal mit der Hand, mal mit den Zähnen, stemmte volle Fässer, hangelte sich durch die Takelage, um dann aus beängstigender Höhe auf das Deck zu springen. Die Deutschen riefen ihn »Didi« und fügten sich jedem seiner knappen Winke.

Roç schwante, daß er irgendwann einmal gegen diese Kampfmaschine würde antreten müssen, wenn er die Führung über den zusammengewürfelten Haufen behaupten wollte. Doch ausgerechnet aus den Reihen seines eigenen Gefolges erwuchs ihm das Problem, das die Situation an Bord entscheidend beeinflußte. Die Potkaxl, das einzige weibliche Wesen, hatte er wohlweislich in seine Kajüte auf dem Heck verbannt, weniger um sich ihres festen Fleisches zu vergewissern, als um die Männer nicht zu reizen. Doch die Toltekin ließ sich nicht verstecken. Schon bald entflammte sie die drei Okzitanier, die dort im Unterdeck ihr Quartier bezogen hatten, und Beni, der sich gegenüber Roç frei von Eifersucht zeigte, reagierte fuchsteufelswild auf die zunehmenden Avancen, zumal Pons raushängen ließ, daß er bereits ausgiebig die Wonnen gekostet hatte, welche die dralle Potkaxl zu gewähren wußte. Das Gehacke drohte in Handgreiflichkeiten auszuarten und vor allem die Deutschen aufzurühren, die

Enthaltsamkeit bis dahin als feldzugsmäßig gegeben angesehen hatten. Roç wußte keinen Rat, insbesondere als Dietrich – eines der seltenen Male – den Mund aufmachte und sich laut an ihn wandte:

»Trencavel, warum werft Ihr das Weibsstück nicht einfach über Bord?«

Da hatte Gosset eingegriffen, der als ältester und dazu noch als Priester zwar der fleischlichen Gelüste nicht unverdächtig war, jedoch eine natürliche Autorität ausstrahlte. Der hatte Potkaxl kurzerhand in seine Kabine einquartiert, die der von Roç gegenüber lag. Und Roç hatte geschwiegen. Damit war zwar nicht die Kommandogewalt, aber letztlich ein Gutteil des Ansehens von Roç auf den Monsignore übergegangen. Roç war das recht, wenn es ihn auch ärgerte, daß Gosset sich nicht vorher mit ihm abgesprochen hatte. Ein weiterer Machtverfall blieb ihm erspart, weil am Horizont plötzlich eine Flotte auftauchte.

»Roç!« ermahnte der Priester seinen Schützling, als ein einzelnes Schiff aus dem Verband scherte und Kurs auf die ›Nike‹ nahm. »Ihr laßt Euch besser nicht sehen, bis wir wissen, wer da freundlich oder feindlich auf uns zukommt.«

»Nach Tuch und Takelage und dem hohen Heckaufbau zu urteilen«, mischte sich Dietrich ein, »handelt es sich um einen Marseilleser.« Die stahlblauen Augen des Deutschen suchten den Dunst über dem Meer zu durchdringen. »Doch jetzt setzt er den Stander des lateinischen Kaisers.«

»Sicher Herr Balduin auf der Heimfahrt von einer Bettelreise an den Höfen Europas!« spöttelte Roç, den es wurmte, daß er sich feige verstecken sollte, während Dietrich hier den erfahrenen Feldherren spielen konnte.

»Mit einer Kriegsflotte als Ehrengeleit?« Der Deutsche ließ sich die Frage als Antwort auf der Zunge zergehen. Gosset spürte die aufkommende Rivalität.

»Auch Ihr, Dietrich von Röpkenstein, geht bitte unter Deck!« Der Priester suchte den Blick der blauen Augen und zwang dem Ritter seinen Willen auf. »In keiner Kostümierung kann ich Euch als muslimischen Handelsherrn verkaufen. Im übrigen sollten auch wir die griechische Flagge zeigen!«

Der Deutsche schien willens, dem Befehl zu gehorchen, und so sah auch Roç sich veranlaßt, der vernünftigen Aufforderung seines Mentors zu folgen. Er hörte noch, wie Gosset die ihn umringenden Ritter, alle als Araber gekleidet, anwies, sich gefälligst auch ab sofort in Schweigen zu hüllen.

»Wir sind eine maghrebinische Handelsdelegation, Berber, die der Kaiser von Nikäa zu sich geladen hat!« beschwor er die deutschen Ritter. »So erklärt sich Euer heller Teint! Macht mir keine Schande!« mahnte Gosset die Recken, die sich zum Heck verzogen.

»Ich sollte doch in Eurer Reichweite bleiben«, bot Dietrich da an, »denn ich spreche fließend das Idiom der Tuari!«

Da mochte auch Roç nicht zurückstehen. Er drehte auf der Stelle um.

»Wohl kaum besser als ich!« knurrte er, und Gosset hob resignierend die Schultern.

Der einzelne Segler war inzwischen herangekommen, und da die See ruhig war, ließ er ein Beiboot zu Wasser, in dem ein einzelner Ritter jetzt zur ›Nike‹ hinübergerudert wurde.

Er sah aus wie ein provenzalischer Edelmann und machte auch keinen Hehl aus seiner Herkunft.

»Robert von Les Beaux«, stellte er sich vor, als er an Deck geklettert war, »mit griechischen Freunden auf dem Weg nach Konstantinopel.« Er war jung und seine Miene ohne Arg.

Gosset erwiderte:

»Wir kommen aus dem Reich des erhabenen *amir al mumin*, der alles Land westlich des Nils beherrscht, die Wüste und das Gebirge des Atlas bis zum Ozean, der seinen Namen trägt. Der griechische Kaiser von Byzanz hat uns sein Schiff geschickt, damit wir eine gute Reise haben.«

Diese Auskunft schien den Herrn von Les Beaux zu erfreuen. Die Anwesenheit eines römischen Priesters irritierte ihn keineswegs.

»Zu fürchten, Monsignore, habt Ihr in diesen Gewässern nur die tückischen Sikulaner des Bastards Manfred, der mit allen verfeindet ist, mit der Kirche wie mit dem Michael Paläologos von Nikäa.«

Hier wurde er von dem griechischen Kapitän unterbrochen, der sich, wild mit den Armen fuchtelnd, vordrängte:

»Lug und Trug!« keuchte er. »Ich bin der Kapitän des Kaisers, diese hier haben mich gezwungen –«

Weiter kam er nicht, weil Dietrichs blitzschnell angewinkelter Ellenbogen ihn spitz unter der Nase erwischte, daß man die Zähne krachen hörte, bevor er bewußtlos mit geplatzter Oberlippe wie ein nasser Sack auf sein Gesicht fiel.

»Wie?« entfuhr es Herrn Robert betroffen. »Was wird hier gespielt?« Und er wich zurück an die Reling in den Schutz seiner Soldaten.

»Der gute Mann hat keinen Durchblick«, entgegnete Gosset seelenruhig und nestelte ein Pergament aus seinem Gewand, das er dem besorgten Ritter soweit hinhielt, daß der das unterstrichene Wort *ambassadeur*, die Signatur und das Siegel des Königs Ludwig erkennen konnte. »Der Krone Frankreichs ist sehr am Gelingen dieser Mission gelegen.« Mit lässiger Handbewegung zog er die drei Okzitanier heran. »Die Herren Raoul von Belgrave, Mas de Morency und der Graf de Levis geben der Delegation des Sultans von Marrakech das Ehrengeleit, denn Seine Majestät, der Herrscher aller Gläubigen, hat seine Neffen« – er wies kühn auf Roç und Dietrich, die bereits seit dem Vorfall mit dem Kapitän lauthals und die Empörten darbietend auf arabisch miteinander diskutiert hatten.

Da kam Raoul de Belgrave dem Monsignore zu Hilfe.

»Der ehrenrührige Auftritt des elenden Griechen hat unsere muslimischen Gäste beleidigt.«

Der Herr Robert gab sich mit gequältem Lachen zufrieden. »Auf Griechen sollte man sich nie verlassen! Auch wir sind Franzosen«, räumte er ein, »Provenzalen des Grafen Charles d'Anjou. Der Bruder des Königs hat uns in geheimer Mission hergeschickt.« Mehr wollte er wohl nicht preisgeben, er winkte allen an Bord leutselig zu und verneigte sich leicht vor Gosset. »Viel Glück auf der weiteren Reise!« Dann stieg er über die herabgelassene Strickleiter in sein Boot, und seine Soldaten ruderten ihn zurück. Sobald er wieder an Bord war, signalisierte man von seinem Schiff der restlichen Flotte, und sie entschwand mit geblähten Segeln gen Nordost.

»Potkaxl«, rief Roç mit einem Schnaufer der Erleichterung, »kredenz uns vom guten Wein Manfreds, und kühl dem vorlauten Kapitän das Maul! Wir brauchen ihn noch.« An Dietrich gewandt, setzte er hinzu: »Wer soll das Schiff sonst führen!«

Der Deutsche wollte etwas erwidern, wahrscheinlich, daß er auch dies Handwerk meisterlich beherrsche, aber Gossets Blick zwang ihn, seine Zunge zu zähmen.

»Der Anjou ist also auf Kriegspfad«, stellte Gosset fest.

»Ich gäb' viel drum zu wissen«, murmelte Roç, »was er im Schilde führt.«

»Einen Schlag gegen unser staufisches Sizilien!« knurrte Dietrich. »Ich wünschte, wir wären Manns genug, ihm die Suppe zu versalzen.«

Potkaxl schenkte den Wein aus, und der Kapitän wurde von seinen Leuten verbunden. Sein Kiefer war gebrochen, aber er kehrte an das Steuer zurück.

Dietrich behielt ihn unauffällig im Auge. Er beobachtete, daß Pons die Gelegenheit ergriff und, Teilnahme vortäuschend, sich dem Kapitän näherte. Verstohlen händigte er dem Griechen ein versiegeltes Schreiben aus, das dieser ärgerlich wegsteckte, während Pons sich hastig wieder zu seinen Spießgesellen begab.

Gosset hob seinen Pokal.

»Ich bin stolz auf Euch alle!« rief er. »Es ist ein Jammer, daß wir nicht Kurs auf Outremer nehmen. Mit solch einer Mannschaft könnten wir Jerusalem erobern, für den Trencavel, für das Königliche Paar!«

Die Deutschen ließen Roç hochleben. Die drei aus dem Languedoc tuschelten miteinander und zeigten deutlich, daß sie auch dieses Angebot nicht interessierte.

Roç biß sich auf die Lippen und machte gute Miene zu dem Ziel, das der Priester unnötigerweise angedeutet hatte und das nur neue Unruhe schaffen konnte. Als die anderen tranken, stellte er seinen Mentor zur Rede.

»Was fällt Euch ein?« zischte er wütend.

Gosset ließ sich nicht einschüchtern.

»Das war kein Einfall, sondern entspricht meiner felsenfesten Überzeugung!«

»Kommt nicht in Frage!« fauchte Roç zurück. »Wir segeln nicht ins Heilige Land, sondern nach Epiros! Ich halte mein Wort, das ich Manfred gegeben, und alle, die mit mir fahren«, rief er jetzt mit erhobener Stimme, »sollen nie wieder daran zweifeln!«

Die ›Nike‹ hatte wieder Fahrt aufgenommen und schlingerte störrisch in den grauen Abend hinein. Sei es, daß der mißhandelte Kapitän keine Lust verspürte, mehr aus ihr herauszuholen, nachdem er den Kurs gemäß der neuen Instruktionen unwillig, aber ohne sich aufzulehnen, korrigiert hatte, sei es, daß der Segler sein kommendes Schicksal spürte. Die ›Nike‹ ächzte in den Wanten und stampfte in der Abendsee. Die Segel schlugen flatternd, weil sie schlecht gezurrt waren. Im Westen schickte sich die Sonne an, als glutrote Scheibe im Meer zu versinken.

Die Flotte des Anjou hatte sich längst zur Nachtruhe versammelt. Im Schutz einer anscheinend kaum bewohnten Insel ankerten sie in einer Bucht.

»Sie heißt Linosa«, klärte Robert Les Beaux seinen seltsamen Passagier auf, der ihm nicht unheimlich, aber höchst unsympathisch war. Dennoch gab er sich Mühe, ihm höflich zu begegnen, weil man einem Krüppel gegenüber schließlich Rücksicht walten lassen sollte. Der Mann hatte nur einen Arm und war heute, als sie zur Kontrolle des griechischen Seglers ausgeschickt wurden, beim Näherkommen plötzlich vor Schreck in eine Luke gefallen. Doch hinterher verlor er kein Wort der Erklärung über seine offensichtliche Furcht, erkannt zu werden.

Rinat Le Pulcin war dem kleinen Geschwader als Führer beigegeben worden. Er schien der einzige zu sein, der außer dem Kommandanten genau wußte, wohin und gegen wen die Fahrt gerichtet war. Doch darüber schwieg er sich ebenso beharrlich aus. Da der Mann angeblich unter der Protektion des Anjou stand, war Robert bereit, es dabei zu belassen. Zur nächtlichen Felseninsel hinüber deutend, fügte er nur noch hinzu: »Sie gehört den Templern, und sie haben es nicht gern, wenn man sie anläuft. Wir werden also morgen früh ohne Trinkwasseraufnahme weitersegeln.«

Rinat hatte lange in das Dunkel der Nacht gestarrt.

»Die Durchführung unseres Unternehmens«, sagte er dann, langsam die Worte aneinanderfügend, »hat sich nicht vereinfacht. Wißt Ihr, wer an Bord des griechischen Schiffes war?«

Der junge Herr Robert schüttelte erwartungsgemäß den Kopf.

»Nicht nur Roç Trencavel und sein ihm ergebener Berater Gosset, der immer noch mit einem Beglaubigungsschreiben König Ludwigs herumreist, obgleich er schon vor Jahren Seine Majestät schmählich hintergangen hat, indem er als bestallter Gesandter zum Großkhan der Mongolen die Mission gar nicht antrat, sondern die Kasse veruntreute.«

»Gut, oder vielmehr höchst von Übel«, unterbrach ihn der junge Herr von Les Beaux, »aber wer war noch dabei, daß Ihr so beeindruckt wart?«

»Dietrich von Röpkenstein, der Totschläger des Reiches, ein Mann des Oberto Pallavicini, Vikar der Staufer! Wer ihm in die Finger gerät, hört jeden Knochen einzeln brechen, bis zum Halswirbel hin, dann hört man nichts mehr. Er ist eine Mordmaschine. Das letzte Mal erlebte ich sie in Rom bei der Arbeit: Das Opfer war der Brancaleone.«

»Und was hat das mit unserer Unternehmung zu tun?«

»Wenn ich das wüßte, wäre mir wohler.« Rinat seufzte. »So weiß ich nur, daß Roç Trencavel in der Gegend ist, und wo der auftaucht, nehmen die Dinge einen anderen Lauf, als man es sich vorstellt. Das ist wie ein Fluch!«

Als auf Linosa der Morgen graute, war weit und breit kein fremdes Schiff zu sehen. Der Taxiarchos stand am Fenster des ihm zugewiesenen Turmgemaches und starrte hinaus aufs Meer gen Westen, von wo er die Ankunft der ›Nike‹ erwartete.

»Na«, spottete einer der beiden Turkopolen, die sich rund um die Uhr in der Wache vor seinem Gemach ablösten, »ist die schwimmende Schatztruhe noch nicht eingetroffen?«

»Das Gold des Kalifen haben sich längst die Mongolen unter die kleinen gelben Finger gerissen!« spottete sein Kamerad, obgleich sie beide auch forschend einen Blick auf die glitzernde Weite warfen, die sich mit dem ersten Licht der Sonne in einen gleißenden güldenen Teppich verwandelte. Hunderte von Augenpaaren suchten zur gleichen Stunde den Horizont ab, denn die Garnison der Templerburg bestand zum größten Teil aus sarazenischen Hilfstruppen, und die kannten alle die Geschichte des Kapitäns, dessen Mannschaft gemeutert hatte, weil er ihnen nicht erlauben wollte, das erwartete Schatzschiff der reichen muslimischen Kaufleute zu überfallen und zu plündern. Aufhängen wollten sie den Taxiarchos, das hatten alle mit angesehen, und nur weil der Strick riß, war er noch am Leben, dieser Dickkopf! Dabei würde ihnen ihr eigener Kommandeur genauso wenig gestatten, hinauszufahren aus dem Hafen, um die Beute einzuholen, selbst wenn sie zum Greifen nahe an Linosa vorbeisegelte. Es wäre eine Kleinigkeit, aber Simon de Cadet, der junge Kommandant der Insel, ihrer Burg und ihres versteckten Hafens, war ein genauso sturer Bock, der – Befehl ist Befehl! – sich eher die Zunge abbeißen würde, als ihnen die willkommene Soldaufbesserung zu gönnen. Nur er hatte den Schlüssel zur Kette, an der nutzlos das Schiff im überwölbten Becken hing, jederzeit bereit, auszulaufen und zuzuschlagen. Doch der Herr Simon stellte Disziplin und Gehorsam über alles, vor allem seinen eigenen, den er als Ritter dem Orden schuldete. Längst wußten auch die Ruderklaven, die in den Steinhöhlen über der künstlichen Grotte hausten, von dem Schiff voller Gold und Juwelen, das der von ihnen gerettete fremde Kapitän erwartete. Dafür hatte der Taxiarchos trotz seiner unfreiwilligen Quarantäne auf der Burg ausreichend gesorgt, und Simon konnte nicht einmal viel dagegen unternehmen, denn der Taxiarchos wiegelte die Turkopolen und die Sklaven, die auf der Burg Dienst taten, nicht etwa offen auf, nein, er verfluchte nur seine habgierige Mannschaft, die ihn hatte umbringen wollen wegen ein paar Truhen voller Gold, das man nicht essen kann, wegen der Säcke, angefüllt mit Geschmeide aus funkelndem Edelstein, perlenbesetzten Diademen. Eitler Tand! So schimpfte er bei jeder Gelegenheit, besonders jedoch, wenn ihm jemand zuhörte. Für den braven Taxiarchos waren das nur Verlockungen des Bösen, die er anschaulich aufzählte, voller Verachtung beschrieb, und so konnte Simon ihm auch schlecht den Mund verbieten. Die Geschichte hatte schon bei der Bergung des Taxiarchos die Runde gemacht, als er noch den Strick um den Hals hatte. Sein erstes Verhör fand im Beisein der Wächter statt, die ihn auf die Burg gebracht hatten. Danach ließ sich das Gerücht nicht mehr aus der Welt schaffen. Hätte Simon den Taxiarchos eingekerkert, hätte er damit die Erwartung nur noch mehr angeheizt. Und wenn anfangs noch Zweifel geherrscht haben mochten über den Wahrheitsgehalt der blumigen Schilderungen des Kapitäns, dann wurden diese später von seinen eigenen Leuten, die ihn zum Teufel geschickt hatten, bestätigt. Seit Tagen schlich die Triëre, das Schiff, das ihn verstoßen hatte, um die Insel herum. Es zog seine Kreise um Linosa wie ein Wolf, der nur darauf wartete, daß ein Schaf sich aus der Herde löst, um darüber herzufallen. Sie kreuzte vor der Hafenbucht, bereit, ihr Opfer gegen die Felsen zu drängen; man konnte ihre Ruder blitzen sehen wie gefletschte Zähne, bereit, sich in den Hals des Opfers zu schlagen und ihm das Gold aus dem Leib zu reißen. Doch was war dieser Seewolf schon gegen das eigene Meeresungeheuer, das die Templer auf Linosa im verborgenen Hafen hüteten?

»Kein Schiff auf dem gesamten Mittelmeer könnte gegen unsere ›Atalanta‹ etwas ausrichten!« entfuhr es dem jüngeren Bewacher des Taxiarchos. Er schlug sich auf den Mund, denn es war bei strengster Strafe verboten, auch nur ein Wort über das Flaggschiff des Ordens zu verlieren, besonders gegenüber dem fremden Gast, der wie ein Gefangener gehalten wurde.

Nun hielt auch der Ältere mit seiner Meinung nicht länger hinter dem Busch.

»Doch leider wird sie nicht von der Kette gelassen ohne schriftliche Order des Großmeisters, die von den Rittern mitgebracht wird, die auf ihr ausfahren sollen«, vertraute er dem Taxiarchos an, der so tat, als interessiere es ihn gar wenig. »Wir hier auf der Insel«, fuhr der Turkopole fort, »stellen nur die Besatzung, die Rudersklaven und die Katapultschützen.« Doch dann kamen ihm Bedenken. »Ihr verratet uns nicht an den Herrn Simon«, flocht er beschwörend ein, »denn der ließe uns auspeitschen bis aufs Blut für unser dummes Geschwätz.«

»Keine Angst!« beruhigte ihn der Taxiarchos. »Ich kenne die ›Atalanta‹ genau, sie ankerte neben uns in Palermo, als der Großmeister Thomas Bérard dort zu Gast weilte.« Das war zwar geschwindelt, denn die Templer hatten ihr kostbares Schiff unter Tuchbahnen verborgen gehalten, und ein doppelter Sicherheitskordon hatte dafür gesorgt, daß niemand der ›Atalanta‹ zu nahe kam. Der Taxiarchos hatte dennoch mit sicherem Blick die nautischen Raffinessen der Konstruktion erkannt und vor allem die ausgeklügelte Kriegstechnik des Schnellseglers bewundert. Die ›Atalanta‹ war eine hochgezüchtete Kampfmaschine, sicherlich allen Schiffsbauten, die ihm geläufig waren, weit überlegen.

»Schade«, murmelte er beiläufig, »daß Herr Simon sie mir nicht für eine kurze, schnelle Strafexpedition überläßt. Mit der eingespielten Besatzung von tüchtigen Ruderern wäre es ein Kinderspiel, den goldgierigen Halunken auf der Triëre eine Lektion zu erteilen und euch allen hier gleichzeitig die Taschen zu füllen!«

»Wann hat unsereins im Leben schon solch eine Chance!« empörte sich der Jüngere. »Es ist unmenschlich vom Kommandanten, uns um dieses Glück zu bringen.«

»Ihr solltet ihn mit schlagenden Argumenten überreden, daß er gut daran täte, ein Auge zuzudrücken«, stichelte der Taxiarchos.

»Herr Simon ist ein untadeliger Kommandant«, hielt der Ältere dagegen, »es täte mir leid, ihn –«

»Auch mit sanfter Gewalt«, fügte sich der Taxiarchos geschmeidig den Skrupeln, »und einem geschlossenen Auftreten aller müßte es möglich sein, Herrn Simon dahin zu bringen, den Schlüssel herauszurücken. Niemand will ihm Böses –«

»Er soll sich uns nicht in den Weg stellen!« rief der Jüngere zornig. »Mehr verlangen wir ja gar nicht!«

Sein Kamerad beschwichtigte ihn.

»Es wird ihm nicht viel anderes übrigbleiben«, versicherte er. »Die Wachen der Burg sind sich einig, und unter den Rudersklaven gärt es. Schon um das Schlimmste zu vermeiden, wird Herr Simon sich in das Unvermeidliche fügen.«

»Schaut«, schrie da der junge Turkopole und zeigte aufgeregt auf das Meer, »ein einzelnes Schiff!«

Der Taxiarchos musterte den schwarzen Punkt am Horizont, die Erregung sprang auf ihn über, das konnte die ›Nike‹ sein.

»Ist es das?« drängte der Jüngere, und, ohne die Antwort des Taxiarchos abzuwarten, rief er: »Ich geb' allen Bescheid!« und stürmte aus dem Raum.

»Ich glaube, das ist der Segler!« sagte der Taxiarchos, jetzt selbst davon überzeugt. Er lehnte sich weit aus dem Fenster, und seine Augen suchten hinter vorgehaltener Hand diesmal den Horizont gen Osten ab. Gegen die aufgehende Sonne glaubte er die vertraute Silhouette der Triëre auszumachen. Seine Lancelotti, die braven Kerle, mußten jetzt ebenfalls die ›Nike‹ erspäht haben, denn wie ein blitzendes, gefährliches Insekt glitt die Triëre aus dem rötlichen Flammenmeer heran.

Der Taxiarchos nickte ingrimmig und wandte sich an den verbliebenen Wächter.

»Geht nur, und sorgt dafür, daß alles ohne Blutvergießen geschieht. Ich rühre mich nicht von der Stelle.«

Der Mann nahm das freundliche Angebot an und folgte eiligen Schritts seinem jüngeren Gefährten. Der Taxiarchos legte sich auf sein Bett und tat so, als ob er schliefe. Am besten, er wußte von nichts, falls Simon ihn aufsuchen sollte.

Das Auftauchen der Felsen von Linosa aus dem Dunst der Dämmerung war das erste, was Roç und seine Ritter sahen, als die Nacht dem Tag wich. Der griechische Kapitän wies seine Mannschaft mit stummen Gesten an, die Segel wieder zu setzen. Sein Kopf war ums Kinn herum straff bandagiert. Er konnte nicht sprechen, sich aber wohl daran erinnern, daß es für ihn zuträglicher wäre, den erhaltenen Befehlen widerspruchslos Folge zu leisten. Ihm war nicht entgangen, daß der blonde deutsche Schläger genau beobachtet hatte, wie der tölpelhafte Pons ihm die schriftliche Order mit schlecht gekonnter Heimlichkeit zusteckte. Sie wies ihn an, Linosa anzulaufen. Deshalb hielt er auf die Insel zu, die sich jetzt deutlich in ihren Umrissen gegen die aufgehende Sonne abzeichnete. Für die meisten an Bord, die sich noch den Schlaf aus den Augen rieben, ein erhebendes Schauspiel, doch Roç erschien die Insel mit ihrer Burg, die über den wild gezackten Felsen thronte, wie ein verzaubertes Eiland, wo ein alter Drache die wunderschöne Prinzessin gefangenhielt, und jetzt kam er, der kühne Ritter Trencavel, übers Meer gefahren, um gegen das Ungeheuer zu kämpfen und die Liebste zu befreien. Er hatte die ganze Nacht unruhig geschlafen und von Yeza geträumt, die sich immer wieder in Gefahren für Leib und Leben stürzte und jedesmal hinter eisernen Gittern endete. Beni brachte ihm einen Kübel kalten Wassers, und er klatschte es sich mit beiden Händen ins Gesicht – um wenigstens bei Tageslicht das Trugbild zu vertreiben. Yeza wartete auf dieser Insel auf ihn, dort oben im Turm! Roç hatte sich schon dabei ertappt, daß er Ausschau nach ihr hielt, ob sie ihm von den Zinnen zuwinkte. Beni reichte ihm das Tuch, damit er sich das Gesicht trockenrieb.

Aus seiner Kabine trat Gosset wortlos zu Roç, und sie betrachteten gemeinsam erst die Insel, dann das Deck zu ihren Füßen, das von geschäftigem Treiben erfüllt war. Die Ritter kümmerten sich um ihre Pferde, die unten im Kielraum eingepfercht waren; sie warfen ihnen Futter durch die Luken hinab.

In dem Gewimmel fiel keinem auf, daß Mas de Morency zu den Tieren hinabstieg, nur Dietrich, der ein Auge auf ihn hatte, bemerkte es. Doch der verzog keine Miene, es sei denn, jemand hätte das Zucken seiner Kinnlade als Zeichen der Befriedigung gewertet. Aber so gut kannte keiner den muskulösen Recken, der sich jetzt von Beni ebenfalls den Kübel reichen ließ und sich das kalte Wasser über den Kopf und den nackten Oberkörper goß.

Mas drückte sich an den warmen Pferdeleibern vorbei, bis er im Heck die bezeichnete Stelle in den Wanten fand. Wie beschrieben, ragten zwei fingerdicke Dübel aus den klobigen Bohlen der Schiffswand. Der Okzitanier nahm den Knauf seines Schwertes, zielte mit der ihm eigenen Sorgfalt, rammte das stumpfe Ende gegen den Zapfen und trieb es mit einem Schlag wie einen Spundhahn ins Faß. Dort klaffte jetzt ein Loch. Meerwasser spritzte mit einem kräftigen Strahl in den Kielraum. Die ersten Pferde wurden scheu, sie witterten die Gefahr. Hastig schlug Mas auch das gegenüber gebohrte Loch frei, so daß das Wasser von beiden Seiten eindrang. Mas rannte zurück zur Leiter, während die Tiere unruhig und wiehernd ihre Ängste bekundeten. Doch die Knechte hielten es nur für Ungeduld und warfen ihnen Futter durch die Luken.

Gemächlich schlenderte Mas zurück zu seinen Kumpanen, die sich wie Dietrich oben auf dem Heck um Roç und Gosset versammelt hatten.

»Will unser Kapitän die Insel rammen?« witzelte Roç gerade frohgemut und wies zu dem Griechen hinab, der unbeirrt den Steuerbaum mit Kurs auf die Felsen eingeschlagen hatte.

»Ich kann keine Hafeneinfahrt entdecken«, sagte Gosset mit steigender Besorgnis, »dafür aber reichlich Klippen. Der Mann sollte den Wind aus den Segeln nehmen!«

»Ich werde ihm auf die Finger klopfen!« erklärte Dietrich, was Raoul veranlaßte, sich einzuschalten.

»Laßt mich mit dem armen Kerl umgehen, mit gebrochenen Händen kann er sonst kaum –«

Er brachte den Satz nicht zu Ende, als vom Deck wirre Rufe erschallten. »Ein Leck! Wasser im Kielraum! Wir sind leckgeschlagen, wir sinken!«

Die Schreie nahmen zu, die Mannschaft riß die Lukendeckel weg und ließ sich an Tauen hinunter zu den Pferden, die wild an ihren Stricken zerrten und ausschlugen. Schon konnte man das Wasser auch vom Heck aus bemerken.

»Wir müssen die Pferde retten!« jammerte Beni, und keiner widersprach ihm. Die Tiere waren durch seitliche Klappen unter Deck geführt worden, und die hatte man vor der Abfahrt wieder verbolzt und kalfatert.

»Vielleicht erreichen wir noch festes Land«, sprach Roç sich selbst Mut zu und wies Raoul an: »Sag dem Kapitän, er soll weiter auf die Felsen zuhalten und nach einer Bucht suchen, wenn kein Hafen zu entdecken ist!«

Raoul sprang mit gezücktem Schwert hinunter zum Steuer, das Schiff begann langsam zu sinken.

»Den Schlüssel! Gebt den Schlüssel heraus!« brüllten im Hof der Burg die durch das offene Tor hereinströmenden Sklaven. Sie waren aus ihren Felslöchern gekrochen, hatten sich in den Laufgängen zusammengerottet und waren dann hinauf zum Castel gezogen. Die Wachen hatten ihnen keinen Widerstand entgegengesetzt. Ohne eine Hand zu rühren, standen die Turkopolen vor der Treppe, die zum Donjon hinaufführte, zu den Gemächern der Tempelritter und ihres jungen Kommandanten Simon de Cadet.

Der trat an das Fenster und schaute tapfer hinab auf die aufgebrachte Menge. Seine Turkopolen hatten ihn verraten. Sie ließen ihm nur noch wenig Zeit, dann würden sie auch den letzten Zugang freigeben, und er wäre den Meuterern ausgeliefert. Simons Blick schweifte nur kurz von ihnen ab, glitt über die Mauern und von da über die Felskuppel, unter der das kostbare Schiff verborgen lag, das ihm zur Obhut anvertraut war. Und draußen, in Bogenschußweite, kämpfte der verdammte fremde Segler ums Überleben. Nur noch wenige Fuß trennten seine Reling von den Wogen, die nur darauf warteten, über der ihnen langsam entgegensinkenden Beute zusammenzuschlagen. Schon sprangen die ersten Menschen ins Wasser, um sich schwimmend an Land zu retten. Muslimische Kaufleute sollten es sein, die größere Mengen an Gold und Juwelen mit sich führten. Das jedenfalls hatte dieser Taxiarchos behauptet – und leider hatten es auch andere gehört. ›Der Schatz des Kalifen‹ – das sich schnell ausbreitende Gerücht hatte ihm diesen Namen gegeben – war immer größer, gewaltiger und schwerer geworden. Das Schiff mußte ja sinken! Simon lachte bitter. Aber warum ausgerechnet vor seiner Tür? Vor den Augen aller, die seit Tagen nichts anderes im Kopf hatten – dafür hatte dieser Taxiarchos mit seinem Geschwätz schon gesorgt. Wäre diese goldene Gans vorbei geschwommen, hätte sie höchstens stumm geballte Fäuste sowie einige Verwünschungen auf sich gezogen und wäre dann so schnell vergessen gewesen, wie sie am Horizont verschwunden wäre. Aber ihre anhaltende Agonie bedeutete eine einzige Herausforderung an alle Zuschauer, sich der Schätze zu bemächtigen, bevor das Meer sie ihnen raubte. Simon ballte die Faust und brüllte die Wachen an: »Schafft mir den Taxiarchos her!«

Der junge Kommandant wußte, wenn er seinen Platz am Fenster verließ, dann würde die Meute zum Sturm ansetzen. Alle seine Ritter standen auf der Steintreppe, mit blank gezogener Waffe, bereit, ihr Leben für den Orden hinzugeben, dem Befehl des Großmeisters folgend, der klar untersagte, den Schlüssel zu der Eisenkette, an der die ›Atalanta‹ lag, an irgend jemanden herauszugeben, der keine Vollmacht vorweisen konnte. Seine Ordensbrüder würden kämpfen, bis der Tod sie erwürgte. Nur über ihre Leichen würde die Meute bis zu ihm vordringen, auch ihm bliebe dann nichts anderes übrig.

Der Taxiarchos betrat den Raum und ging Simon mit leiser Stimme an:

»Wollt Ihr Blut vergießen?« Hätte er Simon angeschrien, wäre der junge Kommandant in seinem Trotz versteinert, so aber blieb er angeschlagen, zutiefst verletzt in seinem Selbstverständnis. Taxiarchos hieb noch einmal in die Kerbe: »Mord und Totschlag? Nur weil Eure Leute ein in Seenot geratenes Schiff bergen wollen?«

»Meine Ehre als Ritter des Templerordens –«

»Eure Vernunft als Kommandant!« schnitt ihm der Taxiarchos kurz, aber immer noch entgegenkommend den Sermon ab. »Erfahrung will ich bei Euch nicht einfordern, aber der gesunde Menschenverstand sollte Euch sagen, daß hier Nachgeben die einzige Möglichkeit ist, eine Tragödie zu vermeiden, eine unnötige noch dazu, denn Ihr riskiert alles hier, samt Eurer teuren ›Atalanta‹, die Ihr vor einer Vergewaltigung dennoch nicht bewahren könnt!«

Simon, der die ganze Zeit aus dem Fenster gestarrt hatte, wandte sich um.

»Könnt Ihr als Kapitän die ›Atalanta‹ unbeschädigt herausführen, das Schiff da draußen bergen und danach ohne Verzug und Schaden in den Hafen zurückkehren?«

Der Taxiarchos nickte.

»Wenn ich Euch damit einen Gefallen erweise, trau' ich mir das zu!«

Simon winkte ihn zu sich und nestelte den großen Schlüssel unter seinem Brustpanzer hervor. Der Taxiarchos zeigte ihn mit erhobener Hand der Menge. Die brach erst in ein wildes Freudengeheul, dann in Hochrufe aus. Der Taxiarchos bedeutete ihr mit einem Wink zu schweigen, und sie gehorchte sofort. Die Rudersklaven waren Befehle gewöhnt.

»Jeder Mann an seinen Platz!« brüllte er in den Burghof hinunter. »Alles hört auf mein Kommando!«

Roç stand, umringt von seinen als arabische Kaufleute verkleideten Rittern, auf dem erhöhten Heck. Den Pferden stand das gluckernde Wasser bis zum Halsansatz. Dietrich hatte dafür gesorgt, daß sie losgebunden und die Planken zu ihren Köpfen weggerissen wurden, so daß für sie eine Chance bestand, beim Versinken des Schiffs freizukommen. Die Tiere hielten sich jetzt ruhig, als hätten sie eher als die Menschen instinktiv begriffen, daß jede schaukelnde Bewegung ihre Überlebensaussichten nur verringern konnte, doch die Angst stand ihnen in die großen Augen geschrieben.

Von der griechischen Mannschaft waren nur noch der Kapitän und jene an Bord, die nicht schwimmen konnten. Sie schauten hinüber zu der Insel und warteten auf ein Wunder, das sie im letzten Stündlein noch retten könnte, sonst hieß es eben mannhaft sterben oder doch noch zu versuchen, an irgendein Stück geklammert, das felsige Land zu erreichen. Das Wasser im Bauch des Schiffes stieg stetig weiter an.

»Hängt Euch an die Pferdeleiber oder an die leeren Schatzkisten«, wies Roç, mehr um Fassung bemüht als Zuversicht ausstrahlend, seine Mannen an, »und zieht alles aus, was Euch im Wasser nur beschweren könnte!«

Potkaxl machte es ihnen vor und war als erste schon nackt, als drüben zwischen den Felsen der Bug eines Schiffes aus dem steinernen Leib der Insel schoß wie das aufgerissene Maul einer Muräne. Gezackt ragte ein Rammdorn auf, gefolgt von dem geschuppten Panzer einer Echse mit stahlblitzendem Kamm, gerudert von übereinander gelagerten Langriemen, die jedoch alle so vollkommen ineinandergriffen, daß die Ritter auf der ›Nike‹ für einen Augenblick ihre Seenot vergaßen und gebannt auf die unwirkliche Erscheinung starrten.

»Die ›Atalanta‹!« entfuhr es Roç, und Pons schluchzte auf.

»Die Templer werden uns retten!«

»Den Eindruck des von dir herbeigesehnten heiligen Christophorus macht der Drachen nicht!« murmelte sein Kumpan Mas, der längst bereute, den erhaltenen Befehl so ordentlich ausgeführt zu haben, denn er gehörte zu den Nichtschwimmern. Der schnittige Bug der ›Atalanta‹ schob seinen Dorn wie ein Sägefisch aus dem unpassierbar wirkenden Gewirr der vorgelagerten Klippen und ließ den mächtigen Leib folgen. Jetzt fuhren die Ruder mit exaktem Gleichmaß ins Wasser, das Untier bäumte sich auf und raste erhobenen Stachels auf sein Opfer zu.

»Die wollen uns aufspießen!« heulte Pons, doch Raoul nahm ihn in den Arm.

»Was sonst, wenn sie vermeiden sollen, daß wir absaufen!«

»Die haben es auf unsere Kisten abgesehen!« murmelte Pons.

»Vorsicht beim Aufprall«, schrie Roç, »daß keiner ins Wasser fällt!«

In der Tat kam jetzt der gezackte Dorn der Seitenwand der ›Nike‹ näher, doch bremsten die Ruderer der ›Atalanta‹ den Zusammenstoß maßvoll ab. Der Dorn bohrte sich genau unter dem Wulst der Deckplanken durch das Holz der Flanke, ein knirschend krächzendes Geräusch, das alle erschauern ließ, während sie gleichzeitig die Erschütterung spürten, die sie wanken machte. Trotz Roçs Warnung stürzten einige ins Wasser. Der Dorn drang ins Innere der ›Nike‹ vor. Die Pferde wichen ihm geschickt aus. Die ›Atalanta‹ hatte die ›Nike‹ aufgespießt wie ein langschnabeliger Reiher einen silbrig, nein gülden zappelnden Fisch. Während ein Aufatmen der Erleichterung durch den Haufen der Geretteten ging, der sich oben auf dem Heck der ›Nike‹ zusammendrängte, erhob sich auf der ›Atalanta‹ ein ungezügeltes, wildes Geschrei. Die Sklaven ließen die Ruder fahren, die Turkopolen hasteten von ihren Plätzen an den Trebuchets und Katapulten hinweg, sprangen über die Ruderbänke, und alles flutete über den schmalen Bugspriet und den Rammdorn hinüber auf die ›Nike‹. Viele flogen, gestoßen in dem rücksichtslosen Gedränge, hinunter ins Wasser.

»Wo sind die Schätze des Kalifen?« schrien sie erregt, obgleich die Kisten aufgereiht vor ihrer Nase standen.

Die vordersten stürzten sich mit bloßen Händen gierig auf die verschlossenen Truhen.

Roç schaute hinüber zum Kommandodeck der ›Atalanta‹. Dort stand der Taxiarchos und winkte ihm lachend zu. Das dachte Roç, aber in Wahrheit galten die Handsignale einem anderen Schiff. Unbemerkt war die Triëre herangekommen.

Die Lancelotti beherrschen auch ohne Kommando jedes notwendige Rudermanöver. Sie zogen backbords blitzschnell ihre Sensenblätter ein, und fast ruckfrei legte sich die Triëre längsseits der verlassenen ›Atalanta‹. Das Entern ging fast lautlos vonstatten, denn es erhob sich kein Widerstand. Der Augapfel der Templer war bereits unangefochten im Besitz der Mannen des Taxiarchos, als auf der ›Nike‹ die ersten Kisten in die Brüche gingen. Sie waren nicht leer, sondern mit dem eisernen Rüstzeug der falschen Araber gefüllt. Als die aufgebrachten Sklaven begannen, ihre Enttäuschung an den Sachen auszulassen, stiegen von oben die Ritter mit gezogenen Schwertern die Treppe vom Oberheck hinab, an ihrer Spitze der blonde Dietrich, dessen nackter Oberkörper mehr Furcht und Schrecken verbreitete als die auf sie gerichteten Klingen der anderen Männer. Dietrich griff sich den ersten, dessen er habhaft wurde, hob ihn hoch über seinen Kopf und warf ihn gegen die Mauer seiner noch zögernden Gefährten. Der Fallende riß eine Bresche, und sie wichen entsetzt zurück. Doch von dort, woher sie gekommen waren, funkelten ihnen jetzt die Sensenblätter entgegen, ein einziger scharf geschliffener Stachelwall. Einige warfen sich mit Gesten der Ergebung flach zu Boden, die hinteren sprangen in ihrer Not ins Wasser.

Zwischen den Lancelotti bahnte sich der Taxiarchos seinen Weg nach vorn. »Halt!« rief er den verwirrten und verzweifelten sarazenischen Ruderklaven der ›Atalanta‹ zu. »Fürchtet nicht um Euer Leben! Die ›Atalanta‹ hört weiter auf mein Kommando, und sie braucht die Kraft Eurer Arme und Eure Erfahrung. Doch mit mir geht Eure Fahrt in die Freiheit. Sie ist mehr wert als Gold!«

Jetzt erst erkannte Roç, wozu die ›Nike‹ und er benutzt worden waren. Den Köder hatten sie abgegeben, um die ›Atalanta‹ aus ihrem uneinnehmbaren Loch zu locken. Der Taxiarchos hatte sich für die erlittene Unbill revanchiert, sowohl bei den Templern als auch ihm gegenüber! Respekt!

Während von den Lancelotti die brauchbaren Ruderklaven unter den Sarazenen ausgemustert wurden – die Kräftigsten und Geschicktesten durften über den Bugspriet zurückbalancieren, die anderen fielen sowieso ins Wasser –, begegneten sich Raoul und Dietrich am Steuerbaum der ›Nike‹. Der griechische Kapitän hielt ihn umklammert, als wolle er sich nicht von seinem zerstörten Schiff trennen.

DIE HÖHLE DER ATALANTA

Das sah auch Dietrich so.

»Ein Kapitän geht mit seinem Schiff unter«, erklärte er trocken, und sein Schlag zerschmetterte nach der Kinnlade jetzt auch die Schädeldecke des Griechen. Sie zerbrach zwischen dem Ruder und seiner Faust wie eine Nuß. Raoul unterdrückte ein aufsteigendes Würgen und wandte sich ab.

Der Rammdorn der ›Atalanta‹ hatte die ›Nike‹ vor dem Versinken bewahrt. Zu retten war sie nicht. Gosset ließ die Kisten gleich auf die Triëre hinüber schaffen, denn die Aufteilung lag unausgesprochen auf der Hand. Der Taxiarchos würde die ›Atalanta‹ nach seinem Gusto bemannen. Darunter würden auch etliche der Lancelotti sein, denen die Aussicht einer abenteuerlichen Reise auf dem großartigsten Schiff der Welt zu den sagenhaften ›Fernen Inseln‹ mehr Anreiz bot als der Dienst an Bord der Triëre von Otranto. Die Triëre würde Roç überlassen werden, und er konnte sie mit der zweiten Wahl bestücken. Alle anderen Männer mußten zwangsläufig auf der Insel zurückbleiben.

Doch erst einmal wurde die ›Nike‹ in ihr kühles Grab herabgelassen. Der Taxiarchos manövrierte sie mit Bedacht so nahe wie möglich an Land, damit die Pferde – und auch die Leute – sich schwimmend zu den Felsklippen retten konnten, so sie dabei nicht zerschmettert wurden. Der mächtige Leib der ›Atalanta‹ dämpfte die Brandung nur geringfügig, als der Rammdorn langsam zurückgezogen wurde. Es entstand ein Geräusch, als würde eine Weinamphore entkorkt. Ein großes, häßliches Loch klaffte in der Bordwand der ›Nike‹. Das Wasser drang mit kräftigem Schwall in das unglückliche Schiff, es sank schnell, die Pferde verloren den Boden unter den Hufen und begannen wild zu treten. Dietrich hatte einige Männer ausgewählt, die sich um die Tiere sorgen sollten. Doch er selbst sprang als erster zu ihnen ins schäumende Wasser und umarmte seinen Hengst. Er beruhigte ihn durch Tätscheln und leitete ihn in die Richtung einer Sandbank, die er zwischen den Klippen ausgemacht hatte. Die anderen folgten.

Roç wandte sich an den Taxiarchos.

»Ich nehme an, Ihr legt Wert darauf, Eure drei Okzitanier wieder in Euren Diensten zu sehen?«

Der lachte nur.

»Ganz im Gegenteil, lieber Trencavel, die habt Ihr von nun an zwischen den Füßen!«

Roç biß sich auf die Lippe angesichts des unverhohlenen Spotts.

»Und die Potkaxl!?« Roç wäre das aufreizende Weibsstück, das nur Unruhe unter seinen Männern stiften würde, gern losgeworden.

»Ich glaube nicht, daß die Toltekin die ›Fernen Inseln‹ wiedersehen möchte. Das will ich der kleinen Prinzessin nicht antun«, beschied er Roç und mahnte: »Behandelt das Kind gut. Potkaxl hat ein großes Herz!«

Roç schluckte, dann überwand er sich und wühlte in den Taschen, behielt aber die Bussel noch in der Faust verborgen.

»Ihr werdet den Wegweiser auf der schweren Fahrt über den Oceanus gewiß gebrauchen!« Damit drückte er dem Taxiarchos die kleine Kapsel in die Hand.

Der gewiefte Seefahrer spürte sofort, daß es sich um seine Bussel handelte. Auch wenn Roç sie sich unrechtmäßig angeeignet hatte, war er doch gerührt von der versöhnlichen Geste des Trencavel. Fast hätte er ihn umarmt, doch Roç trat zurück und sagte förmlich:

»Möge sie Euch sicher geleiten, Taxiarchos!«

Und so antwortete der Penikrat:

»Diesmal trennen sich unsere Wege für lange Zeit, vielleicht für immer. Laßt uns einander Glück wünschen. Mit Gosset habt Ihr einen Berater, auf den Ihr hören solltet, und einen Freund, was mehr wert ist als alles Gold auf Erden! Grüßt mir auch Yeza, sie ist der größte Schatz, den es überhaupt zu gewinnen gilt –« Er brach bewegt ab und umarmte Roç, den dieser Gefühlsausbruch seltsam anmutete.

Die meisten Pferde hatten es irgendwie geschafft, zwischen den Felsen Land zu gewinnen, und standen jetzt zitternd am Ufer. Der Taxiarchos erwies Roç einen letzten Dienst und steuerte die Triëre durch den verwinkelten Kanal, der die Einfahrt zu der verborgenen Hafengrotte darstellte. Die dem Trencavel verbliebenen Lancelotti fuhren Planken aus, und die Tiere wurden einzeln an Bord geführt. Von seinen Rittern hatte Roç nach einem ersten Zählappell über die Hälfte verloren. Gosset drängte auf sofortige Abreise.

»Jeden Augenblick kann hier eine Templerflotte aufkreuzen. Ich will nicht als Räuber der ›Atalanta‹ gefangen werden.«

Roç sah Raoul mit seinen Kumpanen bei Dietrich in knöchelhohem Wasser zwischen den Felsen stehen.

»Wenn Ihr nicht auf dieser Insel bleiben wollt, kehrt in meine Dienste zurück!«

»Wir fahren nach ›La Merica‹!« entgegnete Mas schnippisch, doch da trat Gosset hinzu.

»Ich muß Euch bitter enttäuschen. Auf der ›Atalanta‹ seid Ihr nicht willkommen«, eröffnete er ihnen ungerührt, »und bei uns nur, wenn Ihr auf der Stelle schwört, daß Ihr von nun an nur einem Herrn treu ergeben dient, dem Roç Trencavel!«

Die drei schauten sich an, dann raffte sich Raoul zu einer Antwort auf.

»Wir schwören!«

»Kniet nieder!« Gosset zeigte sich unerbittlich. »Hebt die Hand zum Schwur: Gefolgschaft bis in den Tod!«

Ihrem Wortführer folgend, beugten sie die Knie.

»Und unbedingten Gehorsam!« verlangte Gosset eisern, und sie schworen.

»Wenn Ihr mich nehmt«, rief da Dietrich herauf, »dann will ich mich dem Eid anschließen und ihn noch verstärken. Jeder von uns ist bereit, sein Leben für das Eure zu geben. Keiner von uns soll Euren Tod überleben!«

Er kniete nieder im Wasser und sah zu Roç auf. Der fühlte sich seltsam betroffen von der Düsternis des Gelübdes, aber er sagte:

»So soll es sein. Ihr werdet um mich sein, wann immer ich im Glück bin oder Not erleide, und ich will für Euch sorgen wie ein guter Hirte!«

Gosset ließ sie an Bord steigen und wies sie an, eine letzte Kontrolle durchzuführen. Es fehlte nur Beni, Roçs Diener und Potkaxls Liebster.

»Er wird ins Wasser gefallen sein«, befand Dietrich kühl, aber Roç hatte da seine Zweifel.

»Wir sollten keine weitere Zeit verlieren«, sagte Gosset leise. »Es gilt noch, den Kapitän zu bestimmen.«

Roç hatte die Antwort parat:

»Ihr, lieber Gosset! Ihr verfügt über die notwendige Autorität!«

»Aber nicht über nautische Kenntnisse, mein Platz ist an Eurer Seite, nicht am Steuer. Ich schlage Dietrich von Röpkenstein vor!«

Roç schaute zu dem Blonden. Der nickte stumm und begab sich an den angewiesenen Platz. Er bewies sein Können sogleich, indem er die Triëre, ohne auch nur einmal die Felsen zu rammen, aus der engen Fahrrinne wieder hinaus in die Brandung steuerte.

Auf der ›Atalanta‹, die dort vor Anker gegangen war, standen alle, die mit dem Taxiarchos die weite Reise ins Ungewisse wagen wollten. Die meisten der Lancelotti, die in seine Dienste getreten waren, hatten sich schweren Herzens von ihren geliebten Sensenrudern getrennt, aber darauf hatte der Taxiarchos bestanden, und Roç dankte ihm dafür. Für die Kampfkraft der wesentlich kleineren Triëre waren diese furchterregenden Waffen unentbehrlich. Sie winkten einander zu, als sie unterhalb der hohen ›Atalanta‹ vorbeiglitten und das offene Meer gewannen. Nur Potkaxl hatte Tränen in den Augen.

Auf der ›Atalanta‹ wurde alles für die lange Fahrt hergerichtet, denn die Seereise zu den ›Fernen Inseln‹ konnte Monde dauern. Die auf Linosa stationierten Ruderklaven drängten sich samt und sonders zum gewohnten Frondienst in den Bänken, da keiner auf der Insel zurückbleiben wollte, um sich dem zu erwartenden Strafgericht der Templer auszuliefern. Auch ihre Kebsen wollten sie mit an Bord bringen, doch das unterband der Taxiarchos sofort. Nicht, weil die ›Atalanta‹ sie nicht mehr hätte fassen können, sondern weil er wußte, was auch nur ein Weib bei wochenlanger Einsamkeit auf dem Meer anrichten konnte. Er wollte gerade das Kommando geben, die Anker zu lichten, als sich an Land ein seltsamer Zug auf das felsige Ufer zu bewegte. Es waren die Tempelritter von der Burg. Sie gingen gebeugten Hauptes, einer hinter dem anderen, alle durch eine lange Kette aneinandergefesselt. Der erste hatte schon das Meer zwischen den Felsen erreicht und ging voran in die Brandung, die anderen folgten ihm, ohne zu zögern.

»Die bringen sich um!« rief einer der Lancelotti. »Die ziehen den Tod der Schande vor!«

Wenn wir sie nicht an Bord nehmen, fuhr es Taxiarchos durch den Kopf, und er befahl: »Laßt ein Boot zu Wasser! Doch seht Euch vor, daß es keine Finte ist, ein letzter verzweifelter Versuch, die ›Atalanta‹ zurückzugewinnen.«

Die Lancelotti nahmen ihre Sensen und ruderten auf die Templer zu, von denen der erste, schon bis zur Brust in der Brandung, gegen die Wellen kämpfte, die ihn umzuwerfen und die Nachfolgenden mitzureißen drohten. Von den Templern kam kein Wort, kein Ruf um Hilfe, nicht einmal ein Blick. Die Lancelotti packten den Vordersten an den Schultern und zerrten ihn ins Boot, und so bargen sie einen nach dem anderen. Die Fesselung war nicht vorgetäuscht, die Männer hatten sich tatsächlich aneinandergekettet, stoisch bereit, in den nassen Tod zu gehen. Genauso unbewegt, fast störrisch, ließen sie sich retten. Der Taxiarchos befahl, sie nach unten in den Kielraum zu schaffen und ihre Fesseln nochmals zu überprüfen. Er traute dem Braten nicht, denn keiner hatte ihn einer Antwort gewürdigt, als er nach ihrem Kommandanten Simon de Cadet forschte. Stures, hochnäsiges Pack! Er mußte zusehen, sie bei der erstbesten Gelegenheit wieder loszuwerden. Und Simon? Der würde sich vor Scham das Leben nehmen – wenn er es nicht schon getan hatte. Schade um den jungen Kerl!

Da kam plötzlich Beni vom Castel her angerannt. Er hielt ein mächtiges Schwert und fuchtelte am Ufer wie wild mit den Armen. Der Taxiarchos war nicht gewillt, sich des Knaben wegen noch länger aufzuhalten, beorderte aber die ›Atalanta‹ in Rufweite zur Küste.

»Auf dem Turm«, keuchte Beni atemlos, »der Spiegel! Yeza in Gefahr!«

»Was?« schrie der Taxiarchos zurück.

»Ihr Unternehmen ist zum Scheitern verurteilt!« brüllte Beni außer sich vor Aufregung, ohne auf die Frage einzugehen. »Ihr droht der Profoß?!«

»Wo?« hielt der Taxi dagegen.

»In Pologna!«

»In Polen?«

»Nein, in den Marken!«

Der Taxiarchos sah ein, daß er so nicht weiterkam.

»Ich muß an Land«, wandte er sich an die ihn umstehenden Lancelotti. »Macht ein Boot fertig, und ihr begleitet mich. Es könnte eine Falle sein: mein Leben gegen die ›Atalanta‹!«

Nach seiner Rechnung konnte Simon zwar kaum noch einen Ritter, geschweige denn einen Turkopolen zu seiner Verfügung haben, aber der Taxiarchos war ein vorsichtiger alter Fuchs. Er teilte genügend Wachen ein, um die Herrschaft über das Schiff nicht zu verlieren, und setzte, bis an die Zähne bewaffnet, mit einem Trupp Freiwilliger über.

»Der Komtur ist oben auf dem Donjon. Er wollte sich wohl hinunterstürzen, als im Spiegel die Nachricht eintraf, von einem gewissen William –«, sprudelte es aus Beni hervor, kaum daß der Taxiarchos an Land gesprungen war.

»William von Roebruk!« Für einen Augenblick wich die Spannung aus dem Gesicht des Penikraten. Er mußte lächeln. »Und was machst du hier auf Linosa?« wandte er sich an den pfiffigen Knaben. »Potkaxl wird dich vermissen!«

»Wohl kaum«, erwiderte Beni und gab sich Mühe, sich als Herr der Lage zu erweisen. »Die Dame bedarf keines ritterlichen Beistandes, deswegen habe ich mich auch von ihr getrennt!«

»Du bist ins Wasser gefallen!« spottete der Taxiarchos, während sie im Laufschritt dem Castel zustrebten.

»Das war ein Zeichen des Himmels«, erklärte Beni. »Eine Stimme flüsterte mir zu: ›Ich werde dich retten, Benedictus, wenn du andere Leben rettest.‹ Da bin ich zur Burg gegangen und hab' gesagt: ›Ihr seid alle Kriegsgefangene. In Ketten zieht hinab zur ›Atalanta‹ und ergebt euch!‹«

Bei dieser Vorstellung mußte der Taxiarchos nun doch herzhaft lachen.

»Nur den Kommandanten hast du laufen lassen?«

Sie hatten die Burg erreicht.

»Ich hatte ihn gerade oben auf dem Donjon gestellt und ihm befohlen: ›Euer Schwert, Herr Komtur!‹, da kam die Nachricht von Yeza!«

Sie hasteten die Treppe zum Turm empor, was beiden den Atem

nahm. Hinter ihnen keuchte das Gefolge. Oben angekommen, sahen sie Simon, der den Spiegel bediente.

Der Taxiarchos riß ihn mit wütendem Griff von dem schwenkbaren Hocker vor seine Brust.

»Ihr habt dem Orden Nachricht gegeben?«

Simon löste die Faust von seiner Clamys. Seine Figur straffte sich. »Solange noch ein Tropfen Blut in meinen Adern rinnt, bin ich ein Mitglied meines Ordens! Auch wenn ich gefehlt und härteste Strafe für mein Versagen zu gegenwärtigen habe, bleibe ich auf meinem Posten.«

»Ich sollte Euch auf der Stelle töten, da Ihr verraten habt, wer die ›Atalanta‹ entführt. Der Heldentod käme Euch sehr zu passe – als Preis für die Torheit, mich gerettet zu haben!«

»Wollt Ihr nicht vorher noch erfahren, was ein Franziskaner namens William dem Roç Trencavel so dringend mitzuteilen hat?«

»Ich weiß es: ›Yeza wird scheitern.‹ Doch was soll das heißen – und wo steckt sie?«

»In der Stadt Bologna – gefangen!«

Diese sachliche Auskunft verfehlte ihre Wirkung auf den sich so überlegen gebärdenden Taxiarchos nicht, er wurde zusehends unruhiger.

»Wenn Ihr nicht freiwillig mit mir kommt, Simon, dann muß ich, dann muß ich das Wunderwerk von Spiegel hier zerstören, so leid es mir tut.«

»Ihr habt die Wahl«, entgegnete Simon kühl, »mich oder den Spiegel!«

In dem Moment begann es wieder aus der Ferne übers Meer zu blinken. Simon konzentrierte sich sofort auf die sich ankündigende Nachricht, die nur auf seine Bestätigung wartete.

»Gestatten?« sagte er leise und schob den Taxiarchos zur Seite.

»Woher?« flüsterte der beeindruckt.

»Von Otranto – über Malta. Stört mich jetzt nicht!« murmelte der Templer. »William O. F. M. an Roç Trencavel. Die Gefahr wächst – Yeza soll der Prozeß gemacht werden – Eile tut Not, wenn sie noch zu retten‹ – Abgebrochen!«

»Diese Botschaft wird Roç nie erreichen, und wenn doch, dann zu spät«, stöhnte der Taxiarchos.

»Wir müssen sie retten!« erklärte da Simon. »Ich gehe mit Euch!«

Beide schauten sich einen Augenblick an, der Templer verwundert über die offen gezeigte Schwäche des Taxiarchos und der über den plötzlichen Sinneswandel des Simon de Cadet. Dann begaben sie sich beide zur Luke und begannen den Abstieg über die Wendeltreppe. Beni stolzierte hinterher. Auch er gehörte zu Yezas Rettern.

DER GEFANGENE KÖNIG

In Bologna gab es kein Haus der Deutschen. Die wohlhabende und selbstbewußte Stadt hatte den Begriff ›reichsfrei‹ auf höchst eigenwillige Art ausgelegt und betrachtete sich als völlig unabhängig vom Imperium Romanum. Der Faustpfand für ihre Unantastbarkeit war Re Enzio, der geliebte Bastardsohn von Kaiser Friedrich. Die von Consules regierte Republik war ihr eigener Herr, auch wenn sie auf dem Gebiet des Patrimonium Petri lag. Der Kirchenstaat war schon froh, daß sie sich nicht dessen ghibellinischen Gegnern anschloß wie Ezzelino Romano, der Tyrann von Verona, der mit einer der unzähligen natürlichen Töchter Friedrichs verheiratet war. Die Bologneser hatten mit den Staufern nichts auf dem Helm. Warum sollten sie dem Deutschen Ritterorden eine eigene Niederlassung innerhalb ihrer Mauern gestatten? Sigbert von Öxfeld mußte also bei den Templern Logis nehmen, doch das hinderte den betagten Recken in seinem weißen Umhang mit schwarzen Kreuz nicht, furchtlos unter den Laubengängen der Altstadt daherzuschreiten und Wein in einer der zahlreichen Osterias zu trinken. Die Leute waren außerordentlich offen und freundlich zu ihm, denn Bologna hielt sich auf seine Toleranz viel zugute. Der weißbärtige Komtur von Starkenberg war eine bekannte wie wohlgelittene Erscheinung, zumal er erst eingetroffen war, als die Sache mit König Enzio sich schon erledigt hatte. Es gab natürlich Stimmen, die sagten, der Alte habe es faustdick hinter den Ohren, und er sei derjenige, der im Hintergrund die Fäden gezogen habe, doch die Consules machten sich diese Meinung nicht zu eigen.

So war es für Jordi, der sofort in die Stadt geeilt war, als er von der Geschichte hörte, in die Yeza dummerweise schlimm verwickelt schien, auch ein leichtes, Sigbert aufzustöbern. Der Alte strahlte eine Ruhe aus, die den aufgeregten, noch atemlosen Jordi erst empörte, dann aber schnell besänftigte.

»Erzähl mir, was denn nun wirklich geschah!« drängte der zwergwüchsige Troubadour, kaum daß er von dem Becher genippt hatte, den Sigbert ihm hingeschoben hatte.

»Es war Markttag, wie immer einmal im Monat. Die Bauern aus der Umgebung samt Weibern, Waren und Vieh waren in die Stadt geströmt. Unter ihnen hatte Yeza sich wohl Freunde gemacht, die blindlings ausführten, was sie von ihnen verlangte. Ein gewisser Sutor, Häuptling eines Hirtenstammes aus dem Appenin, war ihr besonders ergeben. Seine Frauen begehrten schon am Vormittag Einlaß in den Palazzo unseres armen Königs, um eine Fuhre voll Wein, ich glaub' an die zehn dicke Fässer –«

»Sollte Re Enzio darin baden?« Jordi hatte seinen trockenen Humor wiedergefunden.

»Unser König hat viele Gäste«, belehrte ihn der Komtur. »Dichter und Sänger, starke Trinker allemal – nicht solche Nipper wie Ihr! Und baden, das tat Yeza zu der Zeit. Sie hatte den Zuber in der Waschküche füllen lassen. So drängten sich die Wachen, die eigentlich Tag und Nacht ein Auge auf Enzio haben sollten, allesamt vor den Astlöchern der Trockenkammer, durch die man sehr schön von oben in den Bottich sehen konnte, in dem sie ihren feinen Leib wohlig plätschernd all den Augen preisgab. Derweil wurde im Keller Faß für Faß der neue Wein in die eichene Riesentonne umgefüllt, in der er reifen sollte.

König Enzio hatte kurz zuvor Unwohlsein beklagt und sich laut lamentierend in sein Bett zurückgezogen, mit dem ausdrücklichen Verlangen, von niemandem gestört zu werden. Die Dame Yeza möge ihn entschuldigen und ohne ihn zur Messe gehen, nach San Domenico. Er ließe dort nämlich, wo er dereinst zur letzten Ruhe liegen wolle, schon für das Heil seiner Seele beten. So konnten die Wachen sich ungeniert kleinen Astlochfreuden hingeben.«

»Das kann ich verstehen«, meckerte Jordi. »Yezas Nacktheit ist von der Art, daß man ins Träumen geraten kann, man fühlt sich wie im Himmel!«

»Oho, Herr Trovère!« dröhnte Sigbert. »In Wahrheit fällt man mit solch unziemlichem Blick bereits in des Teufels Hand!« Dem Komtur schien dieser Höllensturz jedoch wenig auszumachen. »Wie auch immer«, grummelte er und trank, nötigte auch Jordi, seinen Becher zu leeren.

»Niemand, außer seinem eigenen, ihm treu ergebenen Gesinde

achtete darauf, daß König Enzio, nur in ein Lederwams gekleidet, unten im Weinkeller aus einer verborgenen Tür schlüpfte, von seinen Getreuen in eines der Fässer gehoben wurde, das sofort mit einem vorbereiteten Deckel verschlossen wurde. Man hatte es eigens leer gelassen und sogar gepolstert. Der Weindunst hätte den Insassen sonst umgebracht. Luft bekam er durch den Spund. Dann wurden die Fässer – Yeza war inzwischen dem Bade entstiegen, die Dienerinnen hatten sie abgetrocknet und begonnen sie anzukleiden – unter Aufsicht der Wachen wieder auf den Karren geladen. Es waren zehn Stück, und die Fuhre rollte aus dem Hof.«

»Und Yeza?« fragte Jordi. »Aus dem Bad kann man ihr doch keinen Strick drehen?«

»Keine Angst! Dafür sorgt unsere kluge Dame alsbald!«

Sigbert schien diese Geschichte nicht im geringsten zu beunruhigen.

»Wenige Minuten später reitet Prinzessin Yezabel Esclarmunde, hoch zu Roß, ebenfalls aus. Als Galan hatte sie sich den schmucken Oberhirten erwählt, der sich so feingemacht hatte wie ein Edelmann und gute Figur im Sattel machte, das muß man sagen –«

»Ich denk', Herr Sigbert, Ihr wart nicht dabei?« unterbrach ihn Jordi verstört. »Wieso wißt Ihr das alles?«

»Meint Ihr, Trovère, ich häng' hier nur in den Lauben herum und lass' meinen geplagten Magen von morgens bis abends mit neuem Roten vollaufen? Ich sammele den Hergang wie Mosaiksteinchen, denn mir bleibt ja wohl die schwierige Aufgabe, Yeza hier wieder herauszuhauen! Was mir eine Ehre, die Erfüllung meines Lebens ist!«

»Ich wollte Euch nicht unterbrechen«, murmelte Jordi und trank unaufgefordert, »nur sehe ich noch immer keine Schuld bei ihr.«

»Wir nähern uns dem fatalen Punkt.« Damit gab Sigbert ihm wenig Trost.

»Yeza begibt sich also nach San Domenico, wo die Messe gelesen wird. Sie verabschiedet den Sutor mit den Pferden vor dem Hauptportal, betritt für jeden sichtbar die Kirche, schreitet vor bis zum Altar, vertieft sich ins Gebet und wandelt dann zu der Seitenkapelle mit dem zukünftigen Sarkophag des Re Enzio. Hier verschwindet sie. Kurz darauf verläßt gebeugt ein Franziskaner die Kirche durch die Hintertür, die Kapuze tief ins Gesicht gezogen –«

»Raffiniert!« Jordi wollte mit seiner Bewunderung nicht hinterm Berg halten.

»Saublöd!« fuhr ihm der Komtur über den Mund. »Jemand muß ihr ins Gehirn geschissen haben!«

Nie hatte Jordi den alten Deutschritter derart wütend erlebt.

»Ich weiß inzwischen leider, daß allein sie es ausgeheckt hatte, der Minorit, der ihr die Kutte lieh, konnte nicht ahnen, wo sie diese für das Vertauschen der Kleider deponierte. Ausgerechnet in San Domenico! Stellt Euch das mal vor!«

»Wieso denn?« wehrte sich Jordi in Vertretung für seine so harsch attackierte Herrin. »Der Zeitpunkt, die *missa pro defuncti*, der Ort, das Grab – das war doch nicht unklug gewählt?«

Sigbert starrte ihn entgeistert an.

»Seid Ihr ganz bei Trost? Das Grab! Haha, ausgerechnet die Grabeskirche des Domingo Guzman, des heiligen Begründers des Ordens der canes Domini, Erfinder der Inquisition! Kein Franziskaner würde je seinen Fuß an diesen Ort setzen!«

»Da habt Ihr recht!« gab Jordi kleinlaut bei. »Aber ist das schon ein strafwürdiges Vergehen?«

»Urteilt selbst!« schnaubte der Komtur. »War bislang alles unbeachtet verlaufen, fiel natürlich der ›Minorit von San Domenico‹ sofort den überall herumlungernden Sbirren auf. Sie hefteten sich an seine Fersen!«

»O Gott! Yeza wird ihre Verfolger doch wohl abgehängt haben?« flüsterte der kleine Troubadour bange.

Sigbert grollte.

»Währenddessen rollte der Karren mit den Fässern gemächlich, ohne Aufsehen zu erregen, die Via San Stefano hinab, in Richtung des gleichnamigen Stadttores. Yeza hatte inzwischen tatsächlich bemerkt, daß sie beschattet wird, wußte allerdings nicht, warum. In den Palast Enzios zurückzukehren lag auf der Hand, doch wohl auch für ihre Schatten. Außerdem hätte sie damit den König gefährdet, dessen Flucht vorzeitig entdeckt würde. Sie hatte sonst nur einen Vertrauten in dieser Stadt, den Minoriten Lorenz von Orta, der ihr auch die Kutte gegeben hatte. Sie wußte, wo sie ihn erreichen konnte, mußte aber vorher ihre immer dreister auftretenden Verfolger loswerden. Sie hielten zwar auf Abstand, gaben sich aber nicht mehr die Mühe, ihre Tätigkeit zu bemänteln. Da Yeza schon auf dem Weg zur Stadtmauer war, fiel ihr eine kleine Fluchtpforte ein, die sie bei ihren Streifzügen durch die Stadt unweit der Porta Castiglione entdeckt hatte. Doch dann besann sie sich anders. Von der Krypta San Domenico führte ein unterirdischer Gang zu einem verfallenen Kloster, der dort sinnigerweise im aufgelassenen Weinkeller mündete. Es war nicht anzunehmen, daß der Einstieg vielen geläufig war. Und sie glaubte wohl, wenn ihre Verfolger ihn fänden, dann wäre sie ihnen längst entwischt.«

»Ich halt's nicht aus!« stöhnte Jordi. »Ist sie denn von allen guten Geistern verlassen?!«

»So kann man es auch sehen!« Sigbert ließ ihn schmoren. »Obgleich Geister gleich ins Spiel kommen. Yeza betrat, für die Sbirren überraschend, den zwar als Garten völlig verwilderten, aber sonst noch gut erhaltenen Kreuzgang des ehemaligen Klosters. Die Verfolger frohlockten, denn für sie war der verfolgte Minorit damit in eine Falle gelaufen, und sie beschlossen, dem Spiel ein Ende zu machen. In bester Sbirrenmanier teilten sie sich und schoben sich von rechts und links in den Gang vor, ganz gemächlich, denn sie waren sich des Fanges sicher. Doch genau im gegenüberliegenden Eck, für die Häscher wegen der wild wuchernden Büsche im Gärtlein nicht sichtbar, führte hinter einer verrottet in den Angeln hängenden Tür die Treppe nach unten. Yeza öffnete sie hastig, bemüht, jedes verdächtige Geräusch zu vermeiden, und begann den ihr vertrauten Abstieg. Fledermäuse flatterten auf und suchten sich den Weg ins Freie. Yeza hatte den Weinkeller längst erreicht, als die Sbirren aufeinandertrafen. Sie entdeckten zwar sofort die Tür, doch als sie diese aufrissen, schossen ihnen im Schwall die dunklen Schatten entgegen. Das versetzte ihre Gemüter in Schrecken, und die Angst kam nachgekrochen, als sie hinunter in die Finsternis starrten. Der erste faßte sich entsetzt ins Genick, als er von einem der Flügel gestreift wurde. Der neben ihm schlug schnell das Kreuz. Der Minorit mußte mit dem Bösen im Bunde sein. Sie wichen zurück und beschlossen in seltener

Einmütigkeit, die ganze gespenstische Sache zu vergessen und auch keine Meldung zu machen, denn als bestallte Sbirren hatten sie sich nicht gerade mit Ruhm bekleckert. Und Furcht vor Geistern war im Geheimen Dienst nicht vorgesehen. Sie brachen also die Suche ab und begaben sich zurück nach San Domenico, um ihr schlechtes Gewissen zu beruhigen. Dort fanden sie zu ihrem Ärger, zusammengerollt hinter dem leeren Marmorsarkophag des Re Enzio, die braune Kutte des Franziskaners. Erst jetzt schlugen sie Alarm, denn sie dachten, König Enzio sei es selbst gewesen, der sie zum Narren gehalten hatte.«

»Und der?« Jordi vergaß vor Spannung einen Augenblick seine Sorgen, die ihm seine tollkühne, doch unvernünftige Herrin machte.

Sigbert ließ sich nicht aus der Ruhe bringen.

»Der Karren mit den Fässern hatte inzwischen die Porta San Stefano passiert, umgeben von Bauernweibern und Hirten, die vom Markt heimkehrten, ein für die Wachen vertrautes Bild. Er rollte durch den Wald, durch den sich die vielbefahrene Straße nach Florenz schlängelte. Hier lag jetzt wieder Schnee, während in der Stadt Matsch und Schlamm vorgeherrscht hatten.«

»Und Yeza?!« drängte Jordi.

»Unsere heimliche Königin«, räumte der Komtur unwillig ein, weil er den Erzählstrang eigentlich anders entwickeln wollte, »hatte mal wieder Glück bei ihrem leichtsinnigen Unterfangen. Als sie als Dame die Kirche durchs Hauptportal wieder verließ, kam gerade ein edler Herr geritten, der in der Kirche beichten wollte oder sich seiner Sünden sonstwie entledigen wollte. Er band seinen feurigen Rappen an und stürmte an Yeza vorbei. Yeza bedachte sich nicht lange, schwang sich auf den Gaul und ritt zügig davon. Kurz darauf trabte sie an den Sbirren vorbei, die sie höflich grüßten. Sie verließ unangefochten die Stadt durch das benachbarte Tor des befestigten Feldweges nach Castiglione und fiel erst nach Erreichen des Waldes in gestreckten Galopp. Ihren Ausritt ohne Begleitung meldeten die Torwachen sofort. Yeza bog bald ab und hetzte zu einem Waldsee, mehr ein Weiher, an dem sie mit Sutor verabredet war. Der verliebte Hirtenhäuptling hatte für sie« – Sigbert senkte die Stimme, denn was er jetzt mitzuteilen hatte, würde ihn der Mittäterschaft überführen, falls es Lauscher gab – »die weiße Clamys mitgebracht, die ich ihr schon in Viterbo zur Flucht vor den Häschern des Pallavicini gegeben habe. In dieser Verkleidung war sie jedoch bekannt wie ein bunter Hirtenhund, was ihr grad noch einfiel. So tauschte sie mit Sutor zu dessen Freude die Kleidung – eine kurze Freude zweifellos.«

»Bei der Kälte!« Auch Jordi vermochte sich nicht in die Glut der Leidenschaft zweier junger Menschen zu versetzen, denen der Schnee, in den sie fielen, vielleicht zum heißglühenden Liebeslager geworden war. Der betagte Komtur ging darüber hinweg. »Sie trug noch die warmen Hosen und das Wams des flüchtigen Geliebten, die sicher mehr nach Ziege rochen als nach dem Mann, der nun als deutscher Ritter vor ihr stand.«

»Nur keinen Schwanzneid, lieber Sigbert«, erdreistete sich Jordi zu bemerken.

Doch der Komtur dachte einzig und allein an das Ordenskleid.

»Ein stinkgewöhnlicher Hirte!« empörte er sich, doch dann mußte er darüber lachen. »Für Yeza nehmen die Deutschritter selbst diese Schmach in Kauf.

Die beiden Flüchtigen jedenfalls zerbrachen sich darüber nicht den Kopf und ritten scharf querfeldein, um den Wagen mit den Fässern einzuholen. Die von Sutor mit dem Transport der kostbaren Fracht beauftragten Bauern waren ebenfalls unbemerkt von der Hauptstraße abgebogen, sogar ohne erkennbare Radspuren zu hinterlassen. Groß war die Freude und allseitige Erleichterung, als man sich auf der vereinbarten Lichtung im Walde traf, wo auch einige von Sutors Hirten warteten.

Enzio wurde auf sein energisches Klopfen zwar nicht aus seinem Faß befreit, aber der Deckel wurde gelüftet. Er konnte den Kopf hinaus strecken, um frische Luft zu schnappen. Sutor schlug vor, der König solle Yezas Frauenkleider anlegen, was sich bei seinem langen Blondhaar durchaus anbot, aber das ging Re Enzio gegen die Würde. Während sie noch ob dieser stritten, kam von der Voraushut die eilige Warnung, am Waldrand stünde eine lange Kette von bewaffneten Reitern, die den Eindruck mache, auf jemanden zu warten.

Hastig wurde Enzio in sein Faß zurückgestopft, der Deckel

wurde geschlossen – wobei in der Eile übersehen wurde, daß eine blonde Haarlocke eingeklemmt heraushing.

Sutor bat Yeza, schnellstens davonzureiten, denn ihre Anwesenheit würde Argwohn hervorrufen. Yeza sprang also aufs Pferd und preschte zurück Richtung Stadt.

Sutor übernahm die Vorhut und ritt als erster aus dem Wald, in vollem Vertrauen auf sein weißes Ordensgewand mit dem schwarzen Schwertkreuz. Die Reiter nahmen ihn jedoch sofort fest.«

»Und Yeza?« Jordi war aufgesprungen. »Warum hat Enzio –?«

»Warum?« höhnte Sigbert, der sich in Rage geredet hatte. »Warum mußte sich unsere verehrte Yeza unbedingt nach glücklichem Verlassen der Stadt mit dem brünstigen Ziegenhirten vereinigen?!«

»Pferdehirt und freier Häuptling!« berichtigte Jordi.

»Wäre sie Richtung Modena geritten, hätte sie erst mal alle Verfolger von der Fährte des Königs abgezogen! Aber so merkten die Verliebten nicht einmal, daß sich längst wieder Verfolger an Yezas Spuren geheftet hatten. Und sie führten eine inzwischen auf Regimentsstärke angewachsene Reiterschar quer durch den Wald zu der verborgenen Lichtung. Yeza kam nicht weit. Sie ritt direkt den Leuten des Oberto Pallavicini in die Arme, der gemeinsam mit den Bolognesen zur Zeit irgendein Süpplein köchelt und ihnen Enzio deshalb auf silbernem Tablett zurückerstattete –«

»Im Faß!« bemerkte Jordi bitter enttäuscht über den Ausgang der Geschichte, die ihn immer noch hatte hoffen lassen, obgleich das Endergebnis ihm ja geläufig war. »Die blonde Locke hatte ihn verraten!«

»Sie hätten ihn auch sonst gefunden, denn mittlerweile wußten sie ja, nach wem sie fahndeten. Re Enzio wurde also ohne viel Aufhebens in seinen Palast zurückgebracht, ohne jeden Vorwurf oder gar Einschränkung seiner Bewegungsfreiheit als Strafe – so, als sei nichts geschehen. Man hielt sich an die Helfer. Yeza und Sutor wurden –« Der Komtur verstummte, denn ein älterer Franziskanermönch hatte sich verstohlen ihrem Tisch genähert, ein zierliches Männlein mit spärlichem Haarkranz, das trotz seines hohen Alters noch sehr agil wirkte. Jordi kannte Lorenz von Orta nicht.

»Da kommt der Übeltäter!« Sigbert lachte und schob dem

Mönchlein seinen vollen Becher hin. »Ich habe mir erlaubt, William zu benachrichtigen«, flüsterte Lorenz leise, »der weiß am ehesten, wo sich Roç zur Zeit aufhält.«

»Der kann hier auch wenig ausrichten«, grummelte der Komtur.

»Was haben sie denn nun mit Yeza gemacht?« forschte Jordi angstvoll, alles andere erschien ihm zweitrangig.

»Die Dame sitzt im Frauengefängnis der Stadt, unter Engelmacherinnen, Kräuterhexen, der Ketzerei Überführten und liederlichen Jungfern, die einem die Eier kraulen, während sie den Beutel schneiden. Die Inquisition des heiligen Domenicus ist ganz brandig darauf, die ›Tochter des Gral‹ verhören zu dürfen –«

»Dafür ist der Herr Reichsvikar nun doch nicht zu haben!« unterbrach ihn Jordi beschwörend.

Sigbert schaute ihn aus hellen Augen unter weißbuschigen Brauen erstaunt an.

»Woher wollt Ihr das wissen?«

»Oberto hat – wie Euch vielleicht bekannt – in der alten Reichsstadt Ravenna die Kaiserpfalz zu seinem Sitz erhoben, wenn er hier im Osten weilt. Unsere erste Hofdame, die Gräfin de Levis, hat endlich ein ihrem Stand gemäßes Betätigungsfeld gefunden. Mafaldas Baldachin oder ihr stattlicher Leib läßt auch die höchsten Hofbeamten willig mehr ausplaudern, als sie sollten. Und unter der Decke wird manch schwache Leistung durch wichtigtuerische Geschwätzigkeit verbrämt. So hörten wir schon weit vor dem Fluchtversuch Re Enzios aus etlichem Liebesgestammel und Lustgekeuche heraus, daß dem Pallavicini der Plan durchaus geläufig war, er wartete regelrecht auf den Tag. Mafalda hatte sogar den Eindruck, daß Re Enzio aus dem Umfeld des Reichsvikars zur Tat angestachelt wurde, zumindest schien Oberto eigentlich alles zu wissen, auch, daß Yeza in die Sache hineingezogen wurde. Das schien ihm sogar recht zu passe zu kommen. Es war wie verhext, die Dinge fingen an, Form und Gestalt anzunehmen, die irgend jemand, irgendeine unsichtbare heimliche Macht ihnen gab. Ich versuchte Yeza zu warnen, doch meine Rufe verhallten ungehört, oder meine Botschaften wurden abgefangen. Ich machte mich schließlich selbst auf den Weg, aber wie Ihr seht, zu spät.«

»Ihr hättet es wahrscheinlich nicht verhindern können. Wie Ihr schon sagtet, waren und sind obskure Mächte im Spiel. Yeza war wie besessen von ihrer ›Aufgabe‹, Enzio zu befreien, und Enzio muß diese Idee schon seit langem genährt haben.«

»Wie eine giftige Natter!« entfuhr es Lorenz, der nur bislang schweigend zugehört hatte. »Für mich wurden die beiden, Yeza und Enzio, nur zusammengebracht, damit sie – anscheinend aus eigenem Willen, doch letztlich willenlos – sich in das Unglück stürzen.«

Der Taxiarchos ließ die ›Atalanta‹ bei Unwetter und Regen, Tag und Nacht gen Nordosten stürmen. Er kannte die Meeresgegend zwar nicht, aber Corrado von Salentin, einer der ältesten Lancelotti, die von der Triëre zu ihm übergewechselt waren, versicherte ihm, daß bis zum Kap von Leuca kein Felsenriff zu finden sei, vor dem sie sich hätten hüten müssen. Einzig die Triëre, die im Dämmerlicht des ersten Morgengrauens plötzlich vor ihnen lag, hätten sie fast über den Haufen gefahren. Die Lancelotti grüßten durch das Aneinanderschlagen ihrer Sensenblätter die alten Gefährten auf der Triëre, von denen die meisten noch schliefen. Aber Roç war schon wach und wunderte sich, was den Taxiarchen wohl hierhin verschlagen haben könnte. Und wozu die Eile?

Der Taxiarchos überlegte nur sehr kurz, ob er Roç von der Gefahr, in der Yeza schwebte, Mitteilung machen sollte. Er unterließ es. So passierten sie in der Morgenröte des dritten Tages die weit ins Meer hinausragende Halbinsel und wendeten hart im Wind nach Norden. Von der lybischen Küste blies ein warmer Schirokko in die Segel, daß sie sich blähten, rot gefärbt vom Wüstensand. Die ›Atalanta‹ hob sich fast über die Wellenkronen, so schnell flog sie dahin. In diesem Sauseritt zerstob auch die Hoffnung der Templer, der verrückte Taxiarchos würde sie hier irgendwo absetzen. Sie hatten von den Lancelotti gehört, daß auch sie gern in Otranto an Land gehen würden, um ihre Lieben nach so langer Zeit wieder wenigstens kurz in die Arme zu schließen, doch als sie um die letzte Felsnase bogen und der Golf mit der mächtigen Burg von Otranto vor ihnen lag, da stellte sich ihnen ein ganz anderes Hindernis entgegen als der Wahn ihres Kapitäns, er könne noch rechtzeitig die Küste der

Romagna erreichen und den Gang der Ereignisse in der Stadt Bologna aufhalten. Um die allseits verehrte junge Königin Yeza zu retten, waren sie sogar bereit, jedes Opfer zu bringen, auch die Sehnsucht nach ihren Frauen und Kindern hintanzustellen, aber jetzt hatte sich diese Frage schlagartig erübrigt. Weit gefächert stand die Flotte des Anjou in der Bucht. Die schweren Kampfschiffe hatten einen bedrohlichen Halbkreis um die Burg gelegt, und die vordersten lieferten sich ein heftiges Duell mit den weitreichenden Katapulten der Festung. Und mitten hinein in diese massierte Kriegsmacht rauschte mit vollen Segeln die ›Atalanta‹.

Sie hätte durch den Ring hindurchschlüpfen können, keiner hätte sie bei der Geschwindigkeit greifen können, doch der Taxiarchos befahl:

»An die Katapulte! Rammdorn raus! Fertig zum Gefecht!«

Das war nun sehr nach dem Geschmack der Lancelotti, denn jeder von ihnen wußte einen Freund oder Verwandten auf der Burg der Gräfin, viele hatten sogar dort Quartier und ihre Frauen. Und der Taxiarchos fühlte sich dem Grafen Hamo und seiner Frau Shirat verbunden. Außerdem brannte er darauf, die ›Atalanta‹ einmal im siegreichen Gefecht zu sehen. Er gab vor, als suche er nach einem Ausweg, den Ring zu umfahren. Dann aber riß der Taxiarchos das Steuer herum und glitt pfeilschnell auf das erste Hindernis zu.

»Kein Rammdorn!« schrie er mit sich überschlagender Stimme, und der Stachel hob sich in letzter Sekunde, während der scharfe Kiel das Schiff mitten durchschnitt. Die ›Atalanta‹ hatte es glatt überrannt, und wie ein riesiger Drache brauste sie auch schon von hinten auf den Pulk der schwerfälligen schwimmenden Plattformen los, auf denen die wurfstarken Mangonels, die bösartigen Ballisten und die zermürbenden Trebuchets verankert waren. Die Männer, die sie bedienten, glaubten ihren Augen nicht zu trauen; die Katapulte herumzureißen reichte die Zeit nicht, und so sprangen sie ins Wasser, bevor das Reißen und Knacken einsetzte.

»Sensen hoch!« befahl Corrado seinen Lancelotti, denn er hatte rechtzeitig erkannt, daß der Taxiarchos diesmal jeden frontalen Zusammenstoß zu vermeiden suchte, sondern die dickleibigen Boote seitlich rammen wollte. Das gefiel ihm. »Sensen runter!« brüllte er über das Krachen und Bersten hinweg, und die scharfen Klingen fegten über die fremden Planken. Danach stand dort keiner mehr auf seinen Beinen!

Die ›Atalanta‹ hieb und knuffte sich ihren Weg, eine blutige Schneise der Verwüstung mitten durch den Stolz des Anjou. Als sie sich auf der anderen Seite des wirren Haufens freigehackt hatte und sich unversehrt aus den im Wasser treibenden Trümmern schälte, flohen die leichten Segler in heller Panik.

Der Taxiarchos wählte sich zum Dessert noch ein letztes Opfer aus, das den geringsten Umweg versprach. Er hetzte es wie ein Löwe die Gazelle und fuhr ihm das Heck ab, daß sein Bug spitz klagend sich zum Himmel aufrichtete, bevor es mit Ratz und Mann langsam versank. Aber da war die ›Atalanta‹ schon längst gen Norden weitergestürmt.

Fast schon in der Höhe von Lecce wandte sich der Taxiarchos zum ersten Mal an seinen Gast Simon de Cadet.

»Gefällt Euch die Reise so wenig, oder schlägt Euch die See auf den Magen, daß Ihr nichts sagt?«

Der junge Kommandant der Templer von Linosa hatte die ganze Zeit tapfer neben dem furiosen Kapitän ausgeharrt, ohne mit der Wimper zu zucken oder gar Schutz zu suchen, als wünschte er seinen Tod durch ein verirrtes Geschoß herbei. Doch nun, als alles vorbei war, wurde ihm schlecht, und er mußte kotzen, bevor er sich gequält zu einer Antwort aufraffte.

»Was Ihr mit unserem Schiff anstellt, habe letztlich ich zu verantworten. Verlangt nicht auch noch Beifall von meiner Seite. Euer Verhalten brachte nicht nur die ›Atalanta‹ in Gefahr, sondern schädigt den Ruf des Ordens. Das wird man Euch nicht verzeihen.«

»Ach«, sagte der Taxiarchos verärgert, »Ihr seid eine Landratte, eine feine dazu. Es gibt genug Templer, denen es großartig gefallen wird, daß ihr Renommierkahn mal seinen Stachel vorführen konnte, statt immer nur brav mit dem Herrn Großmeister von einem Staatsbesuch zum nächsten zu gondeln!«

»Es gibt schon einen triftigen Grund, warum dieses stolze Schiff nicht in die Hände von Unbefugten gelangen sollte. Ihr seid der schlagende Beweis, Taxiarchos.«

Danach schwiegen sich beide wieder an. Jeder dachte an die Reisen zu den ›Fernen Inseln‹, den eigentlichen Grund, aus dem der Orden ein Schiff wie die ›Atalanta‹ hatte auf Kiel legen lassen.

Die Flotte des Anjou versammelte sich um das unversehrte Flaggschiff ihres Admirals.

»Das kann eigentlich nur dieses Seeungeheuer gewesen sein, das die Templer angeblich auf einer Insel in der Nähe der afrikanischen Küste versteckt halten«, sagte Robert von Les Beaux, der sein Schiff ebenfalls unbeschädigt aus dem Treffen geführt hatte.

»Ich frage mich nur, was in die Templer gefahren ist?« knurrte der Admiral, ein unfähiger Fettwanst, ein typischer Pfeffersack aus Marseille, der diesen hohen Rang nur innehatte, weil er im Gewürz- und Waffenhandel reich geworden war und rechtzeitig dafür gesorgt hatte, daß fähigere Bewerber ab zu den Fischen gewandert waren. Das dachte sich jedenfalls Herr Robert, biß sich aber auf die Zunge, weil er diesen Weg nicht gehen wollte. Und Rinat Le Pulcin, dieser elende Gauner, der dem machtlüsternen Anjou vorgegaukelt hatte, Otranto sei ganz leicht im Handstreich zu nehmen und würde einen nützlichen Brückenkopf für die Ambitionen seines Herrn abgeben, der schwieg erst mal stille, bis er merkte, daß der karpfenmäulige Admiral ihn recht unfreundlich fixierte. Da fühlte er sich bemüßigt, wohl auch zu seiner Entschuldigung zu sagen:

»Der Kapitän muß verrückt geworden sein! Ich kenne eigentlich nur einen, der für diese Teufelei in Frage kommt – und auch schon im Dienst der Templer stand –«

»Und wie heißt das Schwein, daß ich es abstechen –« Der Admiral war puterrot angelaufen, und Rinat bekam es mit der Angst zu tun.

»Taxiarchos«, rief er schnell, »der berüchtigte Penikrat von Konstantinopel!« Doch die Aufmerksamkeit des Wütenden war längst von ihm abgezogen, weil Robert kühl zur Küste hinüberwies.

Nachdem die gesamte Flotte oder das, was noch von ihr übrig war, aus unmittelbarer Nähe der Burg von Otranto und ihrer Katapulte gewichen war, um ihre Wunden zu lecken, sich neu zu formieren oder gänzlich abzuziehen, ergab sich für die jetzt erst eintreffende, völlig ahnungslose Triëre die Gelegenheit, unangefochten in den befestigten Hafen der Burg einzulaufen. Roç und seine Mannen hatten zwar draußen in der Bucht die zusammengerottete Flotte des Anjou bemerkt, konnten sich aber keinen Reim darauf machen, bis sie unter der Burg an Land gingen. Die Einfahrt des schmalen Hafens, der so ausgelegt war, daß er die Triëre gerade aufnehmen konnte, wurde sofort wieder mit einer schweren Eisenkette gesperrt. Die Ballisten auf den Remparts winkten der unerwarteten Verstärkung zwar freudig zu, ließen aber die draußen versammelte Flotte der Angreifer keinen Moment aus den Augen.

Der berühmte Trencavel und Gosset wurden sogleich hinauf zur Burg geleitet, wo die Gräfin von Otranto sie erwartete.

Für Roç war es nicht nur das Wiedersehen mit der prägenden Stätte seiner Kindheit – nach seinem Erinnern hatte er an keinem Ort der Welt länger weilen dürfen als hier, in dieser beschaulichen Grenzbastion des Abendlandes –, sondern vor allem die Erfüllung eines Jugendtraums. Wie oft hatte er sich als kleiner Junge, mit Yeza auf den Mauern umherkletternd, ausgemalt, wie aufregend es wohl wäre, wenn endlich einmal ein Feind die Burg angriffe und die mächtige Feste ihre Muskeln spielen lassen könnte. Roç kannte sie alle, die sichtbaren starken Arme, Fäuste und Krallen, die Türme mit ihren weitreichenden Schleudern und treffsicheren Wurfmaschinen und die verborgenen Adern und Innereien. Der gewaltige Bauch von Otranto, das waren bis zum Rand gefüllte Vorratsräume und Zisternen, Munitionsdepots voller Kugeln und dickbauchiger Tontöpfe mit Griechischem Feuer und flüssigem Pech. Das alles sollte er jetzt, in der Stunde der Wahrheit, in Bewegung und Bewährung erleben!

Roç war freudig zumute, ausgelassen stürmte er die Treppen im Fels hinauf, immer mal wieder einen Blick übers Meer werfend, um zu sehen, ob die feindliche Flotte sich erneut zum Angriff formierte. Der ächzend hinter ihm steigende Monsignore schüttelte den Kopf.

»Eine so treffliche Oase des Friedens und der Weltabgeschiedenheit!« murmelte er mit ehrlichem Bedauern. »Wer hat nur dem Anjou diesen Wasserfloh ins Ohr gesetzt?«

»Jemand, der das Ende der Welt, wo sich Huhn und Habicht gute Nacht sagen, mit einem Ort der Verschlafenheit verwechselt hat«, ließ sich eine weibliche Stimme vernehmen.

Gräfin Shirat hatte versucht, ihre Tochter Alena Elaia zu den Frauen ins Innere des Turmes zu schicken, doch das wilde Kind verlachte die Besorgnis.

»Die Sicherheit der dicken Mauern frommt alten Weibern, mein Platz ist hier oben, hinter den Zinnen, neben meiner tapferen Frau Mutter!«

»Recht so!« bestätigte Roç sie in ihrem Aufbegehren. »Es waren Damen, die Otrantos streitbaren Ruf geprägt haben, begonnen mit Zi' Laurence de Belgrave, der berüchtigten ›Äbtissin‹.«

Acht Lenze mag die kampfeslustige Jungfer inzwischen zählen, sinnierte Roç, doch wenn es um den mädchenhaften Reiz ging, jene geheimnisvolle Erotik des Verbotenen, sticht die geschmeidige Shirat ihre Tochter allemal aus. Roç mußte an Yeza denken, und zwar voller Sehnsucht nach des goldenen Vlieses Freuden zwischen ihren Schenkeln. Shirats Haut war dunkler, ihr Gärtlein sicher schwarz gekräuselt und erfahrener in der Lust.

»Ist es wahr, daß die *nonna* in Konstantinopel einem lustigen Haus vorstand?« wollte Alena Elaia von dem Besucher wissen. »War sie auch Freibeuterin der Meere?«

»Sie war vor allem eine grandiose, herrische Person«, sagte Shirat, »die dir schnell beigebracht hätte, deiner Mutter aufs Wort zu gehorchen und keine fremden Männer anzusprechen, die mich noch nicht einmal begrüßt haben!«

Roç beugte übertrieben das Knie und ergriff ihre Hand zum Kuß.

»Mich trifft die Schuld, hatte ich doch das Lob der Gräfinnen von Otranto auf Euch gemünzt, liebwerte Shirat Bunduktari –« Er kam nicht weiter, denn die zierliche Frau zog ihn mit überraschender Energie zu sich hinauf.

»Als Ihr noch ein Knabe wart, edler Trencavel, schlangt Ihr zur Begrüßung Eure Arme um mich, obgleich es Euch Mühe machte, Euch so hoch zu recken. Jetzt überragt Ihr mich um Hauptes Länge und wollt nur meinen Fingerspitzen Eurer Lippen Süße gönnen?«

Eher überrascht als beschämt, richtete sich Roç auf, wagte aber nicht, sie auf den Mund zu küssen. Ihren Leib aber preßte er an sich, länger, als es sich gehörte, bis sie sich ihm entzog.

»Meine Mutter ist eine Kußräuberin«, erläuterte Alena Elaia, »die sich geniert, wenn ich dabei bin.«

Das reichte Shirat.

»Deshalb verschwindest du auch jetzt sofort! Ab ins Bett!« Sie langte nach ihrer Tochter, doch die warf sich mit einem kühnen Sprung Gosset zu Füßen.

»Ich stelle mich unter den Schutz der Kirche!« krähte sie, doch der Priester spielte nicht mit.

»Dann gehorche deiner Mutter! Ich werde mit dir das Nachtgebet sprechen!« Er ergriff sie im Nacken wie einen jungen Hund und schob sie den Kammerfrauen zu, die nicht gewagt hatten, Hand an den Wildfang zu legen.

Ausgerechnet jetzt erschienen in der offenen Turmluke zwei junge Leute, ein Jüngling von vielleicht siebzehn Jahren und eine Maid, deren Alter schwer einzuschätzen war. Beide hatten offensichtlich arabisches Blut in den Adern. Der Knabe besaß die dunklen Augen eines Wüstensohnes, mit denen er kurzsichtig blinzelte.

Alena Elaia heulte los.

»Salomé ist grad die Hälfte an Jahren älter als ich, und niemand schickt sie fort!« Sie bot ein gekonntes Bild des Jammers. Die Angesprochene, ein sanftes rehäugiges Wesen, eilte sofort zu der Gekränkten und legte liebevoll ihre drallen Arme um die Freundin.

»Wenn du zu Bett mußt, geh' ich mir dir«, versicherte sie ihr, und Shirat wurde weich.

»Noch eine Stunde!« sagte sie nachgebend, um gleich streng hinzuzufügen: »Komm nicht auf die Idee, hinunter zur Triëre zu laufen! Noch steht der Feind vor der Tür.« An Roç und Gosset gewandt, erläuterte sie: »Sie können ihre Angriffe jederzeit wieder aufnehmen und den Hafen mit ihren Geschossen eindecken!«

Die beiden Mädchen waren schon in der Luke verschwunden, nur der Knabe zögerte noch.

»Ich habe Auftrag gegeben, die Netze zu spannen, Muhme«, informierte er die Gräfin leise, »es wäre ein Jammer, wenn Euer Schiff, endlich heimgekehrt, nun beschädigt würde.«

»Danke, mein lieber Rüstmeister!« lobte sie ihn. »Schaut Ihr nur nach dem Rechten auf Otranto, dann können wir uns alle beruhigt schlafen legen.« Das rundliche Gesicht, mehr das eines Studiosus als eines Kriegshelden, strahlte kurz ob der Anerkennung. Er nickte ernsthaft und entschwand.

»War das nicht Mahmoud? Der Feuerteufel!« rief Roç, so laut, daß der es noch hören sollte.

»Richtig«, bestätigte Shirat. »Mein Neffe ist mir eine große Hilfe, wo Hamo nach Epiros ziehen mußte –«

»Dorthin bin auch ich unterwegs!« erklärte Roç stolz. »Wir treten für König Manfreds Ehre ein, gegen das hybride Nikäa!«

Die Gräfin schaute ihn erstaunt an. »Aber gewiß nicht mit meiner Triëre!«

Jetzt war es an Roç aufzubrausen.

»Sie gehört dem König, wagt nicht, Hand darauf zu legen!«

Hier griff Gosset schlichtend ein.

»Die Frage nach Eigentum steht jetzt kaum zur Debatte, nicht einmal das Recht des Nießbrauchs, denn sie liegt hier erst einmal fest, solange draußen der Anjou lauert.«

Das sah Roç ein, der auch Shirat gewiß nicht vor den Kopf stoßen wollte. Er wußte schon, wie er sich das Weib gefügig trimmen würde, denn es hatte schon lange den Mann entbehren müssen.

»Wie kam Herr Charles denn auf die Idee, ausgerechnet hier, am Ende der Welt, dem König in die Waden zu beißen?« Roç hatte es scherzhaft vorgebracht, schon um seine Unbeherrschtheit vergessen zu machen, doch damit kam er bei der Gräfin erst recht nicht an.

»Otranto, das Ihr, großer Strategos, ›finis mundi‹ zu nennen beliebt, ist der am weitesten ins Meer vorgeschobene Wachposten des Königreiches Sizilien. Er beherrscht die Adria und kontrolliert die Route nach Griechenland. Sein Besitz wäre für den Anjou von unschätzbarem Wert, denn diese Feste ist auch vom Lande her kaum zu bezwingen, wenn ein Überraschungsangriff einmal mißlungen.«

Roç zog den Kopf ein ob dieser harschen Belehrung. Auch als ertappter schuldbewußter Scholar mit rotem Kopf und Hundeblick konnte er bei der Gräfin Tröstung einklagen. Das führte oft schneller zum Erfolg als zu selbstbewußtes Auftreten. »Wir waren seit einiger Zeit auf eine Attacke des Anjou vorbereitet, doch schwächte uns

König Manfred empfindlich, als er uns die Triëre nahm, und zwar mitsamt den Lancelotti und den Moriskos, unseren besten Rittern und trefflichen Schützen an den Wurfmaschinen und den radgespannten Ballisten.«

»Ein Wunder, daß Ihr Euch gegen solche Übermacht halten konntet«, erklärte Gosset.

Shirat lächelte.

»Der Admiral des Anjou war sich wohl seines Erfolges durch Überrumpelung von der Seeseite aus so sicher, daß er sich nicht einmal die Mühe machte, Truppen hinter unserem Rücken anzulanden und uns auch vom Hinterland her abzuschneiden. Dort die Mauern ausreichend zu bemannen, hätte mir Schwierigkeiten bereitet. Doch es geschahen auch Zeichen und Wunder. Das erste war, daß wir einen Geheimagenten des Anjou entlarvten. Er entwischte uns zwar, aber damit waren wir gewarnt. Es war ein Maler –«

»Einarmig?« Roç war nicht einmal überrascht. »Rinat Le Pulcin!«

Die Gräfin hatte für den Künstler nur eine wegwerfende Geste übrig.

»Wohl wegen der Einflüsterungen dieses Meisterspions massierte der feindliche Admiral seine Katapulte direkt vor unserer Burg, die er wohl sturmreif schießen wollte, als wir ihm die ersten Eier in die Segel setzten und damit zeigten, daß wir durchaus mithalten konnten. Er ließ sich auf das Duell ein, anstatt mit geballter Macht, wenn auch unter Verlusten, erst einmal den Hafen zu stürmen und so unter die Mauern zu gelangen.« Shirat lachte. »Das hätte zum Erfolg führen können, aber er befahl nichts dergleichen, sondern wartete auf eine Fügung des Schicksals, das oft die Dummen bevorzugt. Da geschah das eigentliche Wunder. Aus dem Nichts – oder besser aus wolkenverhangenem Himmel – erschien, von Allah geschickt, ein Würgeengel in Form eines Kampfschiffes, wie ich noch nie –«

»Die ›Atalanta‹!« rief Roç begeistert.

Davon ließ Shirat sich anstecken. »Ihr Kapitän muß entweder ein heimlicher Verehrer von mir sein, oder er hegt einen fürchterlichen Haß auf den Anjou –«

»Das ist mein verrückter Freund Taxiarchos, wie er leibt und lebt!« stimmte jetzt auch Gosset ein. »Es war der Mann, der die Triëre im Auftrag des Königs —«

»Ah«, rief da plötzlich Alena Elaia, die sich unbemerkt, ihre scheue Gespielin im Schlepptau, wieder auf den Turm geschlichen hatte, »ein richtiger Abenteurer, der mir Revanche versprach, als er uns die Triëre nahm. Sein Wort hat er wahrlich gut gehalten!«

»Und du gehst jetzt ins Bett!« dämpfte die Gräfin die Freude.

Mit »Nur wenn Monsignore mit uns betet« unternahm die Tochter einen letzten Versuch, das Unvermeidliche aufzuhalten.

Gosset lächelte Shirat zu und schob die beiden Mädchen zur Treppe nach unten. Als sein Kopf in der Öffnung verschwunden war, traute sich Roç, neben der zierlichen Frau Platz zu nehmen, denn Shirat hatte sich inzwischen auf der marmornen Ruhebank niedergelassen. Das reich mit Ornamenten und farbigen Intarsien gearbeitete Kunstwerk byzantinischer Herkunft war eigentlich mehr ein Sessel für zwei; Shirat liebte es, sich in ihrem ›Thron‹, wie sie ihn nannte, zu räkeln wie ein Kätzchen oder aber auch sich zurückzulehnen und aufs Meer hinaus zu schauen. Früher war Alena Elaia gern zu ihr gekrochen, um zu schmusen. Shirat wußte nicht, was sie von Roçs Gebaren zu halten hatte, der mit größter Selbstverständlichkeit seinen Kopf in ihren Schoß bettete. Um erotische Weiterungen zu vermeiden, kehrte sie ihre mütterliche Seite heraus.

»Ihr brennt sicher darauf zu erfahren, was es mit Mahmoud und der kleinen Salomé auf sich hat«, begann sie im Ton einer Märchenerzählerin und streichelte dabei spielerisch über Roçs wuscheliges Haar. »Ebenso wie ich wart Ihr ja in Homs zugegen, als der kleine Feuerteufel sein Gesellenstück als Pyrotechnikos lieferte —«

»O ja!« schnurrte Roç und preßte seinen Hinterkopf fest zwischen die Schenkel, solange es ihm der Anstand noch verwehrte, sein heißes Gesicht in die dunklen Tiefen hinein zu wühlen, wo er sich zwar keine Kühlung, aber Linderung, Erlösung von dem wachsenden Druck versprach, der sich pochend bemerkbar machte.

»Mahmoud, damals noch ein dickliches Kind, sprengte den Oberhofmeister des Sultans in die Luft!«

»Sein Vater Baibars, mein Herr Bruder, der Bogenschütze, betrachtete die eigenartige Veranlagung seines Sprößlings nur kurz als unmännlich und wenig ehrenhaft, dann schickte er ihn zu einem alten Gelehrten aus Cathai nach Alexandria; der lehrte dort Schriftmalerei und orientalische Dichtkunst an der Universität und führte nebenbei physikalische Experimente durch. Sultan Saif ed-Din Qutuz förderte dieses Studium, als bei einem Besuch statt des üblichen Feuerwerks eine eigens erbaute Burg unter Gekrache, Blitz und Donner in Sekundenschnelle von den Geschossen der Katapulte in einem Feuersturm niedersank, bis nur noch ein magisch beleuchteter Triumphbogen sich unversehrt aus dem Rauch erhob, den er als glorreicher Eroberer durchschreiten konnte. Doch Mahmoud strebte nicht danach, es im Handwerk des Zerstörens zur Meisterschaft zu bringen; ihn beschäftigte die Nutzung der vulkanischen Kräfte zur Fortbewegung, sei es zu Wasser, zu Lande oder gar durch die Lüfte; eine schwierige Kunst voller Rückschläge und Enttäuschungen, die von den Mamelukenemiren gering geachtet, wenn nicht verlacht wurde. Der eifrige Studiosus litt unter den Vorwürfen und den Erwartungen des Militärs, mit seinem Vater an der Spitze. Die barsche Weigerung, seinen »Traumgespinsten« nachzugehen, machte ihn schwermütig, sosehr sich auch Ko Chor King, sein alter Lehrer, bemühte, ihn nicht zu entmutigen. Mahmoud zieht es an den Hof des weisen Königs Alfons von Kastilien. Und vor allem will er Villard de Honnecourt kennenlernen.«

»Was ist eigentlich aus Nur ed-Din Ali geworden, dem Sohn Aibeks, der ihm als Sultan nachgefolgt war?«

Roç war an den seelischen Leiden des jungen Mahmoud nicht sonderlich interessiert, er hörte sie sich nur an, weil er so gut lag.

»Ich weiß es nicht«, antwortete ihm Shirat, die froh war, daß Roç sich anscheinend beruhigt hatte. »Er wurde abgesetzt, hieß es aus Kairo; erstaunlicherweise bestieg aber nicht der mächtige Bogenschütze den Thron, sondern er überließ ihn seinem jüngeren Kameraden Qutuz –«

»Und wer ist Salomé?« Roç zeigte, wie wenig ihm der eine oder die andere bedeutete, doch Shirat war noch längst nicht müde und schon gar nicht mürbe, sondern erbaute sich am Fortgang der Geschichte.

»Das ist die Tochter des Sultans von Damaskus, die er mit Clarion zeugte.«

»Ah ja, ich erinnere mich, sie war ja mal seine Favoritin.« Shirat überging, daß sie damals mit der Salentin das Leben im Harem des An-Nasir geteilt hatte.

»Um ihrer Tochter ein ähnliches Schicksal zu ersparen, brachte Clarion Salomé nach Alexandria, in der Hoffnung, dort ein Schiff zu finden, das ihr wohl behütetes Kind sicher nach Otranto bringen würde. Denn sie verfügte ja immer noch über den Titel und die Einkünfte von Salentin, das hatte sie sich von ihrem Halbbruder Manfred bestätigen lassen. Zu diesem Zeitpunkt hatte sich Mahmoud bereits an den Roten Falken gewandt, obgleich er wußte, daß der für seinen Vater eher ein rotes Tuch war. Aber Mahmoud verehrte den klugen Emir.«

»Ja«, sagte Roç, »Konstanz spielt gern den Mittler zwischen Orient und Okzident.«

Es war unschwer herauszuhören, daß Roç bei aller Bewunderung für diesen Mann auch Neid empfand.

»Das tatkräftige Eingreifen des Roten Falken wurde dann auch bitter notwendig, denn Aphrodite, die unberechenbare Göttin der Liebe, hatte mit einem einzigen Pfeil Amors die Herzen der beiden *emigrantes in pectore* durchbohrt, als sie sich zufällig am Hafen trafen. Clarion, die alte Kupplerin, hat sicher etwas nachgeholfen, denn Mahmoud muß ihr als verläßlicher, gut erzogener Reisebegleiter für Salomé wie ein vom Himmel gefallener Stern erschienen sein. Da es in Alexandria von Spionen nur so wimmelt, wurden die Fluchtpläne der Kinder dem Sultan in Kairo hinterbracht, während im fernen Damaskus sein Rivale sich darauf besann, daß seine Tochter Salomé eine gut verwertbare Braut darstellte. Erst jetzt vermißte Sultan An-Nasir Mutter und Tochter und schickte sofort Häscher aus, die im feindlichen Alexandria nach beiden fahnden sollten. Der alte Weise aus Cathai, der Lehrer des angehenden *magister catapultaris et ignea tormenta expertus,* kannte einen Koch, der auf einem regelmäßig verkehrenden venezianischen Handelsschiff Dienst tat. Den bat er, die beiden jungen Menschen für viel Geld an Bord zu schmuggeln und mit nach Otranto zu nehmen. Doch die Hafenwächter griffen zu.

Was für Mahmoud lediglich Auslieferung an seinen strengen Vater bedeutet hätte, sicher die Prügelstrafe für seinen Lehrer, wenn nicht Schlimmeres, wäre für die jungfräuliche Salomé zur Hölle geworden. Auch nur ein Tag im Kerker hätte das Kind Zeit seines Lebens gebrandmarkt.«

»Von der allfälligen Massenvergewaltigung ganz zu schweigen!« trug Roç, unbeeindruckt vom fremden Los, zu der blumigen Schilderung bei.

Shirat ließ sich ungern unterbrechen, geschweige verbessern.

»Doch just da trat der Rote Falke auf den Plan. Er setzte seine ganze Autorität aufs Spiel – auch wenn er aus Rache sicher üble Repressalien zu gegenwärtigen hatte. Der Sohn des ruhmreichen Großwesirs sorgte dafür, daß der Segler der Serenissima mit den beiden sofort die Anker lichtete.«

Roç hatte wider seinem ursprünglichen Vorsatz nun doch aufmerksam zugehört.

»Schließlich stand er mit seinem Sultan sowieso auf denkbar schlechtem Fuß«, bemerkte er zum Ausgang der Geschichte und fügte gleich an, »und seinem alten Widersacher Baibars würde er gewiß erklärt haben, so wie ich den Roten Falken kenne, daß er Mahmoud vor den Schergen des Qutuz in Sicherheit brachte.«

Shirat hob energisch Roçs Kopf aus der Mulde ihres Schoßes und räkelte sich, was Roç schnell entschlossen dazu benutzte, seinen Arm um sie zu legen und sie näher an sich heranzuziehen. Shirat erkannt seine Absicht, sie jetzt zu küssen, und schmiegte geschwind ihr Haupt unter sein Kinn, daß dem ein Riegel vorgeschoben war, ohne daß er sich über mangelnde Zärtlichkeit beklagen konnte.

»Ich bin froh, Salomé als besänftigende Gespielin für meine kleine Wildkatze hier zu wissen, und Mahmoud sieht das auch als glückliche Lösung. Denn er will nun in Bologna studieren, die Algebra des Fibonacci und das Wirken physischer Kräfte nach Jordanus Nemorarius, beides will er unter einen Doktorhut der Philosophie bringen. Erlauchte Geister wie Albertus Magnus und Roger Bacon mit ihrem geheimen Wissen in der Alchimie und den Pülverchen und Püsterichen des fernen Orients sollen ihm dabei Pate stehen.«

»Um dann als hochgelehrter, aber alter Mann seine längst verwelkte junge Braut nach Ägypten heimzuführen?« fragte Roç voller Spott und versuchte sie von seinem Hals zu lösen. Jetzt zeigte Shirat Hartnäckigkeit.

»Gewiß doch, Mahmoud hat sich mit seinem Vater brieflich ausgesöhnt. Er soll erst zurückkehren, wenn Qutuz die Sultanswürde nicht mehr bekleidet.«

»Baibars will den Sultan stürzen?«

Shirat zuckte die Achseln.

»Clarion ist von An-Nasir erneut in Gnaden aufgenommen worden. Der Herrscher von Damaskus sieht in dieser Verbindung inzwischen das wieder einmal bewiesene, große diplomatische Talent seiner alten Freundin.« Shirat entzog sich ihm mit katzengleicher Geschmeidigkeit, so daß sein Kopf sich jetzt an den harten Stein legte.

»Derweil hat Otranto einen vom Himmel geschickten Rüstmeister, der uns bislang in die Lage versetzte, der perfiden Attacke des Anjou glorreich zu trotzen!«

»Und nun habt Ihr auch noch mich und die Triëre eingefangen, denkt Ihr, Gräfin Circe?« Roç ließ seinem Ärger über den Verlust an Terrain, was ihren Körper anbelangte, freien Lauf. »Wir sind auf dem Weg nach Epiros und nicht zum Entsatz von Otranto hier.«

Der dumme und wenig ritterliche Spruch versetzte Shirat mit Recht in Wut, aber sie war klüger als Roç. Sie zeigte es nicht.

»Es steht Euch jederzeit frei zu gehen. Mir ist zwar nur der umständliche Landweg über Venedig, Zara, Ragusa nach Epiros geläufig, aber er führt irgendwann ans Ziel, so weit ich weiß.«

Roç war versucht, seine Begierde mit Brutalität durchzusetzen. Es sollte ja Weiber geben, die dergleichen schätzten. Schließlich hatte Shirat seines Wissens etliche Jahre im Harem des An-Nasir hinter sich, der – *Allah ya'allam!* – nicht als zimperlich galt. Doch als ahnte sie die kruden Gedanken oder habe sein malmender Kiefer ihn verraten, flüsterte die Bunduktari sanft:

»Ich will Euch ja gern die Triëre überlassen, samt allen Lancelotti und Moriskos, die Euch mit Begeisterung folgen wollen. Nur kann sie jetzt nicht den schützenden Hafen verlassen. Und auch Ihr, lieber Roç, solltet nicht Euer junges Leben riskieren, ohne jede Aussicht auf Erfolg –«

Sie wies hinaus auf die Bucht, wo immer noch die Flotte des Anjou sich zusammengeballt hatte, jederzeit in der Lage, auszuschwärmen und den gesamten Golf von Otranto abzuriegeln. Das beeindruckte Roç nur wenig. In Eroberermanier faßte er Shirat unters Kinn und hob ihr Antlitz zu sich empor, dabei sich mit dem freien Arm gegen die Marmorlehne stützend, so dicht neben ihrem Kopf, daß der Frau kaum noch die Bewegungsfreiheit blieb, ihre Lippen in Sicherheit zu bringen.

»Was bietet Ihr mir«, keuchte er rauh, »wenn ich an Eurer Seite bleibe?«

Sie funkelte ihn an. »Wehr bis zum letzten Blutstropfen – dann die Eiseskälte der Todesstarre!«

Doch das hinderte Roç nicht, wider bessere Vernunft seine hungrigen Lippen den ihren zu nähern. Das Geräusch von Schritten ließ ihn herumfahren.

»Wir wollten nicht stören«, krächzte Mas, und es war zu hören, wie sehr er es genoß. Hinter ihm war Pons aus der Luke aufgetaucht und schaute sich neugierig um.

»Wir wollten der Damna des Hauses unsere Aufwartung machen«, plapperte er unbekümmert, »und dem Roç Trencavel eine Mitteilung.«

»Ich darf mich erst einmal selber vorstellen«, unterbrach ihn Mas mit seiner höhnisch schneidenden Stimme, die nichts an Schärfe verlor, auch wenn er leise sprach. »Nachdem unser Kriegsherr« – seine stechenden Augen blieben auf Shirat geheftet – »es nicht für nötig gehalten hat. Ich bin Mas de Morency, ein Waise von ketzerischem Geblüt. Und das ist unser Herr Lehnsherr in spe, Pons de Levis, Graf von Mirepoix!« Er wies auf den dicklichen Pons, der mittlerweile an die Brüstung getreten war und vorsichtig aus der Deckung einer Zinne hinunterschaute aufs Meer. Von hier oben sah die Situation noch bedrohlicher aus. Klein und zerbrechlich ruhte da unten die Triëre in ihrem Hafenbecken, das zum Meer hin durch Wellenbrecher und nicht etwa durch einen beeindruckenden Mauerwall geschützt war. Dahinter lag in der Abendsonne die Streitmacht des Feindes. Er konnte jedes Schiff deutlich erkennen, es waren viele!

»Seid mir willkommen, edle Ritter!« sagte Shirat sichtlich erfreut. »Betrachtet Otranto als Euer Heim, das Euch gastlich empfängt.«

Sie erhob sich und klatschte in die Hände. Roç wartete nicht ab, bis die Diener erschienen, um Getränke zu servieren.

»Was habt Ihr mir Wichtiges mitzuteilen, daß Ihr Euren Posten bei der Triëre verlassen habt?«

Pons war zusammengezuckt, aber Mas war auf Streit aus.

»Daß wir, Raoul de Belgrave eingeschlossen, der Euch, Gräfin, seine Grüße entbietet und für uns die Wache im Hafen übernommen hat –«

»Wie?« Shirat ließ ihn nicht ausreden. »Belgrave? Ein Verwandter meiner Schwiegermutter Laurence, ein Cousin gar? Wie schade, daß Hamo L'Estrange, mein lieber Mann, ihn hier nicht begrüßen kann. Aber Ihr werdet den Grafen ja in Epiros treffen und ihn mir heil zurück nach Otranto bringen!«

Der von Herzen kommende Wortschwall war Mas unangenehm.

»Ich muß Euch enttäuschen, edle Damna, aber wir fahren nicht nach Griechenland. Das ist es auch, was wir dem Herrn Trencavel sagen wollten –«

»Ich hab' Euch nicht gefragt!« bellte Roç wütend. »Ich will es auch nicht gehört haben, denn sonst müßte ich es als offene Meuterei ansehen!«

»Das könnt Ihr ruhig so halten«, entgegnete Mas kühl. »Unser Entschluß steht fest.«

Roç schaute hinüber zu Pons, doch der schlug die Augen nieder.

»Ihr seid im Begriff, Euch auf dem Hoheitsgebiet des Königs gegen das militärische Strafrecht zu vergehen, das für Desertation –«

»Auf Otranto liegt die Gerichtsbarkeit allemal in den Händen der Grafen!« fuhr ihm Shirat in die Parade, was Roç noch zorniger machte.

»Ich lass' Euch in den Kerker werfen!« schnaubte er Mas an. »Und dann sehen wir mal, wie König Manfred über Eure aufsässigen Hälse entscheidet.«

»Auch die Belegung der Verliese entzieht sich Eurer Verfügungsgewalt.« Shirat zahlte es ihm heim. »Eher sollt' ich Euch dort zur Vernunft kommen lassen; in den Grüften soll im Sommer angenehme Kühle herrschen« – sie ließ die Worte auf der Zunge zergehen –, »zu dieser Jahreszeit solltet Ihr Euch allerdings warm anziehen.«

»Das werdet Ihr nicht wagen!« Roç zitterte vor Wut am ganzen Körper und schielte nach seinem Schwertgehänge, das er abgelegt hatte, um bei seiner Eroberung nicht behindert zu sein.

»Was bietet Ihr mir, Trencavel, wenn ich von meinem Recht nicht Gebrauch mache?«

Pons lachte verlegen, und Mas schaute jetzt uninteressiert aufs Meer hinaus.

Shirat gab, an Roçs statt, die Antwort gleich selbst.

»Ihr schwört mir, den Grafen Hamo unversehrt zurückzubringen, daß ich ihn in meine Arme schließen kann. Das ist meine Bedingung! Dafür leih' ich Euch die Triëre.«

»Ihr macht die Rechnung ohne Eure Gäste!« rief Mas dazwischen und wies aufs Meer. »Der Anjou greift wieder an!«

Tatsächlich zog sich der Bootshaufen jetzt in die Länge, nach beiden Seiten segelten die Schiffe auf die Küste zu.

Gosset erschien und zeigte sich bereits wohlinformiert.

»Sie landen Truppen und Geräte an, um uns auch vom Hinterland her zuzusetzen.«

»*Ya' Allah!*« rief Shirat verzweifelt. »Ich kann dort die Mauern nicht genügend bemannen!«

»Zieht die Mannschaft von der Triëre ab, bis auf ein paar Moriskos zum Löschen von Bränden, sollte Griechisches Feuer eingesetzt werden«, riet der jetzt ebenfalls eintreffende Mahmoud. »Gegen Beschuß mit schweren Kugeln kann dort unten im Hafen sowieso keiner etwas ausrichten. Aber hier oben auf den Mauern können unsere Katapulte die Angreifer davon abhalten, dem Hafen nahezukommen. Also verstärkt auf dieser Seite die Kampfkraft der Wurfmaschinen durch die erfahrenen Moriskos und setzt die freigewordenen Lancelotti unter ihrem blonden Kapitän auf den Mauern zum Festland ein. Mit ihren Sensen sollen sie dort vorwitzigen Kletterern auf die Finger klopfen!«

»Bei den Schnittern will ich stehen!« rief Mas. »Kommt, Pons! Wir schlagen uns für unsere holde Gastgeberin!«

Die beiden stürmten davon, ohne Roç eines weiteren Blicks zu würdigen. Die Diener brachten den Wein, Mahmoud lehnte dankend ab.

»Ich will unseren Abzug aus dem Hafen im Schutz der bald einbrechenden Dunkelheit vornehmen, die Triere mit soviel Sand überhäufen, wie sie trägt, denn Wasser nützt gegen Griechisches Feuer nicht!«

»Laßt mich Euch zur Hand gehen, Mahmoud.« Roç sprang auf, fiel vor Shirat auf die Knie und küßte ihre Hand. »Erlaubt mir, Herrin, an Euren Feinden wettzumachen, was ich Euch angetan.«

Er wartete ihre Entgegnung nicht ab, sondern rannte davon, um Mahmoud einzuholen.

»Darf ich Euch einen Vorschlag unterbreiten, Herr Rüstmeister, der dem Feuerteufel von einst gefallen mag?«

»Nur zu, Roç Trencavel«, rief Mahmoud erfreut, »doch sagt mir erst, wie geht es Eurer Liebsten? Wo ist Yeza?«

»Wenn ich das wüßte, wäre mir wohler«, antwortete Roç, während sie die Wendeltreppe hinabeilten. »Wie ich sie kenne, steckt die treffliche Damna in Schwierigkeiten, in die sie sich selbst gebracht, weil sie die Herausforderung braucht und von dem Verlangen beseelt ist, es mir nicht nur gleichzutun, sondern mich nach besten Kräften noch zu übertrumpfen.« Roç hechelte, weil Sprechen beim Laufen die Luft nimmt. »Ich bin nicht viel besser als sie, auch ich such' mir die Bottiche, in die ich fallen kann, die Mauern, gegen die ich mit dem Kopf anrenne, und die offenen Türen, mit denen ich –«

»Genug des eitlen Eigenlobes«, verwies Mahmoud ihm das Schwätzen. »Was schlagt Ihr zum Nutzen unserer Verteidigung vor?«

Roç schluckte.

»Die Frauen und das Gesinde sollten sich in der ersten Hälfte der Nacht mit Fackeln auf allen Bastionen hin und her bewegen, auf der Stiege hinab zum Hafen, auch auf den landseitigen Mauern Lichter zeigen, um Wehrbereitschaft und Mannschaftsstärke zu bedeuten, so daß dem Feind ein Überraschungsangriff im frühen Morgengrauen nicht verlockend erscheint«, entgegnete Roç.

»Wir müssen auf jeden Fall vermeiden, den Gegner wissen zu lassen, wie schwach wir sind«, sagte Mahmoud, als sie im Hof der Burg angelangt waren. »Nur dann ist Euer Vorschlag brauchbar, wenn Eure Durchführung dafür sorgt, Überlegenheit vorzutäuschen!« Er musterte Roç. »Dies ist kein Spiel, keine Herausforderung, die man gleichmütig bestehen oder an der man heldenhaft scheitern kann. Wenn die Lichter dürftig wirken, dann habt Ihr genau das Gegenteil von dem erreicht, was wir dringend brauchen: den Respekt unseres Feindes!«

Roç rang um Fassung. Er wünschte, den Schlag wegzustecken, als sei er nicht getroffen, doch gegen das elende Gefühl, das ihn überfiel, war er machtlos. Wie ein Faustkämpfer, dem der Teppich unter den Füßen weggezogen wird, fühlte er sich plötzlich, und er sagte einlenkend:

»Ich wollte mich nicht auf ein Gebiet begeben, in dem Ihr Meister seid.«

Mahmoud erwiderte nichts, sondern führte ihn hinaus auf die Wälle, die das Castel von Otranto zum Festland hin schützend umgaben. Sie waren mit Türmen reichlich versehen und auch von beeindruckender Höhe.

»Das mag die karge Besatzung einigermaßen wettmachen«, dachte Roç laut, »je länger die notwendigen Sturmleitern, um so günstiger für die Verteidiger.« Doch wie die Angreifer vorgehen wollten, wußte noch keiner. Sie lagerten im weiten Ring um die Burg, wie man an den zahlreichen Feuern ablesen konnte. »Vielleicht wollen sie uns nur täuschen, damit wir möglichst viele Truppen von der Meeresseite abziehen, und uns dort schwächen?«

»Beim Angreifer liegt nun mal der Vorteil des Handelns!« sagte Mahmoud. »Uns bleibt nur die überraschende Reaktion.« Er sah nachdenklich zu Roç hinüber, der auf die Lichterkette starrte.

»Habt Ihr eigentlich die Nachricht betreffend Yeza nicht erhalten, Roç?«

Das klang jetzt schon arg nach Mitleid, und der Angesprochene blaffte zurück.

»Von wem bitte, wann und wo?«

»Sie traf vor einigen Tagen hier im Spiegel ein, es war William, der Euch suchte. Yeza sei in Gefahr.«

»Das ist nichts Neues!«

»Man hat sie in Bologna in den Kerker geworfen und will ihr den Prozeß machen.«

»Und warum sagt man mir das erst jetzt?!«

»Macht mir keinen Vorwurf, ich sah Euch mit meiner Tante Shirat und dachte –«

»Und wieso will William das wissen? Ist er dabeigewesen?«

»Bei ihr ist Sigbert, der Komtur des Deutschen Ritterordens.«

»Schöner Trost!« schnaubte Roç, doch Mahmoud blieb stehen. »Ich will Euch gerne helfen.«

»Ach was!« sagte Roç ärgerlich. »Sie wird sich schon selber an den Haaren herausziehen, ohne fremde Hilfe!« Ganz überzeugt klang das nicht. Roç war wütend auf alle und alles, jetzt auch auf seine Damna, die ihm Schuldgefühl statt Liebesgrüße übermittelte.

Sie verließen die landseitige Mauer und machten sich an den Abstieg zum Meer. Die Stufen waren glitschig, und fast wäre Roç ausgeglitten.

»Völlige Dunkelheit mag zwar für den Feind bedrohlich wirken, aber man läuft Gefahr, sich selbst den Hals zu brechen.«

Roç tastete sich hinter Mahmoud die in den Fels gehauene Stiege hinunter, die in Serpentinen zum Hafenbecken führte.

»Eine Fackel wäre wirklich nicht schlecht«, sagte Mahmoud versöhnlich.

Nach zwei Kehren, die tief in den Felsen eingeschnitten waren, sahen sie unten im Hafen hellen Lichterschein. Klänge von Musik drangen zu ihnen herauf, man schien ein ausgelassenes Fest zu feiern, denn es stiegen auch knatternd Feuerwerkskörper in den nächtlichen Himmel. Sie erleuchteten das Meer taghell, bevor sie zischend verloschen.

»Ist das Eure Art, dem Feind Muskeln zu zeigen?« fragte Roç voller Spott, denn jetzt sah er auch von oben die offenen Feuer und Potkaxl, die zwischen den Flammen für die Lancelotti und Moriskos tanzte. Sie hatte aus den Kisten wohl eines der glitzernden Gewänder aus ihrer fernen Heimat hervorgeholt, die mehr nackte Haut zeigten als verbargen, und die Männer klatschten ihr wild Beifall. Wieder stieg ein strahlender Stern auf, zerbarst und regnete in Funken herab.

»So können die Wachen rechtzeitig erkennen, ob sich im Schutz der Dunkelheit Schiffe nähern«, erklärte Mahmoud.

»Ladet den Herrn Robert von Les Beaux und seine Herren doch gleich ein, mit uns zu feiern, dann sehen sie, was für ein wehrhafter Haufen wir sind!«

Damit waren sie unten angelangt. Die Moriskos trommelten auf allem, was einen martialischen Ton hergab, und bevor Roç den fröhlichen Zechern, die zu seiner Begrüßung die Sensenruder aneinander schlugen, einen Befehl erteilen konnte, trat Dietrich von Röpkenstein vor sie hin und rief:

»*Agli ordini, commandante!*« Doch das war unübersehbar an Mahmoud gerichtet; für Roç hatte er nur einen Rülpser übrig. »Willkommen, Roç Trencavel, bei unserer himmlischen Heerschar, dem letzten Aufgebot der Äbtissin!« Er war betrunken.

Roç wollte aufbrausen, doch Mahmoud wies lächelnd den dargebotenen Pokal zurück.

»Noch bin ich gläubiger Moslem!« Er schlug dem blonden Recken, der ihn um mehr als Haupteslänge überragte, anerkennend auf die nackte Schulter. »Schickt die Lancelotti zur dringend notwendigen Verstärkung auf die Landseite, *capitano!*« Dietrich unterließ jedes Widerwort und nickte dem jungen Rüstmeister einverständig zu. Doch an Roç gewandt, dröhnte er lachend wie ein Gladiator in der Arena: »*Ave Caesar, morituri te salutant!*«

»Das Fest ist aus!« brüllte Roç unbeherrscht gegen den Lärm der Trommeln, Tuben und Flöten die vorbeiwirbelnde Potkaxl an.

»Löscht die Feuer!« befahl Mahmoud den Moriskos. »Und schafft im Dunkeln alle Katapulte nach oben auf die Mauern!« Und sie gehorchten aufs Wort.

Roç sah sich darum gebracht, wenigstens seine schlechte Laune an den Leuten auszulassen, die er als sein ›eigen‹ betrachtete. Er kam sich hier höchst überflüssig vor und wollte sich gerade verdrücken, als Gosset zu ihm trat.

»Ich will mich um die Sicherstellung Eurer Kriegskasse kümmern«, sagte er leise, »und auch um meine Geldtruhe, denn wenn der Hafen jetzt aufgegeben wird, ist der Rumpf der Triëre vielleicht nicht mehr der beste Platz!«

»Doch!« flüsterte Roç, »laßt sie nur dort. Ich werde Mittel und Wege finden, hier wegzukommen, und sicher nicht zu Fuß!«

»Yeza?« fragte der Priester verständnisvoll, doch Roç blieb ihm die Antwort schuldig.

»Sorgt dafür, daß unsere kostbaren Kisten unter Sand geschützt begraben sind, damit kein verirrter Feuertopf ihren Inhalt zum Schmelzen bringt.«

Gosset sah das ein. »Die Gräfin Shirat erwartet Euch!« Damit rückte er erst jetzt heraus.

Roç verbarg seinen Triumph. »Die kann warten!« murmelte er, doch er machte sich auf den Weg nach oben.

Die Nacht wich zäh dem Grauen des Morgens im engen Gefängnishof der Stadt Bologna. Die ihn umgebenden Mauern waren dunkel, und das wenige Licht, das durch die Gitter in die Kerker drang, blieb trüb. Yeza hatte auf ihrer steinernen Pritsche sehr unruhig geschlafen, nicht weil ein Fußgelenk von der Kette aufgescheuert war, sondern weil sie eine dumpfe Bedrohung verspürte. Immer wieder hatte sie sich vorgenommen, den Tod nicht zu fürchten, doch das weitaus Schwierigere war, der Ungewißheit ihres Lebens gefaßt ins Auge zu sehen. So durchfuhr sie auch kein Schrecken, sondern eher ein Gefühl euphorischer Erleichterung, als sie draußen Geräusche vernahm und sich Schritte näherten. Knirschend drehte sich der Schlüssel im Schloß. Sie beschloß, ihre Augen nicht zu öffnen. Männer – das konnte sie riechen, schlechter Atem, Knoblauch, Urin und Schweiß – umstanden ihr Lager ratlos, weil sie nicht wußten, ob sie schlief, ohnmächtig oder tot war. Schließlich lösten sie die Fußkette von der Wand und zerrten an ihr. Yeza blickte zornig auf und erhob sich. Diese Schergen mit den vermummten Gesichtern, die nur den Augen schmale Schlitze freiließen, waren gekommen, sie zu holen, sie zu ihrem Tode zu führen – wenn sie ihn nicht schon brachten durch Erwürgen oder einen Stich ins Herz. Doch die Knechte geleiteten sie mit unbeholfener Fürsorglichkeit an das vergitterte Fenster zum Hof, hoben ihr die Arme und ketteten sie rechts und links an das Gitter, so daß sie gezwungen war, aufrecht zu stehen und über die Brüstung hinaus zu schauen, wenn sie nicht die Augen vor dem verschloß, was dort im Frühnebel zu sehen war – ein Holzklotz, weiter nichts. Die Männer entfernten sich stumm, wie sie gekommen waren, nur verschlossen sie die Zellentür nicht wieder hinter sich, was Yeza als infam empfand, denn so konnte der Henker sich ihr von hinten auf leisen Sohlen nähern, und sie würde den Schlag, den Hieb nicht kommen sehen. Oder wollten sie ihr angst machen, sie zum Winseln, Flehen, zum Schreien bringen? Es hieß immer, Männer machten sich bei solchen Anlässen in die Hose. Yeza würde nicht mal Pipi machen, das schwor sie sich! Die fahrigen Gedanken über ihren eigenen Abgang in Würde, die ihr durch das jetzt wache Gehirn wirbelten, erstarrten plötzlich wie Eis. Seitlich im Hof hatte sich eine Bohlentür geöffnet, und die Henkersknechte stießen einen Mann hinaus, dessen Hände auf den Rücken gefesselt waren. Sutor! Der Aufschrei blieb Yeza in der Kehle stecken, auch ihre Stimme war erfroren. Sie führten ihn zu dem Holzklotz. Yeza hoffte, er würde zu ihr herüber schauen, doch der Hirtenkönig wandte ihr den Rücken zu, als er niederkniete. Aus der Pforte trat als letzter der Scharfrichter, erkennbar an dem riesigen Schwert, das zwei seiner Gehilfen ihm auf einem Brettlager voraustrugen. Unter dem schwarzen Tuch, das es noch vor den Blicken des Verurteilten verbarg, wirkte es zugleich bedrohlich und seltsam unwirklich. Sutor wurden die Augen verbunden. Der Henker legte seine fleischige, große Pranke fast väterlich auf seinen Hinterkopf und drückte ihn sanft auf den Holzklotz nieder, tätschelte prüfend den Nackenansatz, bevor er die Hand von seinem Opfer abzog. Die Knechte hatten inzwischen das Tuch mit einem Ruck entfernt. Yeza sah das Blitzen der scharfgeschliffenen Klinge erst, als der beidhändig gefaßte Knauf schon erhoben war. Sie zwang sich, den Hals Sutors im Auge zu behalten, seinen seitlich auf das Holz gepreßten Kopf. Doch plötzlich war der nicht mehr zu sehen, die stählerne Wand war herabgefallen, und ihr blieb nur noch der Torso, der nicht einmal zuckte, aber schlaff zur Seite zu kippen drohte. Da schloß sie schnell die Augen und sah nicht mehr, wie das Blut aus den Schultern sprang und das Haupt von den Gehilfen an den Haaren kurz hochgehalten wurde, bevor es in den bereitgestellten Korb flog.

Yeza war in sich zusammengesunken, ihre Stirn gegen das kalte

Gitter gepreßt. Wie lange sie so in den Eisen hing, wußte sie hinterher nicht mehr. Irgendwann hatten die Knechte sie wieder losgekettet, und sie war in Sigberts Arme gefallen, der sie festhielt, bis ihr Zittern, ihr Schluchzen in ein leises Weinen überging. Erst dann führte der Alte sie behutsam zu ihrem Lager zurück. Die Schergen hatten den Raum längst verlassen. Der weißhaarige Komtur setzte sich zu ihr auf die Kante der Pritsche und hielt ihre Hand.

»Oberto Pallavicini hat vor seiner Abreise nach Ravenna durchgesetzt, daß Euch kein Haar gekrümmt wird, Yeza«, sagte er, um sie zu beruhigen, doch das belebte nur ihren Trotz.

»›Kein Haar gekrümmt‹?« höhnte sie laut. »Was will mir Bologna denn noch antun?«

»Haft im Palazzo – bis auf weiteres«, informierte sie der Deutschritter. »Die versuchte und fast auch gelungene Flucht oder Befreiung Re Enzios wird vertuscht, deshalb bleibt Ihr erst mal dort sichtbar als Gast, als sei nichts geschehen. Wenn sich die Wogen geglättet haben und niemand mehr über den Vorfall tuschelt oder gar das Maul aufreißt, dann werdet Ihr als freie Person die Stadt verlassen können.«

»Ich will aber weder Re Enzio noch einmal begegnen noch einen Augenblick länger in diesen Mauern verweilen!« begehrte Yeza trotzig auf. »Sollen sie mich lieber gleich umbringen!«

»Genau das würde unliebsames Aufsehen erregen, ›die Tochter des Gral in Bologna zu Tode gekommen‹, in diesen Ruf will sich die Stadt auf keinen Fall bringen. Also seid vernünftig, und verkürzt lieber durch Wohlverhalten die für notwendig erachtete Wartezeit.«

»Ich scheiß' auf diese Stadt und ihre um ›Ruhe‹ besorgten Bürger!« fauchte Yeza und bäumte sich auf, daß der bärenstarke Komtur sie zurückhalten mußte. »Mich, die ich schuldig als Komplizin – und den guten Re Enzio, der fliehen wollte, uns verschonen sie um ihres ›guten Rufes‹ willen, aber Sutor, der für sie nicht zählte, ein Hirte, den haben sie umgebracht! Diese miesen fetten Schweine!«

Sigbert hielt die Tobende an beiden Schultern fest und drückte sie auf ihr Lager zurück.

»So denkt keine Königin!« beschwor er sie. »Was nützt ihnen ein toter Re Enzio, der lebend ihr bester Schutzpatron? Ein Strafgericht, das Eure Exekution zur Folge hätte, wäre desgleichen widersinnig – politisch betrachtet. Es würde bestenfalls Aufruhr bedeuten und rächende Mächte auf den Plan rufen, kurzum den Bürgern das Leben nur erschweren.«

»Zur Hölle machen will ich es ihnen!« keuchte Yeza, ließ sich aber zurückfallen auf ihren Strohsack, und wieder durchliefen lautlose Zuckungen ihren zarten Körper. »Holt mich hier raus!« schluchzte sie endlich, und der alte Komtur streichelte ihr Stirn und Haar, bis sie die Augen schloß und ihre Atemzüge ruhiger wurden.

»Ich verlasse Euch nicht«, murmelte er und wartete, bis sie eingeschlafen war.

Mit dem Aufgehen der Sonne über dem Meere setzte das Bombardement wieder ein, allerdings auf der Landseite, als wolle der Admiral des Anjou die Verteidiger von Otranto glauben machen, daß dort der entscheidende Sturmangriff vorgetragen würde. Immerhin reichten hier die feindlichen Geschosse bis zu den Wällen, wenn sie auch den Mauern wenig anhaben konnten. Die an Land gebrachten Schiffskatapulte waren zu leicht, um wirklich schwere Kugeln zu schleudern. Und bis es den Angreifern gelungen wäre, eine größere Maschine zu bauen, würde einige Zeit vergehen. Außerdem war nicht anzunehmen, daß sie einen fähigen Konstrukteur mit sich geführt hatten. Die Gräfin Shirat hatte noch in der Nacht Boten hinüber in die Stadt geschickt und den Bürgern geraten, die Tore zu schließen und dem Feind keine – wie auch immer geartete – Hilfe zu stellen, falls er danach fragen würde. Der Magistrat hatte Shirat als Antwort gegeben, daß die Mauern bereits bemannt seien und die Miliz der Stadt auch jederzeit bereit, den Belagerern in die Flanke zu fallen, so dies sich als nötig erweisen sollte. Das war beruhigend zu wissen.

Die Gräfin begab sich mit den sie umgebenden Herren hinüber zur Seeseite, wo die hohen, steil abfallenden Felsenklippen, auf denen die Burg lagerte, schweren Beschuß unmöglich machten, solange die eigenen, von ihrer erhöhten Lage begünstigten Katapulte die kräftigeren Wurfmaschinen der Angreifer auf Distanz hielten. Acht zu geben war nur auf die weitreichenden Bolzengeschosse der Ballisten. Diese oft armdicken Pfeile waren tückisch und flogen so schnell, daß man sie kaum kommen sah. Der Feind hatte zudem seine Taktik geändert. Seine dickleibigen Schiffe, die als Abschußrampen dienten, gluckten nicht mehr im Haufen, sondern kreuzten in der Bucht, so daß es schwerer war, sich auf sie einzuschießen. Auch die flinken Segler nahmen jetzt am Beschuß teil, indem sie rasch unter den Mauern vorübersegelten und einen Hagel von Pfeilen auf die Zinnen niedergehen ließen. Zwei Lancelotti hielten ihre Schilde über Shirat, als sie sich von ihrer Terrasse aus die Lage besah.

»Wir sollten ihnen das Herz herausreißen!« sagte Roç, der ebenfalls zur Vorsicht unter einem Schild Schutz gesucht hatte und wie alle den Helm trug. »Das Flaggschiff des Admirals!« wandte er sich an Mahmoud. »Wenn Ihr, trefflicher Feuerteufel, ein Beiboot mit Euren höllischen Leckereien füllt und wir dies im Schutz der Dunkelheit mit der Triëre dem Admiral zuführen, möchte es doch geschehen, daß die Fische ihn stückchenweise –«

»Die Größe der Fleischbrocken könnt Ihr, Trencavel, bestimmen!« frohlockte der Angesprochene. »Auch vermag ich den Zeitpunkt des Fischefütterns so hinauszuzögern, daß unser Schiff längst wieder in Sicherheit ist.«

»Das Unternehmen macht wenig Sinn«, blockte da Dietrich ab, »wenn des Nachts das Ziel nicht zweifelsfrei auszumachen ist.« Der blonde Recke trug als einziger weder Schild noch Helm, was Roç sowieso schon ärgerte. Fehlte nur noch, daß er seinen gestählten Oberkörper entblößte, um sich wie Siegfried als unverwundbar darzustellen! Wollte er Shirat imponieren, die sowieso schon mit bewundernden Blicken nicht geizte, kaum daß sein teutonischer Kapitän den Mund aufmachte? »Wir können die Triëre nicht auf eine solche Fahrt schicken. Wenn der Anschlag gelingen soll, müssen zwei Schwimmer das Boot dicht an das Schiff des Admirals heranrudern, es heimlich daran festmachen und dann im kalten Wasser zurück. Ich bin dabei, wenn Ihr der andere seid, mein Herr.«

»Blödsinn!« knurrte Gosset. »Es besteht noch längst keine Veranlassung, Euer Leben aufs Spiel zu setzen, ohne des gewünschten Erfolges einigermaßen sicher zu sein.«

»Mit der Triëre würde ich –« Roç verbiß sich in seine Idee, um sogleich von Shirat vor allen bloßgestellt zu werden.

»Ihr wünscht nichts anderes, Roç Trencavel, als Euch mit meinem Schiff aus dem Staube zu machen, des Nachts die feindlichen Linien zu durchbrechen, um geschwind zu Eurer Dame Yeza zu eilen –« Die Worte kamen wie Peitschenhiebe, und Roç las in ihren Augen zum ersten Mal Haß.

»Ihr habt Euch ja schon meines Kapitäns versichert, Shirat Bunduktari, um mich an solcher Tat zu hindern.« Roç lag nichts mehr daran, diese Frau zu gewinnen, um sie zu besitzen. »Sollte Yeza etwas zustoßen, wird auch Hamo L'Estrange sein liebend Weib nicht wieder in die Arme schließen!«

»Unterlaßt gefälligst diesen häßlichen Streit, mein Herr!« Gosset wurde plötzlich laut. »Wir sitzen alle in einem Boot, ein zweites gibt es nicht – und an ein Verlassen ist auch nicht zu denken. Und Ihr, Frau Gräfin, solltet meinem Herrn auch nichts unterstellen, das ihn kränken muß!«

»Bin ich hier noch Herrin auf Otranto?« begehrte Shirat schrill auf. Doch ein Blick auf Dietrich und Mahmoud zeigte ihr, daß sie zu weit gegangen war. Beide wichen ihrem Blick aus. Shirat wollte sich nicht als Furie gebärden. Sie ging auf Roç zu und umarmte ihn heftig. »Verflucht mich nicht, sondern verzeiht mir!« flüsterte sie und bot ihm ihre Lippen.

Roç küßte sie, weitaus ausgiebiger und anders, als Shirat es sich gedacht hatte, und das vor allen Leuten. Dann ließ er sie stehen. Damit löste sich der Kriegsrat auf. Die Gräfin zog sich in ihre Gemächer zurück, Mahmoud ging seinen Aufgaben als Rüstmeister nach.

»So unvernünftig deucht mich der Vorschlag des Trencavel nun wieder nicht, daß Ihr ihn beiseite wischt wie eine tote Fliege.« Der Priester hielt sich an den Deutschen, und Dietrich schaute Gosset offen an.

»Im Gegenteil, ich bin durchaus gewillt, einem solchen Handstreich meinen Arm zu leihen, nur sähe ich die Aussichten auf Erfolg gern ein wenig verbessert.«

»Laßt mich darüber nachdenken.«

Gosset und Dietrich standen noch im inneren Hof der Burg, als – es war schon gegen Mittag – Raoul auf sie zukam.

»Ein Parlamentär reitet mit weißer Fahne auf das Haupttor zu«, rief er ihnen entgegen. »Ich denke, wir sollten ihn nicht einlassen, er könnte uns ausspionieren.«

»Das ist richtig«, antwortete Gosset, »zeugt aber von schlechter Sitte.«

»Und könnte uns erst recht als Eingeständnis von Schwäche ausgelegt werden«, setzte Dietrich hinzu. »Wir sollten ihm die Augen verbinden und ihn hier in den Hof führen, da sieht er nichts außer ein paar Küchenmägden und erhält den Eindruck größter Gelassenheit.«

»Laßt mich ihm den vermitteln«, entschied der Priester. »Bringt ihn mir so, wie Ihr es vorgeschlagen, aber verschreckt ihn nicht!«

Dietrich und Raoul eilten den tief eingeschnittenen Fahrweg zum großen Tor hinab.

Gosset ließ sich von der Küche einen Tisch und Stühle bringen und Wein, verschiedene Käse, Brot und Nüsse servieren. Dann las er gedankenversunken in seinem Brevier, einem kostbaren Evangeliar. Er schaute auch nicht auf, als er die Stimmen der Näherkommenden hörte, auch nicht, als Dietrich sagte:

»Nun, werter Herr von Les Beaux, so begegnet man sich wieder. Monsignore Gosset kennt Ihr ja schon.«

Er hörte aus der Antwort des Parlamentärs, daß dieser mittlerweile sehenden Auges vor ihm stand, denn er sagte:

»Damals reiste der Priester als treuer Diener Frankreichs, so gilt seine Andacht sicher unserem König Ludwig und seine Fürbitte unserem Sieg.«

Er hatte die Ironie in seinem Ton nicht bemäntelt, so daß Gosset ihn noch etwas warten ließ, bevor er leichthin erwiderte:

»Ich diente dem König lang genug, um sehr wohl zwischen den Interessen der Krone und denen des Grafen Charles d'Anjou unterscheiden zu können. Ich möchte sogar wetten, daß Herr Ludwig nicht weiß und bei seinem Zorn nicht wissen darf, mit welchem Ansinnen Ihr, Robert von Les Beaux, jetzt vor mir steht.«

Der Parlamentär konnte nicht umhin, ein Lächeln der Anerkennung zu zeigen.

»Gut, lassen wir unseren frommen Souverän aus dem Spiel.

Damit ist aber mein ›Ansinnen‹ als ›Angebot‹ und als solches ernst zu nehmen, das jedenfalls rate ich Euch, Priester. Wo ist eigentlich die Frau Gräfin, die Herrin –?«

»Die Herrin hält Siesta«, fuhr ihm Dietrich in die Parade. »Wir können sie wegen solcher Lappalien nicht stören.«

Gosset nahm schnell das Heft wieder in die Hand, während er sein Brevier bedächtig zuklappte und erst jetzt den Herrn von Les Beaux richtig musterte.

»Oder habt Ihr uns etwas anderes anzubieten als bedingungslose Übergabe bei freiem Abzug?«

»Unter Mitnahme aller persönlichen Habe!« setzte der Parlamentär verärgert darauf. »Und freies Geleit – selbst Eure Triëre lassen wir Euch!«

Gosset sah bekümmert zu ihm auf.

»Ich nehme an, Ihr erwartet beträchtliche Verstärkungen zu Wasser und zu Lande, während wir von jeder Hilfe seitens König Manfreds abgeschnitten sind.« Gosset ließ sein Einlenken wirken, bevor er fortfuhr. »Doch sind die Burg wie ihre Bewohner, samt allem festen wie beweglichen Gut sein Eigentum.«

»Das laßt nur unsere Sorge sein«, schlug Herr Robert vor, froh, einen Fortschritt zu erzielen. »Wir sind sogar in der Lage, die Gräfin großzügig zu entschädigen. Unsere Kasse erlaubt uns, für Otranto eine stattliche Summe als Abfindung zu zahlen. Nennt den Preis!«

»Das klingt gut!« Dietrich hieb ungefragt in die Kerbe, und Gosset konnte es ihm verweisen.

»Setzt Euch doch auf einen Trunk kühlen Weines«, lud er den Parlamentär ein, »und Ihr, Herr Dietrich, laßt uns jetzt allein.«

Der Deutsche tat beleidigt, entfernte sich aber. Er glaubte, verstanden zu haben, worauf Gosset hinauswollte. Robert von Les Beaux nahm bereitwillig Platz und langte zu.

»Ich brauche Zeit«, murmelte Gosset zwischen zwei Schlucken, mit denen er die zerkauten Nüsse hinunterspülte, »Zeit, um die Gräfin und den Trencavel zu überzeugen, dessen Ritter für uns streiten.«

Diese Information beunruhigte Herrn Robert, denn dem Trencavel ging ein beachtlicher Ruhm voraus, vor allem aber der Ruf, für jede böse Überraschung gut zu sein. Ihm klangen noch die Worte des Rinat Le Pulcin im Ohr.

»Ich schlage eine Bedenkzeit von zwölf Stunden vor«, sagte Gosset zuversichtlich.

»Dann ist es doch schon tiefe Nacht!« wandte Robert ein.

»Macht nichts!« beruhigte ihn der Priester. »Euer Admiral wird ja wohl einen Signalspiegel an Bord haben?«

»O ja!« bestätigte ihm freudig der Herr von Les Beaux. »Sicher! Wenn Ihr uns signalisiert, daß unsere Bedingungen angenommen sind, lassen wir Euch bis morgen mittag Zeit, die Burg zu –«

»Wir werden Euch unsere Bedingungen mitteilen«, unterbrach Gosset die Emphase seines Gegenübers, »und Euer Herr Admiral wird gut daran tun, jeden Punkt genau und ausführlich zu beantworten. Werden wir uns in der Nacht einig, dann steht einem Treffen morgen mittag nichts im Wege, bei dem wir die Details schriftlich festlegen, Geiseln austauschen und vor allem die besprochenen Gelder fließen lassen.«

Ah, dachte Robert von Les Beaux, das ist der Haken, an dem der alte Karpfen namens Gosset zappeln wird! Robert hatte Mühe, sein Frohlocken zu unterdrücken. »So soll es sein! Ich lasse sogleich den Spiegel des Admirals blank putzen. Jetzt steht die Sonne im ersten Haus des Meridians.«

Gosset nickte gelangweilt. »Im Winter sind die Nächte lang«, sagte er vieldeutig, und sein Gast erhob sich.

Der aufmerksame Dietrich trat aus dem Schatten der Küchentür und brachte das schwarze Tuch, mit dem sich der Herr von Les Beaux bereitwillig wieder die Augen verbinden ließ.

»Ich erwarte Eure Nachricht!« sagte er in Richtung des Herrn Gosset, der sich schon wieder in sein Brevier vertieft hatte.

»Ihr hört von uns«, murmelte der Monsignore und gab Dietrich das Zeichen, den Parlamentär wieder wegzuführen.

Der Deutsche grinste und bot dem Herrn von Les Beaux seinen Arm.

Der Hafen von Ravenna war seit Menschengedenken versandet und langsam im zurückgelassenen Schlick des sich immer weiter von den Mauern der Stadt entfernenden Meeres versunken. Seit den bewegten, glorreichen Zeiten der Kaiserin Gallia Placidia, die von dem ›zweiten Byzanz‹ aus das Weströmische Reich regierte, war das mächtige antike ›Raben‹ des legendären Dietrich von Bern dem unaufhaltsamen Fall in die Bedeutungslosigkeit preisgegeben. Als Handelsplatz lief ihm Venedig den Rang ab, als Hauptstadt behauptete sich Rom. Hinter den stärksten Mauerringen, die je in grauer Vorzeit gefügt worden waren, erstarrte das einst so bewegte Treiben. Das bunte Völkergemisch aus Langobarden, Syrern, Ägyptern und Griechen hatte sich verlaufen, die große Zauberin fiel in einen Schlaf. Den sie umhüllenden Rosenhag bildeten die Mausoleen mit ihren köstlichen Mosaikdecken, leuchtenden Alabasterfenstern und anmutigen Fresken, nun an nichts anderes mehr als an winterlich geschlossene Knospen erinnernd. Ringsherum nur noch wüstes Land, Sümpfe, Sand und Lagunen, und dahinter irgendwo das treulose Meer. Um so erstaunter rieben sich die Wächter auf den Wällen die verschlafenen Augen, als ein gewaltiges Schiff von dorther kam, über das öde Brachland glitt – oder konnte es fliegen? Den von Schilf zugewucherten Stichkanal hatten sie längst vergessen, so lange hatte sich kein Segler mehr dorthin verirrt, noch eine Galeere sich getraut, das schlammige, von einem Algenteppich bedeckte Wasser aufzuwühlen. Die dunklen Riesenschwingen erhoben wie weiland der legendäre Vogel Greif, wehte im Gegenlicht der Sonne des späten Nachmittags die ›Atalanta‹ unter vollen Segeln heran. Und der Schlag ihrer Ruder fegte den Schilf beiseite und peitschte das schwarze Wasser. Erst als der mächtige Leib wahrhaftig unter den Mauern angelangt war und das schwere Hafentor sich ächzend vor ihm auftat, ließ der Taxiarchos die Ruderblätter gegen die trübe Flut stemmen und die Segel einholen. Fordernd erhoben sich die hohen Aufbauten der ›Atalanta‹ vor der Stadt. Keiner wußte recht, wer es den Wachen eingegeben hatte, daß das Erscheinen dieses apokalyptischen Gefährts etwas mit den seltsamen Gästen zu tun haben könnte, die seit einigen Tagen in der Herberge gleich hinter dem Tor Quartier bezogen hatten. Tag für Tag erschien einer von den Fremden auf den Wällen, schaute gedankenverloren ins Land hinaus und entlockte seiner Laute schwermütige Weisen. Jordi hatte in seinem Hilferuf den vergessenen Hafen von Ravenna als nächstgelegen angegeben und war zusammen mit Yezas restlichem Gefolge hier in Stellung gegangen, in der vagen Hoffnung, in Bologna noch etwas ausrichten zu können – wenn denn jemand die verzweifelte Botschaft des Spiegels aufgefangen hatte und zur Rettung seiner Herrin herbeikäme.

Für die Einwohner der Stadt gehörte der Zwerg zum Hofstaat eines absonderlich gekleideten Alten, der sich mit ›Herr Wesir‹ anreden ließ und, von allen belächelt, im Marschfeld nach seltenen Pflanzen forschte. Seine beiden Haremsdamen ließ er meistens in der Obhut des Zwerges zurück, was die Neugier auf ›die Sanfte‹ und ›die Feurige‹ erst recht entfachte. Nach jenem schickte der wachhabende Offizier, kaum daß die ›Atalanta‹ vor den Mauern erschienen war, denn er hatte den Kleinen ins Herz geschlossen, der ihm oft mit seinen Liedlein die Eintönigkeit der Wachrunden versüßt hatte.

Doch seit dem gestrigen Abend weilte noch ein anderer Gast in Ravenna; der hatte weder die beiden stets verschleierten Schönen zu Gesicht bekommen, noch den Herrn Wesir und seinen Troubadour, geschweige denn hatte er ein Schiff wie die ›Atalanta‹ hier erwartet. Aber er hatte sein begehrliches Auge sogleich auf die fliegende Kriegsmaschine geworfen, und er hatte nur das eine. Oberto Pallavicini, Vikar des römischen Reiches für ›Italien‹, also alles Land südlich der Alpen mit gewissen Ausnahmen, über die man sich mit dem Papst streiten konnte, beehrte die ›Signoria da Polenta‹ mit seinem überraschenden Besuch. Weniger weil es ihm gefiel, sich in einer der langweiligsten Provinzstädte der Romagna aufzuhalten, sondern weil Ravenna von Rechts wegen – was ist schon Recht – zum päpstlichen Patrimonium Petri gehörte. Der tiefere Grund aber war, daß das alte Raben in seiner Glanzzeit manch ruhmreichen Rang innegehabt hatte, darunter auch den eines ›Exarchates‹. Die über alles erhebende Würde eines Exarchen, statt der eines pfäffischen Vikarius kam in seinem Auge einem Königstitel gleich – und als solcher fühlte sich der ›Stellvertreter‹ eines Kaisers, den es nicht mehr gab. Doch dazu mußte er zuvor eine Figur aus dem Felde schlagen, die ihn in der Ausdehnung seiner Machtfülle arg behinderte: Ezzelino, den Tyrannen von Verona. Diesen Schlag vorzubereiten, weilte Oberto in Ravenna. Da kam ihm dieses Geisterschiff gerade recht. Das konnte der Drachen sein, den er, wenn nicht den Etsch, so doch den Po hinaufreiten wollte, um den Rivalen feuerschnaubend aus seinem Nest zu blasen. Also beschloß Oberto, der nichts mehr vertraute als eigenem Augenschein, seine zukünftige schwimmende Kommandobrücke selbst zu inspizieren, um zu sehen, wer auf der ›Atalanta‹ das Sagen hatte und wie er ihn gefügig oder unschädlich machen könnte. Der Großmeister des Tempels sei nicht an Bord, hatten ihm seine eifrigen Sbirren schon zugetragen, wohl aber einige Tempelritter, die das Licht des Tages scheuten, und auch ansonsten recht merkwürdiges Volk. Oberto Pallavicini machte sich zum Ausgang fertig.

»Ihr könnt unmöglich Yeza im Handstreich aus Bologna herausholen!« beschwor Jordi den Taxiarchos. »Ihr würdet ihr Leben gefährden, ja mit tödlicher Sicherheit beenden, statt es zu retten!«

Der Troubadour war so fix durch das offene Tor gerannt, daß die Wachen ihn nicht mit dummen Fragen aufhalten konnten. Der Taxiarchos war gerade erst an Land gegangen, begleitet von einer Schar furchteinflößender Lancelotti und einigen deutschen Rittern. Den Templern unter Simon de Cadet hatte er freigestellt, das Schiff in Ravenna zu verlassen, doch Simon schien der Platz nicht geheuer. Er hatte sich mit seinen Mannen unter Deck verzogen, weil ihm nicht daran lag, durch sichtbare Präsenz das freibeuterische Unternehmen des Penikraten zu legitimieren.

Wenn dem Taxiarchos in diesem Augenblick etwas völlig gleichgültig deuchte, dann war es sein Ruf.

»Könnten die Templer nicht die Auslieferung der Dame Yeza Esclarmunde unter ihre Jurisdiktion verlangen?« schlug er als verzweifelten Ausweg vor, hatte doch Simon seine tatkräftige Hilfe angeboten. Aber Jordi schüttelte den Kopf.

»Die Bologneser sind ein stures Volk und lassen sich nicht unter Druck setzen.«

»Wer könnte helfen?« Er, der berühmte Seefahrer, hatte es auf sich genommen, den Stolz der Templer zu rauben, war im Sturmritt mitten durch die Flotte des Anjou die Adria hinaufgeprescht, eine gar gefährliche Sackgasse, die von der Serenissima beherrscht wurde – bekanntlich die beste Freundin des Templerordens –, aber das alles doch nicht, um hier jetzt im Schlamm vor Ravenna steckenzubleiben! »Ihr wißt doch sonst immer Rat, Meister Jordi?«

Der Troubadour hörte nur mit halbem Ohr hin.

»Es gibt einen Mann, dessen Wort gilt auch in Bologna«, flüsterte er, ohne seinen Blick vom Stadttor zu wenden, in dem zu seiner Verblüffung Oberto Pallavicini aufgetaucht war, mit einer kleinen Eskorte.

»Ihr geht jetzt sofort beiseite«, zischte der Zwerg dem Taxiarchos zu, »samt Sensenmännern. Ich werde versuchen, den Herrn Vikar an Bord zu locken. Wir nehmen ihn als Geisel. Los, verschwindet, und kommt nur wieder, wenn ich meinen Hut lüfte!«

Der Taxiarchos gab seinen Leuten ein Zeichen, und sie setzten sich zur Seite hin in Marsch. So verbarg die hohe Bordwand der ›Atalanta‹ die Männer vor Blicken aus dem Torweg, durch den jetzt gemächlich der Vikar mit seinem Gefolge geschritten kam. Sie waren kaum bewaffnet, denn dies sollte ja einen Höflichkeitsbesuch darstellen.

Während Jordi noch krampfhaft überlegte, ob er selbst dem hohen Staatsbeamten entgegen eilen, um ihn an Bord zu bitten, oder ob er Kefir Alhakim, den ›Wesir‹, als auf Einladung der Templer reisenden Gesandten vorschieben sollte, den die ›Atalanta‹ hier abholte, trat Simon de Cadet hinzu, der nun doch neugierig geworden war. Beide sahen sie, daß Oberto Pallavicini entzückt und neugierig auf das Schiff zeigte und einen Pagen losschickte, der alsbald atemlos unter der Reling eintraf und im Namen seines Herrn um die Vergünstigung bat, die erlauchte Person begrüßen zu dürfen, die auf diesem schönen Schiff reise.

Jordi gab zu Simons Befremden leutselig dem Begehren statt, und der Page rannte zurück zu Oberto, der offensichtlich nichts anderes erwartet und sich schon beträchtlich genähert hatte. Dem Troubadour wurden die Planken unter den Füßen heiß. Doch hatte die Sonne ein Einsehen und schien auf den Wesir, der gerade jetzt in offener Sänfte durch das Tor getragen wurde, umrahmt von seinen tiefverschleierten Damen. Die Träger überholen im Laufschritt den Vikar, aber der hatte nur ein Auge für das Schiff vor ihm; dabei hatten sie sich alle fein herausgeputzt für den Besuch an Bord, und Kefir trug den größten seiner Turbane, der jetzt ob der Eile bedenklich ins Wackeln geriet.

»Denkt Euch einen Grund aus«, zischte der Zwerg dem Templer zu, »aus dem Ihr hier in geheimer Mission an Land gegangen seid, aber kein Wort über Yeza.« Hastig verbarg Jordi sich hinter dem Geländer des Achterdecks, denn jetzt trafen fast gleichzeitig der Vikar mit Gefolge und Kefir Alhakims Sänfte am Fallreep ein. Die Erklärung, warum der Wesir nicht längst an Bord war, lag darin, daß Kefir sich beharrlich weigerte, in seinen seidenen Pantöffelchen per pedes das Fallreep hinaufzusteigen, obwohl die Träger ihm klarzumachen versuchten, daß er garantiert aus der Sänfte fallen würde. So befand er sich noch am Fuß des steilen Stegs und versperrte den nach ihm Kommenden den Weg. Geistesgegenwärtig rief Jordi hinunter, ohne sein Gesicht zu zeigen: »Erhabener Kefir Alhakim, ich habe mir erlaubt, den Reichsvikar zur Besichtigung des Schiffes zu laden.« Der Wesir fand sich sofort in seiner Rolle als schrulliger Würdenträger.

»Es ist mir eine Ehre, Euch, den weithin gerühmten und geachteten Oberto Pallavicini, im Namen des Sultans begrüßen zu dürfen. Folgt nur der Einladung, auf daß der Adlerblick Eures gefürchteten Auges und der Tritt Eures mächtigen Fußes die armseligen Planken meines bescheidenen Schiffleins in einen nach Rosenholz und Myrrhe duftenden Estrich verzaubert. Fühlt Euch wie zu Hause, doch zieht bitte Eure Stiefel aus!«

Den reitet der Sheitan! Simon erblaßte stumm, bückte sich aber flink, um aus seinen Schuhen zu kommen. Alle an Bord folgten seinem Beispiel, gerade noch rechtzeitig, bevor der Kopf des Vikars auftauchte.

Oberto schaute der schwankenden Sänfte entgeistert nach, die sich Richtung Stadt entfernte; doch dann fiel ihm ein, daß es Schiffsplanken aus Edelhölzern von solcher Empfindlichkeit geben sollte, daß man sie nur barfuß betreten durfte. Auch mochte es sein, daß der Herr Gesandte dort seinen Gebetsteppich ausrollte und den Boden deswegen als seine Moschee ansah. Jedenfalls streckte Oberto dem Pagen seine Beine hin, eins nach dem anderen, und ließ sich leise fluchend aus den Stiefeln helfen. Sein Gefolge eiferte ihm nach. Das Schuhwerk in der Hand, betraten alle im Gänsemarsch das Deck des Schiffes, das tatsächlich aus bestem Edelholz gefügt und blitzsauber war. Oberto begrüßte Simon de Cadet.

»Ihr müßt in hoher Gunst bei Thomas Bérard, Eurem Großmeister, stehen, daß er Euch seinen Augapfel überläßt.« Es hatte nicht wie eine Frage geklungen, doch wurde eine Antwort erwartet.

»Jeder Ritter des Ordens schuldet ihm Gehorsam«, sprach Simon gequält. »Ich habe den Befehl auszuführen, seine Exzellenz, den Gesandten des Sultans, hier abzuholen und an den Ort zu führen, den er mir angibt. Ihr mögt das Gunst nennen, für mich ist es Dienst!«

Oberto gab sich versöhnlich. »Ich sehe, mein Herr Ritter, daß der Großmeister wußte, warum er gerade Euch, trotz Eurer Jugend, mit dieser Mission betraute. Doch würde ich mir nun gern Euer treffliches Schiff anschauen!« fügte er jovial hinzu.

Simon nahm die Gelegenheit wahr, sich zu entschuldigen. »Niemand vermag Euch kurzweiliger und dennoch höchst fachkundig zu führen, als hier unser Herr Narr. Ihm vertraut Euch an!«

Der Templer verschwand unter Deck zu seinen Leuten, ehe der Vikar widersprechen konnte. Und der kleine Troubadour oben hinter der Brustwehr faßte sich ein Herz. Entweder hatte der Fisch jetzt angebissen, oder es würde ihm wie dem Wurm ergehen, der sinnlos an der Angel sein Leben opfert. Er steckte seinen Kopf über die Brüstung und grinste den Pallavicini frech an.

»Dich kenne ich doch, Wichtel!« entfuhr es Oberto, als Jordi jetzt seinen Leib über die Wehr plumpsen ließ und vor des Vikars Füßen landete. »Warst du nicht der Troubadour –?«

Hier wurde er schon von einem dumpf geröchelten Abwehrschrei unterbrochen.

»Dieser miserable, krächzende Reimeschmied? Der weder singen noch die Laute schlagen kann? Das ist mein armer geistig zurückgebliebener Zwillingsbruder!«

Der Vikar schüttelte ungläubig den Kopf. »Ich hätte wetten mögen, Euch in Sizilien –?«

»Das sieht ihm ähnlich!« Auch Jordi wackelte jetzt betrübt mit seinem Haupt. »Wenn Ihr mir folgen wollt!« Er stiefelte voran, die hölzerne Treppe empor, die hinaufführte zu dem schmalen Oberdeck, das über den Köpfen der obersten Ruderreihe mitschiffs von Mast zu Mast entlanglief. Hier waren jetzt die Segel zu Hügeln getürmt, sie verbargen die schwenkbaren Trebuchets.

Vor den staunenden Augen der Gäste befahl Jordi den Moriskos, eines der leichten Katapulte freizulegen.

»Was Ihr hier seht«, erläuterte stolz der Zwerg, »hat die Welt noch nicht gesehen: versenkbare, im vollen Kreisumfang drehbare Tripoden, die einen Beschuß nach allen Seiten gestatten, ohne die Segelmanöver zu behindern!«

Interessiert blickte Oberto hinab in die runden Vertiefungen, aus denen nur die Katapultköpfe herausragten. In der Tat waren sie auf übergroße Wagenräder montiert.

»Das würde ich mir gern von unten anschauen!« rief Oberto wie ein für technische Spielereien schwärmender *physicus*. Den Neugierigen mimend, provozierte er: »Dort haltet Ihr sicher auch das schwerere Geschütz verborgen, das ich auf diesem mächtigen Schiff vermisse!« Er wies mit besitzergreifender Geste auf die mit Segeln verhängten Konstruktionen auf dem erhöhten Heck, als sei alles schon sein.

Jordi beeilte sich, ihn von den Mangonels abzulenken und möglichst schnell in die Tiefe des Kielraums zu locken.

»Sehr richtig erkannt!« schmeichelte er dem Kriegsherrn. »Die radgespannten Ballisten sind unter Deck hinter Holzluken stationiert. Ihr überraschendes Erscheinen verbreitet bereits Entsetzen, bevor ihre furchtbare Feuerkraft den Schrecken grausam bewahrheitet.«

»Griechisches Feuer?« Oberto glaubte sofort zu wissen, worum es ging, und Jordi lächelte vieldeutig und ließ die Besucher auf steiler Stiege hinabsteigen. Bevor er ihnen als letzter folgte, lüftete er seinen samtenen Hut, schwenkte ihn, als wolle er sich Kühlung zuwedeln. Als er gesehen hatte, daß Beni das vereinbarte Signal weitergab, kletterte er leichtfüßig hinterher. Der Vikar war schon dabei, seinem Gefolge sachkundig, doch voller Bewunderung den Mechanismus der schwenkbaren Trebuchets zu erläutern. Auch die auf

Rollen gelagerten Ballisten hatten es ihm angetan, die, zwischen den Ruderern versteckt, tückisch ihre Wirkung entfalten konnten. Ein wahres Wunderwerk! Diese Kriegsmaschine mußte er haben!

»Wenn Ihr erlaubt, Herr Obergeschützmeister«, wandte er sich leutselig an den Zwerg und drückte dem Verdutzten verstohlen einige Goldstücke in die Hand, »werde ich Euch meine besten Katapulteure und Armbrustiers herschicken, damit sie von Euch lernen!« Der Vikar überschlug schnell, wie vieler Mannen es bedurfte, um sich in den Besitz der ›Atalanta‹ zu bringen. »Ich selbst sollte bei Euch in die Lehre gehen!«

Jordi hatte sich auf den letzten Absatz der Stiege zurückgezogen, denn er hatte bemerkt, wie die oberste Ruderreihe, die der Lancelotti, ihre langen Riemen erst eingezogen, dann hochgestellt hatten und schließlich die scharfkantigen Sensenblätter auf das Innere der Aufbauten richteten, bereit, von beiden Seiten zuzustoßen.

»Dazu wird Euch keine Zeit mehr bleiben, Oberto Pallavicini«, dröhnte von oben die Stimme des Taxiarchos.

Ein rascher Blick nach allen Seiten zeigte dem Vikar, daß er in eine Falle gelaufen war. Er saß in einem Gehege, doch dessen Luftigkeit war trügerisch, die fehlenden Gitter wurden durch spitze Schneiden ersetzt, die ihn und sein Gefolge zersäbeln konnten, ohne daß ihm eine Chance blieb, sich zur Wehr zu setzen. Auch von der Stiege ragten die Sensen drohend herab. Der Zwerg hatte sich gewitzt seinem Zugriff entzogen, indem er in ihren Schutz gekrochen war.

»Was soll der üble Scherz?« fauchte Oberto Pallavicini den Kleinen an. »Was könnt Ihr von mir wollen, daß Ihr Euch meinem Strafgericht auszusetzen wagt?« Er bebte vor Zorn, doch er zwang sich zur leichten Gebärde. »Laßt mich hier raus, und ich will den dreisten Schabernack vergessen!«

»Mir ist nicht nach Scherzen zumute«, rief der Taxiarchos und schritt die Treppe ein paar Stufen hinunter, dorthin, wo der Troubadour hockte. »Ihr bleibt mein Gefangener, solange Ihr Euch nicht dafür stark macht, daß die Bolognesen Yeza, unsere Herrin, unverzüglich freilassen!«

»Das liegt nicht in meiner Macht!« versuchte sich der Vikar herauszureden, doch der Taxiarchos schnitt ihn kurz.

»Aber es liegt in meiner, Euch an Ezzelino auszuliefern, und das wird Euch widerfahren, wenn Ihr nicht sofort Yeza herbeischaffen laßt, ohne daß ihr ein Haar gekrümmt wurde!«

»Dann laßt mich frei, und ich schwöre Euch –«

»Ihr schreibt einen Brief und wartet dann mit uns, bis die Dame hier eintrifft!«

Oberto unternahm einen letzten Versuch, sich an den eigenen Haaren aus der ärgerlichen Lage zu ziehen.

»Wenn ich nicht persönlich –«

»Eure Person interessiert nur den Tyrannen von Verona, das allerdings brennend!« Der Taxiarchos lachte.

»Schickt nach meinem Siegel, bringt mir Pergament und Feder!« schnaubte der Vikar. »Und nehmt zum Boten den Templer, der offensichtlich auch nicht Herr seiner Schritte auf diesem Schiff ist, sondern ebenfalls Eure Geisel!«

»Zerbrecht Euch darüber nicht den Kopf!« fertigte ihn der Taxiarchos ab.

»Den wird Euch Ezzelino schon balbieren!« fügte Jordi schadenfroh hinzu. »Der Tyrann wird ihn lustvoll im Schraubstock quetschen, bis als erstes Euer einziges Auge heraushüpft, bevor die Schädeldecke kracht wie eine taube Nuß!« Der Zwerg schüttete seine Häme aus dem sicheren Schutz der Sensen über die unten im Kielraum Eingepferchten.

Der Taxiarchos kümmerte sich darum, daß der Vikar schnellstens mit dem Gewünschten versehen wurde, und ließ Simon de Cadet zu sich rufen.

»Ihr habt Euch mir angeschlossen, weil Ihr dazu beizutragen wünschtet, die Prinzessin Yeza Esclarmunde aus der Gefahr, in der sie schwebt, zu retten. Jetzt ist der Augenblick gekommen, wo Ihr, Ritter, Euer Wort verwirklichen könnt. Ihr reitet mit dem Schreiben des Vikars nach Bologna und kehrt mit unserer Königin zurück!«

»*Esclarmunde o la muerte!*« rief Simon.

»Ihr könnt Eure Ordensbrüder als Eskorte mit Euch führen, ich vertraue Euch!«

»Ich vertraue mir«, entgegnete Simon, »ich reite allein. Gebt mir nur ein zweites Pferd samt Sattel!«

DER GEFANGENE KÖNIG 843

»Zehn!« rief der Taxiarchos dem Davonstürmenden nach und verkniff sich die freundliche Ermahnung, nicht mit leerem Sattel zurückzukehren. »Ihr könnt sie allesamt zuschanden reiten bis auf das letzte!«

Stiller Frieden herrschte in der Bucht von Otranto. Die Abendsonne verklärte die vor Anker gegangene Flottille des Anjou zur malerischen Idylle. Wie in einer fernöstlichen Tuschezeichnung hoben sich die schwarzen Schiffskörper und die fein gepinselte Takelage von dem bald feurig goldenen, bald grünblau silbrigen Untergrund, je nachdem, wie die zyklamfarbigen Wolken das Licht filterten. Noch ragten die Masten mit ihren zierlichen Querbäumen nackt empor, wie von flüchtiger Feder gezeichnet, denn die Angreifer hielten die Segel bislang gerefft, doch das konnte sich im Schutz der Dunkelheit schnell ändern.

»Noch eine Nacht können wir sie nicht hinhalten«, beschwor Roç seinen Vertrauten, den Priester Gosset. Die Mahnung galt eigentlich dem weißblonden deutschen Kapitän, der seinen vorgeschobenen Kiefer malmend dazu benutzte, jegliches Drängen erfolgreich abzuweisen.

»Ich habe dem Flaggschiff signalisiert, daß wir uns grundsätzlich mit dem Gedanken an eine kampflose Übergabe Otrantos anfreunden könnten, aber noch eine Reihe von Fragen bezüglich unseres freien Abzuges und vor allem der Mitnahme unserer beweglichen Habe – sprich Katapulte und sonstiges Kriegsgerät – klären müßten«, erläuterte Gosset den Stand der Dinge. »Deswegen habe ich um eine weitere Frist von vierundzwanzig Stunden ersucht.«

»Und mit welchem Erfolg?« höhnte Dietrich von Röpkenstein. »Die Provenzalen des Herrn Charles, diese Marseiller Korsaren, griffen im Schutz der Nacht von der See aus an! Heimlich hatten sie sich bereits unseren Hafenbefestigungen soweit genähert, daß wir sie nur dank der Illumination des Feuerteufels entdecken und zurückschlagen konnten, bevor sie die Triëre in Brand –«

»Ihr hängt an dem Schiff, Herr Kapitän, als sei es das Eure!« spottete Roç.

»Nicht meines, sondern das Eigentum unserer Frau Gräfin. Seitdem Ihr befohlen habt, die Triëre gefechtsklar zu machen, ist sie der schützenden Sandsäcke beraubt«, setzte Dietrich vorwurfsvoll hinzu.

»Dann laßt uns doch endlich das Unternehmen wagen!« brauste Roç auf. »Oder seid Ihr zu feige?«

»Darauf solltet Ihr nicht zählen, Trencavel! Noch schuldet Ihr uns den Beweis für Eure sprichwörtliche Kühnheit. Den Eurer Unbesonnenheit habt Ihr schon mehrfach geliefert!«

Gosset schob sich zwischen die beiden Streithähne, bevor die Fäuste flogen, die längst geballt waren.

»Also, Kapitän«, knirschte Roç, »dann spart Euch gefälligst weitere Widerworte, sondern führt meinen Befehl aus. Sobald die Dunkelheit einsetzt, wird Gosset beginnen, mit Hilfe des Spiegels in den angekündigten Dialog mit dem Flaggschiff des Admirals zu treten, das so seine Position verrät. Und wir machen uns auf den Weg.«

»Ein Ausfall auf der Landseite zur Ablenkung würde unser Unternehmen begünstigen«, schlug Dietrich vor, ohne sich von der Stelle zu rühren.

Doch Gosset, an den der Vorschlag gerichtet war, starrte gebannt auf das farbenprächtige Schauspiel, das die untergehende Sonne auf dem Meer inszenierte. Aus dem glühenden Ball schob sich ein schwarzer Punkt vor, gewann schnell an Konturen, schoß auf die in der Bucht ankernde Flottille zu, genau dort wo sich die Schiffsleiber am dichtesten drängten. Das gewaltige Schiff hatte alle Segel gesetzt, blitzend fuhren zusätzlich seine Ruder ins Wasser, das schäumend heckwärts anzeigte, welchen Weg der hochragende Bug nahm.

»Die ›Atalanta‹!« schrie Roç entgeistert. »Sie ist zurückgekommen!«

»Sie zeigt es dem Anjou noch einmal, die Herrin der Meere!« jubelte auch Dietrich, und sie hielten die Hand über die Augen, um sich nicht vom feurig funkelnden Gegenlicht um das Spektakel bringen zu lassen, das sich da draußen anbahnte.

Robert von Les Beaux sah das hereinbrechende Unheil als erster. Der junge Kommandant war längsseits des Flaggschiffs gegangen, um mit dem Admiral die nächtliche Aktion zu besprechen, mit der er die

Otranter zu überrumpeln gedachte. Er war auf taube Ohren gestoßen und im Begriff, sich wieder auf sein eigenes Schiff zu begeben, als er die ›Atalanta‹ heranstürmen sah. Sie war noch zu weit entfernt, daß er sie genau identifizieren konnte. Doch bedurfte es dessen nicht, es traf ihn wie ein Schlag in die Magengrube. »Nicht schon wieder!« stöhnte er laut auf angesichts des Unvermeidlichen.

»Stoßt ab!« brüllte er seinen Mannen zu, und die stemmten auch sofort ihre Ruder gegen die Bordwand des Flaggschiffs. Robert ergriff ein herabhängendes Tau und schwang sich wie ein enternder Pirat an Bord. Seine Leute fingen ihn auf.

»In die Riemen!« schrie er. »Nichts wie weg!«

Weitere Kommandos erübrigten sich in dem krachenden Bersten und Splittern, das dem Schiff des Admirals die Bordwand aufriß.

Der Taxiarchos hatte den Rammdorn ausfahren lassen, ihn aber nicht dem wie betäubt wirkenden Gegner in den Leib gebohrt. Er war ihm vielmehr mit einem rasanten Segelmanöver in die Flanke gefahren, unterstützt von den Lancelotti. Sie hatten dem feindlichen Schiff die Ruder abrasiert, den Bauch längsseits aufgeschlitzt und waren mit den blitzschnell waagerecht gestellten Sensenblättern über das Deck gefegt. Abgeschnittene Glieder wirbelten umher, Blut spritzte auf, und Entsetzensschreie gellten. Da hatte die ›Atalanta‹ schon gewendet, nicht zur offenen See hin, sondern mitten hinein in den verwirrten Haufen, was zwei weiteren Booten den Bugschnabel kostete, den sie jetzt hilflos aufrissen, während das Wasser hineinströmte. Robert von Les Beaux konnte nur von Glück reden oder der Jungfrau auf Knien danken, daß es nicht auf der Seite geschah, wohin er sich gewendet. Von den beiden getroffenen Schiffen war nur noch der schräge Mast zu sehen, das sich steil aufrichtende Heck und dann ein gurgelnder, schäumender Fleck. Die ›Atalanta‹ setzte erneut zum Stoß an. Diesmal sprangen die meisten Matrosen schon vorher über die Reling, nur der Admiral saß fassungslos in seinem Stuhl auf dem Heck, weniger aus treuer Pflichterfüllung, als daß es ihm völlig sinnlos deuchte, sich zu erheben. Der Taxiarchos hatte den Dorn einziehen lassen, der massive Bug aus geschliffenem Ebenholz donnerte dem Flaggschiff in den Hintern, zermalmte das Steuer und machte den Admiral samt Sessel fliegen. Aus der Luft sah er noch, wie sein stolzes Schiff sich auf die Seite legte, bevor er sich im Strudel seines Untergangs mit ihm vereinte. Beide tauchten nie wieder auf. Die ›Atalanta‹ ließ es dabei bewenden, sie rauschte mitten durch die nach allen Seiten davonstiebende Flotte, weiter auf ihrer wilden Fahrt gen Süden.

Der Herr von Les Beaux raffte sich dazu auf, mit dem Verlust des Flaggschiffs das Unternehmen als fehlgeschlagen zu betrachten. Er gab den Befehl zum Abbruch der Belagerung; vorher aber knöpfte er sich den Kerl vor, der ihnen das alles eingebrockt hatte.

»Rinat Le Pulcin«, sprach er zu dem fein gekleideten Künstler, »der Herr Admiral begehrt, Euch bei sich zu sehen, damit ihm auch jetzt teurer Rat nicht mangelt. Denn die Fische werden ihm nicht verraten, wie das wehrlose Otranto im bequemen Handstreich zu vereinnahmen sei. Diese Auskunft seid Ihr ihm noch schuldig!«

Auf einen Wink von Robert packten Matrosen den Einarmigen unter die Achseln und an den Fußknöcheln und schaukelten den Zappelnden ein paarmal genüßlich hin und her, bevor sie ihn im hohen Bogen über Bord warfen.

Inzwischen war die Nacht hereingebrochen. Yeza hatte die schneidige Attacke des Taxiarchos vom Achterdeck aus verfolgt, an der Seite des Tempelritters, der ihr wie ihr Retter vorkommen mußte, denn schließlich hatte Simon sie aus den Klauen Bolognas befreit, nachdem sich Enzio vor allem als selbstsüchtig erwiesen hatte, als großspuriger Versager! Re Enzio hatte nicht einmal Worte des Trostes gefunden, als er sie – Tage nach der verpatzten Befreiung – endlich im Kerker besuchte. Im Gegenteil, der Bastard fand es als durchaus angemessen, daß sie mit ihrem jungen Leben dafür zahlte. »Ihr habt Euch für mich geopfert, Damna Yezabel Esclarmunde, das wird Euch den Tod leichter ertragen machen, und ich werd' Eurer stets gedenken!«

Völlig undamenhaft hatte sie ihm geantwortet:

»*Vaseme 'a vuallera!*« Das höchst ordinäre Napolitanisch hatte der Herr gar nicht verstanden, er war mit grummeligen Worten über die »heutige Jugend« davongegangen. Gegen den Jammerlappen war

Sigbert geradezu ein Jüngling in seinem Herzen! Yeza legte ihre Hand auf den Arm des Simon de Cadet. Der gefiel ihr in seiner stillen Art, das hatte sie schon damals beim Turnier am Montségur verspürt, auch später, als sie ihn, schon in der Clamys der Templer, in Rhedae wiedertraf. Doch Simon zuckte bei dieser Berührung schuldbewußt zusammen. Und da war noch einer, den stach die Geste wie eine Nadel ins Herz: Der Taxiarchos loderte vor Eifersucht, kaum daß Yeza an Simons Seite in Ravenna angeritten kam. Quälend malte er sich aus, was die beiden wohl unterwegs miteinander getrieben haben mochten, obgleich er sich ausrechnen konnte, daß sie ohne Pause scharf durchgeritten waren. Das feurige Schnauben des für sie bereitgehaltenen Pferdes hatte Yezas Lebensgeister wieder geweckt, sie hatte sich nicht einmal von Sigbert in den Sattel helfen lassen. Nach nichts anderem stand ihr der Sinn, als die Stadt Bologna so rasch wie möglich hinter sich zu bringen. Es war ihr schon zuwider, den Pallavicini, dieses undurchsichtige Einauge, noch unter den Decksplanken zu wissen. Der Taxiarchos hatte nicht gewagt, dem mächtigen Reichsvikar bereits in Ravenna die Freiheit wiederzugeben, wo er offensichtlich das Sagen hatte oder zumindest soviel Einfluß wie in Bologna. So hatte der Freibeuter sein Wort bisher nicht gehalten. Er schleppte Oberto und sein Gefolge, wie die Heringe geschichtet, als Gefangene im Kielraum mit sich, um sie bei passender Gelegenheit irgendwo abzusetzen. Und den Templer gleich dazu! Scheelen Blicks beobachtete der Taxiarchos das vertraute Beieinander von Yeza und Simon. Dafür hatte er nicht Kopf und Kragen riskiert, dem Löwen in den Rachen gegriffen, damit jetzt ein anderer die süßen Früchte erntete! Der Taxiarchos konnte seinen Platz am Steuer nicht verlassen, die Dunkelheit verlangte höchste Aufmerksamkeit, zumal er noch vor dem Erreichen des Kaps bei Santa Maria di Leuca eine Stelle finden mußte, die ein Anlanden zwischen den Felsen der Küste gefahrlos gestattete.

Und noch zwei glühende Augen verschlangen heimlich den Templer, wünschten aber auch Yeza zur Hölle, jedenfalls weit weg von dem Jugendfreund. Mafalda hielt sich in Sichtweite des Paares und litt wie ein Hund. Yeza dauerte es, ihre Hofdame leiden zu sehen. Sie sprach Simon darauf an, bereit, den Platz an seiner Seite zu räumen, doch auch sehr davon angetan, als der sie bat, ihn nicht Mafaldas sattsam bekannter Lüsternheit auszuliefern, und dabei seine kräftige Hand um ihre Hüften legte. Das schmeichelte ihrer Eitelkeit, denn Yeza hatte, was körperliche Reize betraf, noch immer das Gefühl, ihrer Ersten Dame unterlegen zu sein. Außerdem gefiel es ihr, von beiden Männern begehrt zu werden. Sie spielte mit dem Gedanken, Simon anzubieten, mit ihr zu gehen als ihr Ritter, sofern der Templer sich von seinem Gelübde losreißen würde.

»Von Eurem Orden habt Ihr, Simon de Cadet, nichts, zumindest nichts Gutes, zu erwarten«, eröffnete sie vorsichtig ihre Offerte, doch der Templer fuhr herum, wie von der Tarantel gestochen.

»Was wißt Ihr, Yeza, von meinem Eid?« Ihm tat seine Heftigkeit leid. »Es gibt für uns nur zwei Arten des Austritts aus dem Orden: gemäß der Regel verstoßen oder auf der Flucht erschlagen zu werden.«

»Vor dem letzteren seid Ihr gefeit«, sprach ihm Yeza Mut zu. »Doch das erstere kann Euch durchaus blühen!« Sie tastete nach seiner Hand, fast daß sie sich umarmten. »In dem Fall sollt Ihr wissen, daß Eure Dienste mir willkommen sind.«

Simon zog sie enger an sich. »Ich kann einen geleisteten Schwur nicht ablegen wie ein löchriges Hemd, das müßt Ihr verstehen.«

Yeza tat so, als würde sie es verstehen, was noch lange nicht heißen wollte, daß sie das Primat des Ordens samt seinem Gelübde auch akzeptierte. Um so störender empfand sie jetzt das Auftauchen von Beni, gefolgt von Geraude. Doch als die ihr meldete, das Bad sei angerichtet, war Simon plötzlich Luft für sie. Schroff kehrte sie ihm den Rücken. Nichts, auch keinen Mann oder deren zwei, sehnte sich Yeza so sehr herbei wie ein heißes Bad, denn sie stank wie eine Bisamratte nach Kerkerloch. Da war ihr es auch völlig gleichgültig, daß Mafalda sogleich die Gelegenheit ergriff und sich heranschlängelte, den Platz neben Simon an der Reling einzunehmen.

»Das letzte Mal, daß ich mich für einen Mann gewaschen hab'«, ließ sie ihre Oberste Hofdame wissen, »da bin ich voll in die Scheiße gefallen!« Denn Mafalda zog schon seit Yezas Bergung häufiger recht anzüglich ihr Näschen kraus. »Doch ziehe ich jedes Bad in warmer Jauche dem Vertrauen vor, das wir Frauen oft in Kerle setzen!«

Yeza winkte Jordi zu sich.

»Spielt mir auf, mein guter Trovère«, rief sie ihm zu, »mehr noch als des warmen Wassers Liebkosung bedarf mein Körper Eures Gesanges, um sich wieder wohl und frei zu fühlen!«

Es hatte ihr nie etwas ausgemacht, sich dem Zwerg in voller Nacktheit darzubieten, obgleich sie ahnte, daß der durchaus als Mann empfand. Jordi war ihr Vertrauter und Bewunderer in einer Person, sie liebte es, von seinen oft schlüpfrigen Liedern gestreichelt und gekitzelt zu werden. Jordi griff nach seiner Laute und folgte den Damen in ihre Gemächer auf dem Heck.

Kefir Alhakim, der Wesir, wurde hinausgeschickt und bezog Platz vor der Tür. Sein übergroßer Turban wiegte sich zu der lieblichen Melodie, die bald darauf hinausdrang in die Nacht.

> »*Por coi me bait mes maris?*
> *Lassette!*
> *Je ne li ai rienz meffait?*
> *Ne riens ne li ai mesdit*
> *Fors c'acolleir mon amin Soulete.*
> *Por coi me bait mes maris?*
> *Lassette!*«

Aus dem Frauenzelt auf dem Heck drang helles Gelächter. Kurz darauf stolperte ein klitschnasser Beni mit hochrotem Kopf davon. Daß Yeza ihn erwischt hatte und Geraude ihn dafür in den Bottich getunkt, sah er ein, nicht aber, daß sie ihn des Bades verwiesen, wo doch vor dem Eingang sein Vater hockte und damit Zeuge seiner Schlappe wurde. Des Katers Erfolge bei den Frauen hielten sich in beschämend bescheidenen Grenzen. Yeza, seine Königin, behandelte ihn wie einen unreifen Pagen, Mafalda wie ihren Leibsklaven, nur daß sie seine Männlichkeit nie einforderte, lediglich seine Mittlerdienste zu anderen Männern, und Geraude schließlich nahm ihn wohl mit ins Bett, aber einzig, um ihn wie ein Kind zu wiegen und zu herzen. Jetzt hatte auch sie ihn verraten! Beni, der Kater, sehnte sich nach seiner Potkaxl zurück.

>»Por coi me bait mes maris?
> Lassette!
> Et c' il ne mi lait dureir
> ne bone vie meneir,
> je lou ferai cous clameir, a certes.
> Por coi me bait mes maris?
> Lassette!«

Selbst die Lancelotti hielten inne beim Schleifen, beim Auswetzen der Scharten, als sie die holden Töne vernahmen. Die rudernden Kämpfer, die von der Triëre zum Taxiarchos gewechselt waren, hatten sich allesamt wieder Sensenblätter an die Ruder geheftet, denn auf die verheerende Wirkung der vertrauten Waffe mochten sie nicht verzichten.

Der Taxiarchos stand oben am Heck. Seine Augen suchten die dunkle Küste ab. Gleich nach der Zertrümmerung des Herzstücks der Flotte des Anjou hatte er mit dem Gedanken gespielt, Yeza wissen zu lassen, daß ihr Roç dort oben auf der Burg von Otranto weilen müßte, denn er war sich sicher, daß die Triëre in der Zwischenzeit nicht hatte auslaufen können. Doch da er sich genauso sicher war, daß Yeza darauf bestanden hätte, an Land zu gehen, hatte er den Hinweis unterlassen. Und Simon, der ja auch auf dem Laufenden über Williams Signale war, hatte wohl gleichfalls nichts verlauten lassen. Vom Meer aus hatte man die Triëre in ihrem Hafenbecken nicht sehen können. Das war schon gut so. Er wollte mit Yeza allein sein!

> »Por coi me bait mes maris?
> Lassette!
> Or sai bien que je ferai
> Et coment m'an vangerai:
> Avec mon amin gerai nüete.
> Por coi me bait mes maris?
> Lassette!«

Auf Otranto war der Teufel los, der Feuerteufel! Dreimal turmhoch fauchten die Raketen, bevor sie zischend und knatternd im Nachthimmel zerplatzten. Dazwischen donnerten die Kanonenschläge, die von den Katapulten in tönernen Töpfen aufs Meer hinaus geschleudert wurden. Die arg ramponierte Flotte des Anjou hatte in aller Hast ihre Landtruppen eingesammelt und war dann über die offene See entwichen.

»*Allah ya'allam!* Niemand soll sich daran stören«, meinte Mahmoud, der junge Rüstmeister, »daß wir einen Sieg feiern, den wir nicht selbst errungen haben!«

Die Gräfin hatte Alena Eleia und Salomé gestattet, mit den Frauen und Zofen hinunter zum Hafenbecken zu eilen, um an der Freude der Moriskos und der Lancelotti, der fremden Ritter und der einheimischen Hilfstruppen teilzuhaben. Allerdings vergatterte sie ihre Hofdamen, ein Auge auf ihre ungebärdige Tochter zu haben, damit die im Trubel des allgemeinen und mit Sicherheit zunehmend vulgären Vergnügens nicht über die Stränge schlug. Sie selbst war nur kurz bei der Triêre erschienen, hatte die Ovation genossen, mit der ihre Mannen sie hochleben ließen, und mit Dietrich vereinbart, Wachdienst und Feiern so zu koordinieren, daß alle zu ihrem Recht kämen, »ohne daß Otrantos Sicherheit darunter leidet! Erstattet mir bitte stündlich Bericht, Herr Dietrich, und Ihr, lieber Gosset, tragt Sorge, daß meine Tochter den Weg ins Bett findet. Sie hört ja mehr auf Euch als auf ihre Mutter!«.

»Ihr betet wahrscheinlich nicht mit dem Kind!« hielt der Priester ihr lächelnd vor. »Sicher kennt auch der Koran die Fürbitte um behüteten Schlummer?«

Shirat hatte ihn im Weggehen erstaunt über die Schulter angeschaut, nicht ohne Dietrich einen Blick zuzuwerfen, den sowohl Gosset als auch der Deutsche als merkwürdig empfanden.

»Meint Ihr, Monsignore, der Prophet kenne nicht die Wonnen des Bettes? Sonst müßten wir Muslime ja freudlos unsere Nächte verbringen!« Damit war die zierliche Gestalt entschwunden.

Roç hatte den Blick wohl bemerkt, der ihm nicht galt. »Denn was bleibt dem Weibe ohne Mann, wenn es nicht einmal des Schlafes Ruhe findet«, sagte er anzüglich zu Gosset, aber laut genug für den Deutschen. Roç hatte bereits reichlich getrunken und war wild entschlossen, es nicht dabei bewenden zu lassen. Dem Stirnrunzeln

Gossets zum Trotz hatte er sich dafür als Saufkumpane die drei Okzitanier gewählt, zumal er sich mit Raoul immer besser verstand, was Mas dazu brachte, seinen stichelnden Widerstand gegen den Trencavel einzustellen, und Pons endlich erlaubte, seiner stillen Verehrung für Roç Ausdruck zu geben. Nur Potkaxl widmete der dickliche Knabe mehr Aufmerksamkeit, doch das schon deswegen, weil die freche Kleine seine Zuneigung immer weniger erwiderte. Der Toltekin hatte es der weißblonde Prinz Eisenherz angetan, der auch jetzt wieder seinen geölten Oberkörper zur Schau stellte und allenthalben seinen Bizeps rollen ließ, nur daß Dietrich von der Potkaxl überhaupt keine Notiz nahm. So war die kleine Zofe grad in der rechten Stimmung – der Wein und die aufstachelnden Sprüche von Roç, Raoul und Mas trugen das ihre dazu bei –, sich trinkend und tanzend Stück für Stück ihrer Kleidung zu entledigen. Dazu sang sie sich mit gutturalen Tönen ihren Zorn vom Leibe, mal grollend wie Beben im Berge, dann wieder im schrillen Diskant, Gewitterblitzen gleich. Die Moriskos und die Lancelotti, die vom Liebeskummer der Potkaxl nichts mitbekamen, klatschten Beifall, feuerten sie an, und schon war sie splitternackt. Dietrich von Röpkenstein ärgerte sich. Er fürchtete um die Disziplin. Er war peinlich bemüht, sich nicht den Anschein von Prüderie zu geben, doch machte er keine gute Figur, als er jetzt vor die drei Okzitanier trat.

»Für den nächsten Wachgang darf ich die Herren bitten, sich jetzt zur Außenmauer zu begeben.« Dietrich hatte die Anweisung ganz ruhig vorgebracht, doch Roç sprang sofort empört auf.

»Ihr bleibt hier und leistet mir Gesellschaft!«

Er funkelte den Deutschen an, der sich aber an Raoul hielt.

»Stellt dort bitte nach Eurer Wahl drei Mann vom Wachdienst frei und schickt sie her, damit auch sie feiern können.«

»Geht Ihr doch selber!« fauchte Roç. »Ein Röpkenstein macht leicht drei Leute wett!« Es gab verhaltenes Gelächter bei denen, die den Streit mitbekamen.

Dietrich gefror, immer noch beherrscht. Raoul sprang ein und wandte sich leise an Roç.

»Wir gehen«, erklärte er ihm freundschaftlich, »denn unseretwegen soll keiner um seinen Spaß gebracht werden!«

DER GEFANGENE KÖNIG 853

Und er knuffte Mas, der sich schon auf eine Ausweitung der Auseinandersetzung gefreut hatte und deswegen Roç beipflichten wollte, und schob ihn Richtung Felsentreppe. Pons seufzte, zog entschuldigend die Schultern hoch und schlurfte hinterdrein.

»Ich übernehme ebenfalls eine Runde«, sagte Dietrich zu Gosset, »es steht also sechs Mann dort oben frei, an Euren Vergnügungen hier teilzunehmen!«

»Können denn nicht alle mit uns feiern, Herr General?« fragte die Potkaxl nicht etwa schüchtern, sondern keck an die Adresse von Dietrich gerichtet. Gosset übernahm die Antwort, winkte aber erst einige der Frauen herbei und ließ der Toltekin eine Decke überwerfen, denn sie bibberte bereits in der winterlichen Nacht.

»Das Verschwinden des Feindes«, erklärte er allen, die es hören wollten – Dietrich war bereits gegangen, »könnte auch eine Finte darstellen. Deswegen müssen wir weiter auf der Hut bleiben.«

»Dann will auch ich mich nicht dem Dienst an Otranto entziehen!« knurrte Roç und erhob sich schwerfällig. »Doch, mein lieber Gosset, morgen früh geht die Festung meinetwegen in Gottes Hut über, wir jedenfalls lichten die Anker. Ihr könnt die Triëre zum Auslaufen bereithalten!« Roç trank seinen Becher aus und warf ihn ins Hafenbecken. Dann stampfte er, leicht schwankend, die Stiegen hinauf.

Das Fest hatte seinen Höhepunkt überschritten, selbst Alena Elaia gähnte und protestierte nicht, als Mahmoud sich anbot, sie und Salomé hinauf zu begleiten. Die Frauen schlossen sich an. Nur einige Unentwegte hockten noch um die wärmenden Feuer und tranken das, was noch an Wein in den Fässern war. Gosset teilte die Arbeit ein, die erforderlich war, falls es tatsächlich am Morgen zur Abreise der Triëre kommen sollte.

»Klar Schiff bei Sonnenaufgang!« Dann verließ auch er den Hafen.

»Shirat! Ich weiß, daß Ihr da drinnen seid!« Roç hämmerte erst mit dem Knöchel, dann schlug er mit der flachen Hand gegen das Türpaneel. »Also öffnet mir!« Er rüttelte am bronzenen Knauf der verschlossenen Pforte zum gräflichen Schlafgemach. »Genug des grausamen Spiels!« Er senkte seine Stimme, um sogleich wieder noch heftiger loszupoltern. »Ihr könnt mich hier nicht stehen lassen!«

Shirat gab keine Antwort. Nichts rührte sich in der Kammer, aber auch die beiden mit Hellebarden bewehrten Wächter rechts und links vor der hohen Tür verzogen keine Miene. Sie taten so, als wäre Roç in seinem Bemühen, sich Einlaß zu verschaffen, gar nicht vorhanden. Luft! Das ersparte ihm die Scham, so er solche, trunken wie er war, empfunden hätte. Offenbar hatten sie Anweisung, sich derart zurückzuhalten, und auch Roç vermied es, ihre Anwesenheit zur Kenntnis zu nehmen. Dafür tauchte aus dem Nichts Dietrich von Röpkenstein im dunklen Korridor auf, was Roç zu dem jähen Verdacht verleitete, der Deutsche sei durch eine Geheimtür aus der Kemenate der Gräfin geschlüpft, derweil er den Eindruck zu erwecken suchte, er käme stracks von der Inspektion der Mauern und nur zufällig hier vorbei.

»Droht dem Bett der Gräfin Gefahr vom bösen Anjou«, ging er den Deutschen höhnisch an, »daß Ihr auch hier die Wachsamkeit Otrantos kontrolliert?!«

Dietrich wich diesmal der Konfrontation nicht aus.

»Der Herr von Les Beaux hat eingesehen, daß eine Belagerung sinnlos geworden ist«, sprach er, jedes seiner Worte gewichtend, »zumal das nicht ausreicht, was er in der Hose hat.«

Mit einem Aufschrei der Wut hatte sich Roç auf den blonden Recken gestürzt, der ihm aber geschickt auswich, so daß der Fausthieb ins Leere ging. Roç blieb stehen, und da er sah, daß sein Gegner unbewaffnet war, griff er zur Gürtelschnalle und ließ sein Schwertgehänge zu Boden poltern. Ohne Dietrich aus den Augen zu lassen, trat er vor einen der Türwächter und entwand ihm mit einem Ruck seine Hellebarde, was dieser widerstandslos geschehen ließ. Roç schlug den Schaft knapp hinter der eisernen Spitze auf die Steinbrüstung der den Korridor umlaufenden Balustrade. Das Holz brach fast, ohne zu splittern, das Eisen fiel scheppernd in den Hof. Die nackte Stange von Hand zu Hand wechselnd, mal wirbelnd, mal wiegend, warf er dem Deutschen einen auffordernden Blick zu.

Dietrich ließ sich vom zweiten Wächter dessen Waffe reichen. Der hatte sie noch nicht aus der Hand gelassen, als der blonde Recke mit einem kurzen Schlag der Handkante das Eisenteil vom Schaft trennte. Dann sprang auch er in die Ausgangsposition. Sie belauerten sich, beide die Hölzer erhoben. Sie tasteten sich ab, stocherten vor, federten zurück. Dann, wie der Hagelschauer nach dem Blitz einsetzt, prasselten die Schläge, Stock gegen Stock. Dieser erste und noch konform den Regeln wirkende Schlagabtausch war gerade vorüber, ohne einem von beiden Vorteile zu bringen, als Gosset die Treppe heraufkam, gefolgt von Potkaxl. Sie hielten beide inne, sagten aber nichts, weil Gewitterwolken sich entladen müssen, soll die Luft sich reinigen. Doch täuschten sich die Zuschauer, wenn sie meinten, hier würde nach festem Zeremoniell verfahren. Die Schläge nahmen an Tücke zu, die von Roç zielten nicht nur auf den nackten Torso des Deutschen, sondern hieben auch überraschend nach den Beinen und stießen in Richtung des Gekröses. Und Dietrich schlug zu wie ein Hammer, daß Roç nur mit Mühe seinen Prügel zwischen Kopf und Hals brachte, denn ein Treffer dort hätte ihn sofort in Morpheus Arme geworfen, wenn nicht noch eine Etage tiefer. Die hölzernen Stangen wurden in den Händen der Männer zu mörderischen Waffen, und nur die nahezu ausgeglichene Beherrschung ließ den Kampf noch wie ein Spiel wirken. Er ging längst auf Leben und Tod. Beide nahmen jede Gelegenheit wahr, zusätzlich ihre Fäuste ins Gesicht des anderen zu stoßen. Hier war der Deutsche im Vorteil. Seine Schläge nahmen an Wucht zu, das Holz des Trencavel knackte bereits verdächtig, dem Bersten nah. Roç täuschte eine Blöße vor. Dietrich stach sofort nach, mit seinen gehärteten Fingern auf Roçs Augen zielend, doch der bog sich geschmeidig auf einem Bein nach hinten und drehte, um die eigene Achse wirbelnd, dem Angreifer den Rücken zu. Aber das lenkte nur von dem anderen Bein ab, das in der Spirale hochschnellte und mit dem Fuß Dietrich am Kinn traf, daß der taumelte und ihm das Holz aus den Händen glitt. Roçs Fuß trat in schneller Folge nach des Gegners Kopf, hämmerte unbarmherzig in dessen Gesicht, bis der Deutsche vor Schmerzen aufheulte und sich todesmutig in das Trommeln stürzte, das Bein zu fassen bekam und mit böser Drehung Roç zu Fall brachte. Rücklings knallte er auf den Steinboden. Federnd warf der deutsche Recke sich mit seinem vollen Gewicht hinterher, um im Nahkampf dem schwächeren Trencavel den Garaus zu machen; doch er hatte einen Augenblick zu lange gezögert. Bevor Dietrich von Röpkenstein Roç plattwalzen konnte, hatte der sich schon zur Seite geworfen, sein Knie hochgebracht, was Dietrich endgültig den Atem nahm, weil es ihn am Solarplexus erwischte. Wie eine marmorne Säule rollte er gegen die Balustrade und rührte sich nicht mehr. Roç schaute auf und sah erst jetzt Shirat lächelnd in der offenen Tür stehen. Ärgerlich wandte er sich ab.

Gosset kniete bei Dietrich und versuchte, ihn durch Schläge mit der flachen Hand wieder zum Bewußtsein zu erwecken. Potkaxl kam mit einer Schale kalten Wassers und goß es dem Deutschen über sein blutverklebtes Blondhaar. Dietrich schlug die verquollenen Augen auf. Gosset hieß die beiden Wächter, ihn fortzutragen. Er folgte mitsamt der als Samariterin bemühten Potkaxl.

»Ihr wolltet mich dringend sprechen, mein lieber Trencavel«, flötete Shirat einladend und wies auf ihre Bettstatt im Hintergrund. Roç schritt taumelnd über die Schwelle, sein Kopf dröhnte wie ein Kessel in der Schmiede, nur daß er statt Löchern Beulen hatte. Ein Ohr schien ihm abgerissen, und seine Nase war ein weicher Klumpen, wahrscheinlich gebrochen. Er schritt wankend bis zum Bett und ließ sich rücklings auf das Lager fallen. Shirat war ihm gefolgt.

»Wollt Ihr die Tür nicht schließen?« Roç war schon wieder soweit Herr seiner Sinne, daß er die offene Tür als störend empfand.

»Ihr nehmt doch wohl nicht an, lieber Roç, daß ich mich nun als Beute des Siegers sehe. Außerdem blutet Eure Nase!« Sie setzte sich neben ihn und tupfte ihm das Gesicht ab. Aus einem Flakon goß sie in Weingeist aufgelöstes Odermenning, vermischt mit Tormentillwurz, in ein Tüchlein.

»*Agrimonia eupatoria* als Mixtur mit dem Blutwurz«, sagte sie lächelnd. »Es brennt furchtbar, aber es stillt das Blut und läßt die Schwellung abklingen.«

Roç ließ sie stöhnend gewähren, und als sie sich zu ihm herabbeugte, da umschlang er sie mit beiden Armen.

»Sagt mir, wo es Euch brennt, und ich will es Euch löschen«, flüsterte er heiser. »Stillt mein Verlangen!« Er nahm ihre Hand und führte sie auf sein Gemächte. »Laßt meine Schwellung abklingen,

Shirat, und ich will Eure Brüste zum Erblühen bringen und Euer Gärtlein –«

Sie ließ ihn nicht weiterreden, sondern senkte ihre Augen in die seinen, ihre Lippen auf seinen Mund, und ihre Hand blieb dort, wo sie vonnöten war. Die Not war so groß, daß die Tür offen blieb, was Roç längst verdrängt hatte, Shirat aber stimulierte. Jederzeit konnte jemand kommen. Das hielt sie davon ab, Roç mehr zu geben als diese erste Hilfe. Sie behielt beherrscht ihr Gewand am Leibe und die offene Tür im Auge. Als Gosset zurückkehrte, hatte Roç seinen Frieden mit der Welt gemacht; auch die Nase war bereits im Abschwellen, dank der trefflichen Arzenei. Sie hatte eine Decke über ihn gebreitet, und er war dem Schlummer näher als einem wilden Ritt durch Gärtlein und Blütenhaag. Shirat zog ihr Gewand züchtig über ihre Brüste.

»Roç Trencavel drängt es danach, mir das Versprechen abzulegen, daß er meinen geliebten Gatten in Epiros suchen und finden wird und ihn mir heil und gesund zurückbringt.« Der Priester war in der Tür stehengeblieben. »Dafür gewähre ich ihm diese Nacht in meinem Bett und morgen früh auch die Nutzung meiner Triëre, eine weitere Hingabe.«

Sie lachte, doch Roç schränkte schläfrig ein:

»Hamos Heil setzt voraus«, er gähnte heftig, obgleich er seine Mattigkeit nicht zeigen wollte, »daß er sich nicht auf eine Schlägerei mit Fremden eingelassen hat und ähnlich zugerichtet wurde, wie es mir geschah.«

»Das steht bei meinem Hamo nicht zu befürchten. Also schwört, edler Trencavel! Und Ihr, Gosset, sollt des Eides nicht Zeuge, sondern Bürge sein!«

Roç richtete sich auf, als er sah, daß es ihr ernst war.

»Ich schwöre bei Eurem Leib, Shirat Bunduktari, daß ich Euch den Ehemann zurückbringe, auch gegen seinen eigenen Willen, auch gegen jede Art von Widerstand wie Kerkerhaft und zugefügte Wunden, Krankheit und Schwäche!«

»Das klingt ordentlich, wenn auch nicht besonders vielverheißend«, sagte Shirat. »Versprecht auch die unbeschädigte Rückgabe der Triëre!«

»Die scheint Euch fast noch mehr am Herzen zu liegen!« spottete Roç, der seine Kräfte zusehends wiedergewann. »Ihr, Shirat, sollt mir dagegen versprechen, diesmal die Tür zu schließen, bis zum frühen Morgen!«

»Ich geh' ja schon!« sagte Gosset und verabschiedete sich. »Ihr genießt den Kredit, auf mir lastet die Bürgschaft.«

Er zog die Tür mit einem maliziösen Grinsen hinter sich zu. Shirat goß aus einer anderen Karaffe eine trübe Flüssigkeit in den Pokal und füllte ihn mit dunklem Wein auf.

»Trinkt dies«, lockte sie verführerisch und ließ auch ihren Mantel klaffen, »ich will einen Mann, der bei Kräften ist!«

Roç verstand ihre Bedenken und begrüßte ihre umsichtige Art. Er leerte den Becher in einem Zug und legte sich in wohliger Erwartung zurück in die Kissen. Shirat beugte sich über ihn. Roç war schneller eingeschlafen, als daß sie ihn liebkosen konnte. Sie beschränkte es auf einen Kuß, den sie ihm auf die Stirn drückte. Dann schlüpfte sie ins Bett, nahm seine schlaffe Hand und preßte sie zwischen ihre Schenkel. Sie schmiegte sich zärtlich an ihn und gab sich gleichfalls dem verdienten Schlummer hin.

AMORS UND ANDERE PFEILE

»Sagt mir nur eines, Jordi« – Yeza seufzte –, »was ist eigentlich in den Taxiarchos gefahren, daß er die Flotte des Anjou derart mißhandelte? Nicht, daß es mich reut – wie ein Berserker hat er unter den Provenzalen gewütet!«

Der Zwerg sah zu ihr auf, das Dunkel der Nacht verhinderte, daß Yeza sein spitzbübisches Grinsen bemerkte.

»Für mich hat unser Kapitän nur sein Mütchen gekühlt, er mußte seinen Ärger an den fremden Schiffen auslassen, weil er auf seinem eigenen – nennen wir es mal so – nicht zeigen kann, wie es um seine Gemütslage bestellt ist, ohne sein Gesicht als ›Herr‹ zu verlieren, denn das verbietet ihm sein Stolz!«

»Was paßt ihm denn nicht?« erkundigte sich Yeza teilnahmsvoll. »Vielleicht kann ein offenes Wort es klären?«

»Oder es noch schlimmer machen, wenn *Ihr* es aussprecht!« Jordi hielt sich bedeckt. »Er ist eifersüchtig und schämt sich, es zu sein, aber das ist nun mal das harte Los eines Verliebten!«

»Auf Simon?« Yeza lachte. »Ich wünschte, er hätte auch nur den geringsten Grund. Simon nimmt das Gelübde der Jungfräulichkeit ernster als es seines Ordens Regel vorschreibt!«

Jordi ließ sich den Nachtwind durch das Haar fahren, sie standen am Bug der ›Atalanta‹, und seine geringe Körpergröße erlaubte ihm nicht, über die Bordwand zu schauen.

»Für Eifersucht bedarf es keines Grundes, jeder Anlaß genügt«, murmelte er. »Deshalb wird er Simon de Cadet nebst Rittern wohl noch heute nacht an Land setzen –«

»Das ist ja lächerlich!« empörte sich Yeza. »Ich werde den Herrn zur Rede stellen!« Sie war im Begriff, auf der Stelle zu intervenieren, aber ihr Troubadour hielt sie zurück.

»Um Simons willen finde ich es besser, er befindet sich nicht auf der ›Atalanta‹, sollte diese von den Templern aufgebracht werden. Es könnte ihm als Billigung, wenn nicht als Mittäterschaft ausgelegt werden!«

Yeza sah ihn an. »Von uns Frauen wird immer Verzicht erwartet.«

Jordi schwieg, denn aus dem Dunkel kamen Geraude und Mafalda gelaufen.

»Warum duldet Ihr« – die Erste Hofdame bemühte sich nicht, Fassung zu bewahren, ihre Stimme war eine einzige Anklage –, »daß Simon ausgesetzt wird wie ein lästiger Straßenköter?«

Yeza ärgerte die Unbeherrschtheit.

»Weil der ›Herr‹ dieses Schiffes die läufige Hündin nicht ins Wasser werfen will!«

»Wen meint Ihr damit?« fauchte Mafalda schrill, bereit, sich auf Yeza zu stürzen.

»Mich natürlich, meine Liebe!« erwiderte Yeza ruhig. Einen Augenblick sah es so aus, als wollte die Erste Dame dennoch handgreiflich werden, worauf Yeza mit grimmem Vergnügen nur wartete. Denn warum sollte sie nicht auch mal ihr ›Mütchen‹ kühlen? Doch der kleine Jordi hatte sich zwischen die Frauen gedrängt. Mafalda funkelte schwer atmend ihre Herrin wuterfüllt an, bis Geraude laut zu schluchzen begann, was die Erste Hofdame als Signal nahm, beleidigt abzurauschen.

»Komm, Jordi«, sagte Yeza amüsiert, »laß uns ein Liedlein hören, von der Liebe Freud und Leid, dummer Weiber töricht Streit, Männern nur ein Zeitvertreib!«

»Das will ich Euch gern bei nächster Gelegenheit angemessen vertonen«, schmunzelte Jordi und reckte sein Haupt in den Ponente, der ihm so angenehm die Kopfhaut streichelte. »Für diesmal nehmt mit einem *canzo* des Gaucelm Faidit vorlieb, das auch unsere so rasch unter Wasser stehende Geraude trösten mag.

Del gran golfe de mar
e dels enois dels portz
e del perillos far
soi, merce Dieu, estortz,
don posc dir e comdar
que mainta malananza
i hai suffert'e maint turmen.«

AMORS UND ANDERE PFEILE

Unter Deck der ›Atalanta‹ war von Jordis Weise nichts zu hören, zumal dort eine Unruhe entstanden war, die das dumpfe Ausharren der Geiseln mit Hoffnung erfüllte. Doch stellte sich schnell heraus, daß nur die Templer vom Anlanden betroffen waren! Die waren zwar keine Gefangenen, wenn sie auch so gehalten wurden, und Simon war einigermaßen überrascht ob der rüden Art, mit der die Lancelotti hinunter brüllten, er und seine Herren Ritter sollten sich zum »Landgang« bereithalten. Im Gefolge des Reichsvikars machte sich die Enttäuschung mit lauten Flüchen Luft, nur Oberto Pallavicini selbst hielt sich nicht mit sinnlosem Protest auf. Er hatte mit einem der Templer längst verabredet, bei der ersten Gelegenheit zur Flucht die Kleider zu tauschen. Er winkte den Ritter Guy de la Roche verstohlen in einen für die übrigen Ordensritter nicht einsehbaren Verschlag. Und der wußte, daß ihm damit ein fettes Lehen an einem Ort eigener Wahl winkte. Oberto war nicht kleinlich mit seinem Versprechen, er war sogar gewillt, es zu halten, denn solche Lehen für verdiente Ritter hatte er laufend zu vergeben. Guy folgte also der Einladung, und wenige Minuten später gesellte er sich unter die verbleibenden Geiseln, während der Pallavicini sich in der weißen Clamys eines Templers, doch ohne die Augenklappe, hinter den anderen Ordensrittern auf der Treppe anstellte. Sie sollten ihre Schwerter zurückerhalten, die sie wohlweislich nicht mit unter Deck hatten nehmen dürfen. Corrado von Salentin, der dienstälteste der Lancelotti, hatte die Waffen in einem Haufen auf die Schiffsplanken werfen lassen. Jeder der Herren mußte sich bücken, um sein Eisen herauszuklauben. Was die meisten Herren als üblen Affront des ungehobelten Taxiarchos ansahen, war für Oberto nur von Vorteil, denn so hielt er sein verunstaltetes Gesicht verborgen, als er das letzte der Schwerter ergriff. Dann wurde er, wie schon die anderen vor ihm, durch ein schweigendes Spalier der Sensenmänner zur Reling geleitet. Er sah, daß die ›Atalanta‹ so nah an den Strand getrieben war, daß man ins Wasser springen konnte. Es ging einem nur bis zur Hüfte, wie er befriedigt feststellte, denn seine Gefährten wateten bereits durchs Seichte ans Ufer. Oberto Pallavicini sprang in die Freiheit. Er hatte nicht vor, sich Simon zu erkennen zu geben, und so strebte er eiligst zu den nächsten Felsen. Dort verbarg er sich als erstes vor Blicken oben von Bord der ›Atalanta‹, und danach hockte er sich so tief in das kalte Wasser, daß nur noch sein Kopf heraussah, denn jetzt hörte er an den aufgeregten Schreien und Rufen, daß Bruder Guy vermißt wurde. Einige weiße Gewänder kehrten zurück, irrten suchend eine Weile in seiner nächsten Nähe umher. Dann setzte die Klage ein, Bruder Guy sei ertrunken, und die Stimmen der Templer entfernten sich landeinwärts. Der schwarze Leib der ›Atalanta‹ ragte noch vor Oberto gegen den Nachthimmel. Er fror erbärmlich, wagte aber nicht, sich zu erheben. Dann hörte er endlich, wie die Ankerkette eingeholt wurde, und die bedrohliche Silhouette entfernte sich. In dem Moment war es, daß er glaubte, noch eine weiße Gestalt habe sich von Bord gestürzt. War Guy ihm – entgegen der Abmachung – gefolgt, womit seine Flucht verraten wär'? Doch die ›Atalanta‹ entschwand. Oberto erhob sich steif und stapfte schwankend zum festen Ufer.

Mafalda hatte sich von Geraude, die vor Angst bebte und nur vor Aufregung nicht weinte, zwei Körbe nachwerfen lassen, einen mit ihren Juwelen, der ging sofort unter wie ein Stein, und einen größeren mit ihren besten Kleidern. Den schleifte sie durch das Wasser an Land und heulte dabei vor Wut. Sie sah im Dunkeln die weißen Clamys der Templer abziehen und wollte schreien, doch da legte sich von hinten eine eiserne Hand auf ihren Mund und erstickte ihr »Simon, wartet!« zu einem von der Brandung verschluckten Röcheln. Mafalda verspürte auch keine Angst, denn als sie die Clamys erkannte, war sie sich beglückt völlig sicher, daß ihr Simon sie erwartet hatte. Um so größer ihr Entsetzen, als sie jetzt in das verwüstete Auge des Pallavicini schauen mußte. Ihr zweiter Versuch, gellend loszuschreien, wurde durch eine kräftige Maulschelle beendet. Also weinte sie wieder, dazu brauchte sie nur an ihren Schmuck zu denken. Doch das bewirkte nichts, vor allem keine Rührung bei dem Vikar, und so stellte sie es bald ein und besann sich auf ihre Stellung als Erste Hofdame und geborene von Levis, Gräfin von Mirepoix.

»Werter Herr«, sagte sie, »ich hoffe, Ihr legt es nicht darauf an, meine Lage auszunutzen!«

»Doch!« erwiderte Oberto kalt. »Wenn ich Euch schon am Hals habe, dann will ich auch das Beste daraus machen. Das beginnt damit, daß Ihr Eure Kiste selber schleppen müßt oder sie hier stehen laßt!«

»Ich hab' nichts anzuziehen!« jammerte Mafalda. »Morgen früh müßt Ihr mir helfen, meinen Schmuck zu finden, der ins Wasser –«

Da lachte der Rohling schallend. »Ich werde versuchen, heute nacht noch die Burg Otranto zu erreichen. Wenn Ihr gut zu Fuß seid und mir nicht weiter zur Last fallt, dann liegt es an Euch, mit mir Schritt zu halten.« Oberto sah, daß Mafaldas Augen sich wieder mit Tränen füllten, diesmal aus echter Verzweiflung. Er änderte seinen Ton und wurde freundlich. »Dort werdet Ihr trockene Kleidung erhalten, und« – in einem Anflug von Großmut zerrte er seinen goldenen Siegelring vom Finger – »dies mag Euch über den schlimmsten Verlust hinweg trösten.« Er steckte ihn der verdutzten Mafalda an. Er war zu groß, was der Pallavicini nutzte, um seine Gabe schnell wieder rückgängig zu machen. Achtlos schob er den Ring an seinen alten Platz. »Ich verspreche Euch ein passendes Schmuckstück.« In seinem gesunden Auge glomm so etwas wie Güte auf. »Die Schatulle der Gräfin Shirat ist sicher reich ge –«

Weiter kam er nicht, weil Mafalda ihren Ekel überwand und ihm völlig überraschend einen Kuß auf die Wange drückte. »Wir beide werden es schon schaffen!« sagte sie hoffnungsvoll, den Grund sprach sie auch offen aus. »Ich nehme an, daß die Templer ebenfalls die Richtung zur Burg eingeschlagen haben!«

Darauf erwiderte Oberto Pallavicini nichts, und die beiden machten sich auf den Weg.

Die ›Atalanta‹ stampfte hart am Ponente aus westlicher Richtung durch die Nacht. Das Zelt des Taxiarchos war auf dem erhöhten Heck aufgeschlagen, die ihm zustehenden Gemächer unter dem Deck desselben hatte er jetzt Yeza und ihrem Gefolge überlassen. Den vorderen Raum teilten sich Jordi und der Wesir, den Verschlag hinter Yezas Badetrog und Kleiderkammer die Dame Mafalda und Geraude, die Dienerin. Der prächtige Zeltpavillon des Herrn Admirals war von innen hell erleuchtet, und auf dem Platz davor, eigens mit Kupfer und einem nassen Teppich darunter abgedeckt, walteten einige der vielseitigen Moriskos ihres Amtes, als hätten sie nie einen anderen Beruf ausgeübt als den von Meisterköchen. Das Feuer glühte windgeschützt zwischen dicken Steinen, und in den Töpfen und Pfannen brodelte und brutzelte es vielversprechend. Yeza sog den Duft hungrig durch die Nüstern ein, als sie gemessenen Schritts auf die zurückgeschlagene Zelttür zuging. Zwei baumlange Lancelotti grinsten ihr unverhohlen zu, nicht in Anspielung auf die Intimität des späten Nachtmahls, sondern aus purem Neid, denn in ihre Nasen stiegen die Wohlgerüche schon die ganze Zeit, während der sie mit gekreuzten Sensenblättern vor der Tür wachten. Viele von ihnen kannten Yeza noch als kleines freches Ding. Als das blonde Mädchen zum erstenmal nach Otranto in Sicherheit gebracht worden war, hatten sie es auf ihren Knien geschaukelt, vielleicht sogar abgehalten, doch alle waren stets bereit, für ihre Prinzessin durch jedes Feuer, jedes Wasser zu stürmen, wenn sie es von ihnen verlangt hätte. In ihren Augen war Yeza die eigentliche Erbin der legendären Äbtissin, der berüchtigten Gräfin Laurence de Belgrave, nicht Clarion, ihre Ziehtochter, nicht Hamo, ihr Sohn, oder gar Shirat, dessen Frau, nein: Yeza Esclarmunde, die Tochter des Gral!

Das Zeltinnere sollte die Anstrengungen des Mannes, Yeza zu gefallen, nicht verraten, aber sein Begehren waberte in der Luft, daß die zahlreichen Kerzen in den Silberleuchtern flackerten. Die Tafel war überreichlich gedeckt. Der Taxiarchos hatte das schwere Silber des Großmeisters in einer Truhe aufgestöbert, und da er den Herrn Thomas Bérard schon um sein Flaggschiff als Ganzes gebracht hatte, kam es auf die paar Löffel und Gabeln auch nicht mehr an. Man hätte denken können, der Kaperadmiral erwartete die Prinzessin samt Entourage, dabei hatte die Einladung ausdrücklich nur ihr gegolten. Und so hatte Yeza auch ihre Hofdame gar nicht erst davon ins Bild gesetzt und sich von ihrer Zofe nur bis zur Treppe begleiten lassen, die hinaufführte zum Heck.

Der Taxiarchos sprang auf, als Yeza in der Tür erschien, stolperte ihr fast in die Arme und geleitete sie dann sehr förmlich an den für sie vorgesehenen Platz, ein gewaltiges Seidenkissen, in dem sie sogleich versank.

»Laßt uns tauschen«, schlug sie lachend vor, als sie sich wieder herausgewühlt und hochgestemmt hatte. »Ihr überlaßt mir Eure harte Bank, und ich ergötze mich an Eurer Hilflosigkeit in diesem Pfuhl!«

Der Taxiarchos, der schon zwei Pokale gefüllt hatte, um den Willkommenstrunk zu kredenzen, war verwirrt. Yeza zeigte Einsicht.

»Auf der Bank haben wir auch beide Platz!« Und sie nahm ihm den Trank aus der Hand, stürzte ihn durstig herunter und setzte sich neben ihn. »Ich habe furchtbaren Hunger!«

Der Taxiarchos stellte seinen Pokal, den er gerade an die Lippen führen wollte, hastig wieder ab und klatschte in die Hände. Die Moriskos trugen Silberplatten mit allerlei Meeresgetier herbei, Krebse, Seeschnecken, Tritonmuscheln und Austern, dazwischen leuchteten aufgeschnitten grüngelbe Limonen.

Yeza griff zu, beträufelte die Mollusken, das Fleisch zuckte, und der Taxiarchos streute ihr frischen Pfeffer darüber. Sie schlürfte Stück für Stück, ihr Gastgeber war darüber so entzückt, daß ihm gar nicht auffiel, daß er selbst leer ausging. Erst als sie gut ein Dutzend vertilgt hatte, dazu drei Pokale des harzigen hellen Weines geleert, stellte sie mit einem anmutigen Rülpser fest, daß es ihr nun viel besser ginge. Der Taxiarchos ließ sich seufzend neben ihr nieder und legte schüchtern seinen Arm um ihre Taille. Seine Unbeholfenheit verleitete Yeza dazu, diese Zutraulichkeit zu dulden. Gerade wollte sie sich ihm mit einem ermunternden Wort zuwenden, als die Lancelotti den Vorhang zur Seite schlugen und eine schluchzende Geraude ins Zelt ließen.

»Mafalda«, jammerte sie, »Mafalda hat sich ins Meer gestürzt!«

»Die dumme Gans!« entfuhr es Yeza. »Wer wird sich denn gleich das Leben nehmen?«

»Sie hat uns für immer verlassen!« flennte Geraude wieder los.

»Vielleicht ist sie gar nicht ertrunken!« beruhigte der Taxiarchos.

»Ertrunken?« Geraude stellte das Heulen ein. »Sie hat all ihren Schmuck und Kleider mitgenommen, die werden jetzt vom Wasser ruiniert sein, die arme Mafalda!«

»Geh ins Bett, Geraude!« befahl Yeza ärgerlich. »Und stör uns nicht länger!« Die Zofe zog sich zurück.

Die Moriskos trugen jetzt das Hauptgericht auf, Hummer, bereits halbiert, und Fenchelkraut, Knoblauch, Zwiebeln und Pfeffersch0-

ten, in Glut geröstet. Sie wollten vorlegen, doch der Taxiarchos scheuchte sie hinaus und verschloß demonstrativ den Zeltvorhang hinter den Eifrigen. Yeza goß ihm und sich aus der Karaffe nach, bevor sie sich über das Schalentier hermachte. Der Taxiarchos warb um sie, indem er die Scheren und Beine für Yeza knackte, so daß sie nur noch das weiße Fleisch mit ihren Zähnen herauszuzutzeln brauchte. Sie tat es mit Wonne, denn er hing an ihren Lippen und war längst Opfer ihrer grünen Sternenaugen, die ihn nicht ausließen, wenngleich sie nicht verrieten, was er sich herausnehmen durfte, ja sollte – und was eben nicht. Der Taxiarchos entschied sich für Behutsamkeit. Yeza begann ihn zu füttern, erst mit spitzen Fingern, die er ängstlich zu berühren vermied. Also nahm sie die vorbereiteten Glieder in den Mund, biß sie noch genüßlich auf und hielt ihm die Beute zwischen den Zähnen hin. Irgendwann mußte er doch die lästigen Schalen wegschmeißen, sie in die Arme reißen und küssen, knacken. Der Taxiarchos funkelte sie an, atmete schwer und kam ihren Lippen immer näher, weil sie immer kürzere Stücke wählte. Bald würde sie den dargebotenen Köder so knapp halten, daß ihm gar nichts anderes mehr bliebe, als über sie herzufallen. Dann würde sie sich an seine behaarte Brust werfen, sich lustvoll biegen, daß er nach ihren festen Brüsten greifen mußte, sich fallenlassen, ihre Schenkel öffnen.

Tumult vor dem Zelt. Diesmal waren es die Lancelotti, die den Vorhang nach kurzem Zögern aufrissen. Der Taxiarchos und Yeza waren schon auseinandergefahren, als sie den Schrei »Oberto ist entflohen!« vernommen hatten.

»Scheiße!« sagte Yeza, denn der Taxiarchos war aufgesprungen und mit einem Satz an der Tür. Corrado von Salentin, dem die Angelegenheit – nicht die Störung – sichtlich peinlich war, berichtete:

»Er muß mit den Templern an Land gelangt sein!«

»Dann ist der Schuldige, der ihm zur Flucht verholfen hat«, rief Yeza aus dem Innern, »noch an Bord. Habt Ihr das geprüft?« fuhr sie den alten Mann an, der den Kopf schütteln mußte. Der Vorwurf der Prinzessin war ihm noch peinlicher als der Verlust des Gefangenen. Mehrere Lancelotti trampelten sofort die Treppe hinunter und drangen mit gezückten Schwertern in den Kielraum ein. Ihren Rufen war zu entnehmen, daß die freiwillige Geisel sich sofort gestellt hatte, der Ritter Guy de la Roche.

»Laßt ihn unten schmoren!« rief der Taxiarchos aufgebracht. »Schließt ihn in Ketten!« steigerte er mannhaft seinen Zorn. »Der Verräter darf mir nicht unter die Augen kommen, ich könnte mich vergessen!«

Das klang alles recht martialisch, hätte auf eine wie Mafalda auch seinen Eindruck nicht verfehlt, aber für Yeza stand fest, daß dieser Abend restlos verdorben war. Sie stand auf, verließ grußlos das Zelt und begab sich hinunter in ihre Gemächer.

›Gräfin von Otranto‹ stand in weißen Lettern am Bug der Triëre. Jemand hatte den verblichenen Schriftzug sorgsam nachgemalt. Roç betrachtete ›sein‹ Schiff mit Ingrimm, wie es da im Hafenbecken lag und der letzte Proviant in Kisten und Ballen an Bord gebracht wurde, auch Fässer mit Trinkwasser und Futter für die Pferde unten im Kiel. Die Triëre war trotz ihres Alters schon so vernünftig konstruiert, daß die Tiere über eine Klappe am Heck, unterhalb der Wohnaufbauten, unter Deck geführt werden konnten, ohne daß es notwendig war, die Seitenwände zu öffnen und jedesmal umständlich wieder hochseefest abzudichten, wie es bei den meisten Kampfschiffen üblich war. Die Moriskos hatten die Planken vom Sand gereinigt, der zum Schutz gegen Feuer und Geschosse überall aufgebracht worden war, und die Katapulte wieder an ihren angestammten Plätzen montiert. Interessiert verfolgte Roç das Ölen der Ketten, die den versenkbaren Rammdorn in voller Fahrt heraufholen und herunterlassen konnten, die geheime Waffe der Triëre. Roç erinnerte sich daran, wie William, als er und Yeza noch Kinder waren, gefragt hatte, wer denn der Herr »Ci-di-ci-di« sei, dessen mörderischen Einsatz damals noch die alte Gräfin Laurence de Belgrave befehligte. Die Moriskos hatten gelacht. »Cidi, Cidi« hieße »*Il cazzo della Contessa del Diavolo!*« Gemächlich nahmen jetzt auch die Lancelotti ihre Plätze ein, die in Linosa nicht auf die ›Atalanta‹ übergewechselt waren. Sie hatten die Sensenblätter ihrer Ruder sorgfältig geschliffen, daß sie in der Morgensonne blinkten.

Roç war nicht gut gelaunt. Die geschwollene blaue Nase und

einige kaum verkrustete Schrammen an beiden Händen erinnerten ihn an die vergangene Nacht. Ein Fuß war verstaucht, denn er hatte diese Kampfart seit seiner Zeit bei den Mongolen nicht mehr geübt. Sein Körper, unelastisch geworden, hatte nicht nur schmerzhafte Schläge eingesteckt, sondern auch das Austeilen hatte seinen Preis verlangt. Gut, er hatte gesiegt, doch das erfüllte ihn kaum mit Genugtuung. Im Bett von Shirat war er anscheinend sofort eingeschlafen. Das konnte nicht mit rechten Dingen zugegangen sein. Diese Katze hatte ihn wieder reingelegt! Roç verspürte jetzt nur noch ein Verlangen: dieses Otranto samt seiner Herrin so schnell wie möglich vom Meer aus hinter dem Horizont versinken zu sehen! Und Dietrich? Hoffentlich hatte er nicht seinen Kapitän, auf dessen Steuerkünste er angewiesen war, so arg getroffen, daß der jetzt seinen Dienst nicht wieder aufnehmen konnte? In seinem Rücken vernahm Roç das helle Lachen der Potkaxl, die mit sattem Plumps und nacktem Hintern vor seinen Füßen landete. Sie hatte die kupferne Sackrutsche benutzt, ein Vergnügen, dem er und Yeza sich als Kinder hier auf Otranto gern hingegeben hatten, schon weil es ihnen verboten war. Und hinter Potkaxl fiel Beni aus der Röhre! War der nicht auf Linosa verlorengegangen, über Bord gefallen und ertrunken? Roç witterte unliebsame Überraschungen, die nur dazu angetan sein konnten, die Abreise der Triëre zu verzögern.

»Wo kommst du denn her?« fragte er seinen Diener barsch.

»Vom Turm!«

»Welchem Turm bitte?«

»Dem Donjon da oben, wo der Spiegel ist!« Beni war nicht im geringsten verlegen, er kam nur nicht zu Wort.

»Und was treibst du dich dort –?«

»Ich habe gelernt, wie man Signale versendet: Toc – toc – Pause – toc – toc – toc«

»Was?« rief Roç. »Wer hat den Weg verraten, den die ›Atalanta‹ eingeschlagen hat?«

»Als Ritter sei das seine gottverdammte Pflicht gegenüber dem Orden, hat der Herr Simon de Cadet der Frau Gräfin erklärt, ungeachtet der Verdienste, die sich der Taxiarchos um Otranto erworben hat!«

»Und wie kommt der Templer nach Otranto?«

»*Per pedes*, ich hab' ihn geleitet, weil er mich dauerte, wie er des Nachts vom Taxiarchos an der Küste ausgesetzt wurde, nur weil er der Dame Yeza schöne Augen gemacht –«

»Was redest du da? Yeza war an Bord der ›Atalanta‹? Und sie ist hier vorbei – ohne mich –?«

»Woher sollte sie wissen, daß Ihr noch hier seid, statt in Epiros? Für mich ist es eine freudige Überraschung –«

»Beni der Kater hat seine rollige Potkaxl über Meilen geschnuppert!« mischte sich da Gosset ein, der nicht die Rutsche benutzt hatte. »Simon de Cadet und seine Ritter werden mit uns in See stechen, gleich nachdem die feierliche Eidesleistung hier im Hafen *coram publico* vollzogen ist.«

»Ich hab' doch heute nacht schon geschworen«, begehrte Roç auf, »wenn uns Hamo L'Estrange über den Weg läuft, will ich ihn gern seinem treuliebenden Weibe nach Hause schicken!«

»Shirat will die Kette nicht eher aufschließen, bis dies Versprechen vor Gott und allem Volk beschworen.«

»Gott stand ihr schon heute nacht bei«, murmelte Roç anzüglich, »aber die Tugendsame hat es wohl gern vor allen Leuten!«

»Tut ihr den Gefallen«, mischte sich jetzt auch Raoul ein, der mit Mas und Pons reisefertig erschienen war. Roç hörte auf seinen neuen Freund, zumal dieser auf seinen fragenden Blick zustimmend genickt hatte. Roç wußte in diesem Moment, daß er der Gräfin einen rechten Tort angetan und daß die Triëre einen Passagier mehr an Bord hatte, als von Shirat vorgesehen war. Als er gestern trunken den Plan mit den drei Okzitaniern ausgeheckt, hatte er noch ein schlechtes Gewissen. Nun geschah es ihr gerade recht! Auf das okzitanische Trio war also doch Verlaß. Das hob seine Stimmung, und er beschloß, sie sich auch nicht mehr, durch niemanden verderben zu lassen, selbst als jetzt die Gräfin am Arm Dietrichs die Treppe herunterkam. Hinter ihr schritten Simon und seine Templer. Sie führte mehr den Deutschen als umgekehrt, sein Kopf war von soviel Binden umwickelt, daß nur noch die Augen und ein blonder Haarschopf herausschauten. Während Gosset eilte, Shirat zu begrüßen, löste sich Dietrich von ihr und trat vor Roç.

»Auf die Gefahr hin, daß Ihr den Posten bereits anderweitig vergeben habt, meldet sich Euer Kapitän zur Stelle, Roç Trencavel!«

»Seid bedankt, Herr Dietrich, ich habe auf Euch gezählt.«

Damit war das Verhältnis – fürs erste zumindest – wieder klargestellt, und Roç, gefolgt von seinen Mannen, schritt zur Gräfin, um Simon de Cadet willkommen zu heißen und die gewünschte Eidesleistung so schnell wie möglich hinter sich zu bringen.

Oberto Pallavicini zerrte Mafalda mehr am Arm, als daß er ihr den seinen galant geboten hätte. Er schleppte sie dicht am Ufersaum entlang, denn so konnten sie nicht fehlgehen, die rettende Burg irgendwann in der Nacht noch zu erreichen. Allerdings graute schon der Morgen. Er hatte der Dame immerhin gestattet, ein paar Kleidungsstücke, an denen sie besonders hing, aus ihrer geflochtenen Wäschetruhe zu entnehmen, die sie nun als klatschnasses Bündel auf dem Kopf trug, der Eitelkeit tapfer Vorrang vor der Pein gebend. Immerhin war es ihnen in der Dunkelheit gelungen, nachdem sie erst zwischen aus dem Boden ragenden Felsspitzen herumgestolpert oder knöcheltief im Sand versunken waren, den Pfad zu finden, der, dicht der Küste folgend, nach Norden führte, so daß der rüstige Vikar nun energisch ausschreiten konnte, was die Hofdame in immer raschere Tippelschritte trieb und schnell auch in die Verzweiflung.

»Ich kann nicht mehr!« japste Mafalda und machte sich schwer wie ein Sack nasser Wäsche. Schuldbewußt nahm sie duldend in Kauf, daß Obertos Hand ihr ins Gesicht fuhr, doch schlug er sie nicht, sondern hielt ihr nur wieder den Mund zu. Seine stumme Kopfbewegung wies zum Strand. Zwischen den schwarzen Felsen kroch eine menschliche Gestalt ans Ufer, blieb aber ermattet in der weißen Gischt der Brandung liegen, das Gesicht nur mühsam aus dem Wasser hebend. Es war nicht auszumachen, um wen es sich handelte, zu erkennen war lediglich, daß er verletzt war. Einer seiner Arme schien verkrüppelt, nein, er fehlte gänzlich! Mit schnellen Sprüngen war Oberto, der Einäugige, bei dem Schiffbrüchigen und wendete ihn wenig hilfsbereit mit der Spitze seines Stiefels in die Rückenlage, so daß jetzt das fahle Morgenlicht dem Mann ins Gesicht fiel.

AMORS UND ANDERE PFEILE

»Rinat Le Pulcin!« fuhr der Vikar ihn an, nicht etwa feindselig, sondern fast enttäuscht, dieser Kreatur noch das Leben retten zu müssen. »Was treibt Ihr hier so früh?« Eigentlich klang es vorwurfsvoll, wie: Warum seid Ihr nicht ertrunken?

Der Angesprochene hielt seinem unfreiwilligen Retter den gesunden Arm hin und ließ sich hochziehen, bis er erst auf den Knien lag, dann wankend sich erhob. »Ich hatte ein Bad im Meer genommen und wurde von der Dunkelheit überrascht.«

»In wessen Diensten?« fragte Oberto säuerlich, doch die Dame unterbrach ihn.

»Ich nehme an, der Kerl war auf dem Schiff, das wir zur Hölle schickten.«

»Wenn Ihr, Teufelin, an Bord der ›Atalanta‹ wart, wird mir klar, warum sich mein Schutzengel verpißt hat!«

Mafalda war nicht auf den Mund gefallen, sie wandte sich hochfahrend von dem vor Kälte Bibbernden ab und ging Oberto an.

»Ich denke nicht im Traum daran, dieses Individuum bei der Gräfin von Otranto einzuführen!«

»Otranto? Seid Ihr nicht bei Trost? Was wollt Ihr dort?«

Die heftige Reaktion war nicht von dem Pallavicini gekommen, sondern von Rinat.

»Ah«, sagte der Vikar. Voller Häme wandte er sich an seine Weggefährtin. »Dort war er schon! Verbrannte Erde!« Genüßlich fuhr er fort: »Am besten, wir lassen ihn hier liegen, bis die Vögel kommen und ihm erst die Augen aushacken, dann den anderen Arm bis auf den Knochen freilegen, während die Ameisen, die Würmer und sonstiges Getier –«

»Hier am Strand soll es fleischfressende Krabben geben.« Mafalda zeigte sich im Austausch von Bosheiten den beiden Männern gewachsen. »Die werden mit Wonne oder wohl eher mit Ekel sich über den kümmerlichen Rest hermachen. Das kann sich Tage, Wochen hinziehen.«

»Und doch nur halb so schlimm wie das, was Euch erwartet, Oberto Pallavicini!« Rinat schlich sich zum Gegenangriff heran. »Was glaubt Ihr, Herr Reichsvikar, warum ich Otranto meiden will?«

»Ihr wolltet es Charles d'Anjou in die Hände spielen!«

»So einfach, wie Ihr es Euch macht, nimmt es mich Wunder, daß man Euch eines Eurer blauen Augen gelassen –«

»Ich könnt' Eurem armseligen Krüppeldasein auch ein rasches Ende bereiten.« Der immer noch als Templer verkleidete Reichsvikar zielte mit der Spitze seines Schwertes auf den erregt hüpfenden Adamsapfel des Rinat. »Und Euren Kadaver dem Meer zurückerstatten!«

»Dann nehm' ich mein Wissen mit ins kühle Grab, etwas, um das Ihr mich bald beneiden werdet, wenn Ihr mir, stückchenweise an die Fische verfüttert, folgen werdet!«

»Redet nicht so lange um den heißen Brei, Rinat!« Mafalda fror und war ungehalten ob des Aufenthalts. »Entlastet Eure schwarze Seele, denn ein Gewissen mag ich bei Euch nicht vermuten.«

Rinat nahm das Angebot dankbar an. »Die Tatsache, daß Herr Manfred den Grafen von Otranto von seiner Burg entfernt hatte, ohne für einen Stellvertreter an diesem strategisch wichtigen Punkt zu sorgen, machte etliche Hengste scharf auf die Feste, als stünde darin eine rassige Stute.«

»Ihr kennt Gräfin Shirat nicht!«

»O doch!« knurrte Rinat. »Nicht, daß ich sie besprang – aber das ist auch nicht meine Art!«

»Dazu fehlen Euch die kleinen Kugeln im Sack und der Hammer!« legte Mafalda blindlings fest, doch das rührte den Maler nicht.

»Michael Paläologos, Kaiser von Nikäa, dem Ihr die Eier wohl nicht absprechen wollt, sah allen Grund, dem König von Sizilien in die eigene Hose zu zwacken. So tauchten eines schönen Tages von ungefähr einige griechische Kaufleute – auf der Durchreise – in Otranto auf, die artig Grüße des Gatten zu bestellen wußten und von der sich kummervoll sorgenden Gräfin gastlich aufgenommen wurden. Es gefiel ihnen so gut, daß sie gar nicht wieder weiterreisen wollten. Nun war Otranto immer – und länger – byzantinischer als jede andere Stadt Apuliens. Also gingen bald noch mehr Griechen dort ein und aus. Zufällig geriet auch vor der Burg eine Kriegsgaleere der Genuesen in Seenot. Die sind ja im Gegensatz zur Serenissima –«

»Deren bezahlter Agent Ihr seid!«

»Ja, mein Herr, ich diene Venedig mit ganzem Herzen!«

»Euer Herz ist weit, Rinat – wie Euer Beutel! Übertreibt nicht mit Eurer Loyalität!« Den Vikar schien die Geschichte mehr zu amüsieren, als daß er sie von besonderem Interesse erachtete.

»Die Genuesen verbrüderten sich nicht von ungefähr mit den Griechen. Bald spielten sie sich immer dreister als Herren im Hause auf. Diese für die Gräfin unerträgliche Situation fand ich vor, als ich vorbeikam –«

»Haha!« Oberto lachte dröhnend, doch Rinat nestelte aus seinem durchnäßten Lederwams, das mit Platten in aufgenähten Taschen besetzt war wie ein Waffenrock, eine Miniatur und hielt sie triumphierend dem Vikar hin.

»Shirat Bunduktari«, erläuterte er mit stolzer Beiläufigkeit, »hatte sich bereits in ihrer Not an ihren Bruder gewandt, den mächtigsten Mamelukenemir Ägyptens. Der sandte ihr sofort seinen Sohn Mahmoud, trotz seiner Jugend einer der begabtesten Pyrotechniker! Außerdem forderte sie aus Lucera, der Stadt der Sarazenen, die Kaiser Friedrich gegründet hatte, Hilfe an. Das hatte ich beides weder gewollt noch zu verantworten!«

»Rinat Le Pulcin hat noch nie die Verantwortung für die Schandtaten übernommen, die er eingefädelt hat!«

»Pharisäer!« entgegnete der Betroffene mit vor Stolz geschwellter Brust. »Ich denke und handele als abendländischer Christ!«

»Macht mich nicht vor Euch niederknien!« spöttelte die frierende Dame Mafalda. »Ich will ein warmes Nest!«

»Was anderes scheint Ihr nicht im Kopf zu haben, werte Dame!«

»Zwischen den Beinen!« fauchte sie und schlug dem Maler ihre nasse Wäsche um die Ohren.

»Laßt ihn!« mahnte der Vikar. »Ich will sehen, wie er die Kurve kriegt!«

»Die Genuesen«, fuhr der Geschlagene aus sicherem Abstand fort, »rochen rechtzeitig Lunte und segelten ohne Dank und Abschied davon. Für die Griechen gab's eine Nacht der langen Messer. Sie wurden von den Moriskos – die sind ja auch Sarazenen! – umgebracht. Die Muslime übernahmen die Macht in der Burg. Sie wandten sich gegen alle Männer, die nicht die wichtigsten Suren aus dem

Koran aufsagen konnten, folterten sie auf das Viehischste, schnitten ihnen die Eier ab und stopften sie ihnen ins Maul, stachen ihnen die Augen aus, rissen ihnen die Zungen raus –«

»Danke, das reicht! Warum habt Ihr die Eure behalten?«

»Ich floh rechtzeitig«, erwiderte Rinat Le Pulcin, »nachdem ich zuvor heimlich mit dem Spiegel die Flotte des Anjou benachrichtigt hatte. Den Rest habt Ihr ja offensichtlich miterlebt. Wenn nicht dieser tückische Agent Nikäas, dieser Taxiarchos –«

»Dann wäre Otranto jetzt der erste Brückenkopf des Charles d'Anjou im heißersehnten Königreich Sizilien! Und Ihr wärt wahrscheinlich mit Grafentitel und Burg belohnt.«

»Besser als Otranto in der Hand der Heiden!« Rinat zeigte keine Reue.

»Ein Bischofsstuhl oder gar der Hut eines Kardinals stünde Euch auch nicht schlecht! Rom wird Euch mit offenen Armen in seine Dienste nehmen!«

Da lachte Rinat. »Ihr mögt mich nicht für sonderlich fromm halten, aber der *Ecclesia catolica* sind meine Dienste schon lange vieles wert.«

Da schlug Mafalda wieder zu, diesmal hatte sie, von den beiden Männern unbeachtet, einige Steine in die Wäsche gestopft. Der Maler ging schon beim ersten Schlag in die Knie. Oberto versuchte halbherzig dazwischenzugehen. »Jetzt weiß ich, was das verräterische Schwein am Montségur zu schnüffeln hatte: die Ketzer! Ein mieser Spion für die Obersau auf dem Stuhle Petri!« schrie Mafalda.

Sie klatschte an dem Vikar vorbei dem Rinat noch schnell zweimal ihre steinig nasse Waffe an den Kopf. Der fiel jetzt mit blutender Nase und aufgeplatzter Lippe vornüber. Oberto rang ihr den Totschläger aus der Hand.

»Mich interessiert an Otranto nur der Spiegel«, knurrte er ärgerlich und hielt mit einer Hand Mafalda von dem am Boden Liegenden fern, den er selbst mit dem Stiefel trat, bis Rinat sich wieder aufrichtete.

»Ich beschwöre Euch, großmächtiger Pallavicini, geht nicht nach Otranto!« Er verschmierte sich das Blut im Gesicht und spuckte wohl einen Zahn aus, denn es klickerte zwischen den Steinen. »Ich weiß einen viel besseren Turm«, jammerte Rinat, seine Nase war geschwollen, sein Auge blutunterlaufen. »Der ist nicht weiter von hier entfernt und unbemannt: das Leuchtfeuer von Kap Leuca, an der südlichsten Spitze dieser Halbinsel!«

»Also gut«, sagte der Vikar trocken. »Wenn Ihr nicht die Wahrheit gesprochen habt, dann werdet Ihr Euch nach den Messern der Sarazenen in Otranto sehnen. Ich überantworte Euch der Dame Mafalda, sie wird Euch mit ihren Krallen zerfetzen, mit bloßen Händen in Stücke reißen!«

»Gebt mir nur freies Geleit bis dorthin«, stöhnte der Maler. »Laßt die Bestie vorausgehen!«

»Nein!« entschied der Vikar. »Ihr geht voraus – ein falscher Schritt –!« Er ließ die Drohung in der Morgensonne stehen, nahm aber Mafalda an der Hand. So wendeten sie und gingen den Weg wieder zurück, auf der Suche nach dem Leuchtturm. Vorneweg stolperte Rinat, weil er sich ständig ängstlich umdrehte.

»Keine Angst«, flüsterte der Pallavicini seiner Komplizin zu, »einmal angelangt und die Nachricht abgesetzt, gehört dieser Feind der Staufer Euch allein!«

Da wurde Mafalda ruhiger und schritt zügig aus. Sie wollte mithalten. Nicht, daß sie ihren Templer schon vergessen hatte, dessentwillen es sie nach Otranto getrieben hatte. Doch sie war realistisch genug, einzusehen, daß sie gegen den Willen Obertos dies nicht durchsetzen konnte, und irgendwie imponierte ihr dieser einäugige Kotzbrocken. Er war ein Machtmensch, und davon fühlte sich die Dame Mafalda noch mehr angezogen, wie sie erstaunt feststellte, als von dem wackeren Stößel, den Simon in der Hose hatte und im Zweifelsfall doch nicht herausholte. Der Montségur lag weit zurück, und der treue Freund war inzwischen dem Orden beigetreten und nahm sein Gelübde schrecklich ernst. Oberto Pallavicini hatte sicher noch weniger für die Bestellung ihres Liebesackers übrig, aber er öffnete ihr eine andere, große Welt. Sie konnte sich durchaus als die Frau des Reichsvikars sehen, eine Vorstellung, die sie aufzugeilen vermochte. Dafür war sie sogar bereit, Rinat laufen zu lassen, denn das hatte Oberto gewiß nicht ernst gemeint, daß sie sich die Hände schmutzig machen sollte. Er wollte sie prüfen. Und eine Dame von

Rang tötete nicht selbst. Die Frau des Reichsvikars ließ solche Kreatur von anderen umbringen und verlor darüber auch kein Wort. So hatte Mafalda die besten Vorsätze für ein neues Leben an der Seite eines Mächtigen, und sie drückte seine Hand, damit er spürte, daß sie durchaus in der Lage war, ebenbürtig an seiner Seite zu schreiten. Oberto erwiderte den Druck und zeigte, wie er es gerne tat, mit dem Kinn nach vorn. Ganz in der Ferne zuckte zweimal blitzend ein winziges Spiegellicht auf –

Die Triëre zog schäumend ihre Bahn über das Meer gen Süden, die sanfte Brise, die von der Adria her wehte, blähte die Segel, so daß die Ruderer sich in ihren Bänken strecken konnten. Roç stand grübelnd auf dem Achterdeck. Den Taxiarchos konnte er nicht mehr einholen, dafür war die ›Atalanta‹ zu schnell. Dieser Freibeuter hatte Yeza entführt, vor seinen Augen! Doch wie er seine Dame kannte, würde sie dem Kerl einen Strich durch die Rechnung machen, dessen war er sicher.

»Was hat Euch bewegt, mit mir zu ziehen?« Er wandte sich an Simon de Cadet. »Ihr hofft doch wohl nicht, daß ich Euch die ›Atalanta‹ zurückgewinne?«

»Ihr hättet allen Anlaß dazu«, entgegnete der Templer trocken, »denn ohne Euer Zutun, dieses beklagenswerte Schauspiel der sinkenden ›Nike‹ und Ihr als reiche Muslime verkleidet mit Truhen voller Gold, wäre ich nie schuldig geworden –«

»Ihr wollt tatsächlich mit leeren Händen vor Euren Großmeister treten? Abhacken wird er sie Euch!«

»Mein Leib und alle seine Glieder gehören dem Orden«, erwiderte Simon. »Ich gehe nach Akkon und stelle mich.«

»Wie kommt Ihr auf die Idee, daß ich um Euretwillen meinen Kurs ändere?«

»Ihr werdet nicht auf Eure Königin verzichten!«

Roç schwieg. Die Ermahnung des Templers ärgerte ihn. »Was ist eigentlich aus Oberto Pallavicini geworden?« fragte er, um das leidige Thema zu wechseln. »Wurde er nicht mit Euch zusammen an Land gelassen?«

»Das hatte ihm der Taxiarchos zwar zugesagt, aber in der Nacht zog der es vor, den Vikar noch weiter von seinem Einflußbereich zu entfernen, um sein eigenes Entkommen mit der ›Atalanta‹ nicht zu gefährden. Er wird sich seiner auf der nächstbesten Insel entledigen, nehme ich an.«

Da mischte sich Beni ein.

»Ihr täuscht Euch, der Herr Vikar nahm den Schutz der Dunkelheit und vor allem die mangelnde Aufsicht wahr, die auf der ›Atalanta‹ entstand, als Ihr, Herr Simon, hastig abgesetzt wurdet. Ich sah ihn, in die Clamys eines Templers gehüllt, heimlich über Bord springen und ans Ufer waten.«

»Deine Phantasie geht mit dir durch, Beni!« mahnte Roç, doch der wache Knabe ließ sich nicht beirren.

»Wart Ihr nicht zu acht, als wir Linosa verließen?« wandte er sich wie ein kleiner Inquisitor an den Templer.

»Sicher!« entgegnete Simon unwirsch. »Bedauerlicherweise ist ein Bruder beim nächtlichen Anlanden ertrunken –«

»Das wage ich zu bezweifeln«, sagte Beni, der schlaue Kater. »Ich wette, der starb bereits vorher in einer dunklen Ecke – mit einem Messer im Rücken!«

»Und warum sagst du das erst jetzt?«

»Ich pflege meine Vermutungen für mich zu behalten, bis ich sie mit Beweisen belegen kann.«

»*Si tacuisses!*« Damit beendete Roç die Angelegenheit und verpaßte Beni einen Stüber, als Aufforderung zu verschwinden.

Simon zuckte unsicher die Schultern.

»Zuzutrauen wäre es Oberto Pallavicini.«

Raoul de Belgrave trat zu den beiden.

»Wir könnten unseren unfreiwilligen Gast jetzt an die frische Luft lassen, wenn Ihr es befehlt?«

Roç nickte gedankenverloren, und der Belgrave gab seinen Kumpanen unten ein Zeichen. Sie öffneten das Schloß einer großen eisenbeschlagenen Kiste, auf der sie die ganze Zeit gesessen hatten. Der Deckel hob sich, und heraus sprang der Feuerteufel. Er bedachte sich nicht lange, knallte erst Mas, dann Pons eine kräftige Schelle, bevor er die Treppe hinaufsauste und sich empört vor Roç aufbaute.

»Ihr habt kein Recht, mich meiner Freiheit zu berauben, Trencavel!« fuhr er den Kommandanten an, und als er in die erstaunt fragenden Gesichter der Umstehenden schaute, fügte er zornig hinzu: »Ich verlange, daß Ihr mich auf der Stelle zurückbringt!«

Raoul lachte an Roçs Stelle, so daß der, statt Mahmoud zu beruhigen, an alle gewandt erklären konnte:

»Wir haben eine lange und beschwerliche Reise vor uns. Der Feuerteufel wird mit seinem Können die Kampfkraft unseres kleinen Haufens beträchtlich und überraschend verstärken.«

»Ich trete nicht in Eure Dienste! Ich will meine Kunst auch nicht mehr für kriegerische Zwecke mißbrauchen, sondern allein der friedlichen Wissenschaft weihen.«

Mahmoud hatte dies sehr entschieden vorgebracht, nachdem er sah, daß seine Vorstellungen keinen recht interessierten, geschweige denn Empörung über das ihm angetane Unrecht auslösten.

Nur Dietrich gab vernehmlich von sich:

»Ich würde mich in meiner Haut wohler fühlen, wenn jeder hier freiwillig dabei wäre!«

Das konnte man auch als Rüge für die mangelnde Bereitschaft des Feuerteufels nehmen, sich nicht gegen sein Schicksal zu sträuben.

Gosset nahm Roç beiseite.

»Das hättet Ihr vorher mit mir absprechen können, ich hätte Euch nicht dazu geraten«, sagte er leise, doch Roç bekam es in den falschen Hals.

»Das ist genau der Grund, aus dem ich es unterlassen habe, Gosset«, rief er laut. »Ihr haltet Euch für meinen Vormund«, ereiferte er sich, »für den eigentlichen Anführer hier, der meine Entscheidungen billigen oder verwerfen kann.«

»Ich bin Euer Berater«, beschwor ihn der Priester mit leiser Stimme, besorgt, den Streit nicht lauthals vor der Mannschaft auszutragen, doch genau darauf hatte es Roç abgesehen.

»Hört alle her!« rief er und schob den Priester beiseite. »Ich will Euch eine weitere Überraschung bereiten.« Es war jetzt still geworden auf der Triëre, nur der Wind sang in der Takelage. »Wir fahren nicht gen Epiros, noch sonstwo nach Griechenland. Statt dessen nehmen wir Kurs auf das Heilige Land. Wir werden Jerusalem zurückgewinnen! Nicht für die Christenheit, sondern als das unsere, dem Königlichen Paar versprochene Reich des Gral!«

Da schlugen die Lancelotti ihre Sensenblätter aneinander, und alle ließen den Trencavel hochleben.

Nur Gosset blieb steif.

»Ihr habt einen Schwur abgelegt«, sagte er mit belegter Stimme. »Ihr habt mich zum Bürgen Eures Eides gemacht.« Seine Stimme geriet um so kälter, wie die Schwere seiner Anklage zunahm. »Ihr betrügt nicht nur die Gräfin von Otranto, der ihr dieses Schiff verdankt, Ihr hintergeht auch König Manfred, der Euch ausgerüstet hat. Das ist kein gutes Omen für ein Unternehmen.« Doch Gosset erntete keine Zustimmung, nicht einmal bei den Lancelotti, sondern lautes Murren des Protestes, das sich steigerte, je mehr Gosset in die gleiche Kerbe hieb. »Wie Ihr Euer Leben als Wortbrüchiger einrichtet, ist Euer Sach' und aller, die Euch folgen. Unsere Wege trennen sich hier!«

Roç hatte ihn ausreden lassen und auch jeden Versuch der anderen, den Priester zu überschreien, durch energische Handbewegung abgewehrt.

»Als meine Graue Eminenz hätte ich von Euch erwartet, daß Ihr mich von solchen Verpflichtungen löst, denn sie waren beide erzwungen, abgepreßt. Dafür ist Gott mein Zeuge!« rief er emphatisch, und die Besatzung jubelte ihm zu. »Doch sollt Ihr Euren Willen haben. Auf der nächsten Insel, die wir zu Gesicht bekommen, werde ich Euch absetzen und alle dazu, die von dererlei Skrupeln geplagt sind.«

»Das wird Korfu sein!« entgegnete Gosset kühl. Er legte seine Hand auf die Schulter des Trencavel. »Ich hatte mir unsere Reise anders vorgestellt. Ich wäre auch bereit, mich an Eurer Seite ins Unglück zu stürzen, aber nicht in eine mutwillig herbeigeführte *constellatio malae fortunae*, in der kein guter Stern zu erkennen ist.«

»Ihr seid recht vergeßlich geworden auf Eure alten Tage, daß Ihr Euch nicht mehr entsinnt, was unsere Bestimmung ist: die Suche nach dem Gral.«

»Am Ende des Weges, den Ihr einschlagt, kann nur der Kelch stehen, der Schwarze Kelch!«

»Sei's drum«, hatte Roç geantwortet, doch sein Mund war trocken.

Gosset hatte sich von ihm abgewendet. Seitdem gingen sie sich aus dem Weg.

Heiß brannte die Frühjahrssonne über dem Ionischen Meer. Die ›Atalanta‹ machte nur langsam Fahrt, denn der sprunghafte Wind warf seine Wüstenglut, wie aus einem Blasebalg fauchend, dem Schiff entgegen. Der Libecco nahm der Besatzung den Atem, trieb ihnen Schweißperlen aus den Poren. Yeza trat zum Ruderbaum, den der Taxiarchos auf Kurs Südost hielt, um pfeilgerade an Kreta vorbei – so das Wetter es erlaubte – Alexandria anzusteuern. Korfu lag hinter ihnen, an dessen schroffer Küste sie noch ein letztes Mal vor Kreta frisches Trinkwasser aufgenommen hatten. Dort sprudelte ein berühmter Quell aus mineralhaltiger Tiefe, ein köstliches Naß, das als Brunnen gefaßt war. Ein Turm schützte ihn.

Der restlichen Geiseln hatten sie sich entledigt, die Gefolgsleute des Reichsvikars waren schimpfend von Bord gegangen. Sie hatten Oberto Pallavicini, von dem sie sich zu Recht im Stich gelassen fühlten, nebst allen Griechen und Templern verflucht. Guy de la Roche mußte wie ein ausgesetzter alter Hund hinterherlaufen, es fehlte nicht viel, daß sie Steine nach ihm geworfen hätten.

So waren die Herren, die Yezas Freilassung verbürgt hatten, in den Hügeln von Korfu verschwunden. Das ersparte ihnen die Hitze, die nun auf den Planken der ›Atalanta‹ lastete, so daß man sie barfuß nicht mehr betreten konnte. Dem Taxiarchos klebte das Hemd auf Brust und Rücken. Er warf Yeza nur einen kurzen Blick zu und starrte dann auf das glitzernde Meer, ohne auch nur einmal das Wort an sie zu richten.

Yeza brach das Schweigen auf ihre Weise. Sie winkte zwei der Moriskos heran, die an langen Stricken mit Holzeimern Wasser aus dem Meer schöpften, um damit die Bootsplanken abzukühlen. Sie trug nichts am Leib als ein langes Gewand aus weißem Musselin. Als auf ihr Geheiß das Naß beider Eimer über sie geschüttet wurde, trat ihre schlanke Gestalt zutage, als sei sie nackt. Yeza wußte um die Wirkung: Es ließ ihre Brustspitzen hervortreten und tauchte ihre Scham in geheimnisvolles Dunkel. Sie war verlockt, ihren Körper wie eine rollige Katze zu räkeln. Mafalda hätte das getan, doch Yeza straffte sich nur, legte alles in die Drehung, den Taxiarchos wie Luft behandelnd, und schritt federnd und aufreizend langsam die Treppe empor zum Oberdeck in sein Zelt. Sie ließ die Plane offen, streckte sich rücklings auf dem Teppich aus, der das harte Lager des Admirals bedeckte, und wartete. Sie sah den Schatten des Mannes eher, als dieser in der Öffnung des Zeltes erschien und die Plane hinter sich zuschlug.

Der Taxiarchos stürzte neben dem Lager zu ihren Füßen und begann, ihren noch verhüllten Leib mit Küssen zu bedecken, ehe er endlich dazu überging, den nassen Stoff hochzuschieben, dann zu zerreißen. Wie es ihm gelungen war, sich von seinen Beinkleidern zu befreien, entging Yeza, denn als sie ihre Schenkel spreizte, sah sie schon die Zier seiner Lenden hochaufgerichtet über sich, ein wahrhaft prächtiges Gemächte. Sie wölbte ihm ihre Vulva entgegen, schloß ihre Arme um seinen Nacken und empfand beglückt, daß der mächtige Penis ihr keinen Schmerz bereitete, als er heiß in sie drang, sie ausfüllte, nahm und stieß. Da verließ sie der Gleichmut, den sie sich vorgenommen hatte. Das war doch gewaltiger, als sie erhofft, oft naß erträumt. Sie bäumte sich auf, schlug ihre Fersen um seine Hüften, krallte sich in seinen Rücken, denn der Hengst, der sie ritt – nicht sie ihn – drohte sie zu zerreißen. Der Taxiarchos griff ihr unter die Hinterbacken, um noch tiefer vorzudringen. Yeza begann zu stöhnen, zu lachen, zu wimmern und schließlich zu schreien vor Lust über das Tier in ihr. Sie bog sich weit zurück, trommelte mit den Fäusten auf seine Brust, riß seinen Kopf herab auf ihre Brüste, in dem wirren Glauben, den Löwen, der sich über sie beugte, so zu beruhigen, zu zähmen. Doch alles, was sie erreichte, war, daß nun auch ihre Brust verwüstet wurde. Er leckte und biß, daß sie nur noch eine Ohnmacht, ja den Tod herbeiwünschte, ein langsames Vergehen. Aber sie mußte es lebend erfahren, wie sein Stampfen sich beschleunigte, ihr Herzschlag toste bald im Schoß, pochte im Kopf. Sie hatte nicht einmal mehr Atem zu seufzen. Feurige Ringe tobten hinter ihren Augen, die Stöße beschleunigten sich und kannten doch keine Hast. Yeza spürte, wie ihr das Blut in das Gehirn schoß. Jetzt war sie es, die sich wand. Es war nicht aufzuhalten, der Sturzbach rauschte durch sie hindurch, hob sie, warf sie; tausend Sonnen explodierten. Endlich ergoß sich die glühende Lava, der Vulkan spie Feuer, sie bebte und zitterte. Yeza schluchzte, zuckte, und der Berg kam zur Ruhe, die Lawine verebbte, sank auf ihrem Bauch zusammen, rumorte nur noch tief im Gestein. Sein Kopf fiel auf ihre Brüste, seine Lippen suchten die ihren. Salzig schmeckte der zaghafte Kuß. Über ihrer beider Leiber lief der Schweiß in kleinen Rinnsalen, die im zerwühlten Teppich versickerten. Atemlos war Yeza, zertrümmert und neugeboren. Sie hatte die Stärke erfahren, die in ihrem schlanken Leib schlummerte. Sie fühlte sich ermattet, aber sie war glücklich. Sie strahlte den immer noch schwer Atmenden an, der meinte, sie zur Frau gemacht zu haben. Er hatte ihrer Geilheit den erwarteten Dienst erwiesen, nicht mehr und nicht weniger! Das sollte er wissen und auch gleich dazu, wer hier der Sieger war. Das Weib in ihr war erwacht. Dafür wollte sie ihm danken, doch ihren Kopf hatte Yeza nicht verloren. Sie war die Herrin und nie einem Mann untertan.

»Ich hab' Durst!«

Der Taxiarchos sah sie verwirrt an. Er hatte ein zärtliches Wort erhofft oder ein verstecktes Lob, aber nicht diese beherrschte Rückkehr zu den körperlichen Bedürfnissen des Alltags.

Yeza fühlte seine Enttäuschung. Sie griff ihm mit beiden Händen in sein volles Haar.

»Laßt uns gemeinsam die Wohltat einer Erfrischung genießen, mein Lieber!« Sie gab sich viel Mühe, in das letzte Wort Zuneigung und Anreiz zu legen, und es gelang. Mit dankbarem Lächeln stemmte er sich hoch, zog genüßlich grinsend seinen Schwanz aus dem gastlichen Quartier. Yeza begleitete auch das mit einem anerkennenden Seufzer, der sehnsüchtig klang, ja ein Verlangen nach mehr andeutete, das durchaus bestand.

Der Taxiarchos ging hinaus, um einen Krug mit dem kühlen Brunnenwasser aus Korfu zu füllen und der Geliebten zu bringen. Yeza rührte sich nicht. Entweder goß er jetzt einen Eimer mit kaltem Meereswasser über sie – oder sie machten weiter. Sie war sich noch unschlüssig, als der Mann zurückkam.

»Die Küche bietet Euch frische Seeigel«, sagte er stolz und wies auf einen Korb. Yeza schaute nicht auf die stacheligen Früchte des Meeres, sondern auf das Tuch, das der Taxiarchos um die Lenden geschlungen hatte. Darunter wölbte sich das Getier, nach dem ihr der Sinn weitaus mehr stand.

»Trinken zu unserer Lust –«

»Den Hunger sollen unsere Leiber stillen!« flüsterte sie und zog so an dem Tuch, daß es ihm von den Hüften rutschte und zu Boden fiel.

»Kommt zu mir«, stöhnte sie, wobei sie sich auf den Bauch wälzte und ihm fordernd ihr rundes Gesäß zuwandte, »erfüllt mich mit Eurer Lenden Kraft!«

Der Taxiarchos stellte seufzend den leeren Krug neben den Korb.

Als Korfu in Sicht kam, machte Roç seine Ankündigung unverzüglich wahr. Er hieß Dietrich die erste Bucht ansteuern, in der ein Anlanden möglich war, und gab schweigend sein Einverständnis, daß Gosset das Schiff verließ. Er hatte mit seinem Berater kein Wort mehr gesprochen, seit der sich von ihm losgesagt hatte. Die Moriskos hatten ein Herz für den Ausgestoßenen und gaben ihm einen der Esel, die sie zum Transport von Proviant benutzten. Sie halfen ihm auch, seine Schatztruhe dem Braunen aufzubürden, und Gosset zog los. Bald hatten ihn die Hügel verschluckt.

Oberhalb der Bucht, auf einer schroffen Felsenklippe, erhob sich ein gut erhaltener Turm. Einige waren hinaufgestiegen und riefen, daß hier ein geschützter Brunnenschacht in die Tiefe führe mit sehr wohlschmeckendem Trinkwasser.

Roç hatte nichts dagegen einzuwenden, vor Beginn der langen Reise die Bestände noch einmal aufzufüllen. Er begab sich ebenfalls an Land, gefolgt von Simon und den drei Okzitaniern. Am Hang der gegenüberliegenden Hügelkette lag ein Dorf, eine kleine Stadt. Ihre äußere Häuserkette wies zum Tal hin schroff nichts als Schießscharten in den steil abfallenden Mauern auf und verdichtete sich auf dem höchsten Punkt zu einer Zitadelle. Die Anlage wirkte auf eine seltsame Art tot, obgleich keine Zeichen des Verfalls ersichtlich waren. Der Brunnen unten im Turm war offensichtlich die einzige Süßwasserquelle für die Bewohner des Ortes am Hang. Ein gut ausgetretener Pfad schwang sich durch die Talmulde und endete auf der anderen Seite bei einem Einlaß in der grauen Häuserzeile unterhalb der Zitadelle. Ein Stadttor war von hier aus nicht zu erkennen.

Roç betrat den Brunnenturm. Er warf nur einen kurzen Blick hinunter in den Schacht, in dem tatsächlich tief unten eine Quelle zu sprudeln schien, denn das klare Wasser warf Wellen. Ihn interessierte auch weniger, wohin es abfloß, als die Frage, wo der geheime Zugang nach oben, in die Spitze des Turms verborgen lag. Von außen betrachtet waren zwar einige schmale Fenster hoch oben im Mauerwerk zu sehen, doch keine Tür, zu der man mit einer Leiter hätte gelangen können. Nachdenklich kehrte Roç zu dem gemauerten Brunnenring im Innern zurück. Die Schöpfvorrichtung bestand aus einer soliden Winde, und auch der Eimer war aus kräftigem Eichenholz.

»Laßt mich mal im Eimer langsam nach unten«, forderte Roç von Raoul und stieg mit Hilfe von Simon auf den Rand und von da aus in das hölzerne Gefäß. Umsichtig die Kurbel bedienend, ließen Raoul und Mas den Trencavel an der Kette hinab. »Wenn wir jetzt loslassen, Raoul«, scherzte der Morency, »dann wären wir frei von der Knute unseres Herrn!«

»Freiwild, lieber Mas, vogelfrei«, mahnte der Belgrave seinen Kumpanen, doch Roç achtete nicht auf ihr Geplänkel. Seine Augen suchten das steinerne Mauerwerk ab, an dem entlang er in die dunkle Tiefe sank. Er konnte keine Öffnung entdecken. Als er schon fast mit dem Eimerboden das Wasser berührte, sprang die Schachtwand jedoch abrupt zurück. Unter dem steinernen Kragen tat sich ein mannshoher Durchlaß auf, der von oben nicht einzusehen war. Gleich dahinter erblickte Roç im dämmrigen Licht den Beginn einer steinernen Treppe. Als er sich umdrehte, gewahrte er gegenüber eine Gitterpforte aus schwerem Eisen. Einer der beiden Ausstiege führte wahrscheinlich als Wendeltreppe hinauf in den Turm. Doch wohin gelangte man durch den anderen?

Roç rüttelte an dem Gitter. Es war verschlossen. Es reichte aber bis ins Wasser, das hier seinen unterirdischen Abfluß hatte. Für Roç war jetzt klar, daß das Dorf am Hang besser versorgt war, als er gedacht hatte – samt Fluchtweg. Er ließ sich hochziehen und sprang aus dem Eimer.

»Die Treppe hinauf in den Turm beginnt dort unten!« berichtete er zufrieden, um im gleichen Atemzug vorzuschlagen: »Wir teilen uns!« Er wandte sich an den Belgrave. »Ihr werdet mit Mas und Pons diesen Turm genau erkunden –«

»Wahrscheinlich befindet sich oben ein Signalspiegel!« warf Simon ein. »Das wird der Grund für den verborgenen Zugang sein.«

Roç nickte.

»Ich bin jetzt doch neugierig, diesen Ort drüben am Hang aufzusuchen. Wenn Ihr, Simon, mich begleiten wollt?«

Als sie vor den Turm traten, erkannten sie, daß auch Herr Dietrich und die deutschen Ritter der Versuchung nicht widerstehen konnten, die verwunschene Stadt in näheren Augenschein zu nehmen.

»Die Sucht nach billiger Beute macht den Teutonen Beine!« spöttelte Simon über die Ritter, die sich in voller Rüstung den Hügel im Gänsemarsch hinaufbemühten.

»Es ist ihr erster Kampfeinsatz«, entschuldigte Roç die Herren, die mit ihm ausgezogen waren, um für König Manfred in Hellas zu streiten. Hier war Griechenland.

Während Roç mit dem Templer hurtig von den Klippen hinabeilte, kam es ihm jedoch in den Sinn, daß Korfu zu der Mitgift gehörte, die Elena von Epiros, die junge Braut, dem Herrn von Sizilien einbringen sollte, der erste Baustein zu einem das ganze Mittelmeer umfassenden Großreich.

Doch plötzlich scheuten drüben auf der anderen Talseite die Deutschen, kaum daß sie die Außenmauern des Städtchens erreicht hatten, als wäre ein Pfeilhagel auf sie niedergegangen. Nur der weißblonde Schopf des Herren Dietrich war noch an der Spitze zu sehen, dort, wo der Einlaß sein mußte.

Roç und Simon eilten den Pfad hinan und trafen vor dem zögernden Haufen unter den Mauern ein. Sie bogen um die Ecke, prallten auf schräg in den Boden gerammte spitze Pfähle, die wohl die dahinterliegende Bresche in der Mauer wettmachen sollten. Auf jedem Pfahl stak ein Kopf. Noch war das Blut kaum geronnen, das aus den Augenhöhlen der abgeschlagenen Häupter gesickert war. Ein Schwarm schwarzer Vögel erhob sich krächzend. Roç erschrak, weil er meinte, Hamos Züge unter den mißhandelten Gesichtern entdeckt zu haben, doch Simon befreite ihn von dem Alptraum.

»Mein Ordensbruder Guy de la Roche!« murmelte er tonlos. »Er ist also doch nicht ertrunken!«

»Welch ein Glück für ihn!« bemerkte der hinzugetretene Dietrich sarkastisch.

Roç hatte mit flüchtigem Blick festgestellt, daß ihm die übrigen Schädel fremd waren, doch Simon machte eine weitere Entdeckung.

»Hier ist das gesamte Gefolge des Pallavicini versammelt –«

»Nur der Herr Reichsvikar fehlt«, stellte Dietrich fest. »Beni hatte recht. Der Taxiarchos setzte sie erst hier aus, und das gelangte ihnen zum Verderben.«

»Wer hat hier so fürchterlich gehaust?« fragte Roç.

»Wer treibt hier schon länger sein grausliches Unwesen?« verbesserte ihn Dietrich und wies auf einige Schädel, die schon nackt bis auf den trockenen Knochen waren. Er winkte die eingeschüchterten Deutschen herbei. »Wir betreten jetzt diesen Ort, wenn Ihr, mein Trencavel, es gestattet?«

Roç bedeutete gedankenverloren seine Zustimmung. Auch er wollte jetzt wissen, was es mit diesem Ort auf sich hatte. Sie zogen die Kinnriemen straffer, hoben ihre Schilde und drangen durch die Bresche in die verödeten Straßen ein. Ihre Schwerter hatten sie längst zur Hand. Es war, als hätten die Bewohner ihre Häuser Hals über Kopf geräumt oder als hätte eine Seuche sie hinweggerafft, kein Lebewesen zeigte sich in den engen Gassen. Die Ritter blieben dicht beieinander, als sie zur Zitadelle hinauf stapften.

»Hier muß ein Kampf stattgefunden haben«, sinnierte Roç laut vor sich hin. »Die Eroberer schlugen eine Bresche und verübten ein Strafgericht.«

»Das könnte auch für Verteidiger gelten, die mit den Köpfen weitere Angreifer abschrecken wollen«, wandte Simon ein. »Vielleicht sind die Toten im Kampf gefallen, und man hat sie erst hinterher ihrer Köpfe beraubt?«

»Für mich ist es ein griechischer Willkommensgruß an alle, die aus Westrom kommen, um Byzanz zu erobern«, sagte Dietrich. »Es sollte mich nicht wundern, wenn etliche von den vierhundert Rittern, die Manfred entsandte, so geendet hätten!«

Armer Hamo! schoß es Roç durch den Kopf. Doch vielleicht schmachtete der Graf von Otranto, der partout nicht in den Krieg ziehen wollte, ja noch in irgendeinem Kerker oder war ganz woanders gelandet.

Das Tor zur Zitadelle stand weit offen und gab die Sicht frei auf einen sorgfältig gepflasterten Innenhof, eng begrenzt durch ein wie von Zyklopen aufgetürmtes Mauerkarree. Strohgedeckte Hütten drängten sich an die steinernen Wände, in der Mitte der behütete Zufluß für die Zisterne. Dem Torbau gegenüber erhob sich der eigentliche Turm, ein vierkantiger Klotz, zu dessen hochgelegener Tür eine Außentreppe führte.

»Auch wenn sich kein Mensch blicken läßt«, sagte Roç leise zu seinen Gefährten, »ich werde das Gefühl nicht los, daß wir beobachtet werden.«

»Laßt mich hinaufsteigen«, erbot sich Dietrich. »Gebt mir Flankenschutz!« rief er den Deutschen zu, unter denen sich einige Armbrustschützen befanden.

Wie eine Raubkatze schnellte der blonde Recke die schlecht befestigten Stufen empor, lauschte an der verschlossenen Tür – und trat sie dann ein. Der dunkle Raum dahinter war leer. Doch hatte Dietrich beim Krachen des Holzes den erschreckten, unterdrückten Aufschrei von Stimmen vernommen. Er entdeckte ohne Mühe die Luke. Das Verlies zu seinen Füßen war angefüllt mit Menschen, die sich aneinander kauerten und voller Furcht zu ihm aufblickten. Alte und Kinder, keine jungen Männer. Der blonde Deutsche winkte ihnen vertrauenheischend zu, sie sollten herauskommen. In der Ecke des Hofes hob sich eine Steinplatte, von mehreren Armen hochgestemmt. In langer Reihe entstiegen die verängstigten Bewohner ihrem unterirdischen Zufluchtsort.

Roç ließ sich den Ältesten kommen, der Zaprota hieß und von dem er auch endlich erfuhr, daß der Ort ›Pantokratos‹ genannt wurde.

Roç schickte die Leute zurück in ihre Häuser und befahl die Deutschen auf die Mauern, damit sie Ausschau hielten. Dieses

Felsennest war ihm nicht geheuer, er wollte vor unliebsamen Überraschungen rechtzeitig gewarnt sein.

»Ihr solltet hier nicht bleiben!« beschwor ihn der Alte, als er aus Roçs Anweisungen ersehen konnte, daß die Fremden zumindest keine Eile hatten, die Zitadelle zu verlassen. »Dies ist kein sicherer Ort.«

»Das zeigen schon die Vogelscheuchen an«, rief Dietrich, »die ihr uns zum Empfang aufgestellt –«

»Doch nicht wir!« empörte sich Zaprota heftig. Er war sehr alt, nach seinen ledrigen Falten und seinem schlohweißen Haar zu schließen, aber er hielt sich straff. Roç konnte ihn sich gut mit einer Axt in der Hand vorstellen, die einen Kopf vom Rumpf trennte.

»Wer dann?« forschte Roç drängend, da der Dorfvorsteher sich in Schweigen gehüllt hatte.

»Ugo, der Despotikos!« Zaprota versuchte sich an Simon zu halten, wohl weil die Clamys der Templer ihm vertraut war. Doch Simon verstand kein Griechisch. »Ugo d'Arcady!« bequemte sich der Herr Zaprota zu erklären, als Dietrich ihm die Spitze seiner Klinge nachdenklich auf den nackten Fuß setzte. »Er sitzt auf Castel Maugriffe, am anderen Ende der Bucht, nur wenige Stunden entfernt. Er haßt Euch Fremde!«

»Das sieht man!« sagte Dietrich. »Aber warum fürchtet Ihr ihn?«

Roç schob Dietrichs Schwert von dem Fuß des Alten, was dem nur ein müdes Lächeln entlockte.

»Ugo bestraft Pantokratos ein jedes Mal, wenn es Fremde, die übers Meer kommen, in seinen Mauern aufnimmt. Er hat nicht nur unsere jungen Männer in seinen Dienst gezwungen, er köpft auch jedesmal einen Alten, wenn er ›den Strand säubern‹ kommt und ›Unrat aus Sizilien‹ vorfindet.«

»Der Mann scheint ein übereifriger Patriot, wenngleich sein Name nicht gerade auf einen Hellenen schließen läßt! Aber das haben Renegaten oft so an sich.« Dietrich nahm weder die Situation noch das Verhör sonderlich ernst, hätte man meinen können.

»Ugo ist ein Bastard des Villehardouin, des Herzogs von Achaia. Und er behauptet, Korfu sei ihm versprochen –«

»Ah!« sagte Roç. »Aber nun hat sein Schwippschwager oder angeheirateter Oheim, ich finde nicht die rechten Ausdrücke für die verzwickten verwandtschaftlichen Verhältnisse der Griechen, jedenfalls Herr Michael von Epiros die Insel Korfu seinem Schwiegersohn Manfred vermacht – obgleich sie ihm nicht gehört.«

»Sie gehört uns!« begehrte Zaprota auf, voller Stolz.

»Schon recht«, entgegnete Dietrich, »aber ich verstehe immer noch nicht, warum Ihr die Fremden aufnehmt, wenn Ihr wißt, was Euch und ihnen blüht?«

»Die aus Sizilien geschickten Scharen fragen da nicht lange, sie berennen Pantokratos und nehmen uns mit Gewalt.«

»Wenn die fremden Ritter so stark und zahlreich sind, wieso können sie sich nicht gegen einen Kopfabschneider wie Ugo wehren?«

Die Frage war dem Alten sichtbar unangenehm, oder er wußte keine Antwort darauf. Er schwieg verstockt.

»Wenn wir Euch helfen würden, Euch von der Plage dieses Despotikos zu befreien?« schlug Roç vor.

Zaprota schien nicht sonderlich beglückt über dieses Angebot.

»Es wäre besser, Ihr würdet zu Eurem Schiff zurückgehen und sofort davonsegeln!«

»Das wollen wir doch mal sehen!« trumpfte Roç auf, doch diesmal fiel ihm der Alte ins Wort.

»Genau das haben bisher alle gesagt, die hier an Land gegangen sind, und einen Tag später sahen sie sich tot oder in Gefangenschaft!«

»Ist es Euer Interesse, unsere Köpfe den bereits vorhandenen hinzuzufügen« – Dietrich bohrte diesmal sein Schwert etwas kräftiger in den Fuß, bis daß Blut aus ihm sprang –, »oder wollt Ihr uns zur Hand gehen, diesem Hugo von Arcadia das Handwerk zu legen?«

Zaprota überlegte aufgrund des Schmerzes nicht lang. »Wie Ihr wünscht, mein Herr«, stöhnte er, »aber ich habe Euch gewarnt!«

Roç befahl den deutschen Rittern, die Mauern der Zitadelle zu räumen, nur die Armbrustschützen sollten bleiben. Ihnen gab er den Alten in Gewahrsam.

»Laßt ihn nicht aus den Augen«, befahl er. »Wenn er zu entkommen versucht, dann erschießt ihn!« Er hatte das auf griechisch gerufen, was die Deutschen nicht verstanden, aber sehr wohl der Alte.

Dann verließ er mit Dietrich, Simon und den meisten Rittern die Zitadelle. Sie traten aus der Bresche und begaben sich zurück zum Turm des Brunnens.

»Wenn Ihr Euch hier schlagen wollt, Trencavel«, sagte Simon, »rechnet nicht auf uns Templer. Wir haben keinen Grund, für die Sache des einen Bastards die Mannen des anderen zu erschlagen. Es sind Christen, wenn auch griechische!«

Roç schluckte seinen Ärger hinunter.

»Ich werde Euch um einen Part bitten, in dem Ihr Euch nicht die Hände schmutzig macht.«

»Aber die Seele, die reine!« spöttelte Dietrich.

»Das Gewissen der Templer ist weit genug, wenigstens den Lockvogel abzugeben«, schlug Roç vor. »So seid Ihr nicht gänzlich nutzlos und müßt nicht zum Schwert greifen!«

»Es sei denn, der Despotikos verfügt anders und trachtet nach Euren edlen Häuptern.« Dietrich konnte es nicht lassen, Simon zu reizen.

Roç lächelte verkniffen.

Die Mittagshitze am Kap Leuca übertraf jedes im Abendland vorstellbare Maß. Es war gerade so, als sei der Turm ihr als Opferaltar errichtet und als werde sein Leuchtfeuer von den erbarmungslos niederfahrenden Strahlen des Sonnengottes in steter Glut gehalten. Das sich nach oben schlank verjüngende Bauwerk konnte sich mit seinem Vorbild, dem berühmten Pharos im Tausenden von Meilen gegenüberliegenden Alexandria, nicht messen, aber auch sein Licht reichte des Nachts weit auf das Ionische Meer hinaus, den Schiffen rechtzeitig die einzige Einfahrt in die Adria ankündigend. Den Dienst versahen traditionsgemäß Veteranen, denn die Brennspiegel des Leuchtturms ließen sich auch zum Empfangen und Versenden von Signalen verwenden und galten daher als militärisch zu überwachender Teil der Küste, die vor allem gegen sarazenische, aber auch griechische Piraten zu verteidigen war. Die beiden alten Männer hockten in den Felsen über dem tiefblauen Meer und angelten. Deshalb waren sie ungehalten, als drei zerlumpte Gestalten sich heranschleppten und mit letzter Kraft trinkbares Wasser und Zugang zum

Spiegel verlangten. Daß der Wortführer, ein heruntergekommener Templer mit schwarzer Augenbinde, sich als der Reichsvikar Oberto Pallavicini ausgab, empfanden sie als den Gipfel der Zumutung. Sie hatten zwar von dem höchsten Beamten des Imperiums noch nie etwas gehört, wollten sich aber nicht den Rochen aufbinden lassen, daß solch ein hoher Herr mit einem gar liederlichen Weibsbild und einem einarmigen Krüppel ausgerechnet hier, am Ende der Welt, Schiffbruch erlitten habe.

Obertos Nerven lagen so bloß wie seine Kopfhaut in der stechenden Sonne. Als sie den Turm erreichten, riß er sich das naßgeschwitzte Tuch herunter, in der Annahme, nun aller Erfrischungen teilhaftig zu werden, die er sich auf dem stundenlangen Fußmarsch zwischen Disteln, Kakteen und spitzen Gestein ausgemalt hatte. Er nahm wortlos sein Schwert und hieb dem widerspenstigen Alten mit der flachen Klinge auf die Schulter, daß der in die Knie ging. Sein Kamerad hatte schon zu einem Felsbrocken gegriffen, deshalb setzte Oberto dem Gestürzten die Spitze des Eisens an die Gurgel und befahl dem anderen:

»Bring mir sofort Wasser, oder dein Freund wird nie mehr Durst verspüren!«

Da warf der Angesprochene den Stein weg und rannte, so schnell ihn seine Beine trugen, das Verlangte zu holen.

»Ihr, meine Dame, müßt mir nun die sicher steile Wendeltreppe bis hinauf zur Spitze folgen«, wandte sich Oberto an Mafalda, ohne den Leuchtturmwärter auszulassen, »denn wenn ich Euch hier unten frei umherlaufen lasse, muß ich für Rinats Augen fürchten.«

Der Maler hatte sich an den Sockel des Gemäuers gedrückt, der aber auch keinen Schatten spendete. Er behielt die streitbare Dame angstvoll im Auge wie ein Vögelchen die Schlange.

Der andere Wächter kam mit einem Krug und einem Becher zurück. Oberto trank in langsamen Zügen, bevor er sein Schwert wegsteckte und auch Mafalda den Becher reichte. »Rinat mitzunehmen«, sprach der Vikar seine Überlegungen offen aus, »verbietet die Geheimhaltung unseres Codes.«

Da prustete Mafalda los, und auch Rinat entrang sich ein gequältes Lachen.

»Ihr glaubt doch nicht im Ernst, Herr Reichsvikar, daß irgendein Geheimnis dieser Ratte nicht vertraut ist wie sein Schweißfuß der Stiefelsohle!?«

Und Rinat beeilte sich, sein Gesicht zu retten.

»Zumindest ist mir der Kodex ›Unio Regni ad Imperium‹ geläufig –«

»Wahrscheinlich sind Eure begabten Hände im Senden von Signalen sogar geübter als die meinen«, knurrte Oberto, »also kommt Ihr mit mir! Aber wehe Euch, wenn Ihr ein venezianisches Schiff herbeiruft.«

»Oder ein byzantinisches, ein angovinisches oder gar –« Rinat merkte, daß er zu frech geworden war und verschluckte ein »veronesisches«, denn das Schwert des Vikars zielte jetzt auf seinen Hals.

»Ich ziehe Hilfe aus Tarent oder Lecce vor, beider Orte Statthalter sind meine Freunde. Und sie befinden sich in nächster Nähe!« Oberto ließ den Maler vorangehen, seine blanke Waffe weiterhin gezückt.

Mafalda folgte ihnen in den Turm bis zum Beginn der Steintreppe. Dort ließ sie sich nieder, froh, ihre Füße entlasten zu können. Die Wächter hatten das Weite gesucht.

»Nehmt vorher einen Löffel davon«, belehrte Kefir Alhakim seine Herrin und hielt die gläserne Karaffe mit einer ölig schimmernden dunklen Flüssigkeit hoch. »Und wenn Ihr im Drang Eurer Wollust nicht dazu kommt, drei volle danach!«

Yeza schaute irritierter auf ihren Wesir als auf die übel riechende Brühe, die er ihr auffordernd hinstreckte.

»Solange es nicht das giftige Mutterkorn, Milzfarn oder Haselwurz enthält, vor denen schon Hildegard von Bingen warnt …«

»Ich weiß ja nicht, wie wild es Eure Freundin getrieben«, entgegnete Kefir Alhakim, bedächtig sein weises Haupt wiegend. »Ihr könnt ja auch von der Frucht des Granatapfels essen –«

»Davor oder danach?«

»Anstatt, werte Damna«, belehrte sie der Wesir, »sonst hilft nur noch der rote Bilboz.«

»Ihr laßt es an Deutlichkeit nicht fehlen, Doktor Fliegenpilz, doch laßt mich nur noch wissen, mit wieviel Wasser verdünnt ich die Arznei schlucken soll, sie duftet etwas streng.«

Da lachte der Wesir ihr zum erstenmal ins Gesicht, seit er bescheiden und unauffällig bei ihr Dienst tat, aus seinen Koboldaugen sprühte der Schalk.

»Wenn Ihr Grimmen in den Ohren verspürt, meine Damna, träufelt Ihr Euch dann das heilende Öl der Rose und des Knoblauchs auf den großen Zeh?«

Yeza fühlte sich auf den Arm genommen, doch Kefir Alhakim war jetzt in seinem Element. Überlegen dozierte er ohne Rücksicht auf Yezas Scham.

»Also flößt es gefälligst dort ein, wo Euch das Sperma des Mannes Empfängnis fürchten läßt!« Er schien sich an ihren Ängsten zu weiden, auch wenn sein Ton jetzt väterlich wurde. »Für Halsweh habe ich ein anderes Mittel parat, den Saft des Paradiesapfels, von dem schon der Prophet sagt: ›Er reinigt den Körper von Haß und Neid.‹«

Yeza riß ihm die Karaffe aus der Hand.

»Ihr wollt mir bei der Applikation sicher nicht zur Hand gehen, Herr Wesir!« fauchte sie ihn an. »Also verlaßt mich jetzt bitte! Doch habt vielen Dank, mein guter Kefir Alhakim!« rief sie ihm schnell noch nach, als er schon beleidigt abgezogen war.

Der Alte drehte sich auf der Treppe um und lächelte ihr verlegen, doch begütigend zu. Yeza warf sich auf ihr Bett. Durch die kleinen Fenster ihrer Heckkajüte konnte sie auf das gleißende Meer sehen, es flimmerte vor Hitze bis hin zum fernen Horizont. Sie kam sich sehr allein vor, sie sehnte sich nach Roç, seltsamerweise, obgleich sie genau wußte, daß sie mit dem Mann, der da oben das Ruder mit starker Hand führte, noch so oft schlafen würde, wie es ihr Zeit und Umstände erlaubten, bis sie das Ziel ihrer Reise erreicht hatte. Scham empfand sie keinesfalls, sie verbot sich einen derart lächerlichen Gemütszustand, der auch kaum in Einklang mit ihrem Willen zu bringen war, ihrem Körper noch viel mehr von der Lust zu gönnen, die der Taxiarchos ihm zu verschaffen wußte. Eher hatte sie ein schlechtes Gewissen, den Mann noch so lange an sich zu fesseln, denn ihm drohte mit jedem Tag, mit jeder Seemeile in die falsche Richtung, immer größere Gefahr, tödliche Gefahr! Das konnte ein Abenteurer wie Taxiarchos verdrängen, Yeza vermochte es nicht. Ihr Liebhaber sollte längst mit der geraubten ›Atalanta‹ das Weite gesucht, mit Brachialgewalt die Sperren beim Djbl al-Tarik durchbrochen haben und in der Weite des *Oceanus Atlanticus* verschwunden sein, ganz gleich, ob er nun die ›Fernen Inseln‹ wiederfand oder nicht. Daß er sie aus Bologna herausgeholt hatte, war sein tollkühner Einfall gewesen, gebeten hatte sie ihn darum nicht. Dafür hatte sie ihm auch ihren Dank gezollt, aus freien Stücken und ohne den Hintergedanken, daß ihre Hingabe auch sie belohnen könnte. Doch für jede weitere Stunde des Beisammenseins, in der sie sein Leben für ihre Lust riskierte, mußte sie sich Selbstsucht vorwerfen. Yeza wußte, würde sie den Taxiarchos mit ihren Befürchtungen konfrontieren, würde er sein Raubtierlachen ausstoßen und ihr auf seine Weise den Mund verschließen. Deshalb mußte sie das Opfer bringen, sich ihm zu entziehen! Warum war der Kerl nicht Manns genug, ihr diese Entscheidung abzunehmen und sie auf der nächstbesten Insel einfach abzusetzen und zu verschwinden? Die Trauer ihrer Vagina, den Schmerz über den Verlust seines großen Schwanzes, wollte sie gern in Kauf nehmen, wenn sie damit sein Leben retten würde. Sie mußte sich auf den Abschied vorbereiten. Yeza nahm die Fiole in die Hand, dann bedachte sie sich und rief nach Jordi, der vor ihrer Tür im Schatten schlief. Der Zwerg war sofort auf den Beinen.

»Bitte, mein guter Freund«, sagte Yeza leidend, »ruft mir Geraude, ich muß eine bittere Medizin einnehmen. Weiberkram!« setzte sie lächelnd hinzu. »Ihr setzt Euch bitte nach draußen und spielt für mich, mir ist so weh ums Herz!«

Der Troubadour hatte kaum die ersten Akkorde angeschlagen, als schon Geraude in ihrer stillen Art sich einfand und zu ihrer Herrin ins Gemach schlüpfte.

»E pos a Dieu platz q' eu torn m' en
en Lemozi ab cor jauzen,
don parti ab pesanza,
lo tornar e l'onoranza
li grazisc, pos el m' o cossen.«

Kefir Alhakim hockte sich zu Jordi.

»Der Kapitän sagt, daß wir bald die Insel des Minotaurus erreichen werden, wo wir noch mal unsere Wasserfässer auffüllen.«

Jordi nickte, ohne seinen Gesang zu unterbrechen.

> »Ar hai dreg de chantar,
> pos vei joi e deportz,
> solatz e domnejar,
> qar zo es vostr' acortz.«

Geraude zog leise die Tür zu Yezas Gemach hinter sich zu. »Sie will den Taxiarchos sprechen«, flüsterte sie mit Leichenbittermiene, als laste aller Welten Kummer auf ihr. Es fehlte nicht viel, und sie hätte geweint.

Der Gang zum Ruder blieb ihr erspart, denn der Taxiarchos erschien, verschwitzt, doch gut gelaunt. Er schüttelte den Kopf über die versammelte Schwermut, klopfte kurz an die Tür und ging hinein.

> »E las fontz e l' riu clar
> fan m' al cor alegranza,
> prat e vergier, qar tot m' es gen.«

»Mein Herr Admiral«, eröffnete Yeza dem erstaunten Taxiarchos ihren Entschluß, »vor uns liegt Kreta, und dort wünsche ich Euch zu verlassen!«

Der Angesprochene nahm das keineswegs für bare Münze. »Habt Ihr Geraude etwa schon darauf vorbereitet, daß sie dem kretischen Stier, halb Mensch, halb Tier –«

»Wie Ihr, Taxiarchos!« unterbrach Yeza scherzend, doch er ging nicht darauf ein.

»– als Jungfrauenopfer zugeführt wird, um im Labyrinth von ihm –«

»Was, bitte?« fragte Yeza, um die Stimmung zu lockern.

»– auf's Horn genommen zu werden«, beendete der Taxiarchos seinen Bericht, »denn sie ist den Tränen nahe, und auch Euer Jordi spielt eine Weise, die eher zur Kreuzabnahme auf Golgatha passen könnte als zur Süßwasseraufnahme auf dieser heiteren Insel.«

»Ihr vergeßt das Schicksal der Ariadne!« warf Yeza ein, doch das wollte der Taxiarchos nicht gelten lassen.

»Ich habe nicht vor, Euch auf irgendeinem griechischen Eiland sitzen zu lassen, meine Prinzessin!«

»Das wird auch nicht der Fall sein«, entgegnete Yeza mit Festigkeit. »Ich entlasse Euch aus meinen Diensten, wenn Ihr so wollt, und Ihr tut mir den Gefallen, den Kurs der ›Atalanta‹ um das Drittel eines Kreiszirkels, sagen wir, genau um hundertzwanzig Grad, also genau in entgegengesetzte Richtung, zu korrigieren, und zwar unter vollen Segeln, wenn Ihr mein Herz mit diesem Bild erfreuen wollt!«

»Und wie wollt Ihr nach Alexandria, nach Palästina kommen?«

»Das laßt bitte meine Sorge sein, die Eure sei stur westwärts gerichtet, bis Ihr den Ozean unter dem Kiel habt!«

»An Euch scheint mir ein Navigator verlorengegangen.« Der Admiral grinste und beugte sich zärtlich über das Schiff, das zu segeln ihm allein begehrenswert erschien. »Ich schlage vor, Ihr lotst mich zu den ›Fernen Inseln‹!«

Yeza versuchte vergeblich, ihn mit Worten von sich zu stoßen, während ihre Arme sich schon um seinen Hals schlangen.

»Ich habe Euch nie im unklaren gelassen, Taxiarchos, daß mein Ziel Jerusalem ist!« konnte sie noch stöhnend ausrufen, denn er drang bereits durch die Pforte. Sie verspürte auch kein weiteres Verlangen, mit ihm zu streiten, jedenfalls nicht über Wege, die sie getrennt zurücklegen sollten. Sie zog ihre Knie an sich und keuchte ein völlig sinnloses »Ich befehle Euch, mich zu verlassen!«

Und er griff unter ihr durch, hob sie seinem Ansturm entgegen. »Und ich verweigere Euch den Gehorsam!« schnaubte er grinsend, und Yeza streckte ihm in ihrer Wut und Lust die Zunge heraus und schloß dann die Augen. Das war zuviel verlangt von ihr, bestimmt! Yeza gab sich hin, und der Mann nahm sie, als wolle er nie von ihr lassen.

»*Q' era non dopti mar ni ven*
arbi, maistre ni ponen,

> *ni ma naus no m balanza,*
> *ni no m fai mais doptansa*
> *galea ni corsier corren.*«

Der Trencavel traf seine Vorkehrungen für die anstehende Schlacht, die er erwartete, ja herbeiwünschte. Nach allem, was er an Intrigen und Komplotten, falschem Spiel und verpaßten Gelegenheiten hatte erfahren müssen, letztlich samt und sonders demütigende Situationen, brannte er jetzt darauf, sich endlich bewähren zu können, allein auf sich gestellt, mit seinen Fähigkeiten, seinem hohen Mut. Daß er darüber das Geschick eines umsichtigen Feldherrn beweisen mußte, fiel ihm gerade noch rechtzeitig ein. Er ertappte sich dabei, daß er jetzt Gosset vermißte.

Sie waren am Brunnenturm angekommen, von dem die Lage am besten zu übersehen war. Raoul und seine beiden Kumpane hatten über dessen verborgenen Zugang nichts Neues in Erfahrung gebracht, außer daß die Wendeltreppe nicht nur nach oben führte, wo tatsächlich ein Spiegel installiert war, sondern auch nach unten durch den Felsen bis hinab zum Meer führte, wo sie unauffällig in einer Grotte, halb im Wasser, endete. Der Spiegel müsse erst kürzlich gebraucht worden sein, denn er sei nicht einen Hauch beschlagen, sondern blitzblank gerieben. Außerdem hätten sie Essensreste gefunden, die keinen Tag alt seien.

Das trieb Roç zur Eile. Er beorderte Simon mit seinen Templern zur Zitadelle. Sie sollten sich jedoch nicht im Hof aufhalten, auch nicht, um einen Angriff auf das Tor zurückzuschlagen, sondern oben auf den Mauern und in dem Turm. Roç war mittlerweile voller Mißtrauen ob des unterirdischen Wegegeflechts von Pantokratos. Die Templer zogen los. Er gab ihnen Mahmoud bei, der angesichts des bevorstehenden Kampfes ganz Feuer und Flamme war, seine Künste einzusetzen. Ein Korb voller dickbauchiger Amphoren, ausgehöhlter Knochen und von ihm am Strand gesammelter Tritonmuscheln wurde ihm nachgetragen.

Die Triëre ließ Roç in den Händen der Moriskos. Da Beni darauf bestand, auch eine kriegerische Aufgabe zu erhalten, schickte er ihn hinauf auf den Turm. Potkaxl begleitete ihn. Die Lancelotti wie alles

Fußvolk unterstellte Roç Dietrich und wies ihn an, sich oberhalb des Ortes, hinter dessen bergwärts stehenden Mauern, versteckt zu halten, bis der Angriff des Feindes im Hof der Zitadelle zusammenbrechen und in Flucht umschlagen würde.

Inzwischen waren die Pferde der Ritter ausgeladen, und Roç setzte sich an die Spitze des Haufens. Er ließ die Deutschen nicht in das offen daliegende Tal zwischen Turm und Pantokratos einreiten, sondern hieß sie absteigen und ihre Tiere am Halfter hinaufführen hinter den Turm, so daß sie von der Ebene aus nicht zu sehen waren. Raoul, Mas und Pons standen neben ihm in den Klippen. Das Warten begann. Obgleich die Sicht vom Turm am weitesten reichte, wollte Roç vermeiden, die Aufmerksamkeit frühzeitig auf sich zu ziehen, damit die Reiterattacke überraschend erfolgen konnte. Also hatte er Beni und Potkaxl eingebleut, sich nicht zu zeigen oder gar zu winken, wenn sie etwas Verdächtiges wahrnehmen würden, sondern kleine Steine auf Roçs Umgebung herab zu werfen. Mit der Zitadelle war vereinbart, erst angesichts des anrückenden Feindes Flagge zu zeigen, das Banner des Königreiches von Sizilien.

Roç hatte sich bäuchlings so weit vorgeschoben, daß er auch die Zitadelle im Visier hatte. Dort war alles ruhig. Roç hing in den Klippen, unter sich das Meer. Während er noch überlegte, ob ihm irgend etwas Voraussehbares entgangen war, hörte er das Prasseln kleiner Steine auf die Helme der drei Okzitanier. Schlief die Zitadelle? Keine Fahne kündigte vom nahenden Feind. Da vernahm Roç unten am Strand das Rasseln von Rüstung und Waffen. Er blickte zurück. Zu seinen Füßen kam ein kleiner Trupp, vielleicht zwölf, fünfzehn Mann angeritten und saß ab. Schlagartig wurde Roç klar, wieso die Besatzung der Zitadelle jedesmal überrumpelt worden war. Hier am Turm stiegen die Ritter ein und brachen drüben über die überraschten Verteidiger herein wie der Fuchs in den Hühnerstall. Roç kroch lautlos zurück. Seine Leute hatten die Ankömmlinge inzwischen auch bemerkt und waren in Deckung gegangen. Einen Angriff von dieser Seite hatte er nicht erwartet. Der Einsatz der Pferde verbot sich zwischen den Klippen. Sie mußten den Feind herankommen lassen und versuchen, ihm hier auf dem Plateau, auf dem der Brunnenturm sich erhob, zu begegnen. Erst einmal ließ Roç niemanden aufsitzen bis auf die drei, die er hinter den Turm schickte. Alle anderen bereiteten sich auf den Kampf Mann gegen Mann vor. Leise ließ Roç die Warnung ergehen, sich nicht im Eifer des Gefechts zwischen die Felsen locken zu lassen, denn er hatte gerade noch bemerkt, daß die Aufsteigenden ihre Brustharnische und Schilde bei den Pferden zurückgelassen hatten und nur leicht mit Lederkollern gepanzert waren, was ihnen den Vorteil größerer Behendigkeit verlieh. Außerdem trugen sie alle, zusätzlich zum Schwert, kurze, kräftige Dolche. Roç spürte, daß der Felsblock, hinter dem er sich versteckt hielt, locker saß. Heiß durchfuhr ihn der Schreck, er könne durch sein Ungeschick alles verraten. Er hielt den Atem an, während der Schotter unter dem Stein zu bröseln begann. Mann für Mann stiegen sie unter Roç den Pfad hoch, der durch die Klippen zum Turm führte. Als er sah, daß der erste oben angekommen war, stockte, »Verrat!« schrie und das Klirren der Waffen einsetzte, blieb der letzte gerade darunter stehen. Roç gab dem Stein einen Stoß und warf sich zurück, um nicht mitgerissen zu werden. Der Schrei des Mannes ging unter in dem Prasseln der Felsbrocken, die dort, wo er gestanden hatte, jetzt den Hohlweg anfüllten. Roç sprang auf, rief Raoul zu: »Runter zum Strand! Jagt die Pferde weg!«, bevor er sich mit gezücktem Schwert in das Handgemenge stürzte.

Die Feinde, überrumpelt durch den plötzlichen Steinschlag, begingen den Fehler, oben auf das Plateau zu drängen, wo sie den Hieben der schweren deutschen Klingen keinen Schutz entgegenzusetzen hatten. Wurden sie getroffen, ging der Schnitt durch das Leder bis auf die Knochen. Roç nahm sich des Anführers an, der eine so gute Klinge führte, daß er bisher noch jeden Schlag pariert, schon zwei der Deutschen hingestreckt und einem anderen den Schild zerhauen hatte. Roç warf dem sich verzweifelt Wehrenden seinen Schild zu und zog das Ungestüm des Hellenen auf sich, in der Hoffnung, er habe den Herrn d'Arcady höchstselbst vor der Klinge. Doch als der Mann schon nach den ersten Schlägen Roçs erkannte, daß dieser Gegner ihm über war, warf er wütend sein Eisen gegen den heranstürmenden Trencavel und sprang zurück zwischen die Felsen. Ungeachtet der drohenden Schürfungen, ließ er sich in den steilen Schotterhang fallen und rollte sich überschlagend aus der Reichweite Roçs. Ihm gelang es noch, sich auf eines der Pferde zu werfen und davonzugaloppieren, gerade bevor die drei Okzitanier um die Ecke bogen und die restlichen Tiere in Richtung der Trière davonführten.

Roç mußte ihre Umsicht loben, denn damit konnten sie ihren Pferdebestand vergrößern. Er ließ einen der letzten Feinde in seine Klinge stolpern, denn mittlerweile hatten die Deutschen allen den Garaus gemacht. Roç schaute hinüber zur Zitadelle, wo gerade die Fahne hochstieg.

»Auf die Pferde!« befahl er den Deutschen, die schon meinten, genügend zum Kampfgeschehen beigetragen zu haben. Etwas mürrisch saßen sie auf. Roç ließ sie warten.

Drüben ritt eine geordnete Reiterschar unter die Mauern der Zitadelle und machte in Schußweite Front. Ein Parlamentär löste sich aus ihren Reihen und trabte höchst selbstsicher bis vor an die Bresche, hinter der sich die Bewohner von Pantokratos, zitternd vor Angst, versammelt hatten.

»Ugo d'Arcady, Euer Herr über Leben und Tod«, rief der Herold, der nicht einmal das Schwenken einer weißen Fahne für notwendig erachtete, »verlangt die sofortige Auslieferung der Fremden!«

Die Menge hinter den gepfählten Köpfen schwieg. Die Leute hatten ihr Schicksal vor den Augen.

»Wo steckt der Zaprota?« brüllte der Herold die Verstockten an. Die Blicke gingen hinauf zur Zitadelle, wo zwei Templer den Alten auf der Mauer vorführten.

»Ha!« schrie der Unterhändler voller Verachtung. »Diesmal als Ordensritter verkleidet! Kommt heraus, und ergebt Euch dem Despotikos, sonst werden wir Euch holen, und« – er wies mit der Hand einladend auf die Pfähle – »es sind noch genügend frei!«

Simon trat auf die Mauer.

»Kein Templer nimmt Befehle von irgend jemandem auf der Welt entgegen, schon gar nicht von einem tollen Hund wie Eurem Bastard Ugo!«

Dem Parlamentär verschlug es die Sprache. Er winkte die Reiterschar hinter sich heran. Die Menschen hinter der Bresche rannten eiligst davon, sich in ihren Häusern zu verstecken. Die spitzen Pfähle zwangen die Anreitenden zur Vorsicht. Sie schossen einen Pfeilhagel auf die Flüchtenden hinter der Bresche, denn auf den Mauern der Zitadelle zeigte sich niemand mehr. Nur das Banner Manfreds wehte herausfordernd vom höchsten Turm. Kaum hatten die feindlichen Reiter die Bresche in der Mauer passiert, preschten die ersten den gepflasterten Weg zum Tor der Zitadelle empor. Sie sprangen ab. Ein Rammbock wurde vorgetragen. Schon der erste Stoß ließ die Torflügel krachend auffliegen. Sie strömten in den engen Hof der Zitadelle, die meisten hielten es nicht einmal für nötig abzusitzen. Es herrschte ein ziemliches Wirrwarr, offensichtlich fehlte ihnen der Anführer. Die vordersten der Männer versuchten, die Treppen zu den Mauern und zum Hauptturm emporzueilen, doch die Stufen gaben nach. Sie stürzten unter die Nachdrängenden. Da schwangen plötzlich die Torflügel mit lautem Knall wieder zu, und gleichzeitig regnete es aus dem Turm Knochen, Tontöpfe und gar bizarre Muscheln. Etliche Gefäße hatten den Boden noch nicht erreicht, da zerbarsten sie schon, und ihre Splitter fuhren unter die Angreifer. Andere blieben rauchend liegen und explodierten erst, wenn man sie nicht mehr beachtete. Verletzte Pferde bäumten sich wiehernd auf, fast jeder der Eindringlinge blutete, viele lagen am Boden und regten sich nicht mehr, andere wurden zu Tode getrampelt. Von draußen wurde das Tor wieder aufgerissen. Ein Schwall panisch Fliehender wurde den Nachrückenden entgegengeschleudert. Immer noch flogen Amphoren in die Menge, deren brennender Inhalt sich spritzend über alle ergoß. Nun traten auch die Armbrustschützen in Aktion. Sie schossen vor allem die Reiter von den Pferden, und die ungezügelten Tiere traten in der Angst vor dem Feuer alles nieder, was sich ihnen auf dem buckelsteingepflasterten Torweg entgegenstellte. Am Ende der Straße rückte jetzt Dietrich mit den Lancelotti an. Ihre Sensen hielten furchtbare Ernte. Es waren nicht viele von der Heerschar des Despotikos, die der Hölle von Pantokratos an diesem Tage lebend entrannen, mit heiler Haut entkam keiner. Vor den Mauern erschien ein einzelner waffenloser Reiter, er war zerschunden, sein Wams und seine Hosen waren zerrissen. Außer sich vor Zorn brüllte Herr Ugo seine Leute zusammen, ließ die herumirrenden Pferde einfangen und aufsitzen, wer noch aufsitzen konnte. Blind vor Wut war er gewillt, eine vernichtende Attacke gegen den Ort zu reiten. Doch hinter der Bresche erhob sich ein Wald von schimmernden Sensen. Zusammen mit den verdammten Pfählen bildeten sie eine Phalanx, die durch Berittene nicht anzugreifen war, seine Leute jedenfalls oder ihre Pferde scheuten zurück. Als sich Ugo umwandte, war er allein. Drüben von der Anhöhe des Brunnenturms donnerten jedoch in geschlossener Formation die deutschen Ritter herab, an der Spitze jener junge Krieger, der ihn im Zweikampf zu Fuß schon das Fürchten gelehrt hatte. Ugo ergriff die Flucht.

Die kleine Hafenstadt Trani an der südlichen Adriaküste stand bereits ganz im Zeichen des großen Ereignisses, als Oberto Pallavicini, der gefürchtete Vikar des Reiches, für alle völlig überraschend dort auf dem Seeweg eintraf. Trani war von König Manfred dazu auserkoren, die aus Epiros erwartete Braut zu empfangen, und in seiner Kathedrale sollte dann auch die Vermählung vollzogen werden. So schmückte sich das unbedeutende Fischerstädtchen mit Ehrenpforten, von Girlanden umwobenen Triumphbögen. Der festliche Weg, den das hohe Paar nehmen würde hinauf bis zu der Bronzetür der Kathedrale, war bereits mit den Fahnen aller Fürsten und Lehnsleuten, aller Städte und Kommunen des Königreiches beflaggt. Die der Großen und Mächtigen wehten von eigens errichteten Masten, die der Bürger von den Balkonen der Häuser oder an Schnüren, die quer über die Straße gespannt waren. Blumengebinde wurden vorbereitet. »Über einen Teppich von Blüten werden die Brautleute schreiten!« jubelte Mafalda, die an der Seite des Vikars den Weg abschritt, mit Genugtuung die ehrerbietigen Grüße quittierend, die dem bedeutendem Manne zuflogen. »So stell' ich mir meine Hochzeit auch vor!«

Oberto Pallavicini schaute sie verkniffen von der Seite an. »Bei mir würden Eure entzückenden Füße blankes Gold unter sich spüren, für den Fall, daß Ihr Euch entschlossen habt, mein Angebot anzunehmen!«

Die Dame Mafalda zuckte zusammen wie unter einem Peitschenschlag und vermied es in der Folge, den Blick des einen Auges aufzufangen. Der Reichsvikar war längst verehelicht, und wenn er auch für seine Alte, die irgendwo im Norden des Landes auf einer Burg dahinkümmerte, nur Spott übrig hatte, war ihr doch bewußt, daß die Kirche die Ehe niemals scheiden würde. Sie wandte sich zurück, um sich zu vergewissern, daß Rinat Le Pulcin hinter ihnen her trottete, als sie Sigbert von Öxfeld erblickte, den weißhaarigen Komtur der Deutschritter. Schon um Oberto zu ärgern, blieb sie stehen und rief laut:

»Welch eine Freude!« Denn sie kannte ihn von Palermo her und wußte, wie wenig der Vikar den Alten schätzte, der mit dem Königlichen Paar eng befreundet und mit Sicherheit an dem Befreiungsversuch von Bologna nicht unbeteiligt war. Oberto entschloß sich, gute Miene zum Spiel der Dame zu machen, doch Sigbert kam ihm zuvor. »Oh, Herr Reichsvikar, hätt' ich gewußt, daß auch Ihr auf Freiersfüßen wandelt, hätten wir die Reise gemeinsam bestreiten können!«

»Das wünsch' ich Euch nicht, Herr Sigbert, meine führte mich auf argen Umwegen an diesen Ort –«

»Dafür aber in die Arme einer bezaubernden Dame.« Artig verneigte er sich vor Mafalda und fragte, mit Vergnügen Salz in die Wunden des Vikars streuend: »So darf ich annehmen, daß auch Eure Herrin Yeza Esclarmunde nicht weit ist? Ich wähnte sie längst in der *Terra Sancta,* wohin es auch mich wieder zieht nach all den enttäuschenden Erfahrungen in einem Abendland, das uns und Jerusalem längst vergessen hat.«

»Mag das nicht auch daran liegen, daß die Herren Ordensritter fern ihres eigentlichen Aufgabenbereichs Dingen nachgehen, die mit ihrer ursprünglichen Bestimmung nur noch wenig zu tun haben?«

»Wenn es inzwischen weltlichen Herren gegeben ist, darüber zu befinden, wo und wie wir Gott dienen, anstatt unsere Arbeit durch die Entsendung von geeigneten Menschen und Mitteln zu unterstützen, könntet Ihr recht haben.«

Oberto dachte nicht daran, klein beizugeben. »Die Dame Yeza ist an Bord eines solchen beklagenswerterweise zweckentfremdeten Mittels, auf dem gekaperten Flaggschiff des Großmeisters vom Tempel, unterwegs, um das heilige Jerusalem zu retten!«

»Das freut mich und versetzt mich zugleich in Sorge«, sagte Sigbert und wandte sich zum Gehen. »Ich sollte tatsächlich hier nicht länger verweilen, nur um die Eheschließung König Manfreds in Vertretung des Deutschen Ritterordens zu ehren. Gehabt Euch wohl!« Der Komtur schritt energisch von dannen.

Oberto Pallavicini führte die Dame Mafalda in einen Palazzo abseits der Hauptstraße. Es war ein bescheidenes Gebäude, aber hinter dem Torweg erstreckte sich ein blühender Garten. Die Zimmer lagen im Erdgeschoß.

»Raum ist in der kleinsten Hütte!« witzelte der Herr Reichsvikar. Mafalda war allerdings nicht zum Scherzen zumute, als sie das breite Bett mit Baldachin darüber erblickte. Daneben war nur noch eine fensterlose Kammer, die wohl als Ankleide diente. »Die ist gut genug für Rinat!« entschied der Herr gutgelaunt, stieß den Maler hinein, schloß hinter ihm ab und zwinkerte Mafalda Einverständnis heischend zu.

Bildete dieser Kerl sich ein, er könnte eine Gräfin Levis de Mirepoix zu seiner Maîtresse erküren?

»Macht es Euch bequem, mein Augenstern«, sprach der Emporkömmling, der sich vom Söldnerführer in das höchste Staatsamt hochgedient hatte. Er besaß keine Manieren, aber ein durch nichts, nicht einmal durch das zerschossene Auge, getrübtes Selbstbewußtsein. »Ich werde mich etwas umsehen. Auch benötigen wir feinere Garderobe für die bevorstehenden Festlichkeiten. Unmittelbar nach der Trauung begibt sich die Hochzeitsgesellschaft auf das nahe gelegene Castel del Monte – drei Tage Turnier und Tanz, Jagdvergnügen und Schmausen ohne Ende, vom Wein das Beste!« Er warf Mafalda den Schlüssel zu, mit dem er Rinats Arrestzelle versperrt hatte. »Ich vertraue der Damna des Hauses«, ermahnte er sie, »bringt den Schurken nicht um, und laßt ihn nicht laufen. Ich habe noch einiges mit ihm vor!« Und schon war er hinausgeeilt.

Mafalda besann sich nicht lange. Sie nahm einen Becher, ging in den Garten, hob vorsichtig einige lose Steinplatten an, bis sie gefunden hatte, was sie gesucht. Blitzschnell stülpte sie den Becher über den aufgescheuchten Skorpion, bevor der fliehen konnte. Geschickt beförderte sie den giftigen Arachniden in das Gefäß und trug ihn hinein. Sie schlug Decke und Bettlaken zurück und plazierte ihn in Fußhöhe. Dann schloß sie die Kammer auf und rief:

»Ihr könnt herauskommen, *pulcino mio*! Ich werde Euch nicht mehr klopfen noch blutig quetschen!«

Rinat äugte mißtrauisch aus der Tür, er hielt ein dünnes Stilett in seinem Ärmel verborgen, das er aus seinem Stiefelschaft gezogen hatte. Mafalda wandte ihm den Rücken zu.

»Beeilt Euch, Maestro!« plapperte sie mit ihrer leicht schrillen Stimme. »Ich verabschiede mich von dem großmächtigen Herrn Reichsvikar auf französisch.« Sie lachte. »Und ich würde Euch raten, das gleiche zu tun, bevor Ihr als Spion des Anjou zur Feier des Tages gehenkt werdet!«

Rinat lächelte dünn und verneigte sich.

»Wenn Ihr mich mit Euch nehmen wollt, Dame Mafalda, will ich Euch ein nützlicher Galan sein!«

Die beiden entnahmen dem Reisesack des Pallavicini alles an Goldmünzen, was sie im doppelten Boden fanden. Sie waren ein Geschenk des Vogtes von Lecce an seinen Herrn. Mafalda teilte sie auf, und bald darauf verließen zwei höchst ungleiche Frauen das Haus. Die häßlichere trug einen eleganten Umhang, so daß niemandem auffiel, daß ihr ein Arm fehlte.

Oberto Pallavicini lief vor der blumengeschmückten Kathedrale dem Tempelherren Guillem de Gisors in die Arme, den er eigentlich nicht ausstehen konnte. Sein glattes Gesicht, diese unmännliche Weichheit, erregte seinen Widerwillen, ohne daß er sich über den Grund Rechnung legte. Der Reichsvikar wußte auch, daß manche den Templer ›Engelsgesicht‹ nannten. Auf solches Lob konnte er, Oberto, pfeifen – zwangsläufig! Doch genauso war ihm bekannt, daß Guillem auf dem höchsten Führungsposten der sinistren Macht, die sich »Prieuré de Sion« nannte, der auserkorene Nachfolger der Grande Maîtresse war. Mit einem solchen Geheimbund stellte man sich im Zweifelsfall besser auf guten Fuß.

»Höchstwerter Ritter«, begrüßte er ihn mit hinterhältiger Freundlichkeit und bewunderte die feine Seidenstickerei, mit der das rote Tatzenkreuz auf der blütenweißen Clamys appliziert war, »seid Ihr immer noch auf der Suche nach des Großmeisters Augapfel?«

Der Engel schätzte diese Art von Vertraulichkeit nicht. »Solltet Ihr einer Verwechslung unterliegen? Herr Thomas Bérard hat derer noch alle zwei und erfreut sich des Besitzes!«

»Ich meinte die ›Atalanta‹!« schnappte der Vikar zurück. »Er muß sie ausgeliehen haben, denn ich sah sie kürzlich von einem Mann geführt, dem ich nicht die Hand reichen würde, aus Angst, daß mir nachher die Finger fehlen könnten!«

»Der Taxiarchos ist ein Freibeuter, der für Lohn bestimmte Fahrten durchführt«, beschied ihn der Templer mit kühler Zurückweisung. »Der Orden weiß sein Schiff in erfahrener Hand!«

Da lachte der Vikar schadenfroh.

»Ihr habt nicht gesehen, wie Euer Herr Admiral die ›Atalanta‹ zum Tranchieren der Flotte des Anjou benutzte! Eine Axt, die in Wurzelholz beißt oder auf eiserne Nägel trifft, führt dagegen ein beschauliches Leben. Der nimmt Eure Barke ran wie ein Mongole die Beuteweiber!«

»Das spricht nur für die *repugnantia viris stupri* des Schiffes! Wer hat Euch denn den Vorfall bezeugt?«

Gisors ließ sich sein Interesse nicht anmerken.

»Mit eigenem Auge sah ich die Vernichtung der Provenzalen im Golf von Otranto.« Oberto Pallavicini war ein alter Fuchs, er roch die Unruhe. »Doch dort werdet Ihr die ›Atalanta‹ nicht mehr finden. Der Taxiarchos segelt auf Freiersfüßen, er hat sich die Prinzessin Yeza an Bord geholt.«

»Die auf dem Weg nach Jerusalem ist.«

»Er wird sie nach Alexandria begleiten.«

»Der Dienst am Königlichen Paar war dem Orden schon immer Ehrenpflicht!« Der Templer beschloß, dem Gespräch ein Ende zu bereiten. Er hatte genug erfahren und grüßte knapp: »Wir sehen uns sicher noch auf der Hochzeit!«

Auch Oberto war mit dem Ergebnis zufrieden. Er rieb sich im Weggehen die Hände. Den Taxiarchos würde eine gerechte Strafe ereilen, und er würde jetzt dieser ungehobelten Grafentochter aus dem Languedoc Bescheid stoßen.

»Warum habt Ihr mich nicht gehen lassen?« Zornig funkelte Yeza den Taxiarchos an, kaum daß er ihre Kajüte betreten hatte. Sie war aufgesprungen wie eine Tigerin, als er Einlaß begehrte, statt ihn wie üblich verführerisch hingebettet auf ihrem Lager zu empfangen. »Das war jetzt schon die dritte Insel! Erzählt mir nicht, daß die See zu stürmisch war! Ihr seid doch sonst so gewandt in der Handhabung des Ruders, daß es Euch ein Leichtes gewesen wäre, die ›Atalanta‹ dicht genug an Land zu bringen.«

Der hochgewachsene Kapitän betrachtete sein Gegenüber mit überlegenem Lächeln, mit dem er stets seinen Kopf durchzusetzen pflegte.

»Schenkt Euch dies verdammte Grinsen!« fauchte ihn Yeza an und machte Anstalten, auf ihn loszugehen. »Bin ich Euch nicht einmal mehr eine Erklärung wert?« Sie ließ die erhobenen Fäuste sinken. Er hätte ihre Annäherung nur ausgenutzt, sie an sich gezogen, und wieder wäre sie, von Leidenschaft ›übermannt‹, in seinen Armen auf das Lager gesunken. So blieb sie stehen und wartete, innerlich kochend. Er setzte sich auf die Kante ihres Bettes, als sei es das seine.

»Wir hatten schon das Beiboot zu Wasser gelassen«, verteidigte sich der Taxiarchos matt. »Es drohte in der starken Brandung zu kentern.« Wieder dieses unverschämte Grinsen.

»Ihr wißt, daß ich schwimmen kann! Also redet Euch nicht heraus: Ihr *wolltet* mich nicht gehen lassen.«

Als einzige Antwort ging der Taxiarchos stumm zum Gegenangriff über. Yeza war ihm in der Hitze des Gefechts zu nahe gekommen, seine Hand legte sich wie eine Tatze um ihre Hüfte, preßte ihren *gluteus* und begann, sie unerbittlich zu sich herabzuziehen. Yeza schien nachzugeben, doch dann hechtete sie mit einem Satz auf das Bett, warf ihn um und stieß ihr Knie in sein Gemächte, während sie ihm mit ihren beiden Händen an die Gurgel fuhr.

»Gebt Eure Schurkerei wenigstens zu, Taxiarchos! Dafür habt Ihr sogar das Ruderboot unbrauchbar gemacht!«

Der Taxiarchos fühlte sich in die Enge getrieben. Hatte Yeza in Erfahrung gebracht, wie nahe sie ihrem Trencavel gekommen war, als sie der Triëre begegneten? Er hätte die Frau auf der Stelle verloren, wenn er sie darauf hingewiesen hätte. Das übermächtige Bild Roçs stand unüberwindbar gegen ihn, den Taxiarchos, und das stieß ihm bitter auf. Er wäre zurückgeblieben als gebrauchter Liebhaber und wahrscheinlich auch bald vergessen worden. Taxiarchos seufzte. Er konnte Yeza auch nicht sagen, daß er vor Kreta den Segler des Hafsiden getroffen hatte, ohne daß sie es bemerkt hatte, und daß in dem durch Brandung und Wellen an Land gleitenden Boot Geraude gelegen hatte, am hellichten Tage in tiefen Schlaf gesunken wie auch Yeza. Der Hafside hatte nach der Zofe verlangt, weil – wie er sich ausdrückte – »mein Schamane es so will!«, und er hatte merkwürdigerweise dem Begehren auch keinen Widerstand entgegengesetzt. Yeza hatte er dann vorgelogen, Geraude sei von Bord gefallen, die Arme, keiner habe es bemerkt. Yeza hatte Trauer gezeigt, doch nicht lange. Alles war eigentlich wie in einem Traum verlaufen, aus dem er jetzt erst erwachte. Dafür sorgte schon seine störrische Geliebte. Er löste ihre Hände von seinem Hals und zog sie über sich. Sie gab sein Gekröse frei, und er ließ den Stamm in sie hinein wachsen, was ohne ihre Bereitwilligkeit, ihn aufzunehmen, gar nicht möglich war. Er überließ es ihr, ihn zu reiten, und Yeza enttäuschte ihn nicht. Sie tat es mit sichtbarer Wut, doch das scherte ihn wenig, solange sie sich gekonnt im Sattel hielt. Sicher war sich der Prinzessin eben nur der, der sie gerade besaß. Oder nicht einmal der! Wer sagte ihm, daß Yeza nicht von ihrem Roç Trencavel träumte, während sie sich mit seinem Körper Lust verschaffte? Der Taxiarchos spürte ein leichtes Abschlaffen seines Gliedes. Was mußte er jetzt auch an den anderen denken? Er griff sie mit beiden Händen an den Hüftknochen und bestimmte wütend nun selbst die Gangart.

Yeza ließ es mit sich geschehen. Der Hengst wollte mit ihr durchgehen? Sollte er doch! Wozu ihn an die Kandarre nehmen? Abwerfen würde er sie nicht, also gehörte der Sieg jetzt schon ihr. Sie genoß ihre sich steigernde Erregung in vollen Zügen. Als Mann war der Taxiarchos ein herrliches Geschöpf, er ritt wie der Teufel, und mit jedem Stoß wuchs die Todesgefahr. Er trotzte dem mächtigsten Orden der Welt, legte sich mit Königreichen an, nur um noch einmal und noch einmal ihren Schoß zu beglücken. Liebte er sie etwa? Yeza wurde der Taxiarchos unheimlich. Wie viele Sperren der Templer hatten sie schon umsegelt, ohne es im Rausch der Sinne zu bemerken?

Weder Oberto Pallavicini noch Manfred, geschweige denn der kalte Gisors würden ihm verzeihen, was der Penikrat für seine Prinzessin auf sich genommen hatte! Er hatte den Kopf verloren!

Yeza sah das plötzlich klar und erschrak. Sie mochte ihrem Liebhaber nicht mehr in die Augen blicken. Die Angst nahm ihr den Atem, ihre Lust erfror genau in dem Moment, als sein zunehmend schwerer Atem in das Keuchen überging, das seine Ejakulation ankündigte, bevor sie den Samenerguß heiß in sich verspürte. Sie stöhnte und schüttelte wimmernd ihr Becken, ihren Höhepunkt vortäuschend, und schloß dann die Augen. Sie zitterte, aber nur vor Angst um den warmen Körper. Sie streichelte in wilder Verzweiflung sein Haar, seinen Hals, küßte sein Gesicht und kämpfte mit den Tränen. Sie ließ sich auf ihn fallen und lauschte an seiner behaarten Brust nach dem Pochen seines Herzens.

»Geht, geht!« hauchte sie nahezu tonlos.

»Ich verlasse Euch nicht!« murmelte der Taxiarchos gerührt.

Nach der glorreichen Schlacht von Pantokratos hielt der siegreiche Trencavel Heerschau. Die eigenen Verluste waren gering. Einige der deutschen Ritter hatten beim Scharmützel am Brunnenturm ihr Leben gelassen; einer hatte sich beim Herabritt den Hals gebrochen; zwei Armbrustiers hatte es auf den Mauern der Zitadelle erwischt. Roç war in Hochstimmung und gewillt, dem Herrn Ugo in seinem Castel Maugriffe einen heimlichen Besuch abzustatten, schon um die dort angeblich schmachtenden Gefangenen nicht zu gefährden. Was ihn wurmte – es hätte ihn stutzig machen sollen! – war, daß die Bewohner des befreiten Ortes keinerlei Freude, geschweige denn Dankbarkeit zeigten. Sie verhielten sich weiterhin abweisend und schienen bedrückt. Roç ließ sich den Zaprota kommen, den er sowieso zur Rede stellen wollte, doch Mas bat, das Verhör übernehmen zu dürfen.

»Ihr knabbert gern Sonnenblumenkerne und frische Oliven?« eröffnete der Morency freundlich das Gespräch, das er erst einmal allein bestritt, denn der Alte schwieg verstockt. »Das ist ja auch wohl das einzige Rezept, Euren ungenießbaren Käse herunterzuwürgen –«

Das ging dem Mann aus Korfu nun gegen die Ehre seiner Insel.

Er wies die Unterstellung zurück. »Unsere schwarzen Oliven können sich mit Euren grünen Bohnen allemal messen! Und unser Käse schmeckt mir nun mal mit diesen Zutaten am köstlichsten!«

»Das konnte man sehen!« frohlockte Mas. »Oben auf dem Turm, beim Herbeirufen des Despotikos durch den Signalspiegel, habt Ihr reichlich abgekaute Kerne und leere Schalen ausgespuckt!«

»Ich weiß gar nicht, wie man Nachrichten sendet!« verteidigte sich der Älteste erschrocken.

»Aber wie man rohe Vogeleier mit dem Messer köpft und ausschlürft, das habt Ihr wohl bei anderer Gelegenheit geübt?«

»Das war nicht ich!«

»Macht nichts«, tröstete ihn der Morency, »die Nachricht erreichte den Empfänger, und der traf ja dann auch pünktlich ein.«

»Mit dem einzigen Pech«, unterbrach hier eifrig der dicke Pons, »daß wir aus purem Zufall den Maulwurfsgang versperrten, sonst wäre es den Templern in der Zitadelle ergangen wie ihren ahnungslosen Vorgängern, die sich dort sicher wähnten, in Wirklichkeit aber in der Falle saßen.«

»Ich weiß nicht, wovon Ihr sprecht, junger Herr«, erwiderte fahrig Zaprota, »ich hoffe nur, daß Ihr begriffen habt, daß Ihr hier nicht willkommen seid und schleunigst Euer Schiff besteigen und davonsegeln solltet.«

»Ah!« rief Dietrich. »Ist das der Dank für unser Mühen?«

Der Alte antwortete nicht, und Roç beschloß, ihn zurückzusenden, allerdings in die strenge Obhut der Garnison, die er allen ungeklärten Umständen zum Trotz in die Zitadelle legen wollte.

»Ihr Herr Dietrich haftet mir dafür, daß unser lieber Freund« – er schenkte Zaprota ein freundliches Lächeln, das wenig Gutes verhieß – »keine Gelegenheit mehr findet, gegen uns zu konspirieren!«

»Ansonsten weiß er, wo er seinen Kopf zu suchen hat!« bestätigte der blonde Deutsche den Auftrag. »Wir, die deutschen Ritter, besetzen die Zitadelle.«

Er ließ den Alten abführen.

»Ich werde eine kleine Expedition unternehmen«, eröffnete Roç seinen Mitstreitern, »begleitet nur von meinen trefflichen Okzitaniern und dem Feuerteufel. Wo steckt der eigentlich?«

Erst jetzt fiel allen auf, daß sie Mahmoud seit seinem Feuerzauber in der Zitadelle nicht mehr gesehen hatten.

»Der wird aufs Schiff zurückgekehrt sein.«

»Nein«, erklärte Beni, »dort ist er nicht.«

»Vielleicht betätigt er sich als Maulwurf«, vermutete Pons, »und klärt mal endlich auf, was sich da unter der Erde zwischen Pantokratos und seinem Brünnlein alles tut – womöglich eine vergessene Tempelanlage aus grauer Vorzeit.«

»Die Stadt Troia gar«, spottete Mas, »oder eine geheimnisvolle Kultstätte der blutrünstigen Göttin Ishtar. Sie ist es in Wahrheit, der die Köpfe als Opfer dargebracht werden. Hüte dich, lieber Pons, kleine Dicke werden bei sakralen Riten bevorzugt!«

»Und der Zaprota ist ihr Oberster Priester!« schloß Dietrich. »Ihn hätten wir nach dem Verbleib von Mahmoud fragen sollen!«

»Für mich hat der Alte allen Grund, uns loswerden zu wollen«, meldete sich Simon zu Wort. »Wahrscheinlich lauern hier immer noch Gefahren, von denen er nicht reden mag. Ugo könnte heimlich zurückkehren und sich rächen.«

»Dem will ich zuvorkommen«, bekräftigte Roç seine Absichten. »Ich will ihn in seiner Höhle Maugriffe ausräuchern.«

»Wie immer laßt Ihr Euch, einmal vom Wahn befallen, nicht mehr von Euren Vorstellungen abbringen, Trencavel!«

Roç wollte widersprechen, aber der Templer ließ ihn nicht zu Wort kommen.

»Da die Triëre also in absehbarer Zeit nicht die gelobte Reise nach Jerusalem antreten wird, bleibt mir und meinen Brüdern nichts anderes, als auf die Jungfrau Maria zu hoffen, daß sie uns ein Schifflein schickt, das uns ins Heilige Land führt!«

»Wie rührend«, erwiderte Roç. »Ihr habt wohl vergessen, was Euch dort erwartet: das Hochgericht Eures Ordens, das Eure Nachgiebigkeit gegenüber einem wie dem Taxiarchos bestrafen wird – und auch die Tatsache, daß Ihr noch lebt, obwohl Ihr dem Tempel Gehorsam bis in den Tod gelobt!«

»Den kann ich nachholen«, sagte Simon gepreßt.

»Versucht lieber, die ›Atalanta‹ einzuholen!« schlug Dietrich vor. »Die ist Eurem Orden mehr wert als Euer Leben!«

»Deswegen werde ich mit meinen Brüdern hier am Turm wachen, bis wir eine Schiffspassage gefunden haben.«

»Bis dahin bin ich längst zurück«, tröstete ihn Roç. »Laßt mich jetzt keine weitere Zeit verlieren!« Ihm fiel auf, daß seine drei Okzitanier beiseite standen und keineswegs frohgemute Aufbruchsstimmung ausstrahlten. Raoul trat vor.

»Als wir Otranto hinter uns gelassen hatten, habt Ihr, Trencavel, verkündet, von dem griechischen Abenteuer Abstand zu nehmen. Wo befinden wir uns jetzt? Doch wohl im Land der Griechen! Zwar nicht mittendrin, aber mir reicht schon der Anfang. Wir stecken bereits bis zur Halskrause in ihren Scheißzwistigkeiten! Wir haben uns eingemischt, uns wacker geschlagen und gesiegt. Hieße es nicht, die Göttin des Glücks herauszufordern, wenn wir uns jetzt noch tiefer in die Familiengespinste dieser treulosen, betrügerischen hellenischen Sippschaft verstrickten? Warum wollt Ihr im Netz einer mörderischen Spinne zappeln?«

Roç hatte ihn ausreden lassen. Er schätzte Raoul, dem er manchmal seine gewinnende Art neidete, der Frauen verfielen und Männer sich fügten, weil er die strahlende Sonne verkörperte, der geborene Anführer war. Doch hier mußte er, der Trencavel, sich durchsetzen! Er konnte ihnen nicht erklären, daß es ihm nicht auf das Erreichen des Ziels ankam, daß es galt, seinen Weg zu gehen, einen Weg, der sich aus seinen Visionen immer neu ergab und aus den Lehren, die ihm die unsichtbare Macht erteilte, die über ihn wachte und sein Schicksal zu bestimmen suchte. Es gab keinen triftigen Grund, sich auf das griechische Abenteuer einzulassen. Er hatte versucht, dem zu entgehen. Und wo stand er jetzt? Doch mittendrin.

»Ihr habt völlig recht, meine Freunde«, antwortete er, an alle gerichtet. »Es gibt keinen triftigen Grund, so zu handeln. Es ist meine Vorstellung von einem ritterlichen Leben. Ihr entspringt mein Wunsch, mich in Gefahr zu begeben und sie zu bestehen. Wer mir folgen will, muß von dem gleichen Verlangen beseelt sein.«

Da trat Raoul noch einen Schritt auf Roç zu und stellte sich stumm an seine Seite.

»Man hat sonst ja nichts vom Leben«, nörgelte Mas und folgte seinem Kumpanen. Pons sah sich allein gelassen. »Was seid Ihr schon ohne meines Vaters Sohn!« sprach er tapfer und vollzog den Schritt zur okzitanischen Ritterrunde.

»Ich hätt' nicht übel Lust, mich Euch anzuschließen!« Dietrich grinste, doch Roç wies ihn zurück.

»Ihr wißt, wie sehr ich Eure starke Hand, Euer kühnes Herz und Euren klaren Verstand schätze und wie gern ich Euch an meiner Seite wüßte. Doch muß einer von uns bleiben, der hier derweil die Befehlsgewalt auszuüben vermag. Da Herr Simon sich bereits im voraus von uns verabschiedet hat, sehe ich keinen, der fähiger wäre als Ihr, Dietrich von Röpkenstein.« Er umarmte den Deutschen, länger als ein flüchtiger Abschied zwischen Freunden gemeinhin in Anspruch nimmt. »Euch in meinem Rücken zu wissen«, sagte er leise »ist fast, als zöget Ihr an meiner Seite in die Ungewißheit des Abenteuers!«

»Und ich?« Damit meldete sich Beni zu Wort und baute sich fordernd vor dem Trencavel auf.

»Euch übertrage ich den Ausguck auf diesem Turm, als Wächter des Spiegels«, beschied Roç seinen jungen Secretarius. »Eure Aufgabe ist es auch, zwischen der Triëre da unten und der Zitadelle da oben mit Signalen Kontakt zu halten. Das ist sehr wichtig!«

Damit gab sich Beni zufrieden. Stolz strahlte er die Potkaxl an, dann faßte er sich ein Herz und zog den Trencavel zur Seite.

»Nachdem Herr Gosset, Euer Berater, Euch verlassen hat, erlaube ich mir, auf die bisher von ihm gehütete Truhe hinzuweisen, die Eure Kriegskasse enthält«, flüsterte er eifrig auf Roç ein. »Da Ihr mich zum Wächter des Spiegels bestimmt habt, und wir« – er schloß die Potkaxl mit ein – »also hier unser Quartier nehmen, fände ich es richtig, daß die Truhe auch hierher gebracht wird, damit sie unter meinem Schutz steht.«

Roç lächelte.

»Das ist richtig«, gab er, in Benis Flüsterton verfallend, zur Antwort. »Laßt sie von den Moriskos heraufbringen. Paßt sie nicht über die enge Wendeltreppe, zieht sie an Seilen hoch. Und laßt Euch etwas einfallen, das den Zugang nach oben auf die Plattform wirksam verbarrikadiert, falls jemand sich Eurer und der Kiste bemächtigen will!«

Beni nickte voller Eifer und lief gleich los. Roç gab seinen drei Gefährten ein Zeichen, und sie stiegen auf.

»Der kleine Feuerteufel wird uns fehlen.« Pons versuchte dem Schicksal noch in die Speichen zu greifen, doch Roç hörte nicht hin.

»Wenn wir in zweimal drei Tagen nicht zurück sind«, wandte er sich an den Templer, »dann räumt sofort die Zitadelle und versucht mit Hilfe des Spiegels, mit dem Hafsiden Verbindung aufzunehmen oder Gosset zu erreichen. Ansonsten grüßt mir mein Wittib Yeza. Mein letzter Gedanke gehört ihr!«

»Darüber wollt Ihr doch bitte zweimal drei Monde verstreichen lassen, lieber Trencavel. Soviel Zeit müßt Ihr mir und Herrn Dietrich einräumen, Euch zu suchen!«

Auch Simon reckte sich jetzt hoch und küßte den scheidenden Ritter. Roç winkte allen zu, und der kleine Trupp setzte sich in Trab.

Nach so manchen heißen Tagen und kalten Nächten, deren Stunden immer kürzer wurden, erstreckte sich schließlich das Nildelta vor ihren Augen wie eine offen hingestreckte Hand, von Adern durchzogen, die am Ringfinger als einzigen, kostbaren Schmuck eine Perle trug: Alexandria.

Yeza fand den Taxiarchos in seinem Zelt. Er saß gebeugt, den Kopf zwischen den Händen vergraben. Sie legte ihm sanft die Hand in den Nacken.

»Wir haben der Abschiede viele begangen und auf so manche Weise, um das Scheiden der Lust zu leben zuzuweisen und nicht dem vorweggenommenen Sterben. Jetzt ist der Augenblick gekommen, und wir wollen der Trauer verwehren, die Freude zu schmälern, die wir aneinander hatten, lieber Freund.« Sie griff ihm spielerisch in das drahtige Haar, ein paar gekräuselte Locken zeigten das erste Grau. »Kommt und helft mein Anlanden schnell hinter uns zu bringen, die Moriskos sollen meine geringe Habe ans Ufer tragen.« Sie wies auf die Küste. »Dorthin, wo nur noch ein Haufen zyklopischer Quader an das nützlichste aller sieben Wunder der Welt erinnert, den über hundert Meter hohen ›Pharos‹!«

Der Taxiarchos hatte sich lächelnd erhoben.

»Ich sehe, Prinzessin, Euer klarer Geist hat sich schon Neuem zugewandt, ist bereits eingetaucht in diesen einzigartigen Ort, an dem die glorreiche Geschichte und das alte Wissen Ägyptens sich mit der Sophia der Griechen vermählte. Ich beneide Euch, Yeza.« Er umarmte sie, hielt sie lange in seinen ausgestreckten Armen, als wolle er sich ihr Bild für immer einprägen, doch dann küßte er sie nur auf die Stirn. »Wie gern würde ich Euch die Stadt des großen Ptolomäus zeigen!«

»Ihr folgt seinen Spuren als würdiger Sohn!« Yeza lächelte ihn an. »Taxiarchos, der Entdecker der neuen Welt!« Sie löste sich aus seinem Griff. »Seid stolz darauf, wie er Grieche zu sein!«

Die ›Atalanta‹ hatte sich inzwischen dem wüsten Strand neben dem neuen Alexandria soweit genähert, daß riesige, behauene Steinblöcke und zersprungene Marmorsäulen warnend aus der Brandung ragten. Der Taxiarchos ließ den Anker werfen und das Beiboot mit den Lancelotti besetzen, darauf hatten sie bestanden. Als alle Ballen, Kasten und Kisten verladen waren, ließen sich Kefir und Jordi an Seilen hinab. Yeza war die letzte, die von Bord ging. Sie drehte sich nicht noch einmal um. Die Lancelotti legten sich in die Riemen, und das kleine Boot fand geschickt den Weg durch die Wellen. Yeza konnte nicht anders. Ihr Blick ging nun doch noch einmal zurück zur ›Atalanta‹. Dort stand der Taxiarchos auf dem Heck und sah ihr nach. »Gib Gott, daß er die ›Fernen Inseln‹ erreicht und glücklich wird«, flüsterte sie leise. Sie kämpfte mit sich, ihm nicht mehr zu winken. Ihr war elend zumute. Wie gern hätte sie jetzt geweint!

Das Knirschen des Kiels im Ufergeröll beendete Zweifel und Not. Yeza sprang als erste in das Wasser und watete durch das kühle Naß an Land. Hinter ihr sorgte Jordi für das Ausladen. Hilfsbereite, dunkelhäutige Knaben boten sich lärmend als Träger an. Kefir ließ alles am Fuß des Gemäuers stapeln, das einst den Sockel des gewaltigen Leuchtturms gebildet hatte. Das Scheppern der Sensenblätter zwang Yeza zu einem Blick zurück. Die treuen Lancelotti hatten ihre Ruder hochgestellt, und ihr Boot schaukelte in der Brandung. Die ›Atalanta‹ hatte alles Tuch gesetzt und war bereits weit davongesegelt. Yeza sah dem stolzen Schiff lange nach. Das war also der letzte Gruß des Taxiarchos an sie gewesen: Er hatte zu ihrem Schutz und Glück auf die tüchtigen und erfahrenen Lancelotti verzichtet und sie ihr belassen. Immer kleiner wurden die geblähten Segel, der hohe Rumpf des Seglers war schon hinter dem Horizont entschwunden Nur die Mastspitzen ragten noch auf, bis dann auch sie sich Yezas Blicken entzogen.

Der Rote Falke kannte – als Emir Fassr ed-Din Octay, Sohn des unvergessenen Großwesirs Fakr ed-Din – den Sultanspalast von Kairo in jedem Winkel, ganz besonders jedoch den endlosen, breiten Korridor, der durch die Hallen bis vor den Thron des Herrschers führte. Der Besucher durchmaß, stets in wechselnder Begleitung, wechselnde Machtbereiche – angefangen von den Wach- und Botendiensten, über die des Obersten Kämmerers, der Haushofmeisterei, der verschiedenen Sekretariate bis zum Zeremonienmeister und der jedermann nach Waffen abtastenden Garde, die als Leibwachen den innersten Ring um den Sultan bildeten. Der Rote Falke war eine bekannte Persönlichkeit, der Freund und Berater des jungen Nur ed-Din Ali, obwohl er nicht in die Fußstapfen seines Vaters getreten war und den Titel, aber auch die Bürde eines Wesirs nicht angenommen hatte.

Er war daher gewohnt, einigermaßen unbehelligt durch die sich öffnenden und schließenden Flügeltüren der Säle zu schreiten, doch diesmal fiel ihm die Leere der Räume auf, in der sich sonst Höflinge und Bittsteller drängten, zahlreiche Gesandte um Audienz ersuchten und Militärs, fast ausschließlich Mamelukenemire, sich wichtig gaben. Heute waren die Kontrollen von größter Gleichgültigkeit. Lustlos wurde der Emir weitergereicht, als wäre das erklärte Ziel seines Besuches nicht der Oberste Herrscher aller Gläubigen, sondern ein Provinzkadi. Fassr ed Din Octay hätte ohne weiteres mit einem versteckten Dolch im Gewande vor den Knaben Ali treten können, der einsam und verloren in dem mächtigen Gehäuse hockte, das den kostbaren Sultansthron darstellte.

Der Sohn Aibeks füllt den Thron nicht aus. Das kam dem Emir nicht zum ersten Mal in den Sinn, und er ertappte sich dabei, daß er seine Verneigung nur flüchtig ausführte. Er gab dem Herrscher einen Wink wie einem Schüler, er möge zu ihm herabsteigen und ans Fenster treten. Dies nicht einmal aus Mißachtung, sondern weil der

Rote Falke wußte, daß der teure Ohrensessel aus Marmor, Ebenholz, Gold und Elfenbein, jedes auch noch so leise geflüsterte Wort weiterleitete.

Ali dachte sich auch nichts dabei zu gehorchen, so sehr freute er sich über den Besuch des Emirs. Der Rote Falke faßte sich kurz.

»Mich ruft eine Pflicht nach Alexandria, die nichts mit meinem Dienst für Euch zu tun hat, Majestät.«

»Ah«, sagte Ali, und seine Augen leuchteten. »Ich wette, der Hüter der Kinder des Gral ist gefragt?«

»Das sind schon lange keine Kinder mehr«, entgegnete der Rote Falke amüsiert, »aber Ihr habt recht: Yeza Esclarmunde ist plötzlich dort eingetroffen – ganz allein!«

»Dann ist es Eure Pflicht, zu ihr zu eilen! Ich gebe Euch nicht nur den Urlaub, sondern wünsche, daß Ihr der Prinzessin meine Verehrung übermittelt. Seht nur –« Plötzlich ganz Knabe, der Mißmut war wie weggefegt, lief der junge Sultan zu seinem Thronkasten zurück, wühlte unter den Samtkissen und brachte ein Holztäfelchen zum Vorschein, das er, an seine linke Brust gepreßt, eiligst zum Emir trug. Die Miniatur zeigte das Bildnis Yezas. Der Rote Falke betrachtete es nicht lange.

»Woher habt Ihr das?« fragte er scharf.

»Ein – inoffizielles – Geschenk der venezianischen Handelsdelegation, die kürzlich – Wieso? Schaut die Prinzessin ihrem Bild nicht gleich? Ihr sahet sie doch in Palermo?«

Ali schien verliebter als besorgt, und der Emir bedachte die Gerüchte, die über das Verhältnis des jungen Sultans zu Madulain, seinem, des Roten Falken, eigenen Eheweib, im Umlauf waren. »Nein, nein!« beruhigte er seinen Herrscher. »Die Tochter des Gral ist wohl noch schöner erblüht, seit dieses Porträt erstellt wurde!«

»Dann bringt sie bitte her, ihr will ich Kairo, ganz Ägypten zu Füßen legen!«

Der Emir legte Ali die Hand auf die Schulter und zog ihn näher zu sich, um nicht so laut reden zu müssen. »Der Grund, aus dem ich Euch aufsuche, hat mit Ägypten und Kairo zu tun. Man kann nur etwas zu Füßen legen, das man in Händen hält. Ich mache mir Sorgen um Euch, ich fahre mit denkbar schlechtem Gewissen –«

»Ihr habt Angst, ich würde mit dem Ehrgeiz des Saif ed-Din Qutuz nicht fertig?«

»Seit Ihr auf diesem Thron sitzt, Ali, haben Freunde Eures Vaters jedes Ungemach von Euch ferngehalten, so daß Ihr nie die völlig gefühllose, eiskalte Berechnung und die Härte der Mameluken zu spüren bekamt. Die Zeiten haben sich geändert. Von Osten droht mit den Mongolen eine Gefahr, der viele Eurer Emire energischer entgegentreten wollen. Ihnen könnte Qutuz als der geeignetere Herrscher erscheinen –«

Ali war betroffen über die Worte seines Freundes.

»Denkt Ihr auch so?« fragte er mißtrauisch und beleidigt.

»Wenn ich es täte, säßet Ihr schon nicht mehr hier. Aber inzwischen ist Baibars zurück, der vor Eurem Vater nach Damaskus geflohen war. Machen wir uns nichts vor! Er hält in dieser Stadt die geheime Macht in den Händen –«

»Was soll ich tun?« Ali war jetzt sehr kleinlaut.

»Beweist dem Bogenschützen, daß Ihr mit Eurer herrscherlichen Gewalt umzugehen wißt: Entledigt Euch des machtgierigen Qutuz, und das sofort! Der morgige Tag könnte schon nicht mehr der Eure sein!«

»Seinen Kopf?«

»Oder der Eure, Ali!« flüsterte der Rote Falke heiser. »Verfügt über die Beduinen meines Vaters, bevor Euer Gegenspieler seine Bahriten aus den Kasernen am Nil einmarschieren läßt, zwingt Baibars und seine ›Kämmerer‹, die Gamdariten, auf Eure Seite. Laßt ihn wissen, sein Sohn Mahmoud sei wohlbehalten bei Shirat, der Gräfin von Otranto, und unter dem Schutz meiner Freunde von der Prieuré.«

»Wer ist diese ›Prieuré‹?«

»Die Hüter des Gral!« Der Rote Falke schenkte ihm ein aufmunterndes Lächeln. »Die mächtigste Geheimgesellschaft des Abendlandes, ihren Befehlen folgen die Templer und die Assassinen, und ihr gehorche auch ich.« Er umarmte den jungen Sultan und küßte ihn auf beide Wangen und auf den Mund. »Deshalb muß ich Euch jetzt verlassen. Ich hoffe, Euch hier wiederzusehen!« Energischen Schrittes verließ der Emir den Thronsaal.

DAS BÖSE AUF MAUGRIFFE

Der kleine Trupp, Roç und die drei Okzitanier, trabte in die von dem alten Zaprota angegebene Richtung, in der das Castel Maugriffe liegen sollte. Sie führten nur ein Packpferd mit sich, so daß sie schnell vorwärtskamen, obgleich Roç nicht hoffen konnte, noch vor Anbruch der Dunkelheit dort einzutreffen. Auf keinen Fall wollte er die Burg tief in der Nacht, zur Schlafenszeit, erreichen. Ein so später Besuch hätte zuviel des Aufsehens erregt und war damit genauso ungeeignet wie eine Ankunft am frühen Morgen, wo der unerwartete Gast den ganzen lieben langen Tag über Gegenstand der Neugierde und peinvoller Überlegungen gewesen wäre, was nur mit ihm anzustellen sei. Vielleicht war es am besten, sie würden auftauchen, nachdem das Abendessen abgetragen war und der Herr des Castels sich schon zur Ruhe begeben hatte. Das würde Roç ersparen, ihm sogleich die Aufwartung machen zu müssen, denn schließlich hatten sie sich bei ihrem kurzen Schlagabtausch Auge in Auge gegenübergestanden, und es war nicht anzunehmen, daß Herr Ugo diese Schmach vergessen hatte.

Roç hatte keinen schlüssigen Plan, wie er – einmal vor Maugriffe angekommen – sich dort Einlaß verschaffen sollte. Durch heimliches Eindringen oder forsches Auftreten? Wichtig erschien ihm nur, nicht in die Hände der Türwächter zu fallen, sondern den Bastard selbst zur Rede zu stellen und in die Verantwortung zu zwingen. Roç bog zum Erstaunen seiner Gefährten vom Weg ab und hielt auf ein Wäldchen zu.

»Wir ziehen uns um«, gab er als knappe Erklärung. »Als maurische Prinzen geraten wir nicht in den Verdacht, zu Manfreds ungeliebten Vierhundert zu gehören.«

»Eine völlig unauffällige Kostümierung!« bemerkte Mas, als sie im Schutz der Bäume hielten. »Wie wollt Ihr Euch nennen, Ali Baba oder Harun ar-Rashid der Jüngere?«

Roç war schon abgesprungen und löste die Packen vom Tragpferd.

»Fassr ed-Din Octay!« erwiderte er nach kurzer Überlegung. »Der Rote Falke.«

»Den Namen hab' ich schon mal gehört«, sagte Pons mit wenig Überzeugung, »und wir?«

»Denk dir was aus«, schlug Raoul vor. »Sindbad oder auch Aladin passen nicht schlecht.«

»Je länger, desto besser!« rief Mas und lachte, als sich der dicke Pons jetzt einen Turban überstülpte. »Denk an Beni, den *filius* unseres Wesirs, Kadr ibn Kefir ad-Din Malik Alhakim!«

»Das kann ich mir nicht merken!« jammerte Pons.

»Mach es wie ich!« schlug ihm Roç vor. »Ein Tuch vors Gesicht, daß gerade noch die Augen herausschauen!«

Castel Maugriffe erhob sich schwarz auf spitzen Felsen gegen die Nacht. Es lag hoch über dem Meer, was erklärte, wieso Ugo d'Arcady mit seinen Reitern den Strand entlanggeritten war. Der Weg war sicher erheblich kürzer. Daß Roç und seine Begleiter die düstere Burg dennoch mit allen Türmen, Mauern und Zinnen in aller Schärfe erkennen konnten, lag nicht einmal an dem silbrigen Mondlicht allein, das über das Wasser seine schimmrige Bahn nahm und jedes Eck, jedes Wehr in fahles Licht oder harten Schatten tauchte, sondern an unzähligen Fackeln, die überall in den Ringen steckten und Maugriffe wie aufgespießte Glühwürmchen einen höllischen Anblick verliehen. Ein Fest war im Gange, und noch immer strömten Geladene durch das offene Tor.

»Wir sind auch Abgesandte des Sultans!« sprach Raoul mit belegter Stimme, als sie auf die prächtig gekleideten Wächter zuritten.

»Willkommen, die edlen Herren!« rief der Majordomus. »Graf Ugo, der großmächtige Despotikos, erwartet Euch schon!«

Die Diener fielen den Pferden in die Zügel, waren beim Absteigen behilflich und geleiteten die Neuankömmlinge über die hell erleuchtete Freitreppe, auf der ein halbes Heer Spalier stand, sogleich in den großen Festsaal. Lang waren die Tische mit den Tafelnden. In der Mitte erhöht, thronte Herr Ugo, und über seinem Haupt schwebte, ins Riesenhafte vergrößert, eine Greifenklaue, sein Wappen. Sein Wahlspruch ›Tant mieux je griffe, tant pis‹ stand an der Wand. Roç hoffte, am Ende der Tafel Platz nehmen zu können. Doch neben dem Despotikos waren Stühle freigehalten, und genau dorthin wurde er geführt. Zu allem Überfluß erhob sich Ugo auch noch, ihn zu begrüßen. Es wurde so still im Saal, daß Roç das achtungsvolle Wispern »Der Rote Falke!« nicht entging. Raoul raffte sich auf und verkündete: »Der Emir Fassr ed-Din Octay –«

Weiter kam er nicht, denn der Despotikos lachte schallend.

»Euer Auftritt bereichert mein Fest. Euer Kommen habe ich sehnlichst erwartet, Roç Trencavel du Haut-Ségur, Sohn und König des Gral!« Er senkte seine Stimme ins Vertrauliche, während er beide Hände langsam von Roçs Schultern nahm und ihn zum Sitzen nötigte. »So daß ich auch keine Scham empfinde, mich glücklich Eurer Klinge entzogen zu haben!« Er wandte sich jetzt auch an Raoul und die anderen und rief stolz wie ein Herold: »Echte Söhne Okzitaniens wissen, wie man Feste feiert! Willkommen auf Maugriffe! Raoul de Belgrave, Mas de Morency, Pons de Levis, Graf von Mirepoix!«

Die drei nahmen geehrt ihre Plätze ein, aber Roç war stehen geblieben. Er wies desgleichen den gereichten Pokal zurück. »Wir sind gekommen, Ugo d'Arcady, um die Freilassung –«

Schon hier unterbrach ihn der Despotikos, immer noch gut gelaunt.

»Es gibt keine Gefangenen auf Maugriffe, nur liebe Gäste!« Er wies auf die im Saal Sitzenden, die seine Worte mit Beifall bedachten. »Überzeugt Euch selbst!«

»Wie?« rief Roç, daß jeder es hören sollte »Ihr habt sie alle –«

Das »umgebracht« ging unter im Gelächter, aber auch in Protestpfiffen des Saals.

Der Despotikos ließ sich nicht beirren, seine Grausamkeit und sein heiteres Gemüt waren untrennbar.

»Alle?« wiederholte Roç angewidert.

»Wie ihnen bestimmt –« Ugo nahm dankbar das Stichwort auf. »In den Kampf gegen Nikäa –!«

Diesmal wurde ihm das »geschickt« vom prasselnden Applaus weggeschnitten, doch Roç hatte es gehört.

»Wie soll ich Euch glauben?«

»Trinkt erst mal mit mir!« Ugo hielt ihm den Pokal nun selber hin und ließ sich auch nicht abweisen. »Dann zieht Euer treffliches Schwert und setzt mir die Spitze zwischen die Schulterblätter«, rief er voller Pathos. »Eurer Ungnade ausgeliefert, führe ich Euch persönlich in jedes Verlies, das Ihr zu sehen wünscht.«

Er hob seinen eigenen Becher, so daß Roç ihm zutrinken mußte. »Wittert Ihr, edler Trencavel, Falsch oder Verrat, stoßt zu!«

Roç rettete sich aus der Beschämung in den Scherz. »Diesen Gang durch Maugriffe machen wir morgen.« Er gab sich Mühe, locker zu klingen, und hatte auch die Lacher auf seiner Seite, als er hinzufügte: »Ich hoffe, Ihr laßt mich nicht stolpern!«

Ugo war's zufrieden.

»Morgen beginnt das große Fest erst richtig«, eröffnete er dem Gast. »Das Eintreffen der Braut! Die einzig schöne Elena, taufrische Rosenknospe von Epiros, wird vom Herzog Lancia, dem Fürsten von Salern, hier abgeholt, und dann begibt sie sich unter seiner Obhut nach Sizilien.«

»Wie?« sagte Roç. »Ihr habt die Fehde mit König Manfred wirklich beendet?«

»Wir sind Bundesgenossen!« erklärte der Despotikos grinsend. »Mein Herr Vater, der Villehardouin, Fürst von Achaia, hat sich der Allianz gegen Nikäa angeschlossen!«

»Darauf laßt uns trinken!« rief Pons erleichtert, der die bisherige Auseinandersetzung mit Angstschweiß verfolgt hatte. Der Despotikos ließ noch einmal die Becher füllen, dann hob er die Tafel auf.

»Ihr habt einen anstrengenden Tag hinter Euch, Trencavel – und mich ruft früh die Pflicht!«

Damit verabschiedete er sich, und der Majordomus geleitete den Trencavel und seine Gefährten in einen großen Raum, in dessen Mitte ein königliches Bett samt Baldachin stand, umrahmt von drei weiteren Ruhelagern.

»Mein Herr wünscht eine angenehme Nachtruhe!« Der dienstbare Geist verneigte sich und zog sich zurück.

»In dem Bett würde ich mich nicht zur Ruhe legen.« Mas hatte mit seinem Talglicht erst unter das Bett geleuchtet. Danach waren seine Augen zur Decke empor gewandert, wo ein schmiedeeiserner Kronleuchter genau darüber hing. »Wenn der herabstürzt, ist Euch der Weg zur Hölle zwar reichlich in Licht gesetzt, aber –«

»Aber«, sagte Roç, der niedergekniet war und den Boden aus Edelholz untersuchte, »aber macht es für den Teufel Sinn, wenn seine Gäste als zermanschte Haufen eintreffen?«

Er zog seinen Dolch und fuhr eine feine Ritze entlang, die durch Intarsien geschickt verborgen war, sie lief diagonal durch das Zimmer, und zwar von jeder Ecke aus, wie Mas schnell feststellte. »Eine einzige Falltür, eine Rutsche ins Fegefeuer!«

»Also«, bestimmte Roç, »nehmt die Kissen und Decken an Euch.« Er sah sich prüfend in dem Raum um. »Raoul bezieht die marmorne Türschwelle, Mas die Fensterbank und Pons« – er öffnete eine niedrige Tür in der Außenwand –, »Pons bettet sich im geheimen Örtlein, das hat der Teufel ausgespart, weil es sich in den Burggraben entleert.«

»Da stinkt es!« protestierte der Dicke.

»Daran ist noch keiner gestorben«, tröstete ihn Mas, und Roç setzte hinzu: »Und es sitzt fest und sicher im Mauerwerk.«

»Und Ihr, Trencavel?« erkundigte sich Raoul besorgt.

»Ich gehe in diesen Schrank.« Er drückte eine Holzwand zur Seite. »Aha«, entfuhr es ihm, »das ist auch der Weg, den wir nehmen werden, wenn wir morgen früh noch leben und die Tür, durch die wir gekommen sind, verriegelt sein wird.«

Er leuchtete in das dunkle Loch, das sich hinter dem Schrank auftat. Ein leiser Luftzug ließ die Flamme seiner Kerze flackern.

»Die Tür ist jetzt schon von außen verschlossen!« verkündete Raoul, der sich auf der Schwelle mit Decken und Kissen sein Lager richtete.

»Jetzt pinkelt jeder noch mal in Pons' Bett!« rief Mas vergnüglich. »Danach ist das Betreten des Bodens allen untersagt. Wer weiß, wann es dem Teufel gefällt, uns zu sich zu bitten!«

»Ich wette, er läßt uns erst mal schmoren und schickt uns schlechte Träume, bevor er uns sein wahres Gesicht zeigt!«

Raoul hatte sich mit allem abgefunden und klopfte Pons beschwichtigend auf die Schulter, nachdem er sein Geschäft verrichtet hatte. Hinter ihm ließ schon Mas seine Hosen runter.

»Wenn du scheißen mußt«, schrie Pons, »dann schlafe ich auf deiner Fensterbank und du in deinem eigenen Schwefelgestank!«

»Gewöhn' deine gräfliche Nase beizeiten an den Ort, der uns erwartet«, beschied ihn Mas, brachte aber nur seinen Schwanz in Stellung und pißte zielgerecht durch das Loch des Aborts. Nun bezog Pons sein Quartier und schloß sich vernehmbar darin ein. Roç löschte als letzter sein Licht.

Der stattliche Landsitz des früheren Großwesirs lag nahe der Ortschaft Gizeh in Sichtweite der großen Cheopspyramide. Die Frau des Hausherrn hatte es sich zur Angewohnheit gemacht, bei jeder Reise, die ihren vielbeschäftigten Gatten von der nahen Hauptstadt entfernte, die Wachen zu verdoppeln. Sie erteilte den auf den Ländereien verteilt zeltenden Beduinen den Befehl, die Hälfte ihrer Krieger als Sicherheitskordon um das Herrenhaus zu legen. In dieser Nacht war Madulain lange wach geblieben, denn auf Wunsch des Roten Falken hatte sie die meisten Männer nach Kairo geschickt, um den Sultan in seinem Palast zu schützen. Als gebürtige Prinzessin der Saratz kannte Madulain keine Angst, aber sie wußte sehr wohl um die Gefahren, die bei Aufruhr und Revolten blitzschnell entstanden, wie Windtromben auf dem glatten Meer. Hatte man auf das falsche Pferd gesetzt, entlud sich die Rache der Sieger auf die Parteigänger des Verlierers. Der Rote Falke hatte eigentlich nie auf der Seite der Macht im Staate gestanden, seit sich die Mameluken unter Baibars an die Regierung geputscht hatten. Und daß er heute versuchte, den jungen Ali auf dem Thron zu halten, erschien Madulain als ein Schachzug, der zu spät kam. Der Rote Falke hätte längst als Wesir dafür sorgen können, daß der Sohn Aibeks Befehle unterzeichnete, die für Ruhe und Ordnung unter den Mamelukenemiren gesorgt hätten, selbst wenn dafür einige Köpfe gerollt wären. Aber die Familie des Großwesirs war selbst mamelukischer Herkunft. Und so drückte sich der Herr vor solch unbequemer Entscheidung. Er begab sich lieber auf abenteuerliche Missionen in ferne Länder jenseits des Meeres – schließlich gab es ja noch den Prinzen Konstanz von Selinunt, sein oft bis zum Exzeß ausgelebtes Alter ego, »den Emir, den Kaiser Friedrich mit eigener Hand zum Ritter geschlagen hatte«. Das alles verbarg sich unter dem *nom de guerre* ›der Rote Falke‹, und den Mann hatte sie geheiratet! Madulain konnte nur den Kopf schütteln.

Und als hätte eine Glocke geklungen, klopfte es an die Tür ihres

Schlafgemachs, und einer von den alten Beduinen wurde gemeldet, mit Nachricht aus Kairo. Madulain empfing ihn sofort. Es war der treue Al-Khaf.

»Wir kamen zu spät, um den Thron für Sultan Ali zu retten, aber nicht zu spät, um sein Leben zu schützen. Wir bringen ihn auf Umwegen aus der Stadt hier zu Euch, denn die Jagd auf ihn ist eröffnet, und seine Familie ist nicht in der Lage, ihn aufzunehmen.«

»Da habt Ihr recht daran getan, Al-Khaf«, sagte Madulain und gab sich Mühe, den rechtschaffenen Krieger nicht durch einen falschen Ton vor den Kopf zu stoßen. »Das Haus des Sohnes des Großwesirs steht jedem Flüchtling offen. Nur wird es nicht zu lange währen, bis der neue Sultan es wissen und Alis Herausgabe erzwingen wird.«

»Wir könnten mit ihm in die Wüste reiten; dort ist es mit dem Wissen des Sultans von Kairo nicht weit her und mit seiner Macht noch viel weniger!« erwiderte der Beduine stolz.

»Laßt mich nachdenken«, beschied ihn Madulain. »Habt Dank, lieber Al-Khaf. Bis Eure Leute mit Ali eintreffen, werde ich mich entschieden haben!« Sie zog sich zurück und ließ ihre Diener und Zofen wecken. Sie sollten sofort mit dem Packen beginnen. Madulains Entscheidung stand nämlich sogleich fest. Wenn Qutuz den Thron bestieg, dann war sie keinen Tag länger vor seinen Nachstellungen sicher, zumal der Rote Falke nicht bei ihr weilte. Saif ed-Din Qutuz hatte sich ihr bei jeder Gelegenheit frech genähert, doch als Sultan wäre seine Macht schrankenlos! Sie mußte also zusammen mit Ali fliehen, was immer ihr Mann davon halten mochte. Sie hatte ihm nie von den Belästigungen erzählt, aus Sorge um ihn, nicht, um ihn zu schonen. Der Rote Falke hatte keine Hausmacht in der Hauptstadt, nur seine treuen Beduinen hier auf dem Lande. Madulain begab sich nach unten und bat die Stammesältesten zu sich, die sich schon vor dem Haus versammelt hatten.

»Ich will Krieg und Zerstörung von diesem Hause fernhalten und Euer Leben nicht in Gefahr bringen«, sprach sie fest. »Daher werde ich mit einigen wenigen von Euch und dem Sohn Aibeks durch die Wüste ans Rote Meer reiten, wo wir erst einmal in Sicherheit sind. Ob wir dann ein Schiff nehmen oder den Sinai durchqueren – *hadha bi mashiat Allah*.«

Wenngleich nicht der Älteste, sprach Al-Khaf für die Führer.

»Ihr nehmt Rücksicht auf unser Leben, das ist nicht recht von Euch. Unser Leben gehört Euch, und jeder hier schätzt sich glücklich, es geben zu dürfen. Richtig ist, daß unsere Leiber gezählt sind, und daher spricht es für Eure Weitsicht, nicht abzuwarten, bis der Feind über unsere Leichen schreitet und Euch und den Sohn des Aibeks doch ergreift. Erlaubt allerdings, daß wir die Verfolger hier so lange wie möglich binden, damit wir sicher sind, daß Ihr die Wüste erreicht habt. Dort werden so viele von uns Euch umringen, daß keiner mehr Hand an Euch zu legen vermag.«

»Ich danke Euch, Al-Khaf. Bitte bestimmt Ihr, wer mich begleitet und wer hierbleibt. Sobald der junge Sultan eintrifft, sollten wir aufbrechen.«

Sie wandte sich zum Gehen, dann fiel ihr noch etwas ein. »Benachrichtigt bitte *an-nisr al ahmar* in Alexandria, wo ich bin.«

Er wird mich zu finden wissen, dachte sie fast mit Ingrimm. Das war die Art von Abenteuer, die er liebte! Sein ganzes Leben hatte er so verbracht. Roç und Yeza hatten es – *Allah ya'allam!* – weitaus mehr bestimmt als sie, seine Frau. Seine Frau? Seine Kampfgefährtin! Eigentlich war es ihr ja auch recht so. Ein ruhiges Leben auf dem Lande war nie ihr Traum gewesen. Und Kinder bekam sie keine. Madulain hörte sich näherndes Hufgetrappel und gab Anordnung, Ali und den Ankömmlingen Erfrischungen zu reichen und auf die sofortige Weiterreise vorzubereiten. Sie wollte den Knaben, der sie heiß verehrte, ja wahrscheinlich sogar begehrte, jetzt nicht vor allen Leuten begrüßen noch ihnen die Möglichkeit geben, sich das Maul zu zerreißen, wenn sie ihn in ihren Gemächern empfing. Das hatte sie alles schon einmal durchgemacht, in jener Nacht, als sie ihn – Qutuz übertölpelnd – zum Sultan gemacht hatte. Damals hatte Ali für sie, die weitaus ältere Frau, stürmische Leidenschaft gezeigt, das einzige Mal, soweit Madulain sich erinnern konnte, daß der junge Sultan Männlichkeit bewiesen hatte und sie fast schwach geworden wäre. Sie hätte ihn als Liebhaber behalten und den Roten Falken zum Sultan küren sollen. Der Gedanke erschien der Saratz eine angemessene Wegzehrung. Vielleicht stand ihr etwas mehr bevor als nur eine Flucht durch die Wüste.

Roç und seine drei Gefährten wurden keineswegs von dem erwarteten Krachen geweckt, mit dem der Boden ihres Zimmers wie eine riesige Falltür nach unten klappte, alles mit sich reißend. Statt dessen sahen sie fast zu ihrem Ärger, daß ihre Betten noch immer einladend dort standen, wo sie sich zuvor befunden hatten, und auch der Kronleuchter hing noch. Es klopfte nur sacht an der Tür, und die Stimme des Majordomus rief:

»Herr Ugo läßt freundlich grüßen. Er ist früh ausgeritten, die Braut zu empfangen –«

»Wir sind entzückt«, rief Mas von seiner Fensterbank und reckte seine klammen Glieder, »mit dieser erfreulichen Nachricht geweckt zu werden.« Er mußte seinen Hals schief halten, denn der war von der Nachtkühle und dem Zug am Fenster völlig steif. Pons hatte besser geschlafen und folglich andere Sorgen zu stillen.

»Wann und wo gibt es die Atzung zur Matutin?« krähte er aus seinem Verschlag.

»In der Küche ist alles hergerichtet!« antwortete der Unsichtbare, und die Schritte entfernten sich. Raoul tastete nach der Verriegelung. Die Tür war offen. Roç trat aus seinem Schrank.

»Ich habe mir schon unser Schlafgemach von unten angeschaut«, rief er leise. »Es verhält sich tatsächlich so, wie wir gedacht. Also bleibt bitte noch, wo Ihr seid, denn ich traue dem Braten nicht. Ich will mich schnell auf Maugriffe umschauen!«

Bevor Roç hinter seiner Schranktür verschwand, hörte er Pons maulen: »Der geht jetzt warme Milch trinken, stopft sich voll mit duftendem Eierfisch auf frischem Fladenbrot!«

Wahrscheinlich lief dem Dicken das Wasser im Mund zusammen, doch Roçs Interesse richtete sich auf seinen Weg zwischen den dicken Mauern des Castels. Die Vorrichtung, die Zimmerdecke zum Fall zu bringen, war denkbar einfach. Ein dicker Eichenstamm stand mittlings unter dem Boden, vier abgesägte Äste hielten jeder ein Dreieck und wenn man den Baum mit bereits befestigten Stricken unten an der Wurzel, wo er auf Rollen lagerte, umriß, dann klappten zumindest drei der Flächen steil nach unten, die vierte wahrscheinlich in die Schräge, weil der Baum etwas störte. Es reichte jedenfalls mit Sicherheit, alles in den fensterlosen Kerker stürzen zu lassen, aus dem keine Treppe, keine Tür hinaus führte, denn die Zugseile wurden von einer umlaufenden Balustrade aus bedient. Roç stieg befriedigt weiter in die Tiefe und gelangte bald an eine Eisentür, den Zugang zu einem schmalen Schacht, der, wohl von außen als Pechnase getarnt, in den Burggraben mündete. Roç wollte aber in den Burghof gelangen. Er fand den Abstieg im Inneren eines stillgelegten Kamins. Nach den Düften und Weiberstimmen zu schließen, hatte er sich der Küche genähert. Auf die Gefahr hin, daß sie seine Beine eher sahen, als er die Örtlichkeit zu Gesicht bekam, stieg er schnell hinunter. Er befand sich im Räucherkeller. Durch das Schlüsselloch sah er, wie nebenan einige gut gekleidete Herren von den Mägden mit Brot, Käse und Schinken bedient wurden. Auch Wein stand auf dem Tisch. Aus den neugierig, kichernd vorgebrachten Fragen und den vollmundig geschmatzten Antworten hörte Roç zwischen allen Anzüglichkeiten heraus, daß die feinen Herren eine Art Vorhut bildeten, und zwar die des Fürsten Lancia. Roç wartete, bis die Weiber forteilten, um verlangten Nachschub heranzutragen, dann öffnete er die Tür und setzte sich wie selbstverständlich zu den Salernern. Da er deren Idiom beherrschte, war es ihm ein leichtes, das bereits Gehörte noch zu vertiefen.

»Herzog Galvano trifft hier auf die Braut?« fragte er unbekümmert, langte ordentlich zu und hielt einen Becher auffordernd der Magd hin, die mit einem neuen Krug hereinkam.

»Nicht grad«, wurde er beschieden. »Er holt unsere Königin Elena ab, sobald sie anlandet, und trifft dann mit ihr hier ein.«

»Hat sich denn Herr Ugo, des Schlosses Herr, nicht schon am Strand eingefunden, Königin Elena und den Fürsten zu begrüßen?«

»Nicht im geringsten!« wurde Roç aufgeklärt. »Dieser griechische Schafhirte ließ uns ohne jegliches Willkommen!« Ein anderer fügte erbittert hinzu: »Und hier mußten wir erfahren, daß dieser stinkende Bock d'Arcady ins Land geritten sei, auf die Jagd!«

»Mit seinem gesamten Heer!« ergänzte der erste voller Hohn. »Oder was die Griechen so auf die Beine stellen, indem sie ihren Schafshirten eine Lederkappe mit Bommel auf den verlausten Schädel und einen Spieß in die Hand drücken! Das sind dann unsere fabelhaften Bundesgenossen!«

Roç hatte genug gehört. Er nahm den Weg zurück durch die Küche und über die normale Treppe. Er irrte wütend durch das Labyrinth von Korridoren und falschen Türen, bis er wieder zu der gesuchten gelangte. Er erkannte sie schon vom Ende des langen Ganges aus, denn ein Dutzend kurzberockter Wächter stand davor, tatsächlich mit Bommelmützen auf dem Kopf, die Spieße martialisch verschränkt.

»Ich habe mit den Gefangenen ein Wort zu reden!« sagte er in herrischem Ton auf griechisch. Da die Wächter anscheinend nur Anweisung hatten, niemanden herauszulassen, gaben sie ihm den Weg anstandslos frei. Roç wäre fast über Raoul gefallen, der gleich hinter der Tür auf der Schwelle lag. »Mach gefälligst Platz, du fauler Hund!« schimpfte er lauthals und schloß die Tür hinter sich. Er legte gleich den Finger auf die Lippen und befahl seinen Gefährten flüsternd, sich zur Schranktür zu begeben, bevor er in der Sprache des Languedoc wüst mit ihnen stritt.

»Wir müssen sofort zurück!« teilte er ihnen knapp mit. »Mir schwant Übles! Ihr nehmt den Weg, den ich euch jetzt beschreibe, und wartet am Meeresufer auf mich, und zwar so weit von Maugriffe entfernt, in der Richtung, aus der wir gekommen sind, daß ihr dies Castel nicht mehr sehen könnt!«

»Das kann ich jetzt schon von mir behaupten!« Der Sarkasmus verließ Mas in keiner Situation.

»Ich werde versuchen, die Pferde zu holen!«

Im nochmals für die Lauscher entfachten Disput erklärte er Raoul, wie man durch den Schacht in den Burggraben gelangte, und drängte einen nach dem anderen durch die Tür der Täfelung, dann brüllte er auf griechisch: »Kein Wort mehr! Ihr schreibt jetzt schweigend Euer Geständnis nieder!« Roç stampfte im Zimmer sporenklirrend auf und ab. Als er sich ausrechnen konnte, daß seine drei Okzitanier den Sprung in die Freiheit hinter sich hatten, verschwand auch er blitzschnell hinter der Geheimtür und zog sie sorgfältig hinter sich zu.

Eine Etage tiefer sprang Roç behende auf die Balustrade, ergriff die Seilenden und riß mit einem Ruck an dem eichenen Stützpfosten. Dank der Rollen setzte der sich auch in Bewegung. Roç stürmte mit dem Tau die Balustrade entlang. Erst mit leisem Knacken, dann mit nicht einmal ohrenbetäubendem Knallen klappten hinter ihm die Edelholzsegmente des Fußbodens nach unten, gefolgt vom Fall der Betten. Nur das ihm bestimmte mit dem Baldachin rutschte auf der Schräge gemächlich, doch unaufhaltsam hinterher. Der Baum fiel endlich krachend zur Gänze um, und mit einem satten Plumps stürzte das königliche Lager in die Tiefe. Roç warf noch einen letzten Blick auf die angerichtete Verwüstung, dann rannte er zu seinem Kamin, fiel mehr, als daß er kletterte, in das Feuerloch und hastete zur Tür. Es war kein Mensch mehr in dem angrenzenden Raum. So schlenderte er durch die Küche in den Hof, fragte nach den Ställen und fand auch gleich seine Pferde, die nicht einmal von den Sätteln befreit worden waren. Roç saß auf und ritt mit ihnen an der Leine zum Tor.

»Vorhut der Braut!« schnarrte er die Wachen an. »Es fehlen Pferde für die Hofdamen!«

Die Wachen zuckten mit den Schultern. Er ließ die Tiere in lockeren Trab fallen und entschwand aus der Sichtweite von Maugriffe. Das wäre geschafft, dachte Roç, aber er hätte sich ohrfeigen können. Wie konnte er sich nur so täuschen lassen! Und das Schlimmste stand ihnen erst noch bevor. Im großen Bogen umging der Trencavel die Burg und ritt nun zügig zum vereinbarten Stelldichein, wo ihn seine Gefährten ungeduldig erwarteten.

»Gerade als wir uns aus dem Burggraben davonschlichen«, berichtete Pons aufgeregt, »trafen sieben Templer am Tor ein!«

»Als Gefangene?« warf Roç ein, eigentlich als rhetorische Frage, denn wie anders konnte es sich sonst verhalten!

»Ne!« sagte Pons. »Im Gegenteil: Sie trieben sogar Gefangene mit sich!«

»Versteh' ich nicht!« murmelte Roç und meinte es auch so. Dann zwang er seine Gefährten zu einem hastigen Galopp den Strand entlang, das mußte den Weg nach Pantokratos erheblich abkürzen. Auch konnte man den Pferden dort die Sporen geben, denn außer gut sichtbaren schwarzen Felsen im Sand gab es keine Hindernisse.

Am Strand von Alexandria saß Yeza noch immer auf ihren Kisten, Kleiderballen und Truhen mit Hausrat, darunter verborgen, aber von Jordi nicht aus den wachsamen Augen gelassen, der eisenbeschlagene, mit Schlössern und Riegeln gesicherte Kasten, der ihre Barschaft und ihren Schmuck enthielt. Eine Absteige hatte die Dame gar nicht erst suchen lassen, um aller Welt und vor allem sich selbst vor Augen zu führen, daß der Aufenthalt hier von kurzer Dauer sein sollte. So wurden auf Yezas Geheiß die mitgeführten Zelte aufgeschlagen und auch in den Trümmern des gewaltigen Bauwerks gleich am Ufer Unterschlupf gesucht. Das waren die Überreste des Pharos, des höchsten Leuchtturmes, den die Welt gekannt, bevor er bei einem Erdbeben ins Meer gestürzt war. Die Ruinen seines Sockelgeschosses wirkten von der Grundfläche her immer noch wie eine zerstörte Burg. Es wimmelte darin von lichtscheuem Gesindel der reichen Handelsstadt, Trickdieben und Beutelschneidern, Wegelagerern und Messerstechern, falschen Krüppeln und verkrüppelten Straßenräubern, denen der Kadi längst die frevlerische Hand hatte abschneiden lassen oder ein Bein gebrochen. Sie hatten die Eindringlinge feindselig empfangen, und angesichts der reichen Habe war wölfische Gier in ihre Gesichter getreten. Deshalb hatte sich Yeza darauf beschränkt, von den Lancelotti nur den Teil der aufeinandergetürmten Steinblöcke säubern zu lassen, der an ihr Zeltlager angrenzte und dazu dienen sollte, alle wertvollen Stücke und die Waffen aufzunehmen. Denn die seltsame Burg am Strand lag auf einer unbebauten Felsfläche, und vor einem schnellen Reiterangriff boten die Zelte wenig Schutz, während die Steine besser zu verteidigen waren. Es blieb allerdings die ständig lauernde Bedrohung von innen, der räuberische oder geschickte Zugriff des Gesindels durch Ritzen und Schlupfgänge. Die Lancelotti mit ihren Sensen hatten die Keifenden und Schimpfenden zwar in respektvolle Distanz gescheucht, aber des Nachts versuchten sie immer wieder, in Yezas ›Schatzkammer‹ einzudringen. Irgendwie gefiel Yeza die aufregende Situation. Der Taxiarchos wäre mit den Strolchen sicher leichter fertiggeworden, so wie er seinen Haufen in Konstantinopel im Griff hatte.

Doch auch Yeza begann, in der Hochachtung der wilden Messerstecher zu steigen, nachdem sie einen der kräftigsten Kerle so blitzschnell zwischen die Steine geworfen hatte, daß es krachte, und einen anderen mit dem Fuß die Waffe aus der Hand geschlagen hatte. Als er sich bücken wollte, lag er schon auf seinem Gefährten, der sich drei Rippen brach. Seitdem konnte Yeza eigentlich überall alleine umherstreifen. Sie hatte noch längst nicht entschieden, ob sie von hier aus direkt weiterziehen oder zuvor noch einmal die große Pyramide wiedersehen wollte. Damals war sie ein Kind gewesen und hatte alles mit sich geschehen lassen, doch die Vorgänge im Innern des Grabmals des Cheops waren ihr haften geblieben. Aber es gab viele, merkwürdig dunkle Flecken in der Erinnerung, denen sie auf den Grund zu gehen wünschte. Sie träumte oft von der Pyramide. Auch bei Tag. Da saß sie dann auf den Quadersteinen am Ufer, ihre Gedanken wanderten und verloren sich in der Tiefe des Meeres. Mauern und Kapitelle, ganze Säulenreihen verschwammen langsam vor ihren Augen, verschwanden, überspült von der See, die langsam das alte Alexandria zu sich hinabzog. Wenn die Sonne senkrecht stand, konnte sie tief unten im klaren Wasser Paläste und Tempel, kühne Aquädukte und die marmornen Ränge des Heptastadions sehen.

Irgendwo sollte dort draußen auch der prächtige Palast der Kleopatra unter den Wellen schlummern. Yeza fühlte sich nach ihrer eindringlichen Erfahrung mit dem Manne Taxiarchos zwar nicht wesensverwandt mit der betörenden Pharaonin, die sicher über Reize und Liebeskünste verfügte, die ihr selbst abgingen, dafür hatte sie, Yeza, vielleicht einen kühleren Kopf und war beherrschter. Aber sie konnte mit der schönen Herrscherin fühlen. Kleopatra hatte die mächtigsten Männer ihrer Zeit umgarnt, um Ägyptens Hoheit vor den römischen Eroberern zu bewahren, und war mit ihrem letzten Geliebten in den Tod gegangen – angesichts der Schmach, als Beute im Triumphzug durch das verhaßte Rom vorgeführt zu werden. Das Gift zierlicher grüner Apisschlangen des Tempels hatten die Stolze vor solchem Ende bewahrt. Das beeindruckte Yeza ungeheuer. Sie bedauerte nur, daß bei den Kämpfen die größte und reichste Bibliothek der Welt ein Raub der Flammen geworden war und keiner sich um ihre Rettung gekümmert hatte. Das erinnerte Yeza an das Ende der Assassinenfestung Alamut, wo sie hilflos den Brand des ›Turmes der Bücher‹ mit ansehen mußte.

Yeza war nicht die Art von Träumerin, die sich wie ein Schmetterling von jedem Lüftchen tragen ließ, von Blüte zu Blüte schaukelnd. Sie machte gern Pläne, doch sie bedachte stets ihre Durchführbarkeit. Ein *museion* für alle Geisteshaltungen, alle Religionen in Jerusalem zu schaffen, dafür würde ihr Leben nicht reichen – von den Mitteln einmal ganz abgesehen. Aber eine kleine *universitas*, ein Studienzentrum, mit weisen Männern besetzt, für jede philosophische Richtung einer – das traute sie sich zu. Yeza begann sogleich, im Kopf eine Liste geeigneter Weisen zusammenzustellen. Arslan fiel ihr ein, und Mauri en Raimon. Ob der noch lebte? Sollte sie vielleicht mit Kefir Alhakim anfangen? Oder mit Jordi? Rumi, der berühmte Sufi, müßte natürlich dabeisein, mit seinen herrlichen Versen, so klug und doch voller Poesie.

»Als ich handelte, wie mir gesagt, war ich blind.
Als ich kam, wie ich gerufen, war ich verloren.
So sagt' ich mich los von jedermann und von mir,
da fand ich alles und mich selbst.«

Wie sie da so saß und auf das Meer hinaus zitierte, teilten sich vor ihr die Wogen der Brandung, und ein braungebrannter Jüngling, nein, es war schon ein reiferer Mann, entstieg den Wellen. Der eine Unterschenkel war lederumgürtet und trug seitlich einen Dolch. Yeza erkannte Hamo, bevor der Taucher sich die Stirnbinde abnahm und das Wasser aus den Haaren schüttelte. Der Graf von Otranto war beleibter geworden – richtige Fettringe hatte er um die Hüften angesetzt –, seit sie ihn das letzte Mal gesehen hatte, was auch schon einige Jahre zurücklag.

»Hamo!« rief Yeza erfreut. »Woher kommst denn du?« Intelligent war die Frage nicht, doch sie wurde belohnt.

»Aus dem versunkenen Alexandria, aus einer anderen Welt von erhabener Schönheit«, rief Hamo schwärmerisch. Er schaute Yeza an, als stamme sie daher. »Ich wußte, daß ich dich hier treffen würde«, sagte er dann bedächtig. »Hättest du vielleicht ein Kleidungsstück, meine Blöße zu bedecken? Ich bin auf der anderen Seite, dort, wo mein Schiff liegt, ins Wasser gesprungen. Ich verlier' mich jedesmal in diesem phantastischen Reich, das mir ganz allein gehört – und einigen Fischen. Ich vergesse alles, es ist wie ein Rausch!« Yeza besah sich erst einmal ungeniert seine Blöße, bevor sie ihm einen Seidenschal reichte. Kein Vergleich! Viel zu weiches Fleisch! dachte sie und verspürte kein Bedauern, als Hamo sich den Stoff um die Lenden schlang.

»Du wußtest also, daß ich hier gestrandet bin, und kommst erst jetzt als männliche Neiride –« Hamos offenes Lachen unterbrach ihren nicht sonderlich ernsthaften Vorwurf.

»Ihr konntet mir nicht entkommen, Prinzessin!« Er wies auf das Beduinenlager in Yezas Rücken. »Dafür lad' ich Euch jetzt als Gast in meinen Palast, ein etwas komfortableres Quartier!«

»Daß Ihr auch hier über eine standesgemäße Unterkunft verfügt, ist mir neu, Hamo L'Estrange.«

»Das war es mir auch!« Der Graf grinste. »Bis sich der Schwippschwager meiner erbarmte, weniger um Shirats willen als ob des Umstandes, daß sein Sohn in Otranto unsere Gastfreundschaft genießt –«

»Ihr wollt sagen, daß Baibars, der grimmige Bogenschütze, einem Christen sein Haus zur Verfügung stellt?«

»Samt steinalten Mütterchen und Gesinde. Mir gefällt es hier!«

»Und wo steht die Hütte?«

Hamo wies zur anderen Seite, wo ein baumbestandener Höhenrücken das neue Alexandria von dem Alexander des Großen trennte. Nur wenige Paläste schimmerten durch das dunkle Grün der Zypressen und die schlanken Stämme der Fächerpalmen.

»Ich erwarte Euch!« Hamo schritt durch den Sand zurück zum Wasser. Yeza schaute ihm gedankenverloren nach, wie er bedächtig zwischen den Steinen seinen Weg in die Tiefe fand. Sein Kopf tanzte zwischen den Wellen, und dann war der Graf von Otranto wieder entschwunden. Jetzt hatte sie doch glatt vergessen, ihn zu fragen, wieso er hier war und nicht in Griechenland, als Lehnsmann seines Königs? Ob er vielleicht Roç gesehen hatte? Und warum er hier im Meer herumschwamm, anstatt zu Hause bei seinem Weibe? Sie entsann sich, daß sie schon als kleines Mädchen in Otranto immer wieder gestaunt hatte, wie lange er unter Wasser bleiben konnte. Das mußte er ihr beibringen! Yeza rief Jordi zu sich und gab ihm den Auftrag, den Umzug zu bewerkstelligen.

»Ich selbst verspüre kein Verlangen, von hier wegzuziehen«, sagte sie. »Aber Ihr werdet das Angebot ja wohl begrüßen?« Jordi sah sie aufrichtig an.

»Schon aus Gründen Eurer Sicherheit!« stellte er fest. »Baibars' Haus ist –«

»Kann auch zur bösen Falle werden, wenn dem Bogenschützen zu Ohren kommt, wer dort in seinem Bettchen schlummert.«

»Davor seid Ihr hier am Strand genauso wenig geschützt, nur schläft es sich hier schlechter!«

Am nächsten Morgen wimmelte es im Sultanspalast wie in einem Ameisenhaufen, in den ein achtloser Mameluk seinen Scimitar gestoßen. Es war die Waffe des Emirs gewesen, der jetzt als Sultan Saif ed-Din Qutuz seit einigen Stunden auf dem Thron von Kairo saß. Qutuz tobte, außer sich vor Wut über das nächtliche Entkommen seines Vorgängers.

»Der ist natürlich zu seiner Kebse nach Gizeh!« brüllte er Naiman an, seinen schieläugigen Schergen, der eigentlich nicht der Mann fürs Grobe, sondern für die bösen Intrigen war. Er zog ein Bein nach, als er sich aus der Meute aufgeregter Höflinge und sich gewichtig gebender Offiziere löste und sich dem Thron näherte. So mußte er nicht schreien, um sich verständlich zu machen.

»Ich hatte es geahnt und die Straße nach Gizeh abriegeln lassen, aber die Flüchtenden haben eine andere genommen bei Nacht!«

»Und warum seid Ihr nicht bis in das Liebesnest dieser Saratz und habt ihn Euch dort gegriffen?«

»Weil dieses verdammte Beduinengesindel den Zugang zum Landsitz des Großwesirs versperrte!«

»Dann nehmt Euch jetzt Verstärkung, zwei, fünf, zehn Regimenter! Macht sie nieder! Äschert –«

»Es regiert sich besser mit kühlem Kopf als mit heißem Schwanz«, dröhnte eine Stimme dazwischen, die keine besondere

Achtung vor dem Thron des Sultans bezeugte. Es war Baibars. Er trat auch nicht näher, sondern blieb in der Mitte des Raumes stehen, was ihm erlaubte, so laut zu werden wie Qutuz. »Außerdem ist unsere Reiterei kein Spielzeug, mit dem man Bürgerkriege entfesselt. Und drittens könnt Ihr davon ausgehen, daß die von Euch Gesuchten, erhabener Sultan, bereits das Land verlassen haben!«

»Wie? Auch Mad –« Er verschluckte die Vertraulichkeit. »Auch die Saratz? Also Fluchthelferin!«

»Nach meinen Informationen«, log Baibars kalt, »sind sie auf einer venezianischen Schnellgaleere nach Damietta unterwegs, mitsamt dem Ehemann der Dame, unserem Freund und Emir Fassr ed-Din Octay! Seid froh, daß Ihr sie los seid!«

Sultan Qutuz schluckte nochmals.

»Seid Ihr gekommen, mir den Tag meiner Thronbesteigung zu verderben, Baibars, oder wollt Ihr mir huldigen?«

»Wenn's Euch Freude macht, beuge ich jetzt das Knie und versprech' Euch, was Ihr wollt, Majestät.« Der massige Körper des Bogenschützen deutete aber nichts dergleichen an. »Ich bin hier, um mit Euch über Wichtigeres zu sprechen! Doch unter vier Augen! Zeigt mir Eure neue Macht, und werft erst mal alle raus!«

Er blieb breitbeinig stehen, während Qutuz den Naiman beauftragte und der die Wachen. Tatsächlich gelang es ihnen, den großen Saal in kürzester Zeit zu leeren. Nur Baibars wirkte zwischen den tuschelnd abströmenden Höflingen und den gehorsam sich verabschiedenden Offizieren wie ein Fels in der Brandung.

»Bitte, setzt Euch zu mir«, bot Qutuz an. »Dann habe ich Euch nicht immer vor der Nase – und vor allem nicht im Rücken!«

Baibars stampfte die Stufen hoch, ging direkt auf Qutuz zu und fiel so plötzlich vor ihm auf die Knie, daß der Sultan erschrak. Er fühlte sich angegriffen, und keiner war zur Stelle, um sein Leben zu schützen. Doch als er sah, daß der Bogenschütze nichts Tätliches gegen ihn im Schilde führte, umarmte er ihn mit säuerlichem Lächeln und wollte ihm helfen, sich zu erheben. Doch Baibars federte mit überraschender Behendigkeit wieder empor, es war wie der Sprung eines Raubtiers, und ließ sich neben dem Thron nieder.

»Daß Ihr neben mir auf dem Thron von Kairo sitzt und nicht

mehr der Knabe«, sprach Baibars vor sich hin, so daß der gepeinigte Qutuz auch noch gezwungen war, den Kopf seitlich zu verrenken, um es zu verstehen, »hat weniger mit Euch zu tun als mit dem Großkhan, den ich dort nicht haben will!«

»Wie gütig!« entrang sich wütend der Sultan.

»Güte ist nicht im Spiel, auf beiden Seiten nicht«, belehrte ihn Baibars trocken. »Ihr seid dazu ausersehen, Ägypten und den Islam vor dieser Gefahr zu erretten.«

»Warum nicht Ihr?« fragte Qutuz mit berechtigtem Mißtrauen.

»Weil ich an der Spitze des Heeres stehen werde, wenn es zur entscheidenden Schlacht gegen die Mongolen kommt.«

»*Allah ijazihum!*«

»*Allah ikun be'ouna!* Schlagen müssen wir unsere Feinde selber!«

»Liegen neue Erkenntnisse vor über die Stoßrichtung der Horden Hulagus?«

»Sprecht und vor allem denkt nicht so abfällig über einen Feind, der bisher alles niedergewalzt hat, was sich ihm in den Weg stellte. Auch wir werden nach Bagdad noch einige uns teure Plätze aufgeben müssen, bis wir ihn in eine Situation manövriert haben, in der wir ihn mit Aussicht auf Erfolg angreifen und vernichten können.«

»Welche Opfer wollt Ihr, der große Bogenschütze, dem Volk des rechten Glaubens denn noch zumuten? Wir müssen sofort –«

»Nein, wir müssen nicht!« unterbrach ihn Baibars in aller Schärfe. »Das ist unser Vorteil: Er muß – und wir können warten. Es besteht eine große Wahrscheinlichkeit, daß er sich nach Jerusalem wendet –«

»Der Stadt, von der Mohammed seine Nachtfahrt angetreten hat, wo der Hufabdruck seines Pferdes – heilig sei uns der Ort des Propheten!«

»Deswegen soll unser Sieg über die Ungläubigen ihn zieren!«

»Warum Jerusalem?«

»Ihr habt von dem ›Königlichen Paar‹ gehört?«

»Diese sogenannten ›Kinder des Gral‹? *Tasouir mafduh,* ohne jeglichen dynastischen Hintergrund, Betrüger!«

»Schau, wer spricht! Mir genügt es, daß sie der willkommene Anlaß sein könnten, die Armee der Mongolen in eine Gegend zu locken, die ihrer Kampfart widerspricht, uns aber vertraut ist und ein gutes Omen! Denkt an Saladin!«

»Niedrig greift Ihr nicht in Euren Vergleichen«, spöttelte der Sultan. Baibars überging die Bemerkung.

»Yeza ist bereits in Alexandria eingetroffen. Roç Trencavel wird also auch bald auftauchen. Ihr Ziel ist Jerusalem, das wissen wir aus Palermo.«

»Wenn wir diesem windigen Paar also den Weg in die Heilige Stadt verlegen, dann bleibt sie von den Mongolen verschont. Ich werde sofort –«

»Qutuz!« Baibars hatte ihm so ins Ohr gebrüllt, daß der Sultan zusammenzuckte. »Ich habe Euch nicht Sultan werden lassen, daß Ihr mir in die Strategie des Feldzuges hineinpfuscht! Die Mongolen sollen bis nach Hierosolyma vordringen, sie müssen die Stadt ja nicht betreten. Dort werden wir sie jedenfalls vernichten, und zwar mit Hilfe der Franken!«

»Mit den Christenhunden wollt Ihr Euch zusammentun –?«

»Viele Hunde sind des wilden Schweines Verderben! Was ich danach mit den Hunden mache, liegt auf einem anderen Teller! Ich verlang' ja auch nicht von Euch, daß Ihr dann von dem Fleisch freßt! Aber eines verlang' ich sofort: Schwört, daß Ihr Eure Finger herausläßt, wenn ich den Tisch decke!« Baibars war wieder so plötzlich aufgesprungen, nur daß er diesmal hinter dem Thronsessel stand und nochmals zischte: »Schwört!«

Qutuz wagte den Kopf nicht zu wenden. Er spürte das kalte Eisen im Nacken.

»Ich schwöre«, flüsterte er heiser.

»Laut! ›Ich schwöre bei Allah dem Allmächtigen, daß ich mich nicht in Dinge einmische, von denen ich nichts verstehe!‹«

Qutuz hatte begriffen, daß dieser Wortlaut vor allem dazu diente, ihn, den Sultan, lächerlich zu machen bei all den Lauschern, die ihre heißen Ohren gegen die Türen preßten. Aber keiner von diesen Speichelleckern kam hereingestürzt und half ihm. Er war in der Hand Baibars', er spürte sie auf seinem Kopf, in seinem Haar, das der furchtbare Kerl festhalten würde, während er ihm den Kopf abschnitt. So würgte er laut den vorgesprochenen Schwurtext heraus.

DAS BÖSE AUF MAUGRIFFE

»Lauter!« sagte die Stimme noch leiser hinter ihm. »Oder ich werde Schweinefleisch in Euch hineinstopfen –«

Mit dem letzten Wort begann Qutuz zu kotzen. Da war Baibars schon gegangen, und die Türen öffneten sich. Alle starrten auf den Sultan, der sich auf dem Thron erbrach.

»Raus!« brüllte er, und Naiman eilte mit einer Schale herbei.

Die Teestuben an der Bab an-Nasr waren nach den Ereignissen der Nacht überfüllt. Jeder wußte andere Neuigkeiten über den Sturz des jungen Kalifen und seine spektakuläre Flucht zu berichten. Viele mochten sein glückliches Entkommen gar nicht wahrhaben, nannten es – hinter vorgehaltener Hand – eine arglistige Täuschung seiner Anhänger. In Wahrheit dämmere der arme Ali, geblendet und entmannt, im tiefsten Kerker seines Palastes seinem Ende entgegen; und seine heimliche Favoritin, das schöne Weib des Roten Falken, sei bereits mit Gewalt in den Harem des Qutuz gebracht worden. Alle warteten darauf, daß der beim Volk beliebte Sohn des Großwesirs schnellstens zurückkommen werde, um, rasend vor Zorn, furchtbare Rache an dem Emporkömmling und Schänder seiner Ehre zu nehmen. Zwei alte Männer, die erhöht in einer Nische hockten, wurden bevorzugt bedient. Da ihre Gewänder nichts hermachten und sie auch mit keinerlei Schmuck prunkten, mußten sie berühmte Gelehrte sein, weise Männer auf jeden Fall, denn sie beteiligten sich nicht an dem Geschwätz, sondern tranken bedächtig ihren *shai bi na'na'*.

»Inwieweit haben die Templer ›tatsächlich‹ – wohl wissend, daß es sich weder um eine *gesta* im Sinne aggressiver Handlung noch um eine *res* im Sinne eines physischen Objektes handelt – mit dem Gral zu tun?« fragte der bekannte Sufi Abu Bassiht seinen Gast aus dem fernen Osten, der ihm von Freunden aus Persien empfohlen worden war. Arslan, der Schamane, gab sich als solcher nicht zu erkennen. Er war wie ein einfacher Wandermönch gekleidet, und seine Art zu reden ließ auch keinen Zweifel aufkommen.

»Um Euch eine befriedigende Antwort geben zu können, *ya abuya*, müßte einer von uns beiden in der Lage sein zu erklären, was der Gral nun essentiell darstellt. Ich weiß es nicht!« sagte Arslan mit bescheidener Offenheit. »Doch was er an Bedeutung birgt, darüber kann ich mit jemandem wie Euch sprechen.«

»Ich wollte Euch nicht in Verlegenheit bringen, lieber Arslan, mir kam nur eine Gestalt in den Sinn, die sich auf ihn beruft. Es handelt sich um einen uralten Tempelritter, der, ich glaube, seit der Schlacht von La Forbie in unserer Gefangenschaft schmachtet, von seinem Orden längst vergessen. Jedenfalls löste keiner ihn je aus, oder besser, er weigert sich standhaft, bei allfälligem Austausch von Gefangenen berücksichtigt zu werden, weil, so sagt er, ihm verheißen sei, den Gral zu erfahren in Jerusalem, wo er dann sterben werde.«

»Und warum schickt Ihr ihn nicht dorthin, dann könnte man ja sehen, ob sich der Gral ihm offenbart?«

»Jerusalem ist dem Islam nach Mekka immer noch die heiligste Stadt. Wer will schon riskieren, daß dort – zusätzlich zum Geschrei der Juden um ihren Tempel, zum Geflenne der Christen um das Grab ihres Messias – auch noch die Anhänger eines manifesten oder eingebildeten Grals sich etablieren, zumal sie rechte Fanatiker sein sollen, die den Feuertod nicht scheuen.«

»So solltet Ihr, werter Abu Bassiht, die ›Reinen‹, so nennen sie sich, ob zu Recht oder anmaßend, das sei dahingestellt, keinesfalls sehen. Ihnen fehlt, was allen anderen Religionen des Einen Gottes leider anhaftet: die Intoleranz! Sie streiten nicht für ihren Glauben, sie nehmen niemals eine Waffe in die Hand, sie sterben für ihn, weil er ihnen das Paradies verheißt!«

»Das bieten wir auch!« Der Sufi lächelte. »Allerdings muß es erworben werden *khilal rida Allah an amalihi!*«

»Die Anhänger des Gral sind sich des Paradieses sicher, so sicher, wie es auf Erden nicht zu finden sei. Diese Welt ist für sie des Teufels. Wozu ihn auch noch durch gute Taten erfreuen?«

»Den Teufel erfreut man doch eher durch schlechte!« spaßte Abu Bassiht. »Ihr meint also, wir sollten dem Ritter mit dem langen Bart seinen Wunsch erfüllen?«

»Sprecht etwas lauter!« flüsterte Arslan. »Wir werden belauscht. Hinter der Säule habe ich den Naiman gesehen, das stechende Auge des Bösen, auch hinkt er wie der Sheitan.«

»Ach, das ist einer von den Spionen des Qutuz, er ist zu blöd, um zu verstehen, was wir hier reden.«

»Ich kenne ihn noch aus der Zeit, als er in Bagdad tätig war. Er versuchte, die Kinder des Gral in Samarkand zu verderben, um ihren Weg zum Großkhan –«

»Sprecht leiser, lieber Arslan, es gibt Worte, die können den Kopf kosten!«

»Das habe ich dem Gesandten der Mongolen auch gesagt, doch er wollte mir nicht glauben! Er ist der Halbbruder des Oberhofkämmerers Ata el-Mulk Dschuveni!« sprach der Schamane jetzt deutlich genug. »Aus den Kindern des Gral ist heute der Welt das Königliche Paar erwachsen. Es wird den Thron von Jerusalem besteigen, so sich ihm der Gral dort offenbart, unter dem mächtigen Schutzschild der Armee des Großkhan. Das ist beschlossen. Euer Uralt-Templer könnte die Probe aufs Exempel sein. Dann wüßten die Gläubigen Ägyptens, was Allah mit dem Volke seines Propheten im Sinne hat. Offenbart sich der Gral im heiligen Jerusalem, werden die Mongolen kommen. Findet das Ereignis nicht statt, oder verbirgt sich der Gral vor den Augen derer, die berufen sind, seiner gewärtig zu werden, dann ist wieder alles offen. Das Königliche Paar wird die Suche nicht aufgeben. Wohin sie führen wird, weiß nur Allah! Vielleicht geleitet sie ein Engel, oder sie folgen der Spur des Sterns zu den erhabenen Pyramiden?«

»*Al hami Allah!*« rief der Sufi.

»Ihr braucht Euch nicht länger zu erschrecken«, sagte Arslan milde und senkte seine Stimme wieder zum normalen Plauderton in einem überfüllten Teehaus. »Naiman, unser großes Ohr, hat alles Wesentliche mitbekommen, ob er es verstanden hat, ist eine andere Frage. Daß er davongehinkt ist, es brühwarm im Palast zu berichten, das steht fest!«

Der neue Sultan Qutuz hockte bleich in seinem Throngestühl. Er hatte dafür gesorgt, daß seine Leibwächter in doppelter Reihe seinen Sitz umstanden, seitlich und auch dahinter. Der Audienzsaal war wieder angefüllt mit Bittstellern, Höflingen und Offizieren, doch die Wächter ließen keinen mehr dem Throne näherkommen als bis zur ersten Stufe. Der hinkende Naiman hatte Schwierigkeiten, sich seinem Herrscher verständlich zu machen. »Schreib es auf!« schrie der genervte Sultan ihm zu.

»›Okr' el-Mulk Dschuveni, außerordentlicher Gesandter des Il-Khans Hulagu von Persien, Herrscher der westlichen Welt!‹« wurde von einem Herold laut gemeldet, und schon aus Neugierde machte man ihm bereitwillig Platz, so daß er ungehindert vortreten konnte.

Der Botschafter glich einer alten Biberratte mit gelblichen Zähnen. Er war glatzköpfig, und nur sein steif abstehender Schnurrbart machte etwas her.

»Im Namen des allmächtigen Großkhans aller Mongolen –«, begann er lustlos zu schnarren, als Sultan Qutuz ihn mit heftiger Stimme unterbrach:

»Bist du gekommen, mir zu huldigen?« keifte er die Ratte an. Der schienen sich alle Barthaare zu sträuben, und seine wäßrigen Augen blickten voller Vorwurf. Immer dasselbe mit diesen Westfürsten, sie verstanden nicht oder taten zumindest so. Dabei war der Sachverhalt doch so einfach.

»Mein erhabener Herr fordert den Sultan von Kairo auf, sich ihm zu unterwerfen, Tribut zu zahlen, der noch festzulegen ist, ebenso wie die Aushändigung bestimmter Grenzfesten und die Bereitstellung von Heeresabteilungen bei Verlangen.« Okr' el-Mulk Dschuveni gab sich keine Mühe, die Wünsche schmackhaft zu machen, er leierte sie herunter. Schließlich war es eine Routineangelegenheit. »Binnen eines halben Jahres Frist hat der Sultan in Karakorum zu erscheinen und seine Huldigung durch den förmlichen Kotau zu bekräftigen –«

Während der Gesandte seinen monotonen Vortrag zu Ende brachte, verschlug es dem Sultan die Sprache. Er lief rot an, schnappte nach Luft und konnte schließlich nur heiser krächzen: »Kopf ab!«

Da es still im Audienzsaal geworden war, hörten das die Offiziere und zückten sofort ihre Krummsäbel. Auch die vordersten Wächter fühlten sich angesprochen. Endlich geschah etwas, wozu man die gewaltigen Scimitars eindrucksvoll einsetzen konnte. Gleich mehrere Leute hatten den Gesandten ergriffen und auf die Knie gezwungen. Sie konnten sich nur nicht einigen, wem die Ehre gebührte, das erste Urteil der Ära des neuen Sultans zu vollstrecken.

Die Bisamratte, das muß man sagen, hielt sich mit Gleichmut. Die Zeit noch nutzend, verkündete Okr' el-Mulk Dschuveni:

»Es wird Euren Ruf als unehrenhafter Feigling verbreiten, der die Unantastbarkeit eines Gesandten nicht achtet.« Er hatte langsam gesprochen, und seine Bartspitzen zitterten vor Verachtung.

Inzwischen hatten sich die Wächter, um ihre Vorrechte besorgt, auf einen hünenhaften Nubier geeinigt, der sich den größten Krummsäbel reichen ließ und durch die Menge drängte, um hinter den Rücken des Verurteilten zu gelangen.

»Mein Blut wird an Euren Händen kleben, bis zu dem Tag, an dem Ihr den gleichen Tod –« Weiter kam der Dschuveni nicht. Der Scimitar hatte seinen Kopf abgetrennt, das Blut schoß aus dem Hals, und der Körper fiel vornüber.

»Schafft ihn raus!« befahl Naiman. »Und wischt das sofort auf!« Er war der einzige, der einen kühlen Kopf behalten hatte. Nicht so Baibars, der jetzt in den Saal gestürzt kam.

»Sag ihm«, fauchte der gefürchtete Emir den Hinkenden an, »das war der erste und letzte Mongole, der ohne meine Erlaubnis geköpft wurde!«

Der Bogenschütze hatte laut genug gesprochen, so daß die Botschaft den Empfänger zeitgleich erreichte.

Um einem neuen Zwist die Spitze zu nehmen, raffte sich Naiman zu einer Antwort auf.

»Das war kein Mongole, sondern ein Verräter des Islam in ihren Diensten!« Er keuchte das heraus, bemühte sich aber, in gesicherten Abstand von Baibars zu gelangen. Der Bogenschütze stampfte wütend durch die Gaffer aus dem Saal, ohne sich noch einmal umzudrehen. Hinter ihm schleiften Diener im Laufschritt den Körper des Dschuveni an den Beinen hinaus. Sein Kopf lag in einem Korb mit Sägemehl, von dem man auch etwas auf den Marmorboden gestreut hatte.

»Was wolltest du mir erzählen, Naiman?« forschte der Sultan und winkte seinen Spitzel zu sich empor.

»Das hat sich jetzt zum Teil schon erledigt, mein Herr und Gebieter. In Alexandria ist eine Prinzessin aus Gral eingetroffen –«

»Weiß ich!« wischte Qutuz die Information beiseite.

»Sie ist auf dem Weg nach Jerusalem –«

»Noch nicht«, beschied ihn der Sultan. »Behalt' sie im Auge! Sonst noch was?«

»In unserem Kerker für Christenhunde haben wir einen gewissen Botho de Saint-Omer, dreiundneunzig Jahre alt, davon achtundzwanzig in Haft, ein Tempelritter –«

»Soll ich ihn zur Feier des Tages begnadigen?« höhnte Qutuz, und Naiman wechselte die Taktik.

»Es geht die Legende, daß der Alte nur in Jerusalem sterben kann –«

»Dann laß ihn umbringen, und die fromme Christenmär hat ihr Ende!« Qutuz verschwendete keinen weiteren Gedanken an den alten Mann, weil er bereits einen anderen Faden spann. »Schick eine Botschaft nach Akkon, aber nicht in meinem Namen, und«, er winkte den Naiman noch näher zu sich, »sorge dafür, daß das Schreiben nicht Baibars in die Hände fällt.« Er flüsterte, ärgerlich, daß er flüstern mußte. »Wir lassen die Regierung des sogenannten Königreiches wissen, daß wir sehr ungehalten sind über die heimlichen Pläne, das ›Königliche Paar‹ –«

»Eine gewisse Yeza Esclarmunde und Roç Trencavel«, fügte Naiman hinzu, »ich kenne die beiden Betrüger!«

»Ich weiß!« Qutuz wurde ungeduldig. »Aber sie sind nicht ungefährlich, selbst Baibars ist schon einmal ihrem Zauber erlegen. Diese Abenteurer in Jerusalem residieren zu lassen betrachten wir als flagranten Bruch des Waffenstillstandes. Wir erwarten von der Regierung, daß sie die erforderlichen Schritte unternimmt, diese Pläne zu verhindern. Siegel der Staatskanzlei!«

»Eiligst und geheim! Ihr könnt Euch auf mich verlassen!«

»Sorge bereiten mir diese dickfälligen, eingebildeten Barone zu Akkon, ich würde ihnen gern etwas Pfeffer in den Arsch –«

»Der Kopf!« entfuhr es Naiman, und schon bereute er es. Jetzt mußte er das beste aus diesem Fehler machen, doch Qutuz hatte schon angebissen.

»Du meinst, wir legen den Kopf bei? Damit sie sehen, wie der neue Sultan mit seinen Feinden –?«

»Ich weiß nicht, ob das sehr diplomatisch wäre«, entgegnete Naiman vielleicht etwas zu hastig. Er witterte seine Chance. »Die Reaktion könnte ganz anders verlaufen, dann habt Ihr Baibars am Hals.«

»Willst du mich belehren?« Die Stimme des Sultans war wie das Zischen einer Schlange.

»Ich bin Eure Fußbank, Majestät, Euer Diener, der verstummt, wenn Ihr das wünscht! Der aber seine Zunge riskiert, um Euren geheimsten Gedanken zum Durchbruch zu verhelfen.«

»Schon gut!« beruhigte ihn Qutuz. »Laß sie mich hören!«

»Ein Gastgeschenk für Yeza, wenn sie in Jerusalem eintrifft, überreicht von einem weißbärtigen Templer in feierlicher Empfangszeremonie, eine geschlossene kostbare Schatulle –«

»Worauf soll das hinauslaufen?« drängte der Sultan unwillig. »Ich hatte doch deutlich kundgetan, daß mir nichts daran liegt, diese Prinzessin in Jerusalem zu sehen.«

Doch diesmal ließ sich Naiman nicht beirren.

»Das wird schwer zu verhindern sein. Der Emir Fassr ed-Din Octay ist bereits auf dem Weg nach Alexandria –«

»Nach Damietta!« empörte sich der Sultan.

»Wie Ihr wünscht, Majestät«, gab der Spitzel sofort nach. »Auf jeden Fall gibt es zu viele starke Mächte, die dafür sorgen werden, daß Yeza ihr Ziel erreicht. Doch laßt es Euch nicht verdrießen. Wir bereiten der Dame sogar einen glanzvollen Empfang.«

»Es sollte auch ein Mongole zugegen sein sowie eine Abordnung aus Akkon.« Endlich hatte der Sultan erkannt, daß es seine eigenen Gedanken waren. »Der Templer Botho de Saint-Omer überreicht der Prinzessin des Gral die Geschenkschatulle, sie wird geöffnet –«

»Der Kopf!«

Qutuz lachte. »Du bist unschlagbar, Naiman! Nur noch eine kleine Variante. Sorg' bitte dafür, daß der Überbringer sofort danach ebenfalls sein schlohweißes Haupt verliert! Dann hat alles seine Ordnung, und die Wirkung ist um so stärker!«

»Die Verwirrung ebenso!« Naiman war stolz auf sich. Er hatte gegen den Unverstand seines Herrn genau den geheimen Plan des verkappten Mongolen – er hatte Arslan doch richtig wiedererkannt! – durchgesetzt. Aber anders, als der es sich ausgemalt hatte.

Er rieb sich die Hände, und sein gesundes Auge zwinkerte Qutuz vertraulich zu. Jetzt müßte er sich nur noch den mongolischen Spion greifen und dafür sorgen, daß der in Jerusalem Zeuge seiner schönen Bescherung wurde. Er eilte mit einigen Häschern sofort zur Teestube an der Bab an-Nasr, doch der Sufi und sein Begleiter waren schon gegangen.

Als sie in der Ferne den vertrauten ›Turm des Brunnens‹ erblickten, der hoch über dem Strand auf den Klippen emporragte, beruhigte sich Roçs pochendes Herz etwas, denn nichts Verdachterregendes wollte sich zeigen. Er ließ seinen kleinen Trupp vom Ufer landeinwärts schwenken, denn er wollte als erstes die Zitadelle inspizieren, um sicher zu sein, daß ihnen niemand in den Rücken fiel. Roç ritt an der Spitze. Die drei Okzitanier ließen die Pferde schräg die Düne hinaufsteigen. Auf der Anhöhe angelangt, lag Pantokratos friedlich vor ihnen. Es schien auch belebt, zumindest auf den Mauern der Zitadelle zeigten sich ihre Leute, die Deutschen, und die Fahne Siziliens flatterte am Turm.

Roç hielt auf die Bresche in der Mauer zu. Die spitzen Pfähle waren befreit von dem grauslichen Schmuck, mit dem sie ihn beim ersten Male empfangen hatten. Pons winkte hinauf zu den Mauern, und die Bewaffneten hinter den Zinnen erwiderten seinen Gruß. Doch gerade als Roç von seinem Pferd springen wollte, um zu Fuß hineinzugehen, scheute es vor einem Körper, der, halb vom Sand verdeckt, sich vor ihm bewegte. Es war Dietrich, über und über blutverkrustet. Er röchelte:

»Verschwindet, Trencavel, das sind keine Deutschen – alle tot!«

Roç sprang dennoch ab und beugte sich zu dem Verletzten.

»Wer?« fragte er töricht, dabei war ihm klar, daß es nur Ugo gewesen sein konnte.

»Rettet Euch!« Dietrich richtete sich mühsam auf, sein muskulöser Torso war gespickt mit abgebrochenen Pfeilen.

»Laßt mich sterben«, stöhnte er und wühlte sein Schwert aus dem Sand, auf dem er gelegen hatte. »Ich will ihnen meinen Tod teuer verkaufen.«

»Unsinn!« Roç rief die Gefährten herbei. Sie stemmten den

Schwerverletzten gemeinsam auf das Packpferd. Da Dietrich weder sitzen noch die Zügel halten konnte, packten sie ihn bäuchlings auf die Kruppe und zurrten ihn fest wie einen Sack.

»Rettet Euch!« beschwor sie der blonde Recke, dem das Blut jetzt wieder aus Hiebwunden in den Schultern lief. Sie setzten sich in Trab und hielten durch die Mulde auf den Turm zu. Der Trencavel ritt voraus, er wandte sich zurück, um sicherzugehen, daß seine Okzitanier mit dem Deutschen nachkamen. Da sah er, wie hinter den Mauern von Pantokratos Reiter hervortraten und sich formierten. Sein Blick irrte zurück zur Düne, woher sie eben noch gekommen waren. Selbst dort erhoben sich jetzt Klumpen von Berittenen wie große Kater, großzügig bereit, den Mäusen noch etwas Zeit zum Spiel zu lassen. Roç klopfte das Herz wieder bis zum Halse, doch er zwang sich zur Ruhe, sagte kein Wort und beschleunigte vor allem nicht den Trab. Das geringste Zeichen von Panik oder gar der schnellen Flucht hätte die Verfolger aus ihrer stoischen Ruhe gerissen, und die Hatz wäre losgegangen! Wer zum bösen Ende die Haut würde lassen müssen, stand außer Frage. Die einzige Hoffnung auf Rettung war der Turm, so dieser noch von Beni und Potkaxl gehalten wurde. Den Kopf gesenkt, schaute Roç noch einmal langsam hinter sich. Das Netz zog sich zusammen. Gemächlich setzten sich die Reihen in Bewegung wie bei einer Treibjagd – nur daß eine träge, bleierne Stille herrschte. Das Wild mußte nicht mehr aufgescheucht werden, es wuselte vor aller Augen in der Talschüssel wie ein Wurf blinder Mäuse.

Der Pfad stieg an. Oben, auf der obersten Plattform des Brunnenturms, glaubte Roç, die Köpfe von Beni und Potkaxl zu erkennen. Gott sei Dank! Sie winkten ihm verstohlen zu, steckten also nicht auf Spießen. Oder hockte jemand hinter ihnen, der ihre starren Hände bewegte?

»Beni!« brüllte Roç, von furchtbarer Ahnung ergriffen, kaum daß sie auf Rufweite herangekommen waren.

»Nehmt nicht die Treppe!« ertönte die Stimme der Toltekin, und Roç fiel ein Stein vom Herzen. »Die ist verbarrikadiert!«

»Ergreift das Seil!« ließ sich jetzt auch Beni vernehmen. »Wir ziehen Euch hoch!«

Roç sah das Tau herabbaumeln. Nie würden sie alle fünf, und einer dazu noch am Ende seiner Kräfte, die Zeit haben, sich auf diese Weise in die Höhe des Turms zu retten. Er wandte sich an die Okzitanier. »Raoul, hier trennen sich unsere Wege, seht zu, daß Ihr Euch am Meer entlang durchschlagt. Ich will versuchen, Dietrich zu bergen!« Sie waren mittlerweile unter dem Turm angekommen. Die drei verharrten unschlüssig.

»Wir schaffen das schon noch«, erklärte Raoul mit Festigkeit, »bevor die hier sind!« Sie hatten Dietrich vom Pferd gehoben und am Sockel des Turms gebettet.

»Haut endlich ab!« raunzte der Deutsche und zog sich an dem Mauerwerk hoch, die Fingerkuppen in die Fugen krallend. »Und Ihr, Roç, spielt nicht den Helden! Meine Aufgabe war, Euren Weg zu schützen, ich hab' sie etwas überzogen.« Er quälte sich ein Lächeln ab, als er sich schwankend aufgerichtet hatte. »Ich gürte Euch jetzt den Strick um die Brust«. Mit zusammengebissenen Zähnen faßte Dietrich nach dem Ende des Seils. Er knotete es fest, Roç wollte nach ihm greifen, nicht, um ihn ein letztes Mal zu umarmen, sondern um ihn festzuhalten, in der vagen Hoffnung, Beni und Potkaxl wären stark genug, um sie beide hochzuziehen, aber da ruckte das Seil schon an. Roç verlor den Boden unter den Füßen und griff ins Leere, denn Dietrich hatte ihm den Rücken zugewandt. Unsicheren Schrittes stakste der Deutsche den jetzt am Fuß der Klippen eintreffenden Reitern entgegen, sein Schwert in der Faust. Roç glitt höher und höher. Er sah die drei Gefährten hinabstieben zum Strand, um am Ufer entlang zu entkommen. Doch der Strick, an dem er hilflos hing, drehte ihn weg.

Unten traf Dietrich auf die vordersten Reiter. Er versperrte ihnen mit geschickten Schlägen den Pfad, bis ihn ein Wurfspeer in die Brust traf. Klirrend entfiel ihm sein Schwert, und er stürzte vornüber. Sie setzten über ihn hinweg. Bogenschützen waren keine unter den Angreifern; ihre Speere flogen nicht hoch genug, sondern prallten wirkungslos gegen das Mauerwerk zu Roçs Füßen. Roç gelang es, seine Beine auszustrecken und seine Füße gegen die Mauer zu stemmen. Es sah aus, als wolle er waagerecht den Turm emporsteigen, aber es verringerte sein Gewicht beträchtlich. Mit einer Hand konnte er bereits über die Brüstung greifen. Beni hielt den Strick mit letzter Kraft, die Potkaxl zerrte an seinem Arm, bis Roç, schwer atmend, bäuchlings auf den Steinen der Mauerkrone lag. Er warf einen letzten Blick hinunter zum Meer. Dort wurden den dreien gerade die Hände auf den Rücken gebunden. Sie waren in einen Hinterhalt geraten, ihre Gegner waren zu zahlreich. Pons wandte sich um und blinzelte gegen die Sonne zum Turm hinauf. Roç erhob sich und winkte ihm zu. Dafür erhielt der Dicke einen Faustschlag in den Nacken, und die drei Okzitanier wurden davongezerrt. Ich hol' Euch wieder raus! schwor Roç sich grimmig. Maugriffe hatte für ihn seinen Schrecken verloren! *Tant mieux je griffe, tant pis!* Es war jetzt nicht die Zeit, sich in Träumereien von einer heldischen Zukunft zu verlieren, kaum schmachvoll von einem Pagen und einer Zofe wie ein minnetrunkener Liebhaber in den Turm der Angebeteten gehievt. Dietrich hatte sich für seine, Roçs, Rettung geopfert, ohne jede Not, denn der Reiterhaufen traf keinerlei Anstalten, den Turm zu stürmen, sondern verharrte dort, wo sich Dietrich ihnen entgegengestellt hatte. Sie hatten den Leichnam des Deutschen nicht etwa mißhandelt noch ihm den Kopf abgeschlagen, sondern ihn fast mit Respekt zwischen die Felsen gesetzt. Die fremden Reiter erweckten den Anschein, als würden sie auf einen Befehl oder auf ihren Anführer warten. Roç sah, wie Dietrichs Kopf langsam zur Seite fiel, dann rutschte auch der mit Pfeilstummeln gespickte Oberkörper nach. Ein merkwürdiger Bursche, dieser Germane. Roç hätte nie gedacht, daß er den Verlust des blonden Recken bedauern würde. Er ertappte sich dabei, daß er ihm selbst den Tod neidete. Gequält richtete Roç sich auf. »Berichtet mir«, wandte er sich erschöpft an die ihm Verbliebenen, »wie alles geschah!«

»Als erstes kam Mahmoud aus dem unterirdischen Gang gerannt, der unten bei der Quelle im Brunnenschacht mündet, wie Ihr sicher wißt«, plapperte Potkaxl eifrig darauflos. »Er schrie ›Verrat! Verrat!‹ und rannte schnurstracks weiter, hinunter zum Strand, wo die Triëre lag.« Jetzt erst fiel Roç auf, daß das Schiff fehlte. Er war zu müde, sich jetzt darüber zu ereifern.

»Kurz darauf konnte man von hier oben erkennen«, sagte Beni, »daß die Triëre zur Abreise hergerichtet wurde.«

»Die Segel wurden gesetzt!« ergänzte Potkaxl.

»Das bemerkten auch die Templer, die ja unter uns lagerten, und sie beschlossen, sich dieser Fahrt anzuschließen. Simon trug uns Grüße an Euch auf.«

»Danke«, sagte Roç.

»Sie bummelten zu lang herum«, bemerkte die Potkaxl. »Inzwischen war ein Reiterheer vor der Zitadelle erschienen. Sie wedelten mit einer weißen Fahne, und die von der Zitadelle erwiderten den Gruß auf gleiche Weise. Dann begab sich ein Teil der Reiter zu Fuß in die Stadt, eben mit der weißen Fahne –« Die hatte es der Potkaxl besonders angetan.

»Wer?« forschte Roç.

»Weiß ich auch nicht.« Beni fühlte sich angesprochen. »Auf jeden Fall stiegen jetzt die Templer hinab zum Strand. Sie hatten den halben Weg noch nicht zurückgelegt, da lichtete die Triëre die Anker.«

»Und fuhr ihnen mit geblähten Segeln vor der Nase davon!« brachte das Potkaxl etwas Schwung in die Schilderung. »Die Templer rannten hinterher, sprangen sogar ins Wasser!«

»Genau in diesem Moment quollen unter uns Bewaffnete aus dem Brunnenschacht, angeführt von dem Schwarzbärtigen, mit dem Ihr, Trencavel, die Klinge gekreuzt und der dann feige den Abhang herunterkugelte!«

»Ugo!« rief Roç. »Na endlich! Ich habe ihn schon vermißt, den Halunken!«

»Er verhielt sich gar nicht wie ein gewaltiger Despotikos!« hielt ihm die Potkaxl entgegen. »Dreckig und zerfetzt kam er an der Spitze seiner nicht minder übel zugerichteten Mannen aus der Tür getorkelt.«

»Ugo hatte die Hosen gestrichen voll, sie waren nämlich auf der Flucht!«

»Denn überall stand jetzt der Feind!« rief Beni und wies vom Turm über das Land bis hin nach Pantokratos. »Eigentlich genauso wie jetzt!«

»Was redet Ihr da?« erregte sich Roç. »Welcher ›Feind‹? Waren das nicht Ugos eigene Reiter?« Beni schüttelte den Kopf. »Die hatte er wohl vor Pantokratos zurückgelassen, während er durch die Wasserröhre die Flucht ergriff. Und nun sahen sie sich plötzlich von weit überlegenen Heerscharen umstellt, die ihnen eine Reiterschlacht aufzwangen.«

»Die dauerte nur kurz«, ergänzte die Potkaxl, »dann hatte der Despotikos keinen einzigen Reiter mehr!«

»Wer war denn nun der Gegner, der so plötzlich aus dem Nichts auftauchte?« begehrte Roç zu wissen, doch die Potkaxl wollte ihm ganz etwas anderes erzählen.

»Jenes Gemetzel, das Beni eine ›Reiterschlacht‹ nannte, verschaffte dem Herrn Ugo eine Verschnaufpause, ausreichend, um über die Templer herzufallen, die traurig und enttäuscht vom Strand zum Turm zurückkehrten. Er legte ihnen einen Hinterhalt. Wir schrien uns die Kehlen wund, um den Simon und seine sieben Ritter vor dem feigen Despotikos zu warnen –« Beni fand, daß der Kriegsbericht ihm zustünde.

»Sie wollten einfach nicht wahrhaben, daß ihnen Gefahr drohte. Ugos Haufen zählte mehr als doppelt so viele Männer, was eigentlich nichts sagen will bei Templern. Doch bis die Herren begriffen, daß der Überfall ihnen galt, lagen von den sieben Rittern schon drei tot am Boden, von Armbrustbolzen erschossen, denn die durchschlagen aus solcher Nähe jedes Kettenhemd –«

»Simon?«

»Simon lebte noch, jedenfalls als –« Potkaxl nahm ihrem Freund das Wort aus dem Mund.

»– die Überwältigten ebenso unbarmherzig wie die Totgeschossenen von den ›Siegern‹ hastig in den Turm gedrängt beziehungsweise geschleift wurden.«

»Kurz darauf verließen die ›Ritter des Tempels‹, genau sieben an der Zahl, in aller Eile das Brunnenhaus. Sie trieben ein gutes Dutzend Gefangene vor sich her und hatten es furchtbar eilig, von hier wegzukommen.«

»Einer von ihnen war der Despotikos, das könnt' ich schwören, bei seinem schwarzen Bart!«

»Wie«, fragte Roç verwirrt, »als Gefangener? Und Simon?«

»Simon war nicht dabei«, erklärte Potkaxl, »denn in seiner Clamys steckte nun Herr Ugo und entzog sich wohl so dem Zugriff seiner Feinde.«

»Ja«, murmelte Roç, »das ist dem Kerl geglückt!«

»Nach meinen Berechnungen«, überschlug Beni laut, »müßten unter uns, im Sockel des Turmes, noch Simon und seine vier Templer ausharren, ihrer Ordenskleider beraubt.«

»Ich will froh sein, wenn sie ihre nackte Haut retten konnten! Übrigens –«, unterbrach Roç argwöhnisch, »wo ist meine Kiste?« Auf diese wohlweislich vermiedene Frage schwiegen seine Leidensgefährten.

»Sie kommen auf uns zu!« Beni versuchte nun nicht etwa, abzulenken: Tatsächlich war Bewegung in den Trupp am Fuß der Klippen gekommen. Einige ritten hinauf, ohne der Besatzung des Turmes die geringste Beachtung zu schenken. Sie sprangen vom Pferd, bildeten einen Ring um den Turm und warteten. Gespannt lauschten Roç und seine jungen Mitstreiter in die Tiefe. Als erster trat Zaprota aus dem Tor. Er mußte die Bewaffneten durch den unterirdischen Gang herangeführt haben, die jetzt hinter ihm ins Freie drängten. Erst jetzt sahen die unbeachteten Zuschauer, daß dem Alten die Hände auf den Rücken gefesselt waren. Der Anführer zerrte an dem Strick und spie ihm ins Gesicht.

»Dein Freund Ugo ist uns entkommen, weil du uns schlecht geführt hast!« Da stieß schon ein anderer dem Zaprota von hinten sein Schwert in den Rücken, und der Alte stürzte auf die Knie. Einer wollte ihm den Kopf abschlagen, doch der Wortführer verwehrte es ihm. Mit einem kurzen Dolch gab er ihm den Gnadenstoß ins Genick. Dann traten Simon und seine drei überlebenden Ordensbrüder heraus; sie waren bis auf ein Lendentuch splitternackt und trugen Roçs schwere Schatztruhe auf den Schultern. Aus den Ritzen der Holzkiste tropfte Wasser. Roç sah Beni strafend an, so daß der sich zu einer geflüsterten Erklärung bereitfand. »Über die enge Wendeltreppe haben wir sie nicht heraufgekriegt, so sehr sich die Moriskos auch mühten, sie eckte überall an und klemmte –«

»Sie mit dem Strick heraufzuziehen«, kam die Potkaxl ihm zur Hilfe, »dazu war sie viel zu schwer. Und dann kam ja auch schon der Feuerteufel gerannt und schrie: ›Verrat!‹ Da haben die Moriskos die Truhe in den Brunnenschacht geschmissen und sind hinter Mahmoud her zum Schiff hinunter –«

»So«, sagte Roç und setzte ein verkniffenes Grinsen auf, »jetzt bin ich auch meine Kriegskasse los, und mein Heer besteht aus euch beiden Helden!« Sie schauten gemeinsam vom Turm hinab, wie sich die Ebene von den Reiterscharen entleerte. Die Fremden zogen mit ihrer Beute und allen Gefangenen davon, selbst die Gefallenen nahmen sie mit sich. Auch Dietrichs Körper wurde aufgeladen. Roç sah den blonden Schopf des Deutschen zwischen den schlaff herabhängenden Armen vom Rücken eines Pferdes baumeln.

»Ugo d'Arcady ist ein so durchtriebener und menschenverachtender Schurke«, faßte Roç seine Erkenntnisse zusammen, »daß ich ihm eine solche Inszenierung zutraue, bei der er Teile seines Heeres aufeinander hetzt, um sich Verbündete vom Hals zu schaffen, die er nicht mehr braucht.«

»Vielleicht war es eine Meuterei?« sagte Potkaxl. »Gegen den Despotikos, und er mußte vor seinen eigenen Leuten fliehen?«

»Warum hat er dann die Schatzkiste nicht mitgenommen?«

»Er wird sie übersehen haben. Ihm ging es um die Ordensgewänder, sie retteten ihm womöglich das Leben.«

»Auf jeden Fall liegt der Schlüssel noch immer auf Castel Maugriffe!«

»Für mich sind alle Griechen eins, was Falschheit und Verrat angeht!« bekundete Beni abschließend.

»Darum geht es nicht«, belehrte ihn Potkaxl. »Und Niedertracht findest du überall, wo Menschen unversöhnlich aufeinanderstoßen.«

»Wir haben Dietrich und die Deutschen verloren«, zählte Beni auf, »wir haben Simon und seine Templer eingebüßt, die drei Okzitanier sind in Gefangenschaft geraten – und die Triëre ist weg!«

»Pferde haben wir auch keine mehr!« Roç seufzte. Doch das ließ die Potkaxl nicht gelten.

»Da unten irren noch genug herrenlose Tiere umher, die brauchen wir nur einzufangen. Und schon reiten wir los, die Eingekerkerten zu befreien!«

»Genau so machen wir es!« Roç lächelte vor sich hin. »Und dann erobern wir Jerusalem!«

Castel Maugriffe leuchtete im Abenddunkel wie ein vom Himmel gefallener Komet, der nicht aufhören mochte, funkelnde Teile nach allen Seiten zu versprühen, die nach hohem Bogenflug in der Dämmerung über dem Meer verglühten.

»Hat sich der Despotikos zur Feier seines Sieges doch noch unseres Feuerteufels bemächtigt?« spottete der Trencavel, als sie des Schauspiels ansichtig wurden. Dann entsann er sich, daß Ugo für heute ein großes Fest angekündigt hatte, denn die Braut Siziliens, die liebreizende Elena, sollte von Lancia, dem Onkel des Bräutigams, abgeholt werden. So sparte der Schloßherr an nichts, seine düstere Zwingburg in bestes Licht zu setzen. Roç war immer noch wie ein Prinz aus Tausendundeiner Nacht gekleidet, denn er hatte nichts zum Wechseln, auch wenn die damastenen Hosen und das seidene Wams an dem so wenig glorreichen Tag Risse, Löcher und viele Schmutzflecken davongetragen hatten. Der Trencavel zügelte sein Pferd und wandte sich an seine Heerschar, die sich den Rücken eines einzigen Gaules teilte; sie hatten nur zwei Tiere einfangen können.

»Ihr werdet mich nicht begleiten«, beschied er den rechten Flügel, »denn nur ich besitze den Vorteil, mich blind in den dunklen Teilen von Maugriffe auszukennen. Dazu kommt, daß mich der Herr Despotikos diesmal nicht erwartet.« Beni nickte einverständig, doch der toltekische Teil seiner Reiterei vermochte den Alleingang des Trencavel nicht einzusehen.

»Ihr müßt versuchen, ungeschoren zum Lancia vorzudringen und ihm die Augen zu öffnen, daß er die üblen Machenschaften des Schloßherrn erkennt«, sprach die kluge Potkaxl. »Um das zu erreichen, wäre vielleicht eine reizende Prinzessin an Eurer Seite von unschätzbarem Vorteil?« Roç mußte lachen.

»Wenn ich bis morgen früh nicht zurückgekehrt bin, geht davon aus, daß der Despotikos sich meines Schweigens versichert hat.« Roç wurde ernst. »Dann steht Euch frei, Eures Weges zu ziehen, denn ich verbiete Euch, mir zu folgen. Hingegen bitte ich Euch, meine Liebste Yeza zu grüßen und ihr zu sagen –« Er sprach nicht weiter, der Kummer übermannte ihn.

»Allein zu diesem Behufe deucht es mich besser, Ihr bleibt beieinander, damit es Euch nicht so ergeht wie mir.« Er umarmte Beni, und

Potkaxl küßte er auf den willig dargebotenen Mund. »Also wartet hier!« Roç wandte sich ab, ließ sein Pferd in der beiden Obhut und ging auf das glitzernde Ungeheuer zu.

Von nah und fern strömten diesmal die Gäste herbei, Damen in ihren Sänften mit prächtigem Gefolge, Ritter mit ihren Knechten, Fahnenträgern und Musikanten. Roç überquerte einen frisch hergerichteten Turnierplatz, Girlanden säumten die Tribünen. Vom Wall aus konnte er zwar nicht über die Mauern blicken, aber alles deutlich vernehmen. Selbst im Hof des Schlosses waren wohl Tische und Bänke aufgebaut. Man spielte zum Tanze, und auch zum Ringelstechen schien alles bereit. Unter dem Wall erstreckte sich der Burggraben. Der einsame Besucher mußte weniger auf das Rinnsal achten, das ihn durchfloß, als darauf, nicht in die Scheißhaufen zu treten, als er sich den Mauern näherte. Sosehr er sich auch mühte, von außen die aufgelassene Pechnase wiederzufinden, es wollte ihm nicht gelingen. Im Dunkeln sah alles anders aus. Dafür fiel er in ein Loch, das sonst wohl unter dem Wasserspiegel des Burggrabens lag. Er stieß an ein eisernes Gitter. Es gab nach. Roç drückte es nach innen und kroch in den Gang. Es war nicht die Kloake, wenngleich aufgeschreckte Ratten dies vermuten ließen, sondern der Abwasserkanal für die Küchenabfälle. Roç atmete auf. Dort kannte er sich aus.

Das dachte er zumindest. Als eine Treppe abzweigte und in die Höhe führte, ließ er sich verleiten, den Stufen zu folgen. Er stieg und stieg, bis er in einem waagerechten Gang angelangt war. Er tastete sich vor und fühlte das Eisenblech einer Tür. Behutsam versuchte er, sie zu öffnen. Sie quietschte. Er hielt inne, wagte kaum zu atmen, denn durch einen Spalt im Holz über ihm drang ein Lichtschein. Er lauschte. Als sich nichts rührte, er also davon ausgehen konnte, daß sich niemand im Raum aufhielt, schob er die Schrankwand behutsam beiseite – und blickte in ein Paar ihn neugierig anstarrender dunkler Augen. Das anmutige Geschöpf, dem sie gehörten, kniete auf dem Bett und sagte mit einem Seufzer der Erleichterung:

»Ich dachte, Ihr seid eine Ratte!«

»Ich sehe nur so aus!« antwortete Roç. »Ich bin der Trencavel und habe mich verirrt. Und wer seid Ihr, schöne Dame?«

Darauf schaute sie ihn noch erstaunter an und sagte schnippisch:

»Wenn Ihr das nicht wißt, dann habt Ihr Euch in der Tat verirrt, und ich muß die Wachen rufen, weil Ihr ein frecher Eindringling seid, der meiner Tugend zu nahe getreten!«

»Die Zeit müßt Ihr mir noch lassen!« Roç grinste. »Jetzt weiß ich, Ihr seid Elena von Epiros.« Er machte einen Schritt auf sie zu, um ihr artig die Hand zu küssen, völlig vergessend, welchen Anblick er bot.

Jedenfalls sprang das holde Wesen flugs auf der anderen Seite aus dem Bett. »Noch einen Schritt, und ich muß mir die Nase zuhalten!« drohte sie. »Wenn Ihr mir zu nahe kommt, falle ich in Ohnmacht!«

»Ich bitte Euch, meine Königin, sagt mir nur, wo ich den Schloßherrn Ugo finde?« Jetzt schienen der Schönen doch erhebliche Zweifel zu kommen.

»Was für ein Ugo?« fragte sie voller Mißtrauen, ja Abwehr. »Hier gibt es nur einen Herren, Fürst Lancia von Salern, und dem sollt' ich den frechen Schweinehirten übergeben, der sich als der berühmte Trencavel ausgibt!«

»Ich kann Euch beweisen –«, begann Roç gerade, als sich vom Korridor her feste Schritte näherten.

»Das ist er schon, er kommt, mich abzuholen!«

Roç hörte noch, wie es an die Zimmertür klopfte und die Schrankwand hinter ihm eilig verschlossen wurde. In der Hast verfehlte er den Einstieg in die Treppe. Statt dessen trat er in eine andere Maueröffnung. Eine Steinplatte unter ihm gab nach, warf ihn in eine seit Jahren nicht mehr gereinigte Rinne, in der er, ohne Halt zu finden, auf dem damastenen Hosenboden, dann auf dem blanken Hintern in die Tiefe rodelte. Gerade als er glaubte, den beißenden Schmerz nicht mehr ertragen zu können, flog er in ein Becken fauligen Wassers. Glücklich über die Kühlung, blieb er erst einmal dort hocken, schon um keinen neuen Fehler zu begehen. Hier umgaben ihn wieder die vertrauten Nager. Quiekend huschten sie durch das Kellergewölbe, und am Klirren der Ketten erkannte Roç, wo er sich befand. Er konnte nur eine Gestalt ausmachen, die an einer der Säulen mehr hing als stand. Roç stieg aus dem Trog und schauderte zurück. Im Gewölbe war eine runde Öffnung gelassen, nicht einmal vergittert. Von dort fiel schwaches Licht entfernter Fackeln hinunter in den Kerker. Was darunter lag, mußte auch diesen Weg genommen haben. Es waren die Templer oder jedenfalls deren Leiber, die in blutgetränkten Clamys steckten. Genau war das nicht auszumachen, denn die Köpfe waren zwar auch zur Stelle, nur nicht dort, wo sie hingehörten. Zur Linderung des Schreckens fiel Roç ein, daß er Simon und drei seiner Ordensbrüder noch lebend gesehen hatte, als sie seine Truhe mit der Kriegskasse davontrugen.

Roç stieg über die Rümpfe hinweg, was die Ratten in schrille Erregung versetzte, aus Angst, sie würden um ihren Festschmaus gebracht. Wütend sprangen sie an ihm hoch. Ärgerlich schüttelte er sie ab und trat auf den Mann an der Säule zu. An dem mächtigen schwarzen Vollbart erkannte er ihn. Doch wo zuvor feurige Augen gesessen hatten, gähnten nur zwei blinde, blutige Höhlen, so gräßlich, daß er seinen Blick abwenden mußte.

»Seid Ihr es, Trencavel?« sagte Ugo mit der ruhigen Stimme eines Mannes, der sich seiner Sache sicher war. »Mich hat er noch aufgespart«, fuhr Ugo fort, »wahrscheinlich wird meine Hinrichtung morgen zum Teil des Festprogramms erhoben. Ich schätze, Pfählen oder Vierteilen.«

»Ich denke nicht, Ugo d'Arcady, daß der Fürst die festliche Stimmung durch solch einen Anblick verderben will. Ich nehme an, der Henker wird Euch hier in aller Stille erwürgen, vielleicht vorher noch etwas foltern, zur Unterhaltung der Herren, denen so etwas Vergnügen bereitet.«

Ugo mußte bitter auflachen.

»Ich sehe, ich höre, daß Euer Herz nicht von Haß und Rache erfüllt ist.«

»Was zählt schon noch, was mich hierher trieb, Ugo d'Arcady. Mehr als Euch angetan wurde, könnt' Euer ärgster Gegner Euch nicht an den Hals wünschen. Doch erzählt mir, wie es dazu kam, nachdem Ihr doch Euren Feinden bei Pantokratos geschickt entronnen wart. Wer trat dort eigentlich gegen Euch an?«

»Ich hab' nicht mehr viel, das ich gewinnbringend verkaufen kann, einzig mein elendes Leben steht mir für eine kurze Frist noch zur Verfügung. Ich will Euch alles sagen, was Ihr zu wissen wünscht, wenn Ihr mir Euer Wort gebt, mich danach sofort umzubringen!« Roç suchte nach Worten.

»Ich habe noch nie einen Mann anders als in der Schlacht vom Leben zum Tode befördert, ich eigne mich nicht zum Mörder noch zum Henker!«

»Habt Ihr eine Waffe?« Roçs Schweigen bestätigte die Annahme des Despotikos. »Laßt sie mir, wenn Ihr geht!« Das war eine flehentliche Bitte, auch wenn der Todgeweihte eine sarkastische Haltung bewahrte.

»Gut«, sagte Roç, »aber dafür will ich die Wahrheit hören, das kann ich angesichts Eures baldigen Endes wohl erwarten. Und denkt nicht, daß ich leichten Herzens meinen Dolch dafür hergebe.«

»Betrachtet ihn als geliehen – so Euch mein Blut nicht stört. Ihr könnt es abwischen.«

»Wo ist meine Truhe, all mein Gold?« Roç begann streng, sein erkauftes Recht auf Auskunft einzufordern, die ihm auch Klarheit über das Schicksal seiner Gefährten bringen sollte.

»Welche Truhe?« fragte Ugo zurück. »Selbst wenn ich sie gefunden hätte, wäre mir nichts von Eurem Gold geblieben. Aber laßt mich berichten, und stellt dann Eure Fragen, so Ihr meint, ich hätte Euch etwas verschwiegen oder Euch im unklaren gelassen, denn das ist nicht meine Art!«

»Ich wollte Euch nicht beleidigen, doch könntet Ihr Euren Nachruhm bedenken.« Da lachte der Despotikos dröhnend auf.

»Für den hab' ich zu Lebzeiten reichlich gesorgt, den könntet nicht einmal Ihr mit Engelszungen schönreden, selbst wenn Ihr ein Engel wärt!«

»Also, Ihr bracht noch in der gleichen Nacht auf?«

»Ich wollte Euch eine Lektion erteilen, Trencavel. Wir kamen am frühen Morgen vor Pantokratos an. Die Benutzung des geheimen Ganges vom Brunnenturm in die Zitadelle verbot sich, weil Eure Leute diesen Weg inzwischen kannten. Ich griff zu einem sehr üblen Mittel –«

»Zur weißen Fahne eines unantastbaren Parlamentärs!« knurrte Roç.

»Richtig! Von der Zitadelle grüßte die Fahne Manfreds, und seine

Ritter winkten uns auffordernd zu. Ich betrat die Zitadelle mit einem handverlesenen Trupp von Meuchlern, alle geübt im heimtückischen Gebrauch des Dolches. Leider trafen wir dort auf Männer, die uns an Tücke in nichts nachstanden. Es kam zum Kampf Mann gegen Mann, nur daß unsere Gegner uns erwartet hatten, was gezielte Armbrustschüsse von allen Seiten bezeugten. Ich konnte mit Glück grad ein Dutzend meiner Leute durch die Brunnenröhre herausbringen, denn selbst den Zugang zu diesem Fluchtweg mußten wir uns mit hohem Blutzoll erkaufen. Zaprota hatte ihn dem Feind verraten! Beim Durchqueren der Zisterne fanden wir, auf einen Haufen geschichtet, die Körper Eurer deutschen Ritter, alle mit durchschnittenen Kehlen, ermordet im Schlaf.«

»Das Schicksal hättet Ihr ihnen wahrscheinlich auch bereitet«, warf Roç bissig ein, »oder wart Ihr es gar doch selber, der ihr Leben auf dem Gewissen hat?«

»Geht bitte davon aus, daß ich nicht lüge, Trencavel! Ich will jetzt nicht behaupten, wir hätten nicht gerne unser Mütchen an ihnen gekühlt. Doch ich werde mein Gewissen nicht befragen müssen, denn es kam ja eben ganz anders –«

»Sagt doch endlich, wer –?« bohrte Roç ärgerlich.

»Ich dachte, das wäre klar«, erwiderte Ugo. »Ich habe Euch doch schon erklärt, daß mein Erzeuger Villehardouin, der Fürst von Achaia, sich dem Kampf gegen Michael Paläologos, den selbsternannten Kaiser von Nikäa, Epiros angeschlossen hatte. Dessen Bruder Johannes, der sich hochfahrend ›Sebastokrator‹ nennt, hatte am gleichen Abend, an dem wir hier auf Maugriffe tafelten –«

»Und Ihr schon beschlossen hattet, mich zu hintergehen!«

»– Truppen auf Korfu angelandet, um mich für meine Übeltaten abzustrafen –«

»Ich weiß nicht«, unterbrach Roç schroff sein Gegenüber, »ob Ihr ihm soviel Beachtung wert seid. Ich fürchte eher, er wollte die Braut abfangen.«

»Das täte mir gerade noch gefallen!«

»Ihr bleibt ein Schurke!« sagte Roç angewidert und dachte an das glutäugige Kind, das ihn für einen Schweinehirten gehalten und ihn gutherzig doch nicht verraten hatte. »Den Rest mit den Templern kenne ich, Ihr habt drei davon umgebracht, um Euch in den Besitz ihrer armseligen Kleider zu bringen!«

»Sie sind im ehrlichen Kampf gefallen.«

»Ihr habt sie aus dem Hinterhalt zu Tode geschossen!«

»Seid nicht kleinlich wie ein Pharisäer, Trencavel – ich hätte Euch an meiner Stelle sehen mögen.«

»Die Ordensleute waren nicht einmal Eure Feinde, so wie Ihr sie in Manfreds Rittern hättet sehen können«, sagte Roç vorwurfsvoll. »Ich hatte die braven Kerle mitgenommen, sie warteten auf eine Passage in die *Terra Sancta*.«

»Templer«, entgegnete Ugo mit grimmigem Spott, »leben mit dem gewaltsamen Tod so eng vertraut wie mit ihren Unterhosen! Eine Verbindung auf Lebenszeit, ohne Wechsel! Außerdem brachten uns ihre stinkenden Kleider wenig Glück. Den größten Teil des Rückweges gingen wir zu Fuß, später gelang es uns, einige Pferde einzufangen, die noch am Morgen meine stolzen Reiter auf ihrem Rücken vor das verdammte Pantokratos getragen hatten, jetzt liefen sie herrenlos herum.«

Der Despotikos trauert doch wahrhaftig seinen Leuten nach, dachte Roç. Verbergt Ihr doch so etwas wie ein Gewissen?

»Wir hatten nur sieben Clamys mit dem roten Tatzenkreuz, zur Tarnung mußten die anderen als ›Gefangene‹ nebenherlaufen. Es reichte, die Nikäer zu täuschen, denen wir unterwegs begegneten. Mit Mühe konnten wir sie davon abhalten, uns die Gefangenen abzunehmen. Schließlich erreichten wir wieder Maugriffe, wo inzwischen der Lancia eingetroffen war. Erschöpft, doch letztlich stolz, es geschafft zu haben, ritten wir in den Burghof ein. Ich trat vor den Fürsten, ihn willkommen zu heißen. Der sah mich an, als wäre er überrascht ob meiner Aufmachung – oder überhaupt, mich lebend wiederzusehen. Statt eines freundlichen Grußes rief er laut: ›Wie? Ihr wagt es, mir unter die Augen zu treten?‹ Da hatten seine Wachen mich schon ergriffen und auch meine Gefährten entwaffnet. ›Also stimmt es doch, wie ich an Eurer Verkleidung sehe, daß Ihr eine Verschwörung angezettelt habt, Euch der Braut zu bemächtigen!‹

›Ihr täuscht Euch, mein Fürst, grad bin ich einem Hinterhalt der Nikäer entronnen –‹

DAS BÖSE AUF MAUGRIFFE

›Pah! Nikäa!‹ schalt er mich. ›Ihr habt die vierhundert edlen Herren ermordet, die Herr Manfred freundlich gesandt, Ihr habt Eure Hand nach Korfu ausgestreckt, das Herrn Manfred als Mitgift zugefallen! Jetzt wollt Ihr ihm noch seine Königin rauben! Hinweg mit Euch griechischen Verrätern!‹«

»Zum größten Teil läßt Euch die Anklage kein Unrecht widerfahren«, stellte Roç fest.

»Doch!« begehrte der Despotikos auf. »Von den vierhundert Rittern sind nur knapp die Hälfte tatsächlich nach Griechenland gekommen. Von denen, die hier gelandet sind, habe ich wahrlich eine geringe Anzahl über die Klinge springen lassen –«

»Und die anderen? Ich war dabei, als weit über dreihundert – Knechte und Knappen nicht gezählt – Palermo verließen.«

Ugo zuckte die Schultern.

»Die sind an anderen Küsten gestrandet, vielleicht in Gefangenschaft geraten. Wenn mich der Lancia deswegen blenden ließ!?« Jetzt tat der Despotikos grad so, als sei ihm, einem völlig Schuldlosen, das Augenlicht geraubt worden.

»Ist Euch bei der Ausübung Eurer hellenischen Gastfreundschaft, also dem aufmerksamen Empfang, den Ihr, nicht Nikäa, Manfreds Rittern bereitet habt, ein gewisser Hamo L'Estrange, Graf von Otranto, in die Hände gefallen? Sagt mir die Wahrheit!« Ugo überlegte lange, dann rang er sich durch.

»Ja«, sagte er, »ich habe ihn verkauft.«

»An wen?«

»An einen Sklavenhändler, der für die Rechnung des Hafsiden in unseren Gewässern tätig ist.« Ugo schluckte. »Wenn es Euer Freund war, dann tut es mir leid!«

»Nicht die Spur!« verwies ihm Roç die Falschheit. »Ich bin grad froh, das zu hören. Denn so besteht Hoffnung, daß er noch am Leben, was hier in Hellas offenbar nur wenigen beschieden. Der Hafside ist uns ein guter Freund!«

»Was wollt Ihr noch von mir wissen?« fragte Ugo ungeduldig. »Die Zeit drängt, Ihr könnt jetzt Euren Teil unserer Abmachung einhalten.«

»Ihr habt mir die Entscheidung erleichtert, Ugo d'Arcady – Ihr seid tatsächlich ein Mensch, der den Tod verdient hat. Sagt mir nur, wolltet Ihr tatsächlich die schöne Elena entführen?«

»Habt Ihr sie gesehen, von Angesicht?«

»Ja, sie ist wie Milch und Honig, wie eine knospende Rose –«

»Ich weiß«, sagte Ugo leise, »doch das ist Teil eines Jugendtraums. Mein Herr Vater hat ihre Schwester bekommen, und ich – doch bitt' ich Euch, dringt nicht in mich. Ich will ihr Bild so, wie ich es erinnere, in meinem Herzen bewahren und mit in den Tod nehmen – es hat nicht sollen sein!«

Roç zog seinen Dolch, doch dann überlegte er es sich anders.

»Tragt Ihr etwas zu schreiben bei Euch?« fragte er unvermittelt und mit geringer Erwartung, doch Ugo sagte:

»Wenn Ihr in meine Brusttasche faßt, findet Ihr einen Silberstift und auch eine geeignete Unterlage, ich trage sie immer bei mir.« Roç tastete sich mit einiger Hemmung zur Innentasche des verschwitzten Gewandes vor. Ihm war, als fühlte er das Herz des Verurteilten schlagen. Er zog den Stift heraus und ein Holztäfelchen. Es war das Bild von Elena, eines der Miniaturporträts, wie sie nur Rinat Le Pulcin anzufertigen wußte. Roç erkannte den Strich sofort. Er sagte nicht, daß er ein ähnliches schon bei König Manfred gesehen hatte, er sagte gar nichts.

»Was wollt Ihr schreiben?« fragte Ugo besorgt. »Ich will ihr keinen letzten Gruß hinterlassen. Sie weiß sicher nicht einmal, daß ich hier unten den Tod erwarte. Ich will sie auch nicht damit belasten.«

»Ich schreibe«, sagte Roç, während er schon begann, »›hütet Euch vor Nikãal Maugriffe bietet der Braut nicht länger Schutz!‹« Der Despotikos wartete, so lange, wie er in der Stille den Silberstift über die kleine Holztafel kratzen hörte. »Dann setzt bitte noch ›Tant pis‹ hinzu!« bat er, und Roç erfüllte ihm den Wunsch.

»Diese Warnung soll man bei Euch finden«, sagte Roç, »versteckt sie nicht. Weil Ihr den Dolch mit Euren angeketteten Händen nicht führen könnt, werde ich ihn jetzt hinter Euch in Herzhöhe befestigen.« Er ließ Ugo die Klinge mit den Fingern spüren. »Der Rest ist Eure Sache. Stoßt Ihr beim erstenmal nicht gut genug zu, oder er fällt runter, habt Ihr Pech gehabt, denn ich werde dann schon gegangen sein.« Ugo lehnte sich bereitwillig so weit vor, wie es ihm die

Ketten erlaubten. Roç schob die Klinge durch eine Eisenklammer an der Säule, so daß der Griff der Waffe sich gegen die Mauer stemmte und die Spitze auf Ugos Rücken zeigte, gleich unter das linke Schulterblatt. Dann führte Roç Ugos Körper behutsam an das Eisen heran, so daß er spüren konnte, wo es ihn erwartete. »Geduldet Euch gefälligst, bis ich gegangen bin!« sagte er zum Abschied. »Es war mir kein Vergnügen!« Der Trencavel wandte sich um und ging weiter in den Kerker hinein. Irgendwo würde er sicher einen Ausweg finden. Hinter sich vernahm er einen dumpfen Schlag, die Ketten klirrten leise, dann folgte ein langer Seufzer, und danach war es still.

Roç stieß auf eine Tür, sie war unverschlossen. Ein langer Gang schloß sich an, von dem Kerkerzellen ausgingen, deren eiserne Gittertüren allesamt offenstanden. Einige der Nager folgten ihm auf dem Fuß, doch am Ende lag nur ein weiteres Kellergewölbe, das völlig leer war. Nicht einmal Ratten laufen hier umher, dachte Roç in Erinnerung an die grausige Mahlzeit, bei der sie sich nicht hatten stören lassen. Von oben fiel Licht durch eine runde Öffnung in der Decke, und es waren auch Stimmen zu hören. Roç mied den beleuchteten Kreis auf dem Steinboden und schlich zum Ausgang. Ein Stein fiel hinter ihm in den von oben einfallenden Lichtkegel, und Roç drehte sich erschrocken um. Kräftige Fäuste packten seine Arme von hinten und rissen sie ihm auf den Rücken, roh fesselten sie seine Hände und schleiften ihn genau unter die Deckenöffnung. Er bekam einen Tritt in die Kniekehlen, und sein Kopf wurde an den Haaren nach hinten gerissen. Die groben Züge seiner Häscher verschwammen vor dem unerwarteten Anblick von zwei ungleichen Gesichtern, die hoch oben im Loch der Decke auftauchten. Es waren der kantige Schädel des Lancia und gleich daneben das liebreizende Antlitz der jungen Königin. Sie zeigten keine Rührung, keine Regung. Sie standen im Gewölbefirmament wie Sonne und Mond, von keiner Glut zu beeindrucken, von keiner Kälte zu übertreffen, herzlose Larven, deren Augen schon tot waren, während sich ihre Münder noch öffneten.

»Ist er das?« hörte er den Fürsten fragen, und die junge Königin sagte: »Ja, das ist er!«

»Peitscht ihn aus!« rief der Lancia den Lemuren zu. »Und werft ihn dann in den Graben!« Die beiden Engelsgesichter verschwanden aus dem Sphärenkreis, Roç wurde emporgerissen und über einen Bock geworfen. Einer schlitzte ihm das seidene Hemd auf, so daß sein Rücken freilag, der andere fesselte seine Beine. Nicht genug, als er Roçs von der Rutschpartie malträtierten Hintern erblickte, streifte er ihm auch hohnlachend die Hosen vom Gesäß, während der andere ihm die gefesselten Hände soweit löste, daß er sie an beiden Seiten des Bocks in Eisenringe stopfen konnte. Die Knechte hielten sich nicht mit längeren Vorbereitungen auf, sondern spuckten kurz in die Hände, auch wohl auf Roçs samtenen, sehnigen Rücken, dann peitschten sie bereits los. Sie schlugen, um sich nicht zu langweilen, abwechselnd, wobei der Spaß darin bestand, den anderen zu übertreffen. Roç sah schemenhaft ihre Hosen und ihr Schuhwerk. Doch bald verlor er sein Interesse daran, denn es half nur anfangs, dem stechenden Schnitt, gefolgt vom Klatschen des Schlages und den sich ausbreitenden Wellen von Schmerz, noch den verbissenen Willen zum schweigenden Durchhalten entgegenzusetzen. Nun vermochte Roç nicht länger, Einzelheiten wahrzunehmen. Sein Fleisch platzte auf, die einzelnen Rinnen an den Rändern wölbten sich, alles vermengte sich zu einem blutigen Matsch. Da begann er zu schreien, erst gellend, dann markerschütternd, was schnell in ein Wimmern überging. Dann verschwamm alles. Er war ohnmächtig geworden, und seine Peiniger verloren schlagartig die Lust.

Yeza begab sich mit Kefir zum Bazar, schon weil ihr das Packen zum Hals heraushing – und von den Zofen war ihr ja keine einzige geblieben! Nur der treue Jordi. Der Wesir hatte ihr aufgeregt berichtet, er hätte auf dem Trödelmarkt einen alten Juden entdeckt, der ihm unter der Hand Papyrusrollen und einige Pergamente, angesengt natürlich, aus der berühmten Bibliothek angeboten habe. Das wollte Yeza sich ansehen. Sie liebte die Bazare des Orients mit ihren dunklen Grotten, ihren geheimnisvollen, betörenden Düften und dem Singsang der Verkäufer, die ihre Waren anpriesen, unterlegt von dem hellen Hämmern der Kupferschmiede und dem dunklen Klopfen der Sattler, die ihr Leder walkten. Zielstrebig zerrte Kefir sie an den Gewölben vorbei, in denen die Wände mit fleckigen Dolchen – war das wohl eingetrocknetes Blut? – und blankgeputzten, ziselierten Krummschwertern behangen waren, einem Anblick, dem sie nicht widerstehen konnte. Er steuerte den rohrgedeckten Innenhof eines Teppichhändlers an, mit dessen Besitzer er flüsternd einige Worte wechselte, worauf der ihnen die Richtung wies. »Mein Kabbalist wechselt jeden Tag seinen Standplatz«, gab sich ihr Wesir höchst verschwörerisch, »wohl weil der Verkauf seiner Kostbarkeiten ungesetzlich ist!« An einer belebten Ecke, wo sich zwei der überdachten Bazarstraßen kreuzten und Eseltreiber und Sänftenträger laut fluchend um den Vortritt stritten, hing ein handbemaltes Brett an der Wand, das ›persönliche Horoskope, Glücksnummern, Chiromantik‹ anpries, und zwar in allen gängigen Sprachen des Nilhafens. Darunter saß ein alter Mann im Kaftan und schlief, das Kinn auf der Brust. Yeza hielt ihren Wesir zurück und schlich sich hinter die Ecke.

»Könnt Ihr mir den alexandrinischen Tarot des achten Sephirots legen, Ezer Melchsedek?« Der Alte fuhr entsetzt hoch und griff schützend nach seinem Klapptischchen vor sich, um die verbotenen Täfelchen unter einem schwarzen Tuch verschwinden zu lassen. Yeza war noch nicht vorgetreten. Der Chiromant wandte sich auch nicht nach ihr um, aber ein Lächeln ging über sein Gesicht wie ein verirrter Sonnenstrahl. Er wühlte in seinen Habseligkeiten unter dem schwarzen Tuch, bis er das gefunden hatte, was er suchte, ein einzelnes Täfelchen. Ohne ein Wort zu sagen und ohne sich umzudrehen, hielt er die Vorderseite zur Ecke hin, hinter der Yeza stand. Sie sah ihr eigenes Bildnis, eine der von Rinat gefertigten Miniaturen.

»Ihr kennt Euch?« fragte Kefir überflüssigerweise, um dann, etwas beleidigt, zum Geschäft zu kommen. »Dann ist ja an der Authentizität der Papyrusrollen und der anderen Pergamente und ihrer belegten Herkunft aus der –«

»Schttt!« machte Ezer. »Sie sind vollkommen echt!« flüsterte er stolz. »Alles feinste Schreibarbeit Eures alten Ezer Melchsedek! Ich werd' doch nicht«, fügte er hinzu, als er das empörte Gesicht des Wesirs wahrnahm, »meiner Prinzessin Yeza die Produkte meiner Fingerfertigkeit als tausend und mehr Jahre alte Originale verkaufen! Ich schenke sie ihr!«

Yeza war jetzt vorgetreten. Sie wollte Ezer eigentlich umarmen, doch dann fiel ihr noch rechtzeitig ein, wie furchtbar er damals gestunken hatte. Das verhielt sich auch jetzt nicht anders, als sie unmittelbar in seine Nähe kam. So reichte sie ihm artig die Hand und griff mit der anderen nach ihrem Porträt. »Im Gegenteil, großer Meister, ich kaufe Euch alles ab – und zukünftige Arbeiten gleich dazu! Ich nehme Euch wieder in meine Dienste, und dies mit größter Freude.«

Da sprang der Alte auf, stieß vor Aufregung sein Tischchen um und schlang seinen wehenden Kaftanärmel um Yeza, ehe die sich versah. Der Schwall von Schweiß und Knoblauch, Altmännerpisse und Mundgeruch warf selbst den in Abstand verharrenden Kefir fast um. Yeza glaubte, ersticken zu müssen. Die Not, den auf dem Pflaster verstreuten Tarot hastig aufzusammeln, rettete sie noch einmal. Betäubt fragte sie sich, ob ihr Angebot nicht etwas voreilig gewesen war, denn Ezer schnarchte auch, mindestens so furchtbar wie William! Doch Melchsedek besaß ein äußerst facettenreiches Gehirn, war in allen Kulturen des Mittelmeerraums zu Hause und hatte sich in Notlagen als findig erwiesen. Nein, den Kabbalisten würde sie auf jeden Fall mitnehmen nach Jerusalem! Da kam ihr Jakov in den Sinn. Den würde sie mit Hilfe des Dogen finden oder mit der des Hafsiden.

»Wie geht es Eurem Leibfranziskaner, dem frommen Bruder William von Roebruk?« plapperte Ezer und packte zusammen, beglückt, das elende Dasein eines fliegenden Händlers gegen den Dienst bei der Prinzessin eintauschen zu können.

»Ich würde gern wissen, wo er steckt«, sagte Yeza. »Die letzte Nachricht kam aus Antioch.« Ezer Melchsedek sah sie nachdenklich an, dann grabschte er blind in seinen Sack: ›Die Liebenden‹ war das erste, das er zog.

»Roç wird sich bald wieder mit Euch vereinen!« Dann brachte er ›Den Gehängten‹ zum Vorschein. »Jemand bedenkt sich.« Ezer war in seinem Element. »Laßt uns sehen, wer?« Der dritte war ›Der Narr‹! »William läßt sich also Zeit!« Er zog das vierte Bild. »›Die Hohepriesterin‹? Habt Ihr, Prinzessin, in Eurer nächsten Umgebung eine sogenannte Tempeljungfrau, eine Maid, die der rituellen Prostitution nachgeht? Der ist nämlich William, der alte Hurenbock mit rosaroter Haut und roten Haaren, restlos verfallen.«

»Ich pflege eigentlich keinen vertrauten Umgang mit Huris«, entgegnete Yeza schnippisch. »Außerdem sind derzeit überhaupt keine Weiber um mich herum, nur Mannsbilder aller Art.«

»Und doch sehe ich eine Fremde, Euch ebenso herzlich zugetan wie den Freuden fleischlicher Lust.« Ezer Melchsedek bestand auf seiner Vision, was Yeza ärgerte. »Wie sollte William, den ich ewig nicht mehr gesehen habe, es mit einer liederlichen Person treiben, die vorgibt, mir lieb und vertraut zu sein, die ich aber nicht kenne?«

»*Turuq Allah amiqa!*« trug der Wesir sein Scherflein bei. Und Ezer sagte: »Der Tarot lügt nicht!«

»Also laßt uns, werter Meister«, erklärte Kefir, »zum Ort der verborgenen Worte eilen, damit Ihr sie meiner Herrin übergeben könnt, und dann wollen wir unseren neuen Palast besichtigen.« Ezer Melchsedek schritt wacker voran. Sie erreichten wieder den Hof des Teppichhändlers. Ezer flüsterte mit ihm. Der wies auf einen alten zusammengerollten Teppich in der Ecke und nannte laut eine Summe, für die ein Kenner sich nicht einmal den gesamten Lagerbestand hätte aufschwatzen lassen. Ezer schien verzweifelt, denn offensichtlich waren seine Schätze in die abgetretene Matte eingerollt.

»Sagt ihm«, wies Yeza ihren Wesir an, »für den Preis kaufe ich ihn und seine Söhne und Kindeskinder gleich dazu. Ich werde sie mit fettem Schweinefleisch mästen, um auf dem Sklavenmarkt wenigstens ein Zehntel meines guten Geldes wiederzubekommen. Für die Differenz wird er die nächsten zehn Jahre täglich eine genau abgezählte Bastonade erhalten, weil ich mich dann wenigstens am Klang seiner Stimme erfreuen kann, wenn ich schon das Klingen der Münzen vermissen muß. Gebt ihm dieses eine Geldstück, und er soll Allah auf Knien bitten, daß ich ihn und sein Haus und den Weg dorthin vergessen will.«

»Dieser Teppich ist im Paradies geknüpft, schon seine Fransen sind des Goldes wert! Seht nur die Dichte der Knoten, jeder eine Perle!« zeterte der Händler. »Der Prophet hat auf ihm gebetet, bevor –«

»Stopft ihm die Münz' ins Maul!« herrschte Yeza ihren Wesir an, der sie dem Mann vor die Füße warf. »Er soll den elenden, von Motten zerfressenen Scheuerlappen in das Haus des Baibars tragen!« Da fielen dem Händler fast die Augen aus dem Kopf vor Schreck. Er sprang auf, klaubte die Münze aus dem Staub und reichte sie mit Demutsgebärde Kefir zurück, er drängte sie ihm förmlich auf.

»Erlaubt wenigstens, hoher Herr, daß ich den von Ratten zernagten Fetzen, diesen verschlissenen Fußabtreter eines Ungläubigen, auf dem Schweine sich gewälzt, Bettler gespuckt und –«Ihm fiel keine weitere Schmach für den noch ganz ordentlichen Buchara mehr ein. »Ich will ihn noch umwickeln mit einem Stück aus meinem Kabinett, nur damit mir und meinen Kindeskindern keine Schande erwachse bei dem großen Bogenschützen. Allah schenke ihm ein langes Leben!«

Den Rest hörten Yeza und ihr Gefolge nicht mehr, sie hatten sich zum Gehen gewandt, während der Händler mit fahrigen Händen unter zeternder Zuhilfenahme aller Söhne den alten Buchara in einen schweren Täbriz wickelte, eine Rolle wie ein Baumstamm so dick, die dann von vier der Söhne im Laufschritt dem hohen Besuch nachgetragen wurde. »Mit meinen untertänigsten Empfehlungen!« schrie der Händler ihnen hinterher.

Roç sah sich selber nicht. Sein Körper hatte sich aufgelöst, seine Glieder versagten ihm den Gehorsam. Er fühlte sie nicht einmal. Hatte er die Grenze des Lebens bereits überschritten? Eine gigantische Faust preßte sein Gesicht in feinen Sand, der eisige Kälte vermittelte und ihm den Atem nahm. Er war unfähig, seinen Kopf aus den weißen Federn zu heben – daß es sich um zarte Daunen handeln könnte, war seine größte Angst. So konnte man einen Menschen umbringen, aber er mußte atmen, um zu leben, wie ein Ertrinkender, der immer wieder nach Luft schnappt und sein schnappendes Maul den wirbelnden Eiskristallen öffnet, die ihn zu ersticken suchen. Dann wieder war er längst erfroren, lag zugeweht in der weiten Ebene, nichts rührte sich, er schon gar nicht, und sein erkalteter Blick wanderte über die vereiste Fläche zu dem menschlichen Bündel, das da in überwindbarer Ferne hingestreckt war, weggeworfen wie ein alter Teppich. Das war nicht er, das war der andere, den er retten wollte, darum lebte er noch. Von Dietrichs muskulösem nacktem Torso ragte nur der Rücken, nur die Schultern aus dem

Schnee, wie vom Eiswind rundgeschliffene Felsformationen, doch weit weniger erhebend. Ein menschliches Bündel, in dem Pfeile steckten, verschiedener Länge, einige geknickt, abgebrochen, wahllos hineingeschossen, ohne Sinn für die Ästhetik des Kunstwerks, worauf ein Körper wie der des Deutschen auch im Tode Anspruch erheben konnte.

›Der schöne Tod!‹ Hier erinnerte nichts an das Schlachtfeld von Pantokratos. Also befanden sie sich schon im Himmel, der eine von Pfeilen gespickt, ein blondgelockter Märtyrer, der andere zu Tode gepeitscht als nichtsnutziger Hütejunge. Das war er. Und deswegen wünschte Roç sich als treuer Hirte zu erweisen, der das Opferlamm Dietrich zum Leben erweckte, obgleich ihm dumpf dämmerte, daß mit weitaus geringerer Anstrengung er, der große Trencavel, dies Elend hätte vermeiden können. Doch hatte er den blonden Recken um sein Opfer gebeten? Nein! Es war ein sinnloses Unterfangen gewesen, in dem Roç sich selbst als Opfer sah. Warum sollte er eigentlich die Schuld für alles auf sich laden? Er hatte sich vielleicht als schlechter Kriegsherr gezeigt. Aber war er seines Bruders Hüter? War er nicht selbst nur ein Stein im großen Spiel? Jetzt lag er da, eins mit der weiten Ebene, an deren Ende feine schwarze Linien, spitze Stangen, sich gegen den milchigen Horizont erhoben. Die langen Lanzen – wie Federstriche – stachen immer höher, dann folgte dunkel die dichtgedrängte Masse der klobigen Topfhelme, und erst dann tauchten die Geisterreiter auf, körperlos in weißen Mänteln. Roçs ungläubiger Blick irrte über den Grund, die Fläche zwischen ihm und dem hingestreckten Deutschen, der immer noch in der Schneewehe lag, schwebte über ihn hinweg, glitt weiter über das Feld. Es war zum marmornen Schachbrett geworden, ähnlich dem, das er aus dem Konstantinopel seiner Kindheit in Erinnerung hatte. ›Der Mittelpunkt der Welt‹, so hieß der hohe Saal im Kallistos-Palast, dessen tiefer liegende Meere geflutet werden konnten, während die reliefartigen Landmassen sich daraus erhoben. Jetzt bedeckten Eisschollen die Agäis, Schnee den Peleponnes. Die Ordensritter kamen in breiter Front näher, bewegten sich lautlos auf ihn zu. Es waren die Templer – führte Gavin sie in die letzt Schlacht? Sie ritten achtlos über Dietrich hinweg, und die Hufe ihrer Pferde würden auch vor ihm nicht halt machen. Viele Gesichter kamen Roç bekannt vor, ohne vertraut zu sein, ohne daß sie Zutrauen vermittelten. Schweigend setzten sie die schwarze Sänfte ab. Die Grande Maîtresse nahm den Platz der Königin ein, der des Großmeisters blieb frei. Der Schleier vor ihrem Gesicht verbarg die Züge der Greisin wie hinter Spinnweben, und der Alfiere, der ihr zur Seite trat, war der totenblasse Engel Guillem de Gisors. In die vorderste Reihe der Pedones traten gesenkten Hauptes Simon de Cadet und die Ritter von Linosa, degradiert zum einfachen Fußvolk, weil sie die ihnen anvertraute ›Atalanta‹ nicht um den Preis ihres Lebens hergaben. Kristallener Eisstaub, aufgewirbelt von den Hufen der Pferde, flog Roç ins Gesicht, nahm ihm die Sicht auf Springer und Turm. Kaum hatten die weißen Ritter mit dem blutroten Tatzenkreuz Aufstellung genommen, brachen ihnen gegenüber die Eisschollen auf, und der Tiefe entstiegen die Roten, ihre alten Feinde, die Ritter des Heiligen Johannes. Unbeweglich fuhren sie mit geschlossenen Visieren empor und erstarrten wie die Templer zu Eiszapfen. Dann sprang plötzlich der weiße Springer aus der Reihe, es war ein Zentaur, der Mann, mit dem Pferdeleib verwachsen. Er verharrte zwischen den Fronten. Den Johannitern der vordersten Reihe klappten die Visiere hinunter wie Nußknackern die Kinnladen. Dahinter verbargen sich samt und sonders bartlose Gesichter mit kleinen platten Nasen und mandelförmigen Augen. Die zweite Reihe der Mongolen kannte Roç. Ihre zuverlässigen Türme stellten der glatzköpfige Großrichter und der gutmütige General Kitbogha, die stets seine Freunde gewesen waren. Sie wurden flankiert von Ata el-Mulk Dschuveni, dem perfiden Obersten Kämmerer, und dem intriganten Wesir Muwayad ed-Din, beide Roç weniger wohl gesonnen. In der Mitte der Roten stand der allmächtige Großkhan, umringt von seinen Brüdern. Der weit vorgepreschte Springer setzte zum erneuten Sprung an, da fiel eine Wolke von Pfeilen vom Himmel herab wie Feuer und warf das Tier mit dem menschlichen Torso zu Boden. Roç sah jetzt auch den Kopf, den Hinterkopf. Das rot gesiegelte Feuermal im Nacken verriet ihm, wer dort lag, noch ehe Gavin ihm sein kantiges Gesicht zuwandte und hochmütig lächelte, bevor die Hufe seines Tierleibes ausschlugen und sein Auge brach. Die Pfeile waren nicht von den Mongolen abgeschossen worden, sondern von hinten, aus den eigenen Reihen. Um das Gleichgewicht der Ehre wieder herzustellen, traten die Mongolenherrscher geschlosssen vor und köpften ihre eigene Bauernreihe. Dann erstarrten beide Fronten wieder zu weißen Salzsäulen. Und der Wind wehte über die eisige Hochebene des Altai. Roç kroch vorwärts, anders hätte er sich gar nicht bewegen können, es erfüllte ihn auch nicht mit Genugtuung, sondern er spürte seinen Körper nur noch als Last. Er schob ihn unter dem heulenden Wind hindurch. Es war ein schrilles Pfeifen, das in seinem Kopf erzeugt wurde, hinter seinen erfrorenen Augen, in seiner vereisten Stirn und zwischen den freigelegten Zähnen seines Schädels. Ausgesetzt dem Eisgebläse, das sirrend pfiff und hohnlachend toste, schleppte sich ein Untoter über den steinigen Boden, der zu hart war, um sich darin ein Grab zu kratzen. Mit bloßen Fingern grub Roç in der Schneewehe nach dem Körper des Dietrich von Röpkenstein, schob seine brennenden Hände unter den nackten Torso und hob ihn aus seinem warmen Bett. Mit übermenschlicher Anstrengung bog er seinen geschundenen Rücken, zwang seine Knie, seine Beinmuskulatur, nicht nur den eigenen Körper aufzurichten, sondern auch die Last, die er auf den Armen trug. Staksigen Schritts bewegte Roç sich vorwärts, immer bemüht, bald auf das rote, bald auf das weiße Feld des Schachbretts zu treten, nur nicht auf die ›Schwelle‹, die Naht zwischen den beiden Feldern. Sein keuchendes Schreiten geriet mehr und mehr zum atemlosen Stolpern, aber er wußte, wenn er jetzt fehltrat oder aufgab, den anderen aus seinen steifen Armen gleiten ließ, dann hatte er auch sich selbst aufgegeben. Die beiden feindlichen Fronten schauten seinem Kampf ungerührt zu. Es waren längst nicht mehr die Templer, die unbeweglich das weiße Feld hielten, sondern die Oriflamma flatterte jetzt über dem Thron von Saint-Denis, wo Roç König Ludwig, umringt von seinen Brüdern, zu sehen glaubte. Doch dann saß er selbst dort, den Kronreif in die ernste Stirn gedrückt und an seiner Seite die Lockenpracht, seidig wallend, das mußte Yeza sein. Sie war es nicht: Dietrich wandte ihm sein gelocktes Haupt zu, Trauer umflorte seinen Blick. Roç wandte sich heftig ab und richtete sein herrscherliches Auge auf die Königin des roten Rivalen. Da saß sie natürlich, seine Damna, die immer ihren eigenen Kopf durchsetzen mußte, nie die Würde mit ihm teilen mochte. Sie trug die Krone, Herrn Simon de Cadet mußte es genügen, an ihrer Seite zu weilen und ihr die Hand zu halten. Yeza als rote Herrscherin der Ismaeliten von Alamut, Königin der Assassinen! Sie schenkte ihrem Widerpart ein mildes Lächeln und winkte Dietrich zu sich. Roç versuchte ihn zu halten, aber er lag schon zu Yezas Füßen. Arslan, der Schamane, dessen Hilfe Roç unbewußt herbeigefleht hatte, als er mit dem Leib des blonden Recken auf den Armen durch die Schneewelt des Altai geirrt war, dessen Grotte sich ihm aber nicht zeigen wollte! Jetzt sprang der Alte plötzlich hervor, weil Yeza es wünschte. Kleine Feuerstellen flammten um den aufgebahrten Dietrich auf, und der Schamane tanzte um ihn herum, er tanzte für Yeza! Und jedesmal, wenn seine Vogelfinger beschwörend aus dem Zaubermantel herausfuhren, dann sauste ein Pfeil aus dem festen Fleisch des nackten Brustkorbs, des straff gespannten Bauchfells, der muskulösen Oberarme und der harten Schenkel, glitt zurück in die Luft, während sich die Wunde schloß, als hätte es das Einschußloch nie gegeben. Er flog im Bogen rückwärts, verlangsamte seine Bahn, um sich geschmeidig und willig in die Hand von Yeza zu begeben, die schon ein ganzes Bündel in den Händen hielt. Pfeil auf Pfeil verließ den Torso und versammelte sich der roten Königin zur Ehr und Zier. Doch als die letzte tödliche Spitze samt Widerhaken das Herz verlassen hatte, da prasselten die Flammen hoch auf. Ihre wabernde Glutwoge drohte Roç zu versengen und nahm ihm den Blick auf die makellos schöne, starke Brust des Freundes. Rauch stieg auf, und als die funkensprühende Lohe in sich zusammensank, war von dem Deutschen nur noch ein Häufchen Asche übrig. Ein eisiger Windhauch blies die Asche fort, so daß keine Spur von Dietrich blieb. Oder doch? Ein Adler breitete seine Schwingen, hob sich in das helle Blau des Himmels, ließ sich von den Winden immer höher tragen, der Sonne entgegen, in deren Licht er aufging. Der *bab al djanna*, das Tor zum Paradies, war aufgestoßen. Roç wendete seinen Blick zurück. Auf der steinernen Tribüne saßen steif die Fida'i, doch unter ihren Kapuzen glommen Blicke des tiefen Hasses; sie stellten ihm nach, drängten auch ihn zum letzten Gang, den Schritt ins Paradies. Sie besaßen diese Macht, und Roç kannte seine Feinde. Sie hatten sich hier eingefunden, um ihn zu vernichten. Der grobschlächtige Vitus von Viterbo, der selbst auf Krücken nicht aufgeben wollte und stets dreimal soviel Schläge einstecken mußte, als er austeilte. Yves der Bretone, als verurteilter Totschläger vom Schafott weg in königliche Dienste genommen, gefährlicher als alle Assassinen zusammen, denn er verehrte auf seine Art das Königliche Paar, haßte sein Handwerk als Henker und konnte sich doch nie den Einflüsterungen des bösen Charles d'Anjou entziehen. Gleich daneben ›Der Vater des Riesen‹, der Zwerg, Oberhofmeister des Sultans, der die Löwen auf sie gehetzt und den der Feuerteufel in die Luft gesprengt hatte. Hatte er das Reich der Toten schon betreten, daß sie sich hier versammelt hatten? Da war der irre Koch des Bischofs, den sein eigener, blinder Bluthund in die Spitzen des Fallgitters geworfen hatte, und eine Reihe dahinter versteckte sich der aalglatte, überaus tückische Favorit des Imams, der, selbst als die Rose bereits im Feuersturm verging, sie noch zu verderben versucht hatte. Hatten sie sich alle ihre Bosheit über den Tod hinaus bewahrt, daß sie noch immer danach trachteten, den Adler in ihre Krallen zu bekommen, ihn hinabzureißen in die Tiefe? Lauernd wie alte Geier hockten sie da und harrten darauf, daß er, Roç, den Sprung in die große Leere tat. Einzig die Präsenz von Yves dem Bretonen hatte etwas Beruhigendes, denn dessen Art war es nicht, auf das Ableben seiner Gegner zu warten. Solange Yves lebte, ging Gefahr von ihm aus, tödliche Gefahr, und das bestärkte Roç darin, auf der Hut zu sein, um sein Leben zu kämpfen, bis zum letzten Atemzug. Er schaute verstohlen hinüber zu dem Bretonen und sah zwar in dessen dunklen Augen ein Glühen; aber es lag kein Haß, keine Bösartigkeit in seinem Blick, sondern entsetzliche Verzweiflung und abgrundtiefe Trauer. Gebannt starrte Roç auf die wartenden Gestalten unter ihren Kapuzen. Der *bab al djanna*, ein verwittertes Holztor in der Mauer, hatte sich längst wieder geschlossen. Vor die Unbeweglichen traten jetzt drei junge Männer, ganz in Weiß. Der erste trug vor sich her die drei ineinandergesteckten Dolche, das Symbol der Macht des Großmeisters über Leben und Tod. Sie traten hintereinander vor den Grand Da'i, der sich erhoben hatte, und Roç sah in das verwüstete Antlitz des Imams, der den Todgeweihten umarmte. Dann wandte er sich dem zweiten zu, der um seinen Arm das

Linnen geschlungen hatte, das warnende Zeichen des Großmeisters für einen jeden auf der Welt, der seinen Befehlen nicht gehorchte. Das Leichentuch war ihm sicher. Roç wunderte sich nicht, als er Kitos blasses Gesicht sah. Der Sohn des Generals Kitbogha war kein Ordensmitglied der Assassinen, sondern ihr Opfer. Doch grausam küßte der Gran Da'i auch ihn. Der dritte war Roç selbst, und er trat einen Schritt zurück. Nicht aus Schrecken, er hatte dererlei erwartet, sondern aus Ekel, von dem gräßlichen Imam umarmt und geküßt zu werden. Der Gran Da'i strafte ihn mit Nichtbeachtung und nahm wieder Platz. Es war völlige Stille eingetreten, in die nur der Wind und das Schreien der Adler hineintönten. Die Türflügel des *bab al djanna* schwangen langsam auf. In der Öffnung des Torbogens war das weite Land zu sehen, die schneebedeckte Hochebene des Altai, die jetzt im Licht der Sonne lag. Dann begannen einige der Fida'i zu klatschen, verhalten im Rhythmus, andere fielen ein, die Schlagfolge wurde schneller, heftiger, ekstatischer bis zum Crescendo. Der erste Todgeweihte sprang mit einem Satz in den schräg abfallenden Steinweg, aber da hatten die Flammen ihn schon ergriffen. Er taumelte als lebende Fackel vorwärts, drohte zu stürzen und raste unter prasselndem Beifall durch das offene Tor. Sein Körper schien für einen Augenblick, wie ein brennender Engel in der Luft schwebend, zu verharren, dann stürzte er, verschwand. Schlagartig setzte das Klatschen aus und machte wieder der Stille Platz, und alle sahen, wie plötzlich ein großer Adler seine Schwingen breitete und mit einem einzigen Flügelschlag davonzog. Die Lüfte trugen ihn hinauf zur Sonne, in deren grellem Licht Roç ihn aus den Augen verlor. Dafür hielt er jetzt den Stab in der Hand, der aus den ineinandergesteckten Dolchen bestand. Doch Roç dachte nicht daran, sich mit dieser ›Ehre‹ zwingen zu lassen, und so trat der pflichtbewußte Kito an. Das Klatschen begann wieder. Stark und ruhig. Kito verneigte sich vor Roç, ohne ihm ins Gesicht zu schauen, und nun hing auch das Linnen über Roçs gestreckte Arme. Schneller bewegten sich die Handflächen gegeneinander, verschärften sich zum metallenen Trommelwirbel des Herzschlags. Kito senkte den Kopf und rannte los mit geschlossenen Augen, er stolperte vor dem Tor, als ihm der Kopf abgeschlagen wurde, er hatte sich noch auf der Schwelle abstoßen können und hielt die Arme ausgebreitet, doch kein Adlerflug wollte sich einstellen. Wie ein Stein stürzte er in die Tiefe – und nur sein vom Rumpf getrennter Schädel kullerte wie suchend den steinernen Weg hinab, verharrte kurz auf der Schwelle, als könne er es sich leisten, unentschlossen zu sein, bevor er dem Leib folgte. Kein Schrei des Adlers, nur das Wehen des Windes, der um die Mauern strich und sich in den offenen Torflügeln des *bab al djanna* fing. Roç war unschlüssig. Er spürte den Druck aller, die seine Hingabe forderten, ihr Verlangen verdichtete sich zu einer Wolke des Zwanges, die über ihm hing. Er sah hinüber zu Yves dem Bretonen, und der wiegte verneinend sein Haupt, was Roç dankbar aufgriff, entschlossen sich zu versagen, allen Regeln der Assassinen zum Trotz, wo schon ein Wink des Großmeisters genügte, sich in den Tod zu stürzen. Doch dann sah Roç die zerbrechliche Gestalt des weißhaarigen John Turnbull wie eine Aura neben dem Tor zum Paradies erscheinen, der ihm aufmunternd zunickte. Das gab den Ausschlag. Roç warf dem verblüfften Imam Dolche und Linnen vor die Füße, was ein Wutgeheul entfachte. Er trabte federnd los, winkte noch einmal allen zu, was den Zorn orkanartig steigerte, einige Fida'i waren aufgesprungen in ihren flatternden weißen Gewändern, versuchten ihn zu fassen. Roç steigerte seine Geschwindigkeit, fand den Absprung und ließ sich tragen, denn er wußte, daß er fliegen konnte. Der Adler flatterte empor mit wildem Schrei, zog einen hochmütigen Kreis über den unter ihm Versammelten und entschwand hinüber zu den schneebedeckten Wipfeln des Altai. Roç segelte schwerelos, hier oben pfiff der Wind nicht mehr, sondern spielte und sang unten in den Felsen wie eine Harfe. Die zarten Töne, die zu ihm empordrangen, deuchten ihn wie Sphärenklänge, von Engeln gezupft, die Sonne stach nicht nach ihm, sie streichelte ihn wohlig mit zarten Fingern und ließ seine Augen sich ausruhen im ruhigen Blau des wolkenlosen Firmaments. Das mußte der Himmel sein! Roç blickte hinab auf die endlosen grünen Steppen der Mongolen, er sah weiße Klöster mit goldenen Zwiebeltürmen und Pagoden aus rotem Holz, deren Dächer voller Glöckchen hingen, die beim leisesten Luftzug zaghaft bimmelten. Er sah Scharen safrangelb gewandeter Mönche mit kahlen Schädeln. Sie schlugen einen riesigen Gong, in dröhnenden Wellen wogte der Ton über die Erde, wie Kreise, die ein ins Wasser geworfener Stein erzeugt. Er sah die dicht zusammengedrängten mannshohen Ochsenkarren mit den schwarzen Jurten darauf. Riesige Heerscharen zogen der untergehenden Sonne entgegen, und weit vor ihnen rumpelte der einzelne Wagen, der dem Großkhan den silbernen Trinkbaum entführte. Er und Yeza saßen auf dem Kutschbock, zusammen mit William. War das der Frieden? Nicht die *pax Mongolica*, der Frieden für die Welt, sondern die Gewißheit, in sich selbst zu ruhen. Wie fehlte ihm diese Vertrautheit! Roç sehnte sich nach der Geborgenheit, die sich immer einstellte, wenn sie alle drei beieinander waren, sich stritten, sich versöhnten – er selbst, seine eigenwillige Damna und der rundliche Franziskaner. Der erste Blitz zuckte wie ein Peitschenschlag. Der Himmel hatte sich verdunkelt zu einem tiefen Blau, doch am Horizont ging er bereits ins Schwarze über, in der Ferne grollten die Donner. Der Blitz war in den mächtigen Trinkbaum eingeschlagen. Das Wunderwerk französischer Silberschmiedekunst mit seinem in den Ästen versteckten Röhrenwerk stand augenblicklich in Flammen. Die Pferde gingen durch, William fiel vom Bock, ohne daß irgend jemand Notiz davon nahm, nicht einmal Roç. Wie eine Riesenfackel raste das herrenlose Gefährt durch das Gebirge, über Stock und Stein, bis die Rosse schweißgebadet am Brunnen des Iskander stehenblieben. Das Dorf gleichen Namens gab es nicht mehr. Im Aufleuchten der Blitze suchten Roçs Adleraugen nach Resten, Spuren. Kein Stein zeugte mehr davon, daß hier einst Menschen lebten, Assassinen, die treu bis in den Tod das Geheimnis der Rose bewahrten. Irgendwo dort unten in dunkler Nacht lag Alamut. In schneller Folge herabfahrende Blitze erhellten die nasse Haut aus hartgesinterter Eisenerde, die undurchdringliche Schutzschicht des Blütenständers, während die Blätter der Knospe sich begierig öffneten, um den herabstürzenden Regen zu empfangen. Den schlanken Stengel ließ das Tosen des Unwetters unberührt, das Gleichmaß seines Ganges war einzig und allein dem Lauf der Gestirne verpflichtet, symbolisiert durch die silberhelle Mondscheibe, die sich unbeirrt vom Licht in den Schatten, vom Schatten in das Licht bewegte. Roç zwang diese Bilder vor sein inneres Auge, denn es war ihm der Gedanke unerträglich, daß die herrliche Rose, diese

Zauberschöpfung, würdig eines Hermes Trismegistos, das gleiche elende Schicksal erlitten haben sollte wie Iskander. Die einzigartige Maschine war mehr als der Sitz des Imam, mehr als die zentrale, unbezwingbare Feste der Ismaeliten, die stählerne Rose war aus der *coniunctio aurea* geboren, unsterblich, ›das Große Werk‹ in alle Ewigkeit!

Yeza war sicher, am Strand vor den Trümmern des Sockels Hamo L'Estrange zu treffen, allerdings hatte sie nicht erwartet, ihn in den Armen von Simon zu finden. Nicht, daß die beiden Männer es miteinander trieben, aber allein der Anblick ihrer wie Bronze schimmernden Körper, die mit verschränkten Armen im Sand lagen und sich den Strahlen der Sonne aussetzten, gab ihr einen Stich ins Herz. Sie waren auch wohl zusammen im Meer geschwommen, vielleicht hatte Hamo den Templer mit hinab genommen in die versunkene Welt der Kleopatra – eine Vorstellung, die schon genügte, um Yezas Eifersucht anzustacheln.

Sie wußte nichts von Simons unrühmlichem Abenteuer mit Roç auf Korfu und ahnte nichts von seiner Gefangennahme. Der Hafside hatte ihn aus der Sklaverei befreit und ihm die Reise ins Heilige Land ermöglicht. Doch nun saß er erst einmal in Alexandria fest.

Der Templer grüßte Yeza mit einem freundlichen Nicken, als sei das Wiedersehen im Delta des Nils das Selbstverständlichste auf der Welt. Yeza starrte ihn wortlos an.

»Leugnen hilft nichts, meine Herren!« sagte sie schließlich von oben herab, um ihr Erstaunen zu verbergen. »Wassertropfen auf der Haut überführen die Verräter!«

»Wie könnte ich Euch je hintergehen, Prinzessin?« rief Hamo, nach oben blinzelnd, doch ohne seine Rückenlage aufzugeben.

»Ihr seid getaucht, ohne mich!« Simon war ihr Erscheinen nun immerhin wert, verlegen aufzuspringen. Sie warf sich neben Hamo in den Sand. »Zieht mich aus«, flüsterte sie heiser mit verlockender Stimme. »Öffnet mir wenigstens die Schließe«, fügte sie hinzu, als Hamo so gar keine Anstalten machte. Simon beugte sich zu ihr hinunter und machte sich mit ungeübten Fingern an ihrem Nacken zu schaffen, doch Hamo weigerte sich weiterhin.

»Wo habt Ihr eigentlich Philipp, unseren Diener, gelassen, den wir Euch ausgeliehen für Euren heldenhaften Heereszug gen Hellas? Der würde sich nicht so lange bitten lassen und dann noch ungeschickt anstellen wie ein –«

Yeza wollte den bemühten Simon nicht verletzen und sparte sich den Vergleich.

Mit der unvermittelten Nachfrage hatte sie hingegen Hamo empfindlich getroffen.

»Philipp«, rückte er gequält heraus, »begleitete mich als braver Knappe in den blöden Kampf.« Der Graf suchte nach den geeigneten Worten. »Während man uns westliche Herren in Haft nahm, um uns später gegen gutes Geld einzulösen, wurden die Griechen, die an unserer Seite gestritten hatten, ausgesondert und von uns getrennt.«

Hamo fiel in düsteres Schweigen, doch Yeza gab nicht nach. »Und was geschah mit ihnen?« fragte sie ahnungsvoll.

»Wir erfuhren erst später, daß man sie allesamt hat über die Klinge springen lassen!« empörte er sich schwach. »Wenn ich gewußt hätte, welches Schicksal sie erwartete, hätte ich ihn natürlich freigekauft – aber man hatte mich nicht gefragt!« verteidigte er sich beschämt. »Es tut mir leid um Philipp!«

Yeza war so entsetzt über Hamos Attitüde, daß sie außer einem Stich ins Herz keinen Schmerz empfand, eher eine dumpfe Wut über die Ohnmacht der Schwachen.

»Die Herren von Geblüt wurden also verschont«, mokierte Yeza sich, als ihr der Trencavel in den Sinn kam. »Ihr seid nicht zufällig Roç begegnet?« wandte sie sich versöhnlich an den Sohn der Gräfin, bemüht, keine Bangigkeit in ihrer Stimme aufkommen zu lassen.

Verlegen begann Yeza sich zu entkleiden. Hamo schüttelte mit einem Ausdruck des Bedauerns den Kopf, doch Simon meldete sich:

»Als wir auf Korfu in die Hände der Nikäer fielen, hielt der Trencavel sich noch in einem starken Turm, samt Dienern. Ich weiß allerdings nicht, wie lange er dort Widerstand leisten konnte, denn wir wurden abgeführt in die Gefangenschaft.«

»Dort trafen wir uns«, fügte Hamo grinsend hinzu. »Der Hafside ließ es sich angelegen sein, uns freizukaufen –«

»Wie schön für Euch, Hamo L'Estrange!« sagte Yeza spitz und gedachte ein letztes Mal des treuen Dieners, dem solches Glück nicht beschieden.

»Denkt nicht, daß der Sklavenhändler von purer Mildtätigkeit getrieben wurde«, warf Hamo empört ein, »der Schuldschein wies die dreifache Summe –«

»Ihr lebt!« Damit schnitt Yeza ihm das zu erwartende Lamento indigniert ab. Sie hatte sich inzwischen selbst von ihren lästigen Kleidungsstücken befreit und machte Anstalten, sich ins Wasser zu begeben. Sie mußte das Gefühl einer aufsteigenden Verachtung für Hamo bekämpfen. Das mußte der gespürt haben, denn ungefragt sprudelte er jetzt los.

»Tauchen, meine Prinzessin, will geübt sein. Ich kann Euch nicht an die Hand nehmen und in die Tiefe ziehen – Ihr würdet es auch nicht aushalten oder für immer dort unten bleiben! Die Töchter Neptuns warten nur auf Maiden wie Euch, die aus Liebeskummer ins Wasser gehen!« Er lachte über seinen Scherz, während Simon nicht wußte, wohin er schauen sollte, nachdem Yeza als letztes ihr Lendentuch abgelegt hatte.

»Mein Schmerz, Hamo L'Estrange, auf Euch verzichten zu müssen, ist so gewaltig, daß ich dennoch den Schritt ins Paradies wagen muß –« Sie sprang auf und lief nackt in die Wellen der Brandung.

»Wartet, törichte Erdentochter!« rief Hamo und erhob sich. »Beginnt bitte damit, das Paradies erst einmal von oben zu schauen! Legt Euer Gesicht auf das Wasser, und gewöhnt Eure Augen an das Salz, und lernt, das Atmen nicht zu vergessen!«

Doch Yeza hatte sich schon in die Wogen geworfen. Sie sah natürlich gar nichts und bekam Wasser in Hals und Nase, daß sie spucken und husten mußte, aber umkehren wollte sie auch nicht. So ließ sie sich treiben und träumte von ihrem Flug in die perlende Tiefe wie eine herabstoßende Möwe. Vor ihren Augen wuchsen aus dem klaren Wasser riesige Paläste aus Rosengranit und schwarzem Basalt, deren Tore mit Schildkrötenpanzern bestückt waren; Säulenhallen lichter Tempel, zwischen denen sie sich im Schwarm von Meerjungfrauen und Seepferdchen dahingleiten sah, die mit ihren peitschenden Schwänzen den spielerischen Nixen heiter nachstellten. Durch den wehenden Vorhang eines hohen Fensters schlüpfte Yeza mit ihrem glitzernden Fischleib in ein Schlafgemach aus weißem Alabaster. Die breite Liege war aus Ebenholz und Elfenbein und so dicht von Seeanemonen umstanden, von wild wuchernden Korallen bewachsen, daß sie vermeinte eine nur mit einer Perlenkette bekleidete üppige Frauengestalt auf dem Lager hingestreckt zu sehen. Das mußte die schöne, verderbte Pharaonin Kleopatra sein! Yeza empfand einen brennenden Stich auf der zarten Haut ihrer Brust. Sie war an eine vorbeischwebende Meduse geraten. Yeza schlug um sich, nicht so sehr, weil es wie Feuer brannte, sondern aus Zorn, daß die Qualle sie aus ihren schönen Träumen gerissen hatte. Sie wollte nicht aufgeben.

Wie lange sie so von den Wellen auf und nieder geschaukelt wurde, war Yeza nicht bewußt, als zwei kräftige Männerhände sie packten und sie sich in den Armen von Simon wiederfand. Doch zu ihrem Bedauern konnte sie in seinen Augen nichts als Besorgnis lesen. Und er hielt sie auch nicht umschlungen, sondern geleitete sie wie eine gebrechliche Alte fürsorglich zurück ans Ufer, denn Hamo drängte zum Aufbruch.

Roç gefiel sich als Adler, mit mächtigem Flügelschlag ließ er sich auf dem Observatorium nieder, oben auf der höchsten Spitze des Minaretts von Alamut. Kasda, die zartgliedrige Priesterin der Sterne, lagerte in ihrer Mondsichel. Hauchdünnes Tuch aus Mossul ließ mehr von ihrem schlanken Körper durchscheinen, als daß es ihn züchtig verdeckte. Der Adler beugte sich über sie. Ihre hellen Augen glänzten dem geflügelten König entgegen, boten sich der Kralle dar, die das feine Gewebe jetzt vom Hals bis hinab zum Schoß zerriß. Doch der große Zauberer hatte anders beschlossen. Der Adler nahm Roçs Gestalt an, doch der Vogel behielt seinen Kopf. Die Priesterin verwandelte sich in die wissende Yeza. Roç drang in die Geliebte ein, aber auch seine Königin wollte den Adler und ließ es ihn spüren. Roç wuchs als Liebhaber über sich selbst weit hinaus, weil er Kasda, diese ätherische Priesterin voller sanfter Zärtlichkeit, endlich einmal durchvögeln wollte, während er Yeza plötzlich so verzehrend liebte, daß er bis auf eine *ejaculatio praecox* nichts Erhebendes zustande gebracht hätte. Nicht genau wissend, wen sein *penis trium-*

phans beglückte, blieb er unermüdlich, bis der große Zauberer ihn aus der Mondsichel entfernte. Und weil die herumirrende unentschiedene Seele es sich so sehr gewünscht hatte, durfte Roç diesmal mit einem Lebenden sprechen, auch wenn der meilenweit entfernt war. Durch die metallene Wand sprach William von Roebruk zu ihm wie Jahwe aus dem brennenden Dornenbusch. Bevor Blitz und Donner das Zwiegespräch mit dem Mönch beendeten, erteilte William ihm den Rat, die Welt in ihrer Schönheit nicht aufzugeben. Roç mußte sich selbst einbringen, sich dem Tyrannen ausliefern, um an ihn heranzukommen. Klatschnaß drang Roç in das ›Paradies‹ ein, in den Harem des Großmeisters, den dieser hütete wie seinen Augapfel. Nie zuvor war es Roç vergönnt gewesen, diese künstlichen Gärten zu betreten, in denen vergoldete Bäume voller köstlicher Früchte die Äste bogen und Sandelholz und Myrrhe in zierlich glimmenden Räucherbecken sowie Rosen und Lavendel in plätschernden Brunnen Heiterkeit und Erregung verströmten. Yeza hat hier oft und gern geweilt, dachte er fast eifersüchtig. Wie lieb wäre es ihm gewesen, seine Damna jetzt hier anzutreffen! Schon die erste Huri, die ihm auf damastener Liege in einem Duft von süßer Schwere ihr alabasternes Gesäß hinreckte, erinnerte ihn an die ferne Geliebte, so daß er, außer sich vor Glück und beschämt über seinen Zustand, hastig seine vor Dreck starrenden, aufgeweichten Kleider abstreifte und sich anschickte, das dargebotene dunkle Vlies mit seiner Lanze glorreich zu berennen. Indes, er hatte sie noch nicht eingelegt, da wandte die stolze Besitzerin des höllischen Schildes in Erwartung des ersten Stoßes ihm ihr Antlitz zu – und Roç blickte in die vor Spott sprühenden Augen Shirats. Er war gewarnt, floh aber nicht – Shirat lachte und entzog ihm den verlockenden Köder, indem sie sich wie eine Katze zur Seite rollte, Roçs ritterliche Pose ins Lächerliche kehrend. Da fiel auch schon das feine Eisengespinst von der Decke herab. Der töricht um sich schlagende Bock verstrickte sich noch mehr in die Maschen des Netzes, es zog sich zusammen und hob ihn unter dem Gelächter der Huris vom Lager hinweg in die Höhe, gab ihn preis in seiner Nacktheit. Unfähig, sich zu wehren, hing Roç über dem ›Paradies‹. Das hustende und keuchende Hohnlachen des unsichtbaren Fallenstellers bewies ihm, daß er in die

Hände des Imams gelangt war. Wenn Roç es auch vorgezogen hätte, eine bessere Figur abzugeben, hatte er doch sein Ziel erreicht, er würde dem Tyrannen Aug' in Aug' gegenüberstehen! Wie würde der Herrscher die versuchte Schändung seines Harems bestrafen? Der Regen trommelte auf die gesinterte Außenhaut der Rose, als würden die Heerscharen eines erzürnten heidnischen Himmels die Feste bestürmen. Neptun hatte alle Schleusen geöffnet, Jupiter schleuderte seine Blitze, und sein kriegerischer Sohn warf seinen Donnerhammer hinterher. So ergossen sich die Wassermassen tosend über Alamut. Das Krachen und Prasseln ließ im Innern keinen sein eigenes Wort verstehen. Daß dennoch die Zimmerleute den ›Großen Bock‹ rechtzeitig und entsprechend den Vorstellungen des Imams fertiggestellt hatten, bewies die zunehmende Macht des Bösen über die Rose. Die Balkenkonstruktion nahm den gesamten unteren Innenraum ein, erstreckte sich haushoch, so daß auch oben vom Palast aus der Herrscher und sein Hofstaat genüßlich die gewünschte Prozedur verfolgen konnten. Kein Zucken im Auge des Delinquenten entging ihnen. Es war Roç, der hier seiner Strafe entgegensah. Da irrlichterte ein greller Blitz durch den Raum, Roçs Ketten, aber auch sein Widersacher und die Wächter, alles war sofort in bläulich züngelnde Flammen gehüllt. Er schmeckte Schwefelgestank, bevor der Donnerschlag im Inneren der Rose, wie in einer erzenen Glocke sich maßlos verstärkend, ihn zwischen den Wänden hin und her warf, bis das Tosen in seinem Kopf einer unheimlichen Stille wich.

Als Roç wieder Bilder sah, wanderte sein Blick langsam nach oben. Dort, an der Balustrade des wie eine Terrasse unter dem Palast hängenden Prunksaals des Imams, hatte jetzt der Paläologos in seinem Thronsessel Platz genommen. Hunderte von Kerzen warfen ihr Licht auf Roçs hingebreiteten Leib. Auch das Opfer durfte seinem Peiniger in die Augen sehen. Eigentlich stand dem Kaiser von Nikäa nicht das Recht zu, Roç zu Tode zu stückeln. Neben dem blutrünstigen Tyrannen verdeckte ein bis zur Decke reichender, mit kostbaren Juwelen bestückter schwerer Teppich den Ehrenplatz an seiner Seite. Der Hofstaat hielt ehrfürchtig gebührenden Abstand, und Diener standen mit Schnüren in den Händen bereit, den Vorhang beiseite zu ziehen. In die erwartungsvolle Stille hinein war nur das monotone Prasseln des Regens zu hören, das Gewitter schien sich entfernt zu haben. Der Paläologos hob in Cäsarenmanier die Hand, um den Beginn des Spektakels anzuzeigen. Die Wassermassen rauschten auf die Rose herab, als stünde sie unter einem Wasserfall. Langsam und feierlich öffnete sich der Vorhang. Welche Teufelei mochte sich der Despotikos diesmal ersonnen haben? Roç starrte neugierig auf den sich verbreiternden Schlitz zwischen den auseinander klaffenden Stoffbahnen. Ein nicht minder prunkvoller Thron wurde sichtbar, aus obszön geformtem Elfenbein und Ebenholz, nackte Leiber von Tier und Mensch in der Kopulation darstellend. Und in der Mitte hockte mit gespreizten Schenkeln, die Brüste zahlreichen zugreifenden Händen schamlos dargeboten, Yeza Esclarmunde, die ›Große Hure Babylon‹! Befriedigt nahm sie Roçs Lage zur Kenntnis. Ein höhnisches Lächeln spielte über ihre maskenhaften Züge, gerahmt von blonden Locken, die sich wie Schlangen um ihre Stirn ringelten. Roç hing gebannt an dieser Erscheinung. Seine geballte Willensanstrengung zielte darauf ab, dieses Bild wegzuwischen, er spannte alle Muskeln, um der Hure die Maske vom Gesicht zu reißen, denn nie und nimmer konnte es sich um seine geliebte Damna handeln. Das war böser Zauber, sonst nichts! Das Zerren an seinen Gliedmaßen, der zunehmende, sich steigernde Schmerz sollten ihn kleinmütig machen, ihm seinen festen Glauben an ihre Liebe nehmen. Roç biß die Zähne zusammen, er wollte nur einen Schrei ausstoßen: »Yeza, *mi amor*!« Tropfen fielen auf seine Brust. Tränen, dachte er, seine Dame weinte um ihn. Roç schaute auf. Der Regen hatte sich seinen Weg ins Innere der Rose gebahnt, überall riß der Sturm jetzt die Haut auf, lösten sich die Blütenblätter. Zischend verloschen die Kerzen in den Kronleuchtern, und über den Tyrannen und seine Hure ergoß sich sprudelnd ein Schwall aufgestauten Wassers. Es legte das Gerippe der Rose frei, jene metallenen Röhren, die wie Adern in der sie umgebenden Außenhaut eingebettet waren. Ein tosender Windstoß fuhr durch den hängenden Palast, die ersten Teile lösten sich, andere flatterten wie das zerrissene Tuch einer zerfetzten Takelage, während der Mast langsam barst. Die Zuschauer dort oben hinter der Balustrade, Herrscherpaar wie Hofstaat, waren von den jetzt immer wilder eindringenden Wassermassen weggespült worden. Unten in der Rose ertranken die Menschen. Viele versuchten sich auf den ›Großen Bock‹ zu retten, der noch aus den aufgepeitschten Fluten ragte; einige wollten Roçs Fesseln noch lösen. Es war zu spät, das Gestell geriet ins Wanken, Menschentrauben stürzten ins Wasser. Mit ihm würde auch Alamut untergehen! Roç schloß die Augen, so hatte er sich sein Ende nie vorgestellt: angekettet zu ertrinken! Da spielte es auch keine Rolle mehr, ob er noch vorher von einem herabstürzenden Teil erschlagen wurde. Für ihn gab es keine Rettung mehr! Er schaute gefaßt nach oben, er suchte den Himmel. Der feurige Kronleuchter riß sich aus seiner Halterung und stürzte – sich immer mehr vergrößernd, funkensprühend, ein Gestirn mit tausend farbigen Lichtern – gleißend in sein aufgerissenes Auge, lodernde Sonnenglut, der krachende Aufschlag und der vergehende Roç wurden eins. Roç wurde unter Wasser gerissen, er war halb Mann, halb Delphin im klaren Meer. Er glitt und sprang über versunkene Schiffe hinweg, betrachtete die Welt von unten, fremde Städte mit blauen Palästen und goldenen Tempeln. Durch die schimmernden Fluten erblickte er über sich den gewaltigsten Donjon, den er je gesehen hatte, durch die Fluten noch vergrößert, immer schlanker zur Spitze hin sich verjüngend, bis er nur noch einen blitzenden Spiegel trug, dessen Licht weit in die Tiefe drang. Das war nicht mehr die Rose, das war der Zikkurat von Babylon. Oder das andere Wunder der Welt, der Pharos, dieser leuchtende Berg aus weißem Marmor? Die Wasser erzitterten wie berstendes Kristall, die weißen Gesteinsmassen lösten sich; erst tonnenschwere Brocken, dann splitterndes Gestein versanken im aufschäumenden Meer. Roç wußte, daß es zu spät war, ihnen zu entkommen. Die aufgewühlten Wassermassen stemmten sich ihm entgegen, die ersten Trümmer wälzten sich heran wie eine Lawine. Da sah er den Schwarzen Kelch. Er tanzte auf dem Bergsturz, das Seebeben schien ihm nichts anzuhaben. Völlig gebannt starrte Roç ihm nach, wollte nach ihm greifen, doch der Pokal entzog sich ihm, glitt in einen sich öffnenden Spalt und entschwand in der dunklen Tiefe. Da wußte Roç, daß er auftauchen mußte ans Licht.

DIE SPUR DES KELCHES

Der schwarze Stein! Da lag er, tief unter ihr im Sand. Sonnenkringel glitten über den hellen Grund hinweg, und das Wasser war so klar, daß Yeza meinte, nach ihnen greifen zu können. Doch wußte sie genau, wie trügerisch das Bild sie narrte. So tief konnte sie nicht tauchen, ihr Kopf würde platzen, die Luft ihr ausgehen. Als schöne Leiche würde sie niedersinken, sich zu ihm legen, Fischlein würden an ihr schnuppern und ihr im Sand wehendes Haar bewundern. Yeza riß sich los und tauchte langsam zur Oberfläche empor, wie es Hamo ihr gezeigt hatte. Der wäre vielleicht bis in solche Tiefen vorgestoßen, aber sollte sie ihn in das Geheimnis einweihen? Sie hatte den Stein gesehen, und das sicher nicht zum letzten Mal. Der Stein harrte des Kelches, so lange würde er ihr folgen. Er offenbarte sich dem Königlichen Paar, nicht Yeza allein. So war auch Roç seiner gewärtig geworden. Ihr Trencavel würde sich wieder mit ihr vereinen, dessen war sie sich jetzt gewiß. Yeza durchbrach die sonnenspiegelnden Wellen und atmete prustend die Luft des Himmels, ein ungeheures Glücksgefühl durchströmte sie, Dankbarkeit, zu den Lebenden zu gehören. Dort unten lagerten die grandiosen Überreste einer Totenwelt, Prachtbauten, in denen einst das gesamte Wissen der Menschheit gehortet wurde und doch verbrannte, versank. Paläste, aus denen Riesenreiche beherrscht wurden, in Prunk und unbeschreiblichem Luxus – zerborsten, zerfallen, vergangen. Granitsäulen, dick wie Türme, Kolossalstatuen von Königinnen, Tiergottheiten und Fabelwesen wie Sphingen zeugten von versunkenen Tempeln und ihren Schätzen. Basaltgepflasterte Alleen führten zu ihnen, durch Triumphbögen und über mehrstöckige Brücken, die Inseln und Häfen verbanden. Doch was war geblieben? Ein Haufen Steine im Meer! Aber sie hatte ›ihren‹ Stein gesehen und wußte nun, daß sie auf dem richtigen Weg war. Der schwarze Stein wies nach Jerusalem! Yeza beschloß, für heute nicht weiter in die Tiefe vorzudringen, es gab Herausforderungen, die sich verlockend gaben und den hart straften, der ihnen erlag. Außerdem würde sie den schwarzen Stein nicht wiederfinden, das spürte sie. Er hatte sich ihr gezeigt, und sie spürte die

Gefahr, den Sog, den er entfaltete. Yeza schwamm zurück zum Ufer, wo Hamo sie schon ungeduldig erwartete.

»Eines Tages wird Kleopatra dich bei sich in der Tiefe behalten«, scherzte er besorgt, doch Yeza konnte ihn beruhigen.

»Keine Angst, mein Cäsar erwartet mich in Jerusalem!«

»Laßt Euch Zeit mit dem Aufbruch. Mein Koch hat heute einen Hammel am Spieß!« schwärmte der Hausherr. »Fisch hängt mir zum Halse heraus! Wenn wir zu spät kommen, sind die Beilagen verkocht!« Er reichte Yeza ihr Gewand, in das sie schnell schlüpfte, denn es wurde jetzt rasch immer kühler, je tiefer die Sonne als Feuerball im Meer versank. Der Levante frischte auf und blies ihr, das Wasser kräuselnd, Schaumkronen hinterdrein.

Das Haus des Baibars war ein Palast, wenigstens von außen. In seinem geräumigen Innern herrschte die karge Schlichtheit des Soldaten und Jägers. Trophäen, Geweihe aller Art, waren der einzige Schmuck der Räume, und es mangelte nicht an Löwenfellen. Das Gastmahl fand im mit Zeltplanen überdachten Atrium statt. Yeza machte sich nichts aus Hammel, doch sie mußte ihm zusprechen, denn gleich bei ihrer Ankunft nahm die uralte Mutter des Bogenschützen sie energisch bei der Hand und führte sie zu der offenen Feuerstelle, wo sich das Tier fetttropfend drehte. Sie säbelte Yeza eigenhändig das beste Schulterstück ab und reichte es ihr an des Riesenmessers Spitze.

»Damit du zu Kräften kommst, mein Kind«, sprach das verhutzelte Weiblein fürsorglich, aber mit Strenge. »Du bist viel zu mager, um einen guten Mann zu finden, und vor dir liegt eine anstrengende Reise durch die Wüste.« Dabei wies sie auf einen Gast, dessen gebeugtes Gesicht vollständig von der Kapuze seines Burnus verdeckt war. Erst jetzt warf er seinen Kopf zurück, und Yeza erkannte den Roten Falken. »Mein Sohn hat ihn geschickt: Ihr müßt morgen schon aufbrechen!« fügte sie bedauernd hinzu. »Ich hätte dich gern noch länger verwöhnt und dich zur Zierde eines jeden Harem gepäppelt, mein armes Täubchen!« Sie tätschelte liebevoll Yezas Arm.

Yeza stopfte den Fleischstreifen in sich hinein, bedankte sich, wehrte eine zweite Scheibe ab und löste sich von der guten Alten.

»Ihr seid wie eine sorgende Mutter«, murmelte sie und dachte, wie wohl eine so zierliche Frau einen solchen Brocken wie den Bogenschützen zur Welt gebracht haben mochte. Der Rote Falke hatte Yezas Fütterung amüsiert verfolgt.

»Ich sehe, hier läßt man Euch nicht vom Fleische fallen, Prinzessin Storchenbein.« Ungeniert, jedenfalls, als die Alte nicht hinschaute, ließ er seine Augen auf ihrer Gestalt ruhen. »Wenigstens habt Ihr so etwas wie einen Busen!« scherzte er. »Und auch sonst könntet Ihr den Männern schon gefallen.«

»Ich hab' auf Euch gewartet, Fassr ed-Din Octay«, entgegnete Yeza immer noch mit vollem Mund, aber sie mochte ihm die Antwort nicht schuldig bleiben. »Endlich ein Mann, der meine Reize zu würdigen weiß, während andere achtlos an ihnen vorübergehen. Doch füllen meine Brüste jedes Liebhabers Faust, mein Hintern lockt zum Stoße, und das Storchennest zwischen meinen langen Beinen lädt gern lockere Vögel zum Schnäbeln ein, ohne zu ermüden!« Sie grinste den Roten Falken an. »Die kleine Yeza ist flügge geworden und weiß mit Greifvögeln Eures Schlages gut fertig zu werden!«

»Oho«, rief der Emir verlegen, »Ihr habt Euch in der Tat verändert, Prinzessin, und ich habe es versäumt!«

»Dabei soll es bleiben, mein Prinz. Wie geht es meiner Freundin Madulain? Ich hoffe, eine Frau, die Euch zum Mann hat, muß nicht darben?« Sie setzte sich zu ihm, formte aus dem Mais und dem darin verkochten Gemüse einen mundgerechten Ball und reichte ihn dem Gast. »Euer Mund steht noch so offen«, scherzte sie, »jetzt habt Ihr erst mal zu kauen – und dann brav heruntergeschluckt, mein alter Freund.« Der Rote Falke gehorchte.

»Als ich Kairo verließ, war die Herrin meines Hauses wohlauf.« Er bemühte sich, den Mund frei zu bekommen, doch Yeza fütterte ihn weiter.

»Die Mutter Baibars deutete mir einen baldigen Aufbruch an. Stammt die merkwürdige Ankündigung von Euch?« Diesmal war der Emir nicht zum Scherzen aufgelegt.

»Hat die Alte das gesagt?« fragte er alarmiert. »Sie steht mit ihrem Sohn in seltsamer Verbindung. Früher dachte ich, sie tauschen Brieftauben aus, aber –«

»Was, aber?«

»Sie hat das zweite Gesicht!« flüsterte der Rote Falke. »Baibars hat mich wirklich nicht geschickt, es muß etwas passiert sein, das –« Er sprang auf und begab sich gemessenen Schritts zu der Alten, die immer noch mit dem großen Messer die besten Stücke vom Hammel schnitt, damit die Diener sie an die Gäste verteilten. Er zog sie zur Seite und redete leise auf sie ein. Die Mutter Baibars zog schließlich ein Pergamentröllchen aus irgendeiner Tasche ihrer *djelabiah*. Der Rote Falke überflog es und kam hastig zu Yeza zurück.

»Sultan Ali ist von dem Emir Qutuz gestürzt worden. Madulain ist zu den Beduinen meines Vaters geflohen. Ihr seid in Gefahr! Bisher hat Baibars verhindern können, daß der neue Sultan die Armee gegen Euch einsetzt, aber der Bogenschütze verlangt, daß ich Euch aus Ägypten ins Gebiet der Franken in Sicherheit bringe!«

Inzwischen schien auch Hamo von den Vorfällen erfahren zu haben, denn er war ebenfalls aufgesprungen und hatte sich mit Simon beraten. Jordi war in der Tür erschienen und winkte Yeza zu, die aber keine Zeit für ihn hatte.

»Wieso rückt die Alte erst jetzt damit heraus?« empörte sich Yeza. Der Rote Falke zuckte mit den Schultern.

»Sie weiß es seit dem frühen Morgen, aber sie wollte Euch zu Ehren unbedingt den Hammel braten, das ist ihre Spezialität, und sie verehrt Euch sehr, liebt Euch wie eine eigene Tochter!«

»Großartige Mutterliebe«, spöttelte Yeza, »da riskiert sie, daß ich wie der Hammel ende –«

»Dazu seid Ihr nun wirklich nicht fett genug! Aufregung ändert auch nichts. Morgen früh reiten wir – es machte also doch einen Sinn, daß ich rechtzeitig zur Stelle war. Viel hat sich seit dem Montségur nicht geändert.«

»Doch, ich kann jetzt alleine ›Pipi‹ machen! Und sogar selber denken: Warum nehmen wir kein Schiff?«

»Habt Ihr eins? Die Hafenbehörden werden Euch keines mehr freigeben, auch nicht gegen viel Geld!«

Yeza kam der rettende Gedanke. »Hamo hat ein Schiff!«

»Das hat der Hafenmeister gerade an die Kette gelegt«, erklärte Jordi, der mittlerweile zu ihnen getreten war.

»Dann kommen wir auch mit Kamelen nicht mehr weit«, sagte Yeza resigniert. »Außerdem ist die Durchquerung des Nildeltas von West nach Ost mangels Brücken fast unmöglich.« Ezer Melchsedek gesellte sich aufreizend gemächlich zu der Gruppe um Yeza.

»Die Mutter Baibars will Euch sehen«, flüsterte er ihr zu.

»Entschuldigt mich«, gab Yeza aufgeregt zur Antwort, »aber mir steht jetzt nicht der Sinn nach guten Ratschlägen für meine Ehetauglichkeit!« Ezer ließ nicht locker.

»Ihr könnt ihr den Wunsch nicht abschlagen, sie ist immerhin –«

»Ja, ich weiß: die Mutter des Bogenschützen!«

»Eben, also folgt mir bitte!« Der Kabbalist setzte sich mit solcher Bestimmtheit ein, daß Yeza nachgab.

Die Alte hatte sich inzwischen in ihre Gemächer zurückgezogen. Yeza wunderte sich über die Prachtentfaltung, sobald sie die Schwelle übertreten hatte. Teure Seidenteppiche an allen Wänden, Springbrunnen mit Zierfischen und Vogelvolieren in den hohen Räumen, in denen Palmen bis zur Decke wuchsen. Und es wimmelte von Katzen. »Hier möcht' ich weder Fisch noch Vogel sein!« murmelte Ezer, der Yeza begleitet hatte, angesichts der Lieblinge der alten Dame aber verharrte.

»Laßt uns Frauen allein, werter Meister der Vergangenheit und der Zukunft!« bestimmte die Mutter Baibars. »Die Gegenwart gehört uns!«

Sie lagerte auf einem Diwan, in einen kostbaren Mantel aus perlenbesticktem Samt gehüllt, und streichelte zwei bernsteinäugige Perserkater.

»Tritt näher, meine Tochter!« Sie wies Yeza ein Sitzkissen zu, in dem diese fast versank. »Was tut eine kluge Jungfrau, der viele Burschen nachstellen und ihre Tugend bedrohen?«

Gott, der Gerechte! dachte Yeza, jetzt kommt sie mir mit so was! Ich platze! Sie tat es nicht, denn die Dame des Hauses fuhr fort.

»Was also unternimmt eine gescheite Person, die weiß, daß sie verfolgt wird – auch wenn sie ihre Verfolger nicht sieht, diese sie also ebenfalls noch nicht zu Gesicht bekommen haben?« Yeza schüttelte unwillig ihren Lockenkopf. Die Alte lächelte nachsichtig. »Sie geht ihnen forsch entgegen!«

»Ah!« entfuhr es Yeza, nun doch interessiert.

»Es gibt nur noch eine Straße, die man dir offenläßt, weil keiner auf die Idee kommt, daß du eine Dau nimmst und den Nil hinunter nach Kairo segelst!«

»Toll!« sagte Yeza und empfand das auch ehrlich so.

»Ich habe eine solche Barke, sie ist höchst komfortabel und bietet reichlich Platz für dich und dein Gefolge. Keiner wird wagen, sie zu untersuchen. Erst weit nach der Stadt des Sultans, in der Höhe von Memphis, geht ihr an Land, also bei Heluan, von wo aus eine Karawanenstraße ans Rote Meer führt. Der Sohn des Großwesirs wird euch den Schutz der Beduinen besorgen. Ich würde an deiner Stelle dann mit einem Schiff um den Sinai herum segeln, statt ihn zu durchqueren. Dann näherst du dich Jerusalem von Süden aus, von dort, wo dich keiner erwartet.«

»Ich bin sprachlos«, sagte Yeza und meinte dies auch, wenngleich sie sich sogleich Lügen strafte. »Mir bleibt nur noch, einen alten Freund zu bitten, mir ans Ende des Karawanenweges eine Galeere zu schicken, die uns weiterbefördert, denn dort wimmelt es von Piraten.« Die Alte lächelte.

»Du hast recht. Die Straße durch die Wüste wird eigentlich nur von Sklavenkarawanen benutzt. Ich habe deshalb auch schon den Hafsiden benachrichtigt, der dort mehrere Schiffe in Bereitschaft hält. Eines wird euch erwarten und nach Aqaba bringen.«

»Das ist großartig!« rief Yeza und umarmte die alte Dame so stürmisch, daß die beiden Perser zurückwichen. »Wie kann ich Euch nur danken?« Die zierliche Greisin in dem weiten, nachtblauen Mantel beruhigte die Kater, indem sie lässig in eine der runden Kristallkugeln langte und mit blitzschnellem Griff, ohne hinzuschauen, zwei Fischlein am prächtigen Federschwanz erwischte und sie den Persern vorwarf. »Der Sohn meines Sohnes –«

»Ah«, sagte Yeza, »Mahmoud der Feuerteufel!« Das war das erste Mal, daß sie die Alte überraschte.

»Wie nennst du ihn? ›Feuerteufel‹? Das gefällt mir vorzüglich: Mahmoud der Feuerteufel! Nun geh zurück zu deinen Freunden und genießt den köstlichen Fettschwanzhammel! Das wirst du auf deiner Reise durch die Wüste vermissen!« Mit fast herrischer Geste wurde Yeza entlassen. »Ich werde mich um alle Vorbereitungen kümmern!« rief die erstaunliche alte Dame ihr noch nach. »Etwas vom Hammel werde ich dir noch, in frische Palmblätter gewickelt, als Proviant mitgeben. In feinen Scheiben mundet er auch kalt!«

Wie lange Roç im Graben gelegen hatte, wußte er nicht. Er wußte überhaupt nichts mehr, als Beni und Potkaxl ihn endlich fanden. Sie trauten sich nicht einmal, das blutige Bündel aus dem Schlamm zu heben und wegzutragen. So hockten sie tage- und nächtelang bei ihm, kühlten die einzige riesige Wunde und belegten sie mit allerlei Kräutern, von denen sie hofften, sie würden Linderung bringen. Sie fühlten sich angesichts der furchtbaren Verletzungen ziemlich hilflos, doch instinktiv taten sie vor allem eines, Roçs gequälter Seele nicht zu gestatten, sich leise von dem schwitzend fiebernden Körper in lichtere Höhen zu erheben und sie wie zwei Waisenkinder allein mit einem Kadaver zu lassen. Ohne ihrer Erschöpfung zu achten, redeten sie auf ihn ein, streichelten ihn, sangen ihm Lieder, selbst Liebe machten sie für ihn. Beni und Potkaxl hielten ihn in den Armen und zwangen ihn, bei ihnen zu bleiben, ohne sich um die Nähe von Maugriffe zu scheren. Sie trotzten der Burg, und keiner kam, es ihnen zu verwehren, neben dem Moribunden im Graben auszuharren.

Noch am gleichen Abend, an dem der Trencavel allein zur Burg gegangen war, waren dort die Lichter erloschen. Es entstand viel Unruhe, die Gäste reisten ab, und bald folgten auch hastig das Aufgebot, das der Fürst mit sich geführt hatte, sowie das noch verbliebene Gesinde des früheren Herrn Ugo. Unter schwer bewaffneter Eskorte brachte der Lancia die Braut in einer Sänfte ans Meer, wo seine Schiffe bereit lagen. Eiligst segelten sie davon.

Dann war ein weißhaariger Mann gekommen, hatte sich Roçs Rücken genau angesehen, der inzwischen zu einem blühenden Feld schwärender, eiternder Wunden gediehen war. Er kam zurück, diesmal mit einem Wägelchen, das ein Hund zog, der aussah wie ein Bär, doch gutmütig war wie ein Lamm. Der Alte brachte verschiedene Tiegel mit Salben und Tinkturen. Auch flößte er Roç ein Getränk ein und hinterließ mehrere Amphoren mit dem gleichen Saft. Er nannte weder seinen Namen, noch verlangte er Bezahlung. Der große Hund leckte Potkaxl die Hand. Da lächelte der Alte dankbar und entschwand. Kurz darauf entrang sich Roç das erste Mal wieder ein Zeichen von Leben – er atmete regelmäßig.

Die ›Atalanta‹ flog mit vom Schirokko geblähten Segeln gen Westen. Der Sturmwind wehte so kräftig, daß die Wellen weiße Schaumkronen trugen und der zusätzliche Einsatz der dreifach übereinander gesetzten Ruderreihen sich erübrigte. Er hätte sie eh nicht voll bemannen können, denn es waren ihm nach allen Aufenthalten und Wechseln nur noch die Rudersklaven geblieben, die seit Linosa auf der ›Atalanta‹ geblieben waren, weil sie nicht wußten, wohin sonst. Das gewaltige Flaggschiff der Templer war ihre einzige Heimstatt. Dem Taxiarchos kam auch sonst die schnelle Fahrt recht gelegen, sie zerrte ihn weg von der Küste, wo er seine Liebste hatte lassen müssen, und trug ihn neuen Abenteuern entgegen, den fernen Inseln des Vergessens. Sinnend stand er allein am Ruder, ließ sich den Wüstenwind durch das Haar fahren. Er träumte von Mericas klaren Buchten, in denen sich die Palmen spiegelten und farbig bemalte, mit Schnitzereien reich verzierte Einbäume dem Fremden entgegenschossen zum freundlichen Empfang. Stahlblau wölbte sich der Himmel, leergefegt von jeder Wolke. Da sah er am Horizont die Segel, weißes Tuch mit dem roten Tatzenkreuz. Weit gefächert versperrten sie ihm den Weg, in mehreren Reihen hintereinander gestaffelt. Wenn sie diese Taktik beibehalten, frohlockte der Taxiarchos, dann würde die ›Atalanta‹ durch die Kette hindurchschießen, ohne auch nur ein einziges der sich ihr entgegenstellenden Schiffe zu streifen! Doch da zogen sie sich zur Küste hin zusammen, wie Perlen an einer unsichtbaren Schnur. Sie gaben ihm freie Passage! Der Taxiarchos mochte es nicht glauben, und er tat recht daran, denn von Norden her tauchten jetzt Mastspitzen auf, so dicht wie die langen Lanzen eines Reiterheeres. Als er die ersten Fahnen sah, schwarze Adler auf goldenem Grund, weiße Kreuze auf rotem Tuch und noch viele andere Farben, da wußte er, daß die Sizilianer und die Genuesen, die Pisaner und die von Amalfi mit von der Jagdpartie waren. Das gesamte Imperium schien dem Ruf der Templer gefolgt, selbst der Löwe von San Marco gab dem Orden Schützenhilfe bei der Hatz auf die geraubte ›Atalanta‹. Mochten sie sich im Heiligen Lande zwischen Akkon und Tyros die Köpfe einschlagen, sich gegenseitig die Flotten verbrennen und versenken, hier galt das alles nicht. Hier galt es, Recht und Ordnung durchzusetzen, dem frechen Freibeuter das Handwerk zu legen. So mußte er ihnen erscheinen, und so würden sie ihn behandeln! Ein riesiger Sack hatte sich aufgetan, und in den rauschte die stolze ›Atalanta‹ voll hinein wie in eine Reuse. Wenden machte auch keinen Sinn. Es gab nur einen Ausgang aus dem Mittelmeer und der lag *vor* ihm, bei den Säulen des Herkules, dem Djebl al-Tarik – unerreichbar! Und selbst in seinem Rücken, wenn er ihnen davonfahren konnte, war keine Meeresenge einfacher zu blockieren als der Bosporus! Also Kampf bis zum bitteren Ende? Wozu sollten sich seine Turkopolen und Rudersklaven, die wenigen Moriskos aus Otranto und die Handvoll Lancelotti, die ihm verblieben waren, abschlachten lassen? Es ging doch nur um ihn! Seine Gegner würden ihn von allen Seiten in die Zange nehmen und mit Pfeilen so lange eindecken, bis sich auf den Planken der ›Atalanta‹ nichts mehr rührte, denn mit Katapulten würden sie den Augapfel des Großmeisters nicht beschießen, sie wollten ihn lebend – und das Schiff unversehrt. Alle seine Mannen waren längst an ihre Posten geeilt, starrten zum Heck hinauf, harrten seines Befehls.

»Refft die Segel!« kommandierte er. »Legt die Waffen nieder! Keine Gegenwehr!« rief er vom Heck hinab. »Ich danke euch allen für den Dienst, den Ihr mir bis hierher erwiesen. Unsere große Fahrt über den Oceanus ist beendet.« Der Taxiarchos mußte schlucken, um nicht von den Gefühlen übermannt zu werden, die auf ihn einstürmten. »Es hat nicht sollen sein.« Die Lancelotti schlugen wild ihre Sensen aneinander, sie würden mit ihm kämpfen bis zum letzten Blutstropfen! Genau das wollte er vermeiden. »Ich werde mich ergeben und der Justiz des Ordens ausliefern.«

So schloß er mit trockener Stimme seine kurze Ansprache.

Der Taxiarchos hielt seinen Platz am Ruder, die Fahrt der ›Atalanta‹ verlangsamte zusehends und kam zum Stillstand. Die Herrin der Meere wiegte sich im Wellengang. Zaghaft schoben sich die vordersten Segler näher, hielten respektvollen Abstand. Man ließ den Templern den Vortritt. Ihre Boote umringten bald im dichten

Kranz den wiedergewonnen Stolz der Flotte. Der Orden hatte seine ›Atalanta‹ wieder! Die ersten Ruderbarken wurden mit Rittern in der weißen Clamys besetzt und näherten sich mit zügigem Schlag der hohen Bordwand.

Der Taxiarchos erteilte seinen letzten Befehl: »Hißt die Flagge mit dem Tatzenkreuz!«

Er hatte auch das königliche Banner von Sizilien in Verwahrung. Warum sollte er König Manfred mit hineinreißen? Hätte er den geheimen Auftrag des Johannes von Procida befolgt, wäre er jetzt längst jenseits des großen Oceanus, für keinen erreichbar.

Die Ritter in der weißen Clamys mit dem roten Tatzenkreuz hangelten sich hoch und stiegen an Deck. Gemessenen Schrittes kamen sie auf den Penikraten zu.

Der Taxiarchos blieb auf seinem Posten und sah ihnen sinnend entgegen. Er dachte an Yeza – sie war die ferne Insel, er hatte sie erreicht. Der Einsatz hatte sich gelohnt, weit mehr als alle Schätze von Merica. Er träumte von ihrem goldenen Haar, ihrem schlanken Körper, den sie ihm geschenkt. Ihre grünen Augen sahen ihn an – ihr Sternenblick würde ihn begleiten, solange sein Herz noch schlug.

»Seine Stirn ist kühl!« ließ sich eine Stimme äußerst befriedigt vernehmen, und Roç spürte das Wegziehen einer warmen, fleischigen Hand. Als er die Augen aufschlug, lag er, schweißgebadet in weißes Linnen gehüllt, auf einem ziemlich harten Lager, in einem Zelt, dessen Bahnen das Licht der Sonne milde filterten. Der luxuriös ausgestattete luftige Pavillon stand auf dem Heck eines großen Seglers. Roç erkannte das Schiff sofort, es gehörte dem Hafsiden, und es ankerte friedlich in einem Hafen. Hatte er alles nur geträumt? Er tastete vorsichtig nach seinem Rücken, doch dann bemerkte er, daß sein Brustkasten bandagiert war. Und selbst diesen Griff, die geringe Drehung des Körpers, zahlte ihm der mit einem schmerzhaften Stich heim.

»Ihr solltet Euch noch möglichst wenig bewegen, lieber Herr«, sagte eine weibliche Person, die er nicht sehen konnte, doch dann beugte sich Geraude über ihn, und er konnte hinter dem klaffenden Kittel ihre milchigen, weichen Brüste erspähen. Sie strich ihm mit einem feuchten Lappen über das verschwitzte Gesicht. »Wir mußten Euch an das Bett fesseln«, plauderte sie verschämt, »damit Ihr nicht herausfielt, denn wir hatten einen argen Sturm zu bestehen –«

Jetzt erst bemerkte Roç, daß die gesamte Takelage in Fetzen hing und der Mastbaum geborsten war. Sein Bett war mit Tauen nach allen Seiten festgezurrt.

»Wo bin ich?« stöhnte Roç verhalten, selbst das Sprechen, die geringste Beanspruchung des Zwerchfells, tat höllisch weh.

»Sankt Symeon ist der Name des Hafens von Antioch«, polterte leutselig der Hafside los, der sofort herbeigeeilt war, als er hörte, daß sein berühmter Gast zu sich gekommen war. »Fürst Bohemund kann es gar nicht erwarten, Euch zu begrüßen, edler Trencavel.«

Roç winkte Abdal mit vorsichtiger Handbewegung zu sich, als Geraude gerade gegangen war, frisches Wasser in ein Becken zu füllen.

»Wie kommt denn die an Bord?« murmelte er, der Fürsorglichen wenig Dank bezeugend, doch der Sklavenhändler lachte.

»Euer Secretarius Benedictus war so klug, die Toltekin zum Turm zurückzuschicken, da sich das aufmerksame Kind das Verfahren der Nachrichtenübermittlung mittels der Spiegel ungefähr gemerkt hatte und er selbst sich als Kräuterdoktor in Eurer Pflege für unersetzlich hielt.« Der Hafside genoß noch nachträglich die Aufregung, waren doch in seinem Beruf die meisten Fahrten viel weniger abenteuerlich.

»*Qadda oua qaddr* kreuzte ich gerade vor der Küste der Hellenen, denn dort war die Marktlage so günstig wie noch nie. Die siegreichen Nikäer verscherbelten beste weiße Christenware, die ihnen der Despot von Epiros eingeschleppt hatte – im Dutzend billiger!« Er sah, daß Roç ob seiner Schwäche schnell ermüdete, so unterdrückte er die ihm wichtig erscheinenden Informationen, um nicht noch weiter abzuschweifen. »Ich ließ sofort alles liegen und stehen und segelte nach Korfu, Euch zu bergen.«

»Das erklärt immer noch nicht« – Roç seufzte, ob vor Ungeduld oder Pein, war nicht auszumachen, er gab sich Mühe, keine Schwäche zu zeigen, sondern Beherrschung –, »wie die Zofe meiner Damna auf Euer Schiff kommt, Abdal?«

»Auf der Höhe von Kreta begegneten wir meinem verrückten Freund, dem Taxiarchos. Der Wahnsinnige hat nicht nur den Templern ihre heilige Kuh gestohlen, er segelte und balzte mit ihr auf dem Mittelmeer herum, als –«

»Mit Yeza?« Die Eifersucht ließ Roç für einen Moment den Rücken vergessen. Er fuhr hoch, um sofort wieder von heftigen, schmerzenden Stichen zurück aufs Lager geworfen zu werden. Abdal hatte es im Schwall seiner Worte überhört.

»– als wäre kein Preis auf seinen Kopf ausgeschrieben!« Es gab Verhaltensweisen, die konnte ein umsichtiger Mann wie Abdal einfach nicht fassen. »Anstatt schleunigst das Weite zu suchen, jenseits der Säulen des Herakles!«

Der Hafside redete sich in Rage. Er war wütend auf den turtelnden Taxiarchos. »Am gesündesten wäre für ihn, er würde auf Nimmerwiedersehn – oder zumindest auf lange Zeit – im Oceanus Atlanticus verschwinden!«

»Aber gefälligst nicht unter Mitnahme meiner Dame!« Roç entrang sich ein Stöhnen. »Dieser erbärmliche Räuber! ›Penikratos!‹«, höhnte Roç ohne Rücksicht auf die Stiche, die prompt in sein gemartertes Fleisch fuhren. »König der Taschendiebe und Beutelabschneider!«

Der Hafside bemühte sich, wieder nach Kreta zu gelangen. »Wir, dieser gräßliche Penikrat und ich übel beleumdeter Sklavenhändler, verabredeten uns unter vier Augen und beschlossen, Eure Dame nicht zu beunruhigen, denn die Nachrichten über Euren Zustand klangen wenig hoffnungsvoll. So vereinbarten wir, daß Geraude einfach über Bord fiel!« Abdal wollte sich ausschütten vor lachen. »Dabei wurde sie mir, tief und fest schlummernd, aufs Schiff gebracht!«

»Woher wußtet Ihr – damals schon –, daß ich –?« Roç war verwirrt, aber am meisten beschäftigte ihn, was Yeza bewogen haben mochte, sich der ›Atlanta‹ und diesem Freibeuter anzuvertrauen. »Und wohin fuhr dieser Strolch Taxiarchos?« forschte er argwöhnisch.

»Eure Damna wünschte nach Alexandria gebracht zu werden, weil sie da ihr Wissen vertiefen und Forschungen anstellen will, bevor sie mit dort geworbenen weisen Männern nach Jerusalem weiterziehen wird. Das war ihr fester Vorsatz«, fügte der Hafside hinzu. Er wirkte beeindruckt. »Und Yeza Esclarmunde machte mir nicht den Eindruck, daß sie sich von einmal gefaßten Entschlüssen abbringen läßt!«

»Das klingt doch sehr beruhigend«, entgegnete Roç resigniert. »Demnach müßte die Dame also zur Zeit das westliche Nildelta unsicher machen –«

»Wenn sie nicht schon nach Jerusalem weitergezogen ist, denn über Euer Leiden, werter Trencavel, ist einige Zeit vergangen. Außerdem drängte ihre Templereskorte, auf schnellstem Wege in die *Terra Sancta* zu gelangen –«

»Welche Templer?« entfuhr es Roç. »Ich dachte, der Taxiarchos müßte den Orden meiden wie der Teufel das Weihwasser?«

Das Berufsethos des Sklavenhändlers verlangte eine Erklärung. »Ich hatte aus den Beständen des Sebastokrators Johannes, des Heerführers Nikäas, auch einige Templer erworben, darunter auch den Simon de Cadet –«

»Und meine Kiste?« hakte Roç, sogleich hellwach, nach.

»Eure Schatztruhe wurde als Feindesbeute konfisziert, weil Ihr in den Dienst König Manfreds –«

»Bin ich nicht!« empörte sich Roç, doch Abdal zeigte sich ungerührt. »Ihr könnt sie Euch ja holen, raten würde ich es Euch jedoch nicht!«

»Ihr habt also vier Templer gegen mein Geld eingetauscht«, folgerte Roç spöttisch, »und wohin habt Ihr die Ordensritter verkauft?«

»Denen hab' ich die Freiheit geschenkt, denn mir liegt mehr am guten Einvernehmen mit dem Orden als an dem baren Geld, das sie mich gekostet haben – ohne Zuhilfenahme Eurer schwach bestückten Kriegskasse. Ich hab' die Ritter einem Freund aufs Auge gedrückt, damit er sie bis Alexandria mitnimmt.«

Diesmal wollte Roç vor Lachen platzen. »Das ist köstlich! Mit viel Liebesmüh – denn er sieht in Simon wohl einen gefährlichen Rivalen um die minnigliche Gunst meiner Damna, hat sich der Taxiarchos noch vor dem Eintritt ins Ionische Meer der Templer entledigt. Ich habe sie nach Korfu mitgeschleppt, wo sie in Gefangenschaft gerieten. Und Ihr kauft sie frei!« Roçs Körper wurde von Lachkrämpfen geschüttelt, obgleich er vor Schmerzen heulte wie ein Wolf. »Und Ihr setzt sie ihm wieder ans ungewaschene Gekröse wie blutsaugende *papillons d'amour*!«

»Hoho!« Das amüsierte jetzt auch den Sklavenhändler ungemein. Als er sich aus Sorge um Roçs Zustand in seiner Fröhlichkeit gefangen hatte, versuchte er einen Schlußstrich zu ziehen.

»Hauptsache, Ihr, Roç Trencavel, seid auf dem Weg zur Besserung, denn es sah übel um Euch aus. Wären nicht Beni und Potkaxl gewesen –«

»Wo stecken eigentlich meine kleinen Lebensretter?« wandte sich Roç mit ausgesuchter Freundlichkeit an die zurückgekehrte Geraude. »Ohne den Verdienst Eurer heilenden Hände« – er tätschelte sie – »hintanstellen zu wollen, liebe Geraude!«

Sie errötete schamhaft. Abdal übernahm die Auskunft.

»Euer Secretarius ist schnaubend vor Wut wie ein Stier nach Jerusalem vorausgeeilt, zu Fuß und ganz allein!«

»Wieso?«

»Weil Eure toltekische Zofe und hochbegabte Samariterin für verletzte Helden und sonstige Rittersleut in Not das Angebot Gossets angenommen hat« – der Hafside konnte einfach nicht ernst sein, Roç hatte Mühe, sich nicht von der unbärdigen Heiterkeit anstecken zu lassen –, »in dessen neuem Haus der Freuden als *prima peregrina meretrix* aufzutreten!«

»Diese Huri!« schimpfte Roç.

»Ihr seid sehr ungerecht! Sie hat Euch aufopfernd durch das Tal des Todes über den schmalen Berggrat des Lebens geschleppt, getragen, gezogen, gestoßen! Sie hat Euren Dank bis ans Ende aller Tage verdient!«

»Verzeiht!« entrang sich Roç zerknirscht, auch weil er sah, daß Geraudes wasserhelle Augen sich mit Tränen füllten. »Also, Monsignore Gosset, mein ebenso verdienstvoller Berater, ist mal wieder zum Patron einer Herberge der käuflichen Lust geworden. Welch eine Karriere!«

»›Bedrückt steigt die Seele aus der Welt, wenn der Mensch vom rechten Pfade abgewichen.‹«

Jakov schien sich immer noch für die Inkarnation von Josef dem Zimmermann zu halten, denn er stieg aus der zerstörten Takelung, wo er sich hobelnd und hämmernd des arg in Mitleidenschaft gezogenen Mastes angenommen hatte. Wobei er die Bootsleute des Hafsiden mit den Passagen des Alten Testamentes, die er mit donnernder Stimme vortrug, weit mehr erschreckte als mit seinen halsbrecherischen Balanceakten zwischen Ausguck und Planken. Doch der schrullige Kabbalist war ein zäher Handwerker und bewegte sich schaukelnd wie ein alter Pavian zwischen den Tauen und Rahen.

»›Nur wenn die Seele würdig ist und die kostbare, bewahrende Gewandung trägt, dann stehen zahlreiche heilige Heerscharen bereit, sich ihr zu verbinden und sie zum Garten Eden zu geleiten.‹«

Als der Zimmermann an einem Seil über das Deck schwang, um geschmeidig wie ein Gaukler auf der erhöhten Heckplattform zu landen, stellte Roç fest, daß Jakov noch immer das gleiche Gewand wie damals in Rhedae und auch auf Ustica trug.

»›Wenn aber nicht‹, sind es ›die Engel der Verwirrung, die an ihr Rache nehmen.‹«

Gleichzeitig trat ein riesiger alter Mann auf, der einen Bären mit sich führte. Das Tier zog ein Wägelchen, das es sogar die Stufen der Treppe hinaufhüpfen ließ. Es war nichts darinnen. Doch Roç dämmerte es, er wäre dem Mann mit dem Bären schon einmal begegnet, und er flüsterte Jakov entgegen:

»Wer ist das? Von woher kennt Ihr den Mann?«

Jakov tat, als hätte er die Frage nicht gehört.

»›Innerhalb eines mächtigen Felsens, in entrückter Himmelsregion, gibt es einen Palast, der ist Palast der Liebe geheißen. Dies ist eine Stätte, wo die köstlichsten Schätze sich bergen, die Stätte der Liebesküsse des Königs. Denn die vom König geliebten Seelen gehen dort ein.‹«

Der bärtige Hüne trat an Roçs Krankenlager und legte ihm schweigend seine Pranke auf die Stirn, was Roç als ungeheuer beruhigend empfand. Er schloß die Augen und gab sich dem Fließen heilender Kraft hin, die sich von dem Mann auf ihn übertrug, durch den Nacken in seinen Rücken eindrang und dort wohltuend versickerte.

»»Dort findet der Allheilige die geheiligte Seele, faßt sie bei der Hand und küßt und liebkost sie und läßt sie zu sich steigen und spielt mit ihr – gleich wie ein Vater seiner Lieblingstochter tut.««

Roç vergaß, daß er Jakov fragen wollte, ob ihm der Schwarze Kelch gegeben worden sei, ob der Kabbalist ihm, als er im Wundfieber lag, das heilende Gefäß gewiesen, denn er, Roç, hatte es in einer anderen Welt, einer Welt des Unheils, gesehen. Für was stand der Schwarze Kelch? Roç fühlte, daß er es nicht erfassen konnte, er wünschte sich nichts als vollkommene Leere. Der wollte er sich hingeben, und dank der Hand des Mannes mit dem Bären sollte es ihm gelingen. Roç vergaß ganz, nach dem Woher und Wieso zu fragen, und wäre in wohligen Schlummer gefallen, wenn nicht der ebenso erzählfreudige wie wichtigtuerische Hafside mit seinem polternden Organ den Bericht der Ereignisse wieder aufgenommen hätte.

»Der gute Herr Bohemund hat Monsignore den Turm der Templer überlassen, mit denen er über Kreuz liegt, und sie des Fürstentums verwiesen und auch der Grafschaft Tripolis.«

Der Bär hatte sich vor Roçs Bett niedergelassen und leckte Geraude die Hand. Der Hüne lächelte dankbar wie ein beschenktes Kind.

»Wenn Ihr Euch etwas aufrichtet, mein Trencavel«, empfahl Abdal ohne Rücksicht auf Roçs Befinden, »könnt Ihr das Etablissement ›König Artus' Tafelrunde‹ dort drüben am Ende der Mole sehen.« Roç rührte sich nicht, und so fuhr er fort: »Dort kredenzt Eure Potkaxl jetzt zahlenden Gästen den schwarzen Pokal.«

»Eine billige Kopie!« unterbrach Jakov ihn sanft, was aber den Hafsiden nicht rührte. »Und die drei Ritter, mehr hat Monsignore noch nicht um sich versammeln können, lassen ihren edlen Gönner hochleben und teilen sich die Spenderin aller Freuden redlich. Da kommen sie gerade!« Roç riß nach anfänglich unwilligem Blinzeln nun doch die Augen auf.

Leicht angeheitert schoben sich seine drei Okzitanier das Fallreep hoch und stolperten dann die Treppe zum Heck hinauf. »*Ave Caesar*, die zu keinem Opfer Bereiten entbieten ihren Gruß!«

plärrte Mas aus dem zweiten Glied, während Raoul schon vorgestürzt war, um Roç zu begrüßen. Nur konnte er nicht vor dem Bett niederknien, weil dort schon der Bär lag. So umfaßte er die Füße des Trencavel.

»Wir sind ja so froh, Euch –«, rief der noch dicker gewordene Pons, weiter kam er nicht, weil er über die gespannten Seile stürzte und dem Bären vors Maul fiel. Der leckte ihm das Gesicht ab. Pons war starr vor Angst.

»Der Graf von Mirepoix hat sein Wappentier gefunden, statt *mira peix* jetzt der heraldisch einmalige ›Bärenleck‹!«

Mas war noch der alte, zumindest was seine Häme anbetraf. Nur Raoul schwieg, ihm liefen Tränen der Freude über die Wangen, den Trencavel lebend wiederzusehen. Um die peinsame Situation zu beenden, sagte Roç:

»Niemand ist glücklicher als ich, Euch wohlbehalten aus furchtbarer Gefangenschaft entronnen zu sehen!« Er versuchte sich aufzurichten, um sie besser in Augenschein nehmen zu können. »Das hat mir der Hafside in seiner Großmut, die keinen Dank hören will, bewußt verschwiegen, daß er auch Euch frei –«

»Welche Gefangenschaft?« fragte Mas patzig zurück, und Roç setzte beschämt hinzu:

»Ich hab' noch mit eigenen Augen mitansehen müssen, wie Ihr überwältigt wurdet, und konnte Euch nicht helfen!« Zur Buße zwang er sich in eine halbwegs sitzende Stellung, obgleich ein Dutzend Flagellanten auf ihn einhieben. »Wie ist es Euch in den Kerkern Nikäas ergangen?«

»Kerker?« grunzte Pons, ihm war zum Lachen zumute, wußte aber nicht, wie der Bär das aufnehmen würde, der ihm traurig nachsah, als er jetzt, auf dem Bauch rückwärts robbend, sein Gesicht aus der Reichweite der rauhen Zunge brachte. »Was sprecht Ihr von Kerkern, guter Trencavel?« Mas lachte für seinen Kumpanen, da raffte sich Raoul zu einer Erklärung auf:

»Wir gaben uns als Abenteuer suchende Ritter Okzitaniens aus –«

»Die wir auch sind!« fiel ihm Mas ins Wort, doch unterließ er es in der Folge, seinen Anführer zu unterbrechen, denn der hatte blitzschnell hinübergelangt.

»– die nichts mit Manfred zu schaffen hätten. Da bot uns der Sebastokrator an, in seinem Heer Ruhm und Ehre zu erwerben und reichlich Beuteanteil dazu, denn am Sieg des Kaisers sollten wir nicht zweifeln.«

»Wie ich Euch schon wissen ließ«, mischte sich der Hafside ein, »es lohnte sich für unsereinen!«

»Berichtet mir dennoch, lieber Raoul, wie es ausging«, forderte Roç den Belgrave auf, »und was ich versäumt habe.«

»Wenn Ihr auf der Seite Epiros gekämpft hättet, wäre das schnell erzählt. Wir dagegen erlebten den Feldzug als privilegierte Heerführer, saßen abends an der Tafel des Sebastokrators Johannes, hatten Weiber und –« Vor Stolz über seine Kriegstaten vergaß Pons die Hierarchie, so daß Raoul ihn mit einer Schelle zum Schweigen bringen mußte, bevor er selbst fortfuhr:

»Das Heer, das der Kaiser von Nikäa seinem Bruder mitgegeben hatte, bestand zum geringsten Teil aus Griechen, sondern setzte sich vornehmlich aus slawischen Söldnern und angeheuerten Turkstämmen zusammen, was auch den Aufstieg von Pons zum Unterführer erklärt. Den Despoten von Epiros hatte inzwischen ein guter Teil der deutsch-sikulanischen Waffenhilfe erreicht, auch sein anderer Schwiegersohn, Wilhelm von Achaia, brachte durch Zwangsaushebungen in seinem Fürstentum eine stattliche Streitmacht auf die Beine. Die vereinigten Heere zogen nach Thessalien, wo noch der Bastardsohn des Despoten zu ihnen stieß, der mit der Tochter des Stammesfürsten der Walachen verheiratet ist, und auch der Herzog von Athen, Otto La Roche, der dem Villehardouin lehnspflichtig war. Sie rückten über die Via Egnatia vor, die alte Heerstraße, die von Konstantinopel quer durchs Land zur adriatischen Küste führt. Bei Pelagonia erwarteten wir mit dem Sebastokrator den Zusammenprall der Heere, etwas mit Bangen, denn die Verbündeten waren zahlenmäßig in der Übermacht. Kaiser Michael schickte laufend Boten, wir sollten den offenen Kampf vermeiden, sondern zusehen, daß wir Unfrieden und Zwist in das gegnerische Bündnis trügen.«

»Ha!« rief Pons dazwischen. »Halt ein! Auf die Gefahr hin, wieder eine aufs Maul zu bekommen, will ich doch nicht dulden, daß meine beiden Kumpanen ihr Licht unter den Scheffel stellen.« Raoul grinste, aber er ließ Pons gewähren. »Diese beiden Helden, die Ihr hier vor Euch seht, edler Trencavel, riskierten ihr junges Leben, denn sie begaben sich auf Umwegen in das feindliche Lager, als seien sie die letzten Nachzügler aus Manfreds Aufgebot. Und da sie ja einigen Herren als solche bekannt waren, kam darob auch kein Zweifel auf.«

»Unsere Aufgaben waren höchst verschieden«, trug nun auch Mas sein Scherflein bei. »Undankbar die meine, nicht ohne Reiz und Belohnung die seine. Ich hatte die Taschen, man kann ruhig sagen, Kisten, voller Gold, das ich geschickt unter die Ritter aus Sizilien bringen sollte, um sie damit zur Desertation zu verleiten. Die Deutschen lehnten empört ab, so daß ich bei den Leuten aus Achaia Zuflucht suchen mußte. Die kochten sowieso ihr eigenes Süpplein, denn der Fürst Wilhelm de Villehardouin schielte selbst nach dem Thron von Byzanz. Außerdem waren sie in ihrer Moral lockerer und machten sich einen Spaß daraus, den Bastardsohn des Despoten zu verunsichern und zu kränken, indem sie seinem Weibe, der feurigen Walachin, schamlos den Hof machten.«

»Laßt mich, lieber Mas«, unterbrach hier Raoul, »wenigstens meinen geringen Anteil als unbedeutende Speiche am Siegeswagen des großen Morency, meine Untat mit eigenen Worten schildern. Ich suchte also die Freundschaft des Bastards, heuchelte Empörung über das schändliche Verhalten einiger Ritter –«

»Mit denen ich inzwischen hohe Wetten abschloß«, fügte Mas hinzu, »daß es dir nicht gelingen wird, die Dame aufs Kreuz zu legen, eine saubere Art der verschleierten Bestechung.« Mas war sehr stolz auf sich. »Um es kurz zu machen, die gute Frau war inzwischen so heiß –«

Im scharfen Ton zog Raoul den Bericht wieder an sich: »Verwirrt ob des Wirbels um ihre Tugend, daß sie mir deren Schutz anvertraute. Ihr Mann drückte mir noch dankbar die Hand, als ich mich erbötig machte, als Wächter auf der Schwelle ihres Zeltes zu schlafen. Er wurde dann von Mas und seiner Wettgemeinschaft mitten in der Nacht zu einer hochgeheimen, wichtigen, eiligen Besprechung fortgelockt, und ich verlegte meine Wache sofort vor das Bett der Dame, die in gebotener Eile alsbald ihr mitleidiges Herz sprechen ließ.«

»Glaubt mir bitte, Roç«, erklärte Mas, »als wir mit scharfen

Schwertern die Zeltleinwand zum sich weit öffnenden Vorhang aufschlitzten, sah das ganze Lager, daß sie nicht nur ihr Herz sprechen ließ, oder es war ihr arg in die Tiefe des Hemdes gerutscht! Sie ritt unseren guten Raoul auf dem Teppich, so daß auch der Mitleidigste nicht von Notzucht sprechen konnte.«

»Wenn einer vergewaltigt wurde«, stöhnte Raoul, »dann war ich es. Danach durfte ich um mein Leben rennen, denn die aufgebrachten Walachen wollten mit mir wie mit dem Zelt verfahren.«

Geraude hatte vor Aufregung rote Flecken im Gesicht bekommen. Oder war es, weil Roç ihr von hinten die Hand unter den Kittel geschoben hatte? Jakov und der Mann mit dem Bären waren wieder gegangen. Auch der Hafside kannte die Geschichte wohl schon. Er liebte es auch nicht so sehr, wenn andere etwas zu erzählen hatten. Ungern überließ er Raoul das Feld.

»Die Epiroten waren sowieso schon in gereizter Stimmung, denn der Ehrgeiz des Villehardouin war ihnen nicht verborgen geblieben. So fiel es dem Bastard in seinem Zorn nicht schwer, seinen Vater zu überzeugen, daß es sinnvoller sei, sich mit solchen Verbündeten nicht in den Kampf zu stürzen, sondern weitaus klüger, zu Hause in Epiros eine günstigere Gelegenheit abzuwarten. Der Despot wankte noch anstandshalber, schließlich hatte er den Feldzug ja initiiert. Doch dann schnitten die deutschen Reiter bei einem Scharmützel gegen die Nikäer schlecht ab, weil sie zu schwerfällig waren, und die aus Achaia, weil sie bestochen waren, und das gab dann den Ausschlag. In der nächsten Nacht entwich der Despot mit seinen Angehörigen, noch bei Morgendämmerung folgte ihm sein Heer. Als der Villehardouin und der La Roche samt Manfreds Truppe beim Erwachen feststellten, daß ihre griechischen Waffenbrüder Reißaus genommen hatten, fiel bereits der Sebastokrator über sie her. Etliche wurden in dem Wirrwarr erschlagen, doch die meisten von ihnen wurden gefangengenommen –«

»So auch Hamo L'Estrange!« Pons meldete sich zu Wort. »Der Graf von Otranto gab sich in meine Hände, und ich grüßte ihn von seinem treuen Weibe und auch von Euch. Das hat ihn wieder aufgerichtet, zum Kampf war er gar nicht gekommen, weil er sein Schwert nicht fand.«

»Typisch Hamo!« sagte Roç und verkniff sich die Schmerzen eines Lächelns. »Was habt Ihr mit ihm gemacht? Doch hoffentlich seiner Shirat zurückerstattet?«

»Wir haben ihn mit unserem eigenen Geld sofort freigekauft und ihn mit einem Pferd und genügend Mitteln ausgestattet«, bestätigte Raoul, »daß er eigentlich längst wieder in Otranto eingetroffen sein müßte.«

»Ich hab' einen besseren Fang gemacht«, brüstete sich Mas, verbesserte sich aber schnell in »wir«, als er Raouls hochgezogene Braue bemerkte. »Uns beiden ist es gelungen – also gut, Raoul hat ihn zuerst gesehen, er hatte sich, vermummt als Bäuerin, in einem Heuschober versteckt –«

»Wer denn nun?« drängte Roç.

»Raoul hat ihn gleich erkannt, an seinen vorstehenden Zähnen, den Wilhelm de Villehardouin, Fürst von Achaia!«

»Das hat uns reich gemacht!« setzte Pons grinsend hinzu und machte die mümmelnde Lippenbewegung nach. »Unser liebes Kaninchen!«

»Demnach seid Ihr alle drei in bester Verfassung«, schloß Roç, »kampferfahren, ausgeruht und gut bei Kasse, so daß Ihr mir nicht auf der Tasche liegen müßt und euren Dienst bei mir wieder aufnehmen könnt.« Er ärgerte sich über den fragenden Unterton, der sich in seine Feststellung eingeschlichen hatte, schließlich standen sie bei ihm im Wort, doch mußte der Trencavel dem eingetretenen Schweigen entnehmen, daß für seine Sicht der Dinge sich keiner der drei erwärmen wollte.

Der Belgrave war auch hier wieder als Sprecher gefordert. »Ihr, Roç Trencavel, habt uns auf Korfu –«

»Im Stich gel-!« Mas verschluckte den restlichen Satz, weil nur ein schneller Sprung zur Seite ihn vor Raouls vorschnellender Faust bewahrte.

»Entlassen, in die eigene Verantwortung! Das würde auch jedes Ehrengericht so sehen. Es bedürfte also eines neu zu regelnden Lehnsverhältnisses, doch in ein solches wünschen wir uns hier und heute nicht zu begeben. Wir haben unsere Feuerprobe ohne Euch bestanden. Wir haben Glück gehabt und bei heiler Haut unsere

Taschen füllen können. Wir wollen jetzt erst mal unser Leben genießen. Daß Ihr uns solche Freuden nicht bieten könnt, dafür seid Ihr selbst schlagendes, geschlagenes Beispiel. Also nehmt uns bitte nicht übel, daß wir Euch diesmal nicht folgen werden.«

Raoul war der Vortrag nicht leichtgefallen, vielleicht schämte er sich auch, dem Trencavel in seiner elenden Lage eine so harsche Absage zu erteilen. Er schlug jedenfalls die Augen nieder und wich Roçs Blick aus. Doch der Trencavel war viel zu geschwächt, den Okzitaniern aus ihrem Verhalten einen Vorwurf zu machen, denn das hätte einer flammenden Erwiderung bedurft, eines eindringlichen Appells an ihre ritterliche Ehre und einer verheißungsvollen Schilderung von Abenteuern, die noch zu bestehen waren. Welche, hätte er ihnen im Augenblick auch nicht zu sagen vermocht, der Weg des Königlichen Paares war ungewisser denn je, sicher nicht weniger dornig als bisher. Eher war zu vermuten, daß sich die Gefahren steigern würden, die Hindernisse sich noch höher auftürmen und die Versuchungen des Demiurgos weitaus perfider ausfallen würden, je näher sie dem Ziel Jerusalem kamen.

Den dreien war der Gral schließlich nicht als Verheißung gegeben worden, noch wußten sie von dem schwarzen Stein und dem fehlenden Schwarzen Kelch. Warum sollten sie sich quälen!? In Potkaxls drallen Armen mochten sie sich ihrer Heldentaten brüsten, an ihrer Brust Trost für das Ungemach eines banalen Lebens suchen. Im Schoß der Toltekin würden die schnöde erworbenen Silberlinge bald versickern.

»Das Königliche Paar«, sagte Roç müde, »kann niemanden zwingen, sich dem Unbekannten anzuvertrauen wie einem fernen Stern, der den Weg auch nur denen weist, die auserwählt sind, ihn zu sehen, und die Kraft aufbringen, an ihn zu glauben.« Er machte eine Pause und lächelte Raoul zu. »Sagt mir nur noch, werter Belgrave, weshalb Monsignore Gosset sich nicht sehen läßt!«

Die Frage war dem Angesprochenen sichtbar unangenehm, er druckste herum.

»Ihr habt ihn rüde ausgesetzt, statt auf seinen Rat zu hören«, begann er vorsichtig. »Als wir in den Dienst des Sebastokrators traten –«

»Getreten wurden«, verbesserte ihn Mas nachtragend aus sicherer Distanz.

»– fanden wir Monsignore dort schon vor. Gosset ebnete uns den Weg, denn er stand bei den Nikäern in großem Ansehen als Botschafter des französischen Königs. Sie besorgten ihm eine Passage auf einem Schiff, und er verabredete sich mit uns hier in Antioch, wo er ›Quartier machen‹ wollte, ›auf dem Weg nach Jerusalem‹.«

»Hat er das tatsächlich gesagt?« Roç vernahm es ungläubig, aber gewillt, sich rühren zu lassen. »Wieso aber Antioch?«

»Das hing mit dem Mann zusammen, den er hier zu treffen hoffte –« Raoul verfiel plötzlich in Schweigen, als habe er schon zuviel gesagt.

Aber Mas hielt nicht an sich.

»Den Mönch, den er Euch zuführen wollte, hat er leider in die ›König Artus' Tafelrunde‹ aufgenommen.«

»William?« entfuhr es Roç.

»Sehr wohl!« giftete Mas. »William von Roebruk, dieser verkommene Minorit! Angeblich Euer bester Freund!«

»So ist es!« empörte sich Roç. »Und ich will nicht dulden, daß jemand so über ihn spricht!« Sein Blick suchte den Belgrave. »Sorgt bitte dafür, daß der Sprecher schweigt oder verschwindet!«

Doch Mas hatte schon eingesehen, daß er zwischen Prügel seines Anführers und einer Entschuldigung zu wählen hatte. »Verzeiht meine harten Worte, edler Trencavel«, keuchte er in Atemnot, »aber der Franziskaner geht uns an die Eier, mit Verlaub!«

Raoul, der sich den Morency schon zur Brust genommen hatte, ließ ihn noch einmal laufen. Er lachte schallend und ausgiebig, so daß Pons sich zu einer Erklärung berechtigt sah.

»Monsignore spielt zwar den Beleidigten, in Wahrheit sorgt er sich nur um Euch, Trencavel. So hat er den William von Roebruk aus der Stadt Antioch zum Hafen hinunter kommen lassen, damit er Euch sogleich begrüßen könnte, wenn Ihr dann eintreffen würdet, was der Hafside avisiert hatte. Doch dieser, erlaubt mir zu sagen ›wenig keusche Franziskaner‹ hatte kaum unser trautes Heim betreten, da fiel schon sein Blick auf die Potkaxl!«

Da nahm Raoul ihm die Schilderung wieder ab. »Und seitdem treiben es die beiden, als hätten sie ein Gelübde abgelegt. Und unser geiler Dicker muß seitdem dreimal täglich auf den liebgewonnenen Aufhupfer der Toltekin verzichten – und auch Mas, der Wichser, darf nun wieder Hand anlegen, die eigene!«

Raoul fand das ungeheuer lustig, denn ihm schien die Abstinenz von der Potkaxl nichts auszumachen, doch Pons grollte.

»Wenn ich nur verstehen wollte, was unsere Prinzessin an dem zerrupften, rothaarigen Franziskaner mit zwei Kindern findet. Verheiratet ist er auch noch, oben in der Stadt, beim Fürsten!« schimpfte er.

Jetzt mußte selbst Roç lachen, und das tat weh.

»Da könnt' ich Euch etliche Damen feinsten Geblüts sagen, die sich nicht lange geziert haben!«

»Kurzum«, knurrte Mas, »wer wichst schon gern! Seit Williams Einzug in den Turm ist unser geordnetes Liebesleben im Eimer – und nicht nur das. Von morgens in der Früh bis in die tiefe Nacht müssen unsere Ohren das Rammeln und Kosen, Quieken und Grunzen, Brunzen und Stöhnen ertragen, ohne Unterlaß, ohne Hoffnung auf eine Pause, in der –«

»Weiß William denn nicht, daß ich hier liege?« unterbrach Roç die Klage.

»O doch!« sagte Raoul. »Er wollte, daß wir Euch verschweigen, wo er steckt, denn er fürchtet sich, Euch gegenüberzutreten, weil er dann die Potkaxl verlassen muß. Und die hat ihm schon Bescheid gestoßen, daß sie nicht mit ihm gehen würde!«

»Tja«, sagte Roç, »dann ist die Sache doch ganz einfach. Da weder Ihr«, er wandte sich bewußt an den Anführer der drei, »noch Gosset mit mir ziehen wollt, brauche ich William. Diesen letzten Dienst kann ich von Euch verlangen, denkt an die Operation ›shaitan annar‹, laßt Euch etwas einfallen, Gosset wird sicher nichts dagegeneinzuwenden haben.«

»Ganz im Gegenteil, der ist todunglücklich, daß William sich derart pflichtvergessen verhält. So rücksichtslos, wie der die Potkaxl in Beschlag gelegt hat, das schmeckt ihm auch nicht. Er wäre den Mönch gern wieder los!«

»Also«, schlug Roç vor, »ich verabrede mit dem Hafsiden, daß er – sobald mein William wohlbehalten an Bord ist – die Anker lichten kann, um wie vereinbart die Küste hinab nach Askalon zu segeln!«

»Verlaßt Euch dieses Mal auf uns, Trencavel«, sagte Raoul und trat an das Bett. Seine beiden Kumpane folgten ihm. »Ihr werdet zu Eurem Minoriten kommen, und wenn das helfen sollte, das Pech, das in letzter Zeit an Euren Fersen haftete, abzustreifen, dann könnt' es sein, daß wir uns alle, Monsignore wie Potkaxl eingeschlossen, in Jerusalem wiedersehen. Falls Ihr uns dann noch sehen wollt –«

»Jede Frucht braucht ihre Zeit zur Reife«, erwiderte Roç und reichte jedem die Hand. »Das gilt auch für mich!«

»Es sei denn, der Wurm ist drin!« rief der Hafside, der unbemerkt hinzugetreten war. Sein Einwurf galt sichtlich den dreien, aber Roç wollte das so nicht stehen lassen.

»Gott, dem Schöpfer, ist es ziemlich gleich, ob die Frucht von Menschen oder Würmern verzehrt wird, ein jedes hat seinen Sinn, und letztlich kehren wir alle irgendwann zur Erde zurück, die von unseren Körpern nicht verlassen werden kann, nur von unseren Seelen!«

Akkon, der Sitz der Regierung des ›Königreiches von Jerusalem‹, lag an der nördlichen Spitze der Bucht von Haifa. Richard Löwenherz hatte die Feste mitsamt Hafen im kühnen Handstreich für die Kreuzfahrer erobert. Nun konnte der Ort nicht einmal mehr Anspruch auf den Titel ›Königsstadt‹ erheben, denn der klägliche Rest von Outremer wurde in Personalunion mit dem zypriotischen Königshaus regiert. Und das hatte für die Stützpunkte auf dem Festland, der Terra Sancta, lediglich einen Vogt ernannt. Von den anderen Hafenstädten war nur Tyros der Rede wert, und das stand im heftigen Konkurrenzkampf mit Akkon, spätestens seit Venedig die Genuesen in verlustreichen Schiffsschlachten dorthin vertrieben hatte. Der Rest bestand aus in Küstennähe verstreuten Burgen, meist im Besitz der Ritterorden, die keineswegs dem König, sondern dem Papst unterstanden – zumindest nominell! Es gab also nicht viel zu regieren, und trotzdem tagte der Rat oder das Hochgericht mit dem Anspruch einer Weltmacht, betrieb Bündnispolitik, schloß Verträge und spielte sich als Schiedsrichter auf. Es gab einen Seneschall und einen Konnetabel, jede Menge Marschälle, nur kein stehendes Heer, denn die ferne und recht schwache königliche Macht war völlig abhängig vom Gutdünken der Barone, was die Lehnspflicht anbelangte – und eben vom Wohlwollen der drei großen Orden. Und die kochten längst allesamt ihr Süpplein in verschiedenen Küchen: die Johanniter in Damaskus, die Templer in Kairo und die Deutschritter im fernen Baltikum. Und jetzt war noch die große Feuerstelle der Mongolen in Reichweite gerückt. Daß die vielen Köche überhaupt noch zum Abschmecken kamen, lag nur darin begründet, daß der Nimbus des Königreiches als *grand chef de cuisine* ungleich viel stärker war als seine Kochkunst. Akkon wurde immer noch die Rolle des Zünglein an der Waage zugebilligt, und die Mitglieder der königlichen Tafelrunde ließen sich in ihrem Hochmut wahrlich von niemandem übertreffen. So war die treusorgende Königinwitwe Plaisance von Zypern herbeigeeilt, um dem hohen Rat ihres Reiches *in personam* zu präsidieren. Die Sitzung fand im königlichen Schloß statt, gleichweit entfernt von den Burgen der Templer, der Johanniter und der Deutschen, aber auch weit genug von den Quartieren der erbittert rivalisierenden Seerepubliken.

Im prächtigen Saal standen der Königin ihr Bailli zur Seite, gerade neu ernannt der Herr Gottfried von Sargines, und in Ermangelung eines Patriarchen der päpstliche Legat Thomas Agni von Lentino. Ihr gegenüber befanden sich die Sitze der drei Großmeister. Doch Hanno von Sangershausen war wieder einmal nach Deutschland gereist, da seinem Orden die Eroberung des Baltikums weit mehr am Herzen lag als der Erhalt seiner spärlichen Besitzungen in Outremer. Er hatte Sigbert von Öxfeld, dem greisen Komtur von Starkenberg, sein Stimmrecht überlassen. Als das dem Großmeister des Tempels zu Ohren kam, benannte auch er einen Vertreter und gab sich unpäßlich. Er hatte auf den Komtur von Askalon zurückgegriffen, Herrn Georges Morosin. Den schätzte er zwar als kaum weniger eigennützig oder selbstherrlich ein als die meisten hohen Tempelherren, doch deren Burgen standen allesamt auf unsicherem Boden, während in Askalon klare Verhältnisse herrschten. Es befand sich fest in der Hand der Ägypter. Nur der stellvertretende Großmeister vom Hospital, Hugo von Revel, war selbst erschienen, denn er war neu im Amt und wollte sich ins Bild setzen.

Von den Baronen hatten sich nur zwei der Großen eingefunden: Philipp von Montfort, uneingeschränkter Herr von Tyros, und Julian von Sidon und Beaufort, sein ausgemachter Widersacher, ein hochfahrender, eitler und unberechenbarer Mann.

Königin Plaisance hatte die Anwesenden freundlich begrüßt und ihrem Vogt das Wort erteilt.

Herr Gottfried kam gleich zur Sache. »Der Herrscher von Aleppo, der Atabegh Turanshah, würdiger und weiser Onkel des Sultans von Damaskus, hat uns einen hochrangigen Gesandten geschickt, der mit uns über die Mongolengefahr sprechen möchte, denn Aleppo fühlt sich seit dem Fall von Bagdad von Hulagu bedroht. Soll ich den Emir hereinbitten?«

»Nein!« rief Philipp von Montfort entschieden. »Wir sollten erst einmal unter uns klären, wie wir zu den Mongolen stehen.«

Der Legat schaltete sich ein. »Das ist nicht die Frage. Wir haben sie doch gerufen, zahllose Botschafter ins ferne Karakorum gesandt, mit der Bitte, uns zu Hilfe zu kommen, und jetzt sind sie da, Christen wie wir. Und Ihr fragt –«

»Aleppo ist uns immer ein zuverlässiger Nachbar gewesen, kein Freund wie die Damaszener, aber man hat sich stets an die Verträge gehalten –«

»Bleibt aber dennoch ein Feind des christlichen Glaubens«, unterbrach der Legat mit leichtem Erstaunen, »den zu besiegen wir das Kreuz genommen!«

»Ihr vergeßt«, murmelte der Doge, der für die Templer sprechen sollte, »daß seitdem über hundertfünfzig Jahre vergangen sind.« Er wurde mutiger und entschiedener. »Wir alle, die wir hier versammelt sind, können uns nicht mehr als ›Kreuzfahrer‹ bezeichnen, die meisten Familien sind hier seit Generationen ansässig, viele von uns sind hier geboren – und da spielt das nachbarschaftliche Verhältnis durchaus eine Rolle!«

»Verräter!« Julian von Sidon war aufgesprungen. »Ein Muslim bleibt einem braven Christenmensch wohl immer ein bis aufs Messer zu bekämpf –«

»Haha!« fuhr ihm Philipp in die beginnende Haßtirade. »Hört nur, wer da spricht! ›Braver Christenmensch‹?«

»Meine Herren«, donnerte Sigbert von Öxfeld dazwischen, »bietet der Frau Königin nicht solch erbärmliches Bild!« Und zu Julian gewandt, fügte er hinzu: »Setzt Euch, und schweigt lieber, wenn Euer Beitrag nur der eines unreifen Knaben ist!«

Julian dachte nicht daran. »Ich verbitte mir von einem hergelaufenen Komtur –«

Da sprang dem vor Zorn zitternden Deutschen der Meister vom Hospital bei und sagte schneidend: »So spricht hier niemand über einen verdienten Ordensritter wie den geachteten Komtur von Starkenberg!«

Julian setzte sich, fauchte aber etwas wie »feiger Verräter«, was Hugo von Revel zu dem Zusatz: »Oder ich bringe ihn vors Hochgericht!« verleitete.

»Da könnt Ihr auf uns zählen«, setzte der Doge hinzu. »Der Erhalt dieses Königreiches hängt einzig und allein von einer klugen und einsichtigen Politik ab. Haß entspringt nur dummen Köpfen!«

Philipp de Montfort sah nun die Möglichkeit, sich als Anwalt der Vernunft zu geben. »Die Behandlung der Anfrage Aleppos hängt immer noch von unserer Einstellung zu den Mongolen ab.«

»Gerufen wurden sie nicht etwa von uns, die wir hier leben wollen und müssen«, schaltete sich Julian von Sidon in seltener Einmütigkeit mit seinem ungeliebten Nachbarn von Tyros ein, »sondern von Außenstehenden oder zeitweiligen Gästen, die über unseren Kopf hinweg die Mongolen eingeladen haben und dann wieder abgereist sind.«

»Sprecht nur aus, wen Ihr da beschuldigt!« fauchte der Legat. »Den Heiligen Vater und den frommen König Ludwig! Eine ziemliche Unverschämtheit, den Papst als ›außenstehend‹ zu bezeichnen!«

»Und doch trifft es den Nagel auf den Kopf«, entgegnete Philipp. »Unsere Familien sind die Herren dieses Landes, auch wenn sie sich befehden, und uns liegt am Erhalt des Status quo. Wenn wir zu offensichtlich mit den Mongolen liebäugeln, werden uns das unsere muselmanischen Nachbarn verübeln, mit denen wir auch in Zukunft rechnen müssen.«

»Es sei denn, die Mongolen schlachten sie alle ab, wie sie es in Bagdad taten, wo nur die Christen verschont wurden.«

Der Legat verriet nicht, ob er das für wünschenswert hielt, doch allein daß er das Bild in Worte faßte, legte die Vermutung nahe, und Sigbert ärgerte das gewaltig.

»Daß die Kirche nicht nur so denken, sondern selbst so handeln kann, hat sie schon hinreichend im Languedoc bewiesen!«

»Ketzer!« schnaubte der Legat, doch Sigbert ging nicht darauf ein. »*Shoukr Allah!* Das Töten aller Völker und Stämme, die sich zum Islam bekennen, ist auch für die Mongolen kein gangbarer Weg«, sprach er in provozierender Ruhe. »Also werden sie sich auf die Oberherrschaft beschränken –«

»Doch auch Ihr, Sigbert«, unterbrach ihn der Doge, »wißt nicht zu sagen, ob die Mongolen diesen Sieg erringen werden, oder ob es den Mameluken gelingt, den Angriff abzuwehren. Im zweiten Fall wird es schlecht um uns bestellt sein, denn dann werden sie sich furchtbar an uns rächen. Wir Christen des Heiligen Landes stellen nur eine Handvoll dar, die man bequem köpfen kann.«

»Das gilt besonders für Mitglieder der Ritterorden«, tröstete ihn der Herr von Tyros, »denn Eure Losung lautet: ›Kampf den Feinden des Glaubens‹. Und Euren Auftrag beendet nur der Tod.«

»Das war einmal!« Der Doge lächelte hintersinnig. »Auch wir sind inzwischen ein großer Familienverband, der Land-, aber vor allem Handelsmacht besitzt.«

»Dann kann es doch kaum unser Interesse sein, daß die Mongolen scheitern«, sprach Hugo von Revel, »denn sie werden nicht nur unseren Besitzstand unangetastet lassen, sondern uns im Zweifelsfall zu ihrem Herrschaftsinstrument über die Völker des Islam erheben.«

»Sehr erhebend!« schnaubte Julian. »Befehlsempfänger des Großkhans!«

Doch jetzt erhob sich der Bailli der Königin, nachdem er mit Plaisance ausführlich geflüstert hatte.

»Stimmen wir ab, ob wir Aleppo Beistand leisten! Wer ist dafür?«

Es hoben sich die Hände der Herren Philipp, Sigbert und des Dogen. Der Antrag war abgelehnt.

»Ich rufe den Emir nunmehr vor den Rat und werde ihn unseren Entschluß wissen lassen!« erklärte Gottfried von Sargines und gab den Türwächtern ein Zeichen.

Es trat ein der Emir von Homs, el-Ashraf, der auf einem Auge entsetzlich schielte. Er verneigte sich vor der Versammlung und grüßte zur Königin hinauf.

»Wir können Aleppo nicht beistehen«, eröffnete ihm der Bailli mit Leichenbittermiene, doch das schielende Auge zuckte vor Freude.

»Welch kluger Entschluß, großmächtige Königin! Aleppo ist nicht zu halten, An-Nasir, der Sultan Syriens, hat nicht einmal in Damaskus ausreichend Truppen zur Hand, um seinem Onkel wirksam zu helfen. Auch würden die Mameluken mit Vergnügen die Gelegenheit wahrnehmen, die Braut Syriens entblößt zu sehen! Ich plädiere für ein gutes Einvernehmen mit den Mongolen, also Unterwerfung und Tribut, anstatt sinnlos Blut zu vergießen.«

»Das habt Ihr für Homs schon erreicht?« fragte Hugo von Revel, der Johanniter, wie um sich zu vergewissern, denn es war ihm schon bekannt. »Stimmt es, daß Fürst Bohemund von Antioch und Tripolis einen ähnlichen Schritt erwägt?«

»Dieser Feigling!« begann Julian wieder zu zetern, aber diesmal streckte der Komtur der Deutschen dem Herrn von Sidon wie anerkennend die Hand hin, und der ergriff sie leichtsinnigerweise. Mit eiserner Pranke quetschte Sigbert ihm die Hand, daß Julian das Weiterschimpfen verging.

El-Ashraf wunderte sich über das Benehmen der Ritter im Rat und beantwortete die Frage mit einer Gegenfrage.

»Ihr wißt doch, wer der Schwiegervater des jungen Fürsten ist?«

Hugo nickte. »Der König von Armenien war der erste, der die Zeichen der Zeit richtig erkannte und sich rechtzeitig zur Huldigung nach Karakorum begab. König Hethoum erfreut sich seither seiner ungeschmälerten Herrschaft in seinem Königreich. Was liegt also näher, als diesen Schritt auch seinen Schwiegersöhnen zu empfehlen?«

»Ich denke nicht daran!« schimpfte Julian, der sich angesprochen fühlte. »Eher erstatte ich Hethoum seine Tochter zurück!«

»Die Gelegenheit ist günstig«, spottete Philipp.

»Wir sehen in der Unterwerfung unter die Oberhoheit der Mongolen zwar einen überhasteten Schritt, doch immerhin einen Sieg der Vernunft – und des rechten Glaubens!« ließ sich der Legat säuerlich vernehmen, und der Bailli verabschiedete den Emir schnell, bevor neuer Streit aufflammte.

Kaum war el-Ashraf, erstaunlicherweise beglückt über das Ergebnis, entschwunden, brachte Herr Gottfried ein anderes Thema zur Sprache.

»Uns liegt ein Schreiben aus Kairo vor, in dem man uns eindringlich warnt zuzulassen, daß dies sogenannte ›Königliche Paar‹ sich nach Jerusalem begibt. Der Sultan würde das als feindlichen Akt ansehen und uns dafür verantwortlich machen.«

Die Versammelten schwiegen erst einmal, schon weil sie nicht alle mit der Materie vertraut waren. Dann raffte sich der Doge zu einer Antwort auf.

»In Wahrheit erregt den Sultan Qutuz die Präsenz des Trencavel in Antioch! Dort wittert er eine Verschwörung mit dem Fürsten Bohemund, in Absprache mit den Mongolen. Damit will er nur seine Unfähigkeit verschleiern, die Dame Yeza Esclarmunde in Alexandria festzuhalten. Nun sollen wir erreichen, was ihm offensichtlich nicht gelungen ist.«

»Ihr seid erstaunlich gut informiert über dieses betrügerische, Unruhe stiftende Pärchen«, giftete der Legat.

»Das ist meine Aufgabe«, zischte der Doge.

»Wieso sollen wir uns damit befassen?« knurrte Philipp de Montfort. »Die Verwaltung der Stadt Jerusalem liegt in den Händen der Mameluken!«

»Zudem, warum sollen wir uns zum Büttel machen«, murrte Sigbert hörbar, »wenn Roç und Yeza dort eine Friedensherrschaft errichten?«

»Ketzerei!« zischte der Legat. »Nun wird mir klar, warum der neuernannte Patriarch, der fromme Jakobus Pantaleon, vorerst nicht nach Akkon kommt, sondern sich nach Jerusalem begibt: Er will die heilige Stadt vor diesen Abgesandten des Teufels retten!«

»Aus Euch spricht der Böse!« entfuhr es Sigbert. Doch der Doge legte beschwichtigend seine fleischige Hand auf den Arm des Alten, der sich zornig aus seinem Sitz hochstemmen wollte.

»Warum könnt Ihr nur inquisitorisch denken, Eminenz? Jakob Pantaleon, der Schuster aus Troyes, weiß, wo er als Patriarch von Jerusalem hingehört!«

»Ich werde Euch alle der Inquisition überantworten!« Dem Legaten verschlug es fast die Sprache über das, was sich hier an Abgründen zwischen den Klippen des rechten Glaubens auftat, doch der Deutschritter lachte ihn aus.

»Das würde ich gern erleben!« schnaufte Sigbert heiter. »Jerusalem ist für die Kirche offensichtlich ein höchst suspekter Platz geworden! Schon als mein Kaiser Friedrich es vom Islam zurückgewann, wollte Rom nichts mehr wissen von der ihr einst so heiligen Stadt. Jetzt verübelt Ihr sogar dem Patriarchen –«

»Jerusalem wurde vom Staufer entweiht!«

»Um so mehr ist der Teufelsaustreiber Pantaleon gefragt, mit Weihrauch und Wedel!«

»Ihr verspottet die Segnungen der *Ecclesia catolica*!«

»Und Ihr schändet das Andenken Tausender christlicher Kreuzfahrer, die ihr Leben gaben für Jerusalem!«

»Meine Herren«, rief der Bailli, »mäßigt Euch!« Er war aufgesprungen, weil Königin Plaisance entsetzt den Kopf schüttelte. »Diese Abmahnung aus Kairo können wir nicht unbeantwortet lassen«, beschwor er die Streithähne. »Sagen wir irgendwelche Maßnahmen unsererseits zu, oder weisen wir sie zurück? Wer ist dafür, dem Verlangen nachzukommen?«

Es erhob sich nur die Hand des Legaten und dann zögerlich die des Großmeisters vom Hospital. »Abgelehnt!« verkündete der Bailli.

»Ich bin dafür, Jerusalem zu erobern«, verkündete Julian von Sidon, »wenn Sultan Qutuz uns schon einlädt!«

»Dort mit Waffengewalt für Ordnung sorgen zu wollen kann nur einem kranken Geist einfallen oder dem einzigen unter uns, der völlig ohne auskommt!« fuhr ihm der Montfort übers Maul.

»Besser, als wenn das Klügste, was einer von sich gibt, seine Scheiße ist!« giftete der Herr von Sidon zurück. »Ich verlange sofortige Abstimmung!«

DIE SPUR DES KELCHES

»Abgelehnt!« Das war eines der wenigen Male, daß die Königin in die hitzige Debatte eingriff. »Kommt nicht in Frage!«

Und der Bailli legte nach. »Wir halten uns heraus«, sagte er maliziös und wandte sich an den Legaten. »Das ist sicher auch im Sinne der Kirche.«

»*Hierosolyma non est locus!*« Monsignore Thomas Agni di Lentino bedachte nicht lange die Schwere seiner Sentenz. »Wenn wir Christen hier der Hilfe bedürfen, gibt es nur einen, an den wir uns bittend wenden sollten: an den großmächtigen Herrn Charles d'Anjou, einen wahrhaftigen Diener der Kirche!«

»Der Preis wäre die Krone dieses Königreiches.« Dem stellvertretenden Großmeister der Johanniter schien er billig. »Bieten wir sie ihm also an!« schlug Herr Hugo von Revel blauäugig vor. »Ist jemand dagegen?«

Wie von der Tarantel gestochen, ließen die beiden Barone gleichzeitig die Hände hochfahren, aber auch die Vertreter der anderen Orden zeigten dem Legaten mißbilligend ihre Ablehnung. Und die Königin verkündete aus vollem Herzen: »Dem Antrag wird nicht stattgegeben!«

»Dann ist meines Bleibens an diesem Ort nicht länger, den Satan längst in den Klauen hat! Sein Untergang möge reinigende Sühne für die Sünden sein, die wider die heilige Kirche begangen werden!« Der Legat raffte seine Gewänder und rauschte erhobenen Hauptes aus dem Saale.

»Nicht die falschen Bündnisse mit unseren Feinden, ob sie nun Mongolen oder Mameluken heißen, bringen uns den Untergang«, rief Julian ihm nach, »sondern unsere Feigheit, neue Eroberungen zu tätigen! Sidons Männer unter Waffen werden nicht länger im Nichtstun verharren! Unsere Losung heißt Jerusalem!«

»Wir verbieten Euch –« Der Bailli war so entsetzt, daß es ihm die Sprache verschlug.

»Tyros wird dem Verblendeten den Durchzug sperren!« erklärte Herr Philipp nicht ohne Vergnügen. Doch den entscheidenden Schlag ins Gesicht erhielt Julian vom Vertreter des Tempels.

»Mit Eurem Kopf scheint tatsächlich etwas nicht in Ordnung«, begann der Doge freundlich wie ein Arzt. »Ihr leidet an Gedächtnisschwund. Sidon habt Ihr erst vor drei Wochen schriftlich an meinen Orden abgetreten als Sicherheit für geliehene Gelder, die Ihr für sinnloses Waffengeklirr vergeudet habt! Das Pfand verfällt binnen der nächsten fünf Tage!«

»Das werdet Ihr nicht wagen!« heulte Julian auf. »Habgieriges Ordenspack! Halsabschneider!«

»Das ist im Vertrag nicht vorgesehen«, erwiderte der Doge kühl, »doch wenn Ihr Euch weigert und uns zwingt –« Er ließ die Drohung offen, doch Julian war schon durch den Saal gestürmt.

»Versucht Eure Krallen in das warme Fleisch von Sidon zu schlagen, Ihr Geier vom roten Tatzenkreuz«, brüllte er von der Tür her, »und Ihr holt Euch blutige Nasen!« Damit rannte er hinaus.

»Die Versammlung ist aufgehoben«, verkündete der Bailli, nachdem die Königin ihm nickend ihr Einverständnis bedeutet hatte. Plaisance schien aufs äußerste betrübt, doch zugleich erleichtert, die Sitzung hinter sich zu haben.

Der Doge begab sich eilends zu Fuß durch das von den Genuesen aufgegebene Quartier. An der umstrittenen Kirche von St. Sabbas vorbei gelangte er zur Burg des Tempels auf der äußersten Landspitze, die sich wie ein Felsendorn hinausschob ins Meer. Sein Großmeister empfing ihn sofort. Doch ehe der Doge über Verlauf und Ergebnis der Ratsversammlung berichten konnte, eröffnete ihm Thomas Bérard glückstrahlend: »Wir haben die ›Atalanta‹ wieder! Heil, fast unbeschädigt!«

»Das freut mich sehr«, versicherte ihm der Komtur Georges Morosin. »Es freut mich auch die späte Einsicht des Taxiarchos, den ich schätze.«

»Zu spät, Georges!« Der Großmeister lächelte jetzt verkniffen. »Außerdem kann von Einsicht kaum die Rede sein! Wir mußten den flüchtigen Piraten auf offenem Meere stellen, mit dem größten Flottenaufgebot, das je zusammenwirkte. Schon aus diesem Grund ist ein Prozeß unvermeidlich!«

»Der Penikrat ist kein gewöhnlicher Pirat!« verteidigte der Doge den Taxiarchos. »Der Orden verdankt ihm die geheime Fahrt zu den ›Fernen Inseln‹, die er mit größtem Erfolg durchführte –«

DIE SPUR DES KELCHES

»Um danach sein Wissen König Manfred anzudienen«, unterbrach ihn der Großmeister säuerlich, »und sich für die nächste Reise mit List und Tücke in den Besitz unserer ›Atalanta‹ zu setzen!«

»Letzteres tat er zweifellos, doch ich glaube nicht, daß er vorhatte, den Orden zu hintergehen und insbesondere das Geheimnis der Route über den Oceanus Atlanticus zu verraten!«

»Entschuldigungen mag dieser Freibeuter – den Ausdruck werdet Ihr mir ja wohl zugestehen! – im Verhör persönlich vorbringen.« Thomas Bérard wurde ungehalten ob des überflüssigen Disputs. »Ihr könnt ja in Ausübung Eures Hausrechtes seine Verteidigung übernehmen!«

»Wie, Ihr wollt ihn nicht hier vor Euren Stuhl zitieren?«

Der Geduldsfaden des Großmeisters wurde dünner und dünner.

»Werter Georges Morosin, das Verfahren wird, wenn nicht ein Wunder Mariens geschieht, mit der Kapitalstrafe enden. Dazu bedarf es nicht einmal des Prozesses, denn der Tatbestand schweren Raubes, und der ist ja wohl unbestritten, reicht dafür völlig aus. Doch will ich wissen, und die Antwort erwarte ich von Euch, inwieweit Sizilien und wer sonst bei der Planung und Durchführung mitgewirkt hat.« Der Großmeister spürte, daß der Doge sich gegen den Auftrag sperrte, und legte an Härte zu. »Ich hörte, Roç Trencavel sei maßgeblich beteiligt gewesen, ebenso die Triëre des Grafen von Otranto. Sollte sich das bewahrheiten, sind sie ebenfalls anzuklagen, desgleichen natürlich unsere eigenen Ritter, insbesondere der verantwortliche Kommandant Simon de Cadet –«

»Die alle wollt Ihr vor Gericht –?«

»Gewiß!« schnitt Thomas Bérard scharf den Einwand ab. »Und weil für den Orden unangenehme Weiterungen zu befürchten sind, wird der Prozeß im geheimen durchgeführt. Nicht, daß wir gültiges Recht brechen wollen oder die Öffentlichkeit zu scheuen hätten, aber es werden unweigerlich die ›Fernen Inseln‹ zur Sprache kommen, und schon deshalb wollen wir keine dummen Fragen und gespitzte Ohren von Neugierigen oder Neidern. Askalon ist der geeignete Ort, weil wir uns dort zwar auf ägyptischem Boden befinden, es uns aber dennoch erlaubt ist, zu Gericht zu sitzen und die Urteile auch zu vollstrecken!«

»Ihr habt sie bereits gefällt!« empörte sich der Doge.

»Zeigt Euch nicht begriffsstutzig!« Der Großmeister zwang sich zähneknirschend zur Beherrschung. »Wir erheben Euch, Georges Morosin, zu diesem Behufe in den Rang eines Komturs.« Sein Widerwillen verzerrte sein Lächeln zur Maske. »Ein Titel, den Ihr ja schon seit einiger Zeit unberechtigterweise führt. Und wir erwarten von Euch die Vorbereitung und Durchführung des Verfahrens in der geschickten Art, die Ihr meisterlich beherrscht, damit kein Schatten auf den Orden fällt! Nimmt unser Ruf Schaden oder verkennt Ihr unsere Interessen, dann mache ich Euch persönlich dafür verantwortlich!«

»Ich eigne mich nicht zum Ankläger noch zum Inquisitor.« Der Doge unternahm einen letzten Versuch, sich aus der unliebsamen Rolle zu winden.

»Kümmert Euch nicht um Eure Schwächen!« fuhr ihn der Großmeister an. »Das besorgen schon andere, die weniger Skrupel, dafür aber die unabdingbare, eifernde Hinwendung zu ihrem Gelübde als Templer gezeigt haben! Ihr seid auch nicht zum Richter berufen –«

»Sondern zum Büttel!« erregte sich der Doge, selbst erstaunt über seine Kühnheit.

Doch der Großmeister ging überraschenderweise darüber hinweg. »Auch nicht zum Henker, sondern zum Hausherren, der es seinen Ordensbrüdern erleichtert, ihr schweres Amt auszuüben!« setzte er noch mit verkrampftem Lächeln hinzu. »Geht jetzt bitte, ehe ich an der Richtigkeit meiner Wahl zu zweifeln beginne!«

Der Doge verneigte sich und verließ den Kapitelsaal. Er beschloß, Sigbert von Öxfeld im Haus der Deutschen aufzusuchen, das am anderen Ende der Altstadt lag, unmittelbar an der inneren Mauer, eine wuchtige Burg, deren Ecktürme bereits Teile der Befestigungswälle waren. Der Alte würde ihm hoffentlich raten können. Der Komtur von Starkenberg würde wohl weniger den Kopf des Taxiarchos retten als die drohende Gefahr für alle anderen abwenden wollen, insbesonders für den Roç Trencavel – galt er doch als Hüter des Königlichen Paares.

Die Reise auf dem Nil mit dem altmodischen Schiff, das ihr die Mutter des Bogenschützen so freundlich zur Verfügung gestellt hatte, wäre ganz nach Yezas Geschmack gewesen, wenn sie die Bequemlichkeiten an Bord der gemächlich dahingleitenden Barke ausgiebig hätte nutzen können. Die Planken waren aus Edelholz, mit mehreren Schichten kostbarer Teppiche bedeckt. Darauf standen seidenbezogene Diwane, von elfenbeinfarbenen Segeln vor der strahlenden Sonne, mit bläulicher Gaze vor lästigen Fliegen geschützt. Ein baumlanger Nubier fächerte mit einem Pfauenfederwedel die Luft, ein gutgewachsener Sudanese rückte die Kissen zurecht und ein pechschwarzer Pygmäe, der unter seinem riesigen Turban versank, bot vom silbernen Taburett feinstes Zuckergebäck mit *shai bi na' na* oder erfrischenden *'assir limoun* zu gedörrten Datteln und Feigen. Doch Yeza lag nicht auf einem Diwan hingestreckt, um die Flußlandschaft an sich vorüberziehen zu lassen, sondern hockte in dem stickigen Zelt, aus dem sie durch einen schmalen Schlitz sehnsüchtig auf die schlanken Minarette und glänzenden Kuppeln Kairos in der Ferne zur Linken starrte. Und dann tauchten auch schon zur rechten Hand, im Dunst, die Pyramiden in erhabener Unwirklichkeit auf. Mehrere Augenblicke war Yeza verlockt, ihr Versteck zu verlassen und den eintönig rudernden Sklaven zu befehlen, das Ufer anzusteuern, so stark wirkte der Sog der magischen Bauwerke auf sie. Doch schließlich schloß sie energisch die Plane und verharrte im Dämmerlicht des Zeltes, bis die Versuchung vorüber war. Der mächtige Zauber wirkte noch nach, als die letzte Spitze schon längst versunken. Das wurde Yeza quälend bewußt, als sie noch einige Male hinausschielte. Sie nahm es als Prüfung, als eine Gaukelei des Demiurgen, der sie von ihrem Weg nach Jerusalem abbringen wollte. In der Höhe der Sultansstadt war Vorsicht geboten, wie ihr der Rote Falke glaubwürdig versichert hatte, denn das Ziel ihrer Reise sei in Kairo bekannt und würde bei Hof kaum gebilligt.

Yeza beneidete ihre Männer, die wenigen, die ihr noch verblieben waren. Sie saßen, allesamt als Muslime gekleidet, auf Kissen an Deck, zogen genüßlich an der Nargila und hatten kaum einen Blick auf das Grabmal des Cheops verschwendet.

Simon de Cadet und seine drei Templer waren schon vor Kairo von Bord gegangen, um bei Heliopolis die alte Karawanenstraße zu nehmen, die über El-Suwais stracks gen Osten führte, um möglichst schnell christliches Territorium zu erreichen. Das war zweifellos der kürzeste Weg nach Jerusalem, aber auch der mühseligste, denn er verlangte die Durchquerung erst des Sinai, dann der Negev-Wüste. Der Rote Falke hatte ihr dringend angeraten, sich weiter südlich zum Roten Meer durchzuschlagen, weil die Karawanenstraße von des Sultans Spähern kontrolliert würde, dann ein Schiff zu nehmen und die Halbinsel zu umsegeln und erst in Aqaba wieder an Land zu gehen, um das Jordantal hinaufzuziehen. Danach hatte der Rote Falke sie verlassen, höchst beunruhigt, in welchem Zustand er Haus und Hof vorfinden würde. Er war noch vor Gizeh ausgestiegen, hatte jedoch versprochen, den kleinen Trupp, der spätestens in der Höhe von Memphis seine Wanderung durch die Wüste beginnen sollte, bald mit frischen Pferden und Wasser wieder einzuholen. Somit verfügte Yeza noch über die stattlichen Recken Kefir Alhakim, Jordi de Marvel und als Krönung über den Ezer Melchsedek. *Bis mashiat arrabb* konnte sie dank der großzügigen Geste des Taxiarchos als Dreingabe auf die Lancelotti zählen. Die hatten ihre berüchtigten Sensenblätter beiseite gelegt und halfen den Sklaven beim Rudern, schon um nicht aus der Übung zu kommen. Mit ungewohnt behäbiger Schlagzahl trieben sie die Barke gegen den träge fließenden Strom, als Ezer unerwartet aufsprang. »Wir haben Heluan passiert!« rief er aufgeregt. »Nehmt bitte Kurs aufs linke Ufer!«

Yeza trat aus dem Zelt.

»Unsere Reise auf dem Nil endet hier«, teilte Jordi seiner Herrin mit. »Leider!«

Der kleine Troubadour verspürte wenig Lust, die Schiffsplanken jetzt mit dem Rücken eines Kamels zu vertauschen.

Yeza nickte versonnen. Ihr war alles recht – und gar nichts.

Der Rote Falke war vom Fluß nach Gizeh geritten, wo im Angesicht der großen Pyramide das väterliche Gehöft lag. Schon von weitem vermißte er die übliche Geschäftigkeit. Je mehr er sich näherte, desto deutlicher fiel die Verwahrlosung seines Besitzes auf. Schließlich tauchten einige vertraute Gestalten auf, Beduinen, die ringsherum ihre Herden hüteten. Sie wirkten niedergeschlagen.

»Wir haben ein schlechtes Gewissen«, riefen sie dem Roten Falken zu und warfen sich zu Boden, »wenn uns auch keine Schuld trifft, denn die Herrin hat es so angeordnet!«

»Steht auf!« befahl der und saß ab. »Was ist hier vorgegangen?«

Die Angesprochenen wanden sich verlegen, bis ein Ältester hinzutrat.

»Um die Flucht Eurer Frau und des jungen Sultans Ali zu decken, war uns aufgetragen, den Soldaten des Qutuz den Zutritt zu Eurem Haus so lange wie möglich zu verwehren.«

»Wohin ist mein Weib?« Der Rote Falke zwang sich, keine Gemütsbewegung zu zeigen, vor allem nicht seinen aufsteigenden Ärger.

»Zu den Lagern unseres Stammes im Sinai«, lautete die Auskunft. »Die meisten von uns gaben ihnen Geleitschutz, so daß sie – *inshallah* – längst in Sicherheit sein müßten! Der Rest von uns konnte nicht lange Widerstand leisten. Viele gaben ihr Leben, o Herr, doch die Soldaten gerieten in Wut, als sie entdeckten, daß sie sich den Eintritt vergeblich erstritten hatten. Sie verwüsteten Euer Haus!«

Der Rote Falke kämpfte nur kurz mit sich. »Ich will es jetzt nicht sehen!« verkündete er. »Doch laßt alles so, wie es ist. Bei meiner Rückkehr werden die Schuldigen bestraft.« Er schaute auf den kleinen Haufen. »Wie viele Kamele und Reiter könnt Ihr entbehren?«

Der Älteste wiegte sein Haupt. »Ihr bestimmt, wie stark die Bewachung Eures Besitzes sein soll, um nach der Schändung wenigstens Plünderer und Diebe fernzuhalten.«

»Mir reichen sechs Mann und zehn Kamele, Proviant und Trinkwasser für eine Woche.«

»Was mir an Söhnen geblieben ist, Herr, wird mit Euch gehen«, sagte der Alte, froh, daß der Emir den Schaden so gefaßt aufgenommen hatte, obwohl dessen Haltung die Schande vergrößerte. »Doch erlaubt uns allen, die Euch und uns angetane Schmach mit dem Blut der Schurken abzuwaschen, sobald Ihr Euer Weib gefunden und zurückgebracht habt.«

Der Rote Falke nickte. Ihm war nicht klar, wie er Madulain gegenübertreten sollte, falls er sie überhaupt noch bei den Beduinen antraf. Sicher nicht als eifersüchtiger Ehemann! Gut, daß es erst einmal seine Aufgabe war, Yezas Weg nach Jerusalem zu schützen.

Simon zog mit seinen drei Rittern durch die Wüste. Sie litten bald Hunger und dann auch Durst, doch nahmen sie dies als Buße für die Schuld, an der sie trugen – er als Kommandant schwerer als die anderen –, seit sie sich auf Linosa hatten übertölpeln lassen und sich nicht unter Einsatz ihres Lebens der Herausgabe der ›Atalanta‹ widersetzt hatten, was der Orden mit Fug und bei ihrer Ehre als Ritter von ihnen hätte erwarten können. Wahrscheinlich hatte das Kapitelgericht seinen Schuldspruch längst *in absentia* gefällt. Simon war bereit, mit seinem Leben zu büßen, aber seinen Gefährten wollte er die zu erwartende Strafe ersparen. Ein Gnadenerweis der Jungfrau wäre es natürlich, wenn sich noch Gelegenheit böte, sich zu bewähren, sinnvoll ihr Leben zum Wohl des Ordens einzusetzen, hinzugeben für des Tempels Ruhm und Ehr'!

Als hätte Maria sein Gebet erhört – oder war es eine Fata Morgana, die dem in sengender Hitze und flimmerndem Licht vor Durst delirierenden Simon zuteil wurde –, sah er plötzlich eine Karawane muslimischer Krieger, die einen einzelnen Tempelritter als Gefangenen mit sich zu führen schienen. Der anfängliche Zweifel schwand, je näher die anderen kamen. Argwohn hegten sie nicht, denn obgleich sie Simon und seine Mannen längst erblickt haben mußten, legten sie keine vorsichtige oder gar feindselige Haltung an den Tag. Doch die Templer sahen nur auf den alten Mann mit dem langen Silberbart, dessen weiße Clamys mit dem roten Tatzenkreuz ihn weithin als Ordensmitglied auswies. Simon rieb sich die Augen, um sicherzugehen, daß er keiner Halluzination erlag; der Schweiß brannte darauf noch stärker und trübte seinen Blick, aber auch seine Schicksalsgefährten hielten inne und starrten auf den langsam dahinziehenden Trupp.

»Laßt uns beten!« rief Simon den Seinen leise zu, und sie stiegen rasch von ihren Pferden und warfen sich in den Sand.

»Herr, wir danken Dir!« schluchzte einer der drei, und ein anderer stammelte: »Wunder der Gnade! Himmlische Jungfrau!«

»Ihr weihen wir unser Leben, das dem Tempel gehört!« rief Simon, und sie saßen wieder auf.

Die Feinde waren gut viermal so viele, dazu ein wohl vornehmer Emir, denn er saß in einer offenen Sänfte, über die ein Schirm gehalten wurde. Das friedliche Bild wurde verstärkt durch die Tatsache, daß die Muslime ihren Gefangenen keineswegs am Strick hinter sich her zerrten, sondern ihn auf einem Kamel reiten ließen. Nicht einmal gefesselt hatten sie ihn! Doch Simon ließ sich nicht täuschen von dieser Arglist.

»Den greisen Bruder zu befreien ist uns auferlegt!« zischte er seinen Gefährten zu. »Zieht blank!«

Das taten die drei Männer mit leuchtenden Augen. Maria, die heilige Gottesmutter, hatte sich ihrer erbarmt, sie durften sich des Ordens, der sie zu Recht ausstoßen würde, noch ein letztes Mal würdig erweisen, ihm unter Einsatz ihres Blutes dienen! *Gloria in excelsis!*

»*Beauséant alla riscossa!*« brüllte Simon, als führe er das unsichtbare Banner mit sich in die Schlacht. In breiter Front stürmten sie auf die langgezogene Karawane los, deren Männer völlig verwirrt waren, als sie der von einer Sanddüne herabstiebenden Templer ansichtig wurden. Ihnen blieb nicht viel Zeit, sich zu wundern, denn schon sanken die ersten von ihnen von den Kamelen, zerhackt von den wild zuschlagenden Templern. Bald lag die Hälfte von ihnen am Boden; der Emir in der Sänfte verhüllte sein Haupt, worauf die Übriggebliebenen in die Wüste flohen. Die Templer machten keine Anstalten, sie zu verfolgen, sondern umringten den greisen Ordensbruder, schwer atmend von der Anstrengung, doch strahlend vor Glück.

Der betrachtete seine eifrigen Retter recht ungehalten. »Ihr jungen Brüder, mir ist bestimmt, in Jerusalem zu sterben; deshalb ließ der neue Sultan mich als Zeichen seines guten Willens dorthin geleiten.« Der Alte sah mißbilligend auf die blutigen Schwerter seiner Befreier und beklagte sich bei dem Emir in der Sänfte. »Diese Herren hier haben es Euren braven Männern wie üble Wegelagerer schlecht entgolten und in meine letzte Reise eingegriffen!«

Der zuckte nur ergeben mit den Schultern. Sein Blick war stechend.

Da sahen die Templer beschämt zu Boden, nur Simon wandte sich sanft an den greisen Ordensbruder, der ihm etwas wirr erschien. »Macht Euch darob keine Sorge, wir bringen Euch unverzüglich in das heilige Jerusalem!«

Da schaute ihn der Alte noch befremdeter an. »Ihr kennt nicht einmal Euren Weg!« grollte er. »Wie wollt Ihr Ahnungslosen mich dorthin geleiten, wenn ich Euch nun nach Askalon führen muß?«

»Keine zehn Pferde bringen mich nach Askalon!« erwiderte Simon aufmüpfig.

Der Greis blieb hart. »Ihr wollt Euch dem Ordenskapitel stellen, um Euch wegen Ungehorsams, mangelnder Disziplin und grober Verletzung der Dienstpflicht zu verantworten. Wir werden in Askalon erwartet!« schloß er seine Erklärung bündig ab.

»Und was soll aus mir werden, erhabener Botho de Saint-Omer?« meldete sich eher zaghaft als verärgert Naiman zu Wort. »Wer begräbt die Toten?«

»Was kümmert's Euch, Naiman, es waren Ungläubige wie Ihr, laßt sie liegen den Vögeln zum Fraß!« beschied ihn der Weißbärtige. »Setzt Euren Weg nach Jerusalem fort, und erfüllt den Auftrag Eures Herrn!« Er zeigte mit seinem spitzen Greisenfinger auf die kostbare Geschenkschatulle, die der Schielende vor sich in der Sänfte plaziert hatte. »Und danach«, er winkte ihm zum Abschied freundlich zu, »so Ihr nicht sowieso schon unterwegs zur Hölle seid, tut mir den Gefallen, und fahrt zum Sheitan!«

DIE HENKER VON ASKALON

Als die Schiffe der Templerflottille sich der äußersten Hafenbefestigung von Askalon näherten, ohne die Fahrt angemessen zu verringern, wurden sie durch gezielte Schüsse vor den Bug von den Katapulten der beiden Wachtürme abgemahnt. Guillem de Gisors ärgerte sich – denn er hatte die Banner des Ordens sichtbar hissen lassen –, eigentlich nicht so sehr über die mamelukische Besatzung als über die eigene Vertretung vor Ort, die seine Ankunft besser hätte vorbereiten können, zumal wohlbekannt war, daß er den Gefangenen an Bord hatte, den es hier zu verurteilen galt. Doch der Statthalter des Ordens, der ihm sowieso suspekte ›Doge‹ Georges Morosin, ließ sich nicht einmal zur Begrüßung sehen. Zähneknirschend willigte der designierte Großmeister der mächtigen Prieuré in die Demütigung ein, daß nur ein Schiff, das seine, in den Hafen eingelassen wurde. Die anderen sollten draußen auf der Reede vor Anker gehen. Die schwere Eisenkette, mit der die Einfahrt gesichert war, wurde gerade so weit heruntergelassen, daß er vorsichtig darüber hinweg gleiten konnte. Als sie am Kai festmachten, wurde er zum Hafenkommandanten befohlen, was der Gipfel an Frechheit war – oder böswillig vom Dogen in Szene gesetzt, der ihn wohl einschüchtern wollte. Guillem de Gisors beschloß, sich angesichts dieser Feindseligkeit, die ihm aus eigenen Reihen entgegenschlug, mit den Mameluken gut zu stellen. Er entnahm seiner Schatztruhe einen wertvollen Prunkscimitar samt Gehänge, ein Beutestück, und ließ ihn dem obersten Chef der Hafenbehörde überreichen, wobei er betonte, daß er sich bewußt sei, daß sein Orden hier nur Gastrecht genieße und er darob nur seinen vergleichsweise geringen Dank abstatten könne; denn unter dem besonderen Schutz des Sultans von Kairo zu stehen sei ein außerordentliches Privileg.

Der brave Mann war überwältigt von soviel unerwarteter Bescheidenheit seitens des hochstehenden Templers, daß er gleich versprach, sein Leben für das seines Gastes lassen zu wollen, wenn es dessen bedürfe, und ihm jeden Wunsch von den Augen abzulesen.

Damit hatte Guillem de Gisors sich sozusagen eine Hintertür freigemacht, falls feindliche Mächte ihm ans Leder wollten. Ihm war jedoch klar, daß die bezeugte Aufmerksamkeit nicht ihm galt, sondern dem Taxiarchos, der hier wohl auf Freunde zählen konnte. Der Gisors verfluchte den Einfall des Thomas Bérard, die Aburteilung des Piraten ausgerechnet nach Askalon zu verlegen, doch die Herren, die dahintersteckten, würden sich wundern, mit welcher Unnachgiebigkeit er den Prozeß durchziehen würde, bis der Kerl hing!

Er trank noch von dem angebotenen Tee, als endlich ein Sergeant erschien und ihm mitteilte, daß er gekommen sei, den Gefangenen in Empfang zu nehmen.

Guillem de Gisors war einem Erstickungsanfall näher als einem Wutausbruch, aber es verzerrte sich nur sein weiches Gesicht, das früher als ›Engelsgleich‹ gepriesen wurde. Er ließ den Boten wissen, daß er vorzöge, erst einmal die Baulichkeiten des Ordens zu inspizieren, bevor er den Häftling vom Schiff direkt in den Kerker schaffen ließe. Er erhielt das Angebot des Mameluken, ihm mit einer Eskorte Ehrengeleit zum Donjon des Hafsiden zu geben.

»Donjon des Hafsiden?« fragte der Gisors befremdet. »Doch nicht etwa der Sklavenhänd –?«

»Doch, doch!« erklärte der Sergeant. »Der Hafside ist jetzt der Besitzer der früheren Komturei der Templer. Der Orden, vertreten durch den Dogen, ist dort nur Untermieter.«

»Schande!« knurrte Gisors. »Wieso hat man mir das nicht –?«

»Die Symbiose besteht seit Jahren!« erklärte ihm der Sergeant ungerührt. »Und sie hat sich für den Handel als äußerst profitabel erwiesen!«

Schweigend folgte der Templer dem Sergeanten. Die Mameluken machten vor dem Tor des gewaltigen Palastes halt, wo ihre Mission endete. Sie verschwiegen, daß Abdal der Hafside es nicht gern sah, wenn Bewaffnete – außer den eigenen – seinen Besitz betraten. Auch Guillem de Gisors legte keinen Wert darauf, mit dieser säbelrasselnden Eskorte vor den Dogen samt Hafsiden zu erscheinen. Er durchquerte den Hof, denn auch jetzt war niemand zu seinem Empfang angetreten. Es mußte sich um eine ehemalige Karawanserei handeln. Der Sergeant erklärte, daß dort an Verliesen kein Mangel herrsche und daß der Herr des Hauses, Abdal der Hafside, gar nicht da sei, doch der Doge erwarte ihn. Damit waren sie am Fuß des Donjon angekommen, der, mächtig wie eine Zitadelle, das gesamte Anwesen und weite Teile der Stadt überragte.

Der Doge empfing den Besucher im Arbeitszimmer Abdals, ohne sich zu erheben. Aber immerhin hatte er seine Clamys angelegt. Guillems Gemütsverfassung glich der eines Würgeengels, er kochte innerlich.

»Wißt Ihr eigentlich, wer vor Euch steht, ohne daß Ihr es für nötig erachtet aufzustehen?« stieß er brockenweise hervor.

Der Doge lächelte verbindlich. »Guillem de Gisors, nehme ich an.« Und er fuhr sogleich fort: »Ohne Rang im Orden der Templer, soviel mir bekannt.« Sein Lächeln wurde genüßlich. »Der vor Euch Sitzende hingegen bekleidet die Würde eines Komturs. Deshalb darf ich Euch jetzt bitten, Platz zu nehmen und mir zu berichten.«

Guillem de Gisors vermochte lange Zeit nichts zu sagen, allerdings hatte er sich in den angebotenen Stuhl fallen lassen. »Wollt Ihr mir für die Dauer des Prozesses die gleiche renitente Haltung entgegenbringen, die Ihr bislang an den Tag gelegt habt?« sagte er dann leise, und das klang gefährlich. »Ich bin gekommen, weil ich eine Aufgabe zu erfüllen habe, nicht um Euch einen Besuch abzustatten.«

»Gut«, erwiderte der Doge, »auch ich bin für Klarheit. Deshalb wünsche ich, daß Ihr die Objektivität meiner Haltung erkennt, denn wir haben einen Prozeß zu führen und keine Femegerichtsverhandlung, bei der das Urteil schon feststeht –«

»Zweifelt Ihr etwa an der Schuld des –?«

»Danke!« sagte der Doge kalt. »Als Richter habt Ihr Euch bereits disqualifiziert, Ihr könnt nur noch als Ankläger auftreten!«

»Entscheidet Ihr das?« Der Gisors zitterte schon wieder vor Wut.

Der Doge hielt ihm eine Order des Großmeisters unter die Nase. »Allein verantwortlich für die ordentliche Durchführung ... mit Brief und Siegel!«

»Das macht Euch zum Gerichtsherren, doch noch längst nicht zum Richter!« fauchte der Engel.

»Ich möchte nicht der Richter sein«, sagte der Doge und ließ seinen Kummer bewußt anklingen.

»Ihr, Herr Komtur Georges Morosin, wollt doch nicht etwa die Verteidigung dieses Piraten übernehmen?« war die lauernde Gegenfrage.

»Das stünde mir wohl an«, räumte der Doge mit Bedauern ein. »Da Ihr, Guillem de Gisors, aus Eurem Herzen bereits eine Mördergrube macht, will ich Euch an falscher Offenheit nicht nachstehen: So wie Ihr wie ein Jagdhund scharf darauf seid, den Fuchs zur Strecke zu bringen, nachdem Ihr ihn endlich aus seinem Bau gejagt habt, leide ich mit der Kreatur, die ihren Instinkten folgte und den großen Hühnerstall in Aufregung und Schrecken versetzte.«

»Wollt Ihr den Orden beleidigen, dem Ihr angehört?!«

»Wen die Federn zieren, der steckt sie sich an den Hut! Ihr wollt den Hut des Jägers tragen und dem Fuchs das Fell über die Ohren ziehen, beides ehrenwert, doch der Häscher sollte nicht auch noch der Schinder sein!«

»Wollt Ihr mir das Recht der Anklage auch noch streitig machen?«

»Ganz sicher will ich Euch von einer Tätigkeit befreien, die Euch mit Eurem Eintreffen in Askalon nicht mehr zusteht, die eines Büttels oder Kerkermeisters! Der Gefangene ist dem Gericht zu überstellen. Die Kerker hier bieten jede Sicherheit, auch für den Häftling, falls jemand dem Urteilsspruch des Gerichtes eifernd vorgreifen will!«

»Eure Fürsorglichkeit für den Verbrecher sollte die Ordensoberen bedenklich stimmen!« ließ sich der Gisors bedrohlich vernehmen. Forsch setzte er hinzu: »Es gibt hier sicher einen Spiegel?«

Der Doge lächelte nicht mehr. »Er steht zu Eurer Verfügung; außerdem könnt Ihr auf das Schiff zurückkehren, mit dem Ihr gekommen seid, sobald der Gefangene hier wohlbehalten eingetroffen ist.«

»Seid Ihr wahnsinnig? Ihr wagt mir zu drohen?« Guillems Blick wanderte, gewarnt von der Ruhe des anderen, nach oben zur Balustrade. Dort standen, gut verteilt, mindestens sechs Armbrustschützen, die auf ihn angelegt hatten.

»Das ist die übelste Erpressung, die ich je –«

»Der Gefangene ist nicht Euer Privatbesitz, noch habt Ihr Verfügungsgewalt über sein Schicksal. Er gehört dem Orden. Ihr habt

Euch der Auslieferung widersetzt, und der Orden ist gezwungen, sich sein Recht zu verschaffen.« Der Doge erhob sich zum erstenmal und reichte dem Gisors eine vorbereitete Order. »Unterschreibt! Mein Sergeant wird sich damit an Bord begeben und sich den Taxiarchos aushändigen lassen. Ihr könnt hier warten und Euch dann von der Sicherheit unseres Kerkers überzeugen. Oder wollt Ihr das bereits jetzt?«

Der Doge war wieder ganz verbindlich, und der Gisors unterschrieb. Der Sergeant nahm das Schreiben in Empfang und verschwand. Die beiden Herren wechselten kein weiteres Wort.

Als Yeza die luxuriöse Nilbarke der Mutter des Bogenschützen verlassen hatte und vom Ufer des breit und lehmig dahinfließenden Stromes aus gedankenvoll das Entladen beobachtete, sah sie, wie aus den Hügeln des Hinterlandes im schnellen Trab ein Trupp Kamelreiter auf sie zukam. Sie erschrak, denn sie hatte die Drohungen im Kopf, die der neue Sultan gegen sie ausgestoßen haben sollte. Doch es war Baibars, der sich an der Spitze seiner Reiter nicht einmal unfreundlich zeigte, wenn Yeza seine stets barsche Art bedachte. Der Bogenschütze sprang von seiner Kamelstute.

»Seid gegrüßt, Prinzessin!« polterte er, doch seine Augen grinsten verschmitzt. »Ich sollte meine erhabene Frau Mutter besser kennen! Als mir gesagt wurde, ihre Barke sei ohne Halt oder Signal an Kairo vorbeigezogen, hätte ich mir eigentlich denken können, daß nicht sie sich an Bord befand!«

»Allah muß Euch mehr als alle anderen lieben, edler Bunduktari«, erwiderte Yeza den Gruß, »daß er Euch eine solche Mutter schenkte. Es war mir ein köstliches Vergnügen, mit ihr unter einem Teppich zu stecken. Leider muß ich seinen wohltuenden Schutz hier verlassen und mich dem Rücken noch zu erwerbender Kamele anvertrauen.«

»Das erübrigt sich!« Baibars gefiel es, sich bärbeißig zu geben. »Verfügt über die meinen!«

»Das kann ich nicht annehmen«, wehrte Yeza höflich ab.

»O doch! Schon weil es mir gefällt, Euch zu überraschen, Prinzessin, was gar nicht so einfach ist. Ich werde Euch bis an das Rote

Meer begleiten, denn ich lege höchsten Wert darauf, daß Ihr heil und sicher nach Jerusalem gelangt!«

Yeza schaute dem Bogenschützen in das bäuerlich kantige Gesicht, das keinen der Gedanken verriet, die sich hinter der faltigen Stirn verbargen.

»Dann wißt Ihr auch, daß ich eigentlich zur Durchquerung der Wüste mit dem Roten Falken verabredet bin?«

»Der Emir Fassr ed-Din Octay könnte aufgehalten werden – oder er hat andere Sorgen.«

»Madulain?« fragte Yeza voreilig. Sie haßte das Durchhecheln von Tratsch. Baibars war schließlich kein Freund des Roten Falken, doch der nahm die leichte Rede dankbar auf.

»Sie ist ihm durchgebrannt, mit dem gestürzten Sultan Ali!«

Yeza nahm es zur Kenntnis und schwieg weise. Die treuen Lancelotti verabschiedeten sich von ihr, wie es mit Hamo vereinbart war. Sie hätte darauf bestehen können, bis ans Meer, auch bis Jerusalem von ihnen begleitet zu werden, doch sie wußte, daß jeder der tüchtigen Männer in Otranto von seinen Lieben erwartet wurde. Die Trennung fiel ihr schwer. Gern wäre sie zusammen mit den Burschen und ihren Sensenblättern in Jerusalem eingeritten. Doch das erschien ihr selbstsüchtig.

»Laßt uns aufbrechen, Prinzessin«, schlug der Bogenschütze vor, nachdem er sich vergewissert hatte, daß alle Habe seines Schützlings entladen und auf die Lastkamele verteilt war. »Es tut niemandem gut, der an der Macht teilhat, zu lange vom Palast abwesend zu sein.«

»Nur keine Opfer, Baibars!« Yeza versuchte zu scherzen, doch der grimmige Emir, der mächtigste Mann im Sultanat der Mameluken, ging nicht darauf ein. Schweigend begannen sie den Ritt in die Wüste.

Der Segler des Hafsiden lag immer noch in Sankt Symeon, dem Hafen von Antioch. Roçs Zustand besserte sich zusehends, auch wenn er trotz der aufopfernden Pflege von Geraude weiter ans Bett gefesselt war. Wenn die Weichherzige das Zelt verließ, das auf dem Hinterdeck für ihn aufgeschlagen war, begann er heimlich mit Übungen. Er beugte seinen malträtierten Rücken und versuchte sich an den ersten Liegestützen. Es stach und zog gewaltig. Roç biß die Zähne zusammen, doch nach drei, vier Kraftanstrengungen fiel er jedesmal erschöpft auf den Bauch. Er hätte heulen können vor Wut! Ausgerechnet in einem solchen Moment der Hilflosigkeit besuchten ihn die drei Okzitanier.

Mas de Morency riß sein Schandmaul sogleich auf. »Der liebestolle Trencavel hat noch nicht gemerkt, daß seine weiche Unterlage Geraude sich längst davongemacht hat, um ob der kläglichen Leistung heiße Zähren zu vergießen!«

Roç beschloß, sich nicht zu ärgern.

»Aus Mas spricht der pure Neid.«

Raoul reichte dem Trencavel die Hand, während er seinen Kumpanen striegelte. »Der Herr de Morency, der bekanntlich dreimal am Tag in die harte Matratze wichst und sich dabei vorstellt –«

»Er sagt nicht, an wen er dabei denkt«, trompetete Pons, »aber nach der Art seiner finalen Hitze handelt es sich noch immer um die ferne Adoptivmutter!«

Der Dicke sprang gerade noch rechtzeitig hinter Roçs Lager, um sich vor Mas' Tritten zu retten.

»Soll ich Euch mal erzählen, Roç, wie seine große Schwester Mafalda ihrem kleinen Brüderchen einen runterholte?«

»Schluß jetzt, ihr okzitanischen Wildsäue!« befahl Raoul und wandte sich an Roç. »William von Roebruk ist nach Aleppo –«

»Geflohen vor Potkaxl!« feixte Mas. »Sie hat ihn erwischt, wie er seine Frau besuchte, die in der Stadt im fürstlichen Schloß wohnt.«

»William ist nicht einmal verheiratet«, tat Pons seinen Pfeffer hinzu, »aber er hat zwei Kinder!«

»Beide nicht die eigenen«, wiegelte Roç ab. »Und Xenia ist auch nicht die leibliche Mutter, aber wieso nach Aleppo?«

Raoul zog den Bericht wieder an sich. »Monsignore, der Geizkragen, ließ sich von dem nimmersatten Mönch überzeugen, daß eine veritable ›Tafelrunde gesättigter Lüste‹, wie der gute Gosset seinen Artushof nennt, ihr Versprechen nicht einlösen kann, wenn sie als einzigen Quell der Freuden des Fleisches nur die sich aufopfernde Toltekin anzubieten hat. Potkaxl ist nun mal nicht der Gral, der alle zu sättigen vermag!«

»Nein«, Roç seufzte, »weiß Gott nicht!«

»Deswegen griff Monsignore schweren Herzens in seine Schatztruhe und stattete den Minoriten mit einer Summe aus –«

»Die gerade dazu reichen wird, eine Pygmäin käuflich zu erwerben.« Pons gab sich als der Hauptleidtragende.

»Eine besonders klein geratene!« Damit versuchte Mas, sich gegen seine beiden Kumpanen der Geschichte zu bemächtigen, doch Raoul hob schon die Hand.

»Jedenfalls ist William, als wohlhabender muslimischer Kaufmann verkleidet, in Begleitung des Abu Bassiht nach Aleppo geritten, weil dort der reichhaltigste Sklavenmarkt abgehalten wird.«

»Ausgerechnet mit einem Sufi!« stöhnte Roç. »Die verstehen doch nun wirklich nichts davon, wie man solche Ware preiswert erwirbt.«

»Ihr solltet Abu Bassihts Dichtverse kennen, in denen er die Huris besingt!« Der Hafside hatte sich mit polterndem Lachen eingeschaltet. »Auch wenn es sich wohl um die Huris des Paradieses handelt!« Der Sklavenhändler mochte sich gar nicht wieder fangen vor lauter Heiterkeit. »Ich hab' William die schönsten Weiber angeboten: birnenbrüstige Tscherkessinnen, fettsteißige Nubierinnen, gazellenbeinige aus Somalia und weichbäuchige aus Georgien. Aber nein, er wollte unbedingt mit eigener Tatschhand und ›geschultem‹ Blick selbst die Wahl treffen!« Abdal der Hafside wurde ernst. »Es kann lange dauern, bis der Mönch zu uns zurückfindet« – er räusperte sich –, »wenn überhaupt! Denn entdecken die Wächter des Marktes, wen sie da vor sich haben, dann können wir ihn pfundweise erwerben. Sie werden ihn in Stücke reißen!«

»William passiert so schnell nichts!« beruhigte Roç vor allem sich selbst. »Außerdem hat er ja Abu Bassiht als Schutzengel!«

»Ein dickköpfiger Tauber läßt sich von einem verwirrten Blinden führen! Ich kann auf keinen Fall Williams Rückkehr in Eure Arme, Trencavel, abwarten. Meine Geschäfte rufen mich nach Askalon. Ihr könnt mich als mein Gast begleiten, oder Ihr müßt bei Eurem Freund Gosset so lange Quartier nehmen, bis Euer Franziskaner wieder auftaucht.«

»Ich warte auf William!« erklärte Roç, ohne lange zu überlegen.

»Wie Ihr wünscht!« Der Hafside schien eingeschnappt. »Außerdem habe ich indirekt Nachricht von Eurer Damna, er –«

Roç richtete sich ruckartig auf, was ihm seine Rückenpartie mit einem beißenden Schmerz dankte. »Von Yeza?«

»Die Prinzessin Yeza Esclarmunde hat um ein Schiff ersuchen lassen, das sie über das Rote Meer nach Aqaba bringen soll. Sie ist auf dem Weg nach Jerusalem!«

»Ihr meint, ich sollte –?« Roç ließ sich ächzend zurück auf sein Lager sinken.

»Ich meine nichts. Ihr entscheidet. Hinzuzufügen wäre nur, daß diese Nachricht über Kairo kam und den Kode des Bogenschützen aufweist.«

»Das finde ich beruhigend«, sagte Roç aus tiefster Überzeugung. »Baibars ist meiner Dame wohlgesonnen. Einen besseren Schutz kann ich mir gar nicht vorstellen!« Damit hatte er Abdal an seiner empfindlichsten Stelle getroffen, hielt der Sklavenhändler sich doch für den sichersten Schild aller, die er unter seine Fittiche nahm. Er empfand Roç als undankbar und stapfte grußlos davon, nicht ohne seinen Bootsleuten Anweisung zu geben, das Lager samt Rekonvaleszenten auf den Kai zu tragen. »Das Zelt – *Allah ia' alam bi kubr qalbi* – noch dazu!« Er überlegte kurz, ob er sich von Gosset verabschieden sollte, entschied sich dann jedoch für eine schnelle Abreise. Der Hafside war – aus welchem Grund auch immer – plötzlich nervös, besorgt, auf schnellstem Wege nach Askalon zurückzukehren.

Der Taxiarchos hatte eine helle geräumige Zelle bezogen, die ein steinernes Lager in einer Nischenwölbung aufwies, das mit mehreren Schichten von Teppichen gepolstert war. Auch ein gemauerter Tisch und eine ebenso harte Sitzgelegenheit waren vorhanden. Nichts befand sich in dem Raum, womit er sich etwas hätte antun können. Deshalb hatte man darauf verzichtet, ihn zu fesseln. Die Tür war aus starken Bohlen, und das vergitterte Fenster ging auf einen großen Hof hinaus, der kaum benutzt wurde. Der Taxiarchos tigerte unruhig auf und ab, den Kerker mit seinen Schritten vermessend. Wenn er sich hinlegte, schien die Gewölbedecke auf ihn einzustürzen. Bisher hatte er nur einmal den Besuch des Dogen erhalten, der ihn lediglich gefragt hatte, ob es jemanden gäbe, den er besonders gern zu sehen wünsche. Ohne zu zögern, hatte der Penikrat nach seinem Freund Gosset verlangt. Der Doge hatte versprochen, sein Bestes zu versuchen, und sich ansonsten kühl und kurz angebunden gegeben. Dennoch glaubte der Häftling zu spüren, daß sein oberster Gefängnisaufseher ihm wohlgesonnen war. Das Essen brachte ihm der gleiche Sergeant, wohl ein Vertrauter des Dogen, der ihn aus dem stickigen Verschlag im Kielraum des Schiffes des Herrn Guillem de Gisors herausgeholt und hier eingeschlossen hatte. Den Gisors hatte der Taxiarchos seitdem nicht mehr zu Gesicht bekommen. Doch dessen Haß schien in der Luft zu wabern, in der Zelle und selbst draußen auf dem leeren Hof. Von seinem Wärter wußte er nur, daß der ›Harun‹ gerufen wurde. Sehr gesprächig war auch der nicht. Das Gericht sei noch nicht zusammengetreten, war das einzige, was der Taxiarchos von ihm in Erfahrung bringen konnte.

Guillem de Gisors war unmittelbar nach der Überstellung seines Gefangenen in den Gewahrsam der ehemaligen Komturei des Ordens zur obersten Plattform des Donjons hinaufgestürmt. Dort oben fand er zwar den Spiegel in blankgeputztem Zustand, aber auch einen Schwarzen von riesiger Statur, dessen ölglänzender nackter Oberkörper nur noch vom Silberglanz eines gewaltigen Scimitars übertroffen wurde. Er verfolgte mit aufmerksamem Augenrollen jede seiner Bewegungen. Guillem de Gisors war sich nicht sicher, ob der tumbe Koloß etwas von dem verstand, was er jetzt hastig gen Akkon signalisierte, doch seine bloße Präsenz brachte ihn dazu, sich das Lamento zu versagen und nur in knappster Form seine Forderungen vorzubringen. Dann wartete er auf Antwort. Es schien, daß auch der Neger gebannt auf die silberne Spiegelschale starrte, bereit, die eintreffenden Blitze gebündelten Sonnenlichts ebenfalls zu lesen. Guillem versuchte, ihn in ein Gespräch zu ziehen, doch der Hüter des Spiegels schüttelte abweisend sein Haupt und ließ das Weiß seiner Augäpfel rollen, was Gisors nicht zu deuten wußte. »Stehst du im Dienst des Hafsiden oder des Tempels?« fragte er ihn ganz langsam, Silbe für Silbe, als richtete er sich an ein Kind. Da bewegte der

Schwarze seinen Krummsäbel, so daß die blanke Klinge den Fragenden blendete. Guillem war erst zu Tode erschrocken, doch dann begriff er, daß der Mann ihm in seinem eigenen Kode etwas signalisierte: »Dum-me Fra-ge!«

Guillem ließ sich's nicht verdrießen. »Kennst du den Ha-fen-kom-man-dan-ten?«

Und die blendende Antwort des Scimitars lautete wieder: »Dumme Fra-ge!«

»Wer – bist – du?« fragte Guillem zurück, immer noch in der Hoffnung, einen nützlichen Bundesgenossen in diesem Hornissennest werben zu können.

Der Schwarze blinkte ihm die Antwort mit kindlicher Freude in die Augen. Gisors' Lippen lasen lautlos mit: »Ah-med – der – Henker – für – dum-me – Fra-ger!«

Gisors' dünne Lippen preßten sich zusammen; er vermied es, den Mann anzuschauen.

Nun blitzte es im Spiegel auf, die Antwort kündigte sich an. Der Schwarze machte einen Schritt auf die Schale zu, daß Guillem erschreckt zurückwich, und signalisierte fingerfertig die Losung für den Donjon von Askalon. Zu Gisors' Ärger ertönten ausgerechnet jetzt Schritte auf der Wendeltreppe.

Der Doge erschien, begleitet von dem Sergeanten. So konnte er den Beschluß des Großmeisters aus dem fernen Akkon gleich mitlesen:

»Die Verteidigung des Angeklagten soll kein Mitglied des Ordens übernehmen. Georges Morosin wird als Gerichtsherr bestätigt und kann den Platz eines Beisitzers besetzen. Dies ist in sein alleiniges Ermessen gestellt. Guillem de Gisors wird die Anklage vertreten in nomine Ordinis Sacrae Domus Christi Militae Templi Salomonis Hierosolymitani Magistri.

Thomas Bérard, locus sigilli

Postskriptum: Ein oberster Richter wird Euch gesandt.«

Damit endete die Botschaft.

Guillem de Gisors konnte seinen Triumph nicht verbergen und wandte sich spöttisch an den Dogen. »Wie äußert sich denn nun ›eigenes Ermessen‹?«

Dessen Blick wanderte vom Engelsgesicht zum Flammenschwert. »Dumme Fragen«, sagte er gedehnt, »berechtigen zum Schweigen.«

Guillem de Gisors zog es vor, den Ort zu verlassen.

»Hast du den Hafsiden erreicht?« wollte der Doge von Ahmed wissen.

Der Stumme blinkte die Antwort, und Harun, der Sergeant, fing sie auf. »Abdal hat zusammen mit Jakov den Hafen von Antioch heute früh in aller Eile verlassen, bevor Gosset ihm unsere Nachricht überbringen konnte – es ist aber anzunehmen, daß er auf kürzestem Wege nach Askalon gesegelt ist!«

»Danke, Ahmed«, sagte der Doge. »Teil Gosset bitte mit, daß er ebenfalls so schnell wie möglich herkommen soll!«

»Wir können erst wieder am späten Nachmittag senden«, warf Harun ein. »Die Sonne steht mittags ungünstig!«

Der Doge bedeutete nickend sein Einverständnis, aber Ahmed hatte noch eine Mitteilung zu machen.

»Der Gisors hat in Akkon einen Schnellsegler des Ordens angefordert«, übersetzte der Sergeant flink wie der Scimitar tanzte, »der einen ›Roç-Tren-ca-vel‹ von Antioch nach Askalon bringen soll, sofort!«

»Aha!« sagte der Doge. »Wen will unser Engelchen denn noch auf die Anklagebank bringen? Ich glaube, wir sollten seine Stiefmutter benachrichtigen, damit sie den Fratz zur Ordnung ruft!«

Das Mittagsgebet war vorüber, dicht drängten sich die Männer vor der großen Moschee von Aleppo, darunter auch zwei offensichtlich wohlhabende Kaufleute. William hatte darauf bestanden, daß der vor Dreck starrende, in Lumpen gehüllte Abu Bassiht sich »anständig« kleidete. Da der Sufi nicht den geringsten Wert auf Äußerlichkeiten legte und folglich auch keine Münz' besaß, hatte er ihm sogar das teure Gewand aus eigener Tasche bezahlt und ledernes Schuhwerk dazu. Vor der Moschee hockten wie immer und überall die Bettler, die in den Augen eines jeden gläubigen Moslem ein Anrecht auf Almosen haben. William spielte seine Rolle als reicher Mann perfekt, er verstreute beim Herausgehen die Münzen nach allen Seiten und ward dafür laut gepriesen. Abu Bassiht vergaß erst einmal seine *sanàdel* vor der Tür, und als William ihn sanft daran erinnerte, konnte er sie nicht finden, weil er sich nicht gemerkt hatte, wo er sie abgestellt hatte und wie sie aussahen. Diese Unsicherheit brachte ihm die erste unliebsame Aufmerksamkeit ein. Ein Raunen und Feixen ging durch die Reihe der zuvorderst hockenden Krüppel, als wäre er ein Dieb. Dann hatte der Sufi sein Schuhwerk endlich entdeckt, war hineingeschlüpft und wollte William nacheilen, vergaß dabei völlig, den überfälligen *bakshish* zu entrichten. Er als Sufi war es eher gewohnt, milde Gaben zu erhalten, als sie auszuteilen. Es erhob sich ein wüstes Protestgeheul, und Abu Bassiht mußte Spießruten laufen, während er verzweifelt seine Taschen durchwühlte. Sie waren leer. Die Bettler fühlten sich von dem Geizkragen auf den Arm genommen, ihre Wut kochte hoch, schon flogen dem Gehetzten die ersten faulen Strünke um die Ohren. Es kam zum Tumult, William wollte umkehren und den Alten heraushauen, aber die aufgebrachte Menge trennte ihn bereits von dem Unglücklichen. Die Büttel vom nahen Markt kamen gerannt, verteilten erst einmal wahllos Stockhiebe und griffen sich dann einige der Krakeeler und wen sie sonst gerade zu fassen bekamen. Leider auch den Sufi, der sich nicht einmal verteidigte. William wußte, wie sinnlos – und dabei noch teuer – es war, sich mit den Wächtern anzulegen. Hier konnte er nur an höherer Stelle etwas erreichen, am besten gleich ganz oben.

Vom Vorplatz der Moschee aus gesehen, ragte der Tell wie ein gewaltiger Tafelberg mitten in der Stadt empor, eine von Giganten aufgetürmte Zwingburg, mächtiger als die Große Pyramide von Kairo. Seine Flanken fielen fast glatt ab. Da alle Herrscher strikt darauf geachtet hatten, daß sie unbebaut blieben und die Plattform oben nur durch einen Mauerkranz gesichert hatten, bot sich der Hügel als eine einzigartige Zitadelle. Nur zur Rechten verlief ein seltsames Befestigungswerk bis hinunter zur Stadt. Dem von wuchtigen Türmen flankierten Vortor folgte eine ansteigende steinerne Brücke über fünf Pfeiler, die kein Zurückweichen mehr erlaubte, es sei denn den Sprung in die Tiefe. Erst dann stand der Einlaß Heischende vor dem prächtigen Portal, wo ihm entweder der Eintritt gewährt oder das Leben genommen wurde.

Dort stand William von Roebruk, der falsche Muselman, und wurde barsch von den Wächtern nach Namen und Begehr gefragt. Sie schauten von der Galerie auf ihn herab, einige zielten bereits auf ihn. William hatte sich lang und ausführlich auf diese Frage vorbereitet, doch jetzt fiel ihm nichts mehr ein. Er rief hinauf: »Sagt Eurem Herrn Turanshah, daß William von Roebruk gekommen sei, Rechenschaft zu fordern!«

Das beeindruckte die Wächter derart, daß sie ihn zwar vor dem Tor stehen ließen, aber nicht mehr auf ihn zielten, sondern eiligst Nachricht zu ihrem Herrscher schickten. Die Antwort traf sehr schnell ein und war von solch ausdrücklicher Ehrerbietung, daß die Wächter eilends beide Torflügel aufrissen und sich dann platt zu Boden warfen. William stieg über sie hinweg. Hinter den hochgezogenen Fallgittern wurde er bereits vom Obersten Eunuchen erwartet, der ihn unter Bücklingen um Verzeihung bat, daß sein Herr Turanshah ibn az-Zahir von dem hohen Besuch im Bade überrascht worden sei und deshalb um Vergebung bäte, wenn er ihn dort empfange.

William hatte dagegen nichts einzuwenden, auch ihm hätte der Sinn durchaus nach einem erfrischenden Aufenthalt im Hamam gestanden, wenn da nicht das ungeklärte, sicher weit weniger angenehme Schicksal seines Reisebegleiters gewesen wäre, der irgendwo in den Verliesen dieser Zitadelle schmachtete.

Die noch aus Römerzeiten stammenden Thermen boten mit ihren Mosaikböden und Wänden voller allegorischer Szenen von ungehemmter Lebenslust den passenden Rahmen für herrscherliches Gepränge. William traf den betagten Statthalter nahezu als einzigen Benutzer des riesigen Calidariums an. In weiße Tücher gehüllt, saß Turanshah am Rande des großen Beckens und starrte bekümmert in die aufsteigenden Dämpfe. Den Grund erblickte William erst im Näherkommen. Im Wasser trieb nämlich mit geschlossenen Augen der Emir von Homs, El-Ashraf. Doch der war keineswegs aus dem Leben geschieden, sondern redete wie ein Wasserfall auf seinen Onkel ein.

»Wie die Heuschrecken werden die Mongolen über Aleppo hereinbrechen. Sie werden Eure Christen in den Kirchen verschonen, aber alle Untertanen, die wie Ihr – und ich dem Glauben des Propheten nicht abschwören, die werden sie abschlachten! Und Ihr könnt sie nicht daran hindern. Diese Stadt ist zu groß, um die äußeren Mauern zu bemannen. Erwartet keine Hilfe von meinem Vetter An-Nasir, der will seinen Sultansthron zu Damaskus retten, was ihm auch nicht gelingen wird.« Der Emir schlug sein schiefes Auge auf, oder schielte er auf beiden? Jedenfalls erkannte El-Ashraf den Minoriten trotz *amama oua barnas*, suchte, um sich spritzend, Halt und zog den verkleideten Franziskaner gleich als Zeugen heran:

»William von Roebruk kennt die Mongolen wie kein anderer. Ihr werdet ein paar Tage hier oben auf dem Tell hocken, während die Stadt unten im Blut ertrinkt. Und dann werdet Ihr erleben, daß diese Termiten zu Tausenden die Hänge bedecken, um auch über Euch herzufallen, nur dann ist es zu spät. Sie werden Euch foltern, bis Ihr Eure vergrabenen Schätze preisgebt, dann noch etwas zur Strafe, weil Ihr so lange gezögert habt, ein wenig noch zum Vergnügen, bevor sie Euch Stück für Stück das Fleisch abschneiden. Wenn Ihr dann aufhört zu schreien, werden sie Euch endlich den Kopf abschlagen. Gebt mir recht, William von Roebruk!«

Der Franziskaner hatte den Emir nie besonders geschätzt, und der alte Turanshah tat ihm leid, der erstarrt dasaß und mit Greuelmärchen überschüttet wurde wie mit eiskalten Güssen aus dem Frigidarium. »So verhält es sich nur in Ausnahmefällen«, fuhr William dem Schielauge in die vorbereitete Parade. »Wenn man einen so kühlen und besonnenen General wie Kitbogha nicht törichterweise reizt, sondern sich in aller Würde unterwirft, dann geschieht der Bevölkerung – ob nun Christ, Jude oder Muslim – kaum etwas. Nur die Zitadelle werden sie besetzen, bei freiem Abzug der Verteidiger, denn die Mongolen achten kämpferischen Mut!«

»Das klingt schon ganz anders.« Turanshah wandte sich an den Franziskaner, den er bislang nur vom Hörensagen kannte. Aus den Schauermären seines Neffen, der immer furchtbar übertrieb und aus dem braven Mönch schon den Patriarchen von Karakorum gemacht hatte, dem das Ohr, beide Ohren, des Großkhans gehörten und der über das Wohl oder Wehe ganzer Völker bestimmte. Turanshah gefiel dieser William, so wie er war.

»Ist es wahr, daß ich um Aleppos willen vor den christlichen Mongolen zu Kreuze kriechen muß?«

William spürte die Not des Alten, der sich der Verantwortung für seine Untergebenen bewußt war, aber er konnte ihm die bittere Wahrheit nicht vorenthalten.

»Die Mongolen sind keine Glaubenskrieger und tragen keine Kreuze in die Schlacht wie die Franken, noch muß einer vor ihnen kriechen. Der Kotau ist eine Formsache. Doch der Emir hat recht, Ihr könnt Aleppo nicht halten, wenn die Mongolen erst vor der Stadt stehen. Besser, Ihr vermeidet unnützes Blutvergießen und fügt Euch gleich in das Unvermeidliche.«

Turanshah sah William lange aus traurigen Augen an. »Das muß ich erst einmal überdenken«, erklärte er dann. »Auf jeden Fall bin ich Euch zu Dank verbunden. Was kann ich für Euch tun?«

William zögerte nicht lange, zumal auch El-Ashraf leutselig aus dem Bade rief: »Wünscht Euch was!«

»Eure Wächter haben meinen Reisegefährten, den Sufi Abu Bassiht, arretiert und in den Kerker geworfen!«

»Und ich wußte nicht einmal«, murmelte Turanshah betroffen, »daß der große Meister seinen Fuß in meine Stadt gesetzt hat!« Er klatschte heftig in die Hände, und der Obereunuch kam mit einigen Dienern des Bades eilends herangewatschelt. »Sucht mir sofort den heiligen Mann«, befahl der Herrscher, »und bringt ihn mir, daß ich ihn um Verzeihung bitte und ihm ein Geschenk mache. Ich liebe seine Verse!«

William verneigte sich. »Erlaubt, daß ich mich verabschiede. Wir sind gekommen, um auf Eurem berühmten Sklavenmarkt ein schönes Weib für einen Freund zu kaufen. Wir sollten uns eilen, sonst sind nur noch die fehlerhaften und häßlichen im Angebot!«

Da lachte der Turanshah, daß seine Zahnlücken mit dem Schielauge des Emirs wetteiferten. »El-Ashraf soll Euch begleiten, er hat zwar einen schlechten Geschmack, aber die Händler lieben ihn, weil er stets zu teuer einkauft. Mit ihm werdet Ihr auf dem Markt verwöhnt, als wäre der Oberste Haremswächter des Sultans erschienen!«

William hob abwehrend die Hände, doch El-Ashraf entstieg

bereits dem Bade. »Ich werde Euch die üppigsten Huris aus dem Königreich Armenien vorführen, mit Schenkeln so hart, daß man eine Laus darauf knacken kann, während sich ihr Gesäß weich wie ein samtenes Kissen schmiegt!«

William wandte schamhaft den Blick ab, bis der Emir vom Obereunuchen in die bereitgehaltenen Trockentücher gewickelt war, ohne daß er den Schwall seiner Lobpreisungen verringert hätte. »Oder zieht Ihr schwarze Haut vor, deren einladendes Portal sich rosig, einer Tritonmuschel gleich, nach außen stülpt, Weiber mit Brüsten wie Kürbisse?«

William verdrehte die Augen, was dem alten Turanshah schiere Verzweiflung signalisieren sollte, aber als Ausdruck hellen Entzückens ausgelegt wurde.

»Ich sehe, Ihr seid kein Kostverächter!« schmatzte der nahezu zahnlose Greis. »Geht nur schon voraus, ich werde den Abu Bassiht mit allem versehen, was sein Herz begehrt, um den Hochverehrten schnellstens die Schmach vergessen zu lassen!« Der Obereunuch geleitete William aus dem Hamam.

Der Sklavenmarkt wurde im großen Hof der Karawanserei von Shadbakti abgehalten, deren zweistöckiges Karree sich mitten im Souk der Tuchhändler erhob. Von außen wirkte sie abweisend wie eine Festung, doch rings um den gepflasterten Innenhof sorgten umlaufende Kolonnaden für eine Aufheiterung des strengen Bildes, wenn sie auch nur die Türen zu den ebenerdigen Kammern und den weitaus tiefer gelegenen Verliesen bargen. In der Mitte des Gevierts, neben dem Wasserbecken, befand sich ein hölzernes Podest, zu dem mehrere Stufen hinaufführten. Es wurde gekrönt durch einen nochmals erhöhten Block, der einen Pfahl mit eisernen Ringen aufwies. Dort wurde die zu versteigernde Ware angekettet, wenn sie sich widerspenstig zeigte. Zwei Seiten der Bogenumgänge waren samt Kammern und Kellern den Händlern vorbehalten und durch streng bewachte Gitter von der übrigen Menge abgetrennt. Die Sklaven wurden in schneller Folge vorgeführt, wechselten bei Zuschlag den Besitzer oder wurden bei Nichtinteresse zurückgetrieben, denn längeres Anpreisen steigerte ihren Wert keineswegs. Es war ein Geschrei und Gefeilsche, Loblieder auf körperliche Vorzüge wurden von Verwünschungen übertönt, wenn die Forderungen übertrieben erschienen, was meist der Fall war. William von Roebruk hielt sich im Hintergrund, bis El-Ashraf endlich mit seiner Leibwache erschien, die ihm den Weg bis vor das Podium freiprügelte. Die Wächter ließen den bekannten Emir sofort ehrerbietig durch das Gatter in den Bereich, der den Händlern vorbehalten war. Der reich gekleidete Abu Bassiht winkte William einladend zu, sich anzuschließen. Hier im inneren Bezirk herrschte kein Gedränge. Die Geschäfte gingen eher lautlos vonstatten, weil sich Ein- und Verkäufer mit Handzeichen verständigten. Dafür war es üblich, sich durch Befühlen von der Güte des Angebots zu überzeugen. Die zur Schau Gestellten ließen diese Prozedur zumeist stoisch über sich ergehen. Um so mehr merkten alle auf, als ein kleiner drahtiger Kerl ein Weib von zwei Wächtern hinauf zum Pfahl zerren ließ. Die junge Frau zeterte und schrie in einer unbekannten Sprache. William erkannte das Idiom des Languedoc jedoch sofort und hörte aufmerksam zu, was die Unglückliche wütend von sich gab.

»Dieser Betrüger hat mir durch einen Schlaftrunk die Freiheit geraubt! Ich bin die Tochter des Grafen Jourdain!«

Als Mafalda merkte, daß keiner Teilnahme an ihrem Schicksal zeigte, änderte sie die Taktik. Einladend wiegte sie ihren schönen Leib, sie ließ ihr Becken kreisen und soviel Bein wie möglich sehen.

William glotzte fasziniert auf den stattlichen Busen, der das verhüllende Gewand jeden Augenblick zu sprengen schien. Auch der Sufi war von der Darbietung äußerst angetan.

»Gibt es hier denn keinen christlichen Ritter, dem ich das Dreifache des Preises erstatten will, wenn er mich von hier entführt«, lockte jetzt die Schöne, »und den Liebeslohn, der ihm gebührt, noch obendrein?« Sie schaute sich herausfordernd um. William wich ihrem Blick aus. Diese Frau war nicht das, was er sich als Ergänzung zu der quirligen Toltekin vorgestellt hatte. Die war ihm schon jetzt zu anstrengend und würde sicher nur Unfrieden in ›König Artus' Tafelrunde‹ bringen. Doch Abu Bassiht hatte Feuer gefangen, er redete in ungewohnter Heftigkeit auf den Emir ein. William hörte mit halbem Ohr hin und bekam mit, daß El-Ashraf selbst sein Schielauge auf die wilde Grafentochter geworfen hatte. Der Sufi hatte natürlich kein Geld, aber William besaß sicher genug, um diese Dame zu ersteigern, zumal sie mit ihrem ungebärdigen Auftritt die meisten muslimischen Kunden schon verschreckt hatte. Weniger um Abu eine Freude zu machen, als um dem Emir eins auszuwischen, beschloß William, mitzubieten. Er winkte den Händler zu sich, der sofort herangewieselt kam. William bemerkte, daß dem Kerl ein Arm fehlte und Trug und Verschlagenheit ins Gesicht geschrieben standen. Aber der Mönch enthielt sich der peinsamen Frage nach der Herkunft der Schönen, um seine Chancen nicht zu schmälern. »Ich wünsche, inkognito zu bleiben!« ließ er den Verkäufer flüsternd wissen. »Bei jedem Angebot, das Ihr erhaltet, schaut auf mich! Ist mein Finger an der Nase, erhöhe ich um die Hälfte, also fünfzig mehr«, sagte er in flüssigem Arabisch, und Rinat Le Pulcin streckte ihm die Hand hin, in die William einschlug.

»Ihr werdet viel Freude an diesem Weibe haben«, fabulierte der stolze Besitzer ohne jeden Skrupel, »ich habe sie erst vor ein paar Tagen für teures Geld von Abdal dem Hafsiden erworben, sie ist eine Karmeliterin reinen Blutes, eine unberührte Nonne!«

William konnte sich ein »Ah ja?« nicht verkneifen, wußte er den Sklavenhändler doch fernab seiner üblichen Geschäfte um Roç im Hafen von Antioch bemüht. »Wo war Euch denn dieses Glück beschieden?«

Rinat schaute nur kurz mißtrauisch und sagte dann keck: »Zu Ayas, in Armenien!«

Nicht schlecht gelogen, dachte William und lächelte. »Beginnt nun mit dem Angebot, sonst wird die Frucht *fi shams Allah* madig!«

»Sehr wohl, mein Herr und Gebieter!« Rinat schlängelte sich zurück zum Podium, wo Mafalda inzwischen zu einem Häufchen Elend am Pfosten zusammengesunken war. Aber nicht, weil mehrere Händler schamlos ihre Brüste begutachtet – »Hängetitten!« –, sie in den Hintern gekniffen – »Pferdearsch!« – und ihr den Kiefer aufgequetscht hatten, um auch ihr makelloses Gebiß zu bemäkeln. »Bissig wie ein Krokodil, giftig wie eine Kobra!« waren noch die freundlichsten Kommentare gewesen. Purer Neid! Sondern weil nur der Sufi gekommen war, sie angestrahlt und ihr begütigend die Hand auf den Arm gelegt hatte. Sie sah ihn jetzt bei dem anderen edlen Herren stehen und lebhaft auf ihn einreden, doch der rothaarige Dicke schien nicht sonderlich an ihr interessiert. Dafür tauchte nun der dritte im Bunde bei Mafalda auf, prüfte sie mit schielendem Blick wie eine Kamelstute, und Rinat, der Schuft, streifte ihr das geschlitzte Gewand empor bis zur Lende.

»Ihr Schoß verspricht hundert nasse Freuden, hält aber tausend Stöße Eures glorreichen Speeres! Danach tausche ich sie Euch um, für eine Jüngere!« So warb das Schwein für sie.

»William«, bettelte der Sufi, »denkt an mein Alter! Wer soll mir die Glieder wärmen, wenn Ihr mir jetzt nicht diesen glühenden Ofen kauft, in den ich mein Brot schieben kann? Diesen Topf heißer Suppe, in den ich meinen gichtigen Finger tauchen mag, diese Amphore feurigen Weines, den ich mir in kleinen Schlucken durch die Kehle rinnen lassen möchte.«

»Ich will sehen, was sich machen läßt, *ya abuya*«, tröstete ihn der Franziskaner, »und ob unser Geld reicht!«

Mafalda wurde von den Wächtern grob wieder auf die Füße gezerrt. Rinat sparte sich weitere Lobpreisungen, denn er wußte, daß es nur zwei Bewerber gab. Der tückische Halunke begann bei sechzig Besanten, El-Ashraf nickte, und Williams Finger fuhr an die Nase.

»Hundert«, verlangte Rinat jetzt.

Der Emir schielte erstaunt um sich, weil er keinen Ruf gehört, keine hochschnellende Hand bemerkt hatte. »Hundertzwanzig!« rief El-Ashraf, um der Sache ein Ende zu bereiten.

Williams Finger ließen Rinat ungerührt auf »Zweihundert!« steigern.

Der Emir war wütend. »Dreihundert und kein Stück mehr!«

Rinat schaute auf Williams Nase. Der bohrende Finger gab ihm den Mut, gleich »Fünfhundert!« zu fordern.

El-Ashraf winkte verächtlich ab. »Geschenkt!«

Rinat wiederholte: »Fünfhundert! Bietet jemand mehr?«

Die Händler lachten.

»Fünfhundert zum letzten!« rief Rinat. »Den Zuschlag erhält der nur mir bekannte Bieter!«

Seine Augen suchten William, doch der hatte seinen Platz verlassen. Statt seiner traf der tüchtige Verkäufer auf den Sufi. Der hielt das Geld abgezählt bereit.

»Das sind ja nur dreihundertfünfzig!« empörte sich Rinat.

»Fünfzig mehr als das letzte Angebot des Emirs«, beschied ihn Abu Bassiht.

Rinat sah, daß der Emir einträchtig zusammen mit William den Hof verließ. Wenn sie unter einer Decke gesteckt hatten, war ohnehin nicht mehr herauszuholen, und er gierte nach den Münzen. Ärgerlich gab er den Wächtern ein Zeichen, Mafalda vom Pfahl zu lösen und sie dem Sufi zu übergeben. »Nehmt das Weibsstück mit!« zischte Rinat. »Ein Rückgaberecht habt Ihr nicht!«

Mafalda waren immer noch die Handgelenke gebunden, als Abu Bassiht den Strick erhielt und im Gegenzug die Summe herausrückte.

»Danke, *ya munqadhi an-nasib*!« radebrechte sie stammelnd und folgte ihrem neuen Herrn.

»Dankt nicht mir«, sagte Abu Bassiht verlegen, »sondern William von Roebruk!«

Die Heimkehr des Hafsiden nach Askalon vollzog sich keineswegs so, wie der mächtige Sklavenhändler das gewohnt war. Sonst kam, kaum daß er seinen wohlbekannten Segler am Kai festgemacht hatte, der ägyptische Hafenkommandant gerannt, um ihm die Ehre zu erweisen, sich nach der werten Gesundheit und dem erfolgreichen Geschäft zu erkundigen, ein Geschenk in Empfang zu nehmen und ihn mit den letzten Neuigkeiten zu versorgen, wobei Abdal der Hafside meist besser informiert war als Kairos offizieller Statthalter. Doch diesmal wurde nicht einmal die schwere Eisenkette heruntergelassen, auch kein Bote kam angerudert, um sich dafür zu entschuldigen. Der Hafside war gezwungen, vor der Außenmole zu ankern und sich zu Fuß zum Gemäuer der Behörde zu begeben. Er ließ sich von Jakov begleiten, der wie immer gleich den Sack mit seiner Habe mitschleppte. In der *maktab al mina* wurde er von einem Templersergeanten, einem Turkopolen, recht hochnäsig begrüßt, von dem er – nach sehr großzügiger Entrichtung von ›Hafengebühren‹ – endlich erfuhr, daß die muslimische Verwaltung Stadt und

Hafen geräumt hätte, um nicht von Ägypten abgeschnitten zu werden, denn mongolische Truppen hätten Gaza besetzt. Im Einvernehmen mit Kairo würden die hoheitlichen Aufgaben zwischenzeitlich, also bis zu einer Klärung der Verhältnisse, vom Orden der Tempelritter wahrgenommen.

Dem Hafsiden schwante sofort Übles. »Heißt das etwa, daß mein Haus nicht mehr –?«

Der Templer unterbrach ihn rüde. »Unsere Komturei, wenn Ihr darauf anspielt, ist natürlich in unsere Hände zurückgefallen!«

»Und mein Hab und Gut, mein Gesinde?«

»Euer Freund, der Doge, hat sich darum gekümmert. Durch den überhasteten Abzug vieler Eurer Glaubensbrüder sind ja recht ansehnliche Paläste frei geworden. Allerdings sind etliche Eurer Diener ebenfalls Hals über Kopf geflohen!«

Dem Sergeanten war nicht anzumerken, ob ihn das Mißgeschick des Hafsiden freute – das Geschenk war immerhin so reich ausgefallen, daß er zumindest Mitleid heucheln konnte. Denn wer wußte schon, wie die Lage morgen aussehen würde? Askalon war morgens schon oft mit einem anderen Besatzer erwacht, als es abends eingeschlafen war. Der Hafside beschloß, seinen Segler unter diesen Umständen gar nicht erst in den Hafen zu bringen, der schnell zur Falle werden konnte, sondern vor der Mole zu belassen. Er erreichte diese Sondererlaubnis durch eine Sondergebühr und begab sich zu Fuß in die Stadt, um sich an Ort und Stelle mit den Gegebenheiten vertraut zu machen. Jakov hatte bisher schweigend von allem Kenntnis genommen.

»›Der Weise hat seine Augen im Kopf, doch der Tor wandelt in Finsternis.‹ Ihr seid nicht mehr Herr im Haus, Eure Hand vermag Eure Freunde nicht länger zu schützen, weder ihr Leben noch ihre Habe. Ich habe eine Aufgabe zu erfüllen, doch nicht an diesem Ort, sondern in Jerusalem. Daran mag ich nicht gehindert werden. Deshalb will ich das Askalon der Templer nicht betreten, sondern meiden. Es wird Blut fließen, ohne daß solch Opfer den Herrn erfreut, und Ihr werdet es nicht hindern können.« Damit schulterte er seinen Sack und ging seines Weges.

Das Refektorium der alten Templerkomturei, das zu Zeiten des Hafsiden als Lagerhalle für seine Ware diente, wovon noch Eisenringe und Ketten an den Wänden zeugten, war jetzt als die Stätte hergerichtet, an der das Ordenstribunal tagen sollte. Der Raum war frisch geweißelt worden, was ihn aber kaum freundlicher erscheinen ließ, denn die Fenster lagen hoch. Nur wenig Licht fiel hinab auf den steinernen Boden mit den kargen Holzbänken und den schmalen, langen Tischen. Auf einer Stirnseite hatte Guillem de Gisors eine Tribüne durchgesetzt, mit dem Richtertisch in der Mitte, flankiert von den Pulten des Verteidigers zur Rechten und des Anklägers zur Linken. Für den Angeklagten war nichts als eine Holzbank vorgesehen, die unterhalb des Podiums stand und ihn zwang, zu seinen Richtern aufzuschauen. Jetzt saß dort oben, nicht auf dem erhöhten Stuhl des *iudex caput collegii*, sondern auf dem eines Beisitzers, der Komtur Georges Morosin und schaute traurig wie ein alter Bernhardiner durch den Guillem de Gisors hindurch. Der stand hinter seinem Pult und versuchte den Dogen noch trister zu stimmen.

»Ich werde auch Euren Roç Trencavel anklagen«, belferte er, »wegen Beihilfe zum Raub!«

Ohne den eifernden *accusator* eines Blickes zu würdigen, antwortete der gelangweilt: »Erstens, was heißt ›Euer‹? Ich bin nicht Mitglied der Prieuré. Zweitens ist der Vorwurf lächerlich. Die Befragung des Taxiarchos hat klar ergeben, daß keiner auf der ›Nike‹, am wenigsten Roç, wußte, was geschah.«

»Und wieso sank sie dann so genau vor der Hafeneinfahrt von Linosa?« triumphierte Gisors.

»Und drittens müßt Ihr des Trencavel erst einmal habhaft werden, um ihn vor Euer Gericht zu stellen, das zudem wohl kaum für ihn zuständig sein dürfte.«

»Das laßt nur meine Sorge sein!« höhnte der Engel. »Interessant ist der von Euch soeben gebrauchte Ausdruck ›Euer‹. Wollt Ihr damit zu erkennen geben, daß Ihr Euch nicht mehr als Mitglied des Ordens betrachtet?« hakte er lauernd nach.

»Das könnte Euch so passen, Gisors, doch Gott sei Dank amtiert als oberste Instanz noch immer Eure verehrte Frau Mutter!« Der Hieb saß, denn die Gesichtszüge des Engels verzerrten sich vor Haß, auch wenn er sich jeder Erwiderung enthielt. »Sollte sie eines Tages nicht mehr sein, stellt sich tatsächlich die Frage nach dem Sinn einer weiteren Mitgliedschaft.«

»Die Grande Maîtresse hat anderes zu tun, als der Aburteilung von Piraten beizuwohnen!«

»Wenn Ihr Eure segensreiche Hand an das Königliche Paar legt, ist Euch der mütterliche Nackenstüber gewiß!« versicherte der Doge ungerührt dem so wenig Engelsgleichen.

»Außerdem ist sie nur meine Stiefmutter und wird es nicht wagen –«, fauchte der gerade wütend, als die Ankunft von Templern aus der Wüste gemeldet wurde.

»Simon de Cadet und –«

»Wagt es der Verräter«, schrie der Gisors, und seine Stimme überschlug sich, »mir unter die Augen zu treten?«

»Mäßigt Euch!« donnerte der Doge unversehens. »Wenn schon nicht *in res*, dann wenigstens *in modo*!«

»Der gehört ebenfalls auf die Anklagebank!« keifte der Engel, schwieg dann aber, weil der erste, der erhobenen Hauptes eintrat, ein weißhaariger Templer war, der eine seltsame Würde ausstrahlte. Ihm folgten Simon und seine drei Gefährten wie geprügelte Hunde. Der Doge machte von seinem Hausrecht Gebrauch und übernahm die Begrüßung, um sogleich zu fragen: »Wer seid Ihr, Ritter?«

Der überließ Simon die Antwort. »Der Templer Botho de Saint-Omer ist einer der letzten Überlebenden von La Forbie. Unzählige Jahre schmachtete er in den Kerkern von Kairo, bis es uns gelang, ihn aus den Händen der Ägypter zu befreien.«

»Das interessiert allenfalls Kellerasseln!« giftete der Gisors. »Ich will wissen, was ihn herführt!«

Da schaute ihn der Uralte an, mit durchdringendem Blick. »Ich bin der Richter«, sagte er, »der Richter des Ordens! Mich schickt Gott zu richten.«

Der Doge fing sich als erster. »Wir haben Euch erwartet, Bruder Botho. Ihr seid uns willkommen und sollt dem Tribunal als Unparteiischer vorsitzen und Recht sprechen.«

Gisors war schon im Begriff aufzubrausen. Da besann er sich darauf, daß der Doge das Privileg hatte, den Richter zu bestimmen. Vielleicht war es sogar eine gute Wahl, eine glückliche Fügung, denn Milde strahlte der Greis nicht aus.

»Ihr seid also der Richter, dessen wir bedürfen«, stammelte er zustimmend.

Der Alte hatte diese Bestätigung nicht abgewartet, sondern sich würdevoll auf die Tribüne begeben, wo er sich unaufgefordert auf dem Richterstuhl niederließ. Von dort aus betrachtete er Simon und die drei, denen er seine Freiheit verdankte.

»Legt sie in Ketten!« wandte er sich autoritär an den Dogen. »Werft sie in den Kerker!« Sein Finger fuhr spitz auf die unter ihm Stehenden. »Sie haben die Regel des Gehorsams verletzt und sich der Feigheit vor dem Feind schuldig gemacht!«

Alle verharrten wie vom Donner gerührt. Guillem de Gisors war der erste, der sich fing. »Worauf wartet der Herr des Verfahrens noch?« giftete er gegen den Dogen. »Ruft die Wachen herein, und laßt sie ihres Amtes walten!«

Widerstandslos ließen sich Simon und die drei abführen.

»Jetzt haben wir einen strengen Richter!« frohlockte Guillem. »Der Prozeß kann beginnen!«

»Ohne Verteidiger eröffne ich das Verfahren nicht – gegen niemanden!«

Der Doge räumte den Platz neben dem Rauschebart und verließ grußlos das Refektorium.

Georges Morosin wollte nach dem Taxiarchos schauen, das hatte er sich zur täglichen Auflage gemacht, um sicherzugehen, daß dem Gefangenen kein Leid geschah, bevor ein Urteil gefällt wurde. Das stand durchaus zu befürchten, seit der Orden die militärische Hoheit in der Stadt übernommen hatte und die Schutzmacht seines Freundes Abdal, auf die er gezählt, ihm binnen weniger Stunden unter den Fingern zerronnen war wie der Sand draußen in den Dünen. Jetzt, mit dem Erscheinen des Richters aus der Wüste – dem Dogen kam Johannes der Täufer in den Sinn –, war die Gefahr wahrscheinlich gebannt, daß sich die Rachsucht des Gisors am Recht vorbei mit Gewalt austoben oder mit Gift einschleichen würde. Ein dem Hafsiden treu ergebener Diener fing den Besucher im Hof ab.

»Der Sidi ist zurück!« ließ er ihn wissen. »Ich soll Euch zu ihm führen.«

Der Hafside hatte die Geheimtreppe zum Donjon benutzt, die in ein von außen nicht erkennbares Zwischengeschoß führte, direkt über ihrem gemeinsamen Arbeitszimmer. Abdal nahm die Situation auf sarkastische Art, was dem Dogen lieb war.

»Für diesen Haufen Scheiße können wir uns bei diesen plattnasigen Mongolen bedanken!« empfing er seinen Freund. »Wenn ein Volk schon nicht zur See fährt!« Er kam nicht weiter mit dem Lästern, denn der Doge mußte ihn berichten.

»Sie haben Gaza vom Meer aus besetzt, dank armenischer Schiffe!«

»Und vor deren Seemacht liefen unsere Mameluken davon?«

»Baibars will nichts überstürzen«, sagte der Doge. »Großen Schlägen gehen oft kleine Rückzüge voraus.«

»Das kann unseren Freund, den Taxiarchos, Kopf und Kragen kosten!«

»Ersteres reicht schon für den Erwerb des Paradieses. Wir müssen ihn befreien!«

»Wann habt Ihr das letzte Mal den Kerker inspiziert?« fragte der Hafside mit spöttischem Unterton.

»Gestern«, mußte der Doge kleinlaut zugeben.

»Würdet Ihr jetzt versuchen, dort einzudringen, fändet Ihr einen doppelten Sicherheitskordon Eurer Ordensbrüder vor, die Türen dreifach verriegelt und die Ketten verstärkt, als gälte es, Samson zu fesseln! Selbst in der Gefangenenzelle schläft ein Dutzend Bewacher!«

»Was ratet Ihr, Abdal?«

»Die einzig wirksame Gegenmaßnahme wäre eine hochrangige Geisel!«

»Unser Orden läßt sich nicht erpressen«, murmelte der Doge. »Selbst wenn Ihr den Großmeister in Eure Gewalt brächtet, er würde in keinem Fall ausgetauscht. Das ist eine eiserne Regel!«

»Die Assassinen?«

»Legen sich mit den Templern nicht an! Jetzt schon gar nicht, mit den Mongolen im Nacken. Die sind froh, wenn ihnen hier nicht das gleiche Schicksal blüht wie in Alamut!«

Der Hafside gab sich so schnell nicht geschlagen. »Die Grande Maîtresse!?«

Der Doge erschrak. »Das hat noch keiner gewagt!«

»Um so größer die Aussicht auf Erfolg!«

»Sie wird kommen«, sinnierte der Doge, »weil Gisors den Fehler begangen hat, den Trencavel in die Sache hineinzuziehen. Doch kein Mensch weiß, wann, wo und wie.«

»Das kann ich Euch sagen: Der wartet in Antioch auf seinen William von Roebruk, der für Gosset –«

»Ich meinte die Grande Maîtresse!« unterbrach ihn der Doge. »Sie wäre tatsächlich ein Faustpfand, doch sie gilt als absolut unberührbar – es sei denn, ihr Sohn, der sie haßt –?«

»Sehr nützliche Information«, lobte der Hafside. »Wir sollten jetzt warten, bis Roç Trencavel eintrifft, der hat das Ohr der alten Dame.«

Der Doge war mit seinen Gedanken woanders. »Ihr, Abdal, müßt offiziell die Verteidigung des Penikraten übernehmen, sonst gleitet uns das Verfahren aus der Hand, und Guillem de Gisors und sein Richter machen mit dem Taxiarchos kurzen Prozeß!«

»Ihr wollt mir die Verantwortung für Leben oder Tod eines alten Freundes aufbürden?«

»Wem sonst!?«

Im Turm von ›König Artus' Tafelrunde‹ zu Sankt Symeon, dem Hafen der reichen, mächtigen und weltoffenen Stadt Antioch, ging das Liebesleben der Ritter und Damen drunter und drüber. Mafalda hatte mit ihrem Anspruch auf den Rang der ›Ersten Dame‹ die Führung des Minnehofes an sich gerissen. Auch als Attraktion in bisher nicht gekannten Varianten des Liebesspiels hatte sie die fleißige Potkaxl ausgestochen. Doch wieder kamen die drei Kumpanen aus Okzitanien nicht zum Zuge, und zwar nicht etwa, weil der kleine dicke Pons Mafaldas leiblicher Bruder war, das hatte die männerfressende Gottesanbeterin noch nie gestört! Nein, sie hatte unerhörte Neuerungen eingeführt, und Monsignore Gosset hatte ihr freie Hand gelassen. Denn zum ersten Male war – wenn auch heimlich des Nachts und inkognito – der junge Fürst Bohemund erschienen und hatte der ›Tafelrunde‹ die Ehre erwiesen. Für heute hatte er sich wieder angesagt, mit der scherzhaften Bemerkung, er würde vielleicht sein armenisches Weib, Fürstin Sybille, mitbringen. Weniger um ihr eine unverdiente Freude zu bereiten, als um der nützlichen Anregungen willen, das fade fürstliche Eheleben etwas zu würzen. Mafaldas erster Auftritt als ›Frau Venus‹ gestaltete sich ganz anders als die Vorstellungen, in denen der Minorit und der Sufi geschwelgt hatten, als die Herren der Schöpfung nach Aleppo zum Sklavenmarkt gereist waren.

Die ayubitische Eskorte, die der Stadthalter von Aleppo dem berühmten Freund und Gesandten des Großkhans, William von Roebruk, auf dem Rückweg mitgegeben, hatte ihn und Abu Bassiht bei Erreichen der Grenze des Fürstentums natürlich allein gelassen, um nicht von den unberechenbaren Franken erschlagen zu werden. Von da an waren die beiden Mönche mit der teuer erworbenen Sklavin allein, von den Trägern des Holzkäfigs einmal abgesehen. Als sie in Sankt Symeon auftauchten, war aus dem Käfig eine offene Sänfte geworden, in der Mafalda hoheitsvoll thronte. Vorweg stolperten William und der Sufi, beide in scharfkantigen Eisenketten. Auch Halseisen und wundscheuernde Fußfesseln waren ihnen angelegt worden. Sie ließen sich von der Dame mit nicht gerade zimperlichen Peitschenhieben antreiben. Dafür bedankten sie sich auch noch, als sie, blutend und erschöpft, endlich den Turm der ›Tafelrunde‹ erreichten. Mafalda war keineswegs in Freudenschreie ausgebrochen, als sie ihren Bruder und seine Kumpane wiedersah; auch die Toltekenprinzessin begrüßte sie nicht besonders herzlich. Nicht einmal die seltsame Fügung des Schicksals, daß Roç samt Geraude in nächster Nähe weilten, denen sie des Nachts vor Otranto, also einige tausend Meilen entfernt, vom Schiff gesprungen war, schien Mafalda zu beeindrucken. Sie ließ sich mit größter Selbstverständlichkeit von Gosset das beste Zimmer zuweisen und schloß sich darin ein, nachdem sie ihre schmutzige Wäsche der Potkaxl zum Waschen vor die Füße geworfen hatte. Wenig später befahl die Dame William und den Sufi zu sich. Die beiden, die sich kaum von den Strapazen erholt und notdürftig gereinigt hatten, folgten ihr ohne Widerrede.

Es war dem kleinen dicken Pons vorbehalten, ein Guckloch zu

finden, als kurz darauf merkwürdig klatschende Geräusche aus dem Raum drangen, begleitet von dumpfem Stöhnen. Pons winkte seine Kumpane herbei. Was sie sahen, befremdete sie so sehr, daß sie die Toltekin hinzu holten.

Mas ließ sich nicht wegschubsen. »Von einem tanzenden Derwisch hab' ich ja vieles erwartet«, keuchte er leise, »aber daß die Tierliebe der Franziskaner so weit geht –« Widerstrebend gab er seinen Platz an den aufgeregt drängelnden Raoul ab.

Durch das Loch in der Wand sah der nur den Torso einer splitternackten Mafalda, die als einziges Kleidungsstück einen ledernen, mit Kupferblech beschlagenen Keuschheitsgürtel trug. Sie stand breitbeinig, ihre Büste war nicht zu sehen. Dafür erkannte er die beiden Mönche, die nichts als einen Strick um ihre Bäuche gegürtet hatten. Sie krochen auf allen vieren unter Mafaldas gegrätschten Schenkeln hindurch wie schnüffelnde Schweine und erhielten jedesmal kreuzweise Schläge mit der aus Nilpferdhaut geflochtenen Peitsche, was ihnen ein Grunzen entlockte, sie zur Umkehr und neuerlichen Durchmarsch antrieb.

»Das täte mir auch gefallen«, seufzte Pons und vergeudete einen traurigen Blick an Potkaxl.

»Ich denk' nicht dran!« rief die angewidert. »Ich will das nicht einmal mit ansehen müssen, das erinnert mich an Schlachter, an Menschenopfer!« Sie stürzte fort.

»Unsere Toltekin wird von ihrer Vergangenheit als Tempeljungfrau eingeholt!« mokierte sich Raoul und ließ sich von Mas vom Guckloch verdrängen. Der Morency war sehr still und beobachtete schweigend die Szene, die er abstoßend und zugleich anziehend empfand.

»Deine Schwester ist Circe!« wandte er sich barsch an Pons. »Sie macht Männer zu Schweinen!«

Gosset trat hinzu und warf nur kurz einen Blick durch das Loch, als habe er kein anderes Bild erwartet.

»William sollte sich zum Strick jetzt auch die Kutte überwerfen«, rief er laut durch die verschlossene Tür. »Roç Trencavel ist auf dem Weg zu uns!«

Mas sah, wie der schweinsrosige Minorit erschrocken aufsprang, daß er fast seine *domina* rittlings genommen hätte. Abu Bassiht ließ sich quiekend platt auf den Bauch fallen.

Raoul trieb seine Kumpanen von dem Schauspiel fort. »Es tut nicht not, daß Roç Trencavel sieht, wie tief seine Ritter gesunken sind! Laßt uns ihn begrüßen!«

Roç hinkte noch leicht und stützte sich beim Gehen auf Geraude, die darob einen hochroten Kopf hatte. Potkaxl stürzte hinzu und umarmte das stille Mädchen, weil es sich für sie nicht schickte, dem Herrn Trencavel mit solch stürmischer Zärtlichkeit zu begegnen. Sie stammelte dabei vernehmlich: »Ich bin ja von Herzen vergnügt, daß Ihr wieder zu Kräften gelangt seid!«

Die Okzitanier hörten gewollt die Zweideutigkeit heraus und belachten die offenherzige Toltekin ungeniert. Geraude kam ihr erstaunlicherweise schlagfertig zur Hilfe.

»Es wird unserer lieben Herrin Yeza Esclarmunde eine große Freude sein, daß Ihr bald wieder die Zügel in die Hand nehmen könnt«, wandte sie sich an den Trencavel, der ächzend auf der Bank vor dem Gemäuer Platz genommen hatte, »um den jungen Rittern Aufgaben zuzuweisen, die sie nicht länger auf dumme Gedanken kommen lassen!«

»So dumm ist es gar nicht«, hielt Mas sofort dagegen, »seine Kräfte auf das Reiten von feinen Stuten auszurichten.« Er feixte Geraude frech ins Gesicht. »Und nicht von dummen Kühen!«

Den Schlag ins Genick erhielt er nicht von Roç noch von Raoul, sondern von Mafalda.

»Alle Böcke stinken, Mas. Du vom Wichsen!« Die Erste Dame hatte sich in stattliche Garderobe geworfen, die jeden Gedanken an ihre vorherige Aufmachung verbot. Mafalda mit Keuschheitsgürtel war ja auch schlechterdings unvorstellbar.

Hinter ihr erschien jetzt William von Roebruk.

Er trat auf Roç zu und legte ihm beide Hände auf die Schultern. »Wie gering sind alle Wonnen dieser Welt gegen das Glück, wieder mit Euch vereint zu sein!«

Roç zog den Kopf des Minoriten zu sich herab und küßte ihn auf die Stirn. »Mein altes flämisches Schlitzohr«, sagte er gerührt,

»wenn Ihr wieder bei uns seid, kann nichts mehr schiefgehen. Denn Pech hatten wir schon reichlich, auch ohne Euer Zutun, William!«

Etwa zur selben Stunde lief ein Schnellsegler des Templerordens im Hafen ein. Kurz darauf trat eine Abordnung von Rittern in weißer Clamys mit dem roten Tatzenkreuz auf der Brust vor Roç. Der Anführer erklärte: »Wir sind gekommen, edler Trencavel, Euch nach Jerusalem zu bringen!«

Das erschien Roç, als habe der Himmel Engel gesandt. Er fragte nicht nach dem Woher, Wie und Warum, sondern erhob sich aus eigener Kraft. »Keinen Augenblick will ich zögern!« rief er aus, und William beeilte sich, ihm seinen Arm anzubieten. »Ihr sollt mir alle folgen!« wandte Roç sich an Raoul, in Vertretung für die ihn umgebenden Ritter und Zofen. Doch die Burschen senkten die Köpfe; Mafaldas Nase rümpfte sich hochmütig, Potkaxl schaute verlegen weg, nur Geraudes Augen füllten sich mit Tränen.

»Nun gut«, sagte Roç, in seiner Freude erheblich gedämpft. »Ihr wißt, wo ihr das Königliche Paar zu finden habt. Kommt, William, auf nach Jerusalem!«

Er folgte den Templern erhobenen Hauptes am Arm des Minoriten. Sie gingen direkt an Bord des Seglers, der sofort die Taue löste.

Da kam Gosset aus dem Tor gestürzt. »Halt!« schrie er. »Nehmt mich mit, Roç Trencavel!« Die bereits eingezogene Planke wurde nochmals auf die Mauer gestoßen. Auch der Priester führte nichts mit sich als das, was er am Leibe trug. Der Segler legte ab, wendete elegant im engen Hafenbecken und glitt am Turm von ›König Artus' Tafelrunde‹ vorbei auf das offene Meer, ehe die verwirrten Hafenwächter sich über das dreiste Auftauchen eines Templerschiffes aufregen konnten. Die Zurückgebliebenen winkten den Fortreisenden nach, bis das Schiff am Horizont verschwunden war.

»Wo ist William?« Der verschlafene Abu Bassiht rieb sich die Augen und erhaschte noch die letzte Mastspitze. »Ich bleibe bei Euch!« versicherte er treuherzig der Dame Mafalda, der erwählten Herrin und Meisterin seiner heimlichen Lüste.

Die schaute ihn strafend an. »Wer zahlt für Euch, Sufi«, rief sie mitleidslos, »nachdem der Minorit sich meiner großherzigen Züchtigung entzogen hat, um die weitaus größere Strafe auf sich zu nehmen, teilzuhaben am Schicksal des Königlichen Paares? Ihr solltet Euch ebenfalls nach Jerusalem begeben.«

»Das Schiff ist weg!« Potkaxl legte ein Wort für den Armen ein.

»Ein echter Sufi geht zu Fuß, Tag und Nacht, durch die Wüste, schreitet über Gebirge und Einöden, bis er das wahre Leben, das Heilige Jerusalem, erreicht hat!« befand Mafalda. Abu Bassiht schnürte gehorsam sein Bündel und machte sich auf den Weg.

Yeza hielt ihr Kamel an der Seite Baibars. Nicht, daß sie das Gespräch mit dem Bogenschützen suchte, sondern weil sie Wert darauf legte, daß er sie als ebenbürtige Person zur Kenntnis nahm. Und das um so mehr, als sie über keinen Hofstaat verfügte, der ihren herrscherlichen Anspruch unterstreichen konnte. Mit Kefir und Jordi war kein großer Staat zu machen. Allzugern hätte sie gewußt, was den mächtigsten Mann Kairos dazu trieb, eine Herrscherin ohne Krone und Land so fürsorglich durch die Wüste zu geleiten. Aber Baibars schwieg, und sie würde nicht die erste sein, die das Schweigen brach. Sie sahen schon das Wasser, eine einsame Küste des Golfes, vor sich, als Baibars sich umdrehte. Hinter ihnen erhob sich eine Staubwolke, ein Zeichen für heranpreschende Reiter. Yeza war beunruhigt, denn ihr erster Gedanke galt dem Sultan von Kairo.

»Euer Freund«, grummelte Baibars, »der Rote Falke!«

Herzliche Zuneigung klang nicht an, eher Eifersucht.

»Er traut Euch nicht über den Weg – allein mit einer jungen Dame in der Wüste, Bogenschütze!« Der Versuch, ihren grimmigen Begleiter aufzuheitern, mißlang. Dabei wollte Yeza sich über keinen der verfeindeten Emire lustigmachen.

»Fassr ed-Din Octay täte besser daran, sich um sein eigen Weib zu kümmern – ein Mann von Ehre läßt seine Frau nicht allein mit einem jungen Burschen, ob nun in der Wüste oder auf dem Meer!« höhnte Baibars, um dann schroff hinzuzufügen: »Zwei Wächter Eurer Tugend, Prinzessin, sind einer zuviel. Mein Schutz wird Euch bis an das Ziel Eurer Reise begleiten, meine Anwesenheit erübrigt sich hiermit.«

Baibars gab sich Mühe, nicht beleidigt zu erscheinen. »Ihr seid ein schneller Reiter, schnell wie der Falke fliegt.« So empfing er den

Herankommenden, ohne sein Tier zu zügeln, und auch der Rote Falke fing den Gruß im Fluge auf.

»Doch rascher, als des Greifvogels Schwingen schlagen, gleitet der Pfeil des Bogenschützen: Ihr habt auf mich gewartet, Baibars, sonst hätte ich Euch nimmer eingeholt.«

»Steht Euer Haus?« unterbrach Yeza unwillig, aber der Rote Falke machte nur eine wegwerfende Handbewegung. »Qutuz hat sein Mütchen in meinem Garten gekühlt wie ein Kind, das Blumen köpft!«

Baibars schwieg nicht lange. »Ich konnte es nicht verhindern. Wichtiger war, daß Euer Weib nicht mehr im Garten wandelte!« Beiläufig fügte er hinzu: »Der Rose Madulain trachtet der Sultan nicht nach dem Kopf!«

Der Rote Falke schluckte die Anspielung und hielt sich an Yeza. »Wenn der Bogenschütze Euch schon sein Geleit gibt, bedarf es nicht auch noch meiner Person an Eurer Seite.«

»Ich verabschiede mich hier«, fiel Baibars rasch ein, »weiß ich die Prinzessin doch unter ritterlichem Schild.« Seine letzten Worte galten Yeza. »Eure Aufgabe als Damna wird es hingegen sein, dem verwundeten Herzen des Roten Falken Linderung, seinem besorgten Gemüt kühlen Trost zuzufächeln, bis der arg gerupfte Vogel mit seinem trauten Weibe wieder vereint ist.« Baibars ließ sich zu seinen Beduinen zurückfallen. »Lebt wohl, und schickt mir eine Taube, wenn Ihr Jerusalem glücklich erreicht habt. Doch benutzt den Spiegel auf dem Davidsturm, wenn Euch Ungemach droht!« Der Bogenschütze hob grüßend die Hand, schwenkte aus der schnell dahinstürmenden Reihe der Kamele aus und bog stracks nach Norden. Seine Reiter folgten ihm. Die Beduinen des Roten Falken nahmen ihre Plätze ein und hielten mit Yezas kleinem Gefolge auf den nahen Strand zu.

»Ihr müßt mir nicht Eure Zeit opfern«, sprach Yeza den alten Freund an, dessen Stirn umwölkt schien. »Ich finde meinen Weg nach Jerusalem auch allein, mit meinen trefflichen Recken.«

Der Rote Falke sah das Schiff als erster, das mit gerefften Segeln draußen auf dem Meer lag. »Ihr werdet bereits erwartet, Yeza«, erklärte er. »Ich nehme Euer großmütiges Angebot an. Setzt mich drüben an der Küste ab, und ich werde in Aqaba wieder zu Euch stoßen, nachdem ich mein Weib gefunden habe, das ich in der Obhut uns treu ergebener Beduinen weiß.«

Yeza sah ihn nachdenklich an. »Die Durchquerung des Sinai mag länger dauern als seine Umsegelung. Ich werde nicht auf Euch warten, sondern meine Reise fortsetzen. Wenn Ihr nicht unterwegs auf unsere von der Sonne gebleichten Gerippe stoßt, könnt Ihr sicher sein, daß wir vor Euch in Jerusalem sind.«

Sie entzündeten am Strand ein Feuer und gaben dem Schiff auf hoher See Zeichen. Daß sie verstanden wurden, sahen sie daran, daß die Segel gesetzt wurden und es Kurs auf das Ufer nahm.

Als der Schnellsegler der Templer, ohne seine Fahrt zu vermindern, an Hafen und Burg von Jaffa vorüberzog, muckte Roç auf.

»Wir haben den Auftrag, Euch nach Askalon zu bringen«, sagte der Kapitän und fügte beruhigend hinzu: »Der Landweg nach Jerusalem ist von dort aus fast gleich lang, aber wir können Euch eine Eskorte anbieten, während der Fürst von Joppe nicht Herr seines Hauses ist.« Er zeigte hinüber zu den Türmen der Zitadelle.

In der Tat wehte dort der weiße Halbmond auf grünem Grund vom Mast. Roç erkannte, auch wenn es ihm einen Stich versetzte, daß Yeza nun doch wohl vor ihm am Ziel eintreffen könnte. Die ungebärdige Freude, sie endlich wieder in die Arme schließen zu können, überwog.

»Weißt du, William«, vertraute er dem Franziskaner an, »es gibt keine andere wie Yeza auf der Welt!«

Der Mönch grinste. »Das war mir schon bewußt, als ich Euch als Kinder auf den Knien wiegte und Yeza sich nicht von mir abhalten lassen wollte, weil du im Stehen allein pinkeln durftest –«

»Ich weiß«, sagte Roç, »diese Geschichte erzählst du immer wieder gern.« Er wandte sich an Gosset. »Unser William wird langsam senil.«

Gosset mochte auf den Minoriten nichts kommen lassen, den er ja auch schon seit den Tagen beim Penikraten im Kallistos-Palast zu Konstantinopel kannte und schätzte. »Fünfzehn Jahre des Weges mit Euch, Roç Trencavel, und der Dame Yeza Esclarmunde – von den

Kindern des Gral bis zum Königlichen Paar –, da mag ein Mann wohl vorschnell altern! Ein Wunder, daß Williams Haar nicht längst schlohweiß ist!«

Da lachten sie denn alle drei, bis Roç plötzlich ernsthaft sagte: »In Jerusalem angekommen, müssen wir ihn endlich finden!«

Gosset wußte sofort, was Roç meinte, nur William fragte verständnislos: »Wen?«

Roç wollte ihn auslachen, doch Gosset verhinderte es geschickt. »Unser Roç Trencavel sucht den Schwarzen Kelch, der aus einem schwarzen Stein entsprungen. Und der wiederum ist Teil eines schwarzen Muttermals, das unsere Erde einst aus dem All empfangen wie ein Stigma des Bösen, zum Zeichen, daß sie ihm gehört!«

Roç schaute erstaunt auf. »Ihr habt Fortschritte gemacht, Monsignore«, spöttelte er, »während ich dachte, Euer Glück hienieden erfülle sich im Betreiben von Freudenhäusern.«

»Der Mensch lebt nicht vom Brot allein«, beschied ihn der Priester. »*Domitas habere libidines!* Nirgendwo erreicht man den Frieden der Sinne schneller als unter eifrig schaffenden Huris! Sie sind wahrhaftig das Schlüsselloch zum Paradies!«

»Ihr seid beide Lebenskünstler«, lobte Roç voller Spott. »Der eine läßt nichts aus, der andere läßt sich auf nichts ein! Ich hab' immer nur Prügel bezogen!«

»Das ist der Perceval in Euch, eine Spielart des Trencavelischen.«

»Solange Ihr dem Sohn einer Ketzerin keine Hostie unterschiebt!« Damit trug William grinsend sein Scherflein bei, doch Roç ärgerte sich.

»Ihr seid ja beide so gescheit!« ging er Gosset an. »So sagt mir doch, ist der Kelch der Gral?«

Der war nicht um eine Antwort verlegen. »Mitnichten! Allenfalls ein Substitut.«

»Ein giftiges!« William konnte da mithalten. »Und höchst gefährlich!«

»Der Kelch ist irreführend.« Gosset wurde jetzt ernst. »Er benutzt das in hohem Ansehen stehende Symbol der Gralsgemeinde, gaukelt den gleichen hehren Gehalt vor und spielt die Seele des Suchenden dem Demiurgen in die Hände.«

»Und doch zeigt er den Weg am Scheidepunkt«, sagte William. »Es ist immer der andere!«

Als der Rote Falke den Mitla-Paß erreichte, der Kairos nördlichen Zugang aus der Wüste bewacht, wo er das Stammesgebiet der seinem Vater treu ergebenen Beduinen wußte, fand er nur einige Alte, Frauen und Kinder. Der Mamelukenemir Baibars sei durchgezogen, wurde ihm berichtet. Der Bogenschütze habe alle wehrfähigen Männer angeworben und sei mit ihnen in aller Hast Richtung Gaza geritten. Des Roten Falken Weib und der junge Sultan hätten sich ihm angeschlossen.

Der Sohn des Großwesirs unterdrückte einen Fluch. Den Flüchtenden nachzureiten machte keinen Sinn und ihn nur lächerlich, in den Augen seines Erzrivalen Baibars gewiß. Zurück nach Kairo? Ohne die Unterstützung des Bogenschützen konnte er nicht gegen Qutuz antreten. Es blieben noch zwei Möglichkeiten: Er begab sich nach Damaskus, wo sich letztlich auch Madulain einfinden würde, wenn sie nicht von allen guten Geistern verlassen war, und trat in den Dienst des An-Nasir, der ihn sicherlich mit offenen Armen aufnähme. Wie sich der Ayubitensultan dem jungen Ali gegenüber verhalten würde, stand auf einem anderen Blatt. Der Rote Falke hegte dem Knaben gegenüber auch nicht die fürsorglichen Gedanken, die sein Weib für das Schicksal des Entthronten aufbrachte. Madulains nächste Schritte zu erraten war immer schwierig gewesen, und jetzt war es nahezu ausgeschlossen! Blieb immer noch der Weg nach Jerusalem, um sich, wie versprochen, mit Yeza zu treffen. Die hatte zwar auch ihren Dickkopf, aber wenigstens hochfliegende Pläne. Etwas, was dem Roten Falken für seine eigene Person völlig abging, was ihn an dem Königlichen Paar aber so sehr faszinierte, daß er jederzeit bereit war, nicht nur sein kinderloses Ehedasein aufzugeben, sondern auch sein Leben für die Erreichung des Ziels aufs Spiel zu setzen. Der Große Plan! Wie hatte er nur daran zweifeln können! Dem fühlte er sich verpflichtet, er war zum Hüter von Roç und Yeza auserkoren. Der Rote Falke spürte die beruhigende Gewißheit, den nicht geringen Stolz, hinter seinem Einsatz die geheime, alles umfassende Macht der Prieuré zu wissen. Ob nun nach Gaza, nach Damaskus oder nach Jerusalem, erst einmal gab es für ihn nur eine Straße, die durch den Sinai und die Wüste Negev. Voller Zuversicht machte er sich auf den Weg.

In Askalon hatte der Prozeß begonnen, den der Templerorden dem Taxiarchos zu machen gedachte. Doch die Anklage setzte sich nicht durch, die nach der für sie unstrittigen Beweisaufnahme nur noch über die Höhe des Strafmaßes zu beraten gedachte. Daß einer zivilisierten Rechtsprechung formal dann doch noch Genüge getan wurde, war Botho de Saint-Omer zu verdanken, dem Richter – sehr zum Ärger des Guillem de Gisors. Der alte Hagestolz ließ sich erst einmal den Hergang des Raubes der ›Atalanta‹ in aller Ausführlichkeit schildern, und zwar ausschließlich von den wenigen Augenzeugen. Das waren außer dem Angeklagten vorerst nur der Kommandant Simon de Cadet und drei weitere Tempelritter. Guillem de Gisors hätte seine Ordensbrüder am liebsten neben dem Taxiarchos als Mitschuldige auf der Anklagebank gesehen, doch noch saß der Taxiarchos allein dort, schaute lächelnd in die Runde und schwieg, wie es ihm sein Verteidiger, der Hafside, geraten hatte. So blieb der Bericht von den Vorgängen auf Linosa Simon vorbehalten. Als der geendet hatte, hakte der Doge gleich nach.

»Ich halte fest, der Taxiarchos befand sich bereits in Eurem Gewahrsam, Bruder Simon de Cadet, als die ›Nike‹ vor der Insel erschien?«

»Ja, er war an Land geschwommen, als auf der Triëre eine Meuterei aus –«

»Hattet Ihr ein Brett vor dem Kopf«, fuhr Guillem dazwischen, »daß Euch nicht aufgefallen ist, daß alle diese außergewöhnlichen Vorkommnisse, die sich überall auf dem weiten Mittelmeer hätten ereignen können, ausgerechnet vor der versteckten Hafeneinfahrt von Linosa ereigneten?«

»Die Anklage ist gehalten, sich in ihren bildhaften Ausdrücken Zurückhaltung aufzuerlegen!« mahnte der Richter vernehmlich.

Simon dankte es dem Alten mit einem Nicken. »Beim Erscheinen des ersten und vorerst einzigen Schiffes, der Triëre, war ein solcher Verdacht nicht angebracht.«

Simon verteidigte sich vorerst selber, denn noch war er nicht angeklagt.

»Schon diese ›Meuterei‹ war gefälscht!« geiferte Guillem.

»Eine Behauptung ohne jeden Beweis!« entgegnete der Hafside.

»Meine Frage an den Zeugen lautet anders«, fuhr der Doge mit seiner Vernehmung fort. »Woher wußte plötzlich die gesamte Besatzung der Insel von der Tatsache, daß die ›Nike‹ kommen würde und Gold geladen hatte? Hat der Taxiarchos dieses Gerücht verbreitet?«

»Nicht direkt und wissentlich«, räumte der ehemalige Kommandant ein. »Sein erstes Verhör fand offene Ohren, denn keiner von uns konnte ahnen, was er uns über die ›Nike‹ und ihr Gold berichten würde. Es breitete sich aus wie ein harmloses Buschfeuer, ohne daß es nach einem Waldbrand aussah, zu dem es erst ausartete, als die ›Nike‹ tatsächlich eintraf und vor unseren Augen zu sinken begann.«

»Selbst da schwante Euch – auch ohne Brett vor dem Hohlraum, wo bei anderen das Gehirn zu finden ist – noch immer nichts Übles, Herr Simon?«

Der Gisors war voller Hohn.

Der Hafside kam dem Zeugen zu Hilfe. »Da war es zu spät!«

»Wie verhielt sich der Taxiarchos Euch gegenüber, als Euer Haus in Flammen stand?«

»Er tat alles, um den Brand zu löschen und uns zu helfen.«

Zu diesem Zeitpunkt wurde Roç in den Gerichtssaal geführt. Er hatte sich gewundert, daß seine Reisegefährten, die Templer, die ihn sofort bei Ankunft in Askalon zur Komturei brachten, seinen Fragen nach dem Hafsiden und nach dem Dogen auswichen und versuchten, ihn von William und Gosset zu trennen. Roç war ungehalten und wollte sich bereits über die rüden Methoden beschweren, als er in den Saal geschoben wurde.

Guillem de Gisors begrüßte ihn sogleich mit den Worten: »Da kommt der Mann, der die ›Nike‹ befehligte. Ich beschuldige Roç Trencavel der Mittä–«

»Schweigt!« donnerte Botho de Saint-Omer dazwischen. »Allenfalls mag der aus freien Stücken hier erschienene Roç Trencavel als Zeuge aussagen!«

Roç hatte die Situation sofort erfaßt. Er warf Gosset einen Blick zu, der beschwörend jeder Widerrede zuvorkam. »Mein Platz ist an der Seite des Taxiarchos!« rief er laut, zog William energisch am Ärmel und nötigte ihn neben sich auf die Armesünderbank.

Der Taxiarchos schaute ob dieser spontanen Geste nicht etwa erstaunt auf, sondern griente den Neuankömmling nur an, wie man jemanden in der *qahua* begrüßt, der am gleichen Tisch Platz nimmt. Guillem de Gisors hatte sich seine Argumente zum erneuten Angriff zurechtgelegt.

»Dann mag uns der Zeuge Roç Trencavel beschreiben, wie und warum er die ›Nike‹ zum Sinken brachte.«

»Die Forderung ist ungebührlich und infam«, antwortete Gosset. »Der Trencavel wußte nicht, daß sich unter seine Ritter der gefährlichste Saboteur des Imperiums gemischt hatte: Dietrich von Röpkenstein!«

»Wer seid Ihr denn«, erregte sich der Gisors, »daß Ihr so zu mir zu sprechen wagt?«

»Meine Identität ist Euch wohl geläufig«, entgegnete der Monsignore und ließ sich neben dem Hafsiden nieder. »Hier dürft Ihr in meiner Person den rechtlichen Beistand des Trencavel sehen.«

»Was aber nicht beinhaltet«, begehrte Roç sofort auf, »daß ich die Verunglimpfung eines –« Ihm fiel der rechte Ausdruck nicht ein. ›Freund‹ hätte einen falschen Eindruck erwecken können.

»*De mortibus nihil nisi bene!*« sprang William in die Bresche, und der Hafside setzte nach: »Auf jeden Fall können dem Taxiarchos keinesfalls die Vorgänge an Bord der ›Nike‹ angelastet werden –«

»So wenig wie der zerrissene Strick, an dem er eigentlich damals schon hätte hängen sollen!« höhnte der Gisors.

»Der Taxiarchos rettete uns davor, von den Meuterern gelyncht zu werden!« erboste sich Simon, ohne den Ankläger zu rühren.

»So wäscht eine Hand die andere. Ihr rettet ihn, er rettet Euch. Und zum Dank gebt Ihr ihm noch den Schlüssel!«

»Sonst wäre er mir mit Gewalt genommen worden, und ungeschickte Hände hätten die ›Atalanta‹ zu Schaden kommen lassen!«

»Außerdem ging es um die Rettung Schiffbrüchiger«, warf der Hafside ein. »Sind Taten der Nächstenliebe bei den Templern inzwischen so in Verruf geraten, daß Ihr sie als Verbrechen anklagt?«

»Die hätten auch an Land schwimmen können!«

»Nicht jeder beherrscht diese Kunst. Und die Pferde waren unter Deck. Hättet Ihr etwa auch die opfern wollen?« Der Hafside war jetzt wütend. »Der Einsatz der ›Atalanta‹ war moralische Pflicht – christliche wie ritterliche! Scham und Schande über jeden, der sich anders verhalten wollte, zumal die Rückkehr des rettenden Schiffes in den Hafen außer Frage stand, nur erschien dann die Triēre!«

»Auch sie in helfender Absicht?« spottete der Ankläger. »Ein Zufallstreffen von Samaritern! Von Unschuldslämmern! Die Besatzung, eben noch Meuterer, unterwarf sich willig dem Kommando des Taxiarchos, den sie gerade noch hängen wollte?« Der Gisors bekam einen Lachanfall, an dem er fast zu ersticken drohte. Sein engelhaftes Gesicht verzerrte sich zur aufgedunsenen roten Fratze.

Der Hafside ließ ihn prusten, dann sagte er bedächtig: »Es wird von der Anklage völlig vergessen, daß es die Mannschaft der ›Atalanta‹ war, die sich aufrührerisch des eigenen Schiffes bemächtigte. Alle anderen Handlungen sind nur Reaktionen auf diese brenzlige Situation.«

»Halt«, unterbrach der Richter, »war es nun eine – angemessene oder unangemessene – Rettungsaktion zur Bergung Schiffbrüchiger, oder ging es um das Gold der Nike?«

»Da war kein Gold!« bellte der Gisors immer noch mit hochrotem Kopf, doch der Hafside ließ ihn nicht ausreden.

»Und genau diese Erkenntnis entfachte erst den richtigen Aufruhr der Rudersklaven, die sich andernfalls zufrieden mit der Beute und der ›Atalanta‹ in den Hafen zurückgezogen hätten. Jetzt waren sie nicht mehr zu bändigen. Der Taxiarchos war gezwungen, das Kommando zu ubernehmen, sonst wären sie mit der ›Atalanta‹ allein losgesegelt und hätten sie mit Sicherheit am nächsten Felsen zerschmettert!«

»Ich halte fest, der Taxiarchos ist der Retter der ›Atalanta‹«, entschied Botho de Saint-Omer unerbittlich, »und ich hoffe, die Anklage folgt mir: Sie fiel ihm in den Schoß wie ein Sack fremden Goldes. Fragt sich nur, wie lange und wie intensiv man ein solches Fundstück behalten und benutzen darf, ohne daß aus dem ehrlichen Finder ein Dieb wird?«

Angesprochen war der Gisors, dem diese Wendung zu passe kam.

»Der Angeklagte wußte, wem das Schiff gehörte, und tat nichts, um es dem Besitzer zurückzuerstatten, im Gegenteil.«

»Danke«, sagte der Richter, »und ich mache Euch noch auf etwas anderes aufmerksam. Nach Einlassung der Verteidigung hat erst das nicht vorhandene Gold der ›Nike‹ den Aufstand ausgelöst. Wer hat eigentlich als erster und einziger die Geschichte von der Existenz dieses Goldes in die kleine Welt von Linosa gesetzt?«

Gosset erkannte die Falle schneller als der Hafside. »Es gab dieses Gold tatsächlich!« rief er erst einmal, um den gefährlichen Eindruck abzuwenden. Ihm mußte etwas Glaubwürdiges einfallen. »Zu dem Zeitpunkt, als der Taxiarchos Palermo verließ, verwahrte die ›Nike‹ tatsächlich erhebliche Goldschätze an Bord, die der griechische Botschafter mit sich führte. Der Angeklagte konnte nicht wissen, daß die ›Nike‹ inzwischen der Schätze beraubt und der Botschafter eingekerkert war.«

»Wichtig scheint mir nicht die Realität des Goldes«, entgegnete der Richter, »sondern sein Ruf. Er genügte, um die Ereignisse in Gang zu setzen.«

»Man kann auch mit Falschgeld operieren«, frohlockte der Gisors, »es ist billiger und scheint ohne Risiko – bis auf das eines Todes am Strick!«

Der Doge meldete sich zu Wort. »Guillem de Gisors, Ihr laßt übel heraushängen, worauf es Euch allein ankommt! Wenn ich alles Gesagte richtig deute« – er war so klug, sich lächelnd des Wohlwollens seines Vorsitzenden zu vergewissern, doch der behielt seine undurchdringliche Miene –, »dann haben weder Gold noch Nichtgold, weder das Sinken der ›Nike‹ noch das Auslaufen der ›Atalanta‹ schlüssig mit dem Angeklagten zu tun. Es erhebt sich lediglich die Frage, ob sein Verhalten korrekt war, als er sich – gegen seinen Willen – am Steuer der ›Atalanta‹ wiederfand, ohne des Schiffes Herr zu sein!«

Das gefiel dem Gisors. »Nehmen wir mal an, es verhielt sich so, wie die Jungfrau zum Kinde kam. Dann ist ja wohl dennoch nachweislich unbestreitbar, daß der arme Tölpel Taxiarchos danach sehr wohl die Herrschaft über das Schiff erlangte, denn seine Irrfahrten –

die Adria rauf und runter, durch die Ionische See, an Kreta vorbei bis nach Alexandria – können wohl kaum dem Willen der Besatzung entsprungen sein? Suchte er den nächsten Hafen mit Templerbesatzung, um das sich unrechtmäßig angeeignete Gut zurückzuerstatten? Nein! Er mied solche Orte geflissentlich –«

»Einspruch!« rief der Hafside. »Wir müssen davon ausgehen, daß er zwar das Ruder führte, aber ansonsten mit seiner aufrührerischen Besatzung sehr behutsam umgehen mußte. Glaubt Ihr denn, die hätten ihn Akkon oder Tyros anlaufen lassen? In Stücke hätten sie ihn gerissen! Er mußte sie erst einmal beruhigen, ihr Vertrauen gewinnen und sie an seine Führung gewöhnen. Als Euer Flottenaufgebot die ›Atalanta‹ stellte, war der Taxiarchos auf dem Weg nach Linosa!«

Die Kühnheit dieser Konstruktion verschlug selbst dem Gisors die Sprache.

»Das Gericht zieht sich zur Beratung zurück«, verkündete Botho de Saint-Omer mit steinerner Maske.

Der Doge und Abdal der Hafside saßen sich in ihrem gemeinsamen Arbeitsraum im Donjon von Askalon gegenüber. Die Enteignung war nur von kurzer Dauer gewesen, bis Georges Morosin sich beim Großmeister durchgesetzt hatte. Dann mußte der Orden, eifernd vertreten durch Guillem de Gisors, dem Sklavenhändler zwar nicht das gesamte Anwesen, aber den Turm der ehemaligen Komturei zurückerstatten. Zu stark waren Abdals Bande mit den Templern und zu ergiebig die diskreten Geschäfte, zu deren Abwicklung man sich seiner bediente.

»Ihr solltet als Beisitzer den verbiesterten Richter beraten, mein Freund, anstatt mir Gesellschaft zu leisten.«

Der Hafside schien genüßlich an seiner Nargila zu saugen, ein Vergnügen, das der Doge diesmal nicht mit ihm teilen mochte.

»Botho de Saint-Omer ist der Meinung, es genüge vollauf, wenn er allein mit sich zu Rate ginge, zumal mein Rechtsempfinden durch den langen Umgang mit Ungläubigen wie Euch getrübt, aufgeweicht, wenn nicht vergiftet sei! Er hat mir die Tür vor der Nase zugeschlagen.«

»Wie seht Ihr die Chancen des Taxiarchos, seinen Kopf doch noch aus der Schlinge zu ziehen?«

»Ich sehe schwarz!« sagte der Doge. »Ihr habt getan, was möglich war, dem Richter goldene Brücken gebaut, die er guten Gewissens begehen konnte, doch dieser Botho de Saint-Omer ist von alttestamentarischer Strenge.«

»Er will ein Opfer zur Versöhnung des zürnenden Gottes, der sich von den Templern abgewandt hat. Es geht ihm nicht um den Kopf unseres Freundes, sondern um ein Zeichen zur inneren Erneuerung des Ordens. Ihr, Georges, seid ihm aus tiefster Seele zuwider, ebenso wie Eure Einstellung.«

»Soll ich verschwinden, um ihn nicht zu einem Bluturteil zu reizen?«

»Hebt Euch den Abgang unter wortreichem Protest für die passende Gelegenheit auf!« Der Hafside war von der Angelegenheit betroffener, als er den Anschein gab. Er war längst nicht mehr der unbeteiligte Zuschauer. »Andererseits verhütet nur Eure Stellung eines Komturs und damit des Hausherren, daß sich Anklage und Richter zur kopfkürzenden Justiz zusammenfinden, die dann nur noch des Scharfrichters bedarf.«

»Unser wahrer Gegner ist der Gisors. Der Taxiarchos hat es ihm gegenüber am gebührenden Respekt fehlen lassen.«

»Dem geht es auch nicht um den Kopf des Penikraten, sondern um seine Macht innerhalb des Ordens! Der will auf Biegen und Brechen der Fuchtel seiner Stiefmutter entrinnen. Das geht soweit, daß er sich selbst gegen Roç und Yeza stellt.«

»Ich fürchte, daß mein Einfluß nicht ausreicht, das Schlimmste zu verhindern«, murmelte der Doge. »Ihr solltet Vorbereitungen treffen, den Taxiarchos mit Gewalt zu befreien. Auf Euch hören genügend wehrhafte Männer in dieser Stadt. Es muß nicht einmal zur Nacht der langen Messer kommen – ein rascher Überfall, und diese Farce hat sich –«

»Das ginge nicht ohne Blutvergießen ab«, wandte der Hafside ein. »Eine diplomatischere Lösung wäre mir lieber. Zu leicht schlägt die Waage zur falschen Seite aus –«

»Die Mongolen?« Der Doge sprach es aus, weil er William die

Treppe hinunterkommen hörte, die zum Spiegel oben auf dem Donjon führte. Die Herren schwiegen beide erwartungsvoll.

William öffnete behutsam die Tür und grinste. »Sie schicken eine Abordnung aus Gaza mit dem gewünschten Schreiben: Kein Urteil darf ohne Genehmigung des Il-Khans vollstreckt werden!«

Eine große Erleichterung machte sich breit, an der auch Gosset teilhaben konnte, der von einem Besuch aus dem Kerker kam. »Der Taxiarchos ist seltsam gelassen«, wußte er zu berichten.

»Und Roç?« unterbrach William ihn. »Bedarf der arme Junge keiner Aufmunterung?«

»Der Trencavel hat die Zumutung der Templer, ihn in den gleichen Raum einzuschließen wie den Delinquenten, mit Humor aufgenommen. Für sich fürchtet er nichts –«

»Da hat er wohl recht!« sagte der Doge. »Er steht unter höherem Schutz, als daß dieses Gericht ihm auch nur ein Haar krümmen dürfte.«

»Guillem de Gisors würde ihm zumindest eine Tracht Prügel diktieren lassen, wenn er könnte.«

»Da ist unser Herr allerdings äußerst empfindlich«, gab William zu bedenken. »Sollte ich vielleicht doch hinuntergehen und seine Sorgen zerstreuen?«

»Bleibt hier«, widersprach Gosset. »Er und der Taxiarchos sprechen sich gerade aus, sie haben sich viel zu sagen. Und das tut dem Penikraten nur gut. Unsere tröstlichen Worte würden ihn doch nur belasten!«

»Also warten wir auf das Einschreiten der Mongolen!« sagte der Hafside.

Er und der Doge saßen da und schauten erwartungsvoll auf die beiden anderen. Herr Georges Morosin zog nun doch an seinem Mundstück der Wasserpfeife – schon um seine Nervosität zu bekämpfen. Der Monsignore und der Minorit starrten zum Fenster hinaus, auf den Hof der alten Karawanserei. Aber beim Tor rührte sich nichts. Statt dessen wurden sie nach einer Weile von einem Sergeanten aufgefordert, sich wieder in den Gerichtssaal zu begeben.

Roç und der Taxiarchos saßen schon auf der Bank der Angeklagten, doch diesmal gedrängt. Für William war kein Platz mehr, denn die schmale Sitzgelegenheit mußte diesmal auch Simon de Cadet und seine Templer aufnehmen. Der Raum wirkte jetzt noch düsterer, denn der Himmel hatte sich bewölkt, und durch die hochgelegenen Fenster drang nur diffuses Licht. Der Gisors hechelte hinter seinem Sitz herum, nicht wie ein Hirtenhund, der seine Herde schützend zusammenhält, sondern wie sein wölfischer Bruder, der sie lauernd umkreist, um mit einem Satz das schwächste Tier herauszureißen und zu zerfleischen. Botho, der Richter, ließ noch auf sich warten.

»Ein Neffe des Generals Kitbogha wird persönlich das Schreiben hier übergeben.« William versuchte flüsternd, den Priester aufzumuntern, den nun doch die Angst um seinen alten Freund, den Taxiarchos, überkam. Es war, als würgte eine eiserne Klammer seinen Hals. Gosset antwortete nicht. Seine ganze Hoffnung richtete sich auf Roç, der doch eigentlich die Macht haben müßte, dem grausamen Spuk ein Ende zu bereiten.

Der Hafside nahm seinen Platz gegenüber dem Ankläger ein. Seine Sorge war nur, das Urteil könnte, kaum ausgesprochen, auch schon vollstreckt werden. Bei einer solchen Anordnung des Richters müßte er sofort etwas unternehmen. Die Besatzung seines Seglers hatte er in Alarmbereitschaft versetzt, sein Personal innerhalb der Komturei verstärkt. Es behielt den Kerker ständig im Auge und wartete nur auf einen Wink, um loszuschlagen. Geiselnahmen machten keinen Sinn. Deshalb würde es hart auf hart gehen, denn die Templer unter Gisors waren auf der Hut und trugen auch hier im Gerichtssaal ihre Schwerter gegürtet, die Helme unter dem Arm.

Die Spannung lastete auf allen wie eine bleierne Rüstung, die auf die Brust drückte und den Atem zu nehmen drohte. Nur der Taxiarchos scherzte mit Roç, als ginge es zu einer Abendgesellschaft. Der Hafside hörte sie lachen.

Endlich betrat Botho de Saint-Omer das Refektorium, gefolgt von dem Dogen, der nicht einmal abschließend zur der Urteilsfindung hinzugezogen worden war. Ihm war lediglich die Aufgabe zugefallen, den Richter aus seiner Klosterzelle zu holen. Er hatte den zähen Greis auf den Knien vorgefunden, der wohl kaum um die

Gnade der Barmherzigkeit flehte, denn die letzten Worte der Fürbitte zu seinem Gott lauteten: »Gib mir, Herr, Deine Härte, daß ich ausreiße, was Dir nicht dient; Deine Strenge, daß ich tilge die Spuren des Sünders!«

Das klang nicht ermutigend.

In straffer Haltung durchquerte Botho den Saal, ohne nach rechts oder links zu schauen, und nahm auf der Empore Platz. »*In nomine Dei Patris*«, sprach er mit knarzender Stimme, »*et Sacrae Domus Militae Templi Hierosolymitani Magistri* verkünde ich –«

Alle hatten sich bei seinem Eintreten erhoben, auch der Taxiarchos war im Begriff, der stummen Aufforderung zu folgen, doch Roç hielt ihn fest und drückte ihn zurück auf die Bank. Der greise Richter sah es zornigen Blickes.

»Die Justiz des Hauses ist zu folgenden Urteilen gelangt –«

»Ich bestreite die Zuständigkeit des Ordens«, rief Roç mit klarer Stimme in das achtungsvolle Schweigen hinein. »Der Penikrat hat niemals ein Ordensgelübde abgelegt und ist deshalb vor einem weltlichen Gericht anzuklagen!«

»Schweigt, Trencavel, oder ich lasse Euch aus dem Saal zurück in den Kerker führen!« donnerte der Alte.

Roç fügte sich, denn er legte größeren Wert darauf, dem Taxiarchos beizustehen, als sich hervorzutun.

»Fahrt fort!« wies er den Richter an, was ein verhaltenes Gelächter im Saal bewirkte.

Botho übertönte es irritiert.

»Simon de Cadet wird schuldig befunden des Ungehorsams, der Feigheit vor dem Feind –«

Hier unterbrach ihn Roç schon wieder. »Der angebliche Feind waren die ordenseigenen Turkopolen und Rudersklaven! Ihnen gegenüber hat ein Kommandant Fürsorgepflicht!«

»Und Befehlsgewalt«, belferte der Gisors dazwischen, »wenn wir uns schon vom Trencavel sagen lassen sollen, was Recht und Sache eines Tempelritters ist!«

»Ich verurteile ihn zur ›zeitweisen Verstoßung‹!« Zitternd ob der ungebührlichen Unterbrechungen, brachte der Greis sein Verdikt zu Ende. »Das sind ein Jahr und ein Tag!«

»Ich habe als *esgard* ›Verlust des Hauses‹ verlangt!« keifte der Gisors jetzt den Richter an. »Für immer und ewig!«

Der schüttelte entschieden den Kopf. »Die drei Ritter, die unter seinem Befehl standen und seinem Beispiel folgten, erdulden den ›Verlust des Habits in Gottes Hand‹«, beschloß er die Sentenz, »was Bewährung bedeutet. Sie werden einen verschärften Dienst tun. Bruder Simon hingegen wird für die Strafzeit nach Jerusalem verbannt.«

Die Abgeurteilten wurden aufgefordert, den Saal zu verlassen, wobei Simon sich auf der Stelle seiner weißen Clamys mit dem roten Tatzenkreuz entledigen mußte.

»Wir kommen nun zum Hauptverfahren«, fuhr der alte Richter fort. »Der hier angeklagte Taxiarchos ist der Anstiftung zur Meuterei nicht zweifelsfrei überführt. In *dubio pro reo*, ich spreche ihn von dieser Anklage frei.«

Der Gisors ließ sich wütend auf seinen Sitz fallen, doch das beeindruckte Botho de Saint-Omer nicht im geringsten.

»Auch in Anbetracht der Mittäterschaft eines anonymen Haufens gefährlicher Meuterer hätte der Taxiarchos spätestens ab Korfu direkten Kurs auf den Heimathafen Linosa einschlagen können oder den nächsten Templerstützpunkt im Heiligen Lande anlaufen müssen. Er hätte es auch gekonnt, denn mittlerweile gehorchte ihm die Mannschaft der ›Atalanta‹, wie sich beim Aufbringen des Schiffes zeigte, wo keine Gegenwehr geleistet wurde –«

»Ein weiterer Beweis für das Unschuldsbewußtsein des Taxiarchos!« rief Gosset. »Denn daß er die ›Atalanta‹ auch wehrhaft zu führen wußte, zeigt die siegreiche Konfrontation mit der Flotte des Anjou!«

»Nichts als ein weiterer Beweis für die Anmaßung und Ausübung der Kommandogewalt!« zischte der Gisors dazwischen, doch der Richter ließ sich von seiner einmal eingeschlagenen Linie nicht abbringen.

»Statt dessen führte der Taxiarchos das Schiff nach Alexandria, also weitab von jenem Ziel, das er hätte ansteuern müssen, wenn er noch auf den letzten, sicher geringen Rest von Verständnis seitens des Ordens erpicht gewesen wäre. Er war es nicht, denn er hatte die Rückgabe der Beute nicht im Sinn. Daher muß der Taxiarchos des schweren Raubes schuldig erkannt werden!« Der greise Richter hatte es sich nicht so einfach gemacht, wie Guilem de Gisors sich das erhofft hatte.

»Darauf steht die Kapitalstrafe!« rief er dem Alten auffordernd zu, doch erreichte er damit nur Bockigkeit.

»Das zu entscheiden ist meine Sache – und *ich* habe auf Tod erkannt!«

Damit war das böse Wort gefallen. Das harte Urteil lähmte selbst die im Saal, die es erwünscht hatten. Aber ehe sich Beifall oder Protest erheben konnte, fuhr Botho, als einziger ungerührt, fort: »Doch wie der Trencavel völlig richtig bemerkte, kann der Orden meinen Urteilsspruch wohl fordern, aber nicht vollstrecken. Der Schuldige ist daher dem weltlichen Arm zu übergeben!«

Das war ein Schlag in das Engelsgesicht und ein Hoffnungsschimmer für die Freunde des Taxiarchos, denn wer war schon der ›weltliche Arm‹ in Askalon? Das Königreich von Jerusalem, das dem Begehren des Ordens willfährig entsprochen hätte, sicher nicht! Die Organe der souveränen Staatsgewalt, also die ägyptischen Behörden, waren geflohen; die Mongolen hatten deren Stelle noch nicht eingenommen, wenn sie das je beabsichtigten. Dem Gisors ging erst jetzt auf, daß der Prozeß im luftleeren Raum, in dem bestehenden Machtvakuum schwebte. Das fuchste das Engelsgesicht so ungemein, daß es unbeherrscht den Richter anschrie:

»Vor der Exekution braucht Ihr Euch nicht zu drücken, Botho de Saint-Omer, sie ist nicht Sache des Richters!«

»Und gewiß nicht Sache des Anklägers, Guillem de Gisors!« Roç war jetzt doch aufgesprungen. Schützend stellte er sich vor den Taxiarchos. In dem Moment gab es Unruhe an der Saaltür. Für die Eingeweihten war es klar, die von William herbeigerufene Mongolendelegation war eingetroffen! Doch es betraten vier völlig weißgekleidete Ritter den Raum, die Gesichter hinter heruntergeklappten Visieren verborgen. Sie trugen auf den Schultern zwei silberne Stangen, auf denen eine schlichte schwarze Sänfte ruhte, die jetzt im Türrahmen erschien, gefolgt von noch einmal vier Weißen, die den hinteren Teil der silbernen Tragestangen geschultert hatten. Sie schritten gemessenen Schrittes bis zur Mitte des Refektoriums und setzten das Gehäuse dort behutsam ab. Ein Sonnenstrahl bahnte sich seinen Weg durch die Wolken und fiel auf die Gruppe. Im Raum war Stille eingetreten, die nur durch das Scheppern einer Rüstung gestört wurde. Guillem de Gisors war vor seine Bank getreten, beugte sein Knie und senkte ergeben sein Haupt.

»Die Grande Maîtresse!« flüsterte Roç dem Taxiarchos zu.

Es klopfte dreimal, und hinter dem Vorhang erschien kurz der elfenbeinerne Abakus; er zeigte sich den anwesenden Templern, worauf auch Botho de Saint-Omer, der Doge und alle Ritter im Raum in die Knie sanken. Der Abakus wurde wieder zurückgezogen, und eine Stimme krächzte: »Was ist schon ein Schiff, daß es gegen das Leben eines Mannes gewichtet wird?!«

Dem heiseren Tonfall war schwerlich anzumerken, daß es sich um eine ältere Dame handelte, die da sprach, leicht spöttisch, völlig unbeteiligt.

»Doch die ›Atalanta‹ ist kein gewöhnliches Schiff. Und das wußte der Taxiarchos. Die ›Atalanta‹ ist ein Mittel zum Erreichen eines verborgenen Ziels, und auch dies war dem Taxiarchos bekannt, denn er gehörte zu den wenigen Auserwählten, denen es offenbart wurde; und er erreichte es im Auftrag des Ordens mit dessen Instrumenten!«

Die Stimme drang klar und deutlich aus der schwarzen Sänfte, nur daß sie zunehmend sarkastischer klang.

»Sein Wissen und unsere Mittel, dachte sich der Taxiarchos, müßten sich profitabel verbinden lassen. Um den eigennützigen Plan durchzuführen, verkaufte er sich zum Schein an eine fremde Macht, die ebenso habgierig war wie er selbst. Diese, nicht der betrogene Betrüger noch der völlig ahnungslose Trencavel, raubte uns in einer geschickten Inszenierung die ›Atalanta‹.« Der Tonfall wurde zunehmend härter. »Doch ändert das nichts daran, daß der Taxiarchos sich zum Verrat bereitfand, auch wenn er ihn noch nicht begangen. Dieser Tatbestand muß keineswegs mit der höchsten Strafe geahndet werden, zumal sich kein Ritter des Tempels Salomonis zu Jerusalem zum Richter über gewöhnliche Sterbliche aufwerfen sollte.« Die Stimme der Grande Maîtresse wurde leiser. »Aber ein in die Freiheit entlassener Taxiarchos bedeutet ständige Gefahr für den Orden: Der bereits angebahnte Verrat des Weges zum verborgenen Ziel könnte durch ihn – gewollt, ungewollt oder erzwungen – doch noch geschehen. *Videant consules!*«

Der unsichtbare Abakus klopfte dreimal, die acht weißen Ritter nahmen die Sänfte wieder auf und verließen schweigend den Gerichtssaal.

Roç war der erste, der seine Sprache wiederfand. »Wenn Ihr einen Fememord vorhabt«, wandte er sich warnend an den Gisors, »dann werdet Ihr mich an der Seite des Taxiarchos finden.«

William von Roebruk hieb in die gleiche Kerbe: »Sollte dem Mann, der ab sofort unter dem Schutz des Trencavel steht, auch nur ein Haar gekrümmt werden, wird keiner von Euch Askalon lebend verlassen. Der Gouverneur des Il-Khans zu Gaza hat klar gesprochen, und nichts hassen die Mongolen mehr, als wenn man sich ihren Befehlen widersetzt!«

»Darüber hinaus garantiere ich Euch eine Nacht des Aufruhrs, denn das Volk von Askalon, sei es nun dem Islam zugetan, christlich oder jüdisch, wird sich erheben.«

»Wenn Ihr es aufstachelt, Hafside«, zischte der Gisors, »und das will ich Euch nicht empfehlen!«

»Meine Herren!« rief der Doge. Der greise Richter saß wie versteinert und schwieg. »Die Grande Maîtresse hat das Wort ›töten‹ bewußt nicht in den Mund genommen, womit uns die Möglichkeit zum *murus strictus* offensteht, und wir sollten sie ergreifen, ausgeführt mit Maßen. Also kerkern wir den Übeltäter erst mal wieder ein, bis sich die Mongolen, oder wer auch immer sich zum weltlichen Arm aufwirft, entschieden haben und die Verantwortung für eine Exekution auf sich nehmen.«

»Mit dieser weisen Entscheidung können wir alle leben«, sprach Gosset und lächelte den Taxiarchos an, »auch unser Delinquent!«

»Ihr meint, wir sollten den Verräter nicht richten?« fragte Gisors verärgert.

»Mein persönlicher Henker«, entschied der Hafside und fügte mit Seitenblick auf das empörte Engelsgesicht hinzu, »der für dumme Fragen, Ahmed, wird die Leibwache des Taxiarchos im Kerker übernehmen!«

»Wer ist denn nun der Herrscher im Heiligen Land?« stieß der greise Richter da hervor, und alle lachten, denen noch danach zumute war.

Das Haus des jüdischen Gemeindevorstehers Rabbi Jizchak lag unweit der Bäckerei des Elia an der Straße zum Löwentor, das die Juden hartnäckig dem Jehosaphat zuwidmeten, im sogenannten ›Syrischen Viertel‹.

Der Rabbi hatte sein Weib bei dem Gemetzel verloren, mit dem die Horden der Choresmier Jerusalem nicht nur endgültig den christlichen Kreuzfahrern entrissen, sondern auch in die Bedeutungslosigkeit einer abgelegenen Provinzstadt geprügelt hatten. Seine einzige Tochter Miriam war gerade drei Wochen alt, als die Milch der Mutterbrust langsam versiegte und das weiche Fleisch sie fast erstickte, weil die Erschlagene ihr Kind schützend unter sich begraben hatte. Jetzt war Miriam sechzehn, und ihre eigenen Brüste konnten einem Mann den Atem rauben. So empfand es Beni der Kater, der im Hause des Rabbiners als Schlafgast untergeschlüpft war. Das beinhaltete leider nicht, daß er dem Augapfel des Jizchak unter der Bettdecke an die prallen Köstlichkeiten patschen durfte – auch nicht mit Samtpfoten. Er kam überhaupt nicht bis zum Schlafgemach der Tochter, denn zu dem führte eine Leiter, und die stand neben dem Bett des Vaters. Außerdem hielt Miriam nichts von Benis Schnurren. Da er ihr zum wiederholten Male heimlich beim Baden in den benachbarten Teichen aufgelauert hatte und rollig um das Ufer gestrichen war, überredete Miriam ihre Freundinnen, von nun an in entfernteren, gut versteckten Gewässern zu planschen.

Der Grund für Benis zauderndes Verhalten lag darin, daß der Kater nicht schwimmen konnte. Sonst wäre er mit Wonne ins Becken zu den jungen Mäusen gesprungen. So kam es, daß Beni, beharrlich auf der Suche nach entgangenen Badefreuden, selbst in den entlegensten Winkeln des Ruinenhaufens umherstreifte, den Jerusalem seit der Aufgabe durch die Christen darstellte. Und als er innerhalb der langsam verfallenden Mauern nicht fündig wurde, verlegte er sein Streunen vor die Tore der verzauberten Stadt, die in ihren Steinen zu schlafen schien wie eine Braut im Rosenhaag, bis dereinst der Prinz eintrifft, sie wachzuküssen. Dieser Gedanke erinnerte Beni plötzlich an das Königliche Paar, dessen Kommen er eigentlich hatte vorbereiten wollen. Unweit der Stelle in der Mauer, wo dereinst die ersten Kreuzfahrer unter Gottfried von Bouillon die Bresche schlugen, durch die sie in die Stadt fluteten und das übelste Blutbad anrichteten, von dem Beni je gehört hatte – die Erstürmung Bagdads durch die Mongolen einmal ausgenommen –, stand ein einzelner Turm vorgeschoben im Gelände, den sie ›Belvedere‹ hießen, weil er einen prächtigen Ausblick nach allen Seiten erlaubte. Den erklomm Beni mühsam, denn die Treppen waren eingestürzt, und der Rest schien auch nicht weit davon entfernt zu sein. Von den grasbewachsenen Zinnen schaute er hinunter in einen Hohlweg, den das Gemäuer wohl einst bewachte. Da sah er einen einzelnen alten Mann kommen, ohne Gepäck, nur mit einem langen Stab bewaffnet. Der Stecken allerdings schien äußerst kostbar, denn er war vergoldet und trug am Ende ein seltsames Doppelkreuz, wie Beni es noch nie gesehen hatte, mit blinkenden Juwelen reich bestückt. Der Kater, der noch nie ein Patriarchenkreuz zu Gesicht bekommen hatte, hielt es für den Stab eines Bischofs. Der mächtige Bart des Wanderers bestärkte ihn in diesem Eindruck. Der würdige Greis ging barhäuptig, den Blick freudig auf die Mauern, Türme und Kuppeln des heiligen Jerusalem gerichtet. Er fiel mitten in dem steinigen Weg auf die Knie und pries wohl seinen Gott. Die Stimme drang nicht hinauf bis zu Beni, der ihn beobachtete. Eher als der lobpreisende Alte sah er die Räuber, die oberhalb des Hohlweges in den Büschen gelauert hatten und sich jetzt erhoben, um über den frommen Pilger herzufallen.

Beni schrie »Gebt acht!«, was nur die Räuber hörten. Sie schüttelten ihre Fäuste drohend zu ihm hinauf. Beni brach einen losen Stein aus der Mauerkrone und warf ihn hinab. Der Greis schaute auf und bemerkte die Räuber, die gerade mehr in den Hohlweg rutschten als sprangen. Da riß der Alte das stattliche Kreuz von der Stange, hervor kam ein scharfes Stilett von Armeslänge, und der Stab war zum Spieß geworden. Mit unerwarteter Beidhändigkeit handhabte der Überfallene den Stab erst zur Abwehr von Schlägen, dann ließ er ihn wirbeln und gleichzeitig einen Räuber in das Stilett rennen, während er das schwere Kreuz dem vordersten wie eine Keule ins

Genick schlug. Mit dem nächsten Satz war der Patriarch über dem Anführer, der als letzter den Abhang auf seinem Hosenboden herunterschlitterte und dabei alle Welt furchtbar verfluchte, vor allem den streitbaren Gegner: »*Mala' oun abu dunya! Kuss umlak!*«

Das Gebrüll des Banditen verstummte, als die spitze Klinge des Stabes ihm unter das Kinn in die Gurgel stach, doch nicht so tief, daß er nicht noch als Geisel Unverständliches röcheln konnte, was seine Mannen als Aufforderung zum Ablassen von dem undankbaren Opfer begriffen und zur Flucht veranlaßte. Zwei Räuber blieben jedoch liegen und rührten sich nicht mehr. Den Anführer ließ der Alte als letzten laufen. Da hüpfte auch Beni von seinem Turm und warf den Flüchtigen noch tapfer Steine nach, bevor er sich dem Greis als sein heldenhafter Retter vorstellte. Der bog gerade sein Kreuz wieder zurecht. Beni stellte staunend fest, daß der untere Querbalken schief blieb. Der Patriarch hatte es gerade wieder über die Spitze des Speeres gestülpt, als die Räuber zurückkamen, ganz langsam und diesmal auch vorsichtiger. Der Alte drehte sich um und sah, daß ihm der Weg zur Stadt nun von einer schweigenden Menschenmauer versperrt war.

»Wer den ersten Stein wirft«, sagte der Alte nicht etwa vorwurfsvoll, sondern in heiterer Gelassenheit zu Beni, der jetzt erst bemerkte, daß die Räuber nun alle Steine in den Händen hielten, »gibt den armen Sündern nur ein schlechtes Beispiel!« Beni wich seinem Blick aus, weniger aus Scham, denn aus purer Angst, denn beide Seiten kamen näher, wenn sie auch noch auf Abstand hielten. »Wer aber das Schwert erhebt, der soll durch das Schwert umkommen!«

Beni wartete mit Bangen darauf, daß der Alte seine furchtbare Zauberwaffe wieder hervorholte, doch der kniete nieder und betete laut:

»Herr, mein Gott, Du ließest Deinen Diener das heilige Jerusalem sehen – und wie hat er es Dir gedankt? Doch in Deiner Gnade und unendlichen Güte belohnst Du den Unwürdigen, läßt ihn den Märtyrertod sterben. Ich danke Dir!«

Da blieben die Nachdrängenden, die der Hauptmann anführte, stehen und schauten ängstlich zurück. Ein ausgewachsener Bär war hinter ihnen im Hohlweg erschienen. Er stand hoch aufgerichtet auf seinen Hintertatzen, ein Mann mit einem Wägelchen führte ihn an einer Kette. Doch das hatte ihr Erschrecken nicht bewirkt. Der Mann mit dem Wägelchen war der gleiche wie der, der vor ihnen betete. Er war jenem wie aus dem Gesicht geschnitten. Er trug auch die gleiche Kleidung, sogar der Bischofsstab war der gleiche! Da faßte die Räuber das blanke Entsetzen, sie warfen ihre Steine weg und schlugen sich seitlich in die Büsche. Als die am Beginn des Hohlwegs Wartenden das sahen, rannten auch sie davon.

Beni kniete neben dem Patriarchen nieder. »*Te Deum laudamus, Te Dominum confitemur.*«

Beni äugte argwöhnisch nach hinten, den Hohlweg entlang. Von dem Bären und dem Mann mit dem Wägelchen war nichts zu sehen, nicht die geringste Spur! Beni entsann sich, daß er dies seltsame Gespann schon einmal gesehen hatte, als der Trencavel vor dem Castel Maugriffe mit dem Tode rang. Siedend heiß fiel ihm auch wieder ein, daß er eigentlich Quartier für das Königliche Paar zu besorgen hatte.

»›*Tibi omnes Angeli, Tibi coeli et universae Potestate.*‹ Ich bin Jakob Pantaleon«, sagte der Greis, als er sein Gebet beendet hatte, ohne bemerkt zu haben, was sich in seinem Rücken abgespielt hatte, »der neue Patriarch von Jerusalem! Geleite mich zum Vorsteher der jüdischen Gemeinde, damit ich ihm meine Aufwartung machen kann!«

Der Teich Siloah lag, von Gestrüpp dicht umwachsen, am Fuß des Berges Zion und war von den meisten längst vergessen. Nur ein paar Schafhirten hielten noch einen gewundenen Trampelpfad vom ›Kötteltor‹, wie sie es ob der reichlichen Mistspuren ihrer Herden nannten, her offen. Dorthin hatten Miriam und ihre Freundinnen nunmehr die Badefreuden verlegt, obgleich es ihnen streng verboten war, sich außerhalb der Stadtmauern zu bewegen. Um ihr Treiben unauffällig zu gestalten, hatten sie mit einem Schäfer, der nicht ganz richtig im Kopf und auch kein Jude war, das Abkommen getroffen, daß sie dessen Tiere treiben durften. Und Mustafa war tatsächlich so blöd, daß er sich nie erinnerte, wohin die Mädchen gezogen waren. Seine Hütte war der bis auf die Grundmauern eingestürzte Turm gleich neben dem Tor, und da es längst zugemauert war, führte der einzige Weg nach draußen durch den Stall, in dem auch Mustafa schlief. Dort stank es aber derartig, daß nur Hirten ihre Nase hineinsteckten.

Miriam und ihre Freundinnen hielten sich ihre jedesmal zu, das war der Preis für die Freiheit. Die Dreingabe bestand darin, daß Mustafa meist nackt auf seinem Misthaufen hockte, mit erigiertem Glied, das er den Mädchen gern vorwies. Und wenn es nicht so gestunken hätte ... Aber so rannten sie nur kichernd an seinem Lager vorbei, um mit den Schafen aus der einzigen Öffnung des Gemäuers zu springen. Draußen, in der frischen Luft, malten sie sich aus, was der stinkende Bock Mustafa wohl mit seinem dicken Schwanz anstellen würde, welches Schaf seine Favoritin sein könnte. Doch die dummen Tiere verrieten nichts. Als die Mädchen diesmal zu ihrem Teich kamen, hörten sie wildes Geschrei und Gejammer aus den Büschen. Sie fanden zwei ältere Männer, die im Wasser um sich schlugen und offensichtlich nicht schwimmen konnten. Der Teich Siloah war am Rande sehr verschlammt, so daß man eigentlich stehen konnte, nur zur Mitte hin wurde er tiefer. Aber genau dahin rutschten die beiden Männer, die versuchten, irgendeinen Gegenstand aus dem trüben Grund zu fischen, wenn sie sich nicht aneinander klammerten.

»Ich hab' ihn!« schrie der eine, der wie ein Fischreiher den Hals in die Fluten tunkte, während der andere ihn hielt, doch er tauchte mit leeren Händen wieder auf.

»Jachwei geschrien!« jammerte sein hagerer Gefährte und warf sich selbst mit Todesmut in die aufgewühlte Brühe, um beängstigend lange nicht wieder aufzutauchen. Den zuschauenden Mädchen verging das Lachen, zumal sein Körper jetzt dort wieder emporkam, wo man nicht mehr stehen konnte, und wie ertrunken auf dem Rücken trieb. Der andere versuchte, ihn zu fassen und versank ebenfalls im schwarzen Wasser, schrie aber laut um Hilfe. Miriam und ihre Freundinnen beratschlagten noch, wie man den armen Irren helfen könnte, als sich am Ufer die Zweige teilten und ein Bär aufrecht ins Wasser schritt. Unbeirrt vom modrigen Untergrund, drang er zur Mitte hin vor und hielt dem auf dem Rücken Treibenden seine Pranke hin. Der erwachte aus seiner Starre und warf sich mit letzter Kraft zu der Tatze hin, ergriff sie und ließ sich aus dem Wasser ziehen. Sein Gefährte klammerte sich an den Pelz des Tieres, das mit den schlammbedeckten Bündeln wieder dem Ufer zustrebte. Die beiden ließen ihren Retter erst los, als sie festen Boden unter den Füßen spürten, fielen auf den Bauch und japsten. Der Bär schaute sich nicht einmal nach ihnen um, sondern verschwand so plötzlich zwischen den Büschen, wie er gekommen war. Da trat ein unscheinbarer Mann zu den am Boden Liegenden und stieg über sie hinweg ins Wasser. Er trug einen langen schwarzen Filzmantel, besetzt mit silbrig glänzenden runden Spiegeln, Vogelschwingen, allerlei Knöchelchen und Stoffpüppchen. Der Mantel breitete sich um ihn wie die Blätter einer Seerose, er lag auf dem Wasser. Der Mann bückte sich und fischte mit sicherem Griff einen schwarzen Gegenstand aus dem Schlamm, der aussah wie ein schwerer Pokal aus Stein. Der Bärenführer spülte ihn sorgfältig und ging festen Schritts zurück. Er stellte den Schwarzen Kelch neben dem Hageren ins Gras und folgte seinem Tier.

Die Mädchen hörten das sich entfernende Klappern eines Wägelchens, doch die dichten Sträucher verwehrten ihnen den Blick auf die Davonziehenden. Die beiden Männer am Ufer fuhren hoch, wie aus dem Schlaf erwacht, sahen den Kelch, den der Hagere sofort an die Brust drückte, dann aber unter seinem verdreckten Gewand verschwinden ließ.

»Wenn du eine Perle finden willst, dann such' nicht im Schlamm eines Teiches!« hielt ihm sein Begleiter entgegen.

»Wer nach einer Perle sucht, muß in die Tiefen des Ozeans hinabtauchen!«

»Und wer wird die Perle endlich finden? Nur die, die aus dem Wasser des Lebens wieder auftauchen und immer noch durstig sind!«

Der Hagere schaute seinen Gefährten entgeistert an, dann begannen sie beide zu lachen. Eiligst sprangen sie auf und verschwanden ebenfalls zwischen den Büschen.

Der Rabbi Jizchak saß vor seinem Haus auf der Bank, als Beni angerannt kam. »Ein Bär hat einen Mann vor den Räubern gerettet!« rief er aufgeregt. »Ich bringe Euch –«

Der Rabbi lächelte milde. »Es gibt hier keine Bären, Beni.«

»Doch!« behauptete Beni atemlos. »Ich bringe Euch als Beweis den Patriarchen von Jerusalem, einen Goi!«

»Es gibt hier auch keinen christlichen Patriarchen, Beni!« verwies ihn der Rabbi belustigt, aber da sah er den Mann mit dem güldenen Stab die Straße vom Jehosaphat-Tor hinaufwandern, und weil ein Wunder selten allein kommt, schaute er schnell verlegen zur anderen Seite, wo er einen Mann mit einem Wägelchen und einen aufrecht gehenden, ausgewachsenen Bären entdeckte, die aber zum Tempelberg abbogen.

»O mai!« der Rabbi seufzte. »Das wird ein anstrengender Tag!« Er erhob sich, um Jakob Pantaleon zu begrüßen.

Jakov Ben Mordechai und sein Gefährte Abu Bassiht waren wie zwei klitschnasse Vogelscheuchen vom Teich Siloah auf die Heilige Stadt zugeschritten, nachdem ER, der Herr, das Verbergen des Kelches außerhalb der Mauern so sichtbar vereitelt hatte, als hätte ER aus dem Dornbusch zu Jakov gesprochen. ER hatte seinen furchtsamen Knecht ins Wasser geworfen. ER hatte ihn auch nur vor dem Ertrinken gerettet, weil Jakov den Kelch nach Jerusalem bringen sollte. Die beiden wunderten sich nicht, daß sie nach Verlassen des Gestrüpps von dem Mann mit seinem Bären nicht die geringste Spur fanden, dafür aber von einer Schar junger Mädchen mit ihren Schafen verfolgt wurden, die sich laut über sie lustigmachten. Erst unter der steil aufragenden Mauer der Stadt hatten sie die Hirtinnen abschütteln können, indem sie nicht durch das Tor vor ihnen schritten, das zugemauert war, was für IHN aber sicher kein Hindernis bedeutet hätte, sondern an der Mauer entlang entwichen, denn sie wollten von dem Spottgelächter nicht auch noch durch die Straßen begleitet werden.

Schließlich hatten sie in der Mauer einen schmalen Einlaß entdeckt, fast an der Ecke, und als Jakov Ben Mordechai und der ihn treu begleitende Sufi über Schutt und Marmorbrocken, herabgefallene Kapitelle und geborstene Säulenstümpfe die schmale Treppe emporgestiegen waren, standen sie mitten in den Pferdeställen von König Salomon.

»*Alhami Allah!*« rief Abu Bassiht erschrocken aus. »Dieser Untergrund gehört den Templern!«

»Von gehören kann nicht die Rede sein!« beruhigte ihn Jakov. »Doch wartet hier auf mich, derweil ich ein geeignetes Versteck suche, das IHM gefällt!« Jakov wandte sich einem Loch in der Wand zu, das dunkel gähnend in die Tiefe führte.

»Ihr könnt mich an diesem Ort doch nicht allein lassen!« erwiderte der Sufi mit schwacher Stimme. »Hier schwirren die Geister toter Templer wie Fledermäuse umher!«

»Djinn mit rotem Tatzenkreuz?« spottete Jakov. »Ihr habt doch eine Knoblochzeh' in der Tasche! Das hilft besser als der Gekreuzigte der Christen!« Damit hatte ihn die düstere Höhle verschluckt.

Der Rabbi Jizchak und sein Gast, der Patriarch, waren auf den Tempelberg gestiegen, als Miriam erzählte, zwei Männer wären von einem Bären gerettet worden, als sie in den Teich Siloah gefallen seien. Dabei blinzelte das Mädchen dem Beni zu, damit der ihre Badefreuden nicht verriet. Aber ihr Vater hielt sich an den Bären und wollte nur wissen, wohin die fremden Männer gegangen seien.

»Auf den Tempelberg!« log Beni, um Miriam zu Gefallen zu sein, und der Rabbi sagte:

»Hab' ich's mir doch gedacht!«

Da standen sie nun auf dem riesigen Plateau vor dem Felsendom und schauten hinab zur Al-Aqsa-Moschee, das ehemalige Kloster, das einst von den Templern beschlagnahmt und zu ihrem Ordenshaus umgewidmet worden war.

»Eine schwierige Stadt«, seufzte der Patriarch, »wer ist denn nun rechtens ihr Gebieter?«

Der Rabbi schaute den würdigen Mann mit seinem seltsamen Kreuzesstab leicht von unten an.

»ER, der Herr, möchte sein?«

Als William von Roebruk des Abends von seiner Reise nach Gaza wieder in Askalon eintraf, hatte sich die Lage dort grundlegend verändert. Die Freunde des Taxiarchos hatten ihn zu den Mongolen geschickt, die versprochene Anweisung einzufordern, daß ohne die

Genehmigung des Il-Khans kein Todesurteil vollstreckt werden dürfe, weder höchst offiziell noch im geheimen. Diesen Zusatz sollte er erwirken, doch die ganze Mission erwies sich als Fehlschlag. Der Minorit kehrte mit leeren Händen zurück, und von der Zitadelle der Stadt Askalon wehte, einträchtig neben dem Beauséant der Templer, die Flagge des Anjou. Das war eine böse Überraschung, denn damit war eine weltliche Macht auf den Plan getreten, die kaum Skrupel kannte. Und das sicher nicht von ungefähr. William machte sich auf das Schlimmste gefaßt, nämlich zu spät zu kommen, um den Taxiarchos noch zu retten. Der Franziskaner war mit Dienern des Hafsiden nach Gaza geritten wie der Teufel, auch zurück wie von Furien gehetzt, doch die Torwachen waren plötzlich wieder Muselmanen. Sie ließen ihn nicht passieren, sondern nahmen den gesamten Reitertrupp in Gewahrsam und brachten ihn statt in die Komturei, wo er erwartet wurde, zur Capitaneria im Hafen, wo er erst einmal festgehalten wurde, bis in der Komturei entschieden war, wie mit dem Minoriten zu verfahren sei. Furcht für seine Person spürte William nicht die geringste, doch wuchsen seine Befürchtungen, als seine Begleitung im Boot aus dem Hafen geschafft wurde, auf den Segler des Hafsiden, der vor der Mole ankerte. Der Sklavenhändler befände sich ebenfalls an Bord, teilte ihm der kommandierende Templersergeant mit, denn der sei aus der Stadt verbannt worden, und zwar samt diesem Monsignore Gosset, da sich beide als Freunde des Taxiarchos gezeigt hätten.

»Lebt der noch?« entfuhr es William.

»Ah«, rief der Templer, »Ihr seid auch einer von denen?«

»Ich bin der Beichtvater des Roç Trencavel«, erwiderte William ausweichend, und der Sergeant lachte.

»Noch schlimmer! Doch nicht mehr lang, dann hängt Euer Taxiarchos, und es herrscht wieder Ruhe.« Der verunsicherte William ging nicht darauf ein, so daß der Templer ihn für wert erachtete, die Ereignisse mit ihm durchzuhecheln, denn er hatte hier draußen sonst niemanden, dem er seine Meinung kundtun konnte. »Der Abzug der Mongolen aus Gaza ließ eine Vorhut der Mameluken in der Stadt auftauchen, denen wir freundlich begegnet sind. Als unmittelbare Folge bestätigte Kairo den Orden als vorläufige Ordnungsmacht in Stadt und Hafen, und die Muselmanen ließen nur eine geringe Anzahl ihrer Leute hier zurück. Das erlaubte uns, Verstärkung heranzuführen, eine Flotte.« Er zeigte zum Kai, wo mehrere Schnellsegler der Templer ankerten. »Und auch reichlich Turkopolen, um tatsächlich Herrschaft über die Bevölkerung ausüben zu können. Der nächste Schritt war, aus Gründen, die Euch als Mönch fremd sein dürften, eine dritte Kraft hier zeitweilig zu etablieren, denn um Recht und Ordnung wiederherzustellen, bedarf es leider eines weltlichen Armes!«

»Ah«, sagte William, »da kam Euch der Anjou wie gerufen.«

»Nun«, räumte der Sergeant ein, »höchstselbst erschien der hohe Herr nicht zu Askalon, aber vertreten durch einen seiner fähigen Agenten, der sich jetzt ›Bailli‹ nennt, schickte er uns seine Fahne, ein Ehrengeleit und einen tüchtigen Henker.«

»Das ist doch schon alles, dessen Justitia bedarf: Banner, Ehrenjungfrauen und einen Meister des Stricks!« spottete William. »Damit kann der Orden dem Taxiarchos doch endlich den Garaus machen und selbst seine Hände in Unschuld waschen wie weiland Pontius Pilatus. Wie heißt denn dieser famose Statthalter Roms?«

»Bailli des Anjou ist der edle Herr Rinat Le Pulcin, er hat nur einen Arm –«

»Was?« entfuhr es William. »Nur einen Arm, schmächtig und verschlagen?«

»Trefflich beschrieben!« lobte der Sergeant. »Man sagt, er und der Anjou hätten noch einen dicken fetten Kapaun mit dem Taxiarchos zu rupfen, doch ist es schwer, einen Mann zweimal zu hängen, und das *ius primi supplicii* läßt sich unser Herr Gisors nicht nehmen!«

»Mir scheint, der Anjou verlangt Genugtuung dafür, was ihm die ›Atalanta‹ angetan! Hat denn der Doge gegen die geballten Gelüste, den Taxiarchos mit dem Tode büßen zu lassen, keinen Einspruch erhoben?«

»Den hat der Gisors de facto entmachtet, indem er ihn in seinem Donjon eingemauert hat – und den greisen Botho de Saint-Omer gleich dazu, denn der möcht' heut' seinen Richterspruch gern widerrufen. Und absetzen kann diese beiden lauen Brüder nur der Großmeister oder das Kapitel.«

»Und dort findet der Sohn der Grande Maîtresse wenig Gegenliebe für seine Ränke?«

»Das habt Ihr gesagt, William von Roebruk!«

Ein Fähnlein von Turkopolen erschien im Hafen, um den Mönch abzuholen und in die Komturei zu schaffen. Inzwischen war es Nacht geworden.

Die Kammer, die man dem Henker zugewiesen hatte, befand sich ebenerdig gleich neben der des Verurteilten. Die dicke Bohlentür ließ kein Wort, das dort gesprochen wurde, in den Kerker dringen, aber ein verborgenes Guckloch erlaubte dem Henker, sein Opfer zu beobachten und Maß zu nehmen. Doch Yves der Bretone machte davon keinen Gebrauch. Er war wütend und traurig. Um ein anderes Mal war er auf die vagen Sprüche des Charles d'Anjou hereingefallen, der ihm den Posten eines Gouverneurs angedient hatte, in einer äußerst exponierten und gefährdeten Stadt des Heiligen Landes, an der Grenze zum Mamelukensultanat von Kairo gelegen. Dankbar und willig, ja voll heimlicher Genugtuung hatte er den Auftrag angenommen. Denn der Anjou hatte dem Bretonen ebenfalls eine enge Zusammenarbeit mit den dort stationierten Templern verheißen. Es war immer Yves' Traum gewesen, in den Orden aufgenommen zu werden, der ihn seit frühester Jugend so heftig anzog. Er war Priester geworden, denn von Adel war seine Familie nicht, er hatte sich nebenbei im Waffenhandwerk ausgebildet, doch das alles reichte nicht, die elitären Aufnahmebedingungen der Ritter vom Tempel zu Jerusalem zu erfüllen. Yves hatte schließlich in unstatthafter Selbstjustiz einige Straßenräuber erschlagen. Der König selbst rettete ihn damals vor dem Profos und machte ihn zu seinem Leibwächter, stets bemüht, ihm den schnellen Griff zum Schwert auszutreiben, das Yves furchtbar zu gebrauchen wußte. Der Bretone war wie ein Bär in Ketten. Seine Unzufriedenheit und seinen Tatendrang hatte sich schon bald der jüngere Bruder König Ludwigs, Graf Charles d'Anjou, zunutze gemacht. Die beiden ungleichen Männer verbanden ungestillter Ehrgeiz und das Aufbegehren gegen die Fesseln feudaler Zwänge. Wie oft hatte der Anjou Yves schon den Ritterschlag versprochen, diesen heißersehnten Schlüssel zum Reich der Templer, jedesmal an die Bedingung geknüpft, dem großmütigen Gönner noch einen einzigen letzten Dienst zu erweisen. Diesmal war der Anjou noch tückischer vorgegangen, nicht er hatte die Bedingung gestellt, sondern als Yves frohen Mutes und unbelastet in Askalon eintraf, da waren es die Templer, der heiß ersehnte Orden, die den Bretonen mit der Aufgabe konfrontierten, die er zu erledigen habe, wobei von einer Belohnung gar nicht die Rede war. Yves fühlte sich übel hereingelegt von der kleinen Ratte, die ihn in Beirut aufgespürt und ihm das Angebot des Anjou unterbreitet hatte. Er hatte eine Bestätigung von Herrn Charles persönlich verlangt, und dieser Rinat Le Pulcin hatte sie erbracht. Alles schien seine schöne Ordnung zu haben, Fronteinsatz als Statthalter, die Erhebung in den einfachen Adelsrang eines Chevalier verstand sich von selbst. Und jetzt hockte er, Yves, in dieser Zelle wie ein Hund und sollte jemandem den Kopf abschlagen, einfach so. Der Bretone hatte sich geschworen, nie mehr dergleichen Ansinnen seine Hand zu leihen, ihm reichten die Schädel, mit denen er seinen Weg bereits gesäumt hatte, sie erschienen ihm nachts in den Träumen und schauten ihn vorwurfsvoll aus gebrochenen Augen an. Lustlos hatte er einen Blick durch das Guckloch geworfen. Und wen sah er dort, neben dem Mann in Ketten, den er nicht kannte, von dem er nur wußte, daß es ein tapferer Mann war – kein Zweifel! Zur Seite des zu richtenden Piraten stand Roç Trencavel! Auch das hatte sich Yves geschworen: Nie wieder wollte er seine Hand gegen Roç und Yeza erheben, das Königliche Paar! Und so hatte er sich geweigert, den Templern zu Gefallen zu sein. Er hatte diesen Guillem de Gisors brüsk zurückgewiesen, der noch dazu von einem Strick sprach, als hätte er einen gewöhnlichen Henker vor sich. Und die Ratte Rinat, die dann angewiesen kam und plötzlich nur noch vom einzigen »raschen Hieb des Richtschwerts« faselte, die hatte er mit Fußtritten hinausbefördert. Dieser Taxiarchos ging ihn nichts an, er, Yves, würde Askalon morgen wieder verlassen, ohne der Gouverneurswürde nachzuweinen.

William von Roebruk traf spät nachts in der Komturei ein und wurde auf eigenes Verlangen sogleich in den Kerkerraum geführt, in dem sich Roç aufhielt.

»Dem edlen Trencavel steht es selbstredend frei, den Raum, in dem der Verurteilte verwahrt wird, jederzeit zu verlassen«, erklärte ihm der Templer, der das Verließ aufschloß, »doch er weigert sich.«

Roç empfing William mit fragender Miene, und dem blieb nichts anderes als eine verneinende Geste, von der er hoffte, der Taxiarchos würde sie verkraften. Doch der schien zum Scherzen aufgelegt, derweil er gerade niesen mußte, daß seine Ketten klirrten.

»Hoffentlich habe ich mir keine Erkältung geholt.« Auf Williams verständnislose Bekümmertheit setzte er hinzu: »Wie putzt man sich die Nase, wenn der Kopf –«

William und Roç lachten gequält, und Ahmed, der treue Leibwächter des Hafsiden, fiel darin ein, auch wenn er nichts verstanden hatte. ›Der Henker für dumme Fragen‹ hatte dem Gisors ebenfalls eine Abfuhr erteilt, als dieser, von waffenstarrender Eskorte umringt, ihn angegangen war, ob Ahmed nicht »gegen guten Lohn« des Amtes als Scharfrichter walten wollte, da er ein so schönes großes Richtschwert besäße. Ahmed hatte mit seinem *shimtar al badi'a* die Antwort grinsend zurückgespiegelt. Der Gisors kannte die Bedeutung der Blitze schon: »Dumme Frage!« Wütend und türenschlagend war der Racheengel abgerauscht.

»Die Mongolen räumten gerade Gaza«, berichtete William, »weil Baibars erschien, und zwar zu Wasser und zu Lande. Ich war in einen dieser Beduinenhaufen geraten, die sich unter den Mauern zeigten, während die Mamelukensegler außerhalb des Hafens vor Anker gingen, um den Abziehenden die Möglichkeit zu geben, geordnet die Stadt zu verlassen. Offensichtlich wollte keine der beiden Parteien den Kampf. Bei den Beduinen war ein Schielauge namens Naiman, ein Mann des neuen Sultans –«

»Den kenn' ich«, rief Roç, »er hinkt! Der wollte uns in Samarkand ans Leder, als wir auf dem Weg zum Großkhan waren. Damals agierte er noch für den Kalifen von Bagdad!«

»Das muß derselbe sein«, bestätigte William. »Er hatte einen stinkenden Kopf dabei, angeblich den eines mongolischen Gesandten. Den ließ das schielende Hinkebein über die Mauern in die Stadt schleudern, damit die Mongolen sich erschreckten und schneller flüchteten!«

»Ein widerlicher Kerl!« befand Roç abschließend. »Ich lege keinen Wert darauf, ihm noch mal zu begegnen.«

Das karge Mittagsmahl wurde hereingebracht. Roç hatte sich längst zur Angewohnheit gemacht, Vorkoster für den Taxiarchos zu spielen. Er hatte das auch laut verkündet, denn er verspürte wenig Lust, unter Krämpfen mit Schaum vor dem Mund Opfer eines Giftanschlages zu werden. Das Essen bestand aus einer wäßrigen Suppe, in der Fischköpfe schwammen, aus ein paar angesengten Knochen, wie man sie Hunden vorwirft, ohne daß sie von ihnen angenommen werden, und einem halben Fladen vertrockneten Brots.

»Der Hunger treibt's rein«, scherzte Roç tapfer, als er sah, wie sich Ahmed mit Heißhunger auf die Speise stürzte.

»Als Henkersmahl zu schäbig!« Auch der Taxiarchos ließ sich die Laune nicht verderben, während Roç lustlos in der Suppe herumstocherte, um seines Amtes zu walten.

»Ich habe gehört«, sagte William, »daß der einarmige Schuft, dem ich Eure Mafalda abgekauft habe, hier als ›Bailli‹ des Anjou zu Ehren gekommen sein soll.«

»Rinat Le Pulcin?« Roç verschluckte sich fast. »Der ist doch tot?! Das stinkt!« Er reichte dem Taxiarchos die Schüssel. »Vergiftet ist die Brühe nicht«, maulte er, »sie schmeckt aber so! Ich wundere mich, daß die Ratte Rinat sich an einen Ort traut, an dem sie mich weiß.« Roç spuckte ein Fischauge aus. »Denn ich bringe ihn um, so ich seiner habhaft werde, auch wenn ich dabei kotzen muß!«

Williams Aufmerksamkeit war abgelenkt. »Was hat denn unser guter Ahmed?«

Der Nubier war an seiner Säule, gegenüber dem Taxiarchos, aus der Hocke zu Boden gerutscht. Scheppernd fiel ihm seine tönerne Schüssel aus der Hand und zerbrach. Er verdrehte stöhnend die Augen, bis nur das Weiße zu sehen war, sein mächtiger Leib zuckte in Krämpfen, er griff nach seinem Scimitar, den er stets vor sich flach auf den Schenkeln bereithielt, um seinen Schutzbefohlenen zu verteidigen. Schaum trat aus seinem Mund, er schlug heftig mit dem Hinterkopf gegen die steinerne Säule, um das höllische Feuer in seinen Eingeweiden zu betäuben, dann sackte er langsam zur Seite, bis er den kühlen Boden berührte – und war tot.

Die Kerkertür wurde aufgerissen, und herein stürzten die Turkopolen, denen die Wache oblag. Sie taten gar nicht erst verwundert, sondern versuchten Ahmed sofort den Scimitar zu entreißen, doch der Tote umklammerte den so fest, daß man ihm die geballte Faust hätte abschlagen müssen. Die Wächter packten Ahmed an den Füßen und zerrten ihn mitsamt der Waffe hinaus, den Rücken über den Steinboden schleifend.

Herein trat Guillem de Gisors. Er war von einer starken Leibwache so dicht umgeben, daß jede Attacke zum Scheitern verurteilt war. Er ahnte wohl, daß Roç ihm gerne in sein Engelsgesicht gesprungen wäre. Die Templer drängten den Trencavel und William ab, so daß der Gisors ungehindert vor den Taxiarchos treten konnte. Er musterte seinen Gefangenen nicht wie üblich voller Hohn, noch übergoß er ihn mit seinem Spott, sondern sagte freundlich, als werbe er um Verständnis und Mitarbeit des Taxiarchos:

»Wir müssen der Geschichte ein Ende bereiten.«

Der Angesprochene grinste ihn frech an und spuckte ihm vor die Füße.

Roç erwartete erschrocken, daß der Engel ihn jetzt eigenhändig mit dem Scimitar erschlagen würde, der ihm gerade gebracht wurde, der Knauf noch blutverschmiert. Doch der Gisors rührte die Waffe nicht an. Statt dessen ließ er den Taxiarchos von der Säule losketten und zum einzigen Fenster des Raumes führen, das auf den nächtlichen Innenhof hinausging. Der Taxiarchos starrte durch das eiserne Gitter, versuchte angestrengt das Dunkel zu durchdringen, das sich nicht still und ruhig darbot, sondern in schemenhafter Bewegung, voll unheilträchtiger Spannung. Da wurden auf ein unhörbares Kommando Fackeln entzündet, und in ihrem flackernden Licht sah der Taxiarchos zerlumpte Männer, in langen Reihen aneinandergekettet, auf der Erde knien. Die Gesichter waren ihm zugewandt, sie schauten ihn an. Es waren seine Männer, die gesamte Mannschaft der ›Atalanta‹.

»Ich lasse sie alle als Meuterer köpfen«, sagte der Gisors mit einschmeichelnder Stimme, »es sei denn, Taxiarchos, Ihr zahlt mit dem Preis Eures Lebens für sie, indem Ihr Euch allein schuldig bekennt.«

Der Taxiarchos wandte sich nicht um, als er sprach, immer noch, als würde er scherzen. »Nicht diese üble Erpressung, sondern Eure Hartnäckigkeit ist bewundernswert, Guillem de Gisors. Aber ich sterbe gerne für meine Leute, wenn das Urteil Hand und Fuß hat.«

Der Angesprochene lächelte. »Ich wußte, Ihr seid ein verständiger Mann. Was haltet Ihr von folgender Lösung: Der Heilige Stuhl hat den Grafen von Anjou mit der Krone von Sizilien belehnt. Der dort zu Unrecht herrschende Bastard Manfred ist demzufolge des Hochverrats zu zeihen und desgleichen alle, die ihm ihre Hand geliehen. Genau dies trifft auf Euch zu, Taxiarchos. Ihr handeltet als Kaperkapitän im Auftrag des Staufers, und allein deshalb habt Ihr Euer Leben verwirkt.«

»Durch das Schwert!« Diese Zusicherung verlangte der Taxiarchos. »Ich verspüre keine Lust, als Pirat gehenkt zu werden. Ich bestehe auf der Ehre des Schwertes!«

Der Gisors zog ein vorbereitetes Schriftstück aus der Tasche. »Dann unterschreibt hier!«

»Laßt es mich erst lesen!« rief William aus dem Hintergrund, doch der Taxiarchos wehrte ab.

»Warum sollte ich meinem eigenen Tod mißtrauen, wenn ein Ritter des Tempels ihn mir garantiert, wie alle hier gehört haben. Ich verliere nur meinen Kopf, er dagegen sein Gesicht!«

»Schwört, Gisors!« rief jetzt auch Roç und versuchte, sich vorzudrängen. »Ich bin unbewaffnet, wie Ihr wißt, und ich will mit eigenen Augen Eure Schwurhand sehen. Schwört es bei der Ehre Eurer Mutter!«

Da ließ das Engelsgesicht den erhobenen Arm wieder sinken. »Wenn mein Wort als Templer nicht genügt, dann müßt Ihr Euch einen anderen Tod suchen.« Er hielt sich an den Taxiarchos. »Und Ihr werdet den finden, der Euch bestimmt ist!«

»Ich warne Euch, Gisors!« Roç ließ sich ungern übergehen. »Mir ist zwar nicht die Macht gegeben, dem Taxiarchos gegen den erklärten Willen der Grande Maîtresse das Leben zu lassen, aber wenn Ihr falsch spielt, werde ich – und da bin ich mir Ihres Verständnisses sicher – ihn zu rächen wissen. Das bei meiner Ehre!«

»Danke, Roç«, sagte der Taxiarchos. »Aber bringt Euch meinetwegen nicht in Schwierigkeiten!« Er griff nach der Feder, die ihm ein Templer hinhielt, und unterschrieb, ohne auch nur einen Blick auf das Dokument zu werfen. »Das haben wir nun hinter uns!« rief er gutgelaunt. »Ich darf jetzt um einen guten Wein bitten für mich und meine Freunde. Und um den Besuch des Priesters Monsignore Gosset.«

Die Templer zogen ihn vom Fenster weg und ketteten ihn wieder an die Säule, allerdings ließen sie ihm die Hände frei, denn er sollte ja trinken können.

Der Gisors verließ grußlos den Raum. Kurz darauf kamen Handwerker und vernagelten die Fensteröffnung mit dicken Bohlen.

»Der Verurteilte soll das Errichten des Blutgerüstes nicht verfolgen können, sonst ist die Überraschung im Kruge!« scherzte der Taxiarchos, denn der Wein wurde gebracht, und der Mundschenk kostete eigens unter aller Augen vor und ließ sie die Becher wählen. »Ein guter Jahrgang!« flüsterte er verschwörerisch. »Zu schade, um ihn mit Schierling oder Teufelskraut zu panschen!«

Auch die Zimmerleute tranken, bevor sie wieder gingen.

Der schielende Naiman schlurfte, ein Bein nachziehend, als letzter in den Speicherraum, in den der Gisors sich die Agenten des Sultans und des Anjou bestellt hatte. Auch wenn er sie brauchte, zeigen mußte er sich mit ihnen nicht. Naimans strähniges Haar klebte am Schädel, voller Fruchtfleisch und Kerne, als sei er kopfüber in einen Abfallbottich gestürzt.

»Habt Ihr ihm den Shimtar gebracht?« fuhr Gisors ungehalten den Hinkenden an.

»Nicht nur das! Ich hab' diesem bretonischen Dickschädel die Schärfe der wunderbaren Damaszener Klinge vorgeführt, daß ich mich gleich in den Daumen geschnitten!« Naiman hielt den verbundenen Finger hoch. »Ich hab' ihn die Schwere des stählernen Krummsäbels fühlen lassen, indem ich ohne auszuholen eine Wassermelone wie Butter vor seinen Augen teilte, aber er hatte weder ein Wort der Anerkennung für das Meisterwerk unserer Schmiedezunft übrig« – Naiman wirkte sehr enttäuscht –, »noch nahm er das Richtschwert in die Hand!«

»Er wird schon danach greifen.« Rinat Le Pulcin gab sich zuversichtlich. »Habt Ihr ihm ausgerichtet, was ich Euch auftrug?«

»Als ich ihm mitteilte, daß er diese Mauern nicht lebend verlassen würde, wenn er sich weiter weigere, hat er die halbe Melone genommen und sie mir wie einen Hut auf den Kopf geklatscht, daß mir Hören und Sehen verging.«

Keiner der Anwesenden fand die Schilderung lustig.

»Eigentlich paßt es mir auch wenig, daß dieser freche Pirat in allen Ehren seinen dreckigen Hals aufs Schafott legen soll – statt daran aufgehängt zu werden, bis seines Arsches Schwere ihm die Luft abschnürt!«

»Ein Galgengerüst ist schnell gezimmert!« schlug Rinat prompt vor.

»Jeder Haken in einem Torbogen reicht, um den Strick zu halten, während ein Faß unter dem Übeltäter weggetreten wird!« Dies trug Naiman aus dem Schatzkästlein seiner Erfahrungen bei, doch der Gisors hatte auch da Bedenken.

»Roç Trencavel wird Schwierigkeiten machen und es als Wortbruch –«

»Heureka!« rief Rinat leuchtenden Auges. »Ich hab's! Es muß nach Hackklotz aussehen und sich erst im Augenblick der Wahrheit als Galgen erweisen!«

»Da klingt gut!« seufzte Guillem de Gisors. »Ich lasse Euch freie Hand!«

»Was soll eigentlich mit den Meuterern geschehen?« fragte Naiman schon im Herausschlurfen. »Wie soll man mit solchem Volk verfahren?«

Dem Gisors stellte sich die Frage nicht. »Über die Klinge springen müssen sie allesamt!«

Rinat Le Pulcin hob abwehrend die Hände. »Das Massaker könnt Ihr anschließend veranstalten, jetzt würde es unsere Vorbereitungen nur stören und unseren Freund übellaunig machen, denn es widerspricht ebenfalls der mit Euch getroffenen Vereinbarung!«

»*Pacta cum infidelis et Graecis non sunt servanda!*«

»Ihr solltet die Templer mit aufzählen«, murmelte Naiman beleidigt und verließ den Speicher.

»Warum stoßt Ihr den Mann vor den Kopf?« Rinat ärgerte sich. »Ich bin auf seine Mitwirkung angewiesen!«

»Ich habe seinen Blick nicht länger ertragen!« entschuldigte sich der Gisors und ärgerte sich auch noch darüber. »Sputet Euch!« Er ließ seinen Unmut an dem Maler aus. »Die Nacht ist nicht mehr jung. Im Morgengrauen will ich den Piraten baumeln sehen!«

Die verbleibenden Nachtstunden verbrachten die Freunde beim Weine. »Ein edler Tropfen!« lobte Gosset. »Da hat sich der Gisors mal nicht lumpen lassen!« Der Priester war rechtzeitig eingetroffen, um von seinem alten Kumpan Abschied zu nehmen. Fröhlich saufend erinnerten sie sich ihrer gemeinsamen Zeit in Konstantinopel, priesen die glorreichen Tage des Penikraten, des berühmt-berüchtigten Bettlerkönigs vom Goldenen Horn. Sie gedachten aller ausgeraubten Kirchen, des Freudenhauses am Hafen, der Schachpartien im gefluteten ›Mittelpunkt der Welt‹, der Besäufnisse, der Hurerei und der Freßorgien im feudalen Kallistos-Palast des Bischofs und der Entdeckung seiner Schatzkammer. Sie becherten wie die Wilden, und ihr dröhnendes Gelächter erfüllte den Kerker.

Nur Roç war nicht nach Feiern zumute, er stand abseits und versuchte durch die Ritzen der Bohlen vor dem Fenster einen Blick in den Hof zu werfen. Noch herrschte Dunkelheit, erst ganz fern kündigte sich der Morgen an. Roç hatte zwischen dem Lachen seiner Freunde und dem Scheppern der Becher ein Hämmern gehört. Doch er behielt es für sich und stieß mit den anderen an. Er trank seinen Becher jedesmal aus, doch seine Gedanken weilten plötzlich bei Yeza, froh, daß sie diese Stunden nicht miterleben mußte.

»Prosit!« rief William, an den Taxiarchos gerichtet, als wäre gute Gesundheit noch dessen Problem!

Es war ein aberwitziger Totentanz, aber vielleicht tritt man dem leiblichen Ende besoffen leichter entgegen als mit tiefsinnigen Betrachtungen über das Heil der Seele oder gar frommen Gebeten? Nüchtern zu werden hat man ja nach dem Tode ausreichend Muße. Gosset, der Priester, machte jedenfalls keinerlei Anstalten, seinem Freund ins Gewissen zu reden. Seine pralle Lebensbeichte legte der Taxiarchos zur Erheiterung seiner Kumpane unter Lachen und

Scherzen ab. Seine abenteuerlichen Fahrten als Kapitän über den Oceanus bis hin zu den ›Fernen Inseln‹, in das Land, das die Eingeweihten, die es zu Gesicht bekommen hatten, verklärten Blicks ›Merica‹ hießen und nie mehr davon loskommen sollten. Irgendwie beneidete Roç den Kerl, der viel gewagt, hoch gespielt und verloren hatte! Aber was heißt schon verloren? Der Taxiarchos hatte das Leben gewonnen, der Tod gehörte dazu! Ein Sieger auf dem Sprung ins Paradies!

Da wurde die Tür aufgeschlossen, der Sergeant erschien, um der Gesellschaft mitzuteilen, daß nunmehr alles vorbereitet sei und man doch ans Abschiednehmen denken solle.

»Wir treiben seit Stunden nichts anderes!« rief der Taxiarchos gutgelaunt und nötigte den Templer, einen Becher auf sein Wohl zu leeren.

Der Sergeant löste den Taxiarchos von den Ketten an der Säule, allerdings blieben ihm die Fußfesseln, die nur ein langsames Gehen ermöglichten, und das eiserne Halsband. »Das nehmen wir erst nachher ab«, vertröstete ihn der Sergeant.

»Wir verlassen diesen Raum dann durch die andere Tür.« Er zeigte auf die gegenüberliegende Pforte, die bisher immer verschlossen geblieben war.

Dahinter wartet der Henker! schoß es Roç durch den Kopf. Unauffällig schaute er auf den Verurteilten, um zu erforschen, ob dem dieser Gedanke auch gekommen war. Doch der Taxiarchos umarmte gerade William, sie küßten sich wie bei einer freudigen Begrüßung, ohne große Worte oder bedeutungsvolle Blicke zu tauschen. Roç mußte sich zusammenreißen, um ähnlichen Gleichmut zu zeigen. Ihm war eher zum Heulen zumute.

Der Taxiarchos spürte den Schmerz des Jüngeren. Als müsse er ihm Trost zusprechen, trat er auf Roç zu und schloß ihn in seine starken Arme. »Wir sehen uns wieder, Trencavel«, sagte er voller Zuversicht. »Es war schön, mit Euch, dem Königlichen Paar, einen Teil des Weges gehen zu können. Habt Dank für alles – und erspart Yeza den Schmerz!« Der Gedanke an sie schien ihn doch zu übermannen, denn seine Hand legte sich schwer auf Roçs Schulter. Schnell wandte der sich ab.

Inzwischen waren mehrere Templer in den Raum getreten, die dem Verurteilten das Geleit geben sollten.

Der Taxiarchos wandte sich an seine Freunde. »Ich will nicht, daß Ihr mich jetzt noch begleitet. Die letzten Schritte will ich allein gehen!«

Da zog Gosset den Freund beiseite. »Der Hafside schickt Euch dieses Amulett«, flüsterte der Monsignore mit belegter Stimme. »Ihr sollt es auf dem Weg ins Paradies fest an Euch pressen!« Er drückte ihm ein nicht einmal handflächengroßes Täfelchen in die Hand, so daß niemand sonst einen Blick darauf werfen konnte. Das blieb allein dem Taxiarchos vorbehalten. Yeza! Er führte das Bildnis an die Lippen.

Der Sergeant schloß die gegenüberliegende Tür auf. Roç achtete nicht des Scimitars, der vor dem Henker auf dem Tisch lag, sondern des Mannes, der dahinter saß, den Kopf grübelnd auf die schweren Hände gebeugt. Langsam sah er auf, den Eintretenden entgegen. Yves der Bretone!

Die Templer waren darauf bedacht, den Verurteilten rasch durch das Zimmer des Henkers zu drängen, zum Ausgang, der ins Freie führte, in den Hof. Doch der Taxiarchos blieb vor dem Mann stehen, den er zum ersten und zum letzten Mal sah. Er reichte ihm die Hand, was Yves verwirrte, denn er hatte Roç entdeckt, der nun doch gefolgt war. Über Yves' pockennarbiges Gesicht lief ein Lächeln, das der Taxiarchos auf sich bezog. Er erwiderte es und ließ die feste Hand langsam wieder aus.

»Nun habt Ihr den braven Mann gesehen«, sprach der Sergeant in einem Tonfall, als spräche er zu einem Kinde. »Jetzt werden wir Euch die Augen verbinden, und ich werde Euch an der Hand führen.«

»Zur eisernen Halskrause nicht auch noch die Binde!« protestierte der Taxiarchos. »Ich kann und will meiner Zukunft mit offenen Augen entgegenschreiten, und zwar ohne leitende Hand, allein!«

»Das ist Vorschrift!« jammerte der Sergeant, doch der Taxiarchos stieß ihn weg.

»Ich bin weder schwach noch krank oder blind, ich gehe zum Sterben!« schimpfte er wütend, doch die Binde wurde ihm mit Gewalt über den Kopf gestülpt und festgezurrt. Roç hatte sich an Yves vorbei bis zur Tür gedrängelt und konnte hinter den Abziehenden jetzt den Hof überblicken. Das Schafott war auf der anderen Seite errichtet, ein einfaches Holzpodest, auf das ein paar Stufen hinaufführten, und darauf stand der massive Klotz. Das Ganze stand unter einem der Torbögen. Roç sah die eiserne Kette sofort, die oben im Giebel einer offenen Speichertür über eine Rolle lief und unten seitlich an dem nächsten Pfeiler festgemacht war. Sie diente wohl dazu, Getreidesäcke in das Kornlager auf dem Dachboden zu hieven. Drei pralle Säcke standen oben in der Öffnung, als wären sie gerade noch hinaufgezogen worden. Aber das andere Kettenende war noch darum geschlungen. Und nun bemerkte Roç, daß dahinter, aus dem Dunkel, die Gestalt des Naiman auftauchte, der die Kette nicht etwa entfernte, sondern ihren festen Sitz prüfte. Gäbe das Hinkebein den Säcken einen kräftigen Tritt, dann stürzten sie in die Tiefe, das untere Ende der Kette würde hochgerissen werden, selbst wenn ein ausgewachsener Mann mit seinem Gewicht versuchte, dagegenzuhalten, und erst recht, wenn der Haken des unteren Endes ihn an dem eisernen Ring packen würde, den er um den Hals trug. Roç hatte die geplante Schweinerei begriffen, bevor er Rinat entdeckte; der hatte sich hinter dem Pfeiler versteckt, an dem das lose Kettenende wie absichtslos befestigt war.

Roç drehte sich in der Tür um. »Yves!« rief er. »Tu mir eine Tat der Liebe, lauf und schlag meinem Freund den Kopf ab!«

»Ich kann's nicht mehr!« stöhnte der Bretone und vergrub den Kopf in den Pranken. Nichts mehr sehen, nichts mehr hören!

Roç sprang auf ihn zu und rüttelte ihn. »Ich flehe dich an, Yves, hilf mir! Rette seine Ehre vor diesen betrügerischen Schweinen!«

Drüben war der Taxiarchos vor dem Blutgerüst angelangt und begann bereits, die Stufen emporzusteigen.

»Yves!« schrie Roç. »Bitte!«

Da schaute der Bretone auf und griff nach dem Scimitar. Langsam erhob er sich und lächelte Roç so geistesabwesend zu, wie er zuvor den Taxiarchos angelächelt hatte.

»Schnell!« brüllte Roç und rannte los, es ging um Sekunden. Der Taxiarchos war oben auf dem Schafott angelangt, kniete nieder und legte gerade seinen Kopf auf den Hackklotz. Die Binde nahm ihm natürlich keiner ab, geschweige denn den eisernen Halsring. Rinat sprang mit der Kette hinzu und bemühte sich fahrig, mit seiner einzigen Hand die an den Ring geschmiedete Öse zu treffen, mittels der man den Taxiarchos während seiner Haft an die Säule gefesselt hatte. Die Ratte sah Roç kommen, Naiman pfiff warnend von oben. Mit bebenden Fingern suchte Rinat den Haken der Kette in den Ring zu zwängen.

»Mafalda«, schrie Roç gellend, »hier hast du Rinat, die Ratte!«

Entsetzt schaute der um sich, in heller Angst, die Furie könnte ihn anspringen. Da klickte der Haken in das Eisen, aber wie der Schatten eines großen schwarzen Vogels senkte Yves sich über den Block, der gewaltige Scimitar sauste an der Kette entlang. Rinats Hand war noch nicht zurückgezogen, als Naiman die Last über die Kante stieß. Die Klinge schnitt durch den Hals des Taxiarchos in das Holz, der eiserne Ring wurde von der Kette emporgerissen, der Kopf des Taxiarchos flog im hohen Bogen wie ein explodierender Topf mit Griechischem Feuer, wie ein feuriger Komet, der blutspritzend auf den Templer zuraste, als wolle er ihn erschlagen. Er traf ihn auf der Brust, das Tatzenkreuz verschwand in einer riesigen roten Wunde, die weiße Clamys war besudelt wie die Schürze eines Metzgers. Der Engel stürzte rücklings zu Boden und hielt zu seinem Entsetzen das blutige Haupt in den Händen. Er war über die mit dumpfem Schlag aufgeplatzten Säcke gestolpert.

Yves hatte nach dem Schlag die Waffe nicht einmal aus dem Holz gelöst, in das sie tief eingedrungen war, sondern hatte auf der Stelle kehrt gemacht; langsam ging er zurück über den Hof.

Als Roç sah, daß Rinat keinen Reißaus nahm, zerrte er wild an dem Scimitar, doch der saß fest. Rinat Le Pulcin konnte seine Hand nicht aufheben, denn er hatte nun keine mehr, sie lag zart und weiß vor ihm am Boden, und keiner gab sie ihm. Er schaute Roç gelassen zu, der die furchtbare Waffe endlich mit einem Ruck aus dem Holz riß und sie ihm mit der nächsten Bewegung in den Unterleib stieß. Als Roç die Klinge wieder aus dem Fleisch zog, fiel der Maler vornüber, mit dem Gesicht auf seine Hand. Er schmiegte sich an sie und wartete auf den erlösenden Hieb. Doch der kam nicht, denn Roç war mit gezückter Klinge die Treppenstufen hinaufgestürzt, um auch dem Naiman den Garaus zu machen. Der floh entsetzt durch den Speicher und sprang aus dem nächsten Fenster. Er landete in der Jauchegrube, pries sich glücklich, daß der Trencavel oben am Fenster die Nase rümpfte, kroch aus der Scheiße und rannte davon.

Als Roç wieder in den Hof trat, kam gerade der Sergeant aufgeregt vom Tor gelaufen, der gewöhnlich als Hafenkapitän der Templer seinen Dienst versah.

»Baibars steht mit der ägyptischen Flotte vor der Einfahrt«, sprudelte er hervor, »er ist voller Zorn.«

Der Gisors hörte dennoch nur mit halbem Ohr hin, weil er Roç mit dem Scimitar beobachtete.

»Der Orden habe keineswegs das Recht gehabt, Askalon dem Anjou zu übergeben.«

Roç schenkte dem Gisors keinen Blick, sondern ging William entgegen, der mit Gosset über den Hof schritt.

»Alle Mitglieder des Ordens der Templer – mit Ausnahme des Dogen – haben genau eine Stunde Zeit, die Stadt zu verlassen, ohne Mitnahme von Hab und Gut! Vor allem die Schiffe bleiben im Hafen, und auch die Gefangenen bleiben hier!«

»Der Tod dieses Taxiarchos kommt uns teuer zu stehen«, murmelte Guillem de Gisors, und der Hafensergeant erdreistete sich hinzuzufügen:

»Lebend wär' er uns billiger gekommen, denn die Beschlagnahme unserer Flotte ist das Blutgeld für den Piraten. Abdal der Hafside erhält drei Schiffe seiner Wahl für den toten Freund.«

»Der Preis für das Geheimnis der ›Atalanta‹ ist eben hoch. Sein Verrat mußte mit dem Tode bestraft werden«, erklärte der Gisors, bemuht, Festigkeit zu zeigen. »Also ziehen wir uns aus Askalon wieder zurück – bis zum nächsten Mal! Holt den Beauséant ein, und gebt den Befehl zum Abmarsch!« befahl er den beiden Sergeanten.

»Und was soll aus dem alten Botho de Saint-Omer werden, der noch im Donjon –«

»Verliert keine kostbare Zeit! Dem ist prophezeit, in Jerusalem zu sterben.«

Die Karawane war klein, aber ausreichend bewacht, denn die *as-saiidun ath-tahlath* führten nicht viel Gepäck mit sich. Yeza war von weitem nicht von ihren männlichen Begleitern zu unterscheiden, außer daß sie mit ihrer straffen Gestalt Respekt einflößte, was man von dem zwergenhaften Jordi und dem klapprigen Kefir Alhakim nicht gerade behaupten konnte. Ezer Melchsedek hatte sich geweigert, ein Kamel als Reittier zu besteigen, und darauf bestanden, den Weg nach Jerusalem zu Fuß zurückzulegen, nachdem sie in Aqaba an Land gegangen waren. Yeza hatte einen Teil der Schiffsbesatzung als Eskorte angeheuert. Denn wem sollte sie mehr trauen als den Mannen, die der Hafside ihr geschickt hatte? Aber der alte Kabbalist hatte auch einen von denen als Begleiter abgelehnt. »Dies ist meine Pilgerreise in das Land der Väter!«

Yeza träumte beim schaukelnden Gang ihres Kamels.

Die Stadt, die vor ihr lag, barg nicht nur freudige Verheißung, sondern auch viele Geheimnisse. Jerusalem erschien ihr zwar nicht als Unbekannte, doch Yeza sah in den Bildern der Stadt dunkle Tiefen, die sie magisch anzogen, hinabsogen wie in einen warmen Mutterleib. Sie schritt durch unterirdische Säle, nachtschwarze Grotten, von seltsamen Lichtern erhellt. Yeza hatte das Gefühl, ihrer leiblichen Mutter zu begegnen, die durch das Feuer gegangen war, um das Paradies zu erlangen. Es verlangte sie auch, ihren Vater zu schauen, den mächtigen Kaiser, aber sie sah nur einen alten König. Das war nicht der Staufer, sondern Salomon, es gab keinen Zweifel. Der weise Herrscher stemmte sich in einer wüsten Höhle gegen einen riesenhaften schwarzen Stein, gewaltig wie die Säulen eines Tempels. Sein Rücken bog sich unter der furchtbaren Last, doch sie schien ihm aus den Händen zu gleiten. Langsam, aber unwiderbringlich versank der marmorne Schaft im Felsboden, der König konnte der Glätte nichts entgegensetzen; seine herkulische Kraft half ihm nicht. Yeza empfand Mitleid mit ihm. Aber Salomon lächelte sie an. Und sie glaubte Roçs Gesichtszüge unter der Bürde der Krone zu erkennen. Sie rief ihn beim Namen und erwachte zwischen den Höckern ihres Kamels, das stehengeblieben war.

Die Reiter zügelten ihre Tiere, als sie den Hügel erklommen hatten, von dem aus der aus dem Süden Eintreffende zum ersten Mal vom Anblick der Heiligen Stadt überwältigt wird. Da lag sie nun, und die Kuppel des Felsendoms leuchtete aus ihrer steinernen Fassung auf wie ein Juwel. Yeza ließ das Bild auf sich wirken. Sie hatte ihr Ziel erreicht. Ihre Begleiter warfen nur einen kurzen Blick auf das Gewirr von Mauern, Türmen und Kuppeln. Der umsichtige Jordi prüfte erst einmal, ob keines der Lastkamele fehlte, insbesondere nicht das, dem Yezas Kiste anvertraut war. Kefir durchbrach das ergriffene, doch auch der Erschöpfung entsprungene Schweigen.

»Wo werden wir unser ermattetes Haupt zur Ruhe betten?«

»Zuerst sollten wir unseren Hunger stillen!« schlug Jordi vor.

Yeza nahm ihren Blick nicht von der Stadt in der Ferne, sie dachte an ein erquickendes Bad und entschied verträumt: »Laßt uns ein bescheidenes Quartier suchen, ein aufgelassenes Kloster vielleicht, mit einem stillen Kreuzgang, verwildert, voller Blumen und Früchte – auch ein Springbrunnen sollte darin plätschern.«

»Der Bau sollte zwischen den Vierteln liegen, die von Juden, Muslimen und Christen bewohnt werden, genau in der Mitte«, ereiferte Jordi sich. »Und er müßte auch eine ordentliche Küche und einen großen Speisesaal aufweisen, in dem wir, in dem alle Vertreter der verschiedenen Religionen sich zum gemeinsamen Mahle versammeln.«

»Dir laufen nicht die verschiedenen Glaubensrichtungen, sondern die Wasser im Munde zusammen, mein lieber Trovère!« spottete Yeza. »Der Herr hat es uns bisher nicht an Speis und Trank mangeln lassen, warum solltest du grad im seligen Hierosolyma darben und dursten, grad du, dem der Sinn einzig nach geistigem Manna steht!«

»Macht Euch nur über Euren treuen Diener lustig, meine Herrin, ich sage Euch, mit vollem Bauch –«

»Schläft sich schlecht!« Kefir gähnte. »Wir sollten noch bei Tageslicht die Stadt betreten und wenigstens ein befestigtes Gemäuer finden, damit wir nicht noch am Ziel unserer Reise im Schlummer ausgeraubt werden.«

»Ihr seid mir zwei kleingläubige Geister!« Yeza rügte ihre beiden

Begleiter lachend. »Vor uns liegt die Stadt der Städte, die Heiligste der Heiligen, und der eine denkt an seinen Magen, und dem anderen fallen die Augen zu!«

Sie gab der Begleitmannschaft das Zeichen zum Weiterreiten und lenkte als erste ihr Kamel den Hügel hinab auf die Straße, die sie nach Jerusalem führen sollte.

PAX HIEROSOLYMITANA

Beide Nachrichten erreichten den Statthalter von Aleppo gleichzeitig. Eine davon hatte Turanshah ibn az-Zahir seit längerer Zeit erwartet. Deshalb verzichtete er auch mannhaft auf die Annehmlichkeiten seines Bades in den Thermen und lief ständig mit Rüstung unter der *ebai* und gegürtetem Scimitar umher. Von seiner hochgelegenen Zitadelle schaute er über die ihm anvertraute Stadt ins Land, in der Erwartung, irgendwann am Horizont das Flimmern abertausender Speerspitzen wahrzunehmen, die Auflösung der felsigen Hügelkette in eine quirlige Masse, in der Roß und Reiter noch nicht zu unterscheiden waren und die sich vorwärtsfraß wie ein Heuschreckenschwarm: die Mongolen! Daß sie eines Tages kommen würden, hatte er immer gewußt. Und jetzt war es soweit.

Die Ankunft einer Gesandtschaft wurde ihm gemeldet. Sie würden ihn auffordern, sich zu unterwerfen und die Stadt zu übergeben. Er beschloß, nicht in den Fehler zahlreicher benachbarter Fürsten zu verfallen, welche die mongolischen Botschafter mit unflätigem Hohn überschüttet und ihre Unverletzlichkeit schnöde und grausam mißachtet hatten. Wer solches tat, so war zu hören, durfte das eigene Fleisch scheibchenweise roh verzehren, was nicht sehr bekömmlich sein konnte. Turanshah nahm sich vor, die Herren freundlich zu empfangen und ihnen mitzuteilen, daß er leider weisungsgebunden sei und von seinem Sultan zu Damaskus bisher noch nichts von einer Übergabe gehört habe. Er rief seinen Obereunuchen und befahl ihm, die Gesandtschaft fürstlich zu bewirten, denn er wolle zuvor den anderen Besucher sprechen, der ihm gleichzeitig angekündigt worden sei: El-Aziz, den Sohn seines Sultans. Was den hierher trieb, konnte Turanshah sich beim besten Willen nicht vorstellen, es sei denn, der Knabe war der Überbringer der heiß ersehnten Botschaft, daß ein größeres Heer aus Damaskus im Anmarsch sei, um Aleppo zu entsetzen.

El-Aziz war ein überraschend feingliedriger Knabe, wenn man die Bullenstatur seines Vaters bedachte. Der Sohn des Sultans besaß ein zartes, fast mädchenhaftes Gesicht mit strahlendblauen Augen, von dunklem, lockigem Haar umrahmt.

»Wann trifft das Heer hier ein?« fragte ungeduldig der alte Turanshah nach dem Austausch höflicher Ehrbezeugungen.

»Welches Heer?« lautete die ahnungslose Antwort, die den Gouverneur niederschmetterte. »Ich bin auf dem Weg zum Il-Khan Hulagu«, fuhr der Knabe eifrig fort, »weil mein Herr Vater zeigen möchte, wie sehr er die Mongolen schätzt. An ihrem Hofe soll eine Prinzessin in hohen Ehren gehalten werden, deren Herz ich erobern mag, damit sie an meiner Seite die Herrschaft übernimmt, über alles Land zwischen den Horden des Khans und den Mameluken am Nil.« Er nestelte ein Holztäfelchen aus seinem Brustwams und wies es bereitwillig seinem Großonkel. Es zeigte das Bildnis einer blonden, noch sehr jungen Frau, deren Antlitz bei allem Liebreiz Kühnheit, Energie und frühe Reife verriet.

Turanshah schüttelte benommen den Kopf. Der Knabe begab sich ganz offensichtlich als Geisel in die Hand der Mongolen und sah sich dabei als willkommener Hochzeitsbitter, als zukünftiger Herrscher eines Landes, das die sich zu erobern anschickten.

»Wer ist denn ihr Vater?« Turanshah betrachtete Yeza wie ein Wesen von einem anderen Stern.

»Ihr Name ist Yeza Esclarmunde, ihr Vater der große Kaiser, den auch die Mongolen lieben und fürchten.«

El-Aziz meinte wohl den längst verstorbenen Kaiser Friedrich, denn danach hatte es keinen weiteren gegeben.

»Wunderschön«, murmelte Turanshah und gab ihm die Miniatur zurück. »Ihr werdet sicher die Liebe gewinnen, und Glück und Wohlstand werden Eurem Bund beschieden sein!«

El-Aziz verdrehte seufzend die blauen Augen. »Wie sehne ich mich –«

»Und Ihr seid sicher«, unterbrach ihn der Alte, »daß Euer Herr Vater kein Heer aufgestellt hat, um uns zur Hilfe zu eilen?«

»Ich habe keines gesehen«, gab El-Aziz freimütig zu. »Deshalb schickt er ja mich, damit ich als Friedensbote die Mongolen vom Angriff auf unser Land abhalte und diese Prinzessin freie.«

Turanshah schluckte räuspernd jedwede Erwiderung hinunter.

Er mußte diesen Träumer so schnell wie möglich aus Aleppo entfernen und ihn am besten dem Il-Khan persönlich abliefern, in seiner persischen Residenz. Denn wenn der Knabe dem kommandierenden General der angreifenden Truppen in die Hände fiele und der erst begriffe, wie eng die verwandtschaftlichen Bindungen zwischen dem Gouverneur von Aleppo und dem Sultan von Damaskus waren, würden die Mongolen El-Aziz auf der Stelle in Ketten vor die Mauern schleppen und damit drohen, ihm seinen schönen Kopf vor die Füße zu legen, sofern die Stadt sich nicht auf der Stelle ergäbe. Das aber wollte Turanshah auf keinen Fall. Die mongolische Gesandtschaft durfte El-Aziz gar nicht zu Gesicht bekommen.

»Ich will Euch nicht länger aufhalten«, beschied er den Knaben väterlich. »Die Prinzessin, Eure Braut, harrt Eures Kommens sicher mit größtem Bangen, ob sie Euch wohl gefällt –«

»Oh«, rief El-Aziz, »ich verzehre mich vor Verlangen.«

»Dann eilt, so schnell Euch die Pferde tragen!« rief der Alte. »Der Il-Khan sieht es nicht gern, wenn man ihn warten läßt!«

Kaum hatte er den Sohn des Sultans von seinem Obereunuchen aus der Stadt hinauskomplimentieren lassen, stürmte El-Ashraf, auch er ein Neffe, in den Audienzsaal.

»Die mongolische Gesandtschaft ist wieder abgereist!« rief der schieläugige Emir von Homs seinem Onkel vorwurfsvoll zu. »Sie seien es nicht gewohnt, daß man die Abgesandten des Il-Khans so lange warten läßt. Jetzt ist Aleppos Schicksal besiegelt!«

Der Gouverneur mußte lächeln. »Haben sie das gesagt?« forschte er, ohne sich aus der Ruhe bringen zu lassen. Irgendwie fühlte er sich sogar erleichtert, doch El-Ashraf regte sich immer und über alles furchtbar auf.

»Gesagt nicht, aber sicher gedacht!« mußte der furchtsame Emir einräumen. »Eigentlich wollten sie nur wissen, ob wir ein Königliches Paar in unseren Mauern beherbergen.«

»Wie das?« entfuhr es Turanshah. »Etwa eine blonde Prinzessin aus dem Nordland und einen schwarzgelockten –«

»Genau so beschrieben sie Roç Trencavel und Yeza Esclarmunde«, eiferte sich der Emir, »ich habe die beiden gekannt, als sie noch Kinder waren, die Kinder des Gral!«

»Ich dachte, sie wäre eine Tochter des Kaisers der Römer?«
Turanshah liebte klare Verhältnisse, zumindest zeigte er nicht gern Verwirrung, schon gar nicht vor seinem Neffen.

»Das Reich des Königs Gral muß untergegangen sein, doch die Mongolen wollen es wieder errichten, mit dem Königlichen Paar als Herrscher.«

»Und wie kommen die Mongolen darauf, daß diese Majestäten ausgerechnet in Aleppo –?«

»Man hat William von Roebruk hier gesehen, und die Mongolen glauben fest daran, wo der weilt, sind auch Roç und Yeza nicht fern!«

Turanshah wunderte sich. »Soweit ich mich entsinne, hat der berühmte Franziskaner hier inkognito den Sklavenmarkt besucht, mit dem Sufi –«

»Diese Gauner!« bestätigte El-Ashraf mit dem bitteren Beigeschmack der Erinnerung, daß sie ihn ausgestochen hatten. »Sie kauften sich ein prächtiges Weib.«

»Also kam der gar nicht als Gesandter des Großkhans?« Turanshah hatte wirklich Mühe, sich in diesem Gewirr von vorgespiegelten Tatsachen, falschen Informationen und schlichten Wunschbildern zurechtzufinden, am besten, er hielt sich an die Mongolen, die machten einem in aller Härte klar, was sie wollten. »Und sonst haben die Abgesandten Hulagus nichts verlangt?«

»Doch«, entsann sich der Emir, »Ihr sollt Euch unterwerfen.«

»Und was habt Ihr zur Antwort gegeben?«

»Ich würde es Euch empfehlen.«

»Ich denke nicht daran!«

»Das hab' ich mir auch gedacht!«

»Ihr hättet ihnen besser gleich die einzig richtige Antwort erteilen sollen!«

»Sie haben die Aufforderung nicht als Frage gestellt«, fiel dem Emir ein, »aber ich geh' jetzt sofort und lass' es sie wissen.«

»Sie werden es schon merken«, murmelte der alte Gouverneur unwillig.

El-Ashraf verneigte sich vor seinem dickköpfigen Onkel. »Zu dem Zeitpunkt möchte ich nicht mehr in Aleppo sein!« Sich rückwärts unter weiteren Bücklingen zur Tür bewegend, verließ er ihn.

Turanshah gab den Befehl, Stadt und Zitadelle in Verteidigungsbereitschaft zu setzen. Bald darauf sah er, wie der flimmernde Horizont in Bewegung geriet, allerdings ringsherum. Das war keine Fata Morgana. Die Mongolen waren im Begriff, Aleppo einzukesseln. Gleichzeitig mit der Meldung, daß der Emir von Homs die Stadt verlassen habe, erfuhr der Gouverneur, daß es einem Boten des Sultans gerade noch gelungen sei, durch den sich zusammenziehenden Gürtel der Mongolen nach Aleppo hinein zu schlüpfen. Er verspürte keine Lust, sich jetzt – da es zu spät war – noch die Ausreden oder leeren Versprechungen des An-Nasir aus Damaskus anzuhören. Er würde jetzt in den Thermen ein warmes Bad nehmen, wer weiß, ob er je wieder dazu kommen würde. Er wies den Obereunuchen an, den Boten zu empfangen und auszufragen.

»Es handelt sich um ein Weib!«

Turanshah schaute ungläubig.

»Es ist die alte Favoritin des Sultans, die Tochter des Kaisers!« gab der Obereunuch leicht indigniert zur Auskunft.

»Dann schickt sie mir ins Bad!« Turanshah warf einen befriedigten Blick aus dem Fenster. Die Mauern der Stadt Aleppo bemannten sich zusehends, die Katapulte standen in Bereitschaft, die kantigen Geschoßbrocken neben sich zu Bergen gehäuft. Alles war bestens zur Begrüßung bereit. Der Ring der Mongolen hatte sich geschlossen, aber noch waberten die Haufen in respektvollem Abstand.

Clarion von Salentin hatte sich nie soweit den Sitten des Islam unterworfen, daß sie als Frau nicht eigenständig auftrat, schon gar nicht vor Männern und insbesondere, wenn diese sich im Hamam aufhielten. Sie ließ ihr kleines Gefolge draußen warten und betrat das Dampfbad durch einen Nebeneinlaß, denn der Obereunuch genierte sich, sie zum reich mit Mosaiken verzierten Hauptportal der Thermen zu geleiten, vor dem sich der Hofstaat des Turanshah eingefunden hatte, um angesichts der drohenden Gefahr der beruhigenden Nähe des Herrschers nicht zu entbehren. Der alte Gouverneur vermittelte ihnen schon dadurch Zuversicht und Stärke, daß er gerade jetzt, mit den Mongolen rings um die Stadt, das gewohnte Bad nahm.

Turanshah lag im Tepidarium, im lauwarmen Wasser eines flachen Beckens, in dem Rosenblätter und Malvenblüten schwammen. Sein Haupt war auf eine marmorne Kopfrolle gestützt. Er plätscherte versonnen lächelnd kleine Wellen über seinen faltigen Leib. Viel zu sehen gab es nicht, aber es konnte sich immer noch sehen lassen. Das war der erste Gedanke von Clarion, als sie unbekümmert an das Becken trat, sehr zum Entsetzen ihres Begleiters. Der Eunuch blieb mit betonter Schamhaftigkeit zurück.

»Wenn es Euch gefällt, mich hier zu empfangen«, sagte Clarion freundlich zur Begrüßung, »will ich mich gern an Eurem Anblick erfreuen.« Sie hielt sich völlig unbefangen an das Antlitz des alten Herren, das heitere Würde ausstrahlte und die Nacktheit seiner Glieder vergessen ließ.

»Es tut mir leid«, sagte der Gouverneur und fixierte ihre Gestalt, als sei sie nackt und nicht er, »daß Ihr Euch noch herbeibemüht habt und deshalb mit mir das Schicksal Aleppos teilen müßt.«

Clarion sah sich suchend um. »Der eigentliche Grund meiner Reise war, daß ich hoffte, den Sohn meines Herrn noch bei Euch zu erreichen, bevor er sich als Geisel in die Hände der Mongolen begibt.«

»Eine sinnlose Geste!«

»Was inzwischen auch der Sultan eingesehen hat!«

»Zu spät!« Der Alte grinste und planschte Wellen um sein schlaffes Glied.

»Der törichte Träumer auf Brautschau!« schalt Clarion. »Mit einem falschen Bild hat ihm sein arger Vater den schweren Gang versüßt, als sei Yeza eine noch zu freiende Prinzessin! Dabei ist die Tochter des Gral seit ihrer Geburt durch Schicksal und Bestimmung Roç Trencavel verbunden.«

»Wissen das auch die Mongolen?« erkundigte sich Turanshah und richtete sich auf. Er zog seine Knie an sich und umschlang sie mit beiden Armen, Clarions Augen so den weiteren Anblick seines wenig erregenden Gemächtes ersparend. »Offensichtlich kennen sie auch ihren derzeitigen Aufenthaltsort nicht, denn sie suchten diese Prinzessin hier bei uns in Aleppo.«

»Inzwischen hat An-Nasir Kenntnis davon, daß Yeza weder hier noch dort, sondern auf dem Wege von Ägypten nach Jerusalem ist, wo sie sich mit ihrem Trencavel vereinen wird.«

»Weshalb setzt An-Nasir seinen Sproß überhaupt solchen Unannehmlichkeiten aus?« Turanshah hatte den Dienern des Bades gewinkt, die jetzt herbeieilten und seinen Körper in vorgewärmte Tücher wickelten, was ihn aber nicht hinderte fortzufahren. »Der Il-Khan läßt sich weder von Geschenken noch von Kindern davon abhalten, seinen Eroberungszug fortzusetzen, es sei denn, der Sultan als oberster Herrscher erschiene in eigener Person zum Kotau! Unterwerfung ist gefragt und sonst nichts!«

»Macht das mal einem wie Eurem Neffen klar!« Clarion lachte. »An-Nasir ist doch sein Leben lang mit seinem dicken Kopf durch die Wand gegangen, der glaubt felsenfest, bei ihm würden die Mongolen eine Ausnahme machen!«

Der alte Turanshah hatte sich auf den Rand des Beckens gesetzt und grübelte. »Und wie verhält es sich mit dem Königlichen Paar?«

Darauf wußte auch Clarion keine Antwort. »Ich könnte mir vorstellen«, sagte sie dann, »daß, wenn Roç und Yeza von dem Wunsch beseelt wären, den Vormarsch zum Stillstand zu bringen, und ihn dezidiert äußerten« – Clarion überdachte gewissenhaft ihre Aussage –, »die Mongolen dieses Verlangen respektieren würden.«

Der Turanshah sah sie zweifelnd an. »So gewaltig ist die Macht dieses Königlichen Paares, das kein Land sein eigen nennt, kein Heer zu Diensten hat?«

»So groß ist die Erwartung der Mongolen, ihr Glauben an die Friedensherrschaft von Roç und Yeza und an die gottgegebene Souveränität dieser jungen Herrscher über den Teil der Welt, der ihrem Volk so fremd ist.«

Clarion suchte nach den richtigen Worten, um dem Alten kein falsches Bild zu vermitteln. »Einerseits fühlen die Mongolen sich als Enkel des Dschinghis-Khan aufgerufen, die ganze Erde zu beherrschen, andererseits haben sie Schwierigkeiten, den ›Rest der Welt‹ zu verstehen, der dies nicht einsehen will. Deswegen haben die Mongolen die Kinder des Gral nach Karakorum geholt, um sie zu ihren Regenten, Herrschern in ihrem Sinne, zu modeln wie der Schöpfergott sein Ebenbild aus Lehm.«

»Und Roç und Yeza?«

»Die sind ihnen davongelaufen; sie haben sich diesem Verlangen entzogen.«

»Das kann ich verstehen«, murmelte der Gouverneur belustigt, »das macht sie mir sympathisch.« Ihm kam ein Gedanke. »Ihr seid Euch sicher, hochverehrte Clarion«, begann er ihn behutsam, »daß sich das Königliche Paar bereits in Jerusalem befindet?«

Clarion nickte, und er fuhr fort: »Wenn es gelänge, Euch aus dem belagerten Aleppo herauszuschmuggeln und Euch, die Ihr ein mutiges und umsichtiges Weib seid, auf schnellstem Wege mit Roç und Yeza zusammenzubringen, könntet Ihr sie dann nicht veranlassen, den Vormarsch der Mongolen zum Halten zu –«

»Gestattet, daß ich Euch hier unterbreche, werter Turanshah, ich kann weder fliegen noch zaubern!«

»Dann ist Aleppo verloren!«

»Jedoch nicht ganz vergebens!« sagte Clarion ungerührt, es machte für sie keinen Sinn, ihn zu schonen. »Manche Opfer müssen gebracht werden, damit sich in dicken Schädeln Einsicht breitmacht. Euren Neffen An-Nasir, meinen Herren, erreicht Ihr allemal mit Nachrichten so schnell, wie das Blitzen von Turm zu Turm eilt. Wenn der Sultan sich unter den Schutz des Königlichen Paares stellt, dann wäre dies ein Signal für die Mongolen, das sie begierig aufgreifen würden.«

Turanshah sah sie bekümmert an. »Ihr kennt doch An-Nasir.« Das war keine Frage. »Er will sich nicht einmal einer Armee von tausend mal tausend bewaffneten Reitern beugen! Wie soll ich ihn bewegen, das Schicksal von Damaskus und ganz Syrien in die Hände zweier junger Menschen zu legen?«

»Er hat Syriens Schicksal nicht mehr in der Hand. Er kann Euch nicht helfen, und er wird auch Damaskus nicht halten können.«

»Ihr sprecht nicht wie eine Tochter dieses Landes. Auch wenn Ihr Euch zum Islam bekennt, Clarion von Salentin, in Eurem Herzen seid Ihr eine Fremde geblieben. Das verleiht Euch diese klare Sicht der Dinge.«

»Nennt sie ruhig unbarmherzig, edler Turanshah, aber zweifelt nicht an meiner Treue zu An-Nasir!«

Da straffte sich die hagere Gestalt des Gouverneurs. »Ich werde versuchen, meinen Herrn und Sultan von einem solchen Schritt zu überzeugen. Derweil will ich Aleppo halten, denn dazu bin ich hier. Seid mein Gast, edle Frau, und Zeuge, wie sich ein alter Mann der anstürmenden Horden erwehrt!« Er sprühte vor Tatendrang. Die Diener brachten Wein und Früchte.

Daß Yeza die Heilige Stadt Jerusalem durch das Zionstor betreten würde, galt als ausgemachte Sache. Für das ›du Mont y Sion‹ in ihrem selbstgewählten Namen war sie sogar bereit, den mühseligen Aufstieg auf den gleichnamigen Berg mit den Ruinen einer der Maria Mater geweihten Basilika zu ertragen, von dem aus die Stadt zum Greifen nah vor dem Pilger liegt.

»Hier stand Euer tolosanischer Vorfahre, der Graf Raimond von St. Gilles«, erläuterte Jordi seiner Herrin, eine verwaschene Inschrift entziffernd, »als im Jahre des Heils 1099 Jerusalem von den Kreuzfahrern erobert wurde.«

Yeza schaute belustigt zu ihm hinab. »Ein solches Blutbad kann ich mit Euch kaum anrichten.« Ihr letztes Aufgebot umfaßte neben dem Troubadour nur noch Kefir Alhakim, ihren Wesir, denn die sie begleitenden Moriskos zählten nicht länger. Sie würde die ausgeliehenen Matrosen jetzt, mit Erreichen ihres Ziels, dem Hafsiden zurückerstatten müssen. Also besser, sie verabschiedete die Schutztruppe gleich und ritt dann ohne jegliches Gefolge ganz bescheiden in Jerusalem ein. Während Jordi, ihr Majordomus, Kämmerer und Kanzler zugleich, die Entlohnung vornahm, ließ Yeza ihren Blick befriedigt über die Stadt schweifen. Sie hatte es geschafft!

Zur Linken, genau vor ihnen, erhob sich die Zitadelle aus der Mauer. Dort mußte auch das Tor König Davids liegen. Gekrönt von der goldenen Kuppel des Felsendoms, ragte zur Rechten der Tempelberg empor, weit mehr als das geistige Gegenstück zur Burg! Auch wenn er sich in die südöstliche Ecke des Befestigungswerks preßte, blieb er Mittelpunkt der geweihten Stätten, beherbergte er doch dereinst das Allerheiligste. Dorthin zog es Yeza mit Macht.

Sie gab ihrem Kamel die Gerte und preschte den Berg hinab. Vor dem Tor angekommen, war sie im Begriff abzusteigen, denn sie wollte den langersehnten Ort zu Fuß betreten. Außerdem mußte sie warten, bis ihre beiden Begleiter mit dem Gepäck nachkamen. Sie bedeckte gerade ihr Haupt züchtig mit einem Tuch, als sie Benis gewahr wurde. Statt sie willkommen zu heißen, wollte der kleine Kater sich heimlich aus dem Torgewölbe davonschleichen. War es Roç etwa gelungen, Jerusalem schon vor ihr zu erreichen? Mit einem Satz hatte sie den Knaben am Kragen erwischt.

»Neugierde oder schlechtes Gewissen? Beiden entkommt man nicht, Benedictus«, ging sie ihn an, ohne den Griff zu lockern, »und mir schon gar nicht!«

Beni ergriff behende die Zügel und ließ das Kamel niederknien, so daß Yeza absteigen konnte.

»Ich wollte Euch den Empfang bereiten, der dem Königlichen Paar gebührt!« erklärte er schlagfertig.

»Sagt mir lieber, wo ich meinen Trencavel finde!« Inzwischen waren auch Jordi und Kefir herangekommen, was dem verlorenen Sohn zusätzliches Unbehagen bereitete.

»Roç Trencavel hat mich als Vorauskommando geschickt, ich habe für Euch Quartier gemacht, in der Davidsburg!« log Beni dreist. »Das historische Gemäuer diente allen Königen von Jerusalem als herrscherlicher Sitz!«

»Ich will aber auf dem Tempelberg meine Residenz nehmen!« beschied ihn Yeza ungnädig.

»Beginnt Euren Aufenthalt in der Heiligen Stadt nicht mit einem Stich ins Wespennest aller verfeindeten Religionen! Verzeiht mir die Kühnheit, mich Eurem Wunsch zu widersetzen, meine Herrin, aber ich kenn' mich hier aus!« Beni plusterte sich auf, kaum daß Yeza ihn losgelassen. »Prüft erst die Lage, und macht Euch selbst ein Bild, wenn Ihr meinen Rat verschmäht!«

»Dein Rat, mein Sohn, hat nicht bedacht, daß die Wahl des Ortes sogleich ein Zeichen setzt.« Damit begrüßte der Wesir seinen Sprößling. »Für jeglichen Anspruch auf spirituelles Herrschertum deucht mich die heilige Stätte, von der aus der Prophet zu seiner Nachtfahrt emporgeritten, in ihrem symbolischen Wert ungleich glücklicher als die Burg der Könige, die nur für weltliche Macht stehen kann!«

Yeza war anfangs leicht belustigt, dann aber höchst beeindruckt von den Einsichten ihres Wesirs. Dem Filius verschlug es schlicht die Sprache.

»Dennoch«, mischte sich Jordi ein, »hat Beni recht: Eben weil der Griff nach dem Allerheiligsten der Juden wie der Muslime so gewichtig ist, laßt uns in Ruhe und Sicherheit in Erfahrung bringen, wie die Stimmung in der Bevölkerung ist und mit welchen Priestern wir es zu tun haben!«

»Also beziehen wir fürs erste die Burg«, frohlockte Beni, »dort habe ich schon alles hergerichtet!« Yeza gab sich geschlagen.

Der kleine Secretarius führte stolz das Reitkamel seiner Herrin am Halfter, als sie über die morsche Zugbrücke in den Hof der Zitadelle einzogen, durch ein Tor, das so schwach in den Angeln hing, daß schon ein Klopfen mit der Faust genügt hätte, es zum Einsturz zu bringen. Gras wucherte zwischen den Steinen, und Schwalben nisteten in den Löchern. Ein Haufen zerlumpter Gestalten stand trotz der drückenden Hitze bereit, Yeza zu empfangen.

»Das da sind die Christen!« Beni wies auf die Kreuzträger hin, die auch mit zerschlissenen Bannern erschienen waren, auf denen Maria das Kind zur Brust nahm oder ein Lamm mit angewinkeltem Vorderhuf Blut verströmen ließ. Viele alte Weiber waren darunter, meist in Nonnentracht, doch sie bildeten strikt voneinander sich abgrenzende Grüppchen, die nicht miteinander sprachen.

»Orthodoxe Griechen und Armenier, Altsyrer und Kopten!« Beni kannte sich aus. »Es fehlen nur die Römisch-Katholischen. Denen ist bei *excommunicatio* untersagt, mit Euch auch nur ein Wort zu wechseln. Denn der Herr Patriarch besteht darauf, daß Ihr ihm zuvor in seinem Palast die Aufwartung macht, und zwar allein, ohne Gefolge!«

»Der Flickschuster aus Troyes will Euch im rechten Glauben prüfen!« scherzte Jordi. »Deshalb laßt uns besonders freundlich zu diesen Schismatikern sein, das wird ihn wurmen!«

Yeza nahm die Anregung auf. »Gebt jedem, der hier zu unserer Begrüßung erschienen, eine Münze, und schickt sie dann zum Teufel, mit aller Herzensgüte, derer Ihr fähig seid!«

Während sich die Christen um die Almosen rauften, die Jordi mit beiden Händen aus der Kiste streute, trafen Jakov und der Sufi ein. Abu Bassiht verbeugte sich vor Yeza und zitierte: »›Der Derwisch allein kennt das Geheimnis der Gefolgschaft, sein Blick durchdringt die unendlichen Himmel, er erkennt Gott und den Meister als eines.‹« Er begleitete seinen melodischen Singsang mit leichtem Wiegen des Körpers. »›Willst du deine rostige Seele in Gold verwandeln, such' die Nähe des Meisters: Er ist der Alchimist!‹«

»Rumi!« jubelte Yeza, und Abu Bassiht strahlte sie an.

»Der Meister läßt Euch grüßen!« Der Sufi verneigte sich nochmals und trat zurück, um Jakov den Vortritt zu lassen. Der hagere Gelehrte sprach anscheinend über Yeza hinweg in den lauen Wind, der die Schwüle nicht zu mindern wußte:

»Eure Wege seien ›Wege der Lieblichkeit‹ und Eure Pfade ›Pfade der Vollkommenheit!‹« Er hielt inne und senkte seine Stimme, aber immer noch, ohne Yeza anzuschauen. »Wie in einem Gefäß verborgen, findet sich ein Geheimnis in diesem Satze!‹«

Yeza hielt sich an die Regeln der Offenbarung, sie suchte seinen Blick nicht, als sie die Frage in den Raum stellte: »Der Schwarze Kelch?«

Und Jakov tat so, als habe er sie nicht gehört. Er wandte sich an Kefir. »Ich will Euch, dem verantwortlichen Wesir, gleich zur Kenntnis geben, was wir, die Juden Jerusalems, keineswegs für erstrebenswert halten: Die Muslime dieser Stadt wünschen, das Königliche Paar möge seine Zelte auf dem Berg der Moschee Al-Aqsa aufschlagen. Sie wollen Abu Bassiht dort als ihren Mufti sehen.«

Yeza hielt sich an den Sufi. »Ist das auch Euer Verlangen?« Sie hoffte sehr, er würde das Angebot zurückweisen, denn es roch nach Ungemach und stank nach Freiheitsberaubung wie ein Fischkopf in der Sonne.

Abu Bassiht lächelte und tat ihr den Gefallen, doch nur zur Hälfte.

»Ach, Bruder!« Damit wandte er sich an den alten Kefir. »Vergönnt mir den klaren Wein der Liebe und der Freiheit! Ihr hingegen, Kefir Alhakim, würdet den Gläubigen Allahs als Vorsteher der Moschee und Hüter des Felsendoms zur Zierde gereichen!« Er klopfte dem klapprigen Wesir aufmunternd auf die Schulter. »Stellt Euch den Muslimen der Stadt zur Wahl, einen besseren Lehrer finden sie nicht!«

Aber Kefir Alhakim war von dem Vorschlag eher erschrocken.

»Die Juden werden mich steinigen, die Römer kreuzigen!« wehrte er sofort ab und wandte sich verzagt an Yeza. »Lieber bleibe ich der ergebene Wesir meiner Königin!«

»Ihr seid mir lieb und wert, Kefir«, tröstete die ihn lächelnd, »doch ich will Eurer Berufung nicht im Wege stehen!«

Der Sufi gab nicht so schnell klein bei. »Erweist Euch als offenes Haus!« rügte er Yeza leichthin und befahl dem Kleinmütigen: »*Assiq laiati amam illa idha kana mabni alla assas Allah.* Haltet Euch an die Worte des weisen Ibn Arabi, der trefflich dazu sagte: ›Mein Herz bietet allen Raum: Es birgt Weidegrund für die Gazellen; ein Kloster für christliche Mönche; da ist ein Tempel für jene, die Idolen folgen; ein heiliger Schrein für Pilger; dort finden sich die Tafeln der Thora und das Buch des Koran.‹«

»Ihr habt von mir verlangt, daß ich mich erst mal bedenke«, sagte Yeza. »Es ist nur recht und billig, daß dies auch dem Kefir Alhakim eingeräumt wird, bevor er irgendeinen Dienst auf dem heiligen Berg antritt.«

»Und doch, meine edle Dame«, entgegnete Jakov in seiner Dickschädeligkeit, »bleibt der geweihte Boden dort oben auch Eure Bestimmung. Dem könnt Ihr Euch nicht entziehen!«

Yeza lag daran, der Diskussion ein Ende zu bereiten. »Habt Ihr Arslan, den Schamanen, gesehen?« fragte sie unvermittelt. »Ich habe das Gefühl, daß er in unserer Nähe weilt.«

Alle schüttelten die Köpfe, nur Beni war hellhörig geworden. »Fuhrt dieser Arslan einen Bären mit sich?« Von seinem Vater erntete er einen strafenden Blick, die beiden anderen Herren schauten sich nur kurz an und schwiegen.

»Einen Bären?« Yeza lachte. »Das sähe ihm ähnlich!«

Da Beni schwieg, schritt sie voraus, um endlich Besitz von der Davidsburg zu nehmen. »Ihr, Jakov, und Ihr, Abu Bassiht, seid Gäste an meiner Tafel und unter meinem Dach! Beziehet die Gemächer, die Euch behagen.«

So groß war die Auswahl nicht, wie die beiden bald feststellten, denn in den meisten Räumen ging der Blick ungehindert in den blauen Himmel, weil die Decke eingestürzt war, was bei Regen und Kälte keine angenehme Bleibe versprach. Die wenigen intakten Gewölbe zu ebener Erde hatte Beni zwar gereinigt, aber sie waren dunkel und feucht. Mobiliar gab es keines, nur Strohsäcke auf blanker Erde oder Steinboden, und den mußten sie sich noch mit allerlei Getier teilen. Die Befürworter eines baldigen Umzugs auf den Tempelberg waren schnell in der Überzahl.

Beni selbst dachte nicht daran, seine Schlafgelegenheit beim Vorsteher der jüdischen Gemeinde, Rabbi Jizchak, einzutauschen. Einmal, weil er sich nicht nach der Fuchtel seines Vaters zurücksehnte, zum anderen machte er sich noch immer Hoffnungen, Miriam einmal ohne ihre Freundinnen beim Bade im Teich Siloah anzutreffen. Seine Angebetete war neugierig auf die blonde Prinzessin, die, nur von alten Männern umgeben, im ›Turm des König David‹ hauste. Listig begann Beni, ihr einzureden, sie allein sei dazu ausersehen, Yezas herbes Los zu bessern. Doch Miriam rief ihre Gespielinnen zusammen, und die Mädchen stibitzten in den Häusern ihrer Eltern Decken, Kissen und sogar einen Teppich, auch Vasen und *skamlat* und anderes Mobiliar, mit dem sie die kargen Räumlichkeiten im Turm zu verschönern gedachten. Gemeinsam zogen sie zur Burg.

Beni, der ausgekundschaftet hatte, daß Yeza ausgeflogen war, und der Miriams Besuch begehrlich erwartete, sah sich wieder einmal um das ersehnte Schäferstündchen gebracht, als die Mädchen schließlich mit einem hochbepackten Esel anrückten, der die Beute trug. Der Kater machte gequält einen Buckel, denn er durfte die Gaben alleine in den Turm hinauftragen. So konnten sie der jungen Königin eine freudige Überraschung bereiten.

Yeza hatte sich in Begleitung von Jordi, Kefir, Jakov und Abu Bassiht zum Palast des Patriarchen begeben, der ihren Besuch ja gefordert hatte, weshalb sie auf eine förmliche Anmeldung verzichtete. Sie trafen Jakob Pantaleon hemdsärmelig im Garten seines Palastes an. Der Patriarch hatte eigenhändig ein Stückchen Erde in dem verwilderten Park umgegraben und setzte gerade Knoblauchzwiebeln. Verlegenheit überkam ihn keineswegs, auch nicht, als Yeza ihm genüßlich den Kabbalisten, den Sufi, den Troubadour und ihren Wesir vorstellte. Pantaleon wischte sich die Hände an der Schürze ab, und man begab sich unter eine schattige Zeder. Es war drückend heiß und schwül. Kein Lüftchen regte sich. Die Stimme des Patriarchen klang sanft, als er das Wort an Yeza richtete:

»In Euren Diensten, die Ihr die Segnungen der *Ecclesia catolica* verschmäht, der einzigen Kirche unseres Herren, befindet sich ein getauftes Christenkind, ein gewisser Benedictus, im rechten Glauben erzogen.«

Yeza betrachtete den bäuerlichen Mann mit aufsteigendem Unmut, doch bedeutete sie ihm durch ein leichtes Neigen des Kopfes fortzufahren.

»Er nächtigt im Hause eines Juden, Rabbi Jizchak. Das kann ich nicht dulden, zumal er mir als Lektorknabe in der Kirche des Heiligen Grabes zur Hand gehen könnte.« Pantaleon erwartete jeden möglichen Einwand, aber auf Yezas Gegenfrage: »Wer liegt denn da begraben?« war er nicht vorbereitet.

Sie verschlug ihm schlicht die Sprache, so daß Jakov trocken einhaken konnte. »Euch scheint es weniger um die letzte Ruhestätte des Jesus von Nazareth aus dem Hause David zu gehen als um Euer eigenes Bett, daß Ihr so sehr nach dem Knaben begehrt?«

Der Patriarch lief nicht rot, sondern puterrot an, daß sie dachten, der Schlagfluß würde ihn auf der Stelle treffen. »Verkommenes Ketzergesindel!« schnaubte er. »Ich lasse Euch alle –«

»Was bitte?« sagte Jordi fröhlich. »Kreuzigen?«

»Judenpack! Ihr habt schon den Gottessohn –«

»Haltet ein! Das waren die Römer!« warf Jakov schnell ein. »Wir Juden hätten ihn gesteinigt! Aber warum sollten wir? Er war unser sehnsüchtig erwarteter Messias, als König wünschten wir ihn, als König der Juden!«

»Ihr seid Schweine, ihr habt das Lamm Gottes gemeuchelt, geschlachtet – geschächtet! Doch Christus ist wieder auferstanden, als König der Christen! Itzo gehört Er uns ganz allein, mit Haut und Haaren!«

»Der Arme«, sagte Yeza und erhob sich, »das hat er nicht verdient!«

PAX HIEROSOLYMITANA

»Ich werde Euch aus der Stadt jagen lassen!« keuchte der Patriarch. »Ihr seid des Teufels!«

»Für die Hölle bin ich nicht zuständig«, erklärte jetzt Kefir Alhakim bündig, »wohl aber für meinen Sohn, den Ihr Benedictus nennt. Ich werde ihm anraten, sich von seinem christlichen Gelübde loszusagen. Die Lehre unseres Propheten Mohammed ist für das Leben weit besser geeignet als Eure Doktrin des Geifers und des Hasses! *Inshallah!*«

»Ich werde seine Seele für Christus retten, so wahr mir Gott helfe! Mein Gott!« Jetzt sprang auch der Patriarch auf. »Und Euch werde ich bei lebendigem Leib –« Er hatte seinen Stab ergriffen und fuchtelte damit wild vor dem Wesir und Jakov herum.

»Wir sollten den Schuster vielleicht zum Abschied versohlen«, schlug Jordi seiner Herrin vor. »Eine richtige Tracht Prügel hat er sich verdient.«

»Willst du der Kirche einen neuen Märtyrer schenken? Laß uns nicht Gleiches mit Gleichem vergelten!«

In diesem Moment hatte der Schriftgelehrte den Stab des Patriarchen zu fassen bekommen und ihm mit einer Behendigkeit, die ihm keiner zugetraut hatte, aus den Händen gewunden. Er zerbrach ihn seelenruhig über dem Knie. Fassungslos starrte Pantaleon auf das Kruzifix an der Spitze, das ihm entgegengehalten wurde.

»›Jeder Zornige ist dem Götzendiener gleich‹«, beschwor Jakov ihn. »›Und die Galle ist das Schwert des Todesengels.‹« Er trieb den Patriarchen langsam vor sich her, wie ein Exorzist den Gekreuzigten dem bösen Dämon entgegenstreckend. »Wer die Verbote von Blutvergießen, Götzendienst und Unzucht übertritt, dessen Seele entblößt sich und wird in der Hölle gerichtet!‹«

Jakov stieß das abgesplitterte Ende des Stabes mit dem Kruzifix vor dem Patriarchen in die Erde und warf ihm die andere Hälfte vor die Füße. Jakob Pantaleon brach in die Knie und betete still zu seinem Heiland. Er war nicht zerknirscht, sondern entsetzt.

Abu Bassiht hatte das ganze Geschehen nur kopfschüttelnd verfolgt, ohne auch nur einmal in den Schlagabtausch einzugreifen. Jetzt begann er zu lachen. »Ich habe Eure Sorgen vernommen, doch ich habe nicht begriffen, um was es eigentlich geht!«

Das war an alle gerichtet, doch jetzt trat er vor den Patriarchen, der mittlerweile das aus der Erde ragende Stabende umklammert hatte und daran in Büßergebärde abgeglitten war, so daß sein zwischen den Armen verborgenes Gesicht fast den Boden berührte.

»Du verlangtest die Tochter des Gral zu sehen, Priester, und erträgst ihren Anblick nicht?«

Das Lachen des Sufi bereitete dem Patriarchen Höllenpein, zumal der ihn jetzt in einem ungewöhnlich lustigen Ton anging. »›Was hängst du an den Prunkgewändern, verdrossener Thronräuber, da doch das Frohlocken des wahren Meisters die Welt erfüllt?‹«

Jakob Pantaleon schaute blinzelnd auf. Der Mann, der zu ihm sprach, tanzte vor seiner Nase, drehte sich wiegend im Kreise, als sei nichts als Heiterkeit von Bedeutung. »›Was nimmst du bittere Medizin für die Gebresten deines Herzens, wenn doch das süße Wasser der Liebe überall sprudelt?‹«

Yeza begriff zwar nicht sofort, von welchem Meister die Rede war, denn es konnte sich auf den Parakleten, ja auf den unverfälschten Jesus beziehen. In einem mußte sie dem Sufi recht geben. Sie hatten es alle übertrieben. Der Mann der Kirche konnte nicht aus seiner Haut, aber sie sollte die ihr gewährte Freiheit des Geistes besser nutzen, als sich in solch häßliche wie sinnlose Streitereien hineinziehen zu lassen oder sie gar anzuzetteln. Andererseits war ihr unmißverständlich vor Augen geführt worden, was sie von der Kirche Roms zu erwarten hatte – Feindschaft bis aufs Messer! »Laßt uns diesen Höflichkeitsbesuch mit dem deutlich ausgesprochenen Wunsch beenden«, forderte sie ihre Herren auf, »daß es der erste und der letzte gewesen sein möge!«

Jordi schloß zu Yeza auf. »Der Herr Patriarch kann sich jetzt wieder seinen Zwiebeln widmen! Das soll bei Begegnungen mit Weibsbildern, wie Ihr es seid, von größter Hilfe sein.«

»Du meinst, der Vertreter Roms wird so nach Knoblauch stinken, daß ich mich künftig vornehm zurückhalte?«

Sie ließen den Patriarchen jedenfalls in seinem Garten zurück.

»Wir ziehen um auf den Tempelberg«, verkündete Yeza, kaum daß der Palast hinter ihnen lag.

»Und lassen die Grabeskirche schließen!« regte Jordi an. »Überhaupt könnte die Welt sehr gut ohne die christliche Religion auskommen.«

»Sehr gut sogar!« bekräftigte der sonst eher zurückhaltende Kefir Alhakim. »Ich meine nicht die Botschaft des Jesus von Nazareth, sondern die Kirchen der Apostel, Paulus an der Spitze!«

Seit Jerusalem, die Heilige Stadt, im Jahre des Unheils 1244 endgültig wieder in die Hände des Islams zurückgefallen war, und zwar als kaum noch bevölkerte Ruinenstätte, hatte sich keiner mehr die Mühe gemacht, Mauern, Türme und Tore instand zu setzen. Für die christlichen Franken des Königreichs galt der Ort auf Grund seiner isolierten Lage als unhaltbar, so daß eine Rückeroberung sinnlos erschien. Den Ägyptern als den offiziellen Herren erschien er selbst als vorgeschobenes Grenzfort zu abgelegen und strategisch völlig bedeutungslos. Als sie merkten, daß die Kreuzfahrer keinen ausschließlichen Anspruch mehr auf den ihnen einst so brennend am Herzen liegenden Ort erhoben, wurde nicht einmal mehr eine Garnison dorthin verlegt. Es blieben ein paar zerlumpte Torwachen, die davon lebten, den immer spärlicher eintreffenden Pilgern eher einen *bakshish* als einen Wegezoll abzuknöpfen.

Als Julian von Sidon mit seinen bis über die Zähne bewaffneten Raufbolden nach tagelangem scharfem Ritt durch das Jordantal von Ferne der Stadt zwischen den Hügeln ansichtig wurde, befahl er, die Rüstungen abzulegen und sie mitsamt Helmen und Schwertern in mitgebrachten Säcken voller Stroh zu verstecken. So fiel auch niemandem auf, daß zwei gesattelte Pferde mitgeführt wurden. Als fromme Wallfahrer zum Heiligen Grab passierten sie unangefochten den Bab el-Amud, das frühere Stephanstor, denn sie konnten sogar einen echten Geistlichen vorweisen.

Den Mönch, es handelte sich um den Franziskaner Lorenz von Orta, hatten sie unterwegs aufgelesen und mitgeschleift, weil er unbekümmert bekannt hatte, ein enger Vertrauter des Königlichen Paares zu sein, der sich aufgemacht habe, es in Jerusalem aufzusuchen. Das betrachtete Julian als glückliche Fügung, denn er wußte nicht einmal, wie Roç Trencavel und seine Dame Yeza aussahen. Er hütete sich, den Minoriten in seinen finsteren Plan einzuweihen, sich der

Kinder des Gral zu bemächtigen, um auf diese Weise einen Faustpfand gegen die Mongolen in der Hand zu haben, sondern heuchelte vielmehr sofort ein starkes Interesse, den beiden die Aufwartung zu machen. Als ihr Protektor besäße Julian einen Anspruch auf die wahre Herrschaft im Königreich und einen gewichtigen Trumpf gegen Philipp von Montfort, seinen alten Widersacher. Mit diesem Lorenz von Orta würde er sich, ohne Verdacht zu erregen, bei Roç und Yeza einführen und hätte dann Zeit, in aller Ruhe an Ort und Stelle zu sehen, wie er sein Vorhaben am unauffälligsten bewerkstelligen könnte.

Die Mitführung dieses Minoriten hatte das Stoßtruppunternehmen des Julian von Sidon arg belastet, denn der schon ziemlich tattrige Lorenz war keinen schnellen Ritt gewohnt und auch den anderen Strapazen kaum gewachsen. Sie mußten ihn schließlich auf dem Pferd, das sie ihm aufgedrängt hatten, festbinden, damit er nicht herunterfiel. Doch diese Mühe war es dem Raubritter wert, denn so konnte er als Wolf im Schafspelz sein Ziel bequemer und sicherer erreichen als mit einem bewaffneten Überfall. Julian lag nicht an Aufsehen und noch viel weniger an unnötigem Blutvergießen. Das war zwar sonst nicht die Art des Herrn von Sidon und Beaufort, der Besitzgier zu frönen, aber er hatte nicht die geringste Vorstellung, was ihn in Jerusalem erwartete, vor allem nicht, wie es um die Palastwachen und die Streitmacht des Königlichen Paares bestellt war.

Die Torhüter verwiesen den Trupp auf die Frage nach dem Aufenthaltsort von Roç und Yeza an die Davidsburg. So zog Julian mit seinen Leuten mitten durch die Stadt. Sie hatten bereits die Grabeskirche passiert, als ihnen ein älterer Mann den Weg versperrte. Er reckte den vermeintlichen Pilgern ein zerbrochenes Kruzifix entgegen und wies energisch auf das Portal Sancti Sepulcri.

»Hier ist der Ort, dessen Ihr Sünder bedürft, um das Heil zu erlangen!«

Herr Julian war ungehalten ob der Belehrung. »Scher dich hinweg, Alter!« polterte er. »Wir haben Wichtigeres zu tun!« Das hätte er nicht sagen sollen.

»Was gibt es für einen Christen mehr an Not, als Buße zu tun am Grabe dessen, der für ihn am Kreuze starb?«

Der rüstige Patriarch, als solcher an seiner Kleidung nicht erkennbar, sprang dem Frevler jetzt vors Pferd und fiel ihm in die Zügel. »Ich bin Jakob Pantaleon, der Hüter dieses heiligen Platzes! Ich befehle Euch abzusteigen!«

Julian gab seinem Pferd die Sporen und ließ es steigen. Entsetzt ließ der Patriarch die Zügel fahren. Hohnlachend sprengte der Trupp an ihm vorbei. Lorenz von Orta hatte schon bei Nennung des Namens seine Kapuze tief ins Gesicht gezogen und sich beiseite gedrückt.

Der Abend war bereits angebrochen. Yeza und die ihr verbliebenen Begleiter Jakov und Abu Bassiht waren zu Gast beim Rabbi Jizchak. Jordi und Kefir waren zum Tempelberg gegangen, um die ehemalige Residenz der Templer, das Kloster neben der Al-Aqsa-Moschee über den Ställen Salomonis, auf seine Bewohnbarkeit zu prüfen, bevor man den Umzug in die Wege leitete. Am Tisch des Rabbis saß ein alter Freund aus Alexandria, der Chiromant Ezer Melchsedek. Dafür, daß er den Weg von Aqaba am Toten Meer entlang angeblich zu Fuß zurückgelegt hatte, wirkte er recht frisch.

»Ihr müßt geflogen sein«, sagte Yeza ungläubig. »Oder haben Euch Engel getragen?«

»Auf Adlers Schwingen« – Ezer ließ sich nicht fangen – »über die Gebirge, auf dem Rücken eines Stieres, wenn es Wasser zu überqueren galt, mit dem Haupt des Löwen durch die Wüste.«

»Unser bescheidenes Mahl habt Ihr verschlungen wie ein Mensch, der sieben Tage lang darben mußte«, beschrieb der Rabbi belustigt, wie der weise Mann aus Alexandria über die Speisen hergefallen war, was man an den Resten sehen konnte, die noch in seinem von Öl glänzenden Bart hingen und über sein Gewand verteilt waren. »Ihr solltet Euch reinigen«, rutschte es ihm im vorwurfsvollen Ton heraus, so daß der Sufi sich mit leichter Hand zu einer Rüge verstand.

»Ist diese Welt nicht ›ein endloses Fest und ein jeder voll bis an den Rand? Wir essen und essen, nehmen auch zweimal, dreimal – und der Tisch bleibt dennoch reich gedeckt?‹«

Abu Bassiht grinste dabei Yeza an, denn er wußte, wie sehr sie sich freute, ihren Lieblingsdichter Jalaluddin Rumi in jeder Lebenslage köstlichst herbei zitiert zu hören.

»So verweilt denn, es ist genügend Platz für einen weiteren Gast an unserer Tafel!«

»Euch mangelt es an dem gehörigen Ernst!« schalt ihn sein Freund Jakov. »Unser Rabbi Jizchak will mit der Tochter des Gral die Messiasverheißung des jüdischen Volkes angehen.« Schalk blitzte auf in den Augen des Gelehrten nur für den lustigen Derwisch bestimmt. »Es stellt sich nicht nur für uns Juden dieser Stadt die Frage, ob das Königliche Paar diese Erwartung erfüllen kann und soll.«

Da sprang Abu Bassiht auf und begann mitten im Raum zu tanzen. »Oh, meine Brüder, kredenzt den reinen Wein der Liebe und der Freiheit!«

Der Rabbi versuchte ihn auf den Boden der Gegebenheiten zurückzuholen.

»Das könnte Aufruhr geben, einen furchtbaren Wirbelsturm!« Jizchak war ernsthaft besorgt, doch vergebens.

»Mehr Wein!« jauchzte der Sufi und begann, sich schneller zu drehen. »Wir werden diesem Sturm beibringen, wie man wirbelt!« Und er kreiselte wie ein Haufen Herbstblätter, in die eine Windhose gefahren ist, in seinem weiten Mantel hüpfend, auf- und niedergehend. Der Tanz der Derwische!

Yeza hatte den alten Männern aufmerksam zugehört und nicht in das seltsame Gespräch eingegriffen. Sie war überrascht genug zu hören, welche Hirngespinste in diesen nahezu kahlen Köpfen herumspukten. Oder waren es etwa keine? Konnten Roç und sie eine solch hoffnungsbeladene Bürde denn überhaupt tragen? Eine Zumutung für die gläubigen Juden und erst recht eine für die vorgesehenen Träger! Doch hatte der Große Plan ihnen letztlich nichts Geringeres verheißen? Sie hatten Jerusalem, ihr vorgegebenes Ziel, erreicht! Yeza wurde schaudernd klar, was es für sie bedeutete, diese Stadt betreten zu haben. Hier würde sich ihr Schicksal erfüllen. Die Zeiten des Herumgeplänkels waren vorbei, die Prieuré hatte sich in den Zugzwang ihrer eigenen Prophezeiungen gesetzt – und sie, die einstigen Kinder des Gral, damit in die Pflicht genommen. Aber hatten sie das nicht immer gewußt? Yeza sehnte sich Roç herbei, dringend. Sie konnte die notwendigen Entscheidungen nicht allein fällen, sie wollte es auch nicht!

Statt seiner kam Beni herein, gefolgt von einer blutjungen Maid, Milch und Honig, die dem Kater wohl den Kopf verdrehte.

»Was gibt's, mein Kind?« begehrte der Rabbi, ganz zärtlicher Vater, zu wissen. Mit »Miriam, meine Tochter!« stellte er sie stolz vor, aber Beni sprudelte seinen Bericht bereits aufgeregt heraus.

»Wir richteten die Davidsburg gerade wohnlich her, damit unser Königliches Paar sich dort wohl fühlen mag, als ein Haufen Ritter mit gezückten Schwertern dort eindrang und sofort in die Gemächer des Königlichen Paares stürmte.« Der Kater holte schnell Luft. »Sie sahen mich und Miriam im Kreise ihrer Gespielinnen, aus denen sie heraussticht wie die Perle in der Auster zwischen stumpfen Sandkörnern.« Er ließ seiner Begeisterung für die einzige Tochter freien Lauf, was der Vater mit Stirnrunzeln quittierte. ›Seid Ihr Roç Trencavel und die Dame Yeza Esclarmunde?‹ forschte der Anführer barsch und fixierte dabei Miriam. Sie führten auch einen Mönch mit sich, einen schmächtigen Franziskaner. Der schüttelte den Kopf und sagte: ›Ihr täuscht Euch, Herr Julian, das ist keineswegs das von Euch gesuchte Paar!‹ Ich bekräftigte dies, schließlich bin ich als Secretarius bestellt, und Miriam erklärte sich als einfache Dienerin, wie auch die Gespielinnen –« Beni schaute verzückt auf seine geistesgegenwärtige kleine Braut, was den Rabbi sehr störte, doch das focht den verliebten Kater nicht an. »Der Herr Julian war darob recht ungehalten mit dem Minoriten. ›Ihr wolltet uns das Königliche Paar vorstellen, Lorenz von Orta!‹ beschimpfte er den armen Mönch, der sich aber zur mutigen Erwiderung aufraffte. ›Das habt Ihr Euch so gedacht, Herr Julian, gefragt habt Ihr mich nicht!‹ Der schluckte die Kröte. ›Und wo finden wir nun Roç und Yeza?‹ lenkte er ein, als hätte die Kröte ihm den rauhen Hals geglättet. Und ich sagte: ›Meine Herrschaft weilt beim lateinischen Patriarchen, der sie, von einer stattlichen Ritterschar geleitet, in seinen Palast geladen hat. Soll ich Euch hinführen?‹ Da fluchte der Herr Julian recht unchristlich und verließ mit seinem Haufen die Burg. Ich schaute ihnen nach, sie ritten eiligst durch das gleich daneben befindliche Tor und kehrten der Stadt den Rücken!«

»Und Lorenz von Orta?« hakte Yeza sogleich nach. »Das ist ein guter alter Freund –«

»Und so soll's auch bleiben!« ertönte es von der Tür, und herein trat der Franziskaner.

»Was wollten die von uns?« fragte Yeza, kaum daß sie den schmächtigen Minoriten umarmt hatte.

»Eingeweiht haben mich die Herren nicht, aber es roch zusehends nach einer Entführung. Sie hatten sogar zwei gesattelte Pferde mitgebracht, ich traf den Trupp zufällig unterwegs auf dem Wege zu Euch, meine Königin!«

»Und nun?« fragte Beni vorlaut.

»Die Dame Yeza Esclarmunde schläft heute nacht unter meinem Dach!« entschied der Rabbi. »Miriam wird ihr das Bett abtreten.«

»Kommt nicht in Frage«, erwiderte Yeza, »wir werden es uns teilen!«

Die einzige Tochter errötete vor Glück, während sich die hoffnungsvoll strahlende Miene des Katers verfinsterte, hatte er sich doch schon ausgerechnet, daß eine Maus ohne Nest ein leichtes Opfer abgeben könnte. Vater Jizchak bedachte ihn mit einem gestrengen Blick.

»Wir wollten doch noch etwas trinken« – Abu Bassith brachte sich in Erinnerung –, »bevor geübte Landstreicher wie unsereins zusehen, wo sie ihr Haupt zur Ruhe betten.« Damit schloß er außer Jakov auch Lorenz ein. Während Miriam und Yeza sich nach oben zurückzogen, stieg der Rabbi in den Keller und holte mehr von dem verlangten Wein: Er wählte mit Bedacht, denn es war wohl ein besonderer Tag. Die versuchte Entführung hatte es ihm bestätigt. Rabbi Jizchak wandte sich zwischen den Amphoren der feuchten Kellermauer zu, die unter der Jehosaphatstraße hindurch an die Quadern der Einfassung des Tempelberges grenzte, preßte seine Stirn gegen sie und dankte laut seinem Gott.

Yeza hatte sich an der Nacktheit Miriams erfreut, vor allem an der Wärme der Haut des Mädchens, das ihre Umarmung zärtlich erwiderte. Sie ließ wohlig zu, daß erst die weichen Lippen, dann die rauhe Zunge ihre harten Brustwarzen liebkosten, und hätte ihre junge Bettgenossin gern noch in ganz andere Freuden eingeweiht, so das überhaupt nötig war, doch ihre Müdigkeit war stärker als alle Lust. Von der einzigen Tochter eng umschlungen, schlief sie ein, fiel sofort in Tiefen, in die sonst kein Traumlicht hinabreicht. Überdeutlich sah sie die Säulenreihen der unterirdischen Pferdeställe von König Salomon, die völlig unter Wasser standen. Sie schwamm darin wie ein Fisch, ohne jedes Atemproblem, und es bedurfte auch keiner so angestrengt wirkenden Schwimmbewegungen eines Frosches. Geringste Flossenbewegungen mit den Händen reichten vollauf, sie immer weiter in das Dunkel vordringen zu lassen. Kein Sonnenstrahl drang zu ihr hinab. Dann sah sie den Schwarzen Kelch vor ihren Augen leuchtend hinabsinken. Sie griff nicht nach ihm, der sich ihr entzog, sondern folgte seinem Glanz. Sie wäre ihm bis in das Innere der Erde gefolgt, wenn nicht Glockenläuten zu ihr gedrungen wäre. Es wurde stärker und hallte im Wasser, dröhnte ihr in den Ohren, im ganzen Kopf. Sie fuhr hoch und sah die Silhouette Miriams am offenen Fenster stehen und in die Nacht hinaus lauschen. Yeza kroch aus dem Bett und trat zu dem Mädchen. Vom Vorplatz drangen aufgeregte Stimmen zu ihnen herauf. Sie schmiegte sich an Miriam, und gemeinsam versuchten sie, Brocken der Unterredung aufzuschnappen. Jordis kräftiges Organ setzte sich durch.

»Der Patriarch muß sie aufgewiegelt haben. Der christliche Pöbel zog zur Davidsburg, das Königliche Paar zu steinigen. Da sie in den Gemächern niemanden fanden, zerbrachen sie die Möbel, plünderten und schleppten weg, was ihnen wertvoll erschien, verwüsteten alles andere und setzten es in Brand.«

Jetzt erst gewahrte Yeza den Schein einer Feuersbrunst am anderen Ende der Stadt, ein flackerndes Leuchten.

»Sie hatten Kefir erwischt, den sie für einen Juden hielten. Pogromstimmung kam auf, denn der Patriarch hatte in einer nächtlich anberaumten Messe unverblümt durchscheinen lassen, daß die Juden sich der Kirche zum Heiligen Grabe bemächtigen wollten, um sie in eine Synagoge zu verwandeln.«

»So viele Juden, um die Basilika zu füllen«, seufzte Miriam mit Bedauern, »gibt's in ganz Jerusalem nicht!«

Yeza schlang ihre Arme um das Mädchen, das jetzt in der Nachtkühle zu frösteln begann, ihre Hände glitten an dem zitternden Leib hinab. »Komm«, flüsterte sie, »laß uns wieder unter die wärmende Decke kriechen, die Männer haben's nicht besser verdient.«

Sie hörten beide noch, daß Kefir zurückgebracht wurde. Er lebte also noch, denn er berichtete ungerührt.

»Als einige verschlafene Torwächter erschienen, zogen sich die Christen von der Davidsburg zurück, unter laut gegrölten Schwüren, sie würden jeden Juden totschlagen, der sich auch nur in die Nähe ihrer Kirchen und heiligen Stätten wagen sollte.« In dieser Frage waren sich die ansonsten spinnefeinden Konfessionen also einig«, schloß Jordi. »Dem Einsatz der Mameluken verdankt auch Kefir Alhakim, daß er zwar verprügelt, aber mit heilen Knochen und Zähnen dem Mob entkommen konnte.«

»Nun muß unser guter Wunderheiler sich selbst verarzten!« sagte Yeza und flüsterte Miriam ins Ohr. »Komm!«

Unten gingen die Männer ins Haus, und es trat wieder Stille auf der Jehosaphatstraße ein.

Die Stimmung in Damaskus, der Perle Syriens, war nicht gedrückt, doch die Bewohner waren im höchsten Grade beunruhigt und flüchteten sich in hektische Betriebsamkeit. Keiner wußte so recht, was tun. Allen voran der Herrscher, der täglich zwischen trotzigen Parolen säbelrasselnden Widerstands und kleinmütigen Überlegungen zur Flucht unter die Fittiche mächtiger Verbündeter schwankte.

Madulain, die Ehefrau des Mamelukenemirs Fassr ed-Din Octay, die aus Kairo vor den Nachstellungen des neuen Sultans geflohen, war solche Wirren gewohnt.

»Es war unklug von Euch, An-Nasir«, hielt sie ihrem Gastgeber schonungslos vor, »und eine unnötige Demütigung, Kairo in dieser Form um brüderliche Hilfe zu bitten. Erstens ist Qutuz nicht Euer Bruder, sondern einer der Mamelukenoffiziere, die Euren ayubitischen Vetter in offener Palastrevolte ermordeten, um selbst den Thron zu besteigen! Was meint Ihr, als was der Euren Aufruf betrachtet? Als Einladung, sich endlich auch Damaskus unter den Nagel zu reißen!«

»Das wird dieser hergelaufene Gamdarit nicht wagen!« polterte

An-Nasir los, der bisher in dumpfem Grübeln am abgegessenen Tisch gehockt hatte, ein zusammengesackter Fleischberg, die Hände über den gebeugten Stiernacken gefaltet, als wolle er nichts hören, nichts sehen. Kein so falscher Eindruck, denn tatsächlich wäre es dem Sultan am liebsten gewesen, wenn alles, was auf ihn einstürzte, sich als Lügengespinst erwiesen hätte – dumme Gerüchte, törichtes Weibergeschwätz! Doch er wußte nur zu gut, daß die geborene Herrscherin Madulain ihren klaren Kopf behalten hatte. Gräßlich, dachte An-Nasir, als wie stark sich die Weiber doch erweisen, wenn Not am Mann ist! »In Gefahr und größter Not führt der Mittelweg zum Tod!« Diesen Satz hatte ihm seine alte Favoritin Clarion an den Kopf geworfen, bevor sie wutschnaubend nach Aleppo aufgebrochen war, um El-Aziz noch aufzuhalten, den er als Geisel zu den Mongolen losgeschickt hatte, ohne sich vorher mit der klugen Kaisertochter abzusprechen. Gut, es war nicht ihr Sohn. Aber seine einzige Vertraute, und das war Clarion von Salentin, dachte vor allem an das Wohl ihres beleibten Sultans, dem sie treu ergeben war.

»Seid Ihr auch der Meinung«, wandte sich An-Nasir schwerfällig an seinen Gast, »daß mein Sohn beim Il-Khan nichts ausrichtet?«

Madulain schaute ihn erstaunt an. »Es ist zumindest widersinnig, sein eigen Fleisch und Blut, den Erben, an dem Euer Herz hängt, in die Hand der Mongolen zu geben, wenn Ihr – mit oder ohne die Mameluken – gegen sie ins Feld ziehen wollt. Was soll das?«

An-Nasir stöhnte. »Ich kann mich doch nicht selber in Hulagus Feldlager begeben und mich ihm zu Füßen werfen, auf Gnade oder Ungnade?«

»Es geht nicht um die Frage, ob Ihr das könnt, sondern was Ihr erreichen wollt.«

»Sie sollen mich und Syrien in Ruhe lassen, ich will mein Damaskus behalten!« Der Koloß flüchtete in das eigensinnige Gehabe eines uneinsichtigen Kindes und heischte Mitleid.

Das konnte und wollte Madulain ihm nicht durchgehen lassen. »Herrschaft über ein Land behält nur der, der sich ihrer würdig zeigt, sei es durch Weisheit, sei es durch Macht. Die Eure reicht nicht aus, gegen die Mongolen zu bestehen, daher war es durchaus richtig, sich an die Mameluken zu wenden, allerdings nicht als unterwürfiger

Bittsteller, sondern als gleichberechtigter Bundesgenosse im *djihad* des geeinten Islams gegen den gemeinsamen Feind des Glaubens!«

»Ihr habt gut sprechen, Weib!« begehrte der Sultan auf. »Siegt Baibars mit unserer Hilfe über die Mongolen, hab' ich die Mamelukenpest anschließend im Lande!«

Madulain lachte hell. »Das hättet Ihr Euch früher überlegen müssen, bevor Ihr Aleppo im Stich ließet! Seine Truppen unter dem Befehl eines tüchtigen Heerführers wie Eures Onkels Turanshah, die fehlen Euch jetzt. Ihr erlaubt dem Il-Khan, eine Bastion des Islams nach der anderen zu überrennen« – Madulains Stimme wurde jetzt scharf wie ein Rasiermesser –, »weil Ihr engstirnig seid und selbstsüchtig denkt. Ach was! Ihr grübelt ständig vor Euch hin, und dann handelt Ihr nicht einmal! Als hätte es Bagdads warnendes Schicksal nie gegeben!«

»Ich weiß nicht, warum ich mir das alles von einer Frau an den Kopf werfen lasse«, maulte An-Nasir und erhob sich ächzend. Mindestens vier Diener stürzten herbei, um seinen massigen Körper zu stützen. Er wankte bedrohlich, zuviel getrunken hatte er auch. »Wahrscheinlich weil ich Clarion, meine kluge Ratgeberin, vermisse, von der ich solche Art der Behandlung gewohnt bin. Doch Ihr seid schlimmer als eine bissige Hündin, kein Wunder, daß Euer Gemahl Euch fortgejagt hat!«

»Sorgt Euch nicht um meine Ehe mit dem Roten Falken!« knurrte Madulain zurück. Sie fürchtete den tönernen Koloß immer weniger, ihr Problem war eher, ob sie noch länger in Damaskus auf ihren Mann warten sollte. Wenn sie weiterreiste, sähe es tatsächlich nach einer Flucht aus; als hätte sie ein schlechtes Gewissen wegen des jungen Ali; oder wie ein Eingeständnis, daß sie die Gesellschaft des Jungen vorzöge. Davon konnte keine Rede sein!

»Der Knabe Ali besorgt es Euch wohl auch?« Als hätte An-Nasir ihre Gedanken erraten, stocherte er in der Wunde, die für sie keine war.

»In der Ehe wie in der Kunst des Herrschens gibt es Zeiten, in denen Jugend uns Genuß zu vermitteln weiß, wie auch Ihr, An-Nasir, ihn Euch mit den Huris verschafft habt. Doch in dem Dilemma, in dem Ihr jetzt steckt, sehnt Ihr Euch nach dem reifen Verstand einer

Clarion von Salentin, Eurer alten Favoritin, und ich harre des starken Armes und des weisen Rats, den mir nur der Rote Falke zu geben vermag.«

»Ihr hofft auf Verzeihung? Ich würde Euch nie –«

»Es gibt nichts zu verzeihen!« fuhr sie ihm schroff über den Mund. »Habt Ihr Nachrichten aus Aleppo?«

Der Sultan zuckte zusammen. »Die Stadt ist völlig eingeschlossen. Mein Gouverneur schlägt sich wacker!« Diese Tatsache schien ihn wenig zu beschäftigen, was die Saratz ärgerte.

»Ihr könntet ihm noch zur Hilfe kommen.«

Davon wollte An-Nasir gleich gar nichts wissen, obwohl er zu den Männern zählte, die sich alles anhören, um dann, anscheinend überzeugt, doch dem eigenen Dickkopf zu folgen.

Madulain verabschiedete sich. Sie wollte nach Ali schauen, der dem gemeinsamen Mahl in letzter Zeit fernblieb, weil er die vulgären Ausfälle des An-Nasir gegenüber den Mameluken insgesamt und seinem toten Vater insbesondere nicht mehr ertrug. Sie ahnte nicht, wie unmittelbar sich der Eigensinn des An-Nasir manifestieren würde. Ihre Gedanken wanderten vom jungen Ali, von dem sie sich innerlich längst getrennt hatte, zum Roten Falken, den sie mehr und mehr herbeisehnte. Gut, natürlich hatte sie sich den Knaben auf der langen Reise ins Bett geholt, kaum daß sie der Aufsicht durch die treuen und ehrpusseligen Beduinen ihres Mannes ledig war, doch seit der Ankunft in Damaskus, seit sie ihn und sich in Sicherheit wußte, hatte ihr sexuelles Interesse an Ali nachgelassen. Sie wollte sich auch vor An-Nasir, der das ehebrecherische Verhältnis sofort gewittert hatte, keine Blöße geben. Ali, der sie immer noch liebte und heiß begehrte, litt unter der Zurückweisung wie ein Hund, und Madulain war nach der groben Attacke des An-Nasir nun gerade in der Laune, ihren Vorsätzen eine Ausnahme zu gestatten. Ohne anzuklopfen, betrat sie die Gemächer Alis und verschloß die Tür hinter sich.

Der Sultan von Damaskus empfing den Sendboten aus Kairo nicht im pompösen Audienzsaal, sondern in einem der verschwiegenen Gärten des Palastes. Naiman war auch nicht der offizielle Gesandte, den An-Nasir sich erhofft hatte, sondern ein ›Geheimer‹, und so sah er auch aus.

»Mich schickt Baibars«, flüsterte der heftig Schielende schon aus Gewohnheit und verneigte sich tief vor dem mächtigen Herrscher, der sich von seiner Leibwache unter einen Schirm auf eine Steinbank betten ließ. Diener schoben ihm Polster unter und fächelten ihm Kühlung, während Naiman in der prallen Sonne verharren mußte. »Ägypten läßt sein syrisches Brudervolk niemals im Stich, das schwört Euch der Sultan *bismillah* –«, lautete seine Botschaft.

»Wann?« unterbrach An-Nasir den beginnenden Sermon.

»Sobald wir das Heer aufgestellt haben, wird es losziehen. In Eilmärschen, doch bis dahin solltet Ihr die Mongolen hinhalten.«

»Wie?« schnaufte An-Nasir, sichtbar enttäuscht. »Kann nicht die Flotte –?«

Die Frage brachte Naiman nur kurz in Verlegenheit.

»Alle Häfen, die einst Damaskus mit dem Meer verbanden wie Tripolis und der von Antioch, sind in der Hand der Mongolen oder ihrer Verbündeten!«

»Ich hab' schon meinen Sohn El-Aziz als Unterpfand in das Lager des Il-Khans Hulagu geschickt«, seufzte der Sultan. »Ich bin dabei, Aleppo zu opfern – was kann ich noch tun?«

»Sammelt Euer Heer, verbündet Euch mit den Franken des Königreichs!«

»Letzteres ist wenig erfolgversprechend, schließlich haben sie diese Horden ins Land gerufen!«

Naiman dachte nach. Sein Bein nachziehend, bewegte er sich im Kreise. »Weilt nicht an Eurem Hof«, begann er dann, und sein gesundes Auge glitzerte boshaft, »der Sohn unseres letzten Sultans?«

»Ali?«

»Ja, der«, bestätigte Naiman eilfertig. »Euch nützt er wenig oder genau genommen nichts, aber als weitere Geisel, als ›Sohn des Sultans von Kairo‹, könnte er dem Hulagu zu denken geben.«

»Oder er schlägt ihm den Kopf ab!«

»Sein, nicht Euer Risiko.« Damit überging Naiman den unerwarteten Einwand. »Ihr werdet diesen Ali ja auch nicht um sein Einverständnis bitten wollen.«

PAX HIEROSOLYMITANA

An-Nasir bedachte den mit Sicherheit zu erwartenden Widerstand Madulains; sie würde des Knaben Entsendung zu verhindern suchen. Mit Gewalt oder List würde er die Geisel dennoch auf den Weg bringen, doch wenn Ali huldreich aufgenommen würde, wäre er dann nicht ein Rivale für El-Aziz um die Hand dieser Prinzessin?

»Wer ist eigentlich diese Yeza, die *moudiat al 'alam*, die bei den Mongolen in so großen Ehren gehalten wird und das Ohr des Khans der Khane hat?«

»Was versprecht Ihr Euch denn von der, erhabener Sultan?« Naiman war leicht verwirrt ob dieses plötzlichen Gedankensprunges.

»Beschwichtigenden Einfluß«, verriet ihm An-Nasir stolz. »Vielleicht Frieden!« schwärmte er, und Naiman mußte ihn schleunigst auf die Erde zurückholen.

»Das Königliche Paar ist ein Traumgebilde, dem die Mongolen aufgesessen sind. Von ihrer kriegerischen Grundhaltung hat es sie bislang auch nicht abgebracht, sie sehen in Roç Trencavel und Yeza Esclarmunde wohl nur einen duftenden *muchaddir*, der uns betäuben soll, denn von ihrem Eroberungswillen werden sie gewiß nicht lassen. Fallt nicht darauf rein!«

Der Schielende sah, daß seine Worte keine große Wirkung erzielten. »Außerdem hat sich das Königliche Paar von den Mongolen eben aus diesen Gründen losgesagt. Yeza ist auf dem Weg durch die Wüste Negev nach Jerusalem und wahrscheinlich schon dort eingetroffen. Roç wurde noch in Askalon wegen Differenzen mit den Templern aufgehalten, die bislang die wichtigste Schutzmacht des Paares stellten. Die beiden sind heute ohne jede Macht, ohne Land, bar jeder Mittel, Bettler in den Ruinen von Jerusalem!«

An-Nasir schien jetzt doch betroffen, aber anders, als sich sein Gegenüber das vorstellte. Er würde sofort ein Heer aufstellen! Aber nicht, um gegen die Mongolen zu ziehen, sondern um Jerusalem zu überfallen, dieses Königliche Paar in seinen Besitz zu bringen. Damit hätte er etwas in der Hand, was die Mongolen zum Einlenken bringen würde. »Ich werde Euren Rat befolgen, werter Naiman«, sagte der Sultan. »Damaskus wird zu den Waffen eilen und die Glorie des Sieges an die Fahnen des Islam heften. *Allah jurid dhalek!*«

Dem späten Besucher bot Damaskus das Bild eines Bienenkorbs, in den der Bär seine Tatze gesteckt hatte. In allen Straßen waren die Häuser hell erleuchtet. Die Leute saßen an den offenen Feuern der Garküchen oder standen in Gruppen zusammen, um zu diskutieren, was der Aufruf des Sultans bedeuten konnte. Sollten sie zu den Waffen eilen oder die Flucht ergreifen? In den Soukhs drängten sich die Menschen, um sich mit dem Lebensnotwendigsten einzudecken. Hausrat wurde gepackt, Waren wurden eiligst davongeschleppt. Vor den von Fackeln erhellten öffentlichen Gebäuden sammelten sich die jungen Männer, die dem Ruf zu den Waffen folgten. Langgediente Soldaten hatten die Verteilung der scharfgeschmiedeten stählernen Klingen, für die Damaskus berühmt war, übernommen, die sich auf langen Tischen häuften. Wagenladungen von Bögen, Pfeilen und Speeren wurden herangekarrt.

Der Rote Falke kannte sich bestens aus in der Stadt. So war es ihm ein leichtes, trotz der Wirren an den Wachen vorbei in den Palast des Sultans einzudringen. Im Herzen des Termitenhügels hielt ihn dann ein jeder für das, was Fassr ed-Din Octay schließlich war: ein hoher Emir, der zu seinem Herren eilte, um sich für den bevorstehenden Kampf zur Verfügung zu stellen. Er nannte ganz offen seinen Namen, doch fragte er erst einmal nicht nach dem Sultan, sondern nach seiner Frau. Die Kammerdiener erwiesen sich als heimtückisch und führten ihn bereitwillig zu den Gemächern Alis.

Auf dem großen Innenhof des Palastes, ein immenser Platz für Aufmärsche, Empfänge und Gepränge, begrüßte der Sultan die Abordnungen seiner Vasallen und Verbündeten. Eingetroffen waren soeben seine Vettern, die Herren von Hama und Kerak. An-Nasir verzichtete darauf, in einer Sänfte getragen zu werden, wozu gemeinhin acht Träger vonnöten waren, sondern mutete als großer Feldherr das Gewicht seiner massigen Gestalt seinen damit völlig überforderten, verhältnismäßig zierlichen Füßen zu. Die Folge war, daß mindestens vier baumlange Eunuchen und vier kräftige Offiziere seiner türkischen Leibgarde ihn stützen mußten, damit der sich mit Trippelschritten vorwärts bewegende Obelisk nicht umstürzte. Eine Militärkapelle hoch zu Kamel ließ die Hörner schmettern und schlug kriegerisch auf gewaltige Kesselpauken ein. Überall flatterten die

Fahnen der einzelnen Heereshaufen, wurden mit blitzenden Säbeln und vor Erregung sich überschlagenden Stimmen Treueide geschworen, der Sultan gepriesen, der böse Feind verhöhnt und verflucht. An-Nasir schleppte sich von einem zum anderen, ließ sich die Füße, den Mantel und die Wangen küssen, versprach Sieg und fette Beute, die Rettung des Islams und *barakat Allah*. Dann ließ er doch seine Kampfsänfte kommen, eine Leiter wurde angelegt, zwanzig Gardisten halfen ihm Stufe für Stufe hinauf, denn der innen gut gepolsterte, außen metallbeschlagene Kasten war hoch oben auf einem Kriegselefanten befestigt. Er bot außerdem noch Platz für vier leichte Armbrustschützen, deren Erfolge der Sultan durch schmale Sichtschlitze verfolgen konnte. Seine eigene Fahne, das grüne Tuch des Propheten mit dem silbernen Halbmond, wurde auf einem kleineren Dickhäuter vorangetragen. Die Führer ließen An-Nasir eine gewichtige Runde um den ganzen Platz drehen, während der Ausmarsch des Heeres für den nächsten Morgen verkündet wurde, bevor er unter Jubel, Zimbeln und Beckenschlägen in seinen Palast zurückkehrte.

Madulain hatte gerade von ihrem Ritt auf den schlanken Lenden des Knaben Ali abgelassen und saß noch aufrecht auf dem zerwühlten Liebeslager. Sie hatte sich geholt, wonach ihr war, und er hatte sein Bestes gegeben. Ali wußte, daß sie es liebte, wenn er danach noch ihre Brüste liebkoste, die in der Hitze des Gefechts immer zu kurz kamen. So kniete er hinter seiner Geliebten und streichelte ihren nackten Leib, bis die Erregung abklang – oder neu entfacht wurde –, als der Rote Falke eintrat. Der erfaßte die Lage sofort und lenkte seine Schritte zu dem Divan in der Mitte des Raumes.

»Nichts liegt mir ferner, meine Dame«, sagte er leichthin, ohne zu der anfangs Erstarrten hinüber zu schauen, »als Euch bei der Körperpflege zu stören.«

Madulain hatte sich sofort wieder gefaßt. »Mach weiter«, raunte sie ihrem Streichler zu, dem die Hände schlaff herabgesunken waren, »es sind vor allem die Muskeln, die von der Schulter her den Busen straffen.« Zögernd glitten Alis Hände in die angegebene Richtung. »Greift nur zu, mein Freund, ich kann viel ertragen.«

Angstschweiß trat auf die Stirn des Knaben, denn der Rote Falke entledigte sich seines Schwertgehänges und hielt seinen Scimitar einen Moment länger als notwendig in den Händen. Er lächelte.

»Nach langem Ritt«, begann er in freundlichem Plauderton, »könnten auch meine Knochen eine Lockerung erfahren.« Er streifte seinen *qamis* energisch über den Kopf und stand nun mit nacktem Oberkörper da. »An-Nasir scheint gewillt, seinem Sultanat ein rasches Ende zu bereiten, er wirft sein Heer den Mongolen entgegen«, berichtete der Rote Falke, während er sich auf das Polster fallen ließ, um sich der Beinkleider zu entledigen.

Madulain beobachtete sein Treiben mit Argwohn, ging aber auf ihn ein. »Ich habe An-Nasir geraten, sich zu unterwerfen, wenn es ihm nicht gelingt, Qutuz, ich meine Baibars, zu gemeinsamem Handeln zu überreden.«

»Die Gemeinsamkeit würde nicht lange halten«, murmelte der Emir, der gerade aus seinen *siroual dachili* stieg, »oder genauer: So wird Syrien wieder mit Ägypten vereint wie schon zu Zeiten des großen Saladin!«

Der Rote Falke stand jetzt bis auf die langschaftigen Stiefel nackt da, was Madulain endlich bewog, sich von den fahrigen Handreichungen Alis zu lösen und sich mit einem Satz ihrem Mann an die Brust zu werfen. »Zusammen werden wir siegen!« jubelte sie mit unerwartetem Patriotismus.

Doch der küßte sie nur flüchtig auf die Stirn und hob sie mit seinen starken Armen aus dem Weg. »Ich sagte schon, Liebste, daß ich eine Massage gut gebrauchen könnte, ich hoffe, dein Busenkneter wird sie mir nicht verweigern; ich schätze die unerfahrenen starken Hände junger Männer!«

Er schritt auf das Lager zu, wo der kniende Ali ihn mit hochrotem Kopf empfing. Der Rote Falke streckte ihm seine Rechte hin, die der Knabe begierig ergriff, doch damit hatte er sich in die Hand des keineswegs versöhnlich gestimmten Mannes begeben. Mit einem Ruck wurde Ali aus den Kissen befördert, auf die der Rote Falke sich rücklings fallen ließ. Er schob einen Stiefel unerbittlich zwischen die Schenkel des Knaben, der ihm ungewollt die Hinterpartie zuwandte.

»Haltet ihn fest, Stiefelknecht!« raunzte der Emir den Sohn des Sultans an und stemmte den anderen Stiefel genüßlich gegen dessen Arschbacke, bis der erste Fuß aus dem Leder geglitten war. Dann wiederholte sich die Prozedur, die das Gemächte Alis schmerzhaft streifte, während ihm diesmal ein nackter Fuß in den Hintern trat, bis auch der zweite Stiefel in der Hand des Knaben zurückblieb. Der Rote Falke machte es sich genau dort bequem, wo eben noch sein Weib gelegen. »Greift nur zu, mein Freund«, trieb er gebieterisch den Knaben an, »ich kann noch viel mehr vertragen als ein Weib!«

Ali verdrehte verzweifelt die Augen, von Madulain Hilfe heischend, doch die zuckte nur mit den Schultern. Ali wandte sich um und begann den Rücken des vor ihm Liegenden zu bearbeiten. Der Rote Falke stöhnte wohlig. »Geht in Euer Zimmer!« befahl er Madulain, ohne ihr einen Blick zu schenken. »Das hier ist Männersache – oder wünscht Ihr zuzusehen?«

Madulain raffte ihr Gewand an sich und rannte wütend hinaus.

Das Heer von Damaskus hatte sich außerhalb der Stadt versammelt. Der Sultan wollte gerade zu ihm stoßen und war bereit zum Ausritt auf seinem Elefanten, als der Rote Falke ihm in den Weg trat. »Wartet, An-Nasir!« rief er zum Turm hinauf und verschwand unter dem Bauch des Tieres. Der Sultan, ein Nachfahre Saladins, wußte, daß der Emir vom Geblüt her den Mameluken zuzurechnen war, den Todfeinden aller Ayubiten, doch für ihn war Fassr ed-Din Octay in erster Linie der Sohn des hochgeehrten und untadeligen Großwesirs Fakhr ed-Din. Daher hatte er sofort Vertrauen zu ihm gefaßt und ihn in seine Dienste genommen. Dazu kam, daß dessen untreues Weib Madulain zwar sein Gast und damit auch ein Pfand für die Loyalität des Roten Falken darstellte.

»Wie ich es erwartet habe!« sprach der Emir vernehmlich, kaum daß er wieder zwischen den Beinen des Dickhäuters hervorgetreten war. »Die Halteseile sind zerschnitten, ein Ruck, und Ihr stürzt mitsamt Eurem Gehäuse in die Tiefe!«

An-Nasir oben wagte nicht, sich zu rühren, so daß der Rote Falke fortfahren konnte. »Ich sah in Eurem Heer einen der gefährlichsten Agenten Kairos, Naiman, er schielt und hinkt.«

»Er hat mir seine Dienste angeboten«, keuchte An-Nasir oben schwer atmend.

»Er ist ein Saboteur!« belehrte ihn der Emir. »Wenn es kein Mordanschlag sein soll, wäre es zumindest ein böses Omen, wenn der Sultan von Damaskus von seinem Kriegselefanten stürzt und sich die Rippen bricht! Ich überraschte Naiman mit einigen Eurer türkischen Gardisten im konspirativen Gespräch, es sollte mich nicht wundern, wenn –«

In diesem Augenblick sprangen die vier Armbrustschützen von ihrem Posten, warfen ihre Waffen weg und rannten davon.

»Sie waren Türken!« hauchte der leibesmächtige An-Nasir entsetzt. »Meine eigene Leibwache!« Der Koloß zitterte am ganzen Leibe. »Zurück zum Palast!« befahl er mit kläglicher Stimme.

»Gestattet mir, daß ich die Flüchtigen verfolge und diesen Naiman verhafte!«

»Geht nur«, klagte der Sultan, »auf wen sonst kann ich mich noch verlassen!«

Der Rote Falke kam nicht weit, da traf er schon die vom Heer zurückreitenden ayubitischen Vettern des Sultans. »Die Türken sind allesamt mit diesem Naiman geflohen, nach Ägypten! Das Heer löst sich auf!«

Gemeinsam kehrten sie in den Palast zurück. An-Nasir hatte sich ins Bett gelegt, doch der Rote Falke wurde sofort vorgelassen.

»Aleppo ist gefallen!« sagte eine weibliche Stimme, die der Rote Falke sofort erkannte: Clarion!

»Die Mongolen haben alle Muselmanen niedergemacht, die Christen wurden verschont, bis auf einige Orthodoxe, die im Eifer des Gemetzels nicht rechtzeitig als solche erkannt wurden!« berichtete Clarion, vor Aufregung über ihre gelungene Flucht noch am ganzen Leib bebend. »Turanshah war so klug, den Großteil seiner Truppen in die Zitadelle zu ziehen, die verteidigt er jetzt.«

»Und was mache ich?« schnaufte An-Nasir, als könne er einem der Anwesenden seine Lage zum Vorwurf machen.

»Ihr unterstellt Euch dem Königlichen Paar zu Jerusalem!« beschied ihn seine treue Ratgeberin und Freundin bündig. »Damit bleibt Ihr immer noch Herr von Damaskus –«

»Unter der Oberhoheit von Jerusalem?« begehrte der Sultan kleinlaut auf.

»Gewiß! Denn dann ist es die Sache von Roç und Yeza, sich mit den Mongolen auseinanderzusetzen!«

»Wie ich mit diesem Herrscherpaar auskomme, das fragt Ihr nicht!«

»Ihr hättet Euren Sohn El-Aziz zu ihnen schicken sollen!« fauchte ihn Clarion an.

»Soll ich mich nicht lieber mit Akkon verbünden?«

»Was bringt das?« Der Rote Falke beantwortete seine Gegenfrage sogleich selbst. »Eine für Hulagu bedrohliche Armee stellen weder die Franken noch unsere Freunde auf die Beine, doch die Kinder des Gral verfügen wenigstens über ein Charisma, das die Mongolen beeindruckt.«

»Und Jerusalem«, fügte Clarion hinzu, »ist als spiritueller Ort sowieso einzig auf Erden! Sein erhabener Geist –«

»Ich wußte gar nicht, daß meine Favoritin sich auch im Reich der *djinn* auskennt!« spottete der geplagte Sultan und zog sich das Laken über den Kopf. »Habt Dank, meine Freunde! Ich will es überschlafen!«

Roç hatte keinen weiten Weg bis nach Jerusalem. Die erste Nacht nahmen er, William und Gosset bei den Johannitern auf der Burg Blanchegarde Quartier, dann ritten sie bis Beth-Gibelin. Das hatte der Orden zwar unlängst aufgegeben, doch die mamelukische Besatzung bewirtete die Freunde des Hafsiden auf das Zuvorkommendste. Am dritten Abend erreichten sie Bethlehem und stießen auf den greisen Botho de Saint-Omer und Simon de Cadet, die sich beide ebenfalls auf dem Weg zur Heiligen Stadt befanden; der eine, um endlich seinen Tod zu finden, wie ihm verheißen, der andere, um seine Strafe anzutreten. Roç und seine Begleitung verspürten nicht das geringste Bedürfnis, zusammen mit dem unbeirrbaren Richter ihren Weg fortzusetzen, so sehr sie Simon schätzten. Doch gab es für Roç einen triftigen Grund, sich wenigstens an diesem letzten Abend vor den Mauern der verheißungsvollen Hierosolyma mit den Templern an einen Tisch zu setzen, zumal sie schon die schlichte Herberge miteinander teilten. Kaum hatte der Wirt die Speisereste abgeräumt und die Krüge nachgefüllt, begann Roç sein Anliegen vorzutragen, bei dem es keinen Sinn machte, irgend jemanden auszuschließen, der Zeuge des blutigen Geschehens zu Askalon gewesen war.

»Was wir hinter uns haben«, sagte er leichthin, »stellt für niemanden ein Ruhmesblatt dar. Euer Orden« – er senkte seine Stimme, als er sich an Simon wandte – »hat allen Grund, das Geheimnis der ›Atalanta‹ und ihre verschwiegenen Fahrten zu den ›Fernen Inseln‹, denen unser Freund geopfert wurde, nicht nachträglich an die große Glocke zu hängen. Ich schlage deshalb vor, daß der Taxiarchos in der Schlacht gefallen ist, im heldenhaften Kampf gegen eine erdrückende Übermacht von Seeräubern! Er konnte das ihm anvertraute Schiff retten, zahlte aber dafür mit dem Leben!«

Alle nickten einverständig, wenn auch Simon sich ein gefeixtes »Ausgerechnet!« nicht verkneifen konnte. Nur der alte Templer wirkte wie versteinert, als er sogleich »Die Heiligsprechung eines Piraten?« murrte. Doch Gosset kanzelte ihn rüde ab.

»Wer den Vorschlag nicht begreift, der weiß am besten von gar nichts!«

»Das dürfte Euch doch nicht so schwerfallen?« hackte jetzt auch William auf den Templer ein. »Ihr wart einfach nie in Askalon, sondern kommt direkt aus den Verliesen Kairos!«

»Wer anderes behauptet, ist verwirrten Geistes!« Auch Roç gefiel sich jetzt in Schnabelhieben.

»Ich hatte aber einen Kopf« – Botho schien jetzt tatsächlich die Orientierung zu verlieren –, »den sollte ich in Jerusalem ... Ich erinnere mich nicht mehr, wem sollte ich das Geschenk –?«

Da ihm keiner helfen konnte, die Gedächtnislücke zu schließen, beließ er es dabei.

»Mit dem Alter wird man leicht vergeßlich«, tröstete Roç ihn und fuhr, an die Freunde gerichtet, leise fort: »Es geht mir weniger darum, das Andenken an den Penikraten hochzuhalten, als Yeza unnötigen Schmerz zu ersparen.« Er schaute sich in der Runde um und hob seinen Becher. »Ich danke Euch, meine Freunde.«

Sie tranken bis tief in die Nacht.

Am nächsten Morgen ritten Roç und seine Begleiter früh los, und schon bald lag Jerusalem vor ihnen. Die beiden Templer hielten sich abseits, obgleich sie das gleiche Ziel hatten, denn niemand hatte sie aufgefordert, sich dem Trencavel anzuschließen. Sie waren kaum in Sichtweite der Mauern, als ihnen aus dem Davidstor eine Menge entgegenströmte, alte Männer, Frauen und festlich gekleidete Kinder, die Juden der Stadt. Sie schwenkten Palmwedel. Die jungen Mädchen hielten Frühlingsblumen in den Händen. Yeza saß im Damensitz auf einem geapfelten Zelter, der von Beni geführt wurde, Jakov Ben Mordechai und Ezer Melchsedek sekundierten dem Rabbiner Jizchak, der zum freudigen Anlaß eine viel zu warme Fuchspelzstola umgelegt hatte und an der Spitze des Zuges schritt.

> »A l'entrada del temps clar,
> *eya,*
> *per joia recomençar,*
> *eya,*
> *e per jelos irritar,*
> *eya,*
> *vol la regina mostrar*
> *qu' el es si amorosa.«*

Der festlich gewandete Kefir Alhakim als Wesir versuchte vergebens, dem Einzug des jungen Königs und Bräutigams eine feierliche Note zu geben. Hinter Yeza spielte Jordi eine heitere Weise auf, deren Text keiner verstand, aber Abu Bassiht und Lorenz von Orta tanzten danach und hatten bald Miriam und ihre Gespielinnen angesteckt.

> »A la vi'a la via jelos,
> *laissatz nos, laissatz nos*
> *balar entre nos, entre nos.«*

Roç sprang ab, warf seine Zügel Gosset zu und lief Yeza entgegen. Er achtete nicht auf Stock und Stein, stolperte fast den steilen Geröllweg hinunter, stürmte grußlos an den drei Alten vorüber, drängte sich durch die blütenwerfenden Mädchen, bis er atemlos zu den

Füßen seiner Prinzessin landete, ihre Beine umschlingen konnte. Sie glitt aus dem Sattel in seine Arme. Der Kuß des Königlichen Paares währte, was jedermann mitempfinden konnte, so lange, daß Jordi vergnügt noch eine Strophe anhängte.

> »*El a fait pertot mandar,*
> *eya,*
> *non sta jusqu'a la mar,*
> *eya,*
> *piucela ni bachalar,*
> *eya,*
> *que tuit non vengar dançar*
> *en la dança joiosa.*«

Erst als der letzte Ton verklungen, Jordi hatte noch mehrere Akkorde nachgeschlagen, ließen die Liebenden voneinander.

Roç Trencavel eilte sich, die jüdischen Würdenträger zu begrüßen, auch den kleinen Troubadour, den stolzen Wesir und den noch stolzeren Secretarius, den Sufi und Lorenz.

Yeza umarmte mit einem Freudenschrei William, knickste spielerisch vor Gosset und hatte auch ein herzliches Winken für den schüchtern abseits stehenden Simon.

Der Templer wurde von seinem greisen Ordensbruder fortgezogen, denn der plötzlich hellsichtige Botho wollte nicht in das sich anbahnende Spektakel hineingezogen werden.

»Pure Blasphemie! Nachahmung des Einzugs des Messias!« fauchte er, nicht nur für Simon vernehmlich, und gab seinem Pferd die Sporen.

Das freudige Wiedersehen wurde davon nicht getrübt. Singend, tanzend und lachend setzte sich der Zug wieder in Bewegung, auf das Davidstor zu.

> »*A la vi'a la via jelos,*
> *laissatz nos, laissatz nos*
> *balar entre nos, entre nos.*«

PAX HIEROSOLYMITANA

Die mamelukischen Torwächter waren von Jordi mit reichlich *bakshish* bedacht worden, denn es hatte sich herausgestellt, daß den Plünderern der vergangenen Nacht die Kiste in einem dunklen Gewölbe der Burg entgangen war. Abu Bassiht und Lorenz halfen dem Zwerg, die Goldmünzen unter das Volk zu werfen. Die Juden Jerusalems säumten die Straßen, wedelten mit Palmzweigen und riefen »Hosianna!« Rabbi Jizchak jubelte beim Betreten der Stadt:

»"Heil dem, den Du erwähltest und Dir nahebringst, er wird in Deinen Höfen wohnen!"«

Doch plötzlich flogen die ersten faulen Eier, Innereien und Unflat. Christen, orthodoxe wie katholische, Griechen wie Armenier, drängten aus den Seitengassen des Patriarchenviertels heran.

Eine geifernde Stimme schrie: »Mit Kutteln und Pansen haben wir bereits den Antichristen aus der Stadt unseres Herrn Jesus Christus verjagt!«

Der friedliche Festzug war gegen den Überfall wehrlos; schon mischten sich die ersten Knochen und Schweinshufe unter die Wurfgeschosse. Roç sprang sofort auf sein Pferd, doch da preschten auch die beiden Templer herbei. Ein jeder für eine der schmalen Gassen genügte, um die Werfer zurückzutreiben. Die Juden ließen ihre Wedel fallen und flüchteten sich in die Geborgenheit ihres gegenüberliegenden Quartiers, nicht allerdings Miriam und ihre Freundinnen. Sie hatten sich zwar auch ihrer Blumen entledigt, aber nur, um nun ihrerseits Kiesel aufzuklauben und sie als Wurfgeschosse zu benutzen. Im dichten Pulk umringten die Mädchen Yeza, als müßten sie ihre Königin schützen.

Das Königliche Paar setzte seinen Weg quer durch das Gebiet der Muslime zum Tempelberg fort. Hier wurden Roç und Yeza zwar mit freundlicher Neugier, doch letztlich mit ziemlicher Gleichgültigkeit aufgenommen. Yeza war längst wieder im Sattel, im Herrensitz, wie sie es gewohnt war, obgleich sie dort den Angriffen viel eher ausgesetzt war, aber es gab ihr dennoch Sicherheit. Am liebsten hätte sie ebenfalls an der Gegenattacke teilgenommen. Roç lenkte sein Pferd an ihre Seite. Die beiden Templer ritten jetzt voraus, über die Brücke auf das Schöne Tor zu.

»Die werden vor uns den Tempel Salomonis belegen und den

Beauséant dort aufpflanzen!« Yeza gab ihre Vermutung preis. »Zum Zeichen ihres alten Hausrechts!«

Roç schaute den beiden Rittern angestrengt nach, die absaßen und im schmalen Tor verschwanden, das so niedrig gehalten war, damit keiner hoch zu Roß dort eindringen konnte.

»Ein Recht auf die Al-Aqsa-Moschee hatte der Orden nie, und das des Siegers heute gewiß nicht mehr.« Aber es war, wie Yeza vermutet hatte. Als sie aus dem Tor traten, schaute Botho schon oben aus dem Fenster, und Simon hielt mit dem Banner vor der Tür Wache.

»Dies ist das Haus des Ordens!« verkündete er abweisend, wohl kaum aus eigenem Antrieb.

Kefir fühlte sich als Wesir und zukünftiger Mufti herausgefordert. »Ihr irrt Euch, Ritter!« rief er gleich zu Botho hinauf. »Hier wird das Königliche Paar einziehen. Und nur, wenn es ihm beliebt, wird es Euch Gastfreundschaft bezeugen.«

»Nur über meine Leiche!« brüllte Botho, als er sah, daß Simon zur Seite trat, um Roç und Yeza Einlaß zu gewähren.

»So schnell erfüllt sich die Prophezeiung Eures Todes zu Jerusalem nicht!« rief da Kefir. »Auch wollt Ihr sicher vom Schwert zu Tode gebracht werden und nicht von den Stockschlägen der Mameluken, die ich gleich herbeirufen werde, wenn Ihr Euch weiterhin meinem Gebot widersetzt.«

Bothos Kopf verschwand, und bald darauf verließ der Alte stolz das Gebäude unten durch die Tür.

»Ihr seid eine Schande für die Christenheit«, fauchte er im Vorbeigehen Roç zu.

Der lachte ihm ins Gesicht. »Das trifft uns nicht!« Und Yeza fügte hinzu: »Wir sind Ketzer, die Kinder des Grals!«

Gefolgt von Jordi und William, Lorenz und Abu Bassiht, betrat das Königliche Paar den klösterlichen Anbau neben der Moschee, der ihm nun als Wohnstätte dienen sollte. Der bauliche Zustand war noch verheerender als der, den es auf der Zitadelle vorgefunden hatte. Hier hatten nie Könige residiert, sondern Kriegermönche, die wenig Wert auf Ordnung und Sauberkeit legten. Danach hatten die feuchten, finsteren Zellen durchreisenden Derwischen als Nachtlager gedient, doch deren Bedürfnisse ließen sich in jeder dunklen

Ecke erledigen. Lediglich die früheren Gemächer des Großmeisters waren frei von Exkrementen, wahrscheinlich weil die Fenster hier größer waren und reichlich Sonnenlicht einfiel. Darin nisteten auch mehr Tauben, als Ratten umherhuschten.

»Hier werden wir unser Lager aufschlagen!« entschied Yeza. »Jeder, der nicht so dumm, daß es schmerzt, sondern uns wohlgesonnen, ist dem Königlichen Paare bei Hofe willkommen!« Mit huldvoller Gebärde lud sie die sie umstehenden Herren ein.

»Nach meinen Erfahrungen mit diesen arg verwirrten Gemütern braucht Ihr als erstes eine tatkräftige Leibwache«, befand Jordi.

»Wo sind denn Eure wackeren Recken aus Okzitanien geblieben, mein lieber Trencavel?« hakte Yeza gleich ein. Abu Bassiht meldete sich zu Wort.

»Kaum hatte der Trencavel Antioch verlassen, da nahm Fürst Bohemund sie in seine Dienste«, berichtete er heiter. »Er bot ihnen günstige Lehen – allerdings unter einer Bedingung: Sie müßten die drei Damen freien, deren Treiben im herrenlosen Turm zu ›König Artus' Tafelrunde‹ der hohen Geistlichkeit zum Dorn im Auge gediehen war. Skandal! Skandal!«

»Wie?« rief Roç belustigt. »Das haben die Helden auf sich genommen?«

»Die Aussteuer war üppig!« schwärmte der Sufi. »Die Damen willig! Also nahm Raoul de Belgrave die wilde Mafalda, womit er dann gesattelt war und die Sporen auch gleich zu spüren bekam. Die sanfte Üppigkeit der Geraude hätte er vorgezogen, aber dann wäre die Gräfin de Levis unversorgt geblieben, denn Pons schied als leiblicher Bruder aus. Und beim Gedanken an Mas drohte sie, sich zu entleiben.«

»Das kann ich verstehen«, sagte Yeza, »ich hätte auch Raoul als das stattlichere Übel vorgezogen!«

»So?« murmelte Roç. »Wenn ich so freimütig meine Wahl treffen würde, bekäme ich Eure Peitsche schmerzhaft zu spüren!«

»Den Dolch, mein Lieber!« tröstete ihn Yeza. »Aber laßt mich raten, wer Euch Geraude, Eure rosige Kuh mit dem weichen Milcheuter, weggeschnappt hat: der kleine dicke Pons?«

»Falsch!« juchzte der Sufi. »Die stille sanfte Geraude griff entschlossen dem Mas ans Gemächte, und damit blieb dem Pons nur noch die Toltekenprinzessin, die er schon sattsam kannte.«

»Jammerschade!« sagte William bekümmert, aber Gosset schlug ihm auf die Schulter.

»Es handelt sich wohl kaum um einen Bund fürs Leben, mein Bruder! Das hält gerade so lange, bis ein neues Schiff im Hafen einläuft.«

»So sehe ich das auch«, sagte Roç erleichtert, »den Morency erträgt die Gute sicher nicht länger.«

Er hielt grinsend inne, weil Yezas Hand vielsagend an den Kragen fuhr, wo, unter dem Blondhaar versteckt, ihr Dolch saß.

»Somit sind jene Herrschaften erst mal versorgt«, faßte Jordi zusammen, »offen ist die Frage nach Eurer Leiber Schutz.«

»Wir haben uns immer selbst geschützt«, erklärte Yeza. »Wichtiger erscheint mir, daß wir eine geistige Bastion errichten und uns darüber klar werden, für was wir hier eigentlich stehen, einstehen wollen?«

Roç mußte ihr beipflichten. »Bislang war der Weg das Ziel, nun sind wir in Jerusalem angekommen, und die Prieuré läßt uns –«

»Sie läßt Euch nicht«, unterbrach ihn Lorenz, »weder im Stich noch im unklaren, falls Ihr das meintet.«

Roç und Yeza schauten sich an. Um keine Konspiration aufkommen zu lassen, fuhr der Herr von Orta mit Bestimmtheit fort: »Als Ältester habe ich sie zu vertreten, und ich schlage vor, wir erfrischen uns kurz und treffen uns dann im runden Kuppelsaal.«

Damit waren alle einverstanden, die es betraf.

Roç hatte gehofft, nun endlich mit Yeza allein sein zu können. Nach der langen Zeit der Trennung wollte er Worte sprechen, die ihm auf der Seele lagen, und ihre Antwort auf die wesentliche Frage hören, ob sie ihn noch liebte. Er war sich dessen sicher, jedenfalls hatte er sich das immer wieder eingeredet, doch er wollte es aus ihrem Munde hören. Aber die Dame war umgeben von ihrem Hofstaat, der sich jetzt auch noch um Miriam und ihre Freundinnen erweitert hatte, die wie Kletten an ihr hingen. Und Yeza machte keine Anstalten, sie wegzuschicken. War ihre Liebe nicht das Vordringlichste, und nicht die Sorge um Unterkunft und das Problem einer Leibwache? Nicht einmal ihrer beider gemeinsame Zukunft erschien Roç wichtiger. Seit ihrem Wiedersehen, das er sich so ganz anders vorgestellt hatte, tat Yeza so, als sei sie nur eben hinter einem Busch pinkeln gegangen und nicht mit diesem Taxiarchos monatelang über das Meer gesegelt.

Yeza wunderte sich über Roç. Sie hatte erwartet, daß ihr Ritter sie an die Hand nähme und sie in die nächste dunkle Ecke drängte, um sie spüren zu lassen, wie sehr er sie begehrte, so wie er stets über sie hergefallen war, um sich mit ihrer Möse ihrer Liebe zu versichern. Und sie wollte endlich wieder seinen Schwanz, aus Lust, ja Geilheit, und damit alles aufs neue seine Ordnung hatte. Aber dem Trencavel schien das Wiedersehen mit ihr nicht ungeheuer viel mehr zu bedeuten als das mit seinen alten Freunden. Gut, auch sie hatte sich gefreut, William wieder um sich zu haben, doch auch der hatte sich verändert, empfand sie, nahm alles selbstverständlich, ja recht gelassen, statt vor Glück zu zerspringen oder zu weinen. Das war es wohl: Ihnen allen war die Fähigkeit abhanden gekommen zu weinen. Nicht einmal sie selbst, die weit gerühmte, welterfahrene Yeza Esclarmunde, vergoß Tränen bei dieser eigentlich traurigen Erkenntnis. Roç und sie selbst waren härter geworden, von der Prieuré geschmiedet, für wen? Für was? Es sollte nichts Wichtigeres geben als ihre Liebe. Yeza trat an eines der hohen Fenster und schaute hinaus.

Vor dem Tempel Salomonis war ein Zelt errichtet worden, an dessen Eingang der Beauséant aufgepflanzt war, der stumme Protest des Botho de Saint-Omer, der dort mit Simon de Cadet Quartier bezogen hatte.

Die beiden bilden ein merkwürdiges Paar, dachte Yeza, die jedes Wort ihrer Unterhaltung verstehen konnte.

»Ihr haltet hier Wache!« befahl der Alte. »Ich werde den Patriarchen aufsuchen.«

»Wollt Ihr Euch entschuldigen?« begehrte der junge Templer auf, der immerhin schon einmal den Rang eines Kommandanten bekleidet hatte. Den hatte ihm Botho als sein Richter zwar aberkannt, dennoch legte der Alte dem Jüngeren Rechenschaft ab.

»Durchaus nicht! Ich werde dafür sorgen, daß er diese dumme Hetze unverzüglich einstellt, denn sonst legt Kairo hier wieder eine

Garnison von Mameluken in die Zitadelle, unter deren Knute dann auch die Christen zu leiden haben!«

»Mir scheint der Herr Pantaleon aber genau auf solchen Konflikt aus zu sein, denn sonst hätte er wie seine Vorgänger Residenz in Akkon genommen. Der Patriarch will Streit. Für Christus will er streiten und für seine *Ecclesia catolica*!«

»Das ist nicht seine, sondern unsere Aufgabe, Bruder Simon«, belehrte ihn der Alte. »Deshalb werde ich auch veranlassen, daß schnellstens ein Heer von Tempelrittern in Marsch auf Jerusalem gesetzt wird!« Er betrachtete Simon sinnend und schüttelte dann sein weißes Haupt. »Euch kann ich nicht schicken, weil Ihr laut unumstößlichem Urteil an diesen Ort verbannt seid. Und ich kann aus bestimmten Gründen Jerusalem nicht mehr verlassen.«

»Euch könnte unterwegs ein Unfall zustoßen, und dann stimmt die Prophezeiung nicht mehr!« spottete Simon, und der Alte nickte eifrig. Der junge Templer seufzte. »So müssen wir beide eben hier den Beauséant hochhalten gegen die anstürmenden Feinde in ihrer Übermacht!«

Das brachte dem Herrn de Saint-Omer wieder sein Anliegen in Erinnerung.

»Der Patriarch muß Verstärkung des Ordens aus Akkon anfordern!« Botho machte sich auf den Weg.

Die Säulenhalle unter der Al-Aqsa diente an hohen Feiertagen des Islam, wenn die Moschee die Masse der herbeigeströmten Gläubigen nicht mehr fassen wollte, als zusätzliche Stätte der Andacht, wie schon der mit Teppichen bedeckte Steinboden verriet. Ansonsten war sie von schmuckloser Kargheit. Deshalb zogen es viele vor, hier ihr Gebet zu verrichten, wo nichts die Inbrunst störte oder ablenkte.

Yeza eröffnete die kleine Versammlung.

»Ich habe Euch, meine lieben Freunde, geladen, weil zum allerheiligsten Ort nun bald die Stunde der höheren Wahrheit treten wird, in der das große Geheimnis sich uns offenbaren soll.« Sie machte eine Pause und schenkte jedem der Erschienenen einen Blick, eine freundliche Begrüßung, die eine knappe Einschätzung jedes einzelnen geschickt verbarg. Yeza war nicht gewillt, sich mit langem Herumreden um den heißen Brei aufzuhalten. Allerdings kam Roç ihr in die Quere.

»Es stellt sich die Frage, wie wir, das Königliche Paar, uns zu verhalten haben, damit wir des Grals teilhaftig werden, denn ich kann mir unsere Herrschaft hier in Jerusalem nicht losgelöst von der Gnade, ihn erfahren zu haben, vorstellen.« Er schaute dabei zu Yeza und sah, daß er ihr keinen Gefallen getan hatte. Er verneigte sich und deutete grinsend an, daß er sich weiterer Einwürfe enthalten würde. Sie dankte es ihm mit einem Lächeln.

Ezer räusperte sich. »Mir als Ältestem sei es vergönnt, die Bedeutung dieses Ortes für mein Volk herauszustreichen. Hier hat Gott sich unserem Stammvater Abraham offenbart, hier wurde der erste Bund geschlossen –«

»Es gilt ein noch weitaus größeres Geheimnis einzubeziehen.« Jakov hatte den Kabbalisten ärgerlich unterbrochen. So erregt hatte Yeza ihn noch nie erlebt. »Das ist das Siegel –«

»Wir wollten von der Friedensherrschaft der von uns erkorenen Gralskönige sprechen!« fuhr ihm Gosset in aller Schärfe ins Wort. »Nicht von den ungeklärten Mysterien und nicht eingehaltenen Versprechungen des alten Jahwe!«

Lorenz von Orta hieb in die gleiche Kerbe. »Die Prieuré weiß, warum sie diesen Ort wählte, und bedarf dieses alttestamentarischen Beiwerks nicht!«

»Ich lasse mir nicht den Mund verbieten«, empörte sich Jakov, »von einem obskuren Geheimbund, der sich weder an Alter noch an Würde mit –«

»Wie rechtfertigt Ihr es eigentlich, Jakov Ben Mordechai, daß Ihr Euch als orthodoxer Jude ausgerechnet auf dem Berg des Tempels, den zu betreten Euch von der Thora strikt untersagt ist, so mächtig aufplustert?«

Gosset hatte es an Spott nicht fehlen lassen, doch Lorenz griff den Ball spielerisch auf.

»Ezer Melchsedek unterliegt diesen strengen Maßstäben nicht, ein Kabbalist wie er, dazu noch aus Alexandria, gilt Euch sowieso nichts. Aber Ihr mit dem Anspruch erzkonservativer –«

»Ha!« schnaubte der Zimmermann. »Was werft Ihr Euch zum

Richter auf? Was wißt Ihr, ein abtrünniger Kleriker der *Ecclesia catolica*, über das reine Blut unserer Hohepriester und seiner unverfälschten Vererbung? Ich weiß, was ich darf. Jakov Ben Mordechai hat das Recht, sich dem Allerheiligsten zu nähern, dem geweihten Ort, an dem sich der Tempel Salomonis erhob –«

»Sich, unsichtbar für einen Goi, immer noch befindet!« Damit half Ezer ihm aus.

»Lassen wir doch mal beiseite, wer auf diesem Hügel wandeln darf«, schlug Abu Bassiht lächelnd vor, »sonst können wir die Versammlung gleich wieder auflösen.«

Auch Lorenz gab sich jetzt versöhnlicher. »Ich möchte unser Zusammentreffen, so gering wir auch an der Zahl, dennoch ein ›Gralskonzil‹ nennen, liebe Freunde, damit wir uns stets bewußt sind, um was es geht.« Er sah in die Runde, und erst als er sich der allgemeinen Zustimmung sicher war, fuhr er fort. »Es geht weder um das menschliche Schicksal einzelner, auch nicht, wenn sie durch Rang und Geburt hervorgehoben sind, noch um ihren Weg, sondern um das Ziel, den Gral!«

Sein Ordensbruder William von Roebruk widersprach sofort heftig. »Ein junges Leben lang hat die Prieuré dem Roç Trencavel und seiner Dame Yeza Esclarmunde gepredigt, der Weg sei das Ziel. Und jetzt verkündet Ihr kraft Eures geheimen Ranges *ex cathedra*, es sei nicht so, sondern grad umgekehrt!« William war richtig empört.

»Ihr habt nicht richtig zugehört, lieber William, oder es wie so oft nicht verstanden. Ich befinde mich nicht im Widerspruch, zumal das Gegenteil immer die gleichwertige Alternative darstellt, dieses Rechtes wollen wir uns auch nicht entgeben!«

Yeza zog den Disput an sich. »Ich verstehe es so: Der Prieuré ist das Schicksal der Menschen, mit denen sie spielt, letztlich gleichgültig! Hauptsache der Wagen, *rota fortunae*, rollt auf dem Weg, der apokryph als ›Ziel‹ verheißen bleibt. Wer unter die Räder kommt, hat Pech gehabt!«

»Das kann nicht der Sinn des Grals sein!« rief Roç aufgebracht. »Wir haben nicht nur das Recht, ihn zu suchen, sondern bedürfen auch der Hoffnung, ihn zu finden!« Er schaute jeden einzelnen an.

Neben Lorenz von Orta saß als von allen gern gesehener Gast der

Sufi Abu Bassiht auf dem Teppich. Er hatte zwar mit der ganzen Sache nichts zu tun, aber Yeza hatte größten Wert darauf gelegt, auch einen Vertreter des Islam am Konzil beteiligt zu wissen, nachdem Kefir Alhakim zwar die Räumlichkeit bereitwillig zur Verfügung gestellt hatte, es aber mit seiner noch ungeklärten Würde als Mufti nicht vereinbaren konnte, einen Standpunkt beziehen zu müssen. Ihm war dieser ›Gral‹ fremd und sogar unheimlich. Und er war froh, daß die Versammlung in den unteren Räumen abgehalten wurde, zu denen nur er den Schlüssel besaß. Das Judentum war durch Jakov Ben Mordechai und Ezer Melchsedek ausreichend, wenn auch in extremer Schule vertreten. Den braven Rabbi Jizchak hatten sie deswegen nicht hinzu gebeten. Er wäre auch sicher nicht auf dem Tempelberg erschienen. Auch das Christentum hatte in Monsignore Gosset und William von Roebruk wie auch in Lorenz eher kritische, zumindest keine kirchenfreundlichen Anhänger. Jordi hatte es vorgezogen, mit Beni, Miriam und den Mädchen für ein Minimum an Wohnlichkeit in den Räumen über der Erde zu sorgen und vor allem auf die Kiste zu achten. Der Schreck der vergangenen Nacht, in der sie nur durch Zufall nicht in die Hände der aufgebrachten Plünderer gefallen war, saß dem Zwerg noch in den Gliedern.

Zwischen den Säulen herrschte nach dem fast verzweifelten Aufbegehren von Roç betroffenes Schweigen. Abu Bassiht sah sich gefordert, mit einem seiner Verse die Stimmung aufzulockern.

»›Du behauptest, Meister zu sein in jeder Kunst, Dich auszukennen in jeder Wissenschaft! Doch Du vermagst nicht einmal zu hören, was Dein eigen Herz Dir rät.‹« Er hatte das leichthin vorgetragen, ohne jemanden in der Runde gezielt anzusprechen, doch jetzt schaute er Lorenz in die Augen. »Ohne daß Du diese schlichte Stimme vernimmst, wie willst Du da Hüter von Geheimnissen sein? Wie ein Reisender auf jenem Weg?« Lorenz senkte den Blick nicht, schwieg jedoch.

Gosset ergriff das Wort. »Es gibt wohl zweierlei zu klären: ›Was ist der Gral?‹ und ›Wer ist auserwählt?‹« Er ging Roç behutsam an. »Ich glaube nicht an eine moralische Verpflichtung des Grals, sich dem zu offenbaren, der sich den langen Weg gequält hat, ihn zu suchen – oder dem, der inständig auf ihn hofft!«

»Wollt Ihr die Innigkeit des Gebetes und frommes Tun auf diesem Erdenpfad nicht gelten lassen, um das himmlische Ziel zu erreichen?« verlangte da Ezer zu wissen und bot die Antwort gleich mit an. »Vergeßt nicht die Macht der Gestirne, durch die der Himmlische in unser Leben eingreift, den einen zu erheben, den anderen zu verderben.«

»Es gibt nur eine Offenbarung, die allerdings ungleich viel schwerer wiegt: Die Frage nach dem Siegel Salomonis, hinter dem sich das Geheimnis verbirgt.« Jakov atmete auf, als er gewahr wurde, daß ihn diesmal keiner am Reden hinderte. »Der schwarze Stein, in den Salomon nach langem erbittertem Kampf die besiegten Dämonen bannte, steht wie ein Türstein vor dem letzten Ort, hinter dem sich das Licht befindet. Er hütet den Gral und weist all jene zurück, die das Licht nicht schauen können.«

»Wie soll dann einer den Gral erfahren?« wehrte sich William, und Gosset sagte:

»Folgen wir dem Meister Kyot, dann ist es der Mangel an gezeigtem Mitleid, der Perceval scheitern ließ.«

»Das besagt aber noch lange nicht« – William erwies sich als hartnäckig –, »daß der Gral solch zartes Gefühl für den Suchenden empfindet.«

»Wie müssen wir denn beschaffen sein«, forschte Yeza geduldig, »um in den erlauchten Kreis der Auserwählten aufgenommen zu werden, wenn weder Taten noch Worte zählen?«

»O doch! Sie werden gezählt!« trumpfte Ezer auf. »Nur wissen wir nicht, mit welchem Maß sie gemessen werden, die Kabbala –«

»Bitte nicht!« rief Gosset. »Laßt uns bei der Sache bleiben:

›Daz was ein dinc, daz hiez der Grâl, erden wunsches überwal. Das war ein Ding, das hieß der Gral, ein Hort von Wundern ohne Zahl.‹«

»Ich weiß nicht«, entgegnete Jakov spitz, »warum die klare Sprache der Zahlen minder geschätzt werden soll als solch Reimespiel!?«

»Herrschaften!« Lorenz versuchte, sich durchzusetzen. »So kommen wir nicht weiter!«

Abu Bassith saß der Schalk im Nacken. »Ich will gern den Dichtern eine Lanze brechen, sehen sie doch Dinge klar, die unserem Auge verborgen bleiben. Hört die Verse Rumis!«

»Nicht schon wieder!« stöhnte Lorenz, auf ordentlichen Ablauf bedacht, doch Yeza rief: »Ich will sie hören!«

»Diese Sufis haben sich das Hirn aus dem Kopf gekreiselt, geflattert, gehüpft«, sagte Ezer Melchsedek laut genug zu Jakov.

»Und spüren den Verlust nicht!« sattelte der noch vergnügt drauf.

Der Derwisch sprang auf und drehte sich wirbelnd im Tanze. Es war Abu Bassiht nicht anzumerken, ob er sich grämte oder über die anderen lustig machte. »Oho! ›Behauptet nicht, die Sufis seien verrückt. Erzählt mir nicht, die Christen seien nicht zu retten, die Ungläubigen seien verloren!‹« Er hielt abrupt in der Bewegung inne, und sein Finger fuhr spitz vor die Brust des Kabbalisten. »O nein! *Dein* Geist ist verwirrt! Darum scheint dir jeder andere verloren!«

»Damit kann man leben!« entgegnete Gosset statt seiner, und William setzte grinsend hinzu: »Das stammt kaum vom großen Maulana, sondern wurde von Euch, Abu Bassiht, im Stegreif verfaßt!«

»Die Wette verliert Ihr, William von Roebruk! Es handelte sich um Verse des Jalaluddin Rumi, wenngleich nicht um seine besten!«

Sich entschuldigend, verneigte er sich tief vor Yeza, die ihm lächelnd mit dem Finger drohte.

»Ich will es jetzt wissen«, rief Roç ungeduldig. »Gibt es den Gral? Sind wir, das Königliche Paar, seiner würdig, und was müssen wir tun, um seiner teilhaftig zu werden?«

»Wenn Euch nach ihm dürstet, dann nimmt er Gestalt an«, beschied Jakov den Frager, »und zwar nur hier und nur dem Reinen erfahrbar, nur dem letzten aus der Blutslinie König Davids.« Er hob warnend seine Stimme. »Das Siegel Salomonis schützt den Gral davor, daß ein Unreiner nach ihm verlangt!«

»Mich verlangt es«, sagte Yeza fest, und Roç ging einen Schritt weiter. Er kniete nieder, faltete seine Hände und ließ seinen Blick emporsteigen zur Kuppel. »Wir heischen nach seiner Gnade.«

Yeza hatte den Platz neben Roç eingenommen. Doch kein Lichtstrahl fiel, keine Taube flatterte auf die beiden herab.

»Tief unter uns in diesem Berg des Allerheiligsten«, verkündete Jakov weihevoll, »harret er Eurer.«

»Der Schwarze Kelch?« Die lang unterdrückte Frage schoß aus

Roçs Mund, triumphierend stieß er Yeza an, während seine Augen nicht von dem Zimmermann abließen.

»Der schwarze Stein wurde von den Templern frevlerisch des Teiles beraubt, der das Wissen dieser Welt birgt. Doch das ist verderblich, wenn es ohne das Bindeglied, den Kelch der Erkenntnis, genützt wird. Deshalb wurde der Kelch den Templern genommen und wieder mit dem Mutterstein vereint. Er ist der Schlüssel!«

»Ich habe mir den Gral immer hell, leuchtend, weiß vorgestellt?« wandte William ein.

»Ob weiß oder schwarz«, ließ sich Jakov vernehmen, »das ist lediglich eine Frage von Licht und Schatten, der Sicht des aufgefahrenen Parakleten oder des gestürzten Demiurgen. Der Kelch ist nichts als eine Spiegelung. Nur dem, der sie durchschreitet, dem wird die letzte Erkenntnis zuteil.« Damit hüllte sich Jakov in Schweigen. Und alle schwiegen, bis dann Gosset versuchte, das Ungesagte in Worte zu fassen: »*Den wunsch von pardiîs, bêde wurzeln unde rîs.*«

»Amen«, sagte Lorenz. »*Ite missa est*, Freunde, der Herr geleite das Königliche Paar seiner gottgewollten Bestimmung zu!« Damit ging die Versammlung auseinander.

Roç und Yeza stiegen hinauf in ihre Gemächer, die inzwischen von Miriam und ihren Freundinnen unter Benis Aufsicht gesäubert und einigermaßen hergerichtet waren. Ein üppiges Ruhelager aus Teppichen und Fellen mit pelzverbrämten Decken und Seidenkissen war in der Mitte des Raumes aufgeschlagen.

Als Gosset und William wieder auf den gepflasterten Vorplatz der Al-Aqsa-Moschee hinaustraten, drängten sich dort die betenden Muslime. Es war bereits die Zeit des Abendgebets.

»*Allahu akbar! Allahu akbar! La illahha illallah!*«

Kefir Alhakim kletterte würdevoll aus dem Minbar des Vorbeters, er hatte sich den Anhängern des Propheten schon in seiner neuen Würde als »Großmufti von Jerusalem« vorgestellt.

»Ich habe Botschaft nach Kairo entsandt«, erklärte er mit Stolz, »damit der Sultan schleunigst Truppen schickt.« Er wies auf das Zelt der Templer, vor dem Simon einsam Wache hielt. »Sie sollen Angriffe auf den höchsten Würdenträger des Islams, den von Allah eingesetzten Hüter der Hufspur des Propheten, zurückweisen, der von diesem Fels des Nachts auffuhr.«

Die Gläubigen verneigten sich in Richtung der Kaaba zu Mekka. »*Ashaddu ana la illaha illa Allah! Ashaddu ana Mohamad ar-rassoul Allah!*«

»Allah wird uns den Sieg über unsere Feinde schenken!« Das hörten die beiden nun ebenfalls ins Freie tretenden alten Juden.

»Wenn sich die Christen und Muslime schon wieder um das Allerheiligste schlagen«, raunzte Ezer Melchsedek bekümmert, »wie wollt Ihr dann hier den jüdischen Gottesstaat ins Leben rufen? Die Franken werden uns sogleich massakrieren ohne Ansehen der Person; und wenn die Mameluken einem Juden das Leben schenken, dann nur, um ihm das Blut aus den Adern zu saugen!«

»Grad darum müssen wir endlich lernen, uns zu wehren. Mit List die Hunde auf die Löwen hetzen!«

»Und dafür steht das Königliche Paar?« Ezer war sichtlich voller Zweifel, doch die wollte Jakov nicht gelten lassen.

»Hinter Roç und Yeza stehen die Mongolen! Denen ist es gleichgültig, welchem Glauben ihre Untertanen anhängen. Unter ihrem Schutz überlebt das auserwählte Volk Jahwes und mag erstarken, so es ihm gefällt, um dann eines herrlichen Tages in eigener Herrschaft den Staat Gottes im verheißenen Land Israel zu errichten, wenn von den Erben Dschingis-Khans schon keiner mehr spricht und auch die ersten Könige längst zu Staube zerfallen sind!«

Die beiden verließen den Tempelberg durch das Schmerzenstor. Ezer hatte dem Schwärmer aufmerksam gelauscht.

»So gesehen ist die offene Feindseligkeit der Christen und die versteckt ablehnende Haltung der Muslime gegen das Königliche Paar für Eure kühnen Pläne sogar von Nutzen, Jakov. Jetzt wird mir klar, warum man Euch den ›Zimmermann‹ nennt!« Der alte Kabbalist verneigte sich voller Respekt. »Ihr baut den neuen Tempel Israel auf dem einzig wahren Boden!«

»Roç und Yeza, die Kinder des Gral, sind ein Geschenk des Himmels!« Jakov lenkte bescheiden von seiner Person ab. »Wir Juden können viel von ihnen lernen! Vor allem, wie man sein hohes Ziel hartnäckig verfolgt.«

Sie näherten sich dem Hause des Rabbi Jizchak.

Roç und Yeza lagerten auf dem breiten Ruhebett aus Teppichen und Fellen, die den Boden des Raumes bedeckten. Draußen ging über Jerusalem die Sonne unter.

Sie hatten ihrem Gefolge frei gegeben. Kefir ging völlig in seiner neuen Aufgabe als geistiges Oberhaupt der Muselmanen auf, zu der Abu Bassiht ihn überredet hatte. Nur die Bestätigung aus Kairo stand noch aus, doch wer schon einmal das hohe Amt eines kaiserlichen Gouverneurs auf Ustica bekleidet hatte, dem würde die Anerkennung gewiß nicht verweigert. Gut, daß im obersten geistlichen Rat des Sultanats keiner je von dem Felseneiland gehört hatte. Auch in einem von den Mameluken besetzten Jerusalem waren die Interessen des Islam gegen die eifernden Christen und die dickschädeligen Juden nur von einem so erfahrenen Mann, wie dem »Wesir des Königlichen Paares« durchzusetzen. Das stand jedenfalls in dem Schreiben der »sich heldenhaft der Übermacht der Ungläubigen erwehrenden Anhänger des Propheten«, mit dem eine Brieftaube nach Kairo unterwegs war. Kefir Alhakim hatte es selbst aufgesetzt.

William von Roebruk war mit seinem neuen Freund Abu Bassiht in die Altstadt zum Essen gegangen, Monsignore Gosset hatte sich ihnen angeschlossen. Beni der Kater strich um das Haus des Rabbi Jizchak, noch immer in der Hoffnung, Miriam einmal auf dem Heimweg von ihren Gespielinnen zu erwischen, bevor der äußerst besorgte Vater sie wieder unter seine Fittiche nahm. Nur Jordi war im Templum Salomonis geblieben. Sein Lautenschlagen und auch sein Gesang drangen sehr verweht bis zu Roç und Yeza.

»Ab la dolchor del temps novel
foillo li bosc, e li aucel
chanton, chascus en lor lati,
segon lo vers del novel chan:
Adonc esta ben c'om s'aisi
d'acho don hom a plus talan.«

Roç und Yeza ertappten sich, daß sie sich gegenseitig prüfend betrachteten, und überspielten es beide mit einem gequälten Lachen. Roç tat, was er immer tat, wenn es um die Wahrheit ging: Er suchte sie in ihrem Schoß. Yeza trug wohlweislich nichts als ein einziges Kleidungsstück, so daß ihr ungestümer Liebhaber gleich fand, wonach ihn verlangte. Sie half ihm, seine Hose abzustreifen, griff sofort in seine Lenden. Sie wollte spüren, wie sein Glied in ihrer Hand hart wurde, doch er schüttelte sie ab, drängte ihre Schenkel auseinander und drang in sie ein. Yeza wollte ihm ihr Becken entgegenheben, da hatte er es schon umschlungen. Sie ließ sich mit Wonne in seinen Ansturm fallen. Feuerkreise tanzten vor ihren Augen. Yeza zwang sich, sie offen zu halten. Sie wollte Roç sehen, er sollte ihr in die Augen sehen, Funken sollten überspringen, ein geistiges Band schlagen. Sie ersehnte nicht nur die stürmische Verschmelzung ihrer Leiber, sondern zwang ihn in ihren Bann. Roç sah sie an, er wußte, es war alles wieder gut. Er lächelte befreit und verbarg seinen Stolz hinter ungeschickten Küssen, mit denen er ihre festen Brüste bedeckte. Yeza dankte es ihm mit dem Funkeln ihrer grüngrauen Augensterne. Sie waren wieder vereint! Sie rasten, sie tobten gemeinsam ihrem Höhepunkt entgegen, ohne Umschweife, ohne kunstvolles Hinauszögern. Yeza bäumte sich auf, Roç bog seinen Rücken durch, seine Stöße wurden gewaltiger, er keuchte, als er sich in sie ergoß. Yeza schlug ihre Beine um seine Hüften, umklammerte sie, zog ihn in sich hinein, während ihre Hände sich in seinen Rücken krallten. Sie war seine Geliebte, keine andere wußte ihn zu nehmen wie sie! Und Roç stampfte wie ein Schiff im hohen Wellengang der Brandung. Kein Weib konnte ihm dieses Meer, diesen Ozean geben, nur sie! Yeza lotste ihn aus dem Unwetter in den stillen Hafen, die Ruderschläge verlangsamten sich, er ließ sich fallen in das sanfte Wiegen, das seine letzten Zuckungen aufsog, wie man Tränen küßt. Yeza weinte. Da schluchzte auch er, stammelte ihren Namen und das Wort »Liebe«. Er näßte ihr Gesicht mit Küssen und versank darin. So lagen sie lange. Ihre Blondmähne kitzelte ihn, während ihre Hände seinen Rücken liebkosten. Zart fuhr sie die Narben entlang, mit denen die Peitschen von Maugriffe ihn gezeichnet hatten.

»Welches Weib hat dich so zugerichtet?« scherzte Yeza und warf einen Blick über seinen Hals auf die Furchen seiner einst so samtigen Haut. Er lachte.

»Sie waren zu zweit!« Und Roç dachte: Sag' ich's ihr jetzt, daß der Taxiarchos tot ist? Er brachte es nicht übers Herz, Yeza war so glücklich. Hatte der andere sie auch so glücklich gemacht?

»Hast du in letzter Zeit Arslan gesehen?« fragte sie unvermittelt. »Ich spüre seine Nähe, er ist sicher hier, bevor die Mongolen anrücken.« Yeza war Roç plötzlich entrückt, als hätte sein Körper, der immer noch mit dem ihren vereinigt war, dessen Schwere, dessen Pulsen sie doch spüren mußte, sich in Luft aufgelöst.

Roç war verwirrt ob dieser Wende. »Da tauchte ein Mann mit einem Bären auf, als ich Schwierigkeiten hatte«, dachte er laut nach, »als ich zwischen Leben und Tod –«

»Das wird er wohl gewesen sein«, meinte Yeza bestimmend, »ich würde ihn gern bitten, den Vormasch der Mongolen zum Stillstand zu bringen, jedenfalls im Augenblick.«

»Wenn du es dir fest wünschst, wird er dich hören!« Roç konnte leisen Spott in der Stimme nicht unterdrücken.

»Aber warum willst du sie nicht hier haben?«

Yeza zog ihn zu sich herab und zwang ihn, ihr in die Augen zu schauen. »Weder der Papst noch die Muslime wollen etwas von uns, im Gegenteil, wir stören sie. Die Juden, das auserwählte Volk, sie allein hoffen auf den Messias. Wir müssen ihre Heilserwartung erfüllen, wir –«

»Ich bin es nicht«, scherzte Roç, »und einen weiblichen Messias würden diese Patriarchen nie akzeptieren. Außerdem gehören wir zusammen, wir sind eins.«

»Genau das ist es«, sagte Yeza und brachte ihre Augensterne so nah, daß ihre Lippen sich berührten. Sie sog den Kuß ganz langsam in sich hinein, ohne ihre Zunge spielen zu lassen. »Aus uns muß der Heilsbringer erwachsen«, flüsterte sie. Und jetzt spürte er, daß ihr Schoß ihn gefangen hielt. »Aus uns allein. Deshalb will ich, bis ich ihn geboren habe, auch keine Mongolenschutzmacht um mich herum. Keiner soll denken, wir schenken einem mongolischen Statthalter das Leben. Der Messias wird unter widrigen Umständen, Not und feindselige Verfolgung, zur Welt kommen.«

Roç hatte es die Sprache verschlagen. Ausgerechnet jetzt ein Kind? »Bist du etwa schon –?« stammelte er unbeholfen, und sie lachte ihn aus.

»So husch-husch wird nicht gezeugt, mein Lieber. Ich will diesen Vorgang bewußt erleben, und du solltest das auch.«

Roç wand sich, traute sich aber nicht, sie ausgerechnet jetzt vor den Kopf zu stoßen, indem er sich aus ihr zurückzog. Nicht einmal abschlaffen durfte er jetzt! Sie würde ihn als Feigling verachten!

»Können wir nicht warten, bis –?«

»Worauf willst du warten, Roç Trencavel? Ich bin Manns genug, um neun Monde das Kind im Leibe zu tragen, und du schreckst davor zurück, es mir zu machen? Was ficht dich an, Trencavel? Denkst du etwa, ich trage die Frucht des Taxiarchos unter dem Herzen?«

»Um Gottes willen, Yeza! Sag so etwas nicht! Daran habe ich wirklich nicht einen Augenblick gedacht.«

»Es tut mir leid«, erwiderte Yeza und sah ihn an. »Ich schäme mich, dir –« Sie kämpfte mit den Tränen. »Ich dachte, du würdest dich freuen, mit mir ein Kind, ein Kind unserer Liebe –« Sie schluchzte, und Roç spürte, daß sein Geschlecht wieder in sie hineinwuchs.

»Der Taxiarchos ist tot«, sagte er leise, bemüht, sich nicht zu rühren, sich nicht rühren zu lassen. »Er fiel im Kampf.«

»Ich ahnte es«, sagte Yeza traurig. »Er hat es so gewollt.« Sie klammerte sich fest an ihn, und es gelang ihr, nicht zu weinen. »Lieb' mich!« hauchte sie, und Roç gab ihr nach. »Hörst du Jordi singen?« Yeza gab vor, den Klängen zu lauschen, die leise zu ihnen drangen.

>»Dous Dieus, metetz li en coratge
> qu'elam retenha per ami,
> mas ela es de si gran parage
> qu'ela mi metra en oblit.«

Yeza wünschte sich, daß Roç sich endlich wieder entspannte. Welcher Teufel auch hatte sie geritten, daß sie ihm diesen Stich der Eifersucht versetzen mußte? Ihre Unterstellung war häßlich gewesen, sie hatte ihn geschmerzt. Sie hatte genau das Gegenteil von dem erreicht, was ihr vorgeschwebt.

> »*Cortez' e sage,*
> *cler lo viztge,*
> *ni anc de mos hueils plus bela non vi:*
> *Vos m' aves mes al cor le rage,*
> *si de moi non aves mersi.*«

Sie mußte jetzt das Heft in die Hand nehmen. Roç leistete bockig Widerstand, doch gerade das erregte sie ungeheuer. Sie wollte eine Schwangerschaft, und sie würde sie sich holen. Sollte der Trencavel sich ruhig gleichgültig stellen, ihr Becken würde ihn umkreisen, erst ganz sanft, dann immer schneller, wilder, bis sie nur noch bebend und zuckend durch die Wonnen des Griechischen Feuers taumeln mochte, der herrlichen Ohnmacht entgegen, die in Wahrheit der Triumph des Sieges war.

> »*Por li fas soner ma viele*
> *tant doucement et main et soir*
> *d' un douz penser qui me resveille*
> *des biens que je soloie avoir.*«

Die Rechnung ging nicht auf, denn Roç erwachte plötzlich zu energischem Eigenleben und brachte sie, selbstsüchtig davongaloppierend, um den gemeinsamen Höhepunkt.

»Heute nicht!« murmelte er, kaum im Ton nach einer Entschuldigung suchend, und unterstrich seine ablehnende Einstellung auch noch, indem er sich ziemlich abrupt und mit schlecht gespielter Erschöpfung von ihr löste und bäuchlings in die Felle wälzte.

»Ich finde, wir sollten erst das Geheimnis des Gral ergründen«, sagte er beschwichtigend, »den Jakov, unser Zimmermann, hier unter uns in des Tempelberges Tiefen vermutet.«

»Er sprach von einem Spiegel, den wir durchschreiten müßten.« Yeza sah ein, daß mit Überrumpelung nichts zu erreichen war. Vielleicht bedurften sie wirklich erst der Gralserfahrung, bevor sie hoffen konnte, mit einem neuen Messias niederzukommen. Wahrscheinlich hatte Roç ausnahmsweise mal recht. Sie beugte sich zu seinem Nacken hinab und küßte ihn zärtlich am Hals, wie er das so gerne hatte.

»Ganz wie Ihr wünscht, mein Herr und Gebieter.« Ihre Zunge fuhr ihm ins Ohr. »Ich liebe Euch, Trencavel – das ist mein Pech!«

Und Roç dankte es ihr. Sie kannten sich schließlich lange genug. Dennoch war es immer wieder aufregend und wunderschön. »Ich liebe dich mehr als alles auf der Welt, Yeza!« seufzte Roç. »Auf immer und ewig!« Er wandte sich ihr wieder zu.

> »Enquer me membra d' un mati
> que nos fezem de guerra fi,
> e que m' donel un don tan gran,
> sa drudari' e son anel:
> enquer me lais Dieus viure tan
> c' aia mas manz soz so mantel.«

Das Haus der Deutschen zu Akkon lag am zweiten Mauerring zwischen dem ›Verfluchten Turm‹ und der ›Porta Pontis‹, dem befestigten Zugang zum neuen Hafen. Es war ein gewaltiger, zinnenbewehrter Steinklotz, so breit, daß er zwei Türme im Verteidigungsgürtel stellte und die Wälle noch überragte. Da die Festung über einen weitflächigen, lichten Innenhof verfügte, bedurfte sie keiner Fenster nach außen, sondern wies nur schmale Schießscharten nach allen Seiten auf. Die Gemächer des amtierenden Groß- und Hochmeisters waren karg möbliert.

Hanno von Sangershausen war an diesem Ort mehr Gast als Resident, denn längst lagen die Hauptinteressen des Deutschen Ritterordens weit weg von der Terra Sancta, hoch oben im Norden in Prussien und im Baltikum. Dort galt der Ordensstaat gar als uneingeschränkter Feudalherr, worum ihn die Templer und Johanniter sehr beneideten. Hier, am Sitz der Regierung des Königreiches von Jerusalem, blieb der Deutschritterorden nur noch anstandshalber vertreten, wie der Großmeister sich gern ausdrückte. Das Haus war so schwach bemannt, daß Sigbert von Öxfeld, der Komtur von Starkenberg, alle

Mannen, Ritter wie Knappen, zusammengetrommelt hatte, um wenigstens das Refektorium zu füllen, durch das der Gast auf seinem Weg zum zufällig anwesenden Großmeister zu führen war.

> »Schœniu lant rîch unde hêre,
> swaz ich der noch hân gesehen,
> sô bist dû ir aller êre:
> Waz ist wunders hie geschehen.«

So sangen stehend die versammelten Teutonen voller Inbrunst.

Gottfried von Sargines, der Bailli des Königs, legte Wert darauf, die Meinung des Deutschen einzuholen, bevor er sich mit den beiden anderen großen Ritterorden auseinandersetzte. Und da diese eigentlich ständig im Streit lagen, konnte der Standpunkt der Teutonen wie schon oft das Zünglein an der Waage sein.

> »Daz ein magt ein kint gebar
> hêre übr aller engel schar,
> was daz niht ein wunder gar?«

Herr Gottfried war ein ehrenwerter Mann, der versuchte, die Regierungsgeschäfte ordentlich abzuwickeln. Auch dafür fand er hier mehr Verständnis als bei den hochfahrenden Templern und den von Ehrgeiz zerfressenen Johannitern. Er grüßte den Großmeister ehrerbietig, den alten Komtur mit besonderer Herzlichkeit und kam auch gleich zur Sache.

»Nun ist auch die Zitadelle von Aleppo gefallen!« Damit gab er das neueste Ereignis preis. »Und keiner weiß, ob das eine Hiobsbotschaft oder eine erfreuliche Nachricht ist.«

»Zumindest keine unerwartete«, entgegnete der greise Sigbert. »Turanshah hat sich lange wacker geschlagen!«

»Das hat sogar den Il-Khan mehr beeindruckt als ergrimmt«, berichtete der Sargines. »Während bei der Einnahme der Stadt vor vier Wochen keiner am Leben gelassen wurde –«

»Die Christen wurden verschont«, stellte der Großmeister richtig.

Der Bailli tat das mit einer Handbewegung ab, als verscheuche er eine lästige Fliege. »Dem tapferen Verteidiger wurde auch auf Grund seines hohen Alters kein Haar gekrümmt. Hulagu ließ ihn mitsamt Gefolge und persönlicher Habe ziehen –«

»Seht Ihr, Sigbert, da habt Ihr auch noch Chancen, wenn eines Tages Starkenberg unter dem Ansturm unserer lieben Freunde aus dem Osten fällt«, scherzte sein Großmeister trocken.

»Das werde ich hoffentlich nicht mehr erleben«, erwiderte der weißhaarige Komtur. »Jetzt ist doch wohl erst einmal Damaskus an der Reihe?«

»Das ist der Grund, meine Herren, warum ich mich mit Euch beraten wollte«, sagte Gottfried von Sargines. »Wir können nicht länger den Kopf in den Sand stecken.«

Hanno von Sangershausen schaute angestrengt aus dem schmalen Fensterschlitz in der Mauer, der hinausging auf das Meer und einen Turm der Hafeneinfahrt.

»Jetzt laufen auch die Pisaner aus«, murmelte er. »Sie scheinen sich mit den Venezianern zu verbünden, die schon seit Tagen vor der Mole beim ›Turm der Fliegen‹ in Bereitschaft liegen.«

»Die Seeschlacht wird nicht lange auf sich warten lassen«, bestätigte der hinzugetretene Komtur, »so sicher wie die grauen Wolken, die sich dort bedrohlich auftürmen, uns ein Gewitter bringen werden!«

»Die Genuesen werden es nicht noch einmal wagen –« Herr Gottfried versuchte die Befürchtungen abzutun. »Das fehlte uns gerade noch, erst Handelsstreit, dann Bürgerkrieg – und alles mit den Mongolen im Anmarsch.«

»Warum haltet Ihr, der Bailli der Königin, es nicht wie der Fürst von Antioch?« fragte der Großmeister, an den Sargines gewandt. »Bohemund hat sich formal dem Herrn Hulagu unterworfen und blieb unangefochten im Besitz von Antioch und der Grafschaft Tripolis.«

»Königin Plaisance wird sich nicht von ihrer sicheren Insel Zypern ins Feldlager der Mongolen begeben und den Kotau machen.« Der Bailli war wirklich sehr bekümmert. »Ich, ihr Vertreter, ich kann stundenlang vor Hulagu auf dem Bauch rutschen, er wird mich als

Fußmatte benutzen, jedoch keine Huldigung von mir entgegennehmen!«

»Das Fell wird er Euch abziehen!« verbesserte Sigbert die Aussichten sarkastisch, um dann sofort wieder ernst zu werden. »Formal sind die Mongolen unsere Verbündeten, wir haben sie gerufen, nicht um unsere Unterwerfung anzubieten, sondern um gemeinsam mit ihnen die Ungläubigen zu schlagen.«

»Aber nun hat dieser törichte Knabe Bohemund – sein Vater hätte das nie getan! – den Il-Khan auf den Geschmack gebracht!« klagte Gottfried von Sargines.

»Das hat ihm sein Schwiegervater eingeredet«, klärte Sigbert den Bailli auf. »Hethoum von Armenien hat für das Überleben seines Königreiches nur diese Möglichkeit gesehen, und wahrscheinlich mit Recht, denn seine Gebiete liegen mittlerweile im Herrschaftsbereich der Mongolen, längst von uns abgeschnitten. Auch Antioch hatte nach dem Fall von Aleppo wohl keine andere Wahl.«

»Ratet mal, lieber Sigbert, in wessen Hände der gütige Il-Khan die Verwaltung der Stadt legte?«

Der Komtur schüttelte sein weißes Haupt.

»El-Ashraf!« prustete Herr Hanno. »Der Emir von Homs hat erfolgreich danach geschielt, seinen Großonkel zu beerben!«

»Kann denn keiner den Vormarsch der Mongolen mehr aufhalten?« Gottfried von Sargines war der Verzweiflung nahe, was der Großmeister als unangebracht empfand.

»Habt Ihr Euch eigentlich nie gefragt, Herr Gottfried, was geschehen würde, wenn Damaskus und Kairo sich unter dem Druck der Mongolen verbündeten und es ihnen tatsächlich gelänge, dem erklärten Feind des Islam einen Schlag zu versetzen, der das weitere Vordringen unserer christlichen Glaubensbrüder aus dem fernen Osten verhinderte – oder die Mongolen gar zum Rückzug veranlassen sollte?« Hanno von Sangershausen verfuhr in aller Strenge mit dem Bailli, der keine Antwort wußte. »Ihr glaubt wohl, dann wäre alles wieder so wie früher, wie jetzt, wo wir uns erlauben können, unsere Flotten vor unserer eigenen Küste in beschämendem Streit um Handelsmonopole zu zertrümmern? *Hic la Superba! Hic la Serenissima!* Wir zünden uns gegenseitig unsere Lagerhallen, Häuser und Kirchen an, weil wir uns in Bruderkriegen zerfleischen. *Hic* Tempel, *hac* Hospital!« Der Großmeister hatte sich in Zorn geredet, er war schrill geworden, doch nun lachte er gar vor Wut. »Nein! Nein! Und nochmals nein! Gebieten wir dem nicht Einhalt, wird uns ein Mamelukengeneral wie Baibars eiskalt den Garaus machen und uns erbarmungslos ins Meer fegen – und über hundertfünfzig Jahre Kreuzzüge wären für die Katz!«

Der Bailli hatte den Kopf eingezogen, bis das Unwetter über ihn hinweggebraust war. Dann streckte er ihn kleinlaut, aber mit dem ihm eigenen Starrsinn wieder hervor.

»Wir sollen uns also diesen ungeschlachten Tataren unterwerfen?«

»Aber sicher, mein Herr! Was Ihr in Eurem abendländischen Hochmut ›ungeschlacht‹ nennt, ist junge, unverdorbene Kraft! Mit den Mongolen könnt Ihr in zwei, drei Generationen fertig werden, sie zur *civitas* bekehren, aber die Welt des Islam ist uns auf vielen, vor allem kulturellen Gebieten überlegen. Syrer und Ägypter verfügen über ein geistiges Erbe, dem wir wenig entgegenzusetzen haben. Mit dem wenigen haben wir uns bisher hier gehalten, an diesen Küsten festgekrallt. Das setzt Ihr mutwillig aufs Spiel, wenn Ihr eine *unio regni* aller Muselmanen zulaßt.«

»Also muß der Vormarsch der Mongolen doch zum Halten gebracht werden, denn Ihr habt selbst gesagt, daß der von ihnen ausgehende Druck die zu vermeidende Einigkeit im islamischen Lager erzeugen könnte.« Gottfried von Sargines gewann wieder Vertrauen zu sich selbst, wenn auch nur, um den Circulus vitiosus aufzudecken. »Verbünden wir uns mit den Mongolen, dann können wir vielleicht die Muslime schlagen, einmal, zweimal. Aber vernichten können wir sie nicht – so viele Köpfe könnten nicht einmal die Mongolen abschneiden! Sie werden nachwachsen, und eines Tages geht's uns an den Kragen! Verbünden wir uns mit den Mameluken, können wir die Mongolen zwar besiegen, auch vertreiben, doch danach – früher oder später – sind wir dran! Schöne Aussichten!«

Sigbert meldete sich zu Wort, der lange Zeit geschwiegen hatte. »Es gibt womöglich einen Ausweg, den *status quo ante* zu erhalten. Die Mongolen rücken nicht weiter vor, bleiben aber als Gefahr erhalten. Dieses Gleichgewicht der steten Bedrohung bewirkt, daß keiner etwas unternimmt.«

»Und wer soll das bewerkstelligen?« fragte der Bailli ungläubig.

»Das Königliche Paar zu Jerusalem!« Damit ließ der alte Komtur die Katze aus dem Sack. »Es könnte seinen Einfluß geltend machen!«

»Das glaubt Ihr, Sigbert von Öxfeld?« Auch der Großmeister war mehr als skeptisch.

»Es wäre jedenfalls einen Versuch wert«, erwiderte sein Komtur.

Gottfried von Sargines griff das Angebot begierig auf. »Hoffentlich ist es nicht zu spät!« rief er, um mit plötzlicher Erregung hinzuzufügen: »Ich muß mich verabschieden – danke, meine Herren, für das Gespräch!« Damit hastete er schon zur Tür hinaus, durch das inzwischen ausgestorbene Refektorium hinunter zum Tor.

»Der rennt jetzt zum Tempel«, erklärte Sigbert seinem Großmeister. »Guillem de Gisors wollte schon vor Tagen mit einem starken Aufgebot von Ordensrittern nach Jerusalem reiten und dort für ›Ordnung‹ sorgen, wie er sich ausdrückte. Seine umsichtige Stiefmutter, die Grande Maîtresse, hat es ihm untersagt. Und Thomas Bérard, der vom Großmeister zum Sergeanten schrumpft, wenn die alte Dame zugegen ist, hat sich gefügt.«

»Warum ist Marie de Saint-Clair dagegen?« fragte Herr Hanno nach. »Die Templer waren doch stets die elitären Beschützer dieser Kinder?«

»Das hat sich geändert.« Sigbert unterschlug den Prozeß von Askalon. »Herr Guillem hat laut und ungefragt davon gesprochen, es sei eindeutig ›Hochverrat‹, was Roç und Yeza in Jerusalem trieben, und ›widerrechtliche Aneignung‹, was den Tempel dort betrifft.«

»Und jetzt wollt Ihr, Sigbert, natürlich auch am liebsten sofort nach Jerusalem reiten?« Der Großmeister lächelte dünn. »Ich will Euch nicht halten, aber ich darf darum bitten, Eure Abwesenheit kurz zu halten, denn ich muß zurück auf die Marienburg. Außerdem hält mich in dieser *terra violata* rein nichts. Schon gar nicht will ich hier begraben sein, wenn ich das alles recht bedenke!«

»Ich danke Euch für Euer Verständnis.« Sigbert verneigte sich vor seinem Vorgesetzten. »Ich habe diesem Land mein Leben gewidmet, und hier will ich auch gern meinem Tod begegnen, wenn ich nur mit der Gewißheit in die Grube fahre, daß Roç Trencavel und Yeza Esclarmunde ihr Ziel erreicht haben!«

»Wenn sie die Mongolenwalze zum Stillstand bringen, soll mir alles recht sein, auch das!« Er entließ den Alten und schaute wieder aus dem Fenster hinunter zum Hafen. Vor Akkons Reede drängten sich die Schiffe, ein Wald von Masten, denn die Segel waren gerefft. Der Himmel hatte sich schwarzblau verdunkelt. Die ersten Blitze zuckten, gefolgt vom Donner, der übers Meer auf Akkon zurollte.

»Die Deutschen wollen Jerusalem den Mongolen ausliefern!« Mit diesem Satz stürmte der Bailli des Königreiches, klatschnaß vom Regen, in den vorgelagert auf der Felsenklippe stehenden ›Turm der Magister‹, der nur durch einen unterirdischen, tief in den Stein gehauenen Gang zugänglich war. »Ihr Königliches Paar soll von dort aus über alle Lande herrschen, die sie von nun an erobern werden!«

»Ihr fallt mit der Tür ins Haus, Herr Gottfried«, beschied ihn mit nachsichtigem Lächeln Thomas Bérard, der mönchische Großmeister des Templerordens. »Das war auch der Grund, aus dem wir keinen unserer Ritter dorthin entsandt haben, wie es der recht kurzsichtige neue Patriarch so dringend gefordert hatte.«

»Auch unser Ordensbruder Botho de Saint-Omer schloß sich diesem Aufruf zur Rettung der Heiligen –«

»Ich habe ›nein‹ gesagt, Guillem de Gisors!« unterbrach Thomas Bérard schroff das Aufbegehren des Jüngeren. »Bruder Botho hat den größten Teil seiner Ordenszeit in den dunklen Verliesen von Kairo verbracht, und wenn er dort keinen Schaden im Kopf genommen hat, so ist ihm doch entgangen, wie sich die Dinge in der Zwischenzeit entwickelt haben.« Er wandte sich erklärend an den Bailli. »Als die Ayubiten ihn dort verschwinden ließen, wußte noch kaum einer von den Mongolen.«

»Gut«, lenkte das Engelsgesicht Gisors ein, »lassen wir das Gezeter des verblödeten Alten beiseite! Was haben wir mit unserer ablehnenden Haltung erreicht? Die Johanniter sind mit Wonne in unsere Schuhe geschlüpft! Hugo von Revel ließ sich die Chance nicht entgehen –«

»Der Herr ist neu.« Die ölige Stimme des Großmeisters triefte vor Spott. »Seinen Rittern vom Hospital sind unsere Schuhe zu groß, sie müssen arg Obacht geben, daß sie nicht stolpern!«

»Gestolpert oder nicht!« erregte sich jetzt doch der Sargines. »Die Johanniter sind mit einer beachtlichen Truppe aufgebrochen, unter der Führung ihres bewährten Marschalls Jean de Ronay. Sie werden sich dem Patriarchen zur Verfügung stellen, nicht etwa dem Königlichen Paar!«

»Seit wann beunruhigt das einen Bailli des Königreiches?« Der Großmeister gab sich nicht besorgt, sondern eher belustigt. »Ihr solltet lieber da draußen schlichten« – er wies auf die vom Unwetter aufgewühlte See vor der Küste –, »dort ballt sich eine Seeschlacht zusammen!«

Die Festungsanlagen der Templer nahmen die gesamte Felsspitze ein, die weit hinaus ins Meer ragte und den alten Hafen samt den Vierteln der sich befehdenden Seerepubliken beherrschte. »Jeden Augenblick kann die zahlenmäßig weit überlegene Flotte Genuas eintreffen, Philipp de Montfort marschiert bereits mit den Truppen von Tyros die Küste hinab!«

»Bei dem Sturm und Regen wird gar nichts geschehen!« Der Bailli verwarf ihm die Befürchtungen, so es denn welche waren. »Akkons Bürgerwehr steht jedenfalls bereit.«

»Dann laßt sie nicht Eures bewährten Oberbefehls ermangeln!« schnauzte der Großmeister, ein unverblümter Rauswurf des bemühten Baillis. »Wir können in dieser Situation keine unserer Truppen hier zu Akkon entbehren.« Damit gab sich der Großmeister versöhnlich gegenüber dem Gisors. »Auf der anderen Seite fürchte ich Ungemach zu Jerusalem, wenn der tolpatschige Marschall sich dort vor den tragbaren Altar des Patriarchen spannen läßt.«

»Sollte ich nicht doch« – diesmal ging der Engel sein Anliegen behutsamer an – »Roç und Yeza aus Jerusalem entfernen und vielleicht hierher bringen, in Eure Obhut?«

»Traut Ihr Euch das zu?« Thomas Bérard ließ den Ehrgeizigen seine Zweifel spüren. »Ihr seid zwar kein Tölpel wie Ronay, aber ein Eiferer – und den Kindern des Gral gegenüber voller Arg, als gefährdeten sie Euer Erbe in der Führung der Prieuré.«

Guillem de Gisors bekam einen hochroten Kopf. »Sie gefährden den Orden, der sich von Gavin zu ihren Hütern hat bestellen lassen – wie die Assassinen. Was hat es ihnen eingebracht? Ich sage nur: Alamut!«

Thomas Bérard dachte lange nach und starrte hinaus auf das Meer und die Wolken. Erst ein im Turm einschlagender Blitz, begleitet von einem furchtbaren Kracher und höllischem Schwefelgestank, warf ihn aus seinem Grübeln. »Ihr wißt, daß auch Julian von Sidon sich unseren Freunden vom Hospital angeschlossen hat. Er brennt darauf, die Scharte seines ersten Entführungsversuchs auszuwetzen.«

»Ein törichter Raufbold!«

»Wir müssen uns das Königliche Paar dort, in der Heiligen Stadt, unversehrt erhalten, sonst ziehen wir die Mongolen nie so weit in den Süden – und wir, nicht die Johanniter, müssen die *garde du corps* stellen. Das ist die verläßlichste Einführung unseres Ordens als Ordnungsmacht bei dem Il-Khan.«

Der Gisors verbarg sein Erstaunen nicht. »Ihr wollt also auch das Königreich von Jerusalem den Mongolen andienen?«

»Das Königreich von Jerusalem muß erst einmal geschaffen werden, mein Herr. Oder wollt Ihr ernsthaft diese zwei zerstrittenen Küstenstädte als solches bezeichnen und Euch damit zufrieden geben?«

»Also darf ich mich auf den Weg machen?« Der Engel vermochte seinen Ärger nicht stillschweigend zu schlucken.

»Ihr sollt!« beschied ihn sein Vorgesetzter scharf. »Und ich erwarte von Euch, daß Ihr Euren Auftrag so ausführt, wie ich es Euch nun wissen ließ!«

»Habe ich Euch richtig verstanden, so wollt Ihr von den Kindern geliebt werden wie eine ferne Mutter, während ich die Amme spiele, die sie sanft in den Schlummer wiegt und säugt, wenn es sie danach dürstet.«

»Daß Milch in Euren Brüsten ist, wage ich zu bezweifeln, aber ansonsten liegt Ihr richtig: Der Ordensstaat der Templer kann nur in der *Terra Sancta*, nicht in Frankreich verwirklicht werden. Dazu brauchen wir erst mal den Roç Trencavel und seine Dame.«

»Und die Mongolen?«

»Heute gewiß!« entgegnete der Großmeister. »Und was die Zukunft bringt, werden wir beide vielleicht nicht mehr erleben, aber es wird geschehen. An uns liegt es, die richtige Vorsorge zu treffen.«

»*Beauséant alla riscossa!*« Damit verabschiedete sich Guillem de Gisors grimmig, er würde schon die rechten Maßnahmen zu treffen wissen.

Thomas Bérard trat an das Fenster und starrte in den Sturm hinaus. Die Schiffe hatten sich dicht zusammengedrängt wie eine Herde schwarzbrauner Schafe, die das Nahen des Wolfs witterten. Schade, dachte der Großmeister, welch sinnlose Vergeudung brauchbarer Kämpfer und teuren Materials!

Es hatte aufgehört zu regnen. Die ausgesucht kleine Streitmacht des Ordens war im Hof der Festung bereits aufgesessen, als Guillem de Gisors heraustrat. Sein Blick fiel sofort auf den Flügelmann, der die anderen um Haupteslänge überragte und keineswegs dazugehörte. Sigbert von Öxfeld, der rüstige Komtur von Starkenberg, trug sichtbar das schwarze Kreuz des Deutschen Ordens auf der ansonsten weißen Clamys. Ungehalten schritt der Engel auf ihn zu. »Was führt Euch zu uns, Sigbert?« fragte er laut, damit alle hören sollten, wie er den ungebetenen Gast abwies.

Doch der reichte ihm schweigend ein Schriftstück vom hohen Roß herab. Guillem kannte das Siegel und erblaßte. Es war eine Order der Grande Maîtresse, die Sigberts Teilnahme am Zug gen Jerusalem anordnete und ihn ausdrücklich von der Befehlsgewalt ihres Stiefsohns ausnahm.

»Ich reite als Euer Aufpasser mit!« dröhnte der Alte fröhlich, daß alle es vernahmen. »Damit Ihr keinen Unsinn anstellt!«

Mit zusammengebissenen Zähnen gab Guillem das Zeichen zum Aufbruch.

Alle drei Großmeister mit Gefolge standen vor der Kirche von St. Sabbas, an der sich vor Jahren ›der Große Streit von Akkon‹ entzündet hatte. Schutt und Asche waren aus den angrenzenden Vierteln der Pisaner und der Genuesen weggeräumt worden. Doch ausgebrannte Lagerhäuser und leere Fensterhöhlen zeugten noch immer vom Bürgerkrieg. Das Quartier der Händler aus Genua wirkte völlig ausgestorben. Seine Bewohner waren in das benachbarte Tyros geflohen. Die Aufsicht über die Ruinen oblag den Johannitern, deren Hospiz sich unmittelbar anschloß.

»Laßt uns hinübergehen auf den Montjoie«, schlug Hanno von Sangershausen vor, »da stehen wir auf neutralem Boden und sehen auch besser!«

Die beiden anderen Streithähne, der vom Hospital und der vom Tempel, lächelten angestrengt, aber sie folgten dem Deutschen.

»Mir wurde soeben berichtet«, sagte Thomas Bérard beiläufig, »daß ein Heer aus Damaskus das Jordantal hinabzieht. Es ist an der Jakobsfurt vorbei und hat auch Banyas, die Festung der Assassinen, unangetastet links liegen gelassen.«

»Ich darf Euch mitteilen«, näselte Hugo von Revel, »daß man seine Vorhut bereits am anderen Ufer des Sees Genezareth gesichtet hat, in der Höhe von Tiberias.«

»Wird es von An-Nasir selbst geführt?« fragte der Deutsche interessiert.

»Nicht doch!« Herr Thomas lachte. »Der traut sich weder vor noch zurück! Der Rote Falke reitet an der Spitze!«

»Das gilt Jerusalem!« schwante dem Sangershausen sogleich.

Bérard nickte, nur Hugo von Revel fragte etwas töricht: »Wieso?«

»Auf die Idee, dorthin Truppen zu entsenden, kommt nicht nur das Hospital.« Der Templer konnte sich die Spitze nicht verkneifen.

»Ihr seid noch neu«, tröstete ihn Hanno, »sonst wüßtet Ihr, wer der Rote Falke ist.«

»Ein Mamelukenemir!« rief der Johanniter geringschätzig.

»Einer der fähigsten!« korrigierte ihn der Templer. »Und ein inniger Freund von Roç und Yeza, dem Königlichen Paar!«

»Da braut sich was zusammen«, seufzte Hanno von Sangershausen. »Eine Streitmacht der Mameluken bewegt sich ebenfalls auf Jerusalem zu.«

»Unter Baibars?« hakte Herr Thomas sogleich nach.

»Nein, ein gewisser Naiman führt sie an. Sie haben Gaza gestern früh verlassen.«

»Und halten auf Bethlehem zu! Das meldete mir unser Grenzfort Beth-Gibelin!« Hugo, der Großmeister der Johanniter, war stolz auf seine schnelle Information. Aber der Templer zerstörte seinen kleinen Triumph.

»Auch die reiten nach Jerusalem!«

Die hohen Herren waren mittlerweile am Ziel angekommen, einer kahlen Anhöhe oberhalb des alten Arsenals. Hier pfiff der Wind, und sie fröstelten. Von den Schiffen war nicht mehr viel zu sehen. Sie hatten die Segel wieder gesetzt und fuhren in weit auseinandergezogener Kette gen Norden. Nur noch die mit Wimpeln besetzten Mastspitzen waren am Horizont zu erkennen.

»Der Löwe von San Marco zeigt Genua seine Krallen!« frohlockte der Großmeister des Templerordens, der es seit jeher mit den Venezianern hielt, so wie die Johanniter sich im Zweifelsfall auf Genua stützten.

»Die Serenissima kriegt schon was auf die Pfoten, noch ehe sie Tyros zu Gesicht bekommt«, frotzelte Herr Hugo sogleich.

»Ich kann und mag mich an solchem Bruderzwist nicht ergötzen!« rügte Hanno die beiden. »Mir erscheint es von übergeordneter Bedeutung, daß das mongolische Haupttheer unter General Kitbogha bei der ›Syrischen Pforte‹ plötzlich stehengeblieben ist. Was das zu bedeuten hat, weiß ich nicht, aber es wundert mich!«

»Sie trauen sich nicht, gegen die Mameluken zu kämpfen?« schlug Hugo zaghaft vor.

»Das wäre das erste Mal!« entgegnete der Templer. »Es muß einen anderen Grund geben – ein kleiner Trupp stößt allerdings mit höchster Geschwindigkeit vor.«

»Klein? Wieviel tausend?« scherzte der Herr von Sangershausen.

»Grad mal hundert!« Herr Thomas war jetzt nicht zum Scherzen aufgelegt.

»Das Ziel könnte die Bestrafung der Feste Harenc sein«, vermutete Hugo von Revel, der zwar kein alter Hase war, sich aber im Norden des Landes gut auskannte.

»Der Angriff fand seltsamerweise auch nicht statt«, murmelte der Deutsche. »Außerdem haben sie schon Shaizar hinter sich gelassen, ohne es zu plündern.«

»Weiter, weiter!« spornte Thomas ihn aufmunternd an. »Dem Trupp scheinen Flügel gewachsen zu sein, er hat bereits Baalbek erreicht; er führt einen Bären mit sich.«

»Ein Bär kann doch nicht fliegen!« versuchte Hugo zu scherzen.

»O Gott der Gerechte!« stöhnte Hanno von Sangershausen. »Die werden doch nicht ebenfalls in Jerusalem einfallen!?«

»Wieso nicht?« fragte Thomas Bérard, der Templer, zurück. »Das Königliche Paar wird das Haupttheer zum Stehenbleiben veranlaßt und sich die Hundertschaft nach Jerusalem gerufen haben, um zu beraten.«

»Mit dem Bären?«

Keiner ging mehr auf die Witze des Herrn Hugo ein. »Haltet Ihr wirklich diesen Roç Trencavel und seine Dame Yeza Esclarmunde für so einflußreich, daß sie den Horden des Dschingis-Khan Einhalt gebieten können, was Kaiser und Papst nicht gelang?« fragte der Deutsche ungläubig, doch mit Respekt.

»Das Königliche Paar übt eine geistige Macht aus, die sich einmal aus ihrer Bestimmung als Kinder des Gral herleitet, zum anderen soviel bewirkt, wie es die geheime Macht hinter ihnen für erstrebenswert erachtet. Roç und Yeza sind sowohl fehlerhafte junge Menschen als auch eine Art göttliche Wesen – was gerade überwiegt. Die Mongolen haben im Gegensatz zu uns diese Möglichkeit erkannt.«

»Ich sehe an den heiligen Stätten viel Blut fließen«, sagte Herr Hanno erschauernd. »Wenn ich recht mitgezählt habe, und das steht mir zu, weil wir Deutschen die einzigen sind, die keinen Trupp losgelassen haben, sind bislang fünf Parteien mit völlig verschiedenen Absichten im Anmarsch auf das Königliche Paar.«

»Nicht gezählt die, die innerhalb der Mauern der Heiligen Stadt bereits die Messer wetzen!« Der Johanniter trug sein letztes Scherflein bei.

»Meine werten Herren«, sprach der Großmeister des *Ordo Equitum Teutonicorum*. »Wir alle sollten nun in uns gehen, ob wir weise oder unklug gehandelt haben, ob wir den Schaden noch begrenzen können oder ihn böswillig geschehen lassen. Das vergossene Blut fällt auf uns zurück. Gott schütze das Königliche Paar!« Danach gingen sie stumm auseinander.

ARMAGGEDON

Es war schon Nacht, als ihnen Jakov die Alven brachte. Zwei lange, härene weiße Gewänder, wie sie auch die Katharer zur Feier des Consolamentums zu tragen pflegen und von da an in steter Bereitschaft halten für den Schritt durch die Pforte, den Weg zum außerirdischen Paradies.

Roç und Yeza waren nicht erstaunt über die Gabe. Ein Blick hinauf zum Firmament wies ihnen den eingeschlagenen Pfad mit der Klarheit des Gestirns. Jakov entfernte sich wortlos. Er wollte die einsetzende *endura* des Königlichen Paares nicht durch den unnötigen Hinweis stören, daß alles bereit sei. Ein Blick auf Roç und Yeza hatte ihm genügt, sie hatten ihn verstanden. Doch Jakov hätte nicht ›der Zimmermann‹ geheißen, wenn er nicht doch noch zwanghaft einen Nagel zur Sicherheit eingeschlagen hätte. Im Vorzimmer traf er auf William von Roebruk, der den sternenklaren Nachthimmel durch ein Rohr betrachtete, das ihm Ezer Melchsedek hinhielt, dabei andächtig Zahlen murmelnd, die der Franziskaner jedesmal mit eifrigem Nicken und Schnaufen bestätigte. Auch Lorenz von Orta saß dabei und schrieb alles säuberlich auf ein Täfelchen. Der Kabbalist wurde plötzlich unruhig, und William war sogleich hellhörig.

»Betrifft es Roç und Yeza?«

»Von denen wissen wir nicht einmal das exakte Jahr ihrer Geburt!« wiegelte Lorenz ab. »Wie wollt Ihr da –?«

»Für mich steht das Königliche Paar im Zeichen Gemini«, beschied ihn Ezer. »Der zweigeschlechtliche, unstete Merkur hat hier sein Haus, Mars und Venus sind die luftigen Dekane.«

Damit gab sich William zufrieden. Von Algol, den er durchziehend gesehen, hatte Ezer kein Wort verlauten lassen. Der helle Stern im Perseus kündete unweigerlich Mord und Totschlag an.

Jordi hockte stumm in der Ecke und schaute ihnen zu. Seine Zwergenfinger spielten gedankenverloren auf den Saiten seiner Laute, doch bei jeder Zahlenkombination ließ er leise einen Akkord ertönen, der wie Sphärenklang aus dem offenen Raum entschwebte. An ihn hielt sich Jakov:

»Wenn die Seelen aufsteigen zur Stätte der »Sammlung allen Lebens«, dann erfreuen sie sich dort am Spiegelglanze eines Lichtes, das von einem über alle erhabenen Orte strahlt. Würde sich aber die Seele da nicht mit einem neuen Lichtgewand umhüllen, vermöchte sie nicht jenem Lichtglanze sich zu nähern.‹«

»Du benutzt das Buch Sohar, Bruder Jakov«, unterbrach Ezer seine kabbalistischen Zahlenreihen, »als wolltest du Roç und Yeza zur Wolke verdampfen, aus der dir ein Staatengründer wie Moses entgegentritt, der auf dem Berg die Gesetzestafeln für dein – unser Volk empfängt«, rügte er sanft. »Das Königliche Paar sucht nach einem anderen Licht!«

»Es gibt nur eine Quelle des Lichts, alles andere sind Spiegelungen, werter Ezer!« Jakov gab sich milde, war aber ungehalten. »Und es ist eine geheimnisvolle Beziehung.« Er vergewisserte sich, daß der Troubadour ihm folgte. »›Wie der Seele ein Gewand gegeben ist, daß sie in dieser Welt bestehen kann, so wird ihr ein leuchtend Gewand höherer Art gegeben, um in jener Welt zu bestehen und in den Spiegel zu schauen, der aus jenem Land des Lebens sein Licht empfängt!‹«

Ezer schaute ihn an, enthielt sich aber weiterer Einwände.

Doch Lorenz steckte sein Täfelchen weg und sagte: »Es ist zu vermeiden, daß Roç und Yeza hinabtauchen in den Spiegel, um dem Gezerre zu entfliehen, das ein jeder mit ihnen veranstaltet. Die Muslime noch am wenigsten, die verhalten sich, seit Kefir ihnen vorsteht, abwartend. Die orthodoxen Christen verfolgen sie mit ihrem Haß, wie die Pharisäer den Messias hetzten. Doch die Juden sind die schlimmsten: Sie umarmen das Königliche Paar mit alttestamentarischer Inbrunst, daß ihm kaum noch Luft zum Atmen bleibt. Wir sollten hintanstellen, was wir mit diesen hervorragenden Geschöpfen vorhaben, wie wir sie in unsere Pläne pressen könnten, sondern ihnen die Hand reichen zur Verwirklichung ihres Wunsches: ihnen den Weg ebnen zur Erlangung des Grals!«

»Hört, wer spricht!« dröhnte Jakov. »Welches Beispiel gibt denn die Prieuré?«

»Richtet Euch, Jakov, nach dem, was Ihr versteht«, entgegnete Lorenz. »Dankt Eurem Jahwe für die geringe Bürde – am wahren

Wissen trägt man schwer.« Er erhob sich ächzend. »Die Last nehme ich auf meine zerbrechlichen Schultern.«

Der Streiterei überdrüssig und mangels Nachschub an Sternbildern, hatte William das wundersame Rohr vom Firmament hinabgesenkt auf das dunkle Land. Er konnte die Herdfeuer der Beduinen in der Wüste ausmachen, sich einbilden, ihnen in die Töpfe zu schauen. Dann fiel sein Auge auf ein Lagerfeuer, das so hell war, daß er deutlich den Mann wahrnahm, der nicht still davor saß, sondern um es herumhüpfte wie ein Vogel, wie eine schwarze Krähe. Der Eindruck rührte wohl daher, daß der Mantel des Fremden mit Fittichen, Knöchlein und Silberplättchen besetzt war, die wie im Fluge schlugen und im Licht der Flammen blinkten. Das mußte Arslan sein. Neben der Brandstätte lag ein Bär. Die Anwesenheit des Schamanen hatte auch für William etwas Beruhigendes. Er mußte sofort Roç und Yeza davon Mitteilung machen. Die würden sich gewiß freuen. William verschwieg seine Entdeckung, als sich Lorenz an ihn und Jordi wandte.

»Die spirituellen Voraussetzungen für den Antritt der Herrschaft werden höheren Ortes geklärt«, verkündete der kleine Franziskaner mit der lästigen Autorität der Prieuré de Sion. »Ihr seid dabei nicht vonnöten, doch das Königliche Paar bedarf Eurer bei dem Gang, der ihm bevorsteht. Begleitet Roç und Yeza, solange sie Euch um sich wissen wollen, doch dann tretet zurück, und laßt sie allein.« Das war eine eindringliche Ermahnung. Der zierliche Alte, aus dessen Augen sonst oft der Schalk sprühte, zeigte sich seiner Aufgabe gewachsen. »Denn das wüste Land an der Grenze ist dir fremd und wird es auch bleiben!« Streng zwang er William in seinen Blick. »Hüte dich, auch dann noch den Hüter spielen zu wollen, William, wenn es dir nicht mehr gegeben ist.« Er kannte seinen Ordensbruder.

Gefolgt von Jordi und William, die beide Fackeln trugen, hatten Roç und Yeza sich durch die nächtliche Moschee geschlichen, vor der Mufti Kefir Alhakim Wachen hatte aufziehen lassen. Sie waren über eine hinter dem erhöhten Minbar verborgene Treppe hinabgestiegen in das Säulenreich der Unterwelt, das die Pferdeställe Salomonis darstellten. Unendlich lange Reihen steinerner Futtertröge und eiserner Ringe, unterbrochen von Pfeilern und Rampen, zogen sich unter dem gesamten Gebäudekomplex hin, bis an die südöstliche Ecke der Außenmauern des Tempelberges. Eine mannshohe, schmale Tür, zu eng für ein Pferd, führte ins Freie. ›Das Futterloch‹ ließ tagsüber die verbrauchte Luft entweichen, während Licht von oben durch die Eisenroste der Zisternen fiel, die hier unten die Tiere mit Trinkwasser versorgten. Die Röhren der Aquädukte bildeten eine kunstvolle Anlage, durch die der kleine Trupp forschend stolperte.

Yeza und Roç trugen beide bereits die langen weißen Gewänder, obgleich nicht zu erwarten stand, daß sich das Gesuchte in dieser Ebene fand. Da der Boden nur teilweise gestampftes Erdreich aufwies, sonst aber aus Fels oder Steinplatten bestand, war zu vermuten, daß sich darunter durchaus noch geheime Räume befanden. Roç, der sich wie Yeza ziemlich schweigsam gab, schaute über den Rand jedes Wasserbeckens, aber sie waren alle bis zur Höhe der Abflußrinnen gefüllt, was gegen einen versteckten Auslaß nach unten sprach. Doch jede Steinplatte, jede Säule konnte ihn genauso gut verbergen.

»Wir müssen durch Abklopfen auf den Hohlraum stoßen!« ermunterte Roç gerade wenig hoffnungsvoll Jordi, der ihm leuchtete, als hinter ihnen ein Knacken ertönte, gefolgt von Steineprasseln und Williams unterdrücktem Aufschrei. Erschrocken wandten sie sich um. Im flackernden Licht der zu Boden gefallenen Fackel stand William bis zur Brust in einem Loch, das sich unter seinen Füßen aufgetan hatte. Eine Steinplatte war nach unten weggeklappt wie eine Falltür und gab den Beginn einer engen Stiege frei, die steil hinunter ins Dunkel führte.

»Ich hab' nur leicht an dem Gesims gerüttelt«, schnaufte der dicke Minorit und deutete auf einen Pfeiler, dem gar nichts anzumerken war.

Yeza reichte ihm die blakende Fackel. »Dem Entdecker gebührt der Vortritt«, sagte sie ungerührt, und William stieg zögerlich tastend die Stufen hinab, bemüht, diesmal nirgendwo anzustoßen. Am liebsten wäre er geschwebt wie eine Feder.

Yeza folgte ihm. Sie legte ihre Hand auf Williams Schulter, als sie sah, daß der Arme vor Angst zitterte. Roç tat es ihr gleich, einmal, damit sie spüren sollte, daß ihr Ritter sie schützte, aber auch, um an der ruhigen Gewißheit teilzuhaben, mit der Yeza dem Ziel entgegenstrebte. Jordi bildete das Schlußlicht.

»Der kleine Mann Eurer Prieuré«, sagte Ezer zu Gosset und wies hinab auf die tiefer gelegene Terrasse, »hat den Joseph in Jakov Ben Mordechai mit seiner Überheblichkeit sehr verletzt.« Unter ihnen wanderten, nur als Schatten erkennbar, Lorenz von Orta und der Zimmermann hin und her, ihre Auseinandersetzung mit unverständlichem Gebrummel fortsetzend. Ihre Wege kreuzten sich, ohne daß sie zueinander fanden. Oben auf des Turmes Zinnen befand sich außer dem Priester und dem Kabbalisten nur noch Abu Bassiht, der Sufi, der die Sterne betrachtete, ohne Ezers Rohr in Anspruch zu nehmen.

Gosset war solch ein Vorwurf gegen die geheime Gesellschaft, der er angehörte, eigentlich gleichgültig, so wie sich auch die Prieuré erhaben fühlte über derartige Anwürfe. Ihm lag daran, dem Juden die Illusion zu nehmen, sein Volk sei immer noch das auserwählte.

»Wenn einer es grad zum Tischler gebracht hat und sich dann schon zum Baumeister eines Staates berufen glaubt«, beschied er den Kabbalisten, »dann schadet es nicht, wenn er von seinem Höhenflug heruntergeholt wird. Sonst hält sich noch jede Taube für den Reichsadler!«

Ezer Melchsedek erwies sich erneut als beredter Anwalt seines Volkes. »Wenn einer einen Traum hat vom Reich Gottes auf Erden, worin Frieden herrscht und Glück, dann laßt ihn doch dessen Gründung betreiben. Eure Prieuré will doch auch nichts anderes, nur hat sie kein Volk.«

»Wir haben das Königliche Paar, Roç Trencavel und die Dame Yeza Esclarmunde, die zukünftigen Friedenskönige!« trumpfte Gosset auf. »Sie allein sind die Bürgen des Heils –«

»Wir wollen sie ja von Herzen gern, wir lieben sie – und sie brauchen uns!« rief der Kabbalist emphatisch, doch Gosset würgte ihm die Rede ab:

»Jakov Ben Mordechai schwebt ein Reich der Juden vor, mit Jerusalem als Hauptstadt. Er fühlt sich als neuer Salomon, sicher will er auch den Tempel wieder –«

»Ist das eine Schande?«

»Nein, vermessen!« knurrte Gosset und setzte tadelnd hinzu: »Es schließt die Muslime aus – und uns Christen muß diese Aussicht beengen!«

»So zieht Ihr es vor, den Unfrieden zu erhalten, die Heilsbringer, die endlich zu uns gekommen sind, zurückzuweisen?«

»Verdreht die Tatsachen nicht, Ezer Melchsedek! Wir haben das Königliche Paar an diesen heiligen Ort geleitet, damit es für alle Glaubensrichtungen den Gottesfrieden ausstrahlt in die ganze Welt! Verwechselt die Prieuré von Sion nicht mit aufgehetzten Kreuzfahrern oder gar dem Antichristen in Rom! Roç und Yeza sollen über den verfeindeten Religionen stehen und nicht einer zum späten Sieg verhelfen, die schon Jesus Christus als erneuerungsbedürftig erkannte!«

»Das Volk Israels bleibt dennoch das erwählte«, bockte Ezer, »und uns, nur uns ist das Land versprochen!«

»*Jafki! Jafki!* Genug von dieser Wortbrennerei!« rief da Abu Bassiht aufgeregt. »Wir drehen unsere Rücken dem einzig Liebenden zu, der uns sowieso nicht mehr sehen mag.« Der Sufi war aufgesprungen. »Abwenden sollten wir uns von Mekka! Hinweg mit der Thora! Laßt uns selbst die Apostel aus der Stadt werfen!« Abu tanzte um die beiden herum. Es war nicht auszumachen, ob er grimmig scherzte oder ob bitterer Ernst aus seinen Worten sprach. »So!« sagte er aufatmend nach einem letzten, wilden Wirbel. »Wann, Liebster, wirst du endlich kommen?«

Sie waren durch die finsteren, jetzt auch feuchten Gänge immer weiter in die Tiefe vorgedrungen. Die tragenden Säulen waren klobigen Stützen gewichen, die den Raum in enge Gewölbe verwandelten, auch die Decken hingen niedriger. Die Luft war schlecht. Das Gehen in den längst nicht mehr weißen Gewändern bereitete Roç und Yeza zunehmend Mühe. Bei Roç verstärkte sich der Eindruck, im Kreis herumzuirren. Doch Yeza schritt so unbeirrt und ohne zu straucheln voran, daß Jordi ihr kaum mit der Fackel den Weg leuchten konnte.

William drängte es nach seinem glimpflich überstandenen Sturz nicht mehr an die Spitze. Die Beine hätte er sich brechen können, sogar das Genick! Mit Glück hatte er sich nur die Ellbogen aufgeschürft.

Irgendwann endete der Stollen, durch den sie schritten, in einem Rund unter einer Kuppel, wie sie beim Hinaufleuchten feststellten, und William faßte den Eindruck aller in Worte: »Wir stehen vor einer Wand, die etwas verbirgt.« Er leuchtete zwischen die halb aus dem Fels herausgemeißelten Säulen. Die Wände bestanden aus kunstvoll bearbeiteten Quadern, die sich scheinbar fugenlos ineinanderfügten. Er entdeckte ein gerahmtes Loch. Es war wie eine niedrige Tür gehalten, mit Sims und Tympanon, doch die Öffnung war so klein, daß William zurückwich.

»Für mich kommt sie nicht in Frage!« stellte er eingedenk seines Leibesumfanges erleichtert fest. Da fühlte sich Jordi gefordert. Der Zwerg bückte sich und entschwand, ohne sich auf lange Erörterungen einzulassen.

»Es geht besser, als ich dachte«, erklang seine Stimme dumpf aus dem Loch. »Es wird enger – ich bin in einer goldenen Kammer.«

»Komm zurück!« rief Yeza.

Sie vernahmen nur Schnaufen.

»Jordi?« forschte Yeza und beugte sich ängstlich lauschend zur Öffnung hinab.

»Das geht nicht!« tönte es verzagt. »Der Gang ist zu eng!«

»Blödsinn!« beruhigte ihn Roç, »Wenn du reingekommen bist –«

»Ich kann es nicht erklären«, antwortete Jordi, »es gibt kein Zurück. Dies ist eine Kammer des Todes.« Die Stimme des Troubadours wurde leiser, doch das Schaudern war unüberhörbar. »Hier liegen Knochen.«

»Sing ein Lied, Jordi!« forderte William, aber Roç fuhr ihn wütend an:

»Laß den Unsinn!« Und ins Loch rief er ermutigend: »Verbrauch' deine Atemluft nicht! Wir holen dich raus!«

»Er soll ruhig singen«, widersprach Yeza, »wenn es ihm Mut macht.« Kurz darauf schallte die Stimme des unverwüstlichen Sängers gedämpft, doch voll heiterer Zuversicht aus der Grabkammer.

> *»Ab l' alen tir vas me l'aire*
> *qu' eu sen venir de Proensa;*
> *tot quant es de lai m' agensa,*
> *si que, quan n' aug ben retraire,*
> *ieu m' o escout en rizen*
> *e' n deman per un mot cen:*
> *tan m' es bel quan n' aug ben dire.«*

Im Vorzimmer des Gemachs des Königlichen Paares hatten sich auch Abu Bassiht und Ezer eilends eingefunden, kaum daß Gosset entdecken mußte, daß Roç und Yeza nicht mehr dort waren, wo er sie vermutete. Um es ihnen zu beweisen, hob der Priester den schweren Teppich, der als Vorhang diente – Türen hatte das Domizil der Templer keine mehr. Das Lager in der Mitte des Raumes war zerwühlt, und erstaunlicherweise lagen die Kleider der beiden verstreut am Boden.

»Daß Roç und Yeza heute nacht ihre Reise antreten würden, war mir bewußt«, murmelte Gosset beleidigt, weil sie sich nicht von ihm verabschiedet hatten.

»Stört Euch, daß sie nackt sind?« stichelte der Sufi, und Gosset fiel prompt darauf rein.

»Sie werden die Alva tragen, das reine Hemd des Todes!«

»Nicht das der Trauer ob des fleischlichen Vergehens«, tadelte ihn Abu Bassiht sofort, »sondern das Festgewand des freudigen Eintretens in das Paradies des wahren Lebens!«

»Aber wir können sie doch nicht allein –«, empörte sich Gosset schwach. »Jakov und Lorenz haben uns hintergangen«, erkannte er. »Sie haben William und Jordi zu ihnen geschickt, das Signal zum Aufbruch! Und wir kennen nicht einmal den Ort des Geschehens.«

Ezer nickte zufrieden. Für den Kabbalisten war das in Ordnung. Lorenz von Orta und Jakov Ben Mordechai traten einträchtig in den Raum und gaben vor, erstaunt zu sein, als Gosset ihnen entgegenrief: »Das Königliche Paar ist von uns gegangen!«

»Und warum liegt Ihr nicht auf den Knien, ins Gebet versunken für das Heil ihrer Seelen?« donnerte Jakov unvermittelt in dem Tonfall, den er sich eigens für seine Reinkarnation des Zimmermanns zugelegt hatte. Gosset war keineswegs erschrocken, denn er kannte die Baßstimme des heiligen Joseph schon aus Rhedae, doch sie verwirrte ob ihrer Lautstärke den neben ihm stehenden Lorenz und ob des Gesagten den Ezer Melchsedek.

»Was sollen wir tun?« jammerte der los. »Von Sterben war doch nicht die Rede – was habt Ihr?«

Abu Bassiht sprang schnell ein. »Ich will gern für Euch alle beten, die Ihr Euch vor dem Tode fürchtet.« Er wiegte sich, wie er es immer tat, wenn er seinen Derwischtanz begann. »Seht einen, blind wie Jakov, er sucht nach dem verlorenen Sohn‹«, ertönte sein Sprechgesang, und er umkreiste den Zimmermann, »und findet sein Augenlicht wieder! Wer hat schon soviel Glück?‹« Er kreiselte weiter zu Lorenz hin. »›Moses näherte sich dem vertrockneten Dornenbusch in der Wüste und erfuhr das Feuer von tausend Sonnen! Wer hat schon soviel Glück?‹« Das Kreiseln des Sufis geriet schneller, er torkelte auf den Priester zu, der als einziger auf die Knie gesunken war. »›Jesus betrat ein Haus, um der Verhaftung zu entgehen, und entdeckte den Weg in eine andere Welt. Wer hat schon soviel Glück?‹«

»Freiwillig ging Er in den Opfertod!« grollte Botho, der greise Templer, der unbemerkt eingetreten war, von Kefir Alhakim begleitet. »Um danach glorreich wiederaufzuerstehen!« Keiner achtete auf seinen Protest, nur Abu Bassiht konnte es nicht lassen.

»Na bitte!« schnaufte er, ermattet seinen wirbelnden Tanz beendend. »Wer hat schon soviel Glück?‹« Da löste sich die Spannung in herzhaftem Gelächter.

»Ihr lästert Gott!« polterte der Templer wutentbrannt und stürmte wieder aus dem Raum. Aber er hatte Bewegung in die Versammlung gebracht, mehr als ein Faß besten Weines hätte bewirken können.

»Schließt uns die Moschee auf!« verlangte Gosset aufgekratzt von dem gespreizt auftretenden ›Großmufti‹ Kefir. »Wir müssen Roç und Yeza finden!«

»Niemand hat in den letzten Stunden den *beit as-salah* betreten, zumindest nicht nach dem letzten Abendgebet!« wehrte Kefir das Ansinnen ab. »Schon gar kein Ungläubiger!«

»So dankt Ihr, Flickschneider von Ustica, die Güte des Königlichen Paares, das Euch hierhergeführt, genährt und gekleidet hat?«

Gosset machte den Eindruck, als habe er heimlich getrunken. Lorenz von Orta sorgte für Ruhe.

»Wir werden vor der verschlossenen Tür unseren Gott mit frommem Gesang ehren!« schlug er listig vor.

»*Bismillah!*« gab der Mufti sofort klein bei. »Dann singt bitte lieber hinter den dicken Mauern, daß es keiner hört!« Und so zogen sie allesamt die Treppe hinunter und traten ins Freie, wo Simon vor dem Zelt des Templers Wache hielt.

Im Innern lag Botho vor zwei flackernden Kerzen und betete laut: »*Pater dimitte illis, non enim sciunt quid faciunt.*« Kefir schloß das Tor zur Moschee auf.

Sie hatten nur noch eine Fackel, die hielt William, und Roç untersuchte in ihrem Licht die kunstvoll bearbeiteten Steinwände der Kammer. Sie mußten sich eilen, denn schon begann die Flamme zu blaffen. Yeza beobachtete die Bemühungen der beiden Männer dem Anschein nach eher belustigt, denn noch erscholl aus der Gruft unbeirrt die Stimme ihres kleinen Troubadours:

»*E s' ieu sai ren dir ni faire.*
Ilh n' aia l grat, que sciensa
m' a donat e conoissensa,
per qu' ieu sui gais e chantaire.
E tot quan fauc d'avinen
ai del sieu bell cors plazen,
neis quan de bon cor consire.«

In Wahrheit sorgte sie sich um Jordi. Doch auch Roç nahm die Verantwortung für den treuen Gesellen ernst. Mit den Fingernägeln fuhr er prüfend die Fugen der Quader ab, in der Hoffnung, einen verräterischen Spalt zu entdecken. Yeza betrachtete sinnend die Wand mit dem verhängnisvollen Loch aus einigem Abstand. Der dreieckige Türgiebel hatte es ihr angetan. Er trug keine Last.

»Roç!« rief sie leise. »Hängt euch doch mal an die äußerste Spitze des Tympanons!« Ihr Gefährte wollte ihr schon aus alter Gewohnheit jeglichen Sachverstand absprechen, aber William leistete der

Aufforderung sogleich Folge – und siehe da: Der Giebel gab ohne Knirschen nach und hing alsbald schief an einer unsichtbaren Achse. Im Innern des Steinwerks rumorte es indessen mit dumpfem Grollen, dann wurde es leiser. Jordis Gesang brach ab. »Weiter, weiter!« hörten sie ihn rufen. »Ein Tor tut sich auf!«

Doch auch die Wand in der Kammer veränderte sich nahezu lautlos, dann wurde es still. Das Loch hatte sich so weit vergrößert, daß selbst William sich zwischen den Steinen hindurchquetschen konnte. Roç hielt ihn zurück. »Ich gehe vor!«

Sie waren kaum in den nun mannshohen Gang eingedrungen, als sie Jordis entsetzte Stimme hörten. »Hilfe, ein Bär!« Yeza, die Roç auf dem Fuße gefolgt war, drängte vorwärts.

»Jordi, warte auf uns! Wir kommen!« Aber es kam keine Antwort mehr. »Jordi!« rief sie beschwörend. »Bleib, wo du bist!« Und zu Roç vorgebeugt, flüsterte sie erregt: »Arslan?« Ihr Ritter nickte stumm.

Roç schob sich geschickt durch den Gang vorwärts. Er erkannte jetzt, warum der Troubadour nicht zurückfand: Die Wände waren zuvor in konischen Zacken angelegt. Das gestattete lediglich ein Vordringen, weil sich der menschliche Torso wie ein Korken verhielt, der keine gegenläufige Bewegung zuließ. Doch nun hatte sich eine der Wände auf Rollen verschoben, und das erlaubte ein sich Schlängeln im Zickzack zwischen den spitzwinkligen Steinen. Doch als sie in der von Jordi beschriebenen Grabkammer anlangten, war weder der kleine Troubadour noch der Bär zu sehen. Dafür gähnte ein schwarzes Tor, dem vorherigen ähnlich; nur waren die nach innen aufgeschlagenen Türflügel aus massivem Stein. Wie alles andere im Raum waren sie mit Goldmosaiken ausgelegt, die eine fremde Schrift zeigten, Zeichen wie Hieroglyphen, von archaischer Schlichtheit. Nirgendwo eine bildliche Darstellung, nur Symbole, die mit einem Netzwerk von Intarsien aus Golddrähten verwoben waren und an den Schnittpunkten eingelegte, oft erhabene edle Steine aufwiesen. Da funkelten Rubine und Smaragde, leuchteten dunkel Topas und Amethyst, je nachdem, wie William das Licht der langsam verlöschenden Fackel auf sie fallen ließ.

»Das kommt mir vor wie die Sprache der Sterne!« sagte Yeza andächtig. »Eine Botschaft aus einer anderen Welt.« Auch Roç war hingerissen und verfolgte aufgeregt die aufglühenden Linien, schimmernden Knoten und runenhaften Gebilde, die auch Zahlen sein konnten. Ein Geheimkode? Eine Botschaft der ersten Gralshüter?

»Leuchte uns, William!« Roç riß sich los und tastete nach Yeza. Hand in Hand überschritten sie die Schwelle des Tores, hinter dem sich eine breite Treppe ins Dunkel hinabsenkte. Da verlosch hinter ihnen die Fackel.

William blieb eingeschüchtert stehen, denn kaum hatten sich seine Augen an die stockfinstere Nacht gewöhnt, gewahrte er ein bläuliches Licht, in das hinein vor ihm Roç und Yeza schritten. Er sah ihre Gestalten in den weißen Gewändern und faßte sich ein Herz, ihnen zu folgen. Die Lichtquelle war für ihn nicht auszumachen, doch sie wanderte wie eine Nebelwand mit dem Königlichen Paar. Wollte er nicht in der Dunkelheit zurückbleiben, mußte er es den beiden gleichtun. Die Mahnung des Lorenz von Orta kam ihm in den Sinn, er wäre ja gern stehengeblieben, aber er hatte jetzt schlichtweg Angst, allein gelassen zu werden. Der Franziskaner schlich Roç und Yeza nach, mit dem unguten Gefühl, eigentlich etwas Ungehöriges zu tun, schlimmer als einer, der Liebende belauscht. Während sie körperlos zu schweben schienen, tastete sich William Stufe für Stufe die Treppe hinab, immer wieder von der Furcht überwältigt, daß die für ihn unfaßbare Macht, die hinter allem, was geschah, stehen mußte, sich gegen sein Eindringen wenden, ihn mit einem Blitz blenden oder sein klopfendes Herz zerspringen lassen könnte. Taumelnd mußte er an der Wand Halt suchen, seine Füße drohten, ihm den Dienst zu versagen.

Vor ihm tat sich eine gewaltige Grotte auf, aber nicht etwa eine Tropfsteinhöhle, sondern ein kreisrunder Kuppelsaal von einem Ausmaß, wie er ihn freitragend noch nie gesehen hatte, sich auch nicht vorstellen konnte, daß dergleichen auf Erden von Menschenhand geschaffen war. Die unbekannten Baumeister hatten alle bekannten Gesetze der Kunst, Gewölbe zu schaffen, außer Kraft gesetzt. Keine Säule stützte den Plafond, keine Pfeilerrippe fing den Druck ab. Es war wie im Himmel, denn im tiefen Nachtblau dehnte sich das Firmament, von gleißenden Gestirnen übersät, die zu wandern schienen, funkelnd, blitzend, glühend. Aber sie strahlten kein Licht aus, sie spiegelten es nur wider, sie warfen auch keine Schatten. Wer verlieh ihnen Glut und Kraft? William schnürte es den Atem ab, seine Knie zitterten. Er mußte sich setzen, eng an den glatten Stein gepreßt. War das der ›Takt‹, die geheime Gralskirche im Innern der Erde? Der Boden des Saales war unbearbeitet, Felsbrocken lagen herum im körnigen Geröll, das ebenfalls silbern und gülden funkelte, als wäre hier der Schutt der ergiebigsten aller Minen achtlos liegengeblieben. Oder hatte jemand die Vollendung des kostbaren Saalbaues gestört?

Roç und Yeza schritten vor Williams Augen über die steinige Halde, ohne einen Blick auf die blinkenden Edelsteine zwischen den Kristallsplittern und Mineralklumpen zu werfen. Da sah auch der Mönch den schwarzen Stein. Ein riesiger, pechschwarzer, mattglänzender Zylinder ragte aus dem unebenen Boden, als sei er aus dem Weltall hier wie ein Geschoß eingeschlagen. Kreisrund und von völligem Ebenmaß schien er zu sein, aus einem Material, das sichtbar härter war als der granitene Fels, in den es sich gebohrt hatte, ohne zu bersten. Einen bearbeiteten Stein seiner Größe – fünf, sechs, acht Männer hätten ihn nicht zu umspannen vermocht – konnte kein Gespann mit hundert Ochsen, vermochten nicht einmal zehntausend Arbeitssklaven mit hundert Seilschaften von der Stelle zu bewegen! In seiner leicht geneigten Oberfläche war eine rechteckige Aussparung, ein dunkles Becken, randvoll mit klarem Wasser gefüllt. Der Spiegel erschien William bald glatt, bald gekräuselt, als striche ein Windhauch darüber hinweg.

Welche Tiefe die akkurat wie ein Sarkophag aus dem Stein geschnittene Wanne haben mochte und welcher Quell sie speiste, blieb dem Franziskaner rätselhaft. Der Gedanke an eine fremdartige Vulva im Schoß der großen schwarzen Mutter drängte sich ihm auf. William blieb keine Zeit, sich seiner Obszönität zu schämen oder sich über seine Phantasie zu wundern, weil er – unsicher geworden wegen seines schlechten Gewissens – ausrutschte.

Das Geräusch ließ Roç und Yeza herumfahren. Sie erkannten ihr flämisches Schlitzohr sofort. Yeza lächelte, und auch Roç gab sich Mühe, nicht abweisend zu wirken.

»Du mußt uns nicht weiter folgen, alter Freund«, sagte er, und es klang an, daß er dies eigentlich bedauerte.

Yeza sprang ihm bei: »Wir haben miteinander weite Strecken einer langen Reise zurückgelegt, lieber William, du warst uns Glücksbringer im Abenteuer und Quell des Frohsinns in der Not –«

Roç merkte, daß Yeza mit den Tränen kämpfte, was er so gar nicht von ihr gewohnt war. Er legte zärtlich den Arm um sie und brachte den Abschied zu einem Ende. »Das letzte Stück unseres Weges müssen wir allein gehen, doch wir werden uns wiedersehen!« sagte er schnell, denn auch ihm saß ein Kloß im Halse.

William erging es nicht viel anders. Abrupt drehte er sich um und begann hastig, die Stufen der Treppe wieder zu erklimmen, aber dann konnte er doch der Versuchung nicht widerstehen, und er schaute zurück. Roç und Yeza hatten den Rand des schwarzen Runds erreicht. Roç wandte sich an seine Liebste.

»Erinnert dich diese Aussparung nicht an den schwarzen Stein der Quelle, an der uns Rinat gemalt?« Roçs Blick nahm Maß. »Er würde genau hier hineinpassen!« rief er begeistert. »Selbst wenn –«

Yeza schaute ihn nur erstaunt an. »Ist das jetzt von Bedeutung?«

Roç suchte die Rüge geschwind zu überspielen. »Ich bin schon um deinetwillen zu allem bereit, Yeza, doch sag mir bitte, was erwartest du?«

Yeza betrachtete ihn forschend. Roç hatte ihr das Kind verweigert, die Gralserfahrung vorgeschoben, und jetzt stellte er diese Frage.

»Erfüllung!« verkündete sie mit feierlichem Ernst. »Wir sind seit unserer Kindheit rastlos über diese Erde gewandert. Jetzt will ich endlich wissen, was es mit der Verheißung auf sich hat.«

Roç legte den Arm um ihren Hals, damit sie spürte, daß er sie verstand, was letztlich nicht der Fall war.

»Ich will wissen, wer ich bin«, sagte er nachdenklich. »Bisher habe ich das nur aus dem Munde anderer gehört, und es war oft so widersprüchlich wie unser Leben, das andere uns führen ließen.« Er bog sie zu sich herab und küßte sie hinters Ohr. »Wenn ich das endlich erfahren habe«, flüsterte er, »dann will ich dir gern das ersehnte Kind schenken, das der Messias sein wird.«

Yeza nahm seinen Kopf zwischen die Hände. »Dann laß uns den Weg zu Ende gehen, Liebster«, sagte sie fest und ließ ihn in ihre Augen schauen, die wie Sterne blinkten. Oder weinte sie?

William konnte sich darüber nicht mehr klar werden, denn jetzt sah er den Kelch. Es war ein schweres, fast klobiges Gefäß, das da am Rand des Beckens stand, offensichtlich aus dem gleichen Material wie der Stein selbst, es war ja auch Teil von ihm, wie Jakov berichtet hatte. Der Kelch deuchte ihm schön in seiner gedrungenen Form. Er wirkte imposant, aber auch unheimlich, ja gefährlich!

Auch Roç und Yeza sahen den Kelch, sie mußten ihn bemerkt haben, aber irgend etwas ließ sie zögern, danach zu greifen. Roç tauchte seine Hand in das Wasser. William sah sich zaudernd um. Eine Nische im Treppenaufgang erschien ihm verlockend, aus dem Verborgenen seinem oft verhängnisvollen Hang als Hüter der beiden nachzugeben – oder dem Trotz, sich nicht ausschließen zu lassen? Neugierde als Antrieb hätte William entrüstet von sich gewiesen. Er war kein Spanner! Der rundliche Franziskaner drückte sich in das Versteck.

Roç schöpfte mit der bloßen Hand aus dem Wasser und wollte davon kosten, doch Yeza hielt ihm kurz entschlossen den Schwarzen Kelch hin. William sah genau, daß sie ihn nicht füllten, sondern bedächtig an ihre Lippen führten. Das Gefäß mußte demnach den Trunk enthalten, nach dem es die beiden dürstete. Sie tranken abwechselnd. William kam der Gedanke, daß der Inhalt des Kelchs nicht versiegen wollte – Zauberei! Handelte es sich bei diesem magischen Orte vielleicht gar nicht um die unsichtbare Lichtpforte zu außerirdischen Sphären, sondern um das gleißende Vorzimmer zu Luzifers Reich? Die verführerische Vorspiegelung des himmlischen Paradieses? Den heimlichen Lauscher schauderte es. War das, was er mit eigenen Augen sah, nichts als ein Trugbild, eine Einflüsterung des Bösen? Hatte der Demiurg mit dem Trunk aus dem Kelch Macht über das Königliche Paar gewonnen? Dann hatte er auch ihn, William, in der Hand! Stolz erfüllte den dicken Minoriten; immer hatte er das Schicksal der Kinder geteilt! Er würde mit ihnen auch in die Hölle gehen!

Roç und Yeza standen sich unbeweglich gegenüber und blickten sich an, dann warf Roç mit einer heftigen Bewegung den Kelch in die Felsen. William wartete auf das Geräusch des Berstens, doch er vernahm nur einen harten Schlag. Funken sprühten aus dem Stein, den das Gefäß getroffen hatte. Das Königliche Paar schenkte dem keine Aufmerksamkeit. Yeza hob mit aufreizender Langsamkeit ihr Kleid, zog es über Schenkel, Bauch und Brüste. William sah den dunklen Schatten ihres Gärtleins und fühlte zu seinem Entsetzen seinen Schwanz unter der Kutte wachsen. Teufelei! Nie hatte er seine Königin fleischlich begehrt! Yezas blonder Schopf verschwand unter dem gerafften weißen Tuch, sie befreite sich und stand nackt vor ihrem Liebsten, der wie erstarrt wirkte. Mit raschem Griff zerrte Yeza an seinem Gewand, riß es ihm vor der Brust auf. William schnitt das Geräusch des reißenden Stoffs durch Mark und Bein. Die zerfetzte Alva legte sich um Roçs Füße. Er gab ihr einen Tritt.

Yeza griff nach seiner Hand, und gemeinsam bestiegen sie das dunkle Becken im runden, schwarzen Mutterstein. Zum Erstaunen des schwer atmenden Mönches umspielte das Wasser die beiden nur bis zu den Knien.

Sie umarmen sich wie Ertrinkende, schoß es William durch den Kopf, noch bevor er gewahr wurde, daß die Körper erst langsam, dann immer schneller versanken. William wollte warnend aufschreien, doch seine Stimme versagte. Mit stummem Entsetzen sah er, wie ihnen das dunkle Wasser bald bis zur Brust reichte, die Schultern bedeckte und sich dann – ohne Gurgeln und Luftblasen – über ihren Köpfen schloß, als hätte es den edlen Roç Trencavel und seine kühne Damna Yeza Esclarmunde nie gegeben!

Hastig sprang William die Stufen hinab und stolperte zum Becken im schwarzen Stein. Glatt lag der dunkle Spiegel – es schien William einen Augenblick lang, als fluteten Yezas blonde Haare noch in der Tiefe, aber das war wohl eine Täuschung. In wilder Panik rannte er zurück, die Treppe hinauf, vor Tränen blind den Weg beschwörend, der ihn wieder hinaufführen sollte in die kühle Moschee auf dem Tempelberg.

Die Al-Aqsa-Moschee lag mittlerweile in nächtlichem Frieden. Jerusalem schlief, nur Simon hielt vor dem Templerzelt Wache, hinter dessen Planen der greise Ritter Botho de Saint-Omer laut schnarchend den Schlaf des Gerechten schlief. Kefir Alhakim hatte das Gebäude mit seinem gewichtigen Schlüssel wieder abgeschlossen, nachdem es ihm gelungen war, den Priester Gosset, den Sufi Abu Bassiht und den alten Kabbalisten Ezer Melchsedek mittels einer bauchigen Amphore gut abgelagerten Weines vom Berge Zion ins Freie zu locken. Jetzt saßen die drei auf der Steinbank unter den Kolonnaden beim ›Schönen Tor‹ und tranken beglückt, und auch Kefir war bereit, die Gunst der nächtlichen Stunde zu nutzen und sich zu ihnen zu gesellen, als heftige Schläge das Tor der Moschee erschütterten.

»Der Sheitan kommt dich holen, Kefir!« Scherzend verschreckte Abu Bassiht den Mufti. »Er weiß eher noch als du von deinen verbotenen Gelüsten!« Doch es war nicht der Teufel, sondern der wie von Furien gehetzte William, der den schlotternden Beschließer anfuhr, kaum daß der das Tor wieder geöffnet.

»Hilfe!« stammelte er verstört. »Kommt helfen, Freunde, Roç und Yeza sind ertrunken!«

»Wo bitte?« fragte Ezer. »In welchem Teich?«

»Folgt mir!« beschwor sie William. »Ich werde Euch zum Unglücksort führen!«

»Wer sagt denn, daß ihnen ein Unglück widerfuhr?« rief Abu Bassiht, erhob sich aber sofort. »Vielleicht ist es ihnen gelungen, diese Welt zu verlassen – alle anderen können nur besser sein!« erklärte er, bevor er seinen beliebten Refrain »Wer hat schon soviel Glück?« anfügte.

»Das wollen wir dann von den Betroffenen erfahren!« widersprach Ezer skeptisch und schloß sich dem eilends ins Innere der Al-Aqsa entschwindenden Trupp an, dem auch Gosset folgte.

Botho war durch den Tumult wach geworden und trat verschlafen vor sein Zelt.

»Das Königliche Paar ist aufgefahren zum Himmel!« versuchte Kefir dem Templer die Sache schmackhaft zu machen, doch das erregte natürlich sofort dessen Zorn.

»Zur Hölle werden sie gefahren sein, diese Impostoren!«

Kefir besann sich seiner Stellung als Mufti der Muslime und daß kein Ohrenzeuge mehr zugegen war. »Wahrscheinlich sind sie ertrunken«, lenkte er ein. »Denn da habt Ihr recht: Eine echte Auffahrt kommt nur den wahren Propheten zu!«

»Baren Fußes«, grummelte Botho, »und nicht auf hohem Rosse!« Er wollte sich gerade zurückziehen, als sich inmitten des Tempelvorplatzes ein eisernes Zisternengitter auftat, von unsichtbarer Hand hochgestemmt.

»Der Sheitan!« stöhnte Kefir, sich endgültig in sein Schicksal ergebend. »*Allah uchfurli nafsi al chati'a!*« Jordi steckte seinen Kopf aus dem Loch. »Ein Bär hat mich geführt!« rief er. »Er hat mir das Leben gerettet!«

»Von mir aus!« schnaubte Botho. »Er muß Euch für einen Bienenkorb gehalten haben mit Eurem Gesumse!« Er zerrte ärgerlich den Vorhang des Zeltes hinter sich zu. Auch Kefir zog es vor, sich zu entfernen, so daß dem Troubadour, kaum daß er ins Freie geklettert war, einzig Simon verblieb.

»Wo sind denn die anderen alle?«

Simon war froh, daß jemand mit ihm sprach, aber er fürchtete den Zorn des Alten. Verständnis heischend legte er den Zeigefinger auf die Lippen, und sie warteten, bis das Schnarchen wieder ertönte. »Herr Jakov ist zum Rabbi Jizchak gegangen, die Juden zu wecken, Herr Lorenz zum Patriarchen, die Christen einzulullen. Alle anderen sind –« Er zeigte mit dem Finger auf den Plattenboden zu ihren Füßen und flüsterte: »Da unten ist die Hölle los! Seid froh, daß Ihr dem Bösen entronnen, ohne Schaden an Eurer christlichen Seele zu nehmen!«

»Wer sagt Euch das?« grinste der kleine Troubadour. »Ich hab' dort irgendwo meine Geliebte verloren, meine Laute!«

»Ihr könnt den Herrn auch ohne sie preisen!«

»Ich will aber nicht!« sagte Jordi und stieg beherzt wieder in die Zisterne ein.

Obgleich die Angst um das Leben seiner Lieben William in den Gliedern saß, daß er noch immer schlotterte, gelang es ihm, den kleinen Trupp ohne Umwege zügig an den Ort des Geschehens zu geleiten. Er hatte sich den Weg genauestens eingeprägt, doch als Abu Bassiht,

Ezer und der Priester Gosset das Tor der goldenen Grabkammer durchschritten hatten und sich die breite Treppe vor ihnen auftat, die hinabführte, da lag düsteres Dämmergrau über allem. Und von dem leuchtenden Nebel, der den Kuppelsaal in ein bläuliches Licht tauchen sollte, wie es William beschrieben hatte, war rein gar nichts zu sehen. Welche Grottenglühwürmchen den Minoriten auch immer verzaubert haben mochten, für Gosset bot sich das Ganze nur als gewöhnliche Tropfsteinhöhle dar, keineswegs als gewaltige, magische *gleyiza* oder gar als der große ›Takt‹! Auch war ihm unklar, wie sie als Retter Roç und Yeza helfen sollten, wenn diese tatsächlich in einen Brunnen gestiegen und ertrunken waren. Er konnte nicht einmal schwimmen, geschweige denn tauchen, und weder dem Sufi noch dem Kabbalisten traute er diese Fähigkeiten zu. Außerdem war viel zuviel Zeit vergangen, um die Körper noch lebend zu bergen. Aber der Priester sagte nichts, denn sie vernahmen vom Fuße der Treppe ein Schluchzen. Dank seiner Umsicht hatten sie reichlich Fackeln mit sich geführt, so daß sie bald auf den kleinen Troubadour stießen, der auf den Stufen saß und weinte, seine zerbrochene Laute in den Händen.

»Sie haben mich verlassen«, klagte er. »Sie werden nie wiederkehren!« Ezer strich dem Zwerg über den Kopf. »Solange du sie nicht aufgibst, werden sie immer bei dir sein«, sagte er tröstend, und Abu Bassiht fügte hinzu:

»Denk nicht an deinen Verlust, sondern erfreue dich ihres Gewinns!«

»Ich will gern mein Leben, Leib und Seele, für sie geben, wenn nur die Lieben –«

»O nein!« Der Sufi lachelte Jordi an. »Um die von dir so Geliebten wiederzufinden, mußt du werden wie sie!« Da weinte Jordi noch mehr.

William neidete dem Troubadour die Tränen, hatte er doch viel mehr Grund dazu, verzweifelt zu sein. Er war hinabgestiegen bis zur Sohle, hatte den schwarzen Stein mit dem Becken scheu umgangen und nach dem Kelch gesucht. Er war bereit, ihn zu leeren bis zur Neige, um mit seinen kleinen Königen wieder vereint zu sein, aber das unheimliche Gefäß lag nicht mehr zwischen den Felsen, wohin

Roç es geworfen hatte. Dafür waren am Rand des Beckens die beiden Alven bereitgelegt, ganz ordentlich und sauber. Das hieß – ihn fröstelte bei dem Gedanken –, daß nach ihm jemand hier gewesen war. Doch, und das war ein Hoffnungsschimmer, derjenige mußte damit rechnen, daß Roç und Yeza wieder auftauchten. Wozu hatte er sonst die Gewänder dort – Oder wollte jemand das Geschehen arglistig vertuschen? Die Gefährten waren William zögernd gefolgt, umstanden nun ehrfürchtig den runden, schwarzen Mutterstein und beäugten auch das darin eingelassene Becken. Das dunkle Wasser lag spiegelglatt. Als könne es keine Seele trüben, dachte der Franziskaner, dem es aus leidvoller Erfahrung unheimlich blieb und der es voller Argwohn im Auge behielt.

Jordi hatte aufgehört zu weinen. »Ich habe eine Stimme gehört wie Donner«, vertraute er den Freunden an, »ich glaube auch, sie erkannt zu haben.« Er äußerte aber seinen Verdacht nicht. »Sie rief: ›Ein Ende hat Er gesetzt der Finsternis, und alle Vernichtung begrenzt Er durch den Stein von Dunkel und Todesschatten!‹«

»Das kann nur Jakov gewesen sein!« entfuhr es Gosset sogleich. Die anderen schüttelten ungläubig die Köpfe, aber sie waren ja auch in Rhedae nicht dabeigewesen.

Doch Abu Bassiht bestätigte: »Er hat den Schwarzen Kelch nach Jerusalem gebracht, von dem du sprachst, William!«

»Dann hat er sie auf dem Gewissen!« jammerte da Jordi, und seine Augen wurden wieder feucht.

»So er eines hat«, knurrte der Priester, doch der Sufi wies auf das Wasser im Becken, dessen Spiegel sich zu wellen begann, als würde eine Quelle darunter sprudeln. »Selbst das Wasser des Lebens wird eifersüchtig ob der Tränen, die der Liebende vergießt.«

Verschämt lächelnd wie ein ertappter Bub, wischte sich Jordi die Augen. Ein bläuliches Licht begann die Luft über dem Stein zu erfüllen, die Blasen im Wasser wurden heftiger, als wolle es sieden.

»Laßt uns gehen!« forderte William seine Gefährten auf, nicht aus Furcht vor dem Kommenden, sondern eingedenk der dringenden Mahnung von Lorenz. »Bitte tretet zurück, meidet diesen Ort!« flehte er sie an, seine Stimme zitterte vor Glück. Seinem Beispiel folgend, begaben sich alle zwischen die umstehenden Felsen, nicht recht einsehend, warum sie sich verstecken sollten. Nur Jordi blieb am Rande des Beckens. Er setzte sich sogar.

»Warum sollte ich Angst empfinden, wenn mein Sehnen sich erfüllt?« flüsterte er William leise zu. »Warum Scham, wenn Reinheit sich offenbart?« Dem versetzte das einen Stich.

Jordi versuchte, der einzig noch vorhandenen Saite seiner aus Wut und Trauer zerschmetterten Laute einige Töne zu entlocken, um sein wiedergefundenes Vertrauen zu unterstreichen. Der kleine Troubadour wirkte jetzt weitaus gefaßter als alle anderen, die ihre Erregung nicht zu verbergen vermochten.

»Wenn das Königliche Paar den Tod überwindet, erfahren wir das Geheimnis Salomonis!« frohlockte Gosset mit kaum unterdrückter Freude.

»Sh...«, zischte Abu Bassiht lächelnd. »Nur im Schweigen teilt sich das Geheimnis des Lebens mit!«

Da trat Stille ein in dem hohen Raum, selbst Jordi unterließ das Klimpern. Das blaue Licht verstärkte sich, das Wasser im Becken schlug Wellen. William, der furchtsam höher in die Felsen gestiegen war als die neugierigen Freunde, sah als erstes Yezas lockiges Haar aus der Tiefe aufsteigen, dann folgten schon die Häupter, doch das Leuchten wurde greller, hüllte ihre Leiber ein, blendete schmerzhaft die Augen der versteckten Zuschauer.

Roç und Yeza standen wieder im Becken, in inniger Umarmung, so wie William ihr Bild in Erinnerung hatte. Sie lösten sich wortlos voneinander und griffen nach den bereitliegenden Gewändern. Gegenseitig halfen sie sich, die Alven überzustreifen, und kaum hatten sie ihre Nacktheit verhüllt, da ging ein Knistern durch den Raum. Irgendwo barst eine steinerne Wand, das bläuliche Licht verlosch mit den hereinbrechenden güldenen Strahlen der aufgehenden Sonne, die durch einen Riß in der Außenmauer des Tempelberges einströmten, das weißgewandete Königliche Paar verklärten und seine schlichten Alven als prächtige Herrschermäntel erscheinen ließen. Roç und Yeza faßten sich schweigend an der Hand und schritten auf den Spalt in der Mauer zu.

Vor ihnen lag ebenerdig das Tal Kidron, das sich zum Teich Siloah hinabsenkte. Sie achteten nicht der benommenen Freunde, die hinter ihnen aus dem Felsen traten und sich anschickten, ihnen zu folgen. Nur Jordi hockte noch am Rande des Beckens. Als William auf den Troubadour zuging, um ihn aus seiner Starre zu lösen, da spürte er, daß alles Leben aus dem Zwerg gewichen war. Er war kalt wie Eis. Jordi mußte etwas Köstliches erfahren haben, denn sein Mund war noch zu einem Lächeln geöffnet, doch seine Augäpfel waren nach innen gedreht, daß nur das nackte Weiß aus den Höhlen lugte. William erschrak. Er wagte nicht, dem Zwerg die Augen zu schließen, und hastete den anderen nach, entschlossen, erst einmal kein Wort über seine Entdeckung verlauten zu lassen. Beklommen machte ihn, daß weder Roç noch Yeza von ihrem treuen kleinen Gefolgsmann Notiz genommen hatten, obwohl er zu ihren Füßen saß. Sie mußten ihn gesehen haben! Aber sie schienen sich an keinen der alten Freunde zu erinnern, da sie völlig abwesend den Raum durchmaßen. Irgend etwas hatte sie verändert.

William fröstelte, und er eilte, den fürchterlichen Ort zu verlassen und endlich wieder die wärmende Sonne zu spüren.

Noch vor Tagesanbruch hatte das Dröhnen des Widderhorns die Juden aus dem Schlaf gerissen. Wer es gewagt hatte, das heilige Horn von den Mauern der Synagoge zu blasen, konnte der Rabbi Jizchak nicht feststellen. Einige Alte seiner jüdischen Gemeinde behaupteten, sie hätten den Erzvater Jakob erblickt, doch bei genauerem Nachfragen hatte keiner ihn in eigener Person gesehen, nur gehört hatte ein jeder davon. Und genauso verbreitete sich die Weisung, sie sollten festlich angetan um den Tempelberg ziehen und die Stadt durch das alte Doppeltor verlassen, dort, wo jetzt die Zawihja Khantunihja war, die heruntergekommene Herberge für durchreisende Derwische. Nun wurde dieses Tor seit Menschengedenken nicht mehr benutzt, doch als sie dort anlangten, standen die Flügel weit offen. Kein Torwächter war zu sehen. Zögerlich führte der Rabbi seine Getreuen hinaus, um dem Gebot Folge zu leisten. Da sahen sie zu ihrem Entsetzen, daß unterhalb des kleinen Seiteneinlasses, der oben in der Mauer die Pferdeställe Salomonis entlüftete, ›Opheltür‹ genannt, die steile Südwand des Tempelbergs einen Riß bekommen hatte, ohne daß einer von ihnen ein Beben der Erde verspürt hatte.

Oder war nur eine ältere Pforte eingestürzt, die tiefer lag und die man schon zu Herodes' Zeiten zugemauert hatte?

Der Rabbi beäugte mißtrauisch die blauschwarze Wolke, die gen Siloah über dem Tal hing. Für den frühen Morgen lag eine ungewohnt schwüle Hitze über dem Land. Hatte die Erde doch gebebt? Sorgenvoll dachte der Rabbi an das Wohlergehen seiner einzigen Tochter, die er daheim eingeschlossen hatte, damit der unbeschnittene Christenbengel ihr nicht nachstellen konnte, was eine Schande war, um so mehr, als der Vater des ungeratenen Sohnes jetzt das Amt des Mufti bekleidete. Rabbi Jizchak blieb keine Zeit, über die Unbill nachzusinnen, denn seine Leute schrien jetzt »Messias! Messias!« und rannten den Hügel hinab. Sie rissen ihn in ihrer Hysterie fast um, jedenfalls lief der Rabbi mit, so unwürdig es ihn auch dünkte.

Aus dem Spalt in der heiligen Mauer trat das Königliche Paar, weiß gewandet. Die Juden hatten nun doch im Lauf innegehalten und standen entlang des Hanges glotzend Spalier. Das Geschrei verebbte. Roç und Yeza schauten nicht zu ihnen auf. Hinter dem Königlichen Paar quetschten sich William von Roebruk und der Priester Gosset aus dem Schlitz; auch Abu Bassiht, der Sufi, und dieser Ezer Melchsedek, ›Kabbalist‹, wie er sich nannte, dieser Scharlatan aus Alexandria! Wie konnte einer nur den Glauben der Väter so schamlos verraten, daß er sich unter solches Gefolge mischte! Doch was taten die eigenen Leute? Sie liefen wie die Lämmer der kleinen Prozession hinterher, die jetzt zum Tal Kidron hinabzog, das Königliche Paar an der Spitze. Sollte er, Rabbi Jizchak, da abseits stehen?

Der Sufi war der einzige, der sich aus dem Häuflein gelöst hatte und verharrte. Ihn sprach der Rabbi an, denn er war doch neugierig zu erfahren, was vorging. Auch war er ärgerlich ob der Beschädigung der Mauer des Tempels.

»Konnten die hohen Herrschaften nicht das Tor benutzen wie unsereins, wenn sie wollen baden gehen im Teich Siloah?« murrte er unwillig.

»Der große Liebhaber kam in der Nacht und ging beim ersten Sonnenstrahl. Sollen da die Geliebten nicht durch die Mauer brechen, bevor der Morgen zum Tag wird?«

Der Rabbi erschrak. »Sie werden uns doch nicht verlassen?« jammerte er. »Wir wollten sie in Ehren halten wie unser täglich Brot!«

Da lachte der Sufi ihn aus. »Was brauchen sie Eure ungesäuerten Krümel! Leben sie doch von der Gnade anderer Hand!« Und er tanzte von dannen, während der Rabbi dachte, daß er doch wohl recht gehandelt hatte, als er den frechen Goi, diesen Kater Beni, in die Falle des Patriarchen gelockt, der versprochen hatte, ihn als Lektorknaben festzuhalten. Wenn es verliebten Christen erlaubt war, mit dem Kopf durch die Wand zu gehen!

Der Rabbi Jizchak eilte sich, den Anschluß nicht zu verlieren. Er lief genau in den ersten Stein, der geworfen wurde und ihn mitten an der Stirn traf. Der christliche Pöbel drängte haßerfüllt schreiend aus dem ›Misttor‹ und ließ einen Steinhagel auf die Juden niedergehen, die ungewollt mit ihren Leibern den kleinen Zug deckten. Die aufgewiegelten Christen wären auch mit Knüppeln und Sicheln über das Häuflein Juden hergefallen, wenn nicht von der anderen Seite plötzlich Bewaffnete den Ölberg herabgestürmt wären – geführt vom Roten Falken, der gerade zum rechten Augenblick mit den ihm vom Sultan anvertrauten Truppen vor den Mauern Jerusalems eintraf.

Der Emir ließ die Damaszener Bogenschützen niederknien, und ihre Pfeile streckten die vordersten Angreifer zu Boden, lichteten die Reihen der Nachdrängenden. Die Überlebenden schrien jetzt vor Wut, aber sie stolperten und krochen jetzt den Hang wieder hinauf und rannten heulend und fluchend zurück zu dem Tor, aus dem sie herbeigeströmt waren.

William und Gosset hatten sich gleich zu Beginn des Überfalls zu Boden geworfen, nur Ezer schritt aufrecht weiter, ungeachtet des verirrten Pfeils, der sich in seinen Rücken gebohrt hatte. Das Königliche Paar schaute weder nach links noch rechts, geschweige denn zurück. Nicht einmal, als Ezer Melchsedek hinter ihm laut sagte: »Der Tag bringt kein Glück!« und, das Gesicht vornüber, auf den steinigen Pfad fiel.

Das nahmen die noch immer mitziehenden Juden als böses Zeichen, und sie verharrten, bis sie gewahr wurden, daß auch ihr Rabbi sich nicht mehr rührte. Wehklagend ließen sie den Kabbalisten liegen und liefen, den Rabbi auf ihre Schultern zu laden, bevor sie weinend den Rückzug antraten.

William und Gosset hatten sich unbeschädigt aus dem Staub erhoben. Sie klopften sich die Kleider ab und traten zu Ezer Melchsedek.

»Das fängt ja gut an«, sagte William aufmunternd zu dem am Boden liegenden Ezer, doch da der nicht antwortete, murmelte Gosset: »Und es wird kaum besser enden!« Dann nahmen sie rasch den Weg wieder auf, weil Roç und Yeza sich schon ein gutes Stück entfernt hatten.

Der Rote Falke hatte die Reiter aus Damaskus in der Hinterhand behalten und nur die Bogenschützen ins Tal gesandt, damit sie für das davonziehende Königliche Paar mit seinen beiden verbliebenen Begleitern die schützende Nachhut bildeten. Er selbst lenkte sein Pferd jetzt den Hang des Ölbergs hinab, um von Roç und Yeza in Erfahrung zu bringen, wohin ihr Weg sie führe und was er für ihren Schutz unternehmen solle. Der Rote Falke befand sich in Begleitung des Sultanssohnes Ali, den er nicht in der Obhut seiner Frau belassen hatte. Der Emir und sein Knappe waren erst auf halber Höhe, da erspähten sie auf der Anhöhe des gegenüberliegenden Berges Zion die Streitmacht der Johanniter. Der Rote Falke zügelte sein Pferd, weil er den Marschall de Ronay zu erkennen glaubte. Auch herrschte zwischen dem Orden vom Hospital und Damaskus stillschweigend Einvernehmen, sich nicht in die Quere zu kommen. Als die Phalanx der roten Tuniken mit dem weißen Kreuz auf der Brust näher heranrückte, mußte der Emir gewahr werden, daß sie vom Blut so rot waren, daß man die Kreuze kaum mehr sah. Einige Ritter, die offensichtlich nicht zum Orden gehörten, trugen stolz abgeschnittene Köpfe auf ihren Spießen, die, nach den Turbanen zu urteilen, wohl Muslimen gehört hatten.

Der Rote Falke kannte den Herrn Julian von Sidon nicht, wohl aber das Haupt des Kefir Alhakim auf dessen Lanze. Noch kurz zuvor hatte ihn der Mufti im Namen der Anhänger des Propheten begeistert willkommen geheißen, sei doch der Islam in der Stadt Jerusalem in arge Bedrängnis geraten, seit Roç und Yeza dort eingezogen. Nicht, daß die beiden etwa Schuld träfe, aber ihr Erscheinen habe sämtliche schlafenden Hunde geweckt, insbesondere die christlichen. Noch würden sie bellen, doch fehle nur ein heiliger Knochen, und sie würden beißen. Das sah der Rote Falke beim Anblick des übergroßen Turbans des Mufti jetzt auch so, und er besann sich seiner mamelukischen Herkunft. Doch bevor er das Zeichen zum Angriff gab, wollte er warten, bis die Johanniter ins Tal geritten waren. Er schickte Ali zu den Damaszener Bogenschützen, mit dem Befehl, sich vom Königlichen Paar zu lösen und beidseitig die Hänge zu besetzen.

Roç und Yeza schritten weiter wie zwei Schlafwandler, ohne sich im geringsten darum zu kümmern, was sich in ihrem Rücken zusammenbraute. William und Gosset stolperten hinter ihnen her, denn der Pfad war steinig, was den Voranschreitenden nichts auszumachen schien. Das Königliche Paar sprach mit niemandem, nicht einmal untereinander, was die beiden Begleiter zwar als äußerst befremdlich empfanden, sie aber davon abhielt, es anzureden.

Da die Johanniter wider allen Erwartens nicht in das Tal hinabdonnerten, sondern in geordneter Formation auf gleicher Höhe mit ihm stehenblieben, beschloß der Rote Falke, sich als Lockvogel einzusetzen. Er preschte den restlichen Hang hinab, ließ seinen Hengst tänzeln und hob herausfordernd Schwert und Schild. Die Phalanx der Ordensritter rührte sich nicht, aber Herr Julian und seine Kumpane nahmen die Herausforderung an. Sie beeilten sich nicht sonderlich. Was konnte ein einzelner Reiter, ein Muselmane noch dazu, schon gegen sie ausrichten? Da fegte an ihnen vorbei ein Ritter des Tempels den Berg hinunter, daß die Steine des Gerölls nur so spritzten. Es war Botho de Saint-Omer, und seine weiße Clamys war derart mit Blut besudelt, daß man ihn von weitem für einen Johanniter halten konnte. »Der verfluchte Mameluk gehört mir!« schrie er die verdutzten Herren von Sidon und Montfort mit Donnerstimme an. »Wagt nicht, ihn von meiner Klinge zu stehlen!«

Herr Julian ließ halten. Der alte Berserker war ihm schon zuvor aufgefallen, als er in den Gassen des Judenviertels den christlichen Mob anführte und zwischen den Kindern Israels wütete, als wolle er sich die Seligkeit verdienen. Er hatte sie alle erschlagen, ob Alte, Frauen oder Kinder, selbst den Trauerzug, der den toten Rabbi heimführte, hatte er eigenhändig zerhackt, so daß den aufgebrachten

Christen kaum noch etwas blieb, das Pogrom zum glorreichen Abschluß zu bringen. Jean de Ronay hatte die Überlebenden in den Palast des Patriarchen eskortiert.

»Stell dich, ägyptischer Hurensohn«, krächzte der Alte mit sich überschlagender Greisenstimme, »daß ich dir –« Der Rest war nicht zu vernehmen, denn der Tobende war ohne Verzug über den Emir hergefallen, und nur die Tatsache, daß er seinen Schild leichtfertigerweise noch auf dem Rücken trug, bewahrte ihn vor den tödlichen Folgen des schnellen Schlags, den ihm der Rote Falke nachschickte, nachdem er den Angreifer hatte ins Leere stürmen lassen. Der Hieb nahm Botho fast die Luft. Er flog vornüber auf den Hals seines Pferdes, und nur weil sein Gegner nicht nachsetzte, konnte er in einiger Entfernung seinen Gaul zum Stehen bringen und verschnaufen. Botho de Saint-Omer sah die schwarze Gewitterwolke zum erstenmal. Sie schien langsam und recht bedrohlich näherzukommen. Ihm wurde klar, warum ihm die Luft so stickig vorkam und er sich so matt fühlte. Er riß dennoch seinen verbeulten Schild vor die Brust, klappte das Visier hinunter und legte die Lanze wieder ein. Gerade wollte er sich wieder in Trab setzen, da tauchte hinter ihm, also vom Talausgang her, ein Ritter vom Deutschen Orden auf, ein alter Recke, weißbärtig wie er selbst. Botho brüllte: »Zurück! Aus dem Weg!« Doch statt einer Antwort schlug ihm der im Vorbeireiten die Lanze aus der Hand, daß sie polternd zu Boden fiel.

»So spricht keiner mit Sigbert von Öxfeld!« wurde er belehrt, anstatt eine Entschuldigung des Tölpels zu hören.

Botho de Saint-Omer war fassungslos ob dieses Torts, doch da war der andere schon vorüber, und er mußte erst einmal mühsam absteigen und die Stange auflesen. Hätte er doch den Simon mitgenommen! Aber der hatte sich voller Abscheu abgewandt, als Botho ihn zur Judenhatz aufforderte.

Sigbert war mittlerweile beim Roten Falken angelangt, der sich zum nächsten Gang fertigmachte.

»Ihr seid noch jung, Konstantin, und habt ein liebend Weib.« Lachend stellte der Komtur sein Pferd quer, um dann mit leiser Stimme ernsthaft hinzuzufügen: »Ich werde an Eurer Statt die Meute hier aufhalten. Reitet Ihr derweil gen Siloah! Dort haben die Templer, angeführt von dem Engelsgesicht Gisors, eine Sperre errichtet, um Roç und Yèza abzufangen, wenn nicht Schlimmeres –«

»Sind sie nicht Hüter?« fragte der Emir ungläubig zurück, schickte sich aber an, der Aufforderung zu folgen.

»Zu Wölfen wurden die Hirtenhunde!« schnaubte Sigbert verächtlich. Der heiße Wind machte ihm zu schaffen, der von unten aus dem Tal heranwehte und ihm Sand ins Gesicht blies. Auch sein Pferd spürte die gewittrige Stimmung, es war unruhig. »Ich will erst den alten Wirrkopf aus dem Weg räumen!« Der Komtur gab seinem Pferd die Sporen, denn schon trabte mit unflätigem Gebrüll Botho de Saint-Omer heran, die Lanze auf beide gerichtet, als wolle er sie aufspießen. Sigbert hatte die seine gar nicht erst eingelegt, sondern hielt sie schräg über den Hals seines Pferdes vor, so daß der Anstürmende ihr nicht ausweichen konnte, wenn er seinen Stoß kraftvoll ins Ziel bringen wollte. Botho entschied sich dafür, den Kopf einzuziehen. Der Deutsche ließ die Lanze des Templers an seinem Schild abprallen und schlug dem Vorbeigaloppierenden auf den Helm, daß es krachte. Botho wankte betäubt im Sattel, die Wucht des Schlages hatte Sigberts Stange splittern lassen. Er warf sie weg und zog sein Schwert. Der Rote Falke sprengte an ihm vorbei. Die alten Kampfgefährten grüßten sich ritterlich mit präsentierter Klinge. Erst jetzt sah Sigbert, daß sein Schild aufgerissen war und sein Kettenhemd über der Hüfte zerfetzt. Blut sickerte aus den eisernen Maschen. Der Templer mußte seiner Waffe einen Sägedorn aufgesetzt haben, daß ihm solche Verwundung gelungen war. Der Alte spürte nun auch den Schmerz, und Ingrimm erfüllte ihn. Er wendete sein Pferd bedächtig, als gewahrte er nicht, daß der Templer erneut heranpreschte. Diesmal hielt Botho seine Lanze so, daß ihr gefährliches Ende den Gegner nicht verfehlen sollte, doch er hatte sich von Sigberts vermeintlicher Unachtsamkeit täuschen lassen, der alle Konzentration in einen mächtigen Satz seines Pferdes legte. Der ins Leere führende Stoß riß Botho die zu locker gehaltene Lanze aus der Hand. Sigbert war in seinem Rücken und zögerte nicht einen Augenblick. Mit zusammengebissenen Zähnen hieb er dem Templer von hinten ins Genick, daß dem Herrn Botho Kopf samt Helm vor die Brust sank. Als sein Pferd scheute, fielen beide getrennt voneinander herab. Ein Aufschrei der Wut entfuhr Julian von Sidon. Das nahmen seine Kumpane sofort zum Anlaß, sich endlich auf irgendeinen Gegner zu stürzen, und wenn es ein christlicher Ritter war, allen bekannt ob seiner Untadeligkeit. Sigbert von Öxfeld mochte sicher das Doppelte an Jahren zählen als die meisten der jungen Raufbolde, doch er schlug sich mit wildem Zorn und der kostbaren Erfahrung manch durchgestandenen Schlachtgetümmels. So hatte er auch Finten parat, die dazu führten, daß die Meute vehement der dicken Luft Löcher hieb, während der Alte genau wußte, wo sich in der Armbeuge die Trennstelle befand und wie man einem Pferd die Sehnen zerschnitt. Es war eine Pracht, wie er sich gegen die Überzahl zur Wehr setzte. Aber zu viele Hunde bringen auch den stärksten Bären zu Fall. Noch hielt sich der alte Komtur, obgleich er kaum noch den Schwertarm zu heben vermochte. Da fuhr Jean de Ronay, der Marschall der Johanniter, wütend dazwischen, denn schließlich war ein kopfloser Templer noch längst kein Grund, einen achtbaren Deutschen zu zerfleischen. Doch sein Eingreifen an der Spitze einiger Ritter vom Hospital bewirkte ungewollt die Ausweitung des Gefechts zur Schlacht.

Ali, der zwar kampfunerfahrene, aber von seinen Waffenmeistern hervorragend ausgebildete Sultanssohn, den der Rote Falke zurückgeschickt hatte, das ayubitische Ritterheer gen Siloah zu führen, konnte der Versuchung nicht widerstehen, als er die Johanniter unter sich im Tal bemerkte. Er gab das Zeichen zum Angriff, und die gesamte damaszenische Reiterei donnerte den Ölberg hinab in ihr Verderben. Denn die Herren vom Hospital fühlten sich keineswegs überrumpelt. Sie vergaßen die Mißhelligkeiten mit Julian von Sidon sofort und empfingen den Feind gemeinsam, der die unbefestigten Hänge und die unwegsamen Klippen hinunterstolperte, sich überschlug und geradewegs in die bösartig im Felsboden abgestützten Lanzen fiel. Die Überlebenden warfen sich todesmutig in den Kampf Mann gegen Mann.

Davon war am Teich Siloah nur dumpfes Dröhnen zu vernehmen, vom Winde verweht, als zöge eine von Löwen attackierte Büffelherde durch das Tal Kidron. Dafür schob sich die schwarze Gewitterwolke immer dichter heran und bedeckte bald den ganzen Himmel südlich der Stadt. Staub wirbelte auf.

Der Rote Falke sah schon von weitem das unberührt dahinschreitende Paar. In ihren langen weißen Gewändern wirkten Roç und Yeza wie zwei entrückte Engel, und hinter ihnen torkelte, ein Bild mitleidheischender Schwäche und rührender Anhänglichkeit, der dickliche Franziskaner in seiner braunen Kutte. Und noch weiter hinten schritt der Priester Gosset. Er achtete weder der Gefahr, die sich in seinem Rücken drohend heranschob, noch der schwarzen Wolkenwand, die sich dräuend vor ihm erhob. Er hielt den Kopf gesenkt und betete still. Der Rote Falke zügelte seinen Hengst. Roç und Yeza erschienen ihm wie überirdische Lichtgestalten. Das Bild wurde dadurch so kontrastreich verstärkt, daß sich vor ihnen eine dichte Mauer auftürmte, die eng aneinander gedrängten Ritter des Templerordens. Sie hielten allesamt die Visiere ihrer Topfhelme verschlossen, so daß kein menschliches Antlitz Roç und Yeza begrüßte. Nur tote Augen starrten ihnen aus schmalen Sehschlitzen entgegen, gestanzt in das Eisenblech der unförmig langen Kopfhauben. Ihre langen Lanzen hielten sie keineswegs zum Stoß eingelegt, sondern senkrecht empor, was die Wirkung einer undurchdringlichen Wand noch unterstrich. Vor ihnen tänzelte auf einem Schimmel Guillem de Gisors. Seine Clamys erschien weißer als die seiner Ritter, und das blutrote Tatzenkreuz leuchtete wie ein hehres Wundmal. Er kehrte den Näherkommenden bewußt den Rücken zu. Der Rote Falke beschloß, erst einmal nicht einzugreifen, sondern zu beobachten, ob die Templer es tatsächlich wagen würden, dem Königlichen Paar den Weg zu versperren oder gar Hand an es zu legen. Er wollte die Verstärkung durch die Reiterei abwarten, die Ali heranführen sollte. Die Kampfgeräusche aus Richtung der Stadt beunruhigten den Emir. Sein Blick glitt die Hänge des Berges Zion hinauf. Dort war jetzt, eskortiert von Templern, eine schwarze Sänfte erschienen. Die Träger hatten sie abgesetzt und verharrten reglos wie Salzsäulen. Der Vorhang der Sänfte bewegte sich nicht, und doch fühlte der Rote Falke den Blick der Unsichtbaren auf sich ruhen.

Dem eitlen Guillem de Gisors erging es ebenso. Einer unausgesprochenen Aufforderung nachkommend, klappte er mißmutig das Visier hoch und ließ sein Roß den Hang erklimmen. Die Grande Maîtresse liebte es nicht, wenn man sie warten ließ. Aber diesmal wollte der Templer seiner Stiefmutter zeigen, daß sie ihn nicht jedesmal vor angetretener Mannschaft herumkommandieren konnte. Guillem warf auf der ersten Terrasse sein Tier herum und verweigerte Marie de Saint-Clair den geschuldeten Gehorsam. Das war gerade in dem Moment, als Roç und Yeza nur noch drei Pferdelängen von den Templern trennten und Sigbert, wie ein vom Sturm entwurzelter, mächtiger Baum den Hals seines Tieres umklammernd, an dem Roten Falken vorbeibrauste, das Königliche Paar noch überholte, bevor er krachend zu Boden stürzte. Er blutete aus vielen Wunden, auch sein Pferd erhob sich nicht mehr.

Der aufmerksame Emir hatte erwartet, daß Roç und Yeza sich sofort um ihren alten Freund kümmern würden, aber er mußte mit ansehen, daß sie beide, ohne den am Boden Liegenden auch nur eines Blickes zu würdigen, an ihm vorübergingen, als sei die treue Seele Luft! Das versetzte dem Roten Falken einen derartigen Stich ins Herz, daß er, bitter vor Wut, gewillt war, ihnen den Weg zu versperren und sie zur Rede zu stellen. Doch dazu kam er nicht mehr, denn Roç und Yeza hatten die Front der Templer erreicht, ohne auch nur einmal in ihrem Schritt zu zögern. Sie gingen auf die vordersten zu, daß sie fast die Nüstern der Tiere berührten. Da rückten die Templer schweigend zur Seite und bildeten eine Gasse, durch die das Königliche Paar erhobenen Hauptes schritt, ohne nach rechts oder links zu schauen. Guillem de Gisors auf der Anhöhe sah das, und Haß erfüllte seine Seele. Das waren nicht die Kinder des Gral! Der Satan war in sie gefahren, und sie trugen das Böse in die Welt! Schrill geiferte er: »Schlagt sie tot, die Teufel! Laßt sie nur nicht entkommen!«

Der Rote Falke warf noch einen schnellen Blick hinauf zur Sänfte, um sich zu vergewissern, ob nicht von dort eingegriffen wurde. Wie von Sinnen, preschte der Gisors die Böschung hinab, der Rote Falke flog ihm entgegen, bevor der die geöffnete Gasse erreichen konnte. Roç und Yeza, selbst William waren schon der Reichweite des anstürmenden Templers entrückt. Deshalb hielt der sich, schäumend vor Wut über seine Ohnmacht, an die Nachhut des Paares. Mit einem Hieb spaltete Guillem de Gisors dem Priester Gosset den gebeugten Schädel, bevor er sich dem Emir zuwandte. »Zur Hölle auch mit dir, Mameluk!« kreischte der Engel mit haßverzerrtem Gesicht. Der Rote Falke griff seinen Scimitar unterhalb des Heftes an der Klinge, daß ihm der Stahl in die Hand schnitt, hieb dem Geifernden den schweren Angelstumpf des Knaufes auf das Nasenbein und zog ihm den reich verzierten Griff quer über das Maul, daß die kantige Parierstange die Schneidezähne einschlug, bevor sie im Abgang die Unterlippe zerfetzte. Nie mehr soll jemand von einem ›Engelsgesicht‹ reden, kam dem Emir mit grimmiger Genugtuung in den Sinn. Dann befand er sich bereits in einem Getümmel, das sich wie ein Sturzbach durch das Tal Kidron ergoß, seine Damaszener auf wilder Flucht vor den Johannitern. Die trieben sie den Templern entgegen, die jetzt genüßlich die Lanzen auf Brusthöhe senkten. Die Gasse hatte sich längst wieder geschlossen, nachdem William gerade noch hindurchgewischt war wie eine verängstigte braune Feldmaus. Der Rote Falke schlug um sich und versuchte, die Böschung zu gewinnen. Die schwarze Sänfte auf dem Berg Zion war verschwunden, kaum daß der Schmerzensschrei des Gisors bis zu ihr hinauf getönt. Danach war nur noch sein Geheul zu hören, das zunehmend im Tosen des Windes unterging. Die dunkle Wolke lastete jetzt so tief über dem Tal, daß der aufgewühlte Staub dem Roten Falken fast die Sicht nahm. Er mußte ohnmächtig mit ansehen, wie die vorderste Reihe der ihm anvertrauten Reiterei in die Lanzen der Templer rannte, daß das Blut spritzte. Der Emir knirschte mit den Zähnen. Dieses Opfer mußte gebracht werden. Anders war die eherne Phalanx der Ritter nicht aufzubrechen, und wenn das nicht gelang, würden die Damaszener sowieso zwischen den beiden ansonsten so verfeindeten Orden aufgerieben wie Korn zwischen den Mahlsteinen. Doch die Templer ließen keine Bresche zu. Immer neue spitze Stangen fuhren aus dem zweiten Glied hervor, wenn die vorderen unter der Last der aufgespießten Leiber, Mann oder Roß, nach unten sanken. Und von hinten setzten die Johanniter nach und hackten auf die Fluchtwilligen ein. Der Emir mochte sich nicht länger aus dem Gemetzel heraushalten, lieber den Tod in der Schlacht als die Schande, sich als Heerführer töricht verhalten zu haben. Wie war es nur dazu gekommen? Was hatte sie alle eigentlich dazu getrieben, sich vor den Mauern Jerusalems totzuschlagen, als wäre ein Reich zu gewinnen? Der Rote Falke erkannte unten auf dem Weg den gefallenen Sigbert, gleich neben ihm den Priester. Die Kämpfenden trampelten über sie hinweg. Wie viele sollten noch ihr Leben verlieren für das ›Reich des Friedens‹? Roç und Yeza mußten dem ein Ende bereiten!

Der Emir sah eine Möglichkeit, über den Berg Zion in den Rücken der Templer zu gelangen, um das Königliche Paar noch zu erreichen. Von seiner stolzen Reiterschar, die er aus Damaskus herangeführt, war sowieso fast keiner mehr übrig. Doch kaum hatten die Johanniter im wahren Blutrausch den letzten Turbanträger zerhackt, da wandten sie sich schon gegen die Templer, durch die Überrumpelung anfänglich mit durchschlagendem Erfolg. Denn die Ritter in den weißen Clamys waren müde geworden vom Stehen; einigen sanken die Arme herab ob der Last der aufgespießten Leiber. Ihrem Befehlshaber gelang es nicht mehr, sich verständlich zu machen, während der Marschall vom Hospital seine Mannen fest im Griff hatte. Sie hätten die stur ausharrende Templerriege bald zerschlagen, wäre nicht ein furchtbarer Pfeilhagel auf sie niedergegangen. Der düstere Himmel verdunkelte sich wie bei einer Sonnenfinsternis, so dicht regneten die Geschosse auf die Johanniter und die letzten Damaszener ein, durchschlugen im steilen Fall selbst Brustpanzer und Schulterbrünne. Als erstes wälzten sich die Pferde am Boden. Sie zerquetschten unter ihren Leibern die gestürzten Ritter wie Mistkäfer oder traten ihnen mit den Hufen das Blech der Helme in die Köpfe. Aus der Stadt strömend, über beide Hügel hinweg sich wie ein Heuschreckenschwarm ergießend, griffen jetzt die frisch am Kampfort eingetroffenen Mameluken an. Sie retteten den Templern das Leben. Die Augen des Roten Falken suchten den Anführer, doch es war nicht Baibars, der die Truppen kommandierte, sondern der gräßliche Naiman! Der war nicht einmal Offizier noch Mameluk, diese schielende Kreatur des Qutuz, sondern ein mieser Agent der Geheimen Dienste Kairos! Schlecht zu Fuß, hielt er sich dem Schlachten fern und ließ die Johanniter von oben zusammenschießen wie die Hasen. Da entdeckte der Emir Ali, der sich lachend zweier Angreifer erwehrte. Das gab den Ausschlag. Der Rote Falke verzichtete auf die Verfolgung von Roç und Yeza und stürzte sich in das Schlachtgetümmel. Da längst jeder auf jeden einhieb, fiel es ihm leicht, sich zu dem

Sultanssohn durchzuschlagen, der sich spielerisch seiner Gegner erwehrte: Er trennte einem den Schwertarm ab und stieß dem anderen unter dem Schild hindurch ins Gekröse.

»Die Mameluken haben alle Christenhunde in Jerusalem abgeschlachtet!« rief ihm Ali freudestrahlend entgegen. »Wer sich nicht in die Davidsburg retten konnte wie der Patriarch mit seiner Brut, dem wurden die Füße abgehauen, den Frauen der Bauch aufgeschlitzt, den Kindern die Augen –«

»Halt die Schnauze!« brüllte der Emir ihn an. »Sonst richte ich dich genauso zu, damit dir eingeht –« Den Rest des Satzes verschluckte der Rote Falke, als er das völlig verständnislose Gesicht des Knaben sah.

Heute waren alle von den guten Geistern verlassen! Der Emir bemerkte erst jetzt die kleinen Köpfe auf den Spießen, das kindliche Lockenhaar blutverkrustet; das war das Werk der bösen *djinn*, aufgestiegen aus ihren dunklen Verstecken. Nur ein von Allah Verdammter konnte sie freigelassen haben! Und nun wüteten sie. Angebrochen war Armageddon, das große Gemetzel am Weltende! Die Leichen türmten sich bereits, daß man zu Pferd kaum noch durchkam. Blutüberströmt ließen sich Freund und Feind nicht mehr voneinander trennen! Was machte es auch für einen Unterschied? Das Blut beider floß als Bach das Tal Kidron hinab.

»Fort von hier!« schrie der Rote Falke dem Ali zu, dem das gräßliche Hauen und Stechen zu gefallen schien. Der Knabe steckte schon wieder mitten im Gewühl und ließ sein Pferd steigen, als sich zwei Johanniter seiner bemächtigen wollten, die Hufe traten dem einen das Visier ins Gesicht, während er dem anderen von oben in die Kehle stach. Der Emir mußte ihm in die Trense fallen, um den tollkühnen Sultanssohn von der Walstatt wegzuzerren. Blutrausch!

Die Johanniter begriffen, daß es für sie nur ein Entkommen gab. Ihr Marschall – sein Pferd war unter ihm weggeschossen worden – hielt sich an den Gisors, den er fast nicht wiedererkannt hätte.

»Bruder in Christo!« forderte Jean de Ronay den Templer auf. »Laß uns hier durch, oder wir verderben!« Der lachte höhnisch. »Welch gräßlicher Verlust!« quetschte er zwischen den blutigen Hautlappen hervor und spie aus.

»Vergeht Euch nicht!« flehte der Johanniter das zerstörte Gesicht an, doch als er schließlich begriff, daß der Templer nicht zu rühren war, brüllte er: »Seid verflucht! Der Teufel soll auch noch Eure Seele –« Das Wort blieb ihm im Halse stecken, denn ein Pfeil hatte ihn ins Auge getroffen.

Guillem de Gisors lachte zahnlos, daß ihm das Blut aus dem zerrissenen Maul troff. Aber seine Templer machten angewidert kehrt, lichteten ihre Reihen, so daß die Johanniter entweichen konnten, und ritten davon gen Siloah. Fassungslos starrte Guillem de Gisors ihnen nach. Der von den Flüchtenden aufgewirbelte Staub blies ihm ins Gesicht, der Sand knirschte zwischen seinen Zähnen, er spuckte Blut. »Schlagt sie tot!« zeterte er, dann traf ihn ein Schlag des Marschalls in den Rücken. Er fiel mit dem Gesicht in den blutigen Morast und verstummte.

Roç und Yeza hatten den Teich Siloah hinter sich gelassen, ohne sich auch nur ein einziges Mal umzuwenden. William wankte hinter ihnen her. Der heiße Wind aus der Wüste hatte so zugenommen, daß der Staub ihm immer wieder die Sicht nahm. Er hatte Angst, sie zu verlieren. Er sah sich selbst in einer Wolke hinter ihnen herlaufen, dabei wußte der andere William vor ihm, daß er sie nie einholen würde – doch er setzte torkelnd und stolpernd Fuß vor Fuß, weil er nicht anders konnte. Vor ihnen tat sich die Wüste auf, keine Sanddünen, sondern steiniges, ödes Land. Sie haben nicht einmal Wasser geschöpft an der Quelle, fiel William ein, der schnell ein paar Handvoll in sich hineinschlürfte, bevor er weitertaumelte, in dumpfer Verzweiflung über die unbegreifliche Veränderung, die mit Roç und Yeza geschehen. »Möge dieser Kelch an ihnen vorübergehen«, hatte Gosset gerufen, als William ihn zu Hilfe holte, um die Ertrunkenen in einem Anfall von Wahnsinn oder Wundergläubigkeit aus dem Wasser des schwarzen Steins zu retten. Er, William, hatte kein Wort von dem Schwarzen Kelch gesagt, und daß sie schon daraus getrunken hatten. Es war die Gralserfahrung, die sie ihm voraus hatten, die schmerzhafte Einsicht in ein Wissen, das alles umfaßte. Unmöglich erschien es ihm, solche Erkenntnis in Freude zu erfahren; wahrscheinlich sprengte sie das menschliche Begriffsvermögen, war letztlich unmenschlich? Erschrocken blickte William sich um. Wie die Reiter der Apokalypse sah er da die Templer heranstürmen, vereint mit den Rittern vom Hospital und dichtauf gefolgt von den letzten Damaszenern und der Meute der Mameluken. Diese nie dagewesene Eintracht konnte nur Blendwerk des Bösen sein – oder sein Griff nach dem Königlichen Paar? Er, William, mußte Roç und Yeza warnen, er öffnete den Mund zum Schrei – aber ein glühendheißer Wind erstickte fauchend den Warnruf. Wie ein Taifun war der Sturm zwischen ihn und die unbekümmert Davonschreitenden gebraust, eine kirchturmhohe Wand aus wirbelndem Sand und Steinen hatte ihn zu Boden geschmettert, was ihn davor bewahrte, von den herandonnernden Kriegern zermalmt zu werden. Auch sie wurden, ob Freund oder Feind, durcheinander geworfen wie Stroh beim Dreschen. Der Sandsturm wütete zwischen den Rittern, nahm ihnen die Sicht, den Sinn für Richtung und schließlich auch ihr Trachten nach dem Königlichen Paar. Jeder kämpfte nur noch um das Überleben, um die Luft zum Atmen – doch William dachte selbst in dieser Not an seine Lieben, an Roç und Yeza. Waren sie womöglich gar nicht mehr von dieser Welt? Aber ihm, William, ihrem Gefährten seit der ersten Stunde, ihm blieb dieses Jammertal nicht erspart. Er lag unter Treibsand begraben und fühlte die feinen Körner in Mund und Nase. Sie drohten ihn zu ersticken. Alle Freunde hatten ihre Treue mit dem Leben bezahlen müssen, vor allem jene, die immer wieder geschworen hatten, für das Königliche Paar durch die Hölle zu gehen. Doch Roç und Yeza waren selbst dorthin hinabgestiegen, waren durch sie hindurchgegangen. Sollte er, konnte er das auf sich nehmen? Die Angst schnürte ihm jetzt schon die Kehle zu, denn ihm waren sicher die gräßlichsten Qualen bestimmt, aufgespart für William, den Treuesten der Treuen, den Anhänglichsten auch noch in der letzten Stund', wie er, ihren Spuren folgend, bewies und sich damit Schritt für Schritt dem Teufel in die Hände spielte. Verzweifelt riß William sich zusammen, um sich nicht aufzugeben. Er zwang Yezas Bild vor sein inneres Auge. Sie sprach zu ihm, er sah, wie sie ihre Lippen bewegte, aber er konnte sie nicht hören. Dann ertönte eine Stimme: »Ich habe die Geister des Sturmes gerufen, damit das Herrscherpaar endlich seiner wahren Bestimmung folgen kann.«

William blickte auf und sah über sich Arslan stehen, der ihm hilfreich die Hand bot. »Du bist ihr einziger wahrer Hüter«, sagte er freundlich, während er ihm aufhalf, »denn du liebst sie um ihrer selbst willen. Alle wollen ihre Friedensherrschaft, aber immer nur im Namen der eigenen Götzen, zu denen sie beten und in deren Namen sie sich gegenseitig totschlagen.«

Vor William klärte sich die Luft, das sich legende Unwetter gab ihm den Blick frei auf die Wüste. Roç und Yeza standen in der Einöde, William zugewandt. Ein Gefühl des Glücks durchströmte ihn. Er vernahm Yezas Stimme:

»Wer den Gral erfahren will, muß bereit sein, im Licht der Lichter zu verglühen, denn er sieht Gott in seiner ganzen Pracht.«

»Und die Welt des Demiurgen«, fügte Roç einverständig hinzu, »in ihrem ganzen Elend.« Er wandte sich zum Gehen.

»Was ist der Gral?« rief William hinter ihm her. Er erhielt keine Antwort, doch Yeza schenkte ihm einen letzten Blick. Tief ließ sie den treuen Hüter in ihre Sternenaugen schauen, und er spürte ihr Mitgefühl für diese Welt, auf der sie ihn zurückließen. William schloß dankbar die Augen. Er sah die beiden Gestalten, die sich immer weiter entfernten und ihm doch so nah waren, immer bei ihm bleiben würden. Das gab ihm Trost. Die Erkenntnis streifte ihn wie ein Hauch, daß das letzte Geheimnis, das große Geheimnis der Schöpfung, sich nicht von Menschen in Worte fassen ließ. Nur Gott kannte die Worte:

$$\text{ἐν ἀρχή ἦν ὁ λόγος}$$

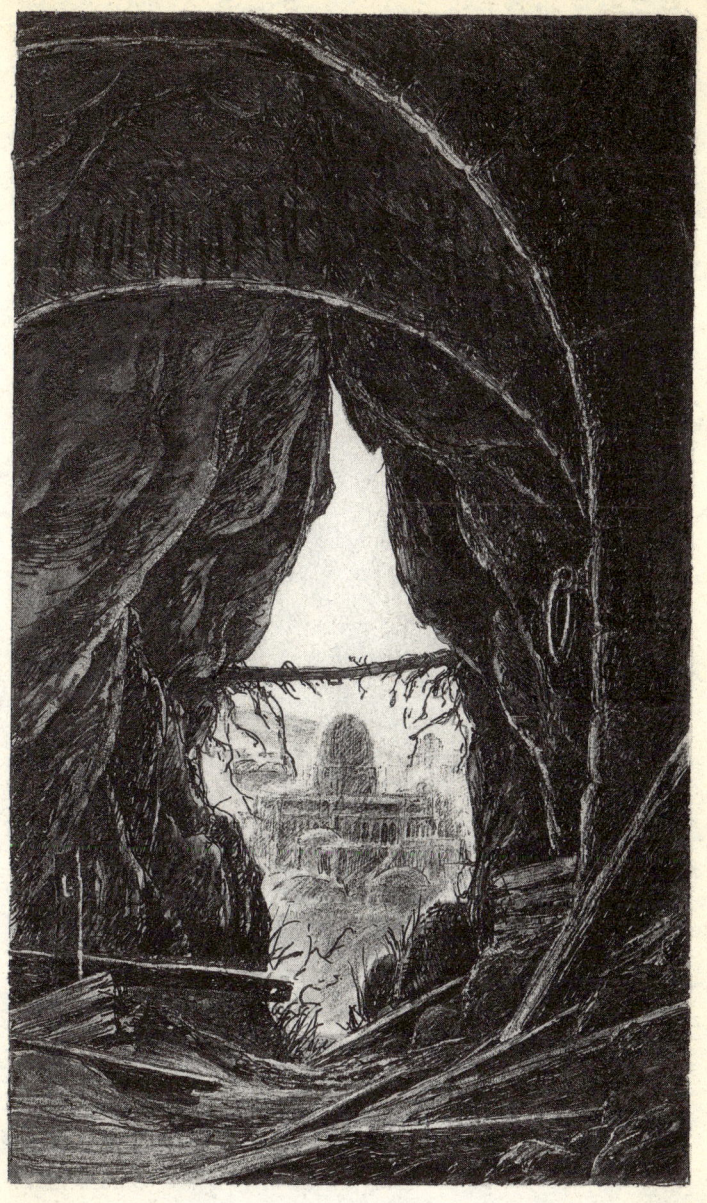

ANMERKUNGEN

LIB. I
PROLOG S. 17

Rinat Le Pulcin: höfischer Maler, im Gefolge Roçs und Yezas, der Kinder des Gral

Damna: (okzit.) Dame

Donjon: (frz.) In der normannischen Burgbauweise übliche Bezeichnung für den befestigten Hauptturm, später von anderen Burgbauten übernommen; für die letzte Verteidigung bestimmt

Gosset: von König Ludwig IX. entsandter Priester, der die Kinder des Gral sowie die Minoriten Willem von Roebruk und Bartholomäus von Cremona angebl. zum mongolischen Großkhan begleitete

Trencavel: Geschlechtsname der Vicomtes von Carcassonne (Vescomtat de Carcassey), eng verwandt mit dem okzit. Herrscherhaus Toulouse, das in seiner Blütezeit dem französischen Königreich in Macht und Ausdehnung durchaus vergleichbar war. Da die Vertreter des Hauses von Okzitanien sich aus gotischem Ursprung schlicht »Comtes de Tolosa« (Grafen von Toulouse) nannten, firmierten die der umliegenden Grafschaften respektvoll als »Vizegrafen«. Der Name »Trencavel« mutierte in der Legendenbildung um den berühmtesten aus diesem Geschlecht, Roger Ramon II., zu »Parsifal«.

clericus maledictus: (lat.) Priester von schlechtem Ruf

cher clerc maudit: (frz.) lieber verrufener Kleriker

Philipp: Diener und Knappe Roçs

Scimitar: (Schimitar) arab. Krummsäbel, meist damaszenischer Herkunft, mit breit auslaufender Klinge

E cels...: (altfrz.)
Und die aus Carcassonne haben sich wohl gerüstet.
An jenem Tag werden sie Hiebe einstecken und austeilen.
Und auf beiden Seiten wird's blutüberströmte Tote geben.

Piereiras...:
Schleudern und Katapulte sind auf die Wälle gerichtet.
Beschießen (die Feste) Tag und Nacht, von fern und nah.
Als er ihn (den König) sah, eilte der Vizegraf herbei,
und all seine Ritter waren von großer Freude erfüllt.
(»Die Eroberung von Carcassonne«, aus: »Die Kreuzzüge gegen den Süden 1209–1219«; Verf.: Guilhèm de Tudèla, 13. Jh., & Anonymus)

Baro...: (Refrain)
Baron von Quéribus,
Xacbert de Barbera,
Löwe in der Schlacht.

okzitanisch: v. Okzitanien (Occitania), das »Land des Westens«, »Land des Abends«; Landschaft im Südwesten des heutigen Frankreich, die als Fürstentum mit eigener Kultur und Sprache bis ins 13. Jh. vom französischen Königreich unabhängig war (Grafschaft Toulouse); gotische Gründung

Xacbert de Barbera: (1185–1275), gen. »Lion de combat« (frz.), »Löwe in der Schlacht«, okzit. Kriegsherr und vom Papst exkommunizierter Katharer; aufgrund seines ständigen, letztendlich erfolglosen Widerstands gegen Frankreich (Toulouse 1218/19 und Carcassonne 1240/41) häufig ins Exil getrieben; beteiligte sich unter König Jaime I. von Aragon (s. u.) an der Eroberung von Mallorca und setzte sich schließlich unter dessen Protektion auf der Feste Quéribus fest. Xacbert war verwandt mit den Trencavel von Carcassonne und den Grafen von Foix.

Jaime von Aragon: (Don Jaime; Jaime el Expugnador), Jakob I. (der Eroberer), König von Aragon (1213–1276), eroberte in der Reconquista die Balearen sowie die Emirate von Valencia und Murcia. (Die Reconquista war die Rückeroberung Südspaniens von den Mauren durch die christlichen Königreiche Nordspaniens, insbesondere Kastilien und Aragon, die mit dem Fall von Granada im Januar 1492 ihren Abschluß fand.)

Quéribus: die uneinnehmbare Burg des Xacbert de Barbera, die durch Verrat des Renegaten Oliver von Termes in die Hände des Seneschalls von Carcassonne und somit an die Krone Frankreichs fiel

Lion de combat: (frz.) Löwe in der Schlacht

Seneschall: (Seneschalk, mhd. seneschalt) fränk. Hofbeamter (ostfränk.-dt. Bezeichnung meist: Truchseß); oberster Beamter am fränkischen Hof, Leiter des Versorgungswesens, Heerwesens und der Gerichtsbarkeit

Jordi Marvel: Troubadour im Gefolge der Kinder des Gral

Francos: Franzosen, Franken

Oliver von Termes: geb. 1198; sein Vater Ramon von Termes wurde nach dem Fall der Stadt 1211 umgebracht; sein Onkel Benoit war der katharische Bischof von Rhedae (Razès). Termes wurde Alain de Roucy übergeben, der in der Schlacht von Muret (s. u.: Albigenserkreuzzüge) in Jahre 1213 Peter II., König von Aragon, erschlagen hatte. Der damit zum Verfemten (Faidit) gewordene Oliver unterstützte den letzten Trencavel. Nach dessen Scheitern lief er zu den Fahnen Frankreichs über und geriet somit in erbitterte Gegnerschaft zu Xacbert de Barbera, der den Franzosen weiterhin entschlossenen Widerstand leistete.

Roç und Yeza: die Kinder des Gral. Roç, eigentlich Roger-Ramon-Bertrand, geb. ca. 1240/41, Eltern unbekannt; legte sich später zusätzlich den Namen »Trencavel du Haut-Ségur« zu, was auf die ausgestorbene Parsifal-Linie schließen läßt. Der letzte Nachfahre Parsifals (Vicomte de Carcassonne), Roger Ramon III., fiel 1241 beim Versuch der Wiedereroberung von Carcassonne.

Yeza, Isabel-Constance-Ramona, geb. ca. 1239/40, Eltern unbekannt, legte sich den Namen »Yezabel Esclarmunde du Mont y Sion« zu. Ihre Mutter war vermutlich nicht die berühmte Esclarmunde aus der Parsifal-Legende, sondern Esclarmunde de Perelha (Pereille), Tochter des Kastellans vom Montségur, ihr Vater möglicherweise der Bastardsohn Friedrichs II., Enzio, geb. 1216, der 1272 in der Gefangenschaft Bolognas starb, oder der Kaiser selbst.

Die Kinder wurden 1244, kurz vor der Kapitulation des Montségur, im Auftrag der Prieuré de Sion (s. u.) von den Rittern Crean de Bourivan, Sigbert von Öxfeld und Konstanz von Selinunt alias Roter Falke sowie Gavin Montbard de Béthune (Präzeptor des Templerordens) zur Gräfin von Otranto in Sicherheit gebracht.

In dem Beinamen »Kinder des Gral« drückt sich die Vermutung aus, daß sie das königliche Blut des Hauses David in sich tragen.

E viven...: (okz.) Es leben die Kinder des Gral!
reyes de paz: (span.) Friedenskönige
Gral: Der Gral bewegte als das große Geheimnis, das sich nur Eingeweihten offenbart, nicht nur die Katharer, sondern viele Menschen im Hohen Mittelalter. Bis heute ist ungeklärt, ob es sich beim Gral um einen Gegenstand handelt (einen Stein, einen Kelch mit den aufgefangenen Blutstropfen Christi oder um einen Schatz) oder um geheimes Wissen über die Dynastie des königlichen Hauses Davids über Jesus von Nazareth bis hin zum keltischen Mythos von den Gralsrittern in König Artus' Tafelrunde. Zudem geistert spätestens seit dem Untergang der Merowinger die These durch die Geschichte, daß der Heilige Gral, der »San Gral«, als »Sang Réal«, »Heiliges Blut«, gelesen werden solle. In der Alchimie vermischt sich der Gral mit dem »Stein der Weisen«.
Grazal dos tenguatz...: (katal.-okzit.)
Des Grals zwei schön Kinder waren,
errettet aus größt' Gefahren
in der letzten Nacht des Munsalvätsch.
Viel Ritter wagten ihr Leben für
Roç und Yezabel,
die Kinder des Gral,
seitdem in aller Munde
Roç Trencavel und seine Esclarmunde.
Papa di Roma....
Der Papst in Rom nach ihrem Leben tracht',
es schützt sie Sions Zaubermacht,
geleitet sie über des Meeres Tiefen,
Byzanz liegt ihnen zu Füßen.
Roç und Yezabel,
die Kinder des Gral.
Auf ewig geht die Kunde
von Trencavel und seiner Esclarmunde.
(Ballade »Die Kinder des Gral« v. Miguel Cortes; Übers.: Peter Berling)
la belle...: (frz.) die schöne Schlafende
Grazal los venatz...: (katal.-okzit.)
Hüter des Grals sie bewahren
durch die Wüste der Tataren;
den Alten vom Berge zu bezwingen,
der Welten Krone zu erringen,
Roç und Yezabel,
die Kinder des Gral,
Roç Trencavel und seine Esclarmunde.
(»Kinder des Gral«; s. o.)
dormire!...: (lat.) Tagträumer
Capetinger: (Kapetinger, Capets, v. lat. »cappa«, Mantel), französisches Königshaus, herrschte von 987 (Hugo Kurzmantel, 987–996) bis zur frz. Revolution. Gegen Ende des 12. Jahrhunderts verfügte es lediglich über die Ile de-France mit Paris, die Grafschaften Flandern, Champagne und Blois sowie über das Herzogtum Burgund. Das gesamte Südfrankreich (die Provence, das Königreich Burgund, Arelat und Lothringen waren bereits Teile des Deutschen Reiches); die mächtige Grafschaft Toulouse (Tolosa) war unabhängig, das Languedoc samt Roussillon aragonischer Lehnsbesitz diesseits der Pyrenäen und somit ebensowenig im Besitz der Capetinger wie das große Herzogtum Aquitanien (Guyenne, Poitou, Gascogne), das durch die Heirat Eleonores an das England der Plantagenets gefallen war, die ihre Stammlande Normandie, Bretagne und Anjou (mit Maine, Marché und Touraine) ohnehin beanspruchten.
Ni sangre reis...: (katal.-okzit.)
Nie sah die Weltenrunde
'n Edler'n königlichen Bluts,
kein schöner Dama klugen Muts.
Ihr heimlich Reich ist die Liebe,
daß der Menschen Hoffnung siege.

Roç und Yezabel,
Kinder des Gral,
Helden der letzten Stunde,
Roç Trencavel und seine Esclarmunde.
(»Kinder des Gral«; s. o.)

E tant...: (katal.-okzit.)
Und solang der Berg noch steht, kein bess'rer Ritter stritt,
nicht nah, nicht fern, edler Mut sich fand
vereint mit Herzensgüte.
(»Die Eroberung von Carcassonne«, s. o.)

Pog: (s. u.: Montségur)

Perceval: (Parsifal) Die Vorstellung von der Linie des heiligen, königlichen Blutes erhielt neuen Auftrieb, als durch den Ende des 11. Jahrhunderts sich ausbreitenden Katharismus (s. u., Lib. I, Cap. I) auch eine religiöse Komponente hinzutrat. In der Idee des Gral konnten sich beide Richtungen finden. Mit dem Wiederaufgreifen einer keltischen Legende aus der Zeit der Völkerwanderung von König Artus und seinen Rittern entstand, von den Troubadouren gefördert, der Begriff der Gralshüter, der Gralsfamilie, die dann mit der beginnenden Verfolgung in Okzitanien personifiziert wurde; dies war der Beginn des Parsifal-Epos, aufgehängt an der unglücklichen Person des Vicomtes von Carcassonne, Roger-Ramon II., aus dem Hause Trencavel (»Schneidegut«) oder auch »Perceval« (percer = durchbohren, mitten durchschneiden) bzw. Parzsifal/Parzival. Dieser (vorletzte) Trencavel hatte eine Mutter mit Namen Adelaïde von Burlats-Toulouse (Herzeloïde) sowie zwar keine Schwester, aber eine Tante namens Esclarmunde von Foix, die sich besonders für die bedrängten Katharer einsetzte; 1209 fegte ein Kreuzzug Frankreichs und Roms über das Languedoc hinweg, verbrannte Städte und Menschen, zerstörte Kultur und Sprache. Parsifal wurde gefangen und vergiftet, die Grafschaft Toulouse französisch; nur der Montségur hielt noch bis 1244 aus – doch bei seiner Eroberung wurde der Gral nicht gefunden.

Bezù de la Trinité: Inquisitor von Okzitanien, Dominikaner

Fernand Le Tris: französischer Hauptmann in Diensten des Seneschalls von Carcassonne, Bruder des Bezù de la Trinité

Faidits: (frz.) die Verfemten (v. arab. faida); noch heute für Blutrache oder Fehde im Mittelmeerraum gebräuchlich

Montségur: (Munsalvätsch) Die berühmteste aller Katharer-Burgen auf einem Bergkegel (»Pog«) im Ariège (Grafschaft Foix). Wurde 1204 auf Veranlassung der Esclarmonde von Foix zur Festung ausgebaut. War bis 1244 eine der letzten Bastionen der südfranz. Katharer in den Wirren nach den Albigenserkreuzzügen. Auf dem Pog befand sich vor Errichtung des Montségur bereits eine keltische Kultstätte. Die gut erhaltene Burgruine ist noch heute zu besichtigen.

Mas cò qu'es...: (katal.-okzit.)
Doch was das Schicksal beschieden,
dem kann kein Mann sich entziehen.
Er starb nach Mitternacht,
als der Morgen graute.
(»Die Eroberung von Carcassonne«; s. o.)

Trovère: (okzit.) Troubadour

Ladoncs...: (katal.-okzit.)
Da sah man viel Volk
mit lauter Stimme wehklagen.
(»Die Eroberung von Carcassonne«; s. o.)

LIB. I, CAP. I
LUZIFER IN RHEDAE S. 33

Katharismus: (aus dem griech. »hoi katharoi« = die Reinen) eine sich von der röm.-kathol. Amtskirche radikal lossagende religiöse Erneuerungsbewegung; im südwestfranzösischen Languedoc fand die »Ketzerei« (der deutsche Begriff ist eine Ableitung aus dem griech. »katharos«) ebenso Anhänger wie in der Provence, der Lombardei und in Deutschland. Die Lehre der »Reinen« hatte ihren Ursprung im persischen Manichäismus, einer dualistischen Glaubensrichtung, die zwischen dem guten, unsichtbaren Gott und dem »bösen Weltenschöpfer« unterscheidet, dem Demiurgen. Die Menschen sind Teil der dunklen Schöpfung des Demiurgen, tragen aber den Lichtkeim des wahren Gottes in sich. Da die Materie als »teuflisch« abgelehnt wird, soll der Mensch sich ganz von ihr befreien, um zu seinem göttlichen Ursprung zurückzukehren. Diese Einstellung brachte eine große Hinwendung zu den mitleidenden Geschöpfen hervor und eine Ablehnung aller weltlichen Versuchung, aber auch Asketentum bis zur Weltverachtung. Der Katharismus nahm auch Vorstellungen der frühchristlichen Gemeinden, der jüdischen Diaspora und des keltischen Druidentums auf und entwickelte sich im Laufe des 12. Jahrhunderts zur gefährlichen Gegenmacht Roms. Vor allem die Bedürfnislosigkeit der Priester verschaffte den »Ketzern« Zulauf beim Volk. Doch auch der lokale Adel hing dieser Lehre an, da sie im Unterschied zur röm. Kirche keine weltlichen Machtansprüche stellte. Die katharische Religion wurde von ihren Anhängern freudig getragen, verhieß sie doch jedem das Paradies, und mit dem Adel verband sie die gemeinsame Sehnsucht nach dem Heiligen Gral. Die Katharer verlangten die Armut des einzelnen, ließen den Besitz der Gemeinschaft jedoch zu. Die katharischen Gemeinden wählten Bischöfe (auch Carcassonne war ein Katharerbistum), die jedoch keine Macht beanspruchten, sondern eher organisatorisch und seelsorgerisch tätig waren. Die höchste Entscheidungsinstanz war das Konzil der »perfecti« (»Vollkommenen«). Die Bekämpfung durch Kreuzzüge im beginnenden 13. Jh. führte nicht zur Vernichtung der Katharer; entscheidend war vielmehr die »Gegenmission« durch die Dominikaner. Im Kampf gegen die Ketzer entwickelte die Kirche das Verfahren der Inquisition, das z. T. in »Handbüchern« niedergelegt wurde. Die Schaffung der Inquisitionstribunale war ein langwieriger Prozeß und liegt z. T. im dunkeln; als Anfang kann die Bulle »Ad abolendam« (1184; Papst Lucius III.) betrachtet werden; Gregor IX. kodifizierte 1231 das Inquisitionsverfahren; Innozenz IV. faßte es in der Bulle »Ad extirpanda« (1252) zusammen und verschärfte die Vorschriften.

Rennes-le-Château: hist. nicht nachzuweisende Templerniederlassung in Südwestfrankreich, hervorgegangen aus der alten gotischen Stadt Rhedae, die von den französischen Eroberern während der Albigenserkriege nahezu völlig zerstört wurde

Aragon: nordostspanisches Königreich, von Sancho dem Großen v. Navarra bei seinem Tod (1035) geschaffen; alte Hauptstadt Jaca in den Pyrenäen, dann Zaragoza; im 12. Jh.

kommt die Grafschaft Katalonien mit Barcelona hinzu.

Komturei: (v. lat. commendare = anvertrauen) Kommende, Ordensbezirk unter dem Befehl eines Komturs

Präzeptor: (lat.) Vorsteher; im Mittelalter auch Bezeichnung für Lehrer; hoher Rang innerhalb der Ordenshierarchie der Templer

Gavin Montbard de Béthune: geb. 1191, Vorsteher des Ordenshauses von Rennes-le-Château. Sein Vorfahre André de Montbard war eines der Gründungsmitglieder und vierter Großmeister des nach dem ersten Kreuzzug 1096–1099 gegründeten Templerordens gewesen. Conon de Béthune, aus nordfrz. Adelsfamilie, war der 1219 verstorbene Minnesänger. Sein Sohn war 1216 bis 1221 Regent des Lateinischen Kaiserreiches und starb 1224. Gavin war 1209 als junger Ritter von den Führern des Albigenser-Kreuzzuges dazu benutzt worden, als Herold dem Vicomte von Carcassonne (Trencavel = Perceval = Parsifal) freies Geleit anzubieten. Dieses Wort wurde gebrochen, der Vicomte gefangen und umgebracht.

Großmeister: oberster Kommandant eines militärischen Ordens, bei den deutschen Orden auch »Hochmeister« genannt

Templer: Gründungsdatum und -umstände dieses mächtigsten, skandal- und geheimnisumwitterten mittelalterlichen Ordens, dessen Name sich vom Tempel zu Jerusalem herleitet, liegen im dunkeln. Den Templern wurden riesige Schätze und mystisches Geheimwissen zugeschrieben. Gleich nach der Eroberung Jerusalems (1099), nach dem ersten Kreuzzug, erhielten einige Ritter (aus der Verwandtschaft des Bernhard von Clairvaux) die Erlaubnis, sich im Nebengebäude der Al-Aqsa-Moschee auf dem Tempelberg niederzulassen. 1118 beantragte der erste Großmeister Hugo von Payns die Anerkennung als Ritterorden, die 1120 erfolgte. Der Orden der »Sacrae Domus Militiae Templi Hierosolymitani Magistri« wurden nach fast 200jähriger Geschichte 1307 nach einem Prozeß wegen Ketzerei (Philipp der Schöne, König von Frankreich / Papst Clemens V.) aufgelöst. Der letzte Großmeister, Jacques de Molay, wurde 1314 in Paris verbrannt. Ein Teil des Templervermögens wurde vom frz. König eingezogen, Ländereien und Niederlassungen dem Orden der Johanniter übertragen. Viele Templer entzogen sich der Verhaftung durch Flucht über die Pyrenäen, wo ihnen der König von Kastilien den Fortbestand unter anderem Namen gewährte. Die berühmte Templerflotte setzte sich nach Schottland ab. Dies sind auch die beiden Länder, in denen der Templerorden bis heute unter der Führung eines Großpriors besteht.

König Ludwig: Louis IX., geb 1214, König von Frankreich, verheiratet mit Margarethe von der Provence; Ludwig erhielt schon zu Lebzeiten den Beinamen »der Heilige« (Saint-Louis); die Heiligsprechung erfolgte 1297; seine beiden unglückseligen Kreuzzüge nach Ägypten (1248–1254) und nach Tunesien (1270) brachten ihm zwar keinen materiellen Nutzen, erwarben ihm jedoch große Volkstümlichkeit, und dies zu einer Zeit, da die Kreuzzugsmystik fast nur noch beim niederen Volk lebendig war. Unter seiner erfolgreichen Regierung beendete der »Vertrag von Meaux« (1229) die Albigenserkriege, fiel 1244 der Montsé-

gur und mußte König Henri III. von
England im »Vertrag von Paris« auch
die letzten Besitzungen auf dem
Festland abtreten. Beim VII. Kreuzzug starb Ludwig 1270 vor Tunis.

Tympanon: (griech.) dreieckiges Giebelfeld über Türen oder Fenstern

Terribilis...: Dies ist ein schrecklicher
Ort.

Ein Ende...: Hiob, 28, 3

Hic domus...: (lat.) Hier ist das Haus
Gottes.

Den graden Weg...: Sprüche, 2, 21,
zitiert nach »Der Sohar«, S. 153

shalom: (hebr.) Friede, Begrüßungs-
formel

Alamut: Hauptsitz und Festung der
Assassinen im persischen Khorasan-
Gebirge; die bedeutendste von unge-
fähr dreißig Assàssinenfestungen;
Hauptquartier und Sitz des Imams,
südwestl. des Kaspischen Meeres an
der alten Seidenstraße gelegen.
Heute schwer zugängliche Ruinen

Assassinen: schiitisch-ismaelitische
Geheimsekte mit Hauptsitz in Alamut, die 1176 auch in Syrien Fuß
faßte. Ihr erster dortiger Großmeister war Sheik Rashid ed-Din Sinan,
der unter seinem Beinamen »der
Alte vom Berge« berühmt und
berüchtigt wurde. Das Wort »Assassinen« leitet sich angebl. von »hascha-
schin« ab (den Mitgliedern der
Sekte nachgesagter Drogenkonsum)
und steht bis heute im Mittelmeerraum für »Meuchelmörder«. Die Benutzung des Beinamens »der Alte
vom Berge« weitete sich auf sämtliche Nachfolger im Amt des syrischen Großmeisters der Assassinen
aus

Masyaf: Hauptfestung der syrischen
Assassinen, zwischen Homs und
Hama, in Höhe der Hafenstadt Tor-
tosa (Tartus) im Noasiri-Gebirge gelegen

Sigbert: (s. u.: Lib. I, Cap. III; Sigbert
v. Öxfeld)

Deutschritter: Der Deutsche Orden der
Ritter und Brüder des Deutschen
Hauses unserer lieben Frauen zu Jerusalem (Ordo Equitum Teutonicorum) wurde 1190 vor Akkon als
Bruderschaft zur Krankenpflege gestiftet und 1198 zum Ritterorden
(weißer Mantel mit schwarzem
Kreuz). 1225 ließ der Orden sich
auch in Preußen nieder und ver-
einigte sich 1237 mit den Schwert-
brüdern. Nach dem Fall von Akkon
1291 wurden erst Venedig (bis 1311),
dann die Marienburg Sitz des Ordens (bis 1809).

Aquitanien: (Guyenne), historische
Landschaft in Westfrankreich; 507
fränkisch, danach Entwicklung zu
einem mächtigen Herzogtum, dessen Fürsten im Mittelalter (ebenso
wie die »Grafen von Toulouse«) es
an Macht und Reichtum mit dem
frz. König aufnehmen konnten.
Seine Blüte erlebte es unter Herzog
William IX. mit dem Beinamen »der
Troubadour«. Seine berühmte Enke-
lin Eleonora (1120–1204) heiratete
in erster Ehe Ludwig VII. von Frankreich und nach aufsehenerregender
Scheidung 1152 König Heinrich II.
von England. Unter ihrem jüngsten
Sohn »Johann Ohneland« und seinem Nachfolger Heinrich III. verlor
England den Großteil seines aqui-
tanischen Besitzes an König Ludwig IX. von Frankreich.

Clamys: weiße Tunika der Tempelritter
mit rotem Tatzenkreuz, dem Temp-
lerwappen; wurde über der Rüstung
getragen

Protopoma: (griech.) Sinnbild, Urbild,
Archetyp

gesta Dei per francos: (lat.-okzit.)
Die (besondere) Gunst Gottes für
die Franzosen! Im Mittelalter all-

gemein üblicher, feststehender Ausdruck

Ecclesia catolica: (lat.) die allgemeine Kirche; offizielle Bezeichnung für die römisch-katholische Kirche der Päpste

Languedoc: südfranz. Landschaft mit eigener Sprache, der ›langue d'oc‹, zwischen den Pyrenäen und der unteren Rhône

Roussillon: Provinz in Südfrankreich, Hauptort Perpignan

Kabbalist: Deuter der Kabbala, der jüdischen Geheimlehre (im 9.-13. Jh. entwickelt); betreibt mystische Interpretationen des Alten Testaments; Umsetzung der Erkenntnisse in Zahlen und Formen

Jakov Ben Mordechai Gerunde: Kabbalist aus Gerona

Abakus: (lat.) ursprüngl. Rechenbrett (aus dem Griech.), später auch zur Bezeichnung des Kommandostabs der Templerherren gebräuchlich

Pons de Levis: Sohn des Grafen von Mirepoix

Mas de Morency: Sohn einer südwestfrz. Adelsfamilie

Raoul de Belgrave: stammt aus in Leicester ansässigem engl. Normannengeschlecht, das mit Simon de Montfort ins Land gekommen war

Pier de Voisins: Seneschall von Carcassonne

Dschingis-Khan: (Dschinggs-Quyan, 1167–1227); Einiger der mongolischen Völker um 1195; absoluter Herrscher ab 1206; verheiratet mit Börke

Nischmat-Gebet: Gebet beim Morgengottesdienst der Sabbate und Festtage

Talmud: (hebr. = Lehre) Sammelwerk des nachbibl. Judentums, bestehend aus der Mischna und der Gemara, der Sammlung der erläuternden und kritischen Kommentare der Gelehrten über die Mischna, Aufzeichnungen der Diskussionen in den Lehrhäusern Palästinas und Babylons; entspr. diesen beiden Zentren gibt es den palästinensischen (»Jeruschalmi«) und den stärker verbreiteten babylonischen (»Babli«) Talmud

Zodiakos Kyklos: (griech.) Tierkreis

Kentaurus: (Zentaur) wilde Fabelwesen aus der griech. Mythologie mit menschlichem Oberkörper, Pferdeleib und -beinen

Dioskuren: Die Zeussöhne Castor und Pollux; Zwillingsgestalten aus der griech. Mythologie; hier: Fixsterne gleichen Namens im Sternbild Zwilling

Cancer: (lat.) (Sternbild) Krebs

Solstiz: Solstitium (lat.), Sonnenwende, der Zeitpunkt, an dem die Sonne auf ihrer scheinbaren Bahn die größte bzw. kleinste Deklination aufweist: Sommer- bzw. Winteranfang (größte bzw. kleinste Höhe der Sonne über dem Horizont)

Chiron: berühmter Zentaur der griech. Mythologie; opferte sich für Prometheus, indem er für ihn in die Unterwelt ging; wurde dafür von Zeus an den Sternenhimmel versetzt (Sternbild Schütze)

Capricornus: (lat.) (Sternbild) Steinbock

Nessos: der Jäger, ebenfalls ein Zentaur aus der griech. Mythologie

Äquinox: (lat. aequinoctium) Tagundnachtgleiche, zu Frühlings- bzw. Herbstbeginn (März und September)

Virgo: (lat.) (Sternbild) Jungfrau

Adler: Dieses alte, »feste« Tierkreiszeichen wurde später durch den Skorpion ersetzt. Wir finden es noch in der astrologischen Zuordnung für den Evangelisten Johannes.

Golgathahügel: ursprünglich als öffentliche Hinrichtungsstätte von Jerusalem angenommen, befand sich jedoch auf einem Privatgrundstück des Joseph von Arimathia

Priapos: Faun aus der griech. Mythologie mit Bocksfuß, manchmal Hörnern, stets jedoch mit übergroßem, steil erigiertem Glied

Baphomet: dreigesichtiger Götze, angeblich heimlich von den Templern verehrt; der Name und seine Herkunft sind bis heute ungeklärt.

Il-Khan: Titel des Hulagu (Hüleyu, 1218-1294), mongolischer Herkunft, Il-Khan von Persien

Takt: kreisrunder, säulengetragener Kuppelsaal; Weiheraum, in dem vermutl. die geheimen Riten der Templer stattfanden, auch der Gralsmythologie zugewiesen

Rotonda: (lat.) Rotunde, Rundbau oder runder Saal

Gea: (griech.) auch: Gäa, Göttin allen Lebens; die Erde, Gemahlin des Uranos

hic sunt leones: (lat.) hier sind die Löwen

terra incognita: (lat.) das unbekannte Land

Astrolabium: (griech.) historisches astronomisches Instrument zur Winkelmessung an der Himmelssphäre

Kasda: Tochter des Mustafa Ibn-Daumir, alias Crean de Bourivan, Gesandter der Assassinen; Astrologin des Observatoriums von Alamut

Djebl al-Tarik: (arab.) das heutige Gibraltar. »Berg« oder »Felskegel des Tarik«, benannt nach dem Omaijaden-Heerführer, der im Jahre 711 von Tanger dorthin übergesetzt war und das Visigotenheer unter Roderich schlug

Atlas: Gigant der griech. Mythologie; trägt, am Rand der Erdscheibe stehend, den Himmel; das nach ihm benannte Meer umfaßte die Erde und wurde zum Begriff für den offenen Ozean jenseits der Landenge von Gibraltar (später Atlantik)

Taxiarchos, der Penikrat: ehem. Bettlerkönig von Konstantinopel; hier wird der Begriff Taxiarchos (griech.), »Oberst«, als Eigenname verwendet; Penikrat (griech.) bedeutet »Herrscher der Armen« oder »König der Bettler«.

Beauséant alla riscossa: (okzit.-ital.) Her zum Entsatz! Auf zum Wiedergewinn! Ursprünglich Hilferuf, wenn kämpfende Tempelritter in eine Notlage gerieten; Schlachtruf der Templer

William von Roebruk: (1222–1293), geb. als Willem im Dorf Roebruk (auch Rubruc oder Roebroek) in Flandern, studierte als Minoritenbruder Guilelmus in Paris. Arabischlehrer des französischen Königs Ludwig IX., wurde von diesem 1243 zur Belagerung des Montségur delegiert; geriet in die Rettungsaktion der Kinder des Gral und begleitet seither das Schicksal der beiden. 1253 ernannte der König William zum Gesandten und schickte ihn als Missionar zum Großkhan der Mongolen, eine Reise, die er zur Rückführung der Kinder des Gral benutzte, denen er in Freundschft verbunden war; über die Reise verfaßte William eine offizielle Chronik, das »Itinerarium«.

Bussel: (aus dem Ital.) Bussole, Magnetkompaß

status animae: (lat.) wörtl: Seelenzustand; hier ironisch gebraucht

Potkaxl: letzte Nachfahrin eines toltekischen Herrscherhauses

Tolteken: altmexikanisches Indianervolk, im Hochland von Mexiko (Tollan) ansässig, von hoher Kultur und Kunstfertigkeit; Blütezeit etwa 9.-12. Jahrhundert; Priesterkönig Quetzalcoatl

meridies, oriens, occidens: (lat.) Süden, Osten, Westen

Beauséant: Kriegsbanner der Templer, das im Kampf stets in die Höhe gehalten werden mußte

Chanterai...: (altfrz.)
Singen will ich, mein Herz zu trösten, denn ich will nicht sterben,
noch den Verstand verlieren,
trotz mejner großen Pein.
Nie seh' ich einen heimkehr'n
aus dem wüsten Land,
in dem der eine ist zuhause,
der meinem Herzen Geborgenheit
gibt, wenn ich von ihm reden höre.

Dex, quant...: (Refrain)
Gott! Wenn ihr Schrei »Outree«
(von Altfrz. »Outremer«, »Jenseits des Meeres«, Bezeichnung für das Heilige Land) erklingt,
hilf den Pilgern, um die ich zittre,
denn grausam sind die Sarazenen.

Soufrerai...:
Geduldig will ich sein
und mein Los ertragen,
bis ich ihn wiederkehren seh'.
Auf den Kreuzzug ist er gegangen,
heiß ersehne ich seine Rückkehr.
Denn ungeachtet meiner Linnen,
möcht' ich doch keinen anderen
zum Manne nehmen. Ein Narr,
der mir davon spricht.
(Verf.: Guiot de Dijon; 3. Kreuzzug 1189)

Xolua: jüngerer Bruder der Potkaxl, toltekischer Prinz

Oceanus Atlanticus: (lat.) der Atlantik

Die Prieuré: Prieuré de Sion, mysteriöse Geheimgesellschaft, die sich angeblich dem Erhalt der dynastischen Linie des Hauses David, dann der Merowinger verschrieben hatte (s. u.) und sich erstmalig nach der Eroberung von Jerusalem, 1099, manifestierte; der Orden der Tempelritter soll ihr weltlicher Arm gewesen sein; stand in erbittertem Gegensatz zum Papsttum; wurde in dieser Zeit von der Großmeisterin Marie de Saint-Clair, gen. »La Grande Maîtresse«, geführt

Guillem de Gisors: (geb. 1219), Komtur des Templerordens, designierter Nachfolger seiner Stiefmutter Marie de Saint-Clair für das Amt des Großmeisters im geheimen Orden Prieuré de Sion; wurde 1269 in den »Orden des Schiffes und des doppelten Halbmondes« aufgenommen, den Ludwig IX. für adelige Teilnehmer des VI. Kreuzzuges gegründet hatte

Chevalier, mult estes...: (altfrz.)
Meine Herren Ritter,
das Heil ist euch gewiß,
da Gott euch aufgerufen,
gegen die Türken und Almoraviden,
die seine Ehr' so gekränkt.
Denn zu Unrecht haben sie seine Lehen an sich gerissen.
Darüber müssen wir tiefen Schmerz empfinden,
denn dort wurde Gott zum ersten Mal
gedient und anerkannt als Herrscher.
(anonymer Verf.; 2. Kreuzzug 1147)

Sinapel: Apfelsine

Kaneel: (mlat.) (Canell), Ceylonzimt

Alum conquer...: (altfrz.)
Laßt uns das Land des Moses
erobern, der am Berge Sinai ruht.
In den Händen der Sarazenen
soll er bleiben nimmermehr,
noch sein Stab, mit dem er teilte
das Rote Meer mit einem Hieb,
als das erwählte Volk ihm folgte
und Pharao sich an seine Fersen heftete, bis er mit all seinen Mannen
elendiglich zugrunde ging.
(anonym. Verf.; s. o.)

Profoß: Zuchtmeister, Henker

De ce suit...: (altfrz.)

Mit Kummer erfüllt's mich, daß ich
ihn nicht begleitet, als er fortzog.
Er schickte mir das Hemd, das er
trug,
auf daß ich es in Armen halte.
In den Nächten, wenn meine Liebe
zu ihm
mich schmerzt, nehm' ich's mit ins
Bett
und drück's mir an den nackten
Leib,
um meine Qual zu lindern.
(anonym. Verf.; s. o.)

Dex, quant...: (Refrain) (altfrz.)
Gott! Wenn ihr Schrei »Outree« erklingt...
(Guiot de Dijon; 3. Kreuzzug 1189)

LIB. I, CAP. II
IM SCHATTEN DES TEMPELS S. 70

Saint-Denis: Kathedrale nördl. von
Paris, ursprüngl. Klosterkirche; gegründet unter König Dagobert um
630, umgebaut im 11. Jahrhundert;
Grabstätte des franz. Königshauses.

Concurrunt universi...: (vulgärlat.)
Sie alle sind gekommen,
das frohe Volk,
reich und arm,
von hohem und niederem Stand.

Principes...:
Fürsten, Heerführer
aus königlichem Geblüt,
weltliche Herrscher,
im Besitz der Gnade.

Peccaminium...:
Gestehen ihre Sünden laut,
schlagen ihre Brust voll Reue,
beugen ihre Knie und rufen:
Gelobet sei Maria!
(Pilgerlied eines anonymen Verfassers aus dem »Llibre Vermell« von
Montserrat, 1399)

Nuntius: (lat.) päpstl. Gesandter

Rostand Masson: Kardinal, päpstl. Gesandter am Hofe Ludwigs IX.

Königin Margarethe: Gattin Ludwigs
IX., Königin von Frankreich, Tochter
des Grafen Raimond-Berengar IV.
von der Provence. 1234 Heirat mit
Ludwig; ihrer beider Sohn und
Nachfolger war Philipp III., der
Kühne. Auch Margarethes Schwestern heirateten Könige: Eleonore
1236 König Heinrich III. von
England, Sancha 1244 Richard von
Cornwall, deutscher (Gegen-)König,
Beatrix 1246 Charles d'Anjou, den
späteren König von Neapel.

Demarche: (frz.) mdl. vorgebrachter
diplomatischer Einspruch

Konnetabel: königl. Haushofmeister
mit besonderer militärischer Funktion, beispielsweise als Kommandant
der kgl. Leibwache und der Palastgarde

Gilles Le Brun: Nachfolger des Konnetabels von Frankreich, Imbert de Beaujeu, nach dessen Tod beim Kreuzzug Ludwig IX.

Esclarmunde: In der Legende Parsifals
Schwester, in Wahrheit die Tante; Esclarmundes Sohn Bernard Jourdain
heiratete India von Toulouse-Lautrec, die Schwester Adelaïdes
(Herzeloïde) von Toulouse, der Mutter Parsifals, woran man die Generationenverschiebung erkennt, die
dazu geführt hat, in Parsifal und Esclarmunde Geschwister zu sehen. In
Wahrheit stammte Esclarmunde aus
der Linie der Grafen von Foix;
machte sich um den Ausbau des Pog
de Montségur (Grundsteinlegung
12.3.1204) verdient und ging als
die klassische Gralshüterin in die
Legende ein.

Stauferkaiser Friedrich: Kaiser Friedrich II., 1194–1250, Sohn des deutschen Kaisers Heinrich VI. und der
Normannenerbin Constance de Hau-

teville, Enkel Kaiser Barbarossas (Friedrich I.), 1197 König von Sizilien, 1212 dt. König, 1220 Kaiser. Verheiratet mit Constance d'Aragon (gest. 1222), Isabella de Brienne (Königin von Jerusalem, gen. »Jolande«, gest. 1228) und Isabella-Elisabeth von England (gest. 1241). Aus diesen Ehen sowie zahlreichen weiteren Verhältnissen stammten 4 legitime und 11 »natürliche« Kinder. Der 1268 von Charles d'Anjou hingerichtete Konrad V., gen. »Konradin«, war Friedrichs Enkel. Überreich an Gaben, Tatkraft und Ideen, war Friedrich eine erstaunliche Persönlichkeit, den schon die Zeitgenossen mit dem Beinamen »stupor mundi« belegten, »das Staunen der Welt«. Nach heftigem Konflikt mit dem Papst wurde Friedrich exkommuniziert, brach aber dennoch zu einem Kreuzzug auf (1227–1229), der damit endete, daß der Sultan von Ägypten den Christen 1229 vertragsweise Jerusalem und die heiligen Stätten zurückgab. 1245 erklärte das Konzil von Lyon (Papst Innozenz IV.) Friedrich erneut für exkommuniziert und abgesetzt. 1250 starb er in Apulien und vermachte sein Imperium sowie das Königreich Sizilien testamentarisch seinem Sohn Konrad IV.

Graf Jean de Joinville: geb. 1224 od. 1225 als 2. Sohn des Grafen von Joigny; wurde durch den Tod von Vater und Bruder schon gegen Ende 1238 Erbe der Grafschaft; um 1241 Seneschall der Champagne; Titel und Amt des Seneschalls der Champagne waren erblich und Joinvilles Familie verbrieft; bereits ab 1244 gelegentlich in Diensten König Ludwigs IX., begleitete er diesen auf dessen Kreuzzug nach Ägypten. Danach wurde Joinville königlicher Berater, ein Dienst, den auch Ludwigs Nachfolger Philipp III. in Anspruch nahm. Er machte Joinville zum Regenten der Grafschaft der Champagne während der Minderjährigkeit Johannas, die später König Philipp IV. (gen. »der Schöne«) heiratete. Diese Königin bat 1305 den greisen Seneschall, das »Life of Saint Louis« zu verfassen. Im Jahre 1317 oder 1319 starb Joinville.

de mortibus nihil nisi bene: (lat.) Über Tote soll man nur Gutes reden.

Charles d'Anjou: Seit 1246 Titulargraf von Anjou; heiratete Beatrix von der Provence, doch die Provence fällt ihm erst 1267 zu. 1265 ernennt der Papst ihn zum König von Neapel. 1266 schlägt Charles den Stauferbastard Manfred in der Schlacht von Benevent, 1268 den letzten Staufer Konradin bei Taglicozzo.

spiritus rector: (lat.) geistiger Urheber, Verfasser

Robert de Sorbon: einstiger Hofkaplan und Beichtvater Ludwigs IX., eröffnete 1253 in Paris eine Theologenschule; daraus leitet sich der Name »Sorbonne« ab.

militiae templi Salomonis: Streiter des Tempels Salomo; Teil des offiziellen Eigennamens des Templerordens, der sich auf den Gründungsort bezieht, obgleich zu diesem Zeitpunkt der jüdische Tempel nicht mehr existierte und die ersten Templer Sitz im Wohntrakt der Al-Aqsa-Moschee nahmen.

Yves der Bretone: geb. um 1224, studierte zu Paris Theologie und Arabisch für den Priesterberuf, erschlug 1244 in Notwehr vier königliche Sergeanten, wurde jedoch von König Ludwig begnadigt und als Leibwächter in Dienst genommen.

Marais: Stadtviertel von Paris

Refektorium: (lat.) klösterl. Speisesaal

oriflamma: urspr. das Bahrtuch des heiligen Dionysius; Flagge des Königs von Frankreich: goldene Lilien auf blauem Feld

Advocatus Diaboli: (lat.) wörtl. Anwalt des Teufels; (bei Heiligsprechungen und kirchlichen Scheidungsverfahren) Rolle des kritischen Prüfers

das Große Werk: (lat. opus magnum) die Erlangung des »Steins der Weisen«, im alchimistischen Sinne der Katalysator, der niedere Metalle in Gold verwandelt, im metaphysischen Sinne die Erlangung der göttlichen Weisheit

chymische Hochzeit: Begriff aus der Alchimie, Vollbringung des »Großen Werkes«, Auffinden des »Steins der Weisen«, Verschmelzung von Wasser und Feuer

Thomas de Bérard: Großmeister der Templer 1256–1273

librarius multiplex: (lat.) »Mehrfachschreiber«, hier Bezeichnung für einen Vorläufer der Druckerpresse

Villard de Honnecourt: frz. Architekt des 13. Jahrhunderts, bekannt durch sein Bauhüttenbuch (»Carnet des Croquis«) mit Hinweisen auf die neue Technik der Errichtung gotischer Kathedralen; machte sich ebenso einen Namen bei der Erfindung technischer Geräte und Anlagen (Skizzen zu einem verm. nicht ausgeführten Wasserradsägewerk und zu einem Perpetuum mobile). Nach seinen Entwürfen entstand die erste Kammerschleuse in Holland sowie ein Trebuchet, die gebräuchlichste Steinschleuder.

eo ipso: (lat.) von selbst

imprimendum mecanicum: (lat.) mechanisches Drucken (hier: Vervielfältigung von Schriften mittels der Druckerpresse)

Veni creator spiritus: (lat.) Komm, Schöpfergeist (Kreuzfahrerhymne)

Skribenden: (lat.) Schreiber

Marie de Saint-Clair: gen. »La Grande Maîtresse«, geb. 1192, Großmeisterin des geheimen Ordens Prieuré de Sion, heiratete 1220 Johann von Gisors, als dieser bereits auf dem Totenbett lag, um die Nachfolge in der Großmeisterwürde des geheimen Ordens dem Guillem de Gisors (geb. 1219) zu sichern, dessen Mutter Adelaïde de Chaumont im Kindbett gestorben war. Marie de Saint-Clair gilt als Mutter der Kaisertochter und Nonne Blanchefleur (1224–1279).

Alphonse de Poitiers: (Alphonse, Graf von Poitou), wurde durch (erzwungene) Heirat mit der Erbin Johanna (Tochter Raimunds VII.) Graf von Toulouse (de facto seit 1226, de jure mit Raimunds Tod 1249). Bei Alphonses Tod 1271 wurden das Poitou und Toulouse französische Kronlande.

Patrimonium Petri: päpstl. Besitz; die Gebiete in Italien, die im Mittelalter den Kirchenstaat bildeten: Latium, umstrittene Teile der Toskana, Umbriens sowie der Marken (Bologna, Ferrara, Ancona)

LIB. I, CAP. III
HOFINTRIGEN S. 89

Grau de Maury: Gebirgszug und Kirchensprengel im Roussillon, zu dem auch die Burg Quéribus zählte

Eleonore von Aquitanien: Ehefrau des frz. Königs Ludwig VII., die ihn auf dem (erfolglosen) II. Kreuzzug von 1147 (»Kreuzzug der Könige«) begleitete und ihm das Leben erschwerte, indem sie (die laut Minnesängern Schönste ihrer Zeit) mit ihrem Onkel anbandelte, dem Fürsten von Antioch; nach der Scheidung von Ludwig heiratete sie Henri II., den Sohn ihres Geliebten Gottfried (Le Bel, »der Schöne«) von Anjou und wurde durch diese Heirat Königin von England und Mutter des Richard Löwenherz.

Richard Löwenherz: Richard I., geb. 1157, folgte seinem Vater Henri II. auf den Thron (1189–1199). 1190 begab er sich mit Philipp von Frankreich auf den III. Kreuzzug, wurde von seiner Mutter Eleonore mit Berengaria von Navarra verheiratet; Richard eroberte Akkon zurück und nahm Zypern ein. 1192 verließ er das Heilige Land, geriet auf der Heimreise in Wien in die Gefangenschaft des Herzogs Leopold von Österreich; nachdem er 1194 gegen hohes Lösegeld freigekommen war, mußte er seinen Thron und sein Land gegen die Machtansprüche seines Bruders Johann »Ohneland« verteidigen. Richard, seiner Siege wegen schon zu Lebzeiten Idol der westlichen Ritterschaft, starb 1199 an den Folgen einer Verletzung durch einen Pfeil in den Armen seiner Mutter vor dem Schloß Chalus im Poitou.

Minoriten: »Minderbrüder«, Mönche der Bettelorden, hier insbes. die Franziskaner

Otranto: südostital. Hafenstadt auf der Salentinischen Halbinsel; Erzbischofssitz; Kathedrale (11.–12. Jahrhundert); Kastell; wichtiger Hafen

Der Große Plan: geheimes Dokument, wahrscheinlich von John Turnbull für die Prieuré de Sion verfaßt, das in verschlüsselter Form über die Bestimmung der Kinder des Gral Auskunft gibt. Inwieweit der Große Plan von der Prieuré übernommen wurde, bleibt im Dunkeln.

Reich der Mongolen: Der Einiger der Volksstämme der Tataren (später Mongolen gen.), war Temudschin, der sich dann Dschingis-Khan nannte und Stammvater der Dschingiden-Dynastie wurde. Er hinterließ vier Söhne: Juji, Jagatai, Ögedei und Tului. Ögedei, seinem Nachfolger als Großkhan, folgte nicht, wie vorgesehen, sein Enkel Schiremon, sondern (auf Betreiben seiner Witwe Toragina-Khatun) 1246 sein ältester Sohn Guyuk. König Hethoum von Armenien schickte seinen Bruder Sempad zur Huldigung. Guyuk war verheiratet mit der Oghul Qaimach/Qaimisch, die nach seinem Tod 1248 die Regentschaft übernahm. Nachfolger als Großkhan wurden jedoch nicht Guyuks Söhne, sondern die des Tului, dessen Witwe Sorghaqtani, eine keraitische Prinzessin, dafür sorgte, daß der Kuriltay (der mongolische Reichstag) erst Möngke, dann Kubilai (späterer Kaiser von China) zum Großkhan ernannte, während ihr dritter Sohn Hulagu zum Il-Khan von Persien wurde. Batu, der Sohn Jujis, setzte sich vom Großkhanat ab und gründete mit seinem Sohn Sartaq das Khanat der Goldenen Horde.

Brevier: (v. lat. breviarium) Gebetbuch der katholischen Kleriker mit den Stundengebeten für acht Tageszeiten: Mette, Laudes, Prim, Terz, Sext, Non, Vesper, Komplet; ab dem 12./13. Jahrhundert in den Brevieren festgelegt

Enigma: (griech.) Rätsel, Geheimnis

O. F. M.: Ordo Fratrum Minorum (lat.), Orden der Minderbrüder (Minoriten = Franziskaner)

Möngke: (Monka, Mangu, 1208–1259), Enkel Dschingis-Khans; wird 1251 auf dem mongolischen Reichstag (Kuriltay) als Nachfolger seines Vetters Guyuk zum Khagan (Großkhan) gewählt

Jurte: großes mongolisches Rundzelt

aus Korbgeflecht, mit Filz bespannt, wird als Ganzes auf großen Karren transportiert

Nestorianer: Anhänger der Lehre des 451 verstorbenen Patriarchen Nestorius von Konstantinopel; 431 (III. Konzil zu Ephesos) als Ketzer aus dem Römischen Reich vertrieben; die Nestorianer gründeten eine Kirche in Persien mit Patriarchat in Ktesiphon. Missionierten Indien, China, Afrika und auch die Mongolen, ohne deren Schamanentum abzulösen. Dualistische Lehre, Ablehnung des Marienkultes

Dokuz-Khatun: (gest. 1265) Gemahlin des Il-Khan, nestorian. Christin

Hulagu: (Hülegu, 1218–1294), wurde von Möngke nach Persien geschickt, nahm 1260 den Titel Il-Khan an

Goldene Horde: unter dem Enkel des Dschingis-Khan, Batu, selbständig gewordenes Khanat, im Gebiet des heutigen Weißrußland

Sartaq: (Sartach), Sohn des Batu und Nachfolger (nur für ein Jahr); 1256/57 Khan der Goldenen Horde

Batu: (Batu-Khan, geb. 1207), Dschingide, Enkel des Dschingis-Khan, zweitältester Sohn des Doetschi (Juji), Herrscher des Khanats Kiptschak (1229–1255) und Begründer des selbständigen Reiches der Goldenen Horde

Berke: Nachfolger Sartaqs, Bruder Batus'

Mameluken: Leibgarde der Sultane von Ägypten (türk. Sklaven)

Ayubiten: (Aijubiden) von Sultan Saladin gegründete Dynastie (gen. nach seinem Vater Ayub); herrschte über Syrien (Damaskus) und Ägypten (Kairo), wo sie 1249 durch eine Palastrevolte der Mameluken abgelöst wurde, während der syrische Zweig sich selbständig machte und bis 1260 bestand

An-Nasir: (al-Malik an-Nasir II. Salah-ad-Din) ayubitischer Herrscher, Enkel Saladins, ab 1237 Malik (König) von Aleppo; nahm nach der Ermordung des letzten Ayubiten-Sultans von Kairo (1249) durch die Mameluken im Handstreich Damaskus und rief sich dort 1250 zum Sultan von Syrien aus; regierte bis zur Einnahme der Stadt durch die Mongolen 1260

Ata el-Mulk Dschuveni: Oberhofkämmerer des Il-Khan Hulagu, sunnitischer Moslem

Kitbogha: (Kitbuqa) mongolischer General christlichen (nestorian.) Glaubens, Heerführer unter dem Il-Khan Hulagu, 1260 von Baibars hingerichtet

Hamadan: Stadt etwa auf halber Strecke zwischen Bagdad und Teheran; Heerlager des Il-Khan Hulagu bei der Eroberung von Bagdad

Kito: Sohn des Kitbogha, Hundertschaftsführer, aus der Ehe Kitboghas mit Irina Kathun, einer nestorianischen Christin; wurde von den Assassinen während der Belagerung von Alamut 1257/8 ermordet

Manfred von Sizilien: geb. 1232, stammt aus der (auf dem Totenbett von Friedrich II.) legalisierten morganatischen Ehe mit seiner langjährigen Geliebten Bianca Gräfin Lancia (Gräfin von Lecce); Manfred erhält den Titel »Fürst von Tarent«, wird 1250 Statthalter für Konrad IV. von Sizilien, macht sich nach dessen Tod (1254) ohne Rücksicht auf die Erbfolge zum König. Ein blendender, fähiger Herrscher, verliert Manfred 1266 in der Schlacht von Benevent gegen Charles d'Anjou Königreich und Leben. Seine Tochter Konstanze (aus 1. Ehe mit Beatrix von Savoyen) heiratet den Infanten von Aragon, das nach der »Sizilianischen Vesper« 1282 Sizilien zurückerobert.

Konstanz von Selinunt: alias Fassr ed-Din Octay, geb. 1215 als Sohn des Großwesirs Fakhr ed-Din und der christlichen Sklavin Anna, der Jugendliebe des Sigbert von Öxfeld (s. u.) aus der Zeit des Kinderkreuzzuges 1213. Beiname ›Roter Falke‹. Wurde am Hof zu Palermo erzogen und vom Kaiser zum Ritter geschlagen; daher der Titel ›Prinz Konstanz von Selinunt‹. Sein Vater stammte aus mamelukischem Geschlecht.

Madulain: geb. 1229, frühere Geliebte des William von Roebruck, Frau des Roten Falken; stammt aus einer Sarazen-Familie des Engadin, das um 850 von einer versprengten arabischen Heeresgruppe erobert wurde, die vermutlich den Po aufwärts über Venedig gezogen war und sich mit den rätischen Ureinwohnern Graubündens vermischte; daher der Beiname »Prinzessin der Saratz«. Die Alpensarazenen waren (wie auch die apulischen und provenzalischen) stets »kaiserlich« (ghibellinisch, d. h. staufertreu).

Heinrich III.: (1216–1272) König von England, Sohn des Johann Ohneland (John Lackland), verheiratet mit Eleonore von der Provence, einer Schwester von Margarethe, der Frau Ludwigs IX.; schwacher Herrscher; der während seiner Regentschaft erheblich an englischem Territorialbesitz auf dem Kontinent verlor

Alexander IV.: Rainaldo di Jenna; Papst von 1254 bis 1261, aus dem Geschlecht der Grafen Conti; nannte sich nach seinem Vorbild Alexander dem Großen König von Makedonien

Richard von Cornwall: (1209–1272) Bruder Heinrichs III., Neffe des Richard Löwenherz, Graf von Cornwall seit 1225; war 1240/41 auf der Rückfahrt von seinem Kreuzzug Gast Friedrichs II. auf Sizilien; nach Friedrichs Tod zusammen mit Alfons von Kastilien als deutscher Gegenkönig (1257–1272) gegen die Staufer aufgestellt

Bagdad: 752–1258 Hauptstadt des abbasidischen Reiches und Sitz des Kalifats; oberste geistliche und weltliche Instanz des Islam, deren Macht aber nur noch nominell bestand, als es von den Mongolen erobert wurde

Kalif el-Mustasim: (1242–1258), al-Mustas'im, 37. und letzter Abbasidenkalif von Bagdad; die Abbasiden waren eine islamisch-sunnitische Kalifendynastie von 759–1258, Nachfolger der Umayyaden; wurden von den Mongolen vernichtet

Mawayad ed-Din: Großwesir (»Außenminister«) des Kalifen von Bagdad, Schiit, nach der Eroberung Bagdads durch die Mongolen neuer Statthalter

Der Dawatdar Aybagh: Kämmerer des Kalifen von Bagdad und Kanzler, vornehmlich für die Innenpolitik zuständig

Schiiten: (v. arab. Shia, Shia't Ali); die Schiiten erkennen als Imame bzw. Kalifen nur die Nachkommen des Ali und der Fatima (Tochter des Propheten) an und nur die auf sie zurückgehende Überlieferung der Worte des Propheten.

Sunniten: (v. arab. sunna = Überlieferung) Anhänger des Wahlkalifats

Choresmier-Reich: (Chwarezm, Huwarizm, Hwarizm); Nomadenreich; der Herrscher trug den Titel eines Schah. Südöstlich des Kaspischen Meeres gelegen, erstreckte es sich zeitweilig über Persien bis nach Indien hinein; vier Dynastien von 990–1231, danach waren die Choresmier herrscherlose Horden, wurden jedoch häufig als Söldnerheere eingesetzt, die bis in die Türkei und nach Ägypten vorstießen; berühmt durch die endgültige Einnahme und Zerstörung Jerusalems 1244

Baitschu: mongolischer Heerführer und Gouverneur, der in Mesopotamien einfiel; Bohemund IV. von Antioch unterwirft sich ihm zeitweilig.

Seldschuken: türkischer Volksstamm aus Mittelasien, der in Vorderasien das mächtige Sultanat von Ikonium (= Rum) gründete; die Rum-Seldschuken unterwarfen sich in kurzer Zeit die östliche Hälfte der islamischen Welt und behinderten den Zugang der Christen zum Heiligen Grab

Armenien: das heute nicht mehr existierende Klein-Armenien mit der Hauptstadt Sis lag im Südosten der Türkei und grenzte an Syrien und das Fürstentum von Antioch. Groß-Armenien, dessen Reste heute noch bestehen, lag südlich des Kaukasus zwischen Persien und Georgien, war aber im 13. Jahrhundert erst von Turkvölkern, dann von den Mongolen besetzt.

Xenia: armenische Witwe

Antioch: das Fürstentum von Antioch wurde während des 1. Kreuzzuges von dem Normannenherzog Bohemund von Tarent auf dem Weg nach Jerusalem errichtet. Von ihm übernahm es sein Neffe Tankred von Lecce; als dessen Linie ausstarb, fiel es an die Tolosaner, die es mit ihrer Grafschaft Tripoli verschmolzen.

Amàl: Tochter des Assassinen Omar von Iskander

Shams: 1256, kurz vor dem Fall von Alamut geb. Sohn des Imams Kurshah

Imam: (arab.) Nachkomme Mohammeds und somit religiöses Oberhaupt der Schiiten

Assalamu...: (arab.) Friede und Barmherzigkeit sei mit euch allen!

Damaskus: Kapitale der Gezira, eine Art »Freie Reichsstadt«, war auf islamischer Seite die 3. Kraft zwischen Bagdad (Sitz der Kalifen) und Kairo (Sitz des Sultans); ihr stand meist ein »Malik« (König) vor. Homs, Hama und Kerak waren syrische Emirate.

Hamam: (arab.) Baderaum; Dampfbad

Clarion, Gräfin von Salentin: geb. 1226, »Nebenprodukt« der Hochzeitsnacht von Brindisi (9.11.1225), in der Friedrich II. Anais schwängerte, die Tochter des Wesirs Fakhr ed-Din und Brautjungfer Yolandas. Clarion wuchs in Otranto auf und erhielt von Friedrich Titel und Apanage.

Königreich Jerusalem: Das Königreich Jerusalem, Ergebnis des ersten Kreuzzuges 1099, umfaßte einen Küstengürtel bis Gaza im Süden und Beirut im Norden mit der Hauptstadt Jerusalem; assoziiert waren die Grafschaften Tripoli und das Fürstentum Antioch, das sich bis zur Grenze des Königreichs von Klein-Armenien im Norden erstreckte. 1188 eroberte Saladin Jerusalem zurück. Hauptstadt wurde Akkon. Im 13. Jahrhundert bestand das Königreich Jerusalem nur noch aus diesem befestigten Hafen und dem von Tyros.

Akkon: (frz. Saint Jean d'Acre), Hafenstadt nördlich von Haifa, diente dem Königreich Jerusalem seit 1191 als Hauptstadt bis zu ihrem Fall 1291 als letztes christliches Bollwerk

Mamelukenemir Rukn ed-Din Baibars Bunduktari: gen. »der Bogenschütze« (1211-1277), brachte 1260, nach der Ermordung des Sultans Aibek durch die Sultana dessen Nachfolger Qutuz um und machte sich selbst zum Sultan. Sein Lebens-

*ziel, die endgültige Vertreibung der Christen aus dem Heiligen Land, sollte er nicht mehr erleben. »Bunduktari« ist der Stammesname Baibars.

Turanshah: Sultan von Kairo (letzter Ayubite), von Baibars erschlagen

Izz ed-Din Aibek: (Al-Mu'zz 'Izz-ad-Din Aybak), Mamelukengeneral; nach der Ermordung des letzten Ayubitensultans erster Mameluken-Sultan von Kairo. Wird durch eine Intrige seiner Frau Schadschar ad-Durr, verwitwete Sultana, von Palasteunuchen ermordet.

Mahmoud: Sohn des Emir Baibars

Sigbert von Öxfeld: geb. 1195; diente unter seinem Bruder Gunther beim Bischof von Assisi, schloß sich 1212 dem Kinderkreuzzug an, geriet in ägyptische Gefangenschaft, trat nach seiner Freilassung dem Deutschen Ritterorden bei und wurde dessen Komtur auf Starkenburg (s. u.)

Komtur: Befehlshaber einer Ordensburg oder eines Ordensbezirks

Starkenberg: Stammburg des deutschen Ritterordens, nördlich von Akkon im Gebirge gelegen, wurde 1189 von Lübecker Hansekaufleuten für den Orden erworben und wiederaufgebaut; die Kreuzfahrer nannten die Feste auch »Montfort«.

Serenissima: Beiname der Republik von Venedig; neben Genua und Pisa eine der drei großen Handelsrepubliken des Mittelmeeres

Venezianer: Gegen Ende des 11. Jahrhunderts erklärte Venedig sich zur Stadtrepublik und wählte seinen ersten Dogen. Im Laufe der Zeit wurde die Seerepublik reichsunabhängig und begann, mittels ihrer Flotte ihre Macht an der Adria und folglich auch im gesamten Mittelmeerraum auszubauen.

Nargila: (arab.) Wasserpfeife

Makika: Patriarch von Bagdad, nach der Eroberung von B. durch die Mongolen (1258) eingesetzt; nestorian. Christ

Tripolis: Grafschaft von Tripolis, von Raimond von Toulouse im Verlauf des 1. Kreuzzuges gegründet; blieb durch Neuankömmlinge aus dem Hause Okzitanien stets in tolosanischem Besitz

Nur ed-Din Ali: Sohn des ermordeten Izz ed-Din Aibek aus früherer Ehe, der von Qutuz aus der Erbfolge verdrängt wurde

Schadschar ed-Durr: ehemalige Sklavin armenischer Herkunft, Witwe des Turanshah und spätere Gattin des Izz ed-Din Aibek, den sie ermorden ließ, um die Macht an sich zu reißen. Daß diese Frau mit dem Sultanstitel auf den Thron gehoben wurde, war in der Geschichte des Islam beispiellos; wurde auf Befehl Said ed-Din Qutuz' getötet, nachdem er Ali vorübergehend zum neuen Sultan ausrufen ließ

Musa el-Ashraf: einer der Enkel der Sultana Schadschar; ayubitischer Herkunft. An der Seite Nur ed-Din Alis Mitsultan von Kairo, wenngleich noch im Kindesalter

Saif ed-Din Qutuz: Emir, Gegner der Sultana nach der Ermordung Aibeks; schlägt sich während der Unruhen nach der Ermordung des Sultans auf die Seite Alis

halafan...: (arab.) Eidesformel

Fal yahya...: (arab.) Es lebe Sultan Nur ed-Din Ali!

Mossul: Stadt im Nordirak

Askalon: die am weitesten südlich gelegene Hafenstadt des christl. Königreichs von Jerusalem, fiel immer wieder in die Hände der Ägypter; Mitte des 13. Jahrhunderts unter mamelukischer Herrschaft

Abdal der Hafside: Sklavenhändler aus

dem Maghreb (das islamische Nordafrika), Geschäftspartner der Templer

Georges Morosin: gen. ›der Doge‹, Venezianer, Vertreter der Templer in Askalon

Lateinisches Kaiserreich: Auf dem 4. Kreuzzug 1204 von Venezianern und Kreuzrittern in Konstantinopel gegründetes Reich, das bis 1261 bestand. Ursprünglich war der Kreuzzug, zu dem Papst Innozenz III. den Adel Europas aufgerufen hatte, gegen Ägypten gerichtet. Die Republik Venedig, der nichts an diesem Ziel lag, erpreßte das Heer, sich gegen das christl. Kaiserreich von Byzanz zu wenden. 1204 wurde Konstantinopel erobert, geplündert und das »Lateinische Kaiserreich« ausgerufen. Balduin von Flandern wurde der 1. Kaiser, Bonifaz von Montferrat König von Thessalonike. Andere Herren machten sich zu Fürsten von Achaia, Athen, Theben und dem Archipelagos. Byzanz, das starke Bollwerk gegen den herandrängenden Osten, war durch diese Zersplitterung für immer zerstört.

Muezzin: Ausrufer, der vom Turm der Moschee (Minarett) zum Gebet ruft

salat...: (arab.) Mittagsgebet

Allahu...: (arab.) Gott ist groß!

La illaha...: (arab.) Es gibt keinen anderen Gott außer Allah.

Majordomus: (lat.) Vorsteher des Haushalts

shai: (arab.) Tee

citrus medica: (lat.) Wundermittel vom Zitronenbaum

Merowinger: fränk. Königsgeschlecht; Aufstieg und größte Machtentfaltung unter Chlodwig, dann allmählicher Verfall; 751 von den Karolingern verdrängt

Taburett: Schemel, Beistelltisch

Ismaeliten: radikale Schiiten; es hatte zu Beginn des Islam, nach dem Tode des Propheten, eine Spaltung gegeben zwischen den Anhängern der Schia (Schiiten), die nur Blutsverwandte des Propheten zu seinen Nachfolgern bestimmen wollten, und denen der Sunna (Sunniten), die ein Wahlkalifat propagierten. Die in Bagdad herrschenden Abbasiden waren sunnitisch und wurden daher von den schiitischen Assassinen mörderisch bekämpft.

bakshish: (arab.) kleiner Geldbetrag als Trinkgeld oder Dank

Amors me...: (altfrz.)
Von Liebe bin ich erfüllt
und muß immerzu denken
an die süße Maid,
die ich nicht vergessen kann.
Wunderschön ist ihr Körper,
ihre Augen sind hell,
ihr Antlitz strahlend.

Je ne puis...:
Ich kann nicht, noch will ich
meine süße Freundin verlassen;
es schmerzt mich zu sehr,
wenn sie mir nicht
ihre Liebe geben kann.

Ne me maus...:
Wenn sie mir mein Leid nicht lohnen kann.
Ach, ich kann nicht leben ohne sie,
einen zu hohen Preis läßt sie mich
zahlen für die Liebe,
dich ich für sie empfinde.
Ach weh, wie sehr bedaure ich den Augenblick,
als ich sie das erste Mal sah,
denn ich kann den Schmerz nicht ertragen,
den ich ihretwegen leiden muß.
(Verf.: anonymer Troubadour, 13. Jh.; altfrz. Lied der Kreuzfahrerzeit)

John Turnbull: (1170 oder 1180–1251) Deckname des Conde Jean-Odo du Mont-Sion; als langjähriges Mitglied der Prieuré de Sion Beschützer und

Erzieher der »Kinder des Gral«, Verfasser des »Großen Plans«, in dessen Zeichen das Leben der Kinder lange stand.

LIB. I, CAP. IV
DIE NACHT VOM MONTSÉGUR
S. 131

Bartholomäus von Cremona: gen. »der Grottenmolch«, Franziskaner, arbeitete für den Geheimdienst der Kurie, offizieller Begleiter des William von Roebruk auf dessen Mission zum Großkhan der Mongolen 1253–1255; wurde jedoch angeblich von seinem Ordensbruder Lorenz von Orta vertreten

Der Graue Kardinal: mysteriöse Funktion innerhalb der Kurie im Mittelalter, Oberaufseher über die Inquisition und Chef des Geheimdienstes mit Residenz auf der Engelsburg; wenn die Kurie aus Rom vertrieben wurde, diente das Castel d'Ostia an der Tibermündung als Ausweichquartier.

Dòmna, pòs vos...: (okzit.-katal.)
Oh, meine Dame, da ich Euch erwählte,
nehmt mich wohlgesinnt auf.
Denn mit meinem ganzen Leben gehöre ich Euch und Euren Befehlen.
(anonymer Troubadour, 13. Jh.)

Consolamentum: (lat.) Tröstung; im Katharismus übliche Weihe anstelle der christl. Letzten Ölung, bei der eine asketische Lebensführung gelobt wird

Petrus Valdesius: (Valdes, Waldensis) Kaufmann aus Lyon, der Mitte des 12. Jahrhunderts die Bibel in die provenzal. Volkssprache übersetzen ließ, 1184 exkommuniziert; begründete eine Lehre, deren Anhänger »Waldenser« genannt werden; obwohl sie nicht mit der Todessehnsucht der Katharer behaftet waren, wurden die Waldenser unter dem Sammelbegriff »Albigenser« (s.u.) mit den »Reinen« in einen Topf geworfen; sie konnten sich jedoch durch die Kreuzzugswirren lavieren und haben bis heute überlebt.

A vòstre comand...: (okzit.-katal.)
Zu Euren Diensten bin ich
alle Tage meines Lebens.
Nie werde ich Euch verlassen
wegen einer anderen (Frau), wer sie auch sei.
(s. o.; anonym. okzitan.-katalan. Troubadour, 13. Jh.)

Die Nacht des Montségur: Bei der Kapitulation der letzten Katharerfeste Montségur (1244) erbaten sich die Belagerten einen Aufschub, den sie dazu benutzten, ihr Fest der »Maximae Constellationis« zu begehen; nach dieser »letzten Nacht«, in der die Kinder des Gral aus der Burg gerettet wurden, übergaben sie die Festung und gingen freiwillig auf die Scheiterhaufen der Inquisition.

Druide: heidnischer keltischer Priester, zugleich Seher, Richter und Heilkundiger

Mauri En Raimon: einer der wenigen katharischen Priester, die in Okzitanien der Inquisition entkamen; lebte in den Wäldern des Roussillon

Gutmann: (frz.: bonhomme oder parfait, der »Vollkommene«) Ausdruck für die in die katharische Glaubensgemeinschaft aufgenommenen »Reinen«.

Que Diaus vos bensigna!...: (okzit.)
Gott segne Euch!

Na India: Kräuterfrau aus dem Roussillon, Katharin

Geraude: Tochter der Na India

Dominikaner: geistl. Orden; Gründer

Domingo Guzman de Calruega, der hl. Dominikus (1170–1221); gründete 1207 in Südfrankreich bei Fanjaux das Frauenkloster Notre Dame de Prouille und 1216 den Klerikerorden der Dominikaner; 1220 als Bettelorden bestätigt; Wanderprediger mit der Aufgabe, die Katharer zu bekehren. Ab 1231/32 mit der »Inquisition« der Ketzer beauftragt

Paraklet: (lat., von paracletus = Beistand) Fürsprecher vor Gott, oft Umschreibung für Jesus Christus

Demiurg: (lat., von demiurgus = Weltenschöpfer) im katharischen Glauben der von Gott abgefallene, böse Schöpfer der irdischen Welt

Camp des Crematz: (okzit.) »Feld der Verbrannten«; sanft abfallender Hang unterhalb des Montségur, auf dem die Katharer dieser Feste 1244 auf den Scheiterhaufen der Inquisition verbrannt wurden; der Hang wird noch heute so bezeichnet.

nox solstitii: (lat.) hier: die Nacht der Wintersonnenwende

Fürst Bohemund VI. von Antioch: gen. »Bo«; geb. 1237, regierte von 1251 bis zum 29.5.1268, als das Fürstentum Antioch von den Mameluken erobert wurde (Baibars)

Nâch den kom...: (mhd.)
Dann kam die Königin herein,
ihr Antlitz gab so hellen Schein,
sie meinten all, es wolle tagen.
Als Kleid sah man die Jungfrau tragen
Arabiens schönste Weberei.
Auf einem grünen Achmardei
trug sie des Paradieses Preis,
des Heiles Wurzel, Stamm und Reis.
Das war ein Ding, das hieß der Gral,
ein Hort von Wundern ohne Zahl.
(Wolfram von Eschenbach; Original aus Reclam 1989, S. 400, Übersetzung aus Auswahlausgabe, S. 31)

Herzeloïde: In der Parsifalsage die Mutter des Parsifal

Kundry: Tante des Parsifal; in der Parsifalsage Zauberin, die auf einem Esel reitet

Amfortas: der verwundete, leidende König der Parsifalsage

Archmardi: Aquamarin

Wolfram von Eschenbach: 1170–1220, dt. Dichter, schrieb um 1210 den »Parzival« nach dem frz. Vorbild des Chrétien de Troyes (s. u.)

Vitus von Viterbo: (1208–1251) Bastardsohn des Rainer von Capoccio und wahrscheinlich Loba der Wölfin, einer katharischen Faidite. Von seinem Vater, dem amtierenden »Grauen Kardinal«, beauftragt, die Kinder des Gral zu liquidieren, starb er bei seinem letzten Anschlag auf der Assassinen-Festung Masyaf.

Loba die Wölfin: (Loba = okzit. die Wölfin) geb. 1194, Beiname einer katharischen Parfaite mit Namen Roxalba Cecelie Stephanie de Cabaret (Cab d'Aret), okzit. Adelsfamilie; ihr Vetter Pierre-Roger de Cabaret war einer der Anführer der Faidits; Loba soll die Mutter des Vitus von Viterbo gewesen sein, der sie erwürgte.

Ekliptik: (griech.) der größte Kreis, in dem die Ebene der Erdbahn um die Sonne die als unendlich groß gedachte Himmelskugel schneidet; hier: Lauf des Schicksals

Der Grâl was...: (mhd.)
Die hehre Art des Grales wollte,
Daß, die sein würdig pflegen sollte,
Die mußten keuschen Herzens sein,
Von aller Falschheit frei und rein.
Die Königin verneigte sich
Mit ihren Jungfrau'n feierlich
Und setzte vor den Herrn den Gral.
Gedankenvoll saß Parzival
Und blickte nach ihr unverwandt,
Die ihren Mantel ihm gesandt.
(Wolfram von Eschenbach, mhd.

Original aus »Parzival«, Bd. 1, S. 402;
Übersetzung v. Wilhelm Hertz;
zitiert nach: Hofstaetter, »Parzifal«,
S. 31)

Jourdain de Levis, Graf von Mirepoix:
Vater des Pons de Levis; die Adelsfamilie de Levis hatte nach dem Kreuzzug gegen den Gral (1209–1213) die Vizegrafschaft von Mirepoix erhalten, zu der auch der Montségur gehörte.

Wolf von Foix: Faidit; verwandt mit dem Hause Trencavel. Der Bruder der berühmten Esclarmonde, Roger-Bernard II., war 1241 gestorben. Ihm folgte Roger-Bernard III., dessen Bastardbruder Wolf, »Lops de Foisch«, zum berüchtigten Faidit wurde. Seine Schwester war Esclarmonde d'Alion.

Simon de Cadet: Neffe des Jourdain de Levis

Burt de Comminges: Schwiegersohn des Jourdain de Levis

Gaston de Lautrec: Schwager des Jourdain de Levis, Gatte von Esterel, der Schwester Jourdains

mon cher cousin: (frz.) mein lieber Vetter. Übliche Anrede des europäischen Hochadels untereinander, davon ausgehend, daß jeder irgendwie mit jedem verwandt ist (Rückbezug auf das königl. Haus David).

Principiis...: (lat.) Wehret den Anfängen!

corpus delicti: (lat.) üblicherweise ein Gegenstand, mit dem eine Straftat begangen wurde und der einem Gericht als Beweisstück dient

Fete fu pour...: (altfrz.)
Sie wurd' erschaffen, allen Freud' zu machen, und jedermann sollte sie lieben.
Kaum hatt' ich sie erblickt, schloß ich sie ins Herz, und kann sie nimmermehr vergessen.

(anonymer Troubadour, 13. Jh.; altfranz. Lied der Kreuzfahrerzeit)

LIB. I, CAP. V
CARNEVALE UND AUTODAFÉ
S. 169

Carnevale: (lat.) wörtl: das Fleisch soll weichen; Fastennacht, Karneval

Autodafé: (port.) auto-de-fe, Akt des Glaubens, gebräuchlich für die Verbrennung von Ketzern auf dem Scheiterhaufen

canes Domini: (lat.) wörtl. »Hunde des Herrn«; Wortspiel mit »Domini canis« (Dominikaner), Anspielung auf die Inquisitorentätigkeit des Ordens

coram publico: (lat.) öffentlich, vor aller Welt

Griechisches Feuer: von Kallinikos von Byzanz 671 erfundenes Kampfmittel, das in verschlossenen Töpfen von Katapulten geschleudert wurde und auch auf dem Wasser brannte; Mischung von Schwefel, Steinsalz, Harz, Erdöl, Asphalt und gebranntem Kalk; 672 von den Byzantinern erfolgreich zur Verteidigung von Konstantinopel gegen die Araber eingesetzt

constellatio maxima: (lat.) astrologisch höchst bedeutsame Planetenkonstellation

Hugues des Arcis: Vorgänger des Pier de Voisins als Seneschall von Carcassonne; leitete den Angriff auf den Montségur

Pierre-Roger von Mirepoix: Onkel des Guy de Levis, Vizegraf von Mirepoix, Kommandant der Verteidiger des Montségur

Kastellan: (lat.) Burgvogt, Schloßverwalter

Esclarmunde von Perelha: (frz. Esclarmonde de Pereille) nicht zu verwechseln mit der »großen Esclarmonde« von Foix

Klarissen: Nonnenorden, gegründet von der hl. Klara (1195–1253; Äbtissin ab 27.9.1212) in San Damiano nach dem Vorbild des Franz von Assisi

Johannes von Procida: geb. 1210. Arzt mit Lehrstuhl in seiner Heimatstadt Salerno, in den letzten Lebensjahren Friedrichs II. Leibarzt des Kaisers; blieb in Diensten der Staufer; von Manfred zum Reichskanzler ernannt

Merlin: Seher und Magier aus der Artussage

Vila cadaver eris...: (lat.)
Ein elender Kadaver wirst du sein,
warum hältst du dich nicht von der Sünde fern?
Warum strebst du, dich zu erheben?
Warum trachtest du nach Geld?
Warum trägst du prächtige Gewänder?
Warum verlangt es dich nach Ehren?
Warum bist du nicht bereit,
deine Sünden zu gestehen?
Warum nimmst du dich nicht
deines Nächsten an?

Quam felices...:
Wie glückselig werden jene sein,
die dereinst mit Christus herrschen,
Freude wird erstrahlen
auf jedem Antlitz.
Heiliger, heiliger Herrgott
des Sabaoth wird man dich heißen,
des Sabaoth wird man dich heißen.

Et quam tristes...:
Und wie jammervoll wird's denen sein,
die verdammt sind auf ewig,
die sich nicht befreien können
noch der Vernichtung entrinnen.
Ach, ach, so schreien die Verfluchten,
denn nimmer werden sie von dort entkommen,
denn nimmer werden sie von dort entkommen.

Ni conversus...:
Wenn du nicht unschuldig
und rein bist wie ein Kind,
wenn du dein Leben nicht
nach guten Taten ausgerichtet,
wirst nimmer du gelangen
ins heilige Königreich Gottes,
ins heilige Königreich Gottes.
(Anonym. Pilgerlied, aus dem »Llibre Vermell« von Montserrat, 1399)

Santiago de Compostela: bedeutender Wallfahrtsort in Galizien, dem heiligen Jakob gewidmet

per pedes: (lat.) zu Fuß

fait accompli: (frz.) geschaffene Tatsache

Patronat: (v. lat. patronus = Schutzherr, Beschützer) Schirmherrschaft

Francia: das französische Königreich, ursprüngl. Bezeichnung für das Land zwischen Maas und Loire

Electio...: Wer die Wahl hat, hat die Qual.

miserabiliter infectus: (lat.) elendig erkrankt = vergiftet

Interdiktum: (v. lat. interdictus = untersagt) Verbot kirchlicher Amtshandlungen als Strafe für eine Person oder ein Gebiet

Vita brevis...: (lat.)
Kurz ist das Leben
und wird immer kürzer,
der Tod kommt schneller,
als man gedacht.
Der Tod löscht alles
und läßt keinen aus,
und läßt keinen aus.
(s. o.)

cloaca maxima: (lat.) Abflußkanal, Reinigungsgraben

Medicus: (lat.) Heilkundiger, Arzt

Tuba cum...: (lat.)
Die Posaune bläst
zum letzten Tag.

Und der Richter erscheint,
verkündet mit ewiger Strenge:
Die Erwählten kommen in den
Himmel,
die Verdammten in die Hölle,
die Verdammten in der Hölle.
(s. o.)

Alea iacta est: (lat.) Die Würfel sind gefallen.

Arslan: mongolischer Schamane; Berater des Herrscherhauses der Dschingiden

Schamane: Zauberkundiger der sibirischen Völker, der mit den Naturgeistern in Verbindung steht, wahrsagt und heilt. Schamanische Praktiken verbreiteten sich von Sibirien durch ganz Eurasien bis hin zu den Indianern Nordamerikas; zur Zeit Dschingis-Khans waren die mongolischen Schamanen hochgeachtete Propheten und Magier, die zwischen den Menschen und den Geistern vermittelten.

Terra Sancta: (lat.) das Heilige Land

Niketa Burdu: Neffe des Generals Kitbogha

Hospiz: (v. lat. hospitium = Herberge) Unterkunftsstätte für Reisende und Pilger in Klöstern

Vokation: (v. lat. vocatio = Anrufung) Berufung in ein Amt

Chrétien de Troyes: bedeutender Dichter höfischer Romane, dessen Hauptwerke zwischen ca. 1160 und 1190 enstanden; darunter »Lancelot« oder »Le chevalier de la Charrette« (1172–1175) sowie der (unvollendete) »Perceval« oder »Le conte du Graal« (um 1180)

Uf einem...: (mhd.)
Auf einem grünen Archmardei,
trug sie des Paradieses Preis:
Das war ein Ding, das hieß der Gral.
(Wolfram von Eschenbach, »Parzifal«, a.a.O.)

Deis war...: (mhd.)
Parsifal bist du genannt, das Wort
will »Schneid mittendurch« besagen.
(Wolfram v. Eschenbach, a.a.O.)

Raimond Berengar IV.: (1209-1245) Graf der Provence; von seinen vier Töchtern heirateten: Margarete (1234) Ludwig IX., König von Frankreich; Eleonore (1236) Henry III., König von England; Sancha (1244) Richard von Cornwall, (Gegen-) König von Deutschland; Beatrix (1246) Charles d'Anjou (Bruder Ludwigs IX.), der es 1265 zum König von Neapel bringt; die Provence entgleitet dem Deutschen Reich, weil Berengar sie ganz seiner Tochter Beatrix vermachte, um eine Teilung zu vermeiden.

Elaborat: (v. lat. elaboratum = sorgfältige Ausführung) umfangreiche schriftliche Ausarbeitung

Tolosa: Toulouse, gotische Gründung. Nach Raimond VI. (1194-1222) übernahm Raimond VII., der Sohn aus seiner 4. Ehe mit Joan Plantagenet (Schwester des Richard Löwenherz), nominell den Grafentitel und eroberte die Stadt 1218 (von Simon de Montfort) zurück, verlor aber die Grafschaft im Vertrag von Meaux 1229 endgültig an Frankreich. 1242 letzter erfolgloser Aufstand; 1249 stirbt der letzte rechtmäßige Comte de Tolosa.

Albigenserkriege: Die Albigenser, eine Gruppe der Katharer aus Albi in Südfrankreich, propagierten strengste Askese, Armut und Absage an die irdische Welt. Ihr Name wurde zum Sammelbegriff für alle Ketzer, ob Katharer oder Waldenser. Als am 15.1.1208 der Legat Peter von Castelnau von einem Pagen Raymonds VI. v. Toulouse ermordet wurde, der die Häretiker heimlich zu begünstigen schien und vom Papst exkommuniziert wurde, rief Innozenz III. zum Kreuzzug gegen die Albigenser auf. Als erstes eroberten die Kreuzfahrer 1209 Béziers, dann Carcassonne. Simon von Montfort nahm Raymond mit Ausnahme von Toulouse und Montauban dessen Besitzungen ab. König Peter II. von Aragon, der seinen Lehnsleuten zu Hilfe eilte, wurde 1213 in der Schlacht von Muret von Simon von Montfort geschlagen und fiel. Das 4. Laterankonzil sprach Raymond VI. seine Ländereien ab, worauf sich die Bevölkerung des Languedoc erhob. 1218 wurde Simon von Montfort bei der Belagerung von Toulouse getötet; die Entscheidung zugunsten der Kreuzfahrer jedoch fiel erst, als der franz. König Ludwig VIII. in die Kämpfe eingriff (1226); die entscheidenden Erfolge wurden 1229 im Vertrag von Paris bekräftigt: Entschädigungen für die Kirche, Maßnahmen gegen die Häretiker und das Schleifen von Städten und Burgen. Im Languedoc wurden weiterhin militärische Feldzüge gegen die Ketzer unternommen, die u. a. zur der Einnahme des Montségur führten (1244).

Ungläubiger des Halbmonds: Moslem

Pontifex Maximus: (lat.) der oberste Priester = Papst

langue d'oc: (frz.) okzitanische Sprache, die im Süden Frankreichs gesprochen wird (südl. einer gedachten Linie zwischen Bordeaux und Lyon)

Exorzist: Den Exorzismus gibt es in den meisten Religionen, als Austreibung z. B. von Ahnengeistern, Tiergeistern, göttlicher Wesen (im Schamanismus) oder des Teufels. Unter dem Einfluß jüdisch-christlicher Teufels- und Dämonenvorstellungen ist der Exorzismus zu einer Beschwörung »gottfeindlicher« Erscheinungen geworden. Die katholische Liturgie unterscheidet den »Kleinen« und den »Großen Exorzismus«, wobei letzterer nach noch heute geltendem Recht nur bei »erwiesener« Besessenheit und nur mit bischöflicher Erlaubnis vorgenommen werden darf.

Sottisen: (v. lat. sottus = dumm) Zoten, dümmlich-freche Bemerkungen

Khagan: Großkhan, oberster Herrscher des Mongolenreiches

Tengri: »Herr des allumspannenden, ewig blauen Himmelszeltes«, oberste Gottheit der Mongolen

A Diaus!...: (okzit.) Gott mit Euch!

Bulgai: mit richtigem Namen Schigi Khutukhu; mongol. Oberhofrichter, Chef der Geheimen Dienste des Großkhans

Tausendundeine Nacht: Sammlung von arab. Erzählungen, Legenden und Märchen; 1. Fassung vermutlich aus dem 9. Jh., endgültige Fassung erst im 16./17. Jh. Der Kern der Sammlung ist persisch, doch sind u. a. indische (z. B. die Form der Rahmenerzählung) und ägyptische Elemente nachweisbar.

Scheherazade: Sklavin, die Harun al-Raschid, dem Kalifen zu Bagdad, die Geschichten aus 1001 Nacht erzählte; hier: Bezeichnung für Bagdad

Sunna: (arab.) Herkommen, Brauch, Botschaft. Überlieferung der Aussprüche des Propheten, an die sich die sunnitischen Muslime als Richtschnur des Handelns halten. Im 13. Jh. war das Kalifat von Bagdad sunnitisch.

Schia: (Shia, Shi'at Ali) (arab.) »Partei«; ihre Anhänger, die Schiiten, erkennen als Imame bzw. Kalifen nur Nachkommen des Ali und der Fatima (Tochter des Propheten) und die auf sie zurückgehende Überlieferung der Worte des Propheten an.

Nizamiya: älteste Koranschule Bagdads

Madrasa: Koranschule

Mustamsiriya: berühmte Koranschule in Bagdad

ma'abad: (arab.) Totentempel

Azerbeidschan: Landschaft im heutigen Nordwestiran, Hochland mit Vulkanen, extremes Landklima

Johanniter: Ritterorden, hervorgegangen aus der Bruderschaft des Hospitals von Jerusalem, die schon vor dem 1. Kreuzzug dort kranke Pilger pflegte. 1099 beantragte der Prokurator des Hospitals, Gerald von der Provence, die Ordensgründung, die 1113 durch Papst Paschalis II. bestätigt wurde. 1220 formte der 1. Großmeister Raymond du Puy (de Poggio) ihn zum Ritterorden um, und der Ordensheilige Johannes, der Almosengeber, wurde durch den streitbaren Evangelisten Johannes ersetzt. Ordenstracht: schwarzer Mantel, im Krieg roter Rock mit weißem Kreuz. Nach ihrem Stiftungssitz, dem Hospital zu Jerusalem, wurden die Ritter auch »Hospitaliter« genannt. 1291, nach dem Fall Akkons, zog der Orden sich nach Zypern zurück, 1309 nach Rhodos, 1530 nach Malta (bis 1798, daher der Name »Malteser«). Existiert bis heute noch in Rom als »Souveräner Orden von Malta« auf exterritorialem Gebiet (Aventin).

Die drei Seerepubliken: Neben der »Serenissima« Venedig sind dies Pisa und Genua, »la Superba«. Pisa herrscht gegen Ende des 12. Jahrhunderts über Sardinien und besitzt eine Kolonie in Byzanz; daneben verfügt es über reiche Niederlassungen in Syrien, Tyros und Akkon. Etwa zur gleichen Zeit wird Genua, obgleich ständig von inneren Streitigkeiten zerrissen, aufgrund seiner wirtschaftlichen Blüte zur Großmacht, läßt sich 1191 von Kaiser Heinrich IV. die Herrschaft über die Küste von Porto Venere bis Monaco bestätigen, kontrolliert den größten Teil Korsikas, hat Sonderprivilegien in Sizilien und verfügt über Stapelplätze und Sonderrechte in Byzanz und mehreren Städten des Heiligen Landes.

Viterbo: Stadt in Mittelitalien mit Papstpalast (13. Jh.), der den Päpsten mehrmals als Zuflucht diente. Eugen III. war der erste Papst, der nach Viterbo flüchtete, nachdem die Kommune von Rom sich gegen die Papstherrschaft erhoben hatte.

Brancaleone: (Brancaleone degli Andalò) Ghibelline, Conte di Casaleccio, Führer einer Volksbewegung, die Papst und Adel aus Rom vertrieb; Senator, errichtete zwischen 1252 und 1258 eine Republik

laisser-passer: (frz.) Passierschein

Huri: (arab.) die Gespielin des Paradieses

LIB. I, CAP. VI
EIN FRÖHLICH' STECHEN S. 251

Zimier: (v. griech.-lat. cyma = Spitze, Gipfel) Helmzier

chevron: (frz.) Geißbock; in der Heraldik Sparren

Grünland: Grönland

Schabracke: (v. türk. caprak = Satteldecke) oft prunkvoll verzierte Pferdedecke, die über den Pferderücken gebreitet bzw. unter den Sattel gelegt wird

Heraldik: (v. frz. science héraldique = Heroldskunst) die dem Herold anvertraute Aufgabe, bei ritterlichen

Turnieren, die nur dem Adel offenstanden, die Wappen zu prüfen
bande de gueules: (frz.) Ausdruck der Heraldik für das im Text beschriebene Wappen, Querbalken in Gold/Rot
en terrasse: (frz.) Ausdruck aus der Heraldik: diagonale Anordnung
Trois chevronelles: (frz.) drei Sparren
Melisende: älteste Tochter des Jourdain de Levis, Graf von Mirepoix, Gattin des Burt de Comminges
Esterel: jüngste Schwester des Jourdain de Levis, Gattin des Gaston de Lautrec
Mafalda: jüngste Tochter des Jourdain de Levis
Gers d'Alion: Mafalda versprochener Ritter; Neffe des Jourdain de Levis
pez de fica: (okzit.) ein Stück Möse
Aries: (lat.) Widder
Ritter der güldenen Lilie: hier: Ritter Frankreichs, so gen. nach der »Oriflamma«, dem königl. Wappen: goldene Lilien auf blauem Grund
Entourage: (frz.) Gefolge
Novel' amor...: (franko-okzit.)
 Eine neue Liebe, die mir so gefällt,
 die mein Herz vor Freude
 singen läßt.
 Meine Gedanken lassen mein Lied
 sich immer wieder erneuern.
M' amor...:
 (Hab') meine Liebe gegeben und verlange nichts von ihr.
 Nie wird sie sich getäuscht sehen,
 die Liebste, die meine ist,
 wenn sie mich von ganzem Herzen liebt.
 (Verf.: Rogeret de Cambrai, 13. Jh., in anonymer okzit. Übersetzung)
Buhurt: (v. altfrz. bohort, zu: hurter (aus dem Germanischen) = anstoßen) Gruppenkämpfe beim Ritterturnier
Belissensohn: Nahezu alle Vasallen der Grafen von Foix und Mirepoix sowie der Vicomte von Carcassonne (Parsifal) nannten sich auch »Belissensöhne«. In »Belissen« klingt eine mythische Herkunft an, die Abstammung von der Mondgöttin Belissena, der kelto-iberischen Astarte. Daher tauchen Mond, Fisch und Turm auch häufig in ihren Wappen auf (Mira-Peixes = Mirepoix, das als phönizische Gründung noch »Beli Cartha« = Mondstadt hieß). Als »Mondsöhne« schlagen die Gralshüter auch die Verbindung zur keltischen Artus-Saga. Es ist dieses immer noch heidnische Element in den religiösen Vorstellungen Okzianiens und des Languedoc, das die römisch-katholische Kirche neben dem Katharismus gegen die »Gutmänner«, die »Parfaits«, die »Reinen«, aufbringt, die in völliger Anspruchslosigkeit, ohne zu kämpfen und zu töten, und ohne Furcht vor dem Tod dem Paradies entgegenleben.
Tjost: (mhd.) mit scharfen Waffen, meist Lanzen, geführter Zweikampf zu Pferde bei ritterlichen Turnieren
E lo vescoms...: (altfrz.)
 Und der Vicomte Trencavel auf die Mauern stieg,
 in der Ebene steht die Streitmacht,
 das ries'ge Kreuzfahrerheer.
 Sogleich rief er nach seinen Soldaten und Rittern.
 Die besten an die Lanze, die besten ans Schwert:
 »Auf, Barone«, rief er, »sattelt die Streitrösser.«
 (»Die Eroberung von Carcassonne«; aus: »Die Kreuzzüge gegen den Süden 1209–1219«; Verf.: Guilhèm de Tudèla & L'Anonyme)
Tappert: Wams des Herolds, das das Wappen seines Herrn zeigte
Drommete: eine Art Trompete
Tort: (v. frz. tort = Unrecht) Unrecht, Kränkung, Schande

Wittib: (mhd.) Witwe
sinister: (lat.) düster, bedrohlich
Louvre: im Mittelalter Burg der frz. Könige in Paris, gegr. um 1200; Umbau zum Schloß 16.–19. Jh. durch verschiedene Baumeister (Lescot, Lemercier, Le Vau, Perrault u. a.); seit 1793 öffentliches Museum; heute eine der größten Kunstsammlungen der Welt
Lionel de Belgrave: Großvater des Raoul de Belgrave, Gefolgsmann des Simon von Montfort aus Leicester
Ta goule!...: (altfrz.) Halt die Schnauze!
in absentia: (lat.) in Abwesenheit
Nuestra Señora de Quéribus: (span.) Unsere Liebe Frau von Quéribus; der Gottesmutter geweihtes Schiff; Quéribus war die letzte Festung der Katharer in Südwestfrankreich, die erst 1255 durch eine Hinterlist des Oliver von Termes den Franzosen in die Hände fiel.
Merkur: alchimistische Bezeichnung für Quecksilber, astrolog. Symbol
Merda!...: (ital.-span.) Scheiße!
Andreaskreuz: Kreuz mit diagonal gekreuzten Balken; im Christentum Symbol des Leidens Jesu; ben. nach dem Apostel Andreas, der an einem solchen Kreuz gestorben sein soll

LIBER I., CAP. VII
DAS VERMÄCHTNIS DES
PRÄZEPTORS S. 332

Basilika Sainte-Madelaine: Basilika in Rhedae, Herzstück der Templerburg von Rennes-le-Château, gen. »das Tor zur Hölle«
Palmarum: (lat.) Palmsonntag
David: in der 2. Hälfte des 11. Jh. v. Chr. König von Juda, dann von Israel mit der Hauptstadt Jerusalem, der »Stadt Davids«. In der Zeit des israelischen Niedergangs wurde die Erinnerung an den großen Herrscher wieder aufgegriffen; Hilfe wurde erwartet von dem zurückkehrenden David oder seinem Nachfolger, dem Messias.
chirurgus: (lat.) Chirurg, Wundarzt
Mater dolorosa: (lat.) Schmerzensmutter
Joseph von Arimathia: Anhänger und Onkel Jesu, erbat sich dessen Leichnam und setzte ihn in einem Felsengrab bei; soll nach der Kreuzigung die Kinder Jesu nach Marseille gebracht haben und gilt in der keltischen Überlieferung als erster Hüter des Gral.
Galmei: Zinkspat; wicht. Zinkerz, wirkt adstringierend
magus medicus: (lat.) hier: Arzt mit Zauberkräften
Königreich Thule: sagenhaftes Inselkönigreich; möglicherweise im Altertum von Pyteas entdecktes Gebiet nördl. von Britannien; galt als nördlichstes Gebiet der Erde
Ai, Capitan!...: (span.) Jawohl, Kapitän!
Nuestro Señor...: (span.) Es lebe das Schicksal! Es lebe der Tod! Unser Herr Admiral!
Julsonnenwende: (v. altnord. jol) germanisches Fest der Wintersonnenwende
Epiphania: (griech.) Fest der Erscheinung des Herrn, Dreikönigsfest (6. Januar)
apokryph: (griech.-lat.) verborgene Zeichen, Schriftzeichen mit verborgenem Sinn; Bez. für christliche Überlieferungen, die nicht in den Kanon der offiziellen Bibel aufgenommen wurden
Non meta...: (lat.) Nicht das Ziel, sondern der Weg
fungus: (lat.) Pilz

Es sprach...: Psalmen 49,6 (Die Vergänglichkeit des Menschen)

Erzvater Joseph: Sohn Jakobs, Hauptfigur der Josephsgeschichte (Genesis 37–50), die den Konflikt zwischen dem nach Vorrangstellung strebenden Joseph und seinen Brüdern schildert, die Joseph als Sklaven nach Ägypten verkaufen, wo er bis zum obersten Beamten des Reiches aufsteigt. Auf der Suche nach Getreide kommen die Brüder nach einer Hungersnot nach Ägypten; Versöhnung und Übersiedlung der gesamten Familie Jakobs (Israels) nach Ägypten. Im nachfolgenden Buch (Exodus) Schilderung des Auszugs aus Ägpyten; darüber hinaus stammesgeschichtliche Bezüge: Die Söhne Jakobs (Israels) verkörpern zugleich auch die Stämme Israels; auf dieser Ebene ist die Erzählung als Legitimierung der Königsherrschaft der Jakobsstämme zu betrachten.

Jahwe: (hebr. jáwe) (Jahve, fälschlich Jehova) Name Gottes im Alten Testament

der Prophet Mohammed: (arab. = der Gepriesene) eig. Abdul Kasim Muhammad ibn Abdullah (571–632), Stifter des Islam; ursprüngl. Kaufmann; um 610 fühlte er sich durch Visionen zum Propheten berufen; die Offenbarungen sind im Koran aufgezeichnet.

Besser ein Kind...: Kohelet, 4, 13, zitiert nach Ernst Müller (Hg.), »Der Sohar«, S. 151

Maimonides: eigtl. Mose ben Maimon (1135–1204), jüdischer Religionsphilosoph, von großem Einfluß auch auf das christl. Denken des Mittelalters; Sammler und Herausgeber der jüdischen Religionsgesetze

Der Weise...: Kohelet, 2, 14, s.o.

Pogrom: (russ. pogrom = Unwetter, Verwüstung) gewalttätige Ausschreitungen gegen rassische oder religiöse Minderheiten

schächten: (v. hebr. sahat = schlachten) entsprechend jüdischer religiöser Vorschrift schlachten durch Schnitt in den Hals und Ausblutenlassen

Passahmahl: Mahl am Passahfest, dem jüdischen Fest zum Gedenken an den Auszug aus Ägypten

codex militaris: (lat.) Militärgesetz, Heeresvorschrift

Essener: Bruderschaft, ca. 150 v. Chr. bis 100 n. Chr. am Toten Meer (Qumran); strenge, jüdische Geheimsekte. Als Gründer gilt der legendäre »Lehrer der Gerechtigkeit« (Avatar Melchi-Tsedeq); der gleiche unsichtbare Meister findet sich bei den Sufis als »Khidr-Elias«. Die esoterischen Essener vereinten die monotheistischen Lehren von Moses und Zarathustra. Jesus von Nazareth soll Essener gewesen sein.

Sein Fleisch verschwindet...: Hiob, 33,21 (Gottes vielfältige Zeichen)

confessio: (lat.) Beichte

Trismegistos: (griech.) bezieht sich auf Hermes Trismegistos, den »Dreifach-Größten«; 17 Bücher, die ihm zugeschrieben werden, entstanden wahrscheinlich in den ersten Jahrhunderten n. Chr. in der esoterischen Schule Alexandrias und behandeln Astrologie, Tempelrituale und Medizin.

doctores: (lat.) die mittelalterliche Universität war (im Höchstfall) in 5 Fakultäten aufgeteilt: Artistenfakultät (die freien Künste, als Grundunterricht), Theologie, Medizin, kanonisches und bürgerliches Recht. Die Studien waren lang; nur wenige Studenten gelangten über die Artistenfakultät hinaus, und auch hier blieben viele nicht bis zum Erwerb des Doktorgrades, für den man üblicherweise 6 Jahre Artistenfakultät und weitere 6 Jahre Rechts- oder Medizinstudien nachweisen mußte; in Paris war der Erwerb des Doktorgrades erst ab dem 35. Lebensjahr möglich. Die doctores bildeten somit eine geistige und soziale Elite.

In nomine...: (lat.) Im Namen des Vaters, des Sohnes und des Heiligen Geistes spreche ich dich von deinen Sünden los.

Da servis...: (lat.) Gib deinem Diener Frieden.

Friedensvertrag von Corbeil: Im Vertrag von Corbeil (1258) erkannte Ludwig IX. den König von Aragon, der auf die Lehnshoheit über die Gascogne verzichtet hatte, als Souverän von Katalonien, des Roussillon und Montpellier an.

Pater noster...: (lat.) (aus dem Vaterunser) Vater unser, der Du bist im Himmel, führe uns nicht in Versuchung, sondern erlöse uns von dem Übel.

in personam: (lat.) leibhaftig

Altas undas...: (okzit.)
Hohe Wogen, die ihr über's Meer herüberkommt,
vom Wind gepeitscht, die ihr dort zu Hause seid,
könnt ihr mir Neues von meinem Freunde berichten,
der einst dorthin auszog?
Er kehrte nie zurück!
(Verf.: Rimbaut de Vaqueiras, 1180–1205)

Perfectus: (lat. Vollendeter) Bei den Katharern ein praktizierender Gläubiger, der in den höchsten Stand der Reinheit iniziiert war und die Funktion eines Priesters versehen konnte

Geheime Offenbarung des Johannes: letztes Buch des Neuen Testaments; der unbekannte Verfasser nennt sich schlicht »Knecht« Johannes; sein Hauptthema ist der bevorstehende Triumph der Herrschaft Gottes, dessen endgültiger Sieg mit der Auferstehung Christi bereits begonnen hat, und das Jüngste Gericht. Galt bei den Katharern als einziges authentisches Evangelium Jesu, von dem sie möglicherweise eine andere als die offizielle biblische Version besaßen

omnipotent: (lat.) allmächtig, allgewaltig

Endura: (von lat. indurare = ausdauern) bei den Katharen, die den Rang eines »perfectus« erreicht hatten und damit in die »gleyiza«, die »Minnekirche«, aufgenommen waren, übliche Methode, durch totale Verweigerung der Nahrungsaufnahme (auch Wasser) den Tod zu beschleunigen; begann nach Erhalt des Consolamentum

Mal amar...: (okzit.)
Es ist schwer, den Vasallen eines anderen Landes zu lieben,
denn seine Augen wie sein Lachen locken Tränen hervor.
Nie hätte ich gedacht, daß mein Freund mich betrüge,
denn in der Liebe gab ich ihm alles, wonach ihm verlangte.
(Refrain:)
Ach! Wie hat er mir mit dieser Liebe oft Freude, oft Schmerz zugefügt!
(Verf.: Rimbaut de Vaqueiras, 1180–1205)

LIB. II
PROLOG S. 379

Santità: (ital.) Heiligkeit, Anrede des Papstes

Kardinal Oktavian degli Ubaldini: der Graue Kardinal, Herr der Geheimen Dienste der Kurie

Trastevere: die von Augustus vorgenommene Neugliederung Roms erbrachte als 14. Stadtteil den Bezirk »Trans Tiberium« (»jenseits des Tiber«); daraus entwickelte sich Trastevere, das als das römischste und volkstümlichste Viertel der Stadt gilt.

Castel Sant' Angelo: (ital.) die Engelsburg, direkt am Tiber, auf dem Grabmal des Kaisers Hadrian, errichtet; diente den Päpsten als Zufluchtsort bei Überfällen und Aufruhr

San Pietro: (ital.) Sankt Peter in Rom, Basilika über dem Grab des Apostel Petrus (gest. im Zirkus des Nero um 65 n. Chr.), erbaut 324 unter Kaiser Konstantin I. (307–337), 326 von Papst Sylvester I. (314–347) eingeweiht

Papa und Papessa: wörtl.: Papst und Päpstin; auch im Tarot vorkommende Begriffe (Hierophant und Hohepriesterin)

Stuhl des Fischers: Stuhl des Petrus, der Heilige Stuhl

Schlüsselsoldaten: Angehörige des päpstlichen Heeres (benannt nach dem Wappen des Kirchenstaates: gekreuzte Schlüssel)

Via Cassia: aus Rom nach Norden führende antike Römerstraße

Colli Albani: (ital.) die Albaner Berge, ca. 20 km südöstl. von Rom, bis 950 m hoch; Zufluchtsort der Päpste war insbesondere die befestigte Stadt Anagni; Castel Gandolfo dient dem Papst heute noch als Sommerresidenz.

Senator Brancaleone degli Andalò: Als der römische Senat im Jahre 1144 wieder ins Leben gerufen wurde, bestand er aus 56 Mitgliedern. So blieb es fast ohne Unterbrechung bis 1204; danach wurde es üblich, alljährlich nur einen oder zwei Senatoren zu wählen, denen Berater zur Seite standen.

Podestà: (ital.) Stadtvorsteher, Bürgermeister, der vom Rat der Stadt gewählt wurde. Anzeichen für das Wachsen der öffentlichen Macht des Bürgertums in den reichsunmittelbaren Städten Nord- und Mittelitaliens

Urbs: (lat.) die Stadt = Rom

Calendula: Ringelblume; Korbblütler

Arlotus: Notar im Dienste des Papstes Alexander IV.

Papst Innozenz IV.: vom 24.6.1243 bis 7.12.1254 im Amt, Nachfolger von Coelestin IV., der im Herbst 1241 nur 26 Tage regierte, bevor er beseitigt wurde; Innozenz bekämpfte den Stauferkaiser Friedrich II. und nach dessen Tod den Sohn und Nachfolger Konrad IV. bzw. in Süditalien den Bastardsohn Manfred von Sizilien; bemühte sich, für das Königreich Sizilien, das er als Lehen betrachtete, Herrscher zu finden, die bereit waren, die Staufer von dort zu vertreiben.

Skriptum: (lat.) Urkunde, Schriftstück

Commentatio Rerum Sicularum: (lat.) »Stellungnahme zur sizilianischen Sache«

Konrad IV.: geb. 25.4.1228, Sohn und Nachfolger Friedrichs II. als dt. König. Konrad stammte aus der 2. Ehe (mit Yolanda de Brienne, die im Kindbett starb); mit seiner Geburt wurde er nomineller »König von Jerusalem«; heiratete am 1.9.1246 Elisabeth von Bayern (Tochter des Otto II. von Wittelsbach); dieser Ehe entstammt Konrad V. (s. u.).

Konradin: (Konrad V., 1252–1268) Herzog von Schwaben, Sohn Konrads IV., Enkel Friedrichs II.; unterlag bei dem Versuch, sein sizilianisches Erbreich zurückzugewinnen, in der Schlacht von Tagliacozzo dem vom Papst mit Sizilien belehnten Charles d'Anjou

Lucera: Stadt in Apulien, in der Nähe der kaiserlichen Residenz Foggia;

die Stadt wurde von Friedrich II. für aufständische Sarazenen angelegt, die er aus Sizilien entfernt hatte; sie wurden seine treueste Gefolgschaft, so daß die Staufer ihnen in der Folge sogar ihren Staatsschatz anvertrauten.

tabula rasa: (von mlat. tabula rasa = abgeschabte, wieder beschreibbare Schreibtafel) Ordnung schaffen, für klare Verhältnisse sorgen

Omissis: (lat.) unterdrückt, weggelassen; Aufforderung zu einer Auslassung (Spezialausdruck von Kopisten)

unio regni...: (lat.) die Vereinigung des Königreichs (Sizilien) mit dem (dt.) Kaiserreich; ein Politikum, das die Päpste aufbrachte, weil der Kirchenstaat dadurch in die Zange geriet

Palazzo dei Papi: (ital.) Papstpalast

saluti suae consulens: (lat.) unter Berücksichtigung seiner Gesundheit

LIB. II, CAP. I
QUE DIAUS VOS BENSIGNA! S. 388

Philomele...: (lat.)
Preisen wir die Nachtigall mit der Instrumenten Stimme,
eine Weise süß anstimmend,
wie es uns lehrt die Musik,
ohne deren wahre Kunst
wertlos sind die Lieder.

Cum telluns...:
Wenn dann in dem neuen Frühling
aus der Erde sprießt das Leben,
wenn die Zweige grün sich kleiden,
steiget aus den Pflanzenblüten
süß der Honigduft heraus.

Hilarescit...:
Freudvoll ist die Nachtigall,
wissend um den süßen Klang,
und im Sang das Hälslein sperrend,
singet sie den Sommer an.

Istat nocti...:
Tag und Nacht beharrlich
schwingt sie
in der süßen Melodie, stimmet ruhevoll
den Schläfer mit dem Auf und Ab
der Stimme, nimmt vom
Wanderer die Müh'.

Vocis eius...:
Ihrer Stimme Wohlerklingen, heller als der Leier Ton,
obsiegt im Sang die Vogelscharen,
trällernd Wald und Heid' erfüllend.
»De Luscinia«, Fulbert de Chartres (um 960–1029) zugeschrieb.

Olov ha shalom: (hebr.) Friede (sei) mit ihm

Sanctus...: (lat.)
Heilig, heilig, heilig,
Herr, Gott der Heerscharen.
Himmel und Erde sind erfüllt
von Deiner Herrlichkeit.
Hosanna in der Höhe.

Benedictus...:
Gesegnet sei der, der da kommt
im Namen des Herrn.
Hosanna in der Höhe.

Kyrie eleison...: (griech.-lat.)
Herr, erbarme dich unser.
Allmächtiger Schöpfer
des Himmels und der Sterne.
Christus, erbarme dich unser.

Qui mundum...: (griech.-lat.)
Der die Welt errettete,
indem er sein Blut vergoß.
Herr, erbarme dich unser.
Heilige Dreifaltigkeit,
die da herrscht in Ewigkeit.
(Lat. Kirchenlied aus einer Messe für den 2. Michaeli-Sonntag)

subterran: (aus dem Lat.) unterirdisch

Tatzenkreuz: Wappen der Templer

Armillarsphäre: klassisches astronom. Winkelmeßgerät, zusammen mit dem Astrolabium (s. o.) die bevorzugte Rechenhilfe der Astrologie bis in die Neuzeit hinein. Ihre Erfin-

dung wird Thales oder Anaximander (4. Jh. v. Chr.) zugeschrieben.
Astrologus: (lat.) Sterndeuter, Astrologe
Terribilis...!: (lat.) Schrecklich ist dieser Ort!
Eisenhut: (Aconitum) aus der Familie der Hahnenfußgewächse, sehr giftig
Wolfswurz: die Wurzel des Christophskrauts, eines Hahnenfußgewächses
exorzieren: vom Teufel oder Dämonen reinigen
Strategos: (griech.) Feldherr, Heerführer
Exequien: (lat.) i. d. kath. Kirche alle Zeremonien, die zum kirchl. Begräbnis gehören; auch: Totenmesse, Begräbnisfeier
Refektorium: klösterl. Speisesaal
Allah isamhak!: (arab.) Gott bewahre!
Pacta sunt servanda: (lat.) Verträge müssen eingehalten werden.
Mashiat Allah!: (arab.) So wahr mir Gott helfe!
Alma Virgo...: (lat.)
Schöne Jungfrau unter Jungfrauen,
im Himmel gekrönt,
bei deinem Sohn
sei unsere Fürsprecherin!
Et post hoc...:
Und wenn wir aus dem Leben scheiden,
eile uns zu Hilfe als unsere Vermittlerin,
eile uns zu Hilfe als unsere Mittlerin.
Iam est...:
Schon ist die Stunde gekommen,
sich zu erheben aus dem kurzen Todesschlaf,
aus dem kurzen Todesschlaf.
Ad mortem...:
Mit Freude gehen wir in den Tod
und enthalten uns der Sünden
und enthalten uns der Sünden.
(aus »Ad Mortem Festinamus«;
anonym. Pilgerlied aus dem »Llibre Vermeil«)
Zerberus: (Zerberos) vierköpfiger Hund aus der griech. Mythologie, Wächter der Unterwelt
Zih' rono...: (hebr.) Möge er sich erheben!
Oleh l' shalom!: (hebr.) Möge sein Andenken ein Segen sein!
Alle Unzucht...: »Der Sohar«, a.a.O., S. 157
in personam: (lat.) leibhaftig
Knicker: (arb. ad-thani) kleines Jagdmesser, mit dem man den Fangstoß gab; in älterer Bedeutung Bezeichnung eines Mannes, dessen Tätigkeit nur den Hohenpriestern geläufig war: Er hatte durch Genickbruch dafür Sorge zu tragen, daß keine Todesfälle auf den Sabbath fielen und die Leichen in der Hitze somit unbeerdigt blieben.
Veneficus: (lat.) Giftmischer
Alraune: (Alraunwurzel) Nachtschattengewächs, hauptsächl. im Mittelmeerraum verbreitet, mit giftiger Wurzel
Teufelsauge: Bezeichnung für Bilsenkraut
pictor: (lat.) Maler
sicarius: (lat.) Häscher
Papaver: aus der Gattung der Mohngewächse; giftig
Mandragora: Alraune
Taumellolch: (Lolium temulentum) zu den Lolchen zählendes Gewächs mit giftigen Früchten
Und Nacht...: (Psalm 139,12), zitiert nach »Der Sohar«, S.107

LIB. II, CAP. II
DIE SCHATZSUCHER S. 437

Königspalast zu Palermo: Friedrich war nicht nur König von Deutschland (er trat diese Würde bereits 1237 an seinen Sohn Konrad IV. ab), sondern auch von 1198 bis zu seinem Tod 1250 König von Sizilien. Sein Hof zu Palermo galt als der prächtigste des Abendlandes. Von dort aus (und seinen apulischen Pfalzen) regierte er das Reich. In Deutschland hielt Friedrich sich in den Jahren seiner Regentschaft (1220–1250) nicht länger als 4 Jahre auf.

Gräfin Bianca di Lancia: langjährige Geliebte Friedrichs II., mit der er zwei »natürliche« Kinder hatte: Manfred, Fürst von Tarent, geb. 1232, und Konstanza, gen. »Anna«, die spätere Frau des Johannes Vatatses, Kaiser von Nikäa. Auf dem Sterbebett erklärte Friedrich diese Kinder für »legitim« und erhob die Mutter, Bianca, zur Gräfin von Lecce.

bomba: (ital.) Tongefäß, gefüllt mit Griechischem Feuer oder flüssigem Pech, das mittels Katapult als Schleudergeschoß verwendet wurde

Nikäa: (Nizäa) antike Stadt im Nordwesten Anatoliens am Ostufer des Sees von Isnik; Tagungsort des ersten (325) und siebenten (787) ökumenischen Konzils.

Vatatses: Kaiser Johannes III. Dukas (1193–1254). Nach der Gründung des Lateinischen Kaiserreiches 1204 waren Angehörige des byzantinischen Herrscherhauses nach Kleinasien ausgewichen und hatten dort die Kaiserreiche von Trapezunt und Nikäa gegründet. Von dort aus versuchten sie Konstantinopel zurückzuerobern, was 1261 unter Michael Paläologos auch gelang, der das Kaiserreich von Byzanz neu errichtete.

jamala ua...: (arab.) Kamelstute namens

hijab: (arab.) Frauenschleier

Brautnacht von Brindisi: damals (9.11.1225) schwängerte Friedrich II. eine Brautjungfer Yolandas, Anaïs (eine Tochter des Großwesirs Fakhr ed-Din, Vater des Roten Falken Fassr ed-Din). Daraus ging Clarion hervor, die von Friedrich den Titel einer »Gräfin von Salentin« erhielt.

Homs: Stadt und Emirat in Westsyrien, am Orontes

Hama: Stadt und Emirat in Westsyrien; Besiedlung bereits im 4. Jahrtausend v. Chr. nachweisbar

Saladin: Salah ad Din Jusuf Ibn Ayub; (1137 oder 1138 geb.; gest. 1193 in Damaskus) löste 1171 die Fatimiden-Dynastie ab und machte sich 1176 zum Sultan von Ägypten und Syrien; eroberte 1187 Jerusalem

El-Aziz: Sohn des An-Nasir, Sultan von Syrien

Tataren: Bezeichnung der fernöstl. Steppenvölker, die um 1240 erstmals nach Europa vordrangen. Erst später setzte sich der präzisere Begriff »Mongolen« durch.

granata francescana: (ital.) »franziskanische Granate«; scherzhaft für William von Roebruk

Asia Minor: (lat.) Kleinasien

Istricus: Stachelschwein

Konstanze: Manfreds Tochter aus 1. Ehe mit Beatrix von Savoyen

Immaculata: (lat.) die Unbefleckte

Infant von Aragon: Dom Pedro; als Konstanzes Gatte ausersehen

William ante portas: (lat.) William vor den Toren; abgeleitet vom römischen Schreckensruf »Hannibal ante portas!«

Limassol: (griech. Lemesos) Stadt an der zentralen Südküste Zyperns an der Bucht von Akrotiri; ehem. byzantinische Burg aus dem 12. Jahrhundert; häufig Regierungssitz der Könige v. Zypern

Demetrios: griech. Priester

Theodor I.: Sohn und Nachfolger des Johannes Vatatses

Arsenios: Patriarch von Nikäa
Achaia: nördlichste, antike Landschaft des Peloponnes, lat. Fürstentum
Anna: ältere Tochter des Michael, Herrscher von Epiros
Helena Angelina von Epirus: jüngere Tochter des Michael v. Epiros, 2. Frau Manfreds von Sizilien
nomen est omen: (lat.) Der Name deutet bereits darauf hin.
Constance de Hauteville: (1154–1198) Erbtochter des König Roger II. von Sizilien, heiratete 1186 Heinrich VI. und regierte seit 1197 für ihren Sohn Friedrich-Roger, den späteren Friedrich II., den sie als Vierjährigen zum König v. Sizilien krönen ließ
Epiros: hist. Gebirgslandschaft am Ionischen Meer, vom Pindos bis über 2600 Meter ansteigend, unbewaldete Kalkketten, Schaf- und Ziegenzucht
Auspizien: (lat.) Vorzeichen; nach dem Brauch der Römer, den Vogelflug (auspicium = Vogelschau) als Vorbedeutung zu beobachten
schismatische Orthodoxie: Die Ablehnung bestimmter katholischer Dogmen und der Oberhoheit des Papstes durch den Patriarchen von Konstantinopel führte 1054 zum Schisma, der Abspaltung der Ostkirche von Rom, die sich als »orthodox = rechtgläubig« zur Staatskirche des byzantinischen Reiches entwickelte.
lapis excellens, lapis ex coelis: (lat.) lapis = der Stein, excellens = hervorragend, ex coelis = vom Himmel; Auslegungsstreit auf den Gral bezogen
Balduin: Kaiser Balduin II. (1228–25.7.1261, abgesetzt; gest. 1273); Sohn des Peter von Courtenay (Latein. Kaiser von Konstantinopel vom 9.4. bis 11.7.1217) und der Yolanda von Flandern (gest. 1219). Balduin II. war mit Maria von Brienne verheiratet, Tochter aus der 3. (und letzten) Ehe des Jean de Brienne mit Berengaria von Kastilien.
Hellas: klassischer (und seit Anfang des 19. Jh. offizieller) Name für Griechenland
iocalia: die Kronjuwelen
Berthold von Hohenburg: Seneschall für Süditalien unter König Konrad IV.
Trebuchet: (frz.) Wurfmaschine (großes, zerlegbares Katapult) mit langem Wurfarm auf hohem Gerüst
Kirche zum Heiligen Grab: die Grabeskirche in Jerusalem, errichtet im 3. Jh. n. Chr. auf Anregung Helenas, der Mutter Kaiser Konstantins, über dem vermuteten Grab Jesu; in der Folgezeit mehrmals zerstört und wieder aufgebaut
locus maledictus: (lat.) verrufener Ort
O Maria...: (okzit.)
O Maria, Mutter Gottes,
Gott, der Du bist Sohn und Vater:
Heilige Jungfrau, bitte für uns
Deinen himmlischen Sohn.
Eva creet...:
Eva glaubte der Schlange,
ein strahlender Engel;
so ist es gut für uns,
dadurch ist Gott wahrlich Mensch.
Car de femna...:
Denn er wurde von einer Frau geboren,
und Gott rettete die Frau,
und der Mann wurde geboren,
damit der Mensch gerettet würde.
Vida qui mort...:
Das Leben, das den Tod besiegte,
hat uns das Paradies geöffnet.
Auf daß der Ruhm, jener
den Gott uns gab, sich verwirkliche.
(»O Maria, Deu Maire«; anonym. Troubadour, 12. Jh.)
Que diaus...!: (okzit.) Gott segne dich!
Terribilis...: (lat.) Schrecklich ist dieser Ort.
trou' des tipli'es: (frz.) das Loch der

Templer (Verballhornung); eine Ruine gleichen Namens befindet sich östlich von Rennes-le-Château, der Zugang ist staatlich untersagt.

Piedestal: (gegliederter) Sockel

souvenir de la...: (frz.) Andenken aus dem Heiligen Land

schockweise: 1 Schock = 5 Dutzend

Oy, aura dulza...: (okzit.)
Ach, du sanfte Brise, die du von dort herkommst, wo mein Freund schläft, lebt und Unterkunft fand, von seinem süßen Odem bringe mir! Ich atme ihn ein, denn so groß ist mein Verlangen.
(Rimbaut de Vaqueiras, 1180–1205)

LIB. II, CAP. III
VOR GRIECHEN WIRD GEWARNT
S. 486

Sarazenen: mittelalterl. Bezeichnung für Araber, Muslime

Bischof von Grigenti: Grigenti = das heutige Agrigent

episcopus provinciae: (lat.) Bischof aus der Provinz

Konstanze von Aragon: erste Frau Friedrichs II., gest. 1222, Witwe des Königs von Ungarn; zum Zeitpunkt der Eheschließung war sie mit 24 Jahren 10 Jahre älter als Friedrich.

Enzio: (1216–1272), natürlicher Sohn Friedrichs II., König von Torre und Gallura (Sardinien); bei Fossalta von den Bolognesen gefangengenommen. Friedrich versuchte vergeblich, die Bologneser durch Drohungen und Bestechung zu erweichen, doch ihre Erwiderung lautete, daß sie den Eid geschworen hätten, Enzio niemals freizugeben.

orefici fiorentini: (ital.) Florentiner Goldschmiede

Cassaro: Hauptstraße in Palermo, die von der Cala, dem Hafenbecken, zum Palazzo dei Normanni führt

Assunta: (ital.) die (in den Himmel) Aufgenommene; Bezeichnung für die Himmelfahrt Mariens

Qsasr: aus dem Arab. stammende Bezeichnung der Staufer für den Palazzo dei Normanni in Palermo

camino real: (ital.) Königsweg

Maletta: Oberster Kämmerer und Zeremonienmeister Manfreds

Palazzo Arcivescovile: Sitz des Erzbischofs von Palermo

Trireme: s. Triëre

Atalanta: Flaggschiff der Templer, Triëre

Triëre: Dreieck-Kampfschiff, von übereinander angeordneten Ruderreihen betrieben, zusätzlich Betakelung

Gräfin von Otranto: gen. »die Äbtissin«; Laurence de Belgrave, geb. 1191, Tochter aus der morganatischen Ehe der Livia de Septimsoliis-Frangipane mit Lionel Lord Belgrave. Laurence wurde Äbtissin des Karmeliterinnenklosters auf dem Monte Sacro zu Rom; 1217 von der Inquisition aus Rom vertrieben; begab sie sich nach Konstantinopel; Bordellbesitzerin, später berüchtigt als Piratin und Sklavenhändlerin; heiratete 1228 den Admiral Kaiser Friedrichs II., Graf Heinrich von Malta, und erbte nach seinem Tod Otranto und die Triëre

Säulen des Herkules: die Meerenge von Gibraltar

Oleum atque Vinum: (lat.) Öl und Wein; Name der Hafenkneipe

Alekos: griech. Weinhändler in Palermo

Heinrich, Graf von Malta: von Friedrich II. geadelter Admiral; 1221 von diesem als Vorhut nach Damiette geschickt; fing 1228 die als »Äbtissin« berüchtigte Piratin Laurence de Belgrave; statt sie zu hängen, heiratete er sie; sie wurde auf diese Weise Gräfin von Otranto

sikulisch: sizilianisch (von »Sikuler«; antikes Volk in Innersizilien, in frühgeschichtlicher Zeit aus der Apenninenhalbinsel eingewandert)

Terra di Lavoro: Küstenlandstrich am Tyrrhenischen Meer

Walachenprinzessin: P. aus der Walachei; Landschaft zwischen Südkarpaten und Donau auf dem Gebiet des heutigen Rumänien

Hugo von Revel: Ordensritter der Johanniter, Vertreter des Großmeisters; Großmeister von 1259-278

Guillaume de Châteauneuf: Großmeister der Johanniter zu Akkon (1244-1259); war gleich nach Amtsantritt in der Schlacht von La Forbie in die Hände der Ägypter gefallen; kam erst 1251 wieder frei

bancarotta: (ital.) pleite

Besant: seit den Kreuzzügen verbreitete byzantin. Goldmünze

Diana: röm. Göttin der Jagd; entspricht der Artemis in der griech. Mythologie

Ustica: kleine Insel vor der Nordküste Siziliens im Tyrrhenischen Meer

Moriskos: Nachkommen der sarazenischen Untertanen im Stauferreich

Kefir Alhakim: Flickschneider und Scharlatan; selbsternannter Gouverneur Friedrichs II. auf der Insel Ustica

Gebresten: (aus dem Mhd.) Gebrechen

Trachinidae: (lat.) Drachenfische, deren Stiche heftige Schmerzen, Entzündungen und sogar Erstickungsanfälle auslösen

Scoropaena scrofa: (lat.) Meersau; Fisch im Mittelmeer, dessen Gift heftige Schmerzen verursacht

Myketologia: (aus dem Griech.) Lehre von den Pilzen und Schwämmen

Muscaria: Muskarin (sehr giftiges Alkaloid) enthaltende Pilze

Sporangia: hier Sporenpflanzen (Algen, Pilze, Moose und Farne)

professore: (ital.) Lehrer

civitas: (lat.) Stadt

Jachwei: v. Jahwe, Anrufung des alttestamentarischen Gottes

Nebbich...!: (Herkunft ungesichert) Und wenn schon, ein Wunder!

Tiberius: (Tiberius Julius Caesar Augustus) Sohn der Livia und des Tiberius Claudius Nero, 42 v. Chr. bis 37 n. Chr.; röm. Kaiser seit 14 n. Chr.; Stief- und Adoptivsohn des Augustus

Kadr ibn Kefir ad-Din Malik Alhakim Benedictus: gen. »Beni, der Kater«, Sohn des Kefir Alhakim

Grazal dos Tenguatz...: Ballade »Die Kinder des Gral« von Miguel Cortes, okzit. Übersetzung Peter Berling, s. S. 1217

Hospital: hier: der Johanniterorden

Hanno von Sangershausen: stellvertretender Großmeister des Deutschritterordens; Großmeister von 1257-1274

Oberto Pallavicini: Reichsvikar für die Lombardei und die Toskana; Herr von Cremona (1250); Podestà von Pavia und Vercelli (1254)

Capitaneria: (ital.) Hafenkommandantur

Kalsa: Eckbastion mit weitläufigen unterirdischen Kellergewölben im Südosten der alten Stadtmauer von Palermo, aus der Zeit der arab. Herrschaft

peinliche Befragung: Verhör unter der Folter

Galvano von Lancia: Fürst von Salern

Cigala: (ital.) Grille

Ezzelino von Verona: (Ezzelino da Romano) Stadtherr von Verona, berüchtigt wegen seiner Grausamkeit; verheiratet mit Selvaggia, einer der sechs unehelichen Töchter Friedrichs II.; seit 1236/37 beherrschte Ezzelino auch Padua, Treviso und Vicenza.

Capella Palatina: norman.-byzantin. Kapelle im 1. Stock des Königspalastes zu Palermo

Kreuzzug der Kinder: innerhalb der Kreuzzugsbewegung 1212 von Vendôme und den Rheinlanden ausgehender Zug von mehreren tausend zehn- bis fünfzehnjährigen Kindern; die meisten kamen schon unterwegs durch Hunger und Krankheiten ums Leben; ein Teil wurde auf dem Mittelmeer durch Verrat gefangengenommen und in die Sklaverei verkauft.

Judenspitz: (Judenhut, lat. pileum cornutum) trichterförmiger, meist gelber Hut; durch das Wiener Konzil (1267), später auch durch weltl. Gesetzgebung den Juden als Abzeichen zur Pflicht gemacht

Alexandria: ägypt. Hafenstadt im westl. Nildelta, von Alexander dem Großen 331 v. Chr. gegründet; die Stadt besaß eines der Sieben Weltwunder, den ca. 100 Meter hohen Leuchtturm von Pharos; zur Zeit des Ptolemäus war die Stadt berühmt durch ihre Bibliothek, das künstlerische und wissenschaftl. Zentrum der Welt.

Bauhüttenstil: die Bauhütte war die Verbindung von Bauleuten und Bildhauern im Mittelalter zum Bau gotischer Kathedralen; durch sog. Hüttenordnungen straff zusammengehalten; in Deutschland waren z. B. die Bauhütten von Köln und Straßburg führend.

Dir balak...!: (arab.) Gib acht, Immà!

LIB. II, CAP. IV,
VON FERNEN INSELN S. 530

Xaver von Urgel d. J.: Holzschnitzer, Schöpfer der Golgathagruppe von Rhedae

inkarniert: (aus dem Lat.) fleischgeworden

expressis verbis: (lat.) ausdrücklich

Michael Paläologos: Feldherr von Kaiser Theodor II. von Nikäa; Mitkaiser des Johannes IV.; seit 1258 als Michael XIII. Kaiser von Nikäa; errichtete 1261 nach der Rückeroberung von Konstantinopel wieder das Kaiserreich von Byzanz

Johannes IV.: Laskaris Vatatses; Sohn und einziger Erbe Theodors II.; Mitkaiser des Michael Paläologos

Karakorum: (Qara-Qorum), um 1220 von Dschingis-Khan zum Zentrum des mongol. Reiches erhoben

Archimandrit: (griech.) Erzabt in der orthodoxen Kirche

capitano...: (ital.) Hauptmann in besonderer Mission

Homo Mortuus: (lat.) Toter Mann

Caput Stragis: (lat.) Haupt der Verheerung

Nekropolen: (griech.) Totenstädte; Begräbnisstätten des Altertums

Orchis maculata: (lat.) Knabenkraut; Wurzeln dieser Orchidee werden in verschied. Form als Aphrodisiakum genossen

latifolia: (lat.) Orchidee mit lanzettförmigen Blättern

Claviceps purpurea: (lat.) giftiger Schlauchpilz; bildet das hornartige Mutterkorn, das stark wirkende Alkaloide enthält

Eleusis: bedeutende antike griech. Stadt am Golf von Ägina, durch die Heilige Straße mit dem ca. 20 km westlich gelegenen Athen verbunden; berühmt für seine Demeter-Mysterien

Claviceps paspali: Gattung der Schlauchpilze, zu der auch der Mutterkornpilz zählt
Kanthariden: Weichkäfer; über 4000 Arten; auch bekannt als Spanische Fliege; getrocknet und zerrieben als Aphrodisiakum verwandt
Sulfur: v. lat. sulpur) Schwefel
Paneolen: Dünnerlinge (halluzinogen)
Subalteus: (lat.) dunkelraudiger Dünnerling
Cyaescens: (lat.) blauender Dünnerling
Serpula: (lat.) Polyp
Kaolin: Toltekenmädchen
virgo intacta: (lat.) unversehrte Jungfrau
Goldenes Horn: Name für die Hafenbucht von Konstantinopel
La Merica: in apokryphen mittelalterl. Dokumenten und Seekarten Bezeichnung für die ›Fernen Inseln‹ jenseits des Atlantiks
carte blanche: (frz.) wörtl.: weiße Karte; unbeschränkte Vollmacht
aquil: Nordostwind
rota septentrionalis: (lat.) Nordnordostroute
Wendekreis des Krebses: Deklinationskreis an der Himmelssphäre, in dem die Sonne zum Zeitpunkt der Sommersonnenwende (21. Juni) steht
Sheitan: (arab.) Teufel
Epilogos: (griech.) Epilog, Nachwort, Nachspiel (auf der Bühne)
Crux fidelis.... (lat.)
Treuestes aller Kreuze,
edelster aller Stämme:
Kein Wald hat Bäume
wie dich hervorgebracht,
Laub, Blüten und Zweige.
Dulce lignum...: (lat.)
Liebliches Holz, liebliche Nägel,
liebliches Gewicht tragt ihr.
Pange lingua...:
Besinge Zunge, den ruhmvollen Kampf des Glorreichen,
das Kreuz sei unser Siegeszeichen.
Sit patri...:
Dem Vater und dem Sohn, von höchster Gnade,
mit dem Geist von ewiger Dreieinigkeit, sei Lob, Heil und Ehre.
Quae creavit...:
Die uns schuf, uns erlöste
und uns erleuchtet.
(Gregorian. Choral der Karwoche)

LIB. II, CAP. V
EIN GESCHENK FÜR KÖNIG MANFRED S. 575

Jakob Pantaleon: (Pantaleone) Patriarch von Jerusalem
Maremma: südtoskanisches Küstengebiet am Ligurischen und Tyrrhenischen Meer
Outremer: (frz.) »jenseits des Meeres«; der Begriff war damals für das Heilige Land gebräuchlich
Impetus: (lat.) Antrieb, Stoßkraft
suum cuique: (lat.) jedem das Seine
eo ipso: (lat.) von selbst
Sbirren: (aus dem Ital.) Spitzel, Agenten, Schergen
Hamo L'Estrange: geb. 1229, einziger Sohn der Gräfin von Otranto, die gestand, der Vater Hamos sei nicht Admiral Graf Heinrich von Malta
Impostator: (lat.) jemand, der durch Betrug auf den Thron gelangt ist; hier: abscheulicher Thronräuber
Ave Maris Stella: (lat.) Kirchenlied »Meeresstern, ich grüße dich«
Sir Darius Turnbull: Gesandter des englischen Königs Heinrich III. bei Papst Alexander IV.
conditio sine qua non: (lat.) unabdingbare Voraussetzung
(conditio) sine qua excommunicatio: (lat.) Voraussetzung, die Exkom-

*munizierung zur Folge hat, falls ihr nicht entsprochen wird

Civitavecchia: Hafenstadt am Tyrrhenischen Meer nordwestl. von Rom

Danaergeschenk: Geschenk, das sich als unheilbringend erweist; der Begriff leitet sich ab vom Trojanischen Pferd aus der griechischen Sagenwelt, das die Trojaner von den Danaern (= Griechen) erhielten und das Troja den Untergang brachte, da sich im Innern des Pferdes die größten griechischen Helden verbargen.

valores spirituales: geistige Werte

Vinum...!: (lat.) Wein, Alekos! Im Wein lacht das Glück!

Rota Fortunae: (lat.) die Fährte des Glücks; schmaler Meerespfad, der zu den ›Fernen Inseln‹ führt

Shirat: jüngste Schwester des Emir Baibars, Gattin des Hamo L'Estrange

Alena Elaia: Tochter von Shirat und Hamo L'Estrange

Hildegard von Bingen: (heilig) 1098–1179; Benediktinerin, Mystikerin, umfangreiches literar. Werk, medizinische, naturwissenschaftliche und mystische Schriften

Sufi: (arab. = Wollkleidträger) Mystiker des Islam, welche die Ergründung des Spirituellen in den Rang einer Wissenschaft erhoben und sich der Meditation bedienen; starke Einflüsse auf die westl. Scholastik des Mittelalters. Bedeutendster Vertreter der Zeit war Ahmed Badawi (1199–1277); lebte in Mekka, hatte Visionen, in denen ihm der Prophet Mohammed erschien

Rumi: Mevlana Jellaludin Rumi, sufischer Mystiker aus Persien; floh vor den Mongolen zu den Rum-Seldschuken (Ikonium), wurde 1244 Schüler des Shams-i Tabrisi. Nach der Legende erfand Rumi den Drehtanz der »wirbelnden Derwische«, das »sema«, um seinem Schmerz über den Verlust des ermordeten Freundes Shams Ausdruck zu verleihen. Sein berühmtestes Werk ist das in Persisch verfaßte »Mesnevi«.

Lega Lumbarda: (ital.) Lombardische Liga; Interessenzusammenschluß reichsunmittelbarer Städte in Nord- und Mittelitalien, die sich zur Abwehr kaiserlicher Abgabenansprüche oft mit der guelfischen (= anti-staufischen) Partei verbündeten

gregorianische Liturgie: einstimmiger Choral der kath. Liturgie, benannt nach Papst Gregor I., dem Großen, von dem eine Neuordnung der Liturgie stammt

regulae...: (lat.) Vorschriften der Gerichtsverwaltung

venenum: (lat.) Gift

Lanzenotter: (Bothrops atrox) Familie der Grubenottern, gefährliche, bis 2,5 Meter lange Giftschlange

Petermännchen: (Trachinus draco) bis 40 cm langer, eßbarer Küstenfisch (Nord- und Ostsee, Mittelmeer, Schwarzes Meer) mit giftigen Stacheln an Rückenflosse und Kiemendeckeln

Drachenkopf: (Scorpaenidae) Skorpionfische, Seeskorpione; Familie der Fische; Köpfe vielfach mit Dornen, Flossenstacheln mit Giftdrüsen bewehrt

Kanthariden: Spanische Fliege, Käfer mit hochgiftigem Wirkstoff; getrocknet und zerrieben als Aphrodisiakum genutzt

Lancelotti: Eigenbezeichnung der adeligen Kampfruderer auf der Triëre der Gräfin von Otranto nach den mit Sensenblättern versehenen Spezialrudern, die auch als Waffen eingesetzt wurden

LIB. II, CAP. VI,
EIN KÖSTLICH' FRASS S. 629

Lorenz von Orta: Franziskaner, geb.
1222, Portugiese, 1245 von Papst Innozenz IV. nach Antioch geschickt,
um den Kirchenstreit mit den Griechisch-Orthodoxen zu schlichten

Bankert: (aus dem Mhd.) uneheliches Kind

Kungdaitschi: mongol. Ausdruck für
Angehörige des Herrscherhauses der Dschingiden

Johannes der Sebastokrator: Bruder des
Michael Paläologos, Kaiser von
Nikäa (s. o.); Oberbefehlshaber des Heeres

Wilhelm von Achäa: Wilhelm v. Villehardouin, Fürst von Achaia, dem
Ludwig 1249 das Münzrecht verlieh.
Sein Onkel Wilhelm I. entstammte
einer Nebenlinie der Grafen von der
Champagne und hatte sich am
Kreuzzug 1204 gegen Konstantinopel beteiligt, dessen Chronist er
auch war. Von ihm erhielt sein Sekretarius John Turnbull das Lehen
Blanchefort. Achaia (Achäa) fiel 1267
in die Hand des Anjou.

Guido la Roche: Guido I., aus der Abenteurersippe der la Roche; Herr von
Theben (1208); Großherr von Athen
(1225); König Ludwig IX. erhob ihn
1260 in den Herzogsstand.

Hagia Sophia: (griech. = heilige Weisheit) 532–537 unter Kaiser Justinian
erbaute Kirche in Konstantinopel

Matutin: (v. lat. matutinus = morgendlich) nächtliches Stundengebet

Kerkyra: (Kerkira) griech. Hafenstadt
an der Ostküste Korfus

Guardia dei Saraceni: (ital.) sarazenische Garde

regnicidio: (ital.) Königsmord

Normannenkönig Roger: Roger I.,
1031–1101, Großgraf von Sizilien,
erster Normannenherrscher Siziliens, das er 1061 von seinem Bruder
Robert Guiscard als Lehen erhielt

amuse-goule: (altfrz.) appetitanregende Vorspeise

Regaleali: herber sizilianischer Weißwein

Marcipane: (ital.) Marzipan

Truchseß: (aus dem Mhd.) Vorsteher
der Verwaltung, u. a. für die Aufsicht
über die Tafel zuständig

Transsubstantiation: (von lat. Wesensverwandlung) das Dogma der Transsubstantiation, nach der kathol.
Lehre die Verwandlung von Brot und
Wein in den Leib Christi durch die
Segnung beim Meßopfer; wurde im
November 1215 in Rom auf dem
4. Laterankonzil verkündet

Da'adam...: (arab.) Bluten lassen!

Anagallis: Gauchheil; Doldenblütler,
vom Mittelmeerraum bis nach Nordeuropa verbreitet

Alant: auch Helenenkraut; Korbblütler, Halbstrauch

Ysop: Lippenblütler; im Mittelmeerraum beheimatete Pflanze, wird als
Heil- und Gewürzpflanze kultiviert

approbatio universitatis: (lat.) ärztl. Zulassungsbestimmung, von Friedrich
für das Königreich Sizilien erlassen

Arcticum lappa: (lat.) Klettenwurz;
große, filzige Klette

Sempervivum: (lat.) Hauswurz, wilder
Rhabarber, wird zur Wundbehandlung verwendet

Nikephoros Alyattes: Gesandter des
Kaisers von Nikäa

delirium tremens: (lat.) durch Entzug
ausgelöste Bewußtseinsstörungen,
Halluzinationen (»Säuferwahn«)

impostor: lat. Betrüger

Presbyterium: Chorraum

Regium: (Rhegium) das heutige
Reggio Calabria an der ital. »Stiefelspitze«, griech. Gründung

Va, cansonetta...: (ital.)
Flieg, kleines Lied,

und grüß mir den Herrn,
künde ihm vom Unglück,
das mir widerfahren:
Jene, die mich in ihrer Gewalt
haben,
halten mich so fest,
daß ich nicht mehr leben kann.
Salutami toscana...:
Grüß mir die Toskana, die fürstliche,
in der (noch) Ritterlichkeit regiert,
flieg zu Apuliens Ebenen,
zur Lamagna, zur Capitana,
dorthin, wo mein Herz weilt,
Tag und Nacht.
(König Enzio, zitiert nach Masson,
G., S. 374)

Heinrich von Zypern: Heinrich I., Regent des Königreiches von Jerusalem 1247–1259 (für Konrad IV. bzw. Konrad V.). Die Thronfolge im Königreich von Jerusalem war erblich, auch über weibl. Nachkommen (Erstgeborene). Die Ehemänner blieben keineswegs automatisch König, wenn ihre erbfolgeberechtigten Frauen starben. So verlor Friedrich II. 1229 seinen Titel, als Yolanda im Wochenbett starb; er blieb jedoch Regent für den gerade geborenen Sohn Konrad IV. Da der Regent anwesend zu sein hatte, übergab er die Regentschaft an Alice von der Champagne, die sich mit Hugo I., König von Zypern, verheiratete. Hugo bezeichnete sich sogar als Titular-König von Jerusalem. Alice starb 1246, Hugo 1247; die Regentschaft ging auf ihren Sohn König Heinrich I. von Zypern über. König war weiterhin der Staufer Konrad IV.; ihm folgte 1254 Konrad V. (Konradin).

Et au revoir!: (frz.) Und auf Wiedersehen!

LIB. II, CAP. VII
ZU NEUEN UFERN S. 679

Stretto: (ital.) Engpaß; hier Meeresenge von Messina

Skylla und Charybdis: Gestalten der griech. Mythologie (Odyssee, Argonautensage); Skylla war ein sechsköpfiges Ungeheuer, das in der Straße von Messina gegenüber dem Meereswirbel Charybdis lebte.

Aphrodite: in der griech. Mythologie die Göttin der Schönheit und der Liebe, Tochter des Zeus; entspricht der römischen Venus

Pallas Athene: Lieblingstochter des Zeus in der griech. Mythologie, Stadtgöttin von Athen, Göttin des Krieges und des Friedens, der Weisheit, der Künste und des Handwerks

Ponente: ein nordwestl. blasender Wind

Neunschwänzige: die neunschwänzige Katze; Seemannspeitsche aus neun Tauenden oder ledernen Riemen mit je einem Knoten

Castel d'Ostia: päpstl. Burg in der Hafenstadt Ostia, in der Antike der wichtigste Hafen des ca. 25 km entfernten Rom

Mappa Terrae Mongalorum: (lat.) Weltkarte, die erstmals das Reich des Großkhans der Mongolen zeigte

Gobi: nahezu abflußloses, sehr trockenes, von Gebirgen umgebenes Hochbecken in Innerasien; Wüsten- und Steppenlandschaft

Altai: Gebirge in der westl. Mongolei

Freibrief: im Mittelalter Urkunde über eine erteilte Erlaubnis oder die Befreiung von einem Verbot, hier: Passierschein

Senatus...: (lat.) Senat und Volk der Stadt Rom!

Haus der Deutschen: Ordensburg des dt. Ritterordens in Rom *venerarius venerabilis:* (lat.) verehrungswürdiger Giftmischer

Aventin: (Aventinus Mons) einer der sieben Hügel Roms

Theater des Marcellus: antikes Theater in Rom, benannt nach Marcus Claudius Marcellus, Konsul 50 v. Chr.

Albergo del Paradiso: (ital.) Gasthof zum Paradies

San Giovanni in Laterano: die Lateranbasilika; nicht Sankt Peter, sondern San Giovanni war bis ins 14. Jh. hinein die »Mutter aller Kirchen«; noch heute die »ranghöchste« Kirche der kathol. Welt und Bischofskirche des Papstes (als Bischof von Rom)

De don plus...: (altfrz.)
Von dort, wo meine ganze Freude weilt,
habe ich weder Botschaft noch versiegelten Brief erhalten;
so schläft mein Herz weder noch lacht es,
und ich wage nicht, einen Schritt weiter zu gehen,
bis ich nicht weiß, ob der Einklang zwischen uns
immer noch besteht,
wie ich ihn wünsche.

La nostr' amor...:
Es geht dabei um unsere Liebe,
wie die Zweige des Weißdorns,
die des Nachts am Busch erzittern,
Regen und Frost ausgesetzt,
bis dann am Morgen die Sonne
die grünen Blätter und Äste
mit ihrem Licht überflutet.
(»Ab La Dolchor Del Temps Novel«, Guilhelm de Peitieus, 1071–1127)

Mortacci tui!: (ital.) Du und deine verdammten Toten! Gängige Beschimpfung

Kapitol: einer der sieben Hügel Roms, in der Antike das öffentliche und religiöse Zentrum der Stadt; noch heute Sitz des röm. Senats

khamsa: (arab.) »Hand der Fatima«, Amulett in Form einer Hand, das Unglück und auch den bösen Blick abwehren soll

Deus ex machina: (lat.) im richtigen Augenblick erscheinender, unerwarteter Helfer in einer Notlage; an ein Wunder grenzende Lösung eines Problems

Goten: german. Volk, das Ende des 2. Jh. v. Chr. das Gebiet nördl. des Schwarzen Meeres bewohnte. 248 n. Chr. erster Angriff der Goten auf Rom; Mitte 3. Jh. Aufspaltung in Ost- und Westgoten. 378 Sieg der Westgoten über das römische Heer bei Adrianopel; 410 Plünderung Roms. 493 wurde der Ostgote Theoderich der Große König von Italien.

Et in Arcadia ego: (lat.) Auch ich war in Arkadien

Engelsburg: Castel Sant' Angelo; Mausoleum des Kaisers Hadrian (s. o.), am Tiber gelegen, von den Päpsten zur Festung ausgebaut

memento mori: (lat.) wörtl.: gedenke des Todes; etwas, das an den Tod gemahnt

Guelfen: im mittelalterl. Italien Bezeichnung für die Anhänger des Papstes und der Kirche

Ghibellinen: im mittelalterl. Italien Bezeichnung für die Anhänger des Kaisers und des Reiches

Porta Flaminia: neben der Porta Pia eines der beiden Nordtore Roms

Borgo-Wehr: Der sog. Passetto. Die Engelsburg stand immer wieder im Mittelpunkt von Kämpfen, in denen es um die Herrschaft über Rom ging. Seit Ende des 12. Jh. war sie nahezu unumstrittener Besitz der Päpste. Nikolaus III. ließ sie 1277 durch den Passetto, eine Mauer mit überdachtem Gang, mit dem Vatikan verbinden.

Hadrian: Publius Aelius Hadrianus (76–138 n. Chr.), röm. Kaiser seit 117,

Bau von Grenzwällen in Deutschland (Limes) und England (Hadrianswall); Niederwerfung des Judenaufstandes unter Bar Kochba

Maria von Magdala: (Maria Magdalena, heilig) eine durch Christus von Dämonen befreite Galiläerin, Augenzeugin der Kreuzigung und Grablegung; in anderen Versionen seine Ehefrau (aus dem königl. Hause Benjamin) und Mutter seiner Kinder, mit denen sie nach der Kreuzigung in Begleitung des Joseph von Arimathia nach Marseille entfloh

Kloster Andechs: Benediktinerabtei und Wallfahrtsort in Oberbayern östl. des Ammersees

das herbe Gebräu aus Böhmen: Pilsener Bier; als verbreitetes Volksgetränk ist Bier schon seit dem 3. Jahrtausend v. Chr. in Mesopotamien nachweisbar; in einer Urkunde Pippins II. aus dem Jahre 786 werden bereits Hopfengärten erwähnt. Um 1100 traten die ersten gewerbl. Handelsbrauereien neben die Kloster- und Hausbrauereien.

reputatio: (lat.) Ruf, Leumund

Marsfeld: (Campus Martius) Ebene zwischen dem Tiber und den Hügeln Pincius, Quirinal und Kapitol, ursprüngl. außerhalb der Stadtmauern; in republikan. Zeit wurde hier das röm. Heer ausgehoben; wurde später bebaut; im Kaiserreich dicht besiedelt

Ponte Milvio: die antike Milvische Brücke (Pons Milvius) über den Tiber, an der im Jahre 312 Kaiser Konstantin den Gegenkaiser Maxentius schlug

Via Flaminia: Hauptstraße von Rom nach Norditalien, ben. nach Gaius Flaminius, erbaut um 220 n. Chr.

Roderich: junger Ordensritter in Rom

Ar em al freg...: (okzit.)

So sind wir in der kalten Zeit angelangt
mit Frost, Schnee und Matsch.
Die Vögel sind verstummt,
keiner von ihnen zeigt Lust zu singen;
die Äste sind kahl,
weder Blumen noch Blätter erscheinen.
Die Nachtigall singt nicht mehr,
die mich im Mai geweckt.
(Azalais de Porcairages, um 1170, weibl. Troubadour)

Salaria: Via Salaria, die ihren Namen dem Umstand verdankt, daß die in der Gegend von Reate (heute Rieti) ansässigen Römer sich in der Antike über diese Straße mit Salz versorgten

Porta Aurelia: Tor in der röm. Stadtmauer, das aus Trastevere auf die Via Aurelia führte

Rezina: (Retsina) geharzter griech. Weißwein

Nike: Segler des Gesandten des Kaisers von Nikäa, benannt nach der griech. Siegesgöttin

Mare Nostrum: (lat.) wörtl.: unser Meer; das Mittelmeer

djelabijah: (arab.) geschlossener Umhang, knöchellang, oft mit Kapuze

shiroual...: (arab.) Pluderhosen

LIB. III
PROLOG S. 737

Dormir!: (altital.) Schlafen!

Sutor: Anführer eines aus Sardinien verbannten, staufertreuen Hirtenvolkes

schwarzes Schwertkreuz: hier: Wappen der Deutschritter

Torre et Galura: alte Bezeichnung für Sardinien

Tartuffi: (ital.) Trüffel, das »weiße Gold«

Romagna: südöstl. Teil der Poebene (Emilia-Romagna)

LIB. III, CAP. I
DIE HÖHLE DER ATALANTA S. 752

Linosa: Insel zwischen der Südküste Siziliens und der nordafrik. Küste, ca. 100 km westl. von Malta; frühere Sträflingsinsel, gehörte einst zu Sizilien und diente sarazen. Piraten als Stützpunkt und Versteck; später vom Templerorden gepachtet und zu einer uneinnehmbaren Festung ausgebaut

Turkopolen: Bezeichnung für einheimische Hilfstruppen der Barone von Outremer und der Ritterorden. Die Turkopolen waren oft nicht einmal Christen, sondern verdingten sich als Söldner an die Herrn, die das Gebiet beherrschten, in dem sie heimisch waren. Bei den Orden gab es eigens für sie die Einrichtung eines Turkopolen-Kommandeurs.

Kaiser Barbarossa: (ital. Rotbart), der Staufer-Kaiser Friedrich I. (um 1125–1190), Sohn des Herzogs Ferdinand von Schwaben und der Welfin Judith. 1152 dt. König, 1155 Kaiser. Zur Wiederherstellung der Reichsmacht zog Barbarossa fünfmal gegen den Papst und die oberital. Städte; 1189 war er als Haupt der Christenheit Führer des 3. Kreuzzuges mit 12–15 000 Mann; am 10. Juni 1190 ertrank Barbarossa im Saleph, einem kleinen kilikischen Fluß, und wurde in Tyros beigesetzt.

Balliste: großes fahrbares Armbrustgeschütz, schleuderte angespitzte Pfähle zielgenau; die Bogensehne war meistens radgespannt.

Prise: erbeutetes oder beschlagnahmtes Gut eines feindlichen Schiffes oder Handelsschiffes

der höchste Justitiator: der höchste Richter; Gott

Schirokko: heißer, trockener, Staub mitführender Wind in Südeuropa, aus der Sahara kommend, der über das Mittelmeer weht.

Tempo uene...: (altital.)
Es kommt die Zeit, daß einer steigt, ein anderer fällt,
die Zeit der Worte, Zeit des Schweigens,
die Zeit des Lauschens und Lernens,
die Zeit, ohne Drohungen zu fürchten.
(König Enzio, zitiert nach Masson, S. 375)

Re Enzio: König Enzio; zählte zu den berühmtesten unter den jungen Dichtern seiner Epoche; von ihm stammen die vielleicht schönsten Sonette der sog. sizilianischen Schule, die er in der Gefangenschaft Bolognas schrieb. Auch heute noch heißt der Palast, in dem Enzio gefangengehalten wurde, Palazzo di Re Enzio; dort hielt er in einem Kreis von Dichtern Hof, die stark dazu beitrugen, die Dichtung der sizilianischen Schule in Mittelitalien zu verbreiten.

Tempo d'ubbidir...: (altital.)
Zeit, dem zu gehorchen, der dich tadelt,
Zeit, für viele Dinge vorzusorgen,
Zeit zu wachen, wer dich beleidigt,
Zeit vorzutäuschen, nichts zu sehen.
(s. o.)

Sonett: (ital.) Gedichtform italienischer Herkunft; das regelmäßige Sonett (14 Zeilen) ist gegliedert in zwei vierzeilige (Quartette) und zwei dreizeilige (Terzette) Strophen.

Schlacht von Fossalto: (Fossalta) zwischen Enzios Truppe und den Bolognesen; eher ein Scharmützel; hatte

die Gefangennahme Enzios zur
Folge
Però lo tegno...: (altital.)
Jedoch halte ich es für klug und
weise,
Tatsachen mit Vernunft zu begegnen,
und mit der Zeit weiß man sich zu
verhalten.
E mettesi...: (altital.)
Und den Menschen zu gefallen,
daß kein Grund zu finden sei,
dein Verhalten zu beanstanden.
(s. o.)
Hierosolymitanum Salomonis: (lat.) das
Jerusalem des Salomo
religiones et politica: Religion und
Staatsgeschäfte
Palazzo del Podestà: (ital.) Bürgermeisterpalast
Ramon de Perelha: Vater der Esclarmunde, Kastellan des Montségur
Castel del Monte: in Apulien; das
schönste und am besten erhaltene
der noch bestehenden Schlösser
Friedrichs II., dessen Architekt vermutl. der Kaiser selbst war. Die einzige zeitgenössische dokumentarische Erwähnung des Jagdschlosses
findet sich in einem Vermerk der kaiserl. Register von 1240, in dem der
Kaiser den Justitiar der Capitana anweist, sich sofort um den Fußbodenbelag zu kümmern; demnach muß
das Gebäude zu dieser Zeit nahezu
fertig gewesen sein. Die Arbeiten
wurden aller Wahrscheinlichkeit
nach in den frühen dreißiger Jahren
begonnen, vielleicht zur gleichen
Zeit wie an den sizilian. Schlössern.
San Domenico: der heilige Dominikus
Dietrich von Röpkenstein: deutscher
Ritter
maghrebinisch: v. Maghreb, (arab.)
Abendland; bezeichnet das islam.
Nordafrika
Berber: Bez. für versch. Volksstämme
in Nordwestafrika (Kabylen, Tuareg);
Hirtennomaden oder Ackerbauern
Tuari: Tuareg (Eigenbez. Imuschag),
Berber der westl. Sahara; Mohammedaner; Hirtennomaden (Kamelzucht)
Robert von Les Beaux: provenz. Edelmann
amir al mumin: (arab.) Herrscher aller
Gläubigen
Sikulaner: Sizilianer
ambassadeur: (frz.) Gesandter, Botschafter
Marrakech: Marrakesch, marokkanische Stadt am westlichen Fuße des
Hohen Atlas
verbolzt und kalfatert: Die Klappen
wurden mit Bolzen geschlossen, die
Fugen mit Teer, Werg oder Pech abgedichtet, so daß der Rumpf wasserdicht und das Schiff wieder hochseetüchtig war.
Christophorus: (griech. = Christusträger) Schutzpatron der Reisenden,
einer der 14 Nothelfer, nach der Legende Träger des Christkindes
Bugspriet: schräg über den Bug hinausragendes Rundholz (trägt den
Klüverbaum, das Rundholz zum Befestigen des Klüversegels, eines dreieckigen Vorsegels) bei Segelschiffen
Kebsen: (mhd. keb(e)se; eig. Dienerin
od. Sklavin) Nebenfrau

LIB. III, CAP. II
DER GEFANGENE KÖNIG S. 796

reichsfrei: polit. Selbständigkeit unter
alleiniger Oberhoheit des Königs;
Reichsfreiheit gewannen auf Dauer
in Deutschland fast nur die Städte,
die auf Reichsgut lagen; die anderen
mußten schließlich doch die Herrschaft eines Landesherrn anerkennen. In Ober- und Mittelitalien ent-

wickelten sich zahlreiche reichsfreie Städte zu freien Republiken.
Consules: (lat.) Konsul
missa pro...: (lat.) Totenmesse
Castiglione: ital. Hafenstadt in der Toskana, Prov. Arezzo, am Abfall des Toskanischen Apennin; fiel nach mehrfachem Herrschaftswechel 1384 an Florenz; heute sind noch Reste der mittelalterl. Stadtmauer erhalten.
Engelmacherinnen: Abtreiberinnen
Ravenna: bedeutende oberital. Provinzhauptstadt, im Altertum Adriahafen (heute ca. 10 km landeinwärts); etruskische Gründung, im 2. Jh. v. Chr. römisch; Blütezeit als Residenz der röm. Kaiser (Honorius); 473 Sitz der ostgotischen Könige (Theoderich); 553 Sitz des byzantinischen Exarchen. 751 wurde Ravenna langobardisch, 754 päpstlich als Teil des Patrimonium Petri; 1440–1509 venezianisch; 1509–1860/61 erneut Teil des Kirchenstaates
Corrado von Salentin: Lancelotto auf der Atalanta, dem Flaggschiff der Templer
Mangonel: niedrige fahrbare Steinschleuder, deren Wurfkraft durch die Wicklung eines Taus unter Spannung erzeugt wurde; gebogener Wurfarm
Nonna: (ital.) Großmutter
Salomé: Tochter des Clarion v. Salentin und des An-Nasir, Sultan von Damaskus
Mahmoud: gen. »der Feuerteufel«, Neffe der Shirat, Sohn Emir Baibars
finis mundi: (lat.) das Ende der Welt
Cathai: (Kathei) vom Namen der Kitan (Randvolk Chinas im frühen Mittelalter) abgeleitete Bezeichnung für das nördliche China
Alfons von Kastilien: Alfons X., der Weise, 1252–1284, Enkel Philipps von Schwaben, Sohn v. Ferdinand III. (»der Heilige«), König von Kastilien und Leon, und Beatrix v. Hohenstaufen; 1257 zum dt. König gewählt, ohne je in Deutschland gewesen zu sein; großer Förderer von Kunst und Wissenschaft
emigrantes in pectore: (lat.) die Menschen, die auszuwandern beabsichtigen
magister...: (lat.) Professor für Wurfmaschinen und Experte für Griechisches Feuer
Fibonacci: Leonardo, Pisaner, Verfasser des »Traktat über das Rechenbrett« (1212); auf ihn geht die Einführung der arab. Zahlen in Europa, der Null, des Bruch- und Prozentrechnens zurück.
Jordanus Nemorarius: (Jordanus Saxo, Jordanus de Namora) um 1180 in Norddeutschland geb., gest. 1237, dt. Theologe und Mathematiker; trat 1220 in Paris, wo er Lehrer an der Artistenfakultät war, dem Dominikanerorden bei. Vermutl. Gründer der Universität Toulouse; verfaßte auf Kenntnissen der Griechen und Araber basierende Schriften zur Arithmetik, Algebra, Geometrie und Mathematik
Albertus Magnus: (hl.) Dominikaner; eig. Albert Graf von Bollstädt (1193 od. 1206–1280); einer der bedeutendsten Gelehrten des Mittelalters; Naturforscher, Theologe, Scholastiker; lehrte in Paris und Köln; war Lehrer des Thomas v. Aquin
Roger Bacon: (Rugerius Baconis), gen. »Doctor mirabilis« (1214–1292 od. 94); Franziskaner; engl. Philosoph der Scholastik, suchte auf der Grundlage der aristotelisch-arab. Naturphilosophie eine neue Form des Erfahrungswissens; bahnbrechend in der Mathematik; lehrte zur glei-

chen Zeit wie Albertus Magnus in Paris

Allah ya'allam!: (arab.) (das) weiß Allah!

Ya' Allah!: (arab.) O Allah!

Agli ordini...!: (ital.) Zu Befehl, Kommandant!

Ave Caesar...: (lat.) Heil dir, Càsar, die Todgeweihten grüßen dich! (Gruß der Gladiatoren vor dem Kampf in der Arena)

Evangeliar: (Evangeliarium) liturg. Buch mit dem vollständigen Text der 4 Evangelien, meist mit dem Verzeichnis der bei der Messe zu lesenden Abschnitte; oft mit Buchmalereien geschmückt

erstes Haus des Meridians: Begriff aus der Astrologie; ein Haus ist einer der 12 Abschnitte, in die der Tierkreis eingeteilt ist.

Gallia Placidia: Tochter des Kaisers Theodosius I., geb. um 390 n. Chr.; als 425 ihr Sohn Valentinian III. im Kindesalter Kaiser wurde, war Gallia de facto Herrscherin des weströmischen Reiches; sie starb 450 in Rom.

Dietrich von Bern: (Bern entstanden aus Verona) männl. Idealgestalt eines ursprüngl. gotischen Sagenkreises; Vorbild Theoderich der Große; Dietrich tritt in vielen dt. und nordischen Epen des Mittelalters auf, u.a. im Nibelungenlied.

Signoria da Polenta: (ital.) die Herrin des Maisbreis; Beiname Ravennas in Anspielung auf die örtl. Spezialität Polenta

Exarchates: (griech.) Exarchat war die Bezeichnung für eine byzantinische Provinz, besonders für das Exarchat von Ravenna (553–771), das zunächst ganz Italien umfaßte und später auf das Gebiet um Ravenna beschränkt war

Exarch: (griech.) urspr. Titel für den Statthalter des byzantinischen Kaisers, dann in der Ostkirche Vertreter des Patriarchen für ein bestimmtes Gebiet

Vicarius: (lat.) Stellvertreter

Tripus: (griech.-lat.) Dreibein

physicus: (lat.) Physiker

o la muerte!: (ital-span.) oder den Tod

Vasama la...: (arab.) Küßt mir doch die Eier!

Por coi me...: (altfrz.)
Warum schlägt mich denn mein Mann, mich Arme?
Ich hab' ihm doch nichts Böses getan,
gab ihm kein übles Wort,
nur meinen süßen Freund hielt ich heimlich umfangen.
Warum schlägt mich denn mein Mann, mich Arme?
(mittelalterl. Motette unbek. Verfassers)

Por coi me...: (altfrz.)
Warum schlägt mich denn mein Mann, mich Arme?
Er läßt es nicht zu, daß ich ein frohes, glückliches Leben führe.
Sicher werde ich ihn laut anklagen wegen der Schläge.
Warum schlägt mich denn mein Mann, mich Arme?
(s. o.)

Por coi me...: (altfrz.)
Warum schlägt mich denn mein Mann, mich Arme?
Nun, ich weiß wohl, was ich tun werde
und wie ich mich dafür räche:
Nachts werde ich mich zu meinem Freund legen.
Warum schlägt mich denn mein Mann, mich Arme?
(s. o.)

Odermenning: (Agrimonia eupatoria) Fam. der Rosengewächse, volkstüml. Heilmittel, u.a. bei Leber- und Blasenleiden

Tormentillwurz: (mtlt. tormentilla)

Blutwurz; gelb blühendes Fingerkraut, Strauchgewächs

LIB. III, CAP. III
AMORS UND ANDERE PFEILE
S. 860

canzo: (ital.) Lied
Del gran golfe...: (okzit.)
   Die tiefen Meeresschlünde
   Die Tücke des Hafens,
   Die Gefahren des Leuchtturms
   Habe ich nun hinter mir gelassen.
   Dank sei Gott!
   Nun kann ich sprechen und reden
   von den Übeln und Qualen,
   die ich dort gelitten.
   (»Del Gran Golfe«; entst.
   ca. 1172–1203)
Il cazzo...: (ital.) Der Schwanz der Gräfin des Teufels; meint den Rammdorn der Triëre
per pedes: (lat.) zu Fuß
coram publico: in der Öffentlichkeit
Suren: (arab.) Abschnitte des Koran, der aus 114 Suren besteht
Si tacuisses: (lat.) Wenn du doch geschwiegen hättest!
constellatio malae fortunae: (lat.) unheilverheißende Sternenkonstellation
Zaprota: Dorfältester von Pantokratos
Pantokratos: Dorf auf Korfu
Ugo, der Despotikos: Ugo d'Arcady, Hugo von Arcadia, Bastard des Villehardouin, Herzog von Achaia und Korfu
Milzfarn: Tüpfelfarngewächs, in wärmeren Gegenden Europas, Asiens und Afrikas heimisch
Haselwurz: (Asarum europaeum); niedrige Staude in Laubwäldern, früher als Brech- und harntreibendes Mittel verwendet
Granatapfel: (Punica granatus) im Orient heimisch; von altersher im Vorderen Orient und im Mittelmeerraum kultiviert
Applikation: (aus dem Lat.) Verabreichung
E pos a Dieu...: (okzit.)
   Und sollte es ihm gefallen,
   so werde ich mit frohem Herzen
   an den Platz zurückkehren,
   den ich so voller Traurigkeit verlassen habe.
   Ich werde ihm danken für die Rückkehr
   Und das Glück, das er mir gewährte.
   (»Del Gran Golfe«, s. o.)
Ar hai dreg...: (okzit.)
   Ich habe guten Grund zu singen,
   da ich nun die Fröhlichkeit
   und Freuden erkenne,
   die Abwechslung und die
   Spiele der Liebe,
   so finde es Euren Gefallen.
   (s. o.)
E las fontz...: (okzit.)
   Die Quellen und klaren Bäche
   erfreuen mein Herz
   ebenso wie die Gärten,
   alles hier ist so liebenswert.
   (Azalais de Porcairages, weibl. Troubadour, um 1170)
kretischer Stier: Minotauros, Ungeheuer aus der griech. Mythologie, halb Mensch, halb Stier, von König Minos v. Kreta in ein Labyrinth gesperrt und von Theseus getötet
Ariadne: Gestalt aus der griech. Mythologie; Tochter des Minos, gab Theseus ein Garnknäuel, mit dessen Hilfe er den Weg aus dem Labyrinth fand, nachdem er den Minotauros getötet hatte
Palästina: »Land der Philister«; seit der Antike Bezeichnung für das vorderasiatische Gebiet zwischen der Ostküste des Mittelmeeres und der Jordan-Senke, dem Libanon im Norden und der Halbinsel Sinai sowie dem

Golf von Aqaba im Süden; im Alten Testament als Kanaan bezeichnet; Wirkungsstätte Christi im Heiligen Land

Q' era non dopti...: (altital.)
Ich fürchte nicht mehr Meer noch Winde,
blasen sie aus dem Süden, dem Norden
oder aus dem Westen.
Mein Schiff ist nicht mehr Spielball der Fluten.
So fürchte ich weder Galeeren noch Piraten.
(Verf. unbek.)

Lederkoller: ärmelloses Wams
Trani: kleine Hafenstadt an der südl. Adriaküste
Arachniden: (aus dem Griech.) Spinnentiere
pulcino mio: (ital.) mein Pulcino
repugnantia...: (lat.) Widerstandsfähigkeit gegen Notzucht
Ishtar: (Istar, Ischtar) weibl. Hauptgottheit der Babylonier; Tochter der Mondgottes Sin und Schwester des Sonnengottes Schamasch; als Morgenstern ist sie Göttin des Kampfes, als Abendstern Göttin der Liebe.
Ptolemäus: Claudius, um 100–180 n. Chr., Astronom, Mathematiker und Geograph (Geographie in 8 Bänden); wirkte 127–151 in Alexandria; sein Hauptwerk »Almagest« (die 13bändige »Mathematike Syntaxis«) ist vollständig überliefert und vermittelt das astronom. Wissen des 2. Jh. v. Chr.; die Erde wird als Kugel und Mittelpunkt der Welt betrachtet.
Bahriten: Angehörige der Mameluken, nach ihren am Nil (arab. bahr) gelegenen Kasernen Bahriten genannt
Gamdariten: Mameluken
Ali Baba: Gestalt aus der Märchensammlung »Tausendundeine Nacht«
Harun ar-Rashid: 786–809 Kalif von Bagdad; Förderer der Kunst und Wissenschaften; freundschaftl. Beziehungen zu Karl dem Großen
Sindbad: abenteuerlicher Seefahrer; Hauptfigur eines Teils der Märchensammlung »Tausendundeine Nacht«
Aladin: Gestalt aus »Tausendundeiner Nacht«; »Aladin und die Wunderlampe«

LIB. III, CAP. IV
DAS BÖSE AUF MAUGRIFFE S. 920

Tant mieux...: (frz.) Je besser ich zupacke, desto schlimmer!
Windtromben: Windhosen
Alter ego: (lat.) das andere Ich
nom de guerre: (frz.) »Kriegsname« = Deckname
Al-Khaf: Beduinenkrieger in Diensten des Emirs Fassr ed-Din Octay
hadha...: (arab.) (Das) liegt in Allahs Hand.
an-nisr al ahmar: (arab.) den Roten Falken
Allah ya...: (arab.) Das weiß Allah!
Atzung: (mhd. atzunge) Fütterung, meist scherzhaft für: Mahlzeit
Eierfisch: rohes Ei in siedendem Öl frittiert; zusammengeklappt und mit Zitrone beträufelt serviert
Pechnase: kleiner Vorbau an der Mauer oder über dem Tor mittelalterlicher Burgen, unten offen, so daß siedendes Pech über Angreifer gegossen werden kann
Naiman: Scherge des Sultans Saif ed-Din Qutuz
Bibliothek von Alexandria: größte und berühmteste Bibliothek der Antike; aus der Zeit Ptolemäus I.; 47 v. Chr. zerstört. Unter Ptolemäus II. soll sie 700.000 Bände umfaßt haben.
museion: (griech.) Akademie, in der berühmte Gelehrte sämtl. Wissenschaften unterrichten

Als ich handelte...: (Rumi; S. 58)
Allah ijazihum!: (arab.) Möge Allah sie verdammen!
Allah ikun...!: (arab.) Allah mag uns beistehen!
Hadha tasouir mafduh!: (arab.) Das ist eine dreiste Fälschung!
Bab an-Nasr: (arab.) Tor des Nils; Name eines Stadttores
shai bi...: (arab.) Tee mit frischer Minze
gesta: (lat.) Tat
res: (lat.) Sache
Abu Bassiht: Sufi aus Ikonium (Konya)
ya abuya: (arab.) werter Abu
khilal rida...: (arab.) durch Allah wohlgefällige Taten
Samarkand: eine der ältesten Städte Mittelasiens, 329 v. Chr. erstmals erwähnt
Al hami Allah!: (arab.) Allah behüte!
Kotau: (aus dem Chin.) demütige Ehrerweisung; dreimalige Berührung des Bodens mit der Stirn bäuchlings oder in kniender Haltung
Nubier: größtenteils muslim. Bewohner des Steppen- und Wüstengebietes beiderseits des Nils im heutigen Sudan
Botho de Saint-Omer: Tempelritter
Damietta: (Dumjat, Damiette) ägypt. Hafenstadt im östl. Nildelta; im Mittelalter bedeutender Handelsplatz
Chiromantik: (Chiromantie; aus dem Griech.) Handlesen, Wahrsagen
Tarot: ein Satz von 22 Bildkarten (Große Arkana) zur Erforschung und Deutung des Schicksals
Sephirot: Stufe in der Geheimlehre der jüdischen Kabbala
Ezer Melchsedek: Kabbalist und Chiromant aus Alexandria
Turuq Allah...: (arab.) Des Herren Wege sind unergründlich!
Bastonade: (v. lat. bastonare, prügeln) im Orient praktizierte Prügelstrafe, bes. Schläge auf die Fußsohlen

Mittelpunkt der Welt: Name des Strategiesaales im ehemaligen kaiserl. Kallistos-Palast zu Konstantinopel, dessen Marmorboden das Mittelmeergebiet als riesiges Schachbrett zeigte, auf dem kostümierte Spieler sich vor dem Kaiser entsprechend militärischer Operationen bewegten
Alfiere: päpstlicher Bannerträger, Ehrentitel, verliehen an Adelige für Verdienste um die Kirche
Pedones: Fußsoldaten beim Schachspiel, auch »Fußbänke« gen.
die Roten: die Ritter des hl. Johannes, die Johanniter
bab al djanna: (arab.) Tor zum Paradies; Paradies meint hier die Gärten im Harem des Großmeisters der Assassinen. Dort wurde der Legende nach den Novizen und auch den Eingeweihten des Ordens vor einer gefährlichen Mission im Haschischrausch ein Blick auf die Huris (arab. Gespielinnen) oder ein kurzer Aufenthalt bei ihnen gestattet, so daß ihre Sehnsucht nach dem Paradies (Todesgedanken) übermächtig wurde und sie den Tod nicht fürchteten.
Fida'i: (v. arab. = Gelübde, Rang); Novize im Assassinenorden, der noch nicht initiiert ist, aber das Gelübde abgelegt hat
Vater des Riesen: Beiname des Abu al-Amlak
Grun Da'i: höchstes Oberhaupt der Ismaeliten; der Titel wurde von Mitgliedern des Ordens der Assassinen geführt und zeigte den höchsten Grad der Initiierung an, während der Titel »Imam« sie als geistiges Oberhaupt auswies und als Träger der rechtmäßigen Nachfolge des Propheten Mohammed (Ali).
pax Mongolica: (lat.) mongol. Friede; Befriedung des Reiches der Mongo-

len durch die von Dschingis-Khan erlassenen Gesetze

coniunctio aurea: (lat.) goldene Verbindung; Begriff aus der Astrologie für eine bestimmte Planetenkonstellation

Meduse: Qualle (v. Medusa, einem weiblichen Ungeheuer aus der griech. Mythologie)

ejaculatio praecox: (lat.) vorzeitiger Samenerguß

penis triumphans: (lat.) der sieghafte Penis

mi amor: (ital.) meine Liebe

LIB. III, CAP. V,
DIE SPUR DES KELCHES S. 986

djelabiah: (arab.) knöchellanges Gewand

Dau: ägyptischer Lastensegler mit schrägem Mast und Dreieckssegel

Memphis: Stadt am Nil südl. von Kairo

Heluan: (Hilwan) Ort am rechten Nilufer südl. von Kairo, bekannt für Kochsalz- und Schwefelquellen

Aqaba: (Akaba) Stadt am östl . Nordende des Golfs von Akaba

Moribunde: (v. lat. moribundus) Sterbenskranker

Qadda oua...: (arab.) durch glückliche Fügung Allahs

papillons d'amour: (frz.) wörtl. Liebesschmetterlinge; Filzläuse

prima peregrina...: (lat.) ausländische Spitzenhure

Bedrückt steigt...: Moses 21,7ff.

Nur wenn die Seele...: s. o.

Wenn aber nicht...: s. o.

Innerhalb eines...: Moses, 29,11

Dort findet...: Jesaia 64,3
  (alle nach: »Der Sohar«, 138 f.)

Ave Caesar: (lat.) Heil dir, Cäsar

mira peix: mira-peixes (okzit.), wörtl. bewundere den Fisch; Wappen der Grafen von Mirepoix

Flagellanten: (aus dem Lat.) Geißler; Angehörige frommer Laienbewegungen des 13.–15. Jh., die sich zur Buße geißelten; Mitte des 14. Jh. vom Papst verboten

Thessalien: griech. Landschaft an der Nordwestküste der Ägäis

Via Egnatia: alte Überland-Heerstraße von Konstantinopel zur Adriaküste

Pelagonia: makedon. Landschaft (Pelagonische Ebene); von Gebirgsschutt und Flußablagerungen erfülltes Becken

Askalon: umkämpfte Hafenstadt in Palästina (heute Ruinen), südlichste Bastion des Königreichs von Jerusalem

Amalfi: Stadt am Golf von Salerno

Der Löwe von San Marco: Venedig

Bailli: Vogt, regionaler Oberbeamter; Verwalter der Ländereien des Königshauses von Zypern im Heiligen Land

Plaisance von Zypern: Schwester des Bohemund VI. von Antioch, heiratete König Heinrich I. von Zypern

Gottfried von Sargines: Vogt der Königswitwe Plaisance von Zypern

Thomas Agni von Lentino: päpstlicher Legat im Heiligen Land

Philipp von Montfort: einer der wichtigsten Barone von Outremer, Nachkomme des berühmten Simon de Montfort, dem Heerführer in den Albigenserkriegen. Die Montforts saßen im Heiligen Land vor allem in Tyros.

Julian von Sidon und Beaufort: Gegenspieler des Philipp v. Montfort

Atabegh Turanshah: Gouverneur und Malik (= arab. König) von Aleppo

shoukr Allah!: (arab.) Allah sei Dank!

Hethoum: König von Armenien

Hierosolyma...: (lat.) Jerusalem ist nicht der Ort.

Kapitalstrafe: Todesstrafe

Heliopolis: griech. Stadt und Tempelanlage östl. von Kairo, heute Masr el-Gedida
Negev: Wüstengebiet im Süden Israels
Bi mashiat...: (arab.) Gottlob
große Pyramide: die Cheopspyramide, die größte P. Ägyptens
inshallah: (arab.) so Allah will
in absentia: (lat.) in Abwesenheit

LIB. III, CAP. VI
DIE HENKER VON ASKALON
S. 1028

Tscherkessinnen: die Tscherkessen (Zierkassen) sind eine Gruppe (west)kaukasischer Volksstämme, meist Berghirten
Allah ia'alam...: (arab.) Allah sei Zeuge der Größe meines Herzens!
Alex: Gefangenenwärter in der ehemaligen Komturei des Ordens in Askalon
Lamento: (ital.) Wehklage, Gejammer
Ahmed der Henker: nubischer Leibwächter von Abdal dem Hafsiden
in nomine ordinis...: (lat.) im Namen der heiligen Streiter des Hauses Christi und der Herren des Tempels Salomos zu Jerusalem (Name der Templer in wörtlicher Übersetzung)
locus sigilli: (lat.) Platz für das Siegel; mit unserem heutigen »gez.« vergleichbar
sanàdel: (arab.) Sandalen
Calidarium: (lat.) Warmwasserraum
amama...: (arab.) Turban und Burnus
barnas: (arab.) Burnus
Karawanserei: Warenumschlagplatz an einer Karawanenstraße
souk: (arab.) Laden- und Handwerksviertel, Basar
fi shams...: (arab.) in der Sonne Allahs
ya munqadhi...: (arab.) mein edler Ritter

maktab al mina: (arab.) Büro des Hafenkommandanten
Gaza: Stadt im Südwesten Palästinas unweit der Küste, um 2750 v. Chr. gegründet, ab 675 n. Chr. islamisch, nur von 1100–1170 durch die Kreuzfahrer unterbrochen
Der Weise...: Kohelet 2,14, zitiert nach »Der Sohar«, S. 151
iudex caput...: (lat.) Vorsitzender des Gerichtshofes
accusator: (lat.) Ankläger
in res: (lat.) in der Sache
in modo: (lat.) in der Art
Sidi: (arab.) Herr
Samson: Gestalt aus dem Alten Testament mit übermenschl. Kraft; aus Liebe zur Philisterin Delila verriet Samson ihr das Geheimnis seiner Kraft, das in seinem langen Haar lag.
Fürstin Sybille: Tochter des Königs Hethoum I. von Armenien; 1224–1269; Schwester von Sempad und Leo III., heiratete 1254 auf Ludwigs Vorschlag den jungen Fürsten Bohemund VI. von Antioch.
habitus: (lat.) Art, Gewohnheit
Circe: Zauberin der griech. Mythologie (Odyssee), die Männer in Schweine verwandelte
stigma: (lat.) (äußeres) Mal, Zeichen
Domitas...: (lat.) Die Begierden sind gezähmt.
Substitut: (aus dem Lat.) Ersatz, Ersatzmittel
qahua: (arab.) Teestube
De mortibus...: (lat.) Über Tote soll man nur Gutes reden.
In nomine Dei...: (lat.) Im Namen Gott Vaters und der Ordensritter vom Tempel zu Jerusalem
esgard: Strafe des Templerorden bei Regelverstößen
in dubio pro reo: (lat.) im Zweifel für den Angeklagten
Videant consules!: (lat.) Mögen die

Konsuln sich kümmern! (Überstellung an den weltlichen Arm)

murus strictus: (lat.) lebendig eingemauert

Rabbi Jizchak: jüdischer Gemeindevorsteher in Jerusalem

Miriam: Tochter des Jizchak

Jehosaphat: das Syrische Viertel in Jerusalem, christl.

Gottfried von Bouillon: Herzog von Niederlothringen (1088–1100); Herzogtitel für Verdienste als Marschall des Reiches (Rombesetzung); der Titel war nicht erblich, daher nahm Gottfried am 1. Kreuzzug teil und siegte bei Askalon über die Sarazenen; seine Grafschaft verkaufte er zuvor an den Bischof von Lüttich, Bruder des ebenfalls nicht erbberechtigten Balduin, des 1. Königs von Jerusalem.

Mala'oun...!: (arab.) Verflucht sei der Vater der Welt! Verflucht sei der Schoß deiner Mutter!

Te Deum...: (lat.)
Dich, Gott, loben wir,
Dir, Gott, vertrauen wir.

Tibi omnes...:
Dir (gehorchen) alle Engel,
Herrscher des Himmels und der Welt.
(liturg. Lobgesang)

Mustafa: Schäfer aus Jerusalem

Wenn du eine Perle...: Rumi, a.a.O., S. 41

Goi: (Gojim) jüd. Bezeichnung für einen Nichtjuden

Alhami Allah!: (arab.) Allah beschütze (uns)!

Felsendom: (arab. Kubbat As Sahrat) Moschee im Tempelbezirk von Jerusalem, irrtümlich oft Omar-Moschee genannt; 688–691 von Kalif Abd Al Malik über dem heiligen Felsen errichtet, auf dem Abraham das Opfer des Isaak vorbereitet haben soll; eine der heiligsten Stätte der muslimischen Welt.

Al-Aqsa-Moschee: (El-Aksa-Moschee) am südl. Ende des Tempelbezirks v. Jerusalem; der Grundstein wurde zu Beginn des 8. Jahrhunderts gelegt. Nach der Eroberung Jerusalems durch die Kreuzfahrer (1099) wurde an der Westseite der Moschee der Palast der Lateinischen Könige von Jerusalem errichtet, in dem Balduin I. bis 1118 residierte, bis er in den neuen Königspalast im armenischen Garten umzog und Hugo von Payens und dessen Gefährten die Baulichkeiten überließ, die hier den Orden der Tempelherrn gründeten und die Moschee mit ihren Nebengebäuden z. T. als Kirche und Hauptquartier nutzten. Sultan Saladin ließ nach seinem Sieg über die Kreuzritter das Bauwerk wieder in eine Moschee verwandeln (1187).

ius primi supplicii: (lat.) Recht auf die erste Hinrichtung

Chevalier: (frz.) Ritter; niederer frz. Adelstitel

shimtar al badi'a: (arab.) Riesensäbel

Schierling: (Conium maculatum) Bezeichnung für verschiedene Doldenblütler, deren Saft hochgiftig ist

Heureka!: (griech.) Ich hab's!

Pacta cum...: (lat.) Verträge mit Ungläubigen und Griechen brauchen nicht eingehalten zu werden.

as-saiidun...: (arab.) drei Herrschaften

Manna: (aus dem Alten Testament) das für die Kinder Israels nach ihrem Auszug aus Ägypten vom Himmel gefallene Brot

LIB. III, CAP. VII
PAX HIEROSOLYMITANA S. 1105

ebai: (arab.) Tunika

Tepidarium: (lat.) Baderaum mit lauwarmem Wasser

Maria Mater: (lat.) (Gottes)mutter Maria
Filius: (lat.) Sohn
excommunicatio: (lat.) Ausschluß von den Sakramenten der (röm.) Kirche
Der Derwisch...: Rumi, a.a.O., S. 41
Wege der Lieblichkeit...: »Der Sohar«, S. 290
Assiq laiati...: (arab.) Ein Dach über dem Kopf bietet keine Sicherheit, wenn die Mauern nicht auf Allah gegründet sind.
Mein Herz bietet...: zitiert nach Star/Shiva, S. 53
skamlat: (arab.) Taburetts
Lektorknabe: Helfer mit niederer Weihe, der bei der Meßfeier die Verkündigung vorliest
Inshallah: (arab.) So Gott will!
Wer die Verbote...: Sohar-Kommentare zu Moses 2,13, a.a.O., S. 157
Was hängst du...: Rumi, a.a.O., S. 40
ein endloses Fest: Rumi, a.a.O., S. 32
djihad: (arab.) hier in der ursprünglichen Bedeutung »Anstrengung« gebraucht
bismillah: (arab.) im Namen Allahs
moudiat al 'alam: (arab.) Erhellerin der Welt
muchaddir: (arab.) Narkotikum
Allah jurid dhalek!: (arab.) Allah will es!
barakat Allah: (arab.) und den Segen Allahs
qamis: (arab.) Hemd
siroual dachlil: (arab.) Unterkleider
djinn: (arab.) Geister
A l'entrada del temps clar...: (altfrz.)
Als die schöne Zeit anbrach,
heia,
um die Freude wieder aufblühen,
heia,
und das Eis dahinschmelzen zu lassen,
heia,
da wollte die Königin kundtun,
daß sie so verliebt ist.

A la vi'a...: (altfrz.)
Hinweg, hinweg mit dem Eis!
Laßt uns, laßt uns tanzen
miteinand, miteinand.
(Refrain)
El'a fait...: (altfrz.)
Und sie hat befohlen,
heia,
daß bis an des Meeres Küste,
heia,
keine Maid und kein Scholar,
heia,
der nicht zum Tanze eile
in fröhlichem Reigen.
(anonym. Tanzlied, Ende des 12. Jh.)
Heil dem...: Psalm 65, 5
den Antichristen verjagt: Anspielung auf die Schmähung des exkommunizierten Friedrich II. im Jahre 1229 in Jerusalem durch die einheimischen Christen
ex cathedra: (griech.-lat.) wörtl. vom (Papst-)Stuhl; mit dem Anspruch der Unfehlbarkeit
rota fortunae: (lat.) Rad des Schicksals
Du behauptest...: Rumi, a.a.O., S. 36
Daz was ein dinc...: (mhd.)
Das war ein Ding, das hieß der Gral, ein Hort von Wundern ohne Zahl.
(Wolfram von Eschenbach, a.a.O.)
Behauptet nicht...: Rumi, a.a.O., S. 33
Den wunsch von...: (mhd.)
Des Paradieses Preis, des Heiles Wurzel, Stamm und Reis
(s. o.)
Ite missa est: (lat.) Ankündigung der Entlassung der Gläubigen am Ende der Meßfeier
Allahu akbar...: (arab.) Gott ist größer! Es gibt keinen Gott außer Gott! (Anfang des Abendgebets der Muslime)
Minbar: erhöhter Stuhl (des Predigers)
Ashaddu ana...: (arab.) Ich glaube, daß es keinen Gott gibt außer Gott. Ich glaube, daß Mohammed der Prophet Gottes ist!
Ab la dolchor...: (okzit.)

In der sanften Wärme der ersten Jahreszeit
sprießen die Wälder und die Vögel singen, ein jeder in seiner Sprache, im Rhythmus eines neuen Liedes.
So ist es nur recht, daß ein jeder sein Herz öffne
für das, wonach er sich am meisten sehnt.
(Guilhem de Peitieus (1071–1127), okzit. Troubadour)

Dous Dieus...: (altfrz.-okzit.)
Gott, der Milde, gebe ihr ein in ihr Herz,
daß sie mich als ihren Liebsten behält,
doch sie ist von so hoher Herkunft, daß sie mich dem Vergessen weihen wird.
(Okzit. Version des Tanzliedes »Nouvele Amor Qui si m'agrée« v. Rogeret de Cambrai, 13. Jh., Strophe 2)

Cortez' e...:
So höflich und weise,
mit heiterem Gesicht,
nie habe meine Augen eine Schönere geschaut.
Ihr habt mir die Unrast ins Herz gesetzt, da Ihr Euch meiner nicht erbarmt.
(s. o., Strophe 3)

Por li fas...:
Für sie lasse ich meine Fiedel erklingen,
sanft am Morgen und Abend.
Und ein zärtlicher Gedanke erinnert mich
an die Wohltaten, die man mir gewährt.
(s. o., Strophe 4)

Enquer me...:
Ich erinnere mich noch an jenen Morgen,
als wir dem Kampf ein Ende setzten.
Sie gab mir ein großes Geschenk, ihre Liebe und ihren Reif:

Möge Gott mich noch lang genug leben lassen,
so daß ich (eines Tages) meine Hände
unter ihren Mantel legen darf.
(s. o., Strophe 5)

Schœniu lant...: (mhd.)
Schöne Lande, segensreiche,
hab' ich als Wandrer viel gesehn,
Keines, das sich dir vergleiche:
Was sind Wunder hier geschehn!
(Walther von der Vogelweide, »Palästinalied«, mhd. Fassung Obermeier, S. 329, Übertragung ebd., S. 235)

Daz ein...: (mhd.)
Eine Magd ein Kind gebar:
den Herrn über der Engel Schar;
war das nicht ein Wunder gar?
(s. o.)

Hic la Superba! Hic la Serenissima!:
(lat.) Hier ist Genua, dort Venedig!
civitas: (lat.) hier: Zivilisiertheit
unio regni: (lat.) Einheit der Regierung
status quo ante: (lat.) vorheriger Zustand
terra violata: (lat.) entweihte Erde
garde du corps: (frz.) Leibwache
der große Streit von Akkon: Krieg zwischen Genua und Venedig um Handelsmonopole
Ordo Equitum Teutonicorum: (lat.) Deutscher Ritterorden

LIB. III, CAP. VIII
ARMAGEDDON S. 1175

Armageddon: (hebr.) nach der Johannes-Offenbarung Ort, an dem die bösen Geister die Herrscher der Erde zu großem Kampf versammeln
Gemini: (lat.) des (Sternbildes) Zwilling
Wenn die Seelen...: »Der Sohar«, a.a.O., S. 180
Wie der Seele...: s.o., S. 180f.

Jaſki! Jaſki!: (arab.) Genug! Genug!
Wann, Liebster...: Rumi, a. a. O., S. 85
Ab l' alen...: (okzit.)
  Tief atme ich die sanfte Brise ein,
  ich weiß, sie kommt aus der
  Provence;
  alles von dort stimmt mich fröhlich,
  auch wenn ich vernehme, wie man
  Gutes über sie spricht,
  so höre ich zu, und lächelnd
  warte ich auf den bekannten Duft.
  dies ist die Freude, die ich spüre.
  (Peire Vidal)
Jesus betrat...: Rumi, a.a.O., S. 120
beit as-salah: (arab.) Haus des Gebets
Bismillah!: (arab.) in Gottes Namen!
Pater dimitte...: (lat.) Herr, vergib
  ihnen, denn sie wissen nicht, was sie
  tun. (Lukas, 23,34)
E s' ieu sai...: (okzit.)
  Solange ich sprechen und handeln
  kann,
  mag geschehen, was wolle.
  So gehört ihr meine ganze
  Dankbarkeit,
  denn von ihr habe ich Erkenntnis
  und Talent erhalten,
  welche aus mir einen fröhlichen
  Dichter machen.
  All die Freude, die aus mir strömt,
  die aus meinem Herzen in die Ge-
  danken dringt,
  Verdanke ich ihrem lieblichen Körper voll Grazie.
  (Peire Vidal)
Impostoren: Betrüger
Allah uchfurli...: (arab.) Allah erbarme
  sich meiner sündigen Seele!
gleyiza: (okzit.) Minnekirche
Ein Ende hat...: Hiob 28,3, zitiert nach
  »Der Sohar«, S. 156
ἐν ἀρχῇ ἦν ὁ λόγος: (griech.)
  En arche en o logos: Am Anfang war
  das Wort.

ANMERKUNGEN

DANK FÜR MITARBEIT UND QUELLEN

Michael Görden Dank für die freundschaftliche Betreuung des Autors und sein nicht nachlassendes Interesse am Stoff, zu dem er mit seinem reichen Wissen auf dem Gebiet der Esoterik und dem apokryphen Bereich der Religionen Wesentliches beigetragen hat. Ein Dank, den ich gleichermaßen Regina Maria Hartig abstatte für ihr aufopferungsvolles, gewissenhaftes Lektorat, das dem Autor in jeder Phase seiner Arbeit Geborgenheit vermittelte, ohne dabei die kritische Auseinandersetzung mit der Erzählstruktur zu vernachlässigen.

Prof. Dario della Porta danke ich für die Beratung in Fragen christlicher Liturgie und klassischer Philologie;

Prof. Dr. N. Popoff und Roland Belgrave, BA, von der Bibliothèque Nationale, Paris, für ihre Recherchen zur okzitanischen Heraldik;

Daniel Speck und Jubrail Mashael für ihre Beiträge in Sachen Islam und Arabistik sowie Prof. Wieland Schulz-Keil für seine wertvollen Hinweise auf dem Gebiet der Judaistik.

Ein besonderer Dank gebührt Dr. Michael Korth, dessen profunde Kenntnis der Musik der Troubadoure, des Canzo und des Minneliedes dem Autor äußerst hilfreich waren, sowie Schirin Fatemi für ihr eingebrachtes Wissen in der Materia Medica, in Toxikologie und Pharmakologie.

Tiefen Dank zolle ich meinen unermüdlichen und unentbehrlichen Mitarbeiterinnen Anke Dowideit und Sylvia Schnetzer für die Umsetzung meines weit über 2000 Seiten umfassenden Manuskriptes in lektorierbare Computerausdrucke. Ich weiß, daß Schreiben harte Arbeit ist.

Den Mitarbeitern der »agentur spezial« in Ilsede-Bülten danke ich für die einfühlsamen Illustrationen und die kartographische Ausstattung, Alexander Aspropoulos, Anne-Kristin Baumgärtel und Andreas Henk für die Arbeit an der Vignette und am Schutzumschlag.

Last, but not least gilt mein Dank Arno Häring für die mühsame Koordination der Herstellung.

Ganz besonders glücklich bin ich über die Hommage meines

Freundes Enki Bilal, der sich von der Figur Yeza zu den im Anhang gezeigten Porträtstudien inspirieren ließ, die meinem Bild von Yeza sehr nahekommen.

Eine reichlich sprudelnde Quelle für viele Zitate war mir »A Garden Beyond Paradise, The mystical Poetry of Rumi«, herausgegeben von Jonathan Star und Shahram Shiva, Bantam Books, New York 1992, eine geglückte Auswahl der Poesie des berühmten Sufis Rumi, die ich selbst ins Deutsche übertrug, weil es sich mir verbot, die kongeniale Poesie der Übertragung von Annemarie Schimmel in einen fremden Kontext einzufügen.

Ebenso »Der Sohar; Das Heilige Buch der Kabbala«, ediert von Ernst Müller, Eugen Diederichs Verlag, München 1993, sowie der »Parzival« von Wolfram von Eschenbach, herausgegeben von Walther Hofstaetter für Philipp Reclam Jr., Stuttgart 1956.

Am Anfang aller Literatur, die ich für meine Arbeit heranzog, steht »Der Kreuzzug gegen den Gral« von Otto Rahn, Urban Verlag, 1933 (Neuausgabe 1997, ebd.), dem ich mein Interesse für die Zeit des Hohen Mittelalters verdanke.

»A History of the Crusades« von Steven Runciman, Cambridge University Press, 1950-54 bleibt für mich schon wegen seiner ausgewogenen Betrachtung sowohl aus dem Blickwinkel des Abendlandes als auch aus der vielfältigen Sicht des Orients das solitäre Meisterwerk der Geschichtsschreibung für die Zeit der Kreuzzüge. Ferner habe ich zurückgegriffen auf:

Bedu, Jean-Jacques, »Rennes-le-Château«, Ed. Loubatières, 1990;

Billings, Malcolm, »The Cross and the Crescent«, BBC Books, 1987;

Bosworth, C. E., »The Islamic Dynasties«, Edinburgh Univ. Press, 1967;

Bradbury, Jim, »The Medieval Siege«, The Boydell Press, 1992;

Brenon, Anne, »Le vrai visage du Catharisme«, Ed. Loubatières, 1991;

Charpentier, John, »L'Ordre des Templiers«, Ullstein Verlag, 1965;

Costa i Roca, Jordi, »Xacbert de Barberà, Lion de combat 1185–1275«, Llibres del Trabucaire, 1989;

Demurger, Alain, »Vie et mort de l'ordre du Temple«, Ed. du Seuil, 1989;

Eschenbach, Wolfram von, »Parzival«, Bd. 1, Reclam, Stuttgart 1989

Marti, Claude (Hg.), »Guilhèlm de Tudèla & L'Anonyme (Extraits)«, Ed. Loubatières, 1994;

Forey, Alan, »The Military Orders«, Macmillan Education Ltd., 1992;

Fuentes Pastor, »Jésus, Crónica Templaria«, Iberediciones, 1995;

Garnier, Patrick, »Le trébuchet de Villard de Honnecourt«, Association pour la promotion du patrimoine en Midi-Pyrenées, 1995;

Gimpel, Jean, »The Medieval Machine«, Victor Gollancz Ltd., 1976;

Girard-Augry, Pierre (Hg.), »Aux origines de l'Ordre du Temple«, Ed. OPERA, 1995;

Godwin, Malcolm, »The Holy Grail«, Labyrinth Publishing, 1994;

Goldstream, Nicola, »Medieval Craftsmen«, British Museum Press, 1991;

Graetz, Heinrich, »Das Judentum im Mittelalter« (Bd. 4, Volkstümliche Geschichte der Juden), Benjamin Harz Verlag, 1923;

Knight, Chris & Lomas, Robert, »The Hiram Key«, Century, 1996;

Levy, Reuben, »A Baghdad Chronicle«, Cambridge Univ. Press, 1929;

Lewis, Bernard, »The Arabs in History«, Oxford Univ. Press, 1958;

Loiseleur, Jules, »La Doctrine Secrète des Templiers«, Tiquetonne éditions, 1873;

Maalouf, Amin, »Les Croisades vues par les Arabes«, J.C. Lattès, 1983;

Lampel, Yvi (Hg.), »Maimonides', Introduction to the Talmud«, Judaica Press, 1975;

Martin, Bernd und Schulin, Ernst (Hg.), »Die Juden als Minderheit in der Geschichte«, dtv, 1981;

Masson, Georgina, »Das Staunen der Welt«, R. Wunderlich-Verlag, 1958;

Matthew, Donald, »The Norman Kingdom of Sicily«, Cambridge Univ. Press; 1992;

Matthews, John, »The Grail. Quest for the Eternal«, Thames and Hudson, 1981;

Niel, Fernand, »Albigeois et Cathares«, Presses Universitaires de France, 1955;

Obermeier, Siegfried, »Walther von der Vogelweide. Der Spielmann des Reiches«, Ullstein 1982

Prawer, Joshua, »The History of the Jews in the Latin Kingdom of Jerusalem«, Oxford Univ. Press, 1988;

Prutz, Hans, »Entwicklung und Untergang des Tempelherrenordens«, G. Grote'sche Verlagsbuchhandlung, 1888;

Reznikov, Raimonde, »Cathares et Templiers«, Ed. Loubatières, 1993;

Roquebert, Michel, »Les Cathares et le Graal«, Ed. Privat, 1994;

Runciman, Steven, »The Medieval Manichee«, Cambridge Univ. Press, 1947;

Runciman, Steven, »The Sicilian Vespers«, Cambridge Univ. Press, 1959;

Smail, R.C., »Crusading Warfare, 1097-1193«, Broadwater Press, 1956;

Van Buren, Elizabeth, »Refuge of the Apocalypse: Doorway into Other Dimensions«, Burlington Press, Cambridge; 1986

Peter Berling
Rom, den 20. März 1997

Im Jahre 1249
führt der französische König Ludwig ein gewaltiges Kreuzfahrerheer nach Ägypten. Zwei Kinder kreuzen seinen Weg, Roç und Yezabel aus dem sagenumwobenen Geschlecht der Gralshüter. Noch hat sich ihre Mission, gelenkt von einem geheimen Orden, der den Weltfrieden zwischen Orient und Okzident anstrebt, nicht erfüllt.
Vor der Kulisse von Sultanspalästen und Kreuzritterburgen, Harem und Pyramiden entwirft Peter Berling ein farbiges Bild des Mittelalters zur Zeit der Kreuzzüge.

ISBN 3-404-12368-9

Roç und Yeza, die Erben des Gralgeschlechts, sind dazu auserkoren, den zerstrittenen Völkern in Orient und Okzident den ersehnten Frieden zu stiften. Doch die Mongolen entführen das königliche Paar in die unendlichen Weiten ihrer Steppen. Vor der Kulisse von Palästen und Jurten, Burgen und Karawansereien entfaltet sich ein reiches Szenarium mir faszinierenden Figuren, das die Welt des Mittelalters lebendig erstehen läßt.

ISBN 3-404-12634-3